O Despertar da Irlanda

EDWARD RUTHERFURD

O Despertar da Irlanda

Tradução de
Domingos Demasi

EDITORA RECORD
RIO DE JANEIRO • SÃO PAULO
2010

CIP-Brasil. Catalogação-na-fonte
Sindicato Nacional dos Editores de Livros, RJ

Rutherfurd, Edward, 1948-
R94d O despertar da Irlanda / Edward Rutherfurd ; tradução de Domingos Demasi. - Rio de Janeiro : Record, 2010.
(A saga de Dublin ; v. 2)

Tradução de: Ireland awakening
ISBN 978-85-01-08553-5

1. Irlanda - História - Até 1672 - Ficção. 2. Ficção inglesa. I. Demasi, Domingos, 1944-. II. Título. III. Série.

10-2902 CDD: 823
CDU: 821.111-3

Título original em inglês:
Ireland awakening

Editoração eletrônica: Abreu's System

Texto revisado segundo o novo Acordo Ortográfico da Língua Portuguesa.

Impresso no Brasil

ISBN 978-85-01-08553-5

À memória de Margaret Mary Motley de Renéville,
nascida Sheridan

Agradecimentos

Sou grato às seguintes pessoas, cuja amável cooperação e profissionalismo foram, o tempo todo, da maior ajuda: o diretor e o pessoal da Biblioteca Nacional da Irlanda; o diretor e a equipe da curadoria do Museu Nacional da Irlanda; o bibliotecário e o pessoal da biblioteca doTrinity College; o administrador e o pessoal do Serviço de Obras Públicas do Castelo de Dublin.

Reconheço agradecidamente a permissão para citar o Orange Toast do *Personal Sketches and Recollections*, publicado pela Ashfield Press.

Agradecimentos especiais são devidos a Sarah Gearty, da Academia Real Irlandesa, pela amável preparação de mapas, e à Sra. Heidi Boshoff, sem cuja maravilhosa competência em datilografar o manuscrito este livro não teria sido terminado.

Devo enorme gratidão às seguintes pessoas, cuja ajuda, orientação e opinião técnica foram inestimáveis durante este projeto: Joseph Byrne, autor de *War and Peace, the Survival of the Talbots of Melahide*; Dr. Declan Downey, lente da School of History, University College, Dublin; Prof. Colm Lennon, Departamento de História Moderna, Universidade Nacional da Irlanda, Maynooth; James McGuire, editor do *Dictionary of Irish Biography*, da Academia Real Irlandesa. Sou grato pela oportunidade de ter lido inteiramente a tese, ainda inédita, *Contending Neighbours: Society in Fingal 1603-60*, de Maighread M.B. Ni Mhurchadha.

Acima de tudo, porém, devo agradecer a três eruditos sem cuja orientação, paciência e incentivo este projeto não teria sido concluído. Eles leram e me ajudaram a revisar este original. Quaisquer erros remanescente são apenas meus.

Agradeço ao Dr. Raymond Gillespie, lente sênior do Departamento de História Moderna da Universidade Nacional da Irlanda, Maynooth; Dr. James Kelly, do St. Patrick's College, Drumcondra; e Dr. T.P. O'Neill do University College, Dublin.

Finalmente, como sempre, agradeço ao meu agente, Gill Coleridge, sem o qual eu estaria completamente perdido, e agradeço aos meus maravilhosos editores, Oliver Johnson, da Century, e William Thomas, da Doubleday, cuja exemplar eficácia e reações criativas a problemas melhoraram imensamente este original.

Sumário

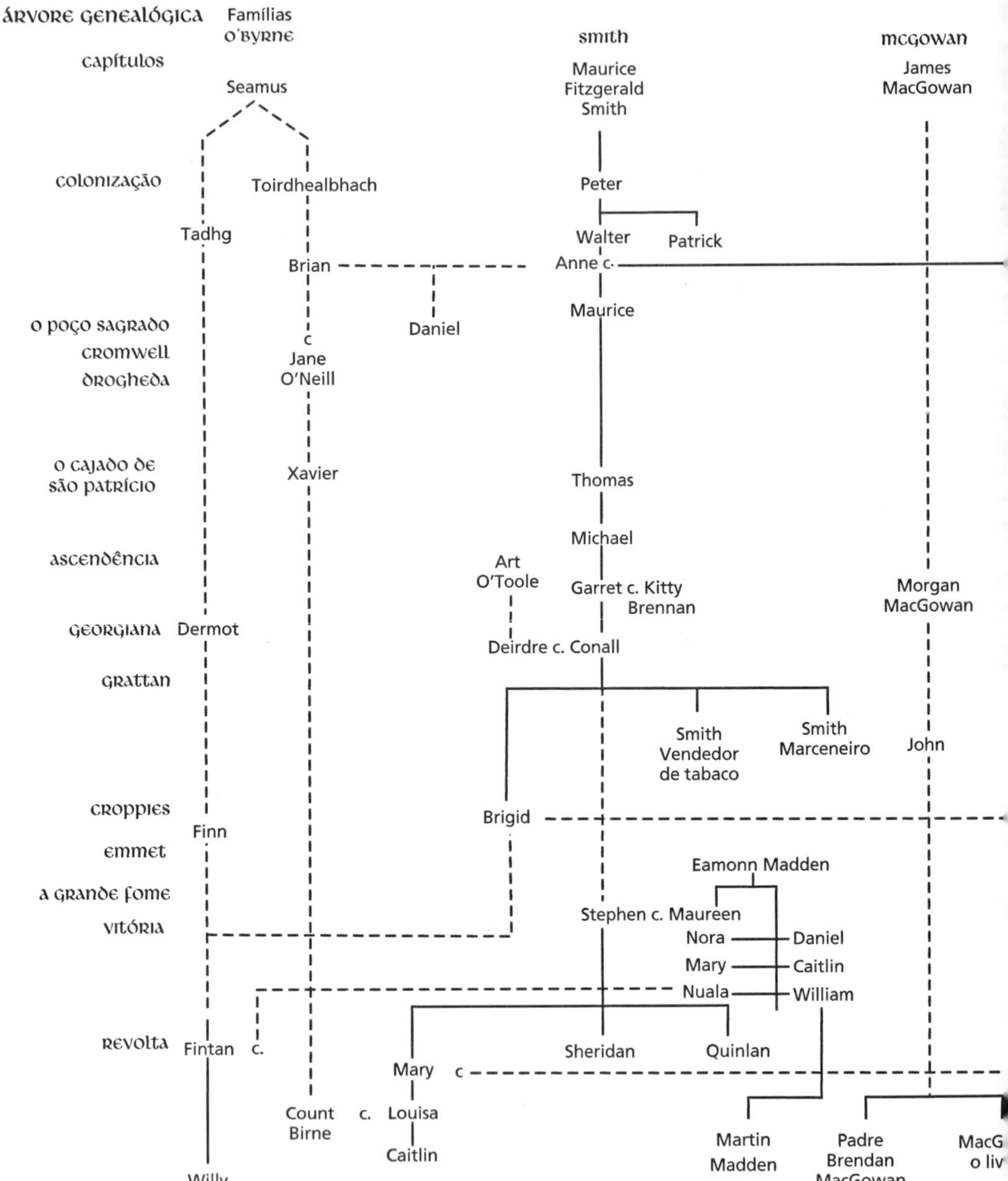

ÁRVORE GENEALÓGICA
Famílias
O'BYRNE
SMITH
MCGOWAN
CAPÍTULOS
Seamus
Maurice Fitzgerald Smith
James MacGowan
COLONIZAÇÃO
Toirdhealbhach
Peter
Tadhg
Walter
Patrick
Brian
Anne c.
Maurice
Daniel
O POÇO SAGRADO
CROMWELL
DROGHEDA
c
Jane O'Neill
O CAJADO DE SÃO PATRÍCIO
Xavier
Thomas
Michael
ASCENDÊNCIA
Art O'Toole
Garret c. Kitty Brennan
Morgan MacGowan
GEORGIANA
Dermot
Deirdre c. Conall
GRATTAN
Smith Vendedor de tabaco
Smith Marceneiro
John
CROPPIES
Brigid
Finn
EMMET
Eamonn Madden
A GRANDE FOME
Stephen c. Maureen
VITÓRIA
Nora
Daniel
Mary
Caitlin
Nuala
William
REVOLTA
Fintan
c.
Sheridan
Quinlan
Mary
c
Count Birne
c.
Louisa
Caitlin
Willy
Martin Madden de Boston
Padre Brendan MacGowan
MacG
o liv

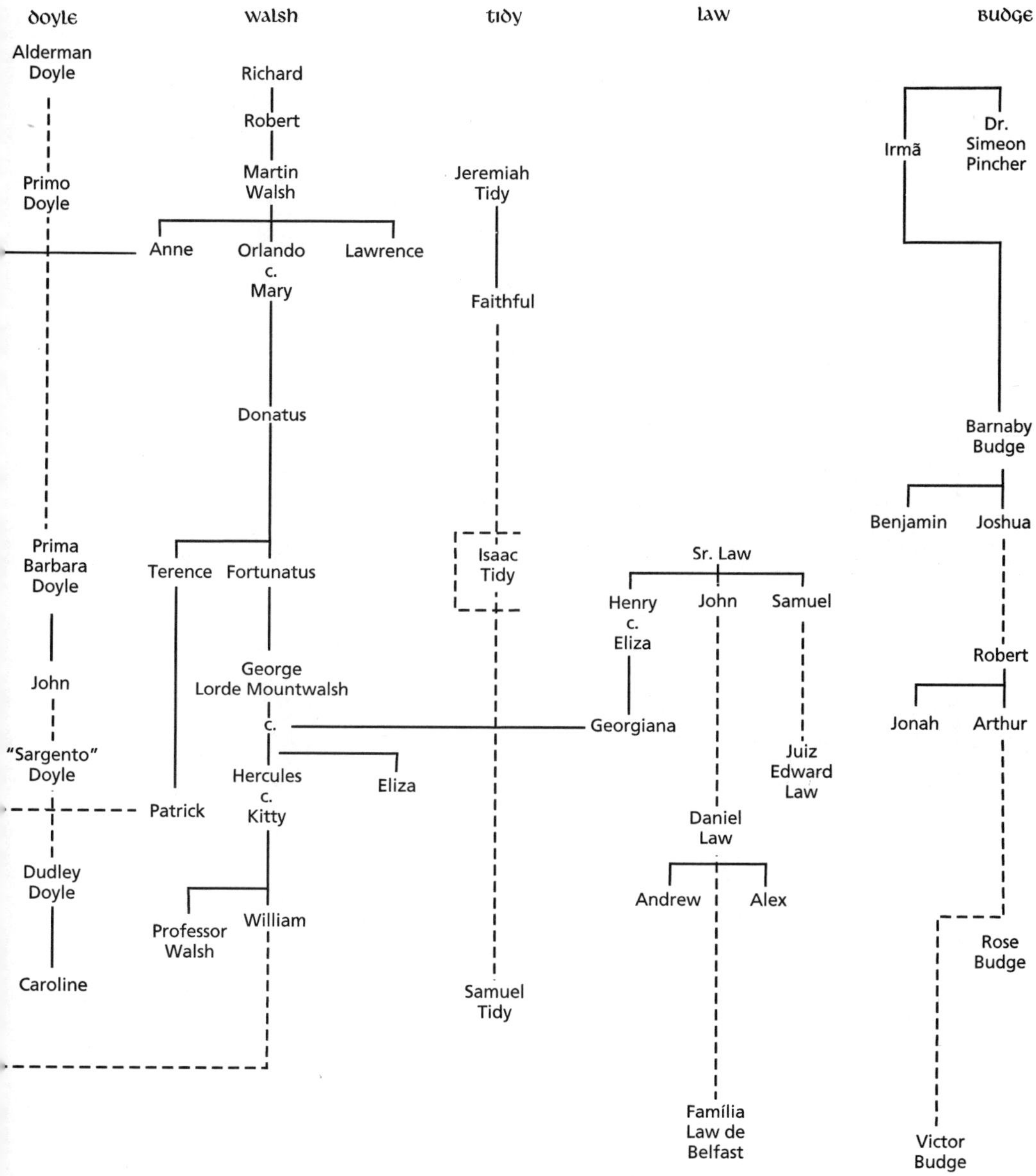
doyle
walsh
tidy
law
budge
Alderman Doyle
Primo Doyle
Prima Barbara Doyle
John
"Sargento" Doyle
Dudley Doyle
Caroline
Richard
Robert
Martin Walsh
Anne
Orlando c. Mary
Lawrence
Donatus
Terence
Fortunatus
George Lorde Mountwalsh
c.
Hercules c. Kitty
Eliza
Patrick
Professor Walsh
William
Jeremiah Tidy
Faithful
Isaac Tidy
Samuel Tidy
Sr. Law
Henry c. Eliza
John
Samuel
Georgiana
Juiz Edward Law
Daniel Law
Andrew
Alex
Família Law de Belfast
Irmã
Dr. Simeon Pincher
Barnaby Budge
Benjamin
Joshua
Robert
Jonah
Arthur
Rose Budge
Victor Budge

IRLANDA
LONDONDERRY
ANTRIM
DONEGAL
TYRONE
Belfast
ULSTER
Armagh
DOWN
FERMANAGH
ARMAGH
MONAGHAN
SLIGO
LEITRIM
CAVAN
LOUTH
MAYO
ROSCOMMON
Kells
MEATH
Drogheda
LONGFORD
Boyne
Tara
CONNACHT
Trim
DUBLIN
WESTMEATH
Athlone
Liffey
Dublin
OFFALY
KILDARE
GALWAY
Shannon
LEINSTER
WICKLOW
Curragh
Burren
Despenhadeiro de Moher
LAOIS
Glendalough
Wicklow
CLARE
Ennis
Arklow
CARLOW
KILKENNY
Limerick
TIPPERARY
Vinegar Hill
Enniscorthy
LIMERICK
New Ross
WEXFORD
Wexford
Waterford
MUNSTER
WATERFORD
KERRY
CORK
Cork
Bantry
Baía de Bantry

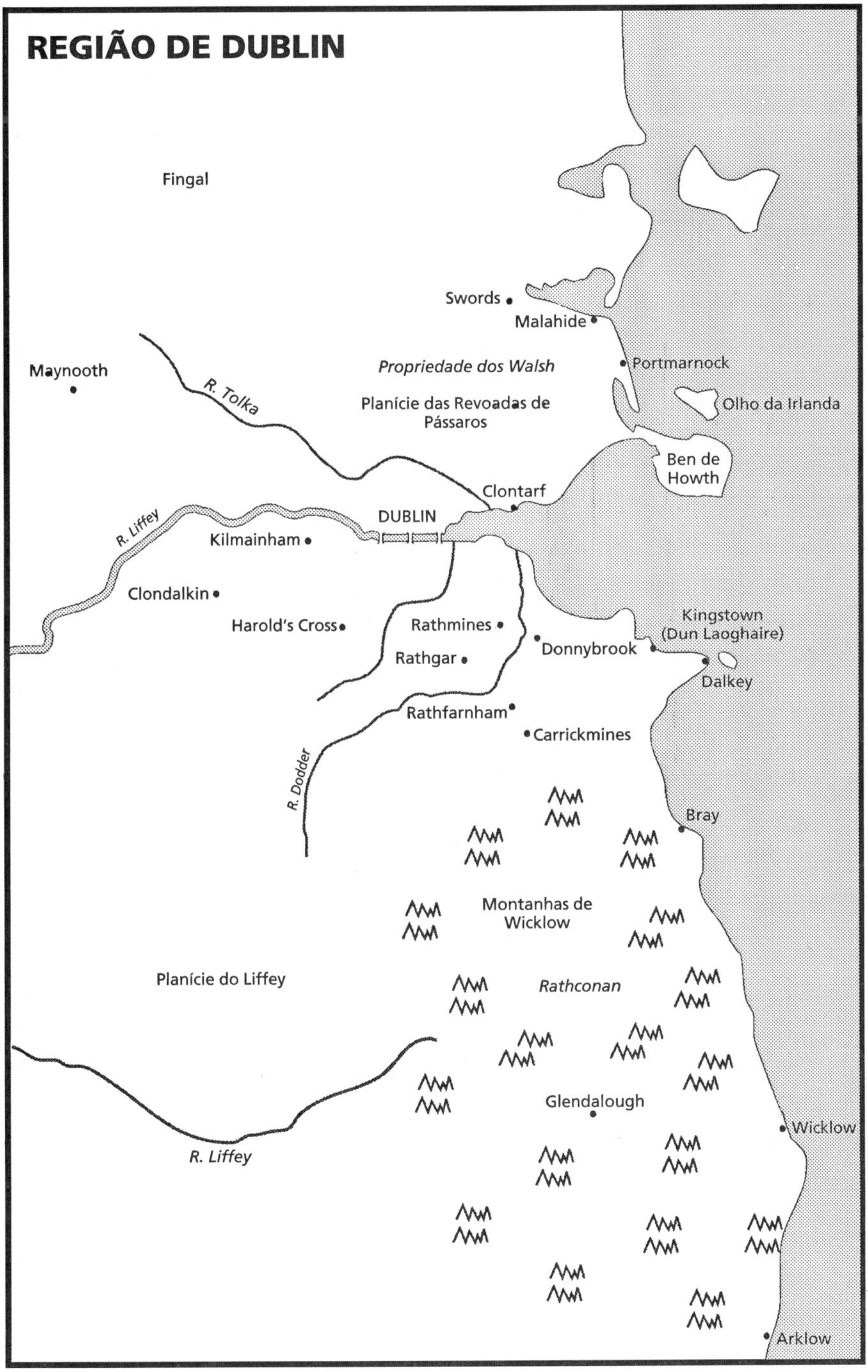
REGIÃO DE DUBLIN
Fingal
Swords
Malahide
Maynooth
Propriedade dos Walsh
Portmarnock
R. Tolka
Planície das Revoadas de Pássaros
Olho da Irlanda
Ben de Howth
Clontarf
DUBLIN
R. Liffey
Kilmainham
Clondalkin
Harold's Cross
Rathmines
Kingstown (Dun Laoghaire)
Donnybrook
Rathgar
Dalkey
Rathfarnham
Carrickmines
R. Dodder
Bray
Montanhas de Wicklow
Planície do Liffey
Rathconan
Glendalough
Wicklow
R. Liffey
Arklow

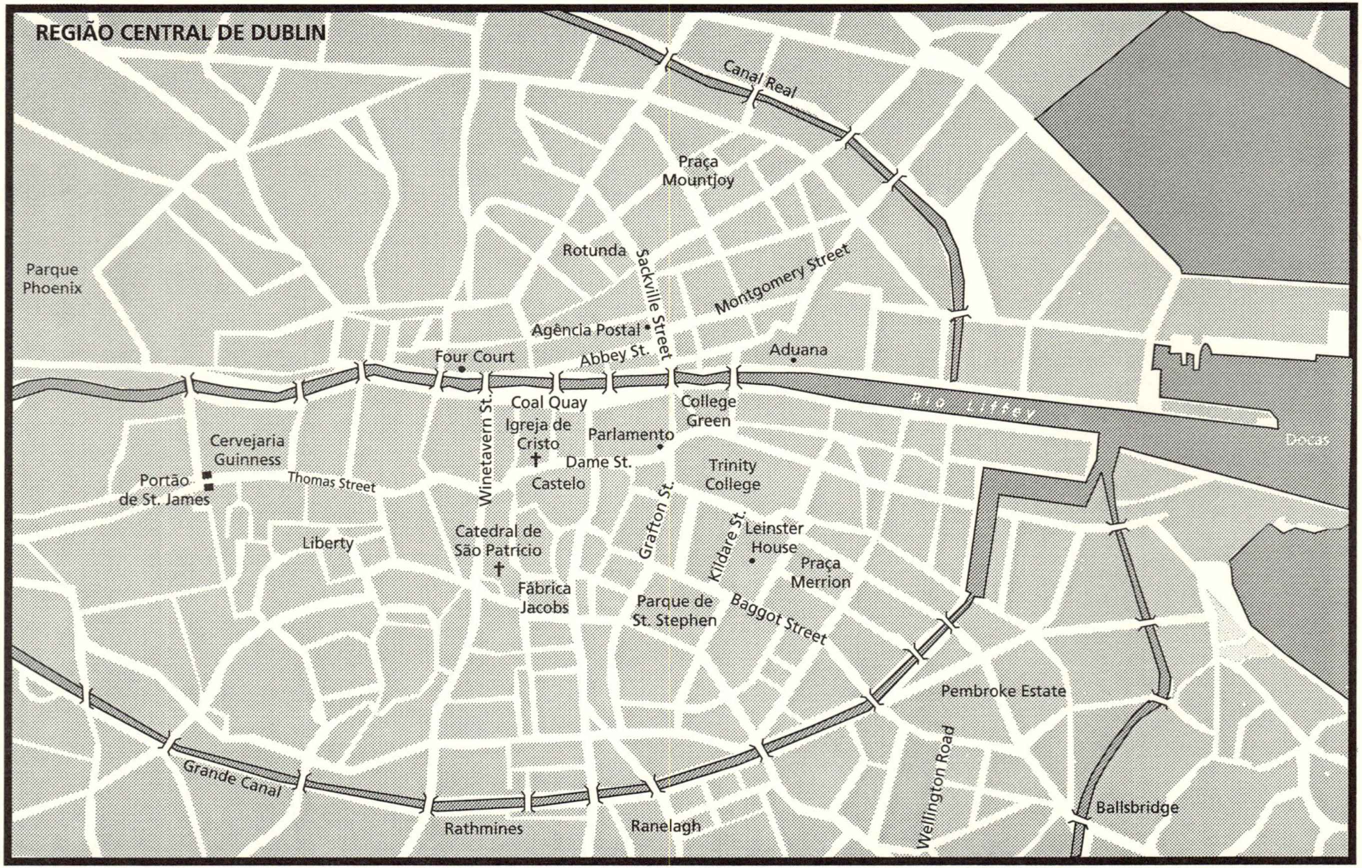
REGIÃO CENTRAL DE DUBLIN
Canal Real
Praça Mountjoy
Rotunda
Sackville Street
Montgomery Street
Parque Phoenix
Agência Postal
Four Court
Abbey St.
Aduana
Coal Quay
College Green
Rio Liffey
Docas
Igreja de Cristo
Parlamento
Cervejaria Guinness
Dame St.
Trinity College
Portão de St. James
Thomas Street
Winetavern St.
Castelo
Grafton St.
Kildare St.
Leinster House
Catedral de São Patrício
Liberty
Praça Merrion
Fábrica Jacobs
Parque de St. Stephen
Baggot Street
Pembroke Estate
Grande Canal
Wellington Road
Rathmines
Ranelagh
Ballsbridge

Introdução

Os príncipes da Irlanda segue os destinos de seis famílias irlandesas fictícias:

Os O'Byrne, que se originam da união de Conall, descendente de um rei supremo da Irlanda, e Deirdre, filha de um chefe de tribo local à época de São Patrício.

Os MacGowan, artesãos e mercadores da época pré-celta.

Os Harold e os Doyle, ambas famílias vikings que se tornaram lavradoras e mercadoras.

Os Walsh, originalmente cavaleiros flamengos que se instalaram em Gales, antes de atravessarem para a Irlanda à época da invasão anglo-normanda de Strongbow, no século XII.

E a família Tidy, artesãos e pequenos funcionários públicos locais, que chegaram à Irlanda medieval para tentar a sorte.

Os príncipes da Irlanda, primeiro livro da magnífica Saga de Dublin, de Edward Rutherfurd, transporta o leitor por mais de mil anos de história através das aventuras e destinos de várias famílias irlandesas, cujas histórias continuam neste livro.

A saga se inicia em 430 d.C., com a emocionante e trágica história de Conall, sobrinho do rei supremo de Tara, e seu ardente amor pela bela Deirdre. Quando o rei supremo escolhe Deirdre como segunda esposa, os amantes fogem. Vivem felizes por um ano, num esconderijo, mas chega o inevitável ajuste de contas. Conall liberta Deirdre de sua obrigação para com o rei supremo, mas ao custo de sua vida: em um antigo ritual druida, ele concorda em se sacrificar para salvar sua amada e livrar a terra de uma discórdia. Aqui vemos a Irlanda pagã em toda a sua mítica glória, uma terra de guerreiros e festivais extáticos, onde a guerra entre clãs é mantida sob controle por meio dos ardis do rei supremo, enquanto druidas predizem o destino do povo.

Vinte anos depois, Deirdre está vivendo no pequeno assentamento de Dubh Linn com seu filho, Morna. Ele possui uma notável semelhança com Conall, seu pai. Chega um grupo de cavaleiros, liderados por um homem grisalho, que Deirdre reconhece como um dos druidas que conduziram o sacrifício de Conall. O druida, porém, mudou — agora é um seguidor de Patrício, um homem que prega uma nova e estranha religião que reverencia apenas um deus e rejeita a prática do sacrifício humano. Na pessoa de São Patrício, Rutherfurd mostra como o dom e a humanidade do santo converteram o povo da Irlanda à religião cristã.

O cataclismo que transformou a Irlanda celta veio no século IX, com as invasões vikings. Chegando nos temíveis barcos longos, os vikings ficaram famosos por saquear mosteiros. Contudo, muitos desses invasores optaram por permanecer na Irlanda, estabelecendo férteis fazendas e portos florescentes. Também criaram um nome duradouro para a terra: ao converter o nome celta da ilha (Eriu) para a sua própria língua, nasce o nome nórdico Ire-land. Os vikings também transformaram o nome Dubh Linn em Dyflin, que se tornou o porto mais rico de toda a Irlanda. Essa fusão das culturas escandinava e celta é revivida em *Os príncipes da Irlanda* através da história de Harold e Caoilinn. Ele, um construtor de navios de Dyflin que cultua antigos deuses nórdicos e cujos ancestrais se encontravam entre os mais valentes guerreiros noruegueses. Ela, uma linda e animada descendente de Conall que não consegue se imaginar casada com um homem que não seja cristão.

Eles viveram numa época em que o reinado supremo da Irlanda está em disputa. Em 999, o grande rei Brian Boru iniciou uma campanha militar para unir a Irlanda sob seu comando. No romance, ele ganha em Harold um fiel seguidor. Entretanto, há oposição ao reinado de Brian na Irlanda: muitos de seus conterrâneos são contra ele. Caoilinn o odeia.

Quatorze anos depois de Brian Boru ter subido ao poder, os recém-viúvos Harold e Caoilinn começam um afeiçoado relacionamento, desfeito quando ela descobre a obediência de Harold ao rei Brian. O reinado de Brian termina quando ele é morto por invasores vikings durante a histórica batalha de Clontarf. Embora Brian Boru tenha decisivamente vencido a batalha, impedindo novos ataques vikings, sua morte fez dessa uma vitória de Pirro para os irlandeses. Durante a paz que se seguiu, Harold, o norueguês, e Caoilinn, a celta, colocaram suas diferenças de lado, casaram-se e foram felizes.

Em 1167, um século após a conquista normanda da Inglaterra, o rei Henrique II prepara o terreno para a anexação da Irlanda. Ele próprio pertence à dinastia Plantageneta através de Anjou, França. Henrique permite que um dos seus magnatas — o esperto e calculista Strongbow — instale assentamentos ingleses na Irlanda. Rutherfurd capta essa turbulenta transição ao apresentar um jovem soldado galês de origem flamenga, chamado Peter FitzDavid, que veleja para a Irlanda com Strongbow.

Peter faz amizade com uma família de Dublin descendente de Caoilinn. O patriarca é um padre casado com filhos (prática nada incomum para um padre da Igreja celta-irlandesa). Peter fica fascinado por Fionnuala, a atraente filha de Conn. Ela não hesita em dar início a um breve romance com o bem-educado soldado da Inglaterra. Seus encontros amorosos terminam, após Strongbow pedir a Peter que a recrute como espiã, e Fionnuala, involuntariamente, fornece uma informação que leva a uma humilhante derrota do rei supremo, um dos muitos golpes guardados para os irlandeses nas mãos de um poderoso novo amo.

Em 1171, o rei Henrique viaja para a Irlanda, acompanhado por 4.500 soldados, com o propósito de lembrar a Strongbow que, não importa o número de vitórias que tenha alcançado, ele deve sempre se submeter ao rei. Após as vitórias inglesas na Irlanda, o papa envia uma carta de congratulações ao rei Henrique, elogiando-o pelos triunfos militares na conquista dos irlandeses. O papa deixa claro para os clérigos irlandeses que seus parentes não obterão nenhum favor de Roma. Nos anos seguintes, o rei recompensaria os invasores ingleses com copiosas quantidades de propriedades irlandesas. Peter acaba sendo agraciado com a posse da propriedade da família de Fionnuala, como recompensa por duas décadas de serviço leal à coroa. Numa cena que descreve a angústia dessas transações, Fionnuala exige que Peter permita que seu irmão continue a viver na terra que tem estado com a sua família há centenas de anos. Peter não se comove e só concorda com a exigência se ele pagar o aluguel devido. Agora casada com um O'Byrne, ela alerta Peter que, um dia, seus filhos poderão descer das colinas e tomar a terra que legitimamente lhes pertence.

Por volta de 1370, os ingleses na região de Dublin vivem num estado de constantes atritos com os irlandeses do interior. Rutherfurd ilustra isso num pequeno trecho de suspense envolvendo a minúscula mas estrategicamente localizada aldeia pesqueira de Dalkey. Ali perto, o justiciar de Dublin instalou a família de John Walsh no antigo castelo de Carrickmines para criar outra fortaleza inglesa contra a resistência irlandesa. Espalha-se o boato de que os O'Byrne planejam um ataque contra Carrickmines. O alerta chega ao justiciar, que reúne um grupo de conselheiros onde estão Walsh e também Doyle de Dublin, que fez fortuna no comércio de vinho. Doyle propõe que Carrickmines seja fortificado com tropas, incluindo o único esquadrão estacionado em Dalkey, para montar uma armadilha para os O'Byrne. Na realidade, Doyle tramou secretamente para criar esse despistamento. Enquanto se desenrola uma escaramuça encenada em Carrickmines, Dalkey fica desprotegida. Isso dá a Doyle, o descendente de piratas dinamarqueses, uma estimulante oportunidade para contrabandear; conspirando com outros residentes de Dalkey e com a proteção da noite, ele desembarca a valiosa carga de três navios, desse modo evitando enormes tarifas.

O século XV na Inglaterra é marcado pelas Guerras das Rosas, rixas sangrentas entre ramos rivais da casa real dos Plantagenetas. Embora as guerras culminassem em 1485 com derrota mortal para Ricardo III e vitória para Henrique Tudor, uma facção anglo-irlandesa continua a apoiar a causa Yorkista. Eles coroam um jovem pretendente, que alega ser o conde de Warwick, como o novo rei inglês e partem para a Inglaterra, tramando a derrubada do rei Henrique. Os desastrosos resultados só levam a uma maior submissão na Irlanda, que fica dividida entre os que vivem dentro da Paliçada (as regiões que cercam Dublin, assim dominadas pelos ingleses) e o mundo mais irlandês, do outro lado dela. Através de tramas interligadas, acompanhamos as vidas de quatro famílias do século XVI: os Tidy, os Walsh, os Doyle e os O'Byrne.

Para os que viviam no interior da Paliçada, era essencial a escrupulosa aparência inglesa. Esses códigos são vivamente retratados quando a noiva de Henry Tidy, Cecily, é presa por usar um lenço de pescoço que sinaliza sua aliança com os irlandeses. Henry espera requerer em breve a cidadania para se tornar um homem livre de Dublin. O conselheiro municipal Doyle ajuda a retirar a acusação, mas alerta Henry que tome cuidado; a revelação de que sua noiva é irlandesa poderá arruinar suas chances. Esse incidente, aparentemente menor, pressagia os cismas que dividirão a sociedade de Dublin nas décadas seguintes.

Esse precário clima político também é sentido na residência Walsh. William Walsh diz à esposa, Margaret, que seu trabalho como advogado vai levá-lo ao distante sul da Irlanda. Avisa-lhe que deve manter sigilo sobre sua viagem; embora seu serviço por lá seja legítimo, há tramas se formando contra o rei Henrique VIII, e espiões talvez achem que ele vai a Munster por razões mais sinistras. Margaret, porém, revela o segredo sobre Munster a Joan Doyle, mulher do conselheiro municipal. Subsequentemente, é negada a William uma oportunidade de concorrer ao Parlamento, mas, por outro lado, John Doyle consegue uma cadeira. A desconfiança de Margaret com relação a Joan — combinada com os boatos existentes há muito tempo de que os Doyle trapacearam com as terras de sua família — a leva a odiar a outra mulher.

Entretanto, é a importante decisão do rei Henrique VIII de anular o casamento com sua esposa espanhola, Catarina de Aragão, que mudará a história da Irlanda. Anteriormente, o papa havia concedido anulações, mas o sobrinho de Catarina acabara de se tornar Sagrado Imperador Romano. O papa não ousaria ofender o monarca Habsburgo em favor de um arrogante rei Tudor. Henrique VIII rompe com o papa, e a Reforma na Inglaterra — e na Irlanda — tem início.

A rejeição do papa também desperta as diferenças culturais entre Henry e Cecily Tidy. Num primoroso desfile de Dia de Corpus Christi, Cecily diz, sem pensar, que a nova rainha é herege; em seguida, afirma que o rei queimará no inferno. Henry Tidy fica horrorizado, e, por azar, tais proclamações são feitas diante de uma figura que, em breve, levantará os irlandeses para que tomem armas contra o rei. Trata-se de lorde Thomas Fitzgerald, um influente membro da aristocracia que veste as mais finas túnicas de seda disponíveis e, portanto, é chamado de Silken Thomas [Thomas Sedoso].

Logo após o incidente de Corpus Christi, Silken Thomas revoga sua lealdade aos ingleses e, em essência, se proclama o novo protetor da Irlanda. Como muitos de seus conterrâneos que preveem uma gloriosa renovação de domínio gaélico na Irlanda, Sean O'Byrne fica emocionado com essa reviravolta e chega mesmo a fazer uma visita aos Walsh, para pedir a William que jure lealdade a Silken Thomas.

Cecily Tidy também se junta ao entusiasmo, chamando Thomas de uma janela alta e gritando uma série de promessas que ecoam na rua. Seus juramentos públicos aos Fitzgerald deixam seu marido horrorizado, pois ele sabe que, agora, ela arruinou qualquer chance que ele poderia ter de subir nos escalões da política inglesa.

Os Doyle continuaram se opondo aos Fitzgerald em favor dos Butler pró-Tudor.

Preocupado com as batalhas que assomavam, o conselheiro Doyle decide que Joan ficará mais segura em Dalkey e faz planos para ela ser escoltada até lá. Ele não se dá conta de que Margaret armou um plano de vingança, providenciando para que Sean O'Byrne sequestrasse Joan na estrada e exigisse um resgate que seria dividido igualmente entre ela e os O'Byrne. O ataque, porém, não sai como o planejado. Joan fica ilesa, mas um dos filhos de Sean é morto. Quando William Walsh ouve a notícia, revela à esposa que, recentemente, Joan havia demonstrado uma incrível generosidade para com ele, oferecendo-lhe um empréstimo para ajudar em sua terrível situação financeira. Margaret sente-se envergonhada ao perceber que interpretou mal todos os atos aparentemente cruéis de Joan e desdenhou uma mulher cujas intenções eram apenas bondosas.

Para os O'Byrne, porém, havia mais problemas reservados. Sean e Eva criavam um filho adotivo chamado Maurice, que nasceu na poderosa família Fitzgerald. Quando Maurice não era mais uma criança, Lady Fitzgerald anuncia que Sean O'Byrne é seu pai; fora por isso que ela deixara a criança aos cuidados de Sean. Como resultado da fúria e da humilhação de Eva, Maurice foge para Dublin. Ali, no coração da Paliçada inglesa, um amigo da família o aconselha a apagar quaisquer vestígios irlandeses de seu nome. Assim, Maurice Fitzgerald, cuja linhagem inclui os principescos O'Byrne, os nobres O'Byrne, o corajoso Conall e os séculos de chefes de clãs, torna-se Maurice Smith.

Fica claro que a romântica revolução dos sonhos de Silken Thomas não recebe apoio do continente; Henrique VIII envia tropas, e, em 1536, o Parlamento inglês aprova medidas repudiando o papa e jurando obediência ao rei Tudor. Setenta e cinco dos homens que tinham agido com Silken Thomas são sentenciados à morte. A queda dos Fitzgerald sinaliza uma irrevogável derrota de toda a Irlanda.

Os príncipes da Irlanda se encerra com a imagem de Cecily Tidy olhando horrorizada enquanto o fogo arde diante da catedral da Igreja de Cristo. Imagens sagradas são queimadas em público numa tentativa de purgar a Irlanda do catolicismo, uma prática que anunciaria novas batalhas para a própria alma da ilha, enquanto política e religião iniciam sua violenta mistura. Rutherfurd pinta uma terrível cena final na qual relíquias adornadas são acrescentadas à fogueira, e o *Bachall Iosa* — o relicário incrustado de joias do cajado do próprio São

Patrício, uma das relíquias mais sagradas e mais impressionantes da Irlanda — desaparece para sempre. É um momento assombroso, destinado a transformar os descendentes de príncipes em rebeldes.

O despertar da Irlanda continua a história dessas famílias e das famílias fictícias dos Smith, Pincher, Budge, Law, Madden e outras.

Colonização

1579

O Dr. Simeon Pincher conhecia tudo sobre a Irlanda.

Era um homem alto, magro, ficando calvo, ainda na casa dos 20 anos, de tez pálida e severos olhos negros bem apropriados para o púlpito. Um homem instruído, formado e membro do Emmanuel College, da Universidade de Cambridge. Quando, porém, lhe foi ofertado um cargo na nova fundação do Trinity College, em Dublin, fora para lá com tanto entusiasmo que seus novos patronos ficaram um tanto surpresos.

"Irei imediatamente", escrevera a eles, "para executar a obra de Deus." Diante de tal resposta, ninguém poderia discutir.

Ele não foi apenas com o determinado zelo que cabia a um missionário. Antes mesmo de sua chegada à Irlanda, informara-se inteiramente sobre seus habitantes. Sabia, por exemplo, que o irlandês comum, como eram agora chamados na Inglaterra os irlandeses nativos originais, eram piores do que animais, e que, por serem católicos, não se podia confiar neles.

Contudo, a dádiva especial que o Dr. Pincher levou para a Irlanda foi sua crença de que o irlandês comum não era apenas um povo inferior, mas que Deus, deliberadamente, os escolhera — juntamente também com outros, é claro —, desde o início dos tempos, para serem lançados no fogo eterno do inferno. Pois o Dr. Simeon Pincher era um seguidor de Calvino.

Para entender a versão do Dr. Pincher dos sutis ensinamentos do grande reformador protestante, era necessário ouvir apenas um dos seus sermões — pois ele já era reconhecido como um excelente religioso, altamente elogiado por sua clareza.

— A lógica do Senhor — declarava —, como Seu amor, é perfeita. E, visto que somos dotados da faculdade da razão, a qual Deus, em Sua infinita bondade, conferiu a todos nós, somos capazes de ver Seu propósito como ele é. Inclinando-se ligeiramente na direção de sua plateia para se certificar de sua concentração, ele então explicava:

— Reflitam. É inegável que Deus, a fonte de todo conhecimento... para quem todas as eras não passam de um piscar de olhos... deve, em Sua infinita sabedoria, saber de todas as coisas, passadas, presentes e por vir. E, portanto, é possível que, mesmo agora, Ele saiba muito bem quem, no Dia do Julgamento, será salvo e quem será jogado nas profundezas do inferno. Ele estabeleceu todas as coisas desde o início. Portanto, não pode ser de outra maneira. Embora, em Sua misericórdia, Ele nos deixe ignorantes de nosso destino, alguns já foram escolhidos para o céu e outros para o inferno. A lógica divina é absoluta, e todos que acreditam devem tremer diante dela. Aqueles que foram escolhidos, aqueles que serão salvos, nós chamamos de eleitos. Todos os demais, condenados desde o início ao inferno, perecerão. Portanto — fixava sua plateia com um olhar terrível —, vocês devem se perguntar: "Qual deles sou eu?"

A horrível lógica da doutrina de predestinação de João Calvino era difícil de ser refutada. Que Calvino era um homem profundamente religioso e bem-intencionado não pode ser posto em dúvida. Seus seguidores se esforçavam para acompanhar os afetuosos ensinamentos dos Evangelhos e levar uma vida honesta, de trabalho árduo e caridosa. Mas, para alguns críticos, sua forma de religião corria um risco: sua prática poderia se tornar injustificadamente dura. Mudando-se da França para a Suíça, Calvino instalara sua igreja em Genebra. As regras que governavam sua comunidade eram mais severas do que as dos protestantes luteranos, e ele acreditava que o estado deveria fazê-las cumprir por lei. Seguindo esse rigoroso regime moral — e denunciando seus vizinhos às autoridades por qualquer insucesso em viver de acordo com a lei de Deus —, sua congregação buscava não apenas merecer um lugar no céu, mas também provar a si mesma e ao mundo que continha de fato os Eleitos que já tinham sido escolhidos para ir para lá.

Em pouco tempo, calvinistas tinham brotado em outras partes da Europa. Se, por um lado, os presbiterianos escoceses eram conhecidos por sua um tanto amargurada aderência às doutrinas de predestinação, por outro, a Igreja da Inglaterra e sua irmã, a Igreja da Irlanda, tinham agora um ar calvinista. "Apenas os devotos fazem parte da igreja", declarariam suas congregações.

Mas seria possível que alguns membros da comunidade pudessem de fato não ser escolhidos para ir para o céu? A maioria certamente, admitiriam os calvinistas. Qualquer apostasia podia ser uma indicação disso. Mas, mesmo assim, como o Dr. Pincher expressou em um de seus excelentes sermões, ainda haveria uma grande incerteza.

— Nenhum homem conhece seu destino. Nós somos como homens atravessando um rio congelado, tolamente alheios a que, a qualquer momento, o gelo pode quebrar e tombar e nos jogar abaixo nas águas geladas, abaixo das quais, escondidas ainda mais fundo, queimam as labaredas do inferno. Não se deixem inchar de orgulho, portanto, ao seguirem as leis das escrituras, mas lembrem-se de que somos todos miseráveis pecadores, e sejam humildes. Pois essa é a armadilha divina, e dela não há libertação. Tudo é previsto, e os desígnios de Deus, por serem perfeitos, não mudarão. — Então, olhando em volta para sua desconsolada congregação, bradava: — Assim, mesmo se Deus ordenou que vocês podem ser amaldiçoados, eu lhes imploro: ânimo. Pois lembrem-se: não importa quão árduo o caminho seja, é-nós ordenado, sempre, ter esperança.

Poderia haver, talvez, esperança para alguns que não pertencessem à congregação calvinista? Talvez. Nenhum homem é capaz de conhecer os desígnios de Deus. Mas isso parece duvidoso. Em particular, para aqueles da Igreja católica, o futuro parece desanimador. Eles não toleram superstições papistas e cultuam os santos como ídolos — coisas especificamente proibidas nas escrituras? Eles não tiveram a oportunidade de se desviar de seus erros? Para o Dr. Pincher, parecia que todos os seguidores do papa de Roma estavam certamente no caminho da perdição, e que os nativos da Irlanda, cuja má índole era tão bem conhecida, provavelmente já deviam estar na igreja do diabo. E talvez não pudessem ser salvos, caso se convertessem? Não poderia o caso deles ser remediado? Não. O pecado deles, para o Dr. Pincher, era um claro sinal de que desde o início tinham sido escolhidos para serem condenados ao inferno. Eles pertenciam, como os espíritos pagãos que infestavam o lugar, às profundezas subterrâneas. Tais eram os pensamentos que haviam fortalecido a firme determinação do Dr. Pincher, ao atravessar o mar para Dublin.

Mas e o seu próprio destino? Tinha certeza Simeon Pincher, nos locais sagrados de seu coração, de que ele mesmo era um dos eleitos? Esperava que sim. Se tivesse havido certos pecados, ou ao menos indiscrições, em sua própria vida, isso poderia ser um sinal de que sua própria natureza era corrupta? Ele afastou esse pensamento. Pecar, é claro, era a sina de todo homem. Os que se arrependiam podiam certamente ser salvos. Se tivesse havido pecados em sua vida, portanto, ele se arrependia com toda a sinceridade. E sua conduta diária e seu zelo pelo Senhor provavam, ele esperava e acreditava, estar, de fato, no mínimo, entre os escolhidos de Deus.

Fazia um dia tranquilo, com uma leve brisa, quando ele chegou a Dublin. Seu navio tinha ancorado ao largo no rio Liffey. Um barqueiro levou-o a remo até o Wood Quay.

E ele acabara de escalar para a *terra firma* da Irlanda, representada pelo velho cais, quando, um tanto subitamente, algo aconteceu e o mundo virou de cabeça para baixo.

A coisa seguinte de que se lembrava era de estar deitado com a cara no chão, cônscio de um forte rugido, e de que algo havia lhe dado uma enorme pancada no estômago, de modo que ele mal conseguia respirar. Olhou para cima, pestanejou e viu o rosto de um homem, um fidalgo, pelas suas roupas, tirando-lhes o pó e olhando para baixo, preocupado.

— Não está ferido?

— Creio que não — respondeu Pincher. — O que aconteceu?

— Uma explosão. — O estranho apontou, e Pincher viu, ao girar o corpo, que, no meio do cais, onde antes ele notara um prédio alto com um guindaste na frente, havia agora um toco de pedra em pedaços, e as casas na rua defronte eram ruínas enegrecidas.

Pincher agarrou agradecido o braço oferecido pelo estranho, ao se pôr de pé cambaleante. Sua perna doía.

— Acaba de chegar?

— Sim. Pela primeira vez.

— Então venha, senhor. Meu nome, a propósito, é Martin Walsh. Há uma estalagem aqui perto. Deixe-me ajudá-lo até lá.

Após deixar Pincher na estalagem, o amável fidalgo foi inspecionar os danos. Voltou uma hora depois, para informar:

— A coisa mais estranha. Um acidente, sem dúvida. — Aparentemente, uma faísca produzida pela ferradura de um cavalo sobre uma pedra do pavimento havia inflamado um barril de pólvora, que, por sua vez, explodira um enorme depósito de pólvora junto ao grande guindaste principal. — A parte de baixo da Winetavern Street está destruída. Até mesmo a estrutura da catedral Igreja de Cristo no alto da colina estremeceu. — Ele sorriu amarelo. — Já ouvi falar em estranhos que trazem mau tempo, senhor, mas uma explosão é algo novo. Espero que não pretenda causar mais nenhum mal aos irlandeses.

Foi um gracejo cortês, de intenção amável. Pincher entendeu isso muito bem. Ele, porém, nunca fora muito bom nesse tipo de coisa.

— Não — disse ele, com horrenda satisfação —, a não ser que sejam papistas.

— Ah. — O fidalgo riu tristemente. — Vai encontrar muitos deles, senhor, em Dublin.

Somente depois que esse bom samaritano o havia conduzido até o Trinity College e o deixara em segurança aos cuidados do porteiro, Pincher descobriu que o próprio Sr. Walsh professava a fé romana. Foi um momento constrangedor, era inegável. Mas como ele poderia ter adivinhado que o amável estranho, tão obviamente inglês, tão claramente um fidalgo, podia ser um papista? Aliás, como Walsh o havia alertado, não demorou para ele se chocar ao descobrir que muita gente de boa família e de boa situação social em Dublin igualmente o era.

Essa própria descoberta, porém, apenas mostrava, ele também reconheceu, o quanto de trabalho havia a ser feito ali.

1607

Uma tarde de meados de verão. Martin Walsh encontrava-se com seus três filhos, no pico do Ben of Howth, olhando para o mar. Sua cautelosa mente de advogado estava empenhada em seus próprios cálculos cuidadosos.

Martin sempre fora uma alma zelosa — velho para sua idade, as pessoas costumavam dizer. Sua mãe morrera quando ele tinha 3 anos, o pai, Robert Walsh, um ano depois. Seu avô, o velho Richard, e sua avó o criaram, e, acostumado com a companhia de pessoas velhas o tempo todo, inconscientemente, ele havia adotado muitas de suas atitudes. Uma delas era ser cauteloso.

Fitou ternamente sua filha. Anne tinha apenas 15 anos. Era difícil acreditar que ele já tomara tais decisões em relação a ela. Seus dedos apertaram a carta no bolso oculto de seus calções, e ele se perguntou, como vinha se perguntando havia horas: deveria lhe contar?

O casamento de uma filha deveria ser um assunto particular da família. Mas não era. Não nesse tempo. Ele desejou que sua esposa ainda estivesse viva. Ela saberia como lidar com aquilo. O jovem Smith poderia ter um bom ou um péssimo caráter. Walsh esperava que fosse bom. Entretanto, algo mais seria necessário. Princípios, certamente. Força, sem dúvida. Mas também aquela qualidade indefinível e sumamente importante — talento para sobreviver.

Para gente como ele — para os leais Velhos Ingleses, descendentes dos colonizadores que foram para lá após as invasões de 1169-72 —, a vida na Irlanda nunca fora tão perigosa.

✣

Havia quatro séculos e meio que o rei normando-francês Henrique Plantageneta da Inglaterra tinha invadido a Irlanda e, tomando o lugar de seus antigos reis supremos, ameaçara os príncipes irlandeses para que o aceitassem formalmente como seu senhor. Fora a área da Paliçada, em volta de Dublin, é claro, ainda havia príncipes irlandeses e magnatas Plantageneta como os Fitzgerald — os quais, em pouco tempo, não seriam muito diferentes dos irlandeses —, que haviam governado a ilha desde sempre. Até setenta anos antes, quando o rei Henrique VIII da Inglaterra esmagara os Fitzgerald e deixara claro, de uma vez por todas, a intenção da Inglaterra de governar diretamente a ilha ocidental. Até mesmo adotara o título de rei da Irlanda.

Poucos anos depois, o monarca inglês que teve seis esposas, faleceu, dominado pela doença. Por meia dúzia de anos, seu filho Eduardo, um garoto doente, governou; sua filha Maria, por outros cinco. Mas então houve Elizabeth, a rainha virgem, que durante quase meio século permaneceu no trono da Inglaterra. Todos eles tentaram governar a Irlanda, mas não foi fácil.

Para lá, foram enviados governadores, alguns sensatos, outros não. Aristocratas ingleses, quase sempre, com nomes ou títulos ressonantes: Saint Leger, Sussex, Sidney, Essex, Grey. E sempre encontraram os mesmos tradicionais problemas irlandeses: magnatas Velhos Ingleses — Fitzgerald e Butler — ainda com ciúmes uns dos outros; príncipes irlandeses impacientes pelo controle real — no Ulster, os poderosos O'Neill ainda não haviam esquecido que outrora tinham sido reis supremos da Irlanda. E todos — sim, inclusive a pequena realeza dos leais Velhos Ingleses como os Walsh — contentes em enviar delegações ao monarca para minar a autoridade do governador sempre que este fazia algo de que não gostavam. Se eles tinham ido tornar a Irlanda uma segunda Inglaterra, isso não era supostamente apenas em benefício dos irlandeses. Com eles, chegara uma coleção de caçadores de fortunas — os Novos Ingleses, como eram chamados —, famintos por terras. Alguns desses vigaristas até tentaram alegar que eram descendentes dos há muito esquecidos colonizadores Plantageneta e que tinham direito ancestral de posse sobre propriedades irlandesas.

Portanto, era de surpreender que os governadores ingleses achassem que os irlandeses resistiam a mudanças, ou a novos impostos, ou a aventureiros ingleses tentando roubar suas terras? Era de surpreender que, durante a infância de Martin Walsh, tivesse havido mais de uma insurreição localizada, principalmente no sul, onde os Fitzgerald de Munster se sentiam ameaçados? Havia mais do que uma suspeita, porém, de que algumas das autoridades inglesas tentavam deliberadamente incitar desordem. "Se eles conseguem nos provocar para nos rebelarmos", concluíram alguns proprietários de terras, "então nossas propriedades são confiscadas e eles conseguem colocar as mãos nelas. Esse é o jogo." Mas foi ao final do longo reinado de Elizabeth que surgiu a grande rebelião.

Dentre todas as províncias da Irlanda, o Ulster tinha a fama de mais selvagem e mais atrasada. Os chefes do Ulster tinham visto com desgosto e crescente inquietação o progresso das autoridades inglesas em outras províncias. O mais notável de todos, O'Neill — que fora educado na Inglaterra e possuía o título inglês de conde de Tyrone —, conseguia habitualmente manter a paz por lá. No final das contas, porém, foi Tyrone quem liderou a revolta.

O que ele queria? Governar a Irlanda toda como o tinham feito seus ancestrais? Talvez. Ou apenas amedrontar tanto os ingleses para que o deixassem governar o Ulster como se fosse seu? Também era possível. Como Silken Thomas Fitzgerald, sessenta anos antes, ele tinha atraído lealdades católicas contra os hereges ingleses e enviado mensagens ao rei católico da Espanha solicitando tropas. E, desta vez, soldados católicos — 4.500 deles — vieram realmente. Tyrone era também um soldado habilidoso. Destruiu a primeira força inglesa enviada contra ele no Ulster, na Batalha do Vau Amarelo, e pessoas por toda a ilha aderiram à sua causa. Isso tinha sido apenas uma década antes, e ninguém em Dublin sabia o que ia acontecer; mas, na ocasião oportuna, Mountjoy, o duro e capaz comandante inglês, esmagou Tyrone e seus aliados espanhóis em Munster. Depois disso, não havia nada que Tyrone pudesse fazer. No exato momento em que a velha rainha Elizabeth estava em seu leito de morte em Londres, Tyrone, último dos príncipes da Irlanda, capitulou. Os ingleses foram surpreendentemente lenientes; ele teve permissão de manter algumas das antigas terras dos O'Neill.

Agora havia um novo rei no trono, o primo de Elizabeth, James. O jogo de Tyrone tinha acabado, e ele sabia disso. Mas a Irlanda estava mais segura?

Ele olhou para o mar. À sua direita, ficava a larga volta da baía de Dublin, encurvando-se para o promontório ao sul e o porto de Dalkey. Virando à esquerda, olhou abaixo para a estranha ilhota com a fenda em seu rochedo — O Olho da Irlanda, como às vezes as pessoas chamavam agora aquela ilha — e em direção ao norte, através das águas, para onde, a distância, erguiam-se íngremes as montanhas azul-acinzentadas do Ulster. Se tivesse de tocar no assunto, pensou, aquele era o momento. Pela manhã, eles já teriam ido.

A personalidade de Martin Walsh podia ser deduzida da sua aparência. Havia alguns salpicos de lama seca e muito pó em suas macias botas de couro, porque, após passar a cavalo pelo castelo de seu amigo, o lorde de Howth, na base do promontório, resolvera subir a pé até o cume. Mas seus calções e o gibão, que haviam sido cuidadosamente escovados naquela manhã, continuavam imaculadamente limpos. Como o dia estava quente, ele saíra para cavalgar sem capa ou mesmo um chapéu, e os cabelos, na maioria ainda castanhos, pendiam soltos sobre os ombros. Ele tinha uma barbicha pontuda, grisalha. Cuidadoso, limpo, calmo, simples, um homem de família. A única outra coisa que um novo conhecido precisava observar era o crucifixo de prata numa corrente junto ao seu coração.

A carta lhe fora levada por um mensageiro naquela manhã; e, após tê-la lido e digerido seu surpreendente conteúdo, só pôde concluir que o autor a enviara às pressas ao saber que Lawrence e Anne estavam prestes a partir.

— Recebi uma carta de Peter Smith — disse ele calmamente. — Sobre seu filho Patrick. Vocês o conhecem?

Seus outros dois filhos nada disseram, embora Lawrence tivesse olhado rispidamente para Anne e depois encarado o pai com uma expressão inquiridora.

— Eu o encontrei uma ou duas vezes, papai — respondeu ela. — Quando estive em Dublin com mamãe.

— Você conversou com ele?

— Um pouco.

— Qual é sua opinião sobre ele... isto é, seu caráter?

— Acho que é honesto e virtuoso.

— Ele lhe agrada?

— Creio que sim.

Martin Walsh refletiu. Ele conhecia a família ligeiramente. Smith era um respeitável comerciante de Dublin e católico. Isso era bem verdade. Mas e fora isso? Embora Smith vivesse em Dublin, vinte anos antes emprestara dinheiro a um proprietário de terras ao sul da cidade, tendo como caução as propriedades deste; depois disso, como era costume com as hipotecas irlandesas, ele desfrutara o uso das propriedades até ser pago. Smith era, na opinião de Walsh, no mínimo meio fidalgo. E tinha um ar estranhamente aristocrata. Sempre houvera dúvidas sobre as origens da família — Walsh não gostava disso. Peter Smith não desencorajara os rumores de que seu pai Maurice nascera um Fitzgerald. Os MacGowan diziam que ele era filho natural de O'Byrne de Rathconan, lá de cima das montanhas de Wicklow. Era só escolher. De qualquer maneira, se poderia dizer, um nobre. A verdade, porém, era que Walsh mal conhecia a família. Soubera que tinha havido vários filhos, mas Smith não os tinha reconhecido. Seu primo Doyle, sem dúvida, devia saber de algo.

Quanto à carta de Peter Smith, ele não viu qualquer falha nela. Após alguns agradáveis elogios à sua filha, e à sua reputação, perguntava se Walsh discutiria a possibilidade de, nada mais, entregar aquela joia ao filho dele, que estava impressionado enormemente pela sua beleza e pelo seu bom caráter. Seria descortês se Walsh, pelo menos, não falasse com o comerciante de Dublin.

— A carta fala de um noivado. Parece estranho que ele a peça em casamento após terem se conhecido tão pouco — observou. Príncipes podiam se casar tendo nada mais do que o relato de um embaixador e um retrato em miniatura, mas a pequena nobreza que vivia em volta de Dublin costumava ter um bom convívio antes de se casar.

— Eu gostaria de conhecê-lo melhor, papai, se é sério o interesse dele por mim.

— Claro, minha filha. — Ele assentiu e deixou que os olhos se dirigissem novamente em direção ao mar.

Portanto, ele não notou o olhar que Orlando deu para a irmã, nem o penetrante olhar de alerta que ela lhe deu de volta.

Orlando estava bastante animado. E se sentia muito contente consigo mesmo. Porque tinha adivinhado.

A primeira vez tinha sido no verão anterior, quando Anne voltara da França. Eles haviam saído para caminhar juntos e estavam cerca de 1 quilômetro distante de casa quando encontraram o rapaz. Anne e ele pareceram se reconhecer, mas Orlando não ficara sabendo do nome do estranho. Caminharam um pouco mais até algumas árvores e, encontrando um tronco largo, Anne e o homem se sentaram para conversar, enquanto Orlando explorava o bosque. Por algum motivo, Anne o fizera prometer que manteria o encontro em segredo; e ele se sentira muito orgulhoso por sua irmã mais velha confiar nele daquele modo.

Embora fosse seis anos mais velha, Anne sempre fora presente na vida dele. Seu irmão mais velho, Lawrence, sempre fora amável e era o herói de Orlando; mas, desde que este conseguia se lembrar, ele vivia no exterior, estudando, e, na melhor das hipóteses, tratava-se de uma presença ocasional na casa. Até dois anos antes, Anne ainda estivera fazendo suas lições com o padre Benedict, no aposento que chamavam de sala de aula e que ficava ao lado do saguão. Foi Anne quem, antes de chegar a vez de Orlando com o padre Benedict, lhe ensinou o alfabeto e que, nas noites de verão, sentava-se e lia para ele, com seus cabelos castanhos caindo densamente para um dos lados a fim de que o menino pudesse apoiar a cabeça no ombro dela e, enquanto ouvia, enterrar o rosto no suave cheiro de seus cabelos. Ou frequentemente contava-lhe histórias sobre pessoas tolas que ela inventava e o fazia rir. Ela era uma maravilhosa irmã mais velha.

Então o pai deles mandou-a para uma família francesa em Bordeaux. "Não quero minha filha crescendo como uma moça inglesa provinciana", dissera ele. Entretanto, após o primeiro ano fora, se ela se tornara um tanto séria, continuava amável, e, às vezes, a engraçada Anne que ele amava aparecia de repente. Quando ela lhe pedia para guardar um segredo, ele preferia morrer a revelá-lo.

Nas semanas que se seguiram, e saíram várias vezes a cavalo para se encontrar com o rapaz. Dois desses encontros tiveram lugar na longa e arenosa praia do lado oposto à ilhota com a fenda no rochedo, e Anne e o rapaz cavalgaram ao longo da costa, enquanto Orlando brincava nas dunas. Em cada uma das vezes, pedira que ele guardasse segredo, e dizia aos pais: "Levei Orlando para cavalgar na praia." E ninguém ficara sabendo.

Em sua volta para casa, naquele verão, os encontros recomeçaram. Ele também havia apanhado cartas com ela para entregá-las ao rapaz, que esperava no bosque próximo. Mesmo assim, ele ainda não sabia o nome do rapaz ou a natureza do relacionamento dos dois. E quando, uma ou duas vezes, ousou perguntar, as respostas da irmã apenas o confundiram.

— Ele entrega os meus recados para outra garota, num seminário na França. E conversa comigo sobre ela. Só isso.

— Ele vai vê-la?

— Algum dia, espero.

— E vai se casar com ela?

— Isso é segredo.

— Qual é o nome dela? E qual é o nome dele? E por que ele tem de enviar recados para você? E por que não podemos contar para ninguém?

— Isso tudo é segredo. Você é muito jovem para entender. Se fizer mais perguntas, seu menino tolo, não levo mais você comigo. — Ele não tinha certeza do que significava tudo aquilo, mas não queria arriscar ser deixado para trás, e, portanto, não perguntou mais. Ainda na manhã anterior, ela o levara a um canto e severamente o fizera prometer nunca, em qualquer ocasião, contar o que tinha visto; e ele jurara pela sua vida que não contaria. Mas ficou imaginando o motivo.

E agora ele tinha adivinhado. O rapaz devia ser o filho de Peter Smith. E era a própria Anne quem ele andava cortejando. E ninguém sabia, exceto ele. Seus olhos brilhavam ao pensar que havia tomado parte em tal aventura. E se Anne, fosse qual fosse o motivo, achava que devia enganar seu pai, ele mal se preocupava com isso.

Lawrence pigarreou. Ele parecia sério. Se havia um atrito entre Martin Walsh e seu filho mais velho, ambos tinham o cuidado de esconder isso de Anne e Orlando, principalmente depois que a mãe deles morrera. Respeitosamente, portanto, ele demonstrou que queria falar com o pai em particular.

— Nós temos certeza — perguntou baixinho — da religião da família?

Pois era aí que residia o perigo.

Se a Reforma, como uma série de terremotos, abrira grandes rachas por toda a Europa, os tremores na Irlanda, a princípio, tinham sido pequenos. O rei

Henrique havia fechado alguns mosteiros e alienado suas terras; houvera ultrajes, como a queima de relíquias sagradas em Dublin e a perda do cajado de São Patrício. Mas o reinado do rei-menino Eduardo — no qual houvera uma revolução protestante na Inglaterra — tinha sido tão curto que os protestantes não tiveram tempo de fazer muitos avanços do outro lado do mar, na Irlanda, antes de a rainha Maria levar o reino de seu pai de volta a Roma. Maria, a Sanguinária, era como a chamavam na Inglaterra, mas ela dava pena. Arrogante e majestosa, vira sua pobre mãe ser rejeitada e humilhada. Não admirava que fosse tão ferozmente leal à sua herança católica. Teria ela compreendido a aversão dos súditos ingleses, que prezavam a independência insular, quando se casara com seu primo Filipe II da Espanha? Sem filhos, abandonada por Filipe, ela logo morreu, e os ingleses disseram ao seu marido espanhol que não desse as caras novamente por lá. Na Irlanda, entretanto, o reinado de Maria fora bastante tranquilo. As terras dos mosteiros que Henrique havia dissolvido não foram devolvidas à Igreja — os fidalgos católicos irlandeses não eram tão devotos assim para querer deixar de lado essa bem-vinda e inesperada sorte. Mas, nas coisas espirituais, o reinado de Maria fora um retorno à normalidade.

Não, foi no longo reinado de Elizabeth que os problemas religiosos da Irlanda começaram de fato. Mas, por tudo isso, não se pode culpar a rainha.

O lema da rainha Bess sempre fora a conciliação. Deveria haver uma Igreja formal, argumentava-se, ou haveria desordem. A Igreja inglesa que Elizabeth esquematizou era um tal amálgama inteligente, que, esperava-se, católicos ou protestantes moderados poderiam achar aceitável. O recado para seus súditos foi claro: "Se, em público, vocês se comportarem, em particular poderão acreditar no que quiserem."

A história, porém, estava contra ela. A Europa inteira se separava em acampamentos religiosos armados. As potências católicas estavam determinadas a reagir contra os hereges protestantes. O rei Filipe da Espanha, tendo fracassado com Maria, a meia-irmã de Elizabeth, até mesmo se ofereceu para se casar com esta, a fim de garantir a Inglaterra para a sua família e para a fé católica. Mas os súditos de Elizabeth estavam se tornando mais protestantes, e até mesmo puritanos, e, quando, em 1572, a família real francesa promoveu um grande massacre de protestantes no Dia de São Bartolomeu, no qual milhares de mulheres e crianças foram mortas, a causa católica na Inglaterra foi enormemente prejudicada. Mas o grande golpe contra as esperanças de conciliação de Elizabeth tinha vindo da própria Roma.

"O papa excomungou a rainha." Seu avô, Richard, chegara certo dia em casa com a notícia. Era um dos mais antigos acontecimentos de sua infância de que Martin Walsh se lembrava. "E eu gostaria," dizia seu avô sempre depois, "que ele não tivesse feito isso." Os católicos não deviam mais lealdade à rainha. Em pouco tempo, o Conselho da Inglaterra, receoso de que os católicos ingleses pudessem se tornar traidores, fecharam o cerco contra eles. Padres que chegavam do continente eram presos como espiões e insurgentes. Um grande número foi executado. E quando, finalmente, Filipe da Espanha enviou a poderosa Armada através dos mares para conquistar a ilha herege — e poderia ter conseguido, se uma forte tempestade não tivesse impelido seus galeões de volta para a costa —, as mentes da maioria dos ingleses se concentraram num único preconceito: os católicos eram o inimigo.

Exceto, talvez, na Irlanda. "No tempo do meu pai", recordava a rainha Elizabeth, "quando os jesuítas procuraram os O'Neill, alegando traição, os O'Neill os mandaram embora." Ainda na época da Armada, quando um galeão espanhol naufragou em sua costa, Tyrone massacrou a desventurada tripulação, só para mostrar à rainha inglesa que ela podia confiar em seus lordes irlandeses nativos. O Conselho Inglês entendeu que a fé católica professada por eles, como tal, não levaria necessariamente os príncipes irlandeses a um conflito com a coroa. Quanto aos Velhos Ingleses, orgulhosos de sua lealdade e pertencentes quase todos à pequena nobreza, e a maioria dos comerciantes reservadamente católica, a rainha e seu Conselho tentaram manter o compromisso. Se Richard Walsh relutava em renunciar ao papa pela Igreja de Elizabeth — "a Igreja da Irlanda, como ela tinha prazer de chamar", ele diria com um sorriso amarelo —, após comparecer uma vez ao serviço religioso, admitiu: "Eles seguem tão de perto os rituais apropriados, que poderíamos pensar que estávamos numa Igreja católica." Se um adepto não comparecesse, teria de pagar uma multa; mas esta nem sempre era cobrada. Até mesmo os padres católicos, desde que não causassem problemas, eram comumente deixados em paz. Mais séria e mais insultante era a regra de que os católicos não podiam manter cargo público. "Mas também não conseguiam aplicá-la, sabe", gostava de frisar Richard. "Geralmente, o único fidalgo da localidade apto a ser um magistrado é católico." A regra, portanto, era ignorada. Em tal ambiente, homens como Richard Walsh podiam administrar sua dupla lealdade.

Com o passar dos anos, porém, isso se tornou mais difícil. Os Novos Ingleses chegaram e assumiram os cargos. Pouco a pouco, os Velhos Ingleses católicos foram empurrados para fora das atividades de governo. As regras contra sua religião endureceram. "Somos tratados como estrangeiros em nosso próprio país", começaram a se queixar os Velhos Ingleses.

Com a morte da rainha Elizabeth, o trono passou para seu primo Jaime Stuart, rei da Escócia. Sua impetuosa mãe, Maria da Escócia, fora uma católica cujas tramas contra a herege rainha Elizabeth tinham finalmente lhe custado a cabeça. Seu filho Jaime fora criado como protestante pelos lordes escoceses. Mas o novo rei mostraria mais compreensão para com a leal pequena nobreza da Irlanda? Houvera sinais de que sim. Até o ano anterior.

Cinco de novembro de 1605: a data que abalou toda a Inglaterra. Um grupo de conspiradores católicos, liderados por Guy Fawkes, tentou explodir as Casas do Parlamento, dos Lordes, Comuns, e o próprio rei Jaime — mas foi descoberto pela rede real de espiões. Por séculos adiante, a afronta seria repetida num versinho popular.

Recordem, recordem
O 5 de novembro,
Pólvora, traição e trama.

Eu não vejo razão
Para a traição da pólvora
Jamais ser esquecida.

Para os puritanos da Inglaterra e o Parlamento inglês, depois disso não se podia confiar nos católicos.

E como isso deixava os Walsh? Em dificuldades. Algum dia, talvez, em perigo. Era assim que Martin Walsh via a situação. E de que tipo de genro ele precisava? Um católico, claro. Ele não queria ter netos protestantes. Um homem como ele: leal, mas inteligente e amável. Um homem que não permitisse que sua cabeça fosse governada pelo coração. Um homem disposto a conciliar. O jovem Smith era esse homem? Ele não sabia.

Todo esse tempo, deu-se conta, seu filho mais velho o estivera observando atentamente. Martin sorriu.

— Não receie, Lawrence, farei uma diligente investigação, pode estar certo.

Lawrence, porém, não retribuiu o sorriso. Aliás, pareceu a Martin que o olhar que recebeu de seu filho foi desconfiado e frio. Então Lawrence falou.

E, enquanto ele tremia, Martin olhava-o tristemente. Não era fácil para um pai ser desprezado pelo próprio filho.

Lawrence quase desejou não ter falado. Detestava magoar seu bondoso pai. Se ao menos não houvesse aquele grande abismo entre eles — porém, ele não sabia o que poderia ser feito a respeito. O abismo tinha se aberto por causa da educação.

Martin adquirira uma agradável propriedade em Fingal, na extremidade da antiga planície das Revoadas de Pássaros, o coração da Paliçada dos Velhos Ingleses. Embora seu amigo, o lorde de Howth, tivesse entrado para a Igreja da Irlanda de Elizabeth, a maioria da pequena nobreza local, como os vizinhos Talbot de Malahide, era de católicos leais que empregavam tutores católicos para ensinar seus filhos. Entretanto, compromissos mais importantes, não se podia negar, eram realizados dentro do sistema. Por exemplo, o dinheiro para manter sua própria casa vinha de uma propriedade que a esposa do velho Richard, uma Doyle, havia comprado barato quando os mosteiros foram dissolvidos. Seus primos Doyle — puramente por vantagens materiais — tinham passado, dez anos antes, para a Igreja dos protestantes irlandeses. Lawrence ficara desgostoso, mas seu pai, como bom católico que era, aceitara tudo filosoficamente e continuava a lidar em termos amistosos com seus primos protestantes. Somente quando se referia à própria educação essa conciliação era impossível.

"Os ingleses não são apenas protestantes. Eles estão se tornando puritanos", declarara Martin. "É impossível educar alguém lá." Quais eram, porém, as alternativas? A Irlanda sempre carecera de uma universidade própria; mas, recentemente, um novo local de ensino, chamado Trinity College, fora criado em Dublin para suprir essa necessidade. Em pouco tempo, entretanto, ficou claro que o Trinity fora planejado para os Novos Ingleses protestantes, e, portanto, os católicos naturalmente o evitaram. Restavam apenas os seminários e as faculdades da Europa continental. E assim, como tantos outros fidalgos de sua classe, Martin Walsh enviara seu filho para uma universidade continental: a de Salamanca, na Espanha. E, ali, graças a Deus, pensava Lawrence, ele tinha encontrado um mundo diferente.

Quando a poderosa Igreja católica foi confrontada pela Reforma protestante, alguns dentro dela reagiram ofendidos; mas, em geral, católicos bravos e devotos tiveram um ponto de vista diferente.

"Os protestantes estão certos", concordavam, "quando dizem que se encontram corrupção e superstição na Igreja católica. Mas isso não é razão para destruir mil anos de tradição espiritual. Precisamos purificar e renovar a Santa Igreja; quando isso for feito, a fé brilhará com uma luz nova e intensa. E essa chama sagrada precisará então ser protegida. Devemos nos preparar para lutar em defesa da Igreja católica contra seus inimigos." Assim, nasceu o movimento conhecido como Contrarreforma. A fé católica pura, incorruptível — simples, mas forte —, ia reagir. Seus melhores homens e mulheres estavam preparados para a batalha. E onde a Igreja católica encontraria recrutas para a grande causa? Ora, nos lugares onde os melhores jovens eram educados, é claro. Nos seminários.

Lawrence adorava Salamanca. Morava na faculdade irlandesa e frequentava a universidade, onde o currículo era rico e variado.

No terceiro ano, o diretor o tinha chamado e calmamente perguntado se ele tinha vocação para a vida religiosa. "Tanto eu quanto todos os seus professores concordamos que você deveria continuar e empreender o estudo da divindade. Aliás, achamos que você tem as qualidades essenciais de um jesuíta."

Entrar para a ordem jesuíta — era uma honra e tanto. Membros da Companhia de Jesus, fundada apenas sete décadas antes, por Inácio de Loyola, os jesuítas eram uma parte da elite intelectual da Igreja católica. Professores, missionários, administradores, sua missão era não se afastar, mas interagir com o mundo. Quando a Contrarreforma reuniu o exército dos soldados de Cristo, os jesuítas estavam na vanguarda. Intelecto, prática mundana, força de caráter: tudo era exigido. Desde a época em que sua família, pela primeira vez, reforçara a fé na Irlanda, quatro séculos antes, toda a sua herança, parecia a Lawrence, o tinha preparado para tal papel. "Pode ser", dissera-lhe o diretor, "que estejamos destinados a acender na Irlanda uma chama mais brilhante e mais pura do que jamais flamejou ali antes."

Foi uma grande surpresa para Lawrence que isso não tivesse agradado a seu pai.

— Eu esperava filhos de você — lamentou-se Martin.

Embora entendesse muito bem aquilo, tais considerações pareceram indignas a Lawrence.

— Você continua um rapaz estimado — comentara seu pai, certa vez, com tristeza —, mas algo se interpôs entre nós. Posso sentir isso.

— Eu não sei o que pode ser — respondera Lawrence com genuína surpresa.

— É um brilho em seus olhos. Você não é mais um de nós. Talvez seja francês ou espanhol.

— Somos todos membros de uma Igreja universal — lembrara-lhe Lawrence.

— Eu sei. — Martin Walsh sorrira tristemente. — Mas é uma coisa difícil para um pai ser julgado pelo próprio filho e ser declarado deficiente. — Havia alguma verdade nessa queixa. Lawrence não podia negar. Nem o problema estava confinado à própria família. Ele conhecia vários outros jovens que haviam retornado dos seminários e achado que a religião negligente de seus pais carecia de premência e correção. Entendia seu pai e concordava. Mas não havia nada que pudesse fazer.

Portanto, esse assunto dos Smith com sua irmã, parecia a Lawrence, era uma questão potencialmente séria. Que influência tal aliança teria sobre a família? Ele tentou se lembrar de qualquer coisa que tivesse ouvido falar sobre eles. Havia dois filhos, acreditava. Um deles não tinha fracassado em completar sua educação escolar?

Mais importante ainda era a questão da fé professada por eles. Eram corretos? Faziam concessões? Se ao menos ele pudesse sentir confiança no rigor de seu pai em relação a esses assuntos; mas não tinha certeza se podia.

Mesmo assim, foi um pouco de falta de tato de sua parte quando disse a seu pai:

— Espero que não haja qualquer chance de esse Smith se tornar um herege como seu primo Doyle.

Percebeu, assim que falou, que deveria ter se expressado de maneira diferente. Aquilo soara ligeiramente acusador, como se Doyle fosse parente de seu pai, por quem Martin fosse de alguma forma responsável, e que nada tinha a ver consigo mesmo. Ele notou o pai estremecer.

— Eu já lhe disse, Lawrence, que cuidarei desse assunto. Vá para a Espanha, senhor, e trate de seus estudos.

Nem era perdoável que, num instante de raiva, ele tivesse retrucado:

— E pode ter certeza, papai, que também farei uma investigação. — Isso foi dito baixinho, para que Orlando e Anne não escutassem. A mensagem, porém, foi clara: seu pai não era mais confiável. Sua autoridade era questionada.

✣

O que eles estavam dizendo? Anne ouvia, mas não conseguia escutar. Eles pareciam zangados. Será que sabiam que ela os havia enganado? Ela não pretendia enganá-los. Não mesmo. Mas tinha se apaixonado. Ela também não pretendia isso. Mas então era tarde demais.

Sua mãe ainda estava viva na ocasião em que ela o vira pela primeira vez. Dois anos antes. Eles tinham ido a um festival no Curragh. Fora um grande acontecimento; ingleses e irlandeses vieram de toda a parte. Ela tinha parado um instante para ouvir uns gaiteiros, enquanto seus pais se afastavam para assistir a uma corrida de cavalos. Após ouvir os gaiteiros, ela começou a atravessar o grande espaço aberto, quando notou, um pouco distante, que alguns homens jovens de Wicklow haviam iniciado uma partida de *hurling*, e que, embora fosse um jogo irlandês, alguns dos jovens de Dublin tinham ido desafiá-los. Era um jogo animado, que o pessoal de Wicklow vencia facilmente; mas, pouco antes do final, uma dupla de dublinenses, numa jogada audaciosa, rompeu a defesa, e o mais novo deles marcou dramaticamente. Momentos depois, o jogo acabou, e ela havia começado a se afastar, quando percebeu que os dois jovens de Dublin vinham em sua direção. Sem se dar conta de que fazia aquilo, Anne esperou que eles se aproximassem. Percebeu que eles a haviam notado. Os dois, após o jogo, sorriam largamente como uma dupla de meninos.

— Você gostou de assistir? — O mais velho dos dois era um rapaz de cabelo escuro com feições firmes, harmoniosas, e um sorriso agradável. — Eu sou Walter Smith, e este é meu irmão Patrick. — Deu uma risada. — Como pode ver, não vencemos a nossa batalha. — Deu-lhe um discreto olhar esquadrinhador, mas ela não percebeu, pois seus olhos já se encontravam em Patrick.

Este era mais alto do que o irmão. Esbelto e atlético. Contudo, havia algo delicado em seus modos. O rosto era oval e exibia uma barba de dois dias por fazer — obviamente, sua barba crescia abundante. O cabelo castanho era cortado à escovinha, e ela notou que, acima da testa, já rareava. Os olhos, também castanhos, eram suaves e estavam parados nela.

— Você me viu marcar?

— Vi. — Ela riu. Ele está contente consigo mesmo, pensou ela.

— Eu me saí bem, no final — disse ele.

— Eles só nos deixaram avançar uma vez — comentou cordialmente o irmão —, por caridade.

— Nada disso. — Ele pareceu decepcionado. — Não dê ouvidos a esse camarada. — Os suaves olhos castanhos olhavam agora para os dela, e, para surpresa de Anne, ela sentiu-se enrubescer. — Como é seu nome? — perguntou ele.

Ela não esperava encontrar Patrick Smith ou seu irmão novamente. Por isso, sentiu uma pontada de animação, poucos dias depois, quando, indo a Dublin com a mãe, avistou-o perto da Igreja de Cristo. De imediato, ele se aproximou, apresentou-se educadamente à mãe dela e conversaram de um modo bastante natural, para ele descobrir que era um hábito frequente de Anne cavalgar às quintas-feiras até Malahide a fim de visitar um velho padre que vivia lá. Na semana seguinte, ele esperava perto do caminho para Malahide, e cavalgou com ela durante 1,5 quilômetro ao longo do trajeto.

Pouco depois disso, ela viajou para a França, e, durante esse ano, sua mãe morreu. Alguns dias apenas após ter chegado a notícia, recebeu uma carta de Patrick, enviando seus pêsames e dizendo que pensava nela. Nos longos meses que se seguiram, quando sentia grande solidão, ela pensava nele com bastante frequência. E, embora adorasse seu irmão e soubesse que seu pai a amava totalmente, havia um doloroso vazio em sua vida, onde sempre estiveram o amor e a presença de sua mãe.

Ele se encontrou com ela dias depois de sua volta. Fora ideia de Anne levar junto Orlando. Afinal de contas, uma moça como ela não podia desaparecer sozinha, dia após dia, sem provocar comentários. E caminhar sozinha com um rapaz, sem a permissão do pai, era impensável. Ela teve de utilizar o subterfúgio.

Não gostava daquilo. Era uma garota normal, mas também era séria. Acreditava na fé verdadeira de seus ancestrais. Amava sua família e confiava nela. Todas as noites, rezava pela alma da mãe e pedia à Virgem Santíssima que intercedesse por ela. Detestava enganar o pai; sabia que era um pecado. Se sua mãe ainda estivesse presente, supunha, teria conversado com ela a respeito de Patrick Smith; mas um pai era diferente. Mesmo assim, ela ansiava pedir seu conselho. E o teria feito, exceto por algo que a detinha. Medo. Medo da possibilidade de o pai se recusar a deixar que ela voltasse a vê-lo.

Anne precisava dele. Quando seguiam juntos pelos caminhos, ela sentia um conforto e uma felicidade diferentes de qualquer coisa que tivesse conhecido antes. Quando ele estava perto, ela às vezes quase tremia. Quando seus olhos suaves olhavam abaixo para os seus, ela sentia como se eles estivessem derretendo. A emoção de seus encontros e a crescente sensação de ser amada enchiam o vazio que a morte da mãe deixara. Ao chegar aquele verão, pareceu a ela que não conseguiria viver sem ele.

E o que seu pai diria, se soubesse? Ele certamente interferiria. Quanto ao seu irmão Lawrence, ela nem gostava de pensar o que ele diria. Não, seria o fim de seus encontros com Patrick Smith, se sua família descobrisse.

Havia uma semana que Patrick a pedira em casamento. Eles sabiam que a coisa devia ser feita com todo o cuidado e de modo apropriado. O pai dele se aproximaria do dela. As duas famílias estudariam uma à outra — de qualquer maneira, seriam levadas a fazer isso. E, caso o pai de Patrick tivesse ou não qualquer conhecimento prévio do namoro de seu filho, o casal concordava que Martin Walsh devia ser mantido na ignorância. "Não ouso contar-lhe agora", disse Anne, "pois, se ele desconfiasse que nós o enganamos, isso o magoaria e talvez o colocasse contra nós."

Por um terrível momento, ela temera que Orlando deixasse escapar algo; mas ele lembrava-se de sua promessa e mantinha-se calado. Ela decidiu ter mais uma conversa com ele — uma conversa bem firme — pela manhã, antes de partir.

Com sorte, quando voltasse da França, ela e Patrick estariam noivos. E seu querido pai pensaria que teria planejado tudo.

Martin Walsh desviara o olhar do rosto de Lawrence e voltara a observar Anne refletidamente. Ela já era uma jovem mulher bonita, e lhe lembrava sua querida esposa. Contudo, continuava sendo uma menina. Inocente. Para ser protegida. Bem, ele conversaria com seu primo Doyle a respeito da família Smith. Numa questão, porém, estava bem determinado: acima de tudo, levaria em conta a felicidade de Anne. Essa seria sua orientação.

Atrás dela, na água lá embaixo, a pequena ilha com sua rocha fendida parecia banhada por uma moribunda chama laranja. Mais além da paisagem, bem distante para noroeste, ficava a corcova da colina de Tara. O sol, agora da cor de sangue, escondia-se atrás dela. Martin virou-se uma vez mais, para fitar na direção sul, além da baía de Dublin. Escurecia. Do lado mais distante da baía, o pequeno burgo de Dalkey também escurecia. E mais ainda ao sul, onde as distantes colinas vulcânicas tinham sido colhidas pelo sol da tarde, todo o litoral mergulhava numa só tonalidade ao lado do mar sombrio, cor de ferro.

Eles desceram o Ben of Howth e começaram a cavalgar para oeste através da planície das Revoadas de Pássaros em direção de casa. O sol mergulhava atrás da distante Tara, mas o céu acima ainda estava pálido, e um grande lampejo vinha de trás do horizonte, no norte, de modo que se podia enxergar claramente a paisagem. Ainda estavam a uma boa distância de casa, quando, cerca de 1 quilômetro adiante, viram duas figuras cavalgando estrada abaixo, vindas do norte em direção a Dublin. O vulto disforme atrás, que conduzia um cavalo de carga, era, sem dúvida, um criado; mas o homem que vinha à frente era uma figura impressionante. Àquela distância, e sob a luz mortiça, seu corpo magro, alto, ligeiramente inclinado para a frente parecia uma vara ou, como se movia continuamente à frente, uma simples pena de escrever preta, traçando uma linha de tinta através da terra.

Tão absorto Orlando estava em observar essa estranha visão que não ouviu seu pai murmurar uma praga, nem se deu conta de que devia parar, até sentir a mão refreadora de Lawrence puxar seu braço.

— O que foi? — perguntou ele.

— Um homem que você não gostaria de conhecer. — A voz de seu pai era muito tranquila.

— Um protestante. — Pelo seu tom, Lawrence bem que poderia ter dito "O diabo em pessoa".

Olharam em silêncio enquanto a figura que mais parecia uma vara atravessava a planície vazia, aparentemente alheia à presença deles.

— Este — disse o pai, finalmente — é o Dr. Pincher.

✣

Teria sido naquela manhã que o Dr. Pincher contornara a lateral do monte sobre a escarpa acima do rio Boyne. Como muitos outros que tinham vindo por aquele caminho, ele olhara abaixo, para onde dois cisnes deslizavam em estilo imponente pelas águas do Boyne, e notara a tranquila paz do local. Como outros, ele olhara os enormes montes cobertos de grama que se erguiam como gigantes silenciosos ao longo do pequeno cume e ficara imaginando que diabos seriam e como tinham ido parar ali. Se pudessem lhe dizer — pois não podiam — que os antigos montes tinham sido outrora túmulos construídos de acordo com exatos cálculos astronômicos, ele teria ficado abismado. Se algum habitante local falante de irlandês lhe informasse — coisa que não faria, pois ele não falava irlandês e, de qualquer modo, não teria mesmo perguntado — que debaixo daqueles montes situavam-se os luminosos salões dos lendários Tuatha De Danaan, os geniais guerreiros e artesãos que haviam dominado a terra antes da chegada das tribos celtas, ele teria bufado de aversão. Mas ele notou que, defronte ao maior dos montes, parecia haver uma larga dispersão de pedras de quartzo branco. Imaginou se, talvez, elas teriam algum valor.

Naquela manhã, quando atravessou o Boyne abaixo dos antigos túmulos e seguiu caminho em direção ao sul, sua mente estava ativamente ocupada. Pois ele acabara de passar vários dias lá em cima, no Ulster, e esses dias tinham sido bem interessantes. Muito interessantes. Tanto que, durante toda a manhã e a tarde, ele não dirigira uma só palavra ao seu criado, nem mesmo quando pararam para comer.

Agora, já havia dez anos que ele estava na Irlanda, e sua opinião sobre os irlandeses não mudara. O próprio rei Jaime estava de acordo: ele se referia aos nativos irlandeses católicos como animais selvagens.

Alguém poderia achar — tendo em vista que a própria mãe do rei, Maria da Escócia, fora uma notável católica, e que os governantes da Escócia descendiam de tribos irlandesas — que essas opiniões pareciam estranhas. Mas, uma vez que o novo monarca Stuart era divinamente ungido e, além disso, um erudito, a correção de seu julgamento não poderia ser posta em dúvida. Quanto à governança deles, as repetidas tentativas dos irlandeses de escapar do regime britânico provaram que eles eram incapazes de governar a si mesmos.

Ao passar pela planície das Revoadas de Pássaros, o Dr. Pincher avistou os Walsh. Ignorou-os.

Fosse qual fosse a opinião que tinha sobre os irlandeses, seu cargo no magistério na nova fundação dera a Pincher algum motivo de satisfação. O Trinity College era firmemente protestante, e ele não era o único professor de lá com formação calvinista. Não era de surpreender, portanto, que os católicos evitassem o Trinity, ao passo que os funcionários do governo e outros recém-chegados da Inglaterra lhe davam todo o seu entusiasmado apoio. As bem-sucedidas preleções de Pincher sobre os clássicos, a filosofia e a teologia logo lhe garantiram o convite para pregar na própria catedral da Igreja de Cristo, onde ele conquistou uma boa reputação com seus ouvintes. Seus estipêndios para ensinar e pregar lhe permitiam viver bem.

Principalmente porque até então não tinha se casado. Ele tinha em mente fazê-lo, mas, embora conhecesse jovens mulheres, de tempos em tempos, por quem se sentia atraído, mais cedo ou mais tarde elas sempre tinham dito ou feito algo que indicasse a Pincher que eram indignas, e por isso ele nunca levara a questão a uma conclusão. Contudo, ele tinha outra família. Uma irmã que, após um período um tanto quanto prolongado como solteirona, se casara com um homem respeitável chamado Budge. E não haviam se passado seis meses quando chegara uma carta anunciando que dera um filho ao marido e que seu nome era Barnaby. Barnaby Budge. Era um nome sólido, sonoramente devoto. E, até a ocasião em que se casasse e ele mesmo produzisse filhos, Pincher considerava esse menino o seu herdeiro.

"Quero fazer algo por ele." Assim escrevera à irmã. E, apesar de ter escrito isso por causa de um natural afeto familiar, também tinha outro motivo. Pois, verdade seja dita, em anos passados, por vezes sua irmã mostrara em seus modos uma leve falta de respeito em relação a ele. A culpa era sua. Ele não podia negar: certos aspectos de sua juventude; aquela coisa insensata que causara sua rápida partida de Cambridge — ela, infelizmente, também soubera disso. Essas lembranças causavam uma certa dor a Pincher. Sua carreira exemplar em Dublin colocara de lado, havia muito tempo, qualquer questão sobre seu caráter. Sua reputação era sólida. Ele trabalhara com afinco e a tinha merecido. Economizara durante anos. Fora prudente. Mas ainda carecia da prova tangível de sua posição: propriedade; melhor de tudo, alguma terra. E agora, ao que parecia, os meios estavam à mão.

O Ulster. Era a recompensa de Deus.

Várias vezes naquele dia, ao cavalgar em direção ao sul, ele percebera fragmentos do Salmo 23 surgirem em sua cabeça com admirável propriedade. *O Senhor é meu pastor, nada me faltará.* Ele era o servo fiel. Deus sabia. Agora deveria ter fé que o Senhor proveria. *Prepara uma mesa para mim, na presença de meus inimigos... minha taça transborda.* Sim, a congregação escolhida deverá se alimentar, até mesmo se banquetear, no meio dos irlandeses. *Ele me faz descansar em pastos verdejantes...* Ah, aqueles que ele tinha visto, naquela mesma semana. Os pastos verdejantes do Ulster. A recompensa do Senhor. Muito em breve, o semeador plantaria sua semente na boa terra de lá.

Fora um amigo, um homem devoto, que lhe falara de uma fazenda por lá. O locatário planejava entregá-la em mais ou menos um ano, e o lugar poderia ser comprado por um bom preço. A terra era excelente. Se ele fosse lá agora, talvez garantisse a promessa de que lhe seria oferecida em primeiro lugar.

Portanto, ele visitara o Ulster e ficara bem impressionado. O lugar era agreste, é claro, mas fértil. Em particular, ele ficara contente em descobrir, ao longo da costa, que comunidades de escoceses, firmes calvinistas como ele, já haviam atravessado o mar e instalado suas pequenas lavouras e colônias de pesca. Quanto à propriedade em questão, ele a tinha inspecionado e houvera uma concordância de intenções. O lugar, se ele quisesse, poderia ser seu. Porém, muito mais inspirador ainda do que essa perspectiva, para um homem devoto, fora outra ideia que a visão da terra e a boa gente que ele encontrara por lá haviam colocado em sua mente.

Imagine só, dissera a si mesmo, se essa terra pudesse ser colonizada.

Colonização. Fora, na verdade, a rainha católica Maria Tudor quem começara o processo de colonização. A despeito do fato de que os irlandeses eram católicos, ela não confiava neles; portanto, havia projetado duas áreas à beira de South Leinster, que foram chamadas de Kings Country e Queens Country, nas quais foram instalados assentamentos de colonos ingleses para agirem como uma espécie de guarnição militar para a área. O processo ficou conhecido como colonização. Outras colonizações também foram tentadas, principalmente em Munster, onde extensões de terra tinham sido confiscadas pelo governo, após a grande rebelião no reinado da rainha Elizabeth, na esperança de que colonizadores pudessem ensinar aos irlandeses como viver como robustos camponeses ingleses. Embora essas colonizações nem tivessem sido bem-sucedidas, o conselho real inglês continuava entusiasmado em relação a elas. Quanto a Pincher, parecia-lhe que as colonizações eram uma maravilhosa oportunidade de realizar a obra de Deus. Não seriam exatamente como as novas colônias — Virgínia e outras — do Novo Mundo? Comunidades armadas de peregrinos devotos entre os pagãos nativos, os quais, na ocasião oportuna, seriam convertidos ou empurrados de volta ao mato e à provável extinção?

O método de colonização era bastante direto. Uma imensa área era reservada para subdivisão em lotes de terra de vários tamanhos. Investidores ingleses e escoceses — chamados de empreendedores — eram convidados a custear a aventura, e estes últimos, por sua vez, deveriam administrar a concessão de sua terra, fornecer robustos locatários ingleses — camponeses, artesãos, e assim por diante, de boa convicção protestante — e desfrutar os lucros eventuais de seu empreendimento. Desse modo, eles se tornavam proprietários de terra de uma comunidade ideal. E, para um modesto investidor, como ele mesmo, havia excelentes oportunidades de se adquirirem arrendamentos de empreendedores, que poderiam ser sublocados por um belo lucro.

Não era de admirar, portanto, que seu coração se enchesse de exaltação ao contemplar a ideia: uma enorme extensão do Ulster livre de seus papistas.

Algum dia isso poderia acontecer? Quem saberia? Ele teria de acreditar que sim, na hora em que conviesse a Deus. Enquanto isso, ele começaria, se tudo saísse bem, com uma pequena base de operações no lugar.

Portanto, estava de bom ânimo, quando, ao chegar à planície das Revoadas de Pássaros, avistou os católicos Walsh, mais distante à sua esquerda. Não deixaria que a presença deles o perturbasse.

Desde aquela primeira reunião constrangedora, ele só se encontrara ocasionalmente com o advogado católico. Desconfiava que Martin Walsh não gostava dele, embora Walsh fosse por demais cavalheiresco para demonstrá-lo. Para o filho jesuíta de Walsh, ele só tinha aversão. Ainda havia dois outros filhos dos quais nada sabia. Mas não alimentava nenhuma má vontade em especial contra famílias como os Walsh. Na verdade — não havia como se ignorar —, Walsh era um fidalgo, mesmo sendo um papista. Desde que ele fosse leal à coroa inglesa — e Martin Walsh certamente o era —, não havia necessidade de desalojá-los como se fossem meros irlandeses. Pincher não tinha muita certeza sobre qual seria o destino de famílias como os Walsh. Seriam despojadas discretamente de poder, é claro. Alguns, como o jesuíta Lawrence, seriam combatidos na ocasião oportuna. Outros seriam gradualmente enfraquecidos. Eles não eram a principal prioridade.

Então, uma ideia auspiciosa lhe ocorreu. Quando o seu sobrinho Barnaby Budge se tornasse um homem da sua idade, o filho mais novo de Walsh ainda seria um papista, gozando os frutos das propriedades da família? Não, ele achava que não. Aliás, Pincher refletiu alegremente, podia praticamente garantir isso. Por essa época, com toda a certeza, os Walsh e sua espécie teriam acabado.

Era início de agosto, quando Orlando ouviu de seu pai: "Você vai conhecer o jovem Smith. O homem que vai se casar com sua irmã."

Orlando sabia que seu pai ficara ocupado com o assunto desde que Anne e Lawrence haviam partido para o continente. Houvera discussões com seu primo Doyle, demoradas conversas com certos padres de Dublin e encontros com os próprios Smith. Após cada uma dessas negociações, seu pai voltava de Dublin parecendo preocupado, mas, quanto à essência das discussões, ele nunca divulgara nada. Por isso, quando o pai disse que o jovem iria à casa deles sozinho numa tarde de sábado, passaria a noite lá, depois iria com eles à missa na manhã seguinte, ele ficou muito animado e também cheio de alegria pela irmã.

— Creio que você gostará dele — seu pai lhe disse amavelmente.

— Ah, estou certo de que sim — respondeu Orlando.

E com que cuidado ele havia se preparado. Não esquecera sua promessa à irmã. Ninguém jamais deveria saber sobre os encontros clandestinos dos enamorados. Nem por palavras nem por gestos ele deixaria escapar qualquer coisa. Quando se encontrasse com o jovem Smith, faria parecer como se nunca o tivesse visto antes em toda a sua vida. Repetidamente, passou isso em sua mente. Pensou em cada tolo deslize que poderia cometer e se preparou para todos eles. À medida que o dia se aproximava, sentia-se nervoso e animado; mas também estava seguro de si mesmo. Não os decepcionaria.

Passou a manhã com um dos trabalhadores agrícolas. Descarregava uma carroçada de turfas, trazidas de um pântano ao norte, quando viu a figura a distância, cavalgando em direção à casa. Seu pai estava lá dentro, e, por um momento, imaginou se devia sair correndo para se encontrar com o jovem Smith e lhe dizer que seu segredo estava seguro e que ele não o revelaria. Mas, após um momento de hesitação, decidiu que isso poderia deixar Fintan desconfiado e que seria melhor deixar tudo exatamente como havia planejado. Então, virou-se, entrou em casa, encontrou o pai e lhe disse que um estranho se aproximava.

Foi seu pai, portanto, quem saiu pela porta para saudar o rapaz e chamar o cavalariço para cuidar de seu cavalo, enquanto Orlando, fingindo acanhamento, permanecia lá dentro, nas sombras do corredor.

De onde estava, parecia-lhe que olhava ao longo de um túnel em direção ao grande talho de reluzente luz solar da porta aberta. Ouviu as vozes lá fora, viu sombras se movendo ligeiramente diante da entrada, então avistou duas figuras, seu pai à frente, bloqueando a claridade. Haviam entrado, indo na direção dele. Aquele era seu momento.

— Bem — ouviu o pai dizer —, aqui está ele.

Então, piscando ligeiramente, pois a claridade voltou a vazar pela porta atrás deles, Orlando descobriu-se olhando horrorizado e com evidente espanto para o rosto do jovem Smith.

Pois de modo algum era o jovem Smith. Era outra pessoa completamente diferente.

Tinha sido Doyle quem começara o negócio. Quando Martin Walsh fora vê-lo a respeito da carta de Peter Smith, ele reagira sem hesitação.

— Os Smith têm boa reputação, primo Martin. O pai é um homem digno e um homem de recursos. E, também, um bom católico que você gostará de conhecer, embora outras pessoas possam lhe informar melhor do que eu. Contudo, ele tem dois filhos. Para qual ele pediu a mão de sua filha?

— O nome que ele forneceu foi Patrick.

— Ah. — Doyle sacudiu a cabeça. — Esse não serve. É Walter quem você quer: o mais velho. Ele não é noivo, pelo que tenho ouvido.

— A objeção a Patrick?

Doyle inspirou fundo e deixou que o ar saísse lentamente por entre os dentes.

— Nenhum crime, primo. Nenhuma grande maldade. É o filho mais moço, claro. Mas seu caráter... — Fez uma pausa. — Ele foi mandado para um seminário, sabe. Mas não completou os estudos. Nunca completa nada. Falta-lhe constância. Uma fraqueza, eu diria, que ele dissimula com seu modo galanteador.

— Galanteador?

— Ah, sim. — O comerciante abriu um sorriso, enquanto iniciava uma pequena paródia do estilo cortesão. — Ele é o protótipo de todas as nobres virtudes. Cavalga, dispara uma flecha e corre como um alce. Redige versos, canta afinado e dança. Dizem que as mulheres se derretem diante de seus olhos.

— Entendo — disse Martin sombriamente.

— Patrick Smith é a primeira oferta, primo. Mas Walter é seu homem. Ele é capaz e diligente, e um sujeito muito agradável. Smith terá o maior prazer em contratar um casamento com a família Walsh, portanto você pode ditar os termos.

Doyle foi capaz de dar a Martin Walsh uma boa quantidade de outras informações úteis, e este se despediu dele com suas últimas palavras soando nos ouvidos.

“Lembre-se, primo Walsh, não deixe que ele lhe empurre Patrick.”

Quando visitou Smith, Walsh pediu para ver ambos os filhos e, rapidamente, concluiu ele mesmo que a afirmação de Doyle fora correta. Patrick, refletiu, era ambicioso, mas insinuante e mole. Walter, que, embora educado, fez pouco esforço para agradar, era claramente seu homem. Quando informou a Smith que preferia Walter, um fugaz ar de preocupação percorreu o rosto do comerciante.

— Mas ela e Patrick são tão encantados um com o outro — protestou ele —, são como duas pombas-rolas.

— Ela mal o conhece — retrucou Walsh com firmeza.

— Ah. — Smith pareceu um pouco estranho, mas logo se recuperou. — Isso deve ser levado em conta mais adiante — disse.

Houve algumas negociações nas duas semanas seguintes, mas pareceu a Martin que a afirmação de seu primo fora correta e que Smith cederia seu melhor filho, em vez de perder a chance de se unir aos Doyle. Enquanto isso, ele teve várias conversas com o jovem Walter e o achou admirável em todos os aspectos. No devido tempo, o noivado tinha sido combinado para a satisfação de todos — ou assim ele havia pensado.

Orlando não sabia o que dizer ou pensar. Todo aquele dia e o seguinte, ele disse pouca coisa. Dentro de casa e às refeições, ele se sentou em seu banco de três pernas e olhou para Walter como um idiota. Felizmente, seu pai viu isso como um acanhamento infantil e não se preocupou nem um pouco. O tempo todo, porém, Orlando se perguntava: Será que Anne sabe disso? Deveria contar a ela? E, se fosse o caso, como? Na noite de domingo, após Walter Smith ter partido, ele foi até o pai.

— Eu gostaria de escrever a Anne, papai.

— Uma carta para sua irmã. Alegro-me em ouvir isso — respondeu amavelmente Walsh. — Você pode acrescentar o que quer dizer à carta que eu já estou escrevendo.

Não era isso o que Orlando tinha imaginado, mas não havia nada que ele pudesse fazer a respeito. E assim, embaixo da escrita organizada com esmero, surgiu a seguinte mensagem com a letra infantil de Orlando:

"Papai diz que devo me alegrar por você, agora que está noiva de Walter Smith. Ele parece um ótimo fidalgo, mas eu nunca o tinha visto antes." Ele se esforçara para usar mais tinta nas últimas palavras, de modo que elas parecessem mais destacadas. O pai olhou para aquilo, comentou brevemente sua péssima caligrafia, porém não fez outra apreciação.

Depois disso, nada mais havia que Orlando pudesse fazer. Preparou suas lições com o velho padre, como de costume. A casa estava quieta.

A repentina chegada de Anne, dez dias depois, pegou a todos de surpresa. Após receber a carta do pai e de Orlando, ela deixara Bordeaux, no mesmo dia, sem permissão ou conhecimento de ninguém. Penhorando um crucifixo de ouro com corrente que seu pai lhe dera, Anne usou o dinheiro para viajar até o litoral, onde encontrou um navio de partida para Dublin. Seu pai não sabia se ficava impressionado com sua coragem ou furioso com sua desobediência.

Então ela lhe contou que estava apaixonada por Patrick. E tão abalado ficou o pai com sua veemência, que até mesmo escreveu para Lawrence, pedindo uma opinião. Ficou ainda mais aflito porque, até aquele momento, não imaginara que a filha tivesse qualquer sentimento mais forte por rapaz nenhum; e até mesmo a raiva e a mágoa naturais que sentiu pela tapeação da filha foram subjugadas pela visão das lágrimas dela. "Eu pensava apenas em sua felicidade, minha menina", assegurou ele. Contudo, fosse qual fosse a dor que ela sofresse agora, ele sabia que, de fato, sua decisão fora correta. Ela podia estar apaixonada por Patrick, mas, a longo prazo, ele não conseguiria fazê-la feliz. Walter, sim. Delicada e determinadamente, ele tentou deixar isso claro para ela. "Há ocasiões em que não é sensato, Anne, deixar a cabeça ser governada pelo coração", argumentou. Mas ela realmente não lhe dava ouvidos. "Pelo menos conheça Walter e se relacione com ele", sugeriu. Mas ela só queria ver Patrick, seu verdadeiro amor, e o pobre Martin Walsh, desejando mais do que nunca que sua querida esposa ainda estivesse viva, não tinha certeza se devia ou não permitir isso. Uma semana se passou. Ela andava pela casa, amuada. Eles tiveram várias conversas insatisfatórias. Ele se perguntava se devia mandá-la de volta ao seminário. Também pensou se devia chamar Walter Smith para uma visita, a fim de que ela pudesse ver por si mesma o bom sujeito que ele era; mas temia que ela o rejeitasse com tal firmeza que levasse o rapaz a não querer mais a sua filha. Deveria ele mudar de ideia sobre Patrick? Sabia que seria um erro, mas era terrível para ele ver a filha sentir tanta dor e achar que estava falhando com ela. Na segunda semana, ela se tornou pálida e indiferente, e ele estava prestes a mandá-la ao médico.

Então Lawrence chegou.

Veio com espantosa rapidez. Para sua própria surpresa, Martin ficou muito contente em vê-lo. Lawrence comentou que achava que sua irmã deveria ser fortemente açoitada; mas, como seu pai ficou chocado, ele não tocou mais no assunto. E, aliás, daquele momento em diante, sua presença se tornou uma bênção.

Ele fora tranquilo e muito calmo. Com sua irmã, foi amável, não fazendo reprovações, mas pedindo apenas que, todos os dias, eles pudessem rezar juntos. Manteve um olhar amistoso no jovem Orlando, levou-o para uma ou duas longas caminhadas, e até mesmo saiu com ele para caçar coelhos.

Para Orlando, a chegada de Anne fora um alívio. Poucas horas depois, ele esteve com ela em particular e lhe contou tudo que sabia sobre Walter Smith.

— Eu não contei sobre os seus encontros — assegurou-lhe.

— Eu sei. E também não contarei a ninguém que você ajudou. Quanto a eu ver Patrick — sacudiu a cabeça —, isso agora, de qualquer modo, acho que não importa.

Embora soubesse tudo sobre as conversas dela com o pai, e tivesse visto suas lágrimas, Orlando, por vários dias, tomou conhecimento de muito pouca coisa mais através da irmã. Então, certa tarde, ela o chamou e lhe disse baixinho:

— Há uma coisa, irmãozinho, que você pode fazer.

Na manhã seguinte, ele saiu a cavalo sozinho. Não tinha lições naquele dia, e seu pai estava preocupado demais para notar. Ele cavalgou seu pônei pela estrada através da planície das Revoadas de Pássaros e, por volta do meio da manhã, avistou a cidade. Atravessando o Liffey pela ponte velha, entrou pelo portão e seguiu para a Winetavern Street, onde ficava a casa dos Smith. Nos fundos, na entrada do pátio, encontrou um criado e perguntou se Patrick Smith estava. Visto que este estava, Orlando pediu ao menino que lhe dissesse que um amigo o esperava do lado de fora. Poucos minutos depois, o jovem apareceu.

Quando Orlando o viu, quase gritou de alegria. Patrick Smith era exatamente como ele se lembrava, não havia mudado em nada. Bonito, sorridente, os olhos castanho-claros registrando a alegria de ver Orlando.

— Você provavelmente já ouviu, Orlando, que é meu irmão, e não eu, quem está noivo de sua irmã — disse ele docilmente.

— Ela voltou. Está em casa.

— Ela está aqui? — Ele pareceu abismado. — Venha, vamos caminhar até o cais. Conte-me tudo.

E Orlando contou-lhe sobre as lágrimas da irmã e suas discussões com o pai.

— Ela quer se casar com você — deixou escapar. Era difícil dizer se Patrick parecia mais abalado ou satisfeito pela notícia. — Ela quer ver você, mas meu pai não lhe dá permissão. Precisa se encontrar com ela em segredo.

— Você precisa entender, Orlando, que meu pai também me proibiu de ver sua irmã.

Orlando fitou-o atônito.

— Mas você irá? — Ele não conseguia imaginar que o belo e jovem herói permitisse que uma coisinha dessas se intrometesse em seu caminho. — Você quer vê-la?

— Ah, sim. Pode ter certeza.

— Então digo a ela que você irá? — E explicou-lhe como se daria o encontro.

— Precisarei sair a cavalo sem que meu pai saiba. Ou meu irmão. — Ele parou por um momento, olhando ao longo do cais. — Irei assim que conseguir dar uma fugida. Amanhã, talvez. Ou no dia seguinte ou dois depois. Muito em breve.

— Eu esperarei você lá — disse Orlando.

E esperou. O lugar foi bem escolhido — uma capela fora de uso, raramente visitada, nos limites da propriedade dos Walsh. Em vez de Anne ir lá todos os dias, esperar, o que poderia parecer suspeito, era Orlando quem esperava. Assim que Patrick chegasse, Orlando correria de volta até a casa, que não ficava longe, para buscá-la, e então ficaria vigiando do lado de fora, enquanto os dois conversavam.

No dia seguinte, ele esperou três horas até o anoitecer. No segundo dia, choveu, mas ele esperou mesmo assim e voltou para casa encharcado. No terceiro dia, o tempo estava excelente, mas não houve sinal de Patrick Smith. No dia que se seguiu, a mesma coisa.

— Por que ele não vem? — bradou Anne. — Não se importa comigo?

— Ele virá. Ele disse que viria — berrou Orlando. E, no dia seguinte, esperou mais uma vez. — Talvez eu deva ir novamente a Dublin — sugeriu ele aquela noite.

— Não, ele não virá — disse Anne, baixinho. — Não espere mais. — E, logo depois, ele a ouviu chorar. Embora ela tivesse ficado triste e abatida, ele esperou na capela vários dias mais. E, durante todo esse período até Lawrence chegar e perturbar a rotina, não houve sinal de Patrick Smith ou qualquer notícia dele.

No primeiro dia em que Lawrence o levou para uma caminhada, ele ficou ansioso para voltar, a fim de que pudesse correr novamente até o local de encontro; mas Lawrence o retardou demais. Ele também fez várias perguntas a Orlando.

Elas foram bastante cordiais, sobre seus estudos e coisas triviais, para deixá-lo à vontade. Em determinado momento, disse:

— Estou preocupado com Anne. Como me dói vê-la sofrer tanto. Você acha que ela gosta realmente de Patrick?

— Acho que sim — disse Orlando.

— E Walter Smith... o que você acha dele?

Orlando deu-lhe a melhor opinião que pôde sobre o jovem, baseado no que vira durante a visita deste:

— Acho que é um homem bastante bom — admitiu, e Lawrence cabeceou aprobativamente.

— Mas de que modo você o compararia a Patrick? — indagou.

— Bem... — Ele estava para responder quando percebeu a astuta armadilha, e, internamente, imprecou contra o irmão mais velho. — Não sei dizer direito. Anne diz que Patrick é mais alto.

— Você não o viu pessoalmente? — Os olhos escuros eram perfurantes. Lawrence parecia enxergar cada pecado secreto em sua mente.

— Ela estava com a nossa mãe, quando se conheceram, mas eu não estava presente — respondeu Orlando com uma sacudida de cabeça. Uma resposta inteligente, e que também era verdadeira.

— Hmm — fez Lawrence.

Não voltou a tocar no assunto. Não muito tempo depois disso, ele foi a Dublin e passou o dia por lá. Foi na manhã seguinte àquela em que Orlando ouviu seu pai numa conversa com ele.

— Diga você a ela — ouviu o pai falar com irritação.

— É o mais desejável, eu lhe garanto — retrucou a voz de Lawrence. — Serei amável.

E assim, ao que parece, ele foi.

— Eu estava no banco diante de casa, apenas sentada lá, sob o sol — contou Anne a Orlando, posteriormente —, quando ele veio e sentou-se a meu lado. Foi amável. Falou de amor.

— Lawrence falou de amor?

— Sim. Parece que esteve apaixonado uma vez. Imagine só! — Ela sorriu, depois franziu a testa. — Acredito que ele falava a verdade.

— Ele está do seu lado contra papai?

— Ah, não. Ele falou de Patrick. Disse que o primeiro amor é forte, mas não vemos se a natureza de um apaixonado combina realmente com a nossa antes de conhecê-lo por um longo tempo. "Então, como encontram a felicidade as mulheres que ficam noivas de pessoas que mal conhecem?", perguntei a ele.

— Ele teve resposta para isso?

— Teve. "Os pais dessas mulheres são melhores juízes do que elas mesmas... ou espero que sejam", disse ele. Então ele riu. Fiquei muito surpresa. "E papai acha que Walter combina melhor comigo?", perguntei. "Não existe nenhuma questão de fortuna familiar", disse ele. "Afinal de contas, eles são irmãos. Trata-se de uma questão de personalidade. Agora você ama Patrick, mas, em anos vindouros, eu lhe asseguro..." e deu-me um de seus olhares severos... "Walter é quem será um bom marido e lhe dará uma felicidade maior do que imagina." Foi isso o que ele me disse.

— E você, o que disse?

— Perguntei-lhe se papai forçaria meu casamento com Walter. "Não", exclamou ele, "de modo algum. Ele não fará isso. Pergunte-lhe você mesma. Ele deseja que você retorne à França até a primavera. Quando voltar de lá, será apresentada a Walter e passará a conhecê-lo melhor. Então, se não for de seu agrado, se não acreditar que possa vir a amá-lo e honrá-lo, então o noivado será desfeito."

— Ele não disse mais nada?

— Disse. Após eu permanecer em silêncio por algum tempo, ele segurou meu braço, sorriu e me disse: "Lembre-se, Anne, deste versinho, pois há nele muita sabedoria:

Cabeça acima de coração,
A melhor porção.
Coração acima de cabeça,
Para morrer peça.

Eu lhe asseguro que sei que é verdade."

— Isso foi tudo?

— Não. Teve mais uma coisa. Não devo voltar a ver Patrick novamente.

— Ele a proibiu de vê-lo? Eu vou a Dublin e o trago aqui, se você quiser — bradou Orlando.

— Você não entende. — Ela consternou-se. — Ele se foi. Não está mais aqui. Partiu de navio.

— Para onde?

— Quem sabe? Inglaterra, França, Espanha... América, não sei. Ele foi mandado embora e só voltará depois que eu me casar com outro... isso eu lhe garanto.

— É coisa de Peter Smith? Certamente, o próprio Patrick simplesmente não...

— Não. Não entende? Foi Lawrence. Pelas minhas costas, ele já devia ter providenciado tudo. Ah, posso até ver. Posso ver tudo. Eu o odeio! — gritou de repente. Em seguida, irrompeu em lágrimas.

Três dias depois, porém, bastante tranquila, ela retornou com Lawrence à França. Afinal de contas, não havia nada mais que pudesse fazer.

✣

Com Anne e Lawrence novamente fora, a casa voltou à sua paz habitual na grande tranquilidade de Fingal. Orlando retomou seus estudos. Martin Walsh ia a Dublin uma ou duas vezes por semana. Aos domingos, eles iam até o Castelo de Malahide, onde o padre rezava a missa ou conduzia um discreto culto religioso no interior da velha casa de pedra. Setembro estava quente. Fazia um tempo excelente. Martin Walsh, desfrutando a amena tranquilidade, havia alguns dias que não ia a Dublin, quando, certa tarde, assim que estava para entrar em casa, após uma caminhada, Orlando avistou a figura de Doyle, o primo deles, cavalgando em sua direção. O homenzarrão desmontou rapidamente e fez amistoso gesto de cabeça para Orlando.

— Seu pai está? Ah. Aqui está ele — prosseguiu, quando Martin Walsh apareceu na porta. — Tenho notícias para você, primo... ou será que já soube?

— Não soube de nada. — Deu uma olhadela para Orlando e lançou um olhar interrogativo para Doyle.

— O garoto pode ouvir. Em breve, todo mundo ficará sabendo. É uma notícia do Ulster. — Inspirou fundo. — O conde de Tyrone se foi.

— Morreu?

— Não. Tomou um navio e foi embora. O'Donnell, o conde de Tyrconnell, foi com ele, e outros mais. Os condes fugiram, primo Walsh, deram as costas para a Irlanda, e não voltarão.

Walsh olhou fixamente. Por um ou dois instantes, não falou. Então sacudiu a cabeça, perplexo, e fez uma única pergunta.

— Por quê?

O conde de Tyrone. Orlando nunca o vira, é claro, mas ele estivera presente, uma figura alta, morena, em sua imaginação, heroico, quase divino, o último grande príncipe da antiga Irlanda, herdeiro dos reis supremos O'Neill, que habitava o Ulster. A ideia de Orlando era a de que, algum dia, Tyrone ainda pudesse retornar e expulsar as autoridades inglesas de Dublin; então, sem dúvida, ele restauraria a monarquia de seus ancestrais na real Tara. Como era um Velho Inglês, Orlando achara essa visão de uma antiga supremacia irlandesa mais emocionante do que assustadora. Quanto a O'Donnell, ele era o príncipe mais importante de Donegal. O norte e o noroeste, os restos das antigas terras tribais; Tyrone e Tyrconnell, os últimos príncipes governantes da Irlanda: fugiram.

— Por quê? — Doyle deu de ombros. — O que dizem em Dublin é que O'Donnell andou tramando com o rei da Espanha, exatamente como Tyrone fizera antes, e ele descobriu que o governo ficara sabendo disso. Portanto, fugiu enquanto pôde.

— Mas Tyrone? O homem estava bem estabelecido. Deixaram-lhe uma terra livre em seu próprio território. Ele não tinha um bom motivo para fugir.

— Eu concordaria. Mas ele viu de modo diferente. As autoridades começam a se movimentar em torno do Ulster. E ninguém vai acreditar que ele não estivesse de alguma forma envolvido com O'Donnell e o rei da Espanha. — Deu um suspiro. — Além do mais, um príncipe irlandês como aquele não foi criado para tempos como estes. Ele jamais será um criado real.

— Ser conde de Tyrone não é ser um criado.

— Mas para ele é. Os irlandeses são livres, Martin. Eles têm seus clãs, suas tribos antigas, suas funções familiares hereditárias, mas seus espíritos são livres. Quanto aos seus príncipes, eles respondem a eles mesmos. Tyrone nunca será um factóctum de algum inglesinho pomposo que nada tem para sustentá-lo a não ser seu cargo temporário... e a quem Tyrone, de qualquer modo, considera um herege. Não está na natureza do homem.

— E então ele voou.

— Como um pássaro. Como uma águia, eu diria.

— O que ele fará?

— Vaguear pela Europa. Procurar um príncipe católico a quem possa servir sem desonrar seu nome ou sua religião. Comandar os exércitos dele. Lembre-se que ele já conhece esses reis católicos e seus exércitos. Eles o respeitarão.

— Isso é verdade. — Walsh assentiu e suspirou. — Você comerá conosco e beberá comigo esta noite?

Doyle sorriu.

— Era a minha intenção.

Comeram cedo, à noitinha, na espaçosa sala da casa, e Orlando pôde observar os dois homens enquanto conversavam — o pai, com seus modos tranquilos, altivos, e Doyle, moreno, um tanto mais baixo, mais veemente. Durante a refeição, a conversa, naturalmente, foi sobre a política da partida de Tyrone e o que isso significaria.

— Indubitavelmente, o governo confiscará todas as terras do conde — comentou Walsh. — Podem ser encontrados os meios legais para isso.

— Desconfio de que acabarão fazendo uma colonização por lá. Todos os homens que querem terras com pagamento facilitado estarão exultando esta noite — disse Doyle. Mas a ideia não pareceu lhe dar particularmente muito prazer.

Quando a refeição terminou, os dois homens continuaram sentados à mesa, bebendo juntos em silêncio; e, embora soubesse que sua participação não era necessária, Orlando conseguiu permanecer no fundo da sala, junto à grande lareira, onde os dois homens pareciam ter se esquecido de sua presença. Pois, apesar de falarem pouco ou ele não entender o que diziam, mesmo assim Orlando queria estar na companhia do pai e de seu primo naquela ocasião tão importante. Portanto, observava atentamente os dois. E, embora jovem, sentia o ânimo dos dois e o absorvia, e pelo resto de sua vida isso se tornou parte dele.

Uma coisa era certa: para ambos os homens, a noite fora repleta de melancolia e de uma sensação de perda. Doyle, descendente de vikings e gerações de comerciantes de Dublin, aparentemente protestante — ou, de qualquer modo, da Igreja da Irlanda —, e Walsh, seu primo, um fidalgo católico cuja família fora o esteio da pequena nobreza dos Velhos Ingleses na Irlanda por cerca de quinhentos anos; dois homens no coração da Paliçada inglesa, mas também dois irlandeses: para ambos, a partida de Tyrone e Tyrconnell era um revés pessoal.

Claramente, sentiam-se mais próximos do nativo príncipe irlandês do que de qualquer inglês enviado de Londres.

— A Debandada dos Condes — refletiu Doyle. — É o fim de uma era.

— Que Deus lhe dê boa sorte. — Walsh ergueu sua taça de vinho.

— Eu beberei a isso — disse Doyle.

E o jovem Orlando, observando em silêncio, percebeu, de um modo ainda não muito claro, que o mundo no qual vivia acabara de mudar para sempre.

Na manhã seguinte, após a partida de Doyle, o pai chamou Orlando.

— Você vai comigo — disse-lhe; e, quando Orlando perguntou aonde iam:
— Portmarnock.

A pequena aldeia costeira de Portmarnock ficava junto ao caminho litorâneo de dunas de areia e praias que se estendia em direção ao sul por várias milhas ao longo da borda da antiga planície da Revoadas de Pássaros. Orlando achou que deveria selar seu pônei, mas o pai lhe disse:

— Não, nós vamos a pé.

Havia uma leve brisa. Nuvens vagueavam no céu, que, consequentemente, mudava de azul para cinzento. Orlando seguia contente, lado a lado com seu pai, falando pouco de vez em quando, na direção leste para Portmarnock. Ao deixarem suas próprias terras, passaram pela capelinha deserta onde ele havia esperado por Patrick Smith.

— É uma vergonha que o nosso próprio governo nos proíba de usá-la — comentou seu pai.

À medida que caminhavam, a evidência da ocupação medieval dos Velhos Ingleses estava por toda a volta: campos de trigo e cevada; fileiras de cercas vivas, altas e escuras; muros de pedra; aqui e ali, uma igreja de pedra ou uma pequena casa fortificada. Em pouco tempo, porém, chegaram a um terreno um tanto menos ordenado, onde o gado pastava — o céu aberto em direção ao mar atirando-se abaixo em direção ao litoral, que ainda possuía a ecoante dureza de muito tempo atrás, quando o ancestral de Doyle, Harold, o viking, e outros como ele haviam instalado suas fazendas nórdicas na planície de Fingal.

O destino deles, entretanto, o qual alcançaram em menos de uma hora, era de longe muito mais antigo do que qualquer uma delas. Ficava sozinha, um pouco afastada da aldeia de cabanas de pescadores.

— Seu irmão não aprova este lugar — observou Walsh com uma ligeira careta — nem minhas vindas aqui. — Era a primeira vez que Orlando ouvia o pai dizer algo que aludia ao atrito entre ele e Lawrence. — Mas, de vez em quando, venho aqui sozinho.

Não havia muito para se olhar. Frequentemente, a caminho da praia, Orlando passava a 500 metros dali. Um velho poço, cercado por um pequeno muro de pedra. Em determinada época, fora construído sobre ele um telhado cônico, mas atualmente estava dilapidado. O poço era bastante fundo, mas, curvando-se sobre o parapeito, Orlando podia ver o leve, suave cintilar da água lá embaixo. O poço que havia em sua casa era quase tão profundo, mas nunca parecera especialmente interessante; aquele, porém, era diferente. Ele não sabia por quê — talvez o relativo isolamento daquele lugar solitário —, mas havia algo estranho e misterioso com aquela água lá embaixo. O que seria ela? Uma entrada cintilante para outro mundo?

— O poço é consagrado a Saint Marnock — falou baixinho a voz de seu pai atrás dele. — Seu irmão Lawrence diz que, tempos atrás, era um poço pagão. Sem dúvida, antes da vinda de São Patrício. Ele diz que essas coisas são superstição, indignas da fé. — Suspirou. — Talvez ele tenha razão. Mas eu gosto do modo antigo, Orlando. Quando estou perturbado, venho aqui, como as pessoas simplórias, rezar para Saint Marnock.

Saint Marnock: um dentre o grande número de santos locais, suas identidades quase esquecidas, exceto pelos próprios habitantes da localidade, geralmente sem um dia santificado, mas com um poço ou um lugar sagrado onde podem ser lembrados.

— Eu também gosto do modo antigo — disse Orlando. Ele tinha certeza de que gostava, pois isso fazia com que se sentisse mais perto de seu pai.

— Então pode dizer uma prece pela sua irmã, e pedir ao santo que lhe dê orientação. — E, indo para o outro lado do poço, Walsh ajoelhou-se e rezou em silêncio por um curto espaço de tempo. Orlando, também tendo se ajoelhado, não pretendia se levantar antes de seu pai; mas, assim que Walsh fez isso, Orlando deu a volta para o lado dele, e, para sua surpresa, o pai colocou o braço em volta de seus ombros.

— Orlando — disse suavemente —, você me promete uma coisa?

— Sim, papai.

— Prometa-me que, algum dia, se casará e terá filhos... que me dará netos.

— Sim, papai, prometo. Se for o desejo de Deus.

— Vamos torcer para que seja, meu filho. — Fez uma pausa. — Jure para mim, aqui ao lado do poço, por Saint Marnock.

— Eu juro, papai. Por Saint Marnock.

— Ótimo. — Martin Walsh assentiu silenciosamente para si mesmo; então, olhando abaixo para o filho, deu-lhe o mais doce dos sorrisos. — É bom que tenha jurado. Eu queria que você sempre se lembrasse deste dia, quando seu pai o levou ao Poço Sagrado de Saint Marnock. Vai se lembrar deste dia, Orlando?

— Vou, papai.

— Por toda a sua vida. Venha. — E, ainda com o braço em volta do filho, Walsh o conduziu ao longo do caminho por entre as dunas até sair na larga praia arenosa. A maré estava baixa, e a praia se estendia por grande distância até o mar, que reluzia suavemente ao sol.

À direita deles, a costa se estendia ao longe numa pálida carreira em direção ao Ben de Howth, cuja corcova se erguia acima das águas. Defronte a ele, a pequena ilha Olho da Irlanda repousava como um navio ancorado. Bem distante, na outra direção, nebulosamente visível no horizonte setentrional, as azuis montanhas de Morne, guardiãs do Ulster, pareciam adormecidas.

Orlando olhou para o pai. Martin Walsh fitava o mar, aparentemente perdido em pensamentos. Orlando olhou abaixo para a confusão de conchas do mar quebradas a seus pés. Uma nuvem ocultou delicadamente o sol, e a faísca abandonou o mar.

— O fim de uma era, Orlando. — A voz de seu pai não era mais do que um murmúrio. Então ele sentiu a mão dele apertar levemente seu ombro. — Lembre-se de sua promessa.

Fazia um dia úmido, ventoso, em Bordeaux, no início do ano seguinte, quando Anne Walsh recebeu a carta de seu pai.

> Minha querida filha,
>
> Você precisa se preparar, pois tenho notícia de uma grande tristeza para comunicar. Duas semanas atrás, Patrick Smith embarcou num navio mercante no porto de Cork, ao qual havia chegado na semana anterior. Na manhã da partida, o tempo estava calmo. Mas, no mesmo dia, próximo à noite, originou-se uma tempestade, que, após arrastar o navio de volta em direção à costa irlandesa, subjugou-o e arremessou-o contra as pedras. Nesse naufrágio, é com pesar que lhe digo, todos a bordo se perderam.

Eu sei, minha querida Anne, o quanto essa notícia lhe deve ser dolorosa, e nada mais posso fazer, a não ser prantear com você e lhe dizer que nunca está longe de meus pensamentos.

Seu pai amoroso.

Então, estava acabado. Seu amor partira e se perdera para sempre, sem esperança de voltar. Ela irrompeu em lágrimas e chorou, sem cessar, por mais de uma hora.

Após o primeiro espasmo de dor, contudo, veio a raiva. Não contra seu pai — ele não fizera aquilo —, mas contra Lawrence. Fora ele, pensou com amargura — Lawrence com sua interferência e seu conspiratório farisaísmo; Lawrence, com seus modos sorrateiros —, quem tinha matado Patrick. Se não fosse por Lawrence, ele não teria partido, nunca teria ido a Cork, não teria se afogado. E, deixando as lágrimas de lado, num paroxismo de dor e fúria, ela amaldiçoou seu irmão e desejou que ele tivesse morrido no lugar de Patrick.

Então olhou fixamente lá fora, onde a chuva tamborilava e corria pelas vidraças, inutilmente, e encarou o tempo cinzento, sentindo uma grande desolação. Mal se importava com o que lhe acontecesse agora.

1614

Tadhg O'Byrne estava à frente de todos eles. Sabia disso porque andara olhando.

— Tem bebida nesse velório — disse à sua mulher. — Mas estou adiante deles. Estou na frente. Tenho muita dianteira... sou como uma rocha.

— Você tem — disse ela. — Pois é.

— Eu sou uma montanha — proclamou, embora, em estatura e em força física, ele fosse um tanto inferior à maioria dos homens.

Tadhg, ou Tadc, como geralmente se escrevia: um nome comum. Os ingleses costumavam escrever Teague, embora normalmente fosse pronunciado como a primeira sílaba de "tiger". "Já houve alguns grandes Tadhg O'Byrne", dizia ele, "chefes poderosos." De fato, houvera. O problema de Tadhg era que ele não fora um deles. E, pelo menos em sua opinião, deveria ter sido.

E não Brian O'Byrne.

Sessenta anos tinham se passado desde que Sean O'Byrne de Rathconan morrera e fora sucedido pelo seu filho Seamus. Por ocasião da escolha do sucessor de Seamus, entretanto, seu filho mais velho, por concordância geral de sua própria família e de cada pessoa significativa da área, foi considerado inútil. A escolha do clã recaíra sobre o terceiro dos quatro filhos de Seamus, um sujeito admirável, o qual, seguindo as leis e os costumes irlandeses, tinha, por conseguinte, se apossado de Rathconan e, de algum modo, da obscura chefia que a representava. Brian O'Byrne era neto do sujeito admirável. Tadhg O'Byrne era neto do inútil.

O velório era pelo pai de Brian. Viera gente de todas as partes de Wicklow e além: os O'Toole e os O'More, os MacMurrough e os O'Kelly. E, é claro, os O'Byrne: os O'Byrne dos Downes, os O'Byrne de Kiltimon, os O'Byrne de Ballinacor e de Knockrath; os O'Byrne de todas as partes das montanhas de Wicklow. Todos tinham ido prestar sua homenagem a Toirdhealbhach O'Byrne de Rathconan e acolher seu belo jovem filho Brian em sua herança. E quase nenhum deles notara a presença de Tadhg O'Byrne, que era, por reconhecimento geral, sem importância.

— Veja só aquilo. — Tadhg olhava tão amarguradamente para o jovem Brian O'Byrne, que nem mesmo se importava se sua mulher ainda estivesse ouvindo. De qualquer modo, ele não ligava. — Eis um garoto — escarneceu — que dorme numa cama de plumas.

Se Brian O'Byrne tinha 20 anos, uma boa altura, cabelos louros e era bonito, Tadhg se sentia ainda mais orgulhoso de sua própria aparência. Ele agora tinha 24 anos. Seu cabelo era negro e caía em bastas madeixas sobre os ombros, ao tradicional modo irlandês. Para a ocasião, ele trocara a habitual camisa de linho cor de açafrão por uma branca, presa à cintura com um cinturão; e usava sobre os ombros uma leve manta de tecido de lã. Muitos dos outros homens vestiam jaqueta preta, em respeito à ocasião, mas Tadhg nunca se importaria em usar uma jaqueta. A maioria dos homens vestia calças de tecido axadrezado ou meias de lã, mas, como o dia estava quente, ele deixara as pernas nuas. Seus pés estavam enfiados em pesados *brogues*. Ele poderia ser um pastor de ovelhas ou um operário.

E havia seu jovem primo, o jovem chefe, herdeiro de Rathconan, que deveria ter sido dele: o jovem Brian com seu cabelo louro cortado curto, seu gibão e calções pretos bordados, suas meias de seda e seus finos sapatos de couro. Ele usava até mesmo um anel de ouro. Tudo isso levou seu primo Tadhg a cuspir e murmurar:

— Inglês traidor.

Isso, de certo modo, era incorreto. As roupas, como tais, teriam sido usadas por um cavalheiro em muitas partes da Europa, inclusive no que era a esperança de cada irlandês nativo, o muito católico reino de Espanha. E vários dos cavaleiros irlandeses mais ricos e mais importantes no velório se vestiam de modo semelhante. Se eles costumavam se vestir daquela maneira por causa do senso geral de que era de bom-tom na Inglaterra, França ou Espanha, ou para se tornarem mais aceitáveis aos administradores ingleses em Dublin, seria difícil de dizer. Certamente, a ideia dos próprios administradores ingleses não era a de que a adoção de modos ingleses seria qualquer garantia de amizade para com a coroa inglesa. "Vários desses infernais irlandeses rebeldes, na época da rainha Elizabeth, estiveram em Oxford", lembravam eles com desgosto. Mas tais sutilezas eram desperdiçadas com Tadhg. "Inglês", sibilou. E, em seu coração, havia um único pensamento: um dia eu o derrubarei.

Era um ajuntamento notável. O jovem Brian sentia um justificável orgulho — não por tantos homens importantes terem vindo de longe e de todas as partes para prestar as últimas homenagens a seu pai, mas por terem vindo com um alto grau de afeto: e ele, em retribuição, sentia-se cheio de amor por todos.

Acima de tudo, ele amava Rathconan. Era sempre a mesma, inalterada desde a época de seu bisavô Sean, um século atrás: uma modesta casa fortificada com uma torre quadrada de pedra, em mau estado, que dava para as encostas das montanhas de Wicklow em direção à distante cerração azul do mar. O desordenado agrupamento de casas de fazenda nas proximidades era a mesma coisa; assim como a capelinha, onde, no dia de Sean O'Byrne, o padre Donal tinha celebrado a missa. Até mesmo os descendentes do padre Donal ainda continuavam lá. Um deles também era padre, embora, diferentemente do padre Donal, não tivesse esposa e filhos, pois poucos padres viviam atualmente no antigo estilo dos padres irlandeses. O irmão dele, por outro lado, um erudito e poeta, se empregava com muito sucesso como professor de famílias da área, uma profissão que lhe permitia manter unidos corpo e alma — e também gerar crianças cujo número não era exatamente conhecido. Padre e erudito, criadores de gado e de ovelhas, as famílias de Rathconan e seus vizinhos, esse foi o pequeno mundo que Brian O'Byrne, educado pelo padre e seu irmão, vestido por um alfaiate de Dublin, e orientado por um pai sensato e amoroso, herdou e do qual se orgulhava.

Também tinha orgulho de ser um O'Byrne. Embora, com os O'Toole, eles fossem a mais famosa das antigas famílias reinantes das montanhas de Wicklow, e não se seria capaz de apontar exatamente para um deles e dizer: "Eis um O'Byrne para você." Alguns eram morenos, outros louros, alguns altos, outros baixos. Seiscentos anos de procriação, mesmo numa única região, costumam produzir uma variedade de tipos. Tampouco se conseguiria ter certeza de sua fidelidade política. Em geral, perto do final do longo reinado da rainha Elizabeth, os O'Byrne da parte norte de Wicklow, mais próximos de Dublin, passaram a cooperar com o governo inglês, gostassem ou não; ainda que nenhum deles tivesse ido tão longe quanto se tornar protestante. Abaixo, nos desfiladeiros das montanhas do sul, entretanto, os poderosos chefes O'Byrne tinham mantido uma esplêndida independência. Quando Tyrone avançou contra a coroa inglesa, o chefe dos O'Byrne do sul foi o seu mais importante aliado.

— Foi O'Byrne o seu elo com o rei da Espanha. Foi ele quem tornou grande essa campanha pela causa católica — dissera-lhe o pai de Brian, orgulhosamente.

— Contudo, você não foi a favor dos atos de Tyrone — lembrara-lhe Brian. Os O'Byrne de Rathconan, com os O'Byrne do norte, tinham permanecido fora do conflito.

— É verdade — dissera o pai, com algum pesar. — Mas, mesmo assim, foi algo excelente.

Seu pai fornecera liderança moral na área durante duas décadas muito difíceis. Alto, corajoso, bonito, um antigo príncipe irlandês até a medula, ninguém tinha qualquer dúvida de onde se achava seu coração. Mas ele era cauteloso e sensato. Quando a grande aventura de Tyrone fracassou, ele ficara pesaroso, mas não surpreso. Em 1606, um ano antes da Debandada dos Condes, a grande região montanhosa selvagem de Wicklow havia sido, finalmente, designada um condado inglês — a última parte da Irlanda, a despeito de sua proximidade de Dublin, a ser colocada sob administração inglesa. Não que, com isso, se visse muita diferença lá em cima, nos altos e vazios desfiladeiros. Mas, ao mesmo tempo, pelo menos em teoria, a independência irlandesa da região tinha acabado. Contudo, também sobre esse assunto, seu pai fora filosófico.

— Em gerações passadas, atacamos as fazendas inglesas na planície. E eles mandaram soldados para as colinas, e, algumas vezes, estes foram emboscados e mortos, e, em outras, nos derrotaram. Esses dias, porém, acabaram. Há outras maneiras melhores de se viver. — E, assim, ele aconselhava os vizinhos. E, para Brian, dizia sempre: — Se quer preservar Rathconan e todas as coisas que ama, então precisa ser sensato. Jogue o próprio jogo dos ingleses. Aprenda a mudar.

— Mas que tipo de mudança, papai? Como eu terei de mudar?

— Não sei — respondera o pai com franqueza. — Você terá de ser sensato em sua própria geração. Isso é tudo que eu posso aconselhar.

E agora, de um modo tão repentino, seu próprio tempo tinha começado. Seu pai não era tão velho, mas havia mais de um ano que vinha sendo acometido de doença, encovado no final, prestes a partir.

O velório começara algum tempo antes. O corpo fora elegantemente arranjado. Houvera cânticos fúnebres. A maioria dos visitantes, porém, tinha ido prestar seus silenciosos respeitos. A comida e a bebida fornecidas eram fartas. Uma gaita de foles tocava um tranquilo lamento; não demorou muito para começar uma música mais animada. Ele já recebera as condolências de cada um dos presentes; agora fazia pessoalmente uma verificação para se assegurar de que estavam sendo cumpridas toda a cortesia e hospitalidade que a ocasião exigia. Notara Tadhg O'Byrne caçoando dele e murmurando algo. Preferiria evitar o sujeito, mas supunha que tinha de ir até ele. E estava se preparando para isso, quando, olhando para baixo da encosta, seus olhos foram atraídos para uma estranha figura, que ele nunca vira antes, cavalgando lentamente pelo caminho acima em direção à casa.

Era um homem alto, magro. Seu gibão, sua capa e seus calções eram todos pretos como tinta. Usava um chapéu preto alto sem pena. Atrás dele cavalgava um criado vestido de cinzento. Embora a trilha estivesse iluminada pelo sol, era como se uma pequena nuvem escura tivesse lançado sua sombra sobre os desfiladeiros da montanha.

Brian ficou imaginando quem seria aquele homem.

O Dr. Simeon Pincher estava de mau humor, quando conhecera Doyle. Mas isso não era nenhuma surpresa. Fazia mais de um ano que o Dr. Pincher estava de mau humor.

Na Irlanda, como na Inglaterra, o Parlamento irlandês não fazia sessões regulares, mas se reunia de vez em quando, se houvesse assuntos específicos a tratar. No ano anterior, entretanto, o Parlamento fora convocado a se reunir em Dublin, e ela se mostrou uma reunião muito impressionante. Se os antigos parlamentos das eras Tudor e Plantageneta tinham consistido, em sua maioria, de fidalgos da Paliçada inglesa do entorno de Dublin, este recebera homens de todas as partes da Irlanda.

No início, houvera alguns problemas. Os Velhos Ingleses, na maioria católicos, tinham ameaçado não participar; mas, finalmente, haviam chegado a um acordo e seguido, ao que parecera a Pincher, na direção certa. O Juramento de Supremacia fora declarado compulsório para todos os funcionários do governo. Estes deviam jurar reconhecer a autoridade espiritual do rei sobre o papa, ou perderiam seus empregos. Fora feito um movimento para insistir que todos os advogados também jurassem. Isso teria acabado com o exercício da profissão de católicos leais como Martin Walsh, e a ideia foi abandonada. Católicos não conformistas, os que se recusavam a largar a antiga fé, deveriam pagar multas, embora o Parlamento, lamentavelmente, ainda não estivesse pronto para obrigá-los a frequentar a Igreja da Irlanda. "Eu os obrigo", declarara firmemente Pincher. E proclamações contra educação estrangeira e os padres comuns também foram emitidas. A despeito de suas falhas, porém, o Parlamento se movimentava na direção geralmente correta. E o motivo principal estava na sua composição.

Os protestantes superavam em número os católicos — 132 a 100. Poucos dos católicos eram senhores irlandeses nativos, mas a maioria era de Velhos Ingleses. Mas quem eram todos esses protestantes? Seriam eles a velha guarda, que se decidira pela Igreja da Irlanda, homens como o lorde de Howth, ou Doyle de Dublin? Alguns, certamente. Mas os homens que incharam o número de protestantes, os homens que fariam a diferença a longo prazo, foram os recém-chegados: eles eram os homens das colonizações. E isso, estranhamente, era o que irritava Pincher. Não que ele se irritasse com os homens das colonizações. Ele estava irritado consigo mesmo.

"Foi falta de fé", confessara à sua irmã em uma carta. "Carência de coragem." Ele fracassara no investimento.

O problema tinha sido a escala das coisas. Quando fizera sua visita ao Ulster, sete anos antes, ele vira as oportunidades para uma colonização bem-sucedida. E quando, após a Debandada dos Condes e do confisco dos territórios de Tyrone e de Tyrconnell, surgira a conversa de uma colonização do Ulster, ele não investira na fazenda em que poderia ter investido, na esperança de algo melhor. Mas áreas extensas de Ulster e Connacht se tornaram tão acessíveis, que a escala toda de operações havia mudado. Os empreendedores operavam em escalas enormes. A cidade de Londres assumira a posse de toda a área de Derry e mudara seu nome para Londonderry. Onde se havia suposto que homens tomariam mil ou 2 mil acres, os empreendedores estavam abocanhando milhares, até mesmo dezenas de milhares de acres.

O mundo exterior mudava. A Dublin familiar a Walsh, Doyle e mesmo Pincher era a da parte final da era elisabetana. Mas a última década em Londres assistira a uma transformação. Fora a era dos destemidos comerciantes aventureiros. O rei Jaime, livre de sua rígida juventude na Escócia, cedia a seu gosto pelo luxo. A corte inglesa era corrupta; ganância e excesso eram o lema. Homens audaciosos, ávidos, à procura de rápidos retornos, eram incentivados. Era esse o espírito dos homens que empreenderam as colonizações do Ulster.

E, ao ver esses sujeitos tão importantes se mudando, Pincher recuara. Seu tempo era limitado, disse a si mesmo: ele tinha de ensinar e pregar. Seu capital era modesto. O negócio era grande demais para ele. Aquele era um mundo alienígena do qual — era honesto em admitir — ele tinha um pouco de medo. E, por isso, recuara.

E agora, vendo todos aqueles novos fidalgos das colonizações indo a Dublin, ele foi dominado por uma sensação de fracasso. Como uma das insensatas virgens da parábola do Evangelho, ele não estava preparado; quando o momento chegou, ele se descobriu deficiente. Ainda no dia anterior, um dos jovens eruditos do Trinity College dera com o bom doutor sentado debaixo de uma árvore, perdido em pensamentos. Visto que ele vinha por trás, o doutor não percebera sua aproximação, e o jovem erudito, chegando perto, ouvira Pincher murmurar, bastante claramente, para si mesmo: "Lucro predestinado; retorno justificado." Em seguida, balançara tristemente a cabeça; e o jovem erudito, intrigado com as palavras, mas sentindo que não deveria estar ali, fora embora na ponta dos pés.

Simeon Pincher, por conseguinte, confessando sua falha, estava determinado a remediá-la; e, até encontrar um meio de fazer isso, passava todos os dias de sua vida num estado de irritação reprimida.

Na manhã em que falou com Doyle, entretanto, ele estava preparado para um empreendimento que, por tudo que ouvira, provavelmente lhe daria os lucros que, com toda a certeza, lhe eram agora devidos. E estava pensando de que maneira melhor planejar a jornada que deveria fazer, quando, ao chegar aos arredores da Igreja de Cristo, avistou um pequeno grupo de figuras familiares; ocorreu-lhe que uma delas lhe poderia ser útil.

Doyle foi o primeiro que ele cumprimentou, com uma cortês inclinação da cabeça. Um homem de substância, um pilar da Igreja da Irlanda, membro do Trinity Guild. Ele também devia um favor a Doyle. No domingo anterior, ele deveria fazer uma prédica na Igreja de Cristo, e sabia que a congregação seria aumentada por um grande número de protestantes membros do Parlamento. Era uma oportunidade para dar uma boa impressão. Havia apenas um problema.

Aos domingos, os conselheiros municipais de Dublin tinham de acompanhar o prefeito à catedral. Mas, visto que muitos deles eram papistas, frequentemente iam à missa com antecedência, levavam o prefeito até a catedral, deixavam-no em seu assento, então saíam calmamente para a taberna local, onde tomavam algumas bebidas, retornando somente após o sermão para acompanhar novamente o prefeito na saída. Esse tipo de despreocupado comportamento irlandês não apenas horrorizava Pincher, como ele temia que acontecesse no dia de sua prédica. Pareceria aos visitantes que os conselheiros municipais não ligavam para o que ele pregava. Portanto, ele falara com Doyle.

Algumas vezes, no passado, Pincher desconfiara que Doyle talvez não gostasse dele. Mas este certamente o ajudara no domingo anterior. Apareceram menos de dez conselheiros municipais. Quando três deles deram a impressão de que iam sair, Doyle lançou-lhes um tal olhar que eles, com relutância, sentaram-se novamente. Até mesmo permaneceram acordados enquanto ele pregava. Pincher tinha, por causa disso, uma dívida de gratidão para com Doyle. Não restava dúvida.

Ao lado de Doyle estava o jovem Walter Smith. Um rapaz sério. Uma pena que fosse papista. Por esse motivo, normalmente, Pincher lhe prestava o mínimo de atenção. Mas lembrou-se de que Walter Smith era casado com a filha de Walsh, o advogado, e sabia que Walsh e Doyle eram primos. Como cortesia a Walsh, portanto, ele também fez um cortês aceno de cabeça para Walter Smith.

O terceiro homem era Jeremiah Tidy. E então o Dr. Pincher sorriu.

— Bom-dia, mestre Tidy.

— Bom-dia, Vossa Senhoria.

Graças a Deus por Tidy. Um homem confiável. Três gerações de serviço à Igreja de Cristo e à Igreja da Irlanda. Jeremiah tinha nascido e sido criado para isso, conhecia cada polegada do prédio, desde a espaçosa cripta ao topo da torre.

Tinha apenas 20 anos quando foi nomeado sacristão, por causa da longa ligação de sua família, e, atualmente, tinha ainda 25. Mas, com seus ombros ligeiramente arqueados e a pequena barba pontuda, já alcançara uma imutabilidade que agradava aos seus empregadores.

Era Tidy quem cuidava das sepulturas e dos túmulos; era Tidy quem, com o maceiro, cuidava dos serviços religiosos e tocava o grande sino que ordenava a vida da catedral e igualmente da cidade; era Tidy quem, por uma modesta remuneração, sempre ficava feliz em aceitar serviços extras para obsequiar as pessoas. Confiável. Respeitável. Ele também tinha grande reverência pelo Trinity College.

— Foi a família de minha mãe, os MacGowan, que forneceu todas as portas e as janelas da faculdade, Vossa Senhoria — lembrava ao Dr. Pincher. — E é um lugar bonito, estou certo de que concordará, senhor.

— Certamente — concordava Pincher.

— Um lugar bem condizente, Vossa Senhoria, com um excelente erudito de Cambridge como o senhor. — O que havia na voz suave do sacristão que ele achava desconcertante? Era tão educada, tão respeitosa, tão docilmente insinuante. Seria quase por demais respeitosa? Ele olhou para o sacristão com uma ligeira carranca de incerteza.

Um homem de Cambridge como ele: o que Tidy queria dizer com aquilo? Costumava se perguntar Pincher. Se é que queria dizer alguma coisa. Era possível, perguntava-se o erudito doutor, que o sacristão, de alguma forma, tivesse sabido daquela coisa insensata em Cambridge? Não conseguia imaginar como. Mas por que, sempre que se encontravam, ele mencionava Cambridge daquela maneira? Claro que não, disse a si mesmo. Não podia ser. A coisa acontecera em outro país, havia muito tempo. E, além do mais...

Fora Tidy, aliás, quem lhe tinha dito que o cônego-administrador da catedral soubera que, em pouco tempo, haveria à disposição um excelente benefício eclesiástico com alguma terra promissora. E, graças a essa oportuna informação, e uma visita imediata ao administrador do Cabido, Pincher estava agora prestes a partir numa nova viagem, desta vez em direção ao sul, o que talvez lhe trouxesse algum lucro, algo que, agora, certamente ele merecia.

E foi então, após ele haver falado aos três homens sobre a rota que pretendia seguir, e pedido o conselho deles sobre onde fazer uma parada em sua viagem, que Doyle, depois de pensar um ou dois momentos, sugeriu:

— Eu diria que você pode descansar com os O'Byrne em Rathconan.

Ao ouvir esse nome, Pincher empalideceu. Um papista? Um chefe irlandês nativo? A despeito das diversas alianças dos vários O'Byrne, a despeito da tradição de hospitalidade irlandesa a viajantes, que vinha desde o início dos tempos, a despeito até mesmo do fato de Wicklow ser agora um condado inglês, o Dr. Pincher ouvira no passado muitas histórias sobre os incivilizados O'Byrne para não se sentir nervoso com a perspectiva de tal encontro. Ele viu, porém, o jovem Walter Smith assentir em concordância e até mesmo Tidy parecer tranquilo diante da perspectiva. Doyle, adivinhando seus pensamentos, sorriu.

— Receberá uma boa acolhida por lá — assegurou-lhe. — Os O'Byrne de Rathconan são bastante ingleses em seus modos.

E, sem dúvida para deixá-lo despreocupado, Tidy concordou:

— Eles terão um grande respeito, Vossa Senhoria, por um erudito de Cambridge como o senhor.

Portanto, ali estava ele, aproximando-se da casa em Rathconan, e de uma cena que o encheu de horror.

Um velório irlandês. Obviamente, Doyle ainda não tinha sabido de qualquer morte na família O'Byrne quando sugerira a visita, e Pincher ficou imaginando o que fazer. Tentaria encontrar outra casa? A alguma distância, ao sul, ficavam as ruínas do antigo mosteiro de Glendalough. Poderia alcançá-las ao anoitecer, supôs. Haveria por lá algum tipo de casa? Não tinha certeza. Certamente não tinha intenção de dormir em alguma cabana de camponês, ou a céu aberto, no agreste das montanhas de Wicklow. Deveria voltar agora ou pedir indicações de um outro lugar? Ainda hesitava, quando viu um belo jovem de cabelos louros, vestido à moda inglesa, vir em sua direção.

— Sou Brian O'Byrne — apresentou-se educadamente. Olhando-o, Pincher notou extraordinários olhos verdes.

Explicando seu assunto, e que Doyle o havia mandado, Pincher desculpou-se pela intromissão.

— Doyle não sabia da morte de meu pai quando o enviou — respondeu o jovem.

— Sinto muito pelo seu problema — retrucou Pincher. Poderia O'Byrne sugerir outra casa na área onde ele pudesse encontrar abrigo? Mas o jovem O'Byrne não ouviu.

— Há um aposento no andar superior, onde poderá descansar com bastante conforto durante a noite... embora eu não possa lhe prometer silêncio. — E, assim, sem saber aonde mais poderia ir, e sem querer ofender o jovem chefe, Pincher, com uma certa relutância, permitiu-se ser conduzido em direção à velha torre de pedra.

Havia uma grande quantidade de pessoas do lado de fora, várias centenas delas. Mesas tinham sido postas, bem abastecidas com comida e frutas cristalizadas. Alguns dos convidados bebiam vinho, mas a maioria parecia tomar cerveja ou uísque. Deixando seu criado cuidando dos cavalos e torcendo para que o sujeito não estivesse bêbado quando precisasse dele, Pincher acompanhou o jovem Brian O'Byrne ao interior. Ele sabia o suficiente para estar preparado para o que deveria se seguir, quando seu anfitrião o conduziu ao aposento nos fundos da torre. Ali, deitado numa grande mesa coberta com lençóis brancos, estava o corpo de Toirdhealbhach O'Byrne, banhado e barbeado, um homem de excelente aparência, diga-se de passagem, mesmo reduzido à morte com um crucifixo nas mãos cruzadas. Não se encontrava mais ninguém no cômodo, pois todos já tinham ido, havia muito tempo, prestar suas homenagens, exceto por uma mulher de meia-idade, uma prima do falecido, sentada num banquinho, num canto, que era para o morto não ficar sozinho. O aposento estava bem iluminado pelo pequeno ajuntamento de velas sobre uma mesa estreita junto à parede, cuja fumaça cerosa dava ao local uma atmosfera de igreja.

Tentando desviar os olhos do amaldiçoado rosário, Pincher murmurou, como sabia que devia, que o ex-chefe fora muito bem-arrumado e, por não ter conhecido o fidalgo, pôde apenas acrescentar, mais uma vez, que lamentava o incômodo. Depois disso, retirou-se educadamente e seguiu seu jovem anfitrião, por uma escada em espiral acima, a um espaçoso aposento contendo uma cama de madeira, em nada pior do que a sua em Dublin. Pouco depois, Brian O'Byrne reapareceu trazendo pessoalmente comida e vinho, um fato que, com todo o velório do pai transcorrendo, foi excessivamente cortês de sua parte, Pincher teve de admitir. Seu anfitrião também deixou claro que, se ele, a qualquer momento, quisesse se juntar às pessoas lá embaixo, seria mais do que bem-vindo. Uma oferta entendida como intencionalmente cordial; embora de modo evasivo, foi agradecidamente recusada. E, quanto ao resto da noite, o Dr. Pincher, sendo predestinado a coisas mais elevadas do que a companhia de irlandeses, limitou-se ao seu quarto.

Se ao menos não houvesse aquele ruído! A costumeira lamúria das mulheres, as brutas canções de lamento e os gritos de pesar, que ele sempre achara repugnantes. "Em seu pesar", escrevera certa vez para a irmã, "eles são como selvagens." Isso, misericordiosamente, tinha sido antes de ele chegar. Mas o pior estava para vir.

Alguns aspectos do velório ele conseguia entender. A reunião de amigos e vizinhos, o compartilhamento da dor pela perda de um parente, as palavras gentis, até mesmo o amável relato de histórias sobre o falecido: tudo isso, parecia-lhe, era apropriado. Nem mesmo se importava com a comida e a bebida, desde que todos mantivessem a sobriedade. E, de fato, quando uma criança morria, ou um parente era levado da jovem família que precisava deles, os velórios eram atos tristes e solenes, quando vizinhos forneciam apoio e caridade. Ele certamente não via mal nisso. Mas quando um homem tinha vivido uma longa vida e a morte era esperada, quando, além de contar histórias amáveis, os convidados começavam a propor adivinhações, ou jogar — até mesmo envolvendo o próprio defunto —, então parecia a Pincher que a fundamental carência de seriedade, de decência — aliás, a imoralidade e a natureza pagãs —, do irlandês nativo era exposta. Para ele, era horrível.

Que nesse antigo procedimento pudesse haver grande sabedoria; que, após a catarse do pesar totalmente expressado, pudesse haver encerramento; e, nos afetuosos jogos e no humor — esse compartilhamento de vida com o morto — pudesse haver um restabelecimento e a chegada a um acordo com a perversidade da morte: tais noções não tinham lugar em sua imaginação monótona do universo. Não tinha ideia por que eles faziam aquilo.

O sol se punha, quando ele ouviu as mulheres cantarem — um canto lento, lúgubre, nasalado, que sabia se chamar *cronan* — não desagradável ao ouvido. Isso prosseguiu por algum tempo, enquanto anoitecia; e, como não ouvia outro som, deduziu que elas eram ouvidas em silêncio. Olhando pela sua janela, quando terminou o último dos *cronans*, ele pôde ver que a primeira estrela havia aparecido no crepúsculo. Então, após apenas uma curta pausa, o suave som monótono de uma única gaita de foles começou a se elevar no ar. E agora até mesmo ele se sentou na cama para ouvir.

O lamento de um tocador de gaita de foles. A sombria melodia ecoou por toda a encosta, lamentosa mas estranhamente reconfortante. E, a despeito de si mesmo, Pincher vivenciou aquela estranha sensação, aquela melancólica mas emocionante calidez no coração que somente o som de uma gaita de foles pode causar. Ele ouviu e desejou que aquilo continuasse para sempre. Algum tempo depois, porém, acabou.

Então houve uma pequena pausa, seguida logo depois por uma melodia animada, talvez meio comovente, mas na qual o som mais alegre de uma rabeca se juntou ao lado da gaita como uma boa companhia. A melodia era agradável, admitiu Pincher; mas lhe parecia que já houvera música demais, e que seria mais adequado se, tendo prestado suas homenagens, os convidados agora fossem embora. Ele ficou contente quando a música parou.

Deitou na cama e fechou os olhos. Vindo de baixo, podia ouvir os leves sons de conversas e até mesmo de risadas. Tinha sido um longo dia. Esperava conseguir pegar no sono. Pela manhã, pensou, partiria o mais cedo possível. Se pudesse simplesmente desligar as vozes e permanecer imóvel, começaria a pegar no sono. Respirava lentamente, mantinha os olhos fechados. Sentiu-se à deriva.

Então as rabecas recomeçaram. Bem alto. Várias delas, acompanhadas por um apito. Um som alegre. Havia gritos, gargalhadas. Em tudo e por tudo era profano: estavam tocando uma giga. Pincher começou a se enfurecer na cama e correu para a janela. Lá fora, tochas haviam sido acesas. Ele podia ver as pessoas todas em volta da torre. Dançavam. Era como uma orgia pagã ou cena de regiões infernais. Eles dançavam uma giga.

Ele olhou horrorizado. Eles não apenas dançavam alegremente, como a giga continuava e continuava, como se fosse para ver quem era capaz de dançar mais tempo sem cair.

E agora — ele soubera isso desde o início, é claro —, agora, tendo ouvido, tendo visto com os próprios olhos, tendo olhado abaixo para a terrível giga, ele parecia perceber com uma nova e medonha clareza que, mesmo se eles lhe sorrissem ou vestissem roupas inglesas, aqueles irlandeses papistas eram, de fato, mais baixos do que animais. Eram todos, todos destinados à danação eterna. Não poderia haver qualquer dúvida. Com um grito de agonia, virou-se, jogou-se na cama com o rosto virado para baixo e tentou tapar os ouvidos.

A dança e a música, porém, continuaram. Algumas das danças eram gigas; outras, ele não reconhecia. Ouvira dizer que os irlandeses executavam uma dança do sabre. Pelo que lhe constava, deviam estar fazendo isso. O que ele sabia, por certo, era que não conseguia descansar.

Talvez, se distraísse a mente dos sons que vinham lá de baixo, conseguisse pegar no sono. Tentou pensar na viagem que faria no dia seguinte. A perspectiva pelo menos lhe trouxe algum consolo.

Tanto o Trinity College quanto a catedral da Igreja de Cristo eram dotados com muitas terras — sobre as quais, de vez em quando, podiam-se obter ótimos arrendamentos: e havia muito tempo ele esperava conseguir um deles. Mas a oportunidade que se apresentava agora era ainda melhor.

Pois, dentre todos os proprietários de terras na Irlanda, nenhum era mais rico e mais devoto do que Richard Boyle, o grande colonizador protestante. Tendo adquirido, do reino da rainha Elizabeth, vastas áreas de terra em Munster, ele era o patrono de vários benefícios eclesiásticos dos quais um pastor protestante pudesse obter uma renda.

— Acabo de saber que, a qualquer momento, haverá um benefício gratuito no norte de Munster. E você é exatamente o tipo de homem devoto que Boyle aprovaria — dissera-lhe o administrador do Cabido. — Entretanto, é um pouco agreste por lá. A terra terá de ser roçada antes de se poder cultivar qualquer coisa. Você se importaria com isso?

— Ah, não — respondera Pincher. — Não me importaria nem um pouco.

Mata. Durante séculos, as vastas florestas que outrora haviam coberto a maior parte da ilha foram uma valiosa fonte de madeira. Principalmente para exportação. Algumas das maiores catedrais inglesas tinham vigas de carvalho irlandês. E, durante a imensa construção da Inglaterra Tudor, fora crescente a demanda de madeira. Gradualmente, portanto, as florestas da Irlanda haviam capitulado ao machado. A maioria dos melhores pés de carvalho da região de Dublin já havia desaparecido, porém, mais ao sul, ainda havia muitas excelentes florestas antigas à espera de serem abatidas. E a derrubada de matas fornecia uma única e imediata colheita rentável, capaz de tornar um novo arrendamento altamente lucrativo para um investidor. Às vezes, encostas inteiras eram despojadas em questão de meses.

"Eu deixarei entrar a luz", declarara Pincher com emoção, "onde antes havia escuridão."

A trilha através das colinas, haviam-lhe dito, passava por algumas das mais belas vistas de toda a Irlanda. Em alguns dias, esperava, chegaria ao seu destino espiritualmente refrescado. Fechou os olhos e tentou imaginar a viagem. E, embora estivesse consciente da música lá fora, antes devia ter escorregado para a inconsciência uma ou duas vezes, e, à meia-noite, ficou ciente de que a música, finalmente, havia parado, e sentiu-se preparado para, enfim, mergulhar num sono profundo.

De fato, por um momento ele quase supôs que estava sonhando, quando um súbito rangido fez com que se erguesse sobressaltado, percebendo que a pesada porta de carvalho do quarto estava sendo aberta lentamente.

Havia tantos dormindo nos quartos lá embaixo e na sala, que tinham deixado velas bruxuleando por toda parte para que as pessoas não caíssem umas sobre as outras caso se levantassem durante a noite. Foi com a luz de várias velas, portanto, que Pincher pôde agora enxergar, emoldurada pelo vão da porta, a terrível figura prestes a entrar em seu quarto. Uma roupa de irlandês selvagem, pernas nuas, rosto pálido com olhos fixos, e um enorme e feio amontoado de cabelos caindo em cachos até abaixo dos ombros — diante de tal aparição, não foi surpresa que o Dr. Pincher, convulsivamente, tivesse se agarrado às roupas de cama e aberto a boca, pronto para gritar "socorro" ou "assassino", se a criatura desse mais um passo.

Tadhg O'Byrne, porém, não entrou logo. Ficou na porta, preferindo balançar um pouco, cautelosamente, antes de se comprometer a dar mais um passo para dentro do desconhecido. Ele não estava bêbado — talvez isso tivesse acontecido um pouco antes —, porém se encontrava em um estado no qual seus pensamentos e ações, embora cuidadosamente refletidos, eram de certa forma lentos. Tentara dormir no chão ao lado do banco da sala principal, sobre o qual sua mulher jazia profundamente inconsciente. Mas ele não parecia confortável. Pensara em ir lá para fora. A noite não estava fria, e um bom irlandês como ele, como se orgulhava em dizer, se sentiria tão feliz em dormir no chão, como um criador de gado ou um herói dos tempos antigos, quanto em se deitar dentro da casa. Numa avaliação, porém, decidira dormir lá dentro e, caminhando cautelosamente sobre vários corpos, conseguira, devagar e sempre, transpor seu caminho até aquele local onde encontrara uma porta. Sem poder enxergar o trêmulo pastor na escuridão, ele agora, muito razoavelmente, perguntou:

— Há lugar aí para um corpo dormir?

A pergunta, feita em irlandês, não foi entendida por Pincher, mas claramente era exigida alguma resposta.

— Vá embora — gritou o filósofo.

A resposta, em inglês, surpreendeu Tadhg O'Byrne, mas foi perfeitamente entendida. Ele a avaliou. A primeira coisa sobre a pergunta, fora a língua, foi que ela viera apenas de uma única fonte. Prestou atenção para ver se ouvia outros respirando, mas nada escutou. Consequentemente, expressou sua pergunta seguinte, em inglês:

— Há uma mulher aí com você? — indagou amavelmente.

— Certamente que não! — ceceou o Dr. Pincher.

Embora não fosse instruído em filosofia, ficou claro para Tadhg, após um ou dois momentos, que a figura no escuro, intencionalmente ou não, enunciara um *non sequitur*. Pois, se não havia outros no quarto, e o estranho não estava ocupado com uma mulher, então, *ipso facto*, não havia necessidade de ele ir embora. Sem querer ofender, ele repassou isso outra vez pela mente para ter certeza de que era correto; mas não encontrou qualquer ponto fraco em seu raciocínio. E acabara de chegar a essa conclusão definitiva quando o Dr. Pincher cometeu um grande erro. Falando bem devagar e claramente, na presunção de que a figura diante de si, pelo todo de sua aparência, devia estar bêbada e ser estúpida, enunciou, cuidadosamente:

— Esta... é... a minha... cama.

— Cama? — Isso exigia uma nova reflexão. — É uma cama que você tem aí? — Tadhg podia menosprezar a suposta decadência de seu parente Brian no que se referia a cama de plumas, mas, naquele momento, a perspectiva de dividir uma confortável cama em vez do chão lhe pareceu muito boa. Entrando e fechando a porta atrás de si, ele percorreu seu caminho com surpreendente precisão até a cama e estendeu a mão para onde, encolhendo-se dele com repugnância e algum terror, o Dr. Pincher, inadvertidamente, fornecera o próprio espaço que Tadhg procurava. — Pronto — disse ele sociavelmente —, há espaço suficiente para nós dois.

E ele cairia rapidamente no sono, ao lado do estupefato predicador, se não tivesse sido tomado por uma súbita curiosidade. Quem seria aquele estranho inglês a quem fora dado um quarto privativo no velório de O'Byrne de Rathconan?

— Um homem notável — opinou ele na escuridão como tinta. — Não resta dúvida, Toirdhelbhach O'Byrne foi um homem notável. — Fez uma pausa, à espera de alguma resposta, mas o estranho a seu lado ficou tão calado quanto o cadáver lá embaixo. — Você o conhecia há muito tempo? — indagou.

— Eu não o conheci — disse a voz de Pincher, friamente.

Estava claro para Pincher que sua vida não corria perigo imediato por parte daquela figura repugnante. A principal pergunta em sua mente era se devia ele mesmo sair da cama e dormir no chão, ou permanecer onde estava e tolerar a proximidade, e o cheiro, daquela presença.

— Mas, sem dúvida, veio ao velório em sinal de respeito — disse Tadhg. Fosse ele inglês ou não, ninguém podia negar que era uma coisa adequada a se fazer, apesar de inusitada. — Você se importaria se eu perguntasse o seu nome? Eu me chamo Tadhg O'Byrne — completou amavelmente.

Por que será, perguntou-se Pincher, que esses irlandeses têm tais nomes bárbaros? O som — Tighe O'Byrne, ao lado dele, Turlock O'Byrne, o cadáver lá embaixo — já era ruim o bastante; a pronúncia de Tadhg e Toirdhealbhach desafiava toda a razão. Pincher rogou uma praga silenciosa para todos eles. Certamente não tinha intenção de dar início a uma conversa com Tadhg; por outro lado, se se recusasse a responder, isso poderia deixar a criatura zangada.

— Sou o Dr. Simeon Pincher, do Trinity College, Dublin — disse ele com relutância.

— Do Trinity College? — Inglês e, portanto, herege. Mas um erudito, talvez a mesma coisa. — Você é instruído, eu diria — arriscou —, em latim e grego?

— Eu leciono grego — disse Pincher firmemente —, lógica e teologia. Faço prédicas na Igreja de Cristo. Sou membro do conselho do Emmanuel College, Cambridge. — Esperava que essa lista impressionante pudesse reduzir ao silêncio sua indesejável companhia.

Tadhg podia ter pouca utilidade para ingleses e hereges, mas ficou impressionado. Aquele era um fidalgo e um erudito, um homem instruído que viera dele Dublin prestar sua homenagem ao líder O'Byrne. Uma cortesia lhe era devida. Ficou ali, em silêncio, imaginando o que dizer a uma pessoa tão distinta. E, ao fazê-lo, uma ideia lhe ocorreu. Ali estava um importante homem do saber dividindo a cama com ele e, sem dúvida, achando que ele, Tadhg O'Byrne era um pobre coitado. Ele devia a si mesmo fazer com que o estranho soubesse que ele, também, era uma pessoa de certa importância. Não um seu semelhante em saber, é claro, mas, no mínimo, um fidalgo como ele.

— E você não sabe, suponho, quem eu sou — sugeriu.

— Suponho que não — suspirou o Dr. Pincher.

— Mas sou eu mesmo — anunciou Tadhg orgulhosamente —, o herdeiro por direito de Rathconan.

O efeito dessa declaração foi altamente satisfatório. Ele sentiu o corpo do doutor dar um pequeno tranco na cama.

— Mas eu achava que o título de Brian...

— Ah. — Agora Tadhg o trouxera para seu assunto. — Ele tem isso. Isso ele tem. Mas terá direito a isso? — Fez uma pausa para deixar a pergunta se firmar na escuridão circundante. — Não, não tem. Sou eu mesmo, o mais velho, quem está na linha de sucessão, sabe. Sua família o tomou, mas eles não têm direito a isso. A pretensão deles é falsa — encerrou triunfalmente.

O fato de que, pela verdadeira lei, a antiga lei irlandesa e os antigos costumes, que ele tão ardentemente defendia, os ancestrais de Brian tinham sido legitimamente escolhidos, e os dele, rejeitados; o fato de que, como um bom irlandês, ele não tinha qualquer direito ao posto de Brian, e qualquer bom irlandês lhe teria dito isso, e não em termos incertos; e o ainda mais espantoso fato de que, apenas pela lei inglesa, não pela irlandesa, o direito do filho mais velho tinha algum significado em particular — todos esses fatos tinham sido miraculosamente dissolvidos na escuridão da noite, ou melhor, tinham sido apressadamente enterrados no subsolo por Tadhg, como um criminoso que enterrasse um cadáver.

— Está querendo dizer — procurou esclarecer Pincher — que Brian O'Byrne não possui de fato um claro direito de posse desta propriedade?

— Não, não tem. Não pela lei inglesa. — Ele não desejava admitir, mas sabia que esse seria o modo de impressionar um homem do Trinity College. — Pela lei do rei, ele não tem qualquer direito. Sou eu o herdeiro legítimo.

— Isso — disse o Dr. Pincher — é muito interessante. Penso — acrescentou, após uma curta pausa — que devo dormir.

E Tadhg O'Byrne, tendo exposto sua questão, para sua própria satisfação, ficou satisfeito o suficiente para mergulhar na inconsciência, o que fez de imediato. Pincher, porém, não dormiu. Não queria dormir ainda. Por isso, ficou deitado, pensando. A informação que acabara de receber, se correta, era altamente significativa. Não, é claro, que o repugnante infeliz deitado a seu lado jamais fosse tirar qualquer proveito dela. Valha-me Deus. Mas, se o amável jovem que o recebera em sua casa tivesse qualquer tipo de título defectivo em relação à propriedade, havia meios legais através dos quais poderia ser expropriado. Pincher ficou imaginando se alguém mais em Dublin sabia disso. Possivelmente não. O valor de uma propriedade rural como Rathconan era muitas vezes maior do que os lucros que ele tinha em perspectiva em Munster, não importava o quanto os pés de carvalho crescessem juntos.

Ficou imaginando como poderia tirar proveito dessa notícia inesperada.

✣

Já havia algum tempo, parecia a Orlando, que seu pai vivia aborrecido. Ele estava a par dessas pequenas mudanças de humor porque o via quase todos os dias.

Embora tivesse 16 anos, Orlando continuava em casa. Martin Walsh resistira calmamente às várias tentativas de Lawrence de mandar Orlando para Salamanca. "Não, prefiro tê-lo aqui comigo", dizia. "Ele pode ter uma boa educação com os professores que temos aqui. E eu mesmo lhe ensinarei o direito." Certa ocasião, ao escutar por acaso uma discussão entre seu pai e seu irmão, Orlando ouvira seu pai declarar: "Pense bem, Lawrence. O pessoal do governo no Castelo de Dublin desconfia de colégios estrangeiros. Minha lealdade não está em questão, mas lembre-se de que há homens no castelo que gostariam de proibir advogados católicos de exercer sua profissão. Eles já sabem muito bem que você é jesuíta. Como é Orlando quem herdará esta propriedade, quando eu morrer, talvez seja mais sensato que eles não o vejam ir para um seminário. É melhor que o vejam em segurança a meu lado." Orlando ouviu Lawrence murmurar alguma coisa em resposta, mas não conseguiu distinguir as palavras. Mas ouviu o pai responder, com muita firmeza: "Creio que não. Não fale mais nisso."

Martin Walsh costumava ir a Dublin a negócios, uma ou duas vezes por semana. Com frequência, levava Orlando junto, e era fácil de este ver, sempre que ia, o quanto seu honesto, prudente pai era querido e respeitado.

"Um advogado", dizia-lhe Martin, "passa a conhecer muitos grandes segredos dos homens. Os homens, porém, precisam saber que podem lhe confiar suas confidências. Um advogado sabe tudo, Orlando, mas nada diz. Lembre-se disso."

Às vezes, alegremente, ele apontava para uma moça bonita e perguntava se Orlando gostaria de se casar com ela. Isso se tornara uma animada rotina. Orlando sempre respondia que a moça não era suficientemente bonita e dizia ao pai que teria de se sair melhor. Então o pai lhe perguntava quantos filhos ele queria. "Seis meninos e seis meninas: uma dúzia certa", dizia. E Martin aparentava felicidade.

Geralmente, iam visitar a irmã dele. Anne já tinha três meninas, e o casal ainda esperava por um menino, a quem chamariam de Maurice. Ela engordara um pouco, desde seu casamento, e vivia ocupada com a casa e as filhas, mas, fora isso, parecia a Orlando que continuava a mesma. O marido dela, Walter, se revelara um grande sucesso. Quanto mais velho Orlando se tornava, mas gostava dele. Um sujeito amável, valoroso, ele era obviamente dedicado a Anne. Embora fosse certo que, algum dia, ele herdaria uma enorme fortuna de seu pai, o velho Peter Smith dizia, orgulhoso: "Entretanto, ele não precisa de mim. Já é um homem de recursos, por conta própria." O velho Peter Smith preferia passar o tempo fora, na propriedade rural que mantinha em Fingal, mas Walter e Anne passavam a maior parte do tempo na cidade com as filhas. Tinham uma bela casa com coruchéu na Saint Nicholas Street, perto do antigo Tholsel, a prefeitura. O único assunto que jamais se mencionava era o afogamento de Patrick Smith. Mas, ainda assim, Orlando tinha certeza de que a irmã devia ser feliz agora com sua nova vida.

Às vezes, no fim do dia, após terem cavalgado de volta para casa em Fingal, Orlando notava que seu pai parecia um pouco cansado e deprimido. Supunha que podia ser apenas fadiga, após longas horas fazendo negócios. O cabelo de Martin estava agora quase todo grisalho. Quando, à noite, se sentava em sua cadeira e olhava pensativamente para o chão, não se podia negar que seu rosto parecia um tanto esgotado e envelhecido. Ocasionalmente, Orlando observava que ele estremecia subitamente e sacudia a cabeça. Mas depois, quando ele se levantava de sua cadeira, Orlando via que aprumava as costas, inspirava fundo, estufava o peito e dava a si mesmo um ligeiro assentimento de aprovação. Então ele renovava sua confiança de que o pai ainda era forte e permaneceria com ele por muitos anos.

Era incomum seu pai realizar negócios de Dublin em casa, por isso Orlando ficou surpreso, certa tarde, ao cavalgarem para casa, quando seu pai comentou:

— Recebi uma mensagem do Dr. Pincher. Deseja me visitar amanhã de manhã. Assunto particular, diz ele. — Embora tivesse apenas visto de relance o alto e magro doutor do Trinity College, a imagem negra de Pincher atravessando a planície das Revoadas de Pássaros, na tarde anterior à partida de Anne para o seminário, continuava gravada de modo indelével em sua mente.

— O que ele deseja? — perguntou ao pai.

— Não faço ideia — respondeu Walsh.

Foi com grande curiosidade, portanto, que, pouco antes das 11 horas do dia seguinte, Orlando viu o cavaleiro solitário, magro como uma pena de escrever e vestido de preto, subir o caminho banhado pelo sol até a casa. Ali, ele foi saudado por seu pai, que o conduziu para dentro. Desejava ter ido com eles, para o ouvir.

✣

Os dois homens sentaram-se em lados opostos da mesa. Walsh, confortavelmente vestido com um gibão verde-abeto, parecia exatamente o membro da pequena nobreza que ele era. O Dr. Pincher estava todo de preto, exceto por um estreito colarinho branco com o mais fino bordado de renda possível.

— Eu vim lhe pedir que atue em meu nome — começou ele —, num assunto que desejo que seja secreto.

— Tais pedidos não são incomuns — retrucou Walsh calmamente. — Mas nós nunca nos relacionamos antes.

— Está surpreso, talvez, por eu confiar tal assunto a... — Hesitou.

— Um católico?

— Realmente. — Pincher inclinou a cabeça cortesmente. Pois, embora não tivesse dúvida de que sua fé protestante o tornava, aos olhos de Deus, superior ao papista, não podia evitar-se sentir constrangidamente ciente de que Walsh era, por nascimento, o fidalgo possuidor de terras que ele não era. — Tenho o prazer de confiar minha pessoa a um advogado católico — permitiu-se dizer com um sorriso —, embora talvez hesite em procurar um cirurgião católico. — Não era frequentemente que o Dr. Pincher fazia um gracejo; mas esse foi um deles.

Walsh fez o máximo possível para sorrir.

— Por favor, continue — disse.

— Trata-se de uma questão de direito de propriedade — começou Pincher.

Sua viagem a Munster fora um grande sucesso. O benefício eclesiástico com sua igrejinha e uma casa menor era perfeito. Ele poderia pregar ali, de vez em quando, e colocar um cura pobre para cuidar do sacerdócio diário. Mas a terra era excelente. Ele conseguira administradores que cortariam as árvores e levariam a madeira até a costa para embarque. Os preços oferecidos eram excelentes. Ele se inteirou de que, se remetesse mesmo que fosse a metade da mata, isso lhe daria um belo rendimento. Nem tivera qualquer problema em recomendar a si mesmo a Boyle, o qual já tivera a garantia dos prestativos amigos do doutor da Igreja de Cristo e do Trinity de que Pincher era, de fato, o tipo de homem devoto a ser incentivado. Ele obteve de imediato o benefício eclesiástico. Mas a perspectiva desse aumento dado por Deus em sua riqueza, a nova e reluzente luz que isso irradiara em sua vida, fortalecera sua fé e lhe dera coragem para mirar em coisas maiores.

Após ter ido ao porto de Waterford para se informar sobre o embarque da madeira, ele decidira retornar a Dublin numa embarcação costeira que estava de partida. Fora uma viagem tranquila e agradável. E, ao observar o litoral à sua frente, descobrira que sua mente retornava repetidamente àquela estranha noite que passara em Rathconan. Quer fosse sorte cega ou a mão invisível da divindade, não parecia haver dúvida de que uma peça potencialmente importante fora colocada diante dele.

Enquanto explicava a Walsh o que ele queria, o rosto do advogado permanecia impassível, embora, uma ou duas vezes, uma ligeira contração muscular pudesse trair alguma emoção.

— Bem — resumiu ele —, você acredita que, pela lei inglesa, Brian O'Byrne pode não ter um título válido para a propriedade de Rathconan. Quer, primeiramente, que eu investigue essa questão. Se a informação for correta, pode ser que me mantenha como advogado, se, sozinho ou juntamente com outros, desejar fazer uma petição para obter essa propriedade.

— Correto.

Já houvera vozes ágeis de funcionários do governo e de outras pessoas gananciosas insistindo para que fosse feita uma minuciosa investigação sobre títulos de terra imperfeitos, exatamente na esperança de encontrar propriedades de irlandeses nativos que pudessem ser tomadas legalmente de seus donos consuetudinários, para que a coroa inglesa se apropriasse delas ou as entregasse a amigos ou ao mercado.

— De modo que, havendo qualquer falha no título, você terá essa informação antes de quaisquer outros, que, sem dúvida, estejam ávidos para tomar a herança de Brian O'Byrne.

— Exatamente — concordou o doutor.

— Se o título de propriedade do jovem O'Byrne for imperfeito, há algum outro demandante?

— Talvez. Um mero irlandês sem importância, o qual, estou certo, não tem nenhum documento ou título de qualquer espécie.

— Posso perguntar — indagou Walsh — por que me deu a honra de me procurar e não a outro?

— Fui largamente informado, senhor, que está mais inteirado das propriedades de terra desta parte da Irlanda do que qualquer homem vivo.

Isso, por acaso, era provavelmente correto. Por cinco gerações, desde antes da dissolução dos mosteiros pelo rei Henrique VIII, desde antes da época dos Plantageneta, os ancestrais de Martin Walsh tinham se envolvido com questões legais da Igreja e de propriedades leigas de toda a parte oriental da Irlanda. Praticamente não havia uma propriedade em Leinster ou Meath que a família não conhecesse bem, e também muitas no Ulster e Munster. O conhecimento passara de geração a geração. Havia alguns anos, com seu jeito brando, Martin vinha alimentando Orlando com informações. Se Pincher queria uma investigação discreta sobre Rathconan, não poderia ter ido a melhor lugar.

Walsh assentiu. Então inclinou-se ligeiramente à frente.

— Eu não passo de um advogado, e o senhor é um filósofo. Posso lhe fazer outra pergunta, à qual não sou suficientemente instruído para responder?

— Estou a seu dispor — respondeu o Dr. Pincher.

— Pois bem — disse suavemente o advogado —, é que isso concerne mais à filosofia do que ao direito. Mesmo se, rigorosamente dentro da lei, descobrirmos que Brian O'Byrne não tem um título inglês válido para Rathconan, acredita que o fato de o jovem perdê-la atormentaria nossas consciências?

— Eu diria que não.

— Por quê?

— Porque ele a possui, se não pela lei, então por um costume bárbaro, e não honestamente.

— Pelo costume de meros irlandeses. — Ele assentiu. — Exatamente, não há a menor dúvida. Um costume irlandês, por ser bárbaro, não tem direito moral à nossa consideração. É, por assim dizer, anormal.

— É como diz — concordou o Dr. Pincher, contente por eles terem se entendido.

Martin Walsh o encarou sem expressão. Teria sido divertido perguntar ao filósofo se, em sua opinião pessoal, a avareza ainda era considerada um pecado capital; mas decidiu não fazê-lo. E observou, calmamente:

— Devo lhe dizer que há pessoas, até mesmo no Castelo de Dublin, que desejam agir com cautela. Se, como suponho, o jovem O'Byrne de Rathconan é bem-intencionado, essas pessoas acharão que é mais sensato não desalojá-lo de suas terras, as quais muitos acreditarão que ele mantém honestamente. Não houve rebelião aqui. Nem ele abandonou suas terras como Tyrone. Qualquer que seja a lei, essas pessoas dirão que tal desalojamento é imprudente e apenas incentivará mais problemas. — Era esse, aliás, o conselho que o próprio governo inglês lhe teria dado.

— Você e eu — disse Pincher — pensamos diferente, espero.

Seria possível, perguntou-se Walsh, que aquela entrevista fosse algum tipo de armadilha? Teria Pincher sido mandado pelo governo, ou, mais provavelmente, por alguma facção a fim de testar suas opiniões e a extensão de sua lealdade? Era possível, mas improvável. Suas opiniões eram as mesmas da maioria dos Velhos Ingleses que conhecia, e que o Castelo de Dublin esperava que fossem. E sua lealdade não estava em questão.

Não, sua apreciação era a de que Pincher jogava exatamente o jogo que dizia que jogava. Mesmo após viver 17 anos na Irlanda, o homem do Trinity tinha uma visão tão limitada pelos próprios preconceitos que imaginava que ele, Martin Walsh, por ser um Velho Inglês, teria prazer em ajudar na expropriação daquele correligionário O'Byrne porque O'Byrne era irlandês. Faria Pincher alguma ideia do curioso respeito mútuo que surgira enquanto os Walsh de Carrickmines repeliam os ataques dos O'Byrne através dos séculos? Teria ele alguma noção de que havia pelo menos um vestígio de sangue de Walsh nas veias do jovem Brian O'Byrne, que a própria filha de Walsh, Anne, era casada com um homem que, embora de nome Walter Smith, era quase que certamente um O'Byrne por descendência natural? Essas profundas e emaranhadas raízes eram totalmente desconhecidas por parte de Pincher.

— Eu farei algumas indagações — respondeu. — Mas devo lhe dizer agora que não sei se esse assunto pode ter uma conclusão bem-sucedida.

Pouco depois, o Dr. Pincher partiu, com a promessa de que Walsh escreveria quando tivesse qualquer notícia.

Corria o começo da tarde, quando ele chamou Orlando para acompanhá-lo numa caminhada.

— Aonde vamos, papai? — perguntou.

— Portmarnock.

Havia uma leve brisa, agradavelmente fresca. Dava-lhe prazer que Orlando gostasse de sua companhia. O próprio rapaz não fazia a menor ideia do conforto que sua presença dava ao pai, e Martin não queria oprimi-lo, deixando que ele descobrisse isso. E eles caminharam juntos a maior parte do tempo em silêncio. Sem dúvida, seu filho estava curioso em relação à visita do Dr. Pincher, mas talvez houvesse motivos pelos quais fosse melhor que Orlando de nada soubesse; e, nesse meio-tempo, havia algumas coisas mais importantes que ele queria dizer.

Tinham começado a descida da longa encosta que levava através da área costeira a céu aberto, quando ele olhou de relance para o filho e perguntou, baixinho:

— Diga-me, Orlando, alguma vez já infringiu a lei?

— Não, papai.

— Era o que eu esperava. — Caminharam em silêncio por alguns momentos. — Frequentemente tenho lhe falado da confidência e da confiança que devem ser a regra entre um cliente e seu advogado. Essa confiança é sagrada. Infringi-la é como infringir a lei. É contra tudo que defendo. É uma traição.

— Eu sei, papai.

— Sim, sabe. — Martin Walsh inspirou bem fundo e assentiu refletidamente para ele. — Entretanto, meu filho — continuou calmamente —, pode surgir uma ocasião em sua vida em que você tenha de pensar em tal coisa. É possível que talvez haja uma questão maior que você precise levar em consideração.

Não havia necessidade de dizer mais coisa alguma. Ele sabia que Orlando se lembraria do que ele dissera. E voltou outra vez a mente para seu problema imediato. O modo de agir em que ele estava pensando certamente seria uma traição. Mas seria a coisa certa a fazer? Talvez. Se algum dia fosse descoberto, isso poderia lhe valer poderosos inimigos; mas, ao levar em conta todas as circunstâncias, ficou inclinado a correr o risco e agir de imediato. Tinha a intuição de que não havia muito tempo.

Ao surgir à vista Portmarnock, ele novamente virou-se para Orlando.

— Quando estou incerto sobre o que fazer, eu sempre rezo — comentou. — Como você reza, Orlando?

— Eu digo as preces que conheço, papai.

— Ótimo. Mas elas são apenas um meio. As palavras das preces são um meio de nos levar a esvaziar a mente de todas as outras deliberações até estarmos prontos a ouvir a voz de Deus.

— Você sempre ouve uma voz, papai?

— Como uma voz humana, Orlando? Não, embora algumas tenham sido assim. A voz de Deus normalmente é silenciosa, é mais bem ouvida em silêncio.

Ao chegarem ao poço sagrado, Walsh ajoelhou-se e rezou em silêncio por algum tempo, enquanto Orlando, não querendo interrompê-lo, ajoelhou-se a uma curta distância e tentou fazer o mesmo. Quando Walsh acabou, olhou pensativamente por alguns instantes para o poço; então, gesticulando para Orlando se juntar a ele, começaram lentamente a caminhar para casa. Eles mal falaram, pois Walsh queria continuar com seu silencioso, um tanto abstrato estado; mas, quando estavam a meio caminho de casa, ele estendeu a mão e deixou-a descansar por algum momento sobre o ombro do garoto.

Ao entrarem novamente em casa, ele mandou que Orlando se preparasse para uma longa viagem no dia seguinte. Então retirou-se para seu quarto e, escolhendo uma grande folha de papel, estendeu-a sobre a mesa, sentando-se para escrever. Escreveu cuidadosamente, gastando várias horas nessa tarefa, e, quando acabou, dobrou e lacrou a carta com cera. Após haver terminado, sentia-se tão cansado que não se deu ao trabalho de comer, foi direto descansar.

Na manhã seguinte, porém, pôs-se de pé assim que amanheceu, sentindo-se revigorado.

Ao receber as instruções de seu pai, Orlando ficou grandemente surpreso. Nunca antes lhe haviam pedido para fazer tal coisa.

— Vá a Dublin, com seu primo Doyle. Diga-lhe que estarei lá pessoalmente ao meio-dia. Enquanto isso, eis um bilhete meu para ele, pedindo que lhe forneça tudo o que você quiser. Você pedirá um cavalo forte, descansado, e uma muda de roupas. Depois quero que parta de Dublin, sem ser reconhecido, e siga para o sul. — Em seguida, apresentou a carta lacrada que havia escrito na noite anterior. — Deve manter isto com você o tempo todo. De modo algum deve cair em outras mãos. Você deverá chegar ao seu destino esta noite e permanecerá lá até de manhã. Então pode voltar pelo mesmo caminho.

— Aonde eu vou? — perguntou Orlando.

— Rathconan — respondeu seu pai. E lhe passou o resto das instruções.

O dia estava excelente, o céu claro, e o coração de Orlando vibrava quando ele partiu para sua tarefa. O conteúdo da carta de seu pai lhe era desconhecido, mas ser enviado numa missão como aquela, com a determinação de nunca, em toda a sua vida, dizer a ninguém o que tinha feito — era uma perspectiva emocionante. As incumbências secretas que realizara para sua irmã, quando ele era criança, tinham sido uma excelente aventura; mas, para seu pai, a quem tanto reverenciava, confiar-lhe um assunto tão importante — isso fazia com que ele inchasse de orgulho e felicidade.

Realizou com a maior facilidade a troca de montaria em Dublin, e, com o rosto semioculto por um gasto chapéu de aba larga, ele partiu dos portões de Dublin, através de Donnybrook, em direção às montanhas de Wicklow. Ninguém em Dublin prestou atenção nele quando deixou os pomares do sul; ninguém poderia adivinhar aonde ele ia. Às vezes tranquilamente a meio-galope, às vezes a passo lento, ele atravessou a planície e seguiu seu caminho colinas acima. Ao meio-dia, descansou por uma hora; e, no final da tarde, estava em Rathconan.

Seguindo as instruções do pai, não disse seu nome, mas, quando Brian O'Byrne saiu para ver o que ele queria, entregou-lhe a carta e explicou que tinha ordem de observar O'Byrne lê-la. Ligeiramente surpreso, Brian o conduziu para dentro, seguindo até o salão.

Orlando ficou surpreso em descobrir que O'Byrne era um homem de aparência muito jovem, apenas poucos anos mais velho do que ele; com seu desgrenhado cabelo louro, parecia quase um menino. Havia, porém, uma tranquila expressão de autoridade em seus estranhos olhos verdes que impressionaram Orlando. Sentado a uma mesa de carvalho, O'Byrne leu lenta e cuidadosamente, o rosto uma ou duas vezes registrando alguma surpresa. Então levantou-se, apanhou papel, pena e tinta, e escreveu algumas palavras. Quando terminou, olhou para Orlando.

— Você é filho dele?

— Sou.

— Sabe o que tem na carta?

— Meu pai disse que era melhor eu não saber.

— Ele tem razão. — O'Byrne concordou com a cabeça.

O conteúdo da carta o deixara consideravelmente abalado. Ela lhe dizia, de um modo bem breve, que sua herança podia estar em risco, e o aconselhava a tomar medidas imediatas. Martin Walsh ficara abismado não tanto pela ostensiva cobiça de Pincher — sabia Deus que o advogado desconhecia a cobiça da índole humana —, mas pela absoluta insensatez política do roubo de terra legalizado de um irlandês amistoso como Brian O'Byrne. Era exatamente o tipo de estupidez por parte dos Novos Ingleses que um dia ainda poderia tornar a ilha ingovernável. E foi esse alto senso de dever que, após suas preces, fizera com que ele infringisse seu dever de confiança e interviesse.

Era bastante frequente o governo inglês regularizar os títulos de terras de gente como Brian O'Byrne. Walsh conhecia um ou dois funcionários do Castelo de Dublin que tinham pontos de vista semelhantes aos dele, e cujos nomes dera ao jovem O'Byrne em sua carta. Uma discreta conversa com Doyle talvez também pudesse conseguir a ajuda de outros fidalgos protestantes. Mas, quanto ao Parlamento e seus amigos, sem levar em conta o Dr. Pincher à procura de tais oportunidades, ele aconselhou O'Byrne a ir discretamente e sem demora até Dublin, "antes que as matilhas captem seu cheiro". Contudo, por motivos que ele não podia revelar, sua própria participação no caso jamais deveria ser conhecida. "Infringi o juramento do advogado ao lhe revelar isto", escrevera com franqueza.

— Diga a seu pai, Orlando Walsh, que os O'Byrne de Rathconan estarão eternamente em dívida com ele — disse Brian com sentimento.

— Eu terei de presenciar você queimar a carta.

— Claro. — O'Byrne conduziu-o ao fogo e, juntos, observaram até a carta incriminadora virar cinzas inofensivas.

— Você vai comer comigo — disse O'Byrne.

— Devo dormir no estábulo e não dizer meu nome — ressaltou Orlando.

— Ah, sim, é claro. — O'Byrne sorriu. — Mas eu lhe prometo uma coisa, Orlando Walsh: em outra ocasião, nos encontraremos como amigos.

✣

Orlando partiu ao amanhecer do dia seguinte. O céu sobre as montanhas de Wicklow estava claro. Uma brisa suave vinha do mar. Ele se sentia tão orgulhoso de si mesmo, por ter cumprido a missão ao pé da letra, que mal podia esperar até que seu pai soubesse.

No meio da manhã, o vento rondou e passou a vir do norte, um pouco mais frio. Ao chegar ao alto da encosta de onde se descortinava todo o panorama da baía de Dublin, ele viu que uma comprida coluna de nuvens acinzentadas tinha deixado o Ulster e já projetava uma escura sombra sobre Fingal a distância. Ele, porém, fazia um bom progresso, e não era nem mesmo meio-dia quando entrou na cidade e cavalgou para o interior do pátio da casa de seu primo Doyle.

Doyle e sua mulher não estavam, mas um criado lhe disse: "Ele disse para você ir embora assim que chegasse." Como planejara fazer exatamente isso, Orlando mudou para seu próprio cavalo e partiu de imediato.

A sombra da coluna de nuvens passou por cima de Orlando logo depois de ele ter atravessado o Liffey. À medida que cavalgava, o cinzento do dia se tornava mais fechado e opressivo, embora uma ou duas vezes, distante, à sua direita, ele visse a luz do sol cortar severamente a nuvem num talho prateado sobre o mar.

Seu coração estava repleto de felicidade ao atravessar a planície familiar. Sorriu quando um bando de gaivotas brancas subitamente ergueu-se de um campo à sua frente e girou ruidosamente no céu cinza-ferro. E ele sentiu uma onda de ternura quando, ao passar através de um pequeno bosque familiar, avistou a casa.

Ficou surpreso ao ver sua irmã à porta.

— Olá, Anne — disse ele.

— Graças a Deus você chegou. Ele estava à sua espera.

— Eu sei. — Ele sorriu, mas ela lhe deu um sorriso estranho.

— Não, não sabe, Orlando. — Ele olhava para a casa, mas ela o continha com a mão sobre seu braço. — Ainda terá de esperar alguns minutos para vê-lo. Lawrence está com ele. — Ela inspirou fundo. — Seu pai caiu doente, Orlando. Ele não está nada bem.

Orlando sentiu-se empalidecer.

— Quando?

— Cedo, esta manhã. Mandaram nos avisar, em Dublin, e viemos imediatamente. Ninguém sabia onde você estava.

— Eu estava fazendo algo para ele.

— Ele não disse muita coisa. Apenas que você passaria pela casa de seu primo Doyle; então mandamos um recado para lá, pedindo que viesse imediatamente para casa. O que diabos andou fazendo? — E, ao vê-lo sacudir a cabeça: — De qualquer modo, não importa. Pelo menos ele ainda consegue falar. Fique no andar de baixo. Vou avisar que você chegou. — Então o deixou.

Ele esperou sozinho. A casa parecia estranhamente silenciosa. Passou-se algum tempo. Então Lawrence desceu a escada.

Seu irmão estava vestido com uma batina preta. Sua aparência era grave. Quando viu Orlando, não sorriu, mas foi até ele e segurou delicadamente seu braço, num gesto amável.

— Você precisa se preparar. Nosso pai sofreu uma crise. Foi uma apoplexia, e vai notar que ele está muito diferente de ontem. Está pronto? — Orlando assentiu, desanimadamente. — Ótimo. Estive rezando com ele. Mas sua presença lhe dará um grande consolo. — Fez uma pausa e olhou curiosamente para Orlando. — A propósito, onde você esteve?

— Não posso lhe dizer, Lawrence. Estive fazendo algo para papai.

— Não pode realmente me dizer algo que justifique sua ausência? — A pergunta não era grosseira, mas havia nela uma leve insinuação de desaprovação.

— Eu prometi a papai.

— Entendo. — Um pequeno franzir apareceu em seu rosto, mas o jesuíta logo relaxou. Ergueu a vista para o topo da escada, onde agora Anne havia aparecido.

— Ele está pronto?

— Está. — Anne deu a Orlando um sorriso encorajador.

— Ele está morrendo? — perguntou Orlando.

Ninguém respondeu.

Orlando subiu a pesada escada de madeira e foi até a porta do quarto de seu pai. Ela estava entreaberta. Ele a empurrou para abri-la.

Seu pai se encontrava sozinho. Estava apoiado na cama de carvalho entalhado, numa posição meio sentada. O rosto parecia estranhamente pálido, os olhos encovados, mas ele olhou afetuosamente para Orlando e fez o melhor possível para sorrir.

— Sinto muito por você ter de me ver assim, Orlando.

Por um momento, Orlando foi incapaz de falar.

— Também sinto muito. — Não era realmente o que ele queria dizer, mas não conseguia pensar nas palavras certas.

— Venha. — O pai fez um gesto para ele se aproximar. — Você fez o que eu pedi?

— Sim, papai. Tudo.

— Isso é bom. Estou orgulhoso de você. Ele disse alguma coisa?

— Que sempre lhe deveria.

— Ele queimou a carta?

— Queimou. Eu vi.

— Não que agora importe muita coisa, se ela for descoberta. — O pai pronunciou as palavras mais para si mesmo do que para Orlando. Suspirou. O suspiro teve um leve som de raspagem. Então ele sorriu para Orlando. — Fez bem. Muito bem.

Orlando queria muito falar alguma coisa, dizer ao pai o quanto o amava. Mas não sabia como. Permanecia ali, impotente. O pai ficou em silêncio por alguns momentos, olhos fechados. Parecia reunir forças. Então abriu-os e olhou Orlando nos olhos. Este pareceu ter vislumbrado certa urgência e medo no fitar do pai.

— Lembra-se da promessa que me fez, Orlando? Sobre seu casamento?

— Sim, papai. Claro que lembro.

— Você me prometeu filhos.

— Prometi.

— Vai tê-los?

— Sim, papai. Pelo menos uma dúzia. Prometo.

— Isso é bom. Obrigado. Segure minha mão. — Orlando segurou a mão do pai. Ela parecia muito fria. Delicadamente, seu pai apertou a mão dele. — Nenhum pai, Orlando, poderia ter um filho melhor. — Sorriu, então fechou os olhos.

Algum tempo se passou em silêncio, exceto pela respiração do pai, na qual havia um leve chiado. Orlando permanecia ali, ainda segurando a mão fria do pai.

Então, sem abrir os olhos, seu pai chamou, baixinho:

— Anne.

E sua irmã surgiu rapidamente do lado de fora da porta.

— Que Deus esteja com você, meu filho — disse o pai. Então Anne o conduziu para fora.

Ela lhe disse para descer. Pouco depois, ele viu Lawrence subir outra vez. Então esperou, miseravelmente. Cerca de meia hora depois, Anne desceu e lhe disse que seu pai tinha falecido.

Bem cedo, na manhã seguinte, Orlando saiu para caminhar sozinho. O céu ainda estava cinzento. Ele caminhou num passo tranquilo, constante, percorrendo o caminho que passava pela capela deserta, e em pouco tempo estava na comprida encosta que levava em direção ao mar. Não encontrara vivalma até chegar ao poço encantado em Portmarnock.

Ajoelhou-se ao lado do poço e começou a rezar. Mas, embora as palavras saíssem, ele não parecia se concentrar do modo como seu pai lhe tinha dito.

Levantou-se. Andou três vezes em volta do poço, rezando quatro vezes o pai-nosso. Sabia que tais pequenas cerimônias podiam ser eficazes. Em seguida, ajoelhou-se novamente. Ainda assim, não conseguiu encontrar a quietude que buscava. Tentou pensar no velho santo, cuja amável presença abençoara as águas do poço. Mas nada aconteceu. Depois pensou no pai e sussurrou:

— Eu prometo, papai. Eu prometo. Pelo menos uma dúzia. — Então irrompeu em lágrimas.

Passou-se mais de uma hora antes de ele voltar para casa. Encontrou Lawrence, do lado de fora, à sua procura.

— Aonde foi, Orlando? — perguntou.

— Ao poço de Portmarnock — respondeu Orlando.

— Ah. — Lawrence olhou-o pensativamente. — Creio que está na hora — disse ele, e não grosseiramente — de você ir para Salamanca.

1626

Com 34 anos, Anne Smith tinha todos os motivos para ser agradecida. Ela conhecera a tristeza: sofrera dois abortos e perdera dois filhos, ambos meninos, na infância. Entretanto, a maioria das mães que ela conhecia havia vivenciado infortúnios semelhantes: eram feridas que saravam. Ela, todavia, fora abençoada com quatro filhos saudáveis, três meninas e um menino; e poderia haver mais no futuro.

E também havia seu irmão Orlando. Ela meio que esperava que ele se casasse assim que retornasse de Salamanca. Anne sabia da promessa que ele fizera ao pai e seu intenso desejo de não decepcioná-lo. Certa ocasião, quando comentara, com uma risada, que ele deveria se contentar com menos de uma dúzia de filhos, ele retrucara: "Pelo menos posso tentar." Orlando havia pronunciado as palavras com tal determinação, que ela não quis dizer mais nada. Certamente, não havia carência de famílias contentes em casar suas filhas com o jovem Orlando Walsh. Mas ele se afastara por alguns anos, estudando para ser advogado como o pai, depois se estabelecera com uma moça agradável de uma das famílias da pequena nobreza católica da Paliçada dos Velhos Ingleses. Ele administrava muito bem a propriedade. Muitos dos clientes de seu pai o haviam procurado. Anne ainda não ouvira falar que a mulher dele estava grávida; mas eles só tinham um ano de casados. No interesse de Orlando, porém, parecia-lhe que havia todos os motivos para ela ser otimista.

Mas também, no contexto mais amplo do mundo, havia motivos pelos quais uma boa família católica como os Walsh devia ter uma modesta sensação de esperança.

A Inglaterra tinha um novo rei. Se o velho rei Jaime era filho da ardente católica Maria da Escócia, os lordes presbiterianos de sua Escócia nativa haviam cuidado para que o próprio Jaime, embora relutasse em perseguir os católicos, permanecesse firmemente protestante. Mas agora o velho rei havia morrido, e, um ano antes, seu filho, rei Carlos, um jovem sério, chocara seus súditos protestantes ao se casar com a irmã do mais católico rei da França. Onde deviam estar as simpatias religiosas de Carlos, isso ainda não estava claro. "Mas, certamente, é motivo de júbilo", comentara Anne com seu irmão Lawrence, "que o rei tenha escolhido alguém da verdadeira fé para ser sua esposa." E, embora Lawrence fosse sempre cauteloso, até mesmo ele respondera: "É auspicioso", e lhe deu um sorriso encorajador.

A Irlanda era um lugar estranho. Os condes haviam fugido; Munster e Ulster estavam sendo colonizados; protestantes tinham maioria no Parlamento. Contudo, nas quase duas décadas desde seu casamento, parecia a Anne que a vida diária da maioria dos católicos comuns tinha mudado surpreendentemente pouco. Os protestantes podiam aprovar uma legislação contra eles, mas as leis ainda eram espasmodicamente aplicadas. Mesmo em Dublin, o próprio centro do governo inglês, a vida era repleta de curiosas anomalias. A catedral da Igreja de Cristo, aquele grande monumento medieval à tradição católica irlandesa, era agora o lar da assim chamada Igreja da Irlanda — a qual, é claro, era protestante e anglicana. Os homens do governo no Castelo de Dublin e os protestantes do Trinity College a frequentavam. Quase todas as igrejas paroquiais da cidade, porém, serviam a uma comunidade de comerciantes e artesãos que ainda eram na maioria católicos. Por lei, os padres católicos eram proibidos. "Mas não deixamos que isso nos preocupe", comentava alegremente seu amável marido Walter. Em sua própria paróquia, Smith e seus colegas comerciantes sustentavam nada menos do que seis padres católicos; mas, se alguma autoridade perguntasse quem eles eram, recebia como resposta: "São cantores." Claro, todo mundo sabia que eram padres. Até mesmo o Dr. Pincher devia ter se dado conta. Os homens do Castelo de Dublin, porém, não queriam ofender os ricos e proveitosos comerciantes de Dublin, e deixavam que os seis padres cuidassem discretamente de seus assuntos. "Desde que", observava causticamente Walter, "ninguém peça que eles cantem."

Certamente, portanto, não era ter esperanças demais que homens como seu irmão Orlando e seu marido Walter — homens de recursos e de bom caráter, leais à coroa inglesa — pudessem convencer o novo rei a devolver à comunidade católica os direitos que ela merecia.

Ninguém podia deixar de confiar em seu íntegro, fidedigno, amoroso marido. Bastava olhar para ele. Walter não se tornara pesado com a idade, mas seu corpo engrossara. O cabelo era cinza-ferro. Ele conquistara autoridade e respeito. A importante e católica Guilda de Saint Anne tinha sua própria capela para celebração de missas na igreja de Saint Audoen; mas todos os registros da guilda eram mantidos num baú com cintas de ferro e que era guardado na casa de Walter Smith. Ele, porém, sempre usava alegremente sua autoridade. Tranquilo e animado, invariavelmente bondoso, podia-se dizer, após conhecê-lo, que ele era primeiramente e mais do que tudo um robusto homem de família católico — e se estaria certo. Ele dera a Anne uma família maravilhosa. A menina mais velha se parecia com ela. Todos diziam isso. Sem dúvida, ela se casaria em breve. A segunda se parecia mais com Walter; a terceira lembrava uma tia que Anne conhecera quando criança. Mas o jovem Maurice era o tal sobre quem as pessoas comentavam. Ele recebera o nome do avô de Walter. Sua compleição lembrava a de Patrick, o irmão de Walter, assim como seu rosto. Bastava isso para fazer dele um belo jovem. O que realmente impressionava todo mundo, porém, eram seus olhos, que tinham de um verde extraordinário. Ele agora tinha 8 anos e uma inteligência brilhante. "Só resta ver se ele se tornará um humilde comerciante como eu", dizia seu pai, jocoso, "ou um advogado inteligente como seu tio Orlando. E me dá tanto prazer", comentava amavelmente com Anne, "olhar para o meu filho e ver também o rosto do meu querido irmão Patrick novamente."

Eles não costumavam falar sobre Patrick; mas era típico da bondade e da delicadeza de Walter dizer tal coisa a ela, sabendo que fora Patrick quem ela havia amado primeiro. E ela, por sua vez, tocava delicadamente em seu braço e respondia: "Ambos sentimos sua falta, mas você sente mais do que eu. Eu tive a sorte de me casar com você." Sabe Deus, era verdade.

Cabeça acima de coração,
A melhor porção.

O conselho de seu irmão Lawrence não fora incorreto. Eu tenho sorte, pensou ela, e sei disso. Toda a Dublin diria o mesmo. Toda a Irlanda concordaria. Sou realmente abençoada. E ela mal sabia por que precisava lembrar a si mesma esse fato.

O padre que os tinha casado era um homem sensato. Velho amigo do pai dela, estava na casa dos 50 anos, com uma ampla cintura e modos tranquilos. Havia trinta anos que era padre paroquial, e não havia muita coisa que não tivesse visto. Antes do casamento, ele chamara Walter e a ela juntos e lhes dera um simples e sábio conselho. Não importava o que fizessem, disse-lhes, em todos os dia de sua futura vida de casados, antes de dizerem ou fazerem qualquer coisa, deveriam pensar no que isso significaria para o outro. Era gentil e respeitava seus sentimentos? "Baseado numa existência de observações e experiências, posso lhes afirmar", disse ele, "que, se fizerem apenas isso, posso — quase — garantir que terão um casamento feliz." Ela sempre fizera isso, fielmente, e o mesmo fizera Walter. Ela sabia que o que o padre dissera era verdade. Já havia quase dez anos desde que ele passara desta para uma melhor, mas suas palavras ainda ecoavam em sua mente como se as tivesse pronunciado ainda no dia anterior: "Posso lhes garantir que terão um casamento feliz." Uma mensagem jubilosa. Com apenas aquela única advertência. "Quase."

Ele sabia o que estava dizendo, aquele padre bondoso. Mas por que essas coisas não podiam ser garantidas? Por que seria, por que Deus determinaria que duas pessoas boas, que se amavam, não podiam ser felizes?

Walter não costumava rir alto, mas à noite, em casa, se uma das crianças o divertisse, ele dava um comedido sorriso. Não havia nada de errado com sua risadinha, ela supunha. Mas, por algum motivo, isso a irritava. Ela dissera a si mesma várias vezes para não ser tola. A coisa era trivial e devia ignorá-la; mas de algum modo não conseguia. Uma ou duas vezes, delicadamente, ela lhe perguntara por que ele fazia aquilo, por que não sorria simplesmente ou ria alto. "Não sei", respondera afavelmente. "Eu sempre fui assim. Por quê?" E ela quase dissera sem pensar: "Porque me irrita." Mas, temendo que isso o magoasse e erguesse uma barreira entre eles, contivera-se. "Nada. Só queria saber", dissera ela.

Em todo caso, o modo dele de rir não era de fato a questão. O problema era a intenção que estava por trás daquilo — isso e a feliz suposição dele de que, fosse o que fosse que passasse pela sua mente naquele momento, era algo que ela igualmente compartilhava.

Walter Smith era um homem devoto, mas também sensato e mundano. Cuidava de sua família. Ela não tinha dúvida de que, se fosse preciso, Walter daria a vida por eles. Acima de tudo, ele apreciava a ordem doméstica. "Obrigado", dizia-lhe com todo o sentimento, "pelo meu lar." E, embora fosse sensato demais para expressar esse conhecimento, pois aquele era o domínio dela, Anne sabia muito bem que ele estava ciente dos locais exatos de cada panela, frigideira e novelo de linha da casa. Sempre calmo, sempre justo, ele incentivava os filhos que, por sua vez, levassem vidas ordenadas; e, é claro, os apoiava nisso. Era uma pessoa que se tinha de admirar. Ele, porém, nunca desejara algo mais?

Ela sempre se lembrava de como, certo dia, quando estavam parados na muralha da cidade antiga, uma grande formação de nuvens, escuras e magníficas, vinha se aproximando das montanhas de Wicklow. Ela observara, extasiada, enquanto o ribombar dos trovões ficava mais alto e os clarões de raios se aproximavam ameaçadoramente da cidade.

— Não é esplêndido? — exclamara emocionadamente. — Ah, Walter, não é magnífico?

— É melhor irmos para casa, ou vamos nos molhar — comentara ele.

— Não me importo. — Ela rira. — Que eu fique encharcada. — E se virara. — Você nunca quis deixar que a tempestade o tragasse?

— Vamos, Anne — dissera ele, baixinho. E, embora não quisesse, ela tinha ido para casa com ele.

Teria o irmão dele, Patrick, feito com que ela se abrigasse? Certamente que não. Ele teria dado um marido horrível. Aliás, com quase toda a certeza. Mas teria ficado com ela para desfrutarem a louca exultação daquele temporal.

Naquela noite, quando Walter fez amor com ela, de seu invariável modo habitual, ela teve de disfarçar o fato de que a sensação em seu corpo era pesada, insípida e indiferente. Não era a primeira vez que fazia isso, e nem seria a última. Ele, é claro, não fazia ideia de sua pequena fraude, nem ela jamais tencionou que fizesse.

Mas, sempre que seu querido marido dava sua risadinha feliz, admitindo que toda a sua família compartilhava seu contentamento pela vida confortável e ordenada dos dois, ela vivenciava aquela mesma doentia inquietude no coração. Então, ao ver seus filhos olharem para ambos com tal confiança e felicidade nos rostos, ela sorria e lhes dizia: "Crianças, vocês têm sorte de terem um pai tão bom." E os beijava. E ninguém jamais adivinharia que ela queria gritar.

✣

Jeremiah Tidy não costumava fazer seu filho ir com ele quando seguia para o trabalho na catedral. "O garoto tem outras coisas a fazer", dizia à esposa. Naquele dia, porém, ordenara que o menino de 7 anos o acompanhasse, portanto o jovem Faithful Tidy seguia obedientemente a seu lado. Havia razões para que Tidy quisesse que fosse assim.

Quando os dois homens entraram na catedral e foram na direção deles, o menino observou cautelosamente. Quando seu pai fez uma humilde reverência para os dois homens, ele esperou apenas um momento e, então, ao ver o mais alto olhando-o, também fez uma reverência, baixando bem o corpo.

— Ah, sim. — O sorriso do Dr. Pincher era um tanto escasso, mas, de qualquer modo, foi um sorriso de reconhecimento. — Faithful Tidy. Um nome digno. — Dirigiu-se a Doyle: — Vamos proceder com o nosso negócio?

Ninguém sabia quando aquilo havia começado, mas, em algum momento durante os quatro séculos e meio nos quais a Inglaterra estivera na Irlanda, crescera o costume de que contratos deviam ser selados junto ao túmulo de Strongbow, o poderoso lorde que levara o primeiro grande séquito de cavaleiros anglo-normandos para aquela terra. E assim, naquele dia, Doyle, o comerciante, e o Dr. Pincher, do Trinity College, posicionaram-se diante do grande túmulo de pedra, no cavernoso espaço da catedral, e fecharam seu negócio sobre a pedra. Não foi necessário pena ou tinta. Tidy serviu de testemunha. Pelo que dizia respeito a qualquer um em Dublin, o acordo foi tão formalizado quanto se tivesse sido anotado no próprio Livro da Vida.

Tinha sido Tidy quem, ao saber que Doyle estava fazendo um investimento em um novo empreendimento, falara em particular com o comerciante e depois dera a entender a Pincher que ele devia se interessar em adquirir uma cota. Isso fazia parte da estratégia de Tidy de se tornar útil ao doutor sempre que pudesse, e o motivo pelo qual servia de testemunha do acordo. Ele sabia que o negócio teria um atrativo especial para Pincher, não apenas pela sua remuneração potencial, mas porque também promovia a fé protestante.

Desde o terrível massacre dos huguenotes na França, cinco décadas antes, um fluxo constante desses inofensivos e dignos protestantes franceses tinha deixado seu país nativo por outras terras mais tolerantes. Na maioria comerciantes e artesãos, esses diligentes profissionais já haviam formado pequenas comunidades em Londres e Bristol, e, recentemente, alguns tinham começado a aparecer também na Irlanda. Sua religião era normalmente uma espécie mais moderada de calvinismo; e, tendo eles mesmos sofrido perseguição na França católica, tudo que desejavam era viver em paz com seus vizinhos. “Algumas comunidades de pacíficos e diligentes huguenotes talvez dessem um bom exemplo aos irlandeses", julgavam as autoridades inglesas. Uma vidraçaria huguenote já havia sido instalada na cidade sulista de Birr, e homens como Doyle tinham prazer em usar as habilidades deles em outros empreendimentos modestos. O negócio em questão, do qual Pincher acabara de adquirir uma parte, era uma pequena fundição.

Tendo completado a transação, Doyle virou-se para Pincher e comentou que ele parecia indisposto. Era verdade que Pincher estava pálido e espirrara duas vezes durante o breve procedimento.

— Não é nada — disse Pincher debilmente. — Ou nada — acrescentou para Tidy — que não possa ser curado com uma tigela do excelente caldo de sua esposa.

A Sra. Tidy era uma bondosa mulher cujos instintos protetores faziam com que ela adotasse um interesse materno por todos com quem entrava em contato no recinto da catedral. Ela tinha uma grande reverência pelo saber do Dr. Pincher, mas achava que ele precisava de uma esposa para provê-lo de todos os cuidados, e costumava lhe levar bolos e frutas cristalizadas, e providenciava para que sua roupa de cama estivesse em boa ordem — uma ajuda que Pincher recebia agradecido.

— Vou mandá-la ir vê-lo — garantiu-lhe o sacristão, quando Pincher partiu.

Doyle ficou para falar com Tidy.

Se havia algo que se pudesse dizer de Jeremiah Tidy, era que se tratava de uma pessoa competente. Alguns anos antes, quando o posto de maceiro ficara vago, ele fora dado ao sacristão, de modo que Tidy agora mantinha ambos os cargos, com o salário combinado de 5 libras e 8 xelins por ano. Se o administrador do Cabido conservava os registros das reuniões administrativas da catedral, seu grande rol de propriedades e terras, aluguéis e arrendamentos, e o precentor cuidava do coro e da música da catedral, era Jeremiah agora o efetivo guardião de todas as demais providências do dia a dia dentro da instituição.

O assunto a ser discutido era solene. A sogra do comerciante tinha morrido no dia anterior, e o sepultamento precisava ser providenciado. Aliás, Doyle quase adiara o encontro com Pincher por causa disso. Mas aquele não era um assunto irlandês; não havia velório, mas apenas um silencioso período de luto protestante; e, de qualquer maneira, ele tinha de ir mesmo à Igreja de Cristo para falar com Tidy.

Doyle se casara sabiamente. Sua sogra pertencera ao poderoso círculo de famílias de Velhos Ingleses que haviam entrado para a Igreja da Irlanda. Ussher, Ball e uma dúzia de outros — esses eram os nomes que, constantemente, podiam ser vistos mantendo importantes cargos na Igreja e no Estado irlandeses. O funeral seria um acontecimento grandioso, portanto, acompanhado por essas famílias, como também por membros da comunidade católica de Dublin, que compareceriam por amizade e respeito.

Por algum tempo, os dois homens cuidaram das providências para o serviço religioso. Com Tidy encarregado, Doyle sabia que nada seria deixado ao acaso, nenhum detalhe negligenciado. A taxa de 5 xelins pelos serviços do maceiro seria bem merecida. Como uma gentileza extra, Tidy se oferecera para falar com o próprio precentor sobre a programação musical. Quando ele e Doyle se convenceram de que haviam repassado todas as providências para o serviço religioso, Tidy introduziu o assunto final.

— Vai querer que o sino toque?

— Claro — respondeu Doyle.

O grande sino da Igreja de Cristo não tocava apenas para anunciar os serviços da catedral. Todas as manhãs, às 6 horas, e todas as noites, às 21, ele soava por toda a Dublin para avisar o início e o fim do dia de trabalho. Havia numerosos outros motivos para o sino tocar. Ele dobrava pesarosamente para marcar o passamento para a eternidade de um fidalgo, ou tocava alegremente para dar a boa notícia de um importante nascimento. Tidy era o encarregado do sino, sendo pago por cada um desses toques. Seu salário cobria os toques normais; a corporação de Dublin lhe pagava um belo estipêndio adicional de 20 libras anuais pelas batidas matinais e noturnas; e, para cada ocasião especial, era negociada uma taxa extra.

— Eu posso dar a ela o mesmo repique que dei para Lady Lotfus — sugeriu Tidy. Ela era a viúva de um proeminente cidadão que havia morrido no ano anterior.

— Quanto custou isso? — indagou o comerciante.

— Doze xelins e 6 pence — disse Tidy.

— É muita coisa. — Por mais rico que fosse, até mesmo Doyle ficou surpreso com a quantia.

— Ela era uma senhora muito devota, senhor — retrucou o sacristão.

— Ah. — Doyle suspirou. — Então está bem. — E, após combinar a hora do serviço do dia seguinte, ele partiu.

Durante toda essa conversa, o jovem Faithful Tidy ficara por perto, observando em silêncio. Então o pai o chamou para seu lado.

— Bem, Faithful — perguntou —, o que acha disso?

— São 12 xelins pelo sino e mais 5 de honorários do maceiro? — perguntou o menino.

— Sim — disse Tidy.

Faithful pareceu impressionado.

— Doyle é rico — comentou.

— Verdade. Mas o homem para você ficar de olho, Faithful, não é Doyle, e sim o Dr. Pincher — explicou seu pai.

— O Velho Tinta Preta? — Era o termo desrespeitoso que as crianças da vizinhança às vezes aplicavam ao velho lente que se vestia de preto.

— Deve tratá-lo com respeito — disse o pai com severidade. — Esse homem, Faithful — acrescentou baixinho —, um dia vai colocá-lo na estrada da fortuna.

Orlando já tinha mandado avisar que iria com eles, e a própria Anne teria ido ao sepultamento — afinal de contas, Doyle era seu primo —, mas, naquele dia, sua segunda filha estava de cama, com febre, e Anne preferira ficar em casa com ela, enquanto Walter e a filha mais velha iriam à Igreja de Cristo para representar a família. Estavam para sair, quando o irmão dela apareceu na porta.

Para sua surpresa, ela viu que ele estava acompanhado de outro homem, a quem nunca vira antes — um sujeito bonito, de cabelos louros, pouco mais jovem do que ela, avaliou, e que parou logo atrás de Orlando, na entrada.

— Este é Brian O'Byrne, de Rathconan — anunciou Orlando. — Ele vai a Fingal comigo, mas não conheceu a sogra de Doyle, e pensei que poderia esperar por mim, aqui na casa, até acabar o sepultamento.

— Mas é claro — disse Walter afavelmente. — Anne vai ficar mesmo em casa, e poderá lhe fazer companhia. — Ele se aproximou para cumprimentar o visitante, que se curvou cortesmente na direção de Anne. Ela, naturalmente, conhecia os O'Byrne de Rathconan, mas nunca, que pudesse se lembrar, se encontrara com nenhum deles; portanto, simplesmente sorriu e deu-lhe boas-vindas. Foi o jovem Maurice, que se encontrava perto da porta, e que estivera olhando fascinado o rosto do visitante, quem gritou:

— Olhem, ele tem olhos verdes, exatamente como os meus.

O'Byrne deu um passo à frente para ver por si mesmo os olhos do menino.

— Como você se chama? — perguntou.

— Maurice, senhor.

— Bem, Mwirish — pronunciou o nome à maneira irlandesa —, você tem mesmo olhos verdes. — Riu suavemente. Fazia quase noventa anos que Maurice Fitzgerald, filho natural de Sean O'Byrne, descera para Dublin e adotara o nome inglês de Smith. Brian supunha que seu anfitrião tinha ciência do fato de que eles eram, portanto, primos distantes, mas, mesmo assim, falou com cautela.

— Na família O'Byrne — comentou corriqueiramente —, os olhos verdes não aparecem em todas as gerações, porém, mais cedo ou mais tarde, sempre parecem retornar. — Lançou um olhar interrogativo para Walter, e este assentiu para mostrar que entendia. — O menino sabe? — murmurou baixinho, para que Maurice não ouvisse. Walter sacudiu a cabeça. — Então não ouvirá de mim — disse O'Byrne baixinho; em seguida, para o menino: — Portanto, deve ser a mesma coisa em sua família, jovem Mwirish.

Naquele momento, o grande sino da Igreja de Cristo começou a dobrar, e, poucos instantes depois, Walter e Orlando partiram.

A hora seguinte se passou muito agradavelmente para Anne. Enquanto ela se ocupava com os afazeres domésticos e ficava de olho na filha doente, Brian O'Byrne permanecia sentado na sala de visitas com Maurice, que estava claramente fascinado por ele. Walter Smith tinha um jogo de xadrez e ensinara o filho a jogar — um feito do qual Maurice se orgulhava —, e ele logo perguntara ao irlandês se este sabia jogar. Era engraçado ver duas figuras, ambas com olhos esmeralda, sentadas uma defronte à outra absortas no jogo. Anne também se divertia em observar que O'Byrne, por um amável meio ardiloso, deixava Maurice ganhar.

— Xeque-mate — ela ouviu, na ocasião oportuna, seu filho exclamar alegremente; seguida pela própria voz agradável de O'Byrne, concordando tristemente:

— Tem razão, Mwirish. Fui destruído.

Ela também conversou com ele, soube a respeito de Rathconan, que ele se casara fazia poucos anos e que tinha dois filhos. Ele também esclareceu, com sentimento, o débito que tinha com o pai dela. Foi por esse motivo, disse a ela, que, quando, recentemente, precisara cuidar de um assunto jurídico, procurara direto seu irmão Orlando. Este, ao que parecia, tinha simpatizado com o belo fidalgo irlandês, e ela podia muito bem ver por quê. Aliás, ela se descobriu esperando encontrá-lo novamente.

Era bem depois da segunda hora, quando, tendo a filha de Anne precisado da atenção dela, Brian O'Byrne sugeriu que ele e Maurice fossem para fora a fim de se encontrarem com os outros, quando voltassem.

Ele e o garoto caminharam na direção do antigo Tholsel e da cripta da catedral na qual, após os serviços fúnebres, seria realizado o sepultamento. Ficaram juntos, do outro lado da rua, a pouca distância, conversando baixinho, até que, após algum tempo, a multidão de enlutados começou a emergir. Alguns começaram a se movimentar na direção da casa de Doyle, onde seria servido um refrigério; outros ficaram parados em grupos, conversando. Após alguns minutos, eles viram Walter Smith e Orlando saírem. O'Byrne ficou onde estava, mas Maurice foi até lá e os conduziu na direção de seu novo amigo, onde fizeram uma pausa de alguns instantes para observar o resto da congregação escoar pela rua larga.

— Eu já falei com o primo Doyle e sua família — explicou Orlando a O'Byrne. — Portanto, você e eu já podemos ir para Fingal. — Por conseguinte, O'Byrne agradeceu a Walter Smith por sua hospitalidade e, dando um adeus ao jovem Maurice, preparou-se para partir. Quando ele e Orlando se viraram, notaram o Dr. Pincher do outro lado da rua. Parecia pálido, como se estivesse adoentado. Nenhum dos dois, porém, ligou muito para isso.

✣

Embora a palidez do Dr. Pincher fosse em parte devida ao resfriado que nem mesmo o curativo caldo da Sra. Tidy conseguira atenuar, o motivo mais imediato — o súbito golpe que levara o sangue a escorrer de seu rosto — fora a pequena cena que ele acabara de testemunhar.

Fazia uma década desde que ele desistira da tentativa de atacar o direito legal dos O'Byrne a Rathconan. Após a morte repentina de Martin Walsh, ele deixara se passarem dois meses antes de conseguir um novo advogado, e ficara consternado ao saber que, misteriosamente, nesse intervalo, um novo título fora concedido ao jovem O'Byrne. Fora coincidência ou ele tinha sido traído? Era difícil imaginar que um homem como Martin Walsh violasse a confidencialidade de sua profissão; nem estava Pincher a par de qualquer ligação em particular entre o respeitado advogado de Fingal e o irlandês das montanhas de Wicklow. A coisa era suspeita, mas um mistério; e, embora tivesse feito algumas indagações no Castelo de Dublin, ele apenas conseguiu descobrir que Brian O'Byrne havia procurado regularizar sua situação e que um membro dos fidalgos protestantes próximo do governo frisara que seria sensato conceder o que o inofensivo jovem queria. Houvera, portanto, pouco sentido em insistir no assunto, e, com relutância, Pincher o deixara de lado. Contudo, a sensação de que, de algum modo que não conseguia sondar, fora trapaceado continuava com ele.

E agora, o que acabara de ver? Bem à sua frente, do outro lado da rua, Orlando Walsh, Walter Smith, o comerciante, e Brian O'Byrne, todos juntos, com toda a aparência de serem amigos íntimos; então, Walsh e O'Byrne, na companhia um do outro, se afastaram, olhando, no entanto, para o lado da rua, onde ele estava, como se fosse algo insignificante. O que isso queria dizer? Uma terrível sensação, de que olhava para algum tipo de conspiração, dominou-o. Aquelas pessoas tinham um relacionamento muito estreito, de alguma forma que ele não conseguia entender totalmente. Estava ciente, é claro, de que a irmã de Orlando se casara com Smith; mas onde se encaixava O'Byrne, o irlandês? Não fazia ideia, mas, ao olhar para o outro lado da rua, teve uma esmagadora e doentia sensação de que fora tapeado.

No dia seguinte, interrogou rigorosamente Tidy, mas o sacristão explicou que ele, como um bom homem da Igreja da Irlanda, tinha pouco conhecimento sobre as famílias católicas.

— Os Doyle, eu conheço um pouco, Excelência, e os Walsh mais ou menos, por serem ingleses. Mas os O'Byrne... — Abriu os braços. — Estou surpreso por me perguntar isso, senhor.

— Não, não. Claro que não — dissera Pincher, sem querer ofendê-lo. Contudo, já havia disparado mais investigações. E, duas semanas depois, um dos funcionários do Castelo de Dublin o informava: "Ao que parece, há um boato de que o avô de Smith nasceu O'Byrne."

Então era isso. Agora Pincher entendia. Havia procurado Martin Walsh de boa-fé, pois, sendo ou não católico, Walsh continuava sendo um fidalgo inglês. Enquanto isso, Smith, disfarçando-se de comerciante inglês, nada mais era do que um infame irlandês do agreste das Wicklow — a quem Walsh, que devia saber, permitira que se casasse com sua filha. E, tendo ouvido sua confissão, Walsh infringira seu juramento profissional e prevenira O'Byrne. Isso explicava tudo. Não havia a menor dúvida.

Ele fora logrado. Deixado desamparado num pântano irlandês. Eles o tinham feito de tolo, aqueles malditos católicos, com suas mentiras e traições.

Estavam todos eles rindo pelas suas costas, e havia anos que faziam isso. Ele sentiu uma onda de fúria. Mas, se tinha sido feito de tolo, no que eles haviam se tornado? Traidores. Traidores pura e simplemente. O velho Martin Walsh podia parecer um cavalheiro. Mas eu devia ter percebido desde o início, disse Pincher a si mesmo, que um homem com um filho jesuíta só podia ser um traidor. Velhos Ingleses ou irlandeses nativos das colinas e pântanos, eram todos a mesma coisa. Eram católicos, e isso era tudo o que importava. Daquele dia em diante, na mente do Dr. Pincher, uma coisa estava clara. A baixeza, a desprezível natureza que, até então, ele imputava a meros irlandeses, devia, em vez disso, ser aplicada a todos que professavam a fé católica. Era a religião deles que não apenas os condenava à perdição, mas os transformava em vilões mesmo antes de chegarem ali. E, daquele dia em diante, ele manteve a promessa feita a si mesmo, como se fosse uma faca enfiada em seu coração, de que, quando chegasse a hora, ele atacaria pessoalmente, com retidão, Smith, Walsh e O'Byrne, que ousaram zombar dele.

Quanto a Rathconan — a propriedade rural que tinha desejado, sem um bom motivo e por meios inadequados, roubar do O'Byrne —, ela agora lhe parecia ser um legítima herança que lhe fora roubada. E essa compreensão, também, ele manteve trancada em seu coração como um tesouro numa arca.

Nesse desventurado estado de espírito o doutor em Divindade passou muitos meses.

A carta que deixou o Dr. Pincher enfurecido chegou na primavera de 1627. Era de sua irmã. Era sobre Barnaby.

Talvez a Sra. Tidy tivesse razão em achar que o Dr. Pincher precisava de uma esposa. Tendo, porém, havia tanto tempo vivido sua vida em seus próprios termos restritos, seria muito difícil para Pincher mudar de hábitos para se adaptar a outros. Quanto às coisas do corpo, ainda jovem ele as colocara de lado, como um soldado numa operação militar, pois temia comprometer sua reputação moral. E, com o passar do tempo, essas necessidades haviam minguado tanto, que, agora, como um homem mais velho, seus temores ficaram mais compreensivos, e sua hesitação se tornara uma vocação.

Mas, se Simeon Pincher era um solteiro inveterado, a ambição que tinha para sua família nunca fora reduzida; aliás, com os anos, até aumentara. Talvez ainda não tivesse conseguido a propriedade de terras que almejava, mas era um homem de recursos e uma figura significativa em Dublin. Alguns anos antes, havia sugerido à irmã que seu sobrinho Barnaby deveria ir para Dublin e estudar no Trinity College, onde Pincher cuidaria para que ele tivesse somente o melhor. Sua irmã, porém, escrevera de volta, dizendo que Barbany, embora fosse um jovem de impecável religiosidade, não tinha a cabeça voltada para os estudos, e por isso se tornara aprendiz de um notável comerciante de tecidos. O comerciante, garantiu ela ao irmão, era um homem de considerável erudição e lhe prometera que, sob seus cuidados, Barnaby iria ler todos os livros apropriados para ele.

Frustrado em suas esperanças, Pincher esperou o momento propício; e agora que Barnaby atingira os 20 anos, ele escrevera novamente sugerindo que o sobrinho o visitasse em Dublin, onde conheceria apenas a melhor sociedade. Isso lhe permitiria conhecer melhor o jovem que, afinal de contas, era seu herdeiro, frisou; e, embora não dissesse, isso também permitiria que Barnaby descobrisse o homem importante que seu tio era em Dublin. Tinha sido a resposta da irmã a essa cordial sugestão que desencadeara tamanha fúria na alma do doutor.

A carta dela começava muito bem, com agradecimentos por ele ter se recordado de seu sobrinho. Então lembrava-lhe que, se ele quisesse renovar seu contato com a família e ver sua própria irmã com seu bom marido, assim como seu sobrinho, bastava apenas que fosse à Inglaterra, onde poderia estar certo de uma boa acolhida familiar. Se aquela era uma amável repreensão, o doutor tinha de admitir que era merecida. Por que, em todos aqueles anos, ele nunca se preocupara em fazer a viagem para ver a irmã em seu lar? Em parte, era orgulho — ou melhor, vaidade. Pincher, honestamente, admitia isso para si mesmo. Quisera voltar em triunfo, com uma propriedade em seu nome. Isso não demonstrou um sentimento verdadeiro de sua parte, e Pincher, corretamente, censurou a si mesmo. Por que estava tão ansioso em fazer uma bela figura? Porque sua irmã sempre sugerira, com seu modo sossegado, que não tinha uma opinião muito elevada sobre ele. E mesmo agora, após trinta anos, ele carecia de humildade para aceitar a justiça da opinião dela e admitir seus próprios defeitos. Diante disso, igualmente, o reverente doutor curvou a cabeça, envergonhado.

E, se a carta da irmã tivesse acabado ali, talvez ele juntasse sua humildade como uma capa em volta do corpo e retornasse, tão humildemente como seria capaz um cristão, para o seio um tanto frio de sua família. Mas não acabou.

Ela estava relutante, disse, que seu filho visitasse a Irlanda. Barnaby, explicou ela, se transformara de um menino devoto em um jovem adulto com a fé mais rígida imaginável. Aliás, ele havia até mesmo pensado em deixar as costas da Inglaterra. O irmão dela devia saber que alguns dos puritanos ingleses tinham esperanças de estabelecer uma colônia de santos na América, e Barnaby já havia falado com determinação em deixar a família e o lar para se juntar a tal empreendimento, quando surgisse a oportunidade. E quem poderia censurá-lo, quando a verdadeira religião protestante sofria ameaças de todos os lados, e o rei Carlos e sua rainha papista claramente não eram confiáveis? "Nós tememos pela segurança de Barnaby", escreveu ela, "mas nunca pela sua alma."

Por que, então, perguntara ela, seria benéfico para Barnaby visitar a Irlanda, onde, de acordo com a opinião geral, a idolatria papista, longe de ser expurgada, estava na verdade prosperando? A colonização do Ulster fora levada a cabo para tornar aquela terra uma grande colônia protestante; entretanto, todas as notícias eram que os senhorios estavam devolvendo as terras aos mesmos animais irlandeses católicos que a haviam ocupado antes. Em Munster, foram oferecidas terras a fidalgos ingleses, pequenos proprietários com capital e artesãos honestos. "Mas dizem que ninguém, a não ser vilões e aventureiros que têm o passado a esconder, vive naquelas bandas." Quanto à própria Dublin: "Ao que parece, irmão, você tolera com prazer os papistas para usar as igrejas, para ter um assento no conselho municipal, e, pelo que eu saiba, comer em sua mesa."

Ele fitou a carta, aturdido. Em parte, o que a tornava tão aflitiva era a verdade de algumas de suas alegações. Havia bons colonizadores ingleses em Munster, claro, mas muitos dos robustos pequenos proprietários rurais ingleses, comerciantes e artesãos, a espinha dorsal da Inglaterra, não tinham qualquer motivo para deixar suas sólidas situações e atravessar o mar da Irlanda, e muitos que tinham ido à Irlanda desde então já haviam retornado. Uma grande parte dos sujeitos que ocuparam as terras de Munster eram homens de reputação duvidosa que, por uma ninharia, tiveram a esperança de passar por fidalgos da Irlanda. Quanto ao Ulster, as acusações que ela fazia não podiam ser negadas. As novas colonizações de modo algum estavam se formando convenientemente. Os empreendedores ingleses e escoceses tinham sido incapazes de encontrar bons arrendatários protestantes para suas imensas posses de terras. Portanto, frequentemente, tinham deixado que os irlandeses nativos voltassem às terras — as quais, de qualquer modo, os irlandeses consideravam como suas — através de arrendamentos por curto prazo com os aluguéis mais exorbitantes que conseguiam cobrar. Em vez de um pacífico molde de propriedades de terras cultivadas e cidades comerciais, o Ulster se tornava uma colcha de retalhos de municípios envolvidos em combates e campos com arrendamentos exorbitantes. Na capital, enquanto isso, os bons homens protestantes do Trinity e do Castelo de Dublin talvez sentissem o mesmo que ele, mas, embora todos quisessem, em teoria, ver o fim do catolicismo, seus atos na prática eram débeis. Era o mesmo com a Igreja de Cristo: a comunidade da catedral era um enclave, vivendo orgulhosamente à parte, num mar de incorrigível superstição romana; além do mais, pelo que ele sabia, as terras da Igreja de Cristo continuavam sendo subarrendadas pelos fidalgos católicos, que inclusive usavam essas mesmas terras para sustentar seus próprios padres particulares.

Ela, porém, tinha deixado a crítica mais indelicada para o final. Sua esperança, anos antes, quando ele deixara Cambridge — "de uma maneira que prefiro esquecer", lembrou-lhe —, era que o irmão tivesse endireitado sua vida. Mas, pelo que ouvira sobre a Irlanda, escreveu, esse assunto era uma questão duvidosa. Não se interessava, portanto, em mandar Barnaby para ele.

✣

Ela nunca esqueceria? Jamais perdoaria aquele assunto em Cambridge? Teria sido o seu crime, perguntou-se, ou a falsa alegação que incitara ainda mais a fúria dela?

Estranhamente, isso começara na Igreja. Ele tinha sido convidado para fazer uma prédica em uma aldeia não muito distante de Cambridge. Sir Bertram Fielding e sua lady tinham estado na congregação. Ele fora convidado a jantar com os dois na semana seguinte. Tudo isso era bastante usual. Era a maneira de um moço fazer amigos e obter cargos.

Lady Fielding era uma distinta mulher de seios fartos — uns 80 centímetros, calculara ele. E notara que seus enormes olhos castanhos se iluminaram quando ele entrara na casa do seu marido. Ela tinha dado indícios de que gostava dele, e também apertara sua mão, quando se despedira. Mas ele não dedicou muita atenção a isso.

Foi por acaso, três dias depois, que ela o encontrou, quando ele fazia sua habitual caminhada vespertina até o rio? Não. Inocentemente, durante o jantar na casa dela, ele mencionara aquele seu hábito. Foi intencional que ela o convenceu a lhe mostrar a universidade? Indubitavelmente. Foi de propósito que ela pediu para ver seus aposentos? Foi. Ah, certamente que foi.

Até então ele estava inocente. Era incomum, mas certamente não desconhecido. Ele se mantivera puro, à disposição do Senhor. Talvez, supôs, tivesse sido o que a atraíra. Ela estava muito determinada a não deixá-lo tão inocente quanto o encontrara. E soubera como iniciar a tarefa de o seduzir. Com pequenos murmúrios de prazer, ela o despira, revelando seu corpo pálido, e lhe ensinara como revelar o dela. Mesmo agora, sua vergonha tinha traços de prazer e orgulho — ai de mim, orgulho — ao recordar as coisas que fizeram juntos.

Os dois se encontraram muitas vezes. Não fora difícil. O marido estivera várias vezes em Londres. Em geral, ela ia a seus aposentos na universidade. Não era durante o período letivo; portanto, os estudantes não estavam na faculdade e havia muito pouca gente circulando por lá. Por um período de quase seis semanas, ele cedera aos pecados da luxúria e, o que era pior, do adultério.

Ele nunca descobriu como Sir Bertram veio a saber. Mas, obviamente, suas suspeitas foram despertadas. Talvez tivesse mandado que seguissem sua esposa.

Então, houvera aquela terrível tardinha, quando, ao crepúsculo e sozinho com Lady Fielding em seus aposentos, ele fora interrompido por um tal martelar na porta que achou que a universidade devia estar incendiando. Saltando da cama vestido com um camisolão de dormir, abrira a porta.

Os poucos minutos seguintes ele gostaria de poder esquecer. Sir Bertram não era tão alto quanto ele, mas era corpulento. E trazia sua espada. Fora o clarão da vela na lâmina ao ser sacada que fizera Simeon Pincher sair correndo. O que mais ele poderia fazer? Ainda estava no vão da porta, quando Sir Bertram agarrou a parte de trás de seu camisolão. No topo da escada, a roupa rasgou. Depois de pelejar e rolar escada abaixo, correndo para o pátio, ele percebeu, para seu horror, que o camisolão esfarrapado estava na mão de Sir Bertram e que ele mesmo estava completamente nu.

Sir Bertram, porém, continuava atrás dele. Ao começar a correr, Pincher sentiu uma quente e abrasadora pontada de dor nos ombros. Fielding o tinha atingido com a prancha da espada. Ele corria, mas, embora ágil, o atacante era surpreendentemente rápido. Novamente Sir Bertram desferiu um golpe, e, enquanto, Pincher quase escapava, a ponta da espada raspou suas costas, ferindo-lhe a carne.

Correram em volta do pátio, Pincher nu, Sir Bertram atrás dele. Graças a Deus, não era em plena luz do dia; mas, mesmo assim, havia luz suficiente para se ver sua vergonha. Ele teria passado pelo alojamento do porteiro e ido para a rua, mas, sem nenhuma roupa no corpo, não podia fazer isso. E assim, com Fielding sem mostrar sinais de desistência, ele foi forçado a gritar por socorro enquanto corria. Uma ou duas janelas começaram a se abrir para o pátio; e ele bem que sabia o que poderia ter acontecido se o porteiro não o tivesse socorrido, empurrando-o para dentro do alojamento e batendo a porta na furiosa cara de Sir Bertram. Dez minutos depois, Sir Bertram e sua lady deixaram a universidade; e Simeon Pincher, enrolado em um cobertor que o porteiro lhe emprestara, descobriu o quanto havia sangrado. Pelo resto de seus dias, carregaria a cicatriz atravessada nas costas.

Pincher sabia muito bem que o porteiro tinha uma perspicaz ideia do que vinha se passando entre ele e a lady. Mas, felizmente, mantivera para si o que sabia, enquanto ele esperava no alojamento. Quando o porteiro perguntara se devia chamar o bedel, ele sacudira a cabeça.

— O sujeito é um louco — respondera. A lady fora procurá-lo atrás de uma orientação espiritual. Seu marido, que sempre imaginava que a esposa lhe era infiel com todo homem com quem conversava, tinha ido aos seus aposentos, arrancado suas roupas e o perseguido do lado de fora. — Posteriormente, pensarei numa ação legal — dissera ele. Não tinha certeza se o porteiro acreditava nessa história. Provavelmente não. Mas achara melhor se ater a essa história e, mais tarde, naquela noite, repetiu-a ao mestre da universidade.

— A indecência deve ser deplorada — disse o mestre severamente.

— Por mim principalmente — concordou Pincher. — Pois fui eu a vítima.

— Felizmente não havia muita gente para ver. Você pretende entrar com um processo?

— Estou hesitante. O homem merece piedade. Minha preocupação principal, porém — disse Pincher espertamente —, é que, se eu processá-lo, o nome da universidade será levado ao tribunal. Pelo bem da universidade, creio que seria melhor não fazer nada.

— Ah — fez o mestre. — De fato.

Em menos de uma hora, o porteiro e os membros residentes tinham recebido firmes instruções para não comentarem o incidente com ninguém. Muito provavelmente, presumira Pincher, os Fielding também não tinham motivos para tornar o assunto público.

Mas, não importava a solidez das paredes que envolviam a reputação do Emmanuel College, uma história como essa certamente teria de vazar. Em poucos dias, tinha se espalhado para outras universidades. No processo, a história logo começou a mudar de forma. Houve rumores de orgias e até mesmo de cerimônias pagãs, mas sempre com o envolvimento de homens e mulheres nus. Em pouco tempo, Pincher se deu conta de que as pessoas o olhavam com curiosidade nas ruas. Sua reputação estava manchada. Numa ocasião, viu uma senhora que passava se afastar dele. No dia seguinte, não saiu para sua caminhada habitual, permanecendo em seus aposentos.

Contudo, o verdadeiro golpe, quando este veio, não foi nada do que ele imaginara. Um advogado foi aos seus aposentos — um homem pequenino, de rosto estreito, que ao jovem lembrou um furão. Ele agia em nome de Sir Bertram Fielding.

— Sir Bertram vai instaurar um processo contra você — informou-lhe o advogado. — Sua esposa está pronta para testemunhar.

— Testemunhar o quê?

— Estupro.

Pincher olhou-o com total perplexidade.

— Estupro? Por quem?

— Por você, é claro. Você a atacou.

— Eu não fiz tal coisa.

— É a palavra dela contra a sua. As pessoas viram você correndo nu. — O advogado balançou a cabeça. — Um mau negócio. De qualquer forma, você será destruído. Esse não é o tipo de coisa de que as universidades gostam. Eu diria que é o fim de suas expectativas. — Fez uma pausa, observando o horror no rosto de Pincher. — Mas penso que deveria evitar isso.

— Como?

— Saindo da universidade.

— Saindo?

— Saindo de Cambridge. Indo para outro lugar. Se você fizer isso, creio, a questão poderá ser abandonada. Nada mais será dito. Assunto encerrado. Você poderia fazer isso, creio eu.

Pincher ficou em silêncio. Pensou na carta que recebera um pouco antes de Dublin, uma carta à qual até então ele não se preocupara em responder.

— Precisarei de algum tempo para refletir — retrucou lentamente. — Mas, se isso chegar ao tribunal, negarei a acusação e afundarei a reputação da lady junto com a minha.

— Muito justo — disse o advogado. — Tem um mês. Que tal?

Pincher escrevera para o Trinity naquele mesmo dia.

Mas cometera um triste erro. Indo visitar a irmã, antes de partir da Inglaterra, contara-lhe a história, esperando sua compreensão. Esta não lhe fora dada. Nenhuma palavra de compaixão, misericórdia ou afeição jamais fora pronunciada. Nem na ocasião, nem depois, nem agora, mesmo após todos esses anos.

E sua vida desde então? O que teria ele tido para mostrar a seu sobrinho se este tivesse ido a Dublin? Sua modesta fortuna? Seu cargo no Trinity? Sua profissão de fé protestante num mundo de concessões indignas? Onde estava o fogo sagrado de Deus? O jovem virtuoso ficaria impressionado ou desgostoso com seu tio? Meu Deus, deu-se conta Pincher, provavelmente isto. Sua irmã estava certa. Ele esquecera de como sua vida pareceria a de um puritano inglês; já estava tempo demais na Irlanda.

A tarde toda ficou sentado ali, olhando para a frente. À noitinha, a esposa de Tidy chegou com uma torta de carne. Ele agradeceu, distraidamente, mas não se mexeu. Finalmente, levantou-se, levou uma mecha até a pequena fogueira de carvão na lareira e acendeu uma vela, que colocou na mesa à sua frente.

E foi somente algum tempo mais tarde, após ter fitado tristemente sua chama e pensado em Walsh e O'Byrne, sua irmã e o devoto sobrinho Barnaby, que o Dr. Pincher chegou à decisão que mudaria o resto de sua vida. Ele agora sabia o que tinha de fazer. Mas teria de se preparar cuidadosamente, e em segredo.

Dois meses depois, Orlando Walsh convocou uma reunião de família em Fingal.

Seu irmão Lawrence e Walter Smith foram convidados a comparecer; e também Doyle, o qual, embora nominalmente pertencesse à Igreja da Irlanda, não tinha fortes sentimentos religiosos, e sempre fora um primo leal. Mais surpreendentemente para os demais, Orlando também pedira que seu amigo O'Byrne participasse. "Eu quero", explicou a Lawrence, "também, a opinião de um fidalgo irlandês. E pode-se confiar em O'Byrne."

Foi uma reunião de homens. A esposa de Orlando, Mary, estava fora na ocasião, visitando a mãe; O'Byrne e Lawrence foram sozinhos. Anne chegou com

Walter Smith, porque adorava visitar o lar de sua infância. “Mas terei o prazer de deixar vocês, homens, conversarem”, disse ela alegremente ao irmão.

O clima estava agradável. Por acaso, era véspera do Primeiro de Maio.

Ao se reunirem na sala de visitas, em volta da mesa de carvalho, Orlando olhou satisfeito para seus companheiros. Walter Smith, Doyle e O’Byrne estavam vestidos como fidalgos de Dublin, com calções e meias; ele mesmo usava calça de tecido axadrezado. Era comum na zona rural, e até no Fingal inglês, fidalgos usarem uma mistura de roupas inglesas e irlandesas, e ele já havia comentado com um sorriso para O’Byrne: “Eu pareço mais irlandês do que você.” Lawrence estava vestido lugubremente, com a batina habitual, os cabelos grisalhos aumentando sua aparência de severa distinção.

Nos anos que se seguiram à morte do pai deles, Orlando passara a entender melhor o irmão e a respeitá-lo adequadamente. Quando decidira adotar a profissão do pai, estudara com um advogado de Dublin, onde progredira rapidamente; e, enquanto estava lá, costumava passar as noites com Lawrence na hospedaria jesuíta. E, assim, os dois irmãos cresceram juntos como dois lados da mesma moeda familiar — o primeiro no clero, o outro um proprietário de terras e profissional cuja vida religiosa sempre permaneceria tão intensa quanto privada.

Havia apenas uma única diferença entre eles. Lawrence continuava o mais friamente intelectual dos dois. Sua rigorosa aversão por relíquias duvidosas, poços sagrados e todo o paganismo latente do catolicismo tradicional irlandês poderia ser creditada a um puritano. Em parte, porém, por afeição à memória de seu pai, e em parte por causa do próprio temperamento, Orlando continuava a reverenciar algumas dessas coisas. Ainda naquele inverno, em visita a O’Byrne em Rathconan, ele havia cavalgado com seu amigo até Glendalough e passado o dia todo no antigo local monástico com seus dois lagos montanhosos, rezando por quase uma hora no pequeno refúgio de eremita de São Kevin. E todos os meses, sem falta, ele fazia a pequena peregrinação a pé até o poço em Portmarnock. Se Lawrence estava determinado a purificar e fortalecer a Santa Igreja, Orlando, mais emotivo, de um modo que não conseguia expressar exatamente em palavras, tinha um desejo de recuperar aquilo que fora perdido.

E era a vida da comunidade católica na Irlanda que ele agora queria discutir.

Se o recente casamento do rei Carlos da Inglaterra com uma princesa francesa parecera um sinal de esperança para os católicos da Irlanda, as últimas semanas tinham trazido notícias ainda mais encorajadoras. Iniciando os debates, Orlando explicou sucintamente a situação.

— Todos nós sabemos que o rei Carlos precisa de súditos católicos leais na Irlanda. Desde o seu casamento, temos esperado que ele possa fazer mais para se mostrar nosso amigo. E, agora, parece que ele pode ter dado o primeiro passo.

Mesmo na última parte do ano anterior, houvera sugestões de cortesões reais para amigos irlandeses. Algumas cartas entre homens proeminentes na Irlanda e a corte haviam nutrido essas primeiras sementes; e, nas últimas semanas, a coisa começara a tomar forma.

— Se submetermos propostas para melhorar a posição da leal pequena nobreza católica da Irlanda, o rei tem indicado reservadamente que as verá com simpatia. É essa a minha compreensão. — Olhou em volta, à espera de comentários.

— É isso que dizem em Dublin — concordou Doyle. — Já estamos ouvindo isso, católicos e igualmente homens da Igreja da Irlanda. O que há de certo é que isso vem diretamente de Londres. Os homens do governo no Castelo de Dublin não têm participação nisso. Já souberam da notícia, mas detestam a ideia. Eles preferem ver os católicos o quanto antes suprimidos a vê-los incentivados.

— Contudo, terão de cumprir o desejo real — ressaltou Orlando. — Eles não têm escolha. A notícia é muito boa — sorriu para o amigo O'Byrne —, para todos nós, creio.

— Para os Velhos Ingleses, sem dúvida — disse O'Byrne tristemente. — Resta saber se isso vai se estender até mim.

— Acho que vai — retrucou Orlando. — Se o rei favorecer alguns católicos, terá de favorecer todos. Mesmo aqui em Fingal — acrescentou —, posso citar uma dúzia de proprietários de terras católicos que têm sangue irlandês... Conran, Dowde, Kennedy, Kelly, Malone, Meagh... todos fidalgos como você, Brian. Não vejo como é possível fazerem diferença entre mim e eles. Sem mencionar o fato de que entre a gente comum de Fingal, dos criados desta casa aos pescadores e os fazendeiros arrendatários, quatro em cinco são irlandeses. Se nos permitirem professar a nossa religião, o mesmo terá de acontecer com eles.

— Se, com a permissão de professarmos a nossa religião, isso reduzir o desejo dos ingleses de roubarem as nossas terras — disse O'Byrne secamente —, então, sem dúvida, deveremos ser gratos.

— Bem, ainda penso — rebateu Orlando – que, nesse estágio, deveremos todos ficar bastante animados.

— Talvez. — Agora foi Lawrence quem falou. O jesuíta estivera sentado em silêncio, os dedos compridos pousados sobre a mesa diante dele. Olhou para todos, seriamente. — Mas não compartilho o seu otimismo. Em primeiro lugar, você parece supor que o novo rei favorece a fé católica.

— Ele se casou com uma católica — destacou Orlando.

— Isso foi política. Uma aliança com a França.

— Ele mal é protestante.

— Em modos e temperamento, indubitavelmente, está mais próximo de nós do que dos seus súditos na Inglaterra — concedeu Lawrence. — Mas posso lhes afirmar que não temos provas de que ele pretenda devolver seu país, ou mesmo sua própria família, a Roma. — Fez uma pausa, enquanto os três homens, que ouviam, se entreolhavam ouvindo-o. Todos sabiam que a rede de inteligência jesuíta tinha as melhores informações da Europa.

— No que ele acredita, então? — perguntou Orlando.

— Seu pai se convenceu de que reis governam através de um direito divino, e parece que o filho adotou essa crença. O rei Carlos acredita que não responde aos homens pelos seus atos, mas somente a Deus, pessoal e diretamente, e sem alusão à sabedoria das eras ou da Santa Igreja. — Deu um sorriso torto. — Tal crença, vocês sabem, revela uma enorme presunção que nenhum clérigo católico toleraria por um minuto. — Deu de ombros. — Se ele continuar com essa crença insensata, certamente preferirá a própria Igreja anglicana, da qual é o chefe, em vez da Igreja romana, na qual, em questões espirituais, teria de reconhecer a autoridade do papa.

— Mesmo assim, ele está disposto a favorecer os católicos.

— Na Irlanda, talvez. Mas fiquem certos — Lawrence bateu com o dedo na mesa —, ele exigirá uma coisa pela outra.

— E o que será isso?

— Dinheiro, Orlando. Ele precisa de dinheiro. — Lawrence juntou os dedos, como gostava de fazer, ao fazer uma pequena preleção. — Reflitam sobre a história recente da corte inglesa. Um belo jovem chega à corte e fascina o velho rei Jaime, que o promove muito além de seus méritos ou capacidade e o torna duque de Buckingham. Carlos, em vez de mandar Buckingham embora, o favorece ainda mais. Já é ruim o bastante que o cristianismo esteja dividido em campos armados de católicos e protestantes; mas Buckingham, que não é um estadista, agora envolveu a Inglaterra em dispendiosas expedições militares estapafúrdias, nas quais não se encontra um motivo religioso ou qualquer outro que seja. Já por duas vezes o Parlamento inglês se recusou a conceder ao rei quaisquer fundos, a não ser que ele se livre desse infame Buckingham, e Carlos, que acredita que não faz nada errado, se recusa. Agora está sem dinheiro e tenta levantá-lo de qualquer modo. Títulos de nobreza, privilégios comerciais, até mesmo cargos públicos, está tudo sendo vendido. Ele até mesmo está forçando fidalgos honestos na Inglaterra, homens como você, Orlando, a lhe fazer empréstimos compulsórios, ameaçando-os com prisão, se recusam. — Sacudiu a cabeça, desgostoso. — Nós podemos ter certeza, portanto, que, se o rei oferece ajuda aos católicos da Irlanda, é somente porque quer em troca um grande pagamento em dinheiro.

Quando ele acabou, houve silêncio por um momento. Seu ponto de vista podia ser desagradável, mas sua opinião trazia consigo respeito.

— Espero — disse Orlando — que você esteja equivocado. Mas, se estiver certo, então é mais um motivo para se tirar vantagem dessa oportunidade e conseguir o máximo que pudermos. — Apontou para um feixe de papéis sobre a mesa. — Como seria de se esperar de um advogado, eu tenho algumas propostas.

As propostas que Orlando começou a delinear não tinham sido obra apenas sua. Durante semanas, advogados haviam trocado ideias entre si; por toda a Irlanda, estavam acontecendo reuniões como aquela. Habilmente, as propostas não diziam respeito apenas aos católicos.

— Há aqui um pequeno número de reformas contra as quais nem mesmo o Dr. Pincher do Trinity faria objeções — explicou Orlando. Mas também havia medidas, bastante modestas individualmente, que, adotadas juntas, transformariam profundamente a vida dos católicos da Irlanda. Estas incluíam a abolição das multas impostas aos católicos romanos por se recusarem a frequentar a Igreja anglicana. — E advogados católicos como eu não seriam mais proibidos de assumir um cargo público — disse Orlando. — Tenho comigo cerca de trinta propostas. Se conseguíssemos que ao menos a maioria fosse aceita, isso marcaria o início do fim do isolamento católico aqui.

Teve início então a análise das propostas. Os cinco homens repassaram todas elas, uma por uma. Cada qual teve ideias úteis para oferecer. Walter Smith mostrou-se sagaz ao vislumbrar como cada uma funcionaria na prática com as autoridades, como também com os comerciantes de Dublin. Doyle conseguiu antever as objeções da Igreja da Irlanda. Várias boas sugestões foram feitas no que dizia respeito a heranças. Foi a proposta final que mais divertiu O'Byrne.

— Vocês querem organizar uma milícia? — Em tempos passados, quando o governo inglês quis organizar tropas na Irlanda, foram transferidos fundos de Londres para ajudar a pagá-las. Mas alguns dos homens que esboçaram as propostas, inteligentemente, tinham sugerido que os Velhos Ingleses da Paliçada deviam poupar o governo dessa despesa e manter uma milícia própria. — O governo seria idiota se deixasse vocês fazerem isso. — O'Byrne riu. — Vocês tomariam a Irlanda novamente.

— É mais uma razão para pedir — disse Orlando com um sorriso. Mais seriamente, porém, ele continuou: — Mas o que quer que seja que se convença o rei a conceder agora, temos de estar certos de poder provar a ele que somos leais. Nossa maior esperança para o futuro está em demonstrar ao governo que, concedido o direito de culto de acordo com nossa fé, nós não planejamos nos rebelar, nem buscar ajuda de potências estrangeiras; o rei precisa entender que os leais fidalgos católicos da Irlanda... e isso inclui você, O'Byrne, e outros como você... são confiáveis. Dessa confiança sairá qualquer outro reconhecimento de nossos direitos. — Olhou para o relógio novo que, orgulhosamente, um ano antes, havia instalado no canto da sala.

— Já é quase meio-dia — disse ele. — Vamos comer.

✣

Anne tinha adorado a manhã. Passara a maior parte na cozinha, com as criadas que preparavam a refeição da metade do dia. A mais velha delas, Kathleen, já trabalhava na casa quando ela era criança, e as duas se cumprimentaram calorosamente com um beijo. Foi bom ouvir as mulheres só falarem no dialeto local de Fingal. Foi com prazer que ela ajudou a pôr a mesa e manipulou os antigos itens domésticos familiares do passado: o pesado recipiente de sal que ficava no lugar de honra da mesa de jantar, os castiçais de latão, os pratos de peltre e a caneca de prata com o brasão da família entalhado, da qual seu pai e agora Orlando bebiam. Em tudo e por tudo, pensou ela, uma agradável viagem de volta no tempo.

Também houvera a oportunidade de várias horas de conversa, de modo que, por volta do meio-dia, ela sabia de todas as fofocas sobre cada família da localidade. Essa conversa também não excluiu sua própria família. No que dizia respeito à família Walsh, ela descobriu, só havia um assunto de discussão.

— É um bebê que estamos esperando — disse-lhe Kathleen — nesta casa.

Era estranho e um pouco decepcionante que sua cunhada Mary ainda não tivesse concebido. Orlando e ela já estavam casados fazia três anos, e Anne sabia o quanto apaixonadamente seu irmão queria filhos. Os Walsh nunca tinham tido problema em produzir herdeiros, e Mary vinha de uma enorme família. Anne não tinha razão para supor que seu irmão não estivesse levando uma vida familiar normal.

— É por isso que ela não está aqui — confidenciou Kathleen a Anne, quando estavam fora do alcance da audição das outras mulheres. — Ainda mês passado, estávamos nós duas na cozinha e, de repente, ela se virou para mim e disse: "Por que não tenho filhos, Kathleen? Pode me dizer?" Eu não sabia o que responder. "Sabe Deus que não é por falta de tentativa", disse ela. Então a coitada começou a chorar. Ela não disse uma palavra sobre o motivo pelo qual ia visitar a mãe, mas pode ter certeza que era para conversar sobre o assunto, pois a mãe tem dez filhos crescidos.

Pareceu a Anne que a mulher mais velha estava muito provavelmente correta. Sentiu pena de sua cunhada e decidiu fazer um esforço para visitá-la e fazer companhia a ela no futuro. Se bem que é meio duvidoso eu poder realmente ajudá-la com conselhos sobre o casamento, pensou. Ela também sentiu uma grande preocupação com seu irmão. Ele não dera qualquer indicação, nem mesmo para ela, mas, se a esposa estava tão perturbada por causa do assunto, Anne podia imaginar a dor que o próprio Orlando devia estar sofrendo secretamente. Ficou imaginando se devia tocar no assunto com o irmão, ou se só devia dizer algo se ele tomasse a iniciativa.

A refeição para a qual todos se sentaram à mesa, um pouco depois do meio-dia, era o melhor da culinária de Fingal. A área era especialmente rica em frutos do mar: havia esplêndidos leitos de ostras no estuário, na vizinha Malahide; berbigões e mexilhões eram colhidos em Howth; arenque salgado desembarcava em Clontarf, um pouco mais ao sul. Como prato principal, havia oferta de carne de porco, de vaca e de pato salgadas, acompanhadas de morcela, ervilha e repolho. Outro vegetal também foi servido, o que interessou enormemente O'Byrne, pois o irlandês nunca tinha comido aquilo antes. Era batata, uma nova planta da América.

— Eu plantei um quarto de acre, alguns anos atrás — disse-lhe Orlando, orgulhosamente. Ele gostava de se imaginar na vanguarda como um proprietário de terras. — Ninguém mais em Fingal tentou isso. Contudo, há mais alimento por acre na batata americana do que qualquer outro cultivo.

Eram 14h30, quando Walter Smith comentou agradavelmente:

— Se não formos dar uma caminhada depois disto, eu vou dormir.

— Vamos caminhar — anunciou Orlando — até o mar.

Anne ficou feliz em se juntar aos homens em sua caminhada. Eles pegaram o caminho que levava através dos campos em direção a Portmarnock e o mar. Agradava-lhe que ali nada parecia mudar — campos de trigo e cevada perto da casa, depois os espaços abertos, inclinando-se para o mar, onde ovelhas e gado pastavam.

Orlando e O'Byrne lideraram o caminho, seguidos por Lawrence e Doyle. A despeito do fato de ele usar batina, seu irmão mais velho apanhara a arma de caçar aves selvagens de Orlando — uma esplêndida espingarda de pederneira fabricada na França —, com a qual esperava abater alguns patos para levar para a hospedaria jesuíta em Dublin. Ela e Walter vinham por último. Conversavam baixinho. Walter descreveu-lhe tudo que ocorrera nas discussões havidas pela manhã, e ela contou-lhe o que ouvira sobre a esposa de Orlando.

— Acha que eu devo falar com ele sobre isso? — perguntou ela.

— Suponho que deva lhe dar a oportunidade de tocar no assunto, mas eu não faria mais do que isso — aconselhou Walter. — Seja como for, você é irmã dele, portanto deve julgar isso melhor do que eu. — Suspirou. — Graça a Deus, temos os nossos filhos queridos — disse ele com sentimento.

— Sim — concordou ela. — Graças a Deus.

Em respeito à opinião de Lawrence, Orlando não os levou pelo poço sagrado, mas seguiu diretamente através das dunas até a praia. Ali, caminharam juntos como um único grupo ao longo do litoral em direção a Howth. A tarde estava quente. Após algum tempo, chegaram a um pescador sentado perto de um pequeno bote, remendando suas redes. Ao pararem para trocar algumas palavras com ele, O'Byrne dirigiu-se a Orlando para perguntar sobre a pequena ilha nas águas abaixo de Ben de Howth.

— Nós a chamamos de Olho da Irlanda — respondeu Orlando. — Ninguém vai lá a não ser os pescadores.

O'Byrne dirigiu-se ao sujeito perto do bote.

— Você me levaria lá por 1 xelim? — perguntou. — Era uma oferta generosa, e o pescador aceitou com prazer. — Quem vai comigo? — O'Byrne virou-se para o grupo. Não houve muito entusiasmo por parte dos homens, mas Anne sorriu.

— Eu vou... se Walter não se importar. Não vou lá desde que meu pai me levou, quando eu era criança.

Walter olhou para a água. Estava perfeitamente calma. O pescador era grisalho, mas parecia forte o bastante para lidar com qualquer corrente.

— Como quiser — disse ele, sem se alterar.

A travessia foi muito tranquila. Ela e O'Byrne se sentaram na popa, de frente para o pescador, que manipulava lenta mas firmemente os remos. Ao deixarem o raso, O'Byrne comentou agradavelmente para ele.

— É véspera de Bealtaine.

— É — concordou o homem em voz baixa. — Haverá gente nas colinas esta noite.

O antigo festival celta do Primeiro de Maio não fora esquecido. Em muitas áreas, as pessoas ainda subiam nas colinas para ver o sol nascer, e Anne soubera que, em alguns lugares, naquele dia, os vaqueiros ainda conduziam o gado entre duas fogueiras, no antigo costume pagão. Ela perguntou a O'Byrne se ele já tinha visto tal coisa.

— Já vi ser feito — respondeu ele.

Talvez fosse porque seus olhos verdes lembrassem a ela seu filho, ou talvez porque o cabelo louro o fizesse parecer mais jovem, mas havia algo quase juvenil, e muito atraente, parecia a Anne, naquele agradável fidalgo irlandês.

— Creio que vocês mesmos fazem isso, nas Wicklow — provocou-o amavelmente.

— Não somos pagãos em Rathconan — respondeu com um sorriso, embora ela notasse que ele realmente não negara.

— Quanto ao que acontece com as mulheres... — continuou. Ela ouvira dizer que nem todas as virgens que subiam a montanha no Bealtaine desciam no mesmo estado.

— Não posso responder pelos meus ancestrais. — Riu.

A ilha se aproximava. Podiam ver as rochas na praia. Observaram-na a distância. Anne desfrutava a sensação da brisa suave e do sol em seu rosto.

O pescador aterrou o bote numa pequena praia de cascalhos. Anne subiu num outeiro coberto de grama, do qual acenou para o marido, do outro lado da água, que acenou de volta. Ao ficarem satisfeitos de que ela tivesse feito a travessia em segurança, os homens partiram para o ponto mais ao sul do litoral, onde havia alguns pântanos. Lawrence, sem dúvida, esperava caçar algumas aves selvagens. Enquanto isso, ela e O'Byrne começaram a examinar a ilha.

Olharam cada uma das pequenas praias. Na base do rochedo com sua alta fenda, Anne apontou para o abrigo natural que as pedras haviam formado.

— Um eremita conseguiria viver ali — observou. Fizeram toda a volta até chegarem novamente ao pescador. Este trouxera uma de suas redes e tranquilamente trabalhava nela. Não parecia ter pressa de voltar. Continuaram novamente dando a volta e se sentaram junto a um dos lagos formados pelas rochas. O sol dançava mais além da água. Observaram um caranguejo seguir seu caminho através do fundo, e Anne teve uma sensação de paz como se novamente voltasse à infância.

— É estranho — disse ela, após algum tempo — estar com um homem que tem os olhos verdes do meu filho. — E sorriu para ele.

— Mwirish ainda não sabe do nosso parentesco?

— Não. Seu pai não quer que ele saiba. — Aproximou-se do lago e, por um momento, passou a mão pensativamente pela água. — Meu marido é muito cauteloso — disse ela, com um leve dar de ombros.

Ele lançou-lhe um olhar.

— Seu marido é um homem sensível — disse ele. — Creio que, em seu lugar, eu faria a mesma coisa. — Fez uma pausa. — Quando o primeiro Mwirish mudou seu nome para Smith, tomou uma decisão pelos seus descendentes. Eles agora são ingleses. Quanto aos olhos verdes, eles surgem de vez em quando em muitas famílias. — Deu uma risadinha. — O seu marido não seria o único descendente natural de Sean O'Byrne, isso eu lhe garanto! De qualquer modo, lá em cima, nas Wicklow, somos todos parentes, como os Velhos Ingleses em Fingal, eu arriscaria dizer. — Esticou-se confortavelmente. — Eu diria que, de algum modo, todos são parentes de todos. Por falar nisso, eu tenho nas veias sangue dos Walsh de Carrickmines.

— Fala sério? — Ela ficou encantada. — Nós somos parentes?

— Isso foi séculos atrás. — Deu uma risada. — O que significa que você e o seu marido também são aparentados pelos O'Byrne.

— Eu não sabia disso. — Ela olhou para baixo e, por um momento, pareceu muito pensativa; então animou-se e ergueu novamente a vista. — Eu já era aparentada do meu marido, mas agora também estou ligada a você. Saí lucrando.

Por que ela gostava tanto de O'Byrne? Seriam os olhos? Ele lhe lembraria Patrick, que ela perdera? Não tinha certeza.

— Pois bem, você consegue me ver vivendo no agreste das montanhas de Wicklow? — perguntou ela.

— Ah, sim — respondeu baixinho. — Claro que consigo.

Então ele lhe contou algumas histórias sobre os O'Byrne e os O'Toole de tempos passados, da vida no agreste, dos espaços das montanhas e também da luta entre os chefes irlandeses e as tropas dos Tudor da Inglaterra. Ela sabia muitas dessas coisas como história; mas nunca as ouvira antes contadas por um irlandês, e, pela primeira vez, percebeu o sentido das montanhas de Wicklow não como um território traiçoeiro, perigoso, mas como um enorme refúgio, uma terra de antigas liberdades e lugares sagrados, os quais os ingleses tinham não apenas invadido, mas maculado. E sentiu-se estranhamente comovida.

Após algum tempo, ele disse: "Devíamos voltar". E ela disse: "Sim, devíamos." Mas nenhum deles se mexeu. Finalmente, após o que ainda não parecia um longo tempo, ele ergueu a vista para o sol, que estava bem baixo no céu, levantou-se e ofereceu sua mão para ajudá-la a se levantar. E, assim, caminharam lentamente de volta, ainda conversando, até o bote, onde o pescador, tendo consertado sua rede, havia adormecido.

Ao atravessarem a água de volta, encontraram apenas Walter e Orlando esperando por eles. Nenhum dos dois sorria.

— Onde estão Lawrence e o primo Doyle? — perguntou ela. — Ele caçou algum pato? Não ouvi nenhum disparo.

— Eles se cansaram de esperar e foram para casa — disse Orlando, friamente.

Brian O'Byrne, de imediato, desculpou-se por tê-los feitos esperar.

— Não demoramos tanto — disse Anne.

Orlando e Walter se entreolharam.

— Vocês ficaram lá durante duas horas — disse Orlando, baixinho.

— Ah, acho que não. Não pareceu tanto tempo assim — respondeu Anne alegremente. — Ele me contou sobre as Wicklow.

— Era possível ver um eremita como São Kevin vivendo lá — disse O'Byrne rapidamente. Virou-se para Walter. — Sabe, certa vez levei Orlando a Glendalough. Ele rezou por quase uma hora no santuário de São Kevin.

— Eu agora caminharei com você, Brian — disse Orlando, assim que O'Byrne pagou ao pescador. — Anne e Walter vão querer caminhar juntos.

A caminho de casa, Anne segurou o braço de Walter e apertou-o delicadamente.

— Não me dei conta de que tínhamos demorado tanto — disse ela. — Pensei que vocês estivessem procurando patos nos pântanos.

— E estávamos — confirmou Walter.

— Sabe, eu gostaria que todos nós visitássemos Rathconan um dia — disse ela.

Mas Walter não respondeu.

Numa luminosa manhã de domingo de junho de 1627, o Dr. Simeon Pincher seguiu seu caminho do Trinity College para a Igreja de Cristo. Era normal para o doutor caminhar com um firme propósito em seus passos; mas, naquele dia, ele andava a passos largos, como um herói do passado, um Heitor ou Aquiles, indo para a batalha. E, de fato, ele seguia para a maior batalha de sua vida, da qual, ele não tinha dúvida, sairia vitorioso.

Pois, naquele dia, o Dr. Pincher, através de um simples ato audacioso, iria se colocar na chefia — pelo menos na chefia moral — de toda a comunidade de Dublin e talvez de toda a Irlanda.

Ao atravessar o portão oriental da cidade e seguir pela Dame Street, notou com aprovação que o grande sino da Igreja de Cristo já começara a dobrar. "Eu tocarei o sino dez minutos a mais, Vossa Excelência, por sua causa", prometera-lhe Tidy no dia anterior. "Será um grande dia, quando pronunciar o seu sermão, senhor." Ele precisava se lembrar de dar 1 xelim a Tidy pela sua amabilidade, pensou Pincher. Talvez até mesmo 2.

Se Pincher estava se envolvendo em uma vigorosa batalha, também, como um bom general, fizera cuidadosos preparativos. Primeiramente, seu senso de oportunidade era excelente. Havia meses que os superiores da Igreja da Irlanda estavam cientes das crescentes esperanças da comunidade católica por alguma ajuda do rei; e, em meses recentes, enquanto homens como Orlando Walsh andaram recolhendo propostas, a preocupação nos círculos protestantes tinha se transformado em alarme. Algo tinha de ser feito — todos concordavam.

Em seguida, Pincher escolhera cuidadosamente seu campo de batalha. Não preparava uma invasão em território desconhecido. A cabeça de ponte já fora assentada, quando, durante o mês de abril, nada menos do que alguém como o intransigente bispo protestante de Derry havia ido a Dublin e feito um severo sermão sobre a pecaminosidade de se tolerar o catolicismo. "Tolerar católicos", anunciara firmemente, "é desonrar a Deus." O sermão fora muito admirado, mas não tinha sido reforçado por algo prático. Pincher também cuidara para que suas tropas estivessem preparadas, e seus aliados, no lugar certo. Havia um mês que ele estivera conversando tranquilamente com amigos no Trinity e com os solidários administradores no Castelo de Dublin. O próprio vice-rei estava fora aquela semana, mas muitos de seus auxiliares estariam frequentando os serviços religiosos, e a congregação estaria judiciosamente apinhada de partidários. Também vazara a informação, para homens como Doyle, de que algo dramático iria acontecer na Igreja de Cristo naquela manhã, pois, para alcançar o efeito desejado, Pincher precisava de uma enorme plateia.

Ao avistar os arredores da catedral, ele ficou contente ao ver que certo número de conselheiros municipais católicos — os mesmo sujeitos que normalmente ficariam bebendo na taberna até o sermão terminar — também estava reunido ali, movido pela curiosidade. Ao final da cerimônia, alguns daqueles homens seriam seus inimigos mortais. Quanto mais, melhor. Era isso exatamente o que ele queria: o tal que eles odiavam. Isso o tornaria o líder.

O exército protestante estava à espera de ser liderado. Se sua irmã na Inglaterra ainda tivesse dúvidas a seu respeito, se talvez, uma ou duas vezes, ele tivesse tido dúvidas sobre si mesmo, seus atos naquele dia sepultá-las-iam para sempre. Era esse — só podia ser — o papel predestinado para o qual o Senhor o mantivera à espera. Ele fora escolhido não para ser um dos Eleitos, mas para liderá-los.

Ainda assim, quando, um pouco depois, Pincher tomou seu assento na catedral, até mesmo ele ficou abismado com o sucesso de seus preparativos. A igreja estava lotada. Era uma das maiores congregações que ele já vira — desde almas leais, como a esposa de Tidy, seus amigos do Trinity e membros da Igreja da Irlanda, como Doyle, a comerciantes francamente católicos, como Walter Smith e sua esposa. O Castelo de Dublin, como ele esperara, também estava bem representado. O plano funcionara. Todos tinham ido ouvi-lo.

A cerimônia religiosa matinal na Igreja de Cristo foi um acontecimento impressionante. O coro estava excelente. Além do órgão moderno, que fora instalado uma década antes, o precentor e o organista também empregaram outros músicos para enriquecer o som. Naquele dia houve violas, sacabuxas e cornetas. Pincher não aprovaria inteiramente esses ornamentos extras, os quais achava exagerados e pomposos demais para um serviço protestante; mas, em outros aspectos, as providências tomadas na Igreja de Cristo foram elogiadas. A mesa da comunhão era trivial e simples e se erguia modestamente no centro do coro. Havia poucas velas, poucos ornamentos. E, acima de tudo, não poderia haver dúvida sobre onde estava o verdadeiro foco de todo o processo: não no coro, nem sobre o altar, nem mesmo nos rezadores, por mais importantes que fossem. O foco de uma cerimônia religiosa protestante era o púlpito. Os católicos podiam ir à igreja para ver velas bruxuleantes e a hóstia sagrada, milagres e mistérios; mas os presbiterianos iam para ouvir o pastor pregar.

E uma prédica era o que eles teriam. Quando chegou a hora marcada, Pincher levantou-se de seu assento e subiu a escada para o púlpito. O rosto estava pálido, sua toga de Genebra toda preta como tinta. Durante um silêncio expectante, ele inspecionou a multidão. Feito isso, abriu bem os braços, como um anjo vingador; então, baixando-os, bateu na beirada do púlpito à sua frente e, inclinando-se no espaço em direção à congregação, como se agora fosse uma ave de rapina esticando-se adiante de seu poleiro, bradou numa voz terrível:

— Eu não vim trazer paz, mas espada.

A palavra do Senhor. O capítulo 10 de Mateus. As palavras mais terríveis do Salvador. A congregação estremeceu coletivamente.

Um sermão na era Stuart era algo impressionante — uma poderosa estrutura, construída como um prédio. Primeiro vinha o alicerce, o texto bíblico. Depois, como tantas colunas e arcos, transeptos e capelas, vinham os textos relacionados, alusões eruditas e temas suplementares — pois a congregação gostava que seus pastores fossem instruídos — expressos e repetidos, amplificados, empilhados um em cima do outro, e tudo exposto com a magnificência muscular de prosa protestante. E, por meio disso, erigido um templo retórico tão enorme, complexo, ecoando, ao fim de tudo, algo que talvez os próprios autores dos textos sagrados se perguntassem se teriam sido capazes de imaginar a robusta estrutura da qual suas humildes palavras agora faziam parte.

Por que, perguntou Pincher aos seus ouvintes, por que o Nosso Salvador não veio trazer paz? Porque tal coisa era impossível: pelo simples fato de que Ele era bom e santo — seguiam-se aqui várias alusões eruditas —, era impossível que fizesse isso. Todas as coisas não eram possíveis a Deus? Todas, exceto uma, pois Ele determinara assim: que Ele pudesse pecar. Mas nós conhecemos o pecado. Ele olhou com severidade para a congregação. Eles conheciam o pecado. A humanidade conhecera o pecado desde o início, desde a Serpente — seguiam-se aqui várias alusões ao Príncipe das Trevas —, desde que a Serpente iludira Eva e esta tentara Adão.

— Desde que a primeira desobediência do homem e o fruto da árvore proibida trouxeram morte para o mundo — bradou —, não temos paz. A paz só virá com o fim do mundo, quando o demônio finalmente for vencido pelo Nosso Salvador. O pecado será destruído. Não há modo de se lidar com o demônio a não ser abatendo-o. Eu não vim trazer paz, mas espada.

"Homens caíram — continuou —, o Paraíso foi perdido. Igual a Adão, nós vagamos pelo mundo, onde o demônio arma ciladas e tentações para nós, árvores proibidas, a cada volta. Comamos seus frutos e seremos arrebatados para o perpétuo fogo infernal, sem qualquer esperança de salvação. Adão foi alertado por Deus para não comer da árvore, mas esse benefício foi retirado de nós, agora que caímos, e, com frequência, o demônio tem feito árvores proibidas parecerem boas.

"A serpente é sábia e sutil — informou-lhes. — Ela fala doce e suavemente.

"E utiliza Eva, a eterna sedutora. Eva nos mostra a fruta. Bela por fora, mas corrompida por dentro. Como, por conseguinte, identificaremos a sedutora e a fruta pelo que são? Ele as distinguirá — declarou. — Uma árvore é conhecida pelos seus frutos: é por isso que elas podem ser identificadas. — Então ele fez uma pausa e olhou todos em volta.

"Há uma árvore no mundo — gritou bem alto — cujos frutos nós conhecemos. Superstição, idolatria, blasfêmia, hipocrisia: de que árvore estou falando? O que mais poderia ser? Quem produz esses frutos se não a Igreja de Roma?

"A Igreja de Roma — berrou —, a prostituta pintada, com seus incensos e imagens, suas liturgias e zoadas. Cuidado, escutem, com a papista Eva, a meretriz e Jezebel. Virem o rosto para ela. Agridam-na!

"Eu não vim trazer paz, mas espada."

Nesse ponto, a congregação tinha ofegado ligeiramente. Os sentimentos eram suficientemente familiares, mas ouvir tal ataque virulento, na presença de tantos fidalgos católicos de Dublin, era mais do que um sermão. Era uma declaração de guerra. Contudo, Pincher estava torrencial e seguia inexorável para seu tópico seguinte.

— A espada — lembrou-lhes — é uma arma que torna clara as divisões. Deus foi dividido do mal, e a distinção é absoluta. Tomem cuidado — bramiu —, não acreditem que algum homem pode servir a dois senhores. Aqueles que transigem com o mal — lançou um olhar terrível para sua plateia — participam do mal e são divididos do bem claramente pela espada. Eles serão condenados ao inferno. Condenados terminantemente, condenados para toda a eternidade. Há alguns — ele deixou seus olhos viajarem por todos, acusadoramente — pecadores aqui presentes dispostos a transigir, e que incluem o demônio entre seus amigos. O que ele quis dizer? — perguntou retoricamente. Tinha exemplos em mente? E agora veio o momento para o qual ele havia se preparado. Sim, havia.

A lista de pecadores era longa. Fora seus seguidores, era difícil haver uma pessoa sem culpa na congregação. Havia os que toleravam a presença de jesuítas vivendo abertamente perto da própria catedral; aqueles que fechavam os olhos à manutenção de padres papistas em capelas, casas particulares e mesmo em igrejas da cidade. Terras da igreja estavam sendo alugadas ou sublocadas a católicos que sustentavam seus padres com os lucros. Não conformistas escapavam de multas. Todo o modo de vida que tornara tolerável a divisão religiosa na Irlanda foi impiedosamente exposto, e condenado.

— Nosso Senhor prometeu que os mansos herdarão a terra — estrondeou —, mas na Irlanda, em vez disso, ela é herdada por traidores.

A congregação entendeu tudo perfeitamente. Um silêncio abalado pareceu deslizar pelo mar de rostos como uma onda. Pincher, contudo, também estava preparado para isso. Pois agora, de vinte ou trinta lábios protestantes, veio um ecoante "Amém".

— Arrependam-se! — gritou ele em resposta. — Pois qual — exigiu saber — será o destino da cidade de Dublin, se fracassarem na imposição da fé protestante? O Senhor não havia previsto o destino das cidades que ouviram o sinal e não se arrependeram? Ele, de fato, o fez, no Evangelho de Mateus. Ai de ti — exclamou Pincher em altíssima voz —, pois, no Juízo Final, haverá mais tolerância para a terra de Sodoma do que para ti.

— Amém — exclamou de volta seu coro.

— Eu não vim trazer paz, mas espada.

"Contudo... — O doutor fez uma pausa, e, para surpresa da congregação, olhou-a com benevolência. — O caminho é árduo. — E se, talvez, um católico é nosso vizinho, uma pessoa a cuja companhia nos acostumamos, a quem somos ligados por uma cortesia diária, até mesmo uma afeição? O que devemos fazer, então? Devemos pregar a verdadeira fé. Não pode haver mal nisso. Podemos argumentar com o nosso vizinho, instá-lo a se arrepender e a abjurar seus modos insensatos. Podemos orar por ele. Devemos orar por ele. Mas, depois disso tudo, se, em sua obstinação, ele continuar em seu pecado, então, não importam quais sejam os laços, devemos cortá-los, devemos nos afastar deles para que não sejamos contaminados; devemos dividi-los totalmente do corpo político e até mesmo abatê-los. Pois o que disse o Nosso Senhor?

> Se teu olho direito te ofende, arranca-o. E se tua mão direita te ofende, corta-a fora. Pois é mais proveitoso para ti que um dos teus membros se perca do que todo o teu corpo seja lançado no inferno.

"Toma então tua espada, peregrino cristão — bradou Pincher em tons retumbantes — e corta fora o que te ofende."

— Amém — entoou o coro.

A congregação estava agora num estado de certo grau de perturbação. A maioria estava sentada num silêncio abalado. Outros começavam a murmurar, com alguma aprovação, e outros não. O sentimento entre estes últimos — de que a coisa tinha ido longe demais e estava na hora de acabar — era palpável.

Mas, se pensavam que ele tinha acabado, estavam enganados.

Pois agora, baixando a voz como um prelúdio do clímax, Pincher inclinou-se na direção deles, quase como numa confidência.

— Não devemos supor — lembrou-lhes — que o demônio é alguma vez passivo. Ele trama o tempo todo, não apenas para salvar seu império do mal da destruição, mas para recuperar o controle. Mesmo agora — a voz de Pincher começou a se erguer —, os servos da prostituta de Roma planejam para corroer a causa protestante, para reinstalar o bispo de Roma, que era o anticristo entre os devotos da Irlanda. Esses servos da prostituta tentarão seduzir o próprio rei, para mudar as divinas leis da terra; e, se conseguirem sucesso, em pouco tempo os protestantes é que serão pisoteados. Pisoteados e abatidos pelas hordas de católicos irlandeses — hordas irlandesas que, frisou —, serão lideradas pelos próprios homens a quem a congregação agora chama de amigos e vizinhos. Seus ouvintes permitirão que tal coisa aconteça?

"Farão vocês — bradou — parte daquela lastimável carcaça de submissão e consolo, que sossega e dorme, enquanto o demônio age e os devotos são destruídos? Ou vocês, como os soldados de Cristo, se erguerão, vestirão uma armadura e afivelarão sua espada? Pois, se não fizerem isso advertiu—, não tenham dúvidas das consequências. Se arriscam ao eterno fogo infernal. Deus está observando — berrou, a voz erguendo-se em altos tons. — O Senhor os está testando. Serão seduzidos, defraudados em seu direito inato e suas almas perpétuas pela prostituta católica que, mesmo agora, seduz o rei para ele fazer o que não deve? Ou pegarão a cruz e a espada que Cristo lhes deu e atacarão a prostituta católica? Ataquem! — gritou ele. — Abatam a prostituta!

— Amém — disse o coro.

— Abatam Jezebel, a meretriz.

— Amém. Amém.

— Eu não vim trazer paz — sua voz ressoou uma última vez pela catedral —, mas espada.

— Amém. Amém. Amém.

E, dobrando as asas negras de sua toga em volta do corpo, o Dr. Simeon Pincher, do púlpito, espreitou abaixo, como um corvo.

❖

Ao final do serviço, não se juntou à multidão que se formou no local. Orgulhoso demais, ou sensato demais para isso, saiu reservadamente por outra porta e caminhou rapidamente a passos largos pela Dame Street em direção a seus aposentos.

Deixou atrás de si uma cena de certa confusão. Os puritanos componentes do coro estavam exultantes. O sermão, todos concordaram, ultrapassara facilmente a diatribe do bispo de Derry na primavera. E Pincher era um homem da localidade. Agora que tinham tal porta-voz, disseram, as coisas iam ficar ruins para os papistas.

Os católicos, naturalmente, ficaram horrorizados. Duas perguntas em particular foram feitas. Pincher falava apenas por si mesmo e seus amigos — ou havia outros, mais poderosos, por trás dele? E esse era um sinal de que o rei, em vez de ajudar os católicos, tinha mudado de ideia e estava para se voltar contra eles?

Uma grande parte, porém, alguns católicos e alguns homens da Igreja Irlandesa, teve uma opinião diferente. Não compartilhavam o desprezo de Pincher pela conciliação, e ficaram perturbados com a sua tentativa de piorar a situação política que já era tensa. Walter Smith, em particular, ficou profundamente aflito, e, portanto, muito surpreso quando se encontrou com Doyle do lado de fora, ao verificar que o comerciante da Igreja da Irlanda, o qual certamente acreditava em conciliação, via as coisas calmamente.

— O que se deve fazer? — perguntou Smith ansiosamente.

— Fazer? — Doyle olhou-o estranhamente. — Não há nada a se fazer. Pincher apenas destruiu a si mesmo.

— Como assim? Há muitos no Castelo de Dublin, e em Londres, que concordariam com cada palavra que ele diz.

— Sem dúvida. Mas, mesmo assim, ele está destruído. — Doyle sorriu sombriamente. — Você não ouviu com cuidado suficiente — continuou calmamente. — Certamente que o sermão dele foi medonho. Mas ele também cometeu um erro fatal.

✣

No gelado mês de janeiro de 1628, uma delegação velejou de Dublin numa viagem para Londres. Ela consistia de oito membros da comunidade dos Velhos Ingleses e três colonos protestantes. Orlando Walsh não era membro da delegação, embora seu nome tivesse sido considerado; mas seu primo Doyle era.

A intenção da delegação era negociar um acordo com o Conselho Privado Inglês. Durante o verão e o outono, as propostas que Orlando discutira com sua família na primavera haviam sido mais elaboradas por muitas mãos e, finalmente, aperfeiçoadas para 26 "Questões de graças e generosidade para a Irlanda" a serem apresentadas ao rei; e eram essas "Graças", como eram chamadas, que a delegação levava.

A situação que deixaram para trás, em Dublin, não era muito diferente de como ficaram as coisas após o sermão de Pincher. O doutor caminhava agora a passos largos por Dublin como um homem que fora marcado pelo destino. Para muitas facções protestantes, ele era um herói; para a maioria dos católicos, ele se tornara a imagem do ódio. Para homens como Walsh e Doyle, ele era desprezível: um homem letrado que se tornara um agitador; os católicos mais pobres o viam passar com instinto assassino nos olhos. Tudo isso o doutor saboreava. Ele nunca vivenciara a fama antes.

O mais gratificante, porém, para Pincher era a sensação de que sua vida agora se justificava. Era excelente para um homem saber que estava certo; mas melhor ainda era ele defender o que era certo, e isso toda a Dublin, toda a Irlanda sabiam. Até mesmo sua irmã sabia, pois ele lhe redigira um relato completo, no próprio dia seguinte ao sermão. E se ela ainda não enviara o sinal de sua aprovação, ele estava na iminente expectativa de uma carta naquele trimestre.

Enquanto isso, nenhuma outra ação foi realizada pelas autoridades do Castelo de Dublin. Todos esperavam o resultado das negociações em Londres.

Um novo Parlamento inglês fora convocado, e o rei e seus conselheiros estavam muito ocupados tentando arrancar concessões de impostos de seus relutantes membros. Doyle foi capaz de aprender muito sobre o caráter dos ingleses. Era muito fácil encontrar alguns dos fidalgos que haviam sido reunidos de todas as partes do país para o Parlamento. Alguns eram verdadeiros proprietários de terras rurais e profissionais como seu primo Walsh. Eram protestantes, embora poucos deles lhe parecessem profundamente religiosos. Todos, porém, pareciam ter grande medo dos poderes católicos, os quais, acreditavam, gostariam de levar a Inquisição para a Inglaterra. Quase todos eles acreditavam honestamente que os nativos irlandeses eram um pouquinho melhor do que animais selvagens. Doyle achava desnecessário seu medo dos católicos e achava risível a opinião que tinham dos irlandeses. As preocupações políticas que tinham era outro assunto. Estavam enfurecidos porque o irresponsável favorito do rei, Buckingham, estava arrastando o país para guerras sem sentido; e temiam que o rei Carlos, com seu explícito desprezo pelo Parlamento e seus métodos ilegais de levantar dinheiro, estivesse tentando deliberadamente corroer as suas Liberdades Inglesas. Sobre esses assuntos, o comerciante de Dublin concluiu que sentia o mesmo que eles.

Contudo, entre alguns dos outros membros do Parlamento e ainda mais entre os negociantes da cidade, Doyle encontrou um tom muito mais estridente. Puritanos e presbiterianos, estes homens se vestiam sobriamente e olhavam o mundo com severa desaprovação. Eles lhe lembravam, mais ou menos, o Dr. Pincher. Certa ocasião, quando, por acaso, contou que estivera do outro lado do rio para assistir a uma peça, um comerciante puritano perguntou-lhe, com toda a seriedade, se ele não havia temido pela sua alma imortal. "Os teatros são para os ociosos e os corruptos", explicou o londrino. "Eles deviam ser fechados." Doyle esclareceu que a peça, de certo modo, era instrutiva. "Era de Shakespeare. Você impediria até mesmo uma peça dele?", perguntara. "Principalmente as dele", respondera o homem. Com esses homens, de modo algum Doyle conseguiria alguma concordância.

"Eles odeiam o rei nem tanto pela sua tirania", explicou um amigo da Bolsa, "mas porque ele não é puritano. E o grupo deles está crescendo." Então o amigo sorrira. "Se a missão de vocês aqui for bem-sucedida, o rei Carlos terá melhores amigos na Irlanda do que tem na Inglaterra." Foi um comentário que Doyle não esqueceu.

Com o passar das semanas, e o rei Carlos e seu Parlamento ainda em disputa, parecia a Doyle que o Conselho Privado se tornava mais interessado em chegar a um acordo com a delegação irlandesa. Eles se encontravam, normalmente, em um gabinete do antigo palácio de Westminster, ou no vizinho palácio real de Withehall. Normalmente, depois disso, o grupo irlandês jantava junto numa taberna. Como membro da Igreja Protestante da Irlanda, mas alguém que mantinha uma linha solidária e moderada em relação a assuntos católicos, ele descobriu que sua voz era ouvida com crescente respeito; e um dia depois, no fim de maio, exatamente quando chegava ao gabinete onde ocorreriam as discussões, um dos conselheiros ingleses, um fidalgo mais velho, com barba branca, levou-o para um lado, para uma conversa particular. Naquela noite, ao reunir em seus aposentos os membros católicos da delegação, Doyle resumiu assim seu encontro:

— O rei gostaria de fazer o máximo possível por vocês. Mas enfrenta duas dificuldades. Uma é a força em geral do grupo puritano em seu reino. A outra é que qualquer subsídio fornecido pela Irlanda terá de ser levantado por todos os grupos de lá, inclusive os protestantes das colonizações. Ele não pode dar tudo o que os católicos querem, mas fará tanto quanto puder para ajudar.

— Isso representa quanto? — perguntou o mais jovem dos delegados.

— Ele não pode e não dará à Irlanda sua própria milícia. Os membros do Parlamento aqui da Inglaterra veriam isso como uma ameaça... um exército católico para ser usado contra eles. É assim que o veriam. E posso garantir, pelas minhas próprias observações, que é verdade. Entretanto — prosseguiu —, o rei está preparado para deixar que nós, os católicos, portemos armas. Está, se quiserem, reconhecendo sua lealdade, e isso é importante.

— E as multas pelo não conformismo e o Juramento de Supremacia? — perguntou outro fidalgo católico.

— O Juramento continua para os que exercerem cargo público. Os protestantes não aceitam menos do que isso. Quanto às multas, ele não ousa cancelá-las publicamente... pelo menos não por enquanto. Mas lhes dará, em particular, a garantia de que não serão cobradas. E, além disso, cuidará para que os padres católicos, desde que se mantenham discretos, não sejam importunados. Em outras palavras, manterá o status quo e não cederá às exigências de Pincher e de gente como ele.

— Nós esperávamos uma melhora dessa posição.

— Foi oferecida uma. A questão da herança e a ameaça de fazer herdeiros atingem o Juramento de Submissão. Desde que sua família tenha mantido suas terras por sessenta anos, não haverá dúvidas quanto a se utilizarem alguns testes inconvenientes.

— Isso ajudaria muitas famílias de Velhos Ingleses; até mesmo irlandeses como O'Byrne de Rathconan — observou Doyle com satisfação. Elas agora ficariam seguras, de uma vez por todas, com tal decisão.

— Pelo menos é um movimento na direção certa — concordou o fidalgo que fizera a pergunta.

— Há, contudo, uma coisa — continuou Doyle —: a questão do dinheiro. — Fez uma pausa. — Eles não o pedirão. Mas esperam que talvez o ofereçamos.

— E quanto eles esperam de nós?

— Quarenta mil libras.

— Quarenta? — Houve um arfar coletivo.

— A cada três anos, pagos trimestralmente. De toda a Irlanda, é claro, colonos protestantes e tudo o mais.

— É uma quantia muito alta — observou o fidalgo católico.

— O rei — disse Doyle secamente — está com muita falta de dinheiro.

Ele mesmo, na manhã seguinte, escreveu para Walter Smith e seu primo Walsh, perguntando a ambos como se poderia levantar tal quantia. Três semanas se passaram antes de ele receber a resposta dos dois, dizendo que achavam ser possível.

Foi no início de maio que o velho conselheiro levou-o novamente para um lado e pediu-lhe que fosse a um encontro particular com alguns amigos seus no dia seguinte. Naturalmente, Doyle concordou, e, na manhã seguinte, encontrou-se com o velho perto do pequeno monumento de Charing Cross, que ficava a pouca distância ao norte de Withehall. Caminhando com o velho para o sul em direção a Westminster, Doyle ficou surpreso quando seu acompanhante, de repente, virou-se para uma porta do Whitehall Palace. "Por aqui", disse ele, conduzindo Doyle por uma passagem. Ao fim dela, havia uma vistosa entrada vigiada por dois guardas, que, ao verem a aproximação deles, abriram imediatamente as portas.

E, um momento depois, o comerciante de Dublin viu-se na presença do rei.

O rei Carlos da Inglaterra era inconfundível. Doyle já tinha visto muitas vezes o seu retrato, com os longos cabelos, a barba quase pontuda e os olhos dos

Stuart, castanhos, muito distintos e, de certa forma, tristes. Uma coisa, porém, Doyle não havia imaginado.

O homem era minúsculo. Lindamente vestido com gibão e gola de renda, mas minúsculo. Ele lembrou-se de um pintor, que encontrara certa vez numa taberna, que lhe dissera: "Querem que eu pinte um retrato do rei que pareça heroico. Disse-lhes que o único modo de fazer isso era colocá-lo sobre um cavalo." Mesmo usando os saltos embutidos que agora eram moda na corte, o rei chegava apenas à altura do peito do homem de Dublin. Mas, se Doyle se surpreendera com sua estatura, ficou igualmente impressionado com as mãos reais. Eram realmente extraordinárias: muito delicadas, e com os dedos mais finos e afilados que o comerciante já vira. Quem poderia imaginar, pensou, que aquele sujeitinho elegante, aranhoso, não havia muito tempo informara a seu Parlamento, muito claramente, que a única função deles era fazer o que ele os mandasse fazer e, se discutissem com ele, seriam todos mandados para casa? Contudo, ele estava para descobrir um outro aspecto da estranha personalidade do rei: em particular, o rei Carlos era sempre muito educado.

Tendo apresentado Doyle ao monarca e deixado que ele fizesse sua reverência, o fidalgo mais velho havia recuado, largando Doyle sozinho diante do rei. O rei Carlos, com um leve sorriso, agradeceu cortesmente ao homem de Dublin pela sua paciência e ajuda como membro da delegação durante as longas negociações.

— Recebi vários relatos sobre sua conduta, mestre Doyle — disse em voz baixa —, e sei que é afeiçoado a nós e um homem de sensato discernimento.

— Eu agradeço a Vossa Majestade. — Doyle curvou-se novamente.

— Você acredita, mestre Doyle, que uma acomodação pode ser alcançada com os católicos da Irlanda?

— Acredito — respondeu Doyle honestamente. — Tenho muitos parentes católicos, Vossa Majestade, com quem sou ligado por fortes laços, que lhe são bem afeiçoados e cujas famílias têm sido fiéis à coroa britânica há mais de quatro séculos. Tais pessoas, e muitas iguais a elas, são amigos fiéis de Vossa Majestade.

— Eu sei — disse o rei com um pensativo assentir —, e, em breve, eu lhe asseguro, estimarei essa amizade. Gostaria de fazer mais por eles agora, mas há cavalheiros na Inglaterra, de crença puritana, que não são tão afetuosos assim e que colocam dificuldades no caminho. — O rei então olhou para onde o companheiro mais velho de Doyle esperava discretamente. Era um sinal de que a entrevista estava para se encerrar.

Antes, porém, de deixar o monarca, Doyle deu-se conta de que tinha mais uma coisa a fazer. Ele vinha esperando uma chance desde o verão anterior. Uma ou duas vezes em Dublin, levantara o assunto, mas nunca com muito sucesso. Agora, percebeu, lhe era dada a melhor oportunidade com a qual jamais poderia sonhar.

— A lealdade de muitos em Dublin, assim como o levantamento de uma concessão de dinheiro — acrescentou astutamente — estão sendo dificultadas por certos puritanos que lá existem, que não devem, creio, ser amigos de Vossa Majestade.

Os olhos reais voltaram-se rapidamente para ele.

— Como assim?

— Eu falo daqueles que abertamente pregam contra o governo de Vossa Majestade e até mesmo contra aqueles mais próximo à sua pessoa. Pois eles atiçam a discórdia entre as pessoas — explicou seriamente —, as quais aqueles mais sensatos entre nós são incapazes de acalmar.

— Por favor, conte-me mais.

O comerciante não levou muito tempo para lhe fazer um relato sobre o sermão de Pincher. A posição que ele representava não apenas tornava impossível uma acomodação com os Velhos Ingleses, frisou ele, mas, em seu virulento puritanismo, o sermão estava muito distante da moderada Igreja da Irlanda à qual ele supunha que pertencia. Era isso realmente que o rei queria? — perguntou respeitosamente.

O rei escutara tudo isso com seriedade.

— Não é nosso desejo, mestre Doyle — retrucou —, e isso se tornará evidente. Mas creio que haja muitos em Dublin que tenham essas opiniões.

— Alguns, Vossa Majestade. Porém, há muitos mais que podem seguir o Dr. Pincher onde quer que ele lidere. — Doyle fez uma pausa, enquanto o rei assentia pensativamente. Agora ele estava pronto para seu golpe de mestre. Por um momento, fingiu hesitar. Então atacou. — Não é apenas o ataque à Igreja e ao governo de Vossa Majestade que acho ser sedicioso, mas as palavras atingiram a pessoa da rainha.

As sobrancelhas do rei ergueram-se.

— A rainha?

Doyle pareceu constrangido. O fato, explicou, era que Pincher, repetidamente, se referira à influência católica com os termos mais insultantes: a prostituta católica, a meretriz, a Jezebel. E dissera que essa prostituta deveria ser abatida.

— Talvez não tivesse sido essa a intenção, Vossa Majestade, mas, para mim, ele se referia à rainha. — Houve um terrível silêncio. — Pode ser — disse Doyle, com uma falta de sinceridade que não precisava ser disfarçada — que eu tenha me equivocado a respeito do significado. Mas foi o largamente entendido.

Pincher teria visado a própria rainha com sua frase? Não diretamente. Doyle não achava isso nem por um momento. Por insinuação ou inclusão? Talvez. Ele podia não ter chamado a rainha de meretriz, mas certamente abominara seu catolicismo, sentira-se insultado por ela ter se casado com o rei, e a via como uma agente do mal. Estaria incitando sua plateia a assassiná-la? Claro que não. Mas suas palavras podiam levar a essa interpretação. E quando os conselheiros reais fizessem indagações sobre o sermão, e as frases fossem todas confirmadas, Doyle não tinha dúvidas do que o rei Carlos pensaria.

Naquela noite, escreveu com algum contentamento para seu primo Orlando Walsh: "O Dr. Pincher, creio, está agora destruído."

O Poço Sagrado

1637

O padre Lawrence Walsh adorava estar com seu irmão e sua irmã. Também adorava a estação do outono, e as folhas douradas caíam pelo caminho, enquanto a família atravessava a cavalo o Castelo de Malahide, naquela manhã de domingo.

Orlando estava acompanhado de sua esposa Mary. Anne e Walter Smith tinham trazido o filho Maurice.

Quando chegaram ao pequeno castelo de Talbot, encontraram um aperto de gente reunida do lado de fora. Alguns eram criados domésticos, alguns eram habitantes da aldeia de Malahide, e outros de lugares mais distantes ainda; duas famílias da pequena nobreza local tinham vindo de suas propriedades. Vários membros da família Talbot estavam lá para recebê-los, e, quando viram Lawrence, perguntaram se ele queria ajudar o padre, que já estava lá dentro. Lawrence, porém, demonstrou que se contentaria em ficar sentado com sua família, a não ser que o padre precisasse de sua ajuda. Logo depois, todos entraram.

Do pequeno corredor perto da entrada, a pequena congregação seguiu em silêncio seu caminho acima pela grande escadaria, e, de lá, para o interior do aposento conhecido como Salão de Carvalho, onde todos conseguiram se acomodar. Todos os domingos, o local servia como capela para a comunidade local. O padre Luke, um sacerdote idoso, um pouco mais magro e mais curvado do que quando Lawrence o vira pela última vez, esperava-os, e saudou o jesuíta com um sorriso. Um cheiro de incenso impregnava o salão. Embora entrasse luz pela janela, as velas nas mesas laterais davam um agradável brilho ao revestimento de madeira escura das paredes. O ponto de destaque do salão, porém, diante do qual o pequeno altar fora montado, era o grande painel de carvalho acima da lareira, e sobre este fora entalhada, em baixo-relevo, uma representação da Assunção da Virgem Santíssima. Lawrence olhou-a com afeição. Ela estava ali desde que conseguia se lembrar, e ele comparecia à missa de domingo no Castelo de Malahide desde garoto. Assim que todos se congregaram, e se ajoelharam por alguns momentos rezando em silêncio, o velho padre começou a dizer a missa.

O que seria, perguntou-se Lawrence, que tornava essas ocasiões tão especiais? Ele tivera tantos compromissos na cidade, e não havia dúvida de que todos valeram a pena. Sua fé nunca estivera tão forte. Mas havia algo com relação a essas reuniões em casas da zona rural, uma intimidade e uma calidez nas quais, tinha certeza, a pura chama da fé queimava especialmente brilhante. A natureza da missa propriamente dita era íntima e intensa, é claro. E ser acolhido por uma família como os Talbot em sua casa: era isso que fazia a diferença. Mas o fato de que, como as congregações da Igreja Primitiva, eles fossem obrigados a se encontrar daquele modo, em segredo — talvez, refletiu, a própria perseguição fosse uma espécie de bênção. Pois ali, no Salão de Carvalho, em Malahide, ele sempre sentia que estava, verdadeiramente, em comunhão com aqueles tempos primitivos da Igreja universal.

Ao olhar para Orlando e sua esposa, ambos mergulhados em orações, e para Anne, seus olhos hoje em dia um pouco escuros e perturbados, e Walter, seu íntegro marido de cabelos grisalhos, ele agradeceu a Deus pela tranquila e determinada devoção deles. Mesmo o jovem Maurice, agora um rapaz de 18 anos — embora este ainda não aparentasse ter vivenciado a sensação de premência religiosa que marcara sua própria vida e a de Orlando com a mesma idade —, mesmo o jovem Maurice certamente sentia gratidão pela envolvente atmosfera religiosa para a qual fora levado.

A missa prosseguiu. *Agnus dei... Ora pro nobis...* O agradável latim da liturgia fluía facilmente, as palavras latinas que haviam levado consolo para homens de toda a cristandade ocidental, e tinham dado estrutura às suas vidas, por mais de um milênio... A hóstia foi elevada, o milagre da missa foi alcançado. Sim, pensou Lawrence, a Igreja de Roma era a Igreja universal, seus pilares eram preceitos morais, suas arcadas davam abrigo a cada família cristã. Uma vez dentro dela, não havia motivo válido para sair. E foi com uma profunda sensação de paz que, ao final da cerimônia, ele se levantou da posição de joelhos em que se encontrava.

A congregação não deixou imediatamente o Salão de Carvalho. O padre Luke aproximou-se para dizer algumas palavras a cada um deles. O velho sacerdote ficou encantado ao ver Anne, que havia algum tempo não comparecia, e em saber que a mais nova de suas filhas também se casara naquele verão. "Isso deixa apenas este jovem", disse ele com uma piscadela para Maurice, "que ainda não precisa pensar nessas coisas." Ele cumprimentou calorosamente Orlando e Mary. Ficou evidente que ele tinha um sentimento especial pelo casal devoto.

O casal continuava sem filhos. Embora Lawrence soubesse muito bem que não devia questionar a divina providência, mesmo assim ficava igualmente intrigado e triste por seu irmão e a esposa dele não terem sido abençoados com um filho. A princípio, não ficara tão preocupado. Lembrou-se de quando Anne, dez anos antes, levantara o assunto, naquela tarde em que haviam caminhado até o mar em Portmarnock: mesmo então, ele tinha acreditado que, com um pouco de paciência, tudo ficaria bem. Mas os anos se passaram e não viera nenhum filho. Por que, perguntou-se, Deus teria negado Sua bênção daquele modo? Certamente não seria porque o casal estivesse sendo castigado por alguma transgressão. Ambos eram profundamente dedicados um ao outro. Aliás, o fracasso em terem filhos, supôs, provavelmente tinha intensificado a religiosidade dos dois. Lawrence amava sinceramente sua cunhada. Ela tinha um daqueles rostos que, para o olhar superficial, não melhorava com os anos. Um linda moça de cabelos castanhos, ela tinha nariz de botão e bochechas lisas. Essas bochechas haviam agora se tornado mais ásperas e mais vermelhas, e o nariz parecia de certa forma um borrão. Os olhos castanhos olhavam para o mundo seriamente, com uma ligeira protuberância. Mas, para o fitar mais aguçado, religioso, a bondade a tornava mais bela do que nunca. Sua alma era tranquila. Dirigia seu lar com perfeição, e suas criadas viviam contentes; a seu marido nada faltava do que uma boa vida era capaz de fornecer, e ele a tratava com carinho, como deve um bom marido. Mas debaixo da superfície calma e lisa que ela exibia, ele era capaz de adivinhar a dor que ela devia sentir.

Pois, embora Orlando nunca tivesse falado disso, Lawrence sabia muito bem a dor intensa que a falta de filhos lhe causava. Sua fé religiosa talvez lhe dissesse para aceitar a vontade de Deus; e, como um homem devoto, sem dúvida ele aceitava — em sua mente. Mas, no coração, o desejo de uma família, de um herdeiro e, acima de tudo, de cumprir o juramento que fizera ao pai — nos escaninhos secretos de seu coração, isso devia consumi-lo todos os dias. "Toda semana ele vai sozinho até o poço sagrado em Portmarnock, sabe", lhe confidenciara Anne alguns anos antes. "Ele não conta a Mary, mas contou a mim." E, fosse qual fosse sua opinião sobre tais superstições, Lawrence não tinha como censurar o irmão. "Arrisco dizer", comentara caridosamente, "que uma pessoa pode rezar lá tão bem quanto em qualquer outro lugar." E, não importava o quão cuidadosa e docilmente ocultasse aquilo, Mary devia saber o que ele fazia. Ela devia estar ciente de sua angústia secreta e, sofrendo uma dor igual ou mesmo maior, certamente culpava a si mesma. Meu bom Deus, pensou o jesuíta, se eu pudesse obter algum benefício, eu mesmo iria de joelhos rezar no velho poço de meu pai.

Quando, finalmente, saíram a céu aberto, o sol brilhava, e as folhas douradas nas árvores do parque cintilavam contra o reluzente céu azul. Pouco antes de montarem em seus cavalos para retornar, Orlando indicou ao irmão que gostaria de lhe falar em particular durante o caminho.

Cavalgaram de volta aos pares. Anne e Walter liderando; Mary ao lado do jovem Maurice, o qual, como sempre, manteve uma agradável conversa; Orlando e Lawrence seguiam atrás, um pouco afastados.

Por vários minutos, permaneceram em silêncio. Orlando parecia estar profundamente mergulhado em pensamentos, e Lawrence, sem querer perturbá-lo, esperava que o irmão iniciasse a conversa. Ele supunha que esta diria respeito à situação política.

Pelo que dizia respeito ao jesuíta, não havia mudado muita coisa. Houvera alguns acontecimentos bastante notáveis. Na Inglaterra, o favorito do rei, Buckingham, fora assassinado. Ninguém ficara triste por isso, e, pelo menos, depois disso, a diplomacia inglesa se tornara mais racional. Em Dublin, eles haviam presenciado o eclipse do Dr. Pincher. O primo Doyle lhes fizera um alegre relato de como ele arruinara a reputação do pastor no encontro que tivera com o rei. Após o retorno da delegação de Londres, as Graças foram prometidas, e o dinheiro do rei, com algum esforço, fora levantado. Mas as concessões prometidas aos católicos não tinham sido completadas, e, durante alguns anos, o grupo de ingleses protestantes até mesmo começara novamente a perseguir os católicos irlandeses. É verdade que as coisas começaram a melhorar, quando, poucos anos depois, o lugar-tenente de confiança do rei, um homem direto e poderoso chamado Wentworth, foi para a Irlanda governar em seu nome. Wentworth era a favor de uma igreja formal e cerimonial e lidou rapidamente com os não conformistas puritanos.

— Creio que podemos deduzir — dissera-lhe Orlando — que o rei está mostrando que é realmente amigo dos católicos, como disse.

Lawrence, porém, não via razão para alterar seu comentário original.

— Wentworth é homem de confiança do rei Carlos. Disso não há dúvida. Como tal, ele tem apenas um único interesse, que é aumentar o poder real. Ele apoiará ou atacará católicos ou puritanos com igual imparcialidade para conseguir esse fim. Mas isso é tudo. — Recentemente, tinham sido anunciados planos para uma nova colonização ocidental protestante, em Connacht. — Nada mudou — dissera Lawrence.

— Mesmo assim — frisara Orlando —, os católicos ainda podem realizar seus cultos em relativa paz.

Portanto, Lawrence ficou surpreso, quando, logo após terem deixado a terra dos Talbot, Orlando virou-se para ele e disse, baixinho:

— Estou preocupado com Anne.

— Anne? — Lawrence surpreendeu-se. — Eu a achei um pouco pálida hoje — comentou —, mas nada além disso. Ela está doente?

— Não exatamente. — Orlando cavalgou alguns passos. — De certa forma, é pior do que isso. — Inspirou fundo. — Acho que ela está apaixonada.

— Apaixonada? — Lawrence ficou tão perplexo que quase arfou a palavra, e olhou rapidamente adiante, para se certificar de que não tinha sido ouvido pelos que iam à frente. — Por quem?

— Brian O'Byrne.

O jesuíta digeriu em silêncio essa espantosa informação por alguns momentos.

— Tem certeza?

— Tenho.

— Certamente não está querendo dizer que ela...

— Sim — disse Orlando. — Estou.

✣

Quando, naquela manhã, olhou para o filho Faithful, Jeremiah Tidy teve uma sensação de justificado orgulho. O garoto estava se tornando um rapaz, e com excelente aparência. "Ele é mais alto do que eu", observou com prazer para sua esposa. O cabelo de Faithful era castanho, ao passo que o de seu pai era louro; seus olhos eram apertados e inteligentes. Ele também estudara com afinco. Era verdade que nem sempre quisera estudar. "Eu poderia estar ganhando dinheiro, em vez de ler livros", queixava-se. E a mulher de Tidy também nem sempre ajudava. "Veja aquele pobre do Dr. Pincher, e o que todo aquele estudo fez por ele", dizia às vezes. "Tenho certeza de que ele teria se casado, se não fosse todo aquele estudo." Em particular, Tidy talvez não tivesse discordado. Mas ele não ia permitir que toda essa conversa desviasse seu filho do que precisava ser feito. "É no seu futuro que estou pensando", dizia-lhes. Sua visão era maior do que a deles.

E agora, pensou, o rapaz está pronto. O momento que ele tinha esperado todos aqueles anos finalmente chegara. Quando o serviço da manhã terminou, ele informou à sua mulher:

— Está na hora de levá-lo para falar com o Dr. Pincher. Quero que você providencie isso hoje.

O Dr. Pincher ficou contente em ver a Sra. Tidy.

Nos últimos tempos, ele andava se sentindo meio por baixo. Até recentemente, não havia lhe ocorrido que estava envelhecendo. Tinha sido uma dor de dente a causa de tal lembrança. Numa idade em que muitos homens estavam manchando ou apodrecendo os dentes com tabaco ou melaço do Novo Mundo, a austeridade do Dr. Pincher o tinha protegido desses vícios e, como resultado, ele mantivera todos os seus dentes, que eram longos e da cor de marfim envelhecido. Um mês antes, porém, ele sofrera uma feroz dor de dente e tivera um deles arrancado; de modo que, agora, à sua direita, no maxilar inferior, surgira uma brecha que sua língua, tristemente, explorava cada momento que ele passava acordado, para lembrá-lo de sua mortalidade.

Entretanto, esse pequeno *memento mori* havia apenas acrescentado uma sensação mais geral de fracasso que permeara sua vida nos últimos dez anos.

Ele, sem dúvida, nunca havia se recuperado de sua temporada na cadeia.

Fora a coisa mais estranha. Não sabia determinar o que dera errado. Naqueles primeiros inebriantes meses após seu grande sermão, desfrutara uma posição de fama. Homens importantes — alguns dos maiores proprietários de terras de colonizações, até mesmo seu patrono Boyle, recém-tornado conde de Cork — tinham lhe escrito ou procurado por ele para expressar seu inequívoco apoio. "Era preciso que se dissesse isso", declararam efusivamente. Mas então, logo após a delegação ter retornado da Inglaterra, a coisa mais indescritível acontecera.

Soldados chegaram marchando ao Trinity College, quando ele estava em meio a uma preleção. Eles o prenderam diante de seus alunos. Antes que ele soubesse o que estava acontecendo, viu-se diante de homens do Castelo de Dublin, homens que ele conhecia, com um ar sombrio em seus rostos.

— Sedição, Dr. Pincher — declararam. — Possível traição. O senhor falou contra a rainha.

— Como assim? Quando?

— O seu sermão na Igreja de Cristo. Chamou-a de meretriz e de Jezebel.

— Não, eu não fiz isso.

— O rei acredita que sim.

A coisa era absurda, monstruosa, inverídica. Mas nada havia que ele pudesse fazer. Não houve julgamento, nenhuma chance de se justificar. Foi levado incontinenti para a cadeia, para ficar lá enquanto aprouvesse ao rei. Houve alusões de que haveria outras consequências. Fatais talvez. Em agonia, ele passou seus dias numa pequena cela de pedra. E, durante aquele tempo, também descobriu uma outra coisa. Se achava que tinha amigos, não tinha nenhum. Ou quase nenhum. Os homens do castelo, seus admiradores da congregação, seus colegas do Trinity — nenhum deles apareceu. Nenhuma palavra foi dita em seu favor. Ele era um homem marcado pelo desfavor, perigoso como companhia, a ser evitado. Apenas duas pessoas lhe deram alguma esperança.

A primeira foi a Sra. Tidy. Ela comparecia todos os dias. Levava-lhe caldos e bolos, um pouco de cerveja ou vinho. Como um anjo ministrante, ela nunca falhava. Nem nada pedia, embora, é claro, ele lhe pagasse. Pincher ficava imaginando que o próprio Tidy talvez fosse, mas ele não ia. Não tinha importância: ela bastava. Sem ela, Pincher reconhecia abertamente, ele, às vezes, teria chegado às raias do desespero.

A outra pessoa foi Boyle. Sem o novo conde de Cork, pelo que lhe constava, teria permanecido na cadeia até o fim de seus dias. Mas, pela graça de Deus, o poderoso proprietário de terras tinha, em 1629, se tornado o lorde-chefe de justiça, e, no Natal daquele ano, conseguia ordenar sua soltura. Como consolação, seu patrono até mesmo lhe conseguiu alguma terra no sul de Leinster, onde, Pincher descobriu para sua satisfação, havia extensas matas para serem derrubadas.

Desse modo, ele recomeçou sua vida. Seus amigos puritanos, embora nunca o tivessem ido visitar, trataram-no como uma espécie de herói. Ele não fora preso por causa de sua fé? Seus alunos o aplaudiram, por ocasião de sua preleção seguinte. Ele provou, como acontece com todo homem público, o fruto agridoce do afeto insincero, e aprendeu a ser grato por essa dádiva.

Apenas uma coisa ainda o intrigava. Como, inicialmente, as acusações tinham surgido? Ficou imaginando se, talvez, algo poderia ter sido dito por um dos católicos da delegação que fora à corte em Londres, e até mesmo perguntou uma vez sobre isso a Doyle.

— Se disseram — respondeu-lhe Doyle com sinceridade —, eu lhe garanto que não sei disso.

A coisa permaneceu um mistério.

Tampouco suas esperanças pela causa religiosa dos puritanos tinham sido cumpridas. No início, por ocasião de sua soltura, houvera mais algumas restrições aos católicos. Mas suas esperanças para uma Igreja Protestante haviam sido destruídas menos de três anos depois, quando da chegada do novo governador do rei Carlos.

Wentworth. O nome surgia em seus lábios como uma imprecação. Ele nunca esqueceria aquele terrível domingo, não muito tempo após a chegada do novo vice-rei. Ele havia se demorado e saíra atrasado para o serviço matinal da Igreja de Cristo. Quando lá chegou, a congregação já se encontrava reunida, e Wentworth e seu enorme séquito já estavam sentados nos compartimentos reais. Entrando apressado, Pincher discretamente encontrou um lugar nos fundos da nave. Na pressa, ele mal tinha olhado em volta, e rapidamente se ajoelhou para um momento de prece, antes de, lentamente erguer a vista e olhar para leste em direção ao coro. Então sobressaltou-se horrorizado.

A extremidade leste da catedral fora completamente rearrumada. A mesa da comunhão, em vez do lugar habitual, no centro do coro, de onde todos podiam se aproximar facilmente, havia sido removida para a extremidade leste, onde, erguida sobre um estrado, fora convertida em um altar alto. Sobre esse altar estendia-se uma magnífica toalha de altar, bordada em ouro, e, sobre ela, esplêndidos castiçais de prata queimando seis velas altas. De pé, diante do altar, numa sobrepeliz tão suntuosa que poderia ter vindo de uma igreja papista da Espanha, ou mesmo da própria Roma, estava o clérigo oficiante. Pincher olhou atônito para a terrível visão. Ele meio que se levantou. Apenas um espírito de autopreservação residual o impediu de gritar: "Papismo! Idolatria!"

O maldito Wentworth era o responsável. Não havia dúvida. Esse era exatamente o tipo de ritual de alto anglicanismo que o rei Carlos e sua rainha católica preferiam. O distante altar, as velas, os padres com suas ricas vestimentas — formas e cerimônias acima da oração, o poder de rei e de bispo nomeado acima do verdadeiro ensino e da autoridade moral. Era mundanismo e corrupção, papismo em tudo, menos no nome: era tudo o que os puritanos desprezavam e odiavam. Ali, diante de seus próprios olhos, a Igreja de Cristo — o local onde ele pregara, o centro da Dublin protestante, o verdadeiro templo calvinista em meio ao agreste de superstições irlandesas — fora agora transformada num antro de papistas e idólatras. E, com a chegada de Wentworth, não haveria nenhuma chance de ele jamais ser convidado a predicar novamente ali.

E não havia nada que ele pudesse fazer a respeito. A catedral, que era o centro do governo inglês, permanecera a mesma desde então. Ele gostaria de evitar o local, mas, em sua posição, tal recusa teria causado infindáveis dificuldades. Humilhado, ele agora ia à igreja com a mesma relutância com a que os católicos tinham ido nos anos anteriores. As mudanças na Igreja de Cristo haviam ocorrido par a par com uma tolerância com os católicos que nem mesmo a perspectiva de uma nova colonização protestante em Connacht conseguiria compensar. Aparentemente, ele tinha de testemunhar a destruição de tudo pelo que havia trabalhado.

Desgostoso, Pincher inclusive pensara em deixar a Irlanda e voltar para a Inglaterra; mas isso significaria abrir mão de seu cargo no Trinity, onde, a despeito de todas as mudanças, ele permanecia uma pessoa importante. E, além do mais, quem estaria na Inglaterra para acolhê-lo, se voltasse? Aparentemente, ninguém.

Sua irmã nunca mais escrevera. Duas vezes mais, durante os anos, ele lhe enviara cartas, mas não recebera nenhuma palavra em resposta. Ele até mesmo fizera discretas indagações, no caso de ela ter morrido ou se mudado. Mas soube que a irmã continuava vivendo no mesmo lugar e com excelente saúde. De Barnaby, nada ouvira falar. Certamente, no caso de precisar de uma outra opção, ele agora talvez tivesse de pensar em procurar um herdeiro diferente. Poderia deixar uma bela dotação para o Trinity: algo, talvez, que levasse seu nome. Mas mesmo essa ideia, tinha de confessador, era uma admissão de fracasso familiar. No serviço daquela manhã, lhe ocorrera um tanto forçosamente que estava velho e sozinho.

Por isso, ficou secretamente muito feliz quando a Sra. Tidy apareceu.

Houvera ocasiões em que se sentira um pouco ofendido por Jeremiah Tidy. Sabia que isso era irracional. Tidy não lhe fora desleal. Sempre que se encontravam, o sacristão e maceiro sacudia a cabeça e lhe dizia: "Hoje em dia, as coisas estão mudando muito na Igreja de Cristo, Excelência." No entanto, de algum modo, honestamente ou não, Pincher nunca sentia que era suficiente aquela expressão de desaprovação. Mas a fiel Sra. Tidy era outra história. Quando pensava em todas as suas amabilidades para com ele, Pincher podia apenas se admirar que ela, alma humilde que era, parecia não levar em grande conta suas próprias bondades. "Não sou instruída, senhor", dizia ela. "Nem mesmo sei ler." E ele sorria. "Deus nos preza de acordo com nossas vocações", assegurava-lhe. Certa vez, ela o procurara com genuína aflição. Uma mulher que conhecia na cidade, uma mulher simples como ela, que nunca fizera um mal na vida, adoecera e parecia perto da morte. A mulher, porém, era católica. "O senhor sempre disse que Deus escolhe alguns para salvar e outros para condenar." Seria possível, perguntou ela, que, sem que ninguém soubesse, Deus pudesse escolher a pobre amiga católica para ser salva, a despeito de sua religião? Sem querer decepcionar sua bondosa alma, ele respondera: "É verdade, Sra. Tidy, que os desígnios de Deus não são conhecidos pelos mortais." Então, comovido pelo alívio em seu rosto, declarara, um tanto ardentemente: "Mas penso que posso dizer com certeza, Sra. Tidy, que a senhora vai para o céu."

Naquele dia, ela foi visitá-lo, levando um pequeno bolo de ameixa, ao qual, disse-lhe, durante a feitura, se não era pecado, tinha acrescentado um pouquinho de conhaque. Ele o recebeu com gratidão e perguntou pela família dela. E quando ela lhe disse que seu marido e Faithful gostariam de visitá-lo naquele dia, ele respondeu, agradavelmente:

— Certamente. Que eles venham às 16 horas.

✣

Ainda era cedo, naquela tarde, quando, após comer duas fatias do bolo de ameixa, Pincher decidiu fazer uma breve caminhada para se exercitar um pouco.

Deixando Trinity, atravessou o portão da muralha da cidade velha e subiu a Dame Street em direção à Igreja de Cristo. Passando por um dos três relógios públicos que a cidade agora ostentava, ele ouviu um sino tocar e viu que eram 15 horas. Continuando em direção oeste, atravessou outro portão e desceu a ladeira em direção à antiga ponte sobre o Liffey. Calculou que tinha apenas o tempo necessário para atravessá-la e voltar em bom estado antes da chegada de Tidy e o filho aos seus aposentos. Ao chegar à beira da água, notou que a brisa agitava a superfície do rio, formando milhares de pequeninas ondas.

Subiu para a ponte. Estava deserta. Começou a atravessá-la. Suas pernas longas e finas graças a Deus continuavam fortes. A brisa sobre a água dava-lhe a sensação de frio em uma das faces. Ele apreciava o formigante enrijecer que ela causava. Após alguns momentos, notou que, do outro lado do rio, dois cavalheiros também tinham subido para a ponte e vinham em sua direção. Sem dúvida, o motivo deles era também fazer algum exercício. O mais alto estava vestido de verde-escuro; o mais baixo, de uma cor avermelhada. Chegou à metade da ponte. Eles se aproximavam rapidamente. Então ele viu que o mais baixo era Thomas Wentworth.

O vice-rei da Irlanda era inconfundível. Baixo de estatura, tinha bigode e uma bem cuidada barbicha triangular que não encobria totalmente a boca sensual, petulante. Seus olhos, que eram túrgidos, olhavam belicosamente para as pessoas, quando ele falava, e, em repouso, pareciam amuados. Seu cabelo castanho encaracolado era mantido bem aparado, mas parecia que saltaria agressivamente a qualquer momento. Um menino rabugento, pensou Pincher, tornado arbitrário por um rei. Wentworth o havia reconhecido e vinha seguramente em sua direção. Ele não podia evitá-lo. Wentworth parou a três passos de Pincher e o encarou. Seu acompanhante, de verde, um dos funcionários do Castelo de Dublin, também parou.

— Dr. Pincher.

Constrangidamente, Pincher inclinou a cabeça. Wentworth continuou a encará-lo rudemente. Parecia pensar em alguma coisa.

— Você tem um arrendamento de umas terras em Leinster Sul?

— Tenho.

— Hmph.

E, com isso, o vice-rei passou direto por ele. O homem de verde foi atrás.

Pincher ficou parado, atônito. Deu alguns passos, então parou. Queria se virar e voltar para casa, mas isso significaria ir logo atrás de Wentworth. Assim, preferiu continuar atravessando o Liffey e não retornou até Wentworth estar seguramente fora da ponte e fora de vista. Então, tremendo de raiva e amolação, partiu para casa.

Ele sabia o que aquilo significava. Wentworth fora insultante, mas Pincher não tomou aquilo pessoalmente. Era tudo parte do plano infernal daquele homem. O vice-rei estava ocupado em enriquecer, é claro — o que mais fazia um homem num cargo público? Mas, provavelmente, pela primeira vez desde que

Strongbow fora para a Irlanda, quatro séculos e meio antes, o representante do rei estava de fato interessado em melhorar as receitas de seu amo real.

Não se passava um mês sem que Wentworth não tomasse as terras ou arrendamentos de alguém. Com frequência, eram os novos colonos ingleses que sofriam. Era certamente verdade que muitas vezes homens das colonizações haviam se apossado das terras que haviam sido legalmente outorgadas a eles; agora Wentworth fazia com que pagassem o preço. Parte dessa terra a mais era tomada de volta para produzir renda para a coroa, ou para revenda. E, se essa regra se aplicava às terras do rei, então também se aplicava às terras da Igreja do rei. Os arrendamentos da Igreja estavam sendo cancelados ou renegociados com uma nova e cruel eficiência. E agora, evidentemente, o ganancioso olho do vice-rei havia focalizado o arrendamento de sua pequena propriedade rural em Leinster Sul.

Nos últimos anos, Pincher fora uma presença assídua naquela terra. Desde que saíra da cadeia, fazia uma viagem ao sul a cada ano, quando fazia tempo bom, para percorrer a terra que arrendara em Leinster Sul, e, é claro, visitar seu benefício eclesiástico em Munster, onde fazia um sermão e a prestação de contas. Em ambos os locais, ele certamente deixava entrar a luz. O benefício eclesiástico de Munster fora roçado por um bom lucro, e agora era tão produtivo que ele até mesmo pôde dar ao pobre cura um aumento de seu pequeno estipêndio. Em Leinster, até então, ele só havia derrubado parte do mato, apenas o suficiente para pagar o arrendamento e obter um pequeno lucro.

Seu arrendamento era perfeitamente legal. Estava assinado e selado e tinha anos de validade. O aluguel era ridiculamente baixo, é claro, mas legal. Não que ele admitisse por um momento que essa exatidão legal importasse para a mente obtusa e brutal de Wentworth. Ele pretende me atacar, pensou Pincher, e acabou de me dizer isso. E se Wentworth o conseguisse, fazendo Pincher perder sua renda, qual seria o resultado? O sujeito teria mais dinheiro para gastar com suas malditas velas, toalhas de altar douradas, as cerimônias papistas na Igreja de Cristo, pensou amargamente o doutor. Ficou tão aborrecido que nem mesmo, no caminho de volta, conseguiu passar pela catedral, preferindo retornar ao longo do Wood Quay. Uma coisa pelo menos era certa. Antes de Wentworth tirá-la de mim, pensou, eu arranco tudo e deixo o lugar despido.

Ele, portanto, não estava de muito bom humor quando, ao chegar em seus aposentos, encontrou Jeremiah Tidy e o filho Faithful obedientemente esperando-o.

✣

Certamente não foi culpa de Tidy se Pincher ouviu seu pedido sem muito entusiasmo. O sacristão não poderia ter exposto melhor seu caso. Começou muito humildemente. O doutor o tinha honrado com seu relacionamento todos aqueles anos, e sabia que ele e a esposa eram apenas pessoas simples. Mas pessoas leais, acrescentou discretamente — um fato que Pincher reconheceu com uma ligeira inclinação de cabeça. Mas, graças à admiração que tinham pelo erudito doutor, o jovem Faithful não apenas fora criado seguindo estritamente as doutrinas calvinistas, como também recebera uma educação. De fato, ele se distinguira em seus estudos. Pincher sabia que o rapaz frequentara uma das pequenas escolas protestantes de Dublin, mas conhecia muito pouco de seus feitos.

E agora, ao que parecia, Tidy estava desejoso que seu filho desse o maior passo de todos e fosse para o Trinity College como um jovem bolsista. Seu pai seria capaz de arcar com os custos envolvidos — se bem que isso, naturalmente, para um homem como ele, seria um sacrifício. Ele imaginava que o Dr. Pincher poderia achar uma falta de cortesia fazer tal coisa sem consultá-lo antes, e esperava que talvez o erudito doutor pudesse dar ao jovem Faithful o apoio à sua candidatura.

Era o tipo de pedido que, havia séculos, era feito em Oxford e Cambridge. Filhos de prósperos proprietários rurais e comerciantes, e até mesmo humildes artesãos e camponeses, tinham ido para essas escolas consagradas e alçado, através da Igreja ou do Direito, grandes alturas. Os próprios docentes das universidades podiam muito bem ter começado a vida como bolsistas pobres. E, embora o Trinity tivesse como primeiro objetivo os filhos dos novos colonos protestantes, que chamavam a si mesmos de fidalgos, também havia lá rapazes humildes. Por que, então, Pincher fizera para o sacristão e seu filho uma careta de desaprovação?

Em parte, é claro, porque já estava num estado de fúria por causa de Wentworth. Agora, porém, ao olhar para Tidy, ele teve uma certa sensação de ofensa. Tidy podia lamentar o estado das coisas na Igreja de Cristo, mas continuava confortavelmente instalado lá, enquanto ele, o Dr. Simeon Pincher, encontrava-se totalmente excluído. Tidy, sem dúvida, continuava a desfrutar todos os honorários e outros benefícios da catedral, o que lhe permitia mandar o filho para a universidade. E agora queria que ele interviesse em favor do rapaz. Faithful Tidy iria para o Trinity sob sua égide — exatamente o que ele não conseguira em favor de Barnaby, seu próprio sobrinho. Era decididamente enfadonho. Ele virou-se para o rapaz.

— Você estudou com afinco?

— Sim, senhor.

— Hmm. — Será que tinha mesmo? Subitamente, Pincher dirigiu-se a ele em latim, com uma pergunta sobre sua preleção sobre César.

Para sua surpresa, o jovem respondeu prontamente em latim, dando-lhe uma resposta completa, e encerrou com uma citação do grande homem. Pincher tentou mais algumas perguntas. Todas foram muito bem respondidas em latim. Ele olhou para o rapaz e, por sua vez, descobriu-se examinado, respeitosa mas inteligentemente, por um par de olhos brilhantes bem separados. Ele estava impressionado, mas não demonstrava. O rapaz tinha uma recomendação de sua escola? Tidy apresentou uma carta, que Pincher jogou na mesa mas não leu. Por mais aborrecido que se sentisse, já decidira aceitar o jovem, muito mais por causa de sua bondosa mãe do que de qualquer outra coisa. Mas não iria deixar que aquelas pessoas pensassem que ele era fácil de se levar, portanto olhou-os com tanta severidade que quase pareceu uma carranca. E foi esse olhar desanimador que levou Jeremiah Tidy a dar a sua cartada final.

— Eu não o estaria incomodando, Excelência, se não tivesse sido sempre bom para nós, um grande erudito e homem de Cambridge como o senhor.

Um homem de Cambridge. Aquele tom de voz subserviente. A despeito de si mesmo, Pincher estremeceu.

— Veremos, Tidy, o que pode ser feito — disse ele com resignação, e sinalizou para que se retirassem.

✣

Os Tidy tinham caminhado umas cem jardas, quando Faithful se virou para seu pai.

— Que história é essa de Cambridge? — perguntou.

— Ah. — Seu pai sorriu. — O que você notou?

— Assim que você disse Cambridge, pareceu como se algo o tivesse mordido.

— Pode-se dizer que é a minha arma secreta. Notei isso anos atrás. Deve ter sido algo que ele fez em Cambridge, suponho, que não quer que ninguém descubra. Mas ele desconfia que eu sei. Isso o deixa nervoso. Portanto, deixo que ele pense que cuidarei dele, se ele cuidar de mim.

— Mas o que é isso?

— Seu segredo? Não faço ideia.

— Não quer saber?

— Não preciso saber. É melhor que eu não saiba. Tudo o que me importa é que, se disser Cambridge, ele fará o que eu quero.

Faithful digeriu pensativamente esse fragmento de sabedoria.

Ao se aproximarem da Igreja de Cristo, seu pai sinalizou para que Faithful o seguisse ao interior da catedral. Não havia mais ninguém ali. Tinham o lugar só para eles, enquanto Tidy conduzia o filho até onde pendia a longa corda do sino, oculto bem lá em cima, que chamava as pessoas para rezar. Tidy parou ao lado da corda do sino e olhou cuidadosamente para o filho.

Por muitos anos, Jeremiah tinha guardado aquela pequena lição. Agora estava na hora de dá-la.

— Está vendo esta corda de sino, Faithful? — O rapaz fez que sim. — O que é isto? — prosseguiu seu pai. — Apenas um pedaço de corda. Apenas isso. Nada mais. Um homem pode se enforcar com ela, ou pode subir por ela. Pois eu, meu filho, tenho ganhado a vida puxando-a. — Fez uma pausa e sacudiu a cabeça, maravilhado com a estranha simplicidade da coisa. — Puxando esta corda de sino, Faithful, torno-me merecedor de viver nos arredores desta catedral. E que espécie de lugar são os arredores da Igreja de Cristo?

— É uma Liberdade — respondeu o filho.

— Uma Liberdade — ecoou o pai. — Como a Liberdade da catedral de São Patrício ou quaisquer outras grandes catedrais da Irlanda. E o que há de especial numa Liberdade?

— Nós vivemos sob as ordens do deão.

— Correto. Não respondemos ao prefeito de Dublin, nem ao xerife do rei, e muito menos ao vice-rei. A Liberdade é como um pequeno reino jurídico, Faithful, no qual o deão é o único senhor. E desfrutamos os privilégios da Liberdade. Tenho aposentos que são quase de graça. Posso comercializar em minha casa (o que faço) sem precisar pertencer a uma guilda civil ou obter a autonomia da municipalidade, pois por ambas eu teria de pagar. Nem pago sobre quaisquer dos meus lucros para a Câmara de Dublin. — Sorriu. — Desfruto todos os privilégios da cidade, mas não pago qualquer imposto. E tudo porque puxo esta corda de sino.

De modo algum esses eram todos os benefícios de ser funcionário da catedral. Assim como todas as instituições antigas semelhantes, a Igreja de Cristo cuidava dos seus. Todo tipo de gente, desde o sacristão e os irmãos leigos que cantavam no coro ao mais humilde varredor e lixeiro, encontrava abrigo e sustento em seus recessos e fendas. Todos os tipos de prerrogativas e caridade habitual eram distribuídos, desde sapatos e roupas a comida e combustível. Quando as grandes velas do altar chegavam a um certo ponto baixo, por exemplo, Tidy as substituía e levava os restos para casa. Sua família usava as melhores velas de cera, mas nunca pagava por elas. Acima de tudo, havia as inúmeras pequenas taxas que o leigo pagava por cada serviço que ele executava, o maior de todos, claro, tocar o sino.

— Não faz diferença, Faithful, se são da Alta Igreja ou calvinistas, papistas ou puritanos, eles sempre desejarão que o sino toque — declarou Tidy. — Um idiota seria capaz de fazer isso. Mas foi o que fez a minha fortuna. — Embora tomasse o cuidado de nunca deixar que ninguém adivinhasse, Tidy tinha até então acumulado uma fortuna quase igual à do Dr. Pincher.

"E agora, Faithful — concluiu —, você vai subir nesta corda para uma órbita bem mais alta. Pode se tornar um advogado e até mesmo um fidalgo; e, um dia, olhará para baixo para mim e verá um tipo de sujeito humilde e ignorante. Mas lembre-se: foi esta corda de sino que o levou até lá."

Enquanto essa homilia estava em progresso na Igreja de Cristo, o Dr. Pincher, que não arredara do assento desde a partida de Tidy, estava envolvido nos próprios pensamentos profundos. Mas estes não se relacionavam de modo algum à família Tidy.

Se o Dr. Pincher tinha mais motivos do que nunca para odiar o vice-rei, ele não estava sozinho. A facção puritana o odiava por causa de sua Alta Igreja: os colonos Novos Ingleses o odiavam por atacar seus títulos de propriedade de terras. O próprio conde de Cork, em um encontro com o Dr. Pincher no Trinity College, lhe confessara: "Um dia ainda derrubaremos esse maldito Wentworth, eu lhe prometo."

Na Inglaterra, Pincher sabia, a situação era diferente, porém ainda mais tensa. Lá, os puritanos estavam tão desgostosos com a Igreja de Carlos que começavam a partir para as novas colônias da América — não apenas aos poucos, como na década anterior, mas em comboios regulares. Um pequeno exército de úteis artesãos, pequenos fazendeiros e até mesmo homens instruídos estava deixando para sempre as praias da Inglaterra. Ainda mais significativo politicamente era a fúria da pequena nobreza. Com a ajuda de novos impostos que ele conseguira extrair através dos tribunais, Carlos descobrira que, contanto que se mantivesse longe das dispendiosas guerras, poderia seguir em frente sem convocar o Parlamento para votar fundos extras segundo sua conveniência. Como resultado, a Inglaterra, nos últimos sete anos, vinha sendo governada apenas pelo rei, sem qualquer Parlamento. Durante séculos, Parlamentos foram convocados e obedecidos. Podiam ser um ajuntamento de fidalgos rurais e advogados, mas representavam as antigas Liberdades Inglesas, e, para muitos da sólida, fundiária classe que guiava a comunidade, essa era uma clara evidência de que o rei Carlos, que acreditava ter o direito divino de fazer o que bem entendesse, estava a caminho de impor uma tirania. Fidalgos na Irlanda podiam estar um pouco distantes disso tudo, mas estavam cientes de que, politicamente, isso representava um barril de pólvora.

Mais cedo ou mais tarde, Pincher matutou para si mesmo, Wentworth cairia. Os governadores ingleses na Irlanda sempre caíam. Mais importante, porém, era que haveria um ajuste de contas, quando, finalmente, algo forçasse Carlos a convocar um Parlamento. Os puritanos da Inglaterra e da Irlanda teriam sua vingança. Que forma tomaria essa vingança, Pincher não sabia. Mas, de agora em diante, ele trabalharia em função desse dia de ajuste de contas. Se ele era inimigo de Wentworth, então devia ser, doravante, inimigo do rei.

Embora não estivesse totalmente ciente disso, o Dr. Pincher acabara de dar o primeiro passo no caminho para a traição.

✣

Se não tivesse sido pelo jovem Maurice, Brian O'Byrne não os teria visto. Anne lhe dissera isso. Tinha sido pouco tempo depois do solstício de verão. Walter Smith e sua esposa haviam ficado dois dias em Wicklow com um comerciante conhecido dele. Assim como o jovem Maurice, Orlando também os tinha acompanhado. Ao retornarem para casa, de manhã cedo, todos haviam decidido subir até Glendalough. Eles tinham caminhado em volta das antigas ruínas, admirado a torre redonda e o silêncio dos dois lagos da montanha de São Kevin. Por volta do meio-dia, partiram para casa. Os dias eram longos. Mesmo cavalgando a passo lento, eles poderiam estar de volta a Dublin antes que a escuridão finalmente descesse. Tinham acabado de passar da trilha que levava a Rathconan, e Orlando acabara de lhes dizer o que era, quando Maurice bradou:

— Rathconan. Eu gostaria de vê-la.

— Se você seguir ao longo da trilha até aquela árvore — apontara Orlando para uma árvore a pouca distância —, conseguirá ver a velha casa-torre. Mas não cavalgue mais além, ou será visto, pois não avisei a Brian que iria lá em cima.

É claro que Maurice cavalgara mais além, e o próprio O'Byrne o tinha visto, reconhecido o jovem e acenado para que ele se aproximasse. E, um ou dois minutos depois, Brian havia saído para a trilha principal, para repreender Orlando por passar por sua casa de modo tão inamistoso, e educadamente convidar Walter e Anne para entrarem. Teria sido descortês recusar, embora Walter dissesse: "Não podemos demorar." Anne sorrira e comentara: "Eu gostaria de ver sua casa." Maurice, enquanto isso, já seguia de volta em direção a ela.

Ao se aproximarem da velha torre, Brian dera uma olhada de lado para Walter e murmurara:

— O lar de sua família.

— Ah. — Walter apenas se permitiu um semissorriso.

— De qualquer modo, seu filho parece gostar dela. — Maurice já cavalgava em volta da velha torre com evidente satisfação. O'Byrne olhara de relance para Anne. Ela olhava em volta com apreço.

— Vocês levam o gado ali para cima? — Apontou para o alto, para as encostas da montanha agreste.

— No verão.

Ele se lembrava muito bem da irmã de Orlando; ele e Orlando tinham continuado a se ver, de tempos em tempos, mas Brian não via Anne desde aquele dia em que foram juntos até a ilha — devia ter sido mais de dez anos antes. Ela mudara notavelmente pouco. Algumas rugas a mais, alguns fios de cabelos brancos, mas continuava uma mulher muito atraente. Era um pouco mais velha do que ele, portanto devia ter uns 40 e tantos anos. E continuava presa, pensou ele privadamente, à mesma vida com seu enfadonho marido.

Sua própria vida em Rathconan não fora tão cheia de acontecimentos. Ele agora tinha uma ninhada de filhos. Os dois meninos estudavam com o padre; as meninas aprenderam a ler e a escrever, mas só isso. Sua mulher morrera um ano antes, ao dar à luz o sétimo filho. Isso lhe causara muita dor; mas um ano se passara e estava na hora de pensar em encontrar uma substituta. O belo Brian O'Byrne não teria dificuldade em conseguir uma jovem mulher de Wicklow contente em dividir sua cama, administrar sua excelente propriedade rural e tomar conta de seus ativos filhos.

A pedido de Anne, Brian levou-os para visitar o local. Eles apreciaram a velha casa de pedra e admiraram a vista magnífica. Maurice, em particular, ficou entusiasmado. Sempre que aparecia um dos filhos de Brian, ele observava para ver se tinha os olhos verdes do pai, mas nenhum deles tinha. Quis subir a pé a encosta com O'Byrne para ver os pastos de verão, e este concordou. Anne também quis ir. "Então vamos todos juntos", conciliou Walter com um leve suspiro. Após tudo isso ser feito, já passava da metade da tarde. Brian insistiu para que eles comessem com sua família e passassem a noite. E como ficou evidente para Walter que todos, menos ele, estavam de acordo, o jeito foi aceitar com benevolência.

A grande refeição vespertina em Rathconan era um ato comunal. Todos os habitantes da casa comiam juntos, ao antigo estilo irlandês. Vizinhos e viajantes costumavam se juntar a eles. O padre abençoou a comida. Provavelmente, alguém atacava uma melodia na rabeca, ou contava uma ou duas histórias, depois que acabava a comilança. Sucedeu que naquela tardinha havia uma companhia animada. Várias histórias foram contadas naquela longa tarde de verão, de Cuchulainn, ou Finn, ou de fantasmas locais; houve música e alguma dança.

Brian O'Byrne observava seus convidados com interesse. Orlando sentia-se praticamente em casa, é claro, batendo o pé, satisfeito, no compasso da música. Walter Smith parecia menos à vontade. Devia estar familiarizado com as histórias e a música como qualquer outro na Irlanda; mas, embora o grisalho e sólido financeiramente dublinense tivesse ficado sentado ali, sorrindo educadamente, podia-se notar que não estava lá muito feliz. Ninguém jamais perceberia, pensou O'Byrne, que aquele homem era sangue de seu sangue. O jovem Maurice, por outro lado, o belo rapaz de olhos verdes, poderia ser seu filho. Esses olhos dançavam, seu rosto estava afogueado; ele já se interessara por uma linda e jovem lavradora. O jovem Maurice, sem dúvida, pertencia a Rathconan. Tudo isso demonstrava, ponderou O'Byrne, que, fosse qual fosse a ascendência de um homem, o seu caráter era inteiramente individual.

Quanto a Anne, ele a observou a tarde inteira. Ela certamente se divertia. Como seu irmão, o pé dela acompanhava a música. Em uma determinada ocasião, quando as pessoas estavam dançando, ele a viu se inclinar para o lado e falar algo para o marido, e quando este deu uma ligeira sacudida de cabeça, Anne encolheu os ombros com um início de irritação. Poucos momentos depois, o jovem Maurice foi chamado para levá-la para dançar. Ela se movimentava com graça, e O'Byrne teria adorado conduzi-la ele mesmo, mas decidiu que era mais sensato não fazê-lo. E, embora ela tivesse olhado em sua direção uma ou duas vezes, ele fingiu não ter notado.

Fora Maurice quem, durante a dança, levara sua mãe até ele, com um pedido. Seu filho gostava tanto de Rathconan, explicou ela, que queria saber se O'Byrne o deixaria passar uma ou duas semanas ali. O rapaz poderia vir e ficar com ele?

— Sem dúvida, Mwirish — retrucou Brian alegremente. — Será bem-vindo aqui quando quiser. Mas, antes, creio eu, deve pedir a seu pai.

Tinha sido nos momentos que se seguiram, enquanto Maurice fora interromper o pai, que estava envolvido numa intensa conversa com o padre, que O'Byrne soubera que Anne Smith podia ser sua. Ela tinha estado ali, parada à sua frente, um pouco afogueada pela dança. Ele comentara, com um sorriso, que todas as garotas da região passariam a frequentar aquele local quando o belo filho dela estivesse ali, ela dera uma risada e colocara a mão sobre seu braço.

— Eu o invejo, por ele vir aqui para cima das montanhas com você — acrescentara Anne, olhando-o direto nos olhos. E, naquele instante, toda a intimidade não dita que haviam sentido, muito tempo atrás, naquela tarde na ilha, retornou como numa inundação. Ele olhou-a e assentiu.

— Eu gostaria que você pudesse vir com ele — retrucou, calma e seriamente, e ela pareceu pensativa.

— Não sei se isso seria possível — respondeu ela no mesmo tom. — Talvez...

Ele podia ver, com o canto do olho, que o rapaz falava com o pai. Walter Smith olhava em sua direção com um leve franzido de testa. Pedindo licença a Anne, O'Byrne foi até o comerciante de Dublin e dirigiu-se a ele educadamente.

— Seu filho acaba de me perguntar se poderia vir me visitar e passar um pouco mais de tempo. Ele aqui é bem-vindo a qualquer momento. Mas disse-lhe que deveria pedir primeiro a seu pai e não a mim.

— É muito amável — reconheceu Walter de imediato. — Eu receava que ele pudesse lhe causar transtornos.

— De modo algum. O tempo todo temos gente vindo jantar aqui. Prefiro tê-lo aqui à maioria dessas pessoas.

— No momento, ele não poderia vir — disse Walter —, pois tenho coisas para ele fazer em Dublin.

— De tempos em tempos, eu desço até a cidade. Da próxima vez, quando for lá, passarei por sua casa. Se quiser mandá-lo de volta comigo, ele poderá me acompanhar. Se não, ele sempre poderá vir em outra ocasião. Enquanto isso — virou-se para o jovem, com um sorriso —, é melhor não dar a seu pai motivo de queixas, Mwirish, ou não vou querer você em minha casa, isso eu posso lhe garantir. — Olhou para Walter com um sorriso afetado, como de um pai para outro. — Não é mesmo?

— Certamente — concordou Walter, com evidente alívio.

Normalmente, Brian O'Byrne levantava com a alvorada, e, na manhã seguinte, acordou para encontrar o céu já cintilando azul-celeste e o sol prestes a aparecer. Indo para o lado de fora, seguiu até um portão a curta distância da casa, do qual se tinha uma bela vista da costa abaixo e do mar distante. Gostava de ver o sol nascer.

Ele estivera fitando tão intensamente o horizonte oriental que não notara que alguém se aproximava, até que, subitamente, sentiu outra pessoa a seu lado. Era Anne.

— O que está fazendo? — perguntou ela.

Ele apontou, e, nesse momento, a primeira borda reluzente da esfera dourada do sol rompeu o horizonte. Ouviu-a dar um leve arquejo, ao observá-lo separar-se das águas. Ficaram juntos, enquanto o sol começava a se erguer majestosamente para o céu. Nenhum dos dois falou. Ele sentiu o braço dela pousar levemente no seu.

— Eu o vi da janela — disse ela baixinho. — Todos estão dormindo. Você costuma ver o sol nascer?

— Normalmente. Quando está limpo.

— Ah. Isso deve ser bom.

Ele confirmou com a cabeça e, por um instante, olhou para trás, de relance, em direção à casa. Os raios chocavam-se contra suas paredes, mas a velha casa-torre parecia impenetrável a eles, como se ela, também, ainda estivesse dormindo. Ele deixou que seu braço, delicadamente, envolvesse sua cintura. De modo algum ela ficou tensa. Ele deu-lhe um olhar de lado. Ela virou um pouco a cabeça em sua direção e sorriu.

— Talvez eu vá muito em breve a Dublin — disse ele.

— Creio que deveria. — Só então é que um som vindo de algum lugar atrás deles fez com que ambos se separassem. Mas, quando olharam, não viram ninguém. De qualquer modo, Anne caminhou de volta sozinha e retornou ao quarto onde seu marido dormia, enquanto O'Byrne foi olhar os cavalos no estábulo.

Nenhum dos dois, portanto, ficou sabendo que o som fora produzido por Orlando e que ele vira os dois se separarem como se se sentissem culpados.

O'Byrne não fez uma visita a Dublin antes de agosto. Como prometido, fez uma visita à casa dos Smith e ficou pesaroso em saber que Walter e seu filho já estavam em Kildare havia dois dias e deviam voltar aquela tarde. Uma pena, pensou. Uma oportunidade perdida. Por vários minutos, porém, ele e Anne estiveram completamente sozinhos na sala de visitas; e, ao ficarem juntos, ele se virou para observar seu rosto, e, quando ela olhou para cima para o dele, os dois se beijaram como se tivesse sido a coisa mais natural do mundo. O som de alguém se aproximando da sala fez com que, mais uma vez, eles se separassem rapidamente, mas, antes de partir, ele sugeriu:

— Da próxima vez que seu marido viajar, mande-me uma mensagem.

E agora, na noite anterior, chegara um mensageiro com uma carta de Anne informando que Walter estava prestes a viajar novamente. Com certa animação, Brian O'Byrne partiu para Dublin.

✣

Na manhã seguinte, sentada em sua casa, Anne imaginava se Brian O'Byrne viria naquele dia. Ela também estava com uma certa aflição mental. O que faria?

O que estivera pensando? Por que permitira que o assunto fosse tão longe? Em algumas ocasiões, ela não fazia ideia. Se estivesse ciente da avaliação que O'Byrne fazia dos seus motivos íntimos, concordaria que estes eram plenamente verdadeiros. Mas nem mesmo ele seria capaz de supor o efeito dos longos anos de abnegação e tensão, a frustração seguida por uma sensação de desalento que a envolvia até, às vezes, ela mal se lembrar do que era se sentir viva. Nem com seu súbito reaparecimento em sua vida, ela tinha se sentido como se uma luz mágica houvesse transfigurado o mundo. A moral, até mesmo a religião, pareciam ter sido varridas para o lado por algo que tinha a força do próprio destino.

Nos poucos encontros que tivera até agora com O'Byrne, contudo — na ilha, tempos antes, em Rathconan, ou mesmo ali em sua própria casa —, os dois tinham se descoberto juntos, e os acontecimentos pareceram se desenrolar com uma quantidade de movimentos próprios de ambos. Fosse o que fosse que estivesse destinado a ser, ela podia dizer a si mesma, já acontecera. A coisa estava — quase — fora de seu controle.

Agora, porém, ela mesma dera o passo. Ela o chamara. Não havia como escapar desse fato. E estava pensando melhor.

Seria medo da descoberta? Não tinha certeza, mas desconfiava que Orlando devia ter adivinhado. No dia em que beijara O'Byrne, o irlandês partira havia só alguns minutos, quando Orlando surgira, com a aparência estranha. Brian O'Byrne estava em Dublin, naquele dia, dissera-lhe ela, e passara para ver se Walter tinha voltado. Então, com um ligeiro franzir de testa, ele perguntara:

— Foi O'Byrne que vi, afastando-se da casa? — E, só por um momento, como uma idiota, ela hesitara. Em seguida, recuperando-se rapidamente, respondera, com uma risada apenas um pouquinho nervosa:

— Sim. Ele veio perguntar por Maurice.

Ela vira o ar de desconfiança que atravessara o rosto do irmão, a preocupação em seus olhos; ele parecera prestes a dizer alguma coisa, quando, graças a Deus, ela foi chamada à cozinha e conseguiu evitar a conversa.

Duas semanas depois, quando a família toda se reunira na casa em Fingal e fora junta à missa em Malahide, ele nada dissera; mas não tinha certeza se sua desconfiança acabara.

Ainda assim, não era realmente o medo do seu irmão que a detinha. Era o afeto pelo seu bondoso marido.

A noite anterior fora tudo que Walter Smith amava. Além de sua mulher e de seu filho, suas filhas e os maridos e filhos haviam estado todos juntos na casa. Tinham comido e bebido, passado juntos uma noite feliz, e brincado de tolos jogos familiares. Walter fora só sorrisos. Várias vezes dera sua risadinha irritante, e, em meio a tanta felicidade, Anne nem se importara. E, observando-o, ela pensara: esse é um homem bom que me ama, e a quem, por sua bondade, eu também amo. Naquela manhã, depois que ele se despedira com grande afeto, ela o vira sumir de vista e então voltara para dentro de casa, pensando: não, não posso fazer isso com ele. A sina de seu casamento não era tão terrível assim. Ela devia recuar, parar esse negócio com O'Byrne antes que fosse tarde demais.

Ficara imaginando se devia enviar outra mensagem a O'Byrne, dizendo-lhe que, afinal de contas, não fosse. Mas não iria adiantar. Ele já devia estar a caminho. E, de qualquer modo, se ela não conseguia continuar com aquilo, então devia pelo menos dizer-lhe na cara. Essa, decidiu, era a única coisa a fazer.

✣

Anne estava sentada na sala de visitas, no início da tarde, quando ouviu alguém chegando. Levantou-se e percebeu que seu coração batia loucamente. Foi em direção à porta. Mas não era O'Byrne.

Era Lawrence. Seu irmão mais velho entrou na sala e sentou-se, indicando que queria falar com ela a sós. Por alguns minutos, ele falou tranquilamente sobre a família, e comentou que ela devia se sentir só quando Walter estava fora. Disse isso muito amavelmente; então fez uma pausa. Claramente, tinha algo mais em mente. Ela esperou.

— Eu queria saber, Anne — sua voz era suave —, se há algo que você sente que gostaria de me dizer.

— Não sei se estou entendendo, Lawrence. — Ela manteve o rosto inexpressivo.

— Existe algo — deu-lhe um olhar interrogativo — que deseja confessar?

— Eu tenho um confessor, Lawrence.

— Eu sou padre, Anne. Posso ouvir sua confissão, se quiser.

— Mas não quero, Lawrence.

Ela viu uma sombra de aborrecimento atravessar seu rosto. Apenas por um momento, o velho Lawrence de sua infância pareceu ressurgir — rigoroso, censor. Ninguém, a não ser uma irmã, teria percebido. Então o jesuíta suavizou novamente o rosto e prosseguiu:

— Como quiser, Anne, é claro. Mas deixe-me, como seu irmão que a ama, dizer-lhe apenas isto: anos atrás, insisti para que se casasse com Walter, em vez do irmão dele. Deve se lembrar.

— Você me disse: "Cabeça acima de coração, a melhor porção." Lembro-me muito bem.

— Pois bem, agora eu lhe digo algo diferente. Eu suplico, Anne, que pense no coração: no coração de seu marido. Não pode ser tão cruel a ponto de despedaçá-lo. — Ele falara sinceramente e com sentimento. Então fez uma pausa, e seu olhar tornou-se severo. — O que quer que seja que o demônio a tentou a fazer, pare agora. Recue. Você está no caminho em direção ao fogo eterno do inferno, e, se insistir nesse caminho, é o fogo eterno do inferno que merecerá. Portanto, eu lhe imploro, recue antes que seja tarde.

Ela o encarou em silêncio. Deduziu de imediato que Orlando devia ser a fonte de sua informação. O fato de parte do que ele dissera ser verdade não melhorava em nada a situação, e nem tampouco que ela já tivesse tomado aquela mesma decisão. Era Lawrence bancando o irmão mais velho que a aborrecia.

— Do que me acusa, Lawrence? Fale claramente — exigiu ela, perigosamente.

— Eu não a acusei...

— Alegro-me em ouvir isso — interrompeu gelidamente. — Parecia até que estava me acusando de trair o meu marido. — Havia um frio desprezo em sua voz. Lawrence sentiu-se desafiado.

— Você está preparada para jurar — exigiu com alguma raiva — que não cometeu nenhuma impropriedade com Brian O'Byrne?

— O'Byrne, gentilmente, ofereceu-se para receber Maurice em sua casa — rebateu firmemente. — Isso é tudo. Quanto à sua sugestão, é uma ofensa e uma impertinência.

— Espero poder acreditar em você.

— Agora me chama de mentirosa? — Ela estava branca de fúria. — Saia de minha casa, Lawrence. E não volte até ter aprendido boas maneiras. — Levantou-se e apontou para a porta: — Saia já — ordenou. — Ela tremia de raiva. Igualmente furioso, seu irmão levantou-se e virou-se para ir embora.

— Você se me afigura muito doente, irmã — disse ele ao deixar a sala.

Depois que ele se foi, ela permaneceu de pé, enfurecida e desafiadora. Ela era a mesma garota que estivera apaixonada todos aqueles anos, para ele ir lhe dar uma repreensão como aquela. E também acusá-la de algo que ainda nem fizera. E ainda chamá-la de mentirosa.

Nesse caso, pensou enraivecida, eu deveria mesmo era fazer isso.

E ainda estava naquele estado de espírito, quando, no final da tarde, Brian O'Byrne chegou.

Fora pouco depois da visita da família Smith em setembro que Orlando confidenciara à sua esposa seus receios em relação a Anne e O'Byrne. Ele sacudira a cabeça e confessara: "Não posso acreditar que minha própria irmã fosse capaz de tal coisa." Mary também ficara chocada, mas talvez menos que seu marido.

Se sua cunhada estava ou não tendo um caso com Brian O'Byrne, o assunto teve um outro efeito em Mary. Levou para o primeiro plano de sua mente outra ideia que, através dos anos, lhe ocorria de vez em quando. E, numa noite, no início de outubro, ao se sentarem juntos perto do fogo, ela olhou de lado para o marido e disse, baixinho:

— Você precisa de um herdeiro, Orlando. Está claro que eu nunca lhe darei um filho.

— Eu tenho você, Mary. É sorte suficiente para qualquer homem — disse-lhe ele com comedida afeição.

— Você é bondoso em dizer isso. Mas gostaria que tivesse um herdeiro. — O aposento estava silencioso, afora o leve sibilar do fogo. — Você poderia ter um filho com outra mulher, sabe. Eu o criaria como se fosse meu. Ele seria um Walsh, e você poderia lhe deixar a propriedade. Eu não me importaria. — Deu um suspiro. — Arrisco a dizer que deveríamos ter feito isso muito tempo atrás.

Ele fitou-a.

— Você é uma mulher notável — disse. Ela sacudiu a cabeça. Então, em sua bondade, equivocando-se ao supor que sua mulher precisasse de uma renovação de confiança, ele declarou: — Se você imagina que eu poderia pensar em outra mulher, Mary, está completamente enganada. Não há mulher em todo o mundo para mim, a não ser você.

— Eu estava falando de um filho, Orlando.

— Devemos nos curvar à vontade de Deus, Mary — retrucou. — Se não fizéssemos isso, nossas vidas não teriam sentido. — Aproximou-se e tomou a mão dela nas suas. Então, superando a ideia de que ela oferecera tal sacrifício por sua causa, beijou sua mão com grande emoção.

No domingo seguinte, foram juntos à missa em Malahide, e pareceu a ela que Orlando se apegou às suas devoções com especial intensidade. Naquela tarde, ele caminhou sozinho até Portmarnock.

E, assim, apesar de ela se comover com a gentileza do marido, de modo algum ele a ajudara.

✣

Anne e O'Byrne eram muito discretos. Ele tinha um amigo comerciante que possuía uma casa na qual ele se alojara antes. Convenientemente, ficava perto do mercado do lado ocidental onde costumava haver uma aglomeração de gente. Atravessando o mercado e fazendo algumas pequenas compras, Anne podia escapar para a casa sem atrair qualquer atenção. Se a altamente respeitável esposa de Walter Smith, o comerciante, desaparecesse por algumas horas durante a tarde e, quando voltasse, comentasse que, após o mercado, fora visitar uma pobre mulher ou havia parado para rezar na igreja, ninguém pensaria algo diferente. De outubro de 1637 até a primavera seguinte, O'Byrne fez inúmeras visitas a Dublin, geralmente por dois ou três dias de cada vez, e a cada vez Anne e ele se encontravam nas tardes para fazer amor, sem levantar qualquer suspeita. Certa vez, O'Byrne encontrou Orlando na rua, perguntou pela sua família e disse, com toda a verdade, que não tivera tempo de ir à casa dos Smith. Por duas vezes viu Walter, que o cumprimentou e o convidou para ir visitá-los. Em cada ocasião, dera uma desculpa, mas não deixara de acrescentar: "Continuo esperando que você me envie o jovem Mwirish. Mande-o passar uma semana, um mês, um ano... o quanto quiser."

Para O'Byrne, era uma aventura excitante. Agradava-lhe especialmente porque, após um acanhamento inicial, Anne se tornara uma amante ávida e ousada. Para Anne, após esperar tanto, era o caso apaixonado de sua vida.

O caso amoroso tinha suas limitações. Só podia acontecer em segredo, atrás de portas fechadas. Os amantes nunca podiam passear na companhia um do outro, ou mesmo passar a noite juntos. Anne, porém, não ligava muito para isso. "O único outro lugar onde quero estar com você é lá em cima, nas montanhas acima de Rathconan", declarou. "Gostaria que pudéssemos providenciar isso." Mas, a não ser que houvesse uma desculpa válida para ir para as montanhas, ela não via como isso se realizaria. A oportunidade, porém, surgiu inesperadamente na primavera.

No fim de março, após repetidas súplicas de Maurice, Walter finalmente concordou que seu filho fosse passar um mês com Brian O'Byrne. Nos últimos tempos, o marido dela estivera de alguma forma preocupado com os negócios. Às vezes, ele parecia um pouco deprimido, embora lhe garantisse que não havia motivos para preocupação. Ele também engordara. Quando ela comentara a respeito, ele reagiu com um triste sorriso de que isso era esperado em sua idade. "Foi a mesma coisa com meu pai", disse ele. Ela não achava que fosse motivo suficiente, mas absteve-se de falar. Ele também mantinha o filho trabalhando arduamente, por isso ela ficou surpresa quando o deixou ir.

Anne e O'Byrne discutiram se ela deveria fazer companhia a Maurice a Rathconan por alguns dias, mas decidiram que isso atrairia suspeita.

— Não quero Lawrence batendo novamente em minha porta —, declarou ela. Então O'Byrne foi apanhar Maurice e levou-o sozinho para Rathconan.

— Não devo descer a Dublin enquanto ele estiver comigo — disse a ela.

Uma semana, porém, antes do previsto para a volta de Maurice, um dos vaqueiros de O'Byrne apareceu na casa dos Smith com uma mensagem informando que Maurice havia quebrado a perna e que sua partida de Rathconan talvez fosse adiada.

— Creio que devo ir vê-lo, Walter — declarou Anne, e seu marido não discordou. Levando consigo o cavalariço, ela partiu para Rathconan.

Ao chegar, encontrou o filho bem disposto. Estava confinado a um enorme banco no saguão e sua perna estava entalada.

— Como um idiota, escorreguei numa pedra num córrego das montanhas — disse a ela —, mas estou bem.

O'Byrne, entretanto, foi firme:

— Ele precisa se manter absolutamente imóvel por uma semana — ordenou. — Não quero que fique aleijado. — O maior problema consistia em impedir os filhos menores de O'Byrne de rastejarem sobre Maurice.

Em particular, O'Byrne disse-lhe:

— Não tenho certeza se está mesmo quebrada. Pode ser apenas um sério deslocamento. — Sorriu. — Mas achei que isso poderia trazê-la até aqui.

Anne mandou o cavalariço de volta a Dublin para relatar a situação a Walter. Permanecendo em Rathconan, ela manteve um procedimento. Durante o dia, sentava-se para ler para Maurice, ou então o mantinha entretido. À tarde, O'Byrne jogava uma partida de xadrez com ele. À noite, Maurice dormia na cozinha, onde a cozinheira ficava de olho nele, enquanto sua mãe dormia no andar de cima, no quarto de hóspedes, ao qual, depois que todos da casa dormiam, O'Byrne ia secretamente. Certa vez, quando ela receou que o ato de amor deles pudesse fazer muito ruído, ele riu, baixinho:

— Nenhum som atravessa essas paredes de pedra, isso eu posso lhe assegurar. Um leão poderia rugir.

Durante o dia, de vez em quando, ela caminhava pelas imediações para esticar as pernas, mas, como O'Byrne vivia ocupado, ela mal o via. Na quarta tarde, porém, ele se virou para o filho dela e comentou:

— Amanhã vamos levar o gado montanha acima, Mwirish. É uma pena que não possa ir com a gente.

— E eu posso ir? — perguntou Anne. — Sempre quis perambular lá por cima.

O'Byrne olhou indeciso para Maurice.

— Precisamos cuidar para que Mwirish não se movimente.

Maurice sorriu. Era óbvio que, agora, ele considerava O'Byrne praticamente como um tio favorito.

— Eu respondo pela minha segurança, se a cozinheira mantiver seus filhos a distância — disse rindo.

Então ficou combinado que Anne subiria com os vaqueiros para as montanhas, onde passaria o dia.

A manhã seguinte estava deliciosamente quente. Era quase maio. A condução do gado era um processo lento, com os vaqueiros gritando e, ocasionalmente, aguilhoando o gado com suas varas, à medida que o impeliam caminho acima; e, embora tivessem partido cedo, era meio-dia quando chegaram aos altos pastos. Mas, pelo que dizia respeito a Anne, valera a pena. Por toda a volta deles se estendia um enorme e alto platô. O céu estava azul. A vista da distante planície costeira era magnífica. Logo abaixo deles, nos desfiladeiros, os pequenos córregos montanheses rolavam abaixo em direção às encostas de matas abundantes.

Após um breve descanso, alguns dos vaqueiros estavam de volta, e O'Byrne perguntou a Anne se ela queria descer com eles.

— Eu gostaria de ficar aqui em cima — respondeu ela.

O'Byrne permaneceu algum tempo com o gado, até se convencer de que tudo estava em ordem; então, virou-se para Anne, diante dos homens que ainda restavam, e comentou:

— É uma bela caminhada até Glendalough. Você gostaria de vê-la?

— O que vocês acham? — perguntou ela aos homens.

— É mesmo. É uma bela vista. Vale a pena a caminhada — disseram-lhe.

Então, avisando aos homens que voltaria, O'Byrne acompanhou-a cortesmente até o caminho que levava ao sul. Ele caminhava a passos largos, mas ela não teve nenhum problema em acompanhá-lo. Quando, porém, estavam completamente fora da vista dos vaqueiros, ele diminuiu um pouco e pôs o braço em volta da cintura dela, e eles continuaram desse modo.

Ao atravessarem os espaços abertos e as ravinas ventosas, Anne se deu conta de que nunca fora tão feliz em sua vida. Com a paisagem da montanha à sua frente, o sol cálido em seu rosto, a deliciosa sensação do braço dele em sua cintura, ela se sentia maravilhosamente livre e confiante. Era exultante. Deu uma risada de pura alegria. Um pouco mais adiante, murmurou algo sem sequer perceber que o tinha feito, e ficou um tanto surpresa, quando O'Byrne lhe perguntou o que ela quisera dizer.

— Você falou "Cabeça acima de coração" — explicou ele.

— Falei? — Ela riu novamente. — Foi algo que disse certa vez meu irmão Lawrence. Mas estava errado. — Ela nunca se sentira tão contente em estar viva.

Tinham avançado uns 3 quilômetros, quando chegaram ao local. Uma curvatura numa ravina formara uma pequena pérgula natural coberta de grama perto de um córrego montano, protegida e escondida pelas pedras e árvores do entorno. Sem esperar por O'Byrne, Anne desceu para a beira da água. Após ficar parada ali um ou dois momentos, tirou os sapatos e entrou descalça no riacho. Era mais frio do que esperava, e, quando saiu, seus pés formigavam. Ela riu. Deu alguns passos em direção ao abrigo de pedras. Podia sentir a grama entre os dedos dos pés. O'Byrne estava sentado numa pedra mais acima, observando-a.

Ela meio que se virou. Não foi difícil soltar o fecho em seu ombro. Um momento depois, suas roupas caíram no chão, e ela estava nua. Inspirou fundo e sentiu a leve carícia da brisa nos seios. Fechou os olhos. O ar suave roçava ligeiramente em volta das costas, pernas, todas as partes suas. Sentiu um leve arrepio. Então virou o rosto para O'Byrne. Ele continuava sentado tranquilamente sobre a pedra, observando-a. Anne sorriu.

— Você não vai descer daí? — indagou.

— Acho que é melhor.

Ela o observou descer lentamente. Ele era forte, pensou ela, mas ágil como um felino. Então ele estava de pé à sua frente. Ela podia cheirar o leve suor em seu peito.

— Vou ter de despir você? — perguntou, brincalhona, e ele sorriu.

— Você quer fazer isso?

— Quero — respondeu.

Ela nunca tinha feito amor ao ar livre. O solo duro debaixo dela era uma sensação boa, enquanto as longas folhas da relva pressionavam asperamente seu corpo, deixando sua impressão e pequenas manchas verdes na pele. O cheiro de capim estava em seu cabelo, e o som tilintante do riacho era o acompanhamento deles. Em dado momento, ao rolarem juntos no chão, quase caíram na água, e ambos explodiram numa gargalhada. Ela nunca antes tinha se sentido tão viva. Permaneceram ali, fazendo amor e se acariciando, cerca de meia hora.

Mais tarde, ao caminharem de volta, pareceu a ela que, ali na grande amplidão silvestre das montanhas de Wicklow, algo especial lhe tinha acontecido: como se, naquele dia, a sensação de perda, a raiva que frustrara sua vida por tantos anos, tivessem sido mitigadas; e pareceu-lhe que novamente estava livre e íntegra.

Dois dias depois, um cuidadoso exame na perna de Maurice agradou a todos, pois, embora o tornozelo estivesse muito distendido e o músculo rompido, a perna não estava quebrada. E, assim, após uma última noite com seu amante, Anne partiu com o filho de volta para Dublin.

— Eu irei novamente a Dublin — prometeu-lhe secretamente O'Byrne — em três semanas.

— Nem sei o que farei sem você por tanto tempo — disse-lhe Anne.

E, de fato, por todo o caminho de descida das alturas das Wicklow para a planície de Dublin, ela agradeceu às Parcas por ter encontrado O'Byrne e por seu marido não saber de nada.

✣

Num dia quente de julho do verão de 1638, Walter Smith fez uma descoberta.

Ele acabara de sair da agência postal na Castle Street, onde despachara uma carta para um comerciante em Londres, quando encontrou Orlando. A agência postal era uma das várias melhorias em Dublin que Wentworth podia apontar como benefícios de seu firme governo inglês. Outras incluíam os lampiões que agora iluminavam à noite as ruas da velha Dublin e, mais recentemente, um teatro. Mas, por aquela ocasião, os modos grosseiros do vice-rei já haviam ofendido quase todo mundo, e suas tentativas de colocar as mãos em mais terras de Velhos Ingleses em Leinster e Galway tinham lhe deixado poucos amigos entre os Velhos Ingleses católicos, e, por isso, Walter Smith ficou muito surpreso quando seu cunhado, aproximando-se para se colocar a seu lado, comentou alegremente que a situação política estava melhorando.

— Como assim? — indagou Walter.

— Ora, estou me referindo à Escócia — disse Orlando, como se fosse óbvio, o que, no entendimento de Walter, não era.

Pois, para a maioria dos ingleses, o último ano de governo real fora um desastre.

Era típico do rei Carlos fracassar em entender até mesmo a terra de onde viera a sua família. O povo da Escócia tinha deixado bastante claro para sua avó, Maria da Escócia, que a maioria esmagadora queria uma Igreja presbiteriana. Portanto era tolice imaginar que os escoceses agora aceitariam o tipo de cerimônias que a Alta Igreja tinha imposto à Inglaterra e à Irlanda. Contudo fora isso exatamente o que o rei Carlos tentara fazer recentemente. Se o Dr. Pincher ficara chocado com o ritual papista na Igreja de Cristo, os escoceses se sentiram ultrajados quando o rei ordenara tais coisas na terra deles. Houvera um motim na catedral de Edimburgo e resistência por toda a Escócia. A esses protestos sinceros, Carlos ficou surdo. Ele era o rei, portanto devia estar certo. Na primavera de 1638, os escoceses, desde o mais rico aristocrata ao mais humilde trabalhador, haviam formado um enorme movimento de protesto, coordenado pela National Covenant, a Aliança Nacional, e a Escócia estava fora de controle. O rei Carlos teve de montar um exército para marchar para o norte contra os Aliados.

— E não percebe — disse Orlando a Walter — que isso pode ser uma boa notícia para nós? — Em primeiro lugar, explicou, faria mais do que nunca o governo inglês se afastar dos puritanos, e isso devia incluir os presbiterianos, muitos deles escoceses, no Ulster. O rei pode até lamentar que algum dia tenha havido colonizações protestantes na Irlanda. Além do mais, salientou, o rei ficaria eternamente agradecido pelo sólido apoio dos católicos ingleses da Irlanda. Esta é a ocasião, Walter, para os Velhos Ingleses lembrarem ao rei, o máximo de vezes que pudermos, que somos seus amigos leais.

— Você acredita que ele pode nos fazer mais concessões?

— Não está entendendo meu pensamento, Walter — continuou Orlando. — Eu quero dizer mais do que isso. Penso ser possível, se continuarem esses problemas com os protestantes, que o rei até mesmo devolva o controle da Irlanda para nós, os Velhos Ingleses. As antigas famílias da pequena nobreza em que ele pode confiar. — Sorriu. — Nós, os católicos, poderemos controlar novamente a Irlanda, se jogarmos bem nossas cartas.

Parecia a Walter que seu cunhado estava um tanto ou quanto otimista demais. Mas nunca se sabia. Reviravoltas políticas tinham acontecido antes. Orlando podia estar certo. Chegaram aos arredores da Igreja de Cristo.

— Não quer ir até lá em casa agora? — perguntou Walter.

— Eu gostaria. Mas tenho um compromisso — respondeu Orlando.

— Então transmitirei suas saudações à sua irmã — disse Walter.

— Ah. Por favor, faça isso. — Então se foi.

Walter continuou lentamente em direção à sua casa. Não havia dúvidas, tinha de admitir que engordara durante o último ano. Não que se sentisse mal por causa disso. Aliás, a camada a mais de gordura que obtivera era reconfortante. Às vezes, quando estava sentado sozinho, parecia que seu corpo havia crescido, como um amigo, para lhe fazer companhia e, como um bom amigo faria, protegê-lo dos ataque do mundo cruel.

Lamentava por Orlando não acompanhá-lo à sua casa, pois adorava seu cunhado. Mas não ficou surpreso. Já fazia algum tempo que ele vinha notando a estranha relutância de Orlando em se encontrar com Anne. Quando era convidado a ir à sua casa, dava alguma desculpa, como fizera naquele dia, e jurava que iria lá em breve. Ou, se ia, embora cumprimentasse a irmã com um beijo, havia sempre em seus modos uma leve reserva em relação a ela. Com ele mesmo, Walter observara que, às vezes, sem intenção, ou quando achava que não era observado, Orlando lhe dava um olhar de piedade ou preocupação; e, se estavam juntos, sem falar, Walter podia sentir no silêncio uma insinuação de constrangimento. Com Lawrence, também, ele percebera um tênue véu de discrição, como uma camada de verniz, na amabilidade do jesuíta.

Era muito compreensível. Os dois achavam que ele não sabia.

Ele sabia. Soubera quase desde o começo. Podia lembrar a noite — parecia tanto tempo antes — em que notara a esposa olhando-o pensativamente. Nada de muito estranho nisso, talvez. Contudo, algo incomum o atingira: o olhar dela não fora crítico ou inamistoso; era exatamente como se ela parecesse contemplá-lo, mas a distância. Estaria ela imaginando como ele reagiria em uma situação ou outra? Estaria considerando algum aspecto do seu caráter? Talvez o olhasse daquele modo se o estivesse comparando com mais alguém, ou mesmo tentando decidir como se sentia em relação a ele. Certamente, tais coisas não deviam ser alvo de reflexão. Mas, fosse o que fosse que passasse pela mente dela, seu olhar sugeria que alguma escolha secreta ocorrera; havia entre eles uma distância desapaixonada. Ele percebera, mas nada dissera. O que deveria dizer? Nos dias e semanas que seguiram, porém, ele observara. E percebera.

Uma olhada cuidadosa que ela dava em sua imagem no espelho, quando, para ele, não haveria necessidade disso. Um momentâneo ar de impaciência diante de algo que ele dizia, algo que, antes, se ela sentisse, nunca deixaria transparecer. Às vezes, ela parecia preocupada, a cabeça alhures. Em outras ocasiões, seu corpo tinha um notável rubor. E, no meio de tudo isso, ele notara o comportamento de Lawrence e Orlando. Mesmo por aquela ocasião, ele não conseguira acreditar em tal coisa. Até que um dia a seguira ao mercado do lado oeste e a vira entrar nos alojamentos e não sair. À noite, ele teve certeza que tinha sido com O'Byrne que ela se encontrara.

Mesmo então, por algum tempo, ele não conseguiu acreditar. Sua amorosa e virtuosa esposa agindo daquela maneira? Por vários dias ele permaneceu aturdido, num estado de choque. Devia ter ficado com uma aparência terrível, pois, certa tarde, ao chegar, Anne olhou-o surpresa e perguntou, com um misto de temor e impaciência: "Você está doente? Parece um fantasma." Ele lhe disse que estava cansado, que não era nada, e fingiu aborrecimento com alguma coisa insignificante de seus negócios. Depois disso, ele tomou o cuidado de esconder seus sentimentos. Não estava pronto, ainda, para ter um confronto. Assim, forçou-se a considerar o assunto o mais desapaixonadamente possível.

Ela pretendia fugir com O'Byrne, ou, se ele forçasse o assunto, era o que faria? Achava que não. Ela se esforçava para ser discreta. Não ia querer trazer a desgraça para si mesma e o escândalo para seus filhos — principalmente Maurice, que ainda morava em casa — por causa de tal ato. Contudo, lembrou a si mesmo que, primeiramente, ele nunca pensara que ela pudesse fazer o que já tinha feito. Conseguiria ele colocar um fim nessa questão confrontando um dos amantes? Provavelmente. O que quer que isso significasse para sua esposa, O'Byrne era mais jovem e logo estaria à procura de uma nova mulher. Para O'Byrne, acreditava, aquilo era um interlúdio que poderia terminar. Mas e depois? Teria em casa uma esposa que só teria ressentimentos para com ele. A maioria dos homens ainda optaria por isso, supôs. Para ele, porém, a coisa não era tão simples.

Ele a amava. Mas jamais poderia esquecer que, originalmente, fora a seu irmão que ela amara, e não a ele. Todos aqueles anos, tentara ser um bom marido para ela e fazer com que ela o amasse, e supunha que tinha conseguido. Ela dissera que ele a fazia feliz. Agora, porém, parecia que não era bem assim. Ele fracassara, e ela, apenas por bondade, escondera dele, todo aquele tempo, que não o amava como ele a ela. Como teria sido isso para Anne?

Pois a falta certamente era dele. Ela não era uma mulher frívola. Disso não havia dúvida. Era virtuosa; era boa. Era tudo o que uma mulher e mãe devia ser. Ele a amava apaixonadamente, mas parecia não haver reciprocidade. A dor era quase maior do que ele conseguia suportar.

Ele não tinha ninguém com quem falar. Da família de seu pai, não restara ninguém. Certamente, não mencionaria isso para nenhum dos filhos. Desonrar a mãe deles diante de seus olhos? Nunca. A família de Anne, obviamente, sabia. Seria ele o marido que procurava chorando a família de sua esposa quando ela lhe fosse infiel? Ele era orgulhoso demais para isso. Não, devia suportar sua angústia, sua raiva, sozinho.

Pois raiva ele sentia. Raiva, como a de um homem alvo de zombaria: zombaria da sua esposa, zombaria de O'Byrne. Zombaria até mesmo, num certo sentido — pois eles sabiam —, de Lawrence e Orlando. E sua raiva estabeleceu limites ao seu amor. O caso ainda não era público. Ele tinha toda a certeza disso. Os irmãos de Anne podiam saber, mas não havia probabilidade de deixarem vazar o segredo vergonhoso de sua irmã. Alguém do pessoal de O'Byrne saberia? Com quase certeza, não; e, se seu palpite era correto, O'Byrne mantinha discrição. Se, porém, o assunto se tornasse público, se toda a Dublin ficasse sabendo e, por conseguinte, seus filhos também, então, por causa de todo o amor que tinha por ela, expulsaria Anne de sua casa. Quanto a isso ele estava decidido.

Contudo, e se permanecesse em segredo? Haveria um vislumbre de esperança? Quando o caso terminasse, o que certamente aconteceria, e Anne retomasse sua vida — o que ele faria? Como se sentiria? Seria possível que Anne sentisse algum amor por ele? Não poderia, pelo menos, encontrar alguma delicadeza? Pois ele merecia muito isso. Pensou a respeito. Até mesmo uma palavra, se ela falasse a sério, seria o suficiente.

Era o papel da esposa esperar a volta de um marido desgarrado; mas ele soubera de casos em que os papéis se inverteram. Por enquanto, por essa razão, pelo bem de toda a família, ele fingia nada saber. Suas relações maritais continuavam, de um modo ilusório; mas, se ele adormecia à noite, alegando que estava cansado, ela não parecia se importar. Suas vidas continuavam tranquilas como de costume. Às vezes, deitado na cama ao lado dela, ele imaginava que sentia o cheiro de outro homem na pele dela, ou em seu cabelo, mas fechava os olhos e fingia dormir. Apenas uma coisa o desgostava. E era o fato de Maurice adorar O'Byrne. Entendia o fascínio do garoto, é claro. O belo irlandês com os mesmos olhos verdes devia parecer uma figura fascinante para o garoto. Mas até mesmo o meu filho acredita que O'Byrne é uma figura mais distinta do que seu pai, pensou ele amargamente. Até isso O'Byrne tirou de mim. Foi então uma resignação final, quando deixou que o garoto partisse com ele. O garoto também quer me deixar, pensou. O que posso fazer? Como posso censurá-lo? No entanto, quando Anne o seguiu para cima das montanhas, sob um pretexto de certa forma plausível, ele quase explodiu de desgosto, e conseguiu se conter apenas porque sabia que, se protestasse demais, deixaria transparecer que sabia da verdade. Aquele, porém, fora o golpe final. Manteve silêncio, por causa da família; mas nem mesmo teve a certeza de que, após a partida dela para as montanhas, conseguiria retomar novamente sua intimidade com ela.

Na ocasião e posteriormente, entretanto, ele continuou a se arrastar através dos dias. Ia cuidar dos negócios e, ao final do dia, sentava-se em sua cadeira na sala de visitas e sentia seu corpo silenciosamente aumentar sua camada para amenizar as setas da dor. Para a esposa, ele era calmo e brando, observando-a às vezes e imaginando se ela não pressentia que ele sabia. Mas, por outro lado, era essa a miséria daquilo. Ela não percebia porque não queria perceber. Não queria porque não se importava, e não se importava porque amava outro. Essa era a circularidade de sua vida, à medida que ele engordava.

A casa estava silenciosa quando ele chegou. As criadas estavam ocupadas na cozinha. Nem Anne nem o filho estavam em casa. Normalmente, ele se sentaria em sua cadeira e talvez tirasse uma curta soneca; mas, após a conversa que tivera com Orlando, não sentiu sono, e, procurando na mente algo para fazer, decidiu subir até o sótão e remexer nos documentos da guilda que se encontravam lá em um baú. Havia anos vinha querendo ordená-los, mas nunca tivera disposição para isso. Resmungando um pouco para si mesmo, subiu a escada.

O espaço do sótão era bem amplo. O teto fora recoberto com tábuas, portanto era bastante quente e seco, mesmo no inverno. Ele tinha muito orgulho de ter mantido os registros ali. A maior parte das contas da guilda havia sido levada por Wentworth e entregue a uma nova guilda protestante que se formara. Ele, porém, conseguira manter aquelas, e não tinha intenção de abrir mão delas. A grande caixa-forte com braçadeiras de latão estava no centro do assoalho, e ele destrancou com cuidado os três cadeados com três chaves diferentes. Fora com um senso de mistério medieval que seu pai a mantivera. E ele sempre pretendera, algum dia, remexer na papelada.

Em uma extremidade do sótão, havia uma abertura coberta por veneziana. Walter desprendeu-a e entrou um jorro de luz solar. Arrastou o baú em direção ao grande retângulo de sol e, sentando-se no chão a seu lado, começou a tirar os papéis.

Como esperava, a maior parte do conteúdo era de registros de acontecimentos e despesas menores, contratos com artesãos para manutenção de capelas e túmulos da associação. Nada de grande interesse. Ao pesquisar ainda mais, porém, descobriu documentos bastante antigos. Viu-se no reino de Elizabeth, Maria, a católica, o rei menino, Eduardo VI. Nesse reino, ele viu que um cálice e um número de castiçais da guilda e outros objetos religiosos de valor haviam sido removidos para um lugar seguro, para o caso de os protestantes tentarem se apoderar deles. Foi quando chegou ao reinado de Henrique VIII que ele notou um documento de certo modo diferente. Era um papel grosso, cuidadosamente dobrado e fechado com um selo de cera vermelha que evidentemente nunca fora rompido. Apanhou-o e ergueu-o para a luz. A julgar pela impressão na cera, parecia que alguém da família Doyle havia lacrado o documento. Do lado de fora, numa nítida caligrafia que achava ter visto antes em algum lugar, ele viu as seguintes palavras:

DEPOIMENTO DE AMO MACGOWAN
ACERCA DO CAJADO

Ficou imaginando o que seria. Que cajado? Algum utensílio pertencente à guilda, supôs. MacGowan, obviamente, teria sido alguém da família de comerciantes e artesãos de Dublin. Fosse o que fosse, alguém achou suficientemente importante para colocar um lacre. Muitas cartas e documentos eram lacrados, é claro. Mas, mesmo assim, a coisa poderia ser de interesse. Ele o manuseou.

Romperia o selo? Não havia razão para que não o fizesse. Era o guardião do baú, e a coisa tinha provavelmente um século de idade. Deslizou o dedo ao longo da margem da cera.

— Walter?

Virou-se. Ficou surpreso por não tê-la escutado subir os estreitos degraus, mas ali estava parada sua esposa, olhando-o curiosamente.

— A porta para a escada do sótão estava aberta — observou. — Fiquei imaginando por quê. O que está fazendo?

— Apenas olhando uns papéis antigos. — Um ano antes, ele teria mostrado a ela o documento que encontrara. Agora simplesmente o deixou cair de volta no baú. — Por quê? Estava à minha procura?

— Estava. — Hesitou, olhando-o, e, por um momento, pareceu a ele que vira o mesmo ar que notara naquela primeira vez quando acreditara haver algo errado entre eles. Ela agora o estava avaliando. Mas então ele percebeu algo mais. Ela tentava esconder aquilo, mas não conseguia completamente. Era medo.

— E por quê? — perguntou ele brandamente.

— Desça para a sala. Podemos nos sentar lá.

Ele não se mexeu.

— É má notícia?

— Não. Não é má, creio. — Sorriu para ele, mas em seus olhos ainda havia vestígios de medo. — É uma boa notícia, Walter.

— Diga-me agora.

— Vamos descer.

— Não. — Ele foi brando, mas firme. — Preciso cuidar de umas coisas aqui. Gostaria que me dissesse logo.

Ela fez uma pausa.

— Vamos ter outro filho, Walter, eu estou grávida.

Foi motivo de regozijo quando, no fim de janeiro de 1639, Anne Smith concebeu com sucesso um bebê menino. Toda a família os visitou. Durante meses, suas filhas ficaram indo e vindo quase todos os dias; elas sentiram grande prazer e encantamento pela inesperada boa sorte dos pais após tantos anos, e demonstraram uma leve preocupação pela saúde da mãe, e também fizeram um pouco de caçoadas com o pai por causa de sua contínua potência — as quais ele aceitou com demonstração de bom humor.

No último mês de agosto, Walter tinha ido visitar Lawrence e tivera uma longa e franca conversa com ele. "É pela honra de sua irmã", concluíra, "por causa das crianças e também pela minha própria dignidade." E não sem admiração, o jesuíta concordara com tudo o que ele pedira. Depois disso, tanto Lawrence quanto Orlando fizeram visitas regulares à casa; e, diante dessa fachada de família unida, nunca ocorreu a ninguém, pelo menos em Dublin, que o filho no ventre da virtuosa Anne Smith poderia pertencer a qualquer homem, menos ao seu marido.

Para Anne, os meses de gravidez tinham sido uma estranha mistura de alegria e solidão. O palco fora montado no primeiro diálogo com Walter no sótão. Antes disso, havia saído para uma caminhada a fim de se preparar para o papel que devia desempenhar.

— Deve ter sido em abril, pouco antes de Maurice se machucar — disse ela.

— Ah. — Ele examinou a caixa-forte à sua frente. Seu rosto não registrava nem prazer nem dor. — Deve mesmo.

Ele não ergueu a vista para ela. Lenta, quase distraidamente, recolocara os papéis, um por um, de volta no baú. Então, cuidadosamente, fechou, um por um, os três cadeados. Somente depois disso, ergueu-se e, ao se levantar, fitou diretamente nos olhos dela e lhe deu um único e terrível olhar que lhe disse de imediato que sabia de tudo. Diante desse olhar, ela tremeu.

— As crianças ficarão felizes em saber que teremos outro filho. — Ele disse isso baixinho. Foi igualmente um ato de piedade e de ordem, e ela não sabia se se sentia aliviada, ou se uma faca fora enfiada, merecidamente, em seu coração. Vendo-o olhá-la de cima para baixo, pois, de certo modo, ele ainda era o mais alto, ela pensou: Meu Deus, mas ele é terrível. Terrível e justo. É preciso admirá-lo. E ela o admirou. Mas nada sentiu. Viu-o, como nunca antes, como o homem bom e nobre que era. E nada sentiu. Só conseguia pensar em Brian O'Byrne. O filho era dele. Ela tinha certeza disso.

O tempo todo em que o bebê se desenvolvia, ela ansiara por O'Byrne. Imaginava-o em sua casa nas montanhas. Como queria que ele estivesse com ela, colocasse as mãos em sua barriga e sentisse a pequenina vida dentro dela, a compartilhasse com ela. Sua ausência era como uma dor irritante. Quis escrever para ele, e descobriu que podia fazer isso através da nova agência postal. Fazendo a carta parecer uma espécie de comunicado de negócios, ela enviou uma mensagem com palavras cuidadosamente escolhidas, indicando que esperava que ele fizesse breve uma visita à casa de Smith, o comerciante. Então esperou.

Cabeça acima de coração, teria dito Lawrence. Ela não contara com aquela agonia da separação e da incerteza; mesmo assim, disse a si mesma, teria feito tudo novamente, pelo que lhe proporcionara a precipitada revelação do caso, e pela nova alegria que isso trouxera à sua vida. Ela via a ironia — sua alegria era apenas por cortesia da bondade do marido —, mas ela não podia ser responsável por aquilo. A vida era o que era. Não havia nada mais a dizer.

Ele veio, finalmente, com Maurice. Espertamente, havia esperado em um lugar na cidade onde sabia que seu filho passaria. E, com um grito de alegria por vê-lo, Maurice o levou para a casa. Quando ficaram a sós por um instante, ela o lembrou: "O filho é seu. Tenho certeza." E sorriu.

— Tenho sonhado que estou fugindo com você — disse-lhe ela. — Fugindo com você para as montanhas, ao velho estilo irlandês.

— E fugiria mesmo. — Ele riu suavemente. — Se pudesse. Acho que você é mais louca do que eu.

— Talvez seja — disse ela.

Ele alisou afetuosamente seu cabelo.

— Você é melhor longe daqui.

— Você me ama? — Olhou-o duvidosa.

— Sua memória é tão curta assim? — Ele continuava alisando seu cabelo.

— Estou ficando enorme.

— Você é magnífica. — Isso foi dito com verdadeiro sentimento. Então ele continuou suavemente: — Você é muito bonita, sabe. Muito bonita.

Tinham ouvido Walter entrar na casa. O'Byrne a beijara ligeiramente e deixara o quarto. Ela ouviu sua voz lá fora, no corredor, quando ele se encontrou com Walter e lhe deu os parabéns habituais. Ela ouviu Walter responder a meia-voz, mas com firmeza: "Ela agora está com sua família." E ela soube que O'Byrne não visitaria a casa novamente.

"Você é muito bonita" — essas palavras sem sentido tinham lhe trazido alegria e consolo muitas vezes nas semanas que se seguiram.

Quando o bebê nasceu, todos exageraram nas atenções. Maurice em particular olhara diversas vezes para ver se o bebê tinha seus olhos verdes. "Olhos de bebês costumam parecer azuis por algum tempo", dissera ela. "Não se pode ter certeza da cor, no início." Mas os pequeninos olhos do menino não eram verdes. Eram azuis.

Somente algum tempo após o nascimento foi que ela se deu conta de que havia algo errado.

✣

Se, na primavera de 1639, o vice-rei Wentworth considerasse a Irlanda sob seu controle, poderia até sentir alguma satisfação. É verdade que, sem sombra de dúvida, ele tinha feito tudo o que queria. As colonizações não eram nada do que pretendiam ser as colônias normais dos protestantes. Se fosse à casa de qualquer comerciante ou artesão de Dublin, ou qualquer fidalgo na zona rural, provavelmente encontraria panfletos indecentes sobre ele mesmo. Mas era uma época de panfletários; e, se era odiado igualmente por católicos e protestantes, não ligava. Estava interessado em levantar dinheiro para o rei. E em ordem. "Acredito em ser completo", gostava de dizer. "Completo." E certamente provou isso. Podiam odiá-lo na Irlanda, mas ainda se curvavam, e a ilha estava tranquila — o que era mais do que se podia dizer sobre o restante dos domínios do rei.

A tentativa do rei Carlos de intimidar os escoceses se revelara um desastre. Após se comprometerem com sua Aliança de que não teriam nada da Igreja papista de Carlos ao norte da fronteira, os escoceses se mantiveram firmes. Carlos bravateara, depois tentara negociar. Os escoceses o encararam impassivelmente. "Ele gostaria de nos obrigar, mas não tem esse poder", concluíram corretamente. E se mantiveram firmes. Na primavera de 1639, portanto, o rei Carlos se decidiu por uma demonstração de força. Começou a reunir tropas e tentou encontrar fidalgos que estivessem dispostos a liderá-las. Não estava parecendo fácil.

Num ameno dia de abril, no velho Wood Quay, as pessoas que olhavam os barcos trazendo passageiros de um navio ancorado a distância no rio tiveram uma curiosa visão. Pois, descendo com surpreendente agilidade de um barco, no mesmo lugar onde, havia mais de quarenta anos, ele pisara pela primeira vez em solo irlandês, surgiu a figura alta e delgada do Dr. Simeon Pincher. Estava vestido, como sempre, de preto. Nesse dia, porém, em vez do duro chapéu puritano que normalmente preferia, ele usava um enorme chapéu mole de tecido, do tipo que, numa era posterior, seria chamado de *tam-o'-shanter*, a boina escocesa, batizada com o nome do personagem do poema de Robert Burns. E, quando o barqueiro, à espera de uma gorjeta, perguntou-lhe: "O senhor está bem, senhor?", ele respondeu alegremente, numa voz que o barqueiro poderia jurar que soava escocesa:

— Sim, homem. Estou muito bem.

O Dr. Pincher estivera na Escócia.

Havia muita gente no Trinity College que achava que ele se tornara um pouco excêntrico. Não havia nenhum mal nisso. Esperava-se que professores universitários mais idosos fossem excêntricos. Portanto, a visão do estranho chapéu provocou apenas sorrisos de prazer nos estudantes, quando ele atravessou a passos largos o portão da universidade para seus aposentos. E se o agitador que anos antes eletrizara a congregação na Igreja de Cristo era visto agora como inofensivo e meio doido, isso convinha muito bem a Pincher.

Antes de chegar aos seus aposentos, enviou um empregado da universidade em duas missões: a primeira, apanhar uma torta com a mulher de Tidy; a segunda, procurar o jovem Faithful Tidy e lhe dizer que fosse aos seus aposentos às 16 horas em ponto. Assim que chegou em casa, Pincher se serviu de um pequeno copo de conhaque e então sentou-se para escrever.

Quando Faithful foi aos aposentos, cuidou para chegar na hora. Ao fazer isso, seguia cuidadosamente as ordens do pai.

Havia se tornado claro, assim que o rapaz chegara ao Trinity, que, tendo pessoalmente garantido a presença dele ali, o Dr. Pincher considerava Faithful como sua propriedade. O jovem, que ainda se referia ao erudito doutor como o "Velho Tinta Preta", pelas suas costas, tinha de certo modo se oposto a ser usado como um moleque de recados, mas seu pai o aconselhara a ser paciente.

— Quantas vezes ele recorre a você, Faithful?

— Cerca de uma vez por semana.

— Não é muita coisa. Você lhe deve algo. Faça isso de boa vontade. Ele pode estar velho, Faithful, embora não seja mais o homem que foi outrora em Dublin, não se sabe o quanto ainda poderá ser útil a você, se o servir bem.

Mais recentemente, Faithful surgira com outra queixa.

— Ele me faz levar cartas a um lugar perto da São Patrício e deixá-las no vão de uma porta.

— Não há mal nisso.

— As cartas são sempre lacradas. Endereçadas a Amo Clarke.

— Por que não poderiam ser?

— Eu nunca vejo o homem. Apenas deixo-as ali. Certa vez, perguntei a um vizinho quem era Amo Clarke, e ele me disse que nunca conhecera tal pessoa. Na minha opinião, há algo estranho nisso. Um dia, gostaria de esperar para ver quem apanha as cartas. Ou romper o lacre e ler o conteúdo.

Dito isso, seu pai ficou muito agitado.

— Não faça isso, Faithful. Não é de sua conta. E, se é algo que não deveria ser, quanto menos você souber, melhor. — Olhou com insistência para o filho. — Você transporta uma carta do Dr. Pincher do Trinity College. Você nada sabe sobre o conteúdo ou quem a recebe. Você não faz nada de errado. Entende?

— Sim, papai.

E foi uma carta para o possivelmente fictício Amo Clarke que Pincher colocou em suas mãos exatamente às quatro horas daquela tarde, com instruções para levá-la ao lugar habitual. Faithful partiu imediatamente.

Depois que Faithful se foi, Pincher levantou-se, esticou-se, serviu-se de uma taça de vinho e cortou para si uma larga fatia de torta. Sentia-se satisfeito com o mundo.

Sua visita à Escócia fora um grande sucesso. Viajara a Edimburgo e se encontrara com inúmeros pastores instruídos e fidalgos presbiterianos. Gostara deles e do local, tanto que refletira consigo mesmo: Eu deveria ter vindo para cá, quando era jovem, em vez de ter ido para Dublin. Em pouco tempo, ficou claro para ele que a grande Aliança Nacional à qual os escoceses haviam prestado juramento era de fato um tremendo instrumento. O rei Carlos poderia marchar em direção ao norte, com tantos quantos fossem os seguidores que conseguisse reunir, que os escoceses nem mesmo sentiriam medo.

— Deus está do nosso lado — dissera-lhe um dos fidalgos. — E também os números.

Também estava claro que esse fidalgos estiveram se correspondendo com alguns dos fidalgos puritanos na Inglaterra. O rei não acharia fácil conseguir apoio de seus súditos ingleses contra os Aliados escoceses. Pincher retornara mais do que nunca determinado a prosseguir em sua própria guerra secreta.

O documento que Faithful Tidy acabara de apanhar seria recolhido por uma terceira pessoa, cujo nome não era Clarke, e, dali, entregue anonimamente a um impressor. Em poucos dias, isso apareceria em Dublin, na colonização do Ulster e muitos lugares além destes. Era um veemente pequeno panfleto. Nos últimos anos de sua vida, Pincher descobrira um talento para o jornalismo. Seu objetivo era atacar uma pessoa que era nada menos do que o próprio vice-rei.

Estaria Pincher em perigo, se fosse descoberto como o autor? Possivelmente. Na Inglaterra, sabia-se que redatores que incitavam a sedição tinham as orelhas cortadas. Mas, tendo vivido tanto tempo, tendo sido reprimido em sua vida pessoal e frustrado em sua ambição, Pincher não ligava a mínima para isso. Sua missão na vida era manter queimando gloriosamente na Irlanda a chama pura da fé calvinista, proclamar a palavra de Deus e da causa puritana, e atacar a desgraça do papismo. Ele tomava o cuidado de não atacar o rei, mas podia insultar, e o fazia, o maldito Wentworth.

Mas naturalmente a coisa era mais profunda e mais perigosa do que isso, e sua visita à Escócia o encorajara enormemente. Pois, na Escócia, ele achou ter visto um paralelo em potencial. E se os presbiterianos do Ulster — muitos deles eram escoceses — formassem uma aliança, como os seus parentes de além-mar? Haveria outros, desde o poderoso conde de Cork aos puritanos de Dublin, que pressionariam o governo. Se conseguissem retirar Wentworth, o caso seria melhor ainda. Como isso se daria, e aonde tudo levaria, ele ainda não conseguia antever. Mas a ideia geral era clara. Os homens de Deus estavam marchando, e o papista rei Carlos da Inglaterra mais cedo ou mais tarde teria de ceder.

Naquela noite, escreveu uma carta para um fidalgo presbiteriano do Ulster cujo nome lhe fora fornecido quando estivera na Escócia. Quando terminou, sorriu para si mesmo. Enviá-la-ia pela própria agência postal de Wentworth.

A princípio, ela não notara. Devia ter notado o alerta quando Maurice comentou: "O rosto dele parece estranho" e Walter o pegara pelo braço e dissera: "O bebê acabou de nascer." Ela devia ter percebido, mas, no primeiro ardor de felicidade, só vira o que queria ver. Os outros todos também reconheceram, mas tinha sido Walter quem decidira quando ela devia ser informada, e fez isso pessoalmente, com muita delicadeza, assim que julgou que ela estava pronta.

— Anne, parece que a criança é... doente. — Fez uma pausa. — Não é perfeita.

— Não é perfeita? Deformada? A criança é deformada?

— Será um abobado.

Por um momento ela não quisera acreditar, mas tinha olhado cuidadosamente e visto a verdade: o rosto largo, os olhos inclinados, a parte de trás da cabeça achatada do bebê — as feições mongoloides deixavam pouca dúvida. Ela já tinha visto crianças assim. Nos velhos tempos, em alguns países, ela ouvira dizer, tais bebês eram tidos como descendentes de lobos e queimados na estaca. Na Irlanda, frequentemente, eles eram tratados com benevolência. Mas cresciam lentamente, nunca atingiam a altura total, falavam toscamente. Em geral, morriam antes de se tornarem adultos. Seria seu amado filho, o bebê que lhe fora dado por O'Byrne na beleza selvagem das montanhas de Wicklow, um deles? Seria possível? Como poderia ser?

Após ter lhe contado, Walter beijou a criança e a pegou nos braços.

— Ele é uma criatura de Deus, e o amaremos do mesmo modo — comentou baixinho. Era típico de sua generosidade, e ela não podia deixar de ser grata. Mas, depois que ele a deixou novamente sozinha, Anne segurou o bebê bem perto, e, após ter chorado silenciosamente por algum tempo, foi dominada por uma sensação de um apaixonado protecionismo, ao pensar que fracassara, mas que a vida dele, por ser curta, seria mais intensa. Às vezes, essas crianças eram quase normais. Quando Walter voltou novamente, Anne levantou o olhar para ele defensivamente.

— Ele é apenas um pouquinho imperfeito — disse ela.

Em certo sentido, ela se deu conta de que, por causa de Walter, fora um alívio. A presença em sua casa de um filho saudável e bonito de Brian O'Byrne, para zombar dele em sua velhice, não podia ser algo pelo qual ele ansiasse muito. Aliás, seu marido, talvez secretamente, poderia ter esperado que o bebê fosse um natimorto. Para ele, no mínimo, aquela criança defeituosa poderia de certo modo ser apequenada, principalmente quando colocada ao lado de seu próprio filho, o belo e jovem Maurice. Ela também não tinha dúvida de que, embora tivesse a cortesia de jamais dizer isso, Walter devia considerar a condição do bebê um sinal do desprazer de Deus pela conduta dela. A maioria das pessoas teria pensado o mesmo. E, se seu marido era bondoso demais para dizê-lo, ela certamente esperava algo do gênero quando Lawrence foi visitá-la, uma semana após a descoberta. Anne ficou muito surpresa quando o jesuíta pegou o bebê e, após examiná-lo cuidadosamente, disse:

— Os médicos têm notado que essas crianças costumam nascer de mulheres mais velhas. Não se sabe por quê. — Após uma curta pausa, continuou: — Se quiser, mais tarde, posso tomar providências para que ela seja tratada com bondade. Eu conheço um lugar.

— Prefiro eu mesma cuidar dele.

— Isso é entre você e seu marido. — Ele lançou-lhe um olhar inquiridor. — Seu marido, Anne, está acima de qualquer louvor. Falo como um simples cristão.

— Eu sei, Lawrence.

— Alegro-me. — Piedosamente, não tocou mais no assunto.

Chamaram o bebê de Daniel.

✣

Para ser justo, não era com frequência que Maurice Smith causava algum problema para o pai. Isso, porém, não evitava que Walter se preocupasse com ele.

Como qualquer pai, ele se preocupava tanto com o que poderia acontecer quanto com o que tinha acontecido.

Era um curioso aspecto da mente de Walter que, apesar de estar ciente de que era, por ascendência, um irlandês O'Byrne, sempre tivesse se considerado inteiramente inglês, e que a linhagem irlandesa em seu sangue fosse como cabelo ruivo, olhos verdes, ou loucura — isso podia ou não se manifestar em algum membro da família. Seu temor, que ele nunca expressara a Anne, era que Maurice se tornasse como seu irmão Patrick: belo, encantador, mas frágil. Esse, considerava Walter, era o vestígio irlandês. Por toda a infância do garoto, portanto, ficara de olho: se achasse que Maurice não estava prestando atenção nos estudos, ou não terminara uma tarefa que ele determinara, tranquila mas firmemente cuidava para que o trabalho fosse feito. Quando Maurice se aproximava da idade adulta, seu pai achou que, no todo, ele era sadio.

Somente uma coisa o preocupava. Maurice trabalhava arduamente. Mas haveria nele uma certa impetuosidade? Se isso fosse apenas a vivacidade de um jovem, muito bem. Walter podia entender. Mas, se fosse algo mais profundo, então haveria duas explicações possíveis: poderia ser o sangue irlandês nele; ou, talvez, a herança dos Walsh. Não teriam os séculos de grande intimidade entre os O'Byrne e os O'Toole, na região fronteiriça de Carrickmines, afetado a família? Talvez. Eles podiam ter sido representantes da ordem dos Velhos Ingleses — havia sido isso certamente que pensara deles, ao se casar com Anne —, mas, desde então, percebera que havia neles um traço de impetuosidade e falibilidade, as quais sua devoção havia mascarado. Não fora justamente essa instabilidade que surgira recentemente em Anne?

Mesmo sem a descoberta do caso amoroso dela, portanto, seu temor de que o filho pudesse ser atraído para a vida irlandesa levou-o a desencorajar sua amizade com Brian O'Byrne. Os intermináveis apelos do rapaz e o fato de que não podia revelar ao rapaz os verdadeiros motivos de suas objeções tinham sido suficientes para esgotar Walter a ponto de, em secreto desespero, ele ter dado de ombros e permitido que Maurice fosse para Rathconan. E que catástrofe isso acabaria se revelando.

Portanto, quando, na primavera de 1639, Maurice dissera que queria cavalgar até Rathconan para visitar O'Byrne, seu pai, a princípio, tentou dissuadi-lo e, depois, o proibiu. Maurice protestou: "Mas ele é seu amigo e também do meu tio Orlando." Walter, porém, continuou calmamente empedernido. Maurice apelou para a mãe. Sentiu que ela não estava de acordo com o pai, mas ela disse-lhe apenas: "Você precisa obedecer a seu pai."

No fim de abril, pouco antes de o Dr. Pincher voltar de suas viagens, Walter anunciou:

— Vou passar dois dias em Fingal, a negócios. Dormirei à noite na casa de Orlando e retornarei na tarde seguinte.

Anne não deu muita importância ao assunto, até que, na manhã em que seu marido partiu, descobriu que seu filho também estava de saída. Quando perguntou aonde ia e quando voltaria, ele disse que precisava ver um amigo e que voltaria no dia seguinte. Ela achou que ele parecera evasivo e o questionou ainda mais.

— Que amigo?

— Ninguém que você conheça — disse ele, mas os instintos dela lhe disseram que não era verdade.

Ela insistiu, e disse-lhe que, se não dissesse a verdade, ele não sairia. Finalmente, ele admitiu que ia a Rathconan.

— Voltarei antes de papai — disse. — Ele não precisa saber.

Anne olhou-o. Sabia o que devia dizer: ele não devia ir. Era seu dever apoiar o pai dele. Entretanto, não recebera notícias de O'Byrne desde sua visita. Ansiava por algo, até mesmo uma palavra da parte dele. Se Maurice fosse visitá-lo, poderia pelo menos trazer notícias, como estava passando, talvez alguma mensagem dele.

— Não deve desobedecer a seu pai — disse ela debilmente.

— Você vai contar para ele, se eu for?

Agora ele a tornava sua cúmplice. Maurice, é claro, não sabia o que estava fazendo. Se ao menos as circunstâncias fossem diferentes. Ela poderia mandar uma mensagem por ele. Desse modo, pelo menos poderia saber de alguma coisa. Hesitou. Então tomou a saída do covarde.

— Você tem de obedecer a seu pai — disse ela. — E, se não o fizer, não quero tomar conhecimento disso. Não quero saber. — Então ela girou nos calcanhares e deixou-o. Poucos minutos depois, ouviu-o sair cavalgando.

Ao anoitecer daquele dia, Walter retornou. Seus negócios tinham terminado mais cedo, e ele não precisara pernoitar na casa de Orlando. Não demorou muito a perguntar pelo filho. Anne estava sentada na sala, o bebê Daniel no colo.

— Ele saiu a cavalo esta manhã. Disse-me que talvez não voltasse esta noite — respondeu com toda a verdade.

— Aonde ele foi?

— Não quis dizer.

— Você o deixou ir?

— Pensei que talvez... Tive a sensação de que poderia ser uma garota...

Walter ficou calado. Era óbvio o que tinha acontecido. Só havia um lugar, ele sabia, aonde o rapaz desejaria ir. Então Maurice havia esperado até achar que podia escapulir para lá sem que seu pai soubesse. Ele ficou furioso com tamanha falsidade do filho, mas teve suficiente bom-senso para não se sentir moralmente ultrajado. Rapazes fazem essas coisas. Sua esposa era outro assunto. Ela alegava que não sabia? Ele olhou-a acusadoramente. Ela cedeu e baixou a vista. Ele assentiu lentamente. Então foi isso. Ela deixou o filho ir ver o amante dela, num franco desafio às suas ordens. Uma raiva profunda, obstinada, brotou de dentro dele. Ele fitou o bebê por vários, longos, terríveis momentos. Então saiu da sala.

No dia seguinte, quando Maurice voltou, seu pai estava muito calmo. Nem mesmo perguntou aonde ele fora. Mas informou a Maurice que, em qualquer ocasião, não deveria passar a noite fora sem sua permissão, e também o informou de que ele não tinha mais cavalo, e que este não lhe seria devolvido até o Natal seguinte. E, imediatamente, mandou-o cuidar de algumas tarefas na cidade.

Mais tarde, Anne soube por Maurice que O'Byrne estava bem e alegre como sempre, e que, em época oportuna, pretendia visitar Dublin.

— Em breve?

— Ele não disse. Mas pediu-me que mandasse lembranças.

Nas semanas que se seguiram, Walter Smith passou muito tempo ocupado. Também pareceu a Anne ter detectado uma mudança nele. Se tinha ou não na verdade perdido um pouco de seu peso a mais, ela não estava certa, pois não tinham intimidade física. Havia em Walter, porém, uma nova vivacidade e uma firmeza na condução diária de seus negócios, como se, pelo menos em sua própria mente, ele não precisasse mais dela.

Ela esperava, enquanto isso, por alguma notícia de O'Byrne.

Quando os funcionários de Wentworth convidaram Doyle para participar de uma importante Comissão, ele supôs que devia ter sido lembrado como um favor após suas negociações em Londres, uma dúzia de anos atrás, na questão das Graças. "Você é visto como confiável protestante da Igreja da Irlanda", disse-lhe um deles. "Suponho", comentou Doyle, posteriormente, com uma careta, para seu primo Orlando, "que devo aceitar isso como um elogio." E, embora não tivesse o desejo de desertar sua família e seguir na Comissão, ele continuou: "Eu seria um tolo em recusar." E foi assim que, numa manhã de verão, ele partiu com um enorme grupo de fidalgos e funcionários do Castelo de Dublin em uma viagem ao norte. Ficaria fora quase um mês.

O propósito da Comissão era simples: cuidar para que não houvesse problema no Ulster.

Quando o rei Carlos e seu relutante exército chegaram à fronteira escocesa, no fim daquela primavera, os Aliados saíram para enfrentá-lo. Houve algumas escaramuças, mas o rei Carlos não chegou a lugar nenhum e firmou uma trégua. O governo de seu reino estava agora num impasse. Enquanto isso, o conselho real estivera de olho no Ulster e fazendo a pergunta óbvia:

"Os escoceses do Ulster também vão começar com distúrbios?"

Quando Doyle cavalgou em direção ao norte, não pôde evitar de se impressionar. Os comissionados e seu séquito constituíam um grupo de tamanho considerável, mas acompanhando-o havia uma força militar de soldados montados, de infantaria e mosqueteiros que era um verdadeiro pequeno exército. Não era gente rude mobilizada para a luta que o rei inutilmente liderara contra os escoceses. Eram soldados treinados. Quando ele confessou sua admiração a um dos funcionários, o sujeito sorriu. "Até mesmo os presbiterianos os acharão persuasivos", retrucou.

Uma vez no Ulster, o método que seguiram o deixou pasmado. O modo pelo qual Wentworth pretendia garantir a paz era forçar os escoceses do Ulster a fazer um juramento de lealdade. Não havia nada de novo nisso. O rei Henrique VIII da Inglaterra fizera a mesma coisa, quando rompera com o papa em Roma, e alguns católicos leais que se recusaram, como Sir Thomas More, foram mortos. Agora era a recusa em fazer o mesmo juramento que mantinha Orlando Walsh e o resto dos Velhos Ingleses católicos fora de cargos públicos. Na Irlanda tradicional, prestar juramentos de lealdade era uma prática comum — embora, sabiamente, eles costumassem ser acompanhados também pela tomada de reféns. A promessa que agora eles faziam era chamada de Juramento de Abjuração. O jurador tinha de abjurar — renunciar — à poderosa Aliança da Escócia e prestar lealdade ao rei Carlos. A suposição de Doyle fora a de que procurariam os homens de recursos e obteriam o juramento do chefe de cada residência. Ele deveria conhecer melhor Wentworth.

"Completo: eis o meu lema." Foram a cada casa, a cada fazenda, a cada plantação e a cada celeiro. "Onde houver um escocês, seja abastado, ou mesmo pobre", disseram-lhe, "se tiver alcançado a idade de 16 anos, terá de prestar o juramento." E foi isso que fizeram. A maioria dos escoceses morava no leste, na região costeira do Ulster, mas os comissionados iam aonde quer que precisassem ir. Chegando em grande número a cada área, eles se dividiam em pequenos grupos, embora estivessem sempre acompanhados por soldados, e iam de porta em porta. Qualquer escocês, residente ou visitante, era forçado a prestar o juramento. O próprio Doyle tomou o juramento de centenas, segurando uma pequena Bíblia gasta para que jurassem sobre ela. Eles não gostavam. Chamavam de "O Juramento Negro". Mas não tiveram escolha. Após três semanas, agradeceram a Doyle e permitiram que ele voltasse para casa. Antes disso, ele passou alguns dias por conta própria, viajando pela província.

A caminho de casa, ao passar por Fingal, desviou-se do caminho para passar uma noite na casa de seu primo Orlando.

Desfrutou um afetuoso jantar com Orlando e sua esposa, e depois Mary deixou os dois primos conversarem. Orlando estava ansioso para saber sobre a Comissão, e Doyle ficou igualmente grato em compartilhar suas ideias com o inteligente advogado católico. Os escoceses do Ulster cuidariam de formar uma Aliança ou atravessariam o mar para se juntar a seus parentes do outro lado?, perguntou Orlando.

— Enquanto você esteve fora, o envio de uma Comissão ao norte teve o efeito de amedrontar muitas pessoas em Dublin que nunca tinham tido medo antes — explicou ele.

— Não creio que haja muito perigo — retrucou Doyle. — É claro que há tráfego por água entre o Ulster e a Escócia. O tempo todo. Mas a situação em cada local é inteiramente diferente. Os escoceses presbiterianos são uma minoria no Ulster. Eles têm de viver quietos, mas, sem dúvida, se pudessem, teriam prazer em ajudar os escoceses, e estão adorando ver a Igreja do rei ser humilhada lá.

— Tento imaginar toda uma comunidade repleta de doutores Pincher — disse Orlando com um sorriso.

— Eu os achei corretos, orgulhosos, diligentes. Em alguns deles, apesar das circunstâncias, pensei ter percebido um humor sombrio. Para dizer a verdade, Orlando, gostei um tanto deles... muito mais do que gosto de Pincher. — Fez uma pausa para refletir. — E ainda há neles uma força da qual carece o Dr. Pincher, e que me amedronta mais.

— Mais amedrontador do que Pincher?

— Sim. Como posso explicar? Pincher acredita em sua religião. Posso não gostar de sua crença, e, como católico, é preciso detestá-la. Mas não questiono sua sinceridade. Ele crê apaixonadamente. Eles não são tão estridentes. E não apenas acreditam. Eles *sabem*. — Deu de ombros e sorriu amarelo. — Não se consegue de fato argumentar com um homem que sabe.

— Mas eu também sei, primo Doyle. Como católico, sei que minha Igreja é a voz verdadeira e universal do cristianismo.

— Exatamente, mas há uma diferença. Você tem não apenas a sucessão apostólica, mas um milênio e meio de tradição a que recorrer. Santos católicos deram testemunhos. Filósofos católicos debateram meticulosamente a questão, e a Igreja tem se reformado internamente, de tempos em tempos, repetidamente. A Igreja católica é enorme, antiga e sábia, e ela pode justificar a si mesma baseada nesses fundamentos. Há nela lugar para toda a humanidade, uma flexibilidade em muitas questões, um espírito de benevolência. — Fez uma pausa e abriu um sorriso. — Pelo menos é o que se espera.

— Então espero ansioso o seu retorno a ela — disse Orlando secamente. — Você achou esses escoceses indelicados?

— Não. Embora qualquer pessoa se torne indelicada, se ameaçada. Mas certamente não os achei indelicados. Eles *sabem*. Isso é tudo que posso lhe dizer.

— Devemos estar agradecidos por, finalmente, termos paz por lá.

Doyle assentiu pensativamente antes de prosseguir. Pois havia outro assunto em sua mente, o verdadeiro motivo que o levara a se desviar do caminho para visitar seu primo católico.

— Há mais uma coisa, Orlando, que vi no Ulster e que me preocupou mais. Não tem qualquer relação com os escoceses.

Ele vira isso, algumas vezes, nos intervalos durante seu trabalho na Comissão. Tinha sido, porém, a série de visitas que fizera, após terminar e antes de voltar para casa, que o deixara assim tão preocupado. Não fora difícil para ele se encontrar com quem quisesse dos homens importantes do Ulster. Os ingleses conheciam sua posição confiável; os irlandeses estavam cientes de suas ligações com as famílias católicas. Alguns haviam sido educadamente reservados, outros, mais francos. Nada de explícito fora dito, mas ele saíra com uma clara impressão.

— O que me preocupa — continuou — é o efeito de tudo isso nos irlandeses. — Ele viu as sobrancelhas de Orlando se erguerem ligeiramente. — Refiro-me aos irlandeses mais afetados diretamente... os proprietários de terras como Sir Phelim O'Neill, lorde Maguire e outros. São herdeiros dos antigos Príncipes da Irlanda, homens que, após a Debandada dos Condes, viram o governo inglês tomar a maior parte de suas terras e, certamente, as terras de seus amigos. Entretanto, eles se mantêm, mais ou menos, em paz com o novo regime. Têm assento no Parlamento irlandês. Mantêm sua dignidade, e, alguns, a antiga situação. Conversei com alguns deles, Orlando, e os observei.

— E o que você acha?

— Acho que estão atentos. Notam que Wentworth é poderoso, mas que o rei Carlos é fraco. Os escoceses, com sua Aliança, provaram isso. Igualmente importante, eles agora veem os protestantes brigando entre si.

— E que conclusão devem tirar?

— Eu vejo duas. A primeira, e menos perigosa, é que usarão a fraqueza do rei para pressionar pela causa deles para um melhor tratamento. Aliás, devem ter ficado contentes com a rebelião presbiteriana na Escócia, pois isso levou o rei a precisar ainda mais de católicos leais.

— A outra?

— A outra deve ser muito mais temida. Eles podem se perguntar: por que não fazemos a nossa própria Aliança, uma católica? O rei é tão fraco que talvez não a detenha.

— Wentworth poderia detê-la.

— Provavelmente. Mas um dia...

— Wentworth não estará mais aqui. — Orlando concordou com a cabeça. — E você deve imaginar que talvez eu tenha a informação. — Sorriu. — Isto é, como católico. Um católico leal.

— Isso mesmo. — Era exatamente o que Doyle imaginava. Observou seu primo. Orlando suspirou.

— Quanto à primeira... pressionar o rei para reconhecer seus católicos leais... isso é o que venho dizendo o tempo todo. Há muitos fidalgos irlandeses que, tenho certeza, por causa da ordem, adotariam tal causa. E só podemos nos alegrar, se os escoceses os forçarem a isso. Quanto à última... que seria, de fato, outra revolta como a de Tyrone... posso lhe dizer, com a mão sobre o coração, que não soube de nada. Tal esperança pode existir, para uma época futura, mas nada tem sido dito. E, se tivesse, pode ter certeza de que eu me oporia. Os Velhos Ingleses devem permanecer leais ao rei. Foi para isso que fomos criados.

Suas palavras de certo modo aliviaram Doyle, e logo depois disso ele foi dormir. Orlando, porém, ficou sentado sozinho um pouco mais. E, enquanto pensava em tudo que Doyle dissera, sua mente viajou de volta para os dias de sua infância, e se lembrou dos antigos chefes irlandeses cujos nomes tinham sido como mágica. Ele haviam fugido através das águas, por via das dúvidas. Mas sua magia não morrera. Seus herdeiros viviam... os O'Neill, os O'More... Príncipes da Irlanda. E, enquanto meditava, um nome surgiu em sua mente.

Será que Brian O'Byrne sabe de alguma coisa?

Foi ideia de Mary Walsh, em setembro, convidar Walter Smith e Anne para passarem dois dias com Orlando e ela em Fingal. O bebê Daniel seguiu com eles, mas Maurice não foi. "Como ele não tem cavalo", disse seu pai imperturbavelmente, "terá de caminhar ou ficar em Dublin." E, para se certificar de que o filho ficaria completamente ocupado, deu-lhe um grande volume de trabalho que deveria estar pronto antes de sua volta.

Havia algum tempo que Mary vinha querendo combinar essa visita. Não que ela fosse tão íntima assim dos Smith. Não era. Porém, por pior que tivesse sido a conduta de Anne, parecia a Mary que era prejudicial à saúde de Orlando ele e sua irmã não serem amigos, e ela esperava que, desse modo, pudesse também ajudar sua cunhada.

Os Smith chegaram à tardinha, e a família jantou junta. Os dois homens, em particular, eram claramente afeiçoados um ao outro. Mary sabia que Orlando sentia alguma responsabilidade por ter introduzido primeiramente O'Byrne na vida de Anne, embora ela lhe tivesse dito: "Você não pode se culpar por uma coisa que ela fez sozinha." No último ano, ele também tinha visto O'Byrne muito pouco, apesar do fato de sempre ter gostado da companhia do irlandês. Mas ela tinha certeza de que o afeto de Walter por Orlando nunca fora posto em dúvida; e, ver os dois homens conversando alegremente e rindo juntos, Walter com um pouco de comida em sua túnica e Orlando com uma enorme mancha de vinho em seu punho de renda, lhe deu muito prazer.

Anne era outra questão. Mary ficou contente em ver Orlando cumprimentar calorosamente a irmã e viu que Anne, sentada ao lado do marido, sorria calmamente. Mas ela, de algum modo, parecia estar distante de todos. Antes da refeição, Mary levou-a à sala de visitas, e ficaram sentadas juntas, enquanto Anne brincava com o bebê. Após algum tempo, Anne perguntou se ela gostaria de segurar Daniel.

Que sensação maravilhosa abrigar a pequena vida cálida em seus braços, sentir o bebê se aninhar em seu corpo. Ela segurou seus pequeninos dedos e os contou, exatamente como se lembrava de ver sua própria mãe fazer. E, observando a cabeça larga e os olhos oblíquos do bebê, sentiu um desejo ardente como se fosse uma dor, e pensou: como eu seria feliz se tivesse apenas isto.

Naquela noite, ao se sentarem na cama e comentarem a noite, Mary perguntou ao marido o que ele achava da sua irmã e do marido dela.

— Eles parecem se dar muito bem.

— Você acha? Não viu, quando estavam sentados juntos, eles ficarem inclinados um para cada lado?

— Eles estavam sorrindo.

— Eles estavam inclinados um para cada lado. Durante toda a noite, eles não se tocaram.

— Eu não notei. — Orlando suspirou. — Sem dúvida, você está certa. Deve ser difícil, creio, ter essa criança entre eles, lembrando-lhes a cada dia o que aconteceu. Você acha que o estado da criança torna isso pior? Uma criança como essa cresce mais lentamente, precisa de mais atenção... isso, eu diria, piora as coisas.

— Ela é louca pelo bebê.

— Eu estava pensando em Walter. — Olhou-a de relance. — Você acha que alguma coisa pode ser feita para juntar os dois novamente?

— Casais conseguem se reconciliar.

— Anne teria de tomar a iniciativa. Foi ela quem errou com ele.

— Concordo.

— Você falaria com ela, Mary?

— Não a conheço muito bem. E ela é mais de uma dúzia de anos mais velha do que eu. É você quem deve falar com ela.

— Não posso. — Sacudiu a cabeça. — Lawrence tentou. Ela mentiu para ele, sabe.

— Nem diante das circunstâncias?

Ele olhou-a, genuinamente surpreso.

— Não.

Ela ficou em silêncio por um momento. Então inclinou-se e beijou-o na cabeça.

— Eu rezarei por ela, Orlando. — Sabe Deus, ela já rezava com bastante frequência em seu próprio interesse. Talvez suas orações para outra pessoa fossem aceitas.

— Precisamos rezar, isso é certo. — Ele suspirou. — Nós rezaremos, Mary.

De manhã, os homens foram visitar o padre em Malahide. As duas mulheres ficaram juntas em casa. Embora parte de seu tempo fosse ocupado com o bebê, Anne conseguiu ajudar Mary e as mulheres na grande cozinha. Mary pôde ver o prazer que Anne sentia em estar na sua antiga casa, e isso a deixou contente. O bebê também parecia estar feliz. Uma ou duas vezes durante a manhã, quando se viram sozinhas, ela quase tocou no assunto de Walter; mas, de algum modo, o momento nunca pareceu adequado, e ela nada disse.

A refeição do meio do dia transcorreu bem. Os dois homens estavam de bom humor, encantados com a visita feita ao velho padre. O pernil de porco que as mulheres haviam preparado foi julgado um grande sucesso. Durante a refeição, Mary novamente observou as trocas entre Anne e o marido, à procura de sinais de intimidade entre eles; mas, embora fossem corteses e amigáveis como sempre, ainda parecia haver uma barreira invisível entre eles, como se fossem duas pessoas caminhando em lados opostos de uma fronteira.

Foi Mary, após a refeição, quem fez uma sugestão:

— Vamos caminhar até o poço em Portmarnock — disse ela. Orlando olhou-a ligeiramente surpreso, mas Walter pareceu favorável. — Você devia vir conosco, Anne — continuou. — As mulheres da cozinha podem cuidar de Daniel.

A caminho de Portmarnock, Mary caminhou ao lado de Walter, com Orlando e Anne indo um pouco mais adiante. Ela ficou imaginando se Orlando falava alguma coisa para a irmã sobre seu casamento, mas concluiu que não. Quanto a si mesma, achava que não podia fazer referência ao casamento do cunhado, mas poderia fazer uma insinuação.

— Orlando vai ao poço sagrado para rezar, mas não me diz. — Ela sorriu para Walter. — Reza para crianças que Deus nunca nos concedeu. — Suspirou. — Você acha que Deus, algumas vezes, nos envia infortúnios para nos testar?

— Provavelmente.

— Se, porém, passamos no teste e continuamos a rezar, acredito que nossas preces são sempre atendidas. Você acredita nisso?

— Nesta vida? Não sei.

— Eu acredito, Walter. Realmente. Talvez a gente não anteveja o resultado, mas, de algum modo, nossas preces são atendidas.

— Então rezarei por você, Mary — disse ele, com um amável sorriso.

— E eu rezarei por você, Walter — disse ela a meia-voz. — Você mostrou um alto sentimento de perdão cristão, e rezarei para que lhe sejam dados o respeito e a felicidade que merece. — E tocou-lhe levemente o braço.

Ele não respondeu, e Mary não se atreveu a dizer mais nada, mas, após um curto momento, ele murmurou, mais para si mesmo do que para ela:

— Eu perdoei?

Quando chegaram ao poço, este estava deserto. O sol da tarde se mostrava obscurecido por uma nuvem alta e plumosa, mas a leve brisa estava bem quente.

— O poço de São Marnock — anunciou Orlando. — Nosso pai costumava vir aqui para rezar.

— O lugar se presta mesmo para isso — observou Walter.

Andaram em volta do poço por alguns instantes, examinando-o em silêncio. Após olhar por algum tempo seu interior, Orlando ajoelhou-se calmamente no que era evidentemente seu lugar habitual e baixou a cabeça numa prece. Anne, talvez menos propensa, ajoelhou-se do outro lado do poço numa postura rija, aprumada, como uma efígie em pose de oração num túmulo de igreja. Walter pareceu hesitar por um momento, então instalou-se a uma curta distância atrás da esposa, como se não quisesse nem ficar perto demais ou distraí-la. Mary ajoelhou-se um pouco mais distante, de onde poderia ver todos. E, ao mesmo tempo que observava, também tentava rezar e pedir de todo o coração que Anne Smith e o marido pudessem se reconciliar. Permaneceram desse modo, cada qual com suas diferentes súplicas, por vários minutos.

Mary foi a primeira a ouvir o ruído de cascos de cavalo. Estes martelavam ao longo do caminho pelo qual eles tinham vindo. Ela ergueu a vista, surpresa.

Pouco antes de o cavaleiro alcançá-los, Walter olhou para cima, e então Orlando, relutantemente, rosário nas mãos, também levantou a cabeça.

Era Maurice. O rosto estava afogueado. Ele parecia animado. Não parecia notar que interrompia suas devoções, nem se importar com isso.

— Vim lá de casa — bradou. — Pediram que eu os encontrasse aqui.

— Eu não lhe dei permissão para cavalgar — disse Walter friamente.

— Perdoe-me, pai — berrou Maurice de cima do cavalo. — Mas eu sabia que daria quando ouvisse o que tenho a lhe dizer. — Olhou em volta para todos, em triunfo. — Wentworth foi chamado de volta.

O efeito foi certamente o que ele desejara.

— Wentworth chamado de volta? — Orlando pareceu aturdido, então virou-se para Walter. — É mesmo uma notícia e tanto.

— Foi chamado de volta para a Inglaterra, a fim de livrar o rei de suas dificuldades. Ao que parece, é o único homem em quem o rei Carlos confia. Ele parte de imediato. Eu soube esta manhã, no castelo. A notícia já corre por toda a Dublin. E então, papai, fiz bem em vir cavalgando para o avisar?

— Fez sim — assentiu Walter, e Maurice abriu um sorriso.

— Também tenho outra notícia e tanto para vocês. Pouco antes de partir, quem eu vi na rua se não Brian O'Byrne?

Mary notou Anne se retesar. O rosto de Walter ficou imóvel. Apenas Orlando reagiu.

— E o que tem isso, Maurice?

— É que ele vai se casar novamente. Com uma dama do Ulster. Nada menos do que uma O'Neill. Uma parente de Sir Phelim O'Neill. Não é uma notícia e tanto? E olhou radiante para todos.

Mary observou. Apenas por um instante, ela percebeu Anne estremecer e então quase tombar para a frente como se tivesse sido atingida por um soco no estômago. Em seguida, viu-a se firmar e se recuperar com uma tranquilidade quase digna, como uma freira alisando seu hábito. Mas Anne não falou, e o sangue escoara de seu rosto, que subitamente pareceu branco e descarnado como a caveira da morte.

Os dois homens também notaram. Orlando foi o primeiro a se recobrar.

— Uma parente de Sir Phelim O'Neill? Um dos homens mais importantes do Ulster?

— Foi o que ele disse.

— Certamente um excelente casamento. — Mary se deu conta de que seu marido tentava desviar a atenção de Maurice de Anne, pois ele prosseguiu rapidamente: — E Wentworth? Sabe-se quem vai tomar seu lugar?

— Eu não soube de nada — respondeu Maurice. — Você está bem, mamãe? Parece pálida.

— Sua mãe está cansada, após a caminhada — disse Walter com firmeza. — Aliás, já que nos trouxe um cavalo, Maurice, pode dá-lo agora para sua mãe, e volte para casa caminhando com seu tio e sua tia.

Maurice desmontou e imediatamente entregou as rédeas ao pai.

— Caminhe conosco, Maurice — disse Mary. — Faz tanto tempo que não o vemos. — E ela e Orlando deram os braços ao jovem e começaram de imediato o retorno pelo caminho, deixando Walter e Anne sozinhos.

Anne montara muito lentamente. Não olhou nos olhos do marido, mas fitou à distância para um dos lados.

— Eu gostaria de cavalgar pela praia — disse ela. — Vá com os outros, eu os alcanço depois.

— Eu esperarei por você aqui.

— Pode ser que eu demore.

— Eu esperarei por você.

✣

Anne cavalgou lentamente por entre as dunas e saiu na praia a céu aberto. Não havia ninguém ali. Passou a ir devagar para o sul em direção ao Ben de Howth. Distante, na água iluminada pelo sol pálido, a pequena ilha com sua rocha fendida parecia um navio prestes a zarpar. Ela fitou-a e pensou: envelhecerei sozinha.

Cavalgou mais adiante. Um maçarico deslizava pelo baixio. Várias vezes ela ouviu as gaivotas gritarem. O mar estava calmo, mas pequeninas ondas quebravam na areia. Ela podia perceber que a maré baixava.

Ele me deixou para sempre, pensou. Ele me deixou, e deixou nosso filho. Ele me deixou sem dar uma palavra.

E a dor foi tão grande que ela não conseguiu continuar cavalgando. Teve de apear, e mergulhar de joelhos na areia. E ali ficou, ouvindo as minúsculas ondas quebrarem com seu pequeno, repetitivo, som de recuo, como se o próprio mar se recolhesse lentamente, como a própria vida, se recolhendo.

O que fora mesmo que Lawrence dissera?

Coração acima da cabeça,
Para morrer peça.

Teria ele razão, afinal de contas? Sim, pensou ela, ele estava certo. E, curvando-se, quase se dobrando sobre a dor, olhou para o mar vazio, recuante, e ouviu as ondas dizerem: Morrer peça. Morrer peça. Morrer peça.

✣

Um longo tempo se passou antes de ela se erguer lentamente e cavalgar de volta para o poço, onde Walter estava à sua espera.

Cromwell

1640

Ninguém dissera a Maurice o que fariam com o bebê. Portanto, foi uma completa surpresa.

Pouco depois do Natal, ele acompanhara sua mãe e o bebê Daniel novamente a Fingal, onde passaram três dias agradáveis. Maurice ficou a maior parte do tempo com seu tio Orlando; sua mãe e sua tia Mary se ocuparam tomando conta do bebê. Mas então, justamente quando estavam novamente de partida para Dublin, sua mãe lhe disse que deixariam o bebê para trás.

— É melhor para o pequeno Daniel — disse ela com um sorriso, embora ele conseguisse perceber que havia uma lágrima em seu olho. — É melhor para todos. — Mais do que isso ela não disse.

Maurice teve de pedir ao pai uma explicação apropriada.

— Foi ideia do seu tio Orlando — explicou-lhe Walter. — Sabe, é difícil para sua tia Mary não ter filhos. Ela me escreveu recentemente perguntando se poderiam criar o pequeno Daniel, e, após discutir o assunto com sua mãe, concluímos que seria o melhor. Isso dará alegria a seus tios, e tenho toda a certeza de que o pequeno Daniel será feliz lá. — Maurice ficou triste por perder seu irmãozinho, mas supôs que os pais sabiam o que era melhor para ele.

— Posso visitá-lo? — perguntou.

— Claro que pode — respondeu o pai.

Os primeiros meses do ano passaram rapidamente. Veio a notícia do casamento de O'Byrne. Maurice gostaria de ir e perguntou aos pais se eles iriam, mas lhe disseram que não.

— Posso ir com meu tio Orlando? — perguntou. — Tenho certeza de que ele vai."

Mas Orlando não ia. Um pouco depois dessa conversa, ele viu sua mãe sozinha, sentada, olhando o espaço e com uma aparência muito triste. Estava para lhe perguntar se havia algo errado, quando seu pai surgiu atrás dele e, segurando seu braço, disse-lhe baixinho que precisava de ajuda lá fora. Quando ele comentou que a mãe parecia triste, Walter disse:

— Sua mãe só precisa ficar sozinha por uns instantes.

Mais tarde, naquele dia, ele viu o pai colocar, silenciosamente, o braço em volta da mãe, uma coisa que ele não costumava fazer; e, nos dias e semanas que se seguiram, pareceu-lhe que sua mãe parecia mais feliz do que antes.

Em março, Dublin ficou movimentada, pois o Parlamento irlandês fora convocado. Wentworth voltou brevemente para presidi-lo. O rei estava tão contente com ele que lhe dera um título, conde de Strafford. O Parlamento levou todo tipo de figuras importantes para a cidade. Havia os Novos Ingleses proprietários de terras que obtiveram as grandes concessões de terras no Ulster e em Munster, juntamente com os fidalgos protestantes representando novos burgos, que garantiriam a Wentworth uma maioria de protestantes da Igreja da Irlanda. Contudo, ainda havia muitos fidalgos Novos Ingleses, e também alguns aristocratas irlandeses. Certo dia, ao caminhar com o pai pela rua, Walter apontou um desses príncipes irlandeses, Sir Phelim O'Neill em pessoa. Sabendo de sua ligação com O'Byrne, Maurice olhou com interesse o aristocrata do Ulster. Mas, se esperava uma presença contemplativa, impressiva, uma figura da época da Debandada dos Condes, viu apenas um sujeito no fim da casa dos 30 anos, a quem teria tomado por um fidalgo de Fingal como seu tio Orlando, rindo de uma piada com dois sujeitos semelhantes, enquanto saracoteavam por ali.

— Os dois com ele são Rory O'More e lorde Maguire — murmurou seu pai. — O'Neill é parente do grande Tyrone... distante, é claro... mas dizem que está até o pescoço de dívidas. Verdade seja dita, os outros dois também não são lá grande coisa. Nem se comparam aos chefes irlandeses seus ancestrais.

— Mas são importantes no Parlamento?

— Poder-se-ia dizer que falam pela velha Irlanda e pela causa católica. Também estão no Parlamento para ver o que podem arrancar dele.

— Eu acho que a maioria dos homens do Parlamento está aqui por esse motivo — disse Maurice.

— Provavelmente. — Seu pai sorriu. — Embora eles e sua classe tenham tido tantas de suas terras tomadas, no passado — continuou, mais seriamente —, que não devemos censurá-los se tentarem se proteger de perder mais ainda.

O objetivo de Wentworth era simples: levar o Parlamento irlandês a conseguir dinheiro e tropas para o rei usar contra os escoceses. Não demorou muito para o Parlamento ceder.

— Eles votaram o dinheiro para se livrar de Wentworth — comentou seu pai mordazmente. E, de fato, em abril, Wentworth estava de volta a Londres, onde o Parlamento inglês fora convocado.

Os ingleses, porém, não estavam dispostos a ajudar o rei Carlos. Por 11 anos ele governara sem um Parlamento; abusara deles com impostos ilegais e mesquinha tirania; impingira-lhes uma Igreja que era detestada pela maioria de seus súditos puritanos. Nas últimas décadas, quase um quinquagésimo da população tinha partido para a América. Agora era o momento do ajuste de contas. Os líderes parlamentares estavam em associação com os escoceses, e sabiam que sua mão de cartas era boa. Certo dia, ao se encontrarem com Doyle, os Smith tinham discutido a situação em Londres.

"Eles vão manter a pressão sobre o rei", dissera-lhes Doyle com um sorriso sombrio. E mantiveram. O rei Carlos ficou furioso. Em menos de um mês, veio a notícia: "Ele mandou todos para casa."

Naquele mês, Maurice viu a primeira das novas tropas que o Parlamento irlandês concordara em reunir. Ele encontrara Doyle perto da entrada do Castelo de Dublin, quando um pelotão com cerca de cem soldados surgiu marchando colina acima e através do portão.

— Esses são os homens que reuniram em Kildare — comentou o comerciante. Maurice podia ver que os soldados eram, na maioria, gente pobre, operários católicos e assim por diante. À frente deles, porém, ia montado um homenzinho carrancudo que parecia estrangeiro a Maurice.

— Aquele é o coronel, o homem que reuniu a tropa — explicou Doyle. — Os soldados são católicos, mas os oficiais serão protestantes. Alguns deles, como aquele sujeito, são mercenários do continente a quem o Parlamento paga para recrutar e treinar os homens. — Suspirou. — É assim que se formam exércitos, Maurice. É um negócio como outro qualquer. — Por enquanto, Maurice soube, as tropas ficariam postadas no Ulster.

Eles haviam se afastado do castelo e caminhavam em direção à Igreja de Cristo, quando Maurice notou o velho e a garota se aproximarem. O idoso, a quem Doyle fez uma cortês reverência, a qual foi respondida com um discreto sorriso de reconhecimento, era uma pequena figura ilustre, mal chegando à altura do ombro de Maurice, mas muito bem-vestida. Tinha o rosto estreito, barba branca como a neve e olhos bondosos, os mais azul-claros que Maurice já vira.

— Esse é Cornelius van Leyden — murmurou Doyle, assim que eles passaram. — Um comerciante holandês. — Maurice sabia de vários holandeses na cidade, mas tinha quase certeza de que nunca vira aquele velho. — Ele chegou aqui recentemente — explicou Doyle. — O filho dele andava fazendo negócios por aqui, mas morreu, e o velho veio cuidar desse comércio. Diz que gostou daqui e decidiu ficar. Eu soube que ele acaba de obter um arrendamento de uma propriedade no norte de Fingal.

— É protestante?

— É. Como a maioria dos holandeses. E possui grandes contatos. Conhece o lorde de Howth e parece ser um velho amigo do próprio Ormond. — Uma das duas grandes dinastias dos Velhos Ingleses da Irlanda, os Fitzgerald, na maioria, tinham mantido a fé católica, mas o chefe dos Butler, o rico lorde Ormond, entrara para a Igreja da Irlanda. — O holandês é um velhinho amável — concluiu Doyle. — E saudável.

— E a garota? — perguntou Maurice.

— Neta dele. — Doyle deu-lhe uma rápida olhada. — Bonita, não acha?

Maurice virou-se para olhá-la. O velho tinha uma das mãos apoiadas sobre o braço dela e caminhava rapidamente pela rua. Maurice ficou imaginando a sensação de tocar seu braço daquele modo. Ela era um pouco mais nova do que ele, calculava. Seu corpo era esguio e elegante. Ela usava o cabelo dourado de modo a emoldurar o rosto. Tinha uma pele sedosa e perfeitos dentes brancos. Olhara para ele com um quê de interesse. Parecia comedida, mas algo lhe dizia que sua natureza era sensual. Ele continuou a olhar até sentir uma cotovelada de Doyle, e ergueu a vista para ver o comerciante olhá-lo divertido.

— Ela é protestante, Maurice — falou baixinho. — Não pode se casar com ela.

— Claro que não — disse Maurice. Mas ficou imaginando se voltaria a vê-la.

O verão foi triste. Houve chuvas frequentes. Na região de Dublin, a colheita foi ruim; no Ulster, ele soube, foi arruinada. Quanto à garota, não houve mais sinal dela. Ele supôs que poderia estar em Fingal, a não ser que ela e o avô tivessem velejado de volta para os Países Baixos.

Ele não viu muita atividade militar. O recrutamento de tropas fora muito bem-sucedido. Um exército de mais de 9 mil homens havia sido formado. Mas eles e seus coronéis estavam no Ulster, onde começavam a ser aquartelados por fazendeiros e cidadãos. "Com a perda da safra, há muito problema lá em cima para abrigar e alimentar tantos soldados", disse-lhe seu pai. Ao final do verão, porém, vieram mais notícias. Os escoceses tinham avançado além da fronteira inglesa. O exército real recuara. Pouco tempo depois, os comerciantes que chegavam ao porto anunciaram: "O rei Carlos teve de ceder aos escoceses. Eles vão manter sua religião, e o rei também vai lhes pagar uma indenização."

— Eles o humilharam — comentou Walter Smith. — O rei não pode tolerar isso.

Em setembro, Maurice teve permissão de visitar o tio Orlando e ver o bebê Daniel. A visita foi um sucesso, e ele passou lá vários dias. Era evidente que Daniel estava feliz. Não havia como se saber se ele se lembrava de sua mãe, mas era óbvio que, agora, achava que sua mãe era Mary Walsh; era um prazer vê-la brincar com a criança e abraçá-la como se fosse sua. Orlando foi muito amigável e levou Maurice para visitar vários vizinhos. Certa manhã, foram ver os Talbot em Malahide, e deram uma olhada no povoado e nos leitos de ostras no estuário logo acima do castelo. Ao saírem, Orlando disse:

— Preciso ir até Swords, Maurice, se você estiver disposto.

A cidadezinha de Swords ficava a 6 quilômetros da aldeia de Malahide, para o interior. Outrora o local de um mosteiro, na estrada que levava ao norte em direção ao Ulster, era um rico pequeno burgo que elegia dois membros para o Parlamento irlandês. Enquanto Orlando foi visitar um comerciante, Maurice deu uma olhada no local. A movimentada rua principal ostentava uma animada estalagem chamada The Boot. Havia uma torre de menagem, duas velhas capelas, e, num terreno em volta da igreja, uma bela torre redonda, que certamente datava do tempo dos vikings, erguia-se de forma impressionante para o céu.

Maurice estava voltando pela rua principal quando viu a garota. Ela esperava do lado de fora de uma selaria. Desta vez, seu cabelo estava amarrado com fita e enfiado para dentro de um chapéu. Isso a fazia parecer mais velha, mas feminina. Ele foi até ela.

— Você é a neta de Cornelius van Leyden?

— Sou. Se quiser falar com meu avô, ele está aí dentro. — Indicou a selaria.

— Prefiro falar com você — disse audaciosamente.

Ela olhou-o com frieza.

— E quem é você?

Ele explicou rapidamente quem era e acrescentou:

— Sou parente de Doyle, o comerciante de Dublin.

— Ah. — Seu rosto se iluminou. — Nós o conhecemos.

Ele soube que seu nome era Elena, que a propriedade deles ficava apenas poucos quilômetros ao norte, perto da costa, que ela passara ali o verão inteiro com o avô, mas que em breve voltariam a Dublin.

— Talvez eu a veja lá — disse ele.

— Talvez.

Nesse momento, seu avô saiu, e Maurice se apresentou.

— O filho de Walter Smith? Ah, sim. — O velho fidalgo foi cortês, mas reservado, e, ao revelar que ele e a neta tinham negócios para cuidar, Maurice se retirou. Mas notou, ao perceber que o avô não estava olhando, que Elena olhara para ele por cima do ombro.

Quando 1640 se aproximava do fim, Faithful Tidy concluiu que estava farto. "Será uma felicidade quando eu terminar o Trinity", disse a seu pai, "só para ficar livre do velho demônio." Aliás, ele até mesmo começava a duvidar se o Dr. Pincher era bom da cabeça.

Durante novembro, ficou claro que Pincher estava num estado de empolgação reprimida. O rei Carlos, humilhado pelos escoceses e carente de fundos para lhes pagar indenização, fora forçado a convocar novamente o Parlamento. Assim que este se reuniu, seus membros furiosos tinham agido decisivamente. Convencidos agora de que o rei e seu ministro planejavam um golpe católico, e que as tropas reunidas na Irlanda seriam usadas contra eles, reagiram destituindo o recém-enobrecido Wentworth. "Ele está preso na Torre de Londres", disse Pincher, com alegria, ao jovem Faithful. Foi um golpe devastador contra o rei Carlos. O Parlamento, abertamente, queria destruir seu mais importante conselheiro. "Entregue-o a nós", disseram realmente, "ou não receberá 1 penny." Algumas pessoas desconfiavam que os homens do Parlamento queriam manter o rei sob seu domínio permanente.

Tendo em vista que a destituição era um processo jurídico, seriam necessárias provas dos desvios de Wentworth, e, em pouco tempo, havia um vaivém de mensageiros entre Londres e Dublin. Por causa de seus métodos autoritários, não faltavam inimigos ao vice-rei na Irlanda, tanto católicos quanto protestantes, e, agora que era seguro fazê-lo, Pincher não escondia sua aversão por ele. Certa manhã, Faithful viu um dos homens que preparavam a instauração do processo de Wentworth saindo dos aposentos do velho.

Em dezembro, vieram mais notícias. Alguns dos puritanos de Londres no Parlamento propunham abertamente que todos os bispos fossem abolidos, e que, em vez disso, a Inglaterra deveria ter uma Igreja presbiteriana. Após ouvir isso, o rosto de Pincher pareceu se transformar numa espécie de êxtase.

Então por que, com todos os seus inimigos em retirada, o Dr. Pincher estava tão obcecado com a sensação de que estava sob ameaça?

— Há forças tenebrosas se aproximando, Faithful — insistia —, e devemos nos preparar para recebê-las.

O Natal passou. Durante janeiro e fevereiro de 1641, Dublin ficou razoavelmente tranquila. Com a proximidade do julgamento de Wentworth, ficou claro que, através de quaisquer meios legais, o Parlamento inglês estava determinado a destruí-lo. Havia provas, diziam, de que ele pretendia trazer as tropas reunidas na Irlanda e usá-las para contra o próprio Parlamento inglês. "Ele não sairá vivo de seu julgamento", declaravam seus inimigos. Nada disso, porém, parecia satisfazer Pincher. Certa vez, quando Faithful ousou comentar com o doutor que não entendia por que ele estava preocupado, Pincher o repreendeu.

— Você precisa olhar mais além do dia de hoje, Faithful Tidy — explicou. — Wentworth é mau. Mas é forte. Assim que ele se for, a nave do governo ficará sem patrão. Então vai valer tudo.

— Mas, se os ingleses e os escoceses forçarem o rei a lhes dar uma Igreja presbiteriana — começou Faithful —, então, aqui na Irlanda...

— Olhe além da Inglaterra. Olhe além da Escócia. Você precisa olhar para a Europa, para todo o cristianismo, Faithful, se quiser entender o que está se passando na Irlanda — instou o doutor. E, como de praxe, acrescentou: — As forças tenebrosas estão se reunindo.

Fora no início de dezembro que o doutor começara a dar a Faithful as mais cansativas de suas incumbências. Em certas ocasiões — o rapaz nunca sabia como Pincher as escolhia —, pedia-lhe que se demorasse perto da casa de um conhecido católico. Com frequência era o alojamento do jesuíta, o padre Lawrence Walsh. Às vezes, pedia-lhe que saísse de manhã cedo, outras vezes, depois que escurecia. "Mas eu sempre fico congelado", reclamou Faithful para o pai. Se alguém fosse visitar o jesuíta, por exemplo, Faithful devia fazer uma anotação e tentar determinar sua identidade. Se o padre Lawrence saía, Faithful devia segui-lo, informar aonde fora e, se possível, a quem visitara. Às vezes, uma ou duas semanas se passavam sem que o doutor o importunasse.

— Mas bastava chover para ele me mandar um recado — declarou Faithful. — E, como sempre, quando lhe contava o que vira, dizia que eu estava fazendo o serviço do Senhor.

— Mesmo assim, precisa fazê-lo — disse seu pai.

Com o passar dos meses de 1641, Pincher não dava sinais de acabar com essas exigências.

— Estou lhes dizendo — disse Faithful para seus pais —, acho que o velho tolo enlouqueceu.

✣

Acabara de passar a Páscoa, quando, na casa de Orlando e Mary Walsh, aconteceu algo maravilhoso.

Durante o último ano, o trabalho de Orlando o mantivera muito ocupado, e, ainda que acompanhasse de perto os acontecimentos políticos, ele não tivera qualquer parte ativa. A maior mudança, porém, acontecera em sua vida familiar.

A princípio, a presença do bebê Daniel na casa parecera destrutiva. Orlando não tivera dúvida de que ele e Mary tinham feito a coisa certa ao oferecer um lar para a criança, longe do ambiente doméstico dos Smith, onde sua presença só poderia causar angústia. Mesmo assim, o bebê parecia precisar de tanta atenção, que muitas vezes Orlando se perguntara secretamente se tudo aquilo não teria sido um erro. Com o passar do tempo, porém, ele passou a pensar o contrário.

Foi a mudança em Mary. Pois, enquanto os meses passavam e ela se acostumava à maternidade, não podia haver dúvida de que acontecia uma alteração. Seu rosto pareceu suavizar. Quando ele observava mãe e filho juntos, ela irradiava um leve brilho. Tornou-se mais descontraída, ria mais. Uma nuvem de calidez e suavidade baixou sobre a casa. No Natal, ela lhe confessara:

— É estranho, mas sinto como se fosse meu próprio filho.

— Eu sinto a mesma coisa — respondeu ele com um sorriso, ao colocar o braço à sua volta. E, se isso não era totalmente verdadeiro, seu amor por ela era tão grande, que, sentindo a torrente de alegria que percorrera seu corpo quando fez essa declaração, Orlando acreditou nisso para o bem de Mary. Ele não tinha mais qualquer sensação de carência. Eles formavam uma pequena família feliz assim como eram — pequena, mas completa. Orlando até mesmo deixara de ir ao poço sagrado em Portmarnock.

Com a aproximação da Páscoa, começou o jejum quaresmal. Para Orlando, o período de quarenta dias de quaresma era uma ocasião muito especial. Como de hábito, cuidava de seus negócios na propriedade rural e em Dublin; mas, na privacidade de seu lar, ele tentava criar um lugar à parte, onde os acontecimentos de Dublin ou de Londres invadiriam o mínimo possível. Sua esperança era a de que fosse assim o ano todo, mas sempre lhe parecia que os dias da Quaresma, aquele grande espelho dos quarenta dias que Cristo passou no deserto, fornecia a oportunidade de reconstruir, por assim dizer, as paredes espirituais de sua casa, a fim de garantir que esta continuasse a ser, como deveria, um centro de sossego e silêncio num mundo em transformação. E isso ele compartilhava com Mary. Portanto, naquele ano, como nos anos anteriores, carne e peixe, ovos e queijo, leite e vinho foram banidos de sua mesa, exceto nas dispensações permitidas pela Igreja — apesar disso, o bebê Daniel, é claro, era alimentado normalmente. Contudo, além dessa privação normal, ele e Mary optaram por observar um outro jejum — o da abstinência de relações maritais. Pois, durante quarenta noites, eles ocupariam o mesmo dormitório, mas se absteriam de todos os atos carnais. Com o passar dos anos, esse período de quase seis semanas de abstinência compartilhada, de modo algum facilmente, torna-se para ambos uma época de extraordinária ternura.

A Semana Santa chegou. No Domingo de Ramos, levado por um impulso, ele caminhou até o poço sagrado em Portmarnock. Uma vez lá, porém, sentiu um tal enlevo amoroso por sua esposa, e pela paz em sua casa, que, antes de voltar para casa, em vez de pedir ao santo que intercedesse por ele, nada pediu, apenas agradeceu pela bênção do bebê Daniel e da felicidade de Mary.

Durante o resto da semana, por todos os dias escuros e aterradores da Sexta-Feira Santa e do Sábado de Páscoa, ele e Mary mantiveram sua vida de discreto jejum e de preces. Então foram ao Castelo de Malahide para o acendimento da vela pascal e a vigília de Páscoa, e assistiram à missa de Páscoa. Ambos se sentiram cansados naquela noite, principalmente Mary. Mas, no Domingo de Páscoa, com o fim do jejum, eles jantaram juntos no final da tarde e depois se recolheram ao quarto. E, naquela noite, ao tomar a esposa em seus braços com grande amor e ternura, Orlando teve a percepção de que algo extraordinário ocorrera.

Quando avistou o padre Lawrence Walsh, Brian O'Byrne hesitou. Encontrar-se com ele poderia ser constrangedor.

Embora fosse um dia de início de verão, caía um chuvisco constante. Aparentemente, iria chover durante semanas. O verão de 1641 ia ser ainda pior do que o de 1640. Dois anos de safras destruídas.

Havia meses ele não ia a Dublin, mas uma mensagem do parente de sua esposa, Sir Phelim O'Neill, que ainda participava do Parlamento inglês, o trouxera desde Rathconan. Sir Phelim escrevera para dizer que desejava vê-lo imediatamente. O'Byrne já havia passado a noite anterior com ele, e iria vê-lo novamente no final daquele dia. Enquanto isso, gastaria algumas horas visitando os mercados e tratando de pequenos negócios. Ele evitara a casa dos Smith. Não desejara encontrar Walter; e, agora, com a nova esposa em quem pensar, Anne fora relegada ao passado. Ele teria tido prazer em ver o jovem Maurice, mas isso não teria ajudado.

Quanto aos dois irmãos de Anne, ele não tinha certeza de como andavam as coisas. Havia alguns anos que não via seu amigo Orlando. Soubera que este e sua esposa tinham adotado o filho que ele dera a Anne; mas não sabia quais poderiam ser seus sentimentos em relação a ele, nem queria investigar. Mas sabia muito bem que Lawrence devia ter desaprovado fortemente o caso amoroso.

Por isso, foi com muita surpresa que viu o padre Lawrence indo em sua direção, com um sorriso, e proclamando:

— Justo a pessoa que eu queria ver.

Instantaneamente, O'Byrne ficou alerta. Seus instintos eram excelentes. Houvera algum motivo desconhecido para aquela saudação amistosa. Ao cumprimentar cortesmente o jesuíta e olhar para seu rosto inteligente, asceta, ele se descobriu perguntando silenciosamente: "O que você quer descobrir?"

— Esteve com Sir Phelim, não? — Uma pergunta. Internamente, Brian pensou: "Sabe muito bem que estive." Permitiu-se ser conduzido para o lado da rua, onde a abundante saliência de madeira da casa de um comerciante mantinha o chuvisco distante de suas cabeças e fornecia um úmido enclave. — Esta é um época interessante para os católicos, O'Byrne — disse o jesuíta.

Em maio, o Parlamento inglês conseguira o que queria. O julgamento de Wentworth fora na verdade uma farsa, mas eles obrigaram o rei a assinar a sentença de morte, e sua cabeça fora cortada enquanto a multidão aplaudia. Por enquanto, não haveria um novo vice-rei na Irlanda, mas dois homens de categoria inferior, cada qual chamado de juiz da corte de apelações, administrariam a ilha desde Dublin. A seguir, o satisfeito Parlamento inglês havia dispersado os 9 mil recrutas do Ulster que tinham parecido uma grande ameaça para eles. O rei Carlos não possuía quase mais forças militares na Irlanda.

Por isso, foi um tanto surpreendente que os membros do Parlamento irlandês também estivessem pensando como poderiam se aproveitar da fraqueza do rei. "Que a Irlanda seja um reino independente", disseram alguns dos Velhos Ingleses. "O rei Carlos será o soberano, é claro; mas não teríamos mais que responder ao Parlamento de Londres. A Irlanda será governada por irlandeses." Ou seja, eles mesmos. Era uma ideia atraente para fidalgos leais como Orlando Walsh, o qual poderia razoavelmente esperar que qualquer governo desse tipo acabaria sendo católico. No mínimo, o rei certamente seria forçado a conceder todas as Graças e colocar um fim em qualquer plano de colonização futura — em troca de seu apoio.

O'Byrne não tinha certeza do que sentia. Aristocratas irlandeses nativos como Sir Phelim, sem dúvida, fariam parte da classe governante; graças às ligações de sua esposa, ele mesmo talvez se beneficiasse. Mas não estava certo de que muitos dos pequenos proprietários de terras irlandeses ganhariam muita coisa.

Além do mais, essas esperanças católicas algum dia se concretizariam? Ambas eram anátemas para os Novos Ingleses protestantes do Parlamento irlandês, quanto mais para os puritanos de Londres. O rei poderia ceder, mas os protestantes jamais cederiam.

A reunião da noite anterior tinha sido um assunto muito secreto. Somente ao chegar a Dublin, ele havia descoberto como o parente de sua mulher queria usá-lo. "Quero que vá em meu lugar e depois me informe", explicara. "Essa questão ainda é perigosa demais para eu me envolver. Portanto, vá lá, faça anotações e me diga o que pensa." Tendo em vista seu parentesco, O'Byrne não fora capaz de recusar. Seguindo as instruções, ele fora à casa de um fidalgo católico na paróquia de Saint Audoen. Em intervalos, durante três horas, outras pessoas haviam entrado rapidamente, chegando uma por uma. Lorde Maguire aparecera. Em seguida, três ou quatro mais. Depois, O'More. As discussões foram extensas. Algumas das coisas que ele ouvira eram amedrontadoras. Antes de sair, com todos os demais, ele fizera um juramento de nunca divulgar o que havia sido dito.

— Uma época interessante? Suponho que sim — respondeu, portanto, O'Byrne.

— Seriam interessantes as ideias de Sir Phelim — induziu novamente o jesuíta.

— Ele é um homem muito bom. Disso não há dúvida — retrucou O'Byrne agradavelmente. — Seu parentesco com a minha mulher é muito distante, como sabe, mas ele lhe tem feito muitos obséquios. — E, gentilmente, entediou o padre Lawrence por um ou dois minutos com uma história sobre a boa índole de O'Neill.

— A Europa toda está nos observando, como sabe — disse o jesuíta, olhando cuidadosamente O'Byrne.

Sobre esse assunto, o padre Lawrence sabia indubitavelmente mais do que O'Byrne. E o jesuíta tinha motivos para satisfação. Não era apenas uma questão de influência e educação.

Durante as últimas décadas, por toda a Europa, as forças da Contrarreforma da Igreja Católica haviam obtido significativos sucessos. Na França, os calvinistas eram uma minoria ameaçada, autorizada a existir, mas em retirada. Os poderosos luteranos da Alemanha, embora ajudados por solidários ingleses, dinamarqueses e holandeses, tinham sido expulsos de muitas áreas e apenas salvos do colapso total pelo exército protestante da Suécia. No leste, metade das igrejas protestantes da Polônia já havia sumido. Na Europa Central, os protestantes tinham sido expulsos da Áustria; e uma poderosa coalizão de Espanha, Alemanha e forças papais havia esmagado as grandes comunidades protestantes da Boêmia e da Moravia, e devolvido essas terras à fé católica.

— Há bons irlandeses no continente que estão prontos para servir à causa santa — continuou calmamente o padre Lawrence. Por duas gerações, irlandeses que deixaram suas terras nativas vinham se alistando nos exércitos da Europa católica. Chefes e príncipes irlandeses tinham se tornado habilidosos comandantes continentais e alcançado altas posições. — E talvez — disse o jesuíta, observando cuidadosamente O'Byrne — a oportunidade surja para eles servirem à causa em sua terra nativa.

O'Byrne esperou um momento antes de responder. Não sabia que esperanças as potências católicas da Europa poderiam oferecer à Irlanda no presente, ou quais poderiam ser os sonhos dos exilados irlandeses. Sem dúvida, o padre Lawrence sabia. O'Byrne certamente não desejava insultar o jesuíta. Mas não era sua obrigação apresentá-lo às ideias de outros homens, e ele havia jurado não divulgar nada do que ouvira na noite anterior. Se eles desejassem que o padre Lawrence soubesse de alguma coisa, já o teriam informado. Portanto, sensatamente, ele se refugiou na inocência.

— Você acha mesmo? — perguntou. Em retribuição a isso, ele recebeu um olhar exasperado. Estava na hora de mudar de assunto. — Que notícias tem de Orlando? — perguntou.

E foi então que descobriu, para sua grande surpresa, que Mary Walsh estava grávida.

— Deve ter ocorrido logo depois da Páscoa — explicou o jesuíta. — Não contaram a ninguém, nem mesmo a mim, até recentemente. Se tudo sair bem, ela terá a criança em dezembro, creio eu. — Sorriu. — Após tantos anos, é realmente uma dádiva de Deus. — Com isso, O'Byrne só podia concordar.

Ele ficou imaginando se deveria ir visitar seu antigo amigo.

Quando viu os dois se separarem, pouco depois, Tidy Faithful anotou a hora e então seguiu o jesuíta de volta aos seus aposentos. Assim que ele estivesse em segurança lá dentro, Faithful poderia ir para casa. Não conseguia ver como um encontro na rua entre o jesuíta e O'Byrne de Rathconan pudesse ter algum interesse. Mas, mesmo assim, anotou isso cuidadosamente para o velho Pincher.

Walter Smith era um homem honesto, mas acreditava ser astuto. Suas transações comerciais através dos anos o tinham deixado rico. Quando Anne se apaixonara por O'Byrne, ele já percebera muito tempo antes de ela se dar conta disso. Quanto aos negócios públicos, ele os acompanhava de perto. E, em tudo e por tudo, no outono de 1641, sentia-se modestamente esperançoso.

Estaria Anne ainda apaixonada por O'Byrne? Provavelmente. Mas fora magoada por ele, e se decepcionara. Ela ansiara pela liberdade selvagem das montanhas de Wicklow, porém estas haviam se revelado um terreno árduo. O'Byrne podia ser uma figura romântica; no entanto, na estimativa de Walter, ele era basicamente frio. Com o bebê de O'Byrne em segurança e longe de vista em

Fingal, a cordialidade e a segurança de sua amorosa família e a confortável casa de Dublin não podiam parecer tão ruim. Isso, o sentimento de culpa dela e a gratidão pelo perdão dele tinham ajudado na harmonização do casal, e ambos eram agora, supunha ele, tão felizes quanto a maioria dos casais com o seu período de vida.

Ele também estava satisfeito com Maurice. Seu filho tornava-se um jovem adulto dedicado ao trabalho. Quando seus olhos verdes às vezes lampejavam esplendidamente, faziam com que parecesse bonito, e, sem dúvida, atraente para as mulheres. Ele, porém, sempre se dedicava ao trabalho de um modo total, e Walter estava cada vez mais orgulhoso dele.

Ao examinar a situação política, Walter acreditava que havia motivos para um cauteloso otimismo. Dublin estava calma. Em agosto, as sessões do Parlamento haviam sido suspensas, e Phelim O'Neill e seus amigos tinham ido para suas propriedades a fim de salvar o que pudessem da safra. O rei Carlos continuava sem chegar a nada com os escoceses. Com o rei tão fraco, ainda parecia a Walter que ele poderia ser induzido a fazer algumas concessões aos católicos da Irlanda. Mesmo falhando isso, Walter achava que continuaria a habitual apreensiva tolerância.

Uma coisa o preocupava um pouco. Os soldados que foram mandados de volta para casa, no verão, não tinham sido todos pagos, e bandos deles apareciam de tempos em tempos. "É uma pena o governo não permitir que eles sejam recrutados por algum comandante mercenário na Europa", disse ao filho. "Pelo menos, nos livraríamos deles." Sua grande preocupação, porém, quando outubro chegou, era o suprimento de comida para o inverno. Na terra que ainda mantinha acima do Liffey, ele conseguira salvar parte da safra, e, de acordo com Orlando, a maioria dos fazendeiros de Fingal tinha conseguido fazer o mesmo. Mais ao norte, no Ulster, a situação era pior. Em Dublin, o preço do pão, que vinha aumentando desde o ano anterior, estava ainda mais alto. Gente rica como ele conseguiria se arranjar, mas os pobres precisariam de ajuda. "Na juventude do meu pai, antes de os protestantes abolirem os mosteiros", ele gostava de dizer, "eram as ordens religiosas que alimentavam os pobres em tempos problemáticos." Ele, Doyle e vários outros comerciantes já haviam discutido que medidas deviam ser propostas ao conselho municipal, se as coisas ficassem ruins demais.

❖

Os sábados eram dias de feira em Dublin. Carroças de todos os tipos de produtos chegavam da área rural em volta, e um fluxo de gente acorria para comprar ou, também, apenas para se distrair. Os sábados eram dias alegres e movimentados. E o sábado de 23 de outubro de 1641 começou quase como qualquer outro. Quase.

O boato começou de manhã bem cedo. Maurice, que tinha ido à feira, o trouxe para casa.

— Há soldados em todos os portões da cidade, e o castelo está fechado e vigiado. Houve uma revolta no Ulster. Dizem que foi descoberta uma conspiração também aqui em Dublin. Ninguém sabe o que está acontecendo.

Pouco depois, Doyle chegou com mais novidades:

— Um sujeito se embriagou numa taberna, na noite passada, e começou a se vangloriar de que ele e seus amigos iriam tomar o Castelo de Dublin pela manhã. Alguém procurou os juízes, e ele foi levado ontem à noite para interrogatório. A princípio, ninguém o levou a sério, mas então foram vistos incêndios no Ulster. Ainda estamos à espera de notícias. O pessoal do castelo está agitado. Eles estão reunindo gente. Aparentemente, é uma conspiração católica.

— Eu não sei nada disso — reagiu Walter com toda a sinceridade.

— Não supus isso — disse Doyle agradavelmente, e seguiu seu caminho. Maurice voltou imediatamente à feira para tentar saber mais.

Portanto, foi com grande surpresa que, meia hora depois, ao ser informado por Anne de que um cavalheiro surgira à porta solicitando uma entrevista com ele em particular, Walter entrou na sala de visitas e encontrou sentado lá um senhor idoso, a quem nunca vira antes, que, pondo-se rapidamente de pé, fez uma educada reverência e o informou:

— Sou Cornelius van Leyden.

✣

Maurice estava na feira havia menos de uma hora, quando soube da notícia. Um comerciante conhecido seu aproximou-se dele. Parecia preocupado.

— Prenderam trinta pessoas. E dá para acreditar? Uma delas foi lorde Maguire.

Um líder parlamentar. A conspiração provavelmente fora abortada, mas, se um homem dessa importância estava envolvido, então o assunto devia ser sério. E Maurice começara a questionar o comerciante, quando avistou sua mãe, acompanhada por uma das criadas, correndo em sua direção.

— Maurice — disse-lhe ela urgentemente —, precisa vir imediatamente.

Ele nunca tinha visto antes sua mãe parecer tão perturbada. Houve pouco tempo durante o caminho, mas ela lhe disse do que ele estava sendo acusado.

— Diga-me que não é verdade — implorou. Como ele poderia explicar?

— É verdade — disse ele. Embora estranhamente, ela mal pareceu ouvi-lo.

— É a mim que seu pai vai culpar — exclamou ela com um triste sacudir de cabeça que não fazia qualquer sentido.

— Ah, você e papai jamais teriam feito tal coisa — disse ele, com certa amargura. — Eu sei disso.

— Você não sabe de nada — vociferou sua mãe, e nada mais disse até chegarem em casa.

Seu pai estava lívido de raiva. Seus olhos estavam em chamas. Mas os olhos do velho holandês eram ainda piores. Olhavam-no silenciosamente, mas com uma terrível certeza azul-clara de que, perante sua família e o Deus Todo-Poderoso, ele era acusado e culpado. Maurice baixou o olhar diante deles.

— Você tem cortejado a neta deste cavalheiro? — O rosto de seu pai estava tenso por causa da raiva contida. — Sem o nosso conhecimento. Sem qualquer comunicação a mim. Ou ao senhor. — Voltou-se para o velho Cornelius van Leyden.

— É verdade, papai.

— Isso é tudo o que tem a dizer?

— Eu devia ter falado com você.

— Mas me enganou, pois sabia muito bem o que eu teria dito. Não vê a desgraça que fez se abater sobre si mesmo e sobre todos nós? E, muito pior, você não entende o terrível dano que causou a esse cavalheiro e sua família, sem falar da própria neta dele? Não percebe a perversidade disso, Maurice? — O holandês podia ser protestante, mas estava claro que Walter já formara um respeito e uma simpatia por Cornelius van Leyden, e que estava enormemente constrangido, além de zangado. — Há quanto tempo isso vem ocorrendo? — exigiu o pai.

Na verdade, não fazia tanto tempo assim. Maurice se encontrara várias vezes com Elena, em Dublin, no outono anterior, mas fora apenas na primavera que passaram a caminhar juntos. Eles tinham se beijado. As coisas tinham avançado um pouco mais. Ele hesitara em ir mais além disso. Casamentos entre católicos e protestantes podiam não ser incomuns em sua classe, mas isso dependia da família. Se Elena fosse filha de Doyle, cujo protestantismo era inteiramente pragmático, e que não teria se importado muito a que Igreja pertenceriam os filhos dela, as coisas talvez fossem diferentes. A família van Leyden, porém, era tão sincera em sua fé quanto Walter Smith e os Walsh eram na deles. Fora Elena que tinha sido menos acanhada e mais ansiosa para experimentar do que ele. Durante grande parte do verão, entretanto, ela estivera fora, em Fingal, e os dois tiveram apenas a oportunidade de se encontrar poucas vezes.

— Nós nos tornamos amigos na primavera, mas mal nos vimos no verão. — Em grande parte, aquilo era verdade.

— Até onde já foi esse assunto? — A voz de Cornelius van Leyden estava calma, mas insistente.

Maurice fitou o chão. Quanto o velho sabia? Quanto Elena tinha lhe contado?

— Não muito longe. — Cautelosamente, permitiu que seus olhos se erguessem e observassem os dois homens. Percebeu que seu pai estava para lhe perguntar o que significava aquilo, mas mudou de ideia.

— Espere lá fora, Maurice — ordenou seu pai. — Conversarei com você mais tarde.

Assim que a porta se fechou atrás do filho, Walter Smith dirigiu-se a Cornelius:

— Não há palavras que expressem minha vergonha, senhor, pelo mal que meu filho causou à sua família.

— A moça também teve culpa — disse simplesmente o velho. — Sempre foi desse modo.

— O senhor é generoso.

— Se tivesse havido uma criança...

— Eu sei. Eu sei — gemeu Walter. — Eu lhe dou a minha palavra de que ele jamais se aproximará novamente dela. E também manterá sigilo sobre o assunto — acrescentou significativamente.

— Será melhor. — O velho holandês suspirou. — Se tivéssemos a mesma fé, a nossa conversa talvez fosse diferente.

Era verdade, pensou Walter, que, se ao menos a moça fosse católica, poderia ter dado uma excelente companheira para seu filho. Mas não havia nada que se pudesse fazer a respeito, e não demorou muito para o velho Cornelius van Leyden seguir seu caminho.

Sozinho com o filho, Walter Smith não se conteve. Acusou Maurice claramente de ter seduzido a moça. Já era ruim o bastante ela ser de uma família respeitável; o fato de ser protestante somente piorava tudo.

— O que vão pensar de nós? — bradou. — Se as coisas tivessem ido mais longe, — frisou —, se ela tivesse concebido um filho, teria de haver um casamento impossível, ou Elena ficaria arruinada. Maurice, você está com sorte de não ser rejeitado para sempre pela sua família — prosseguiu ele.

— E pensar que sua mãe e eu... — começou; mas então, de repente, lembrou-se do comportamento de Anne com O'Byrne, ficou em silêncio e jogou as mãos para cima, em desespero. — Você nunca mais deve vê-la. Jure para mim.

— Juro — disse Maurice com relutância.

E Walter Smith talvez tivesse mais coisas a dizer, mas então, do lado de fora, veio o som do grande sino da Igreja de Cristo repicando, não como fazia habitualmente, de maneira sonora, mas com um alarido selvagem, urgente. Tidy devia estar puxando a corda com todo o seu vigor e a sua força física. Dirigindo-se à porta, ambos se apressaram para a rua.

As pessoas passavam correndo. Parecia haver um pânico geral. Walter parou um aprendiz e pediu-lhe que dissesse o que estava acontecendo.

— É guerra, senhor — berrou o rapaz. — Todo o Ulster se rebelou. E eles estão vindo para cá.

Embora a notícia da revolta no Ulster fosse certamente perturbadora, e apesar de em poucas semanas ter se espalhado por toda a Irlanda, em nenhum momento dos meses que se seguiram ocorreu a Walter Smith ou a qualquer um de sua família, ou a ninguém que conhecessem, que acontecera um dos maiores divisores de água da história irlandesa. Durante os séculos vindouros seria retratada ou como um levante nacionalista de gente católica contra seus opressores protestantes, ou então como um massacre indiscriminado de protestantes inocentes.

Não foi uma coisa nem outra.

Em 22 de outubro, a pequena nobreza do Ulster iniciou uma série de operações coordenadas. Na ausência de qualquer comandante treinado, Sir Phelim O'Neill assumira a liderança. Ele, afinal, tinha sangue dos velhos reis supremos correndo em suas veias. O alvo do levante foi bastante limitado. Após concluírem que, do jeito que as coisas iam, nem o Parlamento inglês nem o irlandês lhes garantiriam a segurança de suas terras ou as concessões à fé católica que professavam, Sir Phelim e seus amigos tinham decidido pressionar o governo tomando posse da província e se recusando a ceder enquanto não fossem garantidas algumas concessões. Bem cientes de que, se os colonizadores escoceses do Ulster fossem afetados, o poderoso exército dos Aliados poderia vir da Escócia para castigá-los, O'Neill dera ordens expressas para que os escoceses do Ulster fossem deixados em paz.

Mas não deu certo. Sir Phelim O'Neill não era soldado. Poucas cidades do interior deixaram que ele entrasse, mas todos os portos fortemente defendidos do Ulster estavam nas mãos de obstinados presbiterianos escoceses; O'Neill conduziu seus homens até as suas muralhas, mas os cidadãos não se impressionaram com isso, e ele não conseguiu tomar um só porto. Pior ainda, na zona rural ele não conseguiu controlar as pessoas e nem sequer suas próprias tropas. Em pouco tempo, bandos de saqueadores perambulavam pelas terras. Muitas vezes, eram ajudados pelos esfarrapados soldados de O'Neill. Dirigindo-se a fazendas de protestantes — ingleses ou escoceses eram a mesma coisa para eles —, saqueavam e roubavam, e, se as pessoas resistiam, frequentemente as matavam. Não demorou muito para os colonizadores protestantes saírem de seus burgos murados para se vingar de modo semelhante. Não houve um massacre único; mas, dia a dia, semana após semana, havia cenas de caos e matança dispersos. As mortes de protestantes aumentavam: centenas, um milhar; e continuaram e se espalharam para além do Ulster. Os colonizadores, alguns até mesmo despidos de suas roupas, em pouco tempo se amontoavam nos portos, a fim de partirem para a Inglaterra, ou seguirem para o sul, para a segurança de Dublin, a 80 quilômetros dali.

Enquanto isso, os juízes em Dublin apressadamente convocaram o chefe da poderosa dinastia Butler, o rico e influente lorde Ormond, o qual, graças a Deus, era membro da Igreja Protestante da Irlanda, do rei, para comandar quaisquer que fossem as forças que o governo conseguisse reunir para enfrentar essa terrível ameaça.

✣

Durante todo o mês de novembro, os refugiados afluíram a Dublin. E não era surpresa que alguns procurassem refúgio na grande catedral da Igreja de Cristo.

Ainda menos surpreendente era o fato de encontrarem uma pronta acolhida por parte da esposa do sacristão.

A esposa de Tidy nunca estivera tão ocupada. Se um dos clérigos da catedral visse um punhado de rostos de crianças olhando inesperadamente da janela de um dos alojamentos subutilizados, adjacentes à catedral, ou subitamente desse com uma família acampada perto de algum velho túmulo, na cripta, e perguntasse ao sacristão: "É mesmo necessário, Tidy, essas pessoas ficarem na catedral?" Tidy apenas suspirava e respondia: "Não consigo detê-la, senhor." E, visto que todos os protestantes de Dublin estavam unidos por causa do ultraje que fora feito à gente devota do norte — e a caridade cristã devia em todo caso suprimir qualquer crítica —, nada havia que realmente pudesse ser feito. Nem podiam se queixar da conta substancial que o sacristão apresentou por ter tocado o grande sino durante várias horas quando chegaram as primeiras notícias do levante.

Em todas essas ajudas, além disso, os Tidy tinham um poderoso paladino.

Se as pessoas haviam antes considerado o Dr. Pincher um excêntrico, se o jovem Faithful Tidy até mesmo pensara que o velho estava ficando maluco, agora ninguém pensava assim. Ele não tinha alertado sobre a ameaça católica? Não acreditara que era tramada uma conspiração católica? Sim. E agora era tido como profeta.

O Dr. Pincher emergiu em seu novo papel como um cisne. Todos os dias ele ia à Igreja de Cristo, onde era recebido como um herói pela esposa de Tidy e levado para ver os recém-chegados. Sua adelgaçada figura preta como tinta caminhava a passos largos por entre eles, mas, diante de cada um, curvava-se cordialmente e dizia: "Seja corajoso. Eu sei o que é sofrer pela causa." E ficou especialmente satisfeito, certo dia, quando um sombrio escocês presbiteriano declarou: "A culpa foi nossa. Foi um castigo de Deus por termos feito o Juramento Negro."

Em meados de novembro, o doutor até mesmo predicou novamente na catedral para uma congregação acima da lotação, aumentada pelos refugiados do Ulster. Mais uma vez, ele destacou as palavras agora oportunas:

Eu não vim trazer paz, mas espada.

Desta vez, contudo, não havia necessidade de ele alertar sua congregação da ameaça católica. Ela a conhecia bem demais. Seu tema, nessa ocasião, era mais inspirador. Se o sofrimento deles fora terrível, disse-lhes, não deveriam desesperar. Pois o Nosso Senhor não havia declarado: "O filho do homem deve sofrer muito?"

A espada de Cristo, lembrou-lhes, dividiu os eleitos dos condenados.

— Vós sois o sal da terra — bradou. — Vós sois a luz do mundo. — Um tremor de reconhecimento percorreu a congregação. — Sejam gratos, portanto — advertiu-os —, pelo seu sofrimento.

"Os idólatras católicos podem brandir a espada e procurar o sangue de vocês. Mas, na ocasião oportuna, a espada de Cristo os abaterá.

"Os iníquos perecerão, e nós, os escolhidos de Deus, seremos levados para Israel, e lá construiremos uma nova Jerusalém. — E então a voz do doutor cresceu tanto em força, que, apesar de sua idade, estrondeou: — De onde não seremos novamente expulsos, não, não em mil anos."

Foi, por consenso universal, um dos melhores sermões já ouvidos.

✣

Durante esse período, as forças católicas de Sir Phelim O'Neill sitiavam, sem muito sucesso, o porto de Drogheda, 80 quilômetros costa acima de Dublin. Os juízes em Dublin, enquanto isso, continuavam tomando depoimentos de qualquer um capaz de lhes dar provas de quem estava por trás da trama original. Informantes se apresentavam o tempo todo, embora fosse difícil saber o quanto de verdadeiras eram suas provas e o quanto era inventado. Na última semana de novembro, os administradores de Dublin conseguiram enviar uma força de seiscentos soldados mediocremente treinados para socorrer Drogheda. Dois dias depois, porém, voltou a notícia: "Os rebeldes católicos os esmagaram."

Estava na hora de os juízes de Dublin tomarem medidas mais sérias.

✣

Foi nessa conjuntura que a esposa de Tidy testemunhou um curioso encontro. Ela levava o Dr. Pincher para visitar uma família alojada na Dame Street, quando viram o padre Lawrence Walsh vir em sua direção. Ela esperava que os dois homens se ignorassem; mas, após o triunfo de seu recente sermão, o Dr. Pincher não estava disposto a evitar ninguém. Começou a repreender o jesuíta a dez passos de distância.

— Estou surpreso, padre, por mostrar seu rosto na rua depois do mal que seus papistas causaram — berrou.

— Eu não perdoo a matança de inocentes — retrucou calmamente o padre Lawrence. Pincher, porém, não tomou conhecimento.

— O'Neill e seus amigos são traidores. Eles pagarão com suas vidas — anunciou severamente. — E você também, padre. Você também.

— No entanto, eu soube — matutou o padre Lawrence — que Sir Phelim age com apoio do rei.

Nada sobre a rebelião do Ulster enfurecia mais os protestantes do que isso. Em parte para confundir a oposição e em parte para induzir os Velhos Ingleses católicos leais a se unirem a ele, Sir Phelim anunciara que agia em nome do rei. Ele também apresentara uma ordem por escrito, para provar. O documento, como seria de esperar, era falso. Mas seria o rei capaz de usar esse exército católico contra seu próprio Parlamento protestante? Nada era mais plausível, na avaliação do Dr. Pincher. Ele lançou ao padre Lawrence um olhar de puro ódio.

— Não pense que sou ignorante, padre — respondeu implacavelmente. — Há anos que vocês, papistas, andam planejando isso por toda a Europa. Vocês nos converteriam ou nos matariam.

O padre Lawrence olhou-o desapaixonadamente. De certo modo, o que Pincher dissera era em parte verdadeiro. A Santa Igreja pretendia reaver a cristandade. Por mais de uma geração, almas corajosas na Irlanda, muitas educadas no continente, haviam pacientemente aguardado a chance de resgate. Fora das praias da Irlanda, soldados irlandeses em exércitos da Europa católica, a imensa rede de padres e frades e atentos governantes católicos, todos esperavam uma oportunidade. Através dos anos, o padre Lawrence podia se lembrar de uma dúzia de tramas e de planos esperançosos, alguns plausíveis, alguns absurdos. Ele tinha como certo que o plano para tomar o Castelo de Dublin havia se originado no continente. Mas, em sua própria avaliação, nenhum desses sonhos e nenhuma das vagas promessas de ajuda de além-mar jamais se materializariam até haver um exército católico com organização e planejamento apropriados, em terra, na própria Irlanda. Fora por isso que, no momento em que recebera indicações do que Sir Phelim e lorde Maguire estavam planejando, mostrara grande interesse. Pela primeira vez, parecia-lhe, talvez houvesse uma chance realista.

Diante da acusação de Pincher, portanto, ele não cedeu.

— Estou surpreso com o que diz — retrucou ele imperturbavelmente. — Pois, pelo que posso ver, Sir Phelim O'Neill, que proclama sua lealdade ao rei, pede apenas a promessa de que as terras dos católicos leais não sejam roubadas e que as Graças, concedidas tempos atrás, sejam respeitadas. É verdade, ele ocupou o Ulster para forçar a mão do governo. Mas onde ele aprendeu esse truque... não foi com seus próprios amigos, os escoceses da Aliança? — Não como Pincher reagiu a isso. Era bem sabido que Sir Phelim já declarara: "Foram aqueles escoceses que nos ensinaram o ABC?" E o padre Lawrence não pôde resistir a perguntar amavelmente: — Ou chamaria também os Aliados de traidores?

Pincher conseguiu apenas fechar a carranca. Mas não ia deixar o jesuíta levar a melhor sobre ele.

— Eu reconheço um traidor quando vejo um, padre, e vejo um agora. Sem dúvida, seu irmão é outro. Toda a sua família é um ninho de víboras. Mas pode estar certo de que ela será esmagada no caminho.

O padre Lawrence virou-se. Não fazia mais sentido continuar aquela conversa.

Após a saída dele, Pincher ficou olhando-o com desprezo. E quase esqueceu a esposa de Tidy, quando ouviu sua voz a seu lado:

— Eu sei que o jesuíta é mau, senhor, mas que pena toda a família ser de traidores. — Pincher olhou para baixo, para ela, e viu que não havia vestígio de ironia em suas palavras.

— Não pode haver verdade num papista — murmurou, irritado.

✣

A qualquer momento agora. Seria qualquer dia. Para Orlando Walsh, à espera do nascimento de seu filho, sua casa era agora um paraíso particular — especialmente abençoado, e completamente separado dos sons furiosos do mundo, que pareciam bem distantes, quase irreais, e mal tinham mais alguma importância.

Não houve problemas com a gravidez, nenhum alarme. Sua esposa era saudável, e ele não tinha dúvidas de que a criança também nasceria saudável. Teria ele, uma ou duas vezes, imaginado se o bebê poderia nascer como o pequeno Daniel? Não mesmo. O que Deus desse, ele aceitaria agradecidamente. Mas, em sua mente, tinha certeza de que, após tantos anos de uma espera fiel, a dádiva de Deus a ele seria perfeita em todos os sentidos.

— Se for menina, penso que devemos chamá-la de Donata — disse ele a Mary. Donata: doada.

— E Donatus, se for menino — disse ela, e ele concordou prontamente.

No início de dezembro, vários pequenos grupos de pilhagem católicos atacaram fazendas protestantes em Fingal. Queriam provisões, mas, quando alguns dos fazendeiros resistiram, houve lutas corporais e algumas pessoas ficaram feridas. Na propriedade de Orlando, contudo, tudo permaneceu tranquilo.

No segundo dia, um homem de Swords que ele conhecia de vista chegou com uma mensagem:

— Temos de nos defender, Orlando Walsh — anunciou. — Os homens em Dublin não lutarão por nós. — Era verdade que, durante todo o mês anterior, os homens do Castelo de Dublin tinham ignorado a maior parte da pequena nobreza de Fingal. Orlando não ficara surpreso. Ele conhecia a mentalidade dos servidores protestantes do governo.

— Somos católicos, portanto eles não confiam em nós — comentou brandamente. — É só por isso.

— E também não podem nos defender — declarou o homem de Swords. — Ou não querem. A única força que o governo enviou até agora foi esmagada. Não podemos esperar nada daquelas partes, e temos fazendas a proteger. É por isso que tem de vir com a gente.

Um grupo de fidalgos da área estava planejando se encontrar com alguns homens de Sir Phelim. Por causa do estado de sua esposa, explicou Orlando, ele não podia ir; mas concordava que a negociação era algo sensato.

— Com sorte, por sermos na maioria católicos, Phelim O'Neill e suas tropas concordarão em nos deixar em paz — disse ele a Mary.

No terceiro dia de dezembro, ele recebeu uma convocação dos juízes de Dublin. Parecia que, afinal de contas, eles começavam a se interessar pelos proprietários de terras de Fingal.

— Estão nos convocando para uma reunião em Dublin — contou a Mary. — Daqui a cinco dias. — Ele viu o ar de aflição em seu rosto. — Eu não irei, se o bebê não tiver nascido — prometeu, e percebeu seu ar de alívio.

De qualquer modo, não estava mesmo disposto a ir. E também, se pudesse evitar, não queria se envolver nas operações militares deles.

Era metade da tarde do quarto dia, quando Doyle chegou. Parecia taciturno.

— Vocês dois devem ir imediatamente para Dublin — disse-lhe o comerciante.

— Mary não pode viajar no estado em que se encontra, e não quero deixar a propriedade, quando tudo está tão incerto — explicou Orlando. Mas Doyle sacudiu a cabeça.

— Não se entende o estado de espírito de Dublin — declarou ele. — Os homens do castelo estão em estado de pânico, e a cidade está sendo agitada por homens como Pincher. — E, quando Orlando mencionou que sabia que alguns nobres de Fingal tinham ido se encontrar com homens de O'Neill em Tara, Doyle quase explodiu. — Não, você não sabe. Você não sabe de nada, Orlando. Está ouvindo? O próprio fato — prosseguiu mais calmamente — de eles terem vindo a você o coloca sob suspeita. — Orlando recebera uma curta carta de Lawrence descrevendo sua troca de palavras com Pincher, mas até então ele não presumira que as ameaças e acusações de traição do velho deveriam ser levadas a sério. — Vão para Dublin — insistiu Doyle — e prove sua lealdade. Caso contrário, ficará sob suspeita. — Incomodava Orlando que alguém pudesse seriamente questionar sua lealdade, mas, mesmo assim, achava que não podia partir naquele momento.

— Diga aos juízes — retrucou — que eu irei à reunião em Dublin, se minha mulher tiver dado à luz em segurança o seu bebê.

— Eu lhes direi — respondeu o parente — e rezarei para que o bebê chegue a tempo.

Na manhã seguinte, o fidalgo de Swords veio novamente. Estava com pressa e nem mesmo quis desmontar.

— Está combinado — bradou. — Vamos nos juntar a Phelim O'Neill.

— Na rebelião?

— De modo algum. Isso é apenas um tópico. Cada fidalgo católico da Irlanda se unirá numa grande liga e proclamará a nossa lealdade ao rei. Para isso, haverá um grande encontro em Swords, no dia 8 de dezembro, daqui a três dias. Vou percorrer cada propriedade da área para dar a notícia. Faça o obséquio de estar lá.

— Mas é o mesmo dia em que todos deveríamos estar em Dublin — objetou Orlando.

— Pode ignorar os malditos protestantes de Dublin — berrou impacientemente o homem de Swords. — Fique com os seus.

— Eu irei — disse-lhe também Orlando —, se a minha mulher der à luz em segurança seu bebê.

— Mas — perguntou-lhe Mary, quando, posteriormente, contou-lhe isso —, e se o bebê vier depois?

— Não vou a nenhuma das duas reuniões — disse Orlando baixinho. Isso lhe parecia a coisa mais segura a fazer.

✣

Dois dias depois, chegou um criado de Doyle com uma carta implorando que ele fosse imediatamente, sem demora, para Dublin. Ele não foi. Naquela noite, Mary entrou em trabalho de parto.

No dia seguinte, o 8 de dezembro, de manhã cedo, o bebê nasceu. Era saudável, um menino. Chamaram-no de Donatus.

✣

Maurice Smith ficou encantado com a notícia de que sua tia tivera um bebê. Ele estivera imaginando o que fazer havia quase uma semana — desde que chegara a carta de Elena.

Fora-lhe entregue no mercado por um dos homens de Leyden, que haviam pedido uma resposta imediata, pois ele precisava retornar logo à propriedade do holandês em Fingal. Maurice nunca recebera antes uma carta de Elena. Notou que, embora seu inglês ainda fosse imperfeito, sua escrita era firme e regular. A carta não era longa. Ela escreveu que já havia dois meses que seu avô a mantinha em Fingal, e que, embora fosse frequentemente a Dublin, o velho se recusava a levá-la. Agora, com os rebeldes se aproximando, ela estava com medo. O que Maurice achava que ela devia fazer?

Levando a carta a um amanuense, que lhe emprestou pena e tinta, ele escreveu sua resposta na própria carta. Ela não corria perigo, disse-lhe. Os rebeldes talvez fossem saquear alimentos; talvez até tomassem alguns valores. Mas, embora pudessem se tornar desagradáveis, se encontrassem alguns dos odiados colonizadores ingleses protestantes, ele achava improvável que machucassem um velho holandês e sua neta.

Ficou claro para Maurice que a verdadeira mensagem na carta de Elena era que ela estava com medo e queria que ele fosse confortá-la, e ele sentiu um grande desejo de fazê-lo. Mas como poderia? Já tinha sido errado cortejá-la. E dera sua palavra ao pai de que não a veria novamente.

Portanto, o que o teria possuído para, no final da mensagem, ter acrescentado "Eu irei vê-la assim que puder"?

✣

Quando a mensagem de Orlando trouxera a boa notícia do nascimento, também viera um pedido para que Maurice procurasse imediatamente o seu tio, para que fosse o padrinho do bebê, cujo batizado seria ministrado o mais depressa possível pelo velho padre de Malahide. Walter ficou encantado.

— É uma grande honra, Maurice — disse-lhe. E também viu nisso uma útil oportunidade.

— Enquanto estiver lá, você deve fazer todo o possível para convencer o seu tio a vir a Dublin. Ele deixou de vir no dia 8, mas isso pode ser justificado pelo nascimento de Donatus. Seu primo Doyle já cuidou disso. Mas, assim que a criança for batizada, seu tio deverá ir imediatamente ao castelo e demonstrar sua lealdade. Eu também, como católico, estaria sob suspeição se não estivesse aqui em Dublin. Diga-lhe tudo isso e que junto minha voz à de Doyle, insistindo para que ele venha.

Foi uma encantadora pequena cerimônia, realizada em casa. Estiveram presentes apenas Maurice, uma senhora de uma propriedade vizinha que atuou como madrinha, os pais felizes, o velho padre de Malahide e o pequeno Daniel, que, miraculosamente, manteve-se quieto durante toda a cerimônia. Maurice ficou com eles até o dia seguinte; e, naquela noite, quando se viu sozinho com Orlando, deu o recado de seu pai. O tio ouviu atentamente e agradeceu, porém não fez qualquer comentário.

Pela manhã, Maurice partiu. Mas, assim que ficou fora de vista, em vez de cavalgar para o sul, de volta para Dublin, virou o cavalo e pegou a pista em direção a Swords. De Swords, virou para noroeste e, uma hora depois, avistou a casa de fazenda de pedra e madeira de van Leyden.

Ali ele teve de parar. Não podia ir até a porta, por temer se encontrar com o velho; então, esperou um longo tempo no frio até ver um lavrador vindo em sua direção. Dizendo ao sujeito que era um batedor enviado de Dublin à procura de rebeldes, ele rapidamente descobriu que ninguém fora visto, que o velho estava em Dublin, mas era esperado de volta aquela tarde, e que Elena, em sua ausência, estava encarregada da casa. Pedindo ao homem que fosse chamá-la, ele cavalgou lentamente em direção à fazenda. E, momentos depois, Elena surgiu.

Ela pareceu contente em vê-lo. A despeito do frio, saíram caminhando juntos para não serem ouvidos. Se, a princípio, ela parecera um pouco constrangida, ele podia muito bem entender isso, pois se sentia do mesmo modo. Mais do que tudo, porém, ela parecia precisar de garantia de que não seriam atacados pelos homens de Phelim O'Neill.

— Eu disse ao meu avô que devíamos ir para Dublin, por segurança — queixou-se ela. — Mas ele não quer que eu vá para lá. — Fez uma careta. — Por sua causa.

Maurice disse-lhe novamente que os rebeldes não tinham rixa com os holandeses.

— Eles não são criminosos ou animais — lembrou a ela. — Eu garanto que você e seu avô ficarão em segurança.

Ele nunca a vira antes com medo. A relação deles fora uma variedade de coisas. Ele gostava da companhia dela, pois um fazia o outro rir. Tinha havido a excitação, com o acréscimo da emoção pelo relacionamento dos dois ser proibido. Ele a achara fabulosamente sensual. Mas, para dizer a verdade, nenhum dos dois sentira realmente amor ou paixão. Agora, porém, vendo-a com medo, ele sentiu uma súbita onda de ternura. Colocando o braço à sua volta, fez o possível para a consolar e ficou com ela por cerca de uma hora. Beijaram-se antes de ele partir, e, embora não lhe tivesse dito na ocasião, ele se descobriu pensando seriamente se, afinal de contas — ainda não sabia como — os dois deveriam se juntar.

Era metade da tarde quando entrou novamente em Swords. Para chegar a Dublin antes de escurecer, precisava se apressar. Os portões da cidade seriam fechados ao anoitecer, e, se ficasse do lado de fora, certamente seria difícil se explicar a seus pais. Mas também se sentia excepcionalmente sedento e, ao passar pela rua principal e ver a taberna, não pôde resistir e entrou para uma pequena caneca de cerveja. Seguramente haveria tempo para isso.

Estava escuro no interior da taberna. As janelas eram pequenas, e o dia lá fora estava cinzento. Uma enorme lareira na extremidade do local fornecia a luz existente. Uma mesa estreita com bancos se encontrava em um dos lados do salão. O chão era coberto de juncos. Havia apenas poucas pessoas. O estalajadeiro não demorou a trazer a cerveja de Maurice, e ele se sentou na extremidade mais distante da mesa, o mais perto do fogo, e a bebeu calmamente. Na outra extremidade da mesa, na sombra, dois homens jogavam dados e havia pequenas pilhas de moedas, sobre a mesa, entre eles. Um deles era um homem pequeno, mirrado; o outro tinha as costas viradas para Maurice. Após alguns minutos, esse último soltou uma gargalhada triste e empurrou suas moedas na direção do homenzinho.

— Basta — falou em irlandês. — Já perdi o bastante por um dia.

Sua voz parecia familiar. O homenzinho levantou-se, recolheu as moedas e começou a se retirar. O outro virou-se, olhou de relance para Maurice e então arregalou os olhos.

— Ora, Mwirish — disse em inglês —, o que o traz aqui?

E, momentos depois, Maurice viu-se sentado ao lado de seu amigo Brian O'Byrne.

Conversaram durante um longo tempo. Maurice contou-lhe tudo: sobre o nascimento de Donatus, o que deixou O'Byrne excessivamente encantado; sobre Elena, o que fez o irlandês sacudir a cabeça.

— Deixe para lá, Mwirish. O seu pai está certo. Não pode sair nada de bom disso.

O próprio O'Byrne, explicou, estivera visitando Rathconan e agora retornava a Drogheda. Estivera com Phelim O'Neill desde o início do levante.

— Eu teria me juntado a ele de qualquer maneira, Mwirish — disse —, mas com a minha mulher sendo parente dele... — Deu de ombros. — Foi o destino.

O'Byrne pediu mais cerveja. Enquanto bebiam juntos, pareceu a Maurice que seu velho amigo estava incomumente melancólico. Em certo momento, O'Byrne virou-se para ele e subitamente comentou:

— Você pertence a Rathconan, sabe disso. Percebi desde o início.

— Lá eu me sinto em casa — reconheceu Maurice, embora não soubesse o que tinha levado O'Byrne a dizer aquilo exatamente naquele momento. Em todo caso, o irlandês mal parecia escutar.

— É a Rathconan que pertence — disse, quase para si mesmo. Olhou para o fogo e suspirou. — Talvez deva ser assim — matutou. E pareceu tão concentrado em seus próprios pensamentos que Maurice não quis interromper.

Olhando pela janela, Maurice viu que a luz da tarde desvanecia. Olhou de volta para o belo chefe irlandês, cujos olhos verdes eram semelhantes aos dele. A luz do fogo alcançava seu rosto, dando-lhe um traço meditativo, romântico. E, se foi o medo de que pudesse voltar tarde para Dublin e sua visita a Elena fosse descoberta, ou se ele foi subitamente dominado por um desejo de estar na companhia daquele homem que ele amava e admirava, lutando pela sagrada causa católica que era a herança deles, Maurice precipitou-se:

— Quero ir com você. Leve-me com você para Drogheda.

O'Byrne deu-lhe um demorado olhar e sorriu lentamente. Mas sacudiu a cabeça.

— Não, Mwirish, já causei problemas demais em sua casa. E também não vou levar o filho de Walter Smith. — Isso não fez sentido para Maurice, e ele quis lhe perguntar o que quisera dizer; mas O'Byrne não terminara. — Diga-me, Mwirish — perguntou —, você gosta de jogar?

— Não sei.

— Todo irlandês gosta de jogar, Mwirish — disse O'Byrne. — Está no sangue. — Talvez fosse o fogo brincando em seu rosto, mas agora Maurice tinha a impressão de que seu amigo parecia estranhamente triste. — Essa rebelião, Mwirish, não passa de um jogo, sabe. Um lance de dados.

— Jogadores podem ser sortudos.

— Verdade. — O'Byrne deu um sorriso amarelo. — Embora poucos sejam sortudos o tempo todo. Eu jogava dados quando você chegou, Mwirish. Mas perdi.

— Eu quero ir com você.

— Nós voltaremos a nos encontrar, Mwirish. Mas agora volte para Dublin. Você precisa ir embora, pois tenho outros negócios.

E Maurice foi embora, cavalgando o mais depressa que podia de volta a Dublin, chegando lá um pouco antes de os portões serem fechados.

Após ele ter ido, O'Byrne ficou sentado sozinho à mesa por algum tempo. Se ele tinha outros negócios, não havia sinal disso. Permaneceu sentado melancolicamente, rolando os dados na mesa para si mesmo.

Finalmente, levantou-se. Iria para o norte, pela manhã, e quem sabia quando passaria novamente por ali? Ficara bastante comovido com o que o jovem Maurice Smith lhe contara sobre Orlando e Mary. Como devia ser verdadeiramente maravilhoso Deus ter-lhes concedido um filho, após todos aqueles anos. Ouvira falar desses casos, mas nunca se deparara com um deles. Era como uma história bíblica: uma coisa sagrada. Sentiu um grande desejo de rever seu amigo, segurar mais uma vez sua mão em amizade e parabenizá-lo. Se partisse naquele momento, poderia chegar à propriedade dos Walsh antes de escurecer.

Não demorou muito tempo para ele cavalgar para o sul, em direção à casa de Orlando. Sua mente estava ocupada por muitas coisas enquanto cavalgava através da formação do crepúsculo de dezembro.

Não lhe ocorreu que estava sendo seguido.

Faithful Tidy não ficara nada contente quando o Dr. Pincher lhe mandara seguir o padre até Swords. Embora tivesse seguido obedientemente sua pista, ele nada conseguira descobrir, exceto que o padre fora passar a noite na casa de uma velha senhora, a qual revelou-se ser sua mãe. Mesmo assim, desde a reunião do outro dia, dos católicos de Fingal em Swords — da qual todos em Dublin ficaram sabendo imediatamente —, a cidade quase era considerada território inimigo. Por isso, quando Faithful tinha parado para uma bebida na estalagem de lá, ficara sentado quieto num canto e mantivera os olhos abertos.

E sua vigilância fora recompensada, ao ver o belo irlandês, que ele sabia ser O'Byrne de Rathconan, entrar no local. Faithful o vigiara atentamente, observara sua conversa com o jovem Maurice Smith e então o seguira até vê-lo entrar na propriedade de Orlando Walsh. Como estava anoitecendo, ele tinha voltado à estalagem em Swords. Mas, na manhã seguinte, cavalgou de volta a Dublin para levar seu informe a Pincher.

O meritório doutor escutou avidamente seu relato sobre a tarde.

— E você viu O'Byrne partir sozinho?

— Ele ficou um longo tempo conversando com Maurice Smith.

— Esqueça o rapaz dos Smith — bradou Pincher com empolgação. — Ele não é nada. Não percebe? O'Byrne é a chave. Ele é ligado a Sir Phelim O'Neill, o maior traidor de todos eles. E foi direto para a casa de Orlando Walsh?

— Não há a menor dúvida disso.

— Então eu o peguei — berrou Pincher com uma alegria que não se preocupou em esconder. — Eu posso destruir Orlando Walsh.

Durante todo aquele dezembro, Orlando Walsh permaneceu em sua propriedade com sua pequena família, tão quieto quanto um camundongo.

Não havia dúvida, os invernos eram mais frios agora do que quando ele era menino; e aquele ano se revelou o mais frio de todos de que qualquer um podia se lembrar.

Com a aproximação do solstício do inverno, uma uivante nevasca varreu de norte abaixo. Por um dia e uma noite, a neve caiu sobre Fingal até haver dela mais de meio metro de altura. Depois disso, a tempestade se foi, e a paisagem congelou.

Alguns dias, o céu ficava azul, e a paisagem cintilava. Mas, se o sol derretia a superfície, a friagem transformava de volta cada gota de água em gelo. Em pouco tempo, havia pingentes de gelo, altos como um homem, pendendo dos beirais do telhado do grande celeiro. Perto do Natal, Orlando ouviu dizer que, em Dublin, o rio Liffey se cobrira de gelo.

Em volta da propriedade dos Walsh, a zona rural estava silenciosa. Ao norte, ainda havia histórias de fazendas protestantes sendo atacadas. Ao sul, os protestantes do Castelo de Dublin enviavam destacamentos para incendiar propriedades de católicos locais de quem desconfiavam. "Eles querem provocá-los para eles se rebelarem", explicou Orlando a Mary, "e provar que os católicos são todos traidores." Enquanto isso, segundo os boatos, o poderoso lorde Ormond, o único homem de verdadeira estatura no lado do governo, reunia uma força militar que prometera levar para Dublin.

Na manhã seguinte ao Natal, o cavalheiro de Swords apareceu novamente.

— Estamos armando os nossos homens, Walsh — disse a Orlando. — Com certeza haverá luta. Vai se juntar a nós?

— Não, não vou — disse-lhe Orlando.

— Medo? — escarneceu o homem. — Já os esmagamos uma vez.

— Não quero lutar contra Ormond — retrucou Walsh simplesmente.

Para começar, o importante magnata provavelmente reunira uma força de combate para ajustar contas com eles. Mas ele também frisou:

— Ormond é a nossa maior esperança. — O poderoso chefe da dinastia Butler podia ter jurado apoiar a Igreja Protestante do rei, mas era um homem moderado, ele mesmo com dúzias de parentes católicos. — Devemos conversar com ele, e não combatê-lo — disse Orlando.

— Todos os demais estão conosco — declarou o homem de Swords. Isso era totalmente inverídico. Orlando sabia muito bem que um grande número de proprietários de terras católicos, inclusive seu vizinho Talbot de Malahide, tinha recuado. Outros permitiram que seus filhos ou irmãos mais jovens fossem, mas eles mesmos permaneceriam cautelosamente em casa. Portanto, Walsh nada mais disse e deixou o homem partir.

Poucas horas depois, uma dúzia de sujeitos chegou à casa. Eram trabalhadores, mas não da localidade. Orlando não gostou da aparência deles, mas teve o cuidado de ser cortês. O homem que era o líder deles disse que era um frade da ordem franciscana. Orlando não sabia se devia acreditar nele, mas achou melhor não discutir. Após determinarem que aquela era uma devota casa católica, eles foram bastante educados. Quando Orlando quis saber qual era seu assunto, o frade lhe disse que faziam reconhecimento para questões de acomodações e abastecimento, para quando o exército de O'Neill passasse por ali. Era quase certamente uma mentira. Entretanto, Orlando levou-os para dentro e os alimentou, e secretamente rezou para que não desejassem ficar. Piedosamente, eles decidiram ir em frente. O frade disse que iam na direção norte para o território acima de Swords. Quando partiram, ele ouviu um dos homens comentar: "Quando encontrarmos protestantes, torceremos os pescoços deles."

Após essa visita, tudo ficou tranquilo.

Maurice Smith olhou da ponte para a cena abaixo. O Liffey era uma vista fora do comum. Grandes placas de gelo cobriam a maior parte do rio. O sol fazia a superfície cintilar. Crianças deslizavam nas bordas, e um sujeito empreendedor organizara um trenó puxado a cavalo para seguir rio acima ao longo da margem.

Primeiro de janeiro. Entre os protestantes, pelo menos, havia um ânimo festivo. No dia anterior, Ormond e seus homens bem treinados tinham marchado através da ponte e seguido para a planície congelada de Fingal. Ao chegarem a Swords, haviam encontrado a brigada não treinada formada pela pequena nobreza católica local e facilmente a esmagaram numa breve escaramuça. Naquela tarde, Tidy tocou o grande sino da Igreja de Cristo, para anunciar a vitória, e o Dr. Pincher saiu às ruas para proclamar que os protestantes em Dublin podiam ter esperanças de que, com aquela prova, Deus estava do lado deles.

Maurice estava de pé ali por algum tempo, quando notou o pequeno cortejo entrar na ponte pela extremidade norte. Cinco cavaleiros, fortemente encapotados contra o frio. Ao chegarem mais perto, ele viu que suas cabeças cobertas estavam revestidas com uma crosta de gelo, sugerindo que haviam feito uma longa jornada através de nevadas. Quando alcançaram a ponte, tinham reduzido a velocidade dos cavalos para marcha. Ao passarem perto, Maurice observou que o cavaleiro do centro era uma mulher. Seu rosto estava semicoberto, mas lhe pareceu familiar. Ela o avistou e pareceu ter um sobressalto, mas já tinham passado quando ele se deu conta de que era Elena.

O avô dela não fazia parte do grupo. Disso ele tinha certeza. Por isso, chamou:

— Elena.

Se ela seguisse em frente, ele teria entendido que a moça precisava ser discreta. Mas, após uma pausa momentânea, ela refreou o cavalo, e os homens que a acompanhavam fizeram o mesmo. Maurice correu e parou a seu lado. Estava emocionado.

Ao se virar para olhar para ele, ela desenrolou o lenço preto que cobria a parte de baixo de seu rosto. Embora ruborizado pelo frio, parecia estranhamente pálido e extenuado, como se subitamente tivesse envelhecido. Ela olhou para ele, inexpressiva, e nada disse.

— Então seu avô mudou de ideia — disse ele, e sorriu. Ele continuou sorrindo para ela. — Isto é, você está em Dublin. — Ele parou, ficou calado. Finalmente, ela falou:

— Meu avô está morto. — Sua voz era fria, como se ele fosse um estranho.

— Morto?

— Sim. Morto. Apareceu um grupo de seus amigos — disse ela como amargor. — Era liderado por um padre.

— Um padre.

— Padre, frade. — Deu de ombros desdenhosamente. — O que importa? Uma de suas ordens profanas. Foram roubar. Começaram a saquear. Tomaram até mesmo o medalhão de minha mãe. Foi arrancado do meu pescoço. Meu avô protestou, e eles o mataram. Na minha frente. Tive sorte de eles não terem me matado também. Ou feito coisa pior.

— Mas isso é terrível. — Sentiu o sangue drenar de seu rosto, ao se lembrar do conselho que lhe dera, ao garantir que ela estaria em segurança.

— Sim. É terrível. — Ele notou a dor em sua voz; mas, em seus olhos, viu apenas raiva e desdém. Olhou-a impotente. Ela parecia outra pessoa. A garota sensual que ele conhecera, desaparecera. Dela não havia vestígios. Em seu lugar, estava uma jovem mulher que o olhava com repugnância. — É verdade o que dizem — continuou ela com uma fria fúria. — Vocês, católicos, não são apenas ímpios. Vocês são animais. Se abrirmos um papista com um corte, encontraremos o demônio.

Ela deixou as palavras se precipitarem. Estas se abateram entre eles, pior do que uma maldição. Por um momento, ele ficou chocado demais para responder.

— Elena — implorou. — Estou tão chocado quanto você pelo que aconteceu...

Ela não o deixou continuar.

— Não quero saber como você se sente. Não se aproxime de mim nunca mais, seu papista sujo. — Pressionou os calcanhares no cavalo para ele avançar num trote, mas, ao deixar Maurice para trás, gritou a palavra uma última vez: — Papista.

Quando o comerciante de barba grisalha chegou à casa, no fim de janeiro, desejando falar com Orlando Walsh, foi educadamente conduzido ao salão. E até estar a meio metro dele, o próprio Orlando não se deu conta de quem era.

— Vim me despedir — explicou Lawrence.

A situação para o jesuíta vinha piorando dia após dia. A situação política estava num estado de grande confusão. Na Inglaterra, o rei Carlos e seu Parlamento haviam chegado a um ponto de completa ruptura. O rei deixara Londres; o Parlamento efetivamente governava a capital. Do outro lado da água, na Irlanda, lorde Ormond continuava a manter militarmente a ordem para o governo na região em torno de Dublin — mas, se o governo agora significava rei, Parlamento ou ambos, ninguém tinha certeza. Na própria Dublin, as autoridades protestantes se comportavam como se a cidade estivesse sob sítio. Os portões estavam vigiados. Nenhum estranho era admitido sem permissão.

— Nem mesmo você conseguirá entrar, irmão — disse-lhe Lawrence —, porque é católico. — Quanto à sua própria posição, explicou, Pincher estivera no castelo, agitando constantemente. — Qualquer dia, ele mandará me prender. Deixei a barba crescer durante dez dias e escapuli disfarçado.

— Nós podemos escondê-lo — ofereceu Orlando imediatamente, mas Lawrence sacudiu a cabeça.

— Não, irmão. Você e sua família não devem ser colocados em perigo por minha causa. Em todo caso, tenho um barco à minha espera em Clontarf. Vou embarcar.

— Vai embora para sempre?

— Não exatamente. — Fez uma pausa. — Sir Phelim é um bom homem, Orlando. Mas não o comandante militar de que precisamos no momento, e ele seria o primeiro a admitir isso. Há, porém, outro O'Neill que possui todas as qualidades, isto é, se ele vier.

— Refere-se a Owen Roe O'Neill?

— Sim.

De todos os príncipes da Irlanda que ascenderam ao alto comando dos grandes exércitos católicos do continente, nenhum era mais famoso do que esse descendente da casa dos velhos reis supremos. Sobrinho do próprio conde de Tyrone, diziam os boatos que ele fora inteirado dos planos para a tomada do Castelo de Dublin no outono anterior. Contudo, um homem levando a vida principesca de um importante general europeu precisaria de mais alguma persuasão antes de deixar tudo isso para arriscar a vida e a sorte numa rebelião, mesmo no solo sagrado de seus pais. Se, porém, ele decidisse ir, nem seu parente Sir Phelim, ou alguém mais na causa católica, hesitaria em lhe entregar o comando.

— Você acha que ele virá?

— Vou juntar a minha voz àqueles que imploram que ele venha sem demora. Se eu tiver sucesso, voltarei com ele. — Lawrence sorriu. — E agora, se me der um cálice de vinho, cumprimentarei sua esposa, abençoarei seu filho e seguirei meu caminho.

Pouco depois, ao ver seu irmão mais velho partir, Orlando sentiu uma onda de afeto por ele. Lawrence podia ser austero e inflexível — mas sempre agira com a melhor das intenções. Era um servo leal da verdadeira fé. Disso não havia dúvida. Se necessário, morreria por ela.

Duas semanas se passaram. O tempo esquentou. A neve derreteu, e, após quase uma semana de dias ensolarados, Orlando viu um chuvisco de flocos de neve e até mesmo um ou dois açafrões diante de sua porta. Vinham notícias de escaramuças esparsas em outras partes, mas Fingal agora estava calma. Lorde Ormond fizera muito bem o seu trabalho. Vários membros da pequena nobreza local, que haviam pegado em armas, estavam fugindo do país; outros haviam se rendido a ele pessoalmente, e foram mandados para Dublin. Orlando soube que o fidalgo de Swords fora um deles. Até então, contudo, ninguém fora incomodar Orlando, e ele começava a ter esperanças de que continuasse tudo assim.

Certo início de tarde, quando Mary e o bebê estavam ambos dormindo, e ele brincava tranquilamente com o pequeno Daniel, Doyle chegou. A enorme forma corpulenta de seu primo preencheu o vão da porta quando ele entrou na casa e irrompeu com passos largos no saguão, onde jogou impacientemente sua capa sobre um banco e anunciou de imediato a má notícia.

— Vão expedir a sua sentença amanhã. Eu consegui a coisa toda através de Tidy, o sacristão, que soube disso, é claro, através de Pincher. Você será proscrito.

— Proscrito? — Era uma antiga sentença medieval inglesa, e muito perversa. Um proscrito não tinha qualquer proteção legal. Podia ser assaltado ou morto impunemente. Tudo o que um proscrito podia fazer era fugir para salvar a pele ou se entregar. Era o modo que o antigo Estado usava para que seus inimigos destruíssem a si mesmos.

— Você não é o único. Metade dos fidalgos envolvidos na rebelião está sendo proscrita. Alguns, como sabe, já fugiram do país. A propriedade será tomada, é claro. Precisa salvar todos os valores possíveis.

— Mas eu não participei da rebelião — protestou Orlando.

— Eu sei. Mas seu irmão é um jesuíta que desapareceu. Você é católico. Não foi a Dublin... — Doyle sacudiu a cabeça furiosamente. — Eu falei a seu favor e pensei que os tinha convencido de que era inocente. Mas subestimei Pincher. O homem tem espiões por toda parte. Parece que você foi visitado por Brian O'Byrne, que está no meio dos rebeldes, justamente na ocasião em que deveria ter ido a Dublin. Pincher tinha um espião em Swords que seguiu O'Byrne até sua casa. Não descobri quem foi o espião, mas isso não importa. A coisa toda foi relatada aos juízes, que querem desempossar o máximo de católicos que puderem. Os homens do castelo, no presente, não estão preocupados com sutilezas legais. As acusações de Pincher foram o bastante para eles. — Fez uma pausa. — Sabe os homens que se renderam a Ormond?

— Sei. — Orlando lembrou-se do fidalgo de Swords.

— Bem — continuou Doyle —, quando Ormond os enviou a Dublin, sabe o que os juízes fizeram? Colocaram um deles na roda. — Sacudiu novamente a cabeça, desgostoso com a crueldade da tortura. — Eles estão atrás de sangue.

— Mas, se tomarem a propriedade, ficaremos praticamente arruinados — bradou Orlando, chocado. — O que farei?

— Se fugir do país ou procurar os rebeldes, declara sua culpa. Se ficar aqui, eles o prenderão. Eu tentarei convencer os homens do castelo a terem uma outra compreensão... e, é claro, cuidaremos de Mary e das crianças... mas, enquanto isso, acho que deve se esconder. — Olhou pensativamente para Orlando. — Você tem ideia de algum lugar?

Ainda havia fumaça a distância, quando os soldados vieram — várias centenas deles —, num ameno dia de março.

Mary Walsh esperava na porta da casa, com um bebê nos braços e o pequeno Daniel a seu lado, quando chegou a cavalgada com oficiais à frente.

Ela soubera que eles viriam e, após uma longa conversa com Orlando em seu esconderijo, se preparara cuidadosamente. Os soldados eram uma visão amedrontadora, e talvez ela tivesse achado ainda mais difícil esconder o seu medo, se não tivesse visto, cavalgando ao centro, a inconfundível figura pela qual estivera esperando.

James Butler, 12º conde de Ormond, era um homem forte com o rosto largo, inteligente. Embora ainda tivesse 32 anos, nascera para semelhantes riqueza e posição, tanto que, obviamente, desempenhava facilmente seu comando. Desmontando, foi cortesmente na direção dela e perguntou pelo seu marido.

— Ele não está aqui, lorde Ormond — respondeu educadamente.

Seus olhos pararam nela.

— Sabe que ele deve ser preso?

— Foi o que ouvi, milorde. Mas não sei por que, tendo em vista que ele é leal. Talvez — acrescentou secamente — os juízes de Dublin saibam de algo que não sabemos. — Embora ele não dissesse nada, ao serem mencionados os juízes, ela percebeu um cintilar de desdém aristocrático atravessar seu rosto, o que lhe revelou o que ele pensava reservadamente das autoridades de Dublin.

— Eu gostaria de entrar — disse ele baixinho.

Dois oficiais e meia dúzia de soldados o acompanhavam. Os oficiais e os soldados começaram a revistar a casa de cima a baixo. Lá fora, ela não tinha dúvida, a tropa estaria vasculhando os prédios da fazenda também atrás de Orlando. Enquanto a busca prosseguia, lorde Ormond permaneceu no grande salão, onde, educadamente, ela lhe ofereceu um cálice de vinho, que ele aceitou. Enquanto esperavam, e sabendo que precisava usar bem o tempo, ela sondou um pouco mais.

— Diga-me, milorde: ainda vemos fumaça a distância, e a temos visto durante dias. Ao que parece, os juízes deram ordem para que as fazendas católicas fossem destruídas. Seus homens disseram que queimarão todas as safras, assim que crescerem. Mas, se fizerem isso, como Dublin e seus próprios soldados serão alimentados? — Era outro exemplo da odiosa estupidez dos homens do Castelo de Dublin, ordenarem essa destruição sem sentido. Eles tinham querido até mesmo destruir também os viveiros de peixes locais.

— Você está correta — respondeu, sem olhar para ela. — Eu os convenci a parar. Amanhã, espero, você não verá mais fumaça.

— Que coisa triste — comentou ela. — Seremos arruinados sem termos transgredido. Quantos outros Velhos Ingleses fidalgos honestos devem sofrer desse modo?

— Eu não desejava transformar em traidores a pequena nobreza de Fingal — disse-lhe ele francamente. — Mas, seja o que eles ou Sir Phelim aleguem, o fato é que fizeram uma rebelião contra o governo do rei. Isso é o que o rei pensa, eu lhe asseguro.

— E eu posso lhe assegurar que o meu marido não se juntou a eles. Ele esteve aqui comigo, o tempo todo, eu lhe dou a minha palavra. Não encontrará nenhum rebelde que lhe dirá que ele esteve lá.

— Ele não lhes deu ajuda?

— Não, a não ser que conte o grupo de desordeiros, sem ligações com ninguém, que esteve aqui certa vez. Nós os alimentamos e rezamos para que fossem embora, o que fizeram, graças a Deus. Isso foi tudo.

— O seu marido foi agora procurar os rebeldes?

— Não, não foi.

— Fugiu para além-mar?

Era uma pergunta perigosa. Se achassem que ele fizera isso, as autoridades poderiam parar de procurá-lo; mas isso também indicaria sua culpa.

— Não, milorde, ele não fugiu para além-mar.

— Nós o encontraremos aqui?

— Não creio.

— Então onde ele está? — perguntou Ormond calmamente.

Aí estava: o momento pelo qual ela temera. Mas eles haviam combinado o que ela devia dizer.

— Milorde — respondeu amavelmente —, sou a esposa dele, e não lhe direi. — Ela prendeu a respiração. As sobrancelhas dele se ergueram. — A não ser — acrescentou suavemente — que pretenda me colocar na roda. — Ela ficou observando-o. Teria ido longe demais?

Mas, graças a Deus, ele não se enfureceu com ela. Em vez disso — ela percebeu claramente —, ele tremeu, constrangido. Ficaram em silêncio.

Um minuto depois, os homens voltaram, e os oficiais informaram: "Nada." Ormond indicou que deveriam esperá-lo lá fora.

— Os homens de Dublin estão ansiosos para confiscar esta propriedade, madame — advertiu-a, quando ficaram sozinhos —, para eles mesmos poderem colocar as mãos nela. De qualquer modo, creio que precisarei aquartelar parte de meus soldados aqui. Cerca de uma centena — acrescentou friamente. — A propriedade precisará ser adequadamente cultivada, para garantir que eles sejam alimentados. Você entende?

— Creio que sim.

— Se o seu marido é leal ao rei e ao seu governo, então terá de ser leal a mim.

— Disso, milorde — disse ela com sentimento —, pode estar certo.

— Não posso reverter a ordem judicial contra seu marido. Não está em meu poder. Mas, se ele estiver aqui, abastecendo os soldados sob minhas ordens, não será atingido... por enquanto. Isso é tudo que posso lhe prometer.

— Sou grata. — Ela hesitou. — Por quanto tempo isso deve durar?

— Quem pode dizer? — Ele suspirou. — Tudo é incerto. Eu mal sei de quem virão as minhas ordens no próximo mês. Precisamos viver dia a dia. — Deu-lhe um demorado olhar. — Encontre o seu marido até amanhã, madame.

Ela assentiu. Ormond lhe fez uma ligeira reverência e, antes mesmo que ela pudesse retribuir com uma mesura, desapareceu.

✣

Havia uma leve névoa sobre o mar, bem cedo na manhã seguinte, quando Mary desceu até a praia. Por isso, a princípio, quando olhou da pequena ilha com a fenda em seu rochedo, onde Orlando estivera escondido durante as últimas três semanas, ele não a notou.

Mas então, quando os raios do sol nascente surgiram correndo por cima do mar e irromperam na praia, ele a viu, acenando-lhe da areia. Então empurrou adiante o pequeno barco de palha que estivera usando e remou na direção dela com o sol nascente às suas costas, para saber que novidades Mary trazia.

✣

O Dr. Simeon Pincher fitou a carta. Ainda continuava abismado.

O mês de abril de 1642 não fora encorajador. Na Inglaterra, a separação entre o rei Carlos e seu Parlamento crescera tanto, que parecia provável evoluir para uma guerra civil. Ali na Irlanda, embora Ormond tivesse feito um bom trabalho em volta de Dublin, a rebelião se expandira ainda mais amplamente. Líderes dos Velhos Ingleses e da pequena nobreza irlandesa, com nomes antigos como Barry e MacCarthy, estavam agora pegando em armas em Munster e além. Até mesmo o tio católico de Ormond se unira aos rebeldes. Ainda mais perturbadores eram os boatos, tornando-se mais persistentes a cada dia que passava, de que o grande general Owen Roe O'Neill finalmente concordara em ir à Irlanda e comandar as forças católicas.

Contudo, todos esses problemas pareciam se fundir com o pano de fundo, enquanto Pincher lia, e relia, a carta.

Em primeiro lugar, ela lhe informava que sua irmã tinha morrido. Ele não lamentou, e teve a honestidade de admitir isso. Não recebera qualquer palavra gentil da parte dela nos últimos 45 anos; e, embora confiasse que ela estava predestinada ao céu em vez do inferno, descobriu-se desejando que regiões celestes fossem amplas, para que seus futuros encontros não fossem frequentes.

O resto da carta era ainda mais encorajador.

Olhou a caligrafia: era firme e varonil. Isso, pensou, era um bom presságio. O estilo não era instruído, nem mesmo elegante, talvez, mas o de cavalheiro simples, devoto. Foi essa a conclusão que foi capaz de tirar de sua terceira leitura. Sobre a convicção religiosa do autor não podia haver dúvida. Tratava-se de um homem veementemente devoto.

Assim era seu sobrinho Barnaby Budge.

Sentia-se gratificado por seu sobrinho ter-lhe escrito em termos tão respeitosos: e ele não pôde deixar de imaginar se talvez a partida de sua irmã não tivesse removido uma barreira invisível àquilo que poderia, muito tempo atrás, ter sido um estreito relacionamento familiar. Ora, era possível, supôs, que, com a familiaridade, seu sobrinho pudesse até mesmo sentir afeto por ele. Afinal de contas, Barnaby era seu herdeiro.

A despeito de sua idade, o Dr. Pincher estava preparado para enfrentar outra viagem marítima, se necessário, para visitar seu sobrinho. Mas parecia que talvez não houvesse necessidade. Pois, no final da carta, vinha a mais maravilhosa notícia de todas. Barnaby esperava ir em breve à Irlanda. Aliás, poderia até mesmo ir viver lá.

"Por confiar na providência de Deus", escreveu, "acolhi a causa do Parlamento e investi 500 libras."

Foi apenas um mês antes que o Parlamento inglês, imaginando como poderia financiar igualmente as tropas de Ormond na Irlanda e um possível conflito armado com o rei em casa, encontrara um novo artifício para fazer uso da Irlanda. Assentamentos e colonizações tinham sido tentados; chefes irlandeses haviam se rebelado, e amigos do governo puderam comprar suas terras a preços reduzidos; mas o Decreto para Aventureiros de 1642 foi um novo avanço na ingenuidade inglesa. Foi algo inspirado.

Pois agora o Parlamento inglês convidava todos os bons protestantes: "Deem-nos dinheiro hoje e, em ocasião oportuna, nós lhes daremos terras irlandesas." As prometidas terras em questão, embora ainda não estivessem disponíveis, seriam confiscadas, em pouco tempo, daqueles que tinham acabado de se rebelar. Por esse meio, os homens do Parlamento inglês esperavam levantar 1 milhão de libras — uma soma estupenda. Ao olhar os termos, Pincher calculara que eles necessitariam de nada menos do que 2,5 milhões de acres: 4 mil quilômetros quadrados, quase um quarto da Irlanda, e muitas vezes as propriedades de todos aqueles que tinham se rebelado até então. "Não se preocupe", assegurou-lhe um dos homens do castelo. "Se eles conseguirem levantar o dinheiro, nós acharemos os rebeldes."

Nesses termos, 500 libras poderiam garantir a Barnaby mil acres, uma propriedade de fidalgo. Com a ajuda de seu tio, poderia conseguir ainda mais. O Dr. Pincher ficara decepcionado quando Orlando Walsh tivera permissão de permanecer em sua propriedade. Agora, porém, lhe parecia que devia haver outra mão a serviço disso. Pois era apenas uma maneira de protelar a execução. Ormond não precisaria de Walsh para sempre. Com o tempo, Walsh seria chutado para fora, e Barnaby Budge talvez conseguisse o local. Seria mesmo esse, de fato, o plano divino?

Ficou imaginando o quanto mais cedo Barnaby viria, e como ele seria.

1646

Brian O'Byrne e sua esposa encontravam-se na rua vazia. A cidade de Kilkenny estava quieta. Era uma tarde de dezembro. Fazia frio. E ele não sabia o que fazer.

Vivenciara muitas coisas nos últimos cinco anos. Perigo. Um pouco de alegria — sua esposa lhe dera um belo novo filho dois anos antes. Alguma solidão, e até momentos de depressão. Mas nada tinha sido mais difícil do que a escolha que agora estava diante de si.

Olhou de relance para a esposa. Nada havia de muito especial na aparência de Jane O'Byrne. Era uma agradável mulher, jovem e de cabelos claros, com dentes pequenos e bem delineados, que poderia ser a mulher de um proprietário de terras de qualquer uma das quatro províncias. Jane, porém, trouxera dinheiro para Brian O'Byrne e alguns excelentes contatos, e ela sabia disso.

Eles já estavam juntos em Kilkenny havia três dias. No dia seguinte, ele teria de ir para Munster; ela voltaria para Rathconan, que, no momento, estava seguro. Eles tinham tido dias movimentados, e felizes, mas Brian não fora capaz de lhe dizer o que passava pela sua cabeça. E ainda imaginava como tocar no assunto, quando ouviu uma voz, chamando seu nome, atrás dele. Virou-se.

O padre Lawrence Walsh estava agora no início da casa dos 60 anos. Seu esparso cabelo cinzento estava cortado curto. O rosto estava mais fino, estriado com profundas linhas verticais; mas seu corpo rijo era vigoroso. Cumprimentou Jane e olhou aguçadamente para O'Byrne.

— Nós nos encontramos pela última vez aqui em Kilkenny, creio eu — disse ele.

Quatro anos atrás. Parecia mais uma era. A reunião atraíra líderes católicos de toda a Irlanda. O'Byrne tinha ido para lá com Sir Phelim. Fora quando decidiram que, se a revolta começasse no Ulster, era para ter alguma chance de sucesso, e os católicos de toda a Irlanda teriam de formar uma única e disciplinada organização, como a dos Aliados na Escócia. Estabeleceram um Conselho Supremo — Sir Phelim era um de seus membros — e uma rede de líderes locais em cada região. A Confederação Católica, como a chamaram, tinha seu quartel-general na cidade de Kilkenny, em South Leinster. Durante o tempo em que o governo inglês ocupara Dublin, e os colonizadores escoceses ocuparam os portos de Eastern Ulster, o conselho de Kilkenny controlara enormes extensões de terras da Irlanda pelo maior período desde então.

— Eu também o vi novamente, aqui em Kilkenny — continuou o jesuíta —, no dia em que o núncio chegou. Mas você não me viu no meio da multidão.

O 25 de outubro de 1645. Um dia simbólico, para nunca ser esquecido: a chegada do núncio, arcebispo Rinuccini, o emissário pessoal do papa à Confederação Católica em Kilkenny. O renascimento da Irlanda católica.

Ele fora recebido como se fosse o próprio santo padre. O'Byrne lembrava-se das multidões enfileiradas por quilômetros nas estradas fora da cidade. Os mais importantes eruditos da região tinham vindo saudá-lo; um deles, coroado com louros à maneira romana, fizera um discurso em latim. Então, mantendo um pálio sobre a cabeça do núncio, conduziram-no através das portas da igreja de São Patrício, onde o clérigo da Irlanda o esperava. Posteriormente, o arcebispo Rinuccini fora conduzido ao castelo, onde estava reunido o Conselho Supremo da Confederação. Graças a Sir Phelim, O'Byrne fora admitido no grande salão do castelo, onde o núncio, sentado num trono coberto com um rico damasco vermelho e dourado, dirigira-se a todos em latim e lhes transmitira uma mensagem de incentivo do Santo Padre. Tinha sido uma ocasião magnífica.

E, ao olhar em volta para a grande afluência de fidalgos, soldados e padres, ocorrera um pensamento a O'Byrne. Havia ali centenas de homens, alguns irlandeses como ele, outros Velhos Ingleses como os Walsh. Quase todos falavam ambas as línguas. Fosse qual fosse sua ascendência, pertenciam à Irlanda e estavam unidos pela fé católica. Muitos deles, além disso, tinham sido educados em importantes escolas da França, Espanha ou Itália, ou serviram, como Owen Roe O'Neill, nos grandes exércitos católicos da Europa continental. E ali estavam eles, um governo à espera, ouvindo um discurso do núncio, no mesmo latim que o próprio São Patrício havia usado. Aquela era a verdadeira Hibérnia,* pensara: um antigo membro da grande, da universal família da cristandade católica. Aquilo era o que deveria ser a sagrada terra da Irlanda.

Embora ele e o padre Lawrence nunca tivessem sido amigos em particular, O'Byrne ficou contente em saber de algumas notícias sobre Orlando.

— Não posso ir vê-lo, é claro — explicou o jesuíta. — Os protestantes de Dublin têm o controle total de Fingal. Mas ele continua na propriedade. Tem uma centena de soldados do governo para alimentar. Mas o deixam em paz, e lorde Ormond o protege.

A despeito do fato de o Parlamento e o rei a que servia terem entrado em guerra, Ormond, por ter mais prestígio do que qualquer um outro, tinha sido deixado como representante do governo inglês protestante em Dublin. O'Byrne ficou contente por seu amigo Orlando ter um poderoso protetor.

— E os Smith? O jovem Maurice?

---

* Nome latino para a Irlanda. (*N. do T.*)

— Continuam em Dublin. São tolerados, embora o conselho municipal tenha se tornado inteiramente protestante. Maurice agora é o parceiro de confiança de seu pai nos negócios dele. Minha irmã Anne também está bem — acrescentou sem maiores comentários.

— Alegro-me por isso — disse O'Byrne.

O padre Lawrence observava-o pensativamente. Olhou de relance para Jane.

— Bem, Brian O'Byrne — perguntou em voz baixa —, posso saber de que lado você está?

✣

Tinha sido muito mais fácil no início. Quando ele acompanhara Sir Phelim a Kilkenny, o objetivo da Confederação era claro — forçar o rei Carlos a acabar com a perseguição aos católicos na Irlanda. Quando os chefes irlandesas nativos das províncias aderiram, eles talvez não compartilhassem o entusiasmo dos Velhos Ingleses pelo rei, mas se mantiveram ao longo da linha do monarquismo em favor de uma Confederação forte. Como resultado, a Confederação ganhara dois excelentes generais com experiência europeia. Owen Roe O'Neill, o príncipe irlandês retornado, no norte; e Thomas Preston, um Velho Inglês católico, no sul.

A oposição protestante era muito mais confusa. Lorde Ormond, o Velho Inglês nobre protestante, estava em Dublin. Acima, no norte, o general Monro liderava 10 mil ardentes escoceses que tinham atravessado o mar para ajudar seus confrades presbiterianos no Ulster. Mas abaixo, em Munster, as forças protestantes eram lideradas por lorde Inchiquin, um príncipe irlandês nativo descendente do próprio Brian Boru, que adotara a fé protestante e que pessoalmente odiava a Igreja de Roma.

A princípio, a Confederação se saíra bem, e lorde Ormond havia concordado prazerosamente com uma trégua. Na Inglaterra, enquanto isso, o rei Carlos, tendo entrado em guerra com seu Parlamento, também parecia estar vencendo. Até mesmo na Escócia, emergira um grupo monarquista.

Aqueles tinham sido ótimos dias para O'Byrne. Sir Phelim o favorecera; sua esposa lhe dera um filho.

Mas então as coisas começaram a desmoronar. Além-mar, os Aliados esmagaram os monarquistas na Escócia; e, na Inglaterra, novos generais da causa parlamentar, Fairfax e Oliver Cromwell, haviam emergido e esmagado os exércitos do rei. Nesse ano, Carlos fora forçado a se render e era agora mantido prisioneiro pelos escoceses. A causa monarquista parecia liquidada.

Ou não?

"Reis têm sua utilidade, mesmo os capturados", gostava de dizer Sir Phelim. E agora que o rei Carlos era um prisioneiro, parecia haver mais a barganhar do que nunca. Os escoceses estavam prontos para colocá-lo de volta no trono — desde que ele fizesse o juramento à Aliança Presbiteriana deles. O Parlamento inglês estava preparado para fazer o mesmo — desde que o rei deixasse que eles o controlassem. A Confederação Católica na Irlanda assinaria uma paz para que Carlos pudesse usar o exército de Ormond na Inglaterra — ora, eles até mesmo foram à Inglaterra para ajudá-lo — se ele desse aos católicos da Irlanda os seus direitos. Quanto ao próprio Carlos, ele não desejava favorecer nenhum deles; mas ganhava tempo, na esperança de que, se conseguisse dividir seus inimigos, ainda poderia galgar de volta para seu trono.

Contudo, ali na Irlanda, havia agora um tipo diferente de problema. A Confederação fora bem-sucedida. Ormond e Inchiquin tinham sido ambos imobilizados, e Owen Roe O'Neill, o arrojado príncipe irlandês, obtivera uma atordoante vitória sobre Monro e seus escoceses no Ulster.

"Agora é a nossa chance", dissera O'Byrne a sua esposa, "de nos atirarmos sobre Dublin e tomá-la. Então talvez consigamos expulsar os protestantes para fora das fortalezas do Ulster."

Porém, nada acontecera.

Em parte, o problema era a vaidade dos generais: o O'Neill irlandês e o Preston Velho Inglês se recusavam a obedecer às ordens um do outro. Mal se conseguia convencê-los a atuar em conjunto. Mas, por trás disso, havia uma divisão mais profunda, no coração da Confederação. Os Velhos Ingleses ainda queriam levar a efeito uma dura barganha com o rei Carlos. "É melhor ele do que um Parlamento presbiteriano", diziam. E Sir Phelim adotara esse ponto de vista. O'Neill e seus amigos irlandeses eram mais radicais. "Vamos expulsar os protestantes de uma vez por toda, e o rei deles também, e nós mesmos governaremos a Irlanda", declararam.

O arrojado Owen Roe O'Neill: um irlandês que tinha a simpatia de todos. Brian O'Byrne sabia quais eram suas simpatias secretas. Já fazia seis semanas que ele planejava desertar Sir Phelim e se juntar a Owen Roe O'Neill.

✣

Foi Jane O'Byrne, contudo, que respondeu ao padre Lawrence.

— Nós estamos com Sir Phelim, é claro.

O'Byrne nada disse. O padre Lawrence sorriu.

— Vocês são leais à sua família. Mas existe uma autoridade maior do que a família. Isto é, a Santa Igreja.

— Nem todo mundo concorda com o núncio — comentou Jane.

— Ele foi duro — reconheceu o padre Lawrence. — Mas, infelizmente, também está certo.

O arcebispo Rinuccini não havia se demorado o bastante na Irlanda para que sua iluminada mente latina percebesse a fraca lógica da posição dos Velhos Ingleses. "Primeiramente", destacara, "o rei Carlos é um herético em quem ninguém confia. Em segundo lugar, ele nunca dará o que vocês querem."

Desde sua formação, a Confederação desenvolvera uma impressionante lista de exigências, que incluíam não apenas a liberdade de praticar a religião católica e direitos legais iguais, mas também a devolução de muitas terras católicas. Eles também queriam que o Parlamento irlandês fosse independente. Na verdade, Carlos seria rei de um país separado.

— Nós sabemos que não conseguiremos tudo que queremos — disse a facção dos Velhos Ingleses ao núncio.

— Vocês não terão nada disso — retrucou ele. — O rei Carlos gostaria de usar as tropas irlandesas contra seus inimigos. Mas não pode lhes conceder a liberdade católica, pois o próprio Parlamento protestante dele jamais o permitirá. A proposta inteira de vocês se baseia numa falácia. — Tendo em vista que um Parlamento protestante lhes daria menos do que o rei, eles contrapuseram: o que deveriam fazer? — Cortem os vínculos com a Inglaterra — disse-lhes. — Vocês não têm alternativa. — E quem os protegeria da Inglaterra depois disso?, quiseram saber. Pois o Parlamento inglês veria sempre como uma ameaça uma Irlanda católica independente. — Vocês defenderão a si mesmos — ordenou. — Mas no futuro virá ajuda. Da França, ou da Espanha. Ou da própria Roma.

Eles eram os Velhos Ingleses da Irlanda, lembraram-lhe. Suas famílias, havia séculos, eram leais à monarquia inglesa.

— Isso é difícil para nós.

— Se vocês são católicos — respondera o núncio —, sua fé virá em primeiro lugar.

Agora, apoiado por Owen Roe O'Neill, o núncio assumira o controle do Conselho Supremo. Ameaçava até mesmo de excomunhão quem se opusesse à sua intransigente opinião. Os Velhos Ingleses, e irlandeses moderados como Sir Phelim, ainda se recusavam a acompanhá-lo. A Confederação estava dividida.

— E o que ele quer, afinal? — perguntou Jane. — Deveremos expulsar todos os protestantes da Irlanda?

— Os protestantes da Irlanda são um grupo misturado — respondeu o jesuíta. — Há homens como meu primo Doyle, que não têm um forte sentimento religioso, e que, provavelmente, mudariam de volta para o catolicismo com a mesma facilidade com que seu pai virou protestante. Há os colonos, muitos deles firmemente protestantes. Após levarmos tudo em consideração, há os aventureiros. Para estes, não fará diferença, ou então passarão adiante suas propriedades e irão embora. Quanto aos homens do governo no Castelo de Dublin, são os mais estridentes. — Sorriu. — Mas meu palpite é que correrão como coelhos. O problema verdadeiro está em outra parte.

— Refere-se ao Ulster.

— Exatamente. Os escoceses. Eles são inteiramente outro assunto. Vejam a poderosa Aliança que fizeram na Escócia. São implacáveis em sua fé. Não tolerariam um Livro de Orações inglês; certamente jamais tolerarão um governo católico. Os outros se desagregarão, mas os presbiterianos do Ulster, não.

— Então teremos de expulsá-los?

— Penso que sim.

— Para onde eles iriam?

— De volta à Escócia, talvez. Ou para a América.

O padre Lawrence se foi, depois disso. Quando ele sumiu, Jane O'Byrne virou-se para seu marido.

— Quando penso em tudo que devemos ao meu parente... a amizade e a promoção que ele lhe deu... espero que não pense em desertar Sir Phelim. — Seus olhos se fixaram duramente nos dele. Ela não sentia o menor medo dele.

O'Byrne nada disse. Antes, ele sempre fizera o que queria com as mulheres. Ficar nervoso por causa de sua esposa era uma experiência nova.

Nem fez O'Byrne qualquer movimento nas semanas que se seguiram. Chegou o Natal, e, logo, o mês de janeiro. Owen Roe O'Neill, de qualquer modo, tinha ido para o alojamento de inverno, portanto não havia nada a ser feito.

Foi no mês de fevereiro, quando ele estava em Rathconan, que chegou a notícia.

— Lorde Ormond cedeu Dublin ao Parlamento inglês. Está deixando a Irlanda.

— Mas é impossível. Ormond é homem do rei.

— E continua sendo. Mas temia não conseguir manter Dublin. Ele foi atrás do rei Carlos. Os dois pretendem reunir mais forças e retornar. Enquanto isso, os homens do Parlamento inglês estão enviando tropas para fortalecer a guarnição.

— Os homens do Parlamento dominam Dublin? Os puritanos?

Sir Phelim e os Velhos Ingleses, aparentemente, tinham calculado mal.

Jane O'Byrne olhou para o marido com uma nova incerteza no olhar.

— O que será de nós agora?

Ao contemplar o mundo no Ano do Nosso Senhor de 1647, o Dr. Pincher reconheceu que somente a providência divina permitira que vivesse tanto tempo, e sentia-se agradecido. Quando Dublin foi cedida ao Parlamento inglês, ele tinha 75 anos e era um dos homens mais velhos da cidade. Levando-se em conta a idade, sua saúde era boa. Eu sobreviverei a todos eles, talvez, pensou com um certo orgulho secreto. Pincher estava determinado, pelo menos, a viver para ver a causa protestante triunfar.

E para ver seu sobrinho bem estabelecido.

Logo após o início da guerra entre o rei Carlos e seu Parlamento, Barnaby Budge escrevera para dizer que pegara em armas contra o rei e se juntara aos Roundheads, como fora apelidado o exército parlamentarista. Algum tempo depois, Barnaby escrevera para lhe contar sobre a nova força que estava sendo formada — um exército-modelo repleto de homens devotos, prontos para serem adestrados a novas alturas disciplinares. Liderados pelos seus generais, Fairfax e Oliver Cromwell, esse Novo Exército-Modelo logo varrera todos diante dele. Cartas subsequentes descreveram suas ações militares, e o Dr. Pincher vivenciara entusiasmo e também algum medo.

— Rezo a Deus para que nos devolva meu sobrinho em segurança — confessara mais de uma vez à mulher de Tidy, a qual respondera consoladoramente.

— Ah, senhor, estou certa de que Ele devolverá.

Durante o ano de 1647, os sinais foram certamente encorajadores. O Parlamento enviou soldados calejados por batalhas e comandantes experientes para Dublin. As forças da Confederação em Leinster e Munster foram forçadas a recuar; e quando fez um movimento em direção a Dublin, Owen Roe O'Neill foi logo afugentado. Igualmente gratificante, as autoridades protestantes municipais haviam tornado a vida tão desagradável para eles, que várias proeminentes famílias mercantes católicas, inclusive a de Walter Smith, decidiram ir embora. Pincher encontrou-se por acaso com Smith, no dia de sua partida, e perguntou-lhe onde pretendia morar agora.

— Com meu cunhado Orlando Walsh — respondeu Walter. Embora as tropas protestantes de Ormond na propriedade de Walter estivessem sob o controle dos homens do Parlamento, em Dublin, o acordo que protegia Orlando continuara. — Pelo menos as suas tropas protestantes nos protegerão — comentou ironicamente o comerciante.

Apenas uma questão causava preocupação ao Dr. Pincher. Tratava-se de algo que ele nunca teria previsto, e aconteceu na Inglaterra. Isso o preocupava tanto, que ele escreveu a respeito para Barnaby.

"O Exército", começou, "parece esquecer que é criado do governo, e não o patrão."

Não havia dúvida de que o Dr. Pincher estava certo. O exército puritano, tendo lutado pelo seu caminho até a vitória, ficara impaciente com os fidalgos do Parlamento inglês, que se reuniam confortavelmente e ainda tentavam fazer um acordo com o rei capturado. "Que vá a julgamento", exigiram. Eles haviam varrido toda a Londres e intimidado os cidadãos; e Oliver Cromwell tinha enviado um dos seus jovens oficiais mais confiáveis, Joyce, para apanhar o rei e transferi-lo para a custódia do Exército. Se o rei Carlos na prisão ainda era nominalmente rei e o Parlamento continuava reunido, era o Exército quem realmente estava no cargo.

O que, porém, chocou Pincher foram algumas das outras concepções deles.

Se a Igreja do rei Carlos, com seus bispos e suas cerimônias, pareciam nada mais do que papismo para a maioria dos puristas, poder-se-ia argumentar o que iria substituí-la. Mas uma coisa era certa: tinha de haver ordem. Os fidalgos do Parlamento e estáveis comerciantes de Londres agora preferiam uma versão inglesa da Igreja presbiteriana. Em vez de clérigos, cada congregação escolheria seus presbíteros, e estes, por sua vez, elegeriam um conselho central, cuja autoridade seria absoluta. Essa seria a nova Igreja nacional.

Mas, enquanto estavam arriscando juntos suas vidas, virando o mundo de cabeça para baixo, os homens do Exército também tinham discutido essas questões, e haviam chegado a conclusões bem diferentes. Eles já haviam se fartado dos homens do Parlamento. Se podiam combater a autoridade de um rei ungido, por que deveriam se ajoelhar para o Parlamento? "Com que autoridade", indagaram, "um Parlamento nos diz como adorar a Deus? Deus fala diretamente com cada homem." Portanto, desde que fossem devotas e não papistas, as congregações deveriam ser livres para seguir sua própria consciência e estabelecer capelas independentes da maneira que desejassem.

Tais doutrinas eram contagiantes. Pincher descobriu isso, certa manhã, quando encontrou Faithful Tidy. Ele ficara um pouco decepcionado, pois, desde que deixara o Trinity College, o rapaz quase nunca ia vê-lo; mas, como Faithful agora era ajudante do administrador do Cabido, eles se encontravam de tempos em tempos. Os homens do Parlamento, em Londres, já tinham deixado claro que pretendiam legislar uma Igreja presbiteriana também para a Irlanda, e Pincher ficou feliz em saber disso. Pois, se deixassem os sujeitos do Exército fazerem as coisas a seu modo, comentou para Faithful, seria o caos — o colapso de toda a ordem religiosa e moral.

— Mas, quando se pensa nisso — respondeu tranquilamente Faithful —, não foi exatamente o que os católicos disseram, quando os protestantes desafiaram a autoridade de Roma? — Deu de ombros. — Qual é a diferença?

Pincher o encarou estupefato.

— A diferença, meu jovem — estrondeou —, é que estamos certos.

Desde que deixara o Trinity, pensou Pincher, o jovem Faithful se tornara impertinente. Mas Pincher ficou profundamente chocado por ele até mesmo ter pensado em tal coisa.

Algumas das ideias não militares do pessoal do Exército eram igualmente ruins. Um grupo desses sujeitos insolentes tinha iniciado uma nova e medonha discussão. De acordo com eles, todos os homens são iguais. *Levellers,* niveladores era como chamavam a si mesmos esses vilões. Suas ideias variavam, mas eles queriam que todos os homens tivessem o direito de escolher seu governo, e alguns dos mais extremistas chegavam a questionar o direito de os homens terem suas próprias propriedades privadas. O Dr. Pincher ficou tão abismado com o que ouviu que até mesmo escreveu uma carta para Barnaby a esse respeito.

"Esses niveladores", escreveu de volta seu sobrinho, "são homens ímpios e perigosos." Dariam um jeito neles, Barnaby lhe assegurou, na devida ocasião. Cada relato, porém, que chegava a Dublin sugeria que o número de niveladores crescia.

E, se o Dr. Pincher estava alarmado pelo espírito radical do Exército dos Roundheads, não estava sozinho. Por toda a Grã-Bretanha, com o progredir do ano, as pessoas começaram a perguntar: esses soldados não reconhecem autoridade a não ser a deles? Será que o poder só pode ser mantido pela espada? "Vamos trocar a tirania do rei Carlos por uma ainda pior?" Na Escócia principalmente, os presbiterianos olharam a independência religiosa do Exército e não gostaram do que viram.

Em Dublin, o Dr. Pincher passou um inverno desagradável, atormentado por frieiras. A primavera de 1648 chegou, mas ele ainda se sentia deprimido.

Então ocorreu uma série de acontecimentos surpreendentes. Por toda a Inglaterra, as pessoas começaram a se erguer a favor do rei — não porque gostassem dele, pois não gostavam, mas porque não queriam ser governadas pelo Exército. Até mesmo alguns navios da marinha real se amotinaram. Na Escócia, um dos grandes lordes reunia um exército monarquista. Lorde Ormond, com a ajuda da rainha, que estava em Paris, e do filho do rei Carlos, um jovem magricela mas habilidoso também chamado Carlos, mantinha agentes ativos na Irlanda. Em nome da Confederação Católica, o lorde Inchiquin declarou firmemente que era a favor do rei. Em um mês, o Conselho Supremo se reuniu, votou contra o núncio e também se declarou a favor do rei Carlos. Somente Owen Roe O'Neill resistiu. Parecia que a guerra civil estava novamente prestes a ser travada.

O pobre Dr. Pincher se encontrava tão nervoso, que, em uma semana, ficou duas vezes acamado, para ser cuidado pela mulher de Tidy, que lhe levava o caldo que curava.

Somente uma carta de Barnaby lhe deu algum consolo.

Eu estou agora com o general Cromwell. Ele não é apenas o nosso melhor comandante, mas um homem sensato, bondoso e devoto. É entusiasmado pelo Senhor. E enfrentará igualmente com firmeza os monarquistas e niveladores, eu lhe garanto.

Embora tivesse ouvido muita coisa sobre esse general em ascensão, Pincher não ficara especialmente impressionado. O homem parecia estável o bastante. Um membro do Parlamento que se tornara soldado, Cromwell tinha herdado enormes propriedades e era um homem rico por seus próprios méritos. Como um rico dono de terras, ele não tinha paciência para as ideias socialistas dos niveladores. Mas suas ideias religiosas eram menos claras. Sua origem era tão parecida com a de seus soldados, que Pincher não tinha certeza se ele era mesmo um presbiteriano. Certamente, ele emprestara seu nome a um panfleto que argumentara em prol da independência religiosa. Pincher o lera com aversão.

Com o passar das semanas, porém, a habilidade de Cromwell como general não pôde ser contestada. Após as principais forças parlamentares derrotarem as rebeliões monarquistas do lado leste da Inglaterra, Cromwell atacou o oeste, desde Gales à Escócia, e cada oponente que enfrentou foi esmagado pelo martelo de ferro de suas tropas calejadas em batalhas. No outono, estava tudo acabado. O Exército dos Roundheads havia vencido.

E então o exército estava farto. Atirando-se sobre Londres e encontrando uma grande parte dos parlamentares presbiterianos ainda tentando negociar com o rei Carlos, eles os expulsaram e anunciaram: "Julgaremos o rei Carlos depois do Natal."

O julgamento aconteceu em janeiro de 1649. E, ao fim do mês, eles o executaram. Nas semanas que se seguiram, a monarquia e a hereditária Câmara dos Lordes foram abolidas, foi escolhido um Conselho de Estado e a Inglaterra foi declarada uma Commonwealth, ou seja, uma República.

Foi algo extraordinário. Executar um rei, com todas as formas de legalidade: tal coisa jamais fora feita antes. O mundo foi virado de cabeça para baixo, e Pincher não tinha certeza se gostava daquilo. Mas também notou, sem demora, que Cromwell, que cada vez mais dominava o Conselho, seguia uma linha um tanto conservadora. Ele, de acordo com Barnaby, até mesmo relutou em executar o rei. Fidalgos presbiterianos plenos estavam sendo levados de volta ao Parlamento; os radicais do Exército estavam sendo silenciosamente ignorados. Tendo lhes dado a cabeça do rei, Cromwell fazia a Inglaterra voltar ao estado de normalidade. Talvez, Pincher ousou esperar, Cromwell conseguisse proporcionar uma ordem religiosa também à Irlanda.

Pois, na Páscoa daquele ano, chegou a carta de Barnaby pela qual o Dr. Pincher se mantivera vivo.

Cromwell vai à Irlanda. Ele irá neste verão. E eu irei com ele.

Vários grupos de homens chegaram ao acampamento naquele dia. De sua posição na encosta, O'Byrne observava o pequeno conjunto de cavaleiros enquanto subiam a trilha abaixo, mas não lhes deu atenção especial.

O sol de agosto estava quente em seu rosto. Era meio da tarde. À distância, ficavam os muros e as torres de igrejas de Dublin. À direita, claramente visível através da leve cerração, ele podia enxergar a água azul da baía de Dublin. Ali nos declives de Rathmines, alguns quilômetros ao sul da capital, milhares de homens esperavam, exatamente como haviam esperado todo o dia anterior. Esperavam por Cromwell. O'Byrne virou-se para o jovem soldado parado a seu lado.

— Vá ver quem são aqueles homens que acabam de chegar — disse ele. Não se importava realmente, mas o jovem estava inquieto e isso lhe daria alguma coisa para fazer.

Os exércitos que esperavam para enfrentar Cromwell, enquanto este velejava para a Irlanda, eram um estranho ajuntamento. Para começar, eram em parte protestantes. O comando total estava nas mãos do protestante lorde Ormond, que agora havia retornado à ilha em nome do filho do falecido rei. As tropas que ele reunira naquele dia em Rathmines continham um grande número de Velhos Ingleses católicos, mas também muitos protestantes. Também na coalizão monarquista, lorde Inchiquin, o irlandês protestante, havia adicionado suas forças de Munster. E acima, no Ulster oriental, a coalizão fora acrescida por um exército de escoceses do Ulster, os quais, como os presbiterianos, haviam se declarado inimigos dos religiosos independentes do exército de Cromwell. Apenas o exército principal de irlandeses nativos deixara de se juntar à coalizão, porque Owen Roe O'Neill ainda resistia, em esplêndido isolamento, no Ulster ocidental. No total, lorde Ormond tinha mais de 14 mil homens.

E a coalizão era formidável. Já havia confinado Owen Roe O'Neill no Ulster. A guarnição parlamentar em Dublin agora estava novamente retida. E lorde Inchiquin surpreendera todo mundo ao avançar acima pelo sul e tomar o porto fortificado de Drogheda, o caminho de entrada para o Ulster, e depois quase todos os baluartes do Ulster, exceto Derry. Ainda recentemente, uma esquadra de navios monarquistas tinha chegado à costa sul da Irlanda, onde, juntamente com corsários locais, esperava acossar a frota de Cromwell.

Ormond escolhera bem sua posição. Se Cromwell desembarcasse no sul, Ormond bloquearia seu caminho para Dublin. Se a frota de Cromwell velejasse pela baía de Dublin, seus navios ficariam ao alcance da artilharia que Ormond instalara na costa ali perto.

Contudo, enquanto olhava para o acampamento na encosta abaixo, Brian O'Byrne tinha apenas uma pergunta que fazia a si mesmo: por que estava ali?

Ele mal sabia. Sua esposa e seu filho estavam com a família dela na, por enquanto, relativa segurança do Ulster. Ele estivera em Rathconan apenas dias atrás, e desejava estar agora de volta lá, escondido e tentando não se meter em problemas. Nada havia de bom na guerra: ele já vira o suficiente disso. Se tivesse de lutar, teria se juntado antes a Owen Roe O'Neill. Mas já havia se comprometido demais com os Confederados e com os parentes de sua esposa. Tinha de lutar ao lado deles, ainda que o seu coração não estivesse lá.

A relutância também não era só de seu lado. Pois a maior oposição à ida de Cromwell à Irlanda já viera inteiramente de outra parte: as próprias tropas de Cromwell.

Era o elemento nivelador, claro. Mas isso era apenas uma questão de indivíduos radicais: companhias completas, regimentos inteiros desse determinado exército-modelo tinham se recusado a servir na Irlanda. Cromwell ameaçara, persuadira, mas seus fiéis soldados ingleses não foram. Eles tinham se recusado por vários motivos. Alguns haviam exigido seu pagamento atrasado; outros queriam reformas políticas na Inglaterra. O argumento mais forte e avançado, porém, viera de soldados de todos os níveis, e era o mais surpreendente.

"A religião de um homem é uma questão de consciência pessoal", diziam. "Por que deveríamos forçar os irlandeses a serem protestantes?"

Ninguém jamais ouvira antes tal argumento. Governantes, por cinismo pessoal ou por motivos políticos, podiam às vezes tolerar outras religiões em seus domínios — embora, é claro, um rei católico soubesse que seus súditos protestantes estavam destinados ao fogo do inferno, do mesmo modo que as comunidades protestantes tinham a certeza disso em relação aos católicos. Mas nenhum grupo político, desde os dias em que o Império Romano tornara o cristianismo a religião do Estado, jamais havia suposto que a Igreja de um homem pudesse ser uma questão puramente particular, que não era da conta de ninguém, a não ser dele mesmo. A ideia era chocante igualmente em sua inovação e sua ofuscante simplicidade. E até mesmo para um compreensivo general de exército como Cromwell — que estava disposto a permitir que a revelação protestante pudesse ser celebrada de diferentes formas pelas congregações — era um anátema sugerir que o grande mal do catolicismo podia ser tratado como se fosse apenas outra seita religiosa, e que a grande ruptura entre católicos e protestantes podia ser ignorada.

Entretanto, embora Cromwell e seus colegas generais tivessem agido rapidamente para esmagar os motins niveladores, ele ainda foi forçado a permitir que numerosas companhias de soldados ingleses fossem para casa, porque eles não conseguiam entender o motivo pelo qual os irlandeses deviam ser forçados a ser protestantes.

E, enquanto fitava tristemente o acampamento lá embaixo, e pensava no sangue que fora derramado durante sua ainda curta vida, motivado pela causa religiosa, O'Byrne sacudiu a cabeça e se permitiu imaginar se, talvez, aqueles heréticos rebeldes ingleses teriam razão.

O rapaz que ele mandara identificar os recém-chegados cavalgava de volta.

— Um grupo de Fingal veio se juntar a nós. Todos católicos. Soube que um deles é um homem de Dublin chamado Smith.

— Smith? — O rosto de O'Byrne se enrugou num sorriso. — Você disse Smith? — Sua tristeza foi esquecida. — É o jovem Mwirish — bradou alegremente, e começou a cavalgar encosta abaixo.

Por isso, ficou enormemente surpreso, após cavalgar através do acampamento, por se encontrar cara a cara não com Maurice, mas com o pai dele.

✣

Algo acontecera a Walter Smith. Ele havia mudado. Não na aparência. Continuava sendo o mesmo corpulento homem de família meio calvo, com o cabelo que restava, ficando grisalho. Algo, porém, acontecera com ele: estava mudado por dentro. Foi isso que pareceu a O'Byrne, quando se sentaram diante da fogueira naquela noite.

O comerciante não ficara especialmente contente em ver O'Byrne, embora devesse ter sabido que o irlandês talvez estivesse no acampamento de Ormond. Ele pareceu aceitar a presença de O'Byrne como outro fato da natureza, assim como o clima, numa vida que, depois de tanta procura por ordem, ele agora tivesse parado de tentar controlar. E, portanto, quando, por cortesia, O'Byrne o convidara para comer em sua tenda naquela noite, Walter assentira ligeiramente e respondera: "Como você quiser." E, enquanto comiam, O'Byrne lhe fez um excelente relato sobre a situação militar, o poder dos vários segmentos das forças de Ormond, e as prováveis táticas se eles combatessem o exército de Cromwell.

Naquela tarde, Ormond decidira colocar uma bateria avançada logo depois do estuário do Liffey. Mas a bateria estaria perigosamente perto dos defensores de Dublin, e, com o cair da noite, ele se preparou para enviar um enorme contingente, cerca de 1.500 homens, para antes garantir a posição, sob o abrigo da escuridão.

— É uma excelente ação — disse O'Byrne a Walter, ao verem os soldados se reunindo para partir. — Uma bateria ali poderá ocasionar terríveis danos aos navios de Cromwell, se ele tentar velejar para Dublin.

De sua parte, O'Byrne estava ansioso para saber as mais recentes notícias de seu amigo Orlando, do jovem Maurice, e da casa em Fingal, onde a família Smith ainda vivia. Walter confirmou que o jovem Maurice era quem agora cuidava dos negócios da família, embora o comércio não fosse fácil. Frequentemente ele se impacientava, e quisera ir lutar com Ormond; apenas o fato de a família precisar dele o mantinha em casa. Anne estava bem, mas sofria de rigidez nas juntas. A pessoa que estivera mais ansiosa, logo ficou claro, era o próprio Walter.

O'Byrne conseguia imaginar. Walter não disse isso com muitas palavras, pois nenhum dos dois queria se referir à questão que existia entre eles, mas O'Byrne conseguia imaginar tudo muito bem.

O celeiro, as dependências, a casa propriamente dita, estava tudo repleto de soldados protestantes. Isso já seria ruim o bastante. Mas ficar amontoado, como um hóspede permanente na casa de seu cunhado — não importava o quanto Walter e Orlando gostassem um do outro —, devia ter aumentado a tensão. E, além disso, dividir aposentos todos os dias com uma família que incluía o menino abobado, Daniel, uma lembrança viva para todos eles — exceto Maurice, que não sabia de nada — de sua humilhação... Pois eu mesmo, pensou O'Byrne, não teria aguentado.

Walter, porém, aguentara, mês após mês, porque era um homem bom e decente; até que, finalmente, tendo feito tudo que podia por eles e sabendo que a vinda de Cromwell era a única enorme ameaça para as vidas de todos, tomara sua decisão. Deixando a esposa sob os cuidados de Maurice na propriedade dos Walsh, e dizendo-lhes que ia tratar de negócios em Connacht, ele saíra cavalgando calmamente para pegar em armas, pela primeira vez em sua vida, como soldado do exército de Ormond. E, assim, esse estável, pacífico homem de família, já passado dos 60 anos, saíra secretamente das vidas de seus familiares e, de uma certa forma estranha, parecia ter alcançado a liberdade. Será, pensou O'Byrne, que ele pretende voltar?

Enquanto ouvia o comerciante e refletia sobre a decência inata do homem, e o fato de que fora ele mesmo quem causara toda aquela desgraça a Smith, O'Byrne, além de sentir culpa e vergonha pelo que fizera com Anne, sentiu-se subitamente atingido pela compreensão, bastante comum naqueles que jogaram o jogo do adultério, de que eles tinham mais afeição e respeito pelo marido que enganaram do que pela esposa que tomaram.

Que estranho, refletiu O'Byrne, ao servir mais vinho para ambos, esse sujeito, que nada tem de nossa aparência — a tal que foi para Maurice —, ser, contudo, meu parente, mais irlandês do que inglês. E vindo lutar a meu lado, embora sabe Deus se ele consegue usar uma espada. Será massacrado, é claro, quando a luta começar. Mas essa é sua escolha. Ele tomou seu vinho e ficou um pouco quieto.

E talvez tivesse bebido demais, pois mais tarde naquela noite, quando a fogueira já se queimara e só restavam cinzas incandescentes, e Smith se levantara a fim de ir para sua própria tenda, O'Byrne segurou-o pelo braço e clamou suavemente:

— Não procure sua morte aqui. Não há necessidade. — E, quando o comerciante sacudiu lentamente a cabeça: — Você é um homem muito melhor do que eu, Walter Smith. Vale dez de mim.

O comerciante, porém, não respondeu, e se afastou caminhando na escuridão.

Como acordou ao amanhecer e estava mais alto na encosta, O'Byrne foi um dos primeiros a notar. Por um curto tempo, imaginou que eles tinham se escondido; mas, quando o sol começou a surgir, e seus aguçados olhos vasculharam a posição costeira escolhida para o canhão, ficou crescentemente alarmado. Os soldados que haviam partido durante a noite não estavam lá, nem em qualquer outro lugar que pudesse ver. Mil e quinhentos homens tinham desaparecido.

A notícia se espalhou pela acampamento. Em pouco tempo, as pessoas fitavam, olhos fixos contra o sol. Onde estavam os soldados? Teriam marchado para os corredores secretos debaixo das montanhas, como os heróis resplandecentes da lenda irlandesa? Em algum momento por volta das oito horas, a resposta tornou-se clara, quando a longa coluna surgiu à distância, seguindo apressadamente para a costa.

— Meu Deus — murmurou O'Byrne —, os idiotas se perderam no escuro.

No entanto, se O'Byrne conseguia ver os soldados monarquistas, a guarnição em Dublin também conseguia. A coluna atingiu seu objetivo. O sol já estava bem alto no céu.

Uma enorme coluna saía de Dublin. Ele conseguia avaliar o número pela poeira à distância. Tinha quase 2 quilômetros de comprimento. Talvez 5 mil homens. Contra uma tropa de 1.500 que acabaram de passar a noite perdidos na escuridão, e que não tiveram tempo de defender sua posição. Eles seriam massacrados.

Momentos depois, Ormond ordenou um ataque geral.

Eles avançavam depressa demais. Não havia tempo a perder, mas, ao avançarem através do terreno aberto em direção ao outeiro, O'Byrne podia ver que as companhias avançadas estavam quase para se precipitar numa corrida. A sua tropa da cavalaria era bem treinada. Ele a mantinha numa formação contida. Viu, porém, outra companhia irromper num galope. Eles estavam ansiosos para salvar seus companheiros. Mas o que estariam pensando seus comandantes?

Ficou imaginando onde estaria Walter Smith. Não o tinha visto.

Um jovem oficial chegou com ordens.

— Alinhar. — Eles iam se unir para um ataque concentrado contra o flanco direito do inimigo. Uma ação sensata, graças a Deus.

Durante os minutos seguintes, O'Byrne teve pouco tempo para pensar. Não conseguia mais ver o inimigo. Havia duas ondas de cavalaria à sua frente, estrondeando adiante. A primeira forçou a linha inimiga. Mas as tropas de Dublin estavam em formação perfeita, apontando uma inexpugnável muralha de lanças. Quando a segunda onda colidiu, ele viu adiante de si uma massa agitada de cavalos e soldados caídos, sobre a qual o inimigo despejava tiros de mosquete. Não havia esperança de atravessarem. Segundos depois, ele estava girando, movendo-se ao longo da linha, a floresta de lanças brilhando horrivelmente à sua direita, através da fumaça acre. Uma bala de mosquete passou sibilando pela sua cabeça. Viu um de seus homens se abaixar. "Recuar", gritou. Hora de se reagrupar.

A batalha prosseguiu por todo o resto da manhã. A maioria dos 1.500 homens que se perderam durante a noite foi dizimada. Várias e várias vezes, os homens de Ormond tentaram tomar posições inimigas. Finalmente, por volta da metade do dia, o inimigo fez um rápido avanço. Os homens de Ormond resistiram, mas, à esquerda e à direita, O'Byrne podia ver que eles cediam terreno. Então, subitamente, as linhas desmoronaram. Companhias inteiras se viravam para fugir. O inimigo as destruía. O'Byrne viu um regimento de cavalaria correndo em volta do flanco direito para interceptá-las. Haveria um banho de sangue. O exército de Ormond seria destruído, e não havia nada que pudesse ser feito.

— Salvem-se — disse a seus soldados, e girou seu cavalo.

A pouca distância, ele podia avistar terreno aberto. Dali, trilhas levavam na direção oeste. Se desse para alcançar o terreno aberto, talvez conseguisse escapar. Dali, poderia viajar para o sul e então subir para Rathconan. Valia a pena tentar. Partiu.

Soldados fugiam pelo seu caminho. Ele deparou-se com duas escaramuças, mas cavalgou rapidamente em volta delas. Parecia-lhe que talvez conseguisse escapar. Tinha percorrido quase 1 quilômetro, quando avistou Walter Smith. Ele estava encurralado diante de um renque de árvores por três cavaleiros inimigos. O primeiro já estava em cima dele, golpeando sua perna. Um talho vermelho surgiu na coxa de Walter. O comerciante tinha sacado a espada, agitando-a loucamente, porém, em mais alguns instantes, eles o abateriam.

Nesse momento, por algum milagre, ele acertou seu agressor no rosto, e o homem caiu para trás, uivando. Mas os outros dois se aproximavam rapidamente. Tudo acabaria para Walter Smith.

O'Byrne soltou um grito e esporeou seu cavalo para adiante. Os homens viram, e um deles se virou para enfrentá-lo. O'Byrne sacou a espada, e os dois se encontraram. Agora, enquanto trocavam golpes, ele não podia prestar atenção em Smith. O inglês era habilidoso. Por um momento, O'Byrne pensou que fosse perder. Mas, pela graça de Deus, o cavalo do sujeito perdeu o equilíbrio, a cabeça do homem foi arremessada para trás, e O'Byrne acertou-lhe um golpe no pescoço que abriu sua traqueia.

Quando o inglês caiu, O'Byrne olhou para Walter. Espantosamente, o comerciante continuava ali. O cavaleiro restante, distraído pela luta entre seu companheiro e O'Byrne, ainda não o tinha derrubado. Agora o inglês hesitou. Walter foi para cima, brandindo a espada. O'Byrne seguiu direto para ele, esperando alcançá-lo primeiro. O sujeito pensou bem e fugiu.

— Venha. — O'Byrne estava agora ao lado de Walter, segurando seu braço. — Precisamos ir. — Gesticulou com a cabeça para a perna de Walter. — Você está ferido.

Walter Smith olhou fixamente. No calor da batalha, não notara o ferimento na perna, que sangrava consideravelmente. Ele estava afogueado.

— Nós os derrotamos.

— Sim. — O'Byrne sorriu. Será que ele se dá conta de que acabo de salvar sua vida?, perguntou-se. Aparentemente não. — Mas agora precisamos ir embora — disse amavelmente. Contudo, para seu espanto, Smith sacudiu a cabeça.

— Não podemos abandonar o campo de batalha — afirmou com obstinada determinação.

O'Byrne olhou-o, então sorriu.

— Você é corajoso demais para mim. — Deu uma risadinha. — Mas somos obrigados a ir, sabe. São ordens. Já soou a retirada.

— Ah. — Smith parecia confuso, mas se deixou conduzir.

Levaram uma hora, margeando os restos da batalha. O'Byrne não disse a Smith, mas era óbvio que as forças fragmentadas de Ormond estavam sendo apanhadas gradativamente e massacradas. Ficou imaginando quantos restariam ao final do dia. Após uns 3 quilômetros, com a batalha para trás deles, O'Byrne achou que era seguro parar alguns minutos, para que ele pudesse olhar a perna de Walter. Felizmente, o ferimento não era profundo, mas Walter perdera uma grande quantidade de sangue. O'Byrne rasgou uma tira de sua camisa e envolveu fortemente a perna.

Corria o fim da tarde, quando começaram a subir a trilha que levava a Rathconan. Agora Walter ficara pálido e calado, no entanto O'Byrne não estava muito preocupado com ele. O comerciante podia não ser um bom soldado, mas era surpreendentemente forte. Quando chegaram à casa, encontraram o velho padre, que ainda continuava na residência, e duas das criadas. Cuidadosamente, elas lavaram o ferimento de Walter e o cobriram com ataduras. Ele parecia agradecido e bem o bastante para comer uma refeição noturna com todos.

— Vamos torcer para que se passem alguns dias antes de Cromwell vir aqui — comentou O'Byrne.

— O que fará agora? — perguntou-lhe o padre.

— Não sei — respondeu O'Byrne. — Vai depender da situação militar. — Ele não acrescentou que tinha certeza de uma coisa: não havia nada, agora, entre Cromwell e Dublin.

Após a refeição, ajudaram Walter a subir para o quarto, onde o colocaram na cama que outrora O'Byrne e Anne haviam ocupado. Ele ficou deitado ali, olhando em volta.

— É um excelente lugar, Rathconan — disse, sonolento.

— É mesmo. E também é seu lar — lembrou-lhe O'Byrne. — Pois continua sendo um O'Byrne.

— Eu sei. — Smith assentiu e fechou os olhos.

O'Byrne esperou um momento; então, achando que o comerciante adormecera, virou-se para ir embora.

— Nós lutamos bravamente hoje, não foi? — murmurou Walter, os olhos ainda fechados.

— Lutamos — disse Brian O'Byrne. — Você lutou como um leão. — E, vendo o comerciante sorrir, curvou-se e beijou-o.

Naquela noite, ele dormiu profundamente e acordou muito depois de o sol ter nascido.

Indo ao quarto onde deixara o comerciante na noite anterior, ficou surpreso por não encontrá-lo lá, e mais ainda quando descobriu, após procurar pela casa e pelo estábulo, que tanto Walter quanto seu cavalo haviam sumido.

✣

O Dr. Pincher estava agora no seu 77º ano, mas nunca ficara tão animado assim desde que era menino. Pois Barnaby Budge tinha chegado e, naquele dia, eles iam se encontrar.

Pincher ficara muito contente porque, ainda enquanto a esquadra de Cromwell desembarcava, Barnaby, cortesmente, lhe enviara uma mensagem por um soldado, perguntando-lhe onde e a que horas seria mais agradável recebê-lo. O Dr. Pincher já pensara muito sobre como seria o encontro dos dois. Esperava encontrar uma desculpa para realizá-lo no interior das dependências sagradas do Trinity College, para que seu sobrinho pudesse vê-lo primeiro naquele augusto ambiente, em vez de em seus alojamentos bem mais humildes. A questão foi resolvida pelo soldado, que lhe informou que o general Cromwell em pessoa seria levado em carruagem à praça College, no centro de Dublin, onde se dirigiria ao povo de Dublin.

— Eu estarei presente para receber o general Cromwell — disse-lhe o doutor. — Que o capitão Budge — pois agora ele já sabia que Barnaby tinha uma patente — posteriormente entre na universidade, ao lado da praça, e me encontrará.

Nada poderia ser melhor. Um discurso de Cromwell, a quem o Parlamento, além de dar um comando militar, também designara com o título de representante real da Irlanda. Então, um de seus oficiais e o eminente professor do Trinity teriam uma reunião pública familiar. Seria uma homenagem à família. Em questão de uma hora, ele providenciara para que vários dos lentes, uma seleção dos melhores jovens eruditos, e até mesmo a família Tidy estivessem presentes para assistir ao acontecimento. Estava tão contente, que, na privacidade de seus alojamentos, literalmente abraçou a si mesmo.

A chegada de Oliver Cromwell e seu Exército dos Roundheads à Irlanda foi algo impressionante. Cento e trinta navios foram para o estuário do Liffey e começaram a desembarcar suas tropas: 8 mil soldados de infantaria, 3 mil cavalos comuns, 1.200 soldados de cavalaria. Havia também os vários milhares de soldados ingleses que já se encontravam na guarnição de Dublin. Esse número, embora grande, não era impressionante, mas se igualava ao que era provavelmente a melhor força combatente da Europa. Os navios também traziam grande quantidade de artilharia, e, por último, mas não menos importante, a soma de 70 mil libras para pagar por quaisquer suprimentos de que pudessem precisar.

Contra eles, seria formada uma coalizão de forças. O exército de Ormond fora despedaçado em Rathmines. Quatro mil homens tinham sido mortos, e outros 2.500, feitos prisioneiros. Outros tinham desaparecido para suas casas. Ormond, entretanto, ainda tinha cerca de 3 mil homens acampados às margens das Midlands. Havia, também, as forças monarquistas em Munster, e as guarnições municipais em cada província — algumas delas protegidas por fortes muralhas. A chegada de Cromwell, porém, também afrontara uma outra importante figura.

Owen Roe O'Neill podia ser orgulhoso, mas, afrontado com a chegada do próprio Cromwell, ele finalmente concordou: "Precisamos esquecer nossas diferenças e unir novamente os Confederados." O núncio papal podia ter se enfurecido, mas o príncipe irlandês se juntava à causa monarquista. Ele estava doente, com uma perna gangrenando, mas contava com 5 mil homens e poderia chamar outros tantos novamente.

Os números estavam a favor dos monarquistas. Além disso, nem os irlandeses nativos, nem os Velhos Ingleses da zona rural, nem os escoceses presbiterianos do Ulster tinham qualquer desejo de vê-lo por lá. Cromwell estava entrando em território hostil.

Enquanto seu exército era recebido pela guarnição de Dublin, Oliver Cromwell era levado de carruagem à College.

O dia começara mal para a família Tidy. Talvez a culpa fosse de Tidy.

Os dois oficiais *roundheads* que chegaram à Igreja de Cristo naquela manhã procuravam por alojamentos onde os soldados pudessem ficar aquartelados. Levando-se em conta tudo o que a mulher de Tidy fizera para abrigar os refugiados protestantes oito anos antes, não foi surpresa eles terem ido ao recinto da catedral.

Mas eles não sabiam do sino.

Não havia dúvida, o velho Tidy dera o melhor que tinha. Hora após hora, à medida que a esquadra de Cromwell entrava no Liffey, o grande sino da Igreja de Cristo dobrara suas boas-vindas protestantes. Por sete horas inteiras, o velho sacristão puxara a corda do sino, deixando que seu filho apenas trabalhasse um curto espaço de tempo, durante cada hora, enquanto ele bebia uma caneca de cerveja para se revigorar, e para cuidar das exigências da natureza. E era sua intenção tocar o sino novamente naquele dia, para assinalar a entrada de Cromwell em Dublin.

Ele sentira tanto prazer com essa realização, que não hesitara, o que talvez devesse ter feito, ao ver os dois oficiais, e lhes apresentara uma conta com a principesca soma de 40 xelins. Isso não fora bem recebido. Aliás, palavras grosseiras foram pronunciadas pelos oficiais, quando, sem saberem do costume do lugar, recusaram-se a pagar. Então, tendo o sacristão lhes informado que nenhum soldado seria aquartelado no recinto da Igreja de Cristo, o oficial mais corpulento, que parecia ter impressão de que aquela era uma igreja papista, comentara: "O general Cromwell, se desejar, aquartelará seus cavalos nesta igreja." Ao que Tidy revidara, afirmando que o general podia colocar seus cavalos na nave da igreja de São Patrício, mas não na Igreja de Cristo. Eles não chegaram a bons termos, apesar dos esforços da mulher de Tidy e de Faithful para garantir aos oficiais suas boas intenções.

A multidão na praça College era impressionante. Os conselheiros municipais e os assistentes administrativos estavam todos lá: os homens importantes do Trinity College, o velho Dr. Pincher facilmente visível entre eles; o clero paroquial protestante, ainda um pequeno e inexpressivo ajuntamento; e uma enorme aglomeração de cidadãos. Todos observavam com interesse, quando, com uma escolta de cavalaria, o general chegou numa simples carruagem aberta.

Quando a carruagem parou, Cromwell não desceu. Tirou o chapéu e levantou-se. Tinha compleição forte, homem da soldadesca, com cerca de 1,80 metro de altura. Seus cabelos ficando grisalhos eram partido ao meio e pendiam até os ombros. O rosto não era feio, mas simples, e parecia haver verrugas em um dos lados. Quando falou, sua voz pareceu áspera, e seus modos, grosseiros. E a mensagem que transmitiu então ao povo da Irlanda foi simples e breve.

Ele fora levado ali pelo Deus Todo-Poderoso, disse, para lhes restituir a liberdade. Aqueles que, reconhecendo a providência divina, estivessem entre os devotos — no seu entender, qualquer bom protestante —, podiam estar certos de que os irlandeses bárbaros e sedentos de sangue seriam subjugados, e que o Parlamento da Inglaterra os protegeria. Aqueles que se opusessem com armas à autoridade do Parlamento seriam esmagados. Que disso não houvesse dúvida.

Mas que todos também entendessem, continuou, que ele não desejava ferir consciências fracas. Aqueles que eram bem equilibrados não precisavam ter medo. A senha do exército de Deus era justiça: castigo para aqueles que fossem culpados de derramar sangue inocente, mas, para o resto, bondade. Virtude e ordem deveriam ser o guia deles.

— Liberdades civis para gente pacífica — anunciou.

Então, sentou-se, pôs o chapéu e foi levado embora.

O Dr. Pincher franziu a testa. Aquilo não era nada do que ele havia esperado.

A mensagem fora cuidadosamente calculada. Isso era de se esperar. E a situação tática na qual Cromwell se encontrava era bem compreensível. Ele era um general. Fora para a Irlanda proteger as forças parlamentares no flanco ocidental. Aqueles que se opunham à autoridade do Parlamento com armas — em outras palavras, as forças monarquistas — seriam esmagados. Isso era evidente. Claro.

Aqueles que tinham derramado sangue inocente seriam levados à Justiça. Teria ele se referido aos bandos de irlandeses que haviam cometido excessos quando Sir Phelim e lorde Maguire começaram a rebelião de 1641? Presumivelmente. A lembrança desses massacres, e dos refugiados indo para Dublin, ainda estava fresca, mas identificar agora os culpados que ainda restavam não seria fácil.

Mas que história era aquela de "consciências fracas"? A frase era um código, bem conhecido de cada ouvinte. Significava aqueles de outra fé. Se os de consciência fraca fossem "bem equilibrados", anunciara o general, nada tinham a temer. A linguagem política era inconfundível. A insinuação aos cidadãos reunidos na College era clara. No que dizia respeito àquele rude general inglês, comerciantes católicos respeitados como os Smith de Dublin, se não lhe causaram problemas, poderiam ser deixados em paz. Isso soava suspeito, pois Cromwell podia até mesmo deixá-los continuar seu culto, se o fizessem discretamente e longe da vista. O Dr. Pincher estava horrorizado.

Seria esse o general do exército de Deus? Os católicos nem mesmo seriam forçados a se converter? Não seriam expropriados? Pincher havia esperado por isso toda a sua vida. Talvez o discurso tivesse sido apenas uma tática para manter os católicos quietos até que fosse possível cuidar deles adequadamente. Esperava que sim. Outra possibilidade, porém, também lhe ocorreu: seria possível que, além de esmagar os monarquistas e castigar os culpados, esse general Cromwell não tivesse qualquer plano que fosse para a Irlanda? Pincher olhou a multidão em volta. Por toda parte, as pessoas se entreolhavam, surpresas.

Foi com alguma confusão e inquietação na alma que Pincher se preparou para o encontro com seu sobrinho.

✣

Na ocasião em que a família Tidy entrara no santuário do Trinity College, Pincher já havia preparado a cena. Estava sozinho, de pé, roupa preta e ereto, olhando em direção ao portão onde um grupo de estudantes observava. Perto de uma entrada à direita, seus colegas lentes haviam se reunido, à espera de serem apresentados. Os Tidy pararam logo após o portão.

Através dele, momentos depois, uma figura larga, vestida com as roupas de couro de um oficial *roundhead*, penetrou com largos passos ruidosos. Avistou imediatamente o Dr. Pincher e foi logo em sua direção. E Tidy gemeu.

"Pelo sangue de Cristo", murmurou. Era o oficial com quem ele discutira naquela manhã.

✣

O Dr. Pincher olhou fixamente. A figura que vinha em sua direção era alta, mas toda a semelhança familiar terminava aí.

Barnaby Budge era corpulento. Seu peito era largo, os enormes calções claramente abrigavam pernas como troncos, as botas de montaria de couro eram imensas. Mas foi a visão de seu rosto que deixou o doutor paralisado.

O rosto de Barnaby Budge era largo e achatado. Fez o Dr. Pincher pensar num lombo de carneiro. Seria realmente possível que aquele sujeito animalesco que avançava ruidosamente na direção dele fosse realmente filho de sua irmã?

— Dr. Pincher? Eu sou Barnaby.

O doutor inclinou a cabeça. Palavras sairiam, sem dúvida, mas, naquele momento, não conseguiu pensar em nenhuma. Enquanto isso, deu-se conta de que o enorme soldado estudava sua fisionomia com interesse. Então, ouviu-o murmurar para si mesmo:

— Minha mãe estava errada.

— Errada? Como assim? — perguntou Pincher rapidamente.

Barnaby pareceu surpreso, e então constrangido. Não imaginava que a audição de seu tio, em idade tão avançada, pudesse ser tão aguçada.

— Percebo, senhor — respondeu pesada mas sinceramente —, que não parece em nada doente.

Pincher olhou-o fixamente.

— Venha, sobrinho — disse calmamente, com um olhar de relance para onde os lentes do Trinity College observavam —, vamos conversar sobre assuntos familiares nos meus aposentos. — E, não dando sequer um cumprimento de cabeça para os Tidy, passou rapidamente pelo portão da universidade com Barnaby a seu lado, caminhando a passos largos.

Uma vez em seus aposentos, não demorou muito para fazer as necessárias inquirições familiares. Ficou sabendo que Barnaby estivera solidamente estabelecido no comércio de tecidos, antes de entrar para o exército de Cromwell, e que herdara uma pequena propriedade e uma boa casa. Falou respeitosamente de sua mãe, mas, pareceu a Pincher, sem muito afeto. Também falou sobre o assunto de seu investimento na Irlanda.

— Vim aqui para fazer o serviço do Senhor, tio, e possuo 500 libras.

— Certo — disse o Dr. Pincher.

Por sete anos, explicou, as 500 libras com as quais contribuíra para a causa parlamentar tinham permanecido, é claro, em sua mente. E agora, que elas seriam pagas generosamente com as terras irlandesas confiscadas, ele teria prazer em ouvir o conselho de seu tio. Estava ansioso, contou ao idoso, por se instalar na Irlanda e se tornar seu amigo.

— Transformaremos esta numa terra religiosa, tio, eu lhe prometo — disse ele, e deu um tapinha nas costas do velho. A tudo isso, o Dr. Pincher, que começava a se perguntar se era realmente conveniente que aquele largo relacionamento o constrangesse em seus anos de decadência, respondeu:

— Tudo a seu tempo, Barnaby, quando a batalha for vencida.

Nem levou muito tempo para Pincher ter a medida do intelecto do seu sobrinho. Barnaby não era uma pessoa letrada. Aliás, embora familiarizado com muitas partes das escrituras, não parecia ao doutor que ele algum dia tivesse lido um livro em toda a sua vida. Sua fé religiosa, como um protestante sólido e temente a Deus, era meritoriamente forte. Quando Pincher perguntou ao sobrinho se acreditava que deveria ser salvo, ele respondeu firmemente: "Eu sirvo ao exército de Deus, senhor, e espero ser salvo." Contudo, em relação à qualidade de membro da igreja e da compreensão de Calvino sobre a predestinação, Barnaby parecia menos certo. "Só Deus sabe, suponho, quem Ele escolhe", comentou — o que, indubitavelmente era verdade, mas não muito satisfatório. E, sondando ainda mais, Pincher passou a entender, como nunca realmente o fizera antes, de que modo, independentemente do desprazer inglês que eles tinham de os presbiterianos escoceses dizerem o que deviam fazer, os devotos homens do exército de Cromwell passaram a acreditar que foram seus anos de camaradagem em combates que provaram que eram os eleitos, em vez de pertencerem a qualquer Igreja. Se, por um lado, agradava a Pincher que seu sobrinho soubesse que agora era um escolhido de Deus, por outro, aborrecia-o que ele tivesse sabido disso pelo motivo errado, e esperava que, assim que fosse estabelecida a paz, Barnaby fosse orientado a uma melhor compreensão.

Pincher, entretanto, estava interessado em saber mais sobre a enigmática figura de Cromwell. Soube imediatamente que seu sobrinho, assim como o exército inteiro, venerava o rude general.

— É um homem devoto — assegurou-lhe Barnaby. — Se ele tem um temperamento inflamado, só o demonstra na causa da retidão.

Ninguém em seu regimento, o doutor teve o prazer de saber, podia blasfemar ou mesmo fazer um juramento, sob pena de punição. Cromwell estava contente com sua condição de nobre rural e membro do Parlamento, segundo Barnaby. Somente a impossível tirania do rei Carlos o tinha forçado a levar a questão do rei a alguma conclusão, após a guerra tê-lo forçado, juntamente com outros membros do Exército, a assumir o controle.

— Ele não queria executar o rei — declarou Barnaby. — Somente a cruel necessidade o forçou a isso. Ele mesmo me disse.

Se aquilo era a angústia de um homem simples ou a autojustificativa de um político, o Dr. Pincher não sabia. Um outro pedaço de informação, contudo, foi animador:

— Cromwell é ardoroso pelo Senhor, e sabe que os padres católicos são os maiores demônios de todos. Qualquer padre que pegar, eu lhe garanto, ele vai matar.

O que quer que o general tivesse dito sobre consciências fracas, portanto, parecia que não significava muita esperança para os católicos. Pincher ficou aliviado em ouvir aquilo.

Foi, porém, quando Barnaby falou sobre os sentimentos do exército que marchava com Cromwell que seus comentários se tornaram alarmantes.

— Nós sabemos por que viemos, tio — assegurou-lhe Barnaby. — Viemos punir os bárbaros irlandeses pelos massacres. Vingaremos a rebelião de 1641, eu lhe prometo.

— Foi uma coisa terrível — concordou Pincher. — Orei pelos sobreviventes na catedral da Igreja de Cristo — acrescentou com certo orgulho.

Mas Barnaby mal ouvia.

— Estou totalmente informado, tio — garantiu-lhe. — Toda a nação irlandesa se rebelou — recitou. — Eles se voltaram contra os protestantes, homens, mulheres e crianças, e os massacraram. Não houve piedade nem limite para a crueldade irlandesa. Mataram todos, exceto os poucos que fugiram. Trezentos mil protestantes inocentes morreram. Nunca houve nada semelhante em toda a história da humanidade.

O Dr. Pincher o encarou. A verdadeira perda de vidas na rebelião de 1641 era de certo modo incerta. Ele acreditava que, quando tudo acabara, talvez 5 mil protestantes tivessem perdido suas vidas por toda a Irlanda, embora pudessem ter sido menos. Outros mil ou 2 mil católicos tinham sido mortos em represálias. Desde então, é claro, os números foram inchando nas histórias contadas, mas a afirmação de Barnaby era espantosa. Pincher nem tinha certeza se havia tantos protestantes assim na ilha.

— Quantos?

— Trezentos mil — disse Barnaby com firmeza.

Pincher desprezava os irlandeses e odiava os católicos, mas não era um homem desonesto.

— Esse número — arriscou — talvez seja um pouco alto, sabe.

— Não, eu lhe asseguro — disse Barnaby. — É isso mesmo. O exército inteiro sabe disso.

E então o Dr. Pincher entendeu. O exército de Oliver Cromwell, tendo questionado a necessidade de converter os católicos, fora fortalecido por essa lembrança das atrocidades a serem vingadas. E ele suspirou. A todo exército, supôs, tem-se de contar uma história. Às vezes, a história é verdadeira, às vezes não. Sem dúvida, supôs, essa história serviria a seu necessário objetivo.

Drogheda

1649

Walter Smith contornou lentamente a lateral do grande monte. Era um dia tormentoso no início de setembro, e parecia que os ventos poderiam se transformar em temporal. Ao longo do baixo cume, as imensas sepulturas cobertas de grama permaneciam austeramente debaixo do céu nublado. A seus pés, os fragmentos de quartzo branco espalhados obtinham seu tom da turbidez do dia, assim como muitos ossos descorados. Abaixo, rajadas de vento agitavam violentamente a água cinza-ardósia do rio Boyne.

Dizia-se, ele sabia, que, tempos atrás, os lendários habitantes da ilha, os Tuatha De Danaan, ainda viviam e se banqueteavam em seus radiantes salões debaixo dos montes mágicos. Talvez fosse o clima, mas, para ele, o antigo sítio sagrado parecia frio e vagamente ameaçador. Continuou a cavalgar em direção leste.

Um mês se passara desde sua partida de Rathconan. Por que partira tão abruptamente? Talvez estivesse enraizado em sua natureza que devesse terminar qualquer tarefa que tivesse iniciado. Tendo se comprometido a lutar, teve de procurar a batalha. Encontrara Ormond e os restos das três forças da coroa e descansou com eles por três semanas no acampamento. Durante esse tempo, seu ferimento havia quase sarado, embora a perna ainda doesse, e ele andasse com um leve coxear.

Após a chegada de Cromwell à Irlanda, a notícia de seus preparativos vieram rapidamente. Ele escolhera os melhores homens da guarnição e os adicionara a seu exército. Também impusera sua habitual disciplina de ferro. Seus soldados estavam aquartelados na cidade, mas foram proibidos de causar qualquer problema. Não havia saques, sob pena de morte imediata. Ele até mesmo insistira para que todas as provisões viessem da zona rural em volta, provenientes igualmente de fazendeiros católicos e protestantes, as quais deviam ser inteiramente pagas. Isso não era apenas inusitado, como também muito inteligente. Até então, pelo menos, nenhuma mão se erguera contra ele ou seus soldados.

Presumivelmente, pensou Walter, Orlando era bem pago pelos seus cereais. Mais de uma vez, ele sentira o desejo de visitar a propriedade em Fingal, mas sabia que era impossível. Mesmo se não fosse preso, isso só causaria problemas. Devia ficar distante até aquela situação terminar.

Não demorou muito para chegar um cavaleiro com a notícia definitiva.

"Cromwell se prepara para seguir para o norte." Isso fazia sentido. Se ele conseguisse retomar as guarnições do Ulster, mantidas pelos monarquistas, e esmagasse Owen Roe O'Neill, quebraria a espinha dorsal da oposição. Mas isso era também uma estratégia de risco. As guarnições eram resistentes, e, antes de entrar no Ulster, teriam de tomar a maior fortaleza de todas elas.

Drogheda. Tredagh, como os ingleses a chamavam, a forma mais aproximada de como os irlandeses pronunciavam o nome. Logo depois, veio a notícia, Ormond fortalecera a guarnição com alguns dos seus melhores soldados, sob o comando de Aston, um comandante veterano. Walter, como voluntário inexperiente, não fora escolhido. Portanto, no dia anterior, escapulira silenciosamente do acampamento de Ormond. Assim que chegasse lá, refletiu, eles não dispensariam um homem a mais.

Ele precisou cavalgar apenas alguns quilômetros ao longo da margem norte do rio Boyne para avistar seu objetivo.

Era um lugar velho e sinistro. Ocupando duas colinas de cada lado do rio, a muralha medieval de Drogheda erguia-se com uma maciça alvenaria quase inexpugnável. Como segundo grande porto depois de Dublin naquela região, tinha uma importância óbvia, e era a guardiã do caminho costeiro de entrada para o Ulster. Como a maioria das cidades irlandesas, seus cidadãos tinham sido católicos e protestantes, mas, quando forçados a escolher, fecharam fortemente seus portões contra Sir Phelim e seus rebeldes católicos, que a sitiaram durante meses e nada conseguiram. Como uma fortaleza leal ao governo, fora recentemente guarnecida pelas forças monarquistas de Ormond. Atualmente, debaixo de um sombrio céu ventoso, suas inflexíveis defesas e agulhas de torres de igreja pareciam dizer: "Não nos rendemos a Sir Phelim e seus católicos, e também não nos renderemos a Cromwell."

Quando Walter chegou mais perto, encontrou um pequeno fluxo de habitantes indo embora, alguns a pé, outros em carroças. Evidentemente, Cromwell era esperado para breve. Passando por um portão na muralha norte-ocidental, ele entrou na cidade.

Logo após se apresentar a um dos oficiais, Walter foi chamado ao quartel-general do comandante, onde, para sua surpresa, viu-se cara a cara com o próprio comandante. Ele conhecia pouco a respeito de Sir Arthur Aston. Um homem baixo, veemente, que perdera uma perna em ação, ele fora um dos poucos oficiais católicos no exército do rei Carlos. Os soldados o respeitavam. Ele também era rico. "Dizem que sua perna de pau é cheia de ouro", tinham contado a Walter. Ao saber que Walter viera do acampamento de Ormond, Aston ficou ansioso para falar com ele.

— Espero que tenha trazido munição — disse ao comerciante. — Lorde Ormond prometeu me enviar pólvora e chumbo. — Sacudiu a cabeça. — Owen Roe O'Neill me prometeu soldados. Eles ainda não chegaram. — Lançou um rápido olhar para Walter. — Não se preocupe. Mesmo que não disparemos um só tiro, a muralha nos protegerá.

Aston rapidamente deu ordens para que Walter fosse incorporado a uma pequena companhia montada, a qual ele encontrou alojada numa estalagem que ficava na metade norte da cidade. Embora a coalizão de Ormond tivesse igualmente católicos e protestantes, a maioria dos homens de Aston era católica, bem como a pequena companhia à qual Walter foi incorporado. O estalajadeiro era inglês protestante que cordialmente lhes havia informado que não tinha qualquer preferência particular entre eles e os homens de Cromwell. "Mas prefiro ficar aqui e ser pago pela minha cerveja, a ver vocês, cavalheiros, beberem de graça, quando eu me for." Ele enviuvara no ano anterior e tinha uma filha de 3 anos com cachos dourados, com quem os soldados brincavam para passar o tempo. Contentes por se acharem com um colega muito mais velho, os soldados imediatamente passaram a chamar Walter de "vovô". Quando a menina perguntou o motivo, eles lhe informaram: "Não sabia, Mary, que esse é seu avô? Ele é avô de todo mundo." E, quando se virou para o pai, o estalajadeiro alegremente respondeu: "A maioria das crianças tem apenas dois avós, Mary, mas você é muito sortuda: você tem três." Depois disso, todas as noites a criança insistia em se sentar no colo de Walter.

O exército de Cromwell surgiu do sul, no dia seguinte. Walter observou seus movimentos da muralha da cidade. Ao montarem suas tendas nas encostas do outro lado, os observadores estimaram que Cromwell trouxera cerca de 12 mil homens. Na manhã seguinte, também ficou claro que sua artilharia ainda não chegara.

"Provavelmente, ele a enviou por mar", disse-lhes Aston. Com a continuidade dos ventos, as águas costeiras eram traiçoeiras. "Com sorte", comentara o comandante perneta, "seus transportes devem ter afundado." Defronte dos altos muros de Drogheda, e sem artilharia para bombardear, nada haveria que Cromwell pudesse fazer.

Os dias seguintes foram estranhamente tranquilos. Os companheiros de Walter tentaram ensinar-lhe alguns rudimentos do manejo da espada e de táticas militares, embora sem muito sucesso. Ele passava o resto de seu tempo perambulando pela cidade.

As duas partes da cidade, uma de cada lado do rio, eram totalmente independentes e muradas. O rio entre elas era fundo e só podia ser atravessado por uma robusta ponte levadiça do lado norte, que podia ser rapidamente erguida. Na parte sul, um tanto quanto menor, havia um monte alto com uma pequena fortificação no topo, e uma igreja com uma alta agulha de torre que se elevava acima da paisagem. O setor na margem norte, com suas ruas medievais e jardins cuidadosamente murados e guarnecidos com sebes, era agradável. Às vezes, Walter colocava a pequena Mary sobre os ombros e a levava em seus passeios.

Durante esses dias, Aston enviou uma série de grupos de ataque para acossar o inimigo. Certo dia, Walter recebeu ordem para realizar um serviço para o comandante, e descobriu depois que, na sua ausência, sua companhia havia saído para um ataque. Nada foi dito, mas ele se deu conta de que eles quiseram poupá-lo, e sentiu-se humilhado, principalmente após vários de seus companheiros não terem voltado. Outra vez, um grande destacamento saiu, mas foi emboscado e aniquilado pelos homens de Cromwell. Depois disso, houve poucas saídas para ataques. Aston, porém, permanecia confiante. Certa tarde, ao encontrar Walter e alguns de seus companheiros na muralha, ele inspecionou pensativamente as tendas do outro lado, depois virou-se animadamente para ele.

— Eles não conseguirão romper a muralha, e o inverno está chegando. Depois disso, cavalheiros, terei dois aliados que certamente os derrotarão. — Sorriu. — O coronel Fome e o major Doença. Eles atacarão Cromwell por mim, eu lhes garanto, enquanto ele permanecer sentado ali na chuva. Isso é o que sempre acontece, mais cedo ou mais tarde, com um cerco na Irlanda.

Enquanto isso, a vida dentro dos muros de Drogheda era surpreendentemente calma. Cromwell estava do lado sul do rio, e não havia nenhum modo fácil de travessia por perto. Muitos dos habitantes que restavam agora estavam de partida, o que significava que os suprimentos de comida, que continuavam sendo trazidos através dos portões do lado norte, durariam muito mais. Aston trouxera consigo vários padres católicos, e eles celebravam a missa na grande igreja para os soldados católicos. Era bom, pensou Walter, ver a antiga igreja medieval ser usada novamente pela antiga fé.

No sétimo dia, os navios de transporte com os canhões de Cromwell navegaram para o interior do Boyle. Walter viu as pesadas peças serem arrastadas para suas posições — algumas nas encostas que davam vista para a cidade, outras em terreno baixo defronte à muralha do lado sul. Na manhã seguinte, um cavaleiro desceu do acampamento de Cromwell com uma mensagem.

Era curta e ia direto ao assunto. Para evitar o que o general puritano chamou de "efusão de sangue", ele solicitava que a guarnição se rendesse. No caso de recusa, "Vocês não terão motivo para me culpar".

Não havia como se equivocar com o teor dessa mensagem. As regras de guerra eram antigas e cruéis. Se uma cidade sitiada aceitasse a chance de se render, sua guarnição poderia ter salvas suas vidas. Se houvesse recusa e a cidade fosse tomada, não haveria necessidade de clemência. O general atacante tinha o direito de matar todos os combatentes. Normalmente, os dois lados costuravam um acordo durante o processo; mas os defensores sabiam que corriam o risco de, se recusassem a primeira oferta, poderem todos perder suas vidas.

Aston, porém, estava confiante. A muralha de Drogheda não tinha sido rompida antes. Em pouco tempo, todos ouviram:

"A oferta foi rejeitada."

Walter estava em cima da muralha, olhando o posicionamento dos canhões, quando troou o disparo do primeiro. Ele sentiu uma leve pontada de medo e exaltação ao ouvir o projétil lançado pelo canhão passar sibilando. Para sua surpresa, ela não atingiu a muralha, mas penetrou na alta agulha de torre da igreja logo atrás, mandando para baixo uma pequena chuva de alvenaria. Poucos momentos depois, veio outro troar, e a mesma coisa aconteceu novamente. Pareciam estar usando a agulha para praticar pontaria.

— Primeiro, eles vão derrubar a torre da igreja — comentou calmamente um velho soldado a seu lado. — Eles não vão querer mosqueteiros disparando contra eles lá de cima. — Deu uma fungada. — Mas esses canhões não vão causar muitos danos à muralha.

Por algum tempo, houve silêncio. Então ouviram outro troar. Mas esse foi diferente. Foi mais alto e terminou com um intenso e dissonante rugido. Houve um grande estrondo e surgiu um enorme buraco na parte de baixo do pináculo da agulha de torre.

— O que foi isso? — perguntou Walter.

— Não tenho certeza — respondeu o soldado. — Pode ter sido um projétil de umas 30 libras. — Ele sacudiu a cabeça e ficou calado. Outro troar foi ouvido.

Nessa época, havia dois tipos de artilharia de sítio na Europa: morteiros, que arremessavam uma enorme bola de ferro cheia de pólvora numa alta trajetória, e que explodia com um efeito horrível; e o canhão, que disparava um projétil maciço que derrubava alvenaria. O maior canhão visto na Irlanda disparava normalmente projéteis de 12 ou de 14 libras. A grande muralha de Drogheda, embora ficasse danificada, podia aguentar a pancada de um tiro desse calibre. Havia, porém, armas mais potentes do que essas. O meio canhão, o canhão inteiro e o canhão real disparavam projéteis mais potentes.

Lorde Ormond e seus comandantes não haviam se dado conta de que Cromwell trouxera da Europa alguns dos grandes canhões para a Irlanda. E os artilheiros que os apontavam eram especialistas.

Por toda a manhã, o canhão continuou seu som rude. A agulha da torre da igreja começou a parecer que tinha sido selvagemente bicada por algum corvo invisível. Então, de repente, desabou com um estrépito.

O canhão nem mesmo fez uma pausa, continuando a bombardear a torre da igreja abaixo. Por volta do meio-dia, ela parecia um dente cheio de marcas, quebrado, e o canhão começou a bombardear o bastião mais próximo, no canto da muralha da cidade. Essa, de longe, era uma estrutura mais robusta. O canhão, porém, continuou seu trabalho constante, hora após hora, sem parar, a tarde toda e entrando pela noitinha. Enquanto a fumaça acre flutuava através da bateria em direção à cidade, a potente torre de canto de Drogheda, que durante séculos aguentara todos os ataques, lentamente começava a esmigalhar-se. Pouco antes do anoitecer, os artilheiros voltaram sua atenção para a muralha e fizeram fendas na sua parte superior.

À noite, Aston tinha grupos de homens para reparar as fendas na muralha, substituindo as pedras e cobrindo-as com mais argamassa. Ao amanhecer, entretanto, iniciou-se um trabalho ainda maior, no qual metade da guarnição tomou parte com urgência. Os homens cavaram três grandes linhas de trincheiras um pouco mais afastadas da parte da muralha que fora fendida. Depois de cada trincheira, a terra retirada formava um parapeito, atrás do qual os mosqueteiros poderiam se proteger.

Embora tal serviço fosse feito normalmente pela infantaria, Walter participou e ninguém o impediu. Pá na mão, trabalhando ao lado de homens que tinham na maioria metade de sua idade; por causa de sua forma corpulenta desacostumada a tal esforço, a manhã seguinte bem cedo o encontrou afogueado e suando, mas feliz por ter sido útil. As trincheiras iriam até o cemitério murado. Atrás das linhas erguia-se o íngreme monte alto, encimado pelo seu pequeno forte.

De manhã cedo veio a notícia de que um pequeno grupo de aristocratas insistira para que Aston se rendesse. Ele os expulsou um por um da cidade através do portão norte.

— Como pode ele se render? — bradou um dos oficiais. — Se a poderosa Drogheda ceder, que outra cidade ficará de pé e lutará?

Nesse momento, o estrondear de um canhão foi ouvido, e a primeira salva do dia atingiu com um som surdo a muralha.

Por toda a manhã, enquanto as nuvens cinzentas se apinhavam no céu acima, e o impacto dos disparos de canhão enviava abaixo pequenas chuvas de alvenaria da muralha, eles cavaram trincheiras e ergueram parapeitos.

A muralha de Drogheda não caiu facilmente. Em alguns lugares ela tinha quase 2 metros de largura. Mas a mistura medieval de pedra, cascalho e argamassa, por mais resistente que fosse, não conseguiria conter o constante martelar dos projéteis dos canhões — centenas deles —, que continuou hora após hora. Gradualmente, ela desagregou-se em grandes e desordenados amontoados na base. Por volta do meio-dia, os homens nas trincheiras podiam ver, através da grande, denteada fenda, o acampamento do inimigo na encosta defronte.

Pouco antes das 17 horas, Aston desceu para o meio dos escavadores, coxeando com sua perna de pau, e disse-lhes que se preparassem.

— Eles atacarão pelo buraco — anunciou —, mas terão de escalar a pé o entulho. Ele é alto demais para a cavalaria. Vocês os abaterão com muita facilidade. Gravem minhas palavras.

A cavalaria de Walter surgiu atrás das trincheiras. Limpando o barro do rosto e das roupas o melhor que pôde, ele recuou para se juntar a ela. Ao fazer isso, percebeu que o canhão cessara seus disparos. Uma estranha quietude pairava no ar. Aston estava agora atrás das trincheiras, posicionando os soldados.

Colocou mosqueteiros atrás de dois parapeitos posteriores e no cemitério. Na primeira linha, estavam os soldados com lanças. Era necessário um homem forte para manejá-las, com seus cerca de 5 metros de comprimento, uma pesada haste e um temível espigão de aço. Em dado momento, Walter pediu a um corpulento lanceiro que o deixasse experimentar uma, e quase caiu com o peso da coisa. Mas, nas mãos de um especialista, era uma arma terrível de se enfrentar. Quando as tropas inimigas subissem o primeiro parapeito e fossem detidas pelas lanças, seriam retalhadas por estas ou abatidas pelo fogo dos mosquetes vindo do cemitério e dos dois parapeitos atrás. E esse fogo seria mortal. Mesmo com suas incômodas travas e espingardas de pederneira, cada mosqueteiro treinado era capaz de disparar três vezes por minuto.

O silêncio continuou. Enquanto esperava, Walter podia sentir o coração bater. Para sua surpresa, ele descobriu que estava quase exaltado demais para sentir medo.

Houve gritos do lado de fora da muralha. Ele viu os elmos metálicos dos *roundheads* entrando pela fenda e por cima do monte de entulho. Cem, duzentos — ele não tinha certeza. Ouviu a voz de Aston cortar o ar:

— Esperem, mosqueteiros. Esperem. — A primeira onda estava em cima do entulho; a segunda estava agora na fenda. Ele avistou o oficial deles, um belo homem grisalho. — Fogo.

Foi bem executado. A primeira salva os atingiu e derrubou cinquenta homens. O oficial grisalho caiu quando um projétil despedaçou sua cabeça.

— Fogo. — Outra salva do terceiro parapeito, e outra multidão de soldados caiu. Havia gritos e berros por toda parte. Ele viu meia dúzia de homens colhidos horrivelmente pelas lanças. Não era de admirar que a guarda avançada de um ataque como esse fosse conhecida como "a Esperança Perdida". Os soldados agora entravam pela fenda e, vendo a carnificina diante deles, pareciam hesitar.

— Na fenda. Fogo. — Outra salva mortal os atingiu. E agora, subitamente, os *roundheads* voltavam. Os homens na fenda já se arrastavam em direção à segurança, mas os mosqueteiros no cemitério, disparando à vontade, os atingiam. Uma aclamação ergueu-se dos monarquistas. Os *roundheads* estavam em fuga.

— Recarregar. Eles voltarão. Cavalaria, carreguem suas pistolas. — A voz de Aston, clara e precisa.

Assim como a maioria dos homens montados, Walter recebera duas pistolas, que ficavam em coldres de cada lado de sua sela. Ele as escorvou e manteve uma delas na mão. Vários minutos se passaram antes que os *roundheads* voltassem. Desta vez, vieram mais rápido, e havia mais deles. A primeira onda seguiu direto para a linha de lanças antes de Aston gritar: "Fogo." E, novamente, foram colhidos pela destruidora chuva de projéteis dos mosquetes. "Cavalaria, disparar à vontade. Mirem num homem."

Walter pousou o longo cano de sua pistola sobre um dos braços para firmá-la. No adestramento com seus companheiros, ele descobrira que tinha aptidão para aquilo. Avistou um sujeito que acabara de chegar próximo aos lanceiros, mirou cuidadosamente, e apertou o gatilho. Tinha apontado para o peito, mas atingiu a cabeça. Com uma pontada de triunfo, viu o homem cair. Gostaria, pensou com orgulho, que minha família pudesse me ver agora. Momentos depois, outra aclamação. Os *roundheads* haviam sido rechaçados novamente.

— Recarregar — bradou Aston. Mas, desta vez, houve um demorado silêncio. Talvez os *roundheads*, após serem malhados duas vezes, tivessem desistido por aquele dia.

Havia duas baterias opostas à fenda. Uma ficava no nível do chão e havia direcionado seu fogo para a parte de cima da muralha. A outra ficava mais atrás, na encosta, e mirava de cima para a fenda abaixo. Desta bateria, Walter viu agora uma baforada de fumaça.

Um tremendo sibilo. Um solavanco quando seu cavalo foi atingido. Sons estridentes, gritos horríveis. Então ele estava caindo. Ao atingir o chão, ouviu outro silvo terrível. Mais gritos. Cavalos empinavam.

O canhão de Cromwell na encosta fora carregado com munição de meia libra, e elas seguiam através da fenda para a cavalaria. Walter mal tinha se colocado de pé e viu uma multidão de homens correndo através da fenda. Claramente, pretendiam subjugar as trincheiras pela pura força da superioridade numérica. Os mosquetes soaram, mas, na atual confusão, seus disparos pareciam mais desiguais. Olhou para baixo. Seu pobre cavalo já estava morto. Por toda a sua volta, havia cavalos e homens estrebuchando. Havia sangue por todos os lados. Ele sentia-se tonto, embora tivesse certeza de que não fora atingido. Uma mão puxava seu braço.

— Venha, vovô. Estamos recuando.

Ele entendeu, mas, por um momento, ficou estupidamente parado ali. E, ao fazê-lo, viu no topo da fenda um único oficial com capa de couro, espada na mão e o comprido cabelo ficando grisalho soprado pelo vento. E imediatamente soube quem era.

O próprio Oliver Cromwell apeara de seu cavalo e fora liderar pessoalmente seus homens através da fenda mortal de Drogheda.

Sua pistola. Ainda estava no coldre da sela. Mergulhou para onde seu cavalo estava caído e a recobrou. Então, com a pistola apertada na mão, novamente se levantou. Cromwell continuava ali, acenando com a espada para seus soldados avançarem. Walter mirou.

E, como num sonho, ficou paralisado. O dedo pressionava o gatilho, mas nada parecia acontecer. Como era possível? Tentou novamente. Algo no mecanismo simples havia emperrado.

— Vovô, venha depressa. — O sujeito puxou-o com tanta força que ele quase perdeu o equilíbrio, e nesse momento a pistola disparou, enviando a bala bem alto no ar. Amaldiçoou e cambaleou para onde era levado. Parte do resto de sua tropa havia se agrupado a pé. Assim que ele a alcançou, os homens se encarregaram dele e começaram a partir. O primeiro parapeito estava sendo dominado. Os mosqueteiros descarregavam suas armas e, em seguida, recuavam. Ao ser levado às pressas do local, Walter viu Aston coxeando em sua perna de pau com um grupo de seus homens voltando na direção do monte alto com seu pequeno forte. Ele ficou imaginando se deveria se juntar a ele, mas dois de seus companheiros o arrastaram dali. Eles corriam rua acima em direção ao rio. A ponte levadiça estava adiante.

— É melhor atravessarmos a ponte levadiça, vovô, antes que eles a levantem — berrou um dos seus companheiros. Uma vez que ela fosse erguida, os que ficassem para trás teriam de lutar o melhor que pudessem, mas os soldados de Cromwell seriam incapazes de seguir os outros. O rio era fundo, e a muralha da cidade do norte era robusta. Seria um refúgio seguro, pelo menos por enquanto. Ao chegarem à ponte levadiça, porém, uma grande multidão de mosqueteiros e lanceiros os alcançou, e, olhando para trás, Walter pôde ver os gibões de couro e elmos de metal dos soldados de Cromwell em seus calcanhares. Eles atravessaram em meio à ruidosa confusão na ponte levadiça.

Só quando corria pela rua principal da cidade do norte, Walter percebeu. Ninguém havia erguido a ponte. Enquanto os defensores fugiam pelo rio Boyne, para o setor norte, os homens de Cromwell também o atravessavam. Ele se virou e gritou: "Levantem a ponte", mas ninguém prestou atenção, e a turba tornava impossível fazer qualquer coisa, enquanto ele era levado de arrastão.

A pouca distância dali, erguia-se a grande igreja de São Pedro. Seus companheiros penderam à esquerda para o cruzamento de ruas que levava ao lado ocidental dos dois portões do setor norte. Um pouco adiante dessa rua ficava uma curva que ia dar na estalagem onde eles tinham estado alojados. Dois de seus companheiros tinham deixado dinheiro na estalagem, portanto entraram nela correndo para apanhá-lo. "Pelo menos teremos o dinheiro, se tivermos de fugir", disseram-lhe. O estalajadeiro, tendo ouvido a confusão, mas sem saber exatamente o que acontecia, estava ocupado fechando as venezianas. Quando Walter contou-lhe rapidamente, o sujeito bradou:

— Preciso apanhar Mary. — Ela estava na casa de uma vizinha, ali perto, na mesma rua.

— Feche a estalagem — disse-lhe Walter. — Eu apanho a menina. — E saiu correndo.

Levou apenas um ou dois minutos para tirar a pequena Mary da casa da vizinha. Segurando firmemente sua mão, caminhou de volta a curta distância para a estalagem. Quase esquecera que ainda tinha uma espada pendendo da cintura, quando se deu conta de que esta por pouco não atingira a menina; então, erguendo-a no colo, carregou-a em direção à sua casa.

A multidão de soldados ainda estava na rua principal. Até então eles não tinham ido naquela direção. Seus companheiros estavam parados na porta com o estalajadeiro. Walter estava a 50 metros de distância, quando o grupo de *roundheads* com suas pesadas roupas de couro irrompeu da rua para a viela. Vendo os soldados monarquistas, os *roundheads* começaram a bramir e correr em direção a eles, de modo que os companheiros de Walter só tiveram tempo de sacar suas espadas. Ele ouviu um dos *roundheads* gritar "Cães papistas!", e ouviu o estalajadeiro rogar uma praga antes que os *roundheads* caíssem sobre eles. Houve um impacto ressoante e um golpear de espadas, mais golpes, um grito terrível, e um berro. Aconteceu tão depressa que ele mal conseguia acreditar. Viu seus amigos tombarem, e o estalajadeiro também. Sem dúvida, pensaram que ele também era um dos soldados.

Instintivamente, quando os soldados apareceram, ele recuou para um vão de porta e manteve a pequena Mary perto de si, com o rosto em seu peito, para que ela não visse aquela cena. Esperou ali por vários momentos, imaginando se os *roundheads* seguiriam por aquele caminho, mas não seguiram. Finalmente, olhando para fora, viu que tinham ido embora. Mas podia ouvir gritos na rua de onde eles tinham vindo. O corpo do pai de Mary estava caído junto com os demais defronte à estalagem. Ele não poderia deixá-la ali. Começou então a refazer o caminho em direção aos vizinhos onde a apanhara. Mas agora podia ver uniformes de *roundheads* na rua ao final da viela perto dos vizinhos. Não ousaria ir por ali. Havia um beco vazio ao lado dele que levava na direção oeste. Ele entrou ali e seguiu em frente. A única coisa a fazer era manter a criança consigo até conseguir encontrar um lugar seguro para ela.

Talvez ainda fosse possível sair pelo portão ocidental. Os homens de Cromwell já teriam chegado lá? Ou teria ele agora conseguido enviar soldados através das águas profundas do Boyne para cercar a cidade e impedir retiradas? Walter não sabia.

— Seu avô vai levar você para dar um passeio — sussurrou para a pequena Mary.

— Depois, vamos encontrar o seu pai. — E forçou um sorriso.

Cautelosamente, seguiu pelo beco, imaginando aonde ele levaria.

✣

Barnaby Budge erguera-se diante da fenda. Ele não tinha medo. Por que teria? Por outro lado, o general de Deus arrebatava tudo diante de si. Um dia de vitória para o Senhor.

Ele sabia quem estava atrás da escura muralha de Drogheda. Os bárbaros irlandeses sedentos de sangue, os papistas e seus lacaios. Eles tinham matado 300 mil: protestantes, gente religiosa, homens, mulheres e crianças, sem piedade ou distinção. Mas o dia do ajuste de contas finalmente chegara. A justiça seria feita. *A vingança é minha, disse o Senhor*. E o exército de santos era a mão direita do Senhor. O próprio Salvador não declarara "*Eu não vim trazer paz, mas espada*"?

E, quando terminasse, e os papistas irlandeses fossem dispersados e expulsos, então os soldados de Cristo receberiam sua recompensa e herdariam a terra. As 500 libras que, sete longos anos antes, ele arriscara na causa seriam pagas com terras irlandesas; e sobre essa terra ele construiria sua parte da cidade santa, arrumaria uma esposa devota e se estabeleceria, e cuidaria de seu tio em idade avançada. Sua espada, sua riqueza, sua vida: ele oferecera tudo. Era um soldado de Cristo, um aventureiro de Deus. Se, como ousava esperar, fosse escolhido como um dos Eleitos, também pagara pela sua salvação. E, assim, sabedor de tudo isso, foi que Barnaby Budge, com o coração corajoso, aproximou-se da fenda na escura muralha de Drogheda.

Sentiu uma leve pancada de vento na face e olhou para cima. O vento parecia ter mudado. As nuvens cinzentas agitavam-se no céu, como se pudessem se fazer em pedaços.

Cavalaria avante, viera a ordem. Cromwell em pessoa os havia convocado. E quem podia recusar, quando o próprio líder não demonstrava medo? Por duas vezes seus homens tinham sido rechaçados daquela fenda. Os mortos jaziam amontoados. Mas Cromwell tinha desmontado, desembainhado a espada e liderado pessoalmente a terceira investida. Cromwell, o destemido de Deus.

— Nós o seguiremos? — berrou Barnaby para seus homens.

— Até a garganta do inferno! — rugiram eles.

Só havia, porém, um meio de superar a pilha de entulho que havia na fenda.

— Desmontar — ordenou calmamente. E, tomando as rédeas do cavalo, conduziu-os a pé pela travessia. Alguns projéteis de mosquete passaram sibilando, mas ele os ignorou.

A cena diante dele, do outro lado, era terrível. A luta ultrapassara as trincheiras para o monte alto atrás delas. Ele levou a pé sua tropa através do cemitério, que estava coalhado de corpos. Chegando ao pé do monte, parou. Aston e uma companhia de soldados tinham subido para o pequeno forte no topo, mas, percebendo que sua posição era inútil, decidiram desistir. Se, porém, tinham esperado salvar suas vidas, estavam enganados. Os soldados *roundheads* já estavam na torre, e uma série de gritos furiosos vinham lá de cima.

— Eles querem sua perna de pau — explicou o oficial de pé na base. — Supostamente está cheia de ouro.

Agora vinham gritos raivosos lá de cima, seguidos por uma série de estalidos repugnantes. A Barnaby, parecia que os soldados arrancavam os miolos de Aston com a perna de pau.

— Eles não encontraram o ouro — comentou friamente o oficial.

Nesse momento, do outro lado do monte, surgiu o próprio Cromwell. Cumprimentou Barnaby com um gesto da cabeça.

— Leve seus homens através da ponte levadiça e protejam os portões ao norte — ordenou. Dirigiu-lhe um olhar severo. — Temos presa na cidade a principal força inimiga, capitão Budge. Se subjugarmos Drogheda, subjugaremos toda a Irlanda. Que ninguém escape. Entendeu?

— Sim, senhor.

— Sem piedade, capitão Budge. Eles nada merecem; eles nada deverão receber. — Fez uma pausa, olhou de relance para a torre, e pareceu pensativo por um momento antes de novamente fitar Barnaby fixamente. — Foi o Senhor quem nos trouxe aqui e nos entregou esta cidade. A vitória pertence somente a Ele.

— Será feita a vontade de Deus — respondeu firmemente Barnaby.

E, poucos momentos depois, quando seus soldados estrepitavam pela ponte levadiça, ele deu a ordem:

— Desembainhem as espadas.

A furiosa ofensiva dos *roundheads* através da ponte fora tão repentina que os defensores não tiveram tempo de se reagrupar. Havia batalhas pelas ruas em todo o setor norte da cidade.

E os dispersados soldados monarquistas eram ceifados como capim. Cavalgando pela rua principal, ele tinha de escolher o caminho por entre corpos caídos ao chão. Ao chegar a um pátio aberto que dava para um pequeno jardim, encontrou um jovem oficial e sua companhia. Eles haviam capturado uma dúzia de monarquistas, que haviam deposto suas armas.

— Sem piedade — disse ao rapaz. — Ordem do general Cromwell. — E, quando o oficial começou a protestar: — Eu lhes dei a minha palavra — disse Barnaby, e balançou a cabeça. — Lembrem-se do que eles fizeram às mulheres e às crianças protestantes. Matem todos. — E permaneceu ali alguns momentos, enquanto os *roundheads* agiam com suas espadas, para se certificar de que seria executado rapidamente.

Duzentos metros adiante, uma enorme batalha estava em progresso em volta da grande igreja de São Pedro. Havia gritos, ruídos de golpes, estrondos e o constante estrépito dos disparos de mosquete. Mas Barnaby recebera suas instruções, e estas tinham sido claras. Precisava proteger os portões. Havia dois do lado norte de Drogheda, e ele sabia, por um mapa que os oficiais haviam estudado na semana anterior, exatamente onde estavam: em cada extremidade de um longo cruzamento de ruas, um na muralha oriental e o outro na ocidental. Como o oriental era o mais próximo, eles cavalgaram rapidamente para lá. Aqui e ali, ele via rostos bisbilhotando através de venezianas semifechadas nos andares superiores das casas ao longo da rua. Mas pareciam ser de gente comum da população que ficara para trás. Isso poderia ser verificado posteriormente. O inimigo, entretanto, parecia estar em todas as ruas. Chegando ao portão oriental, descobriu que já estava protegido por uma tropa de infantaria de guarda. Após dar instruções para que não o abrissem de modo algum, deu meia-volta e seguiu para o lado ocidental.

Ao atravessar o eixo principal da cidade, olhou adiante, na direção da grande igreja onde acontecia a batalha. Havia urros e gritos vindos daquela direção, mas ele não ouviu os mesmos ruídos de batalha que ouvira anteriormente. Algo havia mudado. Então, olhando abaixo para o leito da rua, percebeu que o esgoto a céu aberto ao longo da via corria com um raso rio de sangue. Estavam passando os papistas no fio da espada. Ele tinha visto antes rios de sangue no campo de batalha, mas nunca parecido com aquilo. Já deviam ter massacrado várias centenas.

Era um serviço sangrento, mas Barnaby sabia que tinha de ser feito. E quando pensou na imensa e sangrenta carnificina de inocentes da qual aquelas pessoas amaldiçoadas eram culpadas, endureceu o coração, sabendo que a obra do Senhor estava sendo feita.

O portão ocidental ficava a menos de 400 metros de distância. Mas a rua larga que levava a ele não estava vazia. Um bando de soldados de infantaria acabara de se reunir ali. Havia lanceiros e mosqueteiros, e rapidamente entraram em ordem de batalha. Pareciam ser cem ou mais homens. De uma rua lateral, saiu uma meia dúzia de soldados de cavalaria, criando uma proteção diante da tropa. Ele olhou para trás. Tinha vinte homens, montados e armados como ele. E os inimigos, que deviam ter percebido o que era feito na igreja, sem dúvida estavam determinados a vender caro suas vidas. Para um de seus homens, ordenou, olhando para trás: "Procure reforços." O inimigo podia estar desesperado, mas seus soldados eram veteranos calejados em batalhas, e, além disso, soldados de Cristo. Cromwell em pessoa lhe ordenara que protegesse o portão. Deus os protegeria. Ele avaliou o inimigo diante de si com um olhar experiente.

E, justo naquele momento, uma brecha se abriu nas nuvens, e um grande feixe de luz solar vespertina irrompeu no exato lugar onde estavam os cavaleiros inimigos, flamejando seu fogo repentino, ofuscando-os por um instante. Ao ver isso, Barnaby soube com uma rematada certeza que se tratava de um sinal de Deus, iluminando o seu caminho como um pilar de fogo para a terra prometida.

— Não o meu exército, ó Senhor, mas o Teu — murmurou, e, erguendo a espada bem alto no ar, para que captasse o sol com um clarão em resposta, clamou seus homens a atacar.

Então Barnaby Budge lutou pelo Senhor, ao mesmo tempo que seu cavalo saltava adiante e ele ia de encontro ao inimigo, atingindo aqui e ali, enquanto fazia jorrar o sangue das bestas irlandesas. Os cavaleiros eram abatidos, os soldados de infantaria caíam, os papistas se dividiam diante dele, e ele golpeava e talhava, e atacava pelo Senhor.

Gritos atrás dele. Ele olhou para trás. Reforços *roundheads* haviam chegado. Assim seja. Os inimigos do Senhor se dispersavam. Ele esporeou o cavalo, avançou e os abateu enquanto corriam.

Eles fugiram para quintais e becos, correndo rua abaixo. Ele podia ver o portão, uma centena de metros adiante. Estava aberto. Partiu em direção a ele.

Ao fazê-lo, avistou um soldado papista do lado da rua, vestido como cavaleiro, mas sem cavalo, escondendo-se perto da entrada de um beco. O vilão havia apanhado uma menininha e a mantinha presa ao peito, seu vermelho rosto redondo olhando acima para ele, aparentemente paralisada. Pensaria ele em escapar da justiça por tais meios?

Girou o cavalo e o atingiu com um único golpe cortante que irrompeu no colarinho e no peito do patife, atravessando também a criança.

Sem dúvida, ela também era papista. Não importava. Ele girou de volta seu cavalo. Ainda havia soldados papistas entre ele e o portão. Ainda havia muito trabalho a ser feito.

E, ao se virar e correr para eles, atacar novamente, vê-los cair e sentir os raios de sol em seu rosto, Barnaby conheceu a glória de Deus e soube que a força do Senhor estava em seu braço, e que receberia a terra prometida pelas 500 libras que lhe eram devidas.

E assim foi, para ingleses e irlandeses, protestantes e católicos, aquela tarde em Drogheda, em que a guarnição monarquista sucumbiu. Dois mil e quinhentos foram passados no fio da espada, muitos após terem deposto suas armas.

Correram boatos de que habitantes da cidade também foram massacrados, e, sem dúvida, alguns poucos o foram, embora as provas sejam duvidosas.

Mas quem poderia dizer, mesmo se fosse verdade, que o massacre fora chocante? Quando reis e parlamentos decidiam a fé das pessoas, divergir significava banho de sangue. Não podia ser diferente. Por cem anos, desde que Lutero e Calvino racharam a cristandade, fora a mesma coisa; por gerações futuras, o banho de sangue continuaria. Por toda a Europa, os fiéis tombavam. Católicos diante de protestantes, protestantes diante de católicos. Era tudo a mesma coisa.

O cajado de São Patrício

1689

Maurice Smith fitou o baú antigo. Havia anos vinha pretendendo abri-lo. Lá fora, fazia um luminoso dia de março, e a brisa encontrava seu caminho para Rathconan com um leve assobio, como o sussurro da própria fé vindo do mar.

O baú pertencera a seu pai. Estivera guardado desde que Walter Smith desaparecera. Maurice sabia que continha alguns papéis velhos, mas era tudo que sabia; e seu pai não estava ali para ele perguntar.

Ninguém jamais soube o que acontecera com Walter Smith. Supunha-se que ele teria sido assaltado e morto em algum lugar, depois que fora embora. Uma ou duas pessoas haviam sugerido que ele talvez tivesse se incorporado às forças monarquistas; mas isso parecia em desacordo com ele, e, certamente, não havia prova de tal coisa. Ainda bem. Se ele tivesse se envolvido na luta, as coisas poderiam ter ficado mais difíceis para sua família, após a vitória de Cromwell.

Fosse o que fosse que tivesse acontecido a Walter, seus papéis e outros objetos pessoais tinham sido guardados. Quando a vida em Dublin se tornara impossível para um comerciante católico, o próprio Maurice tinha partido para a França. Os Doyle, gentilmente, acolheram sua mãe, Anne; e o baú com papéis, junto com outros objetos, fora transferido para o sótão da casa deles. E lá permanecera, mesmo após sua volta, até ele o ter apanhado fazia alguns anos.

Tinha de admitir, fora preguiça de sua parte não ter arrumado antes o baú. Mas agora, com uma porção de fatos maravilhosos acontecendo — e a promessa de tantas coisas boas para os católicos da Irlanda —, ocorreu-lhe que, se, por acaso, houvesse escondidos no baú quaisquer escrituras ou outros documentos favorecendo sua família, essa era a ocasião de encontrá-los. Maurice descobrira que o baú estava trancado com três cadeados diferentes; mas, entre os objetos de seu pai, havia uma coleção e tanto de chaves, e ele encontrara facilmente as relativas ao baú. Após abri-lo, portanto, arrastou-o para perto da janela e, sentando-se num banquinho, abriu a tampa.

A princípio, ficou um pouco decepcionado. Todos os documentos pareciam dizer respeito à antiga Guilda de Saint Anne e não à família. Vendo, porém, que recuavam à própria época da Reforma, ele começou a lê-los e descobriu que rica era a história da vida dos fiéis naqueles dias, e sua atenção ficou totalmente absorvida. Uma hora se passou antes que ele chegasse a um documento em papel grosso, cuidadosamente dobrado e fechado com lacre de cera vermelha, no qual estava escrito numa nítida caligrafia:

DEPOIMENTO DE AMO MACGOWAN ACERCA DO CAJADO

O lacre nunca fora rompido. Ele o rompeu, e começou a ler. E, ao fazê-lo, arfou.

Era evidente que o comerciante dera seu depoimento verbalmente, e que este fora anotado por um dos membros da guilda. Às vezes, estava na primeira pessoa; em outras partes, mudava para a terceira: "Amo MacGowan jura que os acontecimentos ocorreram exatamente desta maneira." Mas era o assunto que importava. Pois o cajado de que ele falava era o cajado do próprio São Patrício.

O *Bachall Iosa*: a relíquia mais sagrada da Irlanda. Ele conhecia a história de sua destruição, é claro. Todo mundo conhecia. De volta a 1538, quando o monstro herege rei Henrique VIII ordenara que as relíquias sagradas da Irlanda fossem queimadas, o sagrado cajado de São Patrício, que fora seguro pelas mãos do próprio santo mais de mil anos antes, tinha sido levado da catedral da Igreja de Cristo e jogado numa fogueira pública, bem ali, no centro de Dublin. Nenhum maior sacrilégio, nenhum maior insulto à Irlanda poderia ter sido imaginado. O tenebroso ato nunca fora perdoado. O cajado se fora.

Ou não? Desde então, surgiram rumores — ocasionais, silenciosos cochichos na terra — de que o cajado teria sido salvo. Surgira uma afirmação de que ele ainda existia, cerca de vinte anos após ter sido queimado. Depois, nada mais se soubera. Maurice sempre achara que a afirmação era uma lenda, e nada mais.

Três anos antes, correra em Dublin a história de que o Cajado fora visto em County Meath. Maurice, porém, nunca conhecera alguém que realmente tivesse posto os olhos nele. Desconfiava que a história era uma fraude.

O Depoimento de Amo MacGowan dizia o contrário. Naquele dia terrível, enquanto os soldados traziam carradas de objetos sagrados para a fogueira, ele correra para o interior da catedral, vira que o cajado já estava fora de seu estojo, e, num breve momento, quando a atenção dos vândalos do rei estava dirigida para outra parte, ele o apanhara e fugira. Levara o cajado para sua humilde casa. No dia seguinte, na companhia do conselheiro municipal Doyle, ele saíra silenciosamente da cidade e entregara o cajado a uma devota família "conhecida dos membros desta guilda", em Kildare. Nenhum nome foi fornecido. O assunto era secreto demais para isso. Maurice supunha que se tratasse provavelmente de uma das famílias antigas, guardiães de mosteiros e fornecedoras de padres, cujos serviços à Igreja católica às vezes remontavam quase à época do próprio santo.

O Depoimento era corroborado e juramentado pelo conselheiro municipal Doyle. Não havia dúvida de sua autenticidade. E, ao mantê-lo em suas mãos e considerar as implicações do documento, Maurice começou a tremer.

Para começar, os avistamentos do cajado eram de fato genuínos. Um dos objetos mais sagrados de toda a cristandade residia, muito provavelmente, a 60 quilômetros de Dublin. Mais do que isso, porém: para os ofendidos e humilhados católicos da Irlanda, ali estava um símbolo religioso e nacional, um objeto de orgulho, de veneração, de inspiração, à espera de ser erguido bem alto em seu próprio meio. E agora, se o cajado fosse erguido diante do povo, e seus heréticos governantes ousassem dizer que era uma fraude, ali, em suas próprias mãos estava a prova de que era genuíno.

Que ele tivesse achado tal documento, em tal ocasião como aquela, só podia significar uma coisa: era uma intervenção divina, um sinal de Deus. Rapidamente, ele disse uma prece.

Em seguida, tinha de pensar o que fazer. No momento, a melhor coisa seria manter o assunto em segredo. O documento tinha imenso valor, tanto para a causa católica como para seus inimigos; mas ninguém sabia de sua existência. Ficaria perfeitamente a salvo trancado no baú. Contudo, ele devia compartilhar o conhecimento com alguém. Alguém em quem pudesse confiar. E também precisaria de ajuda. Não demorou muito para pensar numa resposta. Que família era mais firme em sua fé, que tinha mais discrição, do que a do seu próprio primo

Donatus Walsh? Naquela tarde, escreveu uma carta curta e cuidadosamente redigida. Não forneceu detalhes, mas disse a seu primo que ele tinha um assunto de extrema importância para discutir acerca da fé, e pediu que o encontrasse com urgência, no velho Tholsel, em Dublin, dali a três dias, no domingo. Então entregou-a a um criado. O sujeito poderia sair a cavalo, de imediato, e chegaria a Dublin ao cair da noite. Poderia entregá-la na casa, em Fingal, na manhã seguinte. Quanto ao encontro em Dublin, o senso de oportunidade não poderia ter sido melhor. Ambos estariam lá, de qualquer maneira.

Pois ali estava o motivo pelo qual sua descoberta era claramente um sinal de Deus: à Irlanda fora dado um rei católico — e ele chegaria a Dublin no domingo.

✣

A carta chegara enquanto Donatus estava fora. Ele tinha ido ao poço de Saint Marnock. Agora, ajoelhado, ele dava graças à libertação da Irlanda.

Quarenta anos haviam se passado desde a terrível chegada de Cromwell: quarenta anos, durante os quais a família Walsh nunca perdera a fé, nem mesmo nos dias mais sombrios. E não faltara prova da graça de Deus. Mas quem poderia ter imaginado os extraordinários acontecimentos que agora se desenrolavam?

✣

Donatus adorava aquele lugar sagrado. Quantas vezes fora ali com seu pai, Orlando. E tinha sido graças a seu pai que pudera passar a maior parte da infância em Fingal, na propriedade que ele amava e conhecia tão bem. O lema de seu pai era simples: mantenha a fé e persista. Ele nunca perdera a fé. Por algum tempo conseguira persistir.

Pois, após o terrível massacre de Drogheda, por mais que desgostasse de fazê-lo, Orlando continuara a suprir o Castelo de Dublin com a receita dos aluguéis e os soldados de Dublin com comida. Cromwell abrira seu caminho através da Irlanda com destruição, mas não permanecera muito tempo, e deixara seus comandantes para fazer a limpeza. Apesar da cruel eficiência de suas operações militares, ainda havia custado a eles mais dois anos até que cada canto da Irlanda fosse completamente subjugado. Durante aquele período, quando dinheiro e comida eram escassos, as autoridades tinham pouco motivo para se preocupar com os Walsh. Mas aquilo não podia durar para sempre.

Donatus tinha quase 12 anos, quando, certo dia, seu pai, ao retornar de Dublin, parecendo aborrecido, anunciou:

— Eles pretendem nos transferir.

— O que quer dizer com... transferir? — perguntou sua mãe.

— Os católicos. Eles pretendem enviar todos os católicos para o oeste... para Connacht. O resto da Irlanda será entregue aos protestantes.

Posteriormente, Donatus soube que seu pai, assim como milhares iguais a ele, havia pensado, durante um período, que talvez fosse executado. Várias centenas de execuções foram levadas a cabo, incluindo a de numerosos padres. Muitos outros fugiram. Mas, felizmente, as execuções se tornaram restritas. Assim que os homens devotos da Inglaterra obtiveram sua vitória, em pouco tempo tornou-se aparente que não era a morte dos rebeldes irlandeses que eles buscavam. Eram suas terras.

Soldados, aventureiros, amigos de Cromwell, funcionários do governo, homens como Pincher, todos homens devotos — fora por terra que eles tinham vindo, e terra teriam de ganhar. "Serão necessários dois terços da Irlanda para satisfazer a todos", comentara Orlando. Isso, porém, não preocupava os ingleses. "Quanto mais terra tomarmos", frisaram, "mais protestante será a Irlanda."

O processo de decisão fora simples. Muitos dos rebeldes mais importantes haviam fugido. A maioria era católica, é claro; embora alguns, como o importante Ormond, fossem protestantes monarquistas. Suas terras foram tomadas imediatamente. Mas, depois deles, vinham as centenas de homens menos importantes, inclusive muitos dos proprietários de terras de Fingal, cuja participação na rebelião fora insignificante. O que deveria ser feito com eles? Um punhado de fidalgos, inclusive alguns católicos que tinham se tornado informantes ou ajudaram a causa inglesa, foram deixados com suas terras, como recompensa. Para o resto, porém, encontrou-se uma nova solução. "Se forem protestantes, multem-nos", sugeriram os homens do governo. "Se forem católicos, expulsem-nos." Mas, em vez de arruiná-los completamente, os administradores de Cromwell decidiram que, dependendo do grau de culpa, eles poderiam receber metade ou um terço do valor de suas propriedades em terras improdutivas de Connacht, no oeste. Deixar sua terra em Fingal, onde sua família estava havia séculos, para ir para o agreste de Connacht? A Orlando parecia uma ideia monstruosa. Mas um dos novos funcionários do Castelo de Dublin colocara a questão bem simples para ele. "Tem opções, amo Walsh. Pode ir para o inferno, ou para Connacht."

Mesmo assim, isso levara muito tempo. A escala da operação era imensa, e não podiam mudar todos ao mesmo tempo. Continuando, como antes, seus serviços para Dublin, Orlando conseguira permanecer em sua propriedade de Fingal por outro ano e um pouco mais.

Tinha sido em 1653 que o velho Dr. Pincher chegara. Houvera uma eclosão de peste na cidade, e ele fora com ordens de se instalar na propriedade até desejar voltar. Donatus ficara muito fascinado pela figura magra, preta, que olhou para ele tão friamente, ocupou o melhor quarto e esperava ser servido, e muito bem. Seu pai lhe disse que o pastor erudito tinha mais de 80 anos. Mas a visita do velho também fora educativa.

O Dr. Pincher já estava lá fazia dez dias, quando seu sobrinho, o capitão Budge, foi visitá-lo. Ele ficou apenas uma noite. Normalmente, o velho comia sozinho em seu quarto, mas, naquela ocasião, todos tinham jantado juntos, e Donatus observara com interesse o grande oficial de cara achatada. O capitão Budge era um homem importante, dono de uma propriedade. Pois, quando, sensatamente, Brian O'Byrne fugira da Irlanda para salvar sua vida, Rathconan fora dada a Budge. Portanto, quando seu pai perguntara educadamente a Budge sobre as próximas transferências, Donatus ouvira com atenção. A medida não seria um pouco dura?, perguntara Orlando delicadamente.

— Não, senhor. Necessária — respondera Budge. — Os irlandeses nativos, é claro, têm aversão a toda civilidade. Incapazes de se autogovernarem. Meros animais.

Vivendo na propriedade de Fingal, Donatus nunca ouvira os irlandeses serem descritos daquele modo. Os criados, os arrendatários e os homens nos campos, os pescadores na praia, os vendedores de ostras em Malahide, os artesãos em Swords — os amáveis e hospitaleiros irlandeses com quem ele crescera não eram tão diferentes, havia suposto, da gente de outras terras. Budge, porém, não terminara.

— Eles devem ser mantidos em estado de sujeição. Lembrem-se de que eles mataram 300 mil protestantes inocentes.

— Saiba que isso é totalmente inverídico — respondera Orlando brandamente, e olhara para o Dr. Pincher. Mas o pastor apenas colocou um pedaço de pão na boca e passou a mastigá-lo. Ele ainda tinha a maioria dos dentes.

— É verdade — afirmou Barnaby. — Está num livro.

— Livros podem mentir — observou Orlando.

— Livros papistas podem. Esse era um livro protestante. — Barnaby assentiu para si mesmo. — E foi a pequena nobreza papista quem os liderou antes numa revolta — frisou. — Portanto, cuidaremos para que isso nunca mais aconteça. Cada chefe irlandês, todos os padres, cada homem com conhecimento sobre armas, todos fidalgos católicos de renome serão retirados daqui desta terra. Então os cães irlandeses terão amos protestantes que os manterão dóceis. Esse é o propósito da transferência.

— Então eu deverei ir para Connacht?

— Muito certamente — disse Barnaby.

Foi a primeira vez que Donatus entendeu de verdade a mente dos colonizadores ingleses que agora governavam o país.

Na primavera seguinte, a família Walsh fora transferida. Levando quatro carroças com altas pilhas contendo toda a mobília e suas posses, e joias, e moedas de ouro e prata cozidas em suas roupas, Donatus e seus pais tinham partido pela longa estrada em direção a oeste. Daniel, embora incapaz de entender por que se mudavam, naturalmente, também os acompanhara. Foram acompanhados de apenas três serviçais; os demais criados, arrendatários, lavradores e trabalhadores rurais tinham todos ficado na propriedade em Fingal. Nisso, os Walsh repetiram o padrão encontrado em todo canto. A grande parte dos irlandeses nativos permaneceu exatamente onde estava, para cultivar a terra de seus novos amos protestantes, enquanto os proprietários hereditários iam para Connacht.

"Pelo menos estamos em boa companhia", comentara seu pai ironicamente. Por ocasião da partida deles, muitos amigos e vizinhos já haviam feito o mesmo caminho. Alguns tinham nomes irlandeses: Conran ou Kennedy, Brad ou Kelly. Mas muitas das famílias transferidas possuíam nomes de Velhos Ingleses: Cusack e Cruise, Dillon e Fagan, Barry, Walsh, Plunket, Fitz-isso ou Fitz-aquilo.

A maioria das terras em volta de Dublin fora tomada diretamente pelo governo, para ser ocupada por arrendamento. Não foi uma grande surpresa saber, por sua vez, que o Dr. Pincher conseguira arrendar a própria propriedade deles — por um aluguel de apenas a metade do que Orlando fora forçado a pagar para lá permanecer.

Só houve um único problema que seu pai, agarrando-se à sua terra o máximo de tempo possível, não conseguira prever.

Nunca ficara claro que tamanho de concessão de terra seria feita a Orlando Walsh. Após inúmeras indagações no Castelo de Dublin, ele concluíra que nem mesmo os homens de lá sabiam. "Tudo está sendo providenciado em Athlone", disseram-lhe. "Você terá de esperar até chegar lá." Somente após terem viajado lentamente durante cinco dias, chegaram a Athlone. A corte judicial que administrava as concessões de terra à pequena nobreza transferida ficava numa enorme casa na rua principal. Ao chegarem, conseguiram uma estalagem; e, na manhã seguinte, Orlando fora ao cartório de registro de terras, levando Donatus consigo. O encarregado, um sujeito baixinho e calvo com ar de pessoa eficiente, fitou Orlando com genuíno pesar.

— É uma pena que não tenha vindo alguns meses antes. — Suspirou. — Então teria se saído melhor.

— Havia instruções a meu respeito?

— Não exatamente. Nós devemos encontrar algo para cada um, se pudermos. Mas é tudo pelo nosso critério. — Sacudiu a cabeça. — Cromwell, sabe, tem uma ideia geral do que deseja, e sabe o que detesta; mas não é administrador. Dá instruções; mas os detalhes... — Abriu os braços para indicar que não havia nenhum. — A transferência para Connacht foi... — Novamente, indicou com as mãos que o processo fora caótico.

"Estou aqui apenas para pôr ordem — continuou. — A maioria dos homens que distribuem as terras já foi embora. Não há nada para mantê-los aqui. Já fizeram fortuna, sabe. — Deu um olhar significativo para Orlando. — Há um lugarzinho em Clare — disse. — Tem apenas uns 30 acres. Nada parecido com o que está acostumado. Mas creio que conseguirá sobreviver lá. É o melhor do que restou.

Algumas indagações corroboraram a verdade do que o sujeito lhe dissera. A transferência não tinha sido apenas uma bagunça; fora um escândalo. Homens que nada deveriam receber, mas que vieram mais cedo, com generosos subornos para os funcionários que cuidavam da corte, haviam garantido grandes extensões de terra. Outros, com direito a centenas de acres, tiveram sorte de receber 50. Caos e suborno de funcionários deviam ser esperados quando qualquer conquistador redistribui as riquezas de um país — como poderia ser de outro modo? Mas a transferência para Connacht havia sido um espetáculo nada edificante.

E, assim, tinham começado os sete longos anos em County Clare. A pequena fazenda deles tinha uma pequena habitação, que Donatus e seu pai lentamente reconstruíram. A terra pelo menos lhes dera subsistência. Seus vizinhos foram amáveis. Os Walsh trabalharam arduamente, e sobreviveram. Os primeiros anos, porém, na apertada cabana cheia de goteiras, foram especialmente duros. Mandaram de volta para Fingal dois dos seus serviçais, tendo em vista que mal podiam se sustentar e nada havia para eles fazerem. Embora tivesse tentado enfrentar tudo com coragem, Mary Walsh ficara deprimida. Mas a pessoa que mais sofrera tinha sido o pobre Daniel. Se sua compreensão era limitada, ele parecia sentir a infelicidade de Mary mais fortemente do que os outros. Abraçava-se a ela, às vezes quase aflito; e isso também era difícil para Mary aguentar. Após um ano, ele adoeceu e morreu. Muito tempo antes, Orlando alertara Donatus: "Os abobados, sabe, raramente chegam aos 20 anos", e, portanto, ele sabia que não devia se angustiar demais. Contudo, uma nuvem de tristeza havia pairado sobre a família durante muitos meses após terem enterrado Daniel.

Uma coisa, porém, que Donatus viu como uma bênção foi que, por causa desse exílio, ele passou a conhecer melhor seu pai do que talvez pudesse ter acontecido de uma outra maneira. Ele sabia da humilhação que seu pai sentia por causa das péssimas condições deles; e admirava o fato de ele nunca demonstrar isso. Juntos, trabalharam no pequeno pedaço de terra — criaram porcos, algumas vacas, cultivaram cereais. E Orlando também tomou para si a educação do filho — como resultado, quando completou 20 anos, Donatus já sabia a maior parte do que a Universidade de Salamanca tinha a oferecer, juntamente com conhecimentos gerais de procedimento processual irlandês. Talvez, por ter constantemente a companhia de um homem mais velho, ele adquirira uma perspectiva um tanto quanto madura para um rapaz de sua idade. Entretanto, aquele não era um período para desfrutar os prazeres de coisas da infância; e lhe dava grande prazer saber que se mantinha, em tudo e por tudo, ombro a ombro com seu pai.

Cada ano, faziam uma romaria até Fingal. Como transferidos, era ilegal viajarem; mas eles iam discretamente e nunca foram apanhados. Essas eram ocasiões de encontros. Os arrendatários da propriedade os acolhiam e os escondiam em suas cabanas. Um deles até mesmo dava a Orlando parte do aluguel. "Digo ao velho demônio do Pincher que não tenho condições de lhe pagar a quantia toda. Maldito protestante. Ele não sabe nada de nada", dizia com alegria. O primo Doyle também vinha de Dublin para encontrá-los. Antes de partir, Orlando deixara 100 libras guardadas com ele; felizmente, ele poucas vezes precisou sacar alguma coisa desse valor. E Doyle lhe transmitia as mais recentes notícias de Dublin. Geralmente, diziam respeito aos últimos acontecimentos entre as igrejas de Dublin.

Se houve um aspecto do regime de Cromwell que forneceu aos católicos — e aos Velhos Ingleses protestantes, como Doyle — algum leve alívio na escuridão, foi a sua ordenação das igrejas. Os papistas, é claro, deveriam ser mortos; a alta igreja anglicana do rei Carlos, com seus bispos e cerimônias, foi firmemente abolida. Mas, fora isso, como a maioria dos homens do Exército, Cromwell acreditava que as congregações deviam ser livres para escolher seus próprios pregadores religiosos. Os resultados, mesmo na própria Igreja de Cristo, às vezes foram espantosos. Batistas, quacres, sectários de vários tipos e, acima de tudo, independentes, cada qual com sua própria visão particular, também apareceram em Dublin. Algumas das cerimônias religiosas eram sombrias; outras, extravagantes; umas tantas até mesmo induziam à histeria. Doyle, com sua mente cínica, tinha um prazer secreto em comparecer a essas cerimônias e comentar seus excessos com Orlando. "Pois é, meu caro filho", ele comentava com Donatus, "como têm razão os nossos padres quando nos dizem: o problema dos protestantes é que eles são completamente confusos."

Foi na terceira volta deles a Fingal que souberam que o velho Dr. Pincher tinha morrido. Seu sobrinho, o capitão Budge, assumira o arrendamento. Mas as circunstâncias de sua morte haviam sido um tanto notáveis. Foi o arrendatário deles, quando lhes deu seu aluguel, que lhes contou.

— Pouco antes do fim, ele delirava. Gritava... que um homem o atacava com uma espada. E quando foram vestir seu corpo, o que encontraram, se não uma cicatriz? Por todas as suas costas, dos ombros até as costelas. Portanto, deve ter havido algum motivo para suas palavras. Então chegou o capitão Budge, e lhe contaram a respeito. E ele pareceu pensativo por um momento. Então: "Ele esteve na rebelião de 1641", disse. "Foram os católicos que atacaram o meu querido tio. Ele teve sorte de não ter sido torturado." Vocês acham que é verdade?

— Eu nunca ouvi falar nisso — disse Orlando.

Antes de Donatus e seu pai deixarem Fingal, sua rotina era sempre a mesma. Juntos, iam até o poço sagrado em Portmarnock para rezarem juntos. "Faço isso", Orlando costumava lembrar-lhe, "exatamente como meu pai fazia antes de mim." E, enquanto estavam lá, ele também dizia: "Sinto muito, Donatus, por você ter de ver seu pai tão abatido. Mas nunca devemos perder a fé. Foi a Graça de Deus que, após tantos anos de espera, nos deu você. E, no devido tempo, após sermos testados, Ele nos reconstituirá novamente, do jeito que achar adequado."

E, assim, no final das contas, teve de acontecer. Deus os reconstituiu.

Seu resgate viera da Inglaterra. Pois, enquanto Cromwell fora bem-sucedido em esmagar a Irlanda sob regime colonial, a própria Inglaterra tinha sido outra história. Apesar de todo o seu poderio militar, Cromwell nunca fora capaz de conseguir um governo satisfatório para substituir a monarquia que havia destruído. Governo do Parlamento, um protetorado no qual ele mesmo era rei apenas no nome, regime militar de generais — tudo fora tentado, nada funcionara. E quando, após uma década, o exausto tirano morreu, seu filho nem mesmo quis ficar em seu lugar. Em 1660, o Parlamento da Inglaterra e o filho do falecido rei chegaram a um acordo. O rei Carlos II foi recolocado no trono inglês — sob certas condições.

Uma delas era a de que os colonizadores protestantes da Irlanda deveriam manter suas terras. Houvera, porém, algumas poucas exceções. E, quando retornara à Irlanda como o novo representante do rei, Ormond se lembrara com benevolência da desventurada família Walsh. Sua palavra tinha sido o suficiente para garantir aos funcionários reais que Orlando não cometera qualquer crime; e, com uma certa má vontade, Barnaby Budge fora convencido de que deveria abrir mão do arrendamento de seu tio. Diferentemente de muitos de seus amigos, os Walsh retornaram a Fingal. Era, de fato, a prova da Graça de Deus para eles.

E, pela contínua Graça de Deus, ele vivera ali desde então. Vira ambos os pais envelhecerem. Conhecera a felicidade de ter uma família e, recentemente, casara ambas as filhas com homens de bem. Cinco anos atrás, sua mulher tinha morrido, e ele presumira que essa parte de sua vida terminara. Mas, para sua surpresa, encontrara novamente a felicidade. E ainda mais maravilhoso, sua nova esposa lhe dera seu primeiro filho homem. Num clima de grande celebração, deram ao bebê o nome de Fortunatus.

E agora, numa série de acontecimentos que nunca poderiam ter sido previstos, a contínua fé dos Walsh e incontáveis famílias como a deles obtivera uma nova esperança. O rei Carlos II da Inglaterra, um homem que amava construções, ciências e suas muitas amantes, morrera subitamente quatro anos antes e fora sucedido pelo irmão Jaime. E Jaime II era católico. Ele chegara à Irlanda havia dez dias e ia a Dublin para instalar um Parlamento católico. A situação, de nenhuma maneira, era destituída de perigo. Ninguém sabia o que aconteceria a seguir. Talvez os católicos da Irlanda fossem testados novamente. Uma coisa, porém, era certa: Donatus estaria em Dublin naquele domingo para dar boas-vindas ao rei, acontecesse o que acontecesse.

Quando recebeu a casa de volta e encontrou a carta de seu primo Maurice, leu-a com curiosidade. Mas também com um sorriso. Maurice Smith era um bom homem de negócios. Saíra-se muito bem no tempo que passara na França. E quando o regime mais calmo de Carlos II finalmente o incentivara a voltar com sua família para Dublin, ele conseguiu, apesar de católico, prosperar ali. Contudo, havia também algo de romântico em seu primo. Ele era colhido por súbitos entusiasmos.

A compra de sua propriedade foi um exemplo. Quando Brian O'Byrne e a maioria de outros da pequena nobreza da Irlanda tinham sido forçados a fugir de Cromwell, e a propriedade de Rathconan fora concedida a Barnaby Budge, com certeza havia sido uma coisa triste. Budge assumira a propriedade, e, embora as pessoas das montanhas de Wicklow o odiassem, não havia muito que pudessem fazer. Budge vivera na velha casa fortificada, chamara a si mesmo de fidalgo e obtivera outras propriedades e arrendamentos onde quer que conseguisse. Mantivera Rathconan por toda a restauração de Carlos II, e morara ali até morrer, uma dúzia de anos antes. Quando, porém, seu filho mais velho chegara ao local, encontrara problemas. Seu pai e seu irmão mais novo, Joshua, eram feitos do mesmo material rígido, mas o Sr. Benjamin Budge era um sujeito pacífico e não demorou muito para ser perturbado pelos Tories.

Sempre divertira Donatus que os dois grupos políticos no Parlamento da Irlanda fossem conhecidos por nomes curiosos. O partido que acreditava que o Parlamento deveria controlar o rei e, em geral, de tendência mais protestante, era conhecido como os Whig — leite amargo, em escocês —, um eufemismo para desdém. Um membro do partido do rei, por outro lado, era conhecido por Tory — que significava um bandido irlandês.

E foram certamente bandidos irlandeses — na maioria, homens da localidade, que adoravam a liberdade das montanhas de Wicklow e odiavam os colonizadores puritanos de lá — que tornaram a vida do pobre Sr. Benjamin Budge tão miserável. Durante a última parte do reinado de Carlos II, esse monarca cordial afrouxara as restrições, de modo que um católico podia novamente comprar terra. Portanto, quando Maurice Smith fizera uma boa oferta pela propriedade, Benjamin Budge aceitara o dinheiro e ficara feliz por se livrar do lugar. Ele fora residir em Dublin, e não parecia ter o desejo de adquirir outra propriedade.

Mas por que seu primo Maurice ficara tão ansioso assim para subir as montanhas?, frequentemente se perguntara Donatus. Ele sabia que Maurice sempre gostara de Brian O'Byrne e sentira uma afinidade com sua propriedade montanhosa. Certamente, desde que passara a viver lá em cima, ele afirmara ser muito feliz; e, visto que era católico, com algumas vagas ligações com o lugar, as pessoas da localidade pareciam tolerá-lo bem o bastante. Ele, porém, colocara toda a sua fortuna em Rathconan, e Donatus duvidava que estivesse conseguindo algum retorno. Era típico de Maurice, após anos de poupança, fazer algo assim.

Então, Donatus leu novamente a carta que seu primo enviara de Rathconan, e, tendo em vista a misteriosa empolgação de sua linguagem, ficou imaginando que nova ideia Maurice poderia ter tido agora.

✣

Domingo, 24 de março. Domingo de Ramos: festa da entrada do Salvador em Jerusalém. Era a data, também, um sinal de Deus? O rei Jaime entrou pelo Portão de São Jaime, no oeste.

Do lado de fora do portão fora montado um palco, sobre o qual tocavam dois harpistas irlandeses. Um coro de frades entoava canções alegres; e um grupo de mulheres dos mercados, todas vestidas de branco, executaram uma encantadora dança diante dele. O prefeito e os membros da Câmara Municipal saíram, com flautas e tambores, e lhe entregaram a chave da cidade antes de entrarem. Então ele passou pelo portão, com seus fidalgos e a cavalaria, sua infantaria e pífanos, e seguiu pelas ruas que, se não estavam repletas de folhas de palmeiras, pelo menos tinham sido recentemente cobertas de cascalho. O rei Jaime II chegara novamente entre os seus. Nos portões do castelo, ele chorou.

Ele veio modestamente. Não era um homem de má aparência: sua tez, pálida e avermelhada, quando a de seu irmão fora trigueira e morena; seu rosto, outrora orgulhoso, agora um tanto humilhado pelo exílio e pela doença. Ao passar, agradeceu ao bom povo de Dublin. Ele viera, parecia querer dizer, com amizade para todo o povo do reino irlandês, e com inimizade para ninguém. Entretanto, enquanto Donatus Walsh e Maurice Smith estavam parados lado a lado, para vê-lo passar, cada um deles sabia que não seria fácil. Pois ainda havia a lembrança de que o povo da Inglaterra já o expulsara, e seu rival ao trono poderia tentar uma invasão a qualquer momento.

Pelo que dizia respeito aos protestantes da Inglaterra, eles nunca esperaram que Jaime fosse rei. Seu irmão Carlos II sempre parecera de boa saúde. Houvera suspeitas de que Carlos podia ser secretamente católico. Mas, se fosse, sua esperteza era grande demais para se deixar apanhar. Assim, tinha mantido suas amantes, comparecido ao teatro, gracejado com pessoas comuns nas corridas de cavalos, e geralmente usado o bom-senso sempre que os extremistas religiosos pareciam correr o risco de ficar animados demais. Entretanto, se tentava incentivar seus súditos protestantes a serem mais tolerantes com os católicos, sua tarefa não se tornou mais fácil quando, ao final de seu reinado, seu primo, Luís XIV da França, expulsou brutalmente os huguenotes de seu reino, forçando-os a procurar refúgio — cerca de 200 mil deles — na Holanda, Inglaterra e em qualquer outro lugar que os aceitasse. Londres recebeu dezenas de milhares. Mas, ao fazê-lo, os londrinos se lembraram da Inquisição, da rebelião irlandesa e de todo e qualquer outro ultraje, real ou imaginado, de católicos contra protestantes. Assim, foi um grande choque para toda a Inglaterra quando, de uma maneira um tanto repentina, o rei Carlos II morreu, e seu irmão mais novo, notório católico, subiu inesperadamente ao trono.

Todos, porém, estavam preparados para tolerá-lo, por uma simples razão: ele podia ser católico, mas sua herdeira era a filha Maria; e ela, graças a Deus, era igualmente protestante e casada com um outro — o príncipe Guilherme de Orange, o monarca dos holandeses. Eles, portanto, poderiam tolerar Jaime por uns tempos; mas, tão logo ele se fosse, poderiam ansiar por Guilherme e Maria.

Assim, quando Jaime passou a promover católicos para altas posições, os ingleses trincaram os dentes. Quando começou a colocar oficiais católicos no Exército, olharam-no alarmados. E quando — a despeito do fato de que não gerava nenhuma criança havia anos, e o boato de que doenças venéreas o impediam de fazê-lo — o rei subitamente teve um filho com sua segunda esposa católica, os ingleses explodiram. E era dele? A rainha ao menos estava grávida? Teria havido, ao nascer, a substituição da criança defeituosa? Seria outra trama tortuosa dos católicos para roubar para Roma o trono da Inglaterra? Os boatos correram. Fosse qual fosse a verdade, ela não era do conhecimento dos ingleses. Com praticamente nenhuma perda de sangue, eles simplesmente o derrubaram. Guilherme de Orange chegou, para lhe ser oferecido um reino. Jaime fugiu para a França.

A Irlanda, porém, era outra história. Tanto protestantes quanto católicos, por sua vez, ficaram alarmados com os acontecimentos além-mar. Mas o favorito do rei Jaime, o católico lorde Tyrconnell, agira bem em favor de seu amo real. Conseguira intimidar os protestantes com seus soldados, mas, ao mesmo tempo, lhes havia assegurado: "O rei Jaime não quer lhes fazer mal." Os presbiterianos do Ulster eram muito supersticiosos; a cidade murada de Derry recusava-se a se submeter. No entanto, a maioria da ilha católica torcia para que o rei Jaime chegasse como um libertador.

E agora, com dinheiro e tropas fornecidas pelo seu primo, o rei Luís da França, ele chegara para ser bem recebido pelo seu reino irlandês.

Assim que o rei entrou no castelo, Donatus e Maurice foram a uma estalagem para beber alguma coisa. Donatus já colhera todas as notícias.

— Ele vai instalar um Parlamento que se reunirá aqui em Dublin no início de maio. Querem membros católicos da antiga nobreza como membros. Imagine só, Maurice... um Parlamento católico.

— E a nossa religião?

— Ele tem sido cauteloso e sensato, creio eu. Nestes últimos dez dias, por todo o caminho de Cork para Dublin, ele se encontrou com os clérigos protestantes e lhes garantiu que terão liberdade de praticar sua fé. Todos os cristãos são aceitáveis. Essa é a ordem. Desde que sejam leais. — Sorriu. — Mas a Irlanda será católica, é claro.

Então Maurice contou-lhe sobre o cajado e sentiu-se gratificado por Donatus concordar inteiramente com ele sobre a importância de sua descoberta.

— O poder de uma coisa assim será realmente enorme, se conseguirmos simplesmente colocar o cajado e o depoimento juntos. Um símbolo para a Irlanda. E, no caso de uma luta com o rei Guilherme, ter o verdadeiro cajado no campo de batalha...

— Você me ajudará, então?

— Com toda a certeza. Precisamos encontrá-lo.

Foi somente no início de maio, exatamente quando o Parlamento se reuniu, que Maurice iniciou sua busca. Ele sabia que poderia ficar fora um bom tempo. Deixou Rathconan em boas mãos. Seu filho Thomas não era homem de negócios, mas adorava a terra e tudo que nela havia. Ele cuidaria muito bem da propriedade na ausência do pai.

Donatus Walsh, enquanto isso, estivera ocupado. Suas indagações em Dublin não haviam rendido nada. Mas uma cuidadosa pesquisa produzira os nomes de numerosas famílias que poderiam ter informações sobre o cajado; e foi armado com essa considerável lista que Maurice partiu, como um peregrino ou cavaleiro errante dos tempos antigos, em busca do seu Santo Graal.

Foi primeiro a County Meath. Tinha sido onde, se os relatos fossem verdadeiros, o cajado fora visto pela última vez. Por duas semanas, foi de casa em casa, onde houvesse um católico de alguma importância ou um padre. Mas, embora fizesse a mais diligente indagação, nada conseguiu descobrir de definitivo. Várias pessoas disseram que o cajado estivera em exibição em uma casa ou capela. Aparentemente, ele teria sido levado para lá por alguém de fora da região. Mais do que isso, porém, ele não conseguiu descobrir.

De Meath, passou para Kildare. O Depoimento, afinal de contas, mencionara Kildare. Novamente, ele conduziu sua busca, da mesma maneira, por outras duas semanas. Em Kildare, porém, não conseguiu coisa alguma.

Restava, contudo, uma possibilidade óbvia. Houvera muito movimento de pessoas desde que fora dado o Depoimento. Em particular, quase todas as famílias fiéis da pequena nobreza tinham sido transferidas para Connacht. De Kildare, portanto, ele seguiu na direção oeste, e procurou qualquer família de Kildare que tivesse sido mandada para lá. Essa foi uma tarefa maior e mais difícil; ele, porém, era um homem com uma missão, e quanto mais avançava, mais determinado ficava a não desistir.

Foi uma experiência angustiante: viajar de fazenda a fazenda, até de cabana a cabana, e ver as antigas famílias católicas reduzidas à pobreza após a Transferência. Muitas delas esperavam que, com o novo Parlamento católico, pudessem ter restituídas suas antigas propriedades. Maurice torcia e rezava para que assim pudesse ser. Mas nenhuma delas tinha qualquer conhecimento sobre o cajado. Semana após semana se passou. Somente quando tinha usado todo o dinheiro que levara consigo, ele abandonou sua missão e voltou para casa, com a promessa a si mesmo de que, assim que pudesse, retomaria sua missão.

Foi num dia do início de julho que ele percorreu o desfiladeiro das montanhas de Wicklow e desceu em direção à velha casa em Rathconan que ele tanto amava.

Ficou um tanto quanto surpreso ao se aproximar da porta e ver que tinha um visitante. Como o cavalo estava amarrado perto do vão, ficou claro que o visitante chegara um pouco antes dele, vindo da direção oposta. Sua esposa estava de pé junto ao recém-chegado. E também seu filho Thomas. Eles o olhavam estranhamente. Maurice aproximou-se e desmontou.

O visitante era um homem alto, cabelos negros, bonito. Tinha a aparência de um capitão militar. Era de meia-idade, talvez uma década mais velho do que ele mesmo, mas parecia atlético e em forma. Olhou para Maurice e então foi na direção dele.

— Então você é Mwirish, o filho de Walter Smith?

— Isso mesmo.

— Sou Xavier O'Byrne. O filho de Brian O'Byrne. Só vim dar uma olhada no lugar — indicou a casa e as terras de Rathconan —, agora que será devolvido a mim. — Sorriu. — Eu estava para perguntar à sua família: onde vocês vão morar?

✣

Maurice, naquela noite, estava para descobrir coisas mais estranhas do que aquela, ao se sentar à mesa com O'Byrne. Ele estivera tão envolvido em sua busca que não se preocupara em acompanhar as detalhadas deliberações do Parlamento de Dublin. Soubera que talvez as terras fossem devolvidas aos transferidos, mas não tivera conhecimento do mecanismo através do qual tal coisa poderia ser realizada. E, para dizer a verdade, nunca havia pensando nos O'Byrne.

— O rei Jaime é contra tudo isso — explicou O'Byrne —, porque teme que vá incitar muitos problemas, mas os fidalgos católicos do Parlamento estão totalmente determinados. Querem que todas as terras que foram confiscadas e entregues aos protestantes por Cromwell sejam devolvidas aos seus donos. Inclusive aqueles que deixaram o país, se quiserem retornar. Como vê, isso inclui Rathconan.

— Mas sou católico e comprei a propriedade — frisou Maurice.

— Você é um entre muitos. Mas a comprou de Budge, sabe, que, em primeiro lugar, nunca poderia ter se apropriado dela. — Sorriu. — Você não está sozinho. Há inúmeras pessoas na sua situação, e a ideia mais recente é pagar uma compensação. Há uma porção de protestantes que enviaram ajuda ao rei

Guilherme, quando ele veio à Inglaterra. Suas terras serão tomadas, e você será pago com isso.

— Mas eu amo Rathconan.

— Alegro-me em ouvir isso. Mas minha família vive aqui há séculos.

Maurice suspirou. Não podia negar a justiça do que O'Byrne dizia; mas desejava que fosse o contrário.

— Nada acontecerá por um longo tempo — garantiu-lhe O'Byrne. — Arrisco-me a dizer que homens do Parlamento levarão anos discutindo isso. E, além do mais, ainda não asseguramos a Irlanda.

Quando discorreu sobre a situação militar, O'Byrne foi igualmente interessante e cínico.

— Sou um soldado da fortuna, Mwirish — declarou. — Observo essas coisas com um olhar frio. Os soldados irlandeses que Tyrconell reuniu, e ele tem milhares deles, estão pessimamente armados. Alguns nem mesmo têm lanças. Não possuem treinamento. Bravos como leões, é claro: isso me deixa orgulhoso de ser irlandês. Mas é inútil. Há oficiais irlandeses como eu, homens cujas famílias fugiram da Irlanda muito tempo atrás, que voltaram para ver o que conseguem obter. Nós os treinamos o melhor possível. Também estão vindo soldados franceses. Serão soldados profissionais, durões. Mas, se o rei Billie* vier, trará um exército que combateu em todas as campanhas importantes da Europa. — Sugou os dentes. — A maioria dos seus rapazes nunca viu algo parecido.

— E ele virá?

— Essa é a questão. — O'Byrne sacudiu a cabeça. — Não sei. Por enquanto, não parece querer. Esta tem de ser a esperança... que ele deixe o rei Jaime ficar com a Irlanda. É uma questão de família: afinal de contas, Jaime é seu sogro; e eles sempre viverão em termos amigáveis, desde que Guilherme e Maria venham a herdar a Inglaterra. Talvez eles possam chegar a um novo acordo. — Fez uma pausa para refletir. — Ainda assim, não tenho certeza se um Parlamento inglês seria capaz de conviver com uma Irlanda católica à sua porta.

— Pelo menos teremos assegurada a própria Irlanda — disse Maurice.

— Provavelmente, Mwirish. Provavelmente. Esse pessoal protestante lá em cima no Ulster continua esperando o rei Billie. Na minha opinião, aquilo lá é um barril de pólvora. E você sabe que ainda não tomamos Derry.

---

* Guilherminho, em inglês. *(N. do T.)*

Foi um dos aspectos mais notáveis daquele verão. Os obstinados defensores de Derry tinham fechado seus portões e se recusado a se render às forças de Jaime. Desde abril, estavam cercados e bloqueados no interior de suas muralhas, mas ainda não haviam cedido.

— Eles agora devem estar comendo os ratos — disse O'Byrne, com a admiração de um soldado. — E, mesmo quando o lugar cair, será muito difícil subjugar uma gente como aquela.

A verdadeira surpresa para Maurice Smith, porém, veio quando se voltaram para assuntos familiares. Ele já averiguara que seu velho amigo Brian O'Byrne havia falecido — em campanha, soubera, lutando pelo rei da França. Foi somente tarde da noite, quando ele comentou tristemente que nunca soubera o que tinha acontecido com seu próprio pai, que O'Byrne disse:

— Quer dizer, após ele ter lutado em Rathmines?

— Rathmines? Meu pai não esteve na Batalha de Rathmines.

— Ah, esteve sim — retrucou O'Byrne. — Meu pai estava com ele e me contou tudo. — E relatou tudo o que se passara. — Ele não era soldado, sabe — acrescentou O'Byrne com um sorriso. — Mas lutou como um herói, segundo meu pai. Ele nunca soube ao certo, mas meu pai sempre se perguntou se ele teria ido a Drogheda e morrido lá.

Por alguns momentos, Maurice digeriu esse extraordinário fragmento de notícia. Então, subitamente tomado por uma onda de afeto pelo pai desaparecido, sentiu os olhos se encherem de lágrimas, e teve de desviar a vista.

— Eu não fazia ideia de que ele teria feito uma coisa dessas — disse, finalmente.

— Ele foi um verdadeiro irlandês — O'Byrne falou baixinho.

Então Maurice lhe contou sobre o cajado de São Patrício.

✣

Para Donatus Walsh, o outono e o inverno de 1689 foram um período penoso. Para o assombro de todos, Derry não apenas tinha resistido; no fim do verão, seu cerco fora levantado. Para os protestantes do Ulster, foi uma inspiração; para o rei Jaime, um golpe amargo. A despeito do fato de ser um rei católico numa ilha católica, isso mostrou aos seus inimigos que ele podia ser derrotado.

Não que o rei Guilherme se saísse muito melhor. Ele enviou seu comandante de longa data, o general Schomberg. Mas, em vez de seguir de roldão em direção a Dublin, o velho veterano ficou entalado perto da fronteira do Ulster. Muitos de seus homens adoeceram durante o frio e úmido inverno irlandês. Os meses que se seguiram foram, em grande parte, um severo impasse.

Severo para os soldados, severo para o povo. O inverno era gelado. Os irlandeses, determinados a nada fazerem para apoiar os ingleses do outro lado do mar, deram ordem para que toda importação dos ingleses fosse devolvida, inclusive o carvão habitual para aquecer as casas de Dublin. Mas eles não precisariam ter se preocupado. Os ingleses não enviaram nada. Pouco depois do Natal, Donatus derrubou duas das cercas vivas da propriedade para fornecer combustível para seu pessoal. No início do novo ano, indo para Dublin, ele descobriu que metade dos postes e grades de madeira da cidade já tinha sido apanhada para servir de lenha.

Ele viu Maurice várias vezes. Seu primo também o apresentou a O'Byrne. Por enquanto, nada havia sido feito em relação à transferência de propriedade, e parecia que, fosse qual fosse o resultado, os dois homens já tinham resolvido permanecer amigos. Quanto a Donatus, ele ficou fascinado por conhecer um soldado da fortuna, e deleitou-se com a mente inteligente e mundana. Quanto à notícia que o soldado levara a Maurice sobre seu pai desaparecido, esta pareceu ter causado um efeito estranho. O estável, meticuloso comerciante de quem Donatus sempre ouvira falar, evidentemente tinha uma alma muito mais romântica do que qualquer um havia percebido. Maurice não disse isso, mas Donatus tinha certeza de que seu primo experimentava uma nova sensação de proximidade com o pai que perdera. Agora havia uma aparência de paz e alegria em seus olhos, quando falava de Walter. E Donatus sentia-se feliz por Maurice ter descoberto tal fonte de inesperada emoção na última metade de sua vida. No mínimo, saber que seu pai se sacrificara pela causa católica parecia ter deixado Maurice mais determinado ainda para prosseguir em sua busca pelo Cajado. Falou em voltar novamente a Connacht na primavera.

O impasse militar, porém, não poderia durar para sempre. Em fevereiro, os boatos eram de que Guilherme, após desistir do general Schomberg, poderia ir lá pessoalmente. Em março, uma força de vários milhares de soldados dinamarqueses, alugados do rei da Dinamarca, tinha desembarcado no Ulster. "Estão usando novamente os vikings contra nós", queixaram-se os católicos de Dublin. Mas, de certo modo, as forças enviadas pelo rei da França para ajudá-los eram quase tão ruins quanto. Em primeiro lugar, marcharam por

Dublin com todos os sinais de arrogância e desprezo pelos dublinenses. E, mal haviam chegado, foi feita outra descoberta: vários milhares dos mercenários eram protestantes!

Por todo o mês de abril, tropas inglesas, holandesas e alemães começaram a chegar ao norte. Um dos comandantes navais de Guilherme até mesmo realizou uma descarada incursão na baía de Dublin e carregou um dos navios de Jaime. De um modo ou de outro, parecia a Donatus que, no verão, aquela questão deveria atingir uma etapa crucial.

Apenas um fragmento de notícia alegre chegou durante esse tempo. Um pouco antes da Páscoa, Donatus soube que sua mulher estava grávida novamente.

O padre, certo dia de maio, foi bater à sua porta. Ele era um homem idoso. O capote que trazia em volta do corpo estava salpicado de lama e rasgado em várias partes; mas seus olhos azuis eram argutos.

— Você andou perguntando sobre o cajado? — De fato, durante o inverno, Donatus não estivera inativo. Ocorrera-lhe escrever para os vários colégios irlandeses do continente, explicando a recém-descoberta autenticação e perguntando se havia chegado alguma notícia sobre o cajado. Até então, as repostas que recebera tinham sido corteses e revelavam todo o sinal de interesse; mas, tristemente, não houvera qualquer notícia positiva. Entretanto, nunca se sabia que conversas adicionais tal investigação poderia provocar na grande rede católica irlandesa do mundo europeu. E, ao que parecia, era exatamente tal coisa que ocorrera agora. — Eu recebi uma carta — disse o padre — de um caro amigo de Douai. Portanto, pensei em visitar você quando passasse por Dublin, a caminho para além-mar.

— Você viu o cajado? — perguntou Donatus, com ansiedade.

— Não. Mas um certo padre Jerome O'Neill, que morreu dois anos atrás, disse que tinha visto. Algum tempo atrás, ele me assegurou, era mantido onde era de se esperar.

— Onde era de se esperar?

— Na sede do clero de São Patrício. Creio que se pode esperar que esteja lá.

— A sede de seu clero sempre foi mantida no norte. Em Armagh.

— Exatamente. Bem, é lá que ele está.

— Isso é notável.

— Não sei lhe dizer mais nada. Gostaria de poder. Mas não tenho o menor motivo para supor que ele estivesse enganado. Era um homem muito meticuloso e estudioso. É possível, claro, que, desde então, o cajado tenha mudado de lugar. Mas eu diria que a probabilidade é a de que você o encontre lá.

Donatus implorou para que o padre ficasse, mas ele estava ansioso para ir embora. Eu aceitaria um cálice de conhaque, se me fizer a gentileza, mas depois devo voltar a Dublin. Parto amanhã.

Naquela mesma noite, Donatus enviou uma mensagem a Maurice. Eles se encontraram em Dublin três dias depois.

✣

Parecia a Donatus que seu primo se mostrava um pouco febril. Ficou imaginando se Maurice estava adoecendo por algum motivo. Mas quando ele lhe contou os detalhes do que o padre dissera, fez tudo que pôde para evitar que Maurice partisse imediatamente.

— Eu estava indo novamente a Connacht muito em breve — bradou. — Mas isso... Isso...

— Pode ser que o cajado não esteja lá. E, mesmo se estiver, talvez não o encontre.

— É muito mais informações do que já tivemos antes — ressaltou Maurice.

E isso era inegável.

Havia também o problema da geografia. Armagh ficava em território inimigo. As forças do rei Guilherme estavam agora espalhadas por todas as partes do Ulster, e havia todos os sinais de que se preparavam para uma batalha.

— Se você subir lá agora, à procura do cajado de São Patrício — alertou-o Donatus —, vai atrair grande perigo.

— Coloque contra isso o efeito sobre nossos soldados — retrucou Maurice —, se eu conseguisse levar para eles o cajado autêntico, antes de irem para a batalha. — Assentiu satisfeito. — Voltarei a Rathconan para me preparar. Então irei para o norte. — Era bastante evidente que nada o deteria.

— Pelo menos venha à minha casa, então, quando partir — implorou Donatus. — Fica no seu caminho. Talvez eu vá com você parte da viagem. — Isso, Maurice prometeu fazer.

De qualquer modo, porém, sua viagem foi protelada. Donatus estivera certo em achar que seu primo estava febril. Dias depois, uma mensagem de Rathconan o informava de que, quando Maurice voltara para casa, sua cabeça latejava, e sua mulher tivera que colocá-lo de cama. No dia seguinte, sentira uma dor intensa na garganta; pelo que parecia de sua doença, talvez se passasse uma ou duas semanas antes que estivesse pronto para viajar.

Foi na última semana de maio que Donatus, por acaso, encontrou-se com Xavier O'Byrne em Dublin. Ele tinha ido tratar de negócios na cidade e passava pelo castelo, quando viu O'Byrne sair de lá. Como ambos iam na direção leste, caminharam juntos, e se envolveram numa conversa tão agradável, que, ao passar por uma estalagem na Dame Street, decidiram continuar a conversa lá dentro. Ao tomar um cálice de vinho, o humor de O'Byrne tornou-se meditativo. Esperava ir sem demora para o norte com o rei Jaime.

— Pois não tenho dúvida — disse a Donatus — de que a batalha propriamente dita começará dentro de um mês.

Quando Donatus lhe contou sobre o plano de Maurice para procurar o cajado em Armagh, O'Byrne sorriu.

— É sujeito bem-intencionado, esse seu primo — comentou. — Eu lamento muito a ideia de tomarem Rathconan dele, sabe, embora o lugar seja meu por direito. — Então abriu um sorriso. — Mas, se o rei Billie vencer Jaime, não haverá católicos recebendo de volta suas propriedades, podemos estar certo disso.

— Você acha que Guilherme vencerá? — perguntou Donatus.

— É difícil dizer. Ano passado, tivemos mais homens do que poderíamos usar. Cada fidalgo e cada comerciante católico da Irlanda virou um recruta, nenhum deles com treinamento. Nós os estamos dispensando. Arrisco dizer que agora aceitaremos alguns; pois nosso efetivo está reduzido. Mas os soldados que temos são profissionais. E os do rei Billie também o são. — Suspirou. — Eu sou um mercenário, Donatus. Tenho lutado há anos pelo rei da França. Mas ainda poderia terminar a minha vida lutando pelo sacroimperador romano ou pela Espanha. Eu tenho de lutar por um católico, creio. Não luto por um protestante. Mas continuo sendo um mercenário. Tenho um filho quase adulto. Ele, por sua vez, provavelmente fará o mesmo. Somos mercenários, e também o são muitos dos soldados profissionais que estão agora na Irlanda. O rei Billie tem os soldados holandeses e ingleses, é claro, mas temos franceses, valões, e também os nossos alemães... que, na maioria, são protestantes, que Deus nos ajude. É uma guerra mercenária.

— Maurice a vê como uma cruzada católica. Aliás, acho que eu também — disse Donatus.

O'Byrne bebeu outro gole do vinho, esticou as pernas e olhou em direção à janela com os olhos semicerrados.

— Para a Irlanda, é. Concordo. Você poderia dizer que para a Inglaterra também. Essa guerrinha decidirá se a Irlanda deve ser católica ou protestante, isso é certo. Mas uma cruzada? — Fez uma pausa. — Leve em consideração os participantes principais, Donatus. O rei Luís da França tenta dominar a Europa. Contra ele, alinha-se uma importante aliança de países: o rei Guilherme com seus ingleses e holandeses protestantes; Áustria e Espanha, ambas devotadamente católicas; e até mesmo o papa, não esqueça. O papa, nesse conflito, não está de jeito nenhum do lado do rei Jaime: ele apoia o protestante rei Billie. Esse negócio na Irlanda é apenas uma pequena escaramuça nessa guerra mais ampla. Se o rei Billie vencer, haverá *Te Deums* cantados em igrejas católicas por toda a Europa. Não posso chamar isso de uma cruzada. Você pode?

— Bem, pelo menos nós e o rei Jaime estamos lutando pela Irlanda — disse Donatus.

— Seria consolador pensar assim.

— Não vai me permitir nem mesmo isso?

✣

— Ah, os irlandeses estão lutando pela Irlanda. — O'Byrne sorriu. — Os Velhos Ingleses, como você, incluídos, é claro. Talvez eu também esteja lutando pela Irlanda, Donatus. Penso que estou. O rei Jaime, entretanto, pensa diferente. Ele é católico, é claro. Mas, desde que chegou aqui, por que ele insiste tanto em dar completa liberdade religiosa para os protestantes? Está cortejando os ingleses. Mesmo enquanto conversamos aqui, está sendo levado em conta um plano para Jaime levar parte do exército para a Inglaterra, assim que o rei Billie chegar, enquanto Tyrconnell mantém Billie cercado aqui na Irlanda. Eu soube disso do próprio Tyrconnell. Os franceses acham que ele é louco, e o deterão, tenho certeza. Mas o rei Jaime quer a Inglaterra, e não a Irlanda. Ele mal pode esperar para ir embora.

— Quer dizer que ninguém se importa com a Irlanda?

— Ninguém. Nem o rei Luís, nem o rei Billie, nem o rei Jaime. — Assentiu pensativamente. — O destino da Irlanda será decidido por homens dentre os quais nenhum liga a mínima para ela. Essa é a sua tragédia.

Donatus se despediu de O'Byrne uma hora depois, em termos amistosos. Mas voltou para Fingal com uma sensação de tristeza e apreensão. Esperava que o cínico soldado estivesse errado.

✣

Maurice Smith chegou à sua porta no final da primeira semana de junho. Estava completamente recuperado de sua doença e ansioso para ir para o Ulster. Orgulhosamente, mostrou a Donatus o depoimento, que ele mantinha num bolso especial que mandara fazer, oculto no interior do casaco. Com sua espada ao lado, ele tinha um ar quase marcial. Donatus tentou convencê-lo a descansar um dia em sua casa, mas ele não queria saber disso.

— Então cavalgarei com você — sugeriu Donatus. Partiram no início da tarde.

Como Maurice parecia feliz, enquanto cavalgavam lado a lado. O rosto estava radiante, com um senso de propósito. Ele acreditava realmente, pensou Donatus consigo mesmo, que encontraria o cajado. Seu coração seguia com ele.

O que ele poderia dizer? Que tivera a esperança de dissuadir Maurice de sua busca? Com toda a certeza, aquilo era uma loucura. Agora, com exércitos se concentrando, não havia qualquer chance de Maurice atravessar em segurança. Ele tinha certeza disso. Haveria ao menos algum sentido? Pensou em sua conversa com O'Byrne. Deveria compartilhá-la com Maurice? Seu primo ao menos prestaria atenção, se o fizesse? Provavelmente não.

E se, por algum milagre — e nunca se devia virar o rosto para tal possibilidade —, Deus permitisse que Maurice encontrasse o cajado e o levasse em segurança para o exército de Jaime? Isso faria diferença? Sim. Fosse o que fosse que O'Byrne pudesse dizer, provavelmente faria. O conflito se tornaria uma cruzada. Quem sabia o efeito que poderia ter para a Irlanda? Não apenas o cajado em si, mas o fato de ser apresentado e o fato de o depoimento ter sido encontrado numa ocasião como aquela seriam vistos como sinais. A seu modo, Maurice estava certo. Sonhadores e visionários tinham vencido batalhas anteriormente. As chances eram mínimas, o perigo, óbvio; mas ele tivera a sensação de que Maurice não ligava realmente para isso.

— Suas chances não são boas, sabe — conseguiu se forçar a dizer. — Você está à procura de um grande perigo.

— Não maior do que aquele que meu pai enfrentou — retrucou Maurice, satisfeito — quando lutou ao lado de O'Byrne.

Donatus assentiu. Achou que entendia. Cavalgaram juntos a tarde inteira e, à noite, acamparam diante da vista da colina de Tara. A noite estava quente. Continuaram de manhã cedo, até avistarem o rio Boyne. "Eu agora vou deixá-lo", disse Donatus. E abraçou calorosamente seu primo. Observou, por um curto tempo, enquanto Maurice cavalgava na direção norte; então, virou abruptamente a cabeça do cavalo e fez o caminho de volta. Teve um forte pressentimento de que não veria Maurice novamente.

✣

Na segunda metade de junho, veio a notícia de que Guilherme chegara a Belfast com uma grande esquadra. Jaime e suas forças partiram de imediato para o norte. Uma semana se passou. Em breve, surgiram notícias de que eles tinham subido para o Ulster. Então, algum tempo depois, de que estavam sendo forçados a recuar em direção ao rio Boyne.

Donatus não teve notícias de Maurice. Era uma noite de julho quando o primeiro homem passou cavalgando pela sua casa, seguindo apressado para o sul.

— O rei Guilherme forçou a passagem. Pelo Boyne. Está descendo.

✣

A carta de O'Byrne só chegou três semanas depois. Seu tom era afetuoso. Escrevia para Donatus, explicou ele, porque sentia que o conhecia bem, e lhe pedia que transmitisse a notícia, como julgasse conveniente, à família de Maurice.

A Batalha do Boyne, na verdade, fora mais do que uma grande escaramuça. O próprio rei Guilherme, bravamente usando sua estrela e sua jarreteira para o inimigo atirar, liderara sua própria cavalaria contra os soldados irlandeses. Eles tinham aberto caminho. Jaime, sem fazer nada, fugira. Passara uma noite em Dublin, onde culpara os irlandeses pelo seu próprio fracasso. Em seguida, partira para a segurança da França. O restante do exército irlandês, que, gostasse dele ou não, respeitava a coragem de Guilherme e agora sentia apenas repugnância por Jaime, tinha se reagrupado em Limerick. Era de lá que O'Byrne escrevera. A história que tinha para contar era um tanto surpreendente.

Maurice Smith tinha ido para Armagh. Como conseguira isso, nem mesmo O'Byrne conseguia imaginar, mas fora. E ali, por dias, procurara o cajado.

"Sem sucesso, infelizmente", escreveu o soldado. Somente quando o exército de Guilherme estava se movimentando em direção ao sul, ele foi forçado a cavalgar novamente para o sul. "Eles impeliram o bom homem, por assim dizer, para os nossos braços", escreveu O'Byrne, "e o resto, arrisco dizer, não o surpreenderá."

O soldado havia insistido que Maurice voltasse para casa. Nada havia de útil, garantiu-lhe, que ele pudesse fazer. Maurice, porém, não deu ouvidos. Havia mostrado o Depoimento a inúmeras pessoas. Até mesmo a Tyrconnell, que o mencionara ao rei. Mas, sem o próprio cajado, o documento não despertava grande interesse.

> Maurice sentia que havia fracassado, e, por esse motivo, eu deveria ter adivinhado, estava mais determinado ainda a lutar. Mantive-o à vista, pode estar certo, o máximo que pude. Mas foi uma bala perdida de mosquete que o levou, durante a ação no Boyne. Ele foi, devo dizer, um dos homens mais corajosos que já conheci; e, a seu próprio modo, creio, morreu como devia ter desejado.

Somente no final do ano seguinte, Donatus ouviu falar novamente em O'Byrne. Sem a presença do rei Jaime, o restante da força irlandesa tinha se desempenhado bem, mantendo uma resistência no oeste. O rei Guilherme fora cuidar de seus outros assuntos e deixara um bom general holandês, Ginkel, para completar a pacificação da ilha. As forças católicas eram lideradas por Sarsfield. Donatus o conhecia ligeiramente. Por parte de mãe, Sarsfield era descendente de chefes irlandeses; por parte de pai, um fidalgo Velho Inglês, como o próprio Donatus. Conduzindo a campanha com considerável ousadia, ele manteve o general holandês ocupado por mais um ano. Finalmente, no outono de 1691, sustentou a resistência por meses, em Limerick, até poder concluir as melhores e mais honradas condições.

Entre elas estava a promessa de que os católicos da Irlanda podiam continuar a praticar sua religião sem perseguição.

Depois disso, Sarsfield e cerca de 12 mil homens tiveram permissão de deixar Limerick e viajar de navio para a França. Donatus ouvira dizer que O'Byrne ficara até o fim, em grande parte, ele suspeitava, por causa de sentimentos de lealdade para com a Irlanda. Não obstante, ficou comovido pelo fato de o soldado da fortuna ter tido o trabalho de lhe enviar uma mensagem final de partida.

Acabou-se, Donatus, e estou partindo. Aqui não há mais nada para mim. Vou perambular pelo mundo, como venho fazendo há tanto tempo, e como meu filho, arrisco-me a dizer, fará depois de mim.

Mas estou feliz por ter vindo ao meu lar, a Irlanda, ter visto Rathconan e ter feito os amáveis amigos que tenho.

E agora que deixamos Limerick — irlandeses, soldados, católicos que somos —, voaremos para longe no vento, como os gansos selvagens, e não acredito que algum dia retornemos.

Sinto muito por Maurice não ter encontrado o cajado.

Contudo, se nos anos que se seguiram, Donatus frequentemente voltava àquela carta, era com crescente tristeza. Em questão de um ano, o Parlamento protestante derrubara as condições de Limerick — embora o rei Guilherme se sentisse muito feliz em deixar os católicos em paz. Aqueles que lutaram na Batalha do Boyne — e, infelizmente, o nome de Maurice Smith fora encontrado — deveriam perder suas terras. A Debandada dos Gansos Selvagens, como veio a ser chamada a partida de Limerick, assumiu o caráter de um hino recessional: o último grito ecoante de uma nobre liderança católica, perdida para sempre na ilha. Do cajado de São Patrício, ele nunca mais ouviu falar uma palavra.

Certo dia, quando seu filho Fortunatus era um menino de 7 anos, após ter ido ao poço em Portmarnock e permanecer ali mais tempo do que o habitual, Donatus retornou e fez um anúncio inesperado à sua esposa. O segundo filho deles também era menino, a quem deram o nome de Terence; mas não houvera mais filhos depois disso. Olhando agora para os dois meninos, ele calmamente anunciou:

— Eu prometi ao santo... e também ao meu querido pai... que Terence seria sempre criado como um bom católico.

— Espero que sim — retrucou a esposa.

— Há algo mais, porém, que, a princípio, poderá parecer difícil de se admitir, mas que, creio eu, para a preservação da família e da própria fé, pode ser necessário.

— E o que é?

— Fortunatus será criado como protestante.

Ascendência

1723

— Você é muito bom em fazer ofertas — disse Terence Walsh a seu irmão Fortunatus. — Mas devo preveni-lo de que ele pode causar problema.

O sol mergulhava sobre a praça St. Stephen. Havia um brilho suave no ar.

— Tenho certeza — respondeu Fortunatus com um sorriso — que o jovem Smith não pode ser tão ruim assim.

Você não faz ideia do quanto ele pode ser ruim, pensou Terence, mas não disse.

— Se ao menos eu não estivesse de partida. — Havia muito tempo que Terence prometera a si mesmo esse pequeno retiro em um mosteiro na França, e ambos sabiam disso. — Você é tão bondoso que isso quase chega a ser um defeito — continuou. — Eu realmente não devia ter lhe pedido.

— Disparate.

Que deliciosa está a noite, pensou Fortunatus. Dublin era de fato uma cidade agradável — desde que, é claro, você fosse membro da elite dominante. E, ainda que o meu irmão não seja, refletiu Fortunatus, é isso que eu sou. E é uma cidade bonita, também. Pois em Dublin, pelo menos, a Ascendência Protestante sobre a Irlanda era expressa em tijolos e argamassa.

Era impressionante como o lugar mudara durante sua existência. No interior dos muros da antiga cidade medieval, as ruas e becos estreitos, e marcos como a Igreja de Cristo e o velho Tholsel, a prefeitura, não tinham mudado muito, exceto por alguns consertos. Mas, assim que se olhava além dos muros, a mudança era impressionante.

Para começar, o rio Liffey não apenas era atravessado por várias pontes de pedra, mas estava visivelmente mais estreito. Os pântanos que começavam logo a jusante a partir do castelo e contornavam o antigo sítio viking da praça Hoggen, onde agora ficavam os arredores do Trinity College, tinham sido melhorados, e a enchente do rio, contida entre os muros. Rio acima, na margem norte, o duque de Ormond invadira um pouco mais a água, quando instalara os cais Ormond e Arran, com fileiras de armazéns e prédios que ornariam qualquer cidade da Europa. Do lado de fora da muralha oriental, a outrora terra comum coberta de grama da praça St. Stephen estava agora cercada de excelentes casas novas, com ruas secundárias que levavam ao Trinity College. A linha curva do pequeno córrego que corria da terra comum para a praça Hoggen e a pedra comprida viking desaparecera debaixo do leito de uma delas, uma agradável meia-lua chamada Grafton Street. Do lado ocidental da cidade, a menos de 2 quilômetros da Igreja de Cristo, o imenso Royal Hospital em Kilmainham fora modelado de acordo com o imponente e clássico Invalides de Paris; e na margem norte do rio, defronte, ficavam os portões do parque Phoenix — a enorme extensão de terra para a qual Ormond mandara executar um projeto de paisagismo e que enchera com veados. O parque era maior e mais grandioso do que qualquer coisa que Londres tivesse a oferecer.

O que houvera realmente de mais impressionante, porém, fora o surgimento de novas casas.

Os ingleses podiam não ser originais nas artes, mas, na adaptação de ideias dos outros, geralmente demonstravam talento. E, durante as últimas décadas, em Londres, Edimburgo e agora Dublin, eles haviam aperfeiçoado um novo método de construção urbana. Tomando elementos clássicos simplificados, os construtores tinham descoberto que podiam repetir indefinidamente a mesma casa de tijolos, em filas e quadras, de um modo igualmente econômico e agradável ao olhar. Elegantes degraus levavam a belas portas encimadas por claraboias; do lado de fora, não eram necessárias venezianas no clima mais frio do norte, portanto nada interrompia a austera superfície da parede externa; janelas severas, de caixilhos retangulares, encaravam inexpressivamente os céus nortistas, como os espíritos de senadores romanos. Acima do vão da porta, provavelmente, havia um modesto frontão triangular clássico, em nome da decência — só para disfarçar o que poderia lembrar um cavalheiro saindo sem chapéu —, mas todos os demais ornamentos externos eram evitados. Tal estilo, austero e aristocrata, embora em escala doméstica, satisfazia igualmente lordes e negociantes. Era, sem dúvida, o estilo mais bem-sucedido de filas de casas jamais inventado e que atravessaria o Atlântico para cidades como Boston, Filadélfia e Nova York. Em pouco tempo seria conhecido como georgiano.

Por toda a volta da praça St. Stephen, do Trinity College e também atrás dos cais norte do Liffey, essas clássicas filas e quadras de casas de tijolos se espalhavam. Com a riqueza e a população da cidade continuando a crescer, parecia a Walsh que uma nova rua surgia a cada ano. Dublin, depois de Londres, seria em breve a mais graciosa capital europeia do norte.

— O que há de errado com ele, afinal? — perguntou Fortunatus, ao chegarem à esquina da área verde.

— Ele é católico.

— Você também.

— Ele carrega consigo um profundo ressentimento.

— Ah. — Fortunatus suspirou. — Ele não teve tanta sorte quanto nós.

Olhando agora para trás, ele conseguia apenas se assombrar com a presciência do pai de ambos. O holandês rei Guilherme podia ter prometido tolerância com os católicos irlandeses, mas seus parlamentos, principalmente o irlandês, tinham outras ideias. O Parlamento inglês, afinal de contas, havia se dado o trabalho de expulsar o rei Jaime só para manter a Inglaterra livre do catolicismo. Jaime, porém, continuava à solta com o seu jovem filho, sustentado pelo seu belicoso primo católico, o rei Luís XIV da França, e a Irlanda, como sempre, parecia uma base perfeita de onde se fustigar a Inglaterra. A ilha ocidental, portanto, tinha de se manter guarnecida por tropas militares e sob o férreo controle de administradores ingleses e da estabelecida Igreja protestante.

Quanto aos novos colonos cromwellianos, como Barnaby Budge, Deus não os teria mandado à Irlanda para humilhar os papistas e assegurar o triunfo de Sua fé protestante? E não estariam eles, além disso, ocupando as terras que os papistas ainda agora gostariam de reclamar de volta? Tanto suas consciências, como sua própria sobrevivência dependiam de manter os católicos sujeitados.

Portanto, começaram a aprovar leis com esta finalidade. Durante todos os reinados de Guilherme e Maria, depois o de sua irmã Ana, e agora do primo alemão deles, Jorge de Hanôver, a lista de leis anticatólicas só fez crescer.

Um católico não podia exercer cargo público ou ter uma cadeira no Parlamento de Dublin. Não podia se tornar membro pleno de uma guilda municipal.

A maioria das profissões era barrada para ele. Ele não podia frequentar uma universidade nem — pelo menos legalmente — mandar seus filhos a um país estrangeiro para sua educação. Não podia comprar terra, nem mesmo manter um arrendamento por mais de 34 anos. Qualquer terra que já possuísse, por ocasião de sua morte seria dividida igualmente entre seus filhos, a não ser que o mais velho se convertesse à fé protestante, pois, nesse caso, o filho protestante herdaria tudo, e seus irmãos não receberiam nada. E, assim, prosseguia a lista.

Era uma iniquidade; era um insulto; acima de tudo, um plano calculado para destruir o catolicismo na Irlanda.

Donatus morrera no final do reinado da rainha Ana, mas vivera o suficiente para ver a sabedoria de sua decisão de que o protestante Fortunatus protegesse seu irmão católico. Outras famílias, desde então, haviam feito semelhantes arranjos, mas a precoce conversão de Fortunatus Walsh lhe fora muito vantajosa. Ele se casara bem. Amigos em altos postos, satisfeitos com sua lealdade, por várias vezes lhe haviam dado agradáveis postos no governo — inspetor disso, coletor daquilo, ou alguma outra colocação na muito almejada Receita —, com os quais, por muito pouco trabalho, um fidalgo poderia aumentar consideravelmente sua renda. Graças a tudo isso, Fortunatus fora capaz de acrescentar vários acres às terras da família. Ora, quando um membro do Parlamento de Dublin morrera recentemente, ele até mesmo conseguira uma cadeira na Câmara dos Comuns irlandesa. Estava, portanto, numa boa posição para ajudar seu irmão Terence.

E Terence precisara.

"Eu gostaria de ser advogado", sempre dissera Terence. Mas, embora, como católico, pudesse ser um modesto advogado, a profissão de *barrister* — os fidalgos advogados que defendiam os casos nos tribunais e ganhavam todo o dinheiro — era apenas para protestantes. Por algum tempo, ele tentara ser comerciante na cidade e ingressara na Guilda dos Comerciantes. Como católico, tivera de pagar taxas a cada trimestre, mais altas do que as que um protestante pagava, e lhe era negado qualquer direito de voto nas eleições da guilda; também não podia se tornar um cidadão honorário do município. Mas podia comerciar.

— Engula seu orgulho e ganhe dinheiro — aconselhara-o Fortunatus. — Até mesmo um católico pode ficar rico.

E, com prazer, arriscara algum dinheiro em Terence para que ele pudesse comerciar. Mas, após cinco anos, embora tivesse ganho a vida, Terence devolvera o dinheiro e dissera-lhe:

— Não fui feito para isso.

— O que fará, então?

— Estive pensando — respondera Terence — em praticar medicina.

Fortunatus não ficara contente. A prática da medicina não era, no seu modo de ver, um negócio muito respeitado. Era verdade que anatomia e medicina eram estudadas em grandes universidades. Mas os cirurgiões que arrancavam dentes ou amputavam pernas compartilhavam uma guilda com os barbeiros — aliás, o cirurgião poderia ser o mesmo homem que cortava o seu cabelo. E nada havia que impedisse alguém em Dublin de se estabelecer como um praticante de medicina, cujos métodos estavam mais confinados a aplicar ventosas e sangrar as pessoas ou prescrever remédios herbóreos de sua própria invenção. A maioria desses médicos, em sua avaliação particular, eram quacres.

Mas um católico podia ser médico. Não havia quaisquer restrições.

Portanto, após um período de intensos estudos com um dos melhores praticantes de medicina, Terence se instalara perto do Trinity College, e Fortunatus o recomendava a todos que conhecia, com uma alegre imposição a seu irmão: "Tente não matar meus amigos."

E Terence se saiu extraordinariamente bem. Ele tinha um jeito agradável; o fato de ter ficado prematuramente grisalho e usar uma barba pontuda lhe dera um ar de amável autoridade que seus pacientes achavam reconfortante. "É até possível", admitia seu irmão, "que você possa fazer algum bem aos seus pacientes." Mas, acima de tudo, o Dr. Terence Walsh era um cavalheiro. Toda a Dublin elegante concordava. O fato de ser católico e a maioria de seus pacientes ser protestante não era um problema. Velhas senhoras pediam que ele fosse para o lado de seus leitos, aristocratas que talvez necessitassem confessar um constrangimento médico diante de um cálice de clarete sentiam que ele era discreto e confiável, um membro da família. Num espaço de três anos, ele tinha todos os pacientes de que era capaz de cuidar. E, por ser um homem honrado, também reservava um tempo para as pessoas pobres que moravam perto dele, de quem tratava sem cobrar.

A família fora capaz de ajudá-lo de outras maneiras. Seu pai talvez não tivesse sido autorizado a lhe deixar nada diretamente, mas, ao recorrer ao fundo fiduciário da família, fora bem fácil para ele obter o uso e o lucro de uma pequena propriedade em Kildare. Outras famílias que eles conheciam tinham feito o mesmo. Se as autoridades do Castelo de Dublin tomaram conhecimento de que a lei estava tranquilamente escarnecida, nunca disseram nada. E, no ano anterior, Fortunatus descobrira outra maneira de ajudar seu irmão.

— Terence — anunciou ele —, você vai se tornar franco-maçom.

Houvera guildas de pedreiros desde a Idade Média. Mas somente após 1600, e por razões desconhecidas, alguns fidalgos da Escócia decidiram formar o que chamaram de Loja Maçônica, que usava as cerimônias e os "mistérios" da guilda medieval mas era dedicada não ao ofício da construção, e sim a boas ações em geral. Apenas gradualmente, essa nova franco-maçonaria, que crescia como uma benévola sociedade secreta, espalhou-se pela Inglaterra e pela Irlanda. Nas duas últimas décadas, porém, subitamente se tornara um modismo, e Fortunatus entrara para a mais aristocrática das novas Lojas de Dublin.

— Precisamos inscrever você também, Terence — explicara ele. — Os maçons não fazem distinção religiosa. Você ser católico não é uma barreira. E será bom para a sua carreira. De fato, eles estavam a caminho de uma reunião da irmandade naquela mesma noite.

Por desfrutar tanto apoio de sua amorosa família, era natural, como também louvável, que Terence, por sua vez, quisesse ajudar um parente seu como o jovem Garret Smith.

Se o velho Maurice Smith não tivesse sido morto na Batalha do Boyne, seus descendentes talvez não tivessem se saído tão mal. Pois o Tratado de Limerick, do rei Guilherme, fora generoso com os integrantes do exército do rei Jaime que haviam se rendido. Para aqueles, porém, que haviam sido mortos no Boyne, não houvera tal prescrição. Foram julgados rebeldes, e suas propriedades, confiscadas. Quando tudo terminou, os Smith estavam arruinados.

Fortunatus lembrava-se muito bem da família naquela época. O filho de Maurice, Thomas, fora racional, mas o neto, Michael — um rapaz poucos anos mais novo do que ele —, não aceitara bem, e se tornara amargurado e retraído. Os Walsh haviam feito tudo que podiam para ajudar. Afinal, lembrou Fortunatus, o velho Maurice era de fato primo em primeiro grau de meu pai. Mas Thomas morrera, Michael se tornara ressentido, e as duas famílias se distanciaram. Michael se apegara à imagem heroica do papel de sua família e do caráter do rei Jaime e sempre jurava que o rei Stuart, ou seu filho, voltariam e restaurariam a fé católica na Irlanda.

A causa jacobita, como era chamado esse desejo pelos Stuart, talvez não fosse totalmente impossível. Quando o impopular alemão Jorge de Hanôver chegou ao trono inglês, havia muitos que, em vez disso, quiseram o filho do rei Jaime de volta. Houve rebeliões dispersas. Mas logo malograram, e ninguém se levantou a favor do Stuart pretendente ao trono. Pouco depois disso, Michael cedeu à decepção e à bebida. Dois anos depois, estava sem um centavo e morto.

Deixara, porém, um filho pequeno. E era ao jovem Garret Smith que Terence estava determinado a ajudar. Conseguira alojamentos para o garoto e sua mãe — modestos, certamente, porém mais limpos do que os que tiveram antes — na paróquia da Saint Michan no lado norte do Liffey. Por um pedido especial seu, o padre de lá garantira que o menino receberia alguma educação. Então, poucos anos atrás, ele fizera os pagamentos necessários para o garoto ser aprendiz de um respeitável merceeiro da paróquia. Um vez por mês, sem falta, ele levava o rapaz para jantar com sua esposa e filhos, no amigável conforto do lar de sua família, na esperança de que, no devido tempo, quando tivesse se estabelecido num negócio e encontrado uma esposa ajuizada, o jovem Smith talvez pudesse seguir sozinho um caminho similar, embora mais modesto. Em suma, ele fizera tudo o que se poderia esperar de um bondoso membro da família Walsh.

Era difícil determinar exatamente quando o problema começara. Ele não havia levado muito a sério os arranhões do rapaz ou seus choques com a autoridade.

— São apenas diabruras de jovem — dizia ele, cordialmente. Mais problemático tinha sido o dia em que sua esposa encontrara Garret ensinando seus filhos a serem jacobitas.

— Não deixarei que ele traga problemas desse tipo para dentro desta casa — protestara ela com o marido. E, somente após muita garantia e a promessa de que o jovem Garret nunca mais seria deixado sozinho com seus filhos, Terence pudera levá-lo novamente à sua casa. — Ele não virá aqui enquanto você estiver na França — declarara ela.

Durante o último ano, também tinha havido algumas reclamações de seu mestre merceeiro. Terence incentivara o bondoso homem a ter pulso firme.

— Devo confessar que estou preocupado — disse para Fortunatus. — Ficarei fora um mês, e não há realmente ninguém para ficar de olho nele, ou se encarregar dele, se houver algum problema. Mas sinto que estou me aproveitando de sua índole para entregá-lo a você.

— O rapaz é tanto seu parente quanto meu — lembrou-lhe seu irmão. — Provavelmente a culpa é minha, por não ter feito nada por ele antes. — Sorriu.

— Tenho certeza de que posso cuidar dele. — Fortunatus se orgulhava de sua habilidade em lidar com as pessoas.

— Posso então dizer ao seu amo e ao padre que você me substituirá durante minha ausência? — perguntou Terence com grande alívio.

— Eu mesmo falarei com os dois cavalheiros. Deixe que sua cabeça se preocupe com o resto. — Fortunatus pousou a mão no ombro do irmão. — E agora — continuou alegremente —, vamos desfrutar um jantar com nossos irmãos maçons naquela excelente estalagem da Bride Street. E, tendo em vista que pretendo tomar pelo menos três garrafas de clarete, espero que me carregue para casa.

✣

O sol já estava alto, na manhã seguinte, quando a criada abriu as longas cortinas. Fortunatus pestanejou e desejou que não o tivesse feito. A luz do sol feriu seus olhos.

— Quer fechá-las novamente, pelo amor de Deus? — gemeu roucamente. Sua garganta era um deserto, a cabeça, uma caverna de dor. — Clarete demais — disse, trêmulo, para a garota.

— Nós ouvimos Sua Excelência cantar, quando seu irmão o trouxe, na noite de ontem — respondeu ela cordialmente. — O senhor tem visitas — continuou — esperando lá embaixo.

— Tenho? Mandem-nas embora.

— Não podemos, senhor. É a Sra. Doyle.

✣

Ela o esperava na sala de visitas. Como todas as casas na praça St. Stephen, os aposentos principais tinham o pé-direito alto, e, como a maioria das casas irlandesas, aquela também era escassamente mobiliada. A tapeçaria numa parede, assim como o escuro e desgracioso pequeno retrato de seu pai noutra, pouco contribuía para acrescentar um aconchego ao que, de outro modo, poderia ser confundido com uma imponente antecâmara ou um mausoléu público romano.

Ela não fez qualquer comentário sobre sua péssima aparência quando ele a fitou com olhos encovados e se perguntou por que, mesmo num dia melhor, aquela sua prima Barbara o deixava nervoso.

Já fazia dois séculos desde que seu ancestral Richard se casara com a herdeira Doyle. Quantas gerações tinham se passado desde então? Seis ou sete, supôs.

Mas as famílias sempre mantiveram boas relações. "Nossos primos Doyle foram excepcionalmente bons para mim e para seu avô", sempre lhe dissera Donatus. Se os Walsh eram generosos com parentes em situação inferior à sua, também se orgulhavam de lembrar-se de favores recebidos. E Barbara Doyle não era apenas a viúva de um desses parentes, mas nascera uma Doyle; portanto, era aparentada pelos dois lados. "Prima Barbara", assim a chamava toda a família. Quando seu marido morrera subitamente, deixando-a com uma jovem família, de imediato eles apareceram para ajudá-la, e ela reconhecia esse fato. Alguém menos necessitado de ajuda do que ela, meditou Fortunatus, seria difícil de se imaginar.

Sabia Deus o que ela valia. Fora feita uma mulher rica, e tornara a si mesma ainda mais rica. Todos os anos, quando um novo conjunto de casas surgia em alguma parte de Dublin, podia-se ter certeza de que Barbara Doyle possuía uma delas. Aliás, era a dona da própria casa onde eles moravam agora, pois Fortunatus a alugava dela. Nervosamente, ele ficou imaginando por que ela viera.

Apressadamente, conduziu-a à sua melhor poltrona — para seu conforto, sem dúvida, mas principalmente porque ela não era tão infernal sentada quanto o era de pé. Mesmo ao seu pequeno filho John, que ela trouxera junto por algum motivo, foi rapidamente oferecido um banquinho com cobertura de seda.

Contudo, embora fosse mais rica do que ele, Barbara continuava sendo apenas a viúva de um comerciante, ao passo que os Walsh, desde tempos imemoriais, pertenciam à pequena nobreza fundiária. Por que então ele tinha medo dela?

Talvez fosse pela sua presença física. Ela era grande, volumosa de pernas e de corpo, e, indubitavelmente, pesava mais do que ele. No duradouro estilo da Restauração, ela usava um vestido com decote baixo, do qual seus seios saltavam consideravelmente para fora. Seu cabelo era denso e preto; o rosto, redondo, e as bochechas, uma mancha vermelha. Eram, porém, seus fixos olhos frios marrom-basilisco que sempre o desconcertavam. Às vezes, diante de seu olhar belicoso, ele até mesmo se descobria gaguejando.

— Bem, prima Barbara — disse ele com um sorriso forçado —, o que posso fazer por você?

— Agora que está no Parlamento — respondeu ela com firmeza —, muita coisa.

E o coração dele quase parou.

Se não fosse por causa do assento no Parlamento, ele provavelmente não teria alugado a casa. Normalmente, um fidalgo da zona rural alugava uma casa em Dublin, para a temporada social do inverno, se tivesse um filho ou uma filha para casar — e Walsh, no momento, não tinha filhos dessa idade — ou se tivesse assuntos parlamentares para cuidar. Após obter sua cadeira, Fortunatus, que normalmente era cuidadoso com seu dinheiro, decidira que, se fosse fazer tal coisa, fá-la-ia com estilo. Portanto, alugara a enorme casa na elegante praça St. Stephen. Mas isso lhe custara caro, pois aluguéis nas melhores partes de Dublin raramente custavam menos do que os cobrados em Londres, e ele pagava à Sra. Doyle a principesca soma de 100 libras anuais — que era praticamente mais do que podia de fato despender.

Barbara Doyle cravou Fortunatus com um olhar maligno. Então fez seu anúncio.

— Está na hora — disse ela — de a Irlanda enfrentar a Inglaterra.

Não devia haver uma pessoa em Dublin que discordasse disso.

Pois, se o Parlamento inglês queria que os irlandeses se mantivessem seguros sob um governo protestante, isso não significava que estivessem interessados no bem-estar dos governantes. Não estavam.

Afinal de contas, a Irlanda era um lugar à parte. É verdade que muitos dos seguidores ingleses de Cromwell tinham obtido terras irlandesas. Mas em geral as tinham vendido, pegado seus lucros e retornado à Inglaterra. Alguns dos maiores proprietários de terras mantinham agora imensas áreas ali, mas contratavam intermediários para extorquir os aluguéis mais altos que conseguissem e remetiam o dinheiro para a Inglaterra, onde preferiam viver como absentistas. Quanto aos protestantes que viviam de fato na Irlanda — e seu número era grande —, até mesmo a maioria dos recém-chegados já estava ali havia duas gerações, e o tempo e a distância haviam gerado esquecimento. Os ingleses lhes queriam bem, desde que não fossem um transtorno.

“Mas esses colonos irlandeses precisam ser mantidos em seu lugar”, julgavam os ingleses. Já tempos antes, na época de Carlos II, o Parlamento inglês achara imprescindível limitar a tradicional exportação de carne, por um motivo óbvio: “Sua carne compete com a nossa.” Durante o reinado de Guilherme, também fora necessário embargar o comércio de lã irlandês pelo mesmo excelente motivo. E, quando praticamente toda a pequena nobreza protestante da Irlanda e a classe mercantil protestara, os homens do Parlamento inglês souberam o que pensar: “Há algo naquela maldita ilha que torna as pessoas desleais.”

De fato, poucos anos depois, o Parlamento inglês fora obrigado a lembrar ao protestante Parlamento irlandês, de um modo um tanto firme: “Os soldados que vocês alistaram e pelos quais pagaram não devem, de modo algum, ser considerados sob seu controle." E apenas dois anos depois o rei Jorge tivera de promulgar um decreto para lembrar-lhes, de uma vez por todas, que Londres podia e provavelmente cancelaria qualquer decisão ou sentença jurídica por eles emitida.

"Somos leais ao rei e à sua Igreja instituída", concluiu o Parlamento irlandês, "mas somos considerados súditos inferiores." Estavam rigorosamente corretos.

Os católicos, embora fossem afetados por qualquer coisa que causasse dano ao comércio da ilha, não fazia parte exatamente da disputa. Tinham seus próprios problemas com os quais se preocupar. Era a classe dominante protestante, a Ascendência — os anglo-irlandeses, como começavam a ser chamados —, que se sentia tão maltratada por Londres. Ora, até mesmo os cargos mais bem pagos do governo, as sinecuras, as melhores dotações de benefícios eclesiásticos — os esperados privilégios governamentais naquela era cordial — eram dados a homens enviados da Inglaterra. "Por que sobram apenas os empregos de segunda classe para os nossos rapazes?", queria saber a pequena nobreza irlandesa. E, se os oprimidos camponeses católicos odiavam os senhores de terras absentistas e seus ávidos intermediários, a Ascendência geralmente lhes desagradava quase tanto quanto. "O dinheiro de aluguéis que escorre para fora do país, para os absentistas, é riqueza da Irlanda que sai furtivamente", queixavam-se. As quantidades que saíam não eram de fato tão grandes o suficiente para causar sérios danos, mas tanto Barbara Doyle quanto Fortunatus Walsh estavam convencidos do contrário.

O insulto final, entretanto, acabara de ocorrer exatamente naquele ano.

— O que você vai fazer — indagou a Sra. Walsh — a respeito das malditas moedas de cobre?

Fora sempre prerrogativa dos governantes, em todos os países e em todos os sistemas políticos, cuidar de suas amantes. O rei Jorge da Inglaterra, desejando naturalmente fazer algo por sua amante, a condessa de Kendal, tivera a feliz ideia de lhe dar uma patente para cunhar meio penny e um quarto de penny de cobre para a Irlanda. O presente de tal licença para uma encantadora amiga real era uma coisa tão normal, que ninguém sequer pensou nisso duas vezes. Ela, por sua vez, não tendo prática nesse negócio, sensatamente vendera a patente a um bem conceituado proprietário de siderurgia chamado Wood. E, agora, o trocado de cobre de Wood chegara à Irlanda.

— Por que temos de aceitar em Dublin essas malditas moedas cortadas? — Barbara Doyle cravou um olhar belicoso em Fortunatus.

De fato, quando Walsh examinara algumas das moedas de Wood, parecera-lhe que sua qualidade era inconteste, mas não disse isso agora.

— O que há de tão absurdo nisso — comentou, com toda a razão — é que, hoje em dia, há realmente uma falta de cunhagem de prata. É de prata que precisamos e não de cobre. — Os vários escoadouros de dinheiro para a Inglaterra haviam produzido recentemente uma carência de moeda corrente de valor mais alto na ilha, um dos motivos pelos quais até mesmo os funcionários da Comissão da Receita haviam alertado Londres de que essa história de cobre era uma má ideia. Mas, se esperava desviar a investida de sua prima mudando de assunto, Walsh estava sem sorte. Barbara Doyle nunca fora desviada de um assunto em sua vida.

— Você acha que a Irlanda deve ser regida pelos favores dados a uma jezebel? — indagou ela, ameaçadoramente.

Que seu primo estivesse de fato chocado pelo fato de o rei ter uma amante era inegável; quanto a favores reais, a Irlanda já estava familiarizada com isso desde antes da vinda de São Patrício.

— A coisa toda foi feita pelas nossas costas — bradou ela. — É isso que revira o meu estômago.

E esse, pensou Fortunatus, fora o erro. Fora o eventual insulto, implícito na transação, que enfurecera todo mundo. Por várias vezes, o Parlamento inglês se recusara a deixar que os leais irlandeses cunhassem suas próprias moedas, tendo em vista que isso teria o sabor de uma independência em demasia; agora, sem sequer uma palavra ao Parlamento irlandês, e contra a orientação das autoridades em Dublin, essa cunhagem particular lhes fora impingida.

— É vergonhoso — concordou ele.

— Então, o que você e o Parlamento vão fazer a respeito?

Ano sim, ano não, o Parlamento irlandês se reunia do outono à primavera seguinte. Após um intervalo de 18 meses, um novo período de sessões estava para começar. Fortunatus não tinha dúvidas de que haveria um grande protesto por causa das moedas, mas, se isso adiantaria alguma coisa, era outra história.

— Eu farei um discurso sobre o assunto, pode estar certa — respondeu firmemente.

— Dane-se o seu discurso — reagiu ela. — Essas moedas devem ser recolhidas. E você e seus colegas devem providenciar isso. — Olhou para ele. Seus olhos não eram nem um pouco amigáveis.

— Faremos o possível — disse ele cautamente.

Ela continuou a encará-lo.

— Em breve, o aluguel desta casa terá de ser renovado — comentou ela. — Eu conseguiria 120 por ela. Mais até, me arrisco a dizer.

Ele olhou-a de volta, horrorizado. Estaria a mulher realmente forçando-o a uma ação parlamentar — que, de qualquer maneira, ele provavelmente não conseguiria executar —, com a ameaça de aumentar o seu aluguel? Ou possivelmente despejá-lo? A brutalidade nua daquilo era assustadora. E diante de uma criança!

Olhou para baixo, para o banquinho onde o garotinho estava sentado e viu que este o olhava friamente. Seus olhos eram como os de sua mãe. Deus do céu, ele se deu conta, a viúva Doyle deliberadamente trouxera o menino junto para lhe mostrar como conduzir um negócio. E ela o ensinava, pensou ele, como me intimidar.

Então, subitamente, quase explode numa gargalhada. A terrível mulher estava certa, é claro. O menino tinha de aprender. Pois não era exatamente assim que era conduzida toda a vida pública? Aliás, ele não supunha que a vida parlamentar pudesse ser organizada de qualquer outra maneira. Na Inglaterra, os ministros governamentais e poderosos aristocratas com controle do direito de nomear funcionários públicos comandavam pequenos exércitos de parlamentares, que faziam o que eles mandavam em troca de favores, ou pelo medo de perdê-los. Mesmo no Parlamento em Dublin, homens poderosos como o presidente Conolly, ou a família Broderick de Cork, controlavam extensas facções com promessas e ameaças. Em seu modo tosco, a prima Barbara tentava fazer exatamente a mesma coisa.

O problema era que ela não fazia ideia de que direção o assunto tomaria assim que o Parlamento se reunisse; imaginar que um novo e insignificante membro do Parlamento como ele pudesse prometer algo era absurdo. Ao olhá-la, porém, ele não teve a menor dúvida de que ela concretizaria a ameaça.

— Veremos, minha cara Barbara — disse ele, cuidadosamente. — Farei o melhor possível.

Mas, minutos depois, quando ela saiu, ele sacudiu a cabeça e imaginou — estaria para ser despejado de sua casa?

Foi em parte para desviar a mente desse assunto desagradável que ele decidiu, naquela mesma tarde, atravessar o Liffey para visitar o jovem Smith.

Após a travessia do Liffey, ele entrou na paróquia da Saint Michan. Era uma das paróquias mais antigas, instalada do lado ocidental do antigo distrito normando de Oxmantown, e ali havia uma igreja desde tempos imemoriais. Seguindo caminho através de vários belos novos conjuntos residenciais, ele chegou a um quarteirão mais modesto, ainda ocupado por casas com coruchéus que datavam do século anterior. Ao entrar na Cow Lane, foi direto para o recinto ocupado pelo Sr. Morgan MacGowan, merceeiro.

Gostou do que viu. Um pátio com armazéns à sua volta. Da porta aberta de um deles vinha um agradável cheiro maltado; dentro, ele podia ver presuntos defumados pendendo de ganchos e sacos de condimentos — cravo, alho, sálvia, pimenta — numa prateleira baixa de madeira que seguia ao longo da parede. Parecia haver crianças por todos os lados, correndo descalças no pátio, entrando e saindo da casa, zumbindo como abelhas em volta de uma colmeia, bisbilhotando de trás de vigas de madeira. Conduzido ao interior da casa pela amável esposa do varejista, ele encontrou uma antiquada sala de visitas com assoalho de madeira, uma mesa de madeira bem esfregada, bancos e banquinhos de madeira, tudo impecavelmente limpo. Quando ele explicou que era irmão de Terence Walsh, sua recepção passou de educada a calorosa, e as crianças menores imediatamente deixaram claro que esperavam ser balançadas em volta do pátio. Quando, porém, mencionou o nome de Garret Smith, foi informado de que o rapaz tinha saído, e lhe pareceu que uma nuvem passou sobre o rosto da Sra. MacGowan. Logo depois, chegou o próprio Sr. MacGowan.

O comerciante era um homem baixo, redondo e de aparência tranquila. O negócio do merceeiro em Dublin era satisfatório. Inusitadamente, não havia uma guilda e, portanto, qualquer discriminação contra católicos. Um católico como MacGowan podia se dedicar ao comércio de secos e molhados sem uma sensação de inferioridade e podia prosperar. Merceeiros estavam entre alguns dos homens mais ricos da cidade. E, embora MacGowan não fosse rico, Walsh sentia que, provavelmente, ele tinha mais dinheiro do que deixava que as pessoas soubessem.

Conversaram agradavelmente por alguns minutos, sobre Terence, a quem o vendeiro tinha claramente em alta conta, e sobre sua próxima viagem. Embora nunca tivesse viajado para o exterior, MacGowan claramente era bem informado sobre comércio e portos da França, e Fortunatus gostou dele.

— Eu soube — disse ele, após um momento — que tem tido problemas com nosso parente, o jovem Garret Smith.

MacGowan ficou calado por um instante. Olhou cautelosamente para Walsh, como se refletisse sobre algo.

Walsh notou que o vendeiro tinha um olhar esquisito. Não acreditava que já tivesse visto algo sequer parecido. Quando ele empinava ligeiramente a cabeça para o lado, seu olho esquerdo abaixava e ficava semifechado, mas o direito permanecia fixo na pessoa com quem estava falando, e se arregalava tanto que parecia ter crescido, encarando a pessoa com um fitar de tanta intensidade que chegava a ser assustador.

— Ele faz seu trabalho muito bem — disse MacGowan baixinho. — Eu o encarreguei esta manhã de um serviço em Dalkey, ou você o teria visto.

— Então ele não causa problemas?

— Ele tem um temperamento obstinado, Sr. Walsh, e leva altamente em conta suas próprias opiniões, como a maioria dos jovens. — Fez uma pausa. — É um rapaz inteligente, senhor, e creio que tem um bom coração. Mas é sujeito a humores. É capaz de cantar até você dormir, ou fazer você rir até chorar. Mas então algo o deixa zangado... — Fez outra pausa. — Recentemente, tem andado em más companhias. Essa é a minha opinião, senhor.

— Que tipo de companhia?

— Lembra-se da desordem que houve nas Liberties numa dessas semanas?

Como em outras cidades, às vezes havia brigas entre diferentes turmas de aprendizes. Nas zonas mais pobres de Dublin, principalmente nas áreas da velha Liberty que tinham ficado sob o regime feudal da Igreja medieval, houvera alguma altercação entre os jovens açougueiros e os imigrantes protestantes huguenotes da França. Recentemente, alguns jovens huguenotes tinham levado uma surra brutal.

— Foi algo desagradável — comentou Walsh.

— Eles fizeram uma coisa terrível — continuou MacGowan. — Ele andava passando um tempo com os açougueiros... embora eu lhe tivesse dito para não andar em más companhias... e estava lá, quando aconteceu. Não digo que tivesse participado. Por Deus, ele não participou. Mas estava lá. E quando eu lhe disse que nunca mais devia ir lá, tudo o que ele me disse foi: "Foram apenas nuns franceses protestantes que eles bateram. Eles não mereciam coisa melhor." Foram essas suas palavras. — O merceeiro continuou a encarar Walsh com seu olhar zarolho.

— Isso foi muito errado da parte dele — concordou Fortunatus. — Embora eu arrisque dizer que deve ter dito isso no calor do momento.

— Talvez. — O olhar de MacGowan viajou lentamente em volta do aposento até seu olho parecer se fixar em algum ponto distante fora da janela. — Ele me preocupa, senhor.

Fortunatus assentiu.

— E há algo mais — indagou amavelmente — que ache que eu deva saber?

O olho de MacGowan encarou-o mais uma vez, então baixou para o chão.

— Não. — Fez uma pausa. — Mas pode perguntar ao Dr. Nary, o padre — sugeriu calmamente. — Talvez ele saiba mais do que eu.

Como a residência do Dr. Cornelius Nary não ficava muito distante, quando Fortunatus deixou a do merceeiro, decidiu ver se ele estava em casa. Aliás, ficou muito feliz com a chance de visitá-lo, pois o padre da paróquia da Saint Michan era uma das figuras mais notáveis de Dublin.

Por isso, ficou encantado, quando, ao chegar à porta da casa, foi saudado pelo ilustre clérigo em pessoa.

— Sou Fortunatus Walsh, o irmão de Terence Walsh — começou educadamente, e não foi mais adiante, pois o padre ficou radiante.

— Eu sei quem você é — bradou ele. — Conheço bem o seu irmão, e sei tudo a seu respeito. Entre, Fortunatus, e seja bem-vindo.

Da mesma forma que outros padres daquela época, não era necessário se saber que o Dr. Nary — uma estranha pronúncia do comum Neary, que o doutor pronunciava "Nairy" — não era padre coisa nenhuma. Às vezes, por via das dúvidas, ele usava a ondeante beca e pala de um acadêmico e eclesiástico, mas, naquele dia, vestia apenas a comprida túnica abotoada, plastrão, calções e meias de um cavalheiro comum, e estava sem a peruca. Fortunatus, entretanto, ficou especialmente impressionado pelas feições nobres do padre. Seu rosto era perfeitamente oval, com perfeitos olhos amendoados e apenas uma leve pele solta debaixo do queixo. Na juventude, pensou Walsh, ele devia ter parecido uma Madona da Renascença. Quando sorria, os olhos enrugavam-se com humor de uma maneira agradável. Embora estivesse na casa dos 60 anos, o padre parecia em forma e vigoroso. Conduziu Fortunatus para o interior de um modesto gabinete, nitidamente atulhado de livros, ofereceu-lhe uma cadeira, e, sentando-se à sua mesa, indagou, com um malicioso piscar de olho:

— Bem, o que pode um padre católico fazer para um bom protestante da Igreja da Irlanda como você?

Se os ingleses não gostavam do catolicismo e faziam tudo que podiam para desencorajá-lo, os irlandeses nativos haviam ignorado as leis penais e se mantido firmes em sua fé. Portanto, o governo fora forçado a fazer concessões. As ordens religiosas — especialmente os franciscanos, os dominicanos e os jesuítas — estavam todas rigorosamente fora da lei. Bispos também eram proibidos. Mas padres comuns de paróquias eram tolerados, desde que se tivessem registrado com as autoridades e jurado lealdade à coroa.

Cornelius Nary estava na Saint Michan havia um quarto de século. Dirigia uma movimentada paróquia com a ajuda de vários padres mais novos. Tendo estudado teologia em Paris, era um notável erudito; escrevera uma história do mundo com mil páginas, e até traduzira o Novo Testamento para o inglês cotidiano. Era amplamente estimado pelo clero protestante. Fortunatus sabia que o vigário de sua própria paróquia da Igreja da Irlanda tinha Nary em alta estima. "O que eu acho admirável", dissera a Walsh, "é que ele defende sua fé de um modo valoroso: redige panfletos contra nós, protestantes — e deve-se admirar sua coragem —, mas é sempre racional, nunca indelicado." Talvez fosse porque o padre católico era meramente diplomático, mas ele sempre tomava o cuidado de introduzir esses debates religiosos como um honesto desacordo entre partes bem-intencionadas. "Se as questões entre protestantes e católicos pudessem sempre ser conduzidas dessa maneira", confessara o vigário, "eu, pessoalmente, não veria nenhuma necessidade das leis penais."

Fortunatus disse ao padre que viera da parte de Morgan MacGowan e explicou imediatamente sua missão.

— Deve saber que Terence tomou interesse pelo nosso parente, Garret Smith.

— Isso aumenta o conceito do seu irmão. Eu coloquei o rapaz, sabe, numa excelente pequena escola na paróquia. — Pelas Leis Penais, as escolas católicas não deveriam existir. No entanto, os administradores ingleses havia muito tempo tinham descoberto que, em vez das bestas selvagens que eles supunham ser, muitos dos irlandeses nativos consideravam a educação como um direito inato, e fora totalmente impossível mantê-los afastados das escolas. Oficialmente, portanto, elas não existiam; mas, por trás de portas fechadas, Dublin estava repleta delas. — Ele se revelou muito inteligente — continuou o estudado padre. — Eu mesmo lhe ensinei.

— Então ele é um jovem afortunado — disse Fortunatus educadamente.

Nary lançou-lhe um olhar de esguelha.

— Ah, ele não acha isso, posso lhe garantir. Ele tem o maior desprezo por mim. Disse-me isso pessoalmente. — Ao observar o espanto de Walsh, Nary riu. — Não sou bom o bastante para ele, sabe.

— Como pode ele...?

— Ah, ele é o mais impetuoso jovem jacobita, sabe. Ele me menospreza porque sou registrado e não zombo da lei... por mais que desgoste dela... e porque alguns dos clérigos da Igreja da Irlanda são meus amigos. — Nary deu de ombros. — Gosto de pensar que ele me faz injustiça.

De fato, como Walsh sabia muito bem, o padre fizera mais do que redigir alguns panfletos destemidos. Dez anos antes, ele se vira forçado a se esconder e posteriormente fora preso após ajudar ilegalmente algumas freiras que haviam sido desapossadas. Apenas dois anos antes, quando um católico em Cork fora injustamente condenado à morte, Nary repreendera abertamente as autoridades ao cobrir inteiramente sua capela com pano preto de luto. Não havia dúvida quanto à coragem do homem. Ele simplesmente achava que conseguia realizar mais pela fé fazendo amigos do que inimigos.

— Fui encarregado — disse Fortunatus, um tanto duvidoso — de manter um olho nele enquanto Terence estiver fora.

— Foi? — Nary claramente achou isso bastante divertido. — E você é protestante. Homem corajoso.

— Ele é um monstro — arriscou Walsh —, mas me parece que você gosta dele.

O padre concordou com a cabeça.

— Tem razão. Até mesmo discuti o caso dele com o bispo. — Oficialmente, bispos católicos não eram permitidos na Irlanda, mas é claro que sempre estiveram presentes, e as autoridades costumavam ignorá-los. — Mas nenhum de nós dois teve a certeza de como ajudá-lo. O bispo quis saber se ele daria para padre. Ele tem cérebro, mas não tem vocação. — Nary olhou pensativamente para Fortunatus. — Poder-se-ia dizer que ele tem igualmente o que há de melhor num jovem — continuou ele — e o que há de pior. Sua mente é muito aguçada. Dê-lhe um assunto para dominar, e ele cairá sobre isso como um falcão. E o dominará com uma intensidade que me deixa maravilhado. Eu lhe empresto livros. Ele tem lido prodigiosamente. Mas lhe falta um ponto de convergência. Nem mesmo estou certo de suas convicções. Justo quando você acha que atraiu sua atenção, ele vira o rosto... como se tivesse sido varrido para o céu por um redemoinho. E, de repente, você o perdeu. — Fez uma pausa. — Ele tem uma paixão terrível, tenebrosa — acrescentou pesarosamente.

— Perguntei a Morgan MacGowan se havia algo em particular que eu devesse saber — comentou Fortunatus. — Ele disse que perguntasse a você. Fiquei imaginando o que poderia ser.

— Ah. — O padre suspirou. — Só pode ser a garota.

— Ele não mencionou nenhuma garota.

— É característico dele. Não mencionaria, porque, no seu entender, ela pertence a mim. — O Dr. Nary ergueu a vista para a estante onde três exemplares não vendidos de sua tradução do Novo Testamento faziam companhia uns aos outros. — Kitty Brennan. Uma criada desta casa. Sua família vive em Wicklow. Lavradores pobres. Sinto-me responsável por ela. Portanto, acho indelicado o jovem Smith ter feito dessa garota sua namorada.

— Ele a seduziu?

— Eu não diria isso. Pelo que sei, foi o contrário. Mas lhe pedi que prometesse nunca mais vê-la.

— E ele prometeu?

— Não. E terei de mandá-la de volta para sua família. Só podemos esperar que não haja quaisquer consequências inadequadas.

— Terence não mencionou nada disso.

— Ele não sabe. Isso foi revelado mais ou menos semana passada.

— Então, certamente a garota deve ir embora de imediato, para o bem de todos.

— Receio que sim. Ela não é uma pequena alma má, e lamento ter de mandá-la de volta para sua casa miserável. Mas... — O padre sacudiu a cabeça, então, subitamente, explodiu: — Rapaz idiota. Ele poderia ir longe. Tão longe, pelo menos, quanto um rapaz pobre católico consegue ir hoje em dia em Dublin.

Fortunatus olhou-o pensativamente. Era claro que Nary estava frustrado com seu jovem protegido.

— Disse que ele lê muito.

— Já percorreu metade de minha biblioteca.

— Ele vai jantar todos os meses com Terence e sua família, como provavelmente deve saber. Suponho que eu possa fazer o mesmo. Mas, em breve, preciso passar alguns dias em County Cavan. Pergunto-me se poderia levá-lo comigo. Isso o afastaria de problemas.

— Posso mandar a garota embora enquanto ele estiver fora — sugeriu Nary pensativamente. — Isso seria bom. Se bem que você é um homem corajoso para levá-lo. O que vai fazer lá? — Ficou claro, pelo seu tom de voz, que, para Nary, proveniente das ricas glebas de terra cultivada de County Kildare, o condado ao norte de Cavan, com seus brejos e pequenos lagos, não tinha qualquer atração.

— Vou visitar um velho amigo, um mestre-escola. Ele é um homem instruído, e também uma capacidade. Talvez o rapaz se interesse.

O Dr. Nary ouvia atentamente. Então, deu um olhar aguçado para Fortunatus.

— Um mestre-escola, hein, com casa em Cavan? E qual é o nome desse lugar, posso saber?

— A casa se chama Quilca.

— Quilca? — Nary bateu com a mão na mesa. — Eu devia ter adivinhado. Quilca. — Sacudiu a cabeça. — E diga-me uma coisa... haverá mais gente lá, de Dublin?

— Creio que haverá, sim. Outro velho amigo dele. — Sorriu. — Penso que já sabe. O deão da São Patrício.

— Eu sabia — bradou Nary, apenas parcialmente simulando vexação. — A intolerável deslealdade da coisa. É a mim que você deveria levar, e não ao jovem Smith.

— Tenho certeza de que será bem-vindo.

— Talvez. Espero que sim. Mas tenho outros afazeres aqui. — Suspirou. — Eu me sinto, Fortunatus, como o valoroso irmão da parábola do filho pródigo. Aqui estou, labutando fielmente a serviço do Senhor, e é esse jovem maroto quem vai a Quilca. Ora, homem — explodiu —, você estará na melhor companhia de toda a Irlanda!

— Não discordo.

— Leve-o, então, a Quilca — gemeu Cornelius Nary. — Leve-o, pelo bem de sua alma. Embora eu espere que não viva para se arrepender.

— Tenho certeza de que consigo lidar com ele — disse Fortunatus.

— Talvez. Mas eu o previno — disse o padre — de que corre um risco considerável.

Foi somente horas depois que os três irmãos se encontraram na casa da família em Belfast. Chegaram juntos na tristeza.

Lá fora, chovia. Se Dublin ainda estava banhada pelo sol da tarde, ali em cima, 12 quilômetros ao norte, um vento úmido do oeste arrastava um manto de nuvens cinzentas sobre as montanhas de Morne, e uma melancólica chuva caía mais além sobre o grande porto de Belfast.

Um mês se passara desde que o pai deles havia morrido, aquele correto velho escocês do Ulster temente a Deus. Eles tinham enterrado a mãe dez anos antes. Agora não restava ninguém na família, a não ser Henry, John e Samuel Law.

Henry observou os irmãos. Nós somos jovens homens decentes, pensou. Nós nos amamos uns aos outros o melhor possível; e, quando o amor é difícil, sempre resta a lealdade. Nós nos agarramos a isso.

— Bem, Samuel, não há dúvida de que se decidiu. O que vai ser? — John, o mais velho, foi direto ao assunto. Alto e com cabelo preto, igual ao do pai. Diligente, agora o chefe inquestionável da família.

Samuel sorriu. Talvez porque fosse o mais jovem, ele era o mais à vontade. Também tinha uma constituição física diferente. Era consideravelmente mais baixo do que seus irmãos, até mesmo um pouco gordo. Seu cabelo era amarelado, mosqueado de ruivo — herança do lado materno, supunha Henry. Mas ele sabia o que queria. Sempre soubera. De seu jeito cordial, refletia Henry, ele era exatamente um teimoso.

— Eu vou... — disse ele. — Há um bom navio partindo semana que vem. Eu vou para a América.

John assentiu. Se um homem partia para a América, as chances eram de que nunca mais o vissem novamente.

— Nós sentiremos sua falta — disse ele baixinho. Era muito, vindo de John, o homem que nunca traía suas emoções. Mesmo assim, ele não disse "Eu sentirei sua falta", mas "nós". Isso representava uma declaração de um dever de família em vez de um sentimento pessoal. Henry sorriu para si mesmo. John nunca mudava. Exatamente como seu pai. — Mas acho que tem razão, Samuel — continuou John, com gravidade. — Acredito que eu mesmo iria, só que... — Não houve necessidade de terminar a frase. John era o único casado, e todos sabiam que sua mulher mostrara muito claramente seus sentimentos. Ela era de uma família grande do Ulster e não tinha intenção de se separar dela. — Estou certo de que é o desejo de Deus e de que você vai prosperar lá — acrescentou John.

— Não é apenas por mim que estou indo embora — disse Samuel. — Mas se, um dia, Deus me conceder uma família, eu não a trarei para a Irlanda.

E ninguém poderia censurá-lo por isso, pensou Henry. Pois, sob o regime britânico da Irlanda, a família Law vivia sob humilhantes desvantagens. Não porque fossem católicos, mas, pelo contrário, porque eram protestantes.

Se havia uma coisa no que a Ascendência acreditava, e que fora aprendida com o passado, era que a disputa religiosa levava a derramamento de sangue. As disputas, portanto, deveriam acabar. A Igreja oficial, com sua liturgia conciliatória e seus bispos, podia não ser perfeita, mas simbolizava a ordem. Era para ser estabelecida de uma vez por todas, e quaisquer outros grupos, fossem papistas, dissidentes. sectários, ou o que fosse, seriam reduzidos à impotência. Mesmo os severos eleitos de Deus tinham agora de se humilhar. "Já estávamos fartos antes desses malditos presbiterianos, principalmente dos escoceses", declarou o fidalgo dos parlamentos da Ascendência. Portanto, a legislação deles era dirigida não apenas contra os católicos, mas também contra todos os dissidentes protestantes. "Ingressem na Igreja oficial", disseram-lhes, "ou sejam súditos de segunda classe." E, assim, os presbiterianos escoceses que formavam a parte mais vigorosa da comunidade protestante no Ulster foram excluídos da vida pública e da vida civil, e humilhados.

Havia três gerações que a família Law fora para o Ulster. Escoceses trabalhadores e respeitáveis das Terras Baixas, seu bisavô participara orgulhosamente da Aliança; tinha sido um filho mais novo, tentando fazer fortuna, que fora para o Ulster. Ali, ele prosperara no comércio de lã, feito através do porto em crescimento de Belfast, e criara sua família na fé presbiteriana. A família Law havia ficado horrorizada quando o católico rei Jaime subira ao trono, e encantada quando o rei Guilherme o derrotara. E, após a Batalha do Boyne, eles haviam concluído que o novo regime protestante seria o fim de seus problemas, e não o começo deles.

Quando os ingleses mostraram sua lealdade aos colegas protestantes na Irlanda, destruindo seu comércio de lã, a família Law sofreu um pesado golpe financeiro. Mas seria preciso mais do que isso para derrotar seu robusto espírito empreendedor escocês.

Nenhum dos três irmãos esqueceria o dia — eles ainda eram meninos na ocasião — em que seu pai os chamara ao pátio pavimentado de pedras redondas e lhes mostrara um pequeno barril.

— Isto acaba de chegar da América — disse-lhes. — E é o que vai nos salvar. Sabem o que tem aí? Linhaça.

Da linhaça vinha o linho.

Já houvera linho na Irlanda desde tempos imemoriais. Mas a abertura do Novo Mundo agora fornecia um vasto potencial de suprimento de semente de linho barata. Com o declínio do comércio de lã, homens empreendedores como Law viram nisso uma oportunidade. Começaram fazendo linho, em vez de tecido de lã, e, tendo em vista que os próprios ingleses não estavam muito envolvidos com essa mercadoria, não tiveram necessidade de acabar com o sustento de seus amigos irlandeses com esse novo comércio.

E não havia ninguém mais ativo no comércio de linho do que a família Law. Ela não comerciava simplesmente linho acabado. Em pouco tempo, o Sr. Law possuía uma rede de uma dúzia de fazendeiros que lhe forneciam sementes, rocas e tudo o mais que fosse preciso para fazer o fio. Com fornecimentos garantidos, ele se dedicou primeiramente a fazer o linho, e, depois, a vendê-lo. Na época em que o rei Guilherme subiu ao trono, Law tinha seu próprio armazém no cais de Belfast e cotas de participação em meia dúzia de navios. Também tinha três filhos inteiramente treinados no negócio.

Os Law eram uma típica família de sua espécie. Sua fé, embora derivada do calvinismo do século anterior, era de uma natureza mais amável. Encontravam inspiração no afeto simples de sua família, na oração ou, melhor ainda, no canto, em companhia dos adorados Salmos. E não eram carentes de humor.

Entretanto, eram duros escoceses, com um rigorosa Igreja presbiteriana, e acreditavam firmemente na virtude do trabalho árduo e da vida frugal. Tinham, todos eles, um olho aguçado para o lucro e uma aversão aos gastos desnecessários. O Sr. Law conseguira adquirir uma bela residência em Belfast; mas, quando sua mulher sugerira que gostaria de finas cortinas de seda para a sala de visitas, ele lhe dissera que as velhas tapeçarias deixadas pelo proprietário anterior, necessitando de apenas poucos remendos — seu marido se ajoelhara bondosamente para lhe mostrar como isso poderia ser feito com facilidade —, poderiam perfeitamente servir por mais vinte anos. E, tendo em vista que uma exibição de seda seria, em todo caso, vaidade e ostentação, a religião impunha o que seu marido desejava, e, portanto, não houvera necessidade de jamais se tocar no assunto de novo.

Organizada, devota, sóbria, saudável, frugal, sem dívidas: essa era a família Law. E, não podia haver dúvida, a fé presbiteriana era de particular ajuda para um fabricante de tecidos. Mas, uma vez que essa herança significava que não teriam de curvar o joelho para um bispo, a Ascendência não podia aceitá-los; e assim, numa estanha ironia, o fato de serem protestantes intransigentes significava que deviam ser tratados, quase, como papistas.

Não era surpresa, portanto, que os presbiterianos estivessem indo embora. Por serem intrépidos escoceses, famílias inteiras costumavam ir juntas, de modo que florescentes colônias de presbiterianos do Ulster passaram a existir no Novo Mundo com espantosa velocidade — colônias onde um recém-chegado como Samuel Law encontraria pronto acolhimento numa congregação religiosa.

Não que os irmãos Law estivessem cegos para os outros motivos para ir embora. Afinal de contas, eles eram homens de negócios. "A terra é comprada a preço baixo na América", ressaltara Samuel. "As oportunidades para negócios com certeza crescerão." Eles também discutiram para onde ele deveria ir. Muitas famílias que conheciam haviam se estabelecido na Nova Inglaterra, outras em Delaware, Nova York, ou mesmo abaixo, na distante Carolina sulista. Havia colonos do Ulster por toda a região costeira oriental. Mas Samuel expressara preferência pela Filadélfia.

— Ainda está determinado pela Filadélfia? — perguntou-lhe, John. Ele não aprovara inteiramente a escolha de Samuel, objetando: — O lugar é dirigidos por quacres.

— Há presbiterianos por lá — lembrou-lhe Samuel.

Henry decidiu ir em sua ajuda:

— Filadélfia é uma ótima escolha — concordou. — Tem um excelente futuro. A cidade tem muitas atrações. — Não escapara da atenção de Henry que uma família conhecida deles, que tinha emigrado para lá alguns meses antes, tinha uma filha muito bonita. E ele deu uma piscadela ao seu irmão mais jovem, que John não viu. — Mas vou sentir a sua falta — acrescentou. — E, se algum dia mudar de ideia e voltar, ficarei alegre em recebê-lo de volta.

Samuel sorriu. Se, secretamente, ele preferia Henry a seu irmão mais velho John, era compreensível. Tão alto quanto seu irmão, Henry tinha denso cabelo negro ondulado e era sempre considerado o mais bonito dos três. Também era atlético. Dificilmente qualquer jovem de Belfast seria capaz de vencê-lo numa corrida. Embora trabalhasse tão arduamente quanto John, Henry era tranquilo. Porém, era também mais arrojado. Todas as mulheres gostavam dele. Samuel conhecia uma dúzia de garotas que teriam prazer em se casar com Henry, e várias vezes pensara que seu irmão fosse escolher uma delas; mas parecia a Samuel que alguma coisa detinha Henry. Era como se seu irmão tivesse um plano — ninguém sabia qual era —, algo que pretendia realizar antes de se casar.

— Com vocês dois aqui, eu não serei necessário — observou Samuel. — Mas, assim que eu me estabelecer na Filadélfia, espero que possamos realizar negócios em conjunto através do Atlântico.

Henry concordou com a cabeça. Embora Samuel não soubesse, ele e John já tinham combinado apostar nele, enviando-lhe um carregamento de mercadorias grátis. Quanto aos negócios na Irlanda, era verdade que ele e John formavam uma dupla formidável. Ambos conheciam cada aspecto do comércio de linho, mas, em anos recentes, John tinha cuidado do fornecimento de material e da manufatura, e Henry, da venda, o que refletia seus talentos particulares. Se Samuel desejar comercializar outros produtos, pensou Henry, serei eu quem verá a oportunidade, e John quem precisará ser convencido.

— Preciso voltar em breve aos meus alojamentos — disse Samuel. — É impressionante o tanto que há para fazer antes de minha partida.

— Então vamos rezar juntos — sugeriu John Law — para Deus abençoar sua viagem, e tudo que você poderá empreender.

E, assim, com discreto afeto, os três irmãos rezaram juntos por algum tempo, como sempre foram ensinados a fazer.

Após Samuel ter ido embora, Henry permaneceu com seu irmão.

✣

Silêncio. Nenhum deles falou por um momento. Henry observou atentamente o irmão. Embora John nunca mostrasse suas emoções, era evidente que estava melancólico. Talvez tivesse esperado secretamente que Samuel não fosse. Henry nunca tivera qualquer dúvida de que ele partiria, mas, com John, nunca se sabia. De qualquer modo, ficou algum tempo, para lhe fazer companhia.

E por outro motivo também.

Ele passara o dia todo pensando se daria ao irmão a outra parte da notícia indesejável, ou se deveria esperar. Na avaliação, achou que seria mais complacente deixar que ele absorvesse a má notícia toda de uma vez.

— Precisamos pensar no melhor modo de conduzir os negócios quando Sam for embora — disse ele finalmente.

— Sim — concordou John com a cabeça.

— Acredito que Dublin será importante para nós.

O comércio de linho vinha crescendo rapidamente não apenas no Ulster, mas também em Leinster. O novo Linen Hall, o Salão do Linho, em Dublin, já era um florescente centro desse comércio, e, em meses recentes, Henry fizera um grande número de visitas à capital. — Hoje em dia, há muito mais linho sendo embarcado de Dublin do que de Belfast — informara. — Creio que deveríamos ter também um segundo negócio em Dublin. Você, John, lida muito bem com todas as coisas aqui, e mal tem necessidade de mim; mas, se eu for para lá, poderemos expandir enormemente nossos negócios.

Visto que isso era inteiramente verdadeiro, não havia necessidade de dizer que, sem a presença de Samuel para agir como para-choque entre eles, Henry acharia difícil demais conviver com a presença solene e por vezes opressiva de seu irmão.

— Então você também vai me deixar — assentiu John lentamente.

— Não se trata de deixar, John.

— Há muita verdade no que diz — continuou John, baixinho. — Não nego isso. — Era evidente que ele não se deixara enganar. Sabia muito bem que, por trás do cordial encanto de seu irmão, havia também uma mente ambiciosa, tão implacavelmente determinada como ele era, e que acharia aborrecido receber ordens de um irmão mais velho. Ele sabia que o irmão não devia ser magoado. — Irei a Dublin para ajudá-lo a montar a manufatura — não conseguiu deixar de acrescentar.

— Ah. — Percebendo a insinuação de relutância na própria voz, Henry ajuntou rapidamente: — Não existe ninguém que pudesse me dar uma melhor orientação, John, em toda a Irlanda.

— Será estranho não ter você aqui — disse John tristemente.

— Dublin não é longe de Belfast. Ficarei indo e vindo o tempo todo.

— Há outro fato a ser levado em conta. — A voz de John revelava sua preocupação. — De longe, é muito mais fácil ser presbiteriano no Ulster do que em

Dublin. Aqui, somos muitos, e fortes, ao passo que em Dublin... — Olhou para Henry de modo penetrante. — Será difícil para você, irmão.

Henry retribuiu impassivelmente seu olhar. Dera muita atenção àquela parte da questão. Deu-lhe um sorriso tranquilizador.

— Eu estarei nas mãos de Deus — disse ele.

Não era exatamente uma mentira.

Foi Tidy quem os viu descer pela viela. Reconheceu Walsh de imediato. Fortunatus montava um belo castrado castanho e conduzia um cavalo de carga. Vestia um casaco comprido e um velho e surrado chapéu de três bicos. Mas se percebia de imediato, pensou Tidy, que ele era um fidalgo.

De todos os 17 netos vivos de Faithful Tidy, Isaac era um dos mais pobres. Era baixo, possuía um oleoso cabelo louro ondulado, e curvava-se para a frente. Mas tinha seus critérios. Quando jovem, tentara várias ocupações. Havia trabalhado para um impressor, pois sabia ler e escrever, mas desgostava das longas horas de trabalho penoso e do cheiro da tinta de impressão. Tinha procurado um cargo de maceiro ou sacristão numa igreja. E, enquanto fazia isso, encontrara-se com ninguém menos que o deão da catedral de São Patrício, que o contratara como seu criado. O cargo, como se podia esperar, era um tanto humilde para um homem cujo avô, ele tranquilamente deixava que soubessem, fora administrador do cabido da Igreja de Cristo. "Eu não faria isso", disse à sua família, "por qualquer outro homem." Ninguém em Dublin teria negado que o deão Jonathan Swift era um homem de muito particular importância. E tanto Tidy se identificava completamente com seu amo e sua elevada posição, e tanto se fazia indispensável, e tanto todo mundo estava ciente da posição dele, da sua não desprezível linhagem, que, quando mesmo um clérigo mais novo o chamava de Sr. Tidy, ele via isso como não mais do que seu dever. E, se existia uma coisa de que Isaac Tidy gostava era um fidalgo.

Pois a sociedade irlandesa, no que dizia respeito a Tidy, era dividida em duas, e apenas duas, classes. Havia "a qualidade", ou "a nobridade", como ele e também muitos irlandeses chamavam; e havia o resto. Essa simples linha de demarcação, tão potente e defensiva quanto a Grande Muralha da China, atravessava muitos terrenos sociais. O deão Swift, um homem de berço e culto, era da nobridade, pois, de outro modo, Tidy não serviria seu clarete. Fortunatus

Walsh, o Velho Inglês, membro protestante do Parlamento de Dublin, com sua propriedade em Fingal, também era, obviamente, da nobridade, e, portanto, o era seu irmão Terence, o médico, apesar de ser papista. De fato, mesmo um irlandês católico nativo, desde que fosse proprietário de terra, ou homem de posses com uma plausível reivindicação à linhagem principesca, podia se qualificar. O que era negado à maioria das pessoas que se encontrava na rua.

Ele sempre conseguia reconhecer. Nem sempre sabia como fazia isso. O certo, porém, é que lhe bastavam apenas alguns segundos ou, no máximo, um ou dois minutos, com qualquer homem para farejá-lo. E, se esse homem mostrasse afetação, mas não pertencesse de fato à nobridade, Tidy saberia. Normalmente, seria cortês; talvez não dissesse nada. Mas deixaria o homem saber, por meios sutis, que, mesmo se o duque de Ormond ou o vice-rei o tomasse por um fidalgo, ele, Isaac Tidy, reconheceria o impostor que realmente era. Sob esse olhar aparentemente subserviente, mesmo o mais corajoso intruso começava a se sentir constrangido.

Agora, com a aproximação dos recém-chegados a Quilca, a atenção de Tidy concentrou-se no jovem de cabelos negros que cavalgava ao lado de Fortunatus. Suas roupas eram negligentemente gastas. Mas, por isso, não dava para se dizer. Ele também usava um velho chapéu de três pontas. Mas onde o conseguira? Era seu mesmo, ou Fortunatus o tinha emprestado? O mais estranho era que, enquanto Fortunatus tinha uma aparência perfeitamente feliz, esse jovem parecia não prestar a mínima atenção a ele. Pois, enquanto seu cavalo caminhava ao lado do de Walsh, ele estava ocupado lendo um livro. Ora, um membro da nobreza faria isso? Pela primeira vez, Tidy não teve certeza.

Ao irem a Quilca, Fortunatus sentia-se muito feliz consigo mesmo. Sabia muito bem que, antes de ir para a França, Terence convencera o jovem Smith da necessidade de se comportar. Fora, porém, um golpe de gênio de sua parte, refletiu, manter o rapaz ocupado com um livro.

Tendo descoberto que Garret ainda não conhecia as peças de Shakespeare, ele apanhara dois pequenos volumes de sua própria coleção, imaginando que, se o rapaz ficasse entediado durante sua permanência em Quilca, ninguém nessa residência ficaria ofendido se ele se sentasse num canto para ler. Garret, contudo, iniciara o processo um pouco mais cedo do que pretendia. No primeiro dia da viagem, eles haviam cavalgado sossegadamente; mas, quando pararam numa estalagem na noite anterior e se sentaram para jantar, Garret, após permitir que Fortunatus conversasse com ele durante algum tempo, não achara necessário continuar a conversa, apanhara *Rei Lear* e passara a lê-la pelo resto da refeição, fazendo um comentário apenas ao fim do silencioso repasto: "Isto é muito bom, sabem?".

Ele acabara de ler na mesma noite. Pela manhã, perguntara se haveria livros em Quilca, e, quando Walsh respondera "Indubitavelmente", ele assentira e começara a ler *Macbeth* durante a viagem. Acabara de ler o terceiro ato, quando chegaram.

Se algumas pessoas talvez achassem Garret um pouco rude por ignorar completamente o gentil fidalgo que o levara até ali, Fortunatus, pelo contrário, estava encantado. Pois, se o jovem tinha tal sede por literatura, pensou, não importava quais fossem suas opiniões, ele seria bem-vindo e se divertiria em Quilca.

— Guarde seu livro agora, jovem Garret — exclamou prazerosamente —, pois você está nos portões do paraíso.

✣

Quilca: o retiro campestre do Dr. Thomas Sheridan, clérigo da Igreja da Irlanda, amigo do deão Swift, irlandês, e o maior educador de toda a Irlanda.

Ficava perto de águas serenas. Uma habitação existira ali havia um longo tempo, pois o círculo coberto de grama de um antigo *rath*, uma fortificação pré-histórica, ainda ocupava o local, sendo usado por Sheridan como um teatro ao ar livre. Em uma época mais recente, porém, uma modesta casa de fidalgo fora construída ao lado do *rath*, com um amplo jardim murado de pedra, que descia até a água, onde alguém podia supor que estivesse na casa de algum sábio cônego em uma das celas de uma grande catedral da Inglaterra, em vez de em County Cavan, cercado por quilômetros de terras pantanosas. Aquele era o templo das musas de Sheridan.

Ele não estava em boas condições. No telhado faltavam várias telhas, os buracos, amavelmente preenchidos por aves com o que pareciam ser ninhos permanentes. Nas paredes, a hera se apressara a melhorar as muitas deficiências da alvenaria, cobrindo as rachaduras, com as quais, era evidente, o próprio Sheridan nunca iria se preocupar. Fosse porque sua cabeça estivesse cheia demais com clássicos da Grécia e de Roma ou porque ele tivesse herdado a admirável negligência por coisas pequenas dos chefes irlandeses de quem descendia, provavelmente nunca devia ter ocorrido a Sheridan desalojar as aves do telhado, o qual, ele certamente considerava, era mais delas do que dele.

E foi Sheridan, agora, acompanhado do deão da São Patrício, que veio saudá-los.

Era uma dupla impressionante. Swift era mais velho uns vinte anos, agora na metade da casa dos 50. Seu rosto, outrora redondo com o queixo airoso, fora exaurido e carecia de um repouso mais longo, mais sério. A boca, outrora travessa, era fina e irônica; os olhos, ainda humorados, mas de certo modo tristes. Algo em seus modos indicava que, embora decepcionado em suas esperanças de um alto cargo no gabinete inglês, ainda era o deão da São Patrício, e cônscio da dignidade de seu cargo.

Sheridan, a seu lado, embora uma figura de relevo, era distraído demais para se lembrar disso, e tão bem-humorado que se poderia desconfiar que, a qualquer momento, pudesse cutucar as costelas do deão — o que faria com que este, afetuosamente, o repreendesse — ou pelo menos atacasse o homem mais velho com um afrontoso trocadilho em latim, diante do qual a gravidade de deão provavelmente desabaria. Com olhos brilhantes e a testa larga, ele parecia o que era, um alegre erudito.

— Quem é esse, *O fortunate*? — exclamou, indicando o jovem Smith.

— Um parente meu — respondeu Fortunatus alegremente, e apresentou o jovem Garret ao grupo.

— Ele lê enquanto cavalga — observou Sheridan. — Mas o que lê?

— Hoje, *Macbeth* — disse Walsh, após Garret deixar de responder.

— De fato? — O Dr. Sheridan dirigiu seus bondosos olhos para Garret de modo que este não pudesse fugir deles. — Nunca soube de alguém que tenha lido *Macbeth* montado num cavalo, Sr. Smith. Os sonetos, talvez, mas jamais *Macbeth*. Posso perguntar se gosta?

Garret olhou-o cautelosamente. Ele não ia favorecer qualquer espécie de submissão.

— É inglês, mas bom o bastante para ser irlandês — disse ele baixinho. Seu olhar impassível não mostrava respeito nem amizade.

Swift lançou um olhar desanimador para Walsh. Mas Sheridan parecia encantado.

— Isso mesmo — bradou ele. — Isso mesmo. Falado como um verdadeiro irlandês. — Virou-se para os outros. — Devia mesmo ser traduzido para o irlandês, sabem? — Virou-se de volta para Garret. — Suas habilidades são suficientes, acredita — perguntou-lhe seriamente —, para tentar você mesmo essa tarefa?

— Talvez — concedeu Garret. — Creio que poderia tentar.

— Excelente! — exclamou o Dr. Sheridan. — Um jovem erudito irlandês. Bem-vindo, meu caro Sr. Smith, a Quilca. Vamos entrar.

Quando o grupo entrou na casa, apenas Isaac Tidy permaneceu do lado de fora. Estivera observando o jovem de perto.

Com seu rosto pálido e volumoso cabelo preto, esse jovem não o tinha impressionado nem um pouco. Ele podia ser aparentado de Walsh, mas mesmo um excelente fidalgo como aquele poderia ter um parentesco sem qualidade. Além do mais, ele vira muito facilmente através do rapaz. Por que ele era descortês? Porque estava na defensiva. Isso era sempre denunciador. Não, Tidy reuniu suas observações, totalizou-as, colocou-as em ordem, e, em sua mente, colocou o jovem Smith numa caixa e fechou a tampa. Ele não era um fidalgo. Nunca fora e nunca seria. Havia, também, algo mais que ele não sabia a seu respeito. Ele tinha estranhos olhos verdes.

E valeria a pena vigiá-lo. Provavelmente, ele tentaria roubar a prataria.

Fortunatus também o vigiava.

Assim que lhes foi mostrado o quarto onde ficariam, com uma cama de carvalho para ele e um sofá no qual Garret poderia dormir perfeitamente bem, ficou evidente que Sheridan estava ansioso para conduzi-los pelos seus domínios, e, em pouco tempo, se reuniram novamente do lado de fora com Sheridan e o deão, e seguiram para o jardim murado. Ao caminharem pela margem do rio, o ânimo de Sheridan era efervescente.

— Essas rosas, Walsh, são novas, desde sua última visita. A lavanda tem um cheiro forte, não é mesmo? Eu a consegui com um cavalheiro de Londres. Bem ali, Sr. Smith, pretendo plantar um cedro do Líbano, quando conseguir um.

Indicando a paisagem de matas, morros de aluvião e pântanos por toda a volta, ele informou a Garret:

— Tudo isso era território Sheridan. O nome é um dos mais antigos da Irlanda, sabe. Os O'Sioradain vieram da Espanha, dizem, logo após a época de São Patrício. Tínhamos o grande castelo de Togher, antes da chegada de Strongbow, e nossas terras se estendiam — fez um vistoso gesto com a mão — até depois de Cavan. — Ficou claro para Fortunatus, por causa de um leve ar de ironia no rosto de Swift, que o deão já ouvira antes esse discurso. — Somos descendentes dos O'Rourke, príncipes de Leitrim, os príncipes de Sligo e Tyrone, de O'Conor Don... Eu lhe digo isso para que, talvez aqui, você possa encontrar o próprio coração e a alma da antiga Irlanda.

— Não vejo como, já que você é protestante — disse rudemente Garret Smith.

Fortunatus estava pronto para intervir e repreender o jovem, mas Sheridan o fez recuar com um gesto.

— Você tem razão. É estranho, pois a maioria dos Sheridan é católica. Mas eu lhe direi como isso aconteceu. Mais de um século atrás, meu ancestral Donnchaid O'Sioradain ficou órfão e foi acolhido por um bondoso clérigo inglês que o criou em sua própria religião. Meu antepassado, ele mesmo, tornou-se clérigo, e um companheiro bem próximo do bispo Bedell de Kilmore. — Ele agora estava com a língua solta. — Já ouviu falar em Bedell? Foi o único bispo inglês que pregou na língua irlandesa, e até mesmo traduziu o Antigo Testamento também para o irlandês. Era um bom homem e bem amado em Cavan. Tanto que, quando houve a grande rebelião, em 1641, nem um só cabelo de sua cabeça foi tocado. Quando os rebeldes foram à sua casa, disseram-lhe que ele nada tinha a temer e que seria o último inglês a ser expulso da Irlanda. Quando ele morreu, metade daqueles que caminharam ao lado de seu caixão eram chefes irlandeses católicos. — Sorriu. — Como vê, Garret, nossa história, visto que é a história de pessoas, nem sempre é tão simples como poderíamos supor que fosse. E foi inspirado por ele que o meu ramo protestante dos Sheridan, o qual inclui vários clérigos, tentou transformar a Igreja da Irlanda numa igreja gaélica aqui em Cavan. — Suspirou. — As circunstâncias, porém, estavam contra nós.

Garret nada disse, e Fortunatus não fazia ideia do que pensar da história da família Sheridan.

— Venham — disse Sheridan —, deixem-me lhes mostrar o *rath*.

Garret pareceu gostar do *rath*. O entusiasmo de Sheridan pelas possibilidades teatrais da antiga fortificação era contagiante, e ele até mesmo conseguiu atrair um pouco a atenção do jovem.

— Venha, Garret, fique aqui comigo, e vamos recitar o grande discurso de *Macbeth*. Não há necessidade do livro. Eu o ensinarei a você. "É uma adaga que vejo defronte a mim?" — E passou a recitar de memória os 39 versos seguintes, um feito que impressionou bastante o rapaz. — Shakespeare é bom — anunciou, após terem terminado —, mas é drama grego que deveria ser representado num espaço circular como este. Você conhece Sófocles, Eurípedes? Não? Leia-os. Eu os emprestarei a você. Dizem que os antigos irlandeses eram um povo mediterrâneo — prosseguiu —, e acredito que eram mesmo. Olhe para além das águas da baía de Dublin, Garret, olhe costa abaixo para o sul, passando aquelas colinas vulcânicas, e quem verá erguendo-se das águas macias? Manannan mac Lir, nosso deus irlandês do mar. E quem é ele, se não o próprio Posêidon, deus do mar dos gregos, com outro nome? Nós somos gregos, Garret, gregos — exclamou, acrescentando, num tom mais baixo —, dominados pelos jesuítas. — Ao dizer isso, deu um olhar malicioso para o jovem. — Suspeito que você seja um jesuíta em espírito, Garret — disse ele, amavelmente provocador. — Você tem a mente afiada.

Embora Fortunatus observasse um pouco aflito, Garret não pareceu se ofender com o gracejo ou com a ideia maliciosa que havia por trás daquilo. Apenas inclinou a cabeça silenciosamente, o que pareceu satisfazer Sheridan.

Ao voltarem para a casa, Garret e Sheridan entraram lado a lado, agora conversando baixinho, enquanto Fortunatus caminhava ao lado do deão.

Swift permanecera meio que sorrindo, mas taciturno, durante a maior parte daquela representação. Enquanto caminhavam, Walsh entabulou uma conversa.

— Há muitos anos que admiro Sheridan — comentou. — Ele me parece o melhor tipo de clérigo... e possui a melhor escola da Irlanda. Mandei meu filho para ele. As peças teatrais de sua escola são famosas. Mas nunca havia me dado conta, até hoje, da paixão que ele tem pelo teatro. Daria um excelente ator.

— É verdade. — Swift deu um sorriso irônico. — O púlpito e o teatro, Walsh, nunca estão separados.

— É evidente que ele ama Quilca. Nunca vi um homem tão obviamente encantado com sua casa.

— Eu também, Walsh. É uma pena — Swift ergueu a voz apenas o suficiente para ser ouvido mais adiante — que o lugar esteja caindo aos pedaços. A última vez que estive aqui, havia uma rachadura na parede do meu quarto deixando passar uma tal corrente de ar, que tive de preenchê-la com o meu casaco. O telhado também vaza abominavelmente.

— Eu ouvi isso — gritou Sheridan. — Não há nada de errado com o telhado.

— Você nem notaria se não houvesse telhado — rebateu Swift.

— Ocasionalmente — retrucou divertidamente o irlandês —, ele sai voando, como um pássaro, para visitar um tio em Cork, mas sempre volta. Apenas se queixa — acrescentou com uma certa ênfase — se andorinhões* fazem ninhos debaixo dele.

— Ha.

— Além do mais, você ficou perfeitamente seco.

— É que não choveu.

Entrando na casa, Sheridan os conduziu a um aposento grande, comprido. As venezianas estavam quase fechadas, de modo que o cômodo se achava extremamente escuro, mas Fortunatus conseguiu enxergar a lareira central, diante da qual se encontrava um grande banco estofado, duas poltronas *bergère* esfarrapadas e uma mesinha coberta de papéis. Na extremidade mais distante da sala, contra a parede, havia uma mesa de refeitório, sem dúvida tirada de algum mosteiro no período dos Tudor; e só quando ele notou o jovem Garret olhando fixo para ela, foi que Walsh percebeu, com espanto, que estava ocupada pelo que parecia ser um cadáver comprido e fino, como se arrumado para um velório. Sheridan olhou de relance para ele.

— Aquele é O'Toole — comentou. E abriu uma das venezianas. Então, virando-se para Swift e indicando os papéis: — Venha, Jonathan — disse ele —, vamos prosseguir. Talvez nossos amigos possam nos ajudar.

Mais cedo, aparentemente, os dois homens tinham estado ocupados com uma redação que o deão preparava — não um sermão ou um panfleto religioso, souberam depois, mas uma composição literária. Walsh havia explicado a Garret que, antes de assumir seu cargo na Irlanda, Swift já fizera fama em Londres como editor e escritor de vigorosos poemas e sátiras. "Ele é amigo íntimo do grande poeta Alexander Pope", dissera-lhe. Swift gostava de escrever em Quilca, Fortunatus sabia, porque achava os extravagantes arroubos de linguagem e imaginação do amigo Sheridan um útil realce para sua própria ironia mordaz. E a obra a que ele então se dedicava era realmente estranha.

Parecia uma sátira aos populares livros de viagens — a curiosa história de um homem chamado Gulliver, que fazia uma série de viagens a terras imaginárias —, uma ilha habitada por gente miúda, outra por gigantes, outra ainda

* Swifts, em inglês. *(N. do T.)*

governada por cavalos racionais; ele tinha até mesmo uma série de esboços sobre uma visita a uma ilha voadora.

— Estamos escolhendo nomes para alguns dos curiosos lugares e criaturas encontradas nessas viagens — explicou Sheridan. — Pois nomes são importantes. Já temos, por exemplo, Lilliput como a ilha onde habitam as pessoas pequenas; e os nossos cavalos racionais são chamados de Houyhnhnms... isso não soa exatamente como o relincho de um cavalo? Mas vamos, Jonathan, apresente-nos mais desafios.

Incentivado pelo entusiasmo do amigo, Swift, prestativamente, leu algumas passagens, e o grupo pôs suas cabeças para funcionar.

— Precisamos esquadrinhar cada canto de nossa imaginação — declarou Sheridan. –– Palavras do inglês e francês, latim ou grego, onomatopeias, até mesmo irlandês. Você sabia que o deão Swift sabe um pouco de gaélico, Garret? Ele não o fala tão bem quanto você ou eu, mas, para seu mérito, tem estudado a nossa língua nativa.

A ilha voadora que Walsh e Swift imaginaram seria Laputa. Eles acordaram também, quando, para seu povo rude, escolheram o nome de Yahoo. Sheridan, porém, tivera sua vez, quando houvera a necessidade de um nome para as pequenas criaturas tipo camundongo que os Yahoos gostavam de comer.

— O latim para camundongo é *mus*, e a palavra irlandesa é *luc*. Portanto, proponho que esse desventurados sujeitinhos sejam chamados de *luhimuhs*. Não dá para ver os coitadinhos?

Swift ficara encantado com aquilo. A escolha mais engenhosa, porém, fora feita um pouco depois.

— Há uma terra visitada por Gulliver — explicou —, onde todos que desejam ser recebidos pelo rei devem não apenas, à moda oriental, se prostrar, mas rastejar em direção a ele, que está sentado no trono, lambendo a sujeira do chão ao fazer isso. Como chamaríamos essa terra?

Seguiu-se um profundo silêncio. Walsh franziu a testa; Sheridan fitou o espaço, perdido em pensamentos. Finalmente, Garret Smith falou:

— O irlandês para escravo... e qualquer homem que faz uma coisa dessas é um escravo... é *triall*, e o irlandês para maldade e sujeira, *droch* e *drib*. Portanto, pode chamá-la de Trildrogdrib.

Eles se entreolharam. Era brilhante.

Então, da extremidade mais distante do aposento, veio uma repentina risadinha da mesa perto da parede, e o cadáver sentou-se.

— Excelente — disse o defunto.

— Meu Deus — bradou Sheridan —, você acordou O'Toole.

Quando Sheridan dissera a Garret que ele estava no próprio coração da antiga Irlanda, não estivera inteiramente errado. Foi um grupo cordial que se sentou para jantar naquela noite. A conversa, de comum acordo, foi conduzida principalmente em inglês, mas se O'Toole, por exemplo, citava alguns versos irlandeses, Sheridan igualmente se juntava a ele, com o deão Swift e Walsh assentindo em aprovação; e, consequentemente, a conversa por toda a mesa talvez se transferisse para o gaélico, por alguns minutos, durante os quais as duas mulheres que apareciam da cozinha com a comida também participavam. Apenas Tidy, que fora nomeado para atuar como mordomo, permanecia calado, pois nunca desejara falar a língua irlandesa e jamais conseguiria entender por que o deão se dera o trabalho de fazer isso. Também conseguiu dar alguns olhares desdenhosos para Garret, os quais claramente transmitiam sua opinião de que o jovem devia estar servindo a mesa, e não sentado a ela — mas que ninguém notou, exceto o próprio Garret.

O centro das atenções era O'Toole.

Fortunatus não tinha se encontrado antes com Art O'Toole. O homem era bem jovem, ainda no começo da casa dos 30 anos. Um sujeito louro, alto e magro, olhos como poças de água azul, um rosto comprido, fino, com uma boca larga e zigomas altos e protuberantes: na imaginação de Walsh, ele tomou a forma de um violino de cabelos louros. Durante a maior parte do ano, vivia com sua família nas montanhas de Wicklow, mas, durante o verão e começo do outono, pegava as estradas, como vinham fazendo os bardos poetas da Irlanda desde os tempos antigos, e era acolhido com respeito aonde quer que fosse. Normalmente, em granjas e vilas modestas, ele executava sua arte para os irlandeses nativos, que podiam apenas lhe fornecer comida e abrigo pela noite — e ele certamente só fazia o que fazia pelo amor da coisa. Às vezes, em reuniões de *ceili,* de festa, ele cantava, batia o pé ao ritmo da música, enquanto um ou dois rabequistas o acompanhavam. Ou geralmente contava histórias do antigo repertório popular. O melhor de tudo, porém, se estivesse com disposição, acompanhando-se com uma harpa que carregava consigo, era ele cantando versos de sua própria composição.

Havia numerosos poetas desse tipo na ilha. O maior de todos era Turlough Carolan, um poeta músico cego de nascença. "Cego como o vigoroso Homero", descrevera-o Sheridan certa vez para Fortunatus, "e com a memória mais fenomenal que já encontrei. Quanto a seus versos, como alguém que está familiarizado com todos os clássicos gregos, eu colocaria alguns ao lado dos do próprio Píndaro." Carolan morava na região e estivera várias vezes em Quilca. O'Toole era vinte anos mais novo, mas, na opinião de muita gente, poderia algum dia se igualar a ele.

Durante a refeição, o poeta falou escassamente, guardando-se para sua apresentação mais tarde; mas, quando falava, era de um modo agradável, tranquilo, e ficou evidente para Fortunatus que, além de um conhecimento enciclopédico de poesia irlandesa, ele também estava bem inteirado da literatura clássica e até mesmo de alguns autores ingleses recentes. Ele bebeu um pouco de aguardente.

— Eu lhe ofereço vinho, Art — disse Sheridan —, mas sei que você prefere *usquebaugh*.*

— Prefiro — confessou o poeta —, pois acho que, se tomar vinho, meu cérebro fica anuviado, ao passo que a água da vida tem pouco efeito em mim, exceto, de algum modo, para afiar as faculdades.

— Isso — Sheridan respondeu, contente — é exatamente o que o clarete faz por mim.

O'Toole falava com Swift com um notável respeito, e, com Walsh, de um modo cortês, dizendo que ouvira falar muito bem de seu irmão Terence. Também dirigiu algumas palavras ao jovem Garret, que só respondeu por monossílabos, e Walsh supôs que o jovem estivesse acanhado. Num certo momento, porém, falou diretamente ao poeta.

— De que parte das Wicklow você vem?

— Da parte de cima das colinas. No caminho para Glendalough. Rathconan é o nome do lugar.

— Conhece os Brennan de lá?

Uma leve nuvem pareceu passar sobre o rosto de O'Toole.

— Há por lá uma família com esse nome. — Olhou cautelosamente para Garret. — Você tem alguma ligação com Rathconan?

Garret encarou-o.

— Poder-se-ia dizer que sim.

---

* Uísque. *(N. do T.)*

— Ah. — O'Toole assentiu pensativamente. — Os olhos verdes. Isso explica tudo. — Mas não fez qualquer comentário.

Quando a refeição terminou, ele foi para uma cadeira isolada e pegou sua harpa.

— Primeiro — anunciou —, um pouco de música.

Começou com uma breve giga, depois uma suave melodia irlandesa antiga, de modo que Fortunatus supôs que fosse um prelúdio para um conto irlandês. Mas então, para sua surpresa, O'Toole subitamente começou a tocar uma animada peça italiana, a qual, para seu espanto ainda maior, reconheceu como uma adaptação de um concerto para violino de Vivaldi. Percebendo seu assombro, Swift inclinou-se para ele.

— Já ouvi o cego Carolan tocar uma composição italiana de sua autoria, no mesmo estilo — cochichou. — Seus músicos irlandeses poderiam se igualar a qualquer um na Europa.

Tendo provado uma questão, O'Toole, habilidosamente, retornou a alguma modinha irlandesa, e, após três ou quatro delas, fez uma pausa, enquanto Sheridan lhe servia um pouco de *usquebaugh*. A essa altura, as mulheres da cozinha também tinham voltado para a sala, juntamente com o menino do estábulo e os homens da lavoura, de modo que todos os residentes estavam presentes.

— Agora — disse o poeta baixinho —, uma ou duas histórias. E, às vezes cantando, às vezes recitando, teceu os mágicos contos da velha Irlanda, de Cuchulainn, e Finn Mac Cumhaill, de antigos reis, e santos, e acontecimentos misteriosos. A maior parte do tempo, falou em irlandês, mas uma ou duas vezes, em inglês, e sempre com grande tranquilidade. Fora os ocasionais goles em sua bebida, só parou depois de uma hora.

— Você, Art, será festejado muito tempo após nós sermos esquecidos — disse Sheridan calorosamente, quando ele, finalmente, parou. Por vários minutos, o grupo bebeu tranquilamente, a conversa pouco mais do que um murmúrio. Então, O'Toole, outra vez, percorreu levemente os dedos pela harpa.

— Uma composição — anunciou — de minha autoria. O título, "O rio Boyne".

Pois, se a causa dos católicos irlandeses fora totalmente perdida na Batalha do Boyne, certamente não fora esquecida. Como poderia, se os senhores de terra protestantes ocuparam todas as terras roubadas dos católicos, e a lei acrescentara insultos e injúrias a cada dia da vida dos católicos? Não admirava, portanto, que os poetas ainda cantassem canções pesarosas, assombradas, a Irlanda perdida, conjurassem visões de uma Irlanda restaurada à sua antiga glória, e sonhassem com o dia em que isso se tornasse realidade. Acima de tudo, entretanto, era a tristeza, o delicado anseio pela causa jacobita, que harpas como a de Carolan expressavam. E era um amoroso lamento — pelo derramamento de sangue junto ao mágico rio Boyne, pela perda de Limerick, e os Gansos Selvagens, que havia muito tempo debandaram — que Art O'Toole agora cantava.

E isso comovia a todos, irlandeses e ingleses igualmente. Fortunatus olhou à sua volta e viu as criadas com lágrimas nos olhos; Swift, calado, mas claramente comovido; Sheridan, os olhos semicerrados, e um semissorriso, como um anjo; até mesmo Tidy parecia atento, ciente, talvez, da beleza da música. Foi, porém, no rosto de Garret Smith que os olhos de Walsh pousaram.

A transformação era notável. Desaparecera o olhar absorto, amuado, antes presente na maior parte do tempo. Seu rosto tinha relaxado; ele fitava o poeta com olhos cintilantes, a boca semiaberta, enlevado.

Fossem quais fossem os defeitos do rapaz, pensou Fortunatus, o jovem Garret tinha caráter: disso não havia dúvida. Ele realmente pertence ao Trinity, pensou, e Terence e eu poderíamos mandá-lo para lá, se ao menos ele não fosse católico. Mas, como católico, ele não pode ir, nem seguir carreiras doutas para as quais a natureza tão obviamente o projetou. Assim, deverá ser um frustrado e descontente aprendiz de merceeiro. Ele sacudiu a cabeça diante do terrível desperdício daquilo tudo. Pensou na conversa que tivera com o conceituado padre e ficou imaginando quais seriam os sentimentos de Garret pela jovem criada, analfabeta sem dúvida, que ele estivera ocupado em seduzir. Naquele exato momento, muito possivelmente, a pobre moça estava sendo levada de volta para sua família nas montanhas de Wicklow. Para o mesmo lugar, agora tornou-se claro, onde o próprio O'Toole vivia. Que estranha coincidência. Haveria naquilo algum sentido oculto? O que significava tudo aquilo?

✣

Ninguém levantou cedo no dia seguinte. No meio da manhã, Fortunatus desceu e encontrou Garret sentado num banco lá fora, lendo *Macbeth* e comendo um bolo de aveia. Sheridan e Swift conversavam em voz baixa perto da água.

Ao meio-dia, O'Toole apareceu, fez uma refeição leve e disse que precisava seguir seu caminho, pois tinha 15 quilômetros para percorrer até a aldeia onde era esperado a seguir. Sheridan e ele tiveram uma breve conversa, após a qual,

Fortunatus não teve dúvida, 1 ou 2 guinéus foram concedidos. Então o grupo todo se despediu e fez agradecimentos, os quais o poeta aceitou como certamente devidos. Garret murmurou algo para ele em irlandês, coisa que Walsh não captou, e o poeta respondeu com um tranquilo assentir. Então, com um largo passo longo e saltitante, ele se foi.

Somente foram jantar no fim da tarde. Sheridan e Swift claramente desejavam continuar sua conversa sozinhos; portanto, quando Garret terminou sua leitura, Walsh levou-o para um curto passeio. Ele tentou arrancar do jovem suas reações a O'Toole na noite anterior. Garret falou pouco, mas pareceu a Fortunatus que havia uma empolgação contida em seus modos, como se ele tivesse feito alguma descoberta secreta ou tomado uma importante decisão. O que poderia ser, entretanto, Walsh não conseguiu adivinhar.

Só mais tarde, durante a refeição, foi que Fortunatus tocou no outro assunto que estava em sua mente.

— Preciso do conselho de vocês — disse a Swift e Sheridan.

— E por quê? — perguntou, amavelmente, seu anfitrião.

— Para evitar um despejo — respondeu Walsh com uma risada. E contou-lhes sobre a visita de sua prima Barbara Doyle, e sua fúria por causa das moedas de cobre do Sr. Woods. — Não faço a menor ideia — confessou — de como satisfazê-la.

— De acordo com a opinião geral — comentou Sheridan —, haverá protestos de todos os lados no Parlamento de Dublin.

— Os quais o governo na Inglaterra ignorará — disse Swift asperamente. — Pois sei de fonte segura que eles não pretendem fazer absolutamente nada.

— Mas certamente — disse Fortunatus —, após o escândalo da South Sea Bubble,* os homens do poder em Londres sabem que sua reputação está numa situação ruim. É de se esperar que estejam ansiosos para evitar qualquer transação financeira que pareça imprópria.

A grande quebra, três anos antes, da totalidade do mercado financeiro de Londres, numa surpreendente série de derrubadas de expectativas e ofertas de ações fraudulentas, deixara em farrapos a reputação do centro comercial e financeiro de Londres e do governo britânico. Walsh só pudera ficar contente pelo fato de suas economias e as da maioria de seus amigos estarem em segu-

* "Bolha" financeira que estourou na bolsa inglesa em 1720. (*N. do T.*)

rança na Irlanda. Não houve praticamente uma só cidade da Inglaterra onde alguém não tivesse sido arruinado.

— Você subestima a arrogância dos ingleses — retrucou severamente o deão Swift. — O governo acredita que as queixas da Irlanda são devidas a partidarismo político. Supõe que aqueles que suscitam objeções o fazem somente porque são amigos ou membros do partido de oposição no Parlamento britânico.

— Isso é absurdo.

— O fato de uma proposição ser absurda nunca foi obstáculo para aqueles que nela querem acreditar.

— Eu gostaria, deão — disse Fortunatus fervorosamente —, que usasse sua pena satírica nessa causa. Até mesmo um panfleto anônimo seria uma arma mais poderosa do que qualquer discurso que eu pudesse fazer. — No passado, as sátiras do deão tinham sido publicadas anonimamente, embora ninguém jamais tivesse duvidado de quem as escrevera.

O deão e Sheridan se entreolharam. Swift parecia hesitar.

— Se eu levasse em conta tal coisa — disse ele cautamente —, seria somente após o Parlamento de Dublin ter debatido o assunto e haver uma reação de Londres. Para mim, escrever, mesmo anonimamente, deve ser um último recurso. Como deão da São Patrício, posso me manifestar sobre a questão moral, mas não sobre a política.

Fortunatus concordou com a cabeça.

— Se, contudo, chegar a isso — sorriu —, precisa deixar que eu diga à minha prima Margaret que foi somente graças à minha sugestão que você o fez. Se eu conseguir o crédito, talvez mantenha um teto sobre a minha cabeça.

— Está bem. Como queira — respondeu Swift. — Mas a verdade, Fortunatus, é que eu não apenas compartilho seu ponto de vista sobre esse assunto; minha indignação supera a sua. — Franziu a testa, antes de continuar com mais ardor: — Por esse homem ter inundado a Irlanda com essa cunhagem aviltante, um ato de vilania e insolência insuportável. Mas, quando reclamamos, Wood e seus mercenários interpretam como deslealdade. É infame. Mas julgam assim. E a razão para isso — prosseguiu furiosamente —, preciso admitir, como um inglês, é que, enquanto os ingleses têm um desprezo pela maioria das nações, eles reservam um desprezo especial pela Irlanda.

Walsh ficou perplexo com a súbita fúria dessas explosões do taciturno deão, mas Sheridan sorriu afetuosamente.

— Veja, Jonathan, você é um sujeito sensato e circunspecto, mas sua paixão pela verdade e pela justiça aflora subitamente e o torna tão temerário quanto eu.

— O comércio de lã da Irlanda foi arruinado — prosseguiu Swift —, ela é sempre tratada vilmente, e isso é feito com impunidade. Deixe-me dizer, Walsh, o que penso que o Parlamento de Dublin deveria fazer. Proibir os produtos ingleses de entrarem na Irlanda. Talvez então o Parlamento inglês, e os manipuladores como Wood, aprendessem a melhorar seus modos.

— Esse é um remédio forte — disse Fortunatus.

— Uma cura necessária para uma vergonha nacional. Mas mesmo isso seria apenas uma pequena sangria, uma cura temporária. Pois a causa fundamental é esta: a Irlanda será maltratada enquanto seu Parlamento for subserviente a Londres. Elegemos homens como nossos representantes, mas suas decisões são desprezadas. Londres não tem direito moral nem o direito constitucional de legislar para a Irlanda.

— Uma doutrina radical.

— Não mesmo. Tem sido mencionada no Parlamento de Dublin há mais de vinte anos. — De fato, importantes políticos irlandeses da geração anterior, como Molyneux, haviam desenvolvido esse tipo de argumento. Mas Walsh continuava surpreso com o ardor proveniente do deão da São Patrício. — Quero deixar claro — disse Swift enfaticamente — que sou da opinião de que todo governo sem o consentimento do governado é a própria essência da escravidão.

E foi então que o jovem Garret Smith subitamente irrompeu na conversa.

A verdade era que, já fazia algum tempo, os outros homens tinham se esquecido dele. Ele estivera sentado ao lado direito de Swift, mas não dissera uma palavra, e, enquanto falava com Walsh e Sheridan, o deão lhe virara as costas.

— Bem-vindo — gritou ele bem alto — à causa jacobita.

O deão virou-se bruscamente. Fortunatus o encarou. O rosto do jovem estava vermelho. Ele não estava bêbado, mas, evidentemente, durante a refeição, andara bebendo quietamente sem chamar atenção. Seus olhos brilhavam. Houve genuína empolgação, amarga ironia, ou total zombaria em seu tom de voz? Era impossível dizer. Mas, fosse o que fosse, havia mais a seguir.

— Os católicos da Irlanda o abençoarão. — Ele riu um pouco desenfreadamente.

E Fortunatus sentiu o sangue drenar de seu rosto.

O rapaz não entendia o que dissera. Era evidente. Agora, porém, era tarde demais. O deão Swift estava virado para ele, e seu rosto estava negro de fúria.

— Eu não sou, senhor, um jacobita — estrondeou.

Pois, estranhamente, não era a sugestão de solidariedade com os católicos que se afigurava tão danosa ao protestante deão da São Patrício: era ser chamado de jacobita.

Como Garret podia entender? No complexo mundo da política inglesa, um homem como Swift tinha de ser cuidadoso. Embora originalmente suas afinidades tivessem estado com os Whigs, que haviam apoiado a nova colônia protestante após a derrubada do rei católico Jaime, Swift, como um homem letrado, encontrara patronos que pertenciam ao partido Tory. Portanto, nas mentes dos Whigs, agora no poder, Swift era partidário dos Tories. E, tendo em vista que alguns desses Tories tinham outrora apoiado o rei Jaime, sempre havia a suspeita de que algum Tory pudesse desejar secretamente o retorno da odiada casa real dos Stuart. Qualquer Tory que eles desejassem destruir, portanto, denunciavam como jacobita — um traidor do rei Jorge e da ordem protestante. Culpado por associação de ideias.

A causa jacobita não morrera quando o Stuart pretendente ao trono fracassara completamente ao tentar qualquer progresso para voltar em 1715? Não se podia ter certeza. Dificilmente o rei Jorge e sua família eram populares. Na rinha de Westminster e das importantes casas de campo onde os ricos lordes ingleses teciam suas teias políticas, a intriga estava sempre no ar. Todo homem tinha inimigos, mesmo o distante deão da São Patrício, e já houvera cochichos de que Swift era um jacobita.

Isso importava? Ah, claro que sim. Uma pessoa podia reclamar das moedas de cobre de Wood, podia defender que a Irlanda devia ser governada de Dublin, podia até mesmo zombar do governo numa sátira, e, provavelmente, se safar, pois, no mundo da política, isso seria considerado jogo limpo. Mas, se pudessem provar que essa pessoa era jacobita, isso era traição, e podiam cair sobre ela como uma matilha de cães atrás de uma raposa. E também não custava muito. Uma palavra descuidada impressa, um sermão que pudesse ser mal interpretado, até mesmo a escolha imprudente de um texto, e a posição dessa pessoa na Igreja ou na universidade, suas chances de promoção, o próprio pão à sua mesa poderiam desaparecer. Essas sutilezas eram bem compreendidas por Walsh e Sheridan, mas obviamente não pelo jovem Garret. Em nenhuma hipótese, Swift deixaria que o rotulassem de jacobita.

— Mas você é! — bradou Garret alegremente. — E se a Irlanda for governada com o consentimento dos governados, então você terá também católicos com assento no parlamento.

Swift olhou-o fixamente, depois virou um olhar furioso para Walsh, como se dissesse "Você o trouxe aqui".

O problema, pensou Fortunatus, era que o rapaz realmente tinha razão. Quando Swift falava dos governados, Walsh sabia muito bem que ele se referia ao membros da Igreja protestante da Irlanda. Swift acreditava plenamente na necessidade da Ascendência, e, do mesmo modo, na exclusão de católicos e dissidentes. Contudo, a inata paixão do homem por justiça levava-o mais além do que ele mesmo se dava conta. É isso, pensou Fortunatus: ele é um homem bom, em guerra consigo mesmo, mas não percebe isso inteiramente. Talvez seja essa a fonte de sua estranha sátira, seu amor pela rigorosa ordem clássica e, ao mesmo tempo, pela exuberância irlandesa.

— Você é impertinente, rapaz, é ignorante, e está enganado — gritou Swift, enraivecido. — Os jacobitas são traidores, e, quanto à religião católica, senhor, devo lhe dizer muito claramente que a abomino. Totalmente. — E levantou-se da mesa, saindo da sala com passos largos.

— Maldição — disse Sheridan. — Maldição. — Suspirou. — É melhor levar seu parente embora, Fortunatus, logo de manhã cedo.

Fazia uma manhã clara, fresca, enquanto cavalgavam para longe de Quilca, mas o ânimo de Walsh estava longe de ser alegre. Sheridan falara com ele brevemente, antes de sua partida.

— Sinto muito realmente por sua estada ter sido reduzida, Fortunatus, mas não posso deixar que aborreçam Swift — dissera ele. — O seu jovem parente, indubitavelmente, tem caráter, mas receio que tenha muito a aprender. — O que aborrecia Walsh, entretanto, era pensar que, por causa disso, ele talvez nunca mais fosse convidado novamente a ir a Quilca.

O jovem Garret parecia num ânimo melhor. Embora Walsh não estivesse ciente disso, Garret também recebera uma palavra de despedida, não de Sheridan, mas de Tidy. O factótum do deão, habilidosamente, o havia tocaiado num canto da casa onde ninguém os veria.

— Bem, jovem Smith, você foi expulso daqui, não é mesmo? — disse ele sordidamente.

— Acho que fui — respondeu Garret.

— Este não é lugar para gente como você — continuou Tidy — se sentar à mesa com os grandes. Você não faz parte da nobridade, e nunca fará.

— Eu vou aonde me convidam — respondeu Garret sensatamente. — É grosseria recusar hospitalidade, sabe? — Em reação a isso, Tidy fez apenas um ruído no fundo da garganta como se estivesse para cuspir. — De qualquer modo — alegou Garret —, Art O'Toole foi bem recebido aqui, e ele não é da nobridade, acredito eu.

Tendo em vista que, particularmente, O'Toole também não tinha utilidade para Tidy, este se manteve calado; mas algo em seu olhar sugeria que, como artista, O'Toole pertencia à classe dos criados.

— Não seja arrogante e não responda a seus superiores — retrucou ele. — Você deveria ter sido açoitado, ontem à noite, e jogado no estábulo, o lugar a que pertence. Agora, vá embora.

— Obrigado — disse Garret.

Enquanto Garret seguia a seu lado pela estrada sul, Fortunatus pensava qual poderia ser o seu destino. Será que se estabeleceria tranquilamente como merceeiro em Dublin? Será que se envolveria em encrenca com a lei? Será que faria algo completamente diferente e surpreenderia a todos? E o que, afinal de contas, ele tinha achado dos acontecimentos dos dois últimos dias? Após terem percorrido quase 2 quilômetros, Fortunatus arriscou-se a comentar:

— Sinto muito pelo que aconteceu entre você e o deão Swift. Ele é um grande homem, você sabe.

— Claro que é — concordou Garret amavelmente. — Eu o admiro.

— É mesmo? — Fortunatus estava surpreso.

— Pelo menos é honesto. — Cavalgaram mais uns passos. — São você e Sheridan — resumiu alegremente — que eu desprezo completamente.

— Ah — fez Fortunatus.

Mas se Garret Smith nem mesmo olhou de relance para ele, para ver como recebera esse insulto, foi porque não se importava nem um pouco. Ele já tinha decidido o que ia fazer.

Georgiana

1742

A armadilha estava colocada.

Ao caminhar rapidamente pela ponte na direção da margem norte do Liffey, o Dr. Terence Walsh sorria para si mesmo. Estava contente por ser útil ao seu bondoso irmão — na hipótese, é claro, de a armadilha funcionar e apanhar sua presa. A coisa, porém, fora tão cuidadosa e astuciosamente planejada, que, em sua própria estimativa, havia uma chance muito favorável de que funcionasse. Como ladrões de gado da antiga Irlanda, Fortunatus e ele conduziriam juntos a presa para casa, e a família corretamente aplaudiria.

Os irmãos Walsh iam pegar em armadilha uma jovem mulher. A armadilha foi preparada para a noite.

Era uma excelente manhã de abril. Como de costume, sempre que podia, Terence gostava de caminhar. Apesar da meia-idade, seu corpo rijo podia ser o de um homem mais jovem; havia elasticidade em seus passos, e os olhos continuavam aguçados como os de um falcão. Ele dava um sorriso e um assentir a cada pessoa que o cumprimentava, enquanto seguia a passos largos — pois era um sujeito popular —, mas não parava para conversar, como se estivesse indo cuidar de seus negócios.

Não conseguia se lembrar de quando MacGowan, o merceeiro, tinha se queixado pela última vez de saúde fraca; portanto, quando um dos muitos filhos do merceeiro chegara à sua porta para dizer que seu pai estava indisposto, Terence mandara a criança de volta com a garantia de que estaria lá dentro de uma hora.

Aproximando-se da casa e entrando pelo pátio, ele notou que o lugar parecia estranhamente silencioso. Foi recebido na porta pela mulher de MacGowan. Notou que ela parecia pálida e que havia olheiras profundas sob seus olhos. Ela murmurou alguma coisa que ele não captou, e fez um gesto para ele em direção ao fogo.

O merceeiro estava desabado numa cadeira. Seu rosto estava cinzento, a espinha curvada, como se fosse um velhinho. Perdera tanto peso que suas roupas pendiam no corpo como trapos. Ao erguer a vista para Terence, os olhos pareceram repletos de dor e desespero.

No verão anterior, Terence estivera em Munster. Em 1740-41 houvera um inverno terrível por toda a Irlanda, e, desde então, em cada estação, tinha havido extensas quebras de safras. As quebras, porém, variaram por região. A área em volta de Dublin não sofrera muito, e o abastecimento da capital fora mantido; mas Munster tinha sido terrivelmente atingido. Ele ficara chocado com a situação da zona rural, onde os mais pobres literalmente morriam de fome. Como sempre, nessas ocasiões, eram os mais velhos e as crianças menores que estavam morrendo, e os números eram altos. Ele nunca estivera antes diante da fome, e, desde então, a lembrança das pessoas que encontrara nas aldeias por onde passara o vinha assombrando. Muitas delas tinham a aparência que MacGowan exibia agora.

Mas certamente não era a fome que afetava o merceeiro de Dublin.

— Sente alguma dor? — perguntou ele.

— Apenas nas costas, doutor. — MacGowan indicou a depressão abaixo das omoplatas. — Apenas uma dor vaga, mas que volta sempre.

Teria o pobre coitado uma doença devastadora de algum tipo, ou estaria definhando por causa de uma crise?

— Sente falta de ar?

— Não mesmo.

— Nenhuma outra dor? Você dorme?

— Ele não dorme — interrompeu sua esposa. — Passa a noite toda tossindo e se revirando, depois fica horas sentado assim. Mal se mexe. — Havia igualmente preocupação e um vestígio de raiva em sua voz. — E mal cuida dos seus negócios.

Através dos anos, dentro dos limite impostos à sua profissão pela completa falta de qualquer conhecimento científico, Terence Walsh se tornara um bom médico. A razão para isso era que ele possuía as duas mais importantes qualidades para um clínico geral em qualquer época: o conhecimento da natureza humana, e o senso da saúde de seu paciente que vinha da intuição — pois ele acreditava corretamente que um médico sem intuição era inútil.

— E como vão os seus negócios, Sr. MacGowan?

— Muito bem.

Sua mulher, porém, sacudia a cabeça.

— Foi aquele carregamento de vinho, doutor. Ele estava muito bem antes disso.

Terence olhou pensativamente para o merceeiro.

— Sra. MacGowan — disse ele —, vou precisar de dois copinhos, e depois vou querer ficar sozinho com o paciente.

Uma vez isso feito, Terence tirou de dentro do casaco seu pequeno frasco de prata de bolso.

— Conhaque, Sr. MacGowan — informou. E despejou um pouco em cada copo. — Também tomarei um pouco. — Ficou observando enquanto o merceeiro engolia o dele, e deu um gole no seu. — Agora — disse baixinho —, por que não me conta tudo?

Não demorou para o Dr. Walsh concordar com o diagnóstico da Sra. MacGowan. A causa do problema do merceeiro, quase certamente, era uma carga de vinho.

De certo modo, os problemas do merceeiro eram o resultado de seu sucesso. Seus negócios sempre tinham sido bons, e, com o passar dos anos, ele pudera expandir suas atividades. Aumentara o tamanho de sua barraca no mercado. Havia se envolvido em algumas modestas atividades de vendas por atacado, comprando grandes quantidades de cereais, farinha e manteiga de fazendeiros da região e vendendo essas mercadorias a outros comerciantes. Nessas atividades, o fato de ser católico era uma vantagem, pois apenas negociantes católicos em Dublin empregavam colegas católicos para trabalhar para eles, e fazendeiros católicos da região preferiam fazer negócios com outros católicos. Ele construíra uma extensa rede. Com os filhos mais velhos todos como aprendizes de outros comerciantes, ou estabelecidos por conta própria, e os mais novos ajudando-o no negócio de armazeneiro, MacGowan, na casa dos 50 anos, era um homem vigoroso prestes a entrar naquele círculo social de merceeiros cujos nomes apareciam associados à confraria dos comerciantes da cidade.

De fato, havia calculado, se investisse todo o seu dinheiro em um grande carregamento, uma carga valiosa do tipo com a qual os principais comerciantes da cidade lidavam em qualquer dia da semana, conseguiria dar esse passo. Mas cometera um erro fatal. Tendo comprovado sua competência em um tipo de negócio, fora tentado a entrar em outro tipo que não conhecia. Investira todo o seu capital, e quase a metade disso em empréstimos, num navio carregado de vinho.

Este viera de Bordeaux, por intermédio de um comerciante de Galway. O preço era bom — bom demais. Se ele tivesse consultado qualquer mercador de vinho em Dublin, todos lhe teriam dito que não fizesse negócio com o homem de Galway, nem com o remetente de Bordeaux. Mas por estar invadindo uma área de negócios que não era a sua, ele mantivera essa atividade em segredo. Pagara pelo vinho; a carga fora entregue; o vinha era intragável; e o homem de Galway não era encontrado em lugar nenhum.

Seu capital se fora. Ele estava com uma dívida enorme. Conseguira algum crédito com seus fornecedores habituais e continuava a negociar. Contudo, não importava o que fizesse, o peso de sua dívida era como um íncubo sobre suas costas do qual não podia se livrar e que espremia a vida para fora dele. As semanas se passavam, e ele não conseguia enxergar um fim à vista. Não importava o que fizesse, não parecia diminuir a dívida. Isso ia destruí-lo. Pior. Após pressioná-lo para o chão, aquilo formaria um grande buraco no qual sua família também cairia. Não aguentava pensar nisso. Abateu-se. Perdeu o interesse em fazer qualquer coisa.

E, como não havia remédio, pensou Terence Walsh, aquele homem ia definhar ou sofrer uma crise e cair morto. A questão era: o que ele podia fazer?

A desgraça da coisa, meditou, era que, se não fosse pela dívida, o merceeiro tinha um excelente negócio. Quando ele mesmo era jovem, podia não ter gostado de ser merceeiro, mas tinha bastante conhecimento para entender a posição que MacGowan ocupava. O homem não possuía apenas uma barraca grande e um bom número de fregueses leais, mas, graças aos fazendeiros que eram seus fornecedores, encontrava-se numa excelente posição para tirar vantagens das oportunidades oferecidas no momento em que o fornecimento de comida era escasso e os preços eram altos. Aliás, refletiu, aquela era uma excelente ocasião para, em vez de diminuir, aumentar seu comércio. Se a dívida fosse menor e não tivesse minha família para cuidar, pensou, talvez eu me arriscasse e lhe fizesse um empréstimo.

— Não posso lhe prometer nada, mas não desista da esperança — disse ao merceeiro. — Não creio que sua dívida seja impossível como supõe, e virei visitá-lo novamente dentro de alguns dias. Enquanto isso, precisa comer, tomar diariamente um cálice de conhaque e caminhar todos os dias, ir até à Igreja de Cristo e voltar. Direi à sua esposa que cuide para que você faça tudo isso. Depois veremos. — E, após dar essas instruções à Sra. MacGowan com uma certa ênfase, saiu e seguiu seu caminho.

Seria a primeira vez que curaria a doença de um paciente arranjando-lhe dinheiro, mas estava ansioso por esse desafio. Gostava de MacGowan, e, se pudesse, estava determinado a salvá-lo.

Foi quando chegou ao fim da rua e olhou para trás em direção à casa do merceeiro que a lembrança de outra pessoa que ele tentara ajudar, tempos atrás, veio à sua mente. Fazia muito tempo que ele conseguira que o jovem Garret Smith fosse um aprendiz ali; quase vinte anos desde que o rapaz desaparecera subitamente de Dublin. Sabe Deus o que teria acontecido com ele.

✣

O céu da noitinha estava cor-de-rosa. As carruagens haviam despejado seus passageiros nos arredores da Igreja de Cristo, e o mundo elegante de Dublin fluía, como um rio reluzente, para a bela estrutura do Salão de Música, que agora se erguia justamente em um dos lados da antiga via pública medieval de Fishshamble Street. Ao chegarem às suas amplas portas, era de se notar que as damas tinham evitado colocar crinolina, o que normalmente teria feito suas saias aumentarem de volume, parecendo couraças de batalha tricotadas, e os cavalheiros haviam deixado suas espadas adornadas com joias que eram a marca de sua classe. Essas reduções tinham sido feitas por solicitação especial dos administradores da Sociedade Musical, tendo em vista o excesso de espectadores, que, de outro modo, não conseguiriam ser aglomerados.

Dentro, era uma cena brilhante. O Salão de Música parecia estar iluminado por 10 mil velas. Em uma extremidade, sobre uma plataforma, estavam os coros combinados das catedrais da Igreja de Cristo e da São Patrício — os corais mais potentes encontrados em Dublin. Quando a nobreza — a alta e a baixa — entrou e procurou seus lugares marcados, podiam-se ver membros de todas as famílias importantes: Fitzgerald e Butler, Boyle e Ponsonby, bispos, deões, juízes, bem-nascidos e até mesmo os mais importantes comerciantes. Foram emitidos ingressos para setecentas pessoas — muito mais do que as que haviam lotado o salão para o triunfal ensaio de cinco dias antes.

Estavam todos lá dentro, quando o grupo do representante real fez sua entrada, chegando por último, como convinha nesses casos. E, após ver o majestoso duque, toda a plateia irrompeu em aplauso — não apenas em respeito ao seu cargo e pessoa, mas porque, em primeiro lugar, foram ele e seu esplêndido patrocínio que haviam levado o renomado compositor a Dublin, e, como resultado, era o *beau monde* de Dublin, em vez do de Londres, que agora ouvia a primeira execução do que já era saudado como a sua maior obra.

Eles tinham ido ouvir Handel apresentar seu novo oratório: "O Messias."

Tão magnífica e tão jubilosa era a cena que seria de fato um espírito rude quem não conseguisse se esquecer, pelo menos durante aquela noite, de que havia alguém morrendo de fome na Irlanda. Mas, enquanto Fortunatus esperava seu encontro com o sublime, seu rosto estava ansioso. Ele pagara uma boa soma de dinheiro por aqueles lugares. A esposa estava a seu lado; e também seu filho George. E também um cavalheiro chamado Grey, que ele conhecia ligeiramente. Mas os cinco assentos seguintes da fila continuavam vazios. As pessoas ainda se movimentavam por ali, ocupando seus lugares. Ele não ousava olhar em volta.

A armadilha estava montada. Mas onde diabos estava a caça?

Terence começara tudo, certa noite, três meses antes, quando ergueu a vista para Fortunatus, enquanto estavam sentados na sala, com uma garrafa de clarete entre os dois, e comentou:

— Dia desses, ouvi uma coisa que talvez lhe interesse. Conhece o Dr. Grogan?

— Ligeiramente.

— Bem, ele não tem tantos pacientes quanto eu, mas se sai bem e não é um mau sujeito. Ele me contou que visita uma família chamada Law.

— Henry Law?

— O próprio. Você o conhece?

— É um comerciante de linho de Belfast. É tudo que sei sobre ele.

— Isso não me surpreende. Ele vive sossegado e cuida de seus negócios. Porém, há muito mais do que isso. Grogan ouviu coisas, quando estava na casa, e fez umas investigações. É um sujeito muito inquiridor, esse Grogan. — Fez uma pausa de efeito. — Henry Law é um dos homens mais ricos de Dublin.

— O demônio é mesmo. E?

— Ele tem filhas. Nenhum filho.

— Entendo. Herdeiras.

— Melhor ainda. São três: Anna, Lydia e Georgiana. Mas Lydia é doente, e Grogan me deu sua garantia de que ela não dura mais do que um ou dois anos. Portanto, toda a fortuna será divida igualmente entre suas irmãs.

— Está pensando em George?

— Estou.

— Ele tem apenas 20 anos.

— Georgiana tem 16. Quando ela tiver 18...

— Você quer dizer que devemos nos antecipar à competição. — Fortunatus meditou sobre o assunto. Seu filho George era um rapaz bonito e inteligente. Parecia ser calmo. As pessoas gostavam dele. Fortunatus, porém, era um bom juiz de caráter para ver onde estava o interesse do filho. Seu outro filho, William, ficaria perfeitamente feliz em dirigir a propriedade da família em Fingal. Quando ele levara William ao esplêndido novo prédio do Parlamento que agora dava vista para a College, o filho fora suficientemente educado, mas Fortunatus pudera perceber que ele ficara entediado. George, não. Seus olhos apertados captavam tudo. Ele não apenas escutara os discursos; ficara claro para seu pai que ele estudava cuidadosamente o estilo de cada orador. "Eu gostei de vir aqui", dissera a seu pai, após sua primeira visita. E fizera perguntas minuciosas sobre os principais políticos, e suas famílias, e quem mantinha poder sobre quem. "Eu posso lhe dar uma dianteira, George", dissera-lhe Fortunatus francamente, "mas, se quiser se destacar no mundo, então deverá conseguir uma esposa rica."

— De que religião são os Law? — perguntou então Fortunatus.

— A família era presbiteriana. Mas, após vir para Dublin, Henry Law ingressou na Igreja da Irlanda.

— Eu não gostaria — disse Fortunatus lentamente — de ser visto como um caçador de fortunas.

— E não deve. Isso destruiria suas chances.

— Você tem algum plano em mente?

— Talvez. Mas, antes, há coisas que você precisa saber.

Barbara Doyle tivera prazer em ficar agradecida. Fora o fato de seu cabelo agora estar grisalho, era espantoso quão pouco ela mudara. E já fazia muitos anos, desde o caso das moedas de cobre de Wood, que Fortunatus estava em alta conta com a prima Barbara.

Não tinham sido seus discursos no Parlamento; estes foram excelentes, mas inúteis, tendo em vista que o governo britânico se recusara, com relação a esse assunto, a tomar conhecimento de qualquer opinião de Dublin. Mas então começaram os ataques impressos de Swift.

As *Cartas de Drapier* haviam surgido num período de meses. Eram anônimas, mas todo mundo sabia que o deão Swift era o autor. Quem mais poderia ter redigido tal prosa excelente, denunciadora, tão fustigada com ironia? Quando Swift terminou, o governo da Inglaterra ficou parecendo desprezível, e, por ser formado por homens não menos vaidosos do que os outros homens políticos, a zombaria de Swift se revelou maior do que eles podiam suportar. As moedas foram recolhidas. Os irlandeses triunfaram. Tendo dito à prima Barbara que a coisa toda fora ideia sua, criada com Swift em County Cavan, Walsh vivenciou um momento de quase pânico, quando, ao encontrá-la por acaso do lado de fora do prédio do Parlamento, viu o deão Swift sair do Trinity College e ir na direção dos dois. A Sra. Doyle não hesitou em abordá-lo.

— Eu soube que foi o meu primo Fortunatus quem o levou a fazer essas *Cartas de Drapier* — desafiou-o.

— Deveras? — O deão olhou para ela, depois encarou Fortunatus. Ele está se lembrando da impertinência do jovem Smith em Quilca, pensou Walsh com o coração quase paralisado, e vai negar tudo. Imaginou seu aluguel duplicando. Mas, quer fosse por ver seu rosto aflito, ou apenas por causa de sua boa índole, o autor de *As viagens de Gulliver* decidiu ser piedoso. — Eu as escrevi somente depois de seu conselho — confirmou, o que, rigorosamente falando, não era uma mentira. De qualquer modo, isso foi bom o bastante para Barbara. Ela sorriu radiante para Fortunatus e, desde então, nunca mais lhe causou problemas.

Seu encontro com Henry Law, o comerciante de linho, cerca de seis semanas antes da apresentação do "Messias" de Handel, não poderia ter sido mais natural, pois sucedia que ambos frequentavam a mesma igreja paroquial. A esposa de Henry Law não era próxima da viúva Doyle, que achava ter amadurecido muito mais com o passar dos anos. Elas tinham pouco a dizer uma à outra. Mas Henry Law não fazia objeção em falar com ela, e também tinha um astuto respeito pela sua cabeça para negócios. Eles costumavam conversar por alguns minutos, depois do serviço religioso, enquanto a Sra. Law cuidava de afazeres mais sociais.

Portanto, foi bem fácil, naquele domingo, para Barbara conduzir a conversa em direção ao assunto de famílias divididas pela religião.

— Esse é o caso de minha família — comentara Henry Law. — No Ulster, eu era presbiteriano, mas, quando vim para Dublin e me casei com minha esposa, mudei para a religião dela, que é a da Igreja da Irlanda.

— Eu não sabia disso — mentiu Barbara Doyle.

— Bem — suspirou ele —, meu irmão no Ulster desde então não fala comigo. — Sacudiu tristemente a cabeça. — Entendo muito bem como ele se sente, mas eu nunca me senti tão forte. Até agora, todas as tentativas de minha parte para curar a ferida fracassaram.

Ele conhecia o Dr. Terence Walsh?, perguntou ela. Apenas pela boa reputação, respondeu ele. Um parente distante seu, e católico, explicou ela. Mas o irmão dele, o membro do Parlamento, e sólido participante da Igreja da Irlanda, nunca deixou que a religião ficasse entre os dois.

— Ele faz o que pode para ajudar Terence, e os dois são amigos de verdade. Devo acrescentar que são pessoas muito boas.

— Ah, assim é que deve ser — disse Henry Law. — Eu gostaria de ter conseguido a mesma coisa. Esses Walsh têm uma propriedade em Fingal, creio.

— Uma antiga família da pequena nobreza. Mas gente simples. Ali não há nada de falsos modos de comportamento — disse ela com firmeza. — Trabalho árduo e vida familiar.

— Eu gostaria de algum dia me encontrar com o Sr. Walsh — disse Henry Law, meditativamente.

— E ele teria vindo agora mesmo à sua casa — informou a prima Barbara posteriormente a Fortunatus. — Mas sei que não é o que você quer. Portanto, eu não disse nada e nos despedimos.

— Ele realmente sente muito por causa desse assunto de família?

— Sente. Ele fez uma fortuna no comércio de linho, mas sempre esteve disposto a dividir o que tem com sua família. Eu soube disso através do vigário, e, com grandes custos, ele salvou duas vezes da falência seu irmão da Filadélfia. Sua ação em favor de Terence seria de suma importância para ele.

— Ele deve lamentar a falta de um filho homem.

— Houve um menino, nascido antes das meninas, mas morreu. O vigário também me contou isso. Law nunca fala nisso. Afinal, aparentemente, ele mudou. Tenho certeza de que ama suas filhas, mas não tem a mesma ambição para elas. — Barbara arreganhou os dentes. — É a mãe que é ambiciosa em relação a essas meninas. Portanto, me diga — indagou sorridente —, como planeja envolver a mãe em sua rede?

✣

Isaac Tidy examinou o salão. Faltavam três semanas para a grande execução de "O Messias". Ele não imaginava que o duque necessitasse dele para aquele evento, mas, naquela noite, o representante real ia dar um baile do Dia de São Patrício no Castelo de Dublin, e Tidy, desde a manhã, trabalhava arduamente nos preparativos.

Havia algumas pessoas, sabia, que chegaram a pensar mal dele por ter desertado o deão Swift. Mas não tinha sido fácil. A saúde do deão andava em lento declínio, juntamente com seu humor. Ele até mesmo discutira com Sheridan e o mandara embora. Como a vida de Swift se tornara confinada e taciturna, Tidy concluíra que não havia muita coisa que pudesse fazer por ele. "A não ser que eu queira acabar como seu enfermeiro, o que não quero", disse aos seus parentes. Na mesma época, ele soube da abertura de uma vaga na residência do novo representante real, e candidatou-se a ela imediatamente. Para seu assombro, o próprio duque o entrevistara.

— Não quero que digam que eu o tirei do deão da São Patrício — dissera-lhe claramente o duque.

— Tem minha palavra, Excelência, de que já deixei o serviço dele — respondera firmemente. Por adivinhar que essa talvez seria uma condição, ele havia corrido o risco e deixado o emprego com Swift naquela mesma manhã.

Algumas pessoas poderiam pensar que seu novo cargo era como descer um degrau. Ele, certamente, não era o mordomo. O duque já tinha um. Mas era um submordomo, bem acima da legião de criados de libré dourada que se pavoneavam pela imponente residência do duque. Também não era mais o valioso factótum, mas um recém-chegado. E, certamente, ninguém o dignificaria com o nome de Sr. Tidy. Entretanto, estava preparado para sofrer essas pequenas indignidades, porque, ao trabalhar para o duque, tinha ido de uma pequena casa particular para o palácio de um poderoso potentado. "Mais alto do que o duque, na Irlanda", disse orgulhosamente à sua família, "não se consegue ir." Se algum dia assumisse o cargo de mordomo, superaria todos os servos em Dublin. Comportava-se cuidadosamente; portanto, abandonou seus olhares de desprezo para os que não eram da "nobridade" por uma suavidade assombrosa, e se fazia útil para quem estivesse acima e abaixo dele. Dentro de suas limitações, ele era de fato muito inteligente.

Isaac Tidy estava feliz. Dentro de pouco tempo, começaria a dança. A aparência do grande salão do Castelo de Dublin era magnífica. O grande replanejamento da capital irlandesa como uma obra-prima clássica ainda era uma obra em progresso, mas agora isso também chegara ao velho e desgastado castelo. O trabalho já começara numa magnífica escadaria cerimonial e um conjunto de salões que rivalizariam com qualquer coisa na Europa. Por enquanto, o imenso e antigo salão era usado para eventos como aquele, mas mesmo o salão, naquela noite, fora transformado, pela arte do decorador, num enorme panteão clássico. E o próprio grupo de pessoas era igualmente esplêndido. Lordes, damas, fidalgos — ali estava de fato a excelência. Muitos dos rostos, ele conhecia; uma vez que uma pessoa tivesse visitado qualquer residência ducal, Tidy fazia questão de se lembrar dela. Enquanto seu olhar viajava em volta do aposento, ele até mesmo notou, na extremidade mais afastada, o rosto alegre de Fortunatus Walsh.

Quanto a ele mesmo, ali estava, onde todos podiam vê-lo, parado discretamente a menos de meio metro de distância, e à espera de instruções pessoais, do duque de Devonshire. Permitiu-se um leve sorriso e olhou abaixo para seus sapatos primorosamente engraxados. E, naquele minúsculo momento de felicidade, não notou que Walsh acabara de acenar com a cabeça para um membro da comitiva ducal.

Poucos momentos depois, o duque indicou que precisava dele. Tidy deslizou rápida e suavemente para seu lado. E ficou muitíssimo surpreso quando lhe foi dito que fosse buscar Fortunatus Walsh.

Não se podia deixar de notar Tidy enquanto ele atravessava o grande salão. Em parte porque, com os cantos dos olhos, todos observavam a comitiva ducal; e também porque, quando o lustroso e empoado criado andou com gravidade de onde estava o duque e cruzou o centro do salão, com damas e cavalheiros abrindo caminho à sua frente, não havia possibilidade de ignorá-lo. Todos no baile, portanto, ficaram imaginando de quem ele estava para se aproximar.

Menos Eliza, esposa de Henry Law, comerciante de linho.

Eliza se surpreendera quando uma dama, a quem não conhecia particularmente muito bem, a convidara para acompanhá-la ao baile do representante real. O marido da dama estaria fora de Dublin, "E não quero ir sozinha", dissera ela. O gabinete do representante real não fazia objeção para a substituição, ela garantiu a Eliza.

— Mas, e se alguém me convidar para dançar? — quisera saber Eliza.

— Você dança, é claro — gargalhara a dama.

Se o convite era inesperado, dificilmente seria recusado. Era uma das grandes tristezas de Eliza o fato de que, com o passar dos anos, seu cordial marido se tornara cada vez menos interessado em frequentar festas. Não era algo que ela fosse capaz de entender. "Como pode ficar entediado", ela lhe perguntara certa vez, genuinamente pasmada, "se há dança?". Ele ia a um teatro ou a um concerto, ou mesmo a uma reunião, para agradá-la, e ela já lhe fizera uma franca advertência de que, em breve, teria de fazer mais do que isso pelas suas filhas. Isso, porém, fora o máximo que ela conseguira fazer. Pelo menos, ele não fizera objeções a que ela fosse ao baile naquela noite.

Sua acompanhante sorria. Sucedia que, embora Eliza Law não soubesse, a amiga mais chegada de sua acompanhante era a esposa do Dr. Terence Walsh.

— É uma bela cena, não? O duque está com uma ótima aparência esta noite.

O duque de Devonshire, na última década, era o segundo importante aristocrata a ser enviado como representante real, e sua imensa fortuna e posição conferiam um senso de estabilidade à situação de Dublin. De pé ali, em toda a sua magnificência, com um casaco azul e dourado, o rosto largo e inteligente sob uma peruca empoada fitando preguiçosa mas afavelmente o ajuntamento, ele era um símbolo de magnificência e paz. A Europa, a maior parte do tempo, podia estar dividida entre lados dinásticos rivais; invasões ocasionalmente podiam ameaçar, embora nunca parecessem se materializar; até mesmo a causa jacobita podia estar viva aqui e ali; mas, em Dublin, podia-se enxergar um panorama de modesto aumento de prosperidade — exceto para os irlandeses nativos, é claro — e paz política.

Contudo, não era o duque, a quem já vira antes, que fascinava Eliza. Eram seus convidados. Que multidão resplandecente.

— Os Ponsonby estão todos aqui — comentou sua amiga. Eliza fitou-os avidamente. A família Ponsonby, ou "Punsinby", como era elegante pronunciar o nome, tinha sido uma das famílias colonas cromwellianas não muito maior do que a sua. Mas duas gerações de cuidadosas intrigas e um certo importante patrocínio político haviam levado seus familiares a um ponto no qual eram ainda mais importantes do que a rica família Boyle de Munster. Por ocasião da ida do duque de Devonshire para a Irlanda, os Ponsonby, com seus seguidores, já eram capazes de garantir ao governo os votos necessários para aprovar tranquilamente conjuntos de leis no Parlamento de Dublin; e fora acrescentado a seu próprio prestígio, e condizia à conveniência política do duque, que um de seus filhos agora se casasse com uma das filhas do duque. Melhor de tudo, pelo que dizia respeito a Eliza Law, essas atividades haviam carreado para a família não apenas fortuna, mas um título.

Ah. Um título. Atualmente, havia muitos deles na Irlanda. Se o cabeça da família Ponsonby podia ser o conde de Bessborough, homens de posição inferior podiam ter esperanças de um simples pariato. Títulos de pares do reino irlandeses, em particular, eram dados frequentemente por serviços políticos. Um homem tinha apenas de estar no lugar certo na hora certa, e pronunciar um voto de que o governo precisava, para ser tornar lorde — uma recompensa que era praticamente eterna, uma vez que passava eternamente aos herdeiros. Se alguém procurava status para sua família — e quem naquela multidão não procurava? —, então um pariato era algo a perseguir.

Um título. Ah. Um ar sonhador tomou conta dos olhos de Eliza, ao pensar nisso. Talvez ela jamais viesse a ser chamada de Lady Law, mas ficaria satisfeita em ter tal coisa para suas adoráveis, suas queridas, suas puras filhas. Jovens fidalgos com a perspectiva de um título: era com isso que ela sonhava para suas meninas. Não era um assunto que discutisse com o marido, pois suas ambições eram mais realistas. Mas, de seu próprio modo encantador, estava muito determinada a isso. E ali estavam eles, no salão, à sua frente, concentrados em particular no abençoado grupo em volta do representante real. Como era maravilhoso. Ela não se lembrava de quando ficara mais encantada.

E agora viu Tidy retornando. Ele conduzia atrás de si um belo homem de meia-idade. Atravessavam o assoalho diretamente para o grupo ducal, enquanto todos olhavam; a pequena nobreza, os lordes e as damas, e os futuros lordes, todos olhavam, naquele enorme salão com 10 mil velas resplandecentes. Ah. Ela sentia um leve tremor de emoção; não pôde evitar. Estavam todos observando, e todos os murmúrios haviam esmorecido para um pequeno silêncio, quando ele chegou ao duque e este estendeu a mão e, ah, o duque estava sorrindo.

Quando Walsh ia se aproximando, o duque virou-se para o genro.

— A propósito, o que significa isso? — indagou suavemente.

— Fortunatus Walsh. Membro do Parlamento. Antiga pequena nobreza de Fingal. Deseja que Vossa Excelência faça algo por ele. Só precisa ser visto. Não levará um minuto.

— E há algum motivo para que não sejamos vistos?

— Nenhum. Homem leal. Sempre útil. Bom amigo.

— Então é melhor obsequiá-lo. — Por trás de seu por vezes indolente exterior, o duque era um astuto manipulador, e especialista em pequenas cortesias como aquela. Estendeu a mão. — Meu caro Sr. Walsh, estamos contentes em vê-lo.

Era bastante fácil manter uma conversa trivial por um ou dois momentos. Ele falou com Walsh sobre Handel, por quem Fortunatus expressou uma bem informada admiração. Citaram algumas peças que viam no teatro Smock Alley. Aliás, o duque decidiu rapidamente que gostava muito de Fortunatus, e até mesmo — derradeiro sinal de distinção — ofereceu sua caixinha de rapé. Na verdade, eles conversaram por cinco minutos, enquanto Dublin esperava.

— Precisamos conversar novamente — disse o duque para encerrar a entrevista, mas, com um gesto de cabeça para o genro, indicou que falava sério. Então Fortunatus retirou-se num discreto triunfo.

— Bem, diga-me — murmurou o duque para Ponsonby após Wash ter ido —, qual é o jogo?

Durante todo esse tempo, Eliza Walsh estivera tão fascinada com a honra conferida ao círculo resplandecente, que observara sem dar uma palavra. Agora ela se virou para sua acompanhante.

— Quem é aquele cavalheiro?

— Ah, você não conhece? É Fortunatus Walsh. Excelente família antiga. E, pelo que ouvi dizer, goza de altos favores políticos.

Todos esses cuidadosos preparativos, justamente com a informação de que a família Law ia à apresentação de "O Messias", não teriam sido suficientes para colocar a isca na armadilha daquela noite, se não fosse por outra circunstância propícia.

Foi o fato de que, justamente naquela ocasião, o jovem Tom Sheridan não tinha muito o que fazer.

Apesar do infeliz acontecimento em Quilca, de tempos atrás, Fortunatus conseguira manter sua amizade com o Dr. Sheridan e sua família. Na opinião de Walsh, Tom era o filho mais ativo do bom e velho doutor. Como afilhado de Swift, ele demonstrara uma marcante aptidão literária, e fora para o Trinity College. Agora, ele acabara de sair daquela instituição e expressara o desejo de atuar — algo incomum num jovem fidalgo, embora não impossível — e escrever peças.

— Smock Alley é o lugar para mim — dissera alegremente a Fortunatus.

O teatro Smock Alley, de Dublin, era certamente um lugar ativo. Não apenas encenava peças velhas e novas durante a temporada de inverno, mas, no verão, as melhores produções do teatro londrino faziam sua turnê por lá. Naquele ano, a nova sensação de Londres, o ator Garrick, tinha uma apresentação prevista no local.

— Se você conseguir montar uma peça no Smock Alley, Tom, eu lhe prometo que todos nós iremos — dissera-lhe Fortunatus. — Mas, nesse meio tempo, como você vai se sustentar?

Uma variedade de pequenos trabalhos revelou-se a solução, inclusive um deles na Sociedade Musical. E tinha sido esse fato que viera à mente de Walsh, quando ele refletira como os preparativos para "O Messias" poderiam ser garantidos.

— Você tem alguma coisa a ver com a distribuição dos lugares para o concerto, Tom? — perguntou ele, quando, certo dia, encontrou-o na rua.

— Com certeza, posso conseguir alguma coisa.

— Que acha de ganhar 2 guinéus?

— Eu gostaria muito mesmo de ganhar 2 guinéus.

— Então, no "Messias" — disse Fortunatus —, eu gostaria que você nos colocasse ao lado da família do Sr. Henry Law.

✣

E agora, enfim, aí vêm eles. Evidentemente, Eliza Law os retardara ao conversar com alguém na plateia. Fortunatus ocultou seu alívio.

Não havia como confundi-los. O comerciante, magro e bonito, o cabelo ainda louro, sorria tranquilamente. Parecia, também, um fidalgo, notou Walsh com ar de aprovação. Sua esposa, alvoroçando as filhas, olhava em volta com olhos azul-claros. Seu corpo ainda era esbelto. Bastante passável. Então, as três moças. Era óbvio qual delas era Lydia: devia ser a com pescoço comprido. Ela certamente parecia bem pálida e doentia, justamente como dissera Terence. Mas, com relação às outras duas, seus olhos se arregalaram. Que beldades. Uma delas era loura e sorridente; a outra, com uma risca lustrosa de ruivo no cabelo, era atrevida e sacudida. Seria Anna ou Georgiana?

Como eles se sentariam?, pensou. Seria como ele imaginara? Olhou à frente, sorrindo vagamente e prendendo a respiração. Sim, foi perfeito. Ele, depois Grey, e então Henry Law do outro lado dele.

E, agora, surgiria a finalidade de Grey. Pois, virando-se para a direita, esse meritório cavalheiro sorriu.

— Sr. Law, percebo.

— Ora, Sr. Grey. Estou encantado em vê-lo, senhor. Minha querida, creio que não conhece o Sr. Grey, mas ele e eu temos negócios juntos. — Cumprimentos sorridentes foram trocados.

Então, o Sr. Grey, um tanto tranquilamente, disse para o Sr. Law:

— Conhece o Sr. Fortunatus Walsh, membro do Parlamento? Sou do partido dele.

— Ah, não conheço, mas já ouvi falar.

— Gostaria de ser apresentado?

— Claro — com um pouco de cordialidade —, gostaria.

— Posso lhe apresentar o Sr. Henry Law? Este é o membro do Parlamento, Sr. Fortunatus Walsh.

— Sr. Law, é uma honra.

— Sr. Walsh. — Henry Law sorria com alguma emoção. — Sinto-me muito honrado, senhor, e encantado por conhecê-lo.

✣

A apresentação foi um sucesso. Para Handel, para o duque, para a Sociedade Musical, aliás, para todo mundo, foi um triunfo.

Quando a família Law foi para casa caminhando — pois fazia um tempo seco, e a distância não era grande, e Henry Law não via sentido em usar sua carruagem —, ele se dirigiu à esposa.

— Se dermos um jantar, creio que deveremos convidar Fortunatus Walsh e sua esposa. É um homem muito sensível, e creio que iria.

Por um momento, sua esposa esteve para lhe dizer que ele não era apenas um homem sensível, mas altamente favorecido pelo próprio duque e, pelo que sabia, na fila para um título; que ele parecia ter um filho bonito e solteiro; e que, se tivesse a oportunidade, ela se deitaria no chão e o convidaria para caminhar por cima dela até a porta da frente de sua casa, mas achou melhor não dizer nada. Era melhor não compartilhar aquela informação com o marido, que poderia não aprovar. Ela manteria aquilo para si mesma e as meninas.

— Como quiser, meu bem — disse ela. E agradeceu a Deus por ter mandado não apenas Handel, mas também Fortunatus Walsh, ao Salão de Música de Dublin naquela noite sublime.

✣

Barbara e Terence chegaram ao mesmo tempo à casa da praça St. Stephen, na manhã seguinte, ansiosos para saber como fora a noite.

— Magnífica. Vocês deviam ter ido ouvir Handel — disse Fortunatus para Barbara.

— Um hino que eu saiba cantar na igreja é música suficiente para mim — declarou ela, resoluta. — Agora, chega de suas bobagens. Como foi com Law?

— Vamos ver. Mas creio — disse Fortunatus honestamente — que ele foi fisgado. A propósito, aquelas garotas são extraordinariamente belas. Eu admirei especialmente a ruiva. É Georgiana.

— E George, qual ele prefere? — indagou Terence.

— Não perguntei. Mas, diante das circunstâncias — disse Fortunatus com perfeita sensatez —, creio que gostará da que gostar dele.

— Eu gosto do som de George e Georgiana — disse alegremente Barbara Doyle.

— Tem simetria — concordou Fortunatus. — Mas, se sair ou não alguma coisa disso — acrescentou —, vocês dois merecem os agradecimentos. — Ele sorriu para seu irmão. — Não esquecerei, meu caro irmão, que você pagou qualquer gentileza recebida por ter me ajudado enormemente.

Então passaram vinte minutos felizes repassando todo o assunto, episódio por episódio, e novamente parabenizando um ao outro pela sua esperteza.

Foi somente depois disso que Terence comentou:

— Vou lhes dizer quem atualmente precisa muito mais de ajuda do que qualquer um de nós, e esse é o meu pobre paciente MacGowan, o merceeiro. — E contou-lhes toda a triste história.

— O que vai fazer? — perguntou Fortunatus.

— Pretendo ir, hoje mesmo, visitar alguns negociantes católicos que conheço. Espero que talvez possamos reunir um grupo de comerciantes capazes de salvá-lo e ao seu negócio, o qual, devo dizer, ainda é muito rentável.

— Deve mesmo fazer isso — disse Barbara com firmeza. — Os comerciantes católicos costumam se manter unidos.

— Espero sinceramente que sim — retrucou Terence.

Pouco depois, Barbara Doyle teve de ir embora, mas Terence permaneceu um pouco mais com Fortunatus.

— Sabe quem mais veio à minha mente, depois que deixei MacGowan? — disse Terence ao irmão, após uma pausa.

— Diga-me.

— Nosso parente, Garret Smith. Onde estará e como deve estar passando?

— Pelo que consta, quando deixou Dublin, sem mesmo terminar seu aprendizado, ele subiu para Wicklow. Acho que ele o tratou muito mal.

— Ele era jovem.

— Nunca fez qualquer tentativa de ver você novamente, nem se desculpar ou se explicar.

— Talvez se sinta constrangido.

— Tire-o da cabeça, Terence. Nada de bom poderá sair disso. Você tem coisas melhores para fazer.

— Creio que tem razão. — Terence levantou-se. — Hoje tenho MacGowan para me preocupar.

Valeria a pena salvar o merceeiro, pensou Fortunatus. Garret Smith, provavelmente não.

✣

Ambos os homens ficariam muito surpresos se pudessem ver sua prima Barbara naquele momento. Após deixar a casa, ela mandou seu cocheiro seguir em direção ao norte. Tendo passado pelo Trinity College e o esplêndido novo prédio do Parlamento, o qual, com sua enorme fachada clássica, quase parecia sugerir que Londres era governada pelo Parlamento irlandês, e não o contrário, o cocheiro se sacudiu sobre a ponte através do Liffey e continuou em direção a Cow Lane.

Barbara Doyle apoiava a Ascendência Protestante e tinha alguns negócios com comerciantes católicos, mas a possibilidade de lucro estava sempre no lugar mais alto de sua mente. E demoraria pelo menos um ou dois dias para Terence conseguir organizar um grupo de católicos para fazer alguma coisa. Ela sempre acreditava em chegar primeiro.

Assim, minutos depois, o desanimado comerciante ficou mais do que espantado ao se ver abordado por aquela improvável e um tanto intimidadora salvadora.

— Conte-me tudo — ordenou ela —, e veremos o que podemos fazer.

Ela ouviu atentamente, enquanto ele lhe fornecia todos os detalhes de sua transação, e então anunciou:

— Serei sua sócia, e quero um terço dos lucros de agora em diante, mas pagaremos a todos os seus credores. Em seis meses, os débitos serão cancelados. É pegar ou largar.

— Eu aceito — respondeu ele nervosamente —, mas...

— Mas o quê?

— O débito é grande. Não vejo como poderemos pagá-lo.

Então Barbara Doyle sorriu.

— Eu conversarei com seus credores. Nós chegaremos a um acordo. Quem disse — perguntou ela baixinho — que iremos pagar tudo?

1744

No outono de 1744, George Walsh e Georgiana Law se casaram — um acontecimento que parecia tão natural e inevitável quanto a longa paz que a Irlanda agora desfrutava por quase uma existência. Uma certa ansiedade, porém, pairava sobre o enlace, como se uma bruxa malvada tivesse sido avistada a distância e estivesse a caminho da festa de casamento.

"Os franceses estão vindo." Esse era o boato.

Claro, boatos de invasão não eram nada novos. Em meio às intermináveis rivalidades entre potências europeias, a Grã-Bretanha estava agora aliada aos inimigos da França, e naturalmente, portanto, os franceses se sentiam tentados a invadir a Irlanda para irritar os ingleses. Assim caminhava o mundo no século XVIII. Mas agora outro boato crescia. O herdeiro da perdida coroa Stuart, um jovem presunçoso a quem os escoceses gostavam de chamar de Bonnie Prince Charlie — e a quem os franceses vinham protegendo havia anos —, planejava ir à Escócia reivindicar seu direito inato. Uma revolta jacobita na Escócia e uma invasão francesa na Irlanda: era exatamente a combinação que o governo de Londres temia.

Para variar, o imperturbável duque de Devonshire estava agitado. Ordens voavam. Os soldados nas guarnições irlandesas deviam ficar de prontidão. Quaisquer pessoas suspeitas deviam ser investigadas. Quaisquer padres suspeitos deviam ser capturados. Toda a Irlanda esperava. Seriam as nuvens ameaçadoras no horizonte dispersadas, como sempre o foram em décadas anteriores? Ou se juntariam numa única massa escura e viriam correndo através do mar em direção à praia irlandesa?

O'Toole descansou as costas contra a parede e sentiu o sol no rosto. Havia uma dúzia de crianças sentadas na grama à sua frente. Ele entregou o livro — *Guerras de César*, em Latim — a um dos meninos.

— Traduza.

O garoto começou. Não era ruim. Mas, após um ou dois minutos, ele tropeçou. O'Toole retraiu-se.

— Não. Alguém? — Outro garoto se ofereceu. — Pior. — Silêncio. — Conall. — Com relutância, o menino respondeu. — Muito bem.

O menino moreno, cabelo desgrenhado, com os olhos verdes afastados, nunca se oferecia, a não ser que fosse chamado. O'Toole não o censurava. Enquanto os outros estavam todos sobre a grama, Conall Smith havia se empoleirado num pequeno afloramento achatado de pedra cinzenta. Qualquer tentativa de um dos outros, fosse qual fosse seu tamanho, para desalojá-lo daquele lugar seria frustrada, e o inadvertido valentão teria sido lançado desajeitadamente dali, pois atualmente o jovem Conall era incomumente forte. Contudo, sentia-se constrangido em ter sempre que responder às perguntas do mestre, quando seus amigos não o faziam, e, às vezes, fingia que desconhecia a resposta, mas O'Toole o encarava, sabendo muito bem que ele sabia, e, finalmente, dava de ombros e ia em frente.

O'Toole amava o garoto quase tanto quanto a própria neta. Era isso que tornava tão difícil a lição daquele dia.

A *hedge school** às vezes, era, de fato, um mestre e algumas crianças amontoadas atrás de uma sebe, ou no interior de uma clareira escondida entre as árvores, ou numa cabana de camponês — ou, neste caso, atrás de um muro de pedra com uma encantadora vista das montanhas de Wicklow abaixo com vista para o mar

* Escola ao ar livre, prática educacional de natureza rural e de transmissão e da tradição oral. *(N. do T.)*

da Irlanda. A escola ao ar livre era ilegal, é claro, porque educar crianças católicas era ilegal. Mas elas estavam por todo o país, centenas delas.

Tinha sido logo após sua visita a Quilca, quase vinte anos atrás, que O'Toole se tornara o professor da escola ao ar livre de Rathconan. Era considerado um bom mestre, mas não um dos melhores. Pois, embora seu conhecimento das línguas clássicas, de inglês, de história e geografia fosse excelente, seu conhecimento de filosofia era apenas moderado, e sua matemática não mais do que adequada. E era a matemática, acima de tudo, que o irlandês nativo apreciava: aritmética para fazer as contas; geometria para levantamentos, e até mesmo astronomia. Os melhores mestres-escolas matemáticos das escolas ao ar livre escreviam orgulhosamente "filomático" após seus nomes. Um idoso que ele conhecera, chamado O'Brien, tinha uma fama como matemático que se estendia até a Itália, e era conhecido por toda a Irlanda como O Grande O'Brien. Era assim o sistema ilegal educacional para católicos por toda a Irlanda.

Se O'Toole era apenas um matemático moderado, possuía outros pontos fortes. Sua poesia e sua música tinham lhe dado fama, se não tanto num nível como o do cego Carolan, pelo menos como uma figura importante. Quando seus alunos traduziam do latim, tinham de dar primeiro a versão em irlandês, e só depois a inglesa. O'Toole até mesmo lhes ensinava uma grande parte do direito inglês, tendo em vista que isso era útil para eles. E já havia formado três alunos que seguiam um caminho bem-sucedido nas comunidades mercantis de Dublin e Wicklow, e um outro que fora para a França estudar para o sacerdócio — não era um mau resultado, meditou, para uma pequena aldeia em cima da montanha.

Nem todos os seus alunos se saíam bem. Com os Brennan, por exemplo, ele achou que não conseguiria fazer praticamente nada. Mas precisava tentar. Suspirou.

— Conall. Vá ficar de vigia.

Desde que a escolinha ficasse fora de vista, Budge geralmente a deixava em paz. Mas, como senhorio e magistrado local, às vezes ia a cavalo para ver se conseguia localizar suas atividades — as quais ele desaprovava energicamente —, e, se avistasse a escola, certamente haveria problema. Como na maioria das escolas ao ar livre, portanto, quando ensinava, O'Toole costumava colocar um vigia.

— Agora, Patrick — disse, o mais amavelmente possível, para o mais velho dos meninos Brennan —, deixe-me ouvi-lo ler.

Enquanto o garoto tropeçava pelo caminho através de um simples trecho — O'Toole mandara Conall vigiar para ele não ter de ouvir o doloroso processo —, o mestre só podia se maravilhar: como era possível que o jovem Conall Smith, uma criança com mente tão brilhante, talvez até melhor do que a dele mesmo, pudesse ser metade Brennan?

Às vezes, desejava ter intervindo para evitar o nascimento de Conall. Era uma ideia insensata, sem dúvida, mas teria sido possível que pudesse ter dito algo para convencer o pai do garoto a levar uma vida diferente e escolher outra esposa?

Houvera apenas um dia, parecia-lhe, em que talvez pudesse ter tido a oportunidade de fazer isso. Aquele dia, quase vinte anos atrás, em Quilca. Ele distinguira de imediato o jovem Garret Smith como uma pessoa com talento. Adivinhara também a raiva e a frustração do rapaz. Como poderia um inteligente jovem católico como ele se sentir de outra maneira? Mas, se ao menos tivesse adivinhado o que se passava pela mente de Garret quando perguntara se conhecia os Brennan, e depois lhe informado, ao partir pela manhã, que ele fora vê-lo em Rathconan. Se ao menos ele soubesse.

O que ele poderia ter feito? Usado qualquer influência que tivesse, implorado ao jovem que, pelo menos, seguisse outro curso. Qualquer coisa para evitar que ele corresse atrás daquela moça analfabeta e se tornasse parte da inútil família Brennan de Rathconan. Se ele tivesse sido capaz de fazer isso, então Garret Smith certamente não teria acabado na sua atual situação miserável; e Conall — outro Conall, é claro, talvez um até melhor — teria nascido de uma mãe diferente e sob diferentes circunstâncias familiares.

Quando, porém, voltou a Rathconan naquele outono, já encontrou lá o jovem Garret, vivendo com os Brennan, seu coração abatido pela raiva e pelo desprezo por Nary, que a mandara embora, pois Sheridan, os Walsh e toda a sua espécie acreditavam tolamente que lá em cima, numa cabana nas montanhas, ele seria de algum modo um homem mais livre, mais puro, do que trabalhando para MacGowan, o merceeiro, em Dublin. Se tivesse sido apenas uma questão de viver nas montanhas, ele talvez estivesse certo. Um homem poderia encontrar a si mesmo lá em cima nos espaços selvagens a céu aberto, ou no grande refúgio de Glendalough. Mas, numa cabana com os Brennan? O'Toole achava que não. Em um ano, a vadia lhe dera um filho; depois outro. O jovem Smith, na opinião de O'Toole, deveria ter abandonado todos eles, de acordo com um velho costume. Mas Garret era bom demais para fazer isso. Ele comparecera diante de um padre e se casara com ela. Depois disso, estava condenado.

Deveria ter-se tornado um professor de uma escola ao ar livre. Teria de estudar mais, porém tinha cérebro para isso. Eu o teria ajudado, pensou O'Toole. Mas ele teria de se mudar, pois o cargo em Rathconan estava preenchido e não havia necessidade de outro professor. Um padre local lhe dera algum trabalho. Mas então ele discutira com o padre. Haveria algo dentro daquele homem que suplicava sua própria destruição? Frequentemente, parecera ao mestre-escola que sim. Pois olhem agora para o homem. Um operário. Carpinteiro e entalhador de imagens, recebendo encomendas mas nunca as entregando; autor de poemas jamais terminados; um sonhador de sonhos jacobitas que não tinham chance de se tornar realidade. Um beberrão. A cada ano, mais beberrão ainda. Marido de uma mulher que ele já havia enterrado, e cuja família, em seu coração, ele passou a desprezar — pois eram sujos, preguiçosos e burros. Um pai de filhos desgrenhados, que lhes falava sobre a causa jacobita e sobre o modo miserável como ele tinha sido tratado, ou os amaldiçoava e mergulhava em melancolia.

Três filhas sobreviveram. Duas, vadias como a mãe, na opinião de O'Toole, tinham se casado no vale. A terceira era criada nas Wicklow. Dois menininhos tinham morrido na infância. Então, milagrosamente, viera Conall.

"Ele morrerá como os outros meninos, eu receio", dissera a O'Toole o padre que realizara o batizado. E a maioria das pessoas em Rathconan também pensara o mesmo. Ele se lembrava dele quando tinha 3 anos — tão pálido e tão frágil, com aqueles maravilhosos olhos verdes. Que garotinho de aparência poética, que despedaçava o seu coração quando ele pensava no pouco tempo que ele teria para conhecer a vida. Quando sua pequenina neta, Deirdre, que era apenas meses mais nova do que o garoto, se tornara amiga dele, O'Toole tentara delicadamente desencorajá-la de ficar muito íntima, por temer a dor que ela sentiria quando o garoto morresse. Não conseguira, porém, evitar que ela brincasse com Conall, ou andasse com ele de mãos dadas, quando perambulavam montanha acima até onde as ovelhas pastavam, ou se sentasse a seu lado num pedra que dava vista para uma lagoa formada por um riacho da montanha, dividindo sua comida com ele, e conversando durante horas.

— Sobre o que vocês conversam, Deirdre? — perguntara-lhe O'Toole certa vez.

— Ora, sobre tudo — respondera ela. — Às vezes, ele me conta histórias — acrescentara ela — sobre os peixes do riacho, e os pássaros, e os veados nos bosques. Eu o amo tanto. — E, embora seu coração quase parasse, ele não soubera o que dizer.

Tinha sido Garret quem levara o menino até ele, quando Conall tinha 6 anos. Surpreendentemente, até mesmo levara o dinheiro necessário.

— Ensine-lhe — dissera simplesmente a O'Toole. — Ensine a ele tudo o que você sabe.

— Você mesmo poderia ensiná-lo, a qualquer momento — frisara O'Toole —, e de graça.

— Não. — rebatera Smith com súbita veemência. E então, após uma pausa. — Não tenho condições para isso. — Uma terrível admissão, mas o que o mestre-escola poderia dizer?

E, assim, ele começara a ensinar ao menino. E ficara pasmado. A memória do garotinho era espantosa. Bastava dizer-lhe uma coisa uma vez, e ele a lembrava para sempre. Seu processo mental, O'Toole logo percebeu, também era inteiramente fora do comum. Ele ouvia calado, depois fazia uma pergunta que demonstrava já ter considerado todos os aspectos do assunto e descoberto a coisa que, por enquanto, se pensara que seria melhor ter deixado de fora. O que mais encantava O'Toole, porém — e isso era uma dádiva que nunca poderia ser ensinada —, era o uso da linguagem pelo garoto: suas estranhas formulações meio brincalhonas, as quais, subitamente O'Toole se dava conta, continham uma observação que era nova mas surpreendentemente acurada. Como era capaz de fazer isso em tão tenra idade? Do mesmo modo, como um pássaro pode voar, ou um salmão saltar?

O'Toole também notara que seu jovem pupilo tinha uma ativa vida interior. Havia dias em que parecia taciturno e preocupado durante a aula. Nesse dias, com frequência, O'Toole o via, depois, perambulando sozinho, desfrutando uma espécie de comunhão com o cenário à sua volta da qual ninguém conseguia compartilhar. Quando o pálido garotinho tinha 8 anos, o mestre-escola o amava tanto quanto Deirdre.

Se ao menos não fosse por aqueles outros dias, quando Conall deixava de ir à escola ao ar livre e vinha a notícia de que estava doente; e O'Toole ia à casa de Garret Smith e encontrava a pequena Deirdre sentada a seu lado, alimentando Conall com caldo, ou cantando baixinho para ele, enquanto o menininho continuava deitado ali, tão pálido que parecia a ponto de ser levado deles no mesmo dia.

Mas então, subitamente, dois anos antes, ele começara a ficar mais forte. Um ano depois, parecia robusto como qualquer outra criança; logo depois disso, um dos mais fortes. E, agora, era capaz de fisicamente dominar todos eles. Ao mesmo tempo, O'Toole detectou uma nova força na mente em desenvolvimento do garoto. Conall não apenas sobressaía em suas lições; ele as tomava de assalto, de modo que o mestre-escola com frequência desafiava a si mesmo para dar uma tarefa que Conall não achasse fácil demais.

A pequena Deirdre também observava esse desenvolvimento com evidente prazer. "Ele não é forte?", bradava. E parecia a O'Toole que sua neta acreditava poder assumir uma responsabilidade pessoal pelo novo estado de Conall. Ao mesmo tempo, pelo seu olhar e por palavras ocasionais que deixava escapar, seu avô podia adivinhar que, por trás daquela nova encarnação, ela ainda enxergava o mesmo garotinho pálido que tinha amado; e, de fato, Conall às vezes ainda era acometido por sua estranha disposição melancólica, e os dois continuavam com os passeios juntos pelos desfiladeiros das montanhas.

Deirdre era a única amiga íntima de Conall. Ele costumava estar com outras crianças e participar de suas brincadeiras. Mas era evidente que não compartilhava com elas suas confidências. Atualmente, havia mais outras duas pessoas de quem ele era mais chegado. Uma, talvez, pensou O'Toole, era ele mesmo. Em seus estudos juntos, mestre e pupilo tinham desenvolvido certo grau de intimidade. A outra era seu pai.

O'Toole desconfiava de que, naqueles dias, Garret tinha poucos motivos para viver além de seu filho. A bebedeira do homem estava cada vez pior, e ele parecia vinte anos mais velho do que era realmente; mas, se não fosse pelo menino, certamente estaria muito pior. E, se esse amor nem sempre se ampliava para pagar as modestas mensalidades da escola ao ar livre, mais cedo ou mais tarde ele normalmente conseguia cumprir esse compromisso. Nas noites em que estava sóbrio, às vezes passava horas em intensas conversas com o menino. O'Toole sempre imaginara sobre o que eles conversavam, e certa vez até mesmo perguntou se Deirdre sabia. Mas ela não sabia. Tudo o que sabia era o que Conall lhe dissera, certa vez: "Meu pai e seu avô são os únicos homens a quem eu realmente admiro."

Será que o garoto sabia que seu pai não era tido em alta conta? Na frente dele, os aldeões costumavam ser educados sobre seu pai. "Seu pai é um grande leitor", diziam. "Ele sabe muitas coisas." Mas, se, por trás de suas costas, acrescentavam, "Ele sabe muito mais do que trabalha e muito menos do que bebe", Conall começava a adivinhar. Certa vez, quando um menino foi rude em relação a seu pai, ele o derrubou com um soco. Embora, posteriormente, quando ninguém estava olhando, tivesse irrompido em lágrimas. E, para Deirdre, ele comentara tristemente: "Ninguém o entende além de mim."

Portanto, eram apenas seu pai e Deirdre que Conall realmente amava e em quem confiava. E, depois deles, refletiu O'Toole, arrisco-me a dizer que venho eu.

E assim, agora, enquanto Conall está de vigia para a escola ao ar livre e o mestre-escola pensa na conversa que tiveram no dia anterior, ele teve uma terrível sensação de culpa.

Pesava significativamente em sua consciência que talvez tivesse de trair o garoto.

Pouco depois do meio-dia, Robert Budge, proprietário de terras e magistrado, saiu de sua casa para ir ver Garret Smith. Quando a família de Walter Smith tinha sido desapropriada, a propriedade de Rathconan fora oferecida à venda por um preço irrecusável. Benjamim Budge não manifestava qualquer desejo de voltar lá, porém seu irmão mais novo, que era feito de material mais rígido, ficara feliz em comprá-la. Os Budge agora podiam alegar que estavam em Rathconan havia quatro gerações.

Ele ainda não decidira o que fazer com o garoto dos Smith. O'Toole não causaria qualquer problema. Ele já tinha cuidado disso. Quanto ao pai do garoto...

Mas o garoto podia esperar. Naquele dia, ele tinha outros assuntos com Garret Smith. Dizia respeito a Rathconan House.

Se os antigos chefes do lugar pudessem ver Rathconan agora, talvez ficassem bastante surpresos. Talvez até mesmo a achassem cômica. Contudo, era como uma porção de outras casas velhas na Irlanda. Pois, achando insuficientes as acomodações da velha casa-torre, o pai de Budge acrescentara, defronte dela, uma modesta casa retangular com cinco janelas de largura. A casa não tinha nenhum estilo em particular, embora as janelas simples talvez pudessem ser chamadas de georgianas. Não fora feita qualquer tentativa de alterar a casa ou a velha torre que assomava atrás dela, de modo que elas se misturavam. A nova Rathconan parecia o que era: uma casa grudada diante de uma antiga fortaleza.

Era, porém, onde Robert Budge nascera e se criara, e tinha orgulho disso.

Ele tinha apenas 20 anos quando seu pai morrera, cinco anos antes, deixando-o como dono e senhor do lugar, e, com a vaidade de um jovem, até mesmo levara em conta mudar o nome do lugar. Pensara, como o fizeram alguns dos mais importantes colonos, em chamá-la de Budge Castle, mas isso parecia fraudulento. Talvez fosse mais razoável outra fórmula inglesa preferida na Irlanda: Budgetown. Isso, porém, não era nada eufônico. Soava melhor a versão irlandesa: Ballybudge. No final das contas, entretanto, considerando-se que os Budge não tinham realmente construído o local, e temendo a zombaria dos irlandeses locais e de seus vizinhos, ele achara melhor deixar o nome que estava — Rathconan —, ao qual preferiu acrescentar a denominação de "House", para fazer com que soasse mais como um solar inglês.

Para Robert Budge, Rathconan House representava lar. Era verdade que, como todos os demais colonos cromwellianos, os nativos irlandeses o viam como um indesejável colono Era verdade, também, que ele era orgulhosamente inglês e protestante. Pois, se as famílias cromwellianas não estavam lá para apoiar a fé protestante e ocupar as propriedades confiscadas de ex-proprietários católicos, qual era então primeiramente a justificativa delas para estarem na Irlanda? Aliás, seu pai, um homem de muito menor convicção religiosa do que o velho Barnaby Budge, levara firmemente sua família mais ou menos presbiteriana para a Igreja real da Irlanda exatamente porque, como ele dizia, "Precisamos todos permanecer juntos".

"Lembre-se sempre", aconselhara Robert pouco antes de morrer, "que as boas pessoas daqui conhecem você a vida toda, trabalham na sua terra e talvez venham a chamá-lo de "Vossa Excelência" e lhe façam uma saudação diária. Mas, se algum vez a nossa ordem se romper, meu filho, elas colocarão uma faca entre as suas costelas. Nunca se esqueça disso."

Do mesmo modo, fazia quase um século que o bisavô Barnaby chegara ali. E, durante esse tempo, os colonizados anglo-irlandeses tinham evoluído e se harmonizado com o meio ambiente. Se os homens do Parlamento irlandês se sentiam tratados como uma raça diferente pelos seus compatriotas em Londres, os inferiores anglo-irlandeses haviam produzido um tipo que era inteiramente próprio deles.

Seu próprio pai exemplificara a raça. Vivera quase toda a vida em Rathconan e conhecia seus modos. Falava inglês com uma pronunciada entonação irlandesa, e cuidava de muitos detalhes de sua vida, inclusive a educação dos filhos, com um certo admirável descuido. Nisso, fora acompanhado pela esposa, que viera de uma família semelhante, com opiniões idênticas.

Algumas famílias anglo-irlandesas, claro, mandavam seus filhos para Oxford, Cambridge ou o Trinity College em Dublin. Mas não os Budge. As crianças, meninos e meninas, recebiam educação básica; mais do que isso, porém, era considerado supérfluo.

"Meu pai tinha um apito com o qual chamava seus cachorros", contava Robert alegremente aos seus amigos. "Mas, se soprava duas vezes, significava que queria me ver." Quando sua mãe apanhou a irmã dele lendo um livro, em vez de estar saudavelmente ao ar livre, trancou-a por duas horas num armário escuro e disse-lhe que levaria uma surra se fosse apanhada novamente se comportando daquele jeito. As crianças Budge foram criadas para ser fortes, dirigir propriedades e, se necessário, brigar. Em seu amor pelo ar livre, os Budge tinham algo em comum com os chefes irlandeses que tinham vindo antes deles. Eles ficariam surpresos em saber que eram menos educados.

Fora uma questão de educação que o levara a falar com tanta firmeza com O'Toole.

Robert Budge tinha apenas 25 anos, mas era comumente tratado como um homem mais velho. Talvez fosse sua enorme, imponente presença, mas, como o dono de Rathconan, ele era considerado um útil homem da localidade pelas autoridades, e um ano antes fora feito magistrado. Desde que pudesse permanecer no país, em Rathconan, sentia-se feliz em fazer um papel confiante naquele mundo local, e recentemente fora convidado a várias casas nos condados de Wexford e Kildare para procurar uma esposa adequada; também estivera algumas vezes em Dublin, a fim de que o pessoal do castelo e do Parlamento conhecessem seu rosto.

O motivo de sua visita a Dublin, na semana anterior, fora para obter as mais recentes notícias sobre a ameaça de invasão por parte da França. As guarnições em Wicklow e Wexford estavam todas de prontidão, disso ele sabia muito bem. E ficou impressionado com o número de espertos soldados de casaco vermelho com seus mosquetes, que ele vira nas belas ruas da capital. Como qualquer outro magistrado, ele estivera à procura de sujeitos suspeitos ou de sinais de sedição em

Rathconan, mas, honestamente, não podia dizer que encontrara algum — uma pena realmente, pois teria ficado feliz em ter algo para chamar para si a atenção das autoridades.

Ele não soubera nada de novo em particular em Dublin sobre a ameaça de além-mar, mas, perto do fim de sua visita, obtivera uma informação bem interessante. Estava parado num grupo de seus pares em volta do membro do Parlamento Fortunatus Walsh, quando ouviu a novidade.

— Há um sentimento crescente — dissera-lhes Walsh — de que algo precisa ser feito sobre a educação dos católicos. As escolas ao ar livre estão por toda a parte, como todos sabemos, mas a nossa própria Igreja da Irlanda tem feito apenas as tentativas mais lamentáveis de os estimular. Iniciamos as *Charter Schools* protestantes, escolas cooperativadas, para crianças pobres, em algumas paróquias, mas, pelo que sabemos, elas receberam poucos alunos.

— As famílias católicas não mandam seus filhos para elas — comentou alguém.

— Exatamente. Mas há pessoas no governo que recomendam que seja tentado um novo método. Pegar algumas crianças católicas promissoras de outras áreas e colocá-las nas melhores *Charter Schools* longe de casa.

— Para que se tornem protestantes?

— Certamente é o que se espera. Não tenho certeza se vai funcionar, mas a ideia é ajudar a difusão gradual do protestantismo que o nosso sistema penal e a nossa Igreja da Irlanda até agora não têm conseguido concretizar plenamente.

— Uma ideia interessante — disse Budge, não porque achasse isso, mas para que Fortunatus o notasse.

— Bem, Sr. Budge — sorriu Walsh —, se tem algum candidato para tal projeto, terá pelo menos alguém no castelo que lhe será agradecido.

Budge nada dissera, mas, em Dublin, fez algumas investigações, visitou uma escola e meditou sobre o assunto durante todo o caminho de volta para Rathconan.

Se fosse fazer tal coisa, só havia um possível candidato.

— Estou pensando em mandar o jovem Conall Smith — dissera a O'Toole. — E — dera um cuidadoso olhar para o mestre-escola — espero o seu apoio.

— Mas... — O'Toole estava para dizer, "Ele é o meu melhor aluno", mas se lembrou de que isso seria admitir a existência da escola ao ar livre. — Por que eu deveria apoiar tal coisa?

— Você sabe muito bem que ele é praticamente órfão. Seu pai não tem condições de cuidar dele.

— Mas continua sendo seu pai. E, além do mais, Conall tem família.

— Os Brennan? Guardiões dignos de um garoto tão inteligente?

Em vista de a opinião de O'Toole sobre os Brennan ser, no mínimo, pior do que a do senhorio, o mestre-escola achou difícil responder a isso.

— Mas forçar um garoto a se afastar de sua família e ir para uma escola protestante, numa época como esta — disse O'Toole com todo cuidado —, criaria maus sentimentos.

— Isto é uma ameaça? — Budge olhou-o inexpressivamente.

— Não. Mas acredito que seja a verdade — respondeu O'Toole com franqueza.

— É por isso — rebateu Budge com o mesmo cuidado — que conto com o seu apoio. Sua palavra tem muita influência aqui. Tanta quanto se você fosse o padre.

Era um fato curioso que, em aldeias por toda a Irlanda, os senhorios protestantes geralmente contassem com os padres católicos para ajudá-los a manter a ordem. Não que os padres gostassem disso. Se, porém, eles não tivessem licença, os senhorios sempre podiam expulsá-los; e, mesmo se estivessem inteiramente dentro da lei, quaisquer sedições ou problemas — o que, de qualquer modo, nunca faziam qualquer bem aos paroquianos — podiam ser atribuídas à sua influência e deixá-los à mercê de um processo. Na grande maioria, portanto, os padres incentivavam suas congregações a se manterem longe de encrenca.

Em Rathconan, onde o padre mais próximo vivia a alguns quilômetros de distância, O'Toole, como o homem mais instruído, tinha uma influência semelhante. Suas próprias convicções religiosas não eram tão fortes, mas, obedientemente, ensinava o catecismo aos seus alunos e lhes dava uma boa instrução básica da religião católica. Se não fizesse isso, em pouco tempo o padre tornaria sua vida difícil.

— E as penalidades por ensinar numa escola ao ar livre — acrescentou Budge —, como ambos sabemos, são severas.

Houve a ameaça, feita calmamente e bem entendida.

Se as escolas ao ar livre estavam por toda a parte, continuavam sendo ilegais; e, se o magistrado resolvesse encontrar a escola ao ar livre e processar o professor, O'Toole poderia se envolver num sério problema. Na teoria, ele poderia ser até mesmo transportado para as colônias na América.

— Está decidido a fazer isso? — perguntou O'Toole.

— Não. Mas estou pensando a respeito.

De fato, Budge ainda estava em dúvida. Sua consciência o estaria perturbando por tirar o garoto de seu pai? Não tinha certeza disso. Receava causar uma má impressão na área, numa época tão incerta politicamente — O'Toole estava certo em alertá-lo a esse respeito. E, se por um lado, não tinha dúvida de que o garoto Smith, de cujos talentos estava ciente, seria recebido como um aluno promissor, por outro, também tinha uma outra preocupação menor. E se o garoto, embora brilhante como o era, se tornasse alguém indigno como seu pai? Isso refletiria muito mal nele. Queria ponderar mais alguns dias sobre o assunto, antes de, finalmente, se decidir.

— Minha consciência me perturba — disse baixinho o mestre-escola.

— Não deveria. Eu estou certo, você sabe disso.

— Estou perturbado, mas não pelo motivo que você pensa.

O que, ficou imaginando o senhorio, ele quer dizer com isso?

Ao caminhar na direção da pequena habitação de Garret Smith, ele passou por várias outras. Eram todas praticamente iguais — cabanas baixas, feitas de pedra com telhado de turfa. Algumas tinham apenas dois aposentos, um dos quais costumava ser divido com os animais domésticos; a maioria dos habitantes de Rathconan, porém, tinha um aposento de teto baixo com uma lareira e alguma mobília de madeira — uma mesa, bancos e banquinhos —, juntamente com um ou dois cômodos. Alguns tinham até mesmo uma cama, ainda que ninguém pensasse duas vezes em dormir sobre palha. Suas lareiras, nas quais queimavam lenha ou turfa, às vezes tinham uma chaminé rudimentar, mas, normalmente, os aposentos se enchiam de fumaça até esta escapar pelos beirais. Aos olhos dos visitantes ingleses, essas choças baixas e estreitas pareciam imundas e degradadas — embora observassem que as mulheres e as crianças descalças que delas emergiam eram surpreendentemente limpas. Mas, se observassem com mais acuidade, perceberiam que as condições diante deles eram simplesmente aquelas que haviam prevalecido em grande parte da Europa durante a Idade Média. Para Budge, as habitações não pareciam especialmente ruins. Ele conhecia lugares muito piores.

Passou pela casa de Dermot O'Byrne. Sabe Deus quantos O'Byrne havia na região das Wicklow, mas ele tinha certeza de que, mesmo se conhecesse todos, ainda seria Dermot de quem gostaria menos.

Para começar, ele nunca pagava seu aluguel.

Não era incomum na Irlanda aluguéis não serem pagos. A culpa era principalmente dos senhorios colonizadores ingleses que haviam continuado a exigir aluguéis extremamente altos. Para manter o que podiam de sua terra nativa, os irlandeses concordavam em pagar; depois, inevitavelmente, faltavam ao cumprimento. Alguns senhorios culpavam os métodos primitivos de agricultura da ilha. Em Dublin, alguns fidalgos bem-intencionados tinham formado uma sociedade para elevar os padrões irlandeses aos da Inglaterra, onde, era verdade, as fazendas recentemente haviam se tornado bem mais produtivas. Budge ouvira falar de interessantes experiências com uma nova rotatividade de colheitas em County Meath. O problema básico, porém, originava-se do medo e da ganância dos colonizadores originais, e a culpa era somente deles e de mais ninguém.

Lá em cima, em Rathconan, entretanto, a situação era diferente.

— Meu avô Barnaby — dissera-lhe seu pai — indubitavelmente exigia aluguéis muito altos. Mas eu baixei todos, e verá que a maioria dos locatários pagam. — Mas não Dermot O'Byrne. Ele prometia qualquer coisa, com expressão de uma fiel emoção tão excessiva e insincera que chegava a ser insultante. Desculpas se seguiam e, finalmente, com muito atraso, o pagamento era feito com relutância, apenas para evitar que Budge o expulsasse da terra. "A verdade", comentara certa vez seu pai, "é que ele acha que não nos deve pagar coisa nenhuma."

Robert Budge suspirou. Ele jamais gostaria de Dermot O'Byrne.

E agora ali estava a casa de Garret Smith, logo adiante dele.

Se seu ancestral Barnaby Budge havia considerado os irlandeses lentos e indignos de confiança — se muitos fidalgos em Londres acreditavam nisso atualmente —, os Budge já estavam havia muitas gerações na Irlanda para manterem eles mesmos essa ideia absurda. Se um artesão irlandês dizia que iria consertar a porta de sua casa, você não precisava necessariamente lhe pedir que dissesse em que dia. Ele iria no dia que lhe parecesse melhor, mas iria, e o serviço seria bem-feito.

Portanto, quando Robert Budge combinara com Garret Smith que este faria uma porta nova para sua casa — a qual evidentemente carecia de uma delas — e, depois que Smith tomou cuidadosamente as medidas e afirmou que voltaria com a porta para instalá-la, a expectativa de Budge era a de que, após seis semanas, o serviço estivesse pronto. Quando, delicadamente, lembrara isso a Smith, este concordou e lhe garantiu que a porta logo estaria pronta. Outras seis semanas depois, e outro lembrete fora feito. Depois disso, apenas uma simples pergunta. "Cadê a minha porta?" Seis meses já haviam se passado, e Budge estava farto disso.

Ele chegou à casa.

Era uma pena que, sem qualquer trabalho para ocupá-los naquela tarde, dois dos mais antigos habitantes de Rathconan tivessem de se juntar a Garret Smith, e que, por mais cedo que fosse, já fizesse algum tempo que os três estavam bebendo — Garret Smith mais do que os outros. Estavam sentados à única mesa de sua cabana.

Como sempre costumava acontecer, quando era dominado pela bebida, Smith mudara para o assunto da causa jacobita e dera sua opinião de que, como o governo parecia temer, se os franceses viessem e Bonnie Prince Charlie reunisse um exército de escoceses, a Irlanda, antes do final do ano, poderia voltar para os Stuart e ao catolicismo.

— É o que você diz. — Fergal Brennan já ouvira isso antes. Ficara impressionado com a cultura e o fervor político do jovem que se casara com sua irmãzinha vinte anos atrás, mas os anos se passaram e nada de mais resultara de Smith e de suas belas palavras.

Dermot O'Byrne, porém, assentiu em concordância.

— E quando esse dia chegar — disse ele sombriamente —, eu estarei de volta a Rathconan, onde tenho o direito de estar, e Budge terá sua garganta cortada.

Fergal Brennan suspirou. Em um século e meio, o ressentimento da linha de Dermot, da enorme família O'Byrne, contra os atuais chefes de Rathconan nunca diminuíra. Ainda acreditavam, de algum modo, que essa herança devia ser deles. Para Dermot, era um dogma. Mas irritava Fergal que, por causa desse disparate, O'Byrne parecesse se imaginar superior aos Brennan.

— Os O'Byrne de Rathconan debandaram com os Gansos Selvagens — disse ele a meia-voz. — Eles serão os senhores aqui, se algum dia voltarem. É ele — apontou para Garret Smith — quem tem mais direito a isso do que você. — Não era muito falado, mas perfeitamente sabido na aldeia, que os antepassados de Garret Smith, por um breve período, tinham sido donos de Rathconan — e também que, embora ilegitimamente, o sangue dos chefes O'Byrne correram em suas veias. — A família dele também paga um bom dinheiro por isso — acrescentou maldosamente —, o que não seria o caso da sua família, creio.

— Isso foi roubado de nós. Essa é a verdade, goste você ou não — disse Dermot O'Byrne com irritação, e tomou outra bebida.

E essa conversa insensata poderia ter acabado ali, uma vez que os três homens seguiram bebendo em silêncio. Vários minutos se passaram até que Garret Smith, numa atitude que sempre adotava quando a bebida lhe pesava um pouco, curvou-se à frente, apoiou as costelas contra a mesa, fitou a superfície e subitamente soltou uma breve risada.

— O que foi? — perguntou Brennan.

— Eu estava apenas pensando no absurdo da coisa — respondeu Smith, e sacudiu divertido a cabeça. — Eu vi certa vez a reivindicação de O'Byrne. Anos atrás. Não há nem sombra de uma causa judicial que ele possa impetrar baseado tanto na lei inglesa quanto na lei irlandesa. Seus ancestrais foram preteridos porque eles eram imprestáveis. E os O'Byrne de Rathconan tinham um título inglês perfeitamente válido pela sua terra.

Dermot O'Byrne olhou-o de relance e então cuspiu no chão.

Garret, porém, não tinha acabado. Havia ocasiões, quando estava um tanto bêbado, em que a arrogância de sua juventude ainda lhe voltava. Nesses momentos, embora o cabelo desgrenhado estivesse grisalho, e o rosto salpicado de bebida, ele ainda parecia com o pensativo jovem que fora a Quilca.

— Portanto, acho muito engraçado ouvir dois camponeses ignorantes discutirem sobre qual deles deveria ser o senhor de Rathconan.

Brennan e O'Byrne se entreolharam.

Se Garret Smith não era inteiramente estimado pelos seus vizinhos, isso não se devia apenas ao fato de não ser confiável e ser beberrão. Às vezes, parecia-lhes que havia nele uma espécie de orgulho que era desagradável. Por causa de sua cultura, a qual, de qualquer modo, era muitíssimo menor do que a de O'Toole, ele parecia achar que era melhor do que os outros.

Um silêncio, portanto, seguiu-se a essa última afirmação, enquanto os dois homens refletiam.

Foi Brennan quem finalmente falou.

— Não ficamos muito contentes, Garret, quando você se casou com a minha irmã. — Fez uma pausa para deixar que isso penetrasse. — Você parecia ter uma grande opinião sobre si mesmo. Mas não ficamos contentes. Pois é certo que você fez muito pouco para prover à minha irmã, assim que se casou com ela, que Deus tenha sua alma.

— É verdade, Garret. — O'Byrne viu agora a chance de fazer sua própria vingança. — Você nunca foi trabalhador. Não termina nada que faz. Para mim, é um espanto conseguir pagar o que é devido ao mestre-escola.

— Não que sempre faça isso — murmurou Brennan. — Ele tem apenas um filho em casa, e não cuida dele coisa nenhuma. É de se pensar que o garoto não significa nada para ele, do jeito que bebe e não trabalha.

E agora ele tinha atingido em cheio. Viu Garret, em sua posição meio abaixada, estremecer como se tivesse sido atingido no estômago. Brennan não se importou. Quanto mais, melhor, pensou. Ele meio que esperava uma explosão — pois, às vezes, Garret podia perder a calma — ou um comentário sarcástico. Sabe Deus, o homem tinha uma língua ferina, quando queria. Mas nada aconteceu. Garret alcançou sua bebida em silêncio. Fosse o que fosse que estivesse pensando, guardava para si mesmo. Sua cabeça pendeu um pouco mais. Os ombros arquearam.

Houve uma batida na porta.

Se a ouviu, o que era certo, ele não se mexeu.

A batida repetiu-se, mais alta, mais peremptória.

— Garret Smith.

A voz de Budge. Brennan e O'Byrne se entreolharam. Qual o motivo da visita? Brennan apanhou as canecas e a garrafa e as colocou discretamente num canto. Pareceria melhor daquele modo, deliberou. O'Byrne, por mais que desprezasse o senhorio, também se endireitou. Garret permaneceu como estava.

— É melhor deixá-lo entrar — disse O'Byrne, e foi até a porta.

— Garret está aí? — Novamente a voz de Budge.

— Está, Excelência. Entre e seja bem-vindo — disse O'Byrne, com um olhar de alerta para Garret, que continuava sem se mexer.

Budge baixou a cabeça e passou para o aposento pelo baixo vão de porta. Olhou na direção de Garret, que não ergueu a vista para ele. Sob circunstâncias normais, Budge teria pedido que o deixassem falar a sós com Garret, mas a aparente grosseria dos modos de Garret o irritou. Mesmo assim, começou bem educadamente.

— Eu vim lhe perguntar sobre a porta, Garret. Você já a fez para mim?

Ele notou os outros dois homens trocarem olhares.

— Não. — A voz de Garret parecia um pouco indistinta. Ele ainda olhava para baixo, para a mesa.

— Já faz seis meses. — A voz de Budge era mais de uma justa reclamação do que de irritação. Novamente, viu os outros dois se entreolharem. Pareciam adorar o incômodo de Smith. — Então já deve estar quase acabando.

— Você está supondo — disse Smith, densa mas calmamente — que eu tenha começado.

— Começado? — Era demais. — Por Deus, homem, o que está pensando?

— Esses cavalheiros lhe dirão — declarou Garret friamente — que nunca termino nada.

— Quer dizer que, deliberadamente, me deixou esperando a metade deste ano, sem ter a mínima intenção de realizar o trabalho? — Budge começava a ficar exaltado. — É isso que quer dizer?

— Para lhe dizer a verdade — respondeu Garret —, não consigo agora lembrar se eu pretendia ou não terminar.

Budge o encarou. Não havendo a possibilidade de adivinhar a ira secreta, a autoaversão e o desespero que se escondiam atrás daquelas palavras na alma de Garret Smith, ele conseguia apenas pensar que o homem estava bêbado, louco, ou, por motivos além da compreensão, tentando deliberadamente provocá-lo. Bem, o motivo não importava. Ele não iria aceitar aquilo.

— Você é um homem inútil e imprestável, Garret Smith — bradou. — Esse é o exemplo que dá ao seu filho?

Ele não podia saber que acabara de cutucar novamente o mesmo nervo aflitivo. Mas agora, aguilhoado pela segunda vez, Garret subitamente deu um salto.

— A única lição de que o meu filho precisa agora, seu maldito — berrou —, é de como disparar um mosquete para quando os franceses vierem!

Budge ficou completamente imóvel.

— Entendo — disse ele. Então girou nos calcanhares e, inclinando-se rapidamente, saiu pela porta da cabana.

Lá dentro, os três homens permaneceram em silêncio. Então Brennan falou.

— Jesus, Maria e José — exclamou, chocado e amedrontado. — O que o fez dizer isso?

Dois dias depois, O'Toole viu Budge levar Conall Smith embora. Foi somente sua garantia de que Garret estava bêbado, ao dizer aquilo que evitou que Budge prendesse Smith como uma pessoa perigosa e o enviasse acorrentado para a guarnição nas Wicklow. O destino do garoto fora inteiramente determinado. "Você pode escolher" dissera Budge firmemente a Garret. "O garoto vai para Dublin ou você vai para as Wicklow."

— Ele não é mesmo a pessoa adequada para criar o garoto — anunciara o senhorio, para que vários aldeões o escutassem. Fosse o que fosse que pensassem do senhorio e de sua escola protestante, não foram poucos os inimigos de Garret que ficaram felizes em dizer: "Foi ele quem causou isso a si mesmo."

E ao garoto, pensou O'Toole. Pois, de modos diferentes, parecia-lhe, tanto ele quanto Garret Smith haviam traído o garoto. Garret, pela sua ébria negligência. E ele mesmo? O que mais poderia ter feito?

Ele respondia a essa pergunta fazendo uma outra. E se tivesse sido Deirdre, em vez de Conall, que estivesse ameaçada? Ele não teria encontrado uma maneira de protegê-la? Parentes em outra parte para quem ela poderia ter sido mandada rapidamente? Entretanto, sabendo o que sabia, ele nem mesmo alertara Garret Smith do perigo.

E por quê? Era onde sua consciência o perturbava. Ele sabia muito bem.

Deirdre. Ela amava Conall. Como fora possível ela se apaixonar por ele? Não havia outro garoto em Rathconan, nem em toda a área, como Conall. O garoto era magnífico, mágico. Mas também era filho do bêbado Garret Smith e de uma vadia Brennan. Sangue ruim. Ele temia isso. Já vira tais coisas antes — uma brilhante promessa inicial seguida por uma desastrosa idade adulta. Não, não queria sua pequena Deirdre crescendo perto do jovem Conall e, certo dia — podia ver isso muito bem —, tornar-se sua companheira por toda a vida. Não queria isso. Sacrificaria o garoto. Isso teria de ser feito.

"Tudo se resolverá da melhor forma", dissera a Conall, quando este tinha ido se despedir. "Confie em mim, que assim será." Uma mentira. "Você apenas ficará em Dublin, e voltará com frequência para nos visitar." Mais duas.

E agora, por Deus, ele via o garoto partir. E subitamente Conall pareceu mais novo, chorando como um menininho, agarrado ao pai, com o próprio Garret parecendo um homem diante do patíbulo, tão pálido e desesperado — pior do que a morte, com certeza, pior do que a morte —, e o pequeno Conall gritava, "Não me tirem do meu pai, eu quero o meu pai." Os homens, porém, o puxavam, arrastando-o para a carroça que o levaria a Dublin, colocaram-no nela e o seguraram ali, enquanto ele se virava, os grandes olhos verdes, e as lágrimas escorrendo pelo rosto, parecendo suplicar ao pai, que conseguia apenas ficar parado ali, como uma pedra e sóbrio, observando-o como se fosse um morto.

Então deram no pônei um leve golpe com um pequeno chicote, e a carroça seguiu pela trilha.

Quando começou a se mover, Deirdre saiu do lado do avô. Ele estivera segurando sua mão, mas, nesse momento, ela desprendeu-a da dele e caminhou sozinha, muito lentamente, pela trilha, atrás da carroça. Na primeira curva, havia uma pedra ao lado da pista, e Deirdre subiu nela, para observar o lento progresso da carroça pelo vale abaixo, totalmente imóvel, sem nunca tirar os olhos dela, vendo-a sempre, à medida que serpeava lentamente a distância, até sumir de vista.

Mesmo então, porém, a garotinha com seu longo cabelo escuro permaneceu onde estava, sem se mexer, encarando a distância, e o grande silêncio da montanha, e o nada que era seu futuro. E permaneceu ali, como se ela, também, tivesse virado pedra, por mais de uma hora.

Grattan

1771

Ah, seria uma grande noite, uma noite para ser lembrada. Toda a família iria — irmão, crianças, netos, primos.

— Sinto uma grande alegria — disse o velho Fortunatus à sua esposa — pelo fato de, durante todos os meus 80 anos, e mais, a nossa família ter vivido sem qualquer discórdia. E — acrescentou alegremente — tenho todos os motivos para esperar que isso continue por mais oitenta anos.

Eles iam vê-lo e à esposa, é claro. Mas Fortunatus também providenciara um convidado de honra — um personagem de tal interesse singular e fascínio, que estavam todos ansiosos em conhecê-lo —, a quem, com um adequado senso de dramaticidade, ele pedira que chegasse uma hora após o resto do grupo. "Ele fará, pode ter certeza, uma entrada extraordinária", disse com deleite à esposa.

Contudo, ainda mais emocionante para o próprio Fortunatus foi a notícia de outra adição à festa — notícia que somente lhe chegara ao meio-dia — e que causara no querido idoso mais alegria e antecipação do que ele achava adequado expressar. Hércules estava de volta. "George e Georgiana o trarão. Ele estará com todos os demais. Estarão todos juntos", permitiu-se dizer. "Isso me dá um grande prazer."

E agora os convidados estavam chegando.

Após escalar a dúzia de largos degraus até a porta da frente da casa na praça St. Stephen, o visitante entrava em um vestíbulo cujo piso era revestido de pedras, com uma lareira. Ali, Fortunatus, vestido com um casaco tão vermelho quanto seu rosto e guarnecido com galões bordados com fios de ouro, calções e meias de seda que revelavam uma panturrilha viril, sapatos com fivelas de prata e sua melhor peruca empoada, cumprimentava afável e sucessivamente seus convidados.

Primeiro veio seu irmão Terence, mais magro do que Fortunatus, o rosto menos corado, com seus filhos e netos. Como a primeira esposa tinha morrido, Terence se casara novamente, já bem entrado na meia-idade, com uma viúva de uma família católica, e, para surpresa de todos, gerara outro filho, um rapaz encantador chamado Patrick, de quem Fortunatus exclamava alegremente: "Podem escrever o que digo, esse garoto vai longe." Os dois irmãos se cumprimentaram com caloroso afeto.

Logo depois vieram os Doyle. Se Fortunatus levara anos ascendendo sua família no mundo social, agora, na velhice, tinha relaxado. Era cordial, até mesmo sentimental. E o fato de seus parentes, os Doyle, embora ricos o bastante para se estabelecerem como fidalgos, terem optado por permanecer estólidos comerciantes de Dublin, sem qualquer vestígio de *bon ton*, não era motivo para esquecê-los quando a enorme família se reunia. Ele apenas lamentava que sua temida prima Barbara, falecida havia sete anos, não estivesse presente para aterrorizar todo mundo. Mas ali estava o filho dela, o menino, ele se lembrava, que Barbara levara à sua casa quase cinquenta anos antes, um homem moreno, meio taciturno, já com netos, exibindo na cortesia de sua saudação o apreço que tinha pela bondade de Walsh em convidar à casa não apenas ele, mas toda a sua família.

Sua neta Eliza chegou em seguida — a filha mais velha de George e Georgiana — juntamente com o marido. Ele era um dos Fitzgerald — outro brilhante partido que elevara ainda mais a posição social da família. Tinha de agradecer a Georgiana por isso. E Fitzgerald era também um sujeito muito decente. Ele os acolheu alegremente.

Então, duas das filhas dele e suas famílias. Bem, ele as via com frequência, graças a Deus.

Mas onde estavam George e Georgiana? E Hércules? Ah. Viu a carruagem deles encostando lá fora. Sem perceber que o fazia, encolheu a barriga e ficou um pouco mais ereto. O passado desejando fazer boa impressão ao futuro. O lacaio abria a porta; o mordomo se curvava, mais baixo do que anteriormente. George e Georgiana vinham na frente.

Lorde e Lady Mountwalsh eram um belo casal. Tudo em relação a eles era belo. A excelente mansão palladiana que haviam construído em Mount Walsh, sua propriedade em Wexford, era bela. A enorme residência na cidade que haviam adquirido recentemente no vizinho condomínio da praça Merrion era bela. E eles tinham uma bela fortuna.

Pois, quando não apenas a doentia Lydia morrera, muito apropriadamente na ocasião prevista, mas também Anna, muito inesperadamente, sucumbira a uma febre justamente antes da época em que deveria se casar, Georgiana restara como a única herdeira da fortuna de seu pai Henry. E quando Henry se fora calmamente desta vida, dez anos atrás, George comentara com o pai: "Nós temos tanto dinheiro, que nem sei o que fazer com ele."

Ele não precisara se preocupar. Em pouco tempo, surgira uma multidão de gente simpática — arquitetos e desenhistas, construtores de armários, vendedores de antiguidades, vendedores de cavalos —, todo tipo de mascate. Até mesmo um filósofo. "Não se preocupe", garantiram, "nós lhe mostraremos." E, com apenas um modesto arranhão em sua fortuna, ele patrocinara todos eles. Por Deus, o homem era amado.

Tranquilo, apartidário — não surpreendera ninguém, quando, pouco após a construção de sua casa de campo palladiana, George favorecera tanto o governo para ser elevado a par do reino. E, assim, enquanto o velho Fortunatus permanecia muito satisfeito na Câmara dos Comuns da Irlanda, seu filho agora tinha um assento como lorde Mountwalsh na câmara superior, onde, todos concordavam, ele era um belo ornamento.

Um rugir de seda perto dele: Georgiana, cabelos grisalhos, mas ainda no máximo desabrochar da feminilidade madura. Um suave olhar partiu dos olhos do velho. Ela trouxera para sua família não apenas uma grande fortuna, mas, também, beleza e bondade, e ele a adorava abertamente. Ela o beijou delicadamente na face. As suas duas filhas mais novas, ele também cumprimentou afetuosamente. Mas agora chegou o momento. Aí vem o homem.

— Hércules, meu garoto. Seja deveras bem-vindo. — O ilustre Hércules Walsh: herdeiro de toda a riqueza e do crescente poder da família, e que, naquela mesma manhã, acabara de desembarcar de um navio proveniente da Inglaterra. A esperança deles para o futuro.

Por Deus, o rapaz era bem-apessoado. Não restava dúvida.

Ele tinha apenas 22 anos — um ano antes haviam festejado sua maioridade no Mount Walsh —, mas poderia ser um ou dois anos mais velho. Formara-se no Trinity College, em Dublin, e estava agora nas Inns of Court, as escolas de Direito de Londres. Não que precisasse seguir alguma profissão, é claro, mas elas eram uma parte útil da educação de um aristocrata com propriedades e uma fortuna para administrar, e que, provavelmente, entraria para a vida pública. Ele tinha um rosto másculo, um tanto quadrado, bem moldado, que poderia ter pertencido a um jovem general romano. Seu cabelo era castanho-claro, abundante, e crescia para a frente, terminando em cachos. Os olhos, bem separados, eram castanhos e nivelados. Ele era discreto, e educado quando respondia a perguntas; somente sorria quando necessário, e frequentemente parecia achar que não o era. Claramente, achava que agora era, pois sorria ao mesmo tempo que fazia uma cortês reverência para o velho e sua esposa.

— Vovô. Vovó.

Seu avô, porém, já havia virado o rosto para o interior do saguão.

— Patrick! Patrick! — chamou o velho Fortunatus. — Tragam Patrick aqui. Ah, aí está ele. — O jovem apareceu, acompanhado pelo pai. — Fique ao lado de seu primo, Pat, para que eu possa olhar para os dois juntos. Pronto. Alguém já viu uma dupla mais bonita? — bradou, encantado.

Embora parentes próximos, o filho de Terence e o neto de Fortunatus formavam um interessante contraste. No grande minueto dos genes, quando cada qual tinha sido formado, aparentemente fora tocada uma música diferente, e diferentes pares foram selecionados. Patrick, embora quase da mesma altura de Hércules, tinha uma compleição inteiramente mais esguia. Seu rosto era mais delicado e sugeria um advogado inteligente ou um médico, um homem de ideias. Os olhos eram brilhantes. Quando em companhia agradável, ele exibia um deleitoso encanto pueril. Quando ouvia uma conversa séria, inclinava a cabeça, balançando-a ligeiramente na direção do interlocutor, com uma expressão concentrada, mas amável.

Quando Patrick ficou ao lado do primo Hércules, que lhe fizera um ligeiro cumprimento com a cabeça, não escapou a Fortunatus que uma pequenina nuvem atravessara o rosto de seu sobrinho. Seria compreensível, é claro, se o jovem Patrick, filho de um médico católico de suficientes mas modestos meios, se sentisse um pouco constrangido ao lado de seu primo protestante, cujos recursos deviam ser mil vezes o dele. Mas gerações de lealdade familiar não iriam ser perturbadas por tais considerações.

— Como eu gostaria — exclamou alegremente Fortunatus — que o nosso querido pai pudesse ver isto, hein, Terence? — Virou-se para os rapazes. —

Quando o nosso pai Donatus decidiu que eu deveria ser criado na Igreja da Irlanda, e Terence permanecesse na fé católica de nossa família, sua intenção foi a de que um ramo sempre protegesse o outro. Ele mesmo, deve ser lembrado, continuou um bom católico até o dia de sua morte, que Deus tenha sua alma. E, no devido tempo, será a sua vez de manter a tradição, Hércules, como sei que o fará. Agora, deixe-me apertar sua mão. Isso. Pronto. Bravo. — Olhou em volta para todos, radiante; então uniu seu braço ao do irmão. — Venha, Terence, vamos tomar um copo cheio até a borda de clarete. — E os irmãos foram juntos em direção à sala de estar, seguidos pelos dois rapazes.

Georgiana observou tudo. Ela gostava de Patrick. Quanto ao seu relacionamento com o velho Fortunatus, muitos anos atrás, seu marido comentara alegremente, "Meu pai é apaixonado por você", ao que ela docemente respondera, "Eu sei, meu querido", e, dando em seu braço um tapinha amigável com o leque, "portanto, não esqueça que você tem um rival". O próprio velho fidalgo, ao admitir livremente seu afeto, também fizera uma afirmação mais calculada. "Eu amo meu filho", disse à sua esposa, "mas quem tem o cérebro é Georgiana."

O tempo fora generoso com Georgiana. Seus cabelos estavam grisalhos, mas a moda de cabelos e perucas empoadas era conveniente para a meia-idade. Seu rosto não era muito enrugado, e as poucas rugas que tinha só a tornavam mais atraente. Se os olhos eram prudentes, eram também manhosos, e pareciam, de vez em quando, conter uma luz maravilhosa.

Pois se havia uma coisa de que Georgiana gostava, era fazer as pessoas felizes. E, como uma mulher rica, com o marido como membro da Câmara dos Pares e casas onde podia receber, ela tinha ampla oportunidade de fazê-lo. Suas *démarches* eram bastante altruístas. Um casamento a ser providenciado, uma briga de família a ser contornada, um emprego a ser conseguido para um bom homem em dificuldades. A índole e a bondade de Georgiana eram proverbiais.

Em anos recentes, seus serviços tinham sido particularmente muito procurados. Por décadas, desde os grandes dias do duque de Devonshire, os representantes reais costumavam ficar no cargo apenas por curtos períodos e só iam a Dublin para sessões parlamentares. O governo irlandês, e, portanto, o direito de nomear funcionários públicos, ficava nas mãos de seus representantes no castelo, e com os grandes administradores parlamentares como os Ponsonby e os Boyle. Mas, finalmente, o governo de Londres concluíra, "Estamos gastando uma fortuna com os Ponsonby e seus amigos" e enviara um habilidoso aristocrata, lorde

Townshend, para ver se conseguia ajeitar as coisas. Agora, em seu quarto ano na Irlanda, Townshend havia tranquilamente rompido o controle das velhas panelinhas. Mais uma vez, o poder de nomeações voltara a passar a ser do próprio representante real, e os favores diminuíram. "É a interferência inglesa", gritaram os furiosos Ponsonby. "A Irlanda está sendo subvertida." E não eram poucos os que concordavam com eles. A mudança de regime, porém, nunca preocupou nem um pouco Georgiana. Ela logo se tornou amiga de lorde Townshend. E como lorde e Lady Mountwalsh viviam confortavelmente distanciados de facções políticas, e Georgiana somente pedia favores para pessoas que precisavam de ajuda, era espantoso o sucesso que ela obtinha.

— Como, diabos, você consegue? — perguntara seu marido.

— Bastante simples — respondeu. — Townshend se orgulha de ser muito honesto, e então eu lhe peço coisas como um favor, e não ofereço nada em troca.

Certa ocasião, quando as relações com a França andavam especialmente ruins, Georgiana até mesmo o convenceu a soltar um jovem francês preso, porque, alegava ela alegremente ao importante homem, sua noiva na França devia estar preocupada.

— Isso pode causar a você, ou a mim, o mais leve bem? — indagara Townshend com um certo divertimento.

— Nenhum que eu possa vislumbrar — respondera ela.

E se, uma ou duas vezes, o representante real lhe pedira secretamente que o ajudasse a sair de uma dificuldade, e ela o fizera com prazer, nenhuma alma em Dublin jamais viera a saber disso.

Agora, enquanto olhava o jovem Patrick com Fortunatus, era natural que ela imaginasse que boa ação poderia fazer pelo encantador rapaz católico.

Mas ainda não. Ela tinha outra missão a cumprir naquela noite.

Às vezes, Georgiana se preocupava com seu filho. Ele recebera o nome de um amigo de seu marido, que fora o padrinho do rapaz. Contudo, o nome parecia ter decidido seu caráter. Ele fizera tudo o que se esperava dele, mas o fazia com uma precisão insensível, mecânica, como um general dizimando um exército inferior, o que era quase assustador. Ele jogava para ganhar e se levava a sério. Por demais a sério. Talvez fossem os próprios ancestrais presbiterianos dela agindo através dele, Georgiana não sabia. Algo, porém, tinha de ser feito.

A solução que lhe ocorrera fora simples demais. Ele precisava de uma mulher que o arrancasse de si mesmo. Não se importava se fosse uma amante ou uma esposa, mas, no caso desta última, teria de ser muito bem escolhida. E apenas recentemente ela achara que havia encontrado a pessoa perfeita.

Não havia família mais importante em toda a Irlanda do que a antiga casa dos Fitzgerald. Praticamente governantes da Irlanda até os Tudor os derrubarem, os poderosos Fitzgerald, condes de Kildare, eram príncipes irlandeses em tudo, menos no nome. Duas décadas atrás, em Dublin, fora o conde de Kildare quem havia encabeçado o desenvolvimento da cidade para as terras pantanosas do Liffey, abaixo da praça St. Sthepen, projetando a Kildare Street e construindo ali perto uma esplêndida mansão, igual a uma casa de campo palladiana, a qual, tendo em vista que, recentemente, ele recebera o título ainda mais importante de duque de Leinster, era agora chamada Leinster Home.

A família Leinster era enorme e extensa. Mas um casamento com qualquer parte dela, para a família Walsh, era a autenticação final em sua elevação da pequena nobreza para a aristocracia; e quando a filha deles Eliza se casara com um dos Fitzgerald que era um parente bem próximo dos duques, George e Georgiana haviam se parabenizado e ido, com alegria no coração, às grandes reuniões na Leinster House, agora como membros da família.

O jovem Fitzgerald tinha uma irmã. Não era apenas, consequentemente, uma das Leinster, mas Georgiana sabia que ela estava prestes a receber um enorme legado de uma de suas tias. Era, portanto, duplamente elegível. Mas isso só se tornava importante, no que dizia respeito a Georgiana, para satisfazer seu filho e a família de seu marido. O jovem Hércules já possuía uma fortuna. O que interessava a ela era o caráter da moça. Ela era inteligente, amável e bem-humorada. Se alguém fosse capaz de tornar seu filho um homem descontraído e feliz, esse alguém poderia ser essa moça. É verdade que seriam dois de seus filhos se casando com irmão e irmã, mas isso, naquela época, não causaria maiores comentários do que o casamento de primos em primeiro grau.

Com a visita de Hércules, a reunião daquela noite fornecia a oportunidade perfeita para conversar a respeito do assunto com Eliza. Esse era o programa de Georgiana para a noite.

Isso e uma outra coisa. Todos iriam querer falar com o convidado de honra, quando ele chegasse. Mas ela tinha um motivo particular para desejar isso. Pois havia algo que queria lhe perguntar. Dizia respeito à família dela.

✣

Fortunatus ficou contente, após ter passado um quarto de hora muito agradável com vários membros de sua família, por ver Hércules sozinho. Ele queria uma conversa em particular com o rapaz.

O fato era que, embora se sentisse emocionado por ver seu neto de volta de Londres, ele realmente não o conhecia muito bem. Não era tão surpreendente. Quando Hércules era pequeno, seu avô sempre o via com outras crianças; posteriormente, ele com frequência estava fora, na propriedade em Wexford. E também os seus avós não o viam muito enquanto cursava a universidade em Dublin. Mas estudantes universitários se ocupam de suas próprias vidas — Fortunatus sabia disso. E, depois, o rapaz ficara ansioso para completar a sua educação em Londres, assim que fosse possível. Será, perguntou-se Fortunatus, que Hércules era simplesmente impaciente demais?

— Sentimos muito por não o termos visto mais vezes, meu caro rapaz — começou ele amavelmente —, quando estava no Trinity. Fez bons amigos por lá e também passou por apertos, disso eu tenho certeza. Teve de algumas vezes virar o casaco do avesso, não? Diga-me, quantas vidraças você quebrou?

Tantos eram os jovens cavalheiros do Trinity College descendentes de famílias importantes, que, quando davam uma escapulida para se embebedar, como era frequente, as autoridades raramente faziam algo a respeito. Tendo em vista que os filhos dos pares do reino tinham de usar uma fita de ouro em suas vestes acadêmicas, em geral eles discretamente as vestiam do avesso antes de começarem a quebrar qualquer vidraça.

— Se houve vidraças quebradas, não me lembro de que alguém as contasse — respondeu Hércules, baixinho. Aliás, embora tivesse observado outros fazerem isso, ele mesmo jamais havia quebrado uma.

— Ah, excelente — disse o velho Fortunatus, aprovando. — Esse é o espírito. E Londres... gostou daquilo? Fez amigos? Foi a peças e assim por diante?

— Bastante.

— Que notícias tem de nossos amigos, os Sheridan?

Fora uma daquelas coisas das quais a família encarregara Hércules, em sua ida para Londres, essa amizade com a talentosa família Sheridan. Após alguns anos em Dublin, onde Tom Sheridan dirigira com brilhantismo o teatro Smock Alley, este pegara fogo e quase o arruinara. Seguindo o exemplo do velho Dr. Sheridan, Tom fora para Londres, estabelecera-se como educador e até mesmo convencera o rei Jorge a lhe conceder uma bela pensão para produzir um dicionário de pronúncia do inglês falado, no qual continuava trabalhando. Sua esposa, enquanto isso, escrevera um romance popular que rendera um dinheiro extra.

— O grande Dr. Johnson diz que o dicionário de Sheridan será uma coisa ordinária — contou Hércules friamente.

— Claro. Ele está fazendo o seu próprio dicionário, e deve estar com ciúmes — disse lealmente Fortunatus. — E o filho de Tom? O jovem Richard? Tem mais ou menos sua idade, não?

— Mais novo, creio eu. Dizem que já escreveu uma peça. — Algo no tom de Hércules sugeriu que não desejava realmente ter tais dramaturgos e literatos como amigos da família.

— O avô dele, Dr. Sheridan, foi um homem de grande reputação — observou Fortunatus amavelmente. — Família antiga. Chegou a possuir a maior parte de County Cavan. — Decidiu mudar de assunto. — Você bebe muito? — indagou.

— Com moderação, vovô.

— Provavelmente dá no mesmo — concedeu Fortunatus. — Deve ter notado que a maioria dos cavalheiros de Dublin sofre de gota, que não é brincadeira para quem tem.

— Em Londres também.

— Sem dúvida. Meu irmão e eu sempre fomos poupados, mas não posso garantir que a família seja à prova disso. É melhor tomar um pouco de cuidado. Não — acrescentou moderadamente —, que uma ou duas garrafas de clarete à noite alguma vez tenham feito mal a ninguém. Mas já se embriagou algumas vezes, suponho. — Deu um olhar ligeiramente aflito para o neto.

— Isso é sabido.

— Na política — declarou Fortunatus com a experiência de uma existência não se deve confiar num homem que nunca se embriaga.

— Vou me lembrar disso.

— Você sabe que, dentro de poucos anos, minha cadeira no Parlamento ficará vaga. Não vou me candidatar novamente, disso pode estar certo.

Até recentemente, as eleições para a Câmara dos Comuns irlandesa só eram realizadas quando o monarca morria. Isso era muito conveniente aos membros do Parlamento, visto que podiam permanecer em suas cadeiras sem o incômodo e a despesa de uma eleição, até que eles, ou o monarca, morressem; e convinha ao governo porque, uma vez que tivesse convencido ou subornado um membro para apoiá-lo, provavelmente não haveria necessidade de se preocupar novamente com o seu voto por vinte ou trinta anos. Contudo, mesmo na grande estase da velha política da Dublin do século XVIII, as coisas estavam mudando. As eleições agora eram realizadas a cada oito anos. Em cinco anos, supondo-se que vivesse tanto, a cadeira do velho Fortunatus seria novamente disputada numa eleição.

— Você então assumirá a cadeira, eu espero, meu rapaz. É bom para a família ter representantes nas duas câmaras. — Olhou de relance para Hércules, para se certificar de que ele estava de acordo. — Ótimo. Você verá — prosseguiu — que o Parlamento é muito parecido com um clube. Podemos ter opiniões diferentes, mas pertencer a um partido não afeta a civilidade e a amizade. Somos todos sujeitos congeniais. Caso contrário — deu outro olhar rápido para o sisudo neto —, não se faria nada, você sabe. — Então, com mais firmeza: — Nada mesmo.

No que seu neto estaria pensando? A aparência do rapaz era bastante agradável; então por que ele tinha uma leve sensação de inquietação? Será que aquele sujeito de 22 anos e ar determinado entendia a tradição da qual era herdeiro? Certamente que devia. Sua mente voltou ao jovem Patrick. Sim, a questão católica. Isso era importante.

— Há conversas, sabe — continuou Fortunatus —, sobre uma nova legislação, no próximo período, para dar aos católicos algum direito de propriedade. Arrendamentos mais longos, a qualquer valor. Um sinal dos tempos, Hércules. Eu não me surpreenderia, em poucos anos... não na minha época, talvez, mas certamente na sua... de ver os católicos da Irlanda com quase os mesmos direitos dos protestantes. Há um sentimento crescente na Câmara dos Comuns, e também no castelo, de que todos estaríamos mais prósperos com o apoio dos católicos.

Não se tratava de um desejo por parte do velho que se tornaria realidade. A longa paz da Ascendência de modo algum apagara o antigo medo do catolicismo, mas acabara com sua vantagem. Havia uma verdadeira sensação de constrangimento em muitos setores pelo fato de fidalgos, como o Dr. Terence Walsh ou os estáveis comerciantes dos portos, serem tratados de forma tão vil. O velho Fortunatus sorriu.

— Um dia, o seu primo Patrick tomará o lugar dele a seu lado, não apenas como seu semelhante na família, como é claro que o é, mas também na arena pública. Isso teria agradado enormemente ao meu querido pai.

Hércules inclinou a cabeça educadamente.

— Bem, receio dizer que você já me ouviu falar demais — concluiu o velho. — Mas me alegro em ver que você é amigo de seu primo. Nada é mais importante do que a família, meu rapaz. — Então deixou o neto para que este se divertisse sozinho.

Poucos minutos depois, porém, ficou feliz em ver que Hércules e Patrick conversavam.

A conversa dos dois talvez não fosse exatamente o que ele teria esperado. Tudo o que Hércules queria era uma informação.

— Você conhece um homem chamado John MacGowan?

— Talvez. Por quê?

— Recentemente, ele entrou para um clube ao qual eu pertenço. Os Conselheiros de Skinner's Alley. Já deve ter ouvido falar.

— Sim.

Isso era preciso que se reconhecesse em Hércules — ele nunca perdia tempo. Poucas horas após chegar de Londres, saíra por Dublin e soubera que, já no dia seguinte, haveria uma reunião dos Conselheiros e um jantar do clube dedicado à memória de Guilherme de Orange. Patrick conhecia o clube, é claro: um grupo incomum, uma vez que pessoas de todas as classes sociais se misturavam alegremente em suas reuniões — desde que fossem protestantes, é claro.

— Pensei que os MacGowan fossem católicos — disse Hércules.

— Tenho certeza de que são, na maioria.

— Esse tal diz que é protestante.

Teria o jovem Patrick hesitado?

— Eles são muitos — respondeu após um momento. — É bem possível que alguns possam ter virado protestantes.

— Esse é merceeiro. Você conhece um John MacGowan que é merceeiro?

Patrick franziu a testa.

— Creio que sim. Mas há uma porção de MacGowan merceeiros, todos primos. Se um deles diz que é protestante... — deu de ombros. — Eu não tentaria detê-lo, se é isso que você pretende.

— Humpf — fez Hércules, virou-se e foi embora.

E ainda parecia irritado, alguns momentos depois, quando sua mãe se aproximou dele.

— Gostou de conversar com seu avô? — perguntou ela.

— Ele acha que eu deveria ajudar os católicos. Dar-lhes os mesmos direitos que nós temos.

— E você vai fazer isso?

Hércules deu de ombros.

— Por que abrir mão de uma vantagem?

A isso, Georgiana não respondeu.

— Venha falar com sua irmã Eliza — disse ela, em vez.

O convidado de honra chegou exatamente na hora marcada. Fortunatus conduziu-o à grande sala de estar, onde a família toda esperava. Ao entrar, todos fizeram silêncio. Georgiana estava de pé ao lado de Hércules. Quando o visitante entrou, ela o observou atentamente.

Era uma figura curiosa. Um homem mais velho, com um casaco de tecido caseiro marrom. Usava meias e sapatos com fivelas, mas sem peruca. Longos fios de cabelos brancos pendiam de sua cabeça calva. No nariz, pousava um par de óculos meia-lua, por cima do qual ele olhava de modo benigno para as pessoas. Que velho adorável, pensou ela.

O Sr. Benjamin Franklin fazia sua primeira visita à Irlanda.

Fortunatus o acompanhou pelo aposento, apresentando cada membro da família, enquanto o americano apertava a mão ou curvava a cabeça branca do modo mais simples e mais ameno imaginável. Georgiana, porém, já vira muitos homens públicos para notar que os bondosos olhos velhos eram também excessivamente aguçados. E, quando chegou a vez dela, e os olhos dele se acenderam com um indisfarçável brilho à visão de seu corpete ligeiramente intumescido, Georgiana sorriu consigo mesma e conclui: esse velho esperto não é tão meigo e simples como finge ser. Mas é um ator de primeira classe.

— O Sr. Franklin já fez uma visita à nossa Casa dos Comuns, onde foi convidado a se sentar como membro, durante os debates, e onde tive a honra de conhecê-lo —, anunciou Fortunatus. — E, quanto ao motivo de sua visita à Irlanda, deixarei que ele mesmo explique daqui a pouco.

Por cerca de um quarto de hora, Franklin conversou com várias pessoas do grupo e, com prazer, respondeu às suas perguntas. Sim, era membro do legislativo da Filadélfia. De fato, ele nascera em Boston. Havia retornado da América para Londres por causa de seu serviço atual, mas, no passado, residira em Londres durante muitos anos, e tinha o mais caloroso afeto por essa cidade. Após algum tempo, entretanto, Fortunatus conduziu-o à extremidade da sala, de onde poderia se dirigir a todos.

Quando o velho americano falou, foi de uma maneira simples e amigável. Ele viera à Irlanda, explicou, porque acreditava que a situação ali era bem semelhante ao caso da colônia americana.

— Temos nossos legisladores, como vocês têm os seus, mas a eles não são dados poderes que, como simples homens livres, acreditaríamos serem razoáveis. Nós podemos regular assuntos locais, mas todas as decisões importantes são tomadas em Londres, por homens que nunca vemos. Tropas são aquarteladas em nossas cidades... por Londres. Somos dirigidos por funcionários governamentais que são escolhidos e pagos... por Londres. De modo que não temos qualquer controle sobre eles. Nosso comércio é controlado e determinado... por Londres. É Londres que controla nossa moeda corrente. Impostos controversos são estabelecidos... por Londres. Contudo, no Parlamento em Londres, que manda em nossas vidas e no nosso sustento, não temos representação de espécie alguma. Somos súditos do rei, mas somos tratados como algo menor do que súditos; somos homens livres, mas não temos liberdade. Devo, portanto, afirmar que, enquanto a maior parte dos habitantes da colônia americana é afetada, eles, no entanto, não procuram uma melhoria dessas condições.

"O motivo de minha visita a Londres — continuou — é negociar algumas concessões sobre essas questões; e minha esperança é que, se nós, na América, e aqueles que desejam mudanças semelhantes, no Parlamento irlandês, agirmos juntos, talvez possamos ter mais esperança de tratamento equitativo. Pois, se na América os colonos não recebem qualquer satisfação — acrescentou seriamente —, então não sei que problemas podem se seguir."

O discurso foi recebido com diferentes graus de entusiasmo, mas Fortunatus assentia calorosamente.

— Os partidários em nosso Parlamento que procuram mudanças dessa espécie... e geralmente sou da mesma opinião deles... são corretamente chamados de Patriotas — declarou ele. — Pois, enquanto são firmes em sua lealdade ao rei, também possuem um amor igual pela sua terra nativa. Encontrará muitos amigos na Irlanda, senhor.

Lorde Mountwalsh interveio amavelmente.

— Admitindo o que meu pai acaba de dizer, também não é verdade que vocês estão preparados para agir, em prejuízo da Inglaterra, para impor sua questão? — indagou. — Como justifica isso?

— Nós nos recusamos a comprar produtos ingleses e, por causa disso, obtivemos concessões em alguns impostos injustos — respondeu Franklin. — Agora estamos importando novamente produtos ingleses. Isso foi justificável? Penso que sim.

— Aliás — comentou Fortunatus —, foi isso exatamente o que, cinquenta anos atrás, o deão Swift disse que os irlandeses deviam fazer. — Ele notou, ao dizer isso, que seu neto franzira a testa. — E então, Hércules — chamou —, você tem uma pergunta a fazer ao Sr. Franklin?

Embora fosse claro que tão cedo Hércules não teria perguntado, Fortunatus ficou contente por seu neto reagir de modo varonil.

— O governo em Londres contestaria a ideia de que os colonos americanos não estão representados — disse ele. — O próprio rei, e os membros do Parlamento britânico, que sempre têm em seus corações o interesse da América, são seus representantes. Como responde a isso?

— O argumento que usam é que, se carecemos de representantes eleitos em Londres, temos, por bondade deles, uma *representação virtual* — respondeu Franklin com um aceno de cabeça. — E essa é uma bela ideia. Mas, se temos essa permissão, então deixem-me fazer-lhes uma proposta. — Seus velhos olhos piscaram. — Se aceitarmos essa *representação virtual*, então, em vez de pagarmos nós mesmos os impostos, deixaremos que os ingleses os paguem por nós; e a isso chamaremos de *taxação virtual*.

Isso provocou uma gargalhada geral, embora não da parte de Hércules.

— Temos ouvido falar das intenções leais da colônia — prosseguiu ele —, mas, ao mesmo tempo, o senhor insinua que, se suas exigências não forem cumpridas, outros problemas poderão se seguir. Isso quer dizer rebelião?

— Deus me livre! — exclamou Franklin com firmeza. Mas não pareceu, pelo rosto do jovem, que Hércules tivesse acreditado inteiramente nele, e, portanto, para evitar dissabores, Franklin prosseguiu calmamente: — Eu também tenho esperanças de que a nossa posição será bem entendida na Irlanda, por causa dos extraordinários e estreitos vínculos entre os nossos povos. Todos vocês tomarão conhecimento das imensas comunidades de presbiterianos do Ulster atualmente na América. Mas, para cada cinco presbiterianos, eu calculo que haja também pelo menos dois católicos irlandeses... tendo em vista que, na América, eles são livres para praticar sua religião sem inabilidade jurídica. — Aqui, com um rápido sorriso, ele deu um olhar de relance para Terence Walsh e sua família. — Tomando esses dois grupos em conjunto, é um fato indubitável que uma de cada duas pessoas em toda a nossa colônia da América veio desta ilha. Olhamos, portanto, para vocês como se fossem nossa família. — E sorriu para todos.

Essa notável informação foi recebida com alguns murmúrios de surpresa.

— Portanto, se houver uma rebelião lá, será irlandesa — murmurou Hércules, mas, felizmente, ninguém, exceto sua mãe, o ouviu.

Depois disso, o pessoal se dividiu em grupos, e as pessoas foram até Franklin, que conversou com elas amistosamente. Georgiana esperou um pouco, então se juntou ao grande homem enquanto este conversava com Doyle.

— O que mais me surpreendeu, confesso — dizia o velho americano — foi a imponente dimensão de sua capital. O prédio de seu Parlamento é mais admirável do que o de Londres. — O prédio que agora abrigava o Parlamento, projetado no início do século por um jovem arquiteto chamado Pearce, era realmente de uma magnificência só rivalizada pelo Império Romano. — Quando eu estava naquele grande salão abobadado de sua Câmara dos Comuns, eu poderia me imaginar no Panteão ou na São Pedro de Roma. Quanto às suas ruas largas... — Franklin ficou sem palavras.

— Nós temos um grupo chamado Wide Streets Commission, Comissão das Ruas Largas — informou-lhe Doyle orgulhosamente —, cujo objetivo é tornar nossas vias públicas e praças as mais espaçosas da Europa. Viu o nosso hospital Rotunda? É outro prédio formidável, e o primeiro hospital com período de repouso após o parto, exclusivamente para mulheres darem à luz, em todo o mundo, segundo dizem. — O comerciante sempre teve prazer em destacar os esplendores de sua cidade natal; e Franklin não era o primeiro visitante a ficar impressionado pela crescente magnificência da Dublin georgiana.

— Há, porém, outra descoberta que fiz nesta bela cidade — prosseguiu o homem da Filadélfia — que me deu um particular prazer. Trata-se da mais excelente bebida. É produzida por um homem chamado Guinness.

— Ah, sim — declarou Doyle —, e quanto a isso eu posso lhe dar uma informação em particular. Pois minha falecida mãe, Barbara Doyle, uma mulher notável, era amiga de Guinness quando ele começou o seu negócio. E foi ela quem deu o nome de sua bebida.

— Deveras?

— Bem, assim ela alegava. E seria preciso um homem corajoso para contradizê-la, isso eu posso lhe garantir. Guinness a procurou certo dia... isso foi uns 12 anos atrás, quando ele começou... e disse a ela: "Eu tenho uma excelente bebida escura que quero vender, mas, que inferno, não consigo encontrar um nome para ela." E ela lhe disse: "Bem, se quiser vender aos benfeitores da cidade, cuide para que tenha um nome que agrade a eles. Portanto, vou lhe dizer como chamá-la." E o fez.

— Guinness Black Protestant Porter — disse Georgiana, com uma risada.

— Guinness Black Protestant Porter, exatamente — ecoou Doyle com satisfação. — Embora eu deva dizer que há muita gente que a bebe sem ser protestante.

A reflexão sobre a excelente bebida levou uma pausa momentânea à conversa, e Georgiana usou-a para fazer sua pergunta.

— Estive pensando, Sr. Franklin, se, na Filadélfia, ouviu falar em alguém de minha família. Meu tio lá era um homem chamado Samuel Law.

Ela quase sentiu vergonha disso, mas, nos quase trinta anos em que estava casada, perdera todo contato com a família de seu pai. Após o racha entre seu pai e o irmão John, os ramos do Ulster e de Dublin da família não tiveram mais contato um com o outro. Seu pai mantivera correspondência com Samuel, e depois com a viúva dele na Filadélfia, mas ela não soubera mais do que isso, e estivera ocupada demais com a própria família para se preocupar muito. Por isso, a verdade era que ela nada sabia sobre seus primos de lá, supondo-se que ainda vivessem.

— Se eu quisesse enviar uma carta, nem mesmo saberia a quem escrever — confessou.

— Mas eu me lembro muito bem de Samuel Law, o comerciante — disse-lhe Franklin gloriosamente. — E sei que ele tinha irmãos em Belfast e Dublin, pois ele mesmo me contou. São uma excelente família.

E ele continuou a lhe fornecer o mais encorajador relato da família; advogados, médicos, conceituados comerciantes, com boas casas e algumas excelentes fazendas na região.

— Eu diria que o juiz Edward Law deve ser considerado atualmente o cabeça da família.

— Como eu gostaria de vê-los — exclamou ela. — Como eu gostaria que Hércules também os conhecesse.

Diante dessa última ideia, Franklin pareceu meio em dúvida. Mas, com prazer, fez uma sugestão.

— Em um ou dois dias, enviarei um pacote de cartas para a Filadélfia, Lady Mountwalsh. Se quiser, escreva uma carta para o juiz, traga-a para mim, e lhe prometo que lhe será entregue pessoalmente.

Foi uma oferta que ela aceitou imediatamente.

E, mais tarde, naquela noite, quando a festa acabou e o convidado foi acompanhado até o lado de fora, ela concordou com o resto da família que fora um grande sucesso.

A reunião dos Conselheiros de Skinners Alley foi bastante concorrida. Mais de quarenta sujeitos alegres se juntaram no salão de reuniões do andar superior da pousada da cidade. Como sempre, a frequência foi heterogênea. Havia um fabricante de perucas, dois boticários, diversos outros artesãos e comerciantes, meia dúzia de advogados, o encarregado da diligência Dublin-Belfast, alguns escriturários do castelo, uns dois oficiais do Exército, numerosos fidalgos e uma pequena quantidade de aristocratas, inclusive o jovem Hércules.

Foi um encontro festivo. Os conselheiros vinham se encontrando assim a cada mês por mais de oito anos, desde a Batalha do Boyne. O serviço foi leve. Poucos membros novos foram propostos e aprovados, a única exigência era que o candidato fosse um bom sujeito — e protestante, claro. Notícias foram trocadas. Hércules logo conheceu John MacGowan, que se revelou um homem bastante agradável, alto, cerca de 30 anos, com uma linha capilar recuando e disposição humorística. Com uma hora, o serviço, que incluiu o recolhimento de 6 pence de uma subscrição para pagar o jantar daquela noite, foi completado, e o verdadeiro objetivo da noite pôde começar.

O banquete: tudo foi feito formalmente. No centro da comprida mesa estava o sagrado busto do rei Guilherme, o libertador protestante. Depois da metade da mesa havia numerosas jarras: azuis para o ponche de rum, brancas para o ponche de uísque, de estanho para a *porter* — Guinness Black Protestant Porter, é claro. Quando os membros se sentaram e começaram a comer, uma grande travessa de pés de carneiros foi trazida, como lembrete de como o rei católico Jaime fugira de Dublin com a aproximação do rei Billie. A conversa era animada. Somente quando acabaram o prato principal, pôde ter início o serviço mais elaborado da noite.

Esse serviço intenso começou com todo o grupo cantando "God Save the King". Em seguida, o mestre de cerimônias, devidamente eleito e empossado como prefeito, ergueu-se e anunciou:

— Cavalheiros, façamos o brinde Orange. — Então, ante o que se pode definir aproximadamente como silêncio, quando quarenta sujeitos alegres já beberam e comeram bastante juntos, ele entoou a seguinte invocação de incutir temor: — À gloriosa, piedosa e imortal memória do grande e bom rei Guilherme, não esquecendo Oliver Cromwell, que ajudou na nossa redenção da pobreza, da escravidão, do poder arbitrário, do dinheiro de latão das moedas feitas por Jaime II e dos sapatos de madeira.* Que nunca falte a um guilhermita um jacobita para um chute na bunda! E não liguem para o *bispo de Cork*!** E aquele que não beber a isto, seja ele padre, bispo, diácono, tocador de foles, coveiro ou qualquer outro da fraternidade do clero, que um vento norte o sopre para o sul e um vento oeste o sopre para o leste! Que ele tenha uma noite escura, uma praia a sotavento, uma forte tempestade e um barco com vazamento para levá-lo pelo rio Estige! Que o cão Cérbero faça uma refeição de seu traseiro, e Plutão, uma caixa de rapé de sua caveira; e que o demônio salte sobre sua garganta com um ancinho em brasa, com cada dente arrancando uma entranha, e sopre-o com uma carcaça limpa para o inferno! *Amém!*

A linguagem do brinde dizia tudo. Parte inglês shakespeariano, parte sermão estilo século XVII: era protestante, antipapista, semipagão, triunfalista. Era sério, mas não deveria ser levado muito seriamente — desde que os protestantes amantes da liberdade estivessem confortavelmente no controle, é claro. Era a Ascendência em Dublin.

— Amém! — bradaram todos. — Nove vezes nove!

E agora, para aqueles com cabeça para isso, a bebedeira a sério da noite podia começar.

Foi em algum momento deste último procedimento que John MacGowan cometeu sua indiscrição.

Hércules tinha seu próprio modo de enfrentar longas noites de bebedeira. Primeiramente, fora abençoado com uma cabeça qual uma rocha. Se fosse preciso, ele superaria a maioria dos homens numa sessão de bebedeira. Em segundo lugar, era fácil para ele manter a cabeça fria, pois estava secretamente entediado

* Referência aos franceses que perseguiram os huguenotes. *(N. do T.)*

** Bispo protestante que pregava contra brindes aos mortos. *(N. do T.)*

— como sempre ficava quando não estava em curso algum serviço útil. Em terceiro lugar, porém, ele se tornara experiente em bebedeiras menos do que parecia ser. Na companhia festiva dos amigos, portanto, era menos uma companhia e mais um frio observador do que eles normalmente se davam conta.

Durante a refeição, ele se sentara transversalmente à mesa e a poucos lugares de John MacGowan, e tivera a oportunidade de observar o merceeiro de tempos em tempos. A princípio, este passara a maior parte do tempo ouvindo e rindo, talvez um pouco inseguro de si mesmo como recém-chegado ao grupo. Hércules notara algumas gotas de suor na frente calva de sua cabeça, e ficara imaginando se tinham sido produzidas por calor ou por nervosismo. Gradualmente, porém, ele pareceu ganhar confiança. Começou a conversar, até mesmo contou uma ou duas piadas, e, como estas foram bem recebidas pelos seus vizinhos, ele visivelmente se descontraiu. Bebeu mais; o rosto começou a brilhar. Ocasionalmente, quando não estava envolvido numa conversa, olhava para a mesa e ria consigo mesmo — se era porque estava um pouco embriagado ou desfrutando alguma piada particular sobre os procedimentos, era impossível dizer. Quando o homem mais velho à esquerda de MacGowan, tendo bebido o seu limite, partiu em silêncio, Hércules deu a volta na mesa e ocupou o lugar ao lado do merceeiro.

MacGowan cumprimentou-o com a cabeça, embora Hércules não tivesse certeza se o merceeiro se lembrava de quem ele era. Após um ou dois momentos, disse-lhe casualmente:

— Creio que você disse estar no ramo de mercearia. Negócio de família?

— Sim, é. Há várias gerações.

— Não se importe que eu diga, espero, mas, como MacGowan é um nome católico, devo pensar que a família é um pouco dividida, isto é, por você ser protestante.

MacGowan fitou-o curiosamente, mas Hércules sorriu e devolveu-lhe um olhar de grande sinceridade.

— Aliás — retrucou o merceeiro com um lento assentir —, deve ser dito que foi uma protestante quem salvou a minha família. Uma mulher notável, a velha Sra. Doyle: se não fosse por ela, meu avô teria sido arruinado, mas, em vez disso, morreu como um homem próspero. O negócio agora é dividido entre nós, mas, graças a ela, ainda o temos. — E ficou em silêncio por alguns momentos. Hércules notou que, enquanto pensava, MacGowan fechara pela metade o olho esquerdo, enquanto o direito abria largamente, ao olhar para a mesa.

Hércules pegou a jarra azul e serviu ponche para ambos.

— Vamos beber a ela — disse ele.

MacGowan, depois disso, tornou-se bem mais amigável. Contou algumas piadas, das quais Hércules riu amistosamente, e lhe serviu mais ponche. O rosto do merceeiro ficava cada vez mais vermelho e havia um ligeiro pronunciar indistinto em sua fala, mas ele continuava corajosamente, com Hércules, a seu lado, incentivando-o de um modo amigável.

— Eu me pergunto — arriscou finalmente Hércules — se você chegou a conhecer um certo Dr. Terence Walsh.

— Dr. Walsh? — O rosto do merceeiro se iluminou de prazer. — Claro que sim. É um velho muito distinto.

— Concordo plenamente. Eu tenho a honra de ser parente dele.

— Não diga! — Pelo leve ar de confusão no rosto de MacGowan, ficou claro para Hércules que o merceeiro se esquecera completamente de quem ele era.

— Então deve conhecer seu filho, meu primo Patrick.

— Sim. Conheço. — MacGowan parecia um pouco embriagado, mas encantado.

— Ele me contou que você estaria aqui esta noite. — Hércules abriu um sorriso e deu uma piscadela.

— Foi?

— Ele é meu primo. Um sujeito muito bom.

MacGowan deu-lhe um olhar confiante.

— Ele lhe contou sobre a aposta?

Hércules fez que sim.

— Mas não ficou claro se a aposta foi feita com ele mesmo — disse ele.

— Não, não foi. Foi feita com dois outros sujeitos. Mas ele acabou sabendo. Você não acha que ele contará para mais alguém, acha?

— Nunca.

— Ele é um sujeito formidável.

— De fato. — Baixou a voz. — Para um católico conseguir entrar aqui... no meio dos próprios Conselheiros de Orange. Que feito. Quanto você vai ganhar?

— Dois guinéus só por ter entrado. Mais dois, se não for descoberto. Outros dois mais, se conseguir também no próximo mês. — Sorriu. — Portanto, já ganhei 2 guinéus.

Hércules deu uma risada. Então levantou-se, deu a volta na mesa até o prefeito e contou-lhe que o grupo havia sido infiltrado.

Os minutos seguintes foram interessantes. Não havia precedente para tal coisa, e, enquanto o mantinham no banco e davam alguns chutes e socos em seu corpo para passar o tempo, chegaram a uma decisão — a qual, como frisou o prefeito, poderia estabelecer um precedente — quanto ao que fazer com o merceeiro católico que ousara daquela maneira violar a santidade dos procedimentos e testemunhar suas deliberações secretas. Alguns dos presentes estavam realmente furiosos e argumentaram que, como não havia, infelizmente, nenhuma lei para mandá-lo para a forca, que era o lugar ao qual evidentemente pertencia, poderiam pelo menos, como cidadãos decentes, surrá-lo até quase a morte. Outros, com o discernimento talvez nublado pela bebida, argumentaram que, como se tratara de uma aposta, o castigo para o crime do sujeito, por mais abominável que tivesse sido, talvez pudesse ser mitigado de alguma forma. O próprio Hércules, tendo feito sua parte ao revelar o crime, não participou dessas discussões. No final, prevaleceu o conselho moderado do prefeito, e apenas arrastaram MacGowan até a janela, de onde ele foi defenestrado.

A queda para a rua pavimentada de pedras redondas não passava de dois metros, porém MacGowan não caiu como deveria, e o senhorio lhes informou posteriormente que ele havia quebrado uma perna. Mas não gravemente: o cirurgião a emendara muito bem. E, com isso, encerrou-se a questão.

✣

Quer dizer, para o resto dos conselheiros. Mas não para Hércules. Ainda havia outra coisa para ser cuidada.

No dia seguinte, ele foi visitar seu primo Patrick para lhe falar em particular. A conversa não demorou muito.

— Você sabia que John MacGowan ia se infiltrar na reunião dos conselheiros. Mas não me contou.

— Era difícil. Eu tinha dado a minha palavra. A coisa toda foi apenas uma aposta insensata.

— Você mentiu para mim.

— Não, não menti. Na verdade, eu não disse nada. Soube que o pobre coitado se machucou.

— Pode usar todos os subterfúgios católicos que quiser, mas você mentiu.

— Isso me magoa.

— Pode se magoar o quanto quiser, seu maldito papista.

Patrick deu de ombros desdenhosamente.

— Se voltarmos a nos encontrar em reuniões familiares — continuou Hércules friamente —, eu serei educado. Não ofenderei vovô. Mas fique longe de mim. Nunca mais quero ver seu rosto.

E, assim, sem que Fortunatus soubesse, a amizade entre os dois ramos da família Walsh, planejada pelo seu pai e acalentada durante oitenta anos, chegou ao fim.

✣

Para Georgiana, os anos que se seguiram à visita de Ben Franklin foram movimentados.

Ela ficou encantada, alguns meses após escrever para a Filadélfia, ao receber uma amável carta em resposta do juiz Edward Law. Pelo tom de sua carta, ela teve a impressão de que o juiz achara um tanto divertido ter parentesco com alguém com um título bastante sonoro. Não apenas lhe deu notícias de seus primos americanos, mas gentilmente incluiu uma árvore genealógica. Também lhe fez um interessante relato do ânimo das colônias americanas, o que indicava, em sua opinião, que as disputas entre os colonos e o governo britânico não seriam resolvidas tão facilmente.

Um ano depois, quando alcançou a Irlanda a notícia da destruição de valiosa carga de chá pelos colonos de Boston, chegou outra carta do juiz.

> Aqui, na Filadélfia, o governador evitou conflito semelhante ao convencer o capitão a levar sua carga de chá de volta para a Inglaterra. Mas agora que tal desafio foi feito a Londres, receio que se seguirá a retaliação jurídica. E recorrer à lei, infelizmente, só pode tornar pior esse conflito. Também tenho escrito para o nosso primo em Belfast.

Esta última frase, supôs Georgiana, talvez tivesse sido uma delicada insinuação para ela de que, tendo se dado ao trabalho de restabelecer relações com a família na distante Filadélfia, seria uma gentileza fazer a mesma coisa com os seus parentes na próxima Belfast. Nesse caso, ela sabia que seu tio John tivera um filho chamado Daniel, e, portanto, sabia para quem escrever. E, aliás, se ela se perguntasse por que nunca fizera isso, teria de confessar que era provavelmente medo de que seus parentes de Belfast, que não estavam a uma distância segura como os da Filadélfia, pudessem constrangê-la de algum modo. Tendo decidido que era mesquinhez, e tendo se certificado de que seu bondoso marido não fazia objeção, ela redigiu uma carta. Porém, não recebeu resposta.

No ano seguinte, o velho Fortunatus perdeu sua esposa, e Georgiana decidiu visitá-lo várias vezes por semana para fazer companhia ao idoso. Frequentemente, encontrava por lá o irmão dele, Terence, e era animador ver os dois irmãos sentados juntos tão contentes. Embora não reclamasse de nada mais do que uma perna rija, às vezes parecia a Georgiana que o próprio Dr. Walsh não estava inteiramente bem. Ocasionalmente, parecia descarnado e cansado. Mas se sentia obviamente contente por ficar sentado a tarde inteira conversando com o irmão. E, se ela não encontrava Terence, por outro lado, costumava deparar com o filho dele, Patrick. "É bom o rapaz vir", dizia Fortunatus, "sabendo que tem coisas melhores para fazer." Contudo, ela não tinha dúvidas de que Patrick gostava da companhia do velho.

Embora seu pai tivesse sugerido que ele seguisse a profissão médica, Patrick escolhera o comércio de vinhos, e trabalhava arduamente. Quanto mais via Patrick, mais ela gostava dele. Era um rapaz inteligente, engraçado e gentil. E não lhe faltava ambição. "Espero fazer fortuna, se puder", disse a ela francamente. E, quando ela perguntou se havia algo mais que ele desejasse: "Eu nunca conseguiria mudar a minha fé, mas, se fosse possível a um católico fazer isso, então gostaria de entrar para o Parlamento."

Ainda que isso parecesse uma esperança remota, Georgiana estava contente porque agora havia pequenos mas encorajadores progressos para os católicos da Irlanda. O papa abrira a porta. Alguns anos atrás, após dois séculos de oposição aos heréticos monarcas ingleses, o papa transigira, e o rei Jorge III era agora reconhecido pelo Vaticano como o legítimo soberano da Inglaterra. Isso facilitava as coisas. "E, com todo esse problema na colônia americana", disse-lhe seu marido, "o governo quer manter todos os setores da comunidade o mais felizes possível." Na Irlanda, católicos eram excluídos de todos os cargos públicos, porque o Juramento de Fidelidade era redigido em tais termos protestantes, que nenhum católico conseguiria fazê-lo. "Portanto, vamos descobrir um meio de contorná-lo", explicou seu marido. "O bispo protestante de Derry, trabalhando com a hierarquia católica, imaginou um novo juramento. Nem todos os bispos católicos gostaram, mas outros instaram seus paroquianos a fazê-lo. Isso, afinal de contas, pode abrir o caminho para mais coisas."

— Você vai fazer o juramento? — perguntou Georgiana a Patrick.

— Vou, imediatamente — declarou ele. O velho Fortunatus estava igualmente entusiasmado.

— Foi isso o que a minha família sempre defendeu, desde a época de meu pai e de meu avô: lealdade à sua fé e lealdade ao rei — ele lhes lembrou. — Ainda rezo — confessou a ela, após uma das visitas de Patrick — para que você consiga viver para ver os dois ramos da família... Hércules e Patrick... ambos juntos no Parlamento.

Hércules também ia ver o avô, de vez em quando, é claro, mas Georgiana notou que, se ele chegasse e encontrasse Patrick lá, um ou outro logo arranjava uma desculpa educada e saía. Certa vez, ela perguntou a Patrick se havia algo errado entre ele e o filho dela, mas ele se esquivou da pergunta, respondendo: "Nós dois amamos tio Fortunatus". Quando ela perguntou a mesma coisa a Hércules, ele respondeu brevemente: "Ele tem a vida dele; eu tenho a minha." E recusou-se a dizer qualquer coisa mais. Portanto, ela não insistiu no assunto. Mas gosto dele mesmo assim, pensou ela, goste você ou não.

Seu projeto de casar Hércules com a jovem Fitzgerald fracassara miseravelmente. A própria moça, de acordo com Eliza, achara Hércules frio. A avaliação dele fora direta e final.

— Ela tem muitas opiniões próprias, mamãe, para eu me interessar.

Georgiana suspirou. Nenhuma mãe deseja pensar mal de seu filho. Ela continuaria a tentar.

No início de 1775, seu marido a levou a Londres por um mês. Foi uma visita muito bem-sucedida. Eles foram às Casas do Parlamento, ouviram Pitt, Fox e Burke, os maiores oradores do momento, viram lorde North, o primeiro-ministro, aparentemente quase adormecido na Câmara dos Lordes. "Na verdade", disse-lhes um amigo bem informado, "lorde North é um sujeito muito mais esperto do que parece, mas mantém o cargo mais por um senso de dever do que por gostar dele." Eles também conversaram com inúmeros políticos. Nesse processo, Georgiana obtivera uma percepção mais clara da mentalidade do governo de Londres em relação aos católicos da Irlanda.

— O fato, Lady Mountwalsh — informou-lhe, com um sorriso, um cínico partidário do governo —, é que esse novo juramento de lealdade foi uma coisa diabolicamente boa. Por um lado, os bispos católicos não concordam uns com os outros a respeito dele. Portanto, isso divide os católicos e diminui suas chances de nos causarem problemas. Mas, ao mesmo tempo, incentiva-os a entrar para o

Exército. Sabe — explicou —, há alguns anos, apenas um em vinte soldados do Exército inglês é irlandês. Eles deviam fazer o Juramento de Fidelidade, é claro, mas, se fossem católicos, esqueceríamos isso. Agora, porém, com seus padres os incentivando a fazer o novo juramento, estamos recrutando duas ou três vezes mais. Se esse problema nas colônias se tornar um conflito armado, e estivermos terrivelmente carentes de soldados, poderemos mandar esses irlandeses para lutar na América. — Ele deu uma risada. — Portanto, no momento, sou todo a favor dos católicos, minha senhora.

Ela convivia desde muitas décadas com políticos e não desconhecia a avaliação política, mas, ao pensar na honesta lealdade do velho Fortunatus e do jovem Patrick, e das centenas de católicos irlandeses que conhecia, teve uma sensação de tristeza e desgosto diante da superficial avaliação do inglês.

O verdadeiro motivo da visita dos dois, entretanto, era para o prazer. Ela vira as últimas modas de Londres, comprara algumas sedas e sapatos, enquanto George adquiria três telas de pintores italianos nos salões de vendas. Talvez o mais prazeroso de tudo, porém, tivesse sido a noite em que foram ao teatro para assistir à nova comédia romântica que acabara de tomar Londres de assalto.

Também, pudera: pois *Os rivais*, com sua trama imaginativa, seus vívidos personagens, como Sir Lucius O'Trigger, Sir Anthony Absolute e a leitora de romances Lydia Languish — sem falar da inefável Sra. Malaprop, que sempre usava a palavra errada —, estava obviamente destinada a se tornar um clássico dos palcos. Até mesmo Garrick, o grande ator-empresário, já havia declarado que era uma obra-prima. E pensar que o autor tinha apenas 23 anos!

Tendo dado risadas estrondosas e aplaudido vigorosamente, lorde e Lady Mountwalsh tiveram um particular prazer em ir posteriormente aos bastidores para cumprimentar pessoalmente o belo dramaturgo, que era ninguém mais do que o jovem Richard, filho de Tom Sheridan.

— Você não imagina o quanto meu pai ficará feliz em saber que o neto de seu velho amigo, o grande Dr. Sheridan, saiu-se brilhantemente aqui em Londres — disse George calorosamente. — E me perdoe se eu disser que parte de sua linguagem é tão deliciosa, tão brilhante, que só poderia ter vindo de um irlandês.

Ambos esses sentimentos pareciam dar ao jovem Sheridan um enorme prazer.

— Eu me lembro de seu pai, quando eu era menino em Dublin — bradou ele.

— Deve ter conhecido nosso filho Hércules, quando esteve aqui em Londres — acrescentou Georgiana.

— Ah, sim — disse Sheridan.

A primavera passou tranquilamente para Georgiana. Então veio a notícia da América de que a luta começara perto de Boston. Logo depois, ela recebeu outra carta do juiz Edward Law da Filadélfia.

> Após alguma hesitação, estou agora inclinado ao que chamamos aqui de causa Patriota. Minha estimativa é de que cerca de um quinto de nosso povo é patriota, completamente a favor da separação da Inglaterra; dois quintos são leais à coroa, embora queiram reformas; e outros dois quintos são indecisos, desinteressados, ou temerosos de se envolver no que quer que seja. Os donos de escravos do sul temem qualquer coisa que possa levar a uma revolta dos escravos.
>
> Sei que nossos primos do Ulster, como a maioria dos presbiterianos de lá, são inteiramente a favor da causa patriota e ficariam felizes em ver a América — e a Irlanda — independentes da Inglaterra. Eu me pergunto: você é a nosso favor ou contra nós?

Após ler a carta cuidadosamente, ela achou melhor não responder logo. Quando seu marido perguntou se a carta continha algo de interesse, ela respondeu, "Não realmente, George", e, depois, trancou-a em sua escrivaninha.

Um ano depois, a Declaração de Independência Americana havia reverberado por todo o mundo, 4 mil soldados tinham sido despachados da Irlanda para subjugar a colônia, e chegara a notícia de que o caro e velho Sr. Franklin fora à França para obter ajuda militar do mais antigo inimigo da Inglaterra. Ainda bem, presumiu ela, que nunca respondera à carta.

Naquele mesmo ano extraordinário, um acontecimento mais mundano e próximo de casa ocupou sua atenção.

Hércules conseguira uma esposa. Os pais da moça, que possuíam uma bela propriedade em County Meath, tinham-na levado a Dublin para procurar um marido, e ali Hércules a cortejara e conquistara seu coração. Não que isso fosse uma tarefa — tendo em vista que ela fora para lá expressamente por esse motivo e por ele ser herdeiro de lorde Mountwalsh — que exigisse mais do que o bom-senso. Mas Hércules conseguira, e ela era exatamente o que procurava.

Ninguém poderia fazer objeções a Kitty. Ela não era o tipo de beldade sobre quem todos comentassem, mas, de sua parte, até que tinha uma boa aparência. Tivera a mesma criação e o mesmo cuidado de uma porção de garotas de sua classe, e, por ter apenas 18 anos, claramente dependia de Hércules para orientação. Certa vez, quando Georgiana lhe perguntara o que pensava sobre os acontecimentos na colônia americana, ela olhara de imediato para Hércules, que respondera firmemente em seu lugar:

— Eles são rebeldes e pagarão por sua traição.

— Até mesmo Benjamin Franklin? — prosseguira ela.

— Franklin? — Kitty parecera em dúvida sobre quem ele era.

— Esse velho demônio, principalmente, deveria ser enforcado — dissera Hércules, o que deixara Kitty com a aparência aliviada.

— Bem, você prefere o campo ou a cidade? — perguntara então Georgiana a Kitty.

Mas, mesmo nesse caso, Kitty olhara de relance para Hércules.

— Depende da estação, não é mesmo? — sugerira ele cordialmente.

— Sim. Depende da estação — respondera ela firmemente. E Hércules tinha dado um tal olhar para sua mãe, que esta não fizera mais perguntas.

E, tendo em vista que o casamento parecia de algum modo melhorar o humor dele, Georgiana supôs que deveria se sentir agradecida.

Aquele mesmo ano presenciou outro marco na vida de seu filho: sua eleição para o Parlamento.

Uma eleição na Inglaterra ou na Irlanda era sempre uma coisa interessante. Não que dependesse muito da votação. A maioria das cadeiras era controlada por um pequeno número de cidadãos proeminentes ou por alguns poucos proprietários de terras. Os cidadãos normalmente esperavam receber algo pelo seu voto, em dinheiro ou em ajuda nos seus negócios; os proprietários de terras normalmente elegiam membros de sua família ou um amigo. E, em todos os casos, naturalmente, o governo tentava subornar os eleitores para que escolhessem um candidato que apoiasse sua diretriz. No caso da eleição de 1776, o governo conseguiu se sair muito bem.

— Nada menos que 18 novos pariatos foram concedidos — contou George a Georgiana com uma risada. — Nessa proporção, receio que, em breve, nós, os pares irlandeses do reino, sejamos tão comuns quanto funileiros.

Como prometido, Fortunatus cedeu sua cadeira para o neto Hércules, e a geração seguinte da família Walsh deslizou suavemente para ser lançada nas águas da política. Contudo, o tempo sobre o mar adiante parecia tempestuoso.

O Parlamento que Fortunatus deixara consistia de interesses faccionais que eram livremente organizados num estilo informal. O grupo chamado de Patriotas, que desejava mais autoridade para o Parlamento irlandês, flutuava em número, e até mesmo o seu líder, um excelente orador chamado Flood, aceitara um cargo no governo não fazia muito tempo. A família Walsh escolhera o caminho moderado. Na Câmara dos Lordes, podia-se normalmente contar que George Mountwalsh apoiasse o governo, a não ser que fosse proposto algo repreensível. Fortunatus, por outro lado, na Câmara dos Comuns, fora solidário com a causa Patriota desde os tempos do deão Swift e do escândalo das moedas de cobre. Era, porém, um sujeito cordial, e as autoridades do castelo sempre o haviam considerado um homem razoável, cujo voto podia ser pedido de vez em quando.

Mas agora, subitamente, a revolução americana banhara o mundo com uma nova e perigosa luz. Na colônia, os Patriotas americanos — respeitáveis donos de terras, advogados, comerciantes e fazendeiros — haviam tomado o destino em suas próprias mãos. "E o que", talvez perguntassem aqueles que igualmente se chamavam Patriotas na Irlanda, "nós conseguimos, em comparação?" No mínimo, decidiram, deveriam se manter unidos e usar a situação para obter algumas concessões verdadeiras. Outros membros, entretanto, que poderiam ter sido solidários com a causa deles, agora decidiram que, em tais crises, não era ocasião de sacudir o barco. Quando o novo Parlamento se reuniu, os homens do governo deixaram claro, "Se vocês não estão a nosso favor, estão contra nós", e, aparentemente, os Patriotas ficaram isolados.

Tratava-se de um Parlamento que podia ter sido feito sob medida para Hércules. Todos os seus instintos naturais haviam sido convocados. Era como um cão de caça que farejara sua presa. Horas após sua chegada, procurou os mais firmes partidários do governo e deixou que soubessem que, a despeito das opiniões de seu avô, estava do lado deles. Era a favor da ordem; os Patriotas, da desordem. Os Patriotas deviam ser destruídos. Tal entusiasmo era raro em política.

Os Patriotas, porém, não careciam de amigos. Logo após a eleição, Georgiana se encontrou com Doyle, que lhe disse:

— Que o governo aprenda com o que acontece na América e trate melhor os homens livres da Irlanda. Somos todos Patriotas nesta família — declarou —, e não conheço um comerciante em Dublin que não seja. — Em cidades por toda a Irlanda, os comerciantes e artesãos protestantes diziam a mesma coisa.

Certo dia, numa visita ao prédio do Parlamento para ver seu filho, Georgiana ficou um tanto surpresa ao vê-lo numa conversa séria com seu primo Patrick.

Depois que Patrick se foi, ela comentou com Hércules que achava que ele não gostava do primo.

— Eu o detesto — respondeu seu filho, como se fosse a coisa mais natural do mundo —, mas estamos do mesmo lado. Pelo menos no momento. — E mais tarde, naquele dia, Patrick foi até a casa dela e explicou:

— Estou organizando um manifesto de lealdade dos comerciantes católicos de Dublin... manifestando o nosso apoio ao governo e a nossa oposição aos rebeldes americanos. — Ele notou sua surpresa e continuou: — A comunidade católica está fazendo o mesmo em cidades por toda a Irlanda. Se quisermos aumentar a nossa influência, este é o momento de mostrar ao governo que pode confiar em nós... pelo menos, o melhor tipo de apoio que há entre nós. — Ele sorriu. — Portanto, Hércules e eu podemos não estar em harmonia, mas cantamos a mesma melodia!

Mas, se o governo vinha obtendo apoio das partes mais prósperas da comunidade católica, também ganhara um vigoroso oponente com o qual certamente nunca contara.

Fortunatus Walsh. Bem avançado em seus 80 anos, sem esposa, sem cadeira no Parlamento, mas ainda com todas as suas faculdades mentais, o velho Fortunatus, após uma existência de cordial, cautelosa avaliação, aparentemente decidira que não se importava mais com o que os outros pensassem. Estaria apenas entediado ou profundamente convencido da retidão da causa? Até mesmo Georgiana não tinha certeza. Entretanto, fosse qual fosse o motivo, assim que deixara a Câmara dos Comuns, ele se tornara um apaixonado Patriota. Não apenas denunciou o governo e alegremente declarou que os rebeldes americanos estavam certos, mas transformou a casa da praça St. Stephen num local de reunião do partido Patriota para quem quisesse comparecer.

Muitas pessoas se surpreenderam. O marido de Georgiana sacudiu a cabeça. Hércules, porém, não achara nada divertido.

— Já falei para todo mundo — informou a ela — que meu avô está senil e perdeu o juízo.

Georgiana continuou a visitar Fortunatus com frequência, o que ela adorava. A casa estava mais animada do que jamais o fora antes. Jornais de folha grande impressa só de um lado como *The Freeman's Journal* estavam espalhados sobre as mesas. Um exemplar de *Common Sense,* de Tom Paine, advogando a independência americana, até mesmo tinha chegado da colônia. Os Doyle costumavam aparecer, e, certa vez, trouxeram junto um radical membro do Parlamento chamado Naper Tandy, que disse a ela: "Quando mobilizarmos as guildas do comércio, como também os nossos Patriotas do Parlamento, o castelo se surpreenderá com o que podemos fazer." Isso soou agourento, mas ela também achou muito emocionante. Charles Sheridan, o irmão mais velho do dramaturgo, também fazia aparições ocasionais. Acabara de entrar para o Parlamento, do lado Patriota, e Fortunatus fizera questão de procurá-lo e persuadi-lo. Charles também deu uma notícia interessante a Georgiana: "Meu irmão Richard está bastante determinado a entrar para a política na Inglaterra, se conseguir dinheiro suficiente escrevendo peças. Se for bem-sucedido, teremos um Sheridan no Parlamento de Dublin e outro em Westminster."

Num outro dia, Fortunatus apresentou um encantador jovem advogado que entrara recentemente para a Câmara dos Comuns. Um fidalgo, mas sem as 2 mil libras necessárias para a aquisição de um distrito eleitoral, ele recebera um assento de um par Patriota. Seu nome era Henry Grattan.

Georgiana gostou imediatamente do jovem Grattan. Ele tinha o rosto fino, inteligente.

— Você parece um advogado — disse-lhe ela.

— Eu sei — respondeu ele com um sorriso. — Mas devo confessar que o tempo todo que me encontrava em Londres, supostamente estudando Direito, estava na verdade em Westminster, na galeria da Câmara dos Comuns, ouvindo grandes oradores como Pitt e Fox e Edmund Burke. Ah, que homens! Ali, eu estudei política, Lady Mountwalsh, e espero que possa ser bem-sucedido nela, pois acho que daria um péssimo advogado.

Conversaram por algum tempo, e, enquanto o faziam, ela notou que, além de parecer inteligente, havia em seus olhos um brilho encantador, amável que a entusiasmou. "Ele me lembra Patrick", disse posteriormente a Fortunatus.

Ela estivera imaginando se Fortunatus poderia estar decepcionado por Patrick, seu favorito, ter uma opinião tão oposta à causa Patriota. Mas, se havia qualquer dúvida sobre as faculdades mentais do velho, ele rapidamente a dissipou com sua resposta.

— Não, minha cara. O rapaz está muito certo. Os católicos devem demonstrar sua lealdade e seu apoio ao governo. Deixar a oposição com a gente. — Dirigiu-lhe um olhar perspicaz. — Lembre-se, Georgiana, que o meu pai mandou que nós, os irmãos, ajudássemos um ao outro, ficando de lados opostos da cerca.

— Você é uma velha raposa matreira — disse ela com aprovação.

Mas, sobre seu neto Hércules, ele parecia se sentir um tanto diferente. Certa vez, contornou a praça Merrion, para ir visitar George e Georgiana, e, encontrando Hércules por lá, deu-lhe um olhar zangado e comentou:

— O jovem Grattan fez outro dia um discurso danado de bom — Então, acrescentava com uma fungada: — Contudo, receio que o seu não tenha sido tão bom. — Em resposta, Hércules lhe fizera uma curta reverência e se retirara do aposento, mas não antes de seu avô comentar, para que ele não pudesse deixar de ouvir: — Não tem o dom da oratória. Nenhum mesmo.

No dia seguinte, Hércules a alertara:

— Acho insensato você ser vista na casa de vovô. Isso pode constranger a família. — Um alerta do qual ela não tomou o menor conhecimento.

Foi um choque para todos, quando, no início de 1777, o Dr. Terence Walsh subitamente sofreu um acidente vascular cerebral e morreu no ato.

— Ele não sofreu — disse Georgiana, consolando Fortunatus.

— Eu sei, e agradeço a Deus por ele ter vivido para ver Patrick crescer e se tornar um jovem maravilhoso — retrucou tristemente. — Mas sempre esperei ir primeiro.

Meia Dublin se reuniu para o funeral na Capela Católica, inclusive vários clérigos da Igreja da Irlanda; e, certamente, foi gratificante testemunhar o afeto universal que era dedicado ao doutor.

— Receio, entretanto — comentou Fortunatus posteriormente —, que ele não deixe nenhuma grande fortuna para trás.

Nos meses que se seguiram, Georgiana teve o prazer de notar que Patrick não deixara de ir ver seu tio uma ou duas vezes por semana, e ela sempre encontrava tempo para suas próprias visitas a fim de que pudesse encontrá-lo lá. Mal admitia, ainda que para si mesma, mas, atualmente, sentia-se mais à vontade na companhia dele do que na de seu próprio filho.

Hércules, enquanto isso, começava a fazer seu nome. A guerra americana estava cobrando seu preço. O governo proibira os irlandeses de comercializar com os americanos — para fúria dos comerciantes irlandeses. Mas, de qualquer modo, a guerra estava enfraquecendo todos os negócios. No Ulster principalmente, a indústria do linho foi atingida, e houve muitas falências. Os Patriotas colocaram toda a culpa no governo, e o jovem Grattan discursou tão bem, que se tornou sua estrela em ascensão. Mas os legalistas do governo reagiram, e, de todos os denunciantes dos Patriotas, nenhum era mais virulento do que Hércules Walsh. Ele podia não ter o dom de Grattan, mas, de seu modo tosco, sabia atingir um objetivo. Pelo que lhe dizia respeito, os Patriotas do Parlamento, os comerciantes queixosos e os presbiterianos do Ulster que simpatizavam com a América eram tudo a mesma coisa: traidores. Quando chegou a notícia de que Benjamim Franklin e seus colegas conseguiram fazer a França lutar a favor da América contra a Inglaterra, seus ataques se tornaram ainda mais contundentes. Foi logo após uma de suas mais insultantes diatribes, que Georgiana recebeu uma carta do Ulster. Estava assinada por Daniel Law.

> Não respondi, quando me escreveu antes, por não saber ao certo o que lhe dizer. Graças ao seu governo, o comércio de linho tem se encontrado numa situação tão desesperadora que, deste dia em diante, o negócio do Law de Belfast não existirá mais. Contudo, leio no jornal que, de acordo com seu filho, eu e meus iguais no Ulster, que ainda professamos a honesta e divina fé de nossos antepassados, não passamos de traidores e cachorros que deveriam ser acorrentados e amordaçados.
>
> Escrevo-lhe agora, portanto, com a certeza de que, finalmente, o que devo lhe dizer é que nada tenho a lhe dizer; e que a correspondência entre as nossas famílias, que você achou por bem recomeçar, deve doravante cessar para sempre.

Ela largou a carta com um suspiro e uma sensação de fracasso. Não adiantava escrever. Fosse o que fosse que ela dissesse, Hércules certamente faria novamente outro discurso ofensivo. Ficou imaginando se haveria algo que pudesse fazer por eles, se, como parecia provável, estivessem em dificuldades financeiras, mas concluiu que qualquer oferta seria educadamente recusada. Trancou, portanto, a carta na sua escrivaninha, junto com a da Filadélfia, e rezou por tempos melhores.

Logo depois, porém, ela pôde fazer algo bom por alguém.

Saíra da praça St. Stephen e seguia caminho para o Parlamento, quando, na metade da suave curva da Grafton Street, avistou o jovem Patrick vir em sua direção na companhia de um sujeito de aparência agradável, um pouco mais alto do que ele, e que caminhava com um leve coxear. Cumprimentou Patrick e perguntou se ele não ia lhe apresentar seu amigo.

— Ah, sim. — Sua hesitação foi apenas momentânea. — Este é o Sr. John MacGowan. Lady Mountwalsh.

O homem mais alto curvou-se cortesmente e disse que estava a seu serviço, mas ela notou que, à menção de seu nome, o sorriso se extinguira em seu rosto. Algumas pessoas talvez não se importassem e afastassem o incidente da mente, mas Georgiana nunca era capaz de refrear sua curiosidade. Portanto, do mesmo modo educado como manteve os dois homens cativos até deixá-los ir, envolveu-os numa conversa. Em pouco tempo, descobriu que John MacGowan era colega católico de Patrick, e que seu negócio de mercearia se expandira rapidamente nos últimos sete anos.

— Ele passou a lidar com mantimentos salgados — informou-lhe Patrick —, e, embora seja muito modesto para lhe dizer isso, só há dois comerciantes em Dublin que exportam mais carne salgada do que ele. Mas devo lhe dizer que, ao contrário de mim, ele não é amigo do governo — acrescentou com uma risada.

Se os homens do governo estivessem determinados a que os irlandeses não comercializassem com os rebeldes americanos, agora que a França tinha entrado na guerra, ficaram obcecados com a ideia de que comerciantes como MacGowan pudessem suprir o Exército e a Marinha franceses com alimentos salgados que seriam muito importantes para eles. Novas restrições, portanto, tinham sido feitas. E não foram nada populares.

— Tenho certeza de que você não gosta das restrições — disse ela com um sorriso.

— É verdade, milady — respondeu ele com um olhar cauteloso para Patrick.

— Não tem problema, John. — Patrick deu uma risada. — Pode dizer qualquer coisa para Lady Mountwalsh. Ela ouve coisa pior na casa do meu tio.

— O fato, Lady Mountwalsh — confessou o merceeiro —, é que tenho antipatia pelos governantes protestantes da Irlanda desde que me jogaram de uma janela e eu quebrei a perna.

— Ah, Sr. MacGowan, sinto muito.

— De certo modo — prosseguiu calmamente —, suponho que deveria ser grato. Pois, além de me fazer coxear, isso me deixou tão furioso e tão determinado, que me dediquei a expandir o meu negócio. Se não fosse a crueldade deles, tenho certeza de que não estaria onde estou agora.

— Estive pensando — disse Patrick com um sorriso largo — em levá-lo para visitar o tio Fortunatus... agora que os Patriotas, de repente, passaram a se interessar por nós, os católicos.

Essa tinha sido a mais recente volta no turbulento rio da política irlandesa, e fora ideia de Grattan.

Se os Patriotas até então não conseguiam maioria no Parlamento, ainda podiam exagerar a pressão do lado de fora da câmara. Contavam com a maioria dos comerciantes protestantes. Contavam também com muitos membros menores da pequena nobreza rural. Pois, embora os grandes proprietários rurais pudessem ter concluído que não era o momento de sacudir o barco do governo, havia muitos homens e fazendeiros menos importantes que pouco se importavam se o fizessem ou não. Restava, porém, o maior grupo de todos, quatro quintos da população da Irlanda — os católicos. Sujeitos respeitáveis como Patrick podiam proclamar sua lealdade — na esperança de melhor tratamento no futuro, é claro —, mas isso de modo algum impedia que os Patriotas prometessem fazer mais por eles do que o governo faria. "Livre comércio para a Irlanda. E reforma das cruéis Leis Penais, que insultam cada católico", ele agora exigia. Nem todos os protestantes Patriotas estavam seguros disso, mas Grattan os convencera a ir em frente. "Isso amedrontará o governo", frisou. "Colocará pressão sobre eles para satisfazerem pelo menos parte de nossas exigências." Convicção moral, calculismo astucioso? Era difícil dizer. Mas se tratava de uma política poderosa.

— Eu apoiarei os Patriotas — disse John MacGowan.

No dia seguinte, ela questionou ainda mais Patrick sobre seu amigo.

— Não gostei dele, mas como é que o jogaram de uma janela?

Patrick fez um breve relato do caso, deixando algumas coisas de fora.

— Não sei por que ele não os processou — comentou ela.

— E ter cada comerciante protestante de Dublin como inimigo pelo resto da vida? Ele foi sensato em não dizer nada. Sua vingança será acabar mais rico do que a maioria deles.

— Mas Hércules não pertence a esse clube? Ele participou dessa coisa?

— Talvez tivesse estado lá — concedeu Patrick. — Muita gente esteve. Mas ele não participou do ato de jogar John pela janela — acrescentou para tranquilizá-la. — De modo algum.

Naquela noite, Georgiana contou ao seu marido sobre o encontro com MacGowan.

— Sinto-me culpada por ele, George, mesmo que Hércules não tenha feito isso. Gostaria de podermos compensá-lo. Estou certa de que seu negócio deve ter sofrido recentemente — acrescentou. — Talvez você possa conseguir alguma coisa.

— Concordo com relação ao seu ferimento físico — retrucou. — Seu negócio, por acaso, não deve ter sofrido coisa alguma. As restrições aos americanos são impopulares, mas os homens do comércio de mantimentos têm recebido encomendas tão grandes do Exército e da Marinha ingleses que estão se dando muito bem com essa guerra. Conheço alguns dos homens do comércio de salgados de Cork que estão fazendo fortunas. — Sorriu. — Está bem, vou falar com alguns daqueles sujeitos do castelo para ver o que pode ser feito.

No mês seguinte, John MacGowan fechou um grande contrato de fornecimento de carne salgada para o Exército britânico. Algum tempo depois, ao ver Georgiana na rua, ele foi até ela e fez uma reverência.

— Estou bem ciente, Lady Mountwalsh, de a quem devo agradecer por aquele contrato.

— Sente-se melhor a nosso respeito? — indagou ela.

— Não. Porém me sinto mais rico — retrucou com um sorriso.

Ela não contou a Hércules.

— Patrick e seu amigo MacGowan podem receber alguma gratificação mais cedo do que imaginam — disse-lhe George pouco depois.

As táticas de Grattan tinham funcionado. O governo de Londres ficava cada vez mais nervoso. A guerra com a colônia na América estava se tornando um conflito mais amplo, o comércio sofria, houve a necessidade de recrutar mais soldados: a última coisa de que necessitavam era mais alguma desordem interna. Se Grattan andara fustigando os católicos, então era hora de fazer algumas concessões.

— Eles não querem que pareça que cederam aos Patriotas irlandeses — explicou George. — Tendo em vista que as Leis Penais são iguais nos três países, eles pretendem fazer um projeto de lei geral em Westminster, primeiro para a Inglaterra e a Escócia, estendendo-o depois também à Irlanda. — Mas, algum tempo depois, certa noite, ele voltou para casa sacudindo a cabeça. — As propostas para a Inglaterra e a Escócia foram recusadas — informou-lhe.

— Os homens do Parlamento têm tanto ódio assim dos católicos? — perguntou ela.

— Não. São as pessoas comuns da Inglaterra e da Escócia. Estão gritando "Nada de papismo". Tem havido distúrbios nas ruas. — A legislação irlandesa, porém, continuava avançando. — Burke acredita que pode aprovar uma modesta medida no Parlamento de Londres, e arrisco dizer que poderemos fazer o mesmo aqui em Dublin.

E isso se confirmou. No verão de 1778, a Lei de Auxílio aos Católicos foi aprovada em ambos os parlamentos, mas com oposição. Em Dublin, a despeito do fato do apoio do governo, ainda havia muitos protestantes leais que se recusaram a acompanhar sua liderança habitual, incluindo Hércules Walsh. O auxílio da lei era limitado, mas profundamente simbólico, pois, numa era na qual a terra era tudo, permitia-se que um católico irlandês, para todos os efeitos práticos, comprasse terras de todos os tipos e as legasse aos seus herdeiros. Fortunatus e Georgiana foram com Patrick e o resto da família de Terence ver a lei ser aprovada na Câmara dos Comuns irlandesa, onde Grattan e os Patriotas saudaram o voto decisivo com um grande grito de aplauso.

Na noite seguinte, Fortunatus deu uma festa em sua casa. Muitos dos Patriotas compareceram, inclusive Grattan; além de George e Georgiana, mas Hércules não; a família de Terence estava toda lá, e, embora por amabilidade, o velho padre da paróquia de Terence fora convidado. Patrick levara John MacGowan consigo.

Georgiana nunca vira o velho tão empolgado. Seu rosto estava ruborizado, os olhos brilhavam intensamente, e não foram poucos os copos até a borda de clarete que ele bebeu. Ele fez um breve e entusiasmado discurso, ao qual Grattan fez uma elegante réplica. Por várias e várias vezes, ele foi aonde quer que Patrick estivesse parado e, colocando a mão afetuosamente sobre seu ombro, declarava: "Isso é o início, meu rapaz. Isso é o que teria desejado o meu querido pai." E era, disse a todos, na hora de irem embora, uma das noites mais felizes de sua vida.

Posteriormente, olhando para trás, Georgiana se deu conta de que não fora surpresa que, após tanta excitação, o velho tivesse sofrido, mais tarde naquela noite, uma apoplexia. Ao amanhecer, toda a família havia sido convocada para a beira de seu leito.

Ficou claro para todos, sem que o médico dissesse coisa alguma, que Fortunatus estava morrendo. Seu rosto estava cinzento. Havia gotículas de suor em sua testa, e ele respirava com dificuldade. Mas, evidentemente, sabia quem era todo mundo, e, embora não pudesse falar muito, indicou que desejava se despedir de todos, um de cada vez. Para George e Georgiana, cochichou algumas palavras de agradecimento; para Hércules, nada disse, mas conseguiu fazer uma espécie de aperto de mãos; alisou o braço de Kitty; disse uma ou duas palavras para Eliza e Fitzgerald e permitiu que ela o beijasse. Foi a mesma coisa com a família de Terence, embora ficasse claro que ele estava ficando muito cansado. Mesmo assim, insistiu para que Patrick se aproximasse novamente e, segurando sua mão, sussurrou:

— Tão orgulhoso. Tão orgulhoso.

O médico foi para seu lado, mas Fortunatus tentava dizer que havia uma pessoa a quem desejava comunicar algo mais. Olhava para Georgiana.

Quando ela foi para seu lado, ele segurou sua mão e deu um débil mas afetuoso aperto. Visivelmente queria dizer alguma coisa, e reunia forças para isso. Finalmente, pareceu estar pronto.

— Uma decepção. — Sua voz era fraca. Ela se inclinou para a frente para ouvi-lo melhor. — Um desgosto.

Ela ficou tensa, quase recuou. Deu-se conta, é claro, que ele devia estar decepcionado com Hércules — pela natureza rude e brutal de seu filho, tão diversa da fineza de Patrick. Aquele, porém, não era o momento de dizê-lo, e ela desejou que ele não o fizesse.

Novamente, ele reunia suas forças. Queria cochichar algo. Ela não podia propriamente se recusar. Inclinou-se.

— Eu gostaria — sussurrou de modo a ninguém mais ouvir — de ter sido George. — E, com um esforço final, conseguiu beijar sua mão.

Uma onda de alívio se abateu sobre ela, fazendo com que quase desse uma risada. Com grande afeto, inclinou-se novamente e beijou sua face.

Agora, o médico, delicada mas firmemente, empurrou-a para um lado. Sentiu o pulso do velho. Georgiana recuou para o lado de George. Todos esperaram. Fortunatus, subitamente, começou a se sentar. Seus olhos se abriram, bem arregalados. Então caiu de costas, e eles perceberam que tinha acabado.

— O que ele lhe disse? — perguntou George, quando deixaram o quarto.

— Nada de mais — disse ela.

— Ele gostava muito de você.

— Sim.

Então, na metade da escada, um tanto inesperadamente, ela irrompeu em lágrimas.

Somente vários dias depois foi lido o testamento de Fortunatus. A maior parte do espólio, respeitável mas não tão grande, passou para George, juntamente com uma carta recomendando que, enquanto ele desejasse que a velha propriedade de Fingal permanecesse na linha masculina dos mais velhos, seu filho podia, se não tivesse necessidade de dinheiro, distribuir o excesso a vários membros mais distantes da família. Isso, com a total concordância de Georgiana, George fez de imediato. Houve também algumas sensíveis lembranças pessoais para várias pessoas, inclusive um anel para Georgiana e algumas belas gravuras para Hércules.

Havia, porém, outra herança: uma propriedade, valendo cerca de um quinto do total, que foi deixada livre e desembaraçada para seu sobrinho Patrick. Ninguém tivera conhecimento dela, muito menos o próprio Patrick. Mas, como todos sabiam de seu afeto pelo jovem, que certamente recebera muito pouco de seu próprio pai, certamente não ocorreu a ninguém reclamar.

Exceto Hércules.

Georgiana já vira antes seu filho irritado, frio, desdenhoso, até mesmo brutal, mas nunca o vira daquele modo, e ficou contente que ele tivesse ido à casa de seu pai, onde apenas ela estava no aposento para presenciar aquilo. Ele estava fora de si de raiva.

— Como ele ousou deixar aquelas propriedades para Patrick? — berrou. — Elas deviam ter vindo para mim.

— Mas você não precisa delas, Hércules — alegou ela amavelmente. — O espólio irá para você, e a fortuna que herdará é imensa.

— Não enxerga o princípio da coisa? — gritou. — Aquilo é propriedade dos Walsh. Nossa.

— Foi a vontade dele deixá-la. E, de qualquer modo, seu primo Patrick é um Walsh.

— Do maldito ramo católico, que eles apodreçam no inferno — urrou. — Se o maldito papista tomar posse dela, então será um ladrão.

Aquilo foi demais.

— Você está com ciúmes, Hércules, por causa do afeto de seu avô por Patrick. Seria melhor esconder isso.

Mas, para sua chocada surpresa, ele se virou para ela com um olhar de terrível frieza.

— Você não entende, mamãe — disse friamente. — Não tenho interesse no que o meu avô pensava de mim, e nunca tive, desde criança. Quanto a Patrick, eu o desprezo. Mas, qualquer um que toma propriedade minha — prosseguiu num tom mortal que ela nunca ouvira antes — é meu inimigo. Quanto ao vovô, eu nunca mais quero ouvir novamente o nome dele.

— Ele lhe deixou umas gravuras. Arrisco dizer, então, que ficará com elas — retrucou, com um certo desgosto.

Ele lhe deu um olhar inexpressivo.

— Eu as vendi esta manhã. Cinquenta guinéus.

Então, batendo a porta atrás de si, ele foi embora.

Foi difícil para Georgiana, depois disso, sentir o mesmo afeto por ele, mas, como sua mãe, ela tentou.

Se Georgiana deplorava o comportamento pessoal de seu filho, houve ocasiões, nos meses que se seguiram, em que ela começou a pensar se algumas de suas posições políticas podiam ao menos se justificar.

A situação na Irlanda tornava-se cada vez mais tensa. Apesar do sucesso dos Patriotas com a questão católica, nada mais mudara. As restrições ao comércio irlandês continuavam de pé. Enquanto Grattan prosseguia com seus rudes ataques no Parlamento, seu amigo Napper Tandy se ocupava em organizar os negociantes de Dublin: copiando os rebeldes americanos, ameaçavam se recusar a comprar produtos ingleses. "Plebe perniciosa", Hércules os chamava. Mas ele tinha uma objeção mais séria.

— Uma coisa é Grattan nos atacar no Parlamento — declarou —, mas ele e Tandy não parecem se importar em usar outros meios. Daqui a pouco, teremos pessoas apodrecendo nas ruas.

Igualmente preocupante era o problema da defesa irlandesa.

— A França está atualmente em guerra com a Inglaterra, e os melhores soldados de nossas guarnições foram para a América — frisou George. — Se a França decidir nos invadir, estaremos praticamente indefesos.

— O Parlamento votara a criação de uma milícia, mas ele não se impressionou. — É um gesto vazio, tendo em vista que não há dinheiro para pagá-la. — Havia uma conversa de reunir voluntários. No Ulster, eles já tinham começado.

Georgiana olhava pela janela de seu quarto, bem cedo numa manhã de sábado, quando a viu — uma tropa com cerca de cem homens, marchando pela praça Merrion. Os soldados usavam uma variedade de uniformes; alguns carregavam mosquetes, outros apenas lanças. À frente, cavalgava um oficial, e logo atrás dele, orgulhosamente portando uma bandeira de St. George, marchava um jovem a quem ela reconheceu como um dos Doyle. Estavam no passo certo e pareciam felizes consigo mesmos.

Apenas dez minutos depois, Hércules chegou.

— Viu os Voluntários? — perguntou. — Passaram pela minha casa, e imaginei que viessem por aqui.

Para surpresa dela, a despeito dos sentimentos de Hércules por Fortunatus, ele se mudara recentemente para a casa de seu avô. É verdade que a despira de qualquer lembrança da presença do velho, e pintara e recolocara papel em cada polegada do lugar. “Ficar na St. Stephen me é conveniente”, explicara, “e Kitty gosta de lá.”

— Eles me pareceram esplêndidos — disse ela.

— Esplêndidos? Pareceram um maldito problema — rebateu.

— Mas são todos bons protestantes, prontos para defender seu país. — Afinal, os Voluntários haviam brotado por toda a ilha. Protestantes habitantes da cidade e também a pequena nobreza rural tinham abraçado a causa. Fosse qual fosse sua opinião, nenhum protestante queria ter sua terra invadida pelos franceses.

— E você notou quem carregava a bandeira nessa pequena tropa? Um dos Doyle, que eram todos muito íntimos de Napper Tandy. Não percebe? — exclamou impacientemente. — São os malditos Patriotas de Grattan... só que agora estão armados.

Era isso mesmo? Sucedia que ela e George foram jantar na Leinster House naquele dia. Em conversa com o duque, antes da refeição, ela lhe perguntou o que ele achava.

— Receio que seu filho tenha razão — respondeu. — Pessoalmente, duvido que esses Voluntários possam ter muita utilidade contra soldados franceses treinados. Mas não podemos realmente evitar que eles se organizem. Portanto, creio que devemos dizer que estamos com eles, e esperar controlá-los o melhor que pudermos. — Olhou para George. — Espero poder contar com o seu apoio, Mountwalsh. — As feições aquilinas do importante aristocrata se enrugaram num sorriso. — Afinal, se não se pode derrotá-los, juntemo-nos a eles.

Dois meses depois, Hércules e Kitty tiveram seu primeiro bebê. Um menino. Georgiana foi a primeira a ver o bebê e parabenizar os pais. Tudo transcorreu muito bem. Ela fitou o bebê por um longo tempo.

— Devemos chamá-lo de William — anunciou Hércules com firmeza. — Como Guilherme [William] de Orange.

Somente quando chegou à segurança de sua casa, Georgiana explodiu em gargalhadas.

— Quase explodi diante de Hércules — disse a seu marido —, mas, graças aos céus, me contive. Você precisava ver o rosto do bebê. — Pois, no seu interminável minueto, os genes familiares aparentemente tinham decidido mostrar algum senso de humor. — Ele se parece exatamente com Patrick.

Esse feliz acontecimento doméstico não podia distrair Georgiana do fato de que a vida em Dublin tornava-se um tanto alarmante. Napper Tandy e seus negociantes cumpriram sua ameaça, e os produtos ingleses eram agora recusados no porto. "Os comerciantes de fazendas ingleses estão realmente sentindo o beliscão" — disse-lhe Doyle com prazer. Muitos dos jornais apoiavam o movimento. Os Voluntários cresciam em número a cada semana. Na maioria, agora tinham uniformes e emblemas apropriados, e treinavam com verdadeiro objetivo. Podiam estar ali, em teoria, para combater os franceses, mas não havia dúvidas de que muitos deles eram homens de Napper Tandy.

No verão, Hércules fez uma breve visita a Londres. Voltou com a aparência sombria. Encontrara-se com numerosos políticos, inclusive lorde North, o primeiro-ministro.

— Nunca vi um homem tão infeliz num cargo — informou. — Ele anseia pela aposentadoria e só permanece porque o rei implora. A questão americana o oprime; metade dos membros do Parlamento parece pronta a ceder aos colonos, e é apenas o rei que permanece firme. Quanto à Irlanda, ele nos tirou as esperanças. Confessou a mim, em particular, que imagina se não seria melhor dispensar o nosso Parlamento, com a ilha sendo governada diretamente de Westminster. Não posso dizer que o censuro. — Deu de ombros. — Não há ninguém em Londres com espinha dorsal.

Não muito tempo depois, foi visitar seus pais, desta vez, num estado de fúria. Trazia um papel na mão.

— Viram isto? — berrou. Era um panfleto. O autor recomendava que, assim como a colônia rebelde na América; a Irlanda devia se afastar inteiramente da Inglaterra. — Ele até mesmo teve a impertinência de chamar isso de justiça natural. E sabem quem é o autor? Ninguém menos do que um Patriota membro do Parlamento, aquele maldito do Charles Sheridan, — Lançou-lhes um olhar desanimador. — Minha família ainda trata os Sheridan como amigos — rosnou —, depois de eu já lhes ter dito que essas pessoas não eram boas.

Para Georgiana, porém, o acontecimento que a forçou a concordar com Hércules talvez tivesse se originado no outono.

Tão logo iniciada a nova temporada parlamentar, os Patriotas voltaram novamente à carga. De uma vez por todas, Grattan exigia, deem à Irlanda seu livre comércio e cessem o controle inglês. Ao mesmo tempo, os Voluntários realizaram vários pequenos desfiles nos quais eram feitos discursos Patriotas. Mas as conversas nas ruas diziam que era apenas um prelúdio.

— Esperem só pelo aniversário do rei Billie — diziam.

De todos os dias do calendário protestante, nenhum era mais popular entre os comerciantes de Dublin do que o do aniversário de nascimento de Guilherme de Orange. Cada novembro era festejado com jantares e discursos de lealdade. Por isso, quando foi anunciado que os Voluntários fariam um desfile diante da estátua do rei Billie na praça College, evidenciou-se que seria algo grandioso.

Sucedeu que George estava fora, cuidando de negócios em Wexford, e Georgiana, que estava curiosa para ver o desfile, pediu a Hércules que a acompanhasse.

— Não deve nem chegar perto daquilo — disse-lhe ele. — Devia ficar em casa. Primeiramente, não confio nos Voluntários. E, mesmo que eles se comportem, não quero que você seja vista lá.

— Posso assistir perfeitamente segura, e sem nenhum mal-entendido, se for com você — salientou ela.

— Certamente que não. Eu a proíbo de ir.

Se Hércules não tivesse dito isso, talvez ela tivesse ficado distante. Ele, provavelmente, pretendia protegê-la, mas ela não iria receber ordens do filho. Portanto, Georgiana nada disse, mas se preparou para ir. E, assim, como seria insensato uma dama se enfiar numa enorme multidão inteiramente desacompanhada, ficou imaginando quem poderia ir com ela. Então se deu conta de que sabia quem era a pessoa perfeita.

Já esperava ansiosamente por um longo tempo, quando Doyle chegou. O comerciante estava num excelente humor.

— Teremos um dia perfeito para isso — declarou. — E já tomei as providências.

Contornaram a praça Merrion, passaram pela enorme fachada da Leinster House, e viraram à esquerda na esquina, seguindo em direção oeste com a parede cinzenta dos limites do Trinity College à direita deles. As ruas estavam repletas de gente indo na mesma direção, e em pouco tempo havia tanto aperto que ela ficou duplamente feliz por Doyle a estar acompanhando. Ao passarem pela Kildare Street e irem na direção dos prédios principais da universidade, ela teve de ficar atrás do comerciante, enquanto este abria firmemente caminho entre a turba. Quando, finalmente, chegaram diante da universidade, pareceu-lhe que não veria coisa alguma do desfile, pois havia um cordão de isolamento em volta da periferia da praça, e a multidão estava agora tão compacta, que ela conseguia enxergar apenas a parte superior do prédio do Parlamento assomando sobre suas cabeças. Doyle, no entanto, continuou avançando, e de repente dirigiu-se a uma porta.

"Um amigo meu", explicou com um sorriso. E, momentos depois, eles subiam a escada de uma estreita casa de comerciante, passaram o andar da sala e o primeiro andar de dormitórios. Chegaram a uma plataforma superior, onde foram calorosamente saudados por um próspero alfaiate e sua família e conduzidos a um dormitório simples, onde já estava arrumada uma mesa com comidas e bebidas. Imediatamente serviram chocolate quente a Georgiana, e ela foi levada a uma das janelas, na qual a família, com todos os seus criados, se preparava para assistir à apresentação.

Era uma vista notável. O amplo espaço da praça College fora desocupado. Embora houvesse um tumulto contido da multidão em volta de suas extremidades, era como se a própria praça prendesse a respiração, esperando o momento no qual deveria ressoar. No centro, sobre um alto plinto de pedra, o rei Billie estava montado em seu cavalo, parecendo um general romano prestes a liderar um triunfo. Atrás, a douta, clássica fachada do Trinity College observava impassível, indicando, sem dúvida, que sabia tudo a respeito daquele tipo de coisa, enquanto o esplêndido, arrogante prédio novo do parlamento, impetuoso como o Coliseu, claramente esperava que fosse assistir a alguns jogos. Quanto às casas particulares, cada janela retangular parecia ter se tornado um camarote de teatro para damas e cavalheiros, e alguns criados haviam até mesmo se esgueirado para os telhados.

Após algum tempo, o rufar de tambores e o som de pífanos anunciaram que os Voluntários estavam vindo.

Certamente formavam um belo quadro. A cavalaria veio primeiro. Havia mais de cem deles. Casacos vermelhos, espadas desembainhadas, elmos reluzentes ostentando plumas; bem montados, também: ao retumbarem na área do desfile, a multidão elevou um grito de hurra. Então veio a infantaria: chapéus de três bicos, casacos azuis ou verdes com correias brancas atravessadas, perneiras brancas. Os homens carregavam mosquetes; os oficiais, que também usavam faixas na cintura, marchavam com espadas desembainhadas. Cada companhia tinha seu próprio emblema e suas próprias cores; eles marchavam em perfeita formação, seus tambores dando bruscas rufadas, enquanto contornavam a College para formar uma grande praça vazia nos três lados da estátua. Para Georgiana, porém, o mais impressionante foi o fato de, atrás da infantaria, vir um comboio de artilharia com meia dúzia de canhões de campo de batalha. Ela não sabia que os Voluntários tinham canhões. Fossem quais fossem suas intenções, eles claramente estavam falando sério. "Tenho três dos meus filhos ali embaixo", ela ouviu Doyle anunciar com satisfação.

Para deleite da multidão, os soldados executaram um exercício simples em perfeito uníssono; a seguir, os oficiais e sargentos porta-bandeiras avançaram para saudar a estátua do rei Billie e, respeitosamente, reunir as bandeiras diante dele. Então, a uma ordem, os três lados da praça alternando-se uns com os outros, os soldados dispararam salva após salva para o ar, de modo que as apertadas fileiras quase desapareceram em meio à fumaça, enquanto a College ecoava e reecoava com um estrondo.

A fumaça clareou. Os Voluntários ficaram parados como estátuas. Então aconteceu a coisa surpreendente.

O primeiro estandarte surgiu na unidade do meio, atrás da estátua. Erguido entre dois mastros, era feito de pano verde, cuidadosamente escrito com letras romanas, em latim.

PARATI PRO PATRIA MORI

Prontos para morrer pela nossa pátria. Muito bom: um sentimento nobre. A multidão aplaudiu. Logo em seguida a unidade da esquerda desenrolava outro estandarte: pano branco, letras vermelhas, tão bem-feito quanto o primeiro, mas, desta vez, em inglês.

LIVRE COMÉRCIO

A multidão urrou. Georgiana engoliu em seco, surpresa, e olhou de relance para Doyle. Ele assentia em aprovação. E então, à direita, ela viu um terceiro estandarte. Pano vermelho, letras brancas, ligeiramente mais largo do que os outros dois.

LIVRE COMÉRCIO OU REVOLUÇÃO

Ela não conseguia acreditar. A multidão rugia ainda mais ruidosamente do que antes. Revolução? Os bons protestantes de Dublin? No que eles estavam pensando? Ela olhou para os oficiais com suas faixas na cintura. Eles iriam permitir tal coisa? Não apenas permitiam, mas, aparentemente, aprovavam. Pois ordenaram outra salva de tiros, enquanto os três estandartes eram mantidos bem alto.

Eles gritavam mais ordens. Os soldados faziam o giro. Liderados pela cavalaria, fizeram toda a volta da praça, bandeiras e estandartes desfraldados e ondulando acima de suas cabeças. Ao passarem diante do Parlamento, Georgiana pôde ver que muitos de seus membros, inclusive seu filho, tinham saído para a frente do prédio a fim de vê-los passar. Não havia a possibilidade de não terem visto as mensagens dos estandartes. Atrás dos soldados, o agourento canhão estrondeou.

Quando os Voluntários saíram pela Dame Street em direção ao Castelo, a multidão continuou a aplaudir. Parecia feliz e não havia desordem. Georgiana, porém, ficou para trás, tentando entender: o que significava tudo aquilo? Ela acabara de presenciar o primeiro passo de uma revolução?

Como cortesia ao seu anfitrião, eles permaneceram mais algum tempo na casa, para conversar, após os soldados terem ido embora. Ouvindo a conversa, ficou claro para Georgiana que o alfaiate e Doyle tomavam por certo que todos os seus conhecidos eram Patriotas. Quanto ao estandarte ameaçando revolução, eles pareciam encarar aquilo com naturalidade. “Eu penso que vai acordar o governo”, comentou o bom alfaiate.

A College estava relativamente tranquila quando eles saíram. Os Voluntários tinham encerrado o seu desfile, e pequenos grupos vagueavam de volta. Georgiana e Doyle estavam para refazer seu caminho e passar pelos limites do

Trinity College, quando ele avistou um de seus filhos vir pela Dame Street. Era o mais novo, agora um homem de cerca de 30 anos, com uma bela aparência em seu uniforme de sargento. Estava acompanhado de dois outros Voluntários, embora os uniformes deles parecessem ligeiramente diferentes do seu. Doyle acenou e gesticulou para que se aproximasse.

Curvando-se educadamente diante de Georgiana, o sargento Doyle perguntou-lhe cordialmente se ela tinha gostado do desfile — ao qual ela fez um comentário sem expressar uma opinião — e informou a seu pai que ele e seus irmãos pretendiam se encontrar dentro em pouco na casa da família.

— Estou levando junto estes dois companheiros do Ulster — também anunciou. — Eles vieram de Belfast para nos ver. Espero que os tenhamos impressionado.

Os dois em questão pareciam homens tranquilos, agradáveis, com mais ou menos a mesma idade do Doyle mais jovem.

— Ficamos impressionados — disse o mais alto com um sorriso.

— Muito impressionados — ecoou o outro com o mesmo sotaque nortista. — Um belo exercício.

— E o estandarte? — Ela não conseguiu evitar ter de participar da conversa. — Livre comércio ou revolução? Vocês planejam combater os ingleses, como os americanos?

Os dois homens do Ulster se entreolharam.

— Nossos ancestrais fizeram a Aliança — retrucou o mais alto. — Quando um princípio está em jogo, pode ser necessário pegar em armas.

— Mas não se pudermos evitar — interrompeu o outro.

— Não. Não se pudermos evitar. — O mais alto deu um sorriso franco para Georgiana. Seus olhos azuis pareciam amáveis. Ela já o teria visto antes?

— Eu não sei os seus nomes — observou Doyle.

— Andrew Law — respondeu o mais alto. — E este é meu irmão Alex.

— Estou encantado em conhecê-los, cavalheiros. Esta é Lady Mountwalsh.

A mudança havida nos dois homens foi extraordinária. Eles se entreolharam, então ficaram completamente em silêncio. Foi como se tivessem se transformado em gelo.

Georgiana fitou-os. Era por isso que o mais alto lhe parecera vagamente familiar. De fato, ao examinar seus rostos, ela pôde ver outra semelhança — não tão impressionante, mas bastante clara — com o seu próprio querido pai.

— Vocês são filhos de Daniel Law?

Andrew Law inclinou a cabeça apenas o suficiente para reconhecer o fato, mas não respondeu.

Ela entendeu, é claro. Mas, por algum motivo — ela mesma não sabia exatamente qual —, sentiu uma grande premência de falar com eles, de conhecê-los melhor.

— Sinto muito pelas nossas famílias não serem próximas — disse ela calmamente. Fez o possível para parecer amigável, e também, esperava, digna.

Contudo, se ela fazia uma oferta de paz, esta de modo algum foi aceita. Os dois homens permaneceram parados e em silêncio, como se rezassem a Deus para que removesse sua presença da frente deles. Os dois Doyle pareceram meio surpresos. Os olhares de Andrew e Alex Law permaneciam graves. Não havia ódio nos dois; eles eram bons demais para isso. Mas ficou claro que, assim como dois presbíteros da congregação presbiteriana, eles a consideravam uma pessoa a não ser tocada: uma adúltera; até mesmo uma mulher decaída. Ela nunca fora tratada assim antes. Achou isso estranhamente desconcertante.

— Bem — disse o jovem Doyle —, creio que devemos ir. — E os dois Law após se curvarem educadamente para o pai, foram embora.

Doyle não fez referência ao incidente, enquanto caminhavam de volta para a praça Merrion, e, portanto, Georgiana foi deixada sozinha com seus pensamentos. Ela se sentia estranhamente perturbada, como se seu mundo tivesse sido virado de cabeça para baixo. Ao chegarem ao grande espaço vazio da praça Merrion, a qual ela normalmente adorava, sentiu o coração pesado. Fosse pelo desfile ou pela rejeição aos seus sobrinhos — não sabia o quê —, ela sentiu-se subitamente dominada por uma sensação de desolação e de perda.

Nem conseguia se livrar daquela depressão. Se os acontecimentos daquele dia tinham desencadeado o processo debilitante, nas semanas que se seguiram a sensação de tristeza aderiu a ela, como uma insidiosa erva aquática que se enrolava num nadador, arrastando-o para baixo.

Um mês depois do desfile, lorde North e seu governo decidiram que era sensato dar o que os irlandeses queriam, e as restrições ao comércio irlandês foram todas suspensas. Grattan e os Patriotas ficaram triunfantes. “Mas isso também os deixará quietos — e os Voluntários também”, comentou seu marido para

Georgiana. No início da primavera, a discriminação contra os presbiterianos também foi eliminada. Ela esperava que isso agradasse à família Law no Ulster. Certamente, os primeiros meses de 1780 passaram sem incidentes, e parecia que o comentário de seu marido talvez fosse correto: e, à medida que o clima ficava mais quente, ela sabia que devia se sentir mais contente. Mas não se sentia, e, na metade de abril, George sugeriu: "Por que não vamos a Wexford? A mudança de ambiente talvez lhe faça bem."

✣

Era realmente uma pena, pensou ela, o quão pouco, até agora, eles tinham morado na enorme casa palladiana que haviam construído: um ou dois meses em cada verão, e só. Geralmente, eles usavam a casa mais humilde da família em Fingal. Talvez fosse um indicativo da natureza cordial de seu marido, que, tendo feito tudo que era necessário para engrandecer sua família aos olhos do mundo, se contentasse, em vez de viver em Wexford como um grande senhor, recepcionando a elite, em continuar como o amável fidalgo interiorano, o que realmente era. Da parte de Georgiana, ela se sentia muito feliz vivendo daquele modo.

Se algumas das novas mansões irlandesas estavam sendo estabelecidas, como as grandes residências inglesas, em imensos parques ajardinados, Mount Walsh ainda não alcançara tal esplendor rural. A casa, grande e bastante impressiva, era fronteada por gramado a céu aberto, com um valado contra veados invasores. Mais além disso, porém, e de cada lado, os bosques e o matagal seguiam linhas retas e simples. Por outro lado, a paisagem em volta de Wexford era muito agradável, com campos a céu abeto e modestos outeiros, típicos da região, que tinham parecido tão familiares aos pequenos proprietários rurais ingleses que se estabeleceram ali.

E quando o verão começou, e ela acordava a cada manhã com os gloriosos sons da alvorada, e saía para caminhar nos campos, onde as vacas pastavam, ou visitava a leiteria e observava as leiteiras nas batedeiras de leite, passou a vivenciar, se não uma iluminação do espírito, pelo menos uma sensação de paz.

Graças a Deus pelo seu marido. Ele podia não estar presente o tempo todo, mas passava muitas semanas com ela. Seu comportamento era perfeito. Se ela se sentia mal-humorada, ele sabia quando deixá-la sozinha; mas, silenciosamente e de maneira tranquilizadora, ele sempre estava lá. Com seu rosto largo e maneiras amáveis, George talvez não fosse profundamente ambicioso; mas era esperto, e ela o respeitava. E quando, caminhando sozinho com ela por uma trilha rural, ele colocava o braço forte em volta de seu ombro, Georgiana se sentia confortada, e agradecida por ter um marido tão bom e compreensivo.

Ainda assim, quando ele não estava presente, ela podia se sentir solitária. Vários dos criados da casa já tinham estado antes com eles em Dublin; mas, para o pessoal que trabalhava na propriedade e para os agricultores arrendatários, ela e George ainda eram recém-chegados, e raramente considerados de outro modo. Ela os achava suficientemente amistosos e educados, de um modo acautelado — pois eles sabiam muito bem de quem era o dinheiro que pagara pela propriedade —, mas havia poucos com quem ela lidava com alguma intimidade. Ficou muito contente, portanto, ao descobrir que havia uma pessoa na casa que parecia ser muito mais solitária do que ela.

Brigid era seu nome. Tinha apenas 16 anos, e era uma criatura magra, pálida, de cabelos escuros. Como muitas garotas do interior, fora mandada para trabalhar como criada de um fazendeiro local perto de sua casa, cerca de 40 quilômetros costa acima. Era um bom meio de uma garota de família grande ganhar seu sustento e aprender a ser uma boa dona de casa até a ocasião, se Deus quisesse, de conseguir um marido. O fazendeiro, porém, não a tinha tratado bem, e ela só ficara lá um ano, quando o padre local, ao saber da vaga por meio de um amigo da área, falara com seus pais e arranjara para a garota e sua mãe visitarem a governanta de Mount Walsh, que se comprometera a empregá-la, desde que Lady Mountwalsh aprovasse. Trabalhar num lugar tão distinto era considerado uma oportunidade, e, após se assegurar de que era uma residência agradável, a mãe deixara a filha lá.

Ela, porém, não se sentia feliz. Não que fosse maltratada: longe disso. Mas Mount Walsh era longe demais de sua casa para ela visitar sua família mais de uma ou duas vezes por ano. E, embora fizesse bem o seu trabalho, ela mal dava uma palavra. "É pálida como um fantasma e fina como um ancinho", disse a governanta a Georgiana, "e, nas refeições, não consigo fazer com que ela coma mais do que uma pequena porção."

E Georgiana colocara a garota sob suas asas, usava-a ocasionalmente como criada particular, ensinou-a a escovar e enfeitar seu cabelo e a convenceu a falar um pouco mais do que habitualmente. Descobriu que o pai de Brigid era artesão e que ela sabia ler e escrever. Diante de tal amável tratamento, a garota pareceu se tornar um pouco mais alegre, e até mesmo teve seu peso aumentado em alguns gramas. Mas o benefício imprevisível de sua bondade foi que, por causa de sua preocupação com o bem-estar da garota, Georgiana conseguiu um pequeno projeto para ocupar sua atenção, e este fazia com que ela mesma se sentisse menos solitária e mais alegre.

Já se sentia melhor no mês de julho, quando Hércules e Kitty a visitaram, acompanhados pelo pequeno William. Ela ficou feliz em recebê-los. Se Hércules às vezes inspecionava a propriedade como se fosse ficar feliz quando seus pais estivessem fora dali e o lugar passasse a ser dele, e se destacava que, pessoalmente, faria melhor uso político da casa do que os pais estavam dispostos a fazer, ela sabia que o filho não o fazia por mal. Era apenas sua natureza. Se ele a alertasse de que vários membros da pequena nobreza e fazendeiros locais de quem ela passara a gostar eram malditos Patriotas — e que tinha provas disso —, ela não deixava que isso a perturbasse.

Na maioria do tempo, ele era bastante agradável. Kitty, por sua vez, estava em seu ambiente. Sua conversação podia ser limitada, mas, na zona rural, estava inteiramente em casa; sabia exatamente como tudo devia ser feito; e todos ali, desde os trabalhadores agrícolas à ajudante de cozinha, logo a tratavam com um amigável respeito, como se a tivessem conhecido por todas as suas vidas. Ela provavelmente administraria o lugar, pensou Georgiana sem qualquer rancor, muito melhor do que eu. E, olhando-a andar de braços dados com Hércules, claramente feliz, teve de admitir que ele fizera a escolha certa para esposa.

A grande alegria, porém, vinha do bebê William.

Era um menininho gracioso; e, tendo em vista que ela era sua avó, ninguém parecia se importar pelo muito tempo que passava com ele. Aliás, se, caso contrário, estivessem ocupados, Hércules e Kitty ficavam felizes por ela ficar sentada brincando com ele uma hora inteira. Às vezes, ela convocava Brigid para ajudá-la, e a garota provava ser muito boa com William. Ele era uma criança bem alegre. E continuava se parecendo com Patrick, embora Georgiana tomasse o cuidado de não mencionar isso.

Certa vez, a cozinheira, que havia trabalhado para Fortunatus muitos anos atrás, comentou um tanto inocentemente para Hércules:

— O bebê não se parece com o amo Patrick, quando ele tinha essa idade?

— De modo algum — disse Hércules friamente.

— Ora, o senhor era muito novo para se lembrar — acrescentou ela amavelmente.

— Ele não se parece coisa alguma com ele — estrondeou Hércules, e dirigiu um olhar tão terrível para a cozinheira, que ela nunca mais tocou no assunto novamente. Ainda bem, pensou Georgiana, que Hércules não era o dono da casa, ou a pobre mulher certamente teria sido mandada embora.

Para Georgiana, era quase como se ela mesma tivesse tido outro bebê; e a presença da criança e a feliz perspectiva dos anos à frente, enquanto ele crescesse, faziam muito para deixá-la ainda mais recuperada. Ao fim do verão, George, sorridente, disse-lhe:

— Você está parecendo mais com você mesma.

Naquele outono, ela retornou com ele a Dublin para a temporada parlamentar. Não houve quaisquer desenvolvimentos dramáticos durante esses meses. Chegou a notícia de que os Casacos Vermelhos estavam se saindo bem diante dos rebeldes americanos no sul, e que o recém-chegado general Cornwallis esmagara um exército sulista sob o comando de Gates. "Os escravos estão se reunindo para também se juntarem a nós, pois lhes prometemos liberdade", informou George. Não que essa notícia desencorajasse Grattan e os Patriotas. Tendo ganho concessões na temporada anterior, ele agora insistia num Parlamento irlandês independente; mas o apoio que tinha era limitado. Chegou a notícia de que, na Inglaterra, o jovem Richard Sheridan fora eleito para o Parlamento de Londres. Próximo do Natal, receberam uma carta dele deixando claro que já se juntara a alguns dos principais oposicionistas Whigs "que estão muito determinados a fazer algo pelos Patriotas da Irlanda", escreveu, "se algum dia conseguirmos derrubar lorde North — que permanece como a rocha da eternidade". Ao final da primavera, Kitty deu a Hércules outro filho. Chamaram o bebê de Augustus. Georgiana ficou encantada ao pensar que provavelmente ele fora concebido na casa de Wexford.

E foi a Wexford que ela voltou, com grande prazer, no mês de maio.

✣

Foi ideia de George que Patrick deveria acompanhá-la. Ele tinha negócios a tratar e só poderia seguir para lá após algumas semanas. Hércules e Kitty tinham decidido passar um tempo com o recém-nascido mais perto de Dublin, na casa em Fingal. Patrick, porém, que estivera trabalhando arduamente durante meses sem uma folga, dissera que teria prazer em ir com ela para Wexford e passar lá algum tempo.

Ele era certamente o mais agradável companheiro de viagem. Parecia instintivamente saber quando contar uma história divertida e quando ficar calado. Às vezes, cavalgava ao lado de sua carruagem; às vezes, entrava e sentava-se ao lado dela, enquanto faziam uma tranquila viagem, passando por Wicklow durante a tarde e parando à noite em Arklow, antes de partir bem cedo para alcançar Mount Walsh confortavelmente antes do anoitecer. Assim que chegou à casa, Patrick foi imediatamente cumprimentar a cozinheira e as outras criadas de quem ele se lembrava de sua infância; na manhã seguinte, quando Georgiana o levou para uma volta pela propriedade, ele falou tão amável e cordialmente com todos com quem se encontrava, alguns em inglês, outros em irlandês, que, ao final daquele dia, claramente conquistara a todos. Ele também fez uma visita ao padre Finnian, sacerdote local, para avisá-lo de que, sem constranger seus primos protestantes na casa grande, poderia ir tranquilamente à missa durante sua estada. E, dois dias depois, para seu grande prazer, descobriu que um dos fidalgos locais, um católico chamado Kelly, com uma pequena propriedade a apenas 5 quilômetros de distância, era um fidalgo que ele conhecera alguns anos antes em Dublin.

Também fez outra descoberta. O fidalgo em questão tinha uma irmã solteira, poucos anos mais nova do que ele. Dias depois, eles foram visitar Mount Walsh. Jane Kelly era encantadora, inteligente e bonita.

— Quero crer — disse Georgiana, após eles terem ido — que você precisa pensar em se casar um dia desses.

De fato, não havia motivos para que ele não o fizesse. Com a modesta herança que recebera de Fortunatus e os lucros que começava a obter no comércio de vinhos, Patrick Walsh estava suficientemente estabelecido para procurar uma esposa. Ele era um fidalgo; seu pai fora muito amado. E, enquanto George e ela vivessem, ele teria contatos familiares para ajudá-lo, pensou ela.

— Você é sempre casamenteira — disse ele com um sorriso afetuoso. Mas, dois dias depois, fez uma visita matinal ao seu amigo e só voltou após o jantar.

Eles estabeleceram uma rotina muito agradável. Uma vez por semana, seu escrevente lhe enviava uma mensagem com o relatório dos negócios em Dublin. Ele passava uma ou duas horas ocupado com isso e redigia uma resposta. Fora isso, ficava desocupado.

Alguns dias, fazia visitas na área e recepcionava em troca. Pelo menos uma vez por semana, ela notou, ele ia visitar os Kelly. Em dias tranquilos, ele e Georgiana saíam para caminhadas, comiam juntos e liam um para o outro durante a tarde. Ele trabalhava na biblioteca. George pedira-lhe que, enquanto estivesse em Mount Walsh, catalogasse os livros que havia lá e fizesse uma lista para novas aquisições. Patrick mergulhou totalmente nesse trabalho.

— Há uma quantidade excelente de livros que vieram da casa de tio Fortunatus — disse a ela. — Vocês também têm uma notável coleção de livros bobos lindamente encadernados. — Georgiana lhe informou que fora enviada por um livreiro.

— Que devia estar certo de que ninguém se daria ao trabalho de abri-los — disse ele, rindo. — Pelo menos, estou fazendo uma lista. O único problema — ele lhe disse — é que precisa passar a lista a limpo. — Minha letra é tão ilegível que tenho vergonha dela. Perguntarei ao padre Finnian se ele conhece alguém.

Patrick ficou surpreso, no dia seguinte, quando ela levou a garota Brigid à biblioteca e lhe pediu que julgasse sua caligrafia para ver se era satisfatória. Ele ficou espantado quando ela não apenas redigiu em bela caligrafia, como não parecia ter dificuldades com títulos em francês ou latim.

— Ela até consegue decifrar a minha letra — gargalhou ele —, o que é a mais notável façanha de todas. O seu pai a mandou para uma escola ao ar livre, suponho? — perguntou à garota, e ela fez que sim.

Por uma ou duas horas por dia, daí por diante, Brigid sentava-se à grande mesa da biblioteca e trabalhava com as anotações que Patrick lhe dava. Georgiana, por sua vez, ficara contente em ver que sua pálida jovem protegida continuava a ganhar peso, e encantada consigo mesma por ter imaginado mais esse estratagema para dar confiança à garota.

Na metade de junho, George chegou. Ele ficou contente com os esforços de Patrick na biblioteca e lhe agradeceu calorosamente. Também insistiu para que permanecesse, mas Patrick anunciou que retornaria a Dublin no dia seguinte, para cuidar de seus negócios. Naquela tarde, foi ver os Kelly.

Naquela noite, porém, juntou-se a George e Georgiana para um jantar familiar. Foi uma refeição prazerosa. Os três jantaram juntos, não no grande salão de jantar formal, mas numa pequena sala de estar. A conversa foi sobre generalidades, mas logo tendeu para a política, e George lhes forneceu as últimas notícias.

— Grattan e seus Patriotas estão determinados a pressionar mais com suas exigências na próxima temporada. Conversei com muitos deles, no mês passado.

O Parlamento irlandês independente que eles querem ainda ficaria sob a tutela do rei; eles não tentam um rompimento total, como os americanos, mas o Parlamento inglês não teria mais qualquer ingerência em nossos assuntos.

— Mas não vão conseguir tal coisa — disse Georgiana.

— Não. Eles não têm os votos no Parlamento de Dublin. Em Westminster, lorde North não lhes dará isso. Se o nosso amigo, o jovem dramaturgo Sheridan, e seus Whigs vierem a participar, eles prometeram fazer algo, mas não há chance disso no presente.

— E os Voluntários?

— Relutantes. Eles já obtiveram seu livre comércio. A maioria não quer arriscar uma revolução. — Fez uma pausa. — Exceto no Ulster. O ânimo lá é diferente. Os protestantes do Ulster não morrem de amores pela Inglaterra, pois a maioria é de escoceses fundamentalmente adeptos da Aliança. Creio que, a qualquer momento, gostariam de seguir o modelo americano.

Georgiana pensou em seus primos Law.

— Para eles — comentou —, tudo é uma questão de princípios.

— Provavelmente — disse George —, mas eles podem ser contidos.

Ao chegarem à sobremesa, a conversa desviou-se para um tema mais agradável.

Georgiana estava especialmente entusiasmada com o trabalho de Patrick na biblioteca, e também muito contente consigo mesma por lhe conseguir uma assistente.

— Conte a George sobre Brigid — pediu-lhe.

E Patrick fez um relato dos talentos da garota.

— Seu pai é artesão, mas sabe falar latim, e ela mesma também conhece algumas palavras. Às vezes, enquanto esperava que eu lhe desse mais trabalho para fazer, eu a via calmamente lendo os livros... e também escolhia os melhores! Tive muitas conversas com ela. E — deu a ambos um olhar sério —, embora ela seja um exemplo incomumente inteligente, representa mais da nosso classe camponesa católica irlandesa do que supõem muitos protestantes.

George concordou com a cabeça.

— Era uma afirmação que meu pai, muito acertadamente, nunca deixava de fazer. — Ele sorriu. — E agora, Patrick, tenho mais um favor a lhe pedir, e é um favor que, ambos esperamos, fará com que você nos visite mais. Suas recomendações para a biblioteca são excelentes. Gostaria de saber se você poderia fazer as aquisições para nós, se estiver disposto, e instalá-las aqui. Em outras palavras, assumir o controle da biblioteca e transformá-la em algo excelente.

— Você o faria, Patrick? — acrescentou Georgiana seu próprio apelo.

Patrick apertou os lábios. Não pôde evitar de pensar que o seu trabalho seria na verdade montar uma biblioteca para Hércules: não era uma perspectiva atraente. George pareceu ler seus pensamentos.

— Se eu mesmo fizer isso, sei que o resultado será medíocre. Hércules jamais se preocuparia com uma biblioteca, pois lê muito pouco. Mas eu gostaria que a nossa geração deixasse algo de excelência para William e as gerações que virão. Isso me daria... e certamente teria dado a Fortunatus... uma grande alegria, ao pensar que, daqui a cem ou duzentos anos, futuros membros da família mostrariam às pessoas a excelente biblioteca e diriam, "Devemos agradecer ao nosso primo Patrick por isso".

Depois disso, como ele poderia recusar?

Patrick retornou no fim do verão, quando George também estava lá, e os três passaram juntos duas semanas muito agradáveis.

Patrick levara consigo uma lista dos livros que já havia comprado, e quatro grandes volumes, com encadernação em couro, que se tornariam os catálogos da biblioteca. Passou um dia inteiro na biblioteca com Brigid, preparando o catálogo, mostrando-lhe exatamente como deviam ser os registros, e verificando todas as anotações na lista, à medida que ela os registrava. Ao final disso, pronunciou-se altamente satisfeito com o serviço de Brigid e até se deu ao trabalho de falar com ela, durante meia hora, após terminar seu trabalho, anunciando posteriormente para Georgiana, "Você tem um tesouro aqui".

Embora fosse um exagero dizer que Brigid engordara naquele verão — pois continuava magra e pálida —, Georgiana achava que ela tinha melhorado muito, em comparação com o seu estado anterior, e esse elogio bem merecido de Patrick, ela tinha certeza, só podia dar mais confiança à garota.

De fato, poucos dias depois, ela foi à cozinha e viu que Patrick tinha ido lá para ver sua velha amiga, a cozinheira. Ele contava a ela e às outras criadas uma história divertida. Não a tinham visto à porta; portanto, ela observou em silêncio, e foi um deleite notar, pelos rostos de todas, que elas obviamente o amavam. Ao final da história, houve estrepitosas gargalhadas; até mesmo uma sorridente Brigid os acompanhou, e Georgiana se deu conta de que nunca tinha visto antes a garota séria rir. Ela saiu em silêncio, parabenizou-se pelo fato de que, graças a seu próprio empenho e o do querido Patrick, Mount Walsh era um lugar mais feliz do que fora anteriormente.

Mas, e quanto à garota Kelly? Patrick fora à casa dela no dia seguinte à sua chegada, e, novamente, poucos dias depois. Georgiana convidou Kelly e sua irmã Jane para passarem um dia com eles, no início da semana seguinte. George desempenhou seu papel como fiel parente de Patrick, e, aparentemente, relacionou-se muito bem com Kelly, enquanto, discretamente, Georgiana elogiava Patrick para a garota. De tarde, inspecionaram um jardim que George começara a montar, o que deu a Patrick e Jane uma chance de caminharem juntos sozinhos. Mas, ao fim do dia, depois que os visitantes se foram, e Georgiana se viu sozinha com Patrick e lhe perguntou o que ele pensava de fato sobre a moça, sua resposta foi um tanto insatisfatória.

— Eu gosto muito dela.

— E posso perguntar quanto é esse muito? — indagou ela.

— Para lhe dizer a verdade, acho difícil dizer. Surpreende-me que eu pense isso, mas penso. Nós combinamos em muitas coisas.

— Ela é católica.

— Sim. Sua mente, seus modos, sua pessoa é tudo o que eu poderia desejar. Meus sentimentos por ela são...

— Ternos?

— Ah, sim. Ternos. — A ideia também não pareceu lhe agradar.

— Você talvez não esteja apaixonado.

— Talvez não. — Fez uma pausa. — Não muito, creio.

— Interesses comuns, respeito e ternura são a melhor base para um casamento, Patrick. Eu sei disso. O amor geralmente vem depois.

— De fato. Concordo.

— Ela tem sentimentos por você?

— Acho que sim. Ela tem indicado... — Hesitou. — O fato é que me sinto confuso com meus próprios sentimentos. Não sei...

— Não existe outra?

— Outra? Ora. Não. — Sacudiu a cabeça. — Não. Outra não.

Georgiana suspirou. Sentiu pena da garota, porém não disse mais nada.

Poucos dias depois, estavam todos prontos para partir para Dublin. Ela e George foram na grande carruagem, que era seguida por uma segunda carroça contendo dois criados e várias malas de couro. Patrick cavalgou ao lado da carruagem deles até Wicklow. Ali se separou dos dois, pois queria subir as montanhas para visitar o antigo sítio monástico de Glendalough.

— Sempre ouvi falar muito sobre a beleza do lugar — disse a Georgiana —, mas, para minha vergonha, nunca estive lá. — Prometeu ir visitá-la na praça Merrion na semana seguinte.

Ao seguirem o caminho de volta para Dublin, Georgiana virou-se para o marido:

— Estive pensando. Se Patrick não consegue se decidir sobre a moça Kelly, talvez haja uma alternativa ainda melhor. — E contou-lhe sua ideia.

— Meu Deus — disse George.

✣

Somente algumas semanas depois, ela foi capaz de combinar um encontro, tendo em vista que a garota estava fora. A temporada parlamentar tinha se iniciado. Como prometido, os Patriotas e seus amigos clamaram por independência, mas fizeram pouco avanço. A festa que ela deu em sua casa na praça Merrion, porém, teve um caráter puramente social, em vez de político. Um grupo elegante foi convidado, incluindo até mesmo os Leinster. Sua filha Eliza e o marido compareceram, mas Hércules, sabedor de que Patrick estaria presente, decidiu ficar distante. E, com Eliza, veio a jovem dama.

Somente um triste acidente colocara Louisa Fitzgerald de volta à cena. Cerca de um ano após Hércules ter declarado que ela tinha opiniões demais para se tornar sua esposa, Louisa se casara com um proprietário de terras vizinho, e eles tiveram uma filha. Então seu marido morrera num acidente de caça e, durante algum tempo, ela ficara inconsolável. Mas agora havia se recuperado o suficiente para novamente frequentar a sociedade; e, com o usufruto do espólio do marido, sua parte como viúva, e a herança de sua tia que ainda estava por vir, ela podia ser considerada um dos melhores partidos de Dublin.

— Você está mirando muito alto — alertara-a George. Aquela era uma afirmação abrandada. Uma coisa seria Hércules, o rico herdeiro de lorde Mountwalsh, casar-se com Louisa; outra, seu pobre primo fazer isso. Por mais que ele fosse o bom sujeito que indubitavelmente era, seria um caso de espanto geral. E, por mais que gostasse de Patrick, não poderia negar que o desafio da coisa era o que a atraía. Louisa, porém, era uma jovem viúva dona de seu nariz. Quem sabia a quem ela poderia escolher?

— E, além disso, ele é católico — acrescentara George —, ao passo que ela é protestante.

Isso, é claro, era outra enorme objeção. Mas não insuperável. Georgiana tinha vários amigos aristocratas com casamentos mistos. Contanto que eles conseguissem concordar com relação aos filhos — os quais, normalmente, eram criados como protestantes —, todo o resto podia ser arranjado. Ela até mesmo conhecia um homem que se casara duas vezes, tivera três filhos protestantes com a primeira mulher, e três católicos com a segunda.

A festa foi um grande sucesso. Louisa conheceu Patrick, e Patrick ficou encantado. Poucos dias depois, ele recebeu um convite para comparecer a uma reunião social na Leinster House; e, embora o duque e a duquesa, após conhecê-lo, talvez tivessem resolvido incluí-lo em sua lista, Georgiana achou mais provável que Louisa estivesse por trás disso. Sim, contou-lhe Patrick posteriormente, ela estivera presente, fora até ele e o convidara para visitá-la.

— O que, espero, você o fará — disse Georgiana. — Você gosta dela?

— Gosto — respondeu ele, e, desta vez, sem hesitação. — Gosto muito dela.

Ainda mais encorajador, dois dias depois, Eliza foi visitá-la e lhe disse:

— Louisa gostou muito de Patrick.

— E a falta de fortuna dele?

— Pode ser negligenciada.

— E sua religião?

— Em si, não é uma grande preocupação. Embora eu esteja certa de que ela não vai querer que seus filhos sofram as desvantagens que acompanham qualquer católico, não importa o seu berço.

— Bem — comentou Georgiana —, agora vamos esperar e ver o que Patrick pretende fazer.

Ele, devidamente, visitou Louisa em sua casa, não uma, mas duas vezes, nas duas semanas seguintes. Então anunciou que desejava ir para Wexford.

Partiu para Mount Walsh numa carroça, carregada de livros que já havia adquirido para a biblioteca. "Ele está empreendendo o nosso negócio da maneira mais completa", disse George com aprovação. Patrick passou uma semana na propriedade, e como seu trabalho na biblioteca não poderia ter tomado muito de seu tempo, Georgiana supôs que ele talvez tivesse passado mais ocasiões com Jane Kelly. Teriam seus encontros com Louisa feito com que voltasse à moça católica de Wexford? Estaria ele tentando decidir onde seu coração estava entre as duas? Ela soube que ele tinha voltado, mas não recebeu sua visita por uns tempos. E teria ficado impaciente por notícias, não fora outro acontecimento que, naquele momento, colocou de lado todas as outras coisas importantes.

— Fomos derrotados na América. Cornwallis se rendeu. — Foi Doyle quem surgiu à porta com a notícia. Uma hora depois, George e Hércules chegaram juntos do Parlamento.

O que isso significava? Por toda a temporada do meio do inverno, quase não houve outro assunto nas conversas em Dublin. Seria a rendição de Cornwallis em Yorktown o fim de toda a questão? Reuniria o governo novos soldados, ou a colônia toda seria perdida? Desde o momento em que ouvira a notícia, George teve a certeza.

— Eles não têm intenção de prosseguir. A América está perdida.

Hércules, em particular, estava mergulhado na tristeza.

— Se os rebeldes americanos venceram, então os rebeldes irlandeses os seguirão de perto — concluiu. Certamente, no Ulster, chegou a notícia de que os Voluntários realizavam encontros triunfantes e divulgavam exigências de independência.

Patrick só apareceu na casa em janeiro, quando anunciou que iria a Londres a negócios. "E também para ver alguns livreiros em seu nome", disse a George. Quando este lhe perguntou se ele vira Jane Kelly ou Louisa, Patrick respondeu que vira ambas, mas foi inteiramente evasivo depois desse ponto. "Seja lá o que pretende fazer, ele não quer que você saiba", disse rindo o marido de Georgiana — o que ela julgou muito injusto, tendo em vista sua colaboração para a promoção de ambos os casos. Tudo o que sua filha Eliza pôde lhe dizer, segundo Louisa, era que Patrick parecia dividido em suas lealdades. Devia, certamente, pensou Georgiana, referir-se à questão da religião.

Ele ficou fora durante semanas. Estaria evitando todos, ao permanecer em Londres? Talvez. Enquanto isso, os Voluntários do Ulster realizaram um enorme comício na cidade de Dungannon.

— Divulgaram um manifesto exigindo independência e juraram não votar em qualquer candidato ao Parlamento que não apoiasse isso — disse-lhe George. — É novamente a Aliança.

Então, no fim de março, veio a notícia de Londres.

— Lorde North e seu governo renunciaram. O Parlamento inglês está entregando a América. O rei Jorge ameaça abdicar. — Então, logo depois, chegou um Hércules pálido.

— O rei ficará; mas há um novo governo em Londres. É formado pelos malditos Whigs. O detestável amigo de vocês, Richard Sheridan, ganhou um cargo ministerial. E sabem o que ele declarou na Câmara dos Comuns? Que o controle inglês sobre o Parlamento irlandês é uma "usurpação tirânica". Foram essas suas exatas palavras. — Sacudiu a cabeça. — O mundo ficou louco.

Louco ou não, ficou claro de uma vez para todos que a grande mudança estava no ar. Com os Whigs no poder na Inglaterra e os Voluntários do Ulster enviando representantes com seus manifestos por toda a Irlanda, os Patriotas nunca tinham tido antes uma oportunidade tão gloriosa. Para desgosto, mas não surpresa, de Hércules, Grattan imediatamente apresentou uma moção no Parlamento de Dublin exigindo independência para o Parlamento irlandês, subjugado à coroa. "Compartilharemos um rei com a Inglaterra", declararam os Patriotas, "mas com a dignidade de uma nação separada." No dia do grande debate, Georgiana foi olhar da galeria. Sucedeu que Grattan estava doente nesse dia, mas deixou seu leito para comparecer. Ninguém, nem mesmo seus inimigos, podia negar, pensou Georgiana, que ele se mostrara uma simples e nobre figura ao superar a doença e pronunciar um dos melhores discursos de sua vida. Membros que antes teriam votado com Hércules, percebendo que o vento subitamente soprava na outra direção, agora votavam com os Patriotas. Sob vivas, a moção foi aprovada. O Parlamento irlandês, por uma ampla maioria, declarou sua independência da Inglaterra. E havia pouca chance de que os Whigs, em Londres, tendo sempre anteriormente apoiado a causa Patriota, pudessem fazer qualquer coisa agora a não ser ratificá-la. Grattan havia triunfado: a Irlanda havia triunfado. Mas, justiça seja feita, era preciso admitir que Hércules não estava totalmente errado quando declarou:

— É aos malditos americanos que devemos agradecer por isso.

Patrick retornou a Dublin uma semana após o debate, e, desta vez, não deixou de ir visitar Georgiana.

— Você perdeu toda a diversão — comentou ela.

— Eu realizei excelentes negócios — informou-lhe. — Também embarquei uma quantidade prodigiosa de livros para sua biblioteca.

— E chegou a uma decisão a respeito das mulheres em sua vida? — perguntou ela.

— Sim — respondeu calmamente. — Creio que sim. — Mas não disse mais nada, e, assim, ela conseguiu, com grande dificuldade, não perguntar mais do que isso.

Dois dias depois, ele foi visitar Louisa. Mas o que acontecera entre os dois, nem mesmo Eliza conseguiu descobrir. No início de maio, acompanhado por duas carroças cheias de livros, ele seguiu para Mount Walsh.

O Parlamento inglês só votou a questão irlandesa na metade do mês, e George e Georgiana permaneceram em Dublin até chegar a notícia, como se esperava, de que os Whigs haviam dado o que os Patriotas queriam. Então, eles foram para Wexford.

— Quando chegarmos lá, não tenho dúvidas de que Patrick terá catalogado e arrumado todos os livros novos — comentou George com satisfação.

— E talvez ele também possa me dizer o que decidiu sobre Louisa e Jane Kelly — acrescentou Georgiana. — O que você acha que ele fez?

— Creio que ficou tentado por Louisa e sua fortuna, mas sua consciência o levou de volta à moça católica — disse seu marido.

Quando chegaram a Mount Walsh, porém, e perguntaram por Patrick, foram informados de que ele partira no dia anterior. Isso foi tudo o que lhes disseram.

— Eu poderia gritar de vexação — confessou Georgiana com uma risada, assim que ficaram sozinhos em seu quarto.

Mas ela notou que seu marido parecia pensativo.

— Aconteceu algo — disse a ela. — Não notou que todos os criados parecem sem jeito? — Poucos momentos depois, ele a deixou e voltou em dez minutos. — Os livros estão na biblioteca, todos lindamente catalogados. Tudo está em perfeita ordem. Mas estou lhe dizendo, está havendo alguma coisa.

— Deixe comigo — disse ela com um sorriso, e desceu para falar com a cozinheira.

Não demorou muito. Apenas o tempo que a estimada mulher levou para conduzir Georgiana até a despensa, onde puderam ficar a sós, e pôr para fora sua história incoerente.

— Ah, milady — começou —, que situação. — O mordomo só estava esperando até o lorde descer para colocá-lo a par da situação.

— Situação?

— Do Sr. Patrick. E depois de ele e a Srta. Kelly sempre parecerem tão respeitáveis juntos... fugir daquele jeito.

— Ele fugiu para se casar com a Srta. Kelly?

— Ah, milady, se ao menos fosse isso. Mas foi com a garota Brigid que ele fugiu, e sem dizer a ninguém. Ele tão distinto, e ela... sei lá! E sempre tão quieta e magra como um ancinho... mas não tão magra agora, que Deus a ajude.

— Ele levou Brigid? Para onde?

— Para Dublin, para morar na casa dele. Poderia ser nos confins da terra, pois seria bem melhor para um ou para outro. Mas foi para Dublin que eles foram, com certeza.

— Vocês não souberam de nada antes?

— Nem uma palavra. Debaixo de nossos narizes, e nenhum de nós sabia. Com os dois lá em cima, na biblioteca, hora após hora.

— Ele se comportou vergonhosamente — exclamou Georgiana. Embora, em seu coração, ela pensasse: e como um idiota.

— Ela deve ter enfeitiçado ele — disse a cozinheira resolutamente. — Eu deveria ter ficado de olho. — Sacudiu a cabeça. — Deveria ter percebido que ela era sonsa, assim que olhei no rosto dela pela primeira vez.

— Por quê?

— Ora, a senhora não notou os estranhos olhos verdes que ela tem?

Era verdade. A moça de cabelo escuro tinha olhos verdes. Mas ela nunca pensara muito a respeito disso.

Croppies*

1796

Deirdre olhou em direção ao mar. Já estava parada ali havia meia hora, e o vapor de água da brisa primaveril deixara minúsculas gotículas de umidade em sua testa, mas ela não se mexia.

Tinha certeza de que ele estava vindo.

Como ela sabia? Houvera rumores, é claro, cochichos que tinham rapidamente penetrado até mesmo nos altos vales em volta de Rathconan, dizendo que era possível que ele viesse sem demora. Mas não fora assim que ela soubera. Fora uma percepção de coisas que não sabia explicar, um instinto, no qual ela aprendera a confiar, que lhe dissera, como o fizera muitas vezes antes, que ele se aproximava.

Patrick Walsh: o homem que ela odiava mais do que o próprio diabo.

Ela tinha um bom motivo. Em primeiro lugar, ele roubara sua filha. Depois a usara de um modo vergonhoso. E agora? Ela temia algo ainda pior. Ele também ia roubar seu marido. Levaria Connall embora — seu instinto também lhe dissera isso —, e ela nunca mais o veria novamente.

Nunca houvera ninguém para ela além de Conall. Parecia-lhe que suas vidas tinha sido unidas eternamente, como um par de rochas na alta encosta da montanha que se mantinham juntas desde o início dos tempos e assim permaneceriam, na vida ou na morte, até o fim. Quando ela era menina, ele fora a sua

* Apelido depreciativo dado aos rebeldes irlandeses, durante a rebelião de 1798. O nome se referia às pessoas que cortavam o cabelo bem curto, uma moda associada aos antiaristocratas. (*N. do T.*)

vida; ao ser mandado embora, fora como se sua vida tivesse acabado. E, por dez anos, ela vivera numa espécie de ermo.

Durante esse período, sua existência em Rathconan tinha sido rotineira, como também tranquila. Descendo para a costa, havia uma boa estrada com pedágio, com uma diligência viajando entre Dublin e a cidade de Wicklow, de modo que era possível estar na capital em horas. Mas, uma vez que se viajasse pelos íngremes desfiladeiros no interior das montanhas em direção a Rathconan e Glendalough, entrava-se numa zona intemporal, um mundo à parte, onde nada jamais parecia mudar. Seu avô continuara a ensinar na escola ao ar livre, envelhecendo tão lentamente que quase não se percebia. Se ele nunca falava em Conall, ela supunha que era para não magoá-la. Nem ninguém mais em Rathconan falava nele — de qualquer modo, não para ela. Budge deixara claro que não queria que Conall voltasse para casa, e como a intenção de seu pai Garret parecia ser a de mergulhar ainda mais no ébrio desalento, ninguém em Rathconan achava que o senhorio estivesse errado.

Uma vez por ano, porém, em cada primavera, uma mudança ocorria em Garret Smith. Ele parava de beber. Seu modo de falar, que se tornara descuidado, tornava-se preciso novamente. Ele se esforçava para se fazer apresentável. Então, andava até a estrada de Wicklow, onde embarcava na diligência para Dublin a fim de ver Conall. Às vezes, o avô dela o acompanhava pelos primeiros quilômetros do caminho, a não ser que Budge tivesse uma carroça indo naquela direção, e, nesse caso, oferecesse uma carona a Garret. O senhorio parecia não fazer objeções àquelas viagens anuais. Havia muito tempo, já obtivera seu propósito; e, além do mais, casara-se com uma jovem dama de Kildare e tinha outras coisas com que se preocupar.

Cada vez que Garret voltava, ela perguntava por Conall, e ele lhe falava de suas novidades e contava como estava crescido. Após três anos, ela soube que ele ia deixar a escola para ser aprendiz de um carpinteiro. Isso a surpreendeu, mas Garret parecia ter ficado feliz com isso. Ele permaneceria em Dublin.

— Lá é melhor para ele — disse-lhe seu pai.

— Ele fala de mim? — ousou certa vez perguntar.

— Fala, Deirdre. Lembra-se muito bem de você — respondeu Garret. Mas era difícil saber o que isso significava. Na ocasião oportuna, ela soube que o carpinteiro ficara tão impressionado com as habilidades de Conall, que o enviara para completar o aprendizado com seu irmão, que era um fabricante de armários. "Creio que ele se sairá muito bem", disse-lhe Garret.

Tinha sido na sua visita seguinte que algo acontecera. Ele havia passado todo aquele ano com a aparência doentia. Em alguns dias, seu rosto ficava rubro, mas, em outras ocasiões, quando Deirdre o encontrava, sua pele era de um cinzento espectral, e suas mãos tremiam. Desta vez, antes de ir para Dublin, seus preparativos tinham sido menos eficazes. Restringira a bebida apenas um ou dois dias antes de partir; fizera a barba, cortando-se várias vezes, e vestira roupas limpas. Mas, enquanto a carroça o levava em direção à estrada de Wicklow, o avô dela sacudira a cabeça e comentara que não achava que Garret fosse conseguir daquela vez.

Ele voltara cinco dias depois, na carroça de um lenhador, as roupas empoeiradas e coberto de cavacos, e, após cambalear para o interior de sua cabana, sem dar uma palavra com ninguém, só voltou a sair no dia seguinte. Quando ela lhe perguntou por Conall, ele olhou para ela perturbado e disse: "Ele estava bem, Deirdre, mas eu não", e nada mais acrescentou. Para o avô dela, porém, algum tempo depois, ele confessou:

— Eu me comportei muito mal em Dublin. Humilhei meu filho diante de todos os seus amigos. Depois discuti com ele. — Sacudiu silenciosamente a cabeça, mas lágrimas haviam se formado em seus olhos. — Talvez o imbecil do Budge tivesse razão em mandar meu filho embora.

— Você precisa reparar o dano. Deve parar de beber e descer até lá para se reconciliar com ele — dissera-lhe O'Toole. Mas, embora tivesse concordado com a cabeça, Garret não fizera nada disso. No ano seguinte, não estava em melhores condições, sua coragem o deixara e ele não viajara. Na primavera seguinte, a história se repetiu.

E todo esse tempo Deirdre se perguntara: o que seria dela? Enquanto Conall estava longe, em Dublin, ela ia se tornando uma jovem mulher. Alguns dos jovens O'Byrne e Brenann já se mostraram interessados em cortejá-la, mas ela não tinha o menor interesse neles. Deveria procurar trabalho em Wicklow, como criada, talvez? Ou em Dublin? Ela o veria, supôs, se fosse para Dublin. Falou com o avô, para pedir seu conselho.

— Você não seria feliz em Dublin — disse-lhe ele. — Sentiria falta das montanhas. Todos os dias, ficaria parada nas ruas largas, olhando para cima em direção às montanhas... parecem tão próximas, sabe, como se pudesse tocá-las. Elas, no entanto, assim como todos os que você ama, estariam fora de alcance.

— Talvez — arriscou ela — eu não me sentisse tão sozinha. Conall seria um amigo para mim.

— Não deve pensar em Conall. — Ele dera um suspiro. — Ele foi seu companheiro de infância, Deirdre. Mas isso foi há muito tempo, e as pessoas mudam. Você devia esquecê-lo agora.

Uma ano depois, porém, quando Garret, após uma terrível bebedeira de três semanas, estava obviamente à morte, foi o avô dela quem escreveu a carta pedindo que Conall viesse.

Ele chegara meio dia atrasado. Ela o vira a distância, subindo pela estrada de Wicklow, um jovem magro, bonito, caminhando a passos largos montanha acima com confiante naturalidade, e, assim que o viu, seu coração falhou uma batida. Esperou até que ele a alcançasse.

— Sinto muito, Conall. Seu pai se foi.

Ele assentiu, como se já esperasse isso. Então caminharam juntos para Rathconan.

Era estranho, após tantos anos, que parecesse tão natural caminhar lado a lado com Conall, como se nunca tivessem sido separados. Será que ele sentia a mesma coisa?, pensou ela.

O velório foi um acontecimento tranquilo. Ela e seu avô ajudaram Conall a tomar as providências. Todos em Rathconan compareceram. Até mesmo Budge e sua esposa apareceram por poucos momentos, como cortesia ao morto, e cumprimentaram civilizadamente o padre. Antes de sair, Budge tinha levado Conall para um lado, mas Deirdre estava perto o bastante para ouvir o que se passou entre eles.

— Seu pai morreu como católico, é claro — disse baixinho o senhorio —, mas posso lhe perguntar a que Igreja você agora pertence?

— Bem, senhor — respondeu Conall educadamente —, em Dublin, como bem sabe, eu fui à escola da Igreja Irlandesa e, portanto, frequentei-a; e muitos de meus amigos são protestantes. Aqui em Rathconan, toda essa boa gente e muitos de meus primos são católicos. Para lhe dizer a verdade, não tenho opinião muito forte sobre o assunto.

— Entendo. — Na própria Rathconan não havia igreja, embora, de tempos em tempos, Budge e sua família fossem à igreja que ficava a poucos quilômetros de distância, para mostrar solidariedade. Seu apoio à Igreja da Irlanda era absoluto, mas ninguém o chamaria de devoto. A julgar pelo cuidadoso olhar que ele dava agora a Conall, parecia achar sua resposta aceitável.

Deirdre andara examinando Conall desde que ele voltara. Já era claro para ela que os anos em Dublin tinham deixado sua marca. O Conall que ela havia conhecido e amado ainda estava ali, tinha certeza disso. Mas aquele homem jovem tinha uma tranquila autoconfiança, uma circunspecção cheia de dignidade muito mais parecida com a do avô dela do que com seu próprio pai Garret. Entretanto, como estava agora aparente, ele aprendera a combinar sua confiança com um modo respeitoso que claramente agradava um homem como Budge.

— Você pretende voltar logo para Dublin? — perguntou o senhorio.

— Dizem-me que eu poderia me sair bem como fabricante de armários em Dublin, senhor — respondeu Conall. — Mas sinto falta das montanhas da minha infância. Estou pensando em ganhar a vida aqui como carpinteiro. — Deu um olhar inquiridor para Budge. — Se conseguir provar que vivo sóbrio e sou confiável.

Budge olhou-o atentamente por vários momentos, então deu um ligeiro assentir e sugeriu que ele fosse vê-lo depois do enterro de seu pai. Partiu logo em seguida.

— Você vai ficar aqui, Conall — perguntou ela —, após ter vivido em Dublin?

— Estou pensando nisso — respondeu. — Penso em me casar e me estabelecer.

— Ah. — Ela lutou para se controlar. — E quem é a garota de sorte com quem pensa em se casar? — perguntou alegremente.

— Você — disse ele.

✣

Se Budge nutrira alguma apreensão em ter outro incômodo Smith como inquilino, diga-se de passagem que este se comportara muito bem. Um dia após Conall ter se mudado, ele fora pessoalmente à cabana lhe informar:

— Alguns anos atrás, me fizeram uma porta da frente, mas não ficou satisfatória. Você me faria uma nova?

E quando o trabalho ficou pronto, no melhor carvalho, e Conall a instalou, Budge e sua esposa a admiraram, e ele exclamou:

— Tenho de lhe dizer, Conall, que belo trabalho. Belo. — E Conall foi bem pago.

Outras encomendas se seguiram, do senhorio e de seus amigos. Algum tempo depois, munido de uma carta de Budge, Conall foi a Wicklow, visitar um fabricante de armários de lá, e, com isso, iniciou-se uma longa relação. O homem de Wicklow mandava serviços para ele, e, semana sim, semana não, Conall descia até Wicklow numa carroça com uma mesa, algumas cadeiras ou um armário benfeito. Para desmentir a reputação do pai, o trabalho era sempre perfeitamente produzido e nunca atrasava. Após alguns anos, o homem de Wicklow quis torná-lo sócio, mas, embora isso certamente pudesse lhes dar uma vida melhor, Conall e Deirdre sempre preferiram permanecer em Rathconan, nas montanhas.

Conall bebia um pouco de cerveja, mas sempre com moderação. Nunca dizia ou fazia qualquer coisa para ofender Budge e seus semelhantes. E, com o passar dos anos, o senhorio, frequentemente, num jantar, citava Conall como prova de que, com um pouco de convencimento e uma grande quantidade de tratamento firme, "vocês, irlandeses, podem muitas vezes se tornar artesãos aplicados e respeitados".

Quanto a si mesma, Deirdre, ela encontrara felicidade, paz, seu destino. Poucos dias antes de se casar com Conall, seu avô a levara para um lado e perguntara: "Tem certeza, Deirdre, de que é isso que quer?" Ela ficara bastante surpresa por ele perguntar tal coisa, mas lhe assegurara que tinha, e ele nada mais dissera. E os primeiros meses haviam confirmado inteiramente sua escolha.

Se anos atrás, Conall fora o menininho que ela tinha protegido e tornado completo, no homem jovem no qual ele havia se transformado ela encontrara um príncipe. Ao fazerem amor, parecia a ela que eles tinham sido feitos do mesmo molde; em sua vida juntos, estavam afinados como duas cordas do mesmo instrumento.

Contudo, havia sempre algo misterioso com Conall. Ocasionalmente, ele ainda ficava sentado sozinho, num estado de abstração do qual ela tinha de esperar que ele voltasse. Certo dia, os dois tinham ido a Glendalough; e, quando ficaram a sós no silêncio da montanha junto ao lago superior, ela vivenciou subitamente a mais estranha experiência, como se eles flutuassem juntos, igual a uma névoa sobre o lago. E ela pensou consigo mesma: eu me casei não apenas com um homem, mas com um espírito. Eles já estavam casados havia quase um ano, quando Conall lhe contou a verdade sobre seu período na escola de Dublin.

— Era um lugar terrível, Deirdre. Havia poucos de nós, meninos católicos, e tínhamos sido levados para lá para sermos convertidos. No que dizia respeito aos professores, nós éramos animais selvagens que precisavam ser domesticados. E também éramos tratados como animais. Chutados para fora da cama, ao amanhecer, para esfregar o chão, antes que os meninos protestantes acordassem. Quando não estávamos em aula, éramos como escravos também durante o resto do dia. E levávamos uma surra violenta se ao menos tentássemos argumentar. Quanto ao ensino... — Sacudiu a cabeça, desgostoso.

— Era muito difícil?

— Difícil? De maneira nenhuma. Era risível. Os meninos protestantes estavam muito atrás de nós: eu sabia muito mais, ao chegar, por causa da escola ao ar livre do seu avô, do que qualquer um deles, quando saíam de lá.

— Então todos os protestantes são ignorantes?

— Eu não diria isso. O Trinity College forma estudiosos do mais alto renome: isso é indiscutível. Mas as escolas de caridade como a minha são poços de iniquidade. Foi por isso que saí assim que pude e me tornei carpinteiro.

— Você contou para o seu pai?

— Não. — Ele ficou calado por um momento. — Do que adiantaria? Arrisco dizer que o pobre-diabo já tinha problemas suficientes.

Ele nunca falou da briga que tivera com o pai, e ela nunca perguntou. Deirdre, porém, achava que podia adivinhar a tristeza e a vergonha pelo que seu pai se tornara, assim como era óbvio que ele estava determinado a provar que não sofria nenhuma das mesmas fraquezas.

— Lembro-me dele como quando eu era criança — contou certa vez a ela. — Eu gostaria — acrescentou desejoso — que ele pudesse ter permanecido como costumava ser, e vivesse para ver seus netos.

Não houve carência deles. Através dos anos, Deirdre deu à luz a uma dúzia de filhos, e, embora muitos tivessem morrido por doença ou acidente, sete sobreviveram e se tornaram adultos fortes e saudáveis.

Ela e Conall nunca se arrependeram da decisão de criar a família lá em cima, em Rathconan. Era o lar da infância deles; o avô dela, que ambos amavam, estava lá; e, acima de tudo, eles e seus filhos estavam cercados pelos imensos espaços abertos das montanhas. E se os Brennan, como o avô dela lhes garantira, não eram nem mais nem menos estúpidos do que nas gerações anteriores, e se os O'Byrne ainda acreditavam tolamente que Rathconan e tudo que havia ali lhes pertencia por direito, Deirdre e Conall estavam acostumados a eles desde que nasceram, e, assim como as outras famílias locais, pertenciam à paisagem.

Se o avô dela tivera qualquer dúvida sobre Conall como marido, em pouco tempo a havia enterrado. Passaram-se apenas alguns meses antes de ser estabelecida uma rotina que duraria através dos anos. Uma vez por semana, os dois homens passavam a noite juntos. Um pouco de bebida era consumida, é claro; porém, na maior parte do tempo, eles recitavam poesias ou liam livros juntos — de modo que Conall, às risadas, disse a Deirdre: "O melhor de eu ter me casado com você é que posso completar a minha educação." Enquanto isso, o velho, um tanto esquelético, mas com a mente aguçada como sempre, continuara a atuar como mestre-escola da aldeia, e, de vez em quando, a contar suas histórias e a recitar suas poesias num *ceili*. Ele vivera até os 80 anos, e continuara a lecionar até uma semana antes de sua morte.

Seu velório tinha sido memorável. Vieram pessoas de cinco condados para homenagear o velho. Mesmo assim, fora a ocasião de um pequeno dissabor.

Tinha sido causado por Finn O'Byrne. Ele nunca fora uma pessoa de grande valor. Com quase a mesma idade de Conall, era considerado um criador de gado razoavelmente bom e tinha uma enfiada de filhos a seu crédito; mas, embora passasse algum tempo com os Brennan, ele e Conall não tinham muito o que dizer um ao outro. Entretanto, certa vez Conall lhe fizera uma boa cadeira de carvalho, com a qual ele havia se declarado satisfeito. Portanto, Conall não esperava qualquer problema quando avistou a figura de Finn — pequeno, moreno, uma grande quantidade confusa de cabelo negro revolto caindo em cachos emaranhados até os ombros, e claramente apascentando os primeiros passos do pior estado de uma bebedeira — vir balançando em sua direção durante a longa noite do velório.

— Suponho que agora você será o novo mestre-escola — comentou Finn —, com toda essa sua sabedoria.

Havia algo vagamente ofensivo em seus modos, embora Conall não conseguisse entender o motivo para tal.

— Creio que não, Finn — respondeu ele. — Tenho muitas outras coisas para fazer. — Aliás, durante anos, Conall e O'Toole haviam discutido algumas vezes a possibilidade, mas ele não sentia o desejo de concretizá-la, pois, de qualquer modo, já tinha trabalho suficiente.

— Ele teria desejado isso, Conall, manter a coisa na família... com Deirdre, por ser a neta, e você, por ter passado tanto tempo na sua companhia. Todas aquelas horas, lendo juntos, a cada semana. — As palavras pareceram bem inofensivas, mas não havia dúvida, pelo jeito com que ele as pronunciara, pelo modo como esticara a palavra "lendo", como se houvesse algo errado com ela, de que Finn tentava insultá-lo. — Não, Conall, só você era bom o bastante para estar na companhia dele daquele jeito.

Não ocorrera a Conall que suas reuniões com o velho tinham sido ofensivas a Finn O'Byrne, mas claramente o foram.

— Tenho certeza de que você teria sido muito bem-vindo para se juntar a nós — disse ele. Uma mentira, é claro, mas parecia cortês.

— Ha! Finn O'Byrne com o velho e seu favorito. O menino separado. O príncipe, como costumávamos chamar você na escola ao ar livre. Até ser mandado embora, é claro. — Sorriu maldosamente. — Por causa de seu pai. Outro grande leitor, dizem.

Era difícil saber o que o chocou mais — a descoberta de que aquele homem, sobre quem não tinha um bom conceito, mas contra quem nunca fizera nada de mal, o odiasse tanto, ou o fato de que, em todos aqueles anos, ele nunca adivinhara isso. Conall lembrava-se perfeitamente dele na escola ao ar livre. Finn não fora um bom aluno, mas talvez estivesse um pouco acima dos Brennan. E, agora, a morte do velho O'Toole e, sem dúvida, um pouco de bebida tinham subitamente liberado aqueles ressentimentos da infância. Não sabia o quanto Finn tinha bebido, mas aquela não era ocasião para uma briga. Inconscientemente, porém, Conall devia ter olhado para ele com repugnância, pois O'Byrne explodiu com amargor:

— Ah, olhem a cara dele. Ele pensa que é melhor do que o resto de nós.

— Não é capaz de respeitar o morto, Finn? — disse Conall o mais calmamente possível, e fez menção de ir embora. Mas isso revelou-se outro erro.

— Vá embora. — Finn fez um arremedo de reverência. — O grande Conall Smith não fala com ninguém, a não ser com sua própria espécie — proferiu. — Respeitar o morto. Isto é, respeitar o seu pai?

Aquilo foi demais.

— Você era idiota naquela época, Finn O'Byrne, e é um idiota agora — disse Conall raivosamente. — Mas não precisa provar isso, pois eu já sei. — Então foi embora.

Poucos dias depois, Conall contou tudo a Deirdre, mas Finn nunca voltou a mencionar o incidente, e os dois tomaram por certo que, provavelmente, ele estava tão bêbado que esquecera tudo.

Pois, poucos meses depois disso, Conall assumira provisoriamente a escola ao ar livre, enquanto procuravam mais alguém. Ele, porém, mandara chamar o padre no vale para que viesse catequizar as crianças, pois não desejava fazer isso; e, no seu devido tempo, encontrou-se um idoso de Wicklow para assumir o trabalho, e ele voltou à fabricação de móveis. Não tinha dúvidas de que Budge estivera a par de suas atividades, mas o senhorio nunca dissera nada.

Isso tinha sido vinte anos atrás. Desde então, houvera paz em Rathconan, onde, passasse o que se passasse no mundo lá embaixo, pouca coisa parecia mudar.

Houve, entretanto, uma mudança. Era gradual, mas seu avô ocasionalmente comentava isso, à medida que envelhecia, e, nas duas décadas decorridas de sua morte, Deirdre notara isso de um modo crescente.

Havia mais gente em Rathconan.

Claro, famílias produziam filhos. Fora os seus sete, Budge e a esposa tiveram três mulheres e dois homens; os O'Byrne, Brennan e as outras famílias do local tinham todos aumentado os números. Mas, como em tempos passados, assim que a criança crescia, geralmente ia embora. As três filhas do senhorio estavam todas casadas com outros proprietários de terras; o filho mais novo, Jonah Budge, casara-se com a filha de um comerciante e comprara uma pequena propriedade a poucos quilômetros de distância, enquanto o filho mais velho, Arthur, passava a maior parte do tempo em Dublin. Dos próprios filhos de Deirdre, apenas dois continuavam em casa, o resto estava em Wicklow ou Dublin.

Na última geração, porém, outras famílias, especialmente os Brennan, tinham seguido um padrão diferente. Em vez de o filho mais velho assumir a herdade, vários filhos tinham decidido permanecer em Rathconan e dividi-la entre si em partes menores. Ao fazerem isso, aumentavam a população da aldeia. E havia sinais de que, em poucos anos, um dos Brennan poderia subdividir mais uma vez a sua propriedade. Em tempos passados, essas pequenas propriedades não teriam sustentado uma família, mas agora pareciam conseguir isso. E o motivo para essa mudança era muito fácil de se ver.

— Pelo aumento no número de meus primos Brennan — comentou Conall causticamente —, devemos agradecer à batata.

Atualmente todos cultivavam batata em Rathconan. Budge tinha duas enormes plantações. Mas, embora ainda cultivassem outras coisas e criassem ovelhas e uma modesta manada de gado na encosta da montanha, os Brennan tinham reservado a maior parte de suas propriedades subdivididas para o cultivo da batata. Fora uma decisão lógica. O vegetal do Novo Mundo era tão nutritivo, que, se uma pessoa quisesse, poderia permanecer perfeitamente saudável se não comesse nada mais além dele. Não apenas isso, a batata era intensamente produtiva: uma família podia se sustentar com a safra de apenas uma pequena plantação. Havia duas vezes mais Brennan vivendo agora em Rathconan do que quando Deirdre era criança, e eles poderiam dividir suas propriedades várias vezes mais sem ter de passar fome. Além do mais, com o aumento da população, podiam normalmente vender os seus produtos a um bom preço. Portanto, embora suas cabanas com telhado de torrões de grama pudessem parecer muito pobres, os numerosos Brennan e seus vizinhos, na verdade, viviam melhor do que antes. Até os O'Byrne estavam pagando seus aluguéis.

Por toda a Irlanda, o padrão era semelhante. As cidades cresciam — a população de Dublin triplicara em três gerações —, e os camponeses do interior viviam mais densamente sobre a terra.

Deirdre e Conall tinham pouco do que reclamar materialmente. Duas de suas filhas haviam ido para Wicklow. As duas agora estavam casadas, uma delas com um açougueiro, e a outra com um cervejeiro, ambos homens bastante prósperos. Os dois filhos mais velhos tinham ido para Dublin. Um deles era impressor e estava se saindo bem; o outro, negociante de fumo, parecia ter menos sucesso e vivia pobremente nos Liberties, no lado oeste da cidade velha. Os dois mais jovens permaneciam em Rathconan: o garoto, Peter, seguia seu pai, como carpinteiro; a irmã dele trabalhava na casa de Budge.

Então havia Brigid. E aquele demônio do Patrick Walsh.

Deirdre só soube que Brigid tinha fugido com ele um mês depois do acontecido, quando recebera uma carta da governanta de Mount Walsh fazendo referências ao fato. A carta não dizia, mas ela deduzira que eles tinham ido para Dublin.

— O que isso quer dizer? — perguntou ela a Conall. — Eles se casaram?

— Teríamos sido informados por Brigid, se tivessem se casado — rebateu ele.

— Precisamos ir atrás dela. Temos de salvá-la, antes de sua reputação ser arruinada — exclamou ela.

— É um tanto tarde para isso — murmurou ele, mas fez os preparativos para partirem para a capital no mesmo dia.

Deirdre nunca estivera antes em Dublin, e ficou maravilhada com seu tamanho. Chegando logo após o meio-dia, foram direto para a casa de seu filho, que ficava numa estreita viela ao lado da Dame Street, e ele soube lhes dizer onde podiam encontrar Patrick Walsh. Deixando o filho, eles não perderam tempo; seguiram na direção da praça College e atravessaram a ponte sobre o Liffey. Para a direita, um pouco rio abaixo na margem norte, puderam ver os primeiros estágios de um enorme edifício clássico começando a se erguer, o qual, eles souberam, seria a nova Aduana. Era evidente que, à medida que a cidade se expandia, as grandes ruas e praças na margem norte se tornavam tão importantes e elegantes quanto a área em volta da praça St. Stephen. Deirdre olhou pasma as grandes residências aristocráticas em ambos os lados da larga avenida conhecida como Sackville Mall, que seguia em direção norte por quase 500 metros até a bela fachada do hospital-maternidade e a elegante praça Rutland, mais além. A casa de Patrick Walsh ficava numa pequena mas, ainda assim, agradável rua, a pouca distância a oeste da grande avenida.

A porta da frente era ligeiramente mais elevada que o nível da rua. A entrada do comerciante ficava abaixo de um lance de degraus ao nível do porão. Conall hesitou um instante, então foi até a porta da frente.

Ao ver suas roupas interioranas, a criada que a abriu pareceu um pouco confusa e perguntou se eram negociantes; mas Conall mandou que fosse informar seu nome, e, momentos depois, ela voltou e os conduziu através do saguão até uma pequena sala de visitas. Tiveram de esperar apenas um pouco até o próprio Patrick Walsh aparecer. Ele sorria.

— Estão procurando por Brigid, tenho certeza — disse ele, antes que ao menos conseguissem falar. — Há um mês que lhe peço que lhes escreva.

— Então ela está aqui? — perguntou Conall.

— Claro que sim, Sr. Smith, e estará conosco imediatamente. — Ele parecia bem tranquilo e amigável, como se não houvesse nada de errado.

Deirdre fitou-o. Um rosto inteligente, olhos bondosos, modos encantadores: um completo cavalheiro. Mas ela não se deixou enganar nem por um segundo.

— O que você fez com ela? — indagou.

— Sua filha não foi sequestrada, Sra. Smith — respondeu calmamente. — Como sabem, ela estava empregada na casa de meu primo, lorde Mountwalsh. — Se essa referência à importância de sua família foi para colocá-la em seu lugar, não funcionou. — Agora concordou em vir para cá — olhou firmemente para Deirdre — "como governanta".

— Governanta? Na idade dela?

— Esta casa não é grande. Ah — ergueu a vista, sem se perturbar —, aí está ela.

Quando Brigid apareceu na porta, Deirdre quase ofegou. A garota que parecia um graveto de tão magra ao deixar Mount Walsh havia sumido, desaparecido como um rebento repleto de botões que se abrem em flores na primavera. De pé, aprumada, com um vestido um tanto austero, o cabelo negro preso esmeradamente para trás, ela parecia o próprio padrão de uma eficiente governanta jovem. Mas sua mãe pôde ver de imediato que ela se desenvolvera; estava ali como uma jovem mulher orgulhosa. Também percebeu que a pele de Brigid tinha brilho, e seus olhos verdes, uma centelha inteiramente nova.

— Quero falar com a minha filha a sós — disse ela firmemente.

Brigid tinha um agradável quarto no terceiro andar da casa, debaixo do andar do sótão, uma colcha sobre a cama e uma poltrona. A garota sentou-se na cama e fez um gesto para a mãe em direção à poltrona.

— Sinto muito por não ter escrito.

— Não tem importância — cortou sua mãe. — Você não é a governanta dele.

— Sou sim. Juro.

— Isso é tudo que você é?

A garota ficou calada.

— O que está fazendo, Brigid? — explodiu sua mãe. — Não percebe o que isso faz a você? Precisa voltar imediatamente. — Brigid começava a sacudir a cabeça em resposta, mas Deirdre não parou. — O que eles fizeram com você? Eles a trataram mal naquela casa? Estava tão desesperada? Bastava apenas me dizer.

— A princípio, me senti solitária, mamãe. Sentia muito a sua falta. Mas eles eram bons para mim. E depois... — riu — Acho que fiquei entediada. Até aparecer Patrick.

A risada. O modo como o chamou de Patrick.

— Santo Deus, menina. Você é amante dele. — Encarou-a. — Acha que conseguirá encontrar um marido respeitável, quando ficarem sabendo o que você é? Esse distinto cavalheiro não se casará com você. Ele a usará, Brigid, e quando acabar com você, no que você se tornará? Não pensou nisso? — Sacudiu a cabeça. — A culpa é minha. Eu devia tê-la alertado, mas pensei que estava a salvo naquela casa. Nunca imaginei...

— A culpa não é sua, mamãe.

— Tem de voltar imediatamente para Rathconan.

— E o que farei lá? Casar-me com um dos Brennan? — Fez uma pausa, e então acrescentou baixinho: — Ele é um homem bom, sabe. Não encontrarei um melhor.

— Você acha que ele a ama?

— Eu interesso a ele, creio. Ele se importa comigo.

— Ele a está usando. Você é apenas uma criada.

— Eu era uma criada em Wexford.

— Precisa vir conosco agora, Brigid.

— Sinto muito, mamãe, mas não irei.

— Seu pai lhe ordenará.

— Ele não pode me forçar a ir. — Ficou sentada ali na cama, calmamente desafiadora.

Deirdre ficou tão chocada e tão zangada que até mesmo chorou. Levantou-se.

— Nada mais tenho a lhe dizer, Brigid — declarou. Mas, ao descerem as escadas, mesmo assim, ela continuou: — Ficaremos alguns dias na casa do seu irmão. Espero que mude de ideia.

Ela não quis falar com Patrick, mas sinalizou para o marido que desejava ir embora imediatamente.

Tão logo saíram, ela explodiu.

— Percebe o que está acontecendo? Ela é amante dele.

— Foi o que imaginei. — Sua voz estava calma.

— Não vai fazer nada? Não vai salvar sua própria filha?

— Ela está lá contra sua vontade?

— Ela se recusa a ir embora.

— Então o que você quer que eu faça, Deirdre? Devo dar um tiro nele?

— Ele é o próprio demônio.

— Talvez. — Conall não parecia convencido.

— O que ele lhe disse?

— Sobre Brigid? Não muita coisa. Ela o ajudou a catalogar a biblioteca. — Fez uma pausa, enquanto a esposa o olhava incrédula. — Ele leu os versos de seu avô. E parece que o pai dele, o velho Dr. Walsh, conheceu o meu pai, quando era jovem. Aliás, acontece que eles são parentes distantes.

— Quer dizer que ele se casaria com Brigid?

— Não creio — disse Conall pensativamente — que ele seja do tipo casadouro.

✣

E isso se confirmou. Embora ela tivesse mandando Conall falar com a filha e Patrick mais uma vez, antes de deixarem Dublin, a situação permaneceu inalterada. Um ano depois, Brigid teve um filho. Novamente, Conall foi enviado para vê-los, e ele contou a Deirdre que mãe e filho estavam bem, e que viviam contentes na casa de Walsh, e que nem o cavalheiro nem Brigid pareciam ter planos de mudar a situação.

Os anos passaram. Houve mais filhos. Ninguém parecia se importar, e não havia nada que Deirdre pudesse fazer.

Houve, porém, uma coisa que ela não havia previsto, a amizade entre Walsh e seu marido.

A primeira vez que passou por Rathconan, Patrick estava a caminho para visitar Glendalough. Ele chegara com Brigid e o filho bebê, com a intenção de deixar Brigid com os pais, enquanto ia visitar o antigo lugar monástico. Deirdre não falava com Patrick, se pudesse evitar, mas, quando ele, casualmente, perguntou se Conall gostaria de acompanhá-lo, este dissera que sim.

— Suponho — dissera ela acidamente a Conall — que esteja ansioso para passar o dia com o homem que arruinou sua filha.

Ela nunca soube o que se passara entre os dois homens em Glendalough naquele dia, mas, quando eles voltaram, ficou claro que tinham estado mergulhados em uma profunda conversa. Depois disso, Patrick voltara novamente todo verão, e a cada vez os dois homens iam juntos visitar os lagos gêmeos. Tornou-se um ritual anual. Às vezes, se Brigid não estava em condições de viajar, Patrick ia sozinho e, por menos que Deirdre gostasse, juntava-se a eles para as refeições noturnas, dormia na cabana na noite de sua chegada, e novamente ao final do dia que passava fora e antes de partir pela manhã. Sempre, após Patrick ter ido embora, ela perguntava ao marido sobre o que eles haviam conversado, e Conall lhe dava uma resposta vaga, insatisfatória. Mas se ela dizia algo desagradável sobre Patrick, então, frequentemente, Conall o defendia calmamente. "Ah, mas ele é um homem de grande inteligência", dizia, ou "Seu coração está no lugar certo". Uma das vezes, até mesmo comentara: "Ele é um bom católico", e ela reagira: "Se ele fosse um bom católico, teria se casado com sua filha, em vez de usá-la como concubina". Mas ele apenas parecera pensativo e comentara: "Em todo caso, ele é amante da Irlanda."

Ainda bem, para Deirdre, que ele ia apenas uma vez por ano; mas, com o passar do tempo, passou a ter uma crescente sensação de que seu marido estava, de algum modo sutil e insidioso, sendo afastado dela. Não era apenas sua amizade com Patrick. Uma outra mudança surgira na vida dos dois.

A princípio, sua recepção fora favorável, quando, certa noite, ele lhe fizera um comentário:

— Sabe, é uma pena que ninguém esteja mais cantando os versos do seu avô. Alguns foram impressos, é claro, mas tenho muitos mais deles manuscritos. Também há as histórias que ele contava. Histórias maravilhosas.

— Talvez você devesse fazer isso, Conall — dissera ela. — Não conheço ninguém mais que possa fazer melhor.

Então, durante as noites, ele começara a estudar novamente a obra do velho, e, após algum tempo, reuniu os vizinhos e representou para eles — exatamente como o velho costumava fazer. E todos disseram que foi maravilhoso. A notícia se espalhou. Um mês depois, ele era convidado para ir a um lugar a poucos quilômetros dali. Então, uma segunda e uma terceira vezes. E antes de um ano se passar, todos os meses, mais ou menos, ele fazia uma viagem para algum lugar; às vezes, ficava vários dias fora.

Ela não sabia se devia ficar ou não contente. Sentia orgulho dele, é claro, e estava feliz por saber que seu avô estava sendo novamente reverenciado. Sentia-se feliz, também, por seu marido. Sabia que, se um homem tinha um dom, devia usá-lo, e que suas solitárias perambulações sempre lhe foram necessárias. Mas ele nunca havia perambulado tanto anteriormente, e Deirdre não podia deixar de pensar se aquilo não tinha algo a ver com ela. Será que agora, depois de todos esses anos, ele necessitava ficar longe dela? Seria uma desculpa para evitá-la? Uma ou duas vezes, ela o desafiara delicadamente, e ele parecera aflito, e até mesmo sugerira não ir mais. Essa sugestão era suficiente, pelo menos de alguma forma, para tranquilizá-la. Certamente, sempre que ele estava em casa, nada havia em seus modos ou no casamento como falta de afeto. Portanto, ela decidira controlar as emoções e parecer alegre, pois, quando seus vizinhos se referiam ao seu marido perambulador, pareciam fazê-lo com um novo apreço.

Tinha sido um incidente havia poucos anos que realmente a perturbara.

Embora o recente Parlamento independente tivesse se mantido bastante ocupado, não houvera nenhuma grande agitação na Irlanda durante alguns anos, até que, em 1789, a notícia da Revolução Francesa estrondeou como um trovão através da Europa. Se a Revolução Americana, de que ela se lembrava de sua infância, fora emocionante, essa Revolução Francesa parecia ser cataclísmica. Em 1776, os irlandeses tinham visto o novo mundo se separar do velho; mas, com a revolução na França, parecia que, numa orgia de violência e derramamento de sangue, o velho mundo tentava se refazer inteiramente. Nessa imensa experiência, a qual Deirdre achava às vezes inspiradora, mas às vezes aterradora, homens falavam de uma nova era da razão, do fim das classes sociais, da tolerância religiosa — até mesmo do preceito do ateísmo.

E foi enquanto esses espantosos acontecimentos se desenrolavam na França que Patrick viera, desta vez sozinho, para sua visita anual. Como de costume, os dois homens foram para Glendalough; na volta, acomodaram-se para a refeição noturna. Sob a influência de Walsh, Conall tinha bebido mais do que o normal, quando a conversa se voltou para a França. Discutiram os mais recentes acontecimentos da duradoura revolução e o que isso podia significar para a Europa como um todo. Era evidente que os outros monarcas da Europa não poderiam tolerar em seu meio essa subversão da inteira ordem social. Então, baixando o tom de sua voz, Patrick comentou:

— Você conhece a minha opinião sobre o que isso pode significar para a Irlanda.

E Conall, calmamente, mas com uma paixão que ela nunca ouvira antes em sua voz, fitou-o intensamente e respondeu:

— Eu estarei pronto, eu lhe prometo, quando o momento for propício.

No dia seguinte, quando ela lhe perguntou o que ele quisera dizer com aquela frase, ele sacudiu a cabeça e disse que não significava nada. Ela se ressentiu disso, tendo em vista que era obviamente uma inverdade; mas ele se recusou a discutir o assunto, exceto para dizer, “Há coisas que é melhor você não saber”. Essa resposta condescendente a enfureceu ainda mais, e criou uma pequena mas definitiva estranheza entre ela e seu marido.

Poucas semanas depois, ele foi a Dublin, segundo disse, para visitar os filhos; mas ela teve a desconfortável sensação de que havia um outro motivo, e que aquilo tinha alguma coisa a ver com Walsh. E amaldiçoou o dia que trouxera tal demônio para dentro de suas vidas.

Então começara o pesadelo. O pesadelo no qual ela continuava vivendo agora.

Deirdre olhou o vale abaixo.

A princípio, a distância, parecia que a figura que subia a sinuosa trilha da montanha mudava de forma. Num momento, ela pensou que conseguia distinguir um único cavaleiro; no seguinte, pareceu um veado com duas grandes galhadas. Apenas gradualmente ela se deu conta de que não era um único homem, mas dois. Patrick vinha primeiro; era ele, com certeza. Atrás dele, porém, cavalgava um homem mais alto que ela achava nunca ter visto antes.

E de alguma forma ela sabia, infalivelmente, que, fosse qual fosse o motivo pelo qual tinham vindo, eles levariam seu marido para longe dela. Armada apenas com seus instintos, quis correr de volta para Conall, escondê-lo deles, levá-lo embora — uma ideia tão inútil quando absurda. Pois, naquele momento, ela percebeu que ele tinha saído e estava a seu lado.

— Por que eles estão aqui? — Sua voz a traiu. Parecia aguda, nervosa.

Ele pôs o braço à sua volta.

— Não pude dizer antes, Deirdre — respondeu baixinho —, mas está na hora de você saber. — Puxou-a mais para perto. — Porque vou precisar de sua ajuda.

✣

Patrick sempre ficava feliz por estar em Rathconan. Adorava a sensação de estar no alto das montanhas. Mas não perdeu tempo. Assim que entrou na casa de Conall, apresentou John MacGowan. Então, ao ver que Deirdre ainda estava presente, deu um olhar inquiridor de relance para Conall — em resposta ao qual, este disse, calmamente:

— Está na hora de ela saber.

Patrick deu-lhe um breve, cuidadoso olhar, então assentiu. Embora ele soubesse muito bem que Deirdre não gostava dele, não nutria qualquer ressentimento em relação a ela.

— Você talvez saiba, Deirdre, que por muitos anos fui membro do que é chamado de Comitê Católico.

Ela deu de ombros.

— Eu nunca soube realmente o que era — respondeu ela.

— Não era nada muito definido, eu admito. Éramos apenas um grupo... um grupo grande... que se sentia responsável pelos católicos da Irlanda. Tínhamos esperança na liberdade católica, mas fomos preparados para ser pacientes. Para mim, suponho, era a continuação do que defendia a minha família católica nos últimos trezentos anos. Quando Grattan conseguiu a independência do Parlamento irlandês, isso significou que levaria a uma gradual melhoria de nossa posição católica. Foi o que pareceu a todos nós, na ocasião. Mas não havíamos contado com os homens da Ascendência e o Castelo.

O triunfo de Grattan em tornar o Parlamento independente não fora tudo o que ele esperava. A despeito das belas palavras, nunca ficou totalmente claro quem decidia sobre política estrangeira e, ainda mais importante, sobre questões comerciais. Discussões intermináveis se seguiram, com Londres tentando exercer sua influência através dos antigos modos usuais de patrocínio e suborno, enquanto os Patriotas tentavam reformar o sistema e erguer a Irlanda livre. Não foram inteiramente bem-sucedidos. E, quando chegaram à questão católica, fracassaram inteiramente.

Pois, no Parlamento irlandês, o núcleo de colonos protestantes estava determinado a negar qualquer poder aos católicos, e poucos dos protestantes moderados queriam brigar pela questão. Os Patriotas tinham ficado isolados. Enquanto no Castelo de Dublin, um grupo interno de três poderosas autoridades conhecidas como a Troica — excelentes administradores, mas todos três implacavelmente anticatólicos — vinham conseguindo havia anos todos os negócios com o governo. Vice-reis podiam ir e vir, Parlamentos se reunir, mas a Troica mantinha a bem lubrificada diligência do governo rodando com segurança ao longo da estrada da Ascendência.

— Entretanto, eu continuei a ter esperança de que a nossa silenciosa diplomacia conseguisse alguma dia a mudança — explicou Patrick. — Então veio a Revolução Francesa. As pessoas ficaram animadas. E alguns católicos, especialmente entre os comerciantes da cidade de Dublin, começaram a exigir medidas radicais, campanhas públicas...

— Lembramos o que o pessoal da Aliança na Escócia fizera muito tempo atrás — interrompeu John MacGowan. — Então por que não uma Aliança católica? — Abriu um sorriso. — Patrick, aqui presente, ficou horrorizado. Não queria ter nada com a gente.

— Mas tão importante quanto, deve ser dito — continuou Patrick —, foi o efeito que a Revolução Francesa teve sobre os protestantes. Soube de tudo isso através de um dos meus parentes Doyle. Ele estivera entre os antigos Voluntários, e teve uma mudança radical de opinião. Quando começou o novo grupo que chamamos de United Irishmen, Irlandeses Unidos, ele ingressou. "Patrick", costumava me fazer uma preleção, "a Irlanda precisa ser uma república separada como a França, com liberdade de religião, votos para todos." Ele adorava debater essa coisas. E, francamente, isso é tudo o que os Irlandeses Unidos foram por aqui naqueles dias: um clube de debates. Mas, através dos Voluntários, ele fez amizade com uma família chamada Law, que eram presbiterianos de Belfast. E eles o convidaram para ir até lá a fim de visitar os Irlandeses Unidos de Belfast. Ele me disse que nunca tinha visto algo parecido. Houve um enorme comício no dia da Queda da Bastilha, e montaram uma organização apropriada. Estavam mesmo falando sério... pois os presbiterianos do Ulster desgostam do regime inglês muito mais do que nós.

— Fale por si mesmo — murmurou MacGowan com um sorriso.

— E é um protestante que tem nos acossado o tempo todo. Talvez você tenha ouvido falar, Deirdre, de Wolfe Tone. É um homem de notável encanto. Foi Tone quem convenceu os presbiterianos do Ulster de que eles deviam agir em comum acordo com os católicos... no mínimo, porque nós somos muitos. E também começou a convencer o Comitê Católico.

— Mas não você — lembrou-lhe John MacGowan.

— Certamente que não. Eu achava que eram sujeitos perigosos. Só depois do terrível Parlamento de 1792... do qual, tenho certeza, você se recorda... foi que eles apareceram. — Suspirou. — E devo minha conversão ao meu primo Hércules.

Toda a Irlanda se lembrava desse Parlamento. Talvez tolamente, ele se permitira ter esperanças de que algo poderia ser feito. Na Inglaterra, os Whigs pressionavam pelo relaxamento das antigas Leis Penais: Burke até mesmo persuadia o governo Tory de Pitt sobre o caso. Em Dublin, o duque de Leinster e seus amigos discutiam a mesma coisa. Já havia um entendimento de que os católicos teriam permissão para voltar à profissão jurídica. Por isso, quando os moderados do Comitê Católico apresentaram uma modesta petição ao Parlamento irlandês, Patrick esperava que ela pelo menos obtivesse uma audiência razoável.

Na véspera do debate, ele se encontrara com seu primo Hércules seguindo pela Dame Street, vindo da direção do Castelo. Caminhava com uma robusta figura, que ele reconhecera como Arthur, o filho mais velho de Budge. Era sempre desagradável aproximar-se de um homem que tanto o desgostava, mas a importância do assunto lhe parecia tão grande, que precisava dar uma palavra com seu primo; e, assim, aproximando-se dos dois e fazendo uma reverência muito cortês, expressou a esperança de que Hércules examinasse a proposta católica, explicando: "A mim me parece que, no mínimo, isso negará aos mais radicais a desculpa que procuram para agitar ainda mais." Hércules olhou-o, mas nada disse, de modo que era impossível saber o que estava pensando. Então, com o que talvez tivesse sido um aceno de cabeça, ele olhou de relance para Arthur Budge, e os dois foram embora. No dia seguinte, Patrick foi cedo ao Parlamento para ouvir o debate.

Se não tivesse estado presente, talvez não acreditasse. No mínimo, a orientação dos Whigs de Londres e dos aristocráticos Leinster pareceu apenas enfurecer os membros. Eram como matilhas de cães de caça latindo por sangue. Derrubaram a proposta por uma espantosa votação de 205 a 27, e, também, insultaram livremente os católicos. Foi como se nada tivesse mudado desde a Batalha do Boyne. Mas, para Patrick, o discurso que infligira mais dor viera de Hércules.

— Não importam quais truques, quais convencimentos baratos os católicos possam tentar, nunca se deve confiar neles. A Irlanda é uma terra protestante, e assim permanecerá, imutável, inviolável, triunfante, não apenas por este século, nem pelo próximo, mas por mil anos!

O discurso foi saudado com vivas. Posteriormente, ao sair, Patrick avistou seu primo parado num dos corredores cheios de colunas. Uma figura alta acabara de se aproximar dele e apertava calorosamente sua mão. Era FitzGibbon, o mais poderoso membro da Troica.

✣

— Foram a votação e as palavras insultuosas de meu primo Hércules que me fizeram perceber que John MacGowan e seus amigos estavam certos — disse ele a Deirdre. — A Ascendência não dará nada aos católicos, jamais.

Mas, se ele esperava causar alguma impressão, ficou claro que Deirdre, que não podia de modo algum sentir qualquer afeição pelos protestantes, ainda o considerava como algo ainda pior.

— É o que você diz. Mas foi dado o poder de voto para os católicos no próximo ano — frisou ela acidamente. — Ambos os maridos de minhas filhas já o têm. — Se Deirdre desconfiava que ele era um demônio tentando conduzi-la a uma armadilha, ela o apanhara numa mentira.

E, de fato, em, 1793, o governo de Londres, agora em guerra com a República Francesa, e também temendo problemas na Irlanda, tinha implorado ao relutante Parlamento irlandês que fizesse alguma coisa para manter os católicos felizes. A legislação relutante, contudo, tinha sido menos do que parecia.

— Mas isso foi uma caricatura — explodiu John MacGowan em resposta. — Todo homem com propriedade suficiente para render 40 *xelins* pode votar. Eu mesmo posso votar. E o que isso me fará de bom? Coisa alguma... tendo em vista que nenhum católico pode ter uma cadeira no Parlamento. Eu posso votar, mas somente num protestante. E como, de qualquer modo, a maioria dos eleitores continua sob o controle de um punhado de protestantes, nada mudará mesmo. Eles também me deram o direito de entrar para uma guilda, como membro pleno... desde que um atual membro protestante me convide. A coisa foi planejada para nos fazer pensar que temos alguma coisa, e para nos dar nada. Foi um escárnio, uma fraude.

— E agora — acrescentou Patrick —, a Troica foi trabalhar com o rei Jorge. A notícia de Londres é a de que ele agora jurou privadamente que jamais deixará qualquer católico entrar para o Parlamento.

Dizia-se que o rei Jorge III da Inglaterra, como de hábito, pretendera o melhor. Mas, assim como imaginara ser seu dever se agarrar à colônia americana, ele agora tinha sido convencido pelo astuto FitzGibbon de que o juramento de sua coroação, que o obrigava a apoiar a fé protestante, também significava que ele devia negar representação política aos católicos. Uma vez que acreditasse ter dado sua palavra, nada jamais convenceria o honesto rei Jorge a mudar de ideia. Esse foi um dos lances mais espertos da Troica.

— E se foi isso que o rei jurou privadamente, seu governo diante do público tem se mostrado igualmente determinado. Quando, certa ocasião, veio um vice-rei para cá... lorde Fitzwilliam, por acaso um homem decente... que quis se meter com a Troica, ele foi rapidamente chamado de volta.

— Portanto, se nada pode ser feito — comentou Deirdre —, por que vocês estão aqui?

Patrick olhou-a seriamente. Sua voz tornou-se mais comedida.

— Pouco mais de um ano atrás, Wolfe Tone foi preso por agitação. Expulsaram-no do país. Ele foi para a América... para a Filadélfia. O lar de Benjamin Franklin. — Fez uma pausa por um momento. — Lá, ele fez muitos amigos: homens importantes que haviam participado da Guerra Americana. Também conheceu o representante do governo francês. A maioria das pessoas supõe que ele ainda está na América. Mas não está. Assim como Benjamin Franklin, ele foi para a França... a França Revolucionária... para ver se agora ajudam a Irlanda, assim como ajudaram antes os americanos.

— E vão ajudar?

— Não fazemos ideia. Mas, se ajudarem, precisamos estar preparados. Se tal coisa for feita, precisa ser feita rapidamente e com eficiência. Quanto maior e melhor organizada a insurreição, menos derramamento de sangue será necessário. Os Irlandeses Unidos já mostraram que pretendem agir juntos em irmandade. Acredito que toda a Irlanda se insurgirá. Teremos uma república irlandesa. Haverá liberdade de religião, como existe na América e na França.

— E o que, em nome de Deus, isso tem a ver com Conall? — indagou ela.

Pela primeira vez, Conall falou.

— Devo organizar esta área, Deirdre. Daqui até a fronteira de Wexford. Aliás — continuou amavelmente —, já comecei meses atrás.

— Seu demônio! — Virou-se furiosamente para Patrick. — Não consegue deixar nenhum de nós em paz? Quer nos destruir a todos?

Mas Conall sacudia a cabeça.

— Você não entende, Deirdre. Não foi Patrick quem me pediu para fazer coisa alguma. — Sorriu, talvez um pouco tristemente. — Fui eu quem pediu a ele.

Ela o encarou.

— Suas viagens...? Com os versos do meu avô? Foram todas para isso?

— Não, Deirdre, eu teria feito isso, de qualquer maneira. Mas foi uma excelente desculpa para eu me movimentar pela região.

Deirdre fez um gesto de desespero.

— John MacGowan é um dos nossos chefes em Dublin — explicou Patrick. — E, como os seus dois filhos que estão lá responderão a ele, achei que seria bom vocês se conhecerem.

— Nossos filhos também...? — Deirdre pareceu horrorizada.

— Ambos desejaram — disse Conall baixinho.

— Quantos homens você já tem? — perguntou MacGowan.

— Em volta de Rathconan, uma dúzia. Na área toda, uma centena em quem posso confiar.

— Quem, em Rathconan? — exigiu saber furiosamente Deirdre.

Conall mencionou alguns dos Brennan e de outras famílias do local.

— Finn O'Byrne está especialmente ansioso — comentou.

— Finn O'Byrne? — Deirdre deu um olhar de aversão. — Ele é o maior idiota de todos. E, além do mais, odeia você.

— Não importa. — Conall sorriu. — Ele lutará por nós porque acredita que, se vencermos, Rathconan será seu.

— Mas por quê, Conall? — bradou ela de repente. — Após passar a vida toda evitando problemas... por que você faria isso?

Patrick achava aquilo desnecessário. E, pelo seu olhar, MacGowan também. Conall pareceu ler seus pensamentos.

— Não — disse ele baixinho —, ela tem razão. — Fez uma pausa por um momento. — É verdade que, vendo a insensatez de meu pai, eu sempre tomei cuidado para não cometer os mesmos erros. Nunca bebi além da conta; mantive meus pensamentos para mim mesmo. Tenho feito móveis, só eu sei como, para homens que detesto, e aceito educadamente o pagamento deles. — Agora, uma certa aspereza tomou conta de sua voz. — Em Dublin, na escola, eu era tratado como um cão pelos meninos protestantes que não tinham a minha inteligência, nem a minha educação; como adulto, vi meus conterrâneos serem sujeitados por esses mesmos intolerantes e idiotas. E os tenho odiado a todos. Mas o ódio é inútil, e a revolta é um crime, porque, se não tiver meios para ser bem-sucedida, é estupidez. Por isso, disse a mim mesmo: "Espere. Espere uma existência, se for necessário. Mas espere até o momento propício." E, por muitos anos, pensei que não viveria para ver esse momento. Mas agora acredito que ele poderá vir. E se cada entalhe e cada peça de mobília que eu já fiz tiverem de ser destruídos, quando queimarmos as casas deles, eu direi: "Acendam o fogo e queimem tudo", e direi isso com prazer.

— Ah, Conall. — Sua esposa sacudiu a cabeça. — Espero em Deus que você possa estar certo. Pois, se não estiver, seremos todos destruídos.

— Então nos ajudará?

— Eu sou sua esposa, Conall. — Ela suspirou. — Só imponho uma condição.

— Qual é?

— Nunca me pergunte se eu acredito.

Após deixar Rathconan, Patrick levou MacGowan para Glendalough, que o homem de Dublin nunca vira antes. Eles também observaram as aldeias pelas quais passaram. Patrick ficou satisfeito com o dia. Embora Conall e seus homens nas montanhas pudessem apenas ficar à margem de qualquer ação, ele se orgulhava de ter uma organização naquele lugar lá em cima. "Além disso", ressaltou MacGowan, "nunca se sabe de quem poderemos precisar." Ao final do dia, seguiram para a cidade de Wicklow, chegando lá ao cair da noite.

Na manhã seguinte, inspecionaram o local. Conall os alertara de que seus dois genros que moravam ali não estavam interessados na causa, mas Patrick já havia conseguido um comerciante da cidade que se oferecera e, alegremente, levou-os para todos os cantos.

Como a maioria das cidades irlandesas da época, havia ali um quartel com uma guarnição completa: oficiais protestantes, homens católicos. Pareciam bem disciplinados e habilmente formados. "Tentamos convencer alguns dos soldados a se juntarem a nós — secretamente, é claro", informou-lhes o comerciante. "Mas, até agora, não tivemos sorte." Entretanto, disse-lhes, eles já tinham vinte homens bons na cidade. Na metade da manhã, separaram-se dele e partiram de volta em direção a Dublin.

Ambos estavam bastante alegres. Patrick certamente sentia que faziam um bom progresso em Wicklow. Um mês antes, ele estivera em Wexford, onde seu velho amigo Kelly lhe dissera: "A pequena nobreza daqui está totalmente divida em dois grupos, mas muitos de nós, inclusive eu, estamos com você." Em outras partes da ilha, porém, que ficavam fora de sua jurisdição, especialmente em Munster e Connacht, fora feito pouco progresso. "Teremos todos de trabalhar arduamente para que a Irlanda esteja preparada", comentou com MacGowan, "para o caso de os franceses concordarem em vir."

Mas, fossem quais fossem as incertezas, ambos os homens, por seus diferentes motivos, podiam expressar confiança. O motivo de MacGowan era prático.

— Os homens do Ulster são formidáveis — observou. — São a espinha dorsal, no presente. Mas se uma força militar adequada chegar da França, isto é, mais ou menos 10 mil homens, então acredito que o efeito sobre a nossa população católica será incalculável. Até agora, todos os protestos foram esmagados, e eles não têm esperança. Mas assim que virem os franceses... teremos 100 mil homens no dia seguinte. Até mesmo todo o exército inglês terá dificuldades em se movimentar pela ilha, com a mão de cada homem virada contra eles. Nós os fustigaremos e os venceremos, exatamente como fizeram os americanos.

O motivo de Patrick era mais vago, porém sentido talvez com muito mais força. Não era tanto na maioria católica que ele depositava sua confiança, por mais importante que fosse. Era o envolvimento de sua própria classe, a dos Velhos Ingleses, que o motivava.

Se a importante casa ducal de Leinster tinha sido a patrona da causa católica no Parlamento, agora a pessoa que emergira como líder da causa em Dublin era nada menos do que o belo filho mais novo do duque, lorde Edward Fitzgerald. Ele fora profundamente afetado pelos ideais da Revolução Francesa. "Todos os homens são iguais", lembrava ele a seus amigos, "o duque e o varredor de rua, o protestante e o católico. E todos os sistemas sociais que negam uma verdade tão óbvia mais cedo ou mais tarde serão varridos." E ele praticava o que pregava. Parava no meio de uma rua de Dublin e conversava com qualquer modesto trabalhador com a mesma simples honestidade com a qual falaria com um nobre senhor. Cortava o cabelo deselegantemente curto; e, no seu modo de vestir, alguém podia confundi-lo com um modesto negociante de Paris em vez de um aristocrata irlandês. Ao conhecer o lar incomum de Patrick, com Brigid, a camponesa, ele o tomara como um membro de sua própria classe que compartilhava o mesmo ponto de vista igualitário. "Cabe a nós, Patrick, tomar a dianteira", ele lhe confidenciara certa vez. "Eu me sinto melhor, tendo você a meu lado." E, mesmo se algumas ideias de lorde Edward parecessem um pouco radicais demais para Patrick, ele se sensibilizava com o nobre idealismo do aristocrata.

Duas semanas antes, Patrick se encontrara com ele por acaso na casa de sua prima Eliza. Levando-o para um canto, lorde Edward lhe confidenciou: "Patrick, farei a minha própria aproximação com os franceses, em apoio a Tone. Com as nossas duas tentativas, tenho certeza de que conseguiremos convencê-los. Mas eu lhe imploro, nenhuma palavra ainda disso para ninguém." Se essa confiança — reforçada pelo fato de que ele tinha uma leve ligação familiar com grande dinastia aristocrática — deu a Patrick um certo prazer arrogante, a ideia de que lutavam lado a lado pela causa do povo irlandês se impregnou na mente de Patrick com uma qualidade quase mística.

Não que sua religião fosse intensa. Criado por um pai médico de opiniões liberais e atingindo a maioridade quando as ideias francesas do iluminismo racional estavam na moda, não era de surpreender que a religião de Patrick fosse mais cordial do que devota. Se Wolfe Tone e os presbiterianos do Ulster, que agora eram tão importantes para ele, privadamente vissem seus aliados católicos como obscurantistas medievais, Patrick não discordaria inteiramente.

— Creio que o mundo deve ter sido criado por um ser eterno, onipotente, que chamamos de Deus. E o cristianismo expressa a natureza divina. Mas não acredito em muito mais do que isso — confessara certa vez a Georgiana. — Portanto, creio que sou o que as pessoas chamam atualmente de deísta.

— E também o são a maioria dos homens inteligentes que eu conheço — rebatera ela com um sorriso. — Católicos ou protestantes.

Isso, de forma alguma, impedia que ele fosse à missa ou se confessasse — e certamente não evitava que lutasse por justiça para seu colega católico na Irlanda. Contudo, se não tivera interesse em visitar o poço sagrado de St. Marnock, como seu avô ainda tinha feito, quando pensava em si mesmo e em lorde Edward lutando pela antiga causa católica, sentia estar satisfazendo uma antiga confiança e vivenciava um senso de retidão, como se fosse isso que seus ancestrais e, sem dúvida, a divindade em Pessoa, o haviam destinado a fazer.

Estavam a uns 15 quilômetros de Dublin, quando encontraram Hércules, na companhia de Arthur Budge, cavalgando na direção deles.

✣

Havia muitos anos desde que Hércules falara com seu primo. Mesmo quando Patrick se dirigira a ele, antes do debate parlamentar de 1792, Hércules não dissera uma só palavra em resposta. Agora, porém, vendo-o vir de Wicklow, junto com aquele maldito comerciante católico John MacGowan, ele não hesitou.

— O que você está fazendo aqui? — indagou rispidamente.

— Estou levando o Sr. MacGowan para visitar Glendalough — respondeu Patrick com um sorriso imperturbável. — Nunca foi até lá, Hércules? É um lugar adorável. O eremitério de Saint Kevin talvez ainda possa ser visto.

Hércules olhou com aversão para os dois homens.

Eram todos iguais, esses católicos, refletiu ele. Insinuantes e enganosos. Jesuítas sem exceção. Nunca esqueceria daquele tal de John MacGowan fingindo ser protestante para entrar sorrateiramente na reunião dos Conselheiros de Skinners Alley. Uma vez mentiroso, sempre mentiroso, no que dizia respeito a Hércules. Quanto a Patrick, seu desprezo pelo primo católico só havia crescido através dos anos. Se, na juventude, tivera ciúmes do amor que sua própria mãe sentia por

Patrick — às vezes, desconfiava que sua preferência era pelo primo —, quando seu avô deixara a herança para Patrick, tornara-se claro para Hércules que seu primo tinha a preferência apenas porque praticava a arte católica da manipulação. Desonestidade: tudo não passava disso. Quanto à tentativa de Patrick de convencê-lo a mudar suas convicções antes do debate parlamentar, aquilo fora desprezível. Será que o desonesto católico imaginava realmente que ele mudaria de opinião por causa daqueles apelos hipócritas à sua boa índole — vindos de um homem que havia anos vivia em pecado com sua concubina? Não, Patrick não era nada.

Mas o que ele fazia ali? Essa história sobre Glendalough era obviamente mentira, com a intenção de insultá-lo. O que aquilo esconderia?

Não era surpreendente que Hércules desconfiasse dos dois católicos. O medo da oprimida maioria católica era tão endêmico nos círculos governamentais, que quase qualquer coisa que um católico fizesse podia ser vista como prova de algum tipo de conspiração. Quando as tensões entre operários tecelões protestantes e católicos pegaram fogo no Ulster, e os católicos formaram grupos que chamaram de Defensores, para se proteger contra as turbas protestantes, o governo viu isso como uma conspiração. Como resultado, os Defensores se expandiram e se tornaram exatamente o tipo de sociedade secreta disruptiva que o governo temia. Antes disso, em County Wexford, algumas desordens na zona rural contra os altos dízimos e outras cobranças feitas pelo clero não demoraram a ser denunciadas como outra agressão católica contra a decência e a ordem. A acusação era absurda, mas, a despeito do fato de a propriedade de sua própria família estar no mesmo condado, e ele não ser tão estúpido assim, Hércules preferiu acreditar naquilo.

Nos últimos três anos, porém, o medo habitual se transformara em alarme. Os Defensores católicos pareciam se expandir e se misturar com os Irlandeses Unidos. Wolfe Tone e seus amigos estavam claramente prestes a fazer alguma coisa — mas o quê? Os homens do Castelo não tinham certeza. A França revolucionária tentaria fomentar agitação na Irlanda? Era bem provável. Mas ninguém conseguia encontrar uma clara evidência. FitzGibbon e a Troica não pretendiam esperar mansamente que algo emergisse. Entraram em ação. Uma série de ataques contra suspeitos de serem Irlandeses Unidos serviu para amedrontar muitos de seus amigos. Proprietários de terra foram alertados para ficarem vigilantes. Novos juízes de paz foram designados e receberam poderes extras para busca e apreensão.

Tinha sido exatamente esse processo que levara os dois homens a realizar a atual viagem. Hércules ia a Wexford. Ninguém da família estivera em Mount Walsh desde o ano anterior, tendo em vista que seus pais haviam decidido passar o verão em Fingal. E, embora seu despreocupado pai lhe tivesse garantido que a zona rural de Wexford estava tranquila, Hércules decidira ir ver por si mesmo. Quanto a Arthur Budge, sua viagem era mais oficial. Seu pai vinha insistindo havia algum tempo para que ele voltasse para Rathconan e administrasse a propriedade, e agora ele também conseguira que o governo nomeasse Arthur como o magistrado local em seu lugar. Era, portanto, como juiz de paz, com sérias prescrições para ficar alerta em relação a problemas, que Arthur Budge estava agora a caminho para passar um mês em Rathconan. Como tinham uma relação de amizade em Dublin, e como o local ficava no caminho de Hércules, Arthur o convidara para acompanhá-lo e passar a noite em Rathconan.

Após se separarem de Patrick e MacGowan, Hércules virou-se para seu companheiro.

— Odeio esses homens — comentou. — Se conseguissem o que querem, a Irlanda mergulharia no caos.

— Você teme o caos — retrucou Budge sombriamente. — Mas não se esqueça que eu temo algo pior.

— O que é pior do que o caos?

— O regime católico. Você se lembra, um século atrás, quando o rei Jaime trouxe o catolicismo para a Irlanda; levou apenas meses para os papistas começarem a tomar conta de tudo. Isso pode acontecer novamente, e poderá ser pior. Se os católicos chegarem ao poder, expulsarão cada colono protestante de sua terra. Nós, os Budge, teremos sorte se escaparmos nus com nossas vidas.

— E que tal os aliados deles, os Patriotas Protestantes e os presbiterianos do Ulster?

— Eles levarão os católicos à vitória, depois serão subjugados por estes. É inevitável. — Grunhiu. — Você pensa que está lutando pela ordem. Mas eu sei que estou lutando pela minha vida.

— Não se preocupe — disse Hércules calmamente. — Nós os destruiremos.

✣

Patrick estava feliz por voltar à sua família. O lar de Patrick Walsh e Brigid Smith era incomum, mas parecia ser conveniente a ambos. O pretexto de que ela era sua governanta fora tranquilamente deixado de lado com o passar do tempo, mas seu lugar fora substituído por algo mais.

Ela virara atriz. O velho teatro Smock Alley estava agora fechado, mas o Crow Street, bem localizado nas proximidades da Dame Street, bem no meio do caminho entre o Castelo e o Trinity College, era um lugar amplo e ativo que fornecia divertimento para plateias de todas as classes. A figura esbelta de Brigid, o cabelo negro e os olhos verdes causaram uma agitação e tanto quando ela aparecera lá pela primeira vez; sua voz, quando aprendeu a projetá-la, tinha uma agradável ressonância; e ela demonstrara um inesperado talento para a comédia. Era uma artista popular, e suas apresentações eram as mais concorridas, por serem ocasionais — pois ela sempre colocava em primeiro lugar as necessidades de seus filhos. Havia agora quatro deles: dois meninos e duas meninas, o mais velho com 13 anos, e o mais novo com 3.

Com essa mudança de papéis, veio uma mudança de posição social. A sociedade de Dublin era cordial. Mesmo nas grandes residências aristocráticas, a atmosfera era muito mais despreocupada do que nas imponentes mansões de Londres. Nas reuniões públicas em lugares tais como o Rotunda Gardens, ao lado do hospital de repouso após o parto, o mundo elegante se misturava livremente com comerciantes e lojistas. Se resolvesse frequentar os lugares a que tinha direito, como uma bela e talentosa atriz, ela encontraria em muitos deles uma amistosa recepção; e, se sucedesse que ela fosse a amante de um fidalgo — bem, essas coisas eram esperadas de pessoas ligadas aos palcos. Mais problemática, contudo, era sua ligação com Patrick. A dificuldade dos respeitáveis residentes dos conjuntos e praças da Dublin georgiana era bem resumida por Georgiana: "As pessoas sentem que não podem convidá-la como sua amante, e ela não pode ir como sua esposa." Na convenção da época, seria muito mais fácil se ela fosse seguramente casada com outro.

Sucedia que isso não importava muito, pois Brigid tinha pouco interesse em visitar pessoas que, secretamente, ela desprezava. A própria Georgiana a visitava de tempos em tempos, e Brigid gostava dela. E ela tinha seus próprios amigos, a quem visitava quando lhe agradava. Se Patrick fosse convidado a jantar nessa ou naquela casa, Brigid ficava feliz por ele ter de ir sem ela.

A princípio, fora bastante conveniente para Patrick tê-la como sua amante. Se ele havia desistido educadamente de cortejar duas mulheres, que poderiam, tanto uma quanto a outra, se tornar boas esposas, não foi apenas porque ficara obcecado pela criada de olhos verdes. Algo dentro dele também se rebelara contra os laços do matrimônio. Talvez fosse apenas o egoísmo normal do solteiro; mas talvez, também, ele tivesse sido atraído para alguma coisa mais além — uma necessidade de espaços mais amplos, praias mais desertas — que o amor daquela estranha garota das montanhas conseguia satisfazer de um modo que o companheirismo das outras não era capaz. Seu caso de amor com Brigid fora ardente, e ainda era. Ele a vira se transformar de uma garota solitária numa beldade confiante com um rosto público. Seus filhos eram bonitos, e ela os havia criado maravilhosamente bem.

— Você não acha que, após todos esses anos, por causa das crianças, você deveria se casar com Brigid? — cobrara-lhe certa vez Georgiana. Mas, para surpresa dele, quando, finalmente, resolveu pedi-la em casamento, ela riu na cara dele e se recusou.

— As pessoas em Dublin me toleram — respondeu a ele. — Mas sempre se lembram de quem você é. Para seus amigos, ainda sou a criada cujo pai é carpinteiro em Rathconan. Eles nunca me aceitarão como sua esposa. Estou melhor assim. Além do mais — sorriu —, como estão as coisas, Patrick, se eu quiser, sempre terei liberdade para deixá-lo e levar as crianças de volta para as montanhas. — E, por causa do traço de obstinado orgulho que havia nela, ele percebeu que ela falara sério cada uma das palavras.

E então, após as crianças terem afetuosamente acabado de subir em cima dele, Patrick fez um relato de sua viagem com MacGowan, e lhe contou em particular o que se passara entre ele e os pais dela.

Embora Brigid tivesse ciência, de um modo mais geral, das atividades dele nos Irlandeses Unidos, não houvera necessidade de lhe contar os detalhes. Entretanto, da maneira como as coisas progrediam agora, ele achou que devia alertá-la de que a questão poderia se tornar mais perigosa.

— Num determinado ponto — explicou —, provavelmente estaremos distribuindo armas. — Ela ouviu atentamente, e quando ele acabou, fez-lhe apenas uma pergunta.

— Você acredita realmente no que está fazendo, Patrick?

— Sim — respondeu. — Acredito.

— Não se esqueça de me dar um revólver quando isso começar — disse ela. Isso foi tudo.

A recepção de Georgiana aconteceu na semana seguinte. Fora preparada de última hora, após ela e o marido chegarem a Dublin mais cedo do que era esperado. Como seu pai antes dele, lorde Mountwalsh deixara claro, com seu modo cordial, que pretendia ter uma velhice ativa, e alguns negócios jurídicos os tinham trazido de volta à cidade. Visto que ele gostava de recepcionar na casa da praça Merrion, ela se ocupou em descobrir rapidamente quem mais tinha retornado à cidade, para que pudesse conseguir alguma companhia apropriada para ele.

Quando chegou a manhã da recepção, sentiu-se satisfeita com o grupo que convidara. Iriam sua filha Eliza Fitzgerald e o marido, dois políticos, ambos de opiniões moderadas, um divertido advogado, um clérigo da Igreja de Cristo, e um dos Talbot de Malahide — todos com suas esposas. Patrick foi convidado, sozinho; e também um encantador fidalgo idoso, que residia em frente a praça St. Stephen, chamado Dr. Emmet, além de alguns outros velhos amigos. Vinte pessoas ao todo se sentariam à mesa.

Ela convidara o Dr. Emmet por uma razão particular. Enquanto Hércules estava em Wexford, sua esposa e filhos haviam permanecido na antiga propriedade de Fingal. Seu filho mais velho William, porém, quisera ir para Dublin com seus avós. Tendo em vista que ele estava prestes a ir para o Trinity College pela primeira vez naquele outono, Georgiana pensou em convidar o Dr. Emmet, para que este trouxesse seu filho ao jantar, pois o rapaz já estava havia vários anos no Trinity. O marido dela, que conhecia muitos professores do Trinity, já havia lhe informado: "Dizem que é rapaz calmo, estudioso, com talento para matemática — benquisto, mas, como mora em casa com o velho doutor, não se envolveu em nenhuma das farras." O jovem Emmet seria um ótimo e tranquilo homem jovem para seu neto conhecer, pensou ela.

De todos os seus netos, era de William que ela gostava mais. Não queria admitir, mas toda a família sabia. E também sentia-se especialmente feliz por ele ser o que tinha o nome do antepassado de seu querido marido. Quando bebê, ele se parecia demais com Patrick; mas, como costuma acontecer com crianças, seu rosto mudou quando ele cresceu, e aos 15 anos ele começava a se parecer com o velho Fortunatus. Ele lhe trazia tão forte a lembrança do velho e querido homem de quem ela fora muito chegada, que, mais de uma vez, ao ver o rapaz naquele verão, havia prendido a respiração e, para esconder sua súbita emoção, forçara-se a se afastar. Mas, em particular, era a natureza generosa do rapaz que ela amava. Certa vez, quando ainda era menino, William encontrara alguns jovens jogando pedras num cachorrinho perdido numa rua de Dublin, e, sem pensar em si mesmo, corajosamente os afugentara, salvando o animal e levando-o para casa. O cachorro, desde então, era dedicado a ele. No verão anterior, quando seu irmão mais novo ficara doente por várias semanas, William, que adorava ser ativo, todos os dias ficava horas lendo para ele, jogando cartas ou mantendo-o distraído. Os médicos disseram que o restabelecimento do menino se devera em grande parte ao seu irmão mais velho.

O único momento de dúvida que ela tivera em relação à festa, porém, fora por conta de William.

— Posso convidar o velho Dr. Emmet? — ela consultara seu marido. — Ele é o mais inofensivo dos homens, mas sempre foi um Patriota. E que tal Patrick? O que diria Hércules sobre seu filho conhecer em nossa casa uma pessoa que ele detesta?

Mas lorde Mountwalsh fora firme.

— A nossa casa tem sido sempre um lugar onde as pessoas de quaisquer convicções sempre são bem-vindas, desde que expressem suas opiniões com cortesia — ressaltou —, e não vamos mudar por causa de Hércules. Além do mais, no Trinity, o jovem William vai se encontrar com pessoas de todos os tipos de opinião. Quanto a Patrick, Hércules pode não gostar dele, mas é claro que William deve se encontrar de vez em quando com seu primo.

Na manhã da festa, porém, ele se queixou de que havia dormido mal e se sentia indisposto, e Georgiana lhe perguntou se queria que cancelasse a recepção.

— De modo algum, minha cara — anunciou vigorosamente. — Vou me submeter a uma cura. Irei ao Banho Turco do Sr. Joyce.

Se a cidade inglesa de Bath se tornara elegante por montar um balneário no sítio de uma antiga casa de banhos romana, Dublin agora tinha a sua própria casa de banhos romana — só que, ao estilo moderno, era chamada de Banho Turco. O pitoresco empreendedor que o montara era um turco, maravilhosamente chamado Dr. Borumborad, cuja espessa barba e mantos orientais haviam causado muita agitação em Dublin — até que, finalmente, abandonou o disfarce e revelou-se um tal de Sr. Patrick Joyce de Kilkenny. Seus banhos, porém, continuaram a prosperar. Eles continham as habituais salas de vapor e uma magnífica banheira para mergulho. Tendo sido convencido por um amigo a experimentar uma vez, lorde Mountwalsh tornara-se um bom cliente do estabelecimento, e a gerência, naturalmente, sempre ficava feliz em receber uma visita sua. No início da tarde, eles lhe devolveram um marido com as faces coradas e aparência satisfeita.

— E agora, minha cara — anunciou ele alegremente —, desfrutarei a nossa festa.

E certamente o fez. Quando os convidados chegaram naquela noite, como ela se sentiu feliz ao ver com que prazer ele os saudava. A Patrick; ele cumprimentou com particular afeto. E ficou claro que também estava muito orgulhoso em exibir seu jovem neto, a quem insistia em manter a seu lado, enquanto os convidados chegavam, e depois, quando foi ver todos novamente, enquanto se reuniam na sala de visitas antes do jantar.

O Dr. Emmet, de cabelos grisalhos mas ativo, tinha concordado e levado junto seu filho mais novo, e, assim que o jovem William finalmente se desvencilhou do avô, ela juntou os dois rapazes.

Era interessante observar os dois juntos. O neto dela era verdadeiramente o maior dos dois, pois Robert Emmet tornara-se um sujeito pequeno, de certo modo moreno, com um punhado de cabelo preto e olhos miúdos que pareciam olhar a vida com uma tranquila mas aguçada intensidade. Parado ao lado dele, seu neto, com o semblante amigável, franco, lembrava a ela um *gun dog* de cara larga junto a um terrier escuro. Robert Emmet, contudo, parecia conversar agradavelmente com seu neto.

Em outra parte do aposento, seus convidados conversavam alegremente. Ela observara Patrick cumprimentar calorosamente sua filha Eliza e Fitzgerald, e conversar com vários outros convidados. Agora estava profundamente envolvido em uma conversa com o Dr. Emmet.

✣

Patrick gostava do velho Emmet. Não que ele fosse tão velho: devia ter um pouco menos que 70 anos, calculou Patrick. Mas agora ele estava numa espécie de semiaposentadoria, e passava a maior parte do tempo numa pequena mas agradável propriedade que possuía logo ao sul da cidade. Durante anos, fora diretor do hospital construído com a caridosa herança do deão Swift, conhecera muito bem o pai de Patrick e sempre ficava feliz em supri-lo com anedotas da época da juventude de seu pai. Era bem conhecido que o bom doutor apoiava as causas Patriota e católica:

— Embora — comentou com Patrick — talvez seja melhor não falarmos muito alto sobre isso no atual clima. — Deu um olhar significativo para Patrick. — Tempos perigosos, Walsh. Tempos perigosos.

— Ah — disse Patrick reservadamente. Se o velho Dr. Emmet dera apoio a essas causas, seu apoio, Patrick tinha certeza, nunca passara de um floreado discurso ou de uma educada discussão. Não conseguia imaginar o bom médico nas ruas com um mosquete. E também não confiava inteiramente na sua discrição.

— Você trouxe seu filho — comentou ele, para mudar de assunto.

— Robert. Nunca o tinha visto?

— Não. — Ele nunca vira o rapaz antes; mas conhecia seu irmão mais velho, Tom Emmet, o advogado. Também sabia que Tom Emmet era um bom amigo de Wolfe Tone, e, indubitavelmente, sabia sobre sua missão na França. Mas será que o velho doutor sabia disso? Supôs que provavelmente não. Portanto, ouviu em silêncio, enquanto o doutor recitava as habilidades matemáticas de Robert, e a importância da matemática em geral, até o jantar ser anunciado.

O jantar foi um esplêndido acontecimento. No dia anterior, chegara uma carroça da propriedade de Fingal repleta com tudo que esta produzia. Legumes, queijos, um grande quarto de boi, presunto defumado e frutas frescas e compotas, com as quais o chef criara várias sobremesas, inclusive uma gelatina de fruta de tão suntuosa arquitetura que todo o grupo declarou nunca ter visto algo semelhante. A refeição foi servida por dez criados de libré; o serviço de mesa era de porcelana, na qual se destacavam elegantemente o brasão da família e a pequena coroa baronial, acrescentando um toque de magnificência à ocasião amistosa. Os Mountwalsh certamente faziam as coisas muito bem, e não havia motivos para que não as fizessem.

Lorde e Lady Mountwalsh gostavam de se sentar um defronte ao outro no centro da grande mesa, e, por haver mais mulheres do que homens na reunião, Patrick e o jovem William viram-se sentados juntos em uma das extremidades. Patrick não tinha restrições a isso. Graças à antipatia de Hércules, ele mal tivera a chance de falar com William, e ficou encantado por ver que este era um jovem agradável e franco. Parecia ser inteligente, e sua semelhança com Fortunatus era impressionante. Patrick teve o cuidado de conduzir a conversa de ambos para longe de assuntos políticos que pudessem ofender o pai do rapaz, e lamentou que, pelo mesmo motivo, não pudesse convidar o rapaz para visitá-lo em casa e conhecer Brigid e seus filhos. Tinham acabado de embarcar juntos na gelatina de fruta, quando, pegando-o de surpresa, o jovem William tocou ele mesmo no assunto.

— Por que você e meu pai não são amigos? — perguntou subitamente.

Patrick hesitou. Queria ser honesto com o rapaz, mas precisava ser cuidadoso.

— Seu pai é um excelente homem — começou. Era, refletiu, uma mentira necessária. — E eu o tenho em alta consideração. — Outra mentira. — Mas vim do lado católico da família, e apoio uma causa política, a qual ele acredita piamente que não é só errada como perigosa. E, portanto, tem todos os motivos para desgostar de mim, e, para não brigarmos, ele me evita.

— Essas diferenças são suficientes para romper os vínculos do parentesco?

— Sempre foram. Sim.

— Você não me parece tão ruim.

— Você não me conhece. — Patrick sorriu. — Se um primo o ofende, é melhor se separar dele. Seu pai provavelmente tem razão em fazer o que faz.

Foi nesse instante que Hércules Walsh surgiu na porta da sala de jantar.

✣

De onde estava sentado, Patrick pôde ver o rosto de Georgiana revelar um súbito ar de apreensão. Da porta, Hércules não notou. Lorde Mountwalsh, porém, com meio século de política cordial nas costas, permaneceu imperturbável. Era preciso admirá-lo. Controlando-se de imediato, ele sorriu confiante para o filho.

— Meu caro rapaz. Acabou de chegar? Seja bem-vindo. Junte-se a nós. Tragam uma cadeira para ele — pediu ao criado. — Estou muito contente em vê-lo — mentiu esplendidamente o velho.

— Cheguei em casa e soube que meu filho estava aqui — respondeu inexpressivamente Hércules.

— E está. Está de fato. Venha cá, William — chamou —, e cumprimente seu pai.

Mas era tarde demais. O olhar de Hércules já começara a viajar pela mesa. Seus olhos pararam, apenas o suficiente para registrar a aversão, no velho Dr. Emmet; então, ignorando o clérigo e um dos políticos moderados, eles alcançaram o jovem William e Patrick e pararam, fixando ambos num terrível, adamantino olhar fixo.

— William, levante-se — disse ele friamente. — Você está de saída.

A mesa gelou.

— Você está em minha casa, Hércules. — A voz de seu pai rompeu o silêncio num rosnado. Hércules continuou a encarar o filho, ignorando inteiramente lorde Mountwalsh. Fez um aceno de cabeça para William.

— Eu disse — repetiu o pai, um tanto mais alto — que você está em minha casa, senhor.

— E não me agradam — Hércules não se dignou a olhar para seu pai, mas continuou a fitar William — pessoas que vejo aqui. — Então, enquanto o jovem William, rubro de constrangimento e confusão, começou a se levantar, Hércules subitamente virou-se para encarar acusadoramente seu pai. — Nem me agrada a maneira pela qual ludibriou meu filho para que ele se juntasse a essas pessoas, enquanto acreditava que eu estava com as costas viradas.

— Hércules — bradou sua mãe —, isso é totalmente injusto.

— Eu considero — a voz dele se ergueu, ao pronunciar a palavra com fúria venenosa — desonesto!

Patrick viu Georgiana estremecer, mas lorde Mountwalsh não estava disposto a ser tão contrariado. Seu rosto estava marrom-arroxeado.

— Como pode vir aqui, senhor, insultar seu pai e sua mãe, em sua própria casa... e diante de seus convidados? Deixe-nos, senhor, imediatamente. — Ele se pôs de pé. — Deixe-nos, senhor — gritou com o máximo de sua voz —, e peço que nunca mais volte aqui!

Fazendo uma reverência desdenhosa para o grupo, Hércules virou-se e saiu arrogantemente pela porta, seguido, desgraçadamente, pelo seu filho.

Depois disso, o jantar prosseguiu, mas não tão bem.

Um quarto de hora após a meia-noite, enquanto caminhava furiosamente de um lado a outro de seu quarto de vestir, lorde Mountwalsh sofreu uma súbita apoplexia e caiu morto no ato.

Quando foi para o Trinity College naquele outono, o jovem William Walsh fez um pedido. "Não quero morar em casa, como o jovem Emmet. Quero morar na universidade, como meu pai." Isso foi concedido, e William ficou feliz.

No dia de sua partida, seu pai o chamou ao quarto de vestir para uma conversa em particular.

A morte do velho George significara uma mudança de condição social para Hércules. Ele agora era lorde Mountwalsh. E não mais ocupava uma cadeira na Câmara dos Comuns irlandesa, onde o fato de ter tido que se submeter a ser eleito — se bem que por três amigos da família e uma dúzia de dóceis possuidores de propriedades livres de encargos — sempre ofendeu seu senso de propriedade. Agora ele se sentaria nas Câmara dos Lordes irlandesa, por causa da derradeira confirmação de direito hereditário. Desde o dia do funeral de seu pai, criados e negociantes se dirigiam a ele respeitosamente como "vossa excelência" ou "milorde". Ainda melhor, talvez, ele recebera uma carta de um colega aristocrata, que iniciava encantadoramente com um "meu caro lorde". Quando caminhava, suas passadas brutais tinham, de um modo indefinível, se tornado majestosas; quando falava, tinha o consolo de saber que suas opiniões eram as corretas — não por causa de mera, vulgar razão, mas porque emanavam dele mesmo. Se não era um homem de praticar o falar gentil da cortesia aristocrática, podia-se dizer, entretanto, que, no espaço de apenas poucas curtas semanas, o manto de arminho da pomposidade descera sobre ele e se adaptara firmemente sobre seus ombros.

Olhou amavelmente para seu filho mais velho.

— E então, William, pronto para o Trinity?

— Sim, papai.

— Eu tive anos felizes lá, e tenho certeza de que você também terá. — Sorriu. — Antes de ir, William, há uma ou duas coisas que quero lhe dizer, como pai. — Indicou um sofá encostado à parede. — Sente-se a meu lado, meu rapaz.

William nunca tivera antes uma conversa franca com o pai, tendo em vista que Hércules nunca fora inclinado à intimidade. Com uma sensação de que estava prestes a descobrir algo importante, ele ouviu atentamente.

— Em breve, você será um jovem homem — disse o pai. — Aliás, acho que já é um homem. E sei que tem um bom coração.

— Obrigado, papai.

— Um dia, espero, irá para o Parlamento, assim como eu. E, eventualmente, é claro, me substituirá. — Pousou a mão no ombro de William por um momento. — Esses são os privilégios de nossa posição. Mas eles vêm com responsabilidades. E você e eu temos também de aceitá-las. Estou certo de que você está pronto, não está?

— Sim, papai.

— Muito bem. Não há ninguém em quem eu mais confie do que meu próprio filho, e espero que saiba que sempre pode confiar em mim.

— Obrigado, papai.

— De agora em diante, você e eu devemos trabalhar como uma dupla. — Fez uma pausa. — Há algumas coisas que, por enquanto, não posso revelar nem mesmo para você, William. Mas a informação mais recente, posso lhe garantir, é alarmante. Há um grupo de homens, muitos deles aqui de Dublin, que planeja um curso de ação que destruiria esta ilha. Esses homens falam em liberdade, e alguns deles até mesmo podem acreditar que esse é o seu objetivo, mas, se, por acaso, tiverem a possibilidade de sucesso, as consequências serão totalmente diferentes. Falo de invasão pelos nossos inimigos, de sangue nas ruas, e da morte não de combatentes, William, mas de milhares de inocentes. Mulheres e crianças. Já aconteceu antes aqui. Pode acontecer novamente. É isso que queremos?

— Não, papai. — Até então, William estava um pouco decepcionado, pois já ouvira tais coisas antes.

— Felizmente — continuou o pai —, nossa informação é melhor do que eles pensam. Por toda a Irlanda, homens bons mantêm vigilância: fidalgos, lojistas honestos, até mesmo gente pobre... homens com bom coração. Sabemos muita coisa do que está sendo feito, e agora, com frequência, arrisco dizer, pessoas simples estão sendo desencaminhadas. E também sabemos, William, que há um grupo de homens ligados à universidade que estão ansiosos para ludibriar qualquer jovem que conseguirem. Pretendem recrutar entre os novatos. Vão se aproximar com uma expressão amigável, mas, no final, seu objetivo é usar os jovens infelizes e, finalmente, destruí-los.

— Eu tomarei cuidado, papai.

— Você, é claro, nunca seria convencido por eles. Mas outros poderiam ser. Por isso, quero que seja mais do que cuidadoso, William. Quero que fique vigilante. Se vir qualquer coisa que julgue suspeita... e nunca se sabe o que pode ser significativo... não quero que diga nada. Mas, reservadamente, deverá me contar. Eu saberei como fazer as indagações certas. Só em fazer isso, poderá prestar um grande serviço ao seu país. — Fez uma pausa, olhou gravemente para William, então pôs novamente a mão sobre seu ombro. — Isso pode lhe parecer não representar um ato nobre. A pessoa em questão talvez seja até mesmo um amigo. Mas temos um dever maior, você e eu. E posso lhe garantir, o melhor serviço que pode prestar a um amigo é salvá-lo de um curso de ação do qual ele poderia depois se arrepender amargamente.

— Entendo. — Esperou. — Há algo mais, papai?

— Não, William, creio que é tudo. — Assentiu e então, provavelmente se lembrando do que seu pai lhe dissera certa vez, acrescentou: — Deus o abençoe, meu filho.

Dez minutos depois, seu filho mais novo encontrou William sentado em sua cama, olhando tristemente pela janela.

— O que foi, William?

— Papai quis falar comigo. — William continuou olhando fixo pela janela.

— Ah. E o que ele disse?

— Ele disse que, enquanto eu estiver no Trinity, devo espionar meus amigos.

— Ah, William. Você nunca fará tal coisa.

— Devo ser informante do governo. É meu dever, disse ele. — William ficou calado por um momento. — Isso foi tudo o que ele disse para mim. Nada mais. — Virou-se para o irmão. Lágrimas empoçavam seus olhos. — Isso é tudo que existe, creio. Esse é o amor do meu pai.

Durante os meses que se seguiram, William aproveitou a vida universitária e assistiu às suas aulas. Isso ocupava grande parte de seu tempo, porque, embora os jovens do Trinity soubessem como se divertir, os cursos em Dublin, como costumavam dizer, eram mais puxados do que os de Oxford e Cambridge.

Quanto à localização do Trinity, esta era incomparável.

Pois, atualmente, depois de São Petersburgo, Dublin era a mais esplêndida capital românica do norte da Europa. Os grandes pátios e prédios do próprio Trinity eram magníficos; saindo pelo portão principal para a praça College, a grandiosidade do prédio do Parlamento o saudava imediatamente do lado oposto. Adiante, a Dame Street levava através do teatro em direção ao Castelo e ao Royal Exchange, outra excelente estrutura clássica. Caminhavam-se alguns metros pelas margens do Liffey, e ali, logo do outro lado do rio, estendia-se a imponente fachada da Aduana já pronta. Olhando rio acima, os olhos pousariam na rotunda e cúpula das Four Courts. E, por toda a volta, nas duas margens, as amplas ruas e praças da Dublin georgiana se espalhavam, em seus graciosos conjuntos, junto ao porto e debaixo do olhar intemporal das montanhas de Wicklow.

Professores e políticos, funcionários do governo e advogados, clérigos, comerciantes, atores, cavalheiros e damas elegantes, todos convergiam para a área em volta da praça College, e os homens do Trinity College estavam no centro de tudo isso. Não havia no mundo melhor lugar para se cursar uma universidade.

De tempos em tempos, ele avistava o pai saindo do Parlamento. Duas ou três vezes, sua avó Georgiana foi vê-lo. Caminhava com ele no entorno da universidade. Se encontravam algum de seus professores ou conhecidos, ela pedia que lhe apresentasse; e era óbvio que sua reputação a precedia, pois mesmo os colegas que costumavam evitá-lo pareciam sorrir, quando viam a rica e bondosa velha Lady Mountwalsh.

Infelizmente, havia muita gente que o evitava.

Nem todos os novatos tinham claras opiniões políticas — cerca da metade deles, calculava. Ele mesmo não estava seguro de que as tinha. Mas os dois grupos mais elegantes eram os que apoiavam a Revolução Francesa e seus ideais, e aqueles que se opunham a isso. Essas eram as grandes questões discutidas na Sociedade Histórica, como era conhecido o clube de debates da universidade, onde as discussões eram ardentes, e, por ser na Irlanda, a eloquência era apreciada. Tornara-se elegante, para os que mais ardentemente esposavam a causa revolucionária, seguir o exemplo de lorde Edward Fitzgerald e cortar o cabelo bem curto. *Croppies*, chamavam-nos desdenhosamente seus oponentes conservadores. Com a maioria dos estudantes, entretanto, sua adoção não era tão óbvia.

Mas, com o passar das semanas, William começou a perceber que havia um meio fácil de se saber onde estavam as simpatias de alguém: se eram revolucionários, eles o evitavam. No final, resolveu perguntar sobre isso a Robert Emmet.

Apesar do incidente constrangedor na casa de seu avô, Emmet fora muito gentil, procurando-o assim que ele chegara, para lhe mostrar o lugar. A cada uma ou duas semanas, William visitava-o em seus aposentos, e ele o apresentava a uns poucos sujeitos agradáveis. Quando estavam sozinhos, ele sempre conversava com William do modo mais tranquilo e até mesmo fazia confissões pessoais. "Às vezes, ainda sou tolamente tímido", confidenciava; ou, sorrindo pesarosamente para suas mãos: "Por que roo as unhas?" William notou, entretanto, que ele sempre mantinha essas confissões para coisas mais triviais. Se alguma vez William introduzia qualquer assunto que pudesse levar a uma discussão filosófica ou política, Emmet desviava-se com algum comentário leve e mudava a conversa para outro assunto. Ainda assim, perto do fim de novembro, ele conseguiu obrigá-lo a responder, ao lhe perguntar abruptamente:

— Emmet, por que tantas pessoas me evitam?

— Bem — respondeu Emmet, após uma pausa —, por que você acha isso?

— Suponho que eles pensam que, porque lorde Mountwalsh é meu pai, eu devo ter a mesma visão política dele.

— E você tem a mesma visão política dele?

— Não sei — respondeu William com honestidade.

Emmet olhou-o curiosamente.

— Está falando a verdade, não está?

— Estou.

— Quer saber o que eles acham realmente? Eles acham que você é um espião. Que tudo o que dizem para você vai acabar com seu pai e, dele, direto para o Castelo e a Troica.

William enrubesceu e olhou para o chão.

— Entendo. — Suspirou. — E o que você acha de mim? Acha que eu faria uma coisa tão baixa?

— Não sei. Não pode nos culpar — acrescentou.

— Não. — Ele assentiu tristemente. Não podia. — É melhor morrer do que ser um espião — explodiu miseravelmente. — O que devo fazer?

— Nada — respondeu sensivelmente seu amigo. — Se tentar provar que não é um espião, isso só deixará as pessoas mais desconfiadas. Tem apenas que ter paciência.

E assim William passou a cuidar de seus assuntos o mais reservadamente possível; então chegou a época do Natal, e ele passou algum tempo em casa. Ainda não sabia o que pensava sobre as importantes questões políticas, e não pretendia pensar nelas durante o Natal, quando, dois dias antes do dia propriamente dito, seu pai voltou às pressas para casa.

— Está começando — berrou. — Eu sabia. Os franceses chegaram. Em Cork. A esquadra francesa foi vista na baía de Bantry.

A história fornece muitos momentos torturantes — reviravoltas, quando, se não fosse por uma circunstância casual, o curso de acontecimentos futuros poderia ter mudado completamente. A chegada, em 22 de dezembro de 1796, da esquadra francesa, observada na baía de Bantry, na ponta sudoeste da Irlanda, foi uma delas.

Sabe Deus, a ideia de que os franceses poderiam invadir a Irlanda não era nenhuma novidade. Durante o transcorrer do século XVIII, enquanto o Império Britânico às vezes se via como o aliado, porém mais frequentemente como o inimigo da França, o temor de que os franceses talvez tentassem incitar distúrbios, ao enviar soldados para a Irlanda, já tinha ido e vindo muitas vezes. Mas agora acontecera realmente.

E o resultado dos esforços de Wolfe Tone na França tinham sido notáveis. Ele impressionara tão bem o Diretório que governava a nova república revolucionária, que eles haviam enviado não apenas um contingente simbólico, mas uma esquadra com 43 navios, transportando 1.500 soldados. Igualmente importante, os navios também carregavam armas — para 45 mil homens. E, talvez mais importante de tudo, os soldados estavam sob o comando de um general chamado Hoche, que era o rival da estrela ascendente da república, Napoleão Bonaparte. Se conseguisse tomar a Irlanda, Hoche poderia eclipsar inteiramente o pretensioso Bonaparte.

Mas as Parcas, naquele inverno, com ou sem motivo, haviam decidido negar ao general francês sua imortalidade. Quando a esquadra seguiu seu caminho para os mares do norte, encontrou cortinas de névoa que logo a envolveram; a névoa ficou cada vez mais espessa, até a metade da esquadra perder seu caminho. Aqueles que continuaram em direção à Irlanda enfrentaram temporais, e, quando avistaram a baía de Bantry, ficaram impossibilitados de desembarcar. Dia após dia, Wolfe Tone olhava através do borrifo as distantes colinas irlandesas, ondulando e mergulhando, provocantes, no horizonte. Ele até mesmo convenceu o capitão de seu navio a fazer uma investida para a terra, mas os outros não o seguiram, e, finalmente, no quinto dia, a frota foi embora. Se o tempo tivesse estado melhor, e uma força tão grande quanto aquela tivesse desembarcado, talvez tivesse tido sucesso. Mas, de qualquer forma, as forças da natureza haviam preservado a Ascendência protestante naquela época de Natal, e os homens do Castelo de Dublin não demoraram em alegar que viram nisso a mão de Deus.

A invasão francesa havia fracassado. Mas, quando a notícia sobre a baía de Bantry chegou a Rathconan, Conall não ficou abatido. Muito pelo contrário: teve uma sensação de júbilo.

— Nunca pensei que eles viessem — confessou a Deirdre. E, no fim de janeiro, ao fazer uma visita a Patrick em Dublin, descobriu que não estava sozinho.

— Eles vieram uma vez. Com certeza virão novamente — disse-lhe Patrick. — O efeito sobre as pessoas é notável. Agora elas veem que há esperança, homens de todos os países estão se apresentando. No verão, teremos um exército de homens de lado a lado da Irlanda, pronto para se insurgir. A única dificuldade — acrescentou — é como armá-los.

Embora a legislação de 1793 tivesse acabado com a proibição total, os católicos tinham sido proibidos por um século de possuir armas; mosquetes e pistolas eram de difícil obtenção.

— Faremos o melhor possível — prometeu-lhe Conall. E, em sua volta a Rathconan, recebeu ajuda por parte de uma pessoa um tanto inesperada.

Pois, ao mencionar o problema para Finn O'Byrne, o sujeitinho de cabelo desgrenhado assentiu ansiosamente e, poucos dias depois, apareceu na porta da cabana de Conall portando orgulhosamente um feixe enrolado num cobertor.

Tratava-se de uma singular coleção: uma velha relha de arado, duas segadeiras e a cabeça de um machado, e até mesmo um antigo peitoral de metal.

— O que você pretende fazer com isso, Finn? — perguntou Conall.

— Arranjar um bom ferreiro. Derreter tudo. Transformar em lanças. Você é carpinteiro. Pode fazer as hastes.

— É verdade.

— E terá mais — prometeu Finn. E mal se passava uma semana sem que o sujeito aparecesse com alguma sucata de metal que revirava do lixo da área. Era extraordinário o que ele conseguia encontrar. Alguns desses itens podiam ser usados, outros não; mas todos os meses, quando Conall fazia sua visita a Wicklow, levava os pedaços de metal com sua mobília e os entregava a um ferreiro na cidade. No verão, havia trinta lanças ocultas em meia dúzia de esconderijos em volta de Rathconan.

No entanto, se a ameaça da França trouxera uma nova esperança para os Irlandeses Unidos e seus amigos, também produzira dois outros efeitos.

Wolfe Tone e seus amigos podiam estar satisfeitos em cooperar com os católicos, em virtude de um novo e tolerante Estado, mas ainda havia muitos presbiterianos do Ulster da velha escola que se sentiam ofendidos por tal conluio com papistas — os quais, afinal de contas, continuavam sendo agentes do anticristo. Para combater esse crescimento da influência papista, eles haviam recentemente começado a formar suas próprias associações secretas, as quais, em memória do bom rei Billie, chamavam de lojas Orange. Com o aumento da ameaça de invasão, essas lojas se espalharam além dos enclaves do Ulster.

Mais preocupante para Conall, porém, era o outro desenvolvimento. Pois este era local. Embora as tropas britânicas e milícias irlandesas se adestrassem em cidades com guarnições como Wicklow e Wexford, a Troica queria algo mais. E então foi criada uma terceira força.

— Chamaram-nas de Yeomanry, Guarda Montada — comentou Connall. — Eu as chamo de bandidos.

O propósito da Guarda Montada era agir como uma presença local, alguma coisa entre uma força policial e um grupo justiceiro. Seu caráter e sua disciplina dependiam dos fidalgos locais que os recrutavam e os lideravam. Eram formados quase que inteiramente por protestantes. O filho mais novo de Budge, Jonah, comandava a força que cobria a área entre Rathconan e Wicklow. Como agora Rathconan era frequentemente visitada por Arthur Budge, e seu velho pai, embora caminhando atualmente com mais dificuldade, ainda mantinha um olhar aguçado sobre o local, havia poucos motivos para Jonah Budge e seus guardas montados perturbarem muito a tranquilidade da aldeia. Mas isso significava que havia mais olhos vigiando, e Conall sempre temia ser parado e revistado em seu caminho para Wicklow.

A primavera passou sem incidentes. O trabalho continuou calmamente por todo o verão. Em agosto daquele ano, ele foi a Dublin por dois dias para ver seus filhos. Visitou ambos e ficou com Patrick e Brigid. Na noite antes de sua volta, John MacGowan apareceu, e os três homens conversaram por algumas horas. A disposição era de cautela, mas Patrick estava otimista.

— Lorde Edward calcula que, por volta do final do ano, teremos meio milhão de homens na Irlanda que fizeram o juramento — disse-lhes. Tendo em vista que o juramento para apoiar os Irlandeses Unidos agora era crime, esse era um número notável. Mas, mesmo o número sendo alto, este sugeria um nível inteiramente novo de compromisso com a causa. — Quando os franceses vierem da próxima vez, outros tantos se insurgirão, de modo que nenhuma força inglesa será capaz de fazer qualquer coisa.

MacGowan estava menos esperançoso.

— Os ingleses estão igualmente determinados a nos esmagar antes que isso aconteça — disse. De fato, um exército britânico sob o brutal comando de um certo Lake percorria o Ulster à procura de encrenqueiros, presbiterianos ou católicos. — Estão aterrorizando o Ulster — continuou. — Numa família que conheço, os Law, dois foram presos, e um deles, um homem respeitável, foi açoitado. Alguns dos homens de Belfast estão pensando melhor. E, em seguida, será a nossa vez.

— Tudo isso mudará quando os franceses vierem e a rebelião começar — garantiu-lhes Patrick.

— Quando será isso? — perguntou Conall.

— Saberemos por Wolfe Tone. Não temam. Enquanto isso, preparem-se.

Uma parte da previsão de MacGowan, pelo menos, parecia correta, pois, quando Conall alcançou sua casa, no dia seguinte, descobriu que Jonah Budge e duas dúzias da sua Guarda Montada haviam chegado um pouco antes dele. Jonah Budge ainda estava montado, observando, enquanto seus homens iam de casa em casa. Seu pai estava parado a seu lado, parecendo irritado. Jonah era um homem alto, de rosto quadrado, uma versão mais jovem de seu pai, embora, com o passar dos anos, o velho Budge tivesse abrandado de alguma forma.

— Onde você esteve? — perguntou rudemente Jonah a Conall.

— Em Dublin, visitando meus filhos — respondeu Conall calmamente.

— Já revistaram sua cabana, Conall — comentou o velho Budge, com um olhar irritado para seu filho.

— Encontrou alguma coisa interessante? — perguntou Conall inocentemente, mas Jonah Budge o ignorou.

Também nada encontraram em nenhuma das outras cabanas. As armas estavam bem escondidas.

— Eu lhes disse que não havia nada aqui — comentou o velho Budge para Conall, após Jonah e seus homens terem ido embora. Era claro que ele se ressentia da ideia de que o filho pensasse que alguma coisa pudesse ter passado por baixo de seu nariz.

— Alegro-me por você ter feito isso — respondeu Conall, com toda a sinceridade.

— Ora, Connall — comentou o senhorio com algo próximo da intimidade —, fora qualquer outra coisa, eu sei que você não seria tão idiota.

Posteriormente, porém, quando Conall relatou a conversa para Deirdre, ela não achou nada divertida.

— Devemos agradecer a Deus por eles não terem encontrado nada, Conall — disse ela. — Mas não são apenas os Budge que você tem de temer. Não lhe falei isso antes? É em Finn O'Byrne que você precisa ficar de olho.

— Você tem um terrível preconceito contra o sujeito — retrucou ele. — Eu também não gosto muito dele, mas ele está tão envolvido quanto qualquer um de nós.

E, de fato, quando o verão terminou e o outono se instalou, Finn continuou assiduamente a levar objetos que achava que poderiam ser úteis, e Connall continuou a fazer suas viagens a Wicklow sem ser molestado.

✣

Mesmo nos recintos enclausurados do Trinity College permeava o novo aspecto militar em relação aos acontecimentos. A universidade já tinha sua própria Guarda Montada. Estudantes — e eles eram numerosos — que desejavam mostrar suas convicções de lealdade podiam agora vestir uniforme e desfilar de um lado a outro sua grande satisfação. Por outro lado, tendo agora sido colocados fora da lei, os Irlandeses Unidos não podiam formar uma semelhante facção aberta, mas era bastante elegante, entre os *croppies* e seus amigos, fazer o juramento secreto e ilegal: era perigoso, romântico e emocionante. Havia também estudantes que gostavam de parecer misteriosos e deixavam que seus amigos pensassem que estavam envolvidos em todos os tipos de atividades revolucionárias, mesmo se, de fato, não estivessem.

A posição de Robert Emmet permanecia incerta. Alguns acreditavam que ele fizera o juramento, outros achavam que não. Quanto a William Walsh, ele nada dizia e não aderia a nada. Ouvia a todos, mas não expressava qualquer opinião que pudesse ser usada contra ele.

Na segunda semana de novembro, ele recebeu a visita do pai no Trinity College. Tal coisa jamais acontecera antes. Mas, tendo inspecionado seu quarto, examinado seus livros e aparentemente aprovado o que vira, lorde Mountwalsh sorriu um tanto amistosamente antes de se dirigir ao filho.

— Tive uma conversa esta manhã com lorde Clare, William. Falamos sobre você.

FitzGibbon, o temido líder da Troica, também se tornara lorde Clare. Além de governar a Irlanda, era também o vice-chanceler do Trinity College, o que significava que, mesmo instalado num alto escalão, ele mantinha seu olho de águia, era de se supor, até mesmo no menor dos estudantes. Mas por que, perguntou-se William, FitzGibbon estaria interessado nele?

— Ele me falou — continuou o pai — como amigo... uma bondade de sua parte. Está preocupado com você. Você tem sido visto frequentemente com Robert Emmet.

— Emmet tem sido gentil comigo, papai, mas não posso dizer que seja um amigo particular.

— Concordo. Seu pai, como sabe, tem opiniões abomináveis, mas é relativamente inofensivo. Seu irmão mais velho, Tom Emmet, é outra questão. Sabe-se que ele é um companheiro próximo dos líderes dos Irlandeses Unidos. É perigoso, William. Você o conhece?

— Não, papai. — Ele não o conhecia.

— Eu não achava que o conhecesse. Nem lorde Clare, a propósito, supõe que haja qualquer ligação. Mas você conhece o jovem Robert. Teme-se que ele siga o caminho do irmão. É um temor natural. Estou certo que você concorda. Ele falou de questões políticas com você?

— Ele não confidencia muitas coisas para mim, papai. Mas é muito calmo e estudioso.

— Talvez. Há a preocupação de que ele possa tentar desencaminhar você. Eu expliquei que não há possibilidade de isso acontecer. Sua mente e seu caráter, eu sei, são muito fortes.

— Obrigado, papai.

— E lorde Clare reconhece que esse é o caso. Mas consegui lhe dar uma garantia a mais. Expliquei que, há algum tempo, nós dois concordamos que, se você visse ou ouvisse qualquer coisa que o levasse a suspeitar da lealdade de qualquer um aqui, eu seria informado. Há alguma coisa que queira me dizer agora, sobre Emmet em particular?

— Não, papai, não há nada.

— Você me surpreende. Contudo, assegurei a lorde Clare que você aumentará sua vigilância. Espero que talvez possamos contribuir com alguma coisa. Enquanto isso, não creio que deva interromper sua ligação com o jovem Emmet. Aliás, muito pelo contrário. É inteiramente possível que, num momento desprotegido de amizade, ele talvez deixe escapar algo que seja de interesse, até mesmo de verdadeira importância, para o nosso país, William. Eu lhe peço, portanto, que seja assíduo em suas observações. Eu sei o quanto é bom de coração; por isso, tenho certeza que entende.

— Sim, papai. Isso é tudo?

— Seus estudos vão bem, espero.

— Sim, papai.

— Muito bem. Espero saber algo acerca de Emmet. Adeus, meu rapaz.

— Adeus, papai.

Restavam alguns dias de novembro quando Patrick Walsh recebeu um visitante inesperado. Era seu parente, o jovem William. O rapaz parecia estar num estado um tanto emotivo e pretendia lhe falar a sós.

— Sabe o que meu pai me pediu para fazer? — disparou.

— Não faço ideia — respondeu Patrick amavelmente.

— Ele me mandou espionar meus amigos no Trinity. Para o caso de serem traidores... como ele os chama. Não é uma indignidade?

— Não é uma tarefa agradável, isso eu lhe garanto.

— Meu pai é um vilão.

— Não concordo — rebateu Patrick. — Seu pai e eu desgostamos um do outro, mas ele acredita que está certo, e acredita piamente. Qualquer homem, William, faria essas coisas pela causa em que realmente acredita. Não deveria censurá-lo. — Embora não creia, pensou consigo mesmo, que, se os papéis fossem invertidos, Hércules tivesse falado tão generosamente a meu respeito.

— Bem, não vou alimentar uma amizade com Emmet só para poder traí-lo para meu pai e FitzGibbon. Não sou um Judas.

Quando Patrick recebeu essa valiosa informação, disfarçou a expressão de seu rosto.

— Por que veio aqui? — perguntou.

— Sabe, no Trinity, ouço todo tipo de argumento a favor e contra os Irlandeses Unidos.

— Imagino que sim.

— E eu gosto mais dos argumentos a favor dos Irlandeses Unidos. — William baixou o olhar. — Aliás, gostaria de fazer o juramento. Mas não no Trinity. Não quero que eles saibam.

— Por que veio me procurar?

— Porque tenho certeza de que você deve ser um deles.

— Sei. E, mesmo se isso fosse verdade, como eu iria saber se você não é um espião?

O ar de horror e de mortificação no rosto de William foi tão completo, que Patrick quase deu uma risada. O melhor ator do mundo — o que aquele rapaz inocente não era — não teria conseguido dissimular daquele modo. Ele olhou para o jovem, que se parecia tanto com Fortunatus, e sentiu uma onda de afeição.

— Sua honestidade e sua coragem lhe dão crédito — disse ele bondosamente. — Mas você é jovem demais para essas coisas, William. Procure-me novamente, se desejar, daqui a alguns anos. Seus amigos no Trinity também são jovens e mal sabem o que estão fazendo. A melhor coisa que pode fazer é se dedicar aos seus estudos e esperar. Sua época chegará. Mas me sinto lisonjeado por ter confiado em mim.

— Não fará o juramento comigo?

— Não. Esqueça isso.

Quando o jovem William se foi, desanimado, Patrick recostou-se, fechou os olhos e sorriu.

Quando o rapaz tiver a idade certa, pensou, se Deus quiser, já haverá uma nova Irlanda. E o jovem William Walsh será um líder natural, um dos melhores. Sentiu uma leve pontada de orgulho familiar.

Não era uma coisa fácil para uma mulher odiar seu único filho. Mas Georgiana odiava, e não havia nada que pudesse fazer a respeito. Culpava-o pela morte de seu pai — a cena que Hércules fizera na casa deles, indubitavelmente, havia causado sua apoplexia. E não adiantava alguém dizer que, se não tivesse sido isso, teria sido outra coisa: havia anos, seu amável marido não ficava tão transtornado daquele jeito, e, tendo em vista sua vida confortável, tranquila, ele talvez ainda vivesse bem uns dez anos ou mais. No funeral, Hércules parecera adequadamente grave, mas ela não acreditava que ele realmente sentisse muita dor; e quando, num momento de raiva, um ou dois dias depois, ela gritara, "Você o matou", abruptamente ele lhe dissera para não ser absurda. Nem lhe servia de algum consolo o fato de que toda a elegante Dublin concordava com ela.

Não adiantava, porém, Georgiana enfatizar seus sentimentos, e, por causa da dignidade da família, ela tentava escondê-los. Ninguém que a visse junto com

Hércules em público era capaz de adivinhar o ódio frio e amargurado que havia em seu coração.

Como consolo, tinha sua filha Eliza morando perto, Patrick, a quem via frequentemente, e seus netos. E destes, é claro, o favorito era o jovem William. Talvez sua maior alegria fosse uma das visitas que lhe fez no Trinity. Mas, embora o rapaz soubesse que ela gostava muito dele, Georgiana tomava o cuidado de não sobrecarregá-lo com o peso total de seu afeto. "Não posso incomodar o garoto o tempo todo", comentou para Eliza.

A morte de seu marido ocasionara uma surpresa. Como se fosse uma franca admissão da fonte da fortuna da família, e também do próprio bom-senso dela, ele não apenas deixara para Georgiana um belo dote de viúva e o direito de residir o tempo que desejasse em ambas as casas de Dublin e na propriedade de Wexford, mas também determinara que a ela deviam ser mostradas todas as contas. E estas foram uma revelação.

Pois, de seu jeito tranquilo, amável, o primeiro lorde Mountwalsh havia se revelado um gênio nos negócios. Com a enorme fortuna dos Law colocada à sua disposição, ele a utilizara cautelosamente, mas com notável astúcia.

Como outros de sua classe, cuidava primeiro da terra, e as duas últimas décadas tinham sido boas para ele. Com a população crescente e uma forte demanda do exterior, os preços dos produtos agrícolas irlandeses subiram rapidamente, e os grandes produtores de cevada de Wexford haviam se saído particularmente bem. Reinvestindo os lucros e especulando habilmente em arrendamento de terras, ele aumentara enormemente as propriedades da família na zona rural. Georgiana descobriu que eles possuíam milhares de acres a mais do que havia imaginado.

Mais surpreendente fora o interesse dele no intercâmbio de mercadorias. Embora esse intercâmbio e o comércio irlandeses ficassem notoriamente sujeitos a súbitas flutuações, as décadas decorridas desde seu casamento tinham assistido a um enorme crescimento. Era bastante normal os filhos mais novos da pequena nobreza se instalarem em Dublin, principalmente como agentes comerciais, onde, com pouco risco, recebendo uma pequena porcentagem sobre cargas importadas e exportadas, um homem podia esperar, em vinte ou trinta anos, acumular fortuna suficiente para comprar uma modesta propriedade e mudar para o estilo de vida livre e gastos livres de um fidalgo irlandês. Contudo, lorde Mountwalsh não era tão orgulhoso assim para fazer exatamente essa mudança. Ele tinha um interesse financeiro em duas casas comerciais, uma que exportava tecidos para a Inglaterra em troca de açúcar, a outra que enviava carne para plantadores de cana de açúcar na América — o melhor bife para os plantadores, e o inferior "bife francês" para seus escravos. George não apenas financiara essas casas, mas, como ela descobriu, discretamente se envolvera com as operações do dia a dia. Instalara uma família huguenote fabricante de tecido *tabernet* de seda e lã; trouxera alguns vidreiros ingleses cuja habilidade rivalizava com a dos fabricantes de Waterford; e, de longe mais importante, possuía um terço de um próspero banco que era visto com respeito até mesmo pela poderosa casa La Touche de Dublin.

De tudo, o que mais agradou a Georgiana foi ele ter voltado ao ramo do pai dela, como um sócio passivo de uma grande fábrica de linho. E, com as exportações de linho irlandês recentemente saltando na frente para um montante de 35 milhões de metros de linho anuais, os lucros tinham sido enormes.

No total, seu bondoso marido lhe deixara multiplicada por três vezes a fortuna que recebera, e, ao esquadrinhar sua cautelosa, sagaz e por vezes brilhante carreira, a alma do pai dentro dela encheu-se de admiração e orgulho. Que o brutal Hércules jamais, em toda a sua vida, exiba uma fração da inteligência e do talento que seu pai mostrara.

A morte do marido mudara sua vida de outra maneira. Ela não se dera conta do quanto ele a protegera. Embora sempre tivesse tido um vivo interesse por tudo que se passava no mundo, ele sempre se mantivera a seu lado. Os atos da Troica, as ideias radicais de Patrick e seus amigos e a brutal explosão de Hércules podiam ser emocionantes ou perturbadoras, mas, na imperturbável presença de seu marido e com sua segura posição política, ela sempre se sentira segura. Agora, entretanto, os acontecimentos pareciam afetá-la mais diretamente; ela tinha uma nova e inquietante sensação de intranquilidade. E os próprios acontecimentos tomavam uma direção desagradável.

Ela soube horrorizada, por Doyle, da prisão e do açoite de seus parentes Law no Ulster. Tinha o cuidado de nunca perguntar demais a Patrick sobre suas atividades políticas — adivinhava, mas não queria saber. Mas ele lhe revelava que tinha plena esperança de que os franceses voltariam. O que isso significaria para todos eles?, perguntava-se.

Durante o verão, ela não se arrependera de ter se retirado para Wexford. Vivera lá tranquilamente. Patrick passara alguns dias, visitando-a. Ela tinha orgulho de sua biblioteca, e ele sugerira alguns acréscimos. Georgiana desfrutara a companhia de Patrick e lamentou quando ele se foi. O jovem William e seu irmão também tinham passado brevemente por lá. Entretanto, ela não se sentira solitária. Tornara-se grande amiga de muitos de seus vizinhos. A pouca distância de sua casa, preparara um pequeno jardim murado para frutas e ervas. Ela encontrara a paz.

Ao retornar a Dublin, no início do outono, não se sentia feliz. Começava a habitual ronda social — nada jamais interferia com isso. As festas, porém, eram menos agradáveis quando se estava sozinha, sem marido, e a tensão política que havia no ar privara as graciosas praças de Dublin de seu encanto habitual. No início de novembro, ela deixou silenciosamente a capital e retornou a Mount Walsh, para passar o inverno.

No entanto, naquela estação mais fria, até mesmo a amável zona rural de Wexford parecia ter mudado, como se os problemas da Irlanda, iguais aos ventos gelados, revelassem abaixo dos verdes campos e bosques outra paisagem deserta e cruel.

Para sua surpresa, foi a vida em Wexford que lhe deu uma maior compreensão das tempestades políticas que presenciara na capital. Mesmo durante o verão, ela notara uma coisa. Foi uma questão trivial: abrira-se na casa vaga para uma nova criada. Como de hábito, a governanta selecionou duas ou três moças para Georgiana escolher entre elas, mas também comentou que poderia ter escolhido qualquer uma das cinquenta que recebera; e, quando Georgiana expressou surpresa, a governanta lhe disse: "Pelo menos cinquenta, milady, e pela metade do salário que oferecemos. Hoje em dia, há tantos jovens desempregados que os patrões conseguem empregá-los por quase nada."

Georgiana passara toda a sua vida observando Dublin crescer em tamanho e em esplendor, e vira o exército de artesãos, comerciantes e lojistas que a grande cidade havia atraído; mas não se dera totalmente conta do quanto esse contingente de mão de obra se preparara para o serviço devido à grande proliferação de povoados e aldeias por toda a ilha. Nas últimas cinco décadas, a população da Irlanda dobrara para 5 milhões de almas.

— Elas estão em apuros? — perguntou ela.

— Estão furiosas, milady, por causa do alto preço dos alimentos, mas não estão famintas. Na minha opinião, porém — a voz da governanta adotou um tom de alerta —, é uma coisa ruim, quando as pessoas simples estão descontentes e não têm nada para fazer.

Em novembro, esse era o ânimo que mais se notava entre os agricultores locais. A atividade militar da Troica custava dinheiro. Novos impostos foram criados. Georgiana sabia muito bem, pelas contas de Mount Walsh, que novas taxações sobre o sal e sobre o malte atingiam os proprietários de terra e os agricultores. Em Wexford em particular, os impostos sobre o malte haviam empurrado para baixo o valor da preciosa safra de cevada da região. Todos resmungavam. "Se um da Troica pegasse fogo", comentou um proprietário vizinho para ela, "não conheço um único fazendeiro local que lhe daria um balde de água."

Pensando no seu querido Patrick, ela ficou curiosa sobre a atitude dos católicos locais, e Kelly estava ali para ilustrá-la.

Não fora surpresa para ela, após Patrick aparentemente ter cortejado sua irmã, largando-a em seguida, Kelly e Patrick terem permanecido amigos, mas a irmã dele já se casara havia muito tempo, e o homem de Wexford só tinha elogios para seu sobrinho. Durante as visitas de Georgiana, ela descobrira em Kelly um dos mais cordiais vizinhos. Ele também era bastante franco com ela.

— Nós, católicos, já perdemos toda a esperança no Parlamento de Dublin — disse-lhe. — Tornou-se impossível manter-se o meio-termo. E as consequências disso podem ser sérias.

— Mas a Igreja católica não está promovendo tumultos, está?

— Não, não está. Porque a Igreja teme os radicais. Teme qualquer coisa que pareça uma revolução. No que diz respeito a Roma, os revolucionários franceses são ateus que assassinaram um rei católico... sem mencionar os massacres de padres, monges, freiras e fiéis católicos... e que querem destruir a ordem natural. A Igreja prefere lidar com o protestante rei Jorge. Todos os padres que eu conheço nesta região pregam paciência e obediência. Mas isso não quer dizer que as congregações escutem o que eles dizem. — Sorriu. — Metade deles prefere ouvir um boa balada sobre um audacioso assaltante de estradas do que um sermão. E, no caso de uma rebelião, eles precisarão de um pouco de convencimento.

Kelly forneceu mais uma percepção em janeiro.

Certa noite, Hércules chegou inesperadamente a Mount Walsh e anunciou que queria passar alguns dias ali. Georgiana não ficou contente em vê-lo, mas fez o possível para ser agradável e evitar qualquer discussão política. Na manhã seguinte, contudo, sem saber da chegada de Hércules, Kelly apareceu. Foi conduzido à biblioteca, onde encontrou Georgiana e seu filho.

Muitas pessoas odiavam ou temiam Hércules, mas, embora não fosse possível ter gostado do filho dela, Kelly pareceu razoavelmente curioso a seu respeito e se envolveu normalmente numa conversa com ele. "Sua Excelência" estava preparado para falar, e logo discorreu sobre seu assunto favorito, a manutenção da ordem; com a mesma facilidade, deixou claro que, se dissesse algo que ofendesse o convidado, não daria a mínima. De fato, não demorou muito para que fizesse um comentário insultante acerca dos padres católicos. Georgiana não teria censurado Kelly se ele tivesse esbofeteado o filho, mas o homem de Wexford preferiu nada dizer e ouviu pacientemente.

— O problema de vocês, papistas irlandeses — continuou Hércules —, não é tanto em relação aos padres, mas ao exército de professores das escolas ao ar livre. São eles que causam a encrenca.

A esta altura, longe de estar irritado, Kelly sorriu e comentou para ela:

— Ele está absolutamente certo.

— Alegro-me por ter concordado — prosseguiu Hércules. — Eles incentivam os nativos a terem uma opinião superior sobre si mesmos, ensinando-os em sua língua nativa.

Agora, porém, Kelly deu uma risada.

— Nisso, se milorde me perdoa, está inteiramente incorreto. É verdade que, quando eu era menino, as escolas ao ar livre faziam um uso extensivo do irlandês. Mas, na última geração, houve uma mudança. Os pais não querem que seus filhos sejam ensinados em irlandês, pois acham que é desvantajoso para eles. Querem que sejam ensinados em inglês. E sabe o resultado? Esses irlandeses nativos que sabem ler... e são muitos... têm lido os panfletos revolucionários vindos da América e os radicais jornais ingleses fora de Belfast e Dublin. — Sorriu alegremente para Hércules. — Se a revolução vier, milorde, e o varrer... que Deus me livre... serão os soldados franceses e a língua inglesa que terão feito isso. Isso eu posso lhe garantir.

Isso não agradou Hércules nem um pouco, e, com um breve assentir, ele deixou Kelly e Georgiana na biblioteca. Kelly não se demorou muito, mas prometeu voltar outro dia. Após ele ter ido embora, Hércules comentou: "Esse homem precisa ser vigiado." Mas, naquela noite, também disse outra coisa, que fez, ao pensar em Patrick, encher-se de temor por ele.

— Essa revolução não vai acontecer. Estamos mais bem informados do que essas malditas pessoas imaginam.

Felizmente, Hércules já tinha partido quando Kelly fez outra visita. Georgiana teve uma conversa agradável com ele e ficou contente por ter a chance de se desculpar pelos modos do filho. Antes de o homem de Wexford partir, ela lhe perguntou:

— Se os franceses vierem, o que acha que acontecerá com a gente, pessoas aqui de Mount Walsh?

Em resposta, ele lhe deu um olhar atento.

— Você é benquista aqui — disse-lhe. — Não creio que lhe façam mal. Mas estaria melhor em Dublin.

— Entendo. — Ela sentiu-se ficar um pouco pálida. — Você acha que devo ir embora logo?

— Na verdade — disse-lhe —, não faço a menor ideia.

Quando ela foi para o seu jardim, após ele ter saído, e viu galantos crescendo, decidiu que não havia pressa. Fevereiro chegou, e havia crocos: roxos, laranja e dourados.

✣

Um dia de março, a tarde se esvaía, um vento úmido estapeava as vidraças das janelas, e Brigid estava sentada lá dentro.

Rat-a-tat na porta. Ninguém ouviu.

Ela sabia que havia soldados nas ruas de Dublin. A lei marcial fora declarada havia pouco tempo, fosse o que fosse o que isso significasse. Um toque de recolher à noite, supostamente, embora o teatro continuasse funcionando e as tabernas estivessem abertas. Mas, naquele dia, ela ouvira, sairiam mais patrulhas.

Rat-a-tat. Olhou pela janela, viu gotas de chuva dispersas chocando-se contra os degraus de pedra cinzenta, mas nada de soldados. Então, perto da porta, viu a ponta de um chapéu.

Abriu ela mesma a porta, e a figura alta entrou apressadamente. Usava uma capa pesada; o grande chapéu de três bicos ocultava seu rosto. Somente quando entrou na sala de visitas, ele retirou o chapéu e revelou suas refinadas, aristocráticas feições.

Lorde Edward Fitzgerald se encontrava diante dela.

— Patrick está?

— Eu o espero para breve.

— Graças a Deus. Ninguém me viu entrar aqui. Tomei cuidado. — Tirou a capa, mas não quis se sentar. Começou a caminhar pelo aposento. — Vieram atrás de mim, numa reunião. Alguns de nós saíram pelos fundos. Mas continuam à minha procura. Precisarei me esconder.

— Sua família não...?

— Não. — Sacudiu a cabeça. — Se a Troica pretende me prender, nem mesmo o duque poderá me ajudar. Demolirão a Leinster House, se for preciso. — Continuou a caminhar. — É melhor eu não ficar muito tempo. Você acha que virão atrás de Patrick?

Brigid meditou.

— Provavelmente não — disse ela. Patrick era um homem útil à causa e amigo de Fitzgerald, mas não era um membro do conselho. Certamente haveria muitos pretendentes à sua frente. Além do mais, ela tinha outra informação. Sorriu. — Eu tenho espiões no Castelo, sabe.

Ela não foi mais além do que isso; mas, mesmo assim, como atriz, era natural que tivesse admiradores. E, como atriz, sabia como lidar com eles. Nunca fora infiel a Patrick, mas, habilmente, desenvolvera amizades românticas com um certo número de homens. Não flertava com eles. Nunca lhes dava esperanças. Mas permitia que alimentassem a ideia não declarada de que, se não fosse por Patrick, eles poderiam ter uma chance. E havia vários homens que se satisfaziam em desfrutar sua companhia nessa base. Eram homens de quem ela gostava e cuja amizade prezava, e se, de vez em quando, os usava, eles não se importavam. Esses homens também serviam a outro útil propósito: se sabia que podia confiar nela, Patrick não podia esquecer por um só momento que ela era desejável.

Fora um admirador do Castelo, bondoso o suficiente, que a alertara, um ano atrás, de que Patrick era suspeito de conspiração. Imediatamente, ela lhe dirigira seus olhos escuros.

— Por quê?

— Porque seu primo, o novo lorde Mountwalsh, diz que sim.

— Suponho que saiba que Hércules o odeia. Isso, desde que eram meninos. Aquele demônio maligno. — Então, ela rira. — Em todo caso, posso lhe assegurar que Patrick não faria mal a uma mosca.

Algum tempo depois, seu amigo comentara:

— A propósito, sobre Patrick: transmiti o que você falou dele ao próprio FitzGibbon.

— E o que ele disse?

— Apenas assentiu e disse "eu sei".

Os homens do Castelo, sem dúvida, supunham que Patrick era simpático aos Irlandeses Unidos, mas todos os tipos de pessoas também o eram. Ele sempre tomava cuidado. Era improvável que tivessem provas de qualquer outra coisa mais. Aliás, pensou ela sarcasticamente, a conhecida maldade de Hércules provavelmente tinha tornado Patrick menos suspeito do que, de outro modo, ele seria.

Mesmo assim, ela ficou aliviada, quando o som seguinte à porta mostrou que era Patrick.

Ele ficou contente, mas não surpreso, ao encontrar lord Edward lá. Já corria a notícia de que vários líderes dos Irlandeses Unidos haviam sido capturados juntos. Ele também concordou de imediato que Fitzgerald não devia permanecer ali muito tempo.

— Acredito que nossos criados não o denunciarão. Contudo, mais cedo ou mais tarde, mesmo se ninguém me denunciar, há a chance de esta casa ser revistada, e aqui não há onde escondê-lo.

Os dois homens cogitaram e descartaram vários locais desertos dentro e fora da cidade.

— Também não adianta ir atrás de um navio — disse Patrick —, pois todos os portos serão vigiados. — Foi Brigid quem, finalmente, surgiu com a solução.

— O lugar mais seguro não fica, de modo algum, fora do caminho. Fica bem no meio de Dublin, a pouco mais de um quilômetro do próprio Castelo. — Sorriu. — Se não se importa com a vizinhança, deve ir para as Liberties.

As Liberties: as entulhadas, fedorentas coutadas que outrora tinham sido um enclave feudal da Igreja e atualmente serviam de lar para os mais pobres de Dublin. Você podia ser um honesto tecelão católico, um operário protestante, uma prostituta ou um ladrão comum; podia amar o seu próximo, ou planejar matá-lo; mas, fosse você quem fosse nas Liberties, havia uma coisa que teria em comum com todos de lá: um desprezo pelas autoridades e uma total desconfiança nelas. Até mesmo as patrulhas militares preferiam ficar fora das Liberties.

Lorde Edward fez apenas uma pergunta.

— Como?

— Deixe isso comigo — prometeu Brigid. — Mas esteja pronto antes do anoitecer. — Então ela saiu, e só voltou mais de uma hora depois.

Ninguém incomodou os dois homens enquanto eles permaneceram sentados juntos. Havia muito o que discutir. Dependendo de quantos a Troica prendera, a liderança dos Irlandeses Unidos seria claramente um grupo menor.

— Confiarei em você, Patrick — disse lorde Edward —, para ser minha ligação com o mundo. — Uma questão imediata eram as armas. — Há tantos esconderijos na cidade, que não creio que serão descobertos — declarou Fiztgerald —, mas quero que mantenha esta lista em sua segurança. Esconda-a bem, pois ela relaciona todos. Se algo acontecer com você — continuou —, Brigid terá de passar as informações adiante.

Acima de tudo, ambos concordaram, após aquele dia, seria crucial manter o ânimo de todos, para que permanecessem ansiosos e prontos para lutar quando chegasse a ocasião.

Mas quando seria? Patrick queria saber. Teria Fitzgerald alguma notícia de Wolfe Tone em Paris?

— Nada definido. Mas, tanto Talleyrand, que está encarregado de todos os assuntos externos deles, quanto o general Bonaparte tendem a nosso favor. Tone tem a esperança de uma expedição antes do verão.

— Sei. — Para Patrick, isso parecia promissor.

Lorde Edward olhou-o pensativamente.

— Não, Patrick. Você não sabe. Aliás, era exatamente esse assunto que seria discutido na reunião de hoje do conselho. Minha opinião, veja, é diferente. Se a Troica continuar se fechando à nossa volta, creio que possa ser necessário outro curso de ação. — Fez uma pausa. — Teremos de nos insurgir muito em breve. Com ou sem os franceses.

— Nós mesmos? Sem um exército treinado?

— Tomando a Irlanda como um todo, penso que poderemos armar um quarto de milhão de homens.

— Eu nunca havia considerado tal coisa — confessou Patrick. — Os riscos...

— Tenha fé, Patrick — disse o aristocrata.

Quando voltou, Brigid sentia-se contente. Carregava uma trouxa debaixo do braço. Visitara seu irmão, o vendedor de fumo; ele lhe prometera que, ao cair da noite, teria pronto um quarto onde lorde Edward poderia se alojar, pelo menos por enquanto. Ela notou que Patrick, em particular, parecia preocupado, e ele lhe perguntou, nervosamente, se havia patrulhas nas ruas.

— Por toda a parte — respondeu alegremente. — Mas não se preocupe. Eu sei o que fazer. — E começou a desfazer a trouxa.

Ainda bem, pensou ela, que pertencia ao teatro. Levou meia hora para completar o seu trabalho, mas, ao terminar, ficou orgulhosa com o resultado. No lugar do alto aristocrata de cabelos negros e aparência jovem, agora estava uma figura curvada, cabelos grisalhos, com camisa suja e um velho e roto sobretudo. Suas botas estavam gastas, e ele tinha de se apoiar no ombro dela para conseguir andar. Quanto à própria Brigid, ela era claramente uma dama da noite que já tivera melhores dias outrora.

— Você é meu pai — ela o instruiu —, e estou levando-o para casa. Amanhã — acrescentou — levaremos suas roupas, mas não deve usá-las na rua.

— Por qual caminho iremos? — indagou ele.

— Pelo único caminho que um fugitivo jamais escolheria — respondeu. — Passaremos direto pelos portões do Castelo de Dublin.

Quando a noite estava para cair, eles seguiram seu caminho, atravessando o Liffey para a praça College; dali percorreram a Dame Street e passaram pelo Castelo, onde as sentinelas olharam-nos com piedade, mas sem interesse. Tinham avançado um pouco mais, quando apareceu uma patrulha, e o oficial se adiantou para interrogá-los. Mas Brigid disse-lhe prontamente que queria que seu pai chegasse às Liberties antes que escurecesse, e despejou uma enfiada de obscenidades que fez o sujeito recuar para não ouvir mais nenhuma.

Normalmente, nem Brigid nem lorde Edward teriam se interessado em caminhar desprotegidos pela cidade a tal hora. Pois, quando as trevas desciam sobre Dublin, a cidade revelava sua face noturna: como um imenso cenário, suas casas se tornavam negros amontoados, pontilhados por luzes de velas, ruas se transformavam em gargantas sinuosas, becos em cavernas, escuros ou iluminados por lampiões — e seres humanos pareciam sombras adejantes. Perigosas sombras: da Igreja de Cristo até a Dame Street, ou mesmo na elegante tranquilidade da praça St. Stephen, a figura recurvada num beco ou junto de uma árvore podia ser um bêbado ou um indigente dormindo, ou podia se erguer subitamente para assaltá-lo, com uma faca em sua garganta. Era a mesma coisa em todas as cidades grandes — Londres, Paris ou Edimburgo não eram diferentes.

Contudo, eles mesmos duas pobres pessoas, Brigid e seu acompanhante, pareciam prontos para se fundir com as sombras maltrapilhas, à medida que seguiam em direção oeste e entraram, sem serem molestados, nas Liberties.

Virando numa ruazinha, depois num beco fedorento, Brigid conduziu lorde Edward até uma porta, onde outra sombra, desta vez seu irmão, os aguardava. Levando-os por uma escada instável, ele destrancou a porta de um quarto, o qual, sob a luz mortiça de sua lamparina, revelou conter uma cadeira de madeira e algumas roupas de cama em cima do chão nu. E ali lorde Edward, filho de um duque, descendente da maior dinastia feudal e de metade dos príncipes nativos da antiga Irlanda, e acostumado à vida no imenso palácio de Leinster House, preparou-se para passar uma fria noite de março.

Quando o jovem William Walsh soube, no dia 18 de abril, que todos no Trinity College foram convocados para comparecer, sem falta, ao grande salão de jantar, durante a visita que o temido vice-chanceler faria no dia seguinte, teve certeza de que sabia o motivo. A prisão dos dirigentes dos Irlandeses Unidos em março fora seguida por uma grande caçada a lorde Edward. Alguns diziam que ele continuava em Dublin, outros que fugira para o exterior, para a França, ou até mesmo a América. Ninguém sabia.

Mas as prisões também haviam dirigido a severa luz da investigação para um novo alvo: o Trinity College. Vários dos presos, inclusive o irmão mais velho de Robert Emmet, Tom, tinham sido formados pela universidade. Aliás, o próprio Wolfe Tone fora aluno do Trinity, e ainda tinha amigos por lá. Para sua fúria, FitzGibbon viu seus amigos lhe dizendo que a universidade da qual era vice-chanceler parecia ser um viveiro de sedição. Esforços redobrados foram feitos para extirpar os desordeiros. Dois novatos, contra os quais puderam provar que haviam feito o juramento dos Irlandeses Unidos, já tinham sido expulsos. Agora, claramente, FitzGibbon pretendia desencadear uma investigação pública de todo o corpo discente. Por isso, naquela tarde, quando William se encontrou por acaso com seu amigo Robert Emmet, ficou ansioso em saber o que ele pensava daquilo e o que pretendia fazer.

— Se houver uma chance — perguntou William —, você pretende fazer um discurso?

Pois, em meses recentes, Robert Emmet se revelara uma surpresa no mundo do Trinity College. Ele sempre fora um sujeito tão quieto, que, quando entrara para a Sociedade Histórica, ninguém esperava ouvir muita coisa dele durante os debates. Mas, na primeira vez que se levantara para falar, revelara um notável talento para a oratória. “Ele fica sentado ali, quieto como um camundongo”, contou um dos membros a William, “então se levanta e se transforma num leão.”

Contudo, para o inquérito de FiztGibbon, Emmet sacudiu a cabeça.

— FitzGibbon não veio debater com a gente, William. Tudo não passa de julgamento ritual e execução. E tenho certeza de que sou uma das vítimas. Ele sempre suspeitou de minha família. Agora meu próprio irmão foi preso. Eu lhe garanto que ele pretende me expulsar. Mas vou lhe negar a chance de me intimidar em público. Não comparecerei. E o forçarei a me condenar sem uma audiência, para ele se mostrar o que é.

— Você acha que ele vai intimidar as pessoas?

— Toda a nossa Ascendência não é apenas um imenso sistema de intimidação? — Emmet sorriu tristemente. — Prepare-se para presenciar isso amanhã.

Havia uma coisa, porém, para a qual William não estava preparado. No dia seguinte, ao se preparar para ir ao encontro, ele recebeu um aviso para se apresentar imediatamente ao prefeito. Ao chegar, foi logo conduzido a uma sala, onde, em vez do prefeito, viu-se a sós com o próprio FitzGibbon.

Ele nunca tinha se encontrado antes pessoalmente com FitzGibbon, portanto não pôde evitar de observá-lo com alguma curiosidade. O líder da Troica era uma figura formidável, apesar de todo o terror que incutia. William sabia que, como advogado, ele obtivera a fama de grande defensor e juiz, e até mesmo a de um juiz justo. Ao assumir seu papel governamental foi que ele se tornou tão perigoso. Estranhamente, aquele pilar da Ascendência tinha realmente nascido de uma família que se convertera à Igreja protestante oficial. Entretanto — talvez por ter vindo de uma família convertida —, ele parecia ter criado um ódio violento por todos os católicos, como também pelos radicais. Do jeito que FitzGibbon se postava agora diante dele, com sua beca acadêmica, bem que poderia ser algum austero governador romano fundido em bronze.

Mas, ao ver William, estendeu a mão.

— Ah, William. — Seu primeiro nome, embora nunca tivessem se encontrado antes. O homem alto nunca sorria. — Seu pai me garantiu que eu podia confiar em você, e vejo, pelo seu rosto honesto, que posso. Temos um trabalho importante a fazer hoje.

— Milorde?

— Quero sua ajuda.

— Entendo — disse William, sem de fato entender.

— Você ainda é jovem. — FitzGibbon falava muito amavelmente. — Mas, hoje, tudo será testado. Hoje será o dia em que você defenderá tudo em que acredita. Eu conto com você. Fez um breve aceno com a cabeça para indicar que a entrevista estava encerrada, e William se retirou.

Ao entrar no grande salão de jantar, William já o encontrou abarrotado. Numa plataforma, na extremidade mais distante, havia uma mesa e duas cadeiras, com um par de tronos, à espera de FitzGibbon e seu colega juiz. Abaixo, na parte principal do salão, a universidade toda estava sentada em bancos, em ordem hierárquica: primeiro, o prefeito e membros do conselho, os lentes, graduandos, novatos, até mesmo os porteiros da universidade. Ele encontrou rapidamente um lugar. Quando estavam todos reunidos, as portas foram fechadas. Todos esperaram. Em seguida, com uma excessiva majestade, FiztGibbon e seu colega juiz entraram e ocuparam seus tronos. Por um momento, ficaram sentados em silêncio; então FitzGibbon levantou-se.

Falou claramente, como um querelante delineando seu caso. Que eles se lembrassem, frisou, de sua posição privilegiada. Eram futuros líderes de seu país. A maioria dos cargos importantes da Irlanda era ocupada por graduados no Trinity College. Privilégio, lembrou-lhes, trazia responsabilidades. E também — um tom de alerta podia ser notado em sua voz — trazia risco. Frequentar o Trinity era abrir um caminho brilhante; ser expulso dele seria destruir toda esperança de uma carreira bem-sucedida. E alguns dos presentes estavam para aprender essa terrível lição. Pois ele sabia, disse-lhes, tinha informações positivas e irrefutáveis de que alguns alunos diante dele haviam flertado com a traição.

Ao dizer isso, seu olhar de advogado percorreu acusadoramente a plateia, como se fosse capaz de enxergar dentro dos segredos de cada coração.

Bem, o que queria que eles fizessem? Ora, apenas a coisa mais simples e mais franca do mundo. Pediria a todos, um por um, que subissem ali. “Para alguns de vocês, talvez eu tenha algumas perguntas, as quais aconselho que respondam honestamente”. Quanto ao resto, ele pediria apenas que fizessem um simples juramento. Sinalizou com a cabeça para o colega juiz, o qual apanhou uma Bíblia, ergueu-a e então colocou-a sobre a mesa. Eles deveriam jurar lealdade à coroa e jurar que forneceriam qualquer informação que lhes fosse pedida sobre seus colegas estudantes. Teria de haver completa sinceridade, declarou. Nenhum homem leal, ele tinha certeza de que todos concordariam, faria qualquer objeção a tal juramento. Novamente, seus olhos varreram o aposento. Pararam um momento, pensou William, sobre ele em particular; e, ao olhar de volta, pareceu-lhe que os olhos do vice-chanceler eram como dois escuros sorvedouros.

Com o prosseguimento do processo, logo ficou claro o que FitzGibbon queria. "Ele pretende nos meter medo", cochichou William para seu vizinho. Cada um dos novatos que chamou, era amplamente sabido, tinha supostamente ligações com os Irlandeses Unidos, e cada qual foi publicamente interrogado.

O primeiro negou tranquilamente ser membro.

— Ora, ora, senhor — exclamou FitzGibbon. — Eu tenho testemunhas. — E fundamentou sua afirmação. — No dia 10 de fevereiro, foi visto entrando numa casa na qual, sabemos disso por uma testemunha que se encontrava presente, realizava-se uma reunião dos Irlandeses Unidos...

A prova condenatória foi recebida com silêncio.

— Irá agora — prosseguiu o vice-chanceler — fazer um juramento para revelar suas atividades e as de seus aliados?

— Não.

— Pode sentar-se, senhor.

Outros foram confrontados de modo semelhante, deram respostas semelhantes. Uma alma corajosa decidiu desafiar FitzGibbon.

— Com que autoridade é feita esta inquisição?

— Com a minha, senhor. Não há uma mais alta nesta universidade.

— O senhor pede que eu traia meus amigos?

— Eu peço, senhor, que não traia seu país.

— Recuso-me a reconhecer esse processo, e recuso-me a fazer o seu juramento.

— Então será expulso, senhor.

Se esses, porém, e dúzia de outros, foram espetáculos apavorantes, houve um deplorável.

Ele era apenas um sujeito baixinho, com cerca de 1,5 metro de altura. Seu nome era Moore. Sua mãe era viúva de um pobre lojista, e para seu filho, portanto, a universidade significava a saída de uma vida humilhante de pobreza. A maioria dos não formados, por serem pessoas de posses, menosprezava esse tipo de aluno, que geralmente tinha de executar trabalhos servis na universidade para custear despesas. Mas muitos sentiam uma leve curiosidade: teria mesmo esse rapaz tímido entrado para os Irlandeses Unidos? Até então ninguém sabia.

Moore, porém, era culpado de outro crime: era católico.

Até cinco anos atrás, ele não teria sido admitido de modo algum no Trinity. Mas, quando o governo britânico, finalmente pressionara as autoridades de

Dublin para fazerem algumas concessões à comunidade católica, FitzGibbon, muito contra sua vontade, aceitara alguns católicos na universidade de Dublin.

O pobre sujeitinho estava diante do alto vice-chanceler. Ele tremia de medo, e quem poderia censurá-lo por isso? Assomando sobre ele, FitzGibbon apanhou a Bíblia, estendeu-a e ordenou que ele fizesse o juramento. William não teria culpado o rapaz, se ele não o fizesse. A coisa era sem sentido. Moore, de qualquer modo, certamente nada tinha de incriminador para confessar a FitzGibbon. Faça o juramento e acabe logo com isso, suplicou ele em voz baixa. Moore, porém, sacudiu a cabeça.

Algo parecido com um sorriso surgiu no rosto de FiztGibbon. Estaria se divertindo? Empurrou a Bíblia na mão direita do rapaz, mas Moore retirou-a e colocou-a nas costas. FitzGibbon examinou-o como um gato examina um camundongo que apanhou. Empurrou a Bíblia para sua mão esquerda. Moore repetiu o gesto anterior, como se o livro sagrado estivesse contaminado. Agora ambas as mãos estavam atrás das costas. Ele estava indefeso. Mas não iria ceder.

Por todo o salão, mesmo entre alguns da Guarda Montada, começava a crescer um sentimento de compaixão pelo bravo sujeitinho.

FitzGibbon ainda o olhava firme, a cabeça levantada para um lado. Então, ele empurrou a Bíblia para seu peito. O rapaz recuou. Novamente. O rapaz recuou ainda mais. Outra vez e outra vez: o vice-chanceler e o pequeno católico percorreram o palco, o homem alto dando estocadas com sua Bíblia, à medida que o rapaz retrocedia diante dele. Finalmente, Moore ficou preso com as costas na parede, e o vice-chanceler ou teria de fazê-lo comer o livro sagrado ou desistir. Alguns da Guarda Montada riam. Mas William não ria. Ele nem mesmo estava com medo. Apenas sentia uma crescente sensação de asco.

— Sente-se, senhor.

FitzGibbon voltou para a mesa e pousou a Bíblia. Então chamou outro nome.

— Sr. Robert Emmet.

Silêncio.

— Sr. Emmet.

Silêncio.

— O Sr. Emmet não está presente? — FitzGibbon não pareceu surpreso. — Temos amplas provas de sua conspiração. — Fez um pausa e olhou para a Bíblia. Uma ideia pareceu lhe ocorrer. Tendo até então lidado apenas com recalcitrantes, estava na hora de chamar alguém cooperativo. Olhou para a plateia.

— O ilustre William Walsh. — Olhou diretamente para William. — Sr. Walsh.

William aproximou-se lentamente da plataforma. Podia sentir sobre si os olhos de toda a universidade, e podia adivinhar o que estavam pensando. Alguns, gente que o conhecia, talvez se perguntassem se, a despeito de sua discrição, ele fora levado por Emmet para a causa revolucionária. Muitos outros supunham que, como filho de lorde Mountwalsh, devia ser ligado às autoridades. Sem dúvida, imaginavam que aquilo fora arranjado de antemão, e que FitzGibbon o chamara para denunciar alguém. William não se apressou, pois, naquele momento, não fazia a menor ideia do que iria dizer.

Entretanto, finalmente ele estava no palco, e FitzGibbon olhava em sua direção, mas sem qualquer aparência ameaçadora. Aliás, quando ele se aproximou, William achou ter percebido, no colega juiz de FitzGibbon, uma leve mas cortês inclinação da cabeça.

— Sr. Walsh. — FitzGibbon pareceu dirigir-se à plateia e não a ele. — O senhor ouviu numerosos membros desta universidade se recusarem a fazer o juramento que lhes foi solicitado. E houve, em cada caso, um motivo pelo qual não o fizeram: a saber, que estão, e pode ser provado que estiveram, envolvidos em atividades traidoras. Mas essas são, se permite a expressão, as maçãs podres do cesto. Há muitos membros desta universidade... até agora a maioria, devo dizer... que são sujeitos sensíveis e leais. Não podem ter um motivo possível para se recusar a fazer um juramento que apenas os obriga a abominar a traição e denunciar traidores, se descobrirem algum em seu meio. Eu agora lhe ofereço as Escrituras, Sr. Walsh, e peço que faça esse simples juramento. — E, com um sorriso, apanhou a Bíblia e a estendeu, de um modo agradável, na direção dele.

E William ainda não sabia o que fazer. Olhou para o livro.

Após um momento, percebendo que ele parecia hesitar, FitzGibbon franziu a testa, mais intrigado do que irritado. Gesticulou com a cabeça para o livro, como se William tivesse se esquecido do que se tratava.

— Coloque a mão sobre o livro — disse baixinho.

William continuava sem se mexer. Estranhamente, não sentia medo. Apenas imaginava o que iria dizer. Por um breve segundo, viu um clarão de perigosa ira no olhar de FitzGibbon. Então soube.

— Não posso fazer o juramento, milorde. — Ele falou calma, mas claramente. Até mesmo os porteiros, sentados lá atrás, deviam tê-lo ouvido.

— Não pode, senhor?

— O juramento, milorde, não é aquele que nenhum cavalheiro poderia fazer.

— Nenhum cavalheiro? — A voz do vice-chanceler erguia-se, em parte por raiva, em parte por pura confusão. — Eu mesmo, senhor, teria orgulho em fazer o juramento — berrou ele.

— Então Vossa Excelência não é um cavalheiro — William ouviu-se declarar.

Houve um arfar por todo o salão. FitzGibbon o encarou, estupefato. Então, batendo o livro na mesa com um estrondo que quase sacudiu as vigas, gritou:

— E você, rapaz, veremos o que será. Infâmia! Infâmia! Sente-se, senhor, pois nunca mais voltará a se sentar novamente nesse lugar.

Naquele dia, quase vinte membros da universidade foram expulsos. Antes de anunciar seus nomes, o vice-chanceler explicou para os alunos reunidos o que significava aquela expulsão. Eles não deveriam supor, disse-lhes, que aos 19 seria negado apenas frequentarem a universidade de Dublin. Seriam enviadas cartas para todos os locais de ensino da Inglaterra e também da Escócia, para garantir que a eles também fosse negado o acesso a esses lugares. Todas as esperanças de uma carreira profissional, portanto, estavam agora encerradas para eles.

As expulsões, que, naturalmente, incluíam a de Robert Emmet, tinham todas sido planejadas antecipadamente, e, na opinião de FitzGibbon, eram necessárias. A estas, porém, foi acrescentado o nome de um inesperado traidor, William Walsh. Para o jovem aristocrata, que tão inesperadamente havia se voltado contra sua classe e que o humilhara tão terrivelmente, o vice-chanceler reservou fúria e veneno particulares. E não mediu as palavras, ao escrever para lorde Mountwalsh naquela noite.

✥

Georgiana mal conseguia acreditar. Retornara a Dublin havia menos de um mês, quando seu neto surgiu à sua porta. Ela soubera da expulsão na noite em que esta acontecera e correra imediatamente para a casa de Hércules; mas tinha encontrado apenas sua nora, que lhe disse que Hércules acabara de receber uma carta de FitzGibbon e partira furioso para o Trinity. Nada havia a fazer, a não ser esperar o dia seguinte, e ela planejara ir novamente no dia seguinte à casa da praça St. Stephen. Mas, antes que pudesse fazer isso,o jovem William surgira à sua porta para lhe dizer que estava sem lar.

Se FitzGibbon ficara furioso, a ira de Hércules ultrapassara todos os limites. Se o vice-chanceler achava que William tinha traído sua classe, Hércules disse ao filho: "Você me traiu." E se FitzGibbon o expulsara do Trinity, Hércules foi ainda mais implacável. "Você não voltará para casa. Ficará sozinho no mundo. Você não é mais meu filho", disse-lhe. De fato, antes de o dia terminar, Hércules havia instruído inclusive o advogado da família para descobrir se havia algum meio de William ser destituído de seu direito à herança do título da família. Até mesmo sua esposa, que amava o filho e esperava ver uma reconciliação, ficou tão chocada quanto o marido, e julgou que seria justificável qualquer pai agir daquela maneira. Quanto ao irmão mais novo de William, disseram-lhe que este tinha cometido um crime tão terrível que não se devia mais falar sobre isso.

Então ele foi morar com Georgiana. Ela recebeu um bilhete de Hércules, pedindo-lhe que mandasse embora o rapaz, pois, explicou, sua bondade mal empregada poderia representar deslealdade para com ele, mas ela o ignorou. De certo modo, ficou feliz em ter William em sua casa. Georgiana adorava seu jeito bondoso e honesto, tão semelhante ao do seu querido marido, e ele se parecia com Fortunatus: era como se tivesse os dois de volta. E podia perceber que o rapaz também a amava. Quanto aos seus sentimentos pelos pais, ele pouco falava, mas, certa vez, revelou:

— Eu amo minha mãe, mas ela só atende a meu pai. — E, de Hércules, ele disse: — Amo meu pai porque ele é meu pai. Mas não gosto realmente dele. — A isso ela nada disse. O que poderia dizer?

Mas o jovem também a amedrontava. O que faria com ele? Na melhor das ocasiões, ainda ficaria indecisa. Mas numa época como aquela? As autoridades haviam atacado, mas claramente achavam que não haviam removido a ameaça. Mais soldados pareciam se reunir em Dublin. Guardas Montadas locais eram formadas em todas as partes da cidade. Na Merrion, alguns dos residentes formavam seu próprio grupo. Nenhum dos idosos fidalgos tinha menos de 60 anos. Na maior parte do tempo, ao patrulharem a praça, pareciam tomar chá ou fazer uso de seus cantis com bebida. Dois deles até mesmo eram carregados por seus zelosos criados em liteiras. Todos, porém, estavam bem armados com espadas ou pistolas de duelo. Mas se isso era um aspecto cômico dos preparativos da cidade, muitas das demais patrulhas militares pareciam muito mais temíveis.

Claramente, se as Guardas Montadas estavam preparadas para a ação, seus oponentes também. Os Irlandeses Unidos podiam ser invisíveis, mas todos sentiam sua presença. A tensão crescia. E o que, no meio de tudo isso, seu neto imprevisível pretendia fazer? Ele insultara FitzGibbon, mas teria sido atraído para os Irlandeses Unidos? Georgiana lhe fez uma pergunta direta.

— Não — disse-lhe ele. — Mas os apoio contra homens como FitzGibbon e meu pai.

— Não deve ir adiante e fazer algo insensato, William. Eu o proíbo — disse-lhe ela. Mas a isso ele não respondeu.

O que ela deveria fazer? Trancá-lo no seu quarto? Não tinha poder para isso. Duas semanas, três semanas se passaram. Ele não causou problema. Mantinha-se em sua companhia. Às vezes, saía — para ver amigos, dizia a ela — e ficava fora muitas horas. Mas Georgiana não tinha ideia do que ele fazia. Na terceira semana de maio, a cidade parecia um acampamento armado antes da batalha. A tensão era insuportável.

Então, certa manhã, algo especial pareceu acontecer. As patrulhas se movimentavam pela cidade com uma nova urgência e um novo propósito. Ao meio-dia, ela soube que um ferreiro fora apanhado no ato da fabricação de lanças. Todo aquele dia e o seguinte, as buscas continuaram. Eles iam de porta em porta. Ela procurava uma desculpa após a outra para evitar que seu neto saísse. Então, como o estrondo de um trovão, veio a notícia.

"Lorde Edward Fitzgerald foi apanhado." Seguiram-se detalhes confusos. Ele estava ferido, na cadeia, moribundo. Assim que soube, o jovem William saiu às pressas de casa. Nada houve que ela pudesse fazer para detê-lo.

Levou alguns dias para surgirem os detalhes. O jovem aristocrata fora traído. Tinha sido apanhado em seu esconderijo nas Liberties; houvera uma briga, e ele tentara se defender. Tiros foram disparados; ele fora gravemente ferido. Enquanto isso, as buscas continuaram. Um esconderijo para provisões fora descoberto no depósito de madeira de Rattigan, em Dirty Lane. "Eles tiraram toda a mobília de dentro de sua casa e queimaram, para lhe dar uma lição", ela soube. Alguém mais fora açoitado. Iriam os revolucionários contra-atacar? Todos os dias, o jovem William passava horas fora, e ela não fazia ideia de onde ele estava. Tentou interrogá-lo, mas ele foi evasivo. Mais dois dias se passaram. O toque de recolher agora estava sendo rigidamente cumprido. Ninguém podia estar nas ruas após nove da noite. Em 23 de maio, William parecia incomumente animado. Saiu no início da noite, mas não voltou. Passou a hora do toque de recolher. Nem sinal dele.

Georgiana caminhava pelo seu quarto. Não havia nada que pudesse fazer, mas não conseguia dormir. Horas se passaram. A meia-noite chegou. Então ouviu os tambores, ali perto. Chamavam as Guardas Montadas às armas na praça St. Stephen.

E por toda a cidade. Estava começando. Logo, houve uma batida na porta, e ela desceu correndo para abri-la. Encontrou ali um dos cavalheiros idosos da patrulha da praça Merrion. Ele carregava um lampião. Um par de pistolas de duelo estava enfiada no cinturão, e ele parecia imensamente satisfeito.

— Feche suas venezianas — berrou. — Está começando. E vai ser uma luta daquelas, pode ter certeza.

— Onde? — gritou pelas costas dele.

— Poderá assistir muito bem de suas janelas de cima — gritou de volta. E, correndo para o mais alto da casa, ela viu pela janela que já irrompiam os incêndios nos contrafortes ao sul.

Ao amanhecer, o mesmo cavalheiro apareceu novamente.

— Eles detiveram os coches da mala postal — disse a ela. Ele parecia encantado. — Há rebeliões por toda a Irlanda. Disso não há dúvida.

Duas horas após o encerramento do toque de recolher, o jovem William apareceu. Não deu qualquer explicação de onde estivera, e ela não quis perguntar. Ele foi para seu quarto, dormir. Meia hora depois, ela estava com Hércules.

— Você precisa aceitá-lo de volta — implorou. — Não posso responder por ele, e não sei que mal pode fazer a si mesmo.

Hércules, porém, estava empedernido.

— É tarde demais — respondeu. — Para mim, ele está morto.

Só então foi que, em desespero, ela recorreu à única pessoa a quem ela achava que o rapaz poderia dar ouvidos.

✣

Brigid hesitara apenas brevemente antes de decidir: ela iria com ele, fossem quais fossem as consequências.

O rapaz, porém, fora uma surpresa.

Quando Georgiana procurara a ajuda de Patrick, Brigid a achara desnecessária; mas Patrick tinha sido compreensível.

— Ela é avó dele, ela o ama, e sente que não pode ajudá-lo. A responsabilidade é de mais para ela. Não a censuro, de modo algum, por ter procurado a minha ajuda. E talvez ela esteja certa. O rapaz provavelmente me dará ouvidos. — Ele concordara em visitá-la naquela tarde.

Seu plano, que não contara a Georgiana, fora um pouco duro e um tanto desonesto, mas necessário.

— Vou levá-lo ao nosso parente Doyle — disse a Brigid. — Então o jogaremos no porão, o qual certamente será trancado. Doyle poderá mantê-lo ali até o assunto acabar, de um modo ou de outro.

Infelizmente, quando Patrick sugerira esse plano, o velho Doyle recusara.

— Ele disse que é muito aborrecimento — informou Patrick. Portanto, iriam fazer justamente o que Georgina queria: levar o rapaz com eles para Wexford.

Ele confessara a ela que haveria riscos. Até mesmo que era um dos Irlandeses Unidos. Isso, porém, não pareceu surpreendê-la.

— Vocês saberão como mantê-lo longe do perigo — dissera. — Podem levá-lo para Mount Walsh. Se forem para Wexford, isso lhes convirá muito bem.

Para Brigid e Patrick, as semanas desde que haviam levado lorde Edward para as Liberties tinham sido tão agitadas quanto perigosas. Reuniões tinham sido combinadas, instruções transmitidas. Toda a estrutura — danificada, mas ainda funcional — dos Irlandeses Unidos fora contatada daquele quarto nu num beco esquálido; e, miraculosamente, ela e Patrick não haviam sido descobertos. No meio de maio, a decisão fora tomada: a rebelião aconteceria no dia 23.

Não que Patrick tivesse sido a favor. "É loucura começar sem os franceses", dissera a ela. Mas, embora de confiança, ele não era um dos que tinham a decisão final, e lorde Edward e alguns dos outros estavam obcecados com a ideia. As engrenagens tinham sido postas em movimento. Por ocasião da captura de lorde Edward, parecia que a insurreição estava destinada a acontecer de qualquer maneira.

O plano era ambicioso — Dublin seria tomada, e toda a Irlanda se rebelaria. A coordenação, porém, ainda estava fraca. A organização do Ulster, após ter sido pulverizada nos meses anteriores, ainda agia separadamente. A interrupção dos coches da mala postal na noite anterior tivera a pretensão de um sinal — quando a correspondência não chegasse a várias cidades, as pessoas saberiam que a revolta havia começado. O coche de Wexford, porém, conseguira passar. Ao amanhecer daquela manhã, ficou combinado que Patrick iria para o sul, no dia seguinte, para que pudesse ver quais grupos por ele formados continuavam em boa ordem.

Levar seu parente para Mount Walsh lhe daria de fato uma excelente desculpa para viajar, e Georgiana prometeu lhe fornecer uma carta naquele dia.

— Se você permanecer em Mount Walsh — disse ela com um olhar de esguelha —, poderá proteger minha casa de seus amigos. Eu lamentaria se a biblioteca que você criou fosse incendiada.

Depois que Georgiana se foi, ele se dirigiu a Brigid.

— Você sabe que eu tenho de ir.

— Eu sei. — Ela sorriu. — Mas eu vou com você. — E, embora ele tivesse argumentado contra, Brigid não se desdisse.

Naquela tarde, Patrick foi ver o jovem William. Assim que lhe explicou o papel que ele e Brigid tiveram junto a lorde Edward, e disse-lhe que queria que o acompanhasse numa importante missão no sul, o rapaz ficou logo ansioso para ir. Todos partiram na manhã seguinte.

Ela não precisava ir com ele. Hesitara em deixar os filhos: antes, para ela, eles sempre vieram em primeiro lugar. Mas passara a melhor parte de sua existência com aquele homem bondoso, idealista e ligeiramente egoísta. Talvez fosse um instinto profundo e primitivo que a tenha incitado, como vinham fazendo as mulheres através das eras, seguindo seus homens na guerra. Mas, fosse qual fosse o motivo, depois de tudo que eles haviam passado recentemente, ela sabia que, por bem ou por mal, aquela era uma ocasião em que precisava estar a seu lado.

— Você não devia cuidar das crianças? — perguntou ele.

— Não — respondeu ela simplesmente —, desta vez estou cuidando de você. — Deixou as crianças sob os cuidados de seu irmão mais rico, na casa dele, na Dame Street.

Foram todos em boas montarias. Apenas uma vez lhes foi feita uma exigência, nos arredores ao sul da cidade. Mas, ao saber que eram membros da família de lorde Mountwalsh indo para proteger a propriedade, o oficial da Guarda Montada deixou-os passar, apenas com um alerta de tomarem cuidado ao longo da estrada. Havia confusão para oeste, informou-lhes, o caminho todo através de Meath até Kildare, e os militares já seguiram em grande número para esses lugares. "Mas tomem cuidado", gritou, "Wicklow e Wexford serão os próximos."

Ao longo do caminho, viram algumas edificações incendiadas, mas poucos indícios de alguma insurreição organizada. Em uma aldeia, foram alegremente informados de que o senhorio havia fugido. Poucos quilômetros adiante, um pequeno grupo da Guarda Montada local informou-lhes orgulhosamente que os rebeldes das vizinhanças tinham sido esmagados. Pegando a estrada montanha acima, eles viram pouca gente e menos sinais de agitação.

Chegaram a Rathconan no final daquela tarde e foram direto para a cabana de Conall, onde encontraram Deirdre, Conall e Finn O'Byrne. Brigid admirou o jeito natural com que Patrick pediu a William que cuidasse dos cavalos, enquanto o resto do grupo entrava na cabana. Assim que estavam no interior e fora do alcance da voz, os homens começaram a conferenciar urgentemente. Conall rapidamente confirmou o que eles suspeitavam. Houvera confusão. Wexford ainda esperava, incerta do que fazer. Na planície costeira abaixo, a rebelião seguia gradativamente em direção sul, paróquia por paróquia.

— Agradeço a Deus por vocês estarem aqui — continuou Conall. — O velho Budge está sozinho na casa grande. Arthur Budge foi para Wicklow, e seu irmão Jonah desceu com seus guardas montados para a costa. Meus companheiros estão todos prontos. Podemos tomar Rathconan num espaço de uma hora. Se fosse por este sujeito — apontou para Finn O'Byrne —, já teríamos feito isso. Mas eu tive de contê-los até ter certeza de que a revolta havia de fato começado.

— Fez bem — confirmou Patrick.

— Mas agora já começou. — Os olhos de Finn brilhavam de empolgação. — Eu terei os homens prontos num minuto. As armas estão todas aqui perto. — Deu um sorriso no qual alegria e malícia estavam perfeitamente combinadas. — Teremos a cabeça do velho Budge numa lança bem a tempo de ele assistir ao pôr do sol. — Assentiu com enorme satisfação. — Esta noite, vamos nos aquecer com o incêndio da casa dele.

Era como se Finn ainda acreditasse que sua família era a legítima herdeira de Rathconan e não podia viver sem a casa.

Patrick, porém, sacudiu a cabeça.

— Não é disso que precisamos. Ainda não. Se a tomarmos, Finn, não seremos capazes de mantê-la. Até mesmo Jonah com seus guardas montados provavelmente o superaria, e sabe Deus que outros reforços o irmão mais velho dele traria contra você. Seria algo sem propósito. Vocês precisam esperar — disse-lhes — pelo levante total. Quando Wexford se insurgir, será a hora de tomar Rathconan e mandar que todas as outras aldeias se rebelem. Enquanto isso — destacou —, se os Budge pensam que o lugar está tranquilo, tanto melhor. Quando a hora chegar, nós os pegaremos de surpresa. Não ajam — instruiu-os — até eu enviar um aviso. — Olhou firmemente para Finn. — Seria uma pena ser morto por nada.

Finn pareceu decepcionado, mas se conteve.

Naquela noite, a família e o jovem William comeram juntos, silenciosamente, e foram dormir ao anoitecer. Ao amanhecer, se foram. Antes de partirem, Brigid teve uma breve mas séria conversa com sua mãe, após a qual Deirdre a beijou. A viagem foi sem incidentes. Chegaram a Mount Walsh à noite.

Era estranho estar de volta à casa grande onde ela fora outrora uma criada. Ainda conhecia algumas das pessoas que trabalhavam ali. Quando o jovem William se retirou para seu quarto, ela e Patrick foram para a biblioteca, onde haviam se conhecido. Acenderam algumas velas e examinaram a coleção.

— Não há peças suficientes — disse ela.

— Há Shakespeare.

— Nenhum Sheridan.

— Tem razão. Quando tudo isso acabar — hesitou apenas por um instante —, retificarei a omissão.

— Faça isso, por favor.

— Minha vida começou aqui, Brigid, quando a conheci.

— A minha também.

Eram 23 horas quando a família finalmente se recolheu. Estavam dormindo apenas levemente, quando foram acordados pelas tochas bruxuleantes lá fora e o som de marteladas na porta principal. Ainda de camisolão, Patrick desceu correndo a escada com Brigid atrás dele. O jovem William e vários criados também já se reuniam no saguão. Do lado de fora, veio uma voz.

— Saiam, ou incendiaremos.

— O que desejam? — gritou Patrick.

— Incendiar a casa do infame lorde Mountwalsh — gritou a voz de volta. — Não serão afetados se saírem.

Patrick disse-lhes que esperassem, então virou-se para um dos criados.

— Abra a porta — disse. — Vou falar com eles.

Não demorou muito para convencê-los do contrário. Eram Irlandeses Unidos, cerca de cinquenta. Não eram da localidade, e tinham vindo de quilômetros de distância. A caminho da grande reunião de tropas do dia seguinte, pensaram em fazer um desvio e queimar a casa que julgavam pertencer ao odiado Hércules.

— Não é dele — disse-lhes. — Pertence à sua mãe, que é uma Patriota. Foi ela quem me mandou para cá. — E lhes fez um rápido relato de quem era e do motivo de sua viagem. Não foi difícil para ele provar o que dizia. — A casa pertence à nossa causa — explicou. — Não deve ser tocada.

O líder do grupo não pareceu inteiramente satisfeito. A julgar pelo seu sotaque, ele era do Ulster.

— Meu nome é Law — disse ele — e também não morro de amores por essa senhora. Mas faremos o que pede.

Patrick expressou uma certa surpresa em encontrar um homem do Ulster em Wexford.

— Há vários de nós chegando — disse-lhe Law. — No meu caso, desci aqui para uma mudança de ares, após ter sido açoitado.

Patrick perguntou-lhe sobre a distribuição das forças.

— Wexford começou tarde — explicou Law. — Não houve problemas de recrutamento. Alguns da pequena nobreza local são como lorde Mountwalsh, e até mesmo abriram lojas Orange. Até mesmo os protestantes moderados os odeiam. Mas eles têm um bom efetivo na costa em volta de Arklow. Já prenderam algumas pessoas ao sul de Wicklow e ao norte de Wexford. Isso nos atrasou um ou dois dias. Mas tínhamos companhias inteiras de homens de saída esta tarde. Algumas disseram que foram cortar turfa. Ao anoitecer, estavam todos equipados com armas. Esta noite, toda a Wexford está se rebelando.

— E que forças se opõem a nós?

— Na cidade de Wexford há uma guarnição de 2 mil homens, com artilharia. Existe outra guarnição mais adiante, protegendo o porto de Waterford, para o caso de os franceses chegarem. Mas, fora isso, e uma guarnição da Guarda Montada em Enniscorthy, há apenas pequenas guarnições em lugares menores. Podemos liquidá-las facilmente. Você deve vir conosco para a grande reunião de forças — acrescentou. — Poderá conhecer todos os comandantes.

Tendo em vista que era exatamente isso que Patrick queria, ele agradeceu de imediato.

— Descanse aqui algumas horas com seus homens — sugeriu ele —, e poderemos ir juntos, ao amanhecer.

Law concordou, e Patrick retirou-se com Brigid, para dormirem um pouco.

Brigid, porém, não dormiu, mas ficou velando-o até surgir a primeira luz da alvorada.

Ao amanhecer, antes de partir, Patrick transmitiu suas ordens ao jovem William.

— Espere aqui e fique de prontidão à espera de uma mensagem minha — instruiu-o. — Há muitas coisas que preciso que você faça. Enquanto isso, deve proteger Brigid. — Para Brigid, ele cochichou: — Mantenha-o aqui a qualquer custo, e cuide para que ele não se machuque.

Brigid gostava da paz da casa grande. A imensa quietude da zona rural era como um eco silencioso de sua infância em Rathconan. Porém, por mais reconfortante que isso fosse, ela não conseguia fugir da crescente aflição que sentia por causa de Patrick. E tentava ocupar a mente com outras coisas.

Passava grande parte do tempo com o jovem William. Foi prazeroso para ela que ele tivesse se interessado pela biblioteca. "Embora seja incerto se meu pai me deixará desfrutar o meu patrimônio", comentou tristemente. Ele se sentia feliz, às noites, em se revezar com ela na leitura em voz alta de um livro. Mais difícil era a tarefa de mantê-lo ali. Nos dois primeiros dias, ele saiu para se exercitar num passeio a cavalo. Mas, no terceiro, ficou ansioso para se juntar aos rebeldes de Wexford. "Se Patrick mandou que esperasse", lembrou-lhe ela, "pode estar certo que foi por um bom motivo. Ele tem você em alta conta, portanto, não vá decepcioná-lo agora." De má vontade, ele concordou; mas ela não tinha certeza de por quanto tempo conseguiria mantê-lo refreado. Embora não se interessasse pela classe à qual ele pertencia, Brigid não conseguia evitar gostar dele mesmo assim.

O tempo estava seco. Brigid passava grande parte do tempo do lado de fora, geralmente no jardim murado de Georgiana, que ela achava um agradável refúgio. Às vezes, ela e o jovem William caminhavam pelo terreno em volta da casa. Ela tinha passado a amar as largas e clássicas ruas de Dublin, mas a maciça estrutura palladiana de Mount Walsh, tão grandiosamente inflexível, parecia, aos seus olhos, um estranho fora de propósito naquela suave e delicada paisagem. Ao pensar na gente pobre com quem crescera em Rathconan, Brigid pôde muito bem entender por que as pessoas queriam destruí-la com um incêndio. Mas não disse isso a William.

Na noite do quinto dia, graças a Deus, Patrick retornou.

Chegou com seu amigo Kelly, o proprietário de terras vizinho. Ambos pareciam contentes consigo mesmos, como uma dupla de meninos.

— Você não vai acreditar como tudo saiu bem — disse Patrick.

O progresso dos Irlandeses Unidos fora espantoso. Na própria tarde do comício, foram atacados por uma força trazida de Munster, a Milícia de North Cork.

— E nós os vimos dar o fora — bradou Kelly triunfantemente. Milhares deles haviam varrido as aldeias locais, e as pequenas guarnições que havia por lá tinham fugido. Uma delas, em pânico, deixara um enorme esconderijo com armas.

— Não conseguimos acreditar — explicou Patrick. — Tinham deixado de presente para nós oitocentas carabinas e carregamentos de munição. — No dia seguinte, sem artilharia, a guarnição de Enniscorthy se rendera. Mais contingentes rebeldes haviam chegado. — Acampamos todos em Vinegar Hill, fora da cidade — prosseguiu Patrick. — É um lugar agradável. — O mais extraordinário golpe de sorte, porém, veio no dia seguinte, quando um destacamento militar, tolamente, se deixara emboscar e entregara seus canhões. Agora, os rebeldes eram não apenas uma imensa horda, com armas de fogo e lanças, mas também dispunham de artilharia pesada. Ao se defrontar com isso, até mesmo o comandante em Wexford, a única verdadeira guarnição da região, tinha entrado em pânico e recuado.

— A partir de hoje — informou-lhes Patrick —, Wexford servirá de modelo para a nova Irlanda Unida. Temos um Senado com oito governadores, quatro católicos, quatro protestantes. Similarmente, temos comandantes católicos e protestantes, com cerca de 10 mil homens armados. — Sorriu. — Antes de deixar Wexford, enviei uma mensagem para Rathconan, para avisá-los... está na hora da revolta.

Não havia muito tempo. Finn O'Byrne olhou para o céu. A tarde se esgotava. A mensagem de Patrick chegara na noite anterior. Conall estava fora desde a alvorada, viajando em volta da área para transmitir a notícia. A revolta ocorreria no meio daquela noite. Seguindo as instruções de Connall, ele já organizara os homens para apanharem as armas em seus esconderijos, assim que a noite caísse. O sinal seria dado em algum momento após a meia-noite. Então eles atacariam.

O alvo seria a casa. O velho Budge estaria lá dentro, é claro. Ele seria feito prisioneiro e encarcerado. Finn fora pessoalmente contra isso.

— Vamos matá-lo — berrou. Mas Conall apenas sacudiu a cabeça.

— Você é muito sedento de sangue, Finn. De qualquer modo, ele pode valer muito mais como refém. — As pessoas que trabalhavam na casa não tinham sido informadas, mas como eram todas gente do local, ninguém esperava problemas, e apenas mandaram que se retirassem. Mais problemática era a questão dos dois filhos do senhorio. Se qualquer um deles estivesse lá, certamente reagiria.

— Vamos capturá-los, se pudermos, mas os mataremos, se for preciso — dissera-lhes Conall.

Jonah Budge e sua Guarda Montada tinham sido vistos pela última vez a cerca de 15 quilômetros de distância. Seu irmão Arthur estava em Wicklow. Naquela manhã, porém, ao ver o velho Budge na porta de casa, Finn perguntara pelo seu filho mais velho, e ele respondera: "Estará aqui à tarde." Foi uma informação que Finn guardou para si mesmo.

Pois ele precisara decidir. E estivera pensando melhor.

Finn O'Byrne passara toda a sua vida à espera dessa revolta. Durante meses, saboreara a ideia. Às vezes podia quase sentir o seu gosto. Uma semana antes, ficara furioso, quando Patrick mandara que esperasse.

A ideia de ver todos os Budge mortos — todos os protestantes, aliás — era realmente agradável. Conall disse que havia bons protestantes nos Irlandeses Unidos. Mas o que Conall sabia?

Fossem quais fossem seus sentimentos, porém, ele não era idiota, disse a si mesmo. Havia coisas, coisas importantes, a serem consideradas sobre a presente situação. Coisas para fazer um homem hesitar.

Os homens em Wexford podiam ter obtido um grande sucesso. Mas possivelmente não se deram conta de que, alhures, a revolta não fora tão bem.

Dublin era mantida pelo governo sob um controle firme. A despeito dos esforços de lorde Edward, suas forças espalhadas não se aprontaram realmente. Munster e Connacht não haviam se rebelado. As revoltas em Meath e Kildare tinham sido contidas, e agora quase malogradas, após grandes derrotas nos antigos sítios de Tara e o Curragh. Havia agora sinais de uma insurreição presbiteriana no Ulster oriental, mas isso seria o bastante para derrubar Dublin? Os homens em Wexford tiveram sorte, porém estavam mais isolados do que imaginavam. E, mesmo se Wicklow se juntasse a eles, a perspectiva era desanimadora.

A não ser que os franceses viessem. Isso poderia mudar tudo. Mas os franceses não tinham vindo, e quem poderia dizer quando viriam?

Tomariam Rathconan, pensou ele, e lugares semelhantes, e, três semanas depois, todos seriam açoitados ou acorrentados. Ele podia ver claramente. Em Rathconan, Conall seria escolhido como líder, é claro. Mas a pessoa imediatamente após Conall certamente seria ele. Era uma ideia apavorante.

Bem, agora ele tinha tomado sua decisão. Era a única coisa lógica a fazer. Mas precisava ser feita com todo o cuidado, e não havia muito tempo.

Ele poderia ir ao velho Budge, claro. Essa podia parecer a maneira mais simples. Mas acarretava riscos. Ele seria visto, era quase certo. Não tinha certeza de como o senhorio reagiria. O velho talvez nem fugisse. O alarme não soaria. Ele podia ver a coisa toda explodindo em sua cara.

Ou poderia partir. Ir ele mesmo a Wicklow. Talvez tarde demais para adiantar muita coisa. E saberiam que ele os traíra. Seria um homem marcado. Uma faca em suas costas, mais cedo ou mais tarde. Ou pior.

Não. Só havia uma maneira boa de fazer isso.

Começou a descer a trilha que levava ao vale abaixo. Ali havia um esconderijo de armas a uma curta distância. Uma boa desculpa para ir naquela direção, no caso de alguém vê-lo. Mas não foi visto. Havia uma moita de árvores numa curva da trilha, e ele se escondeu num barranco alto, com a trilha abaixo dele. Então esperou.

Uma hora se passou. E mais outra. Se Arthur Budge não viesse logo, seu plano fracassaria. O pai dele poderia ter se enganando ou o sujeito mudara de ideia. Talvez ele não viesse. Ou, e se alguém já tivesse traído a rebelião? E se ambos os filhos de Budge estivessem subindo a trilha com duas dúzias da Guarda Montada naquele mesmo minuto? Então um aviso não teria qualquer utilidade. Seria tarde demais. Eles o tomariam por rebelde. Meu Deus, ele já podia sentir a corda em volta de seu pescoço. Começou a suar frio. Talvez devesse arriscar e correr de volta para o velho. Na agonia da indecisão, deixou que se passasse mais meia hora.

Então surgiu a solitária figura de Arthur Budge, abaixo dele, cavalgando trilha acima. Ele desceu o barranco aos trancos.

— Excelência. Não deve ser visto... — Bastaram algumas frases para ele explicar. Budge o encarava com um olhar furioso. Mas ouvia.

— Quem é o líder?

— Conall Smith. Ele agora está incitando metade da região.

— Você disse meia-noite?

— Ou logo depois. Excelência, agora que lhe contei, precisa me prender também. Se eles souberem que fui eu quem o alertou, sou um homem morto.

Arthur Budge resmungou.

— Eu penso — continuou Finn — que foi melhor eu não ter contado a seu pai, pois ele podia deixar escapar alguma coisa e botar tudo a perder.

— Por que não me contou antes?

— Só foi decidido esta manhã — respondeu Finn, com toda a sinceridade.

Budge assentiu bruscamente, girou seu cavalo e se foi.

Finn foi até o esconderijo de armas e inspecionou as lanças. Rearrumou-as e voltou a cobri-las.

Conall iria balançar. Eles certamente o enforcarão. Ele receberá o serviço completo, e primeiro o cortarão todo, isso é bem provável. É o que fazem com traidores.

O homem era como o pai dele. Arrogante. Com todo aquele saber, os Smith sempre pensaram que eram melhores que os Brennan e os O'Byrne. Até mesmo sua voz calma, sua risada suave tinham algo de condescendente. Pois bem, ele não será tão condescendente na ponta de uma corda.

E, agora, onde estava o sabichão?, pensou, enquanto voltava para Rathconan.

Rathconan estava tranquila naquela noite. Logo após escurecer, como planejado, 15 homens saíram furtiva e silenciosamente e, sob a orientação de Finn, apanharam lanças em seus diferentes esconderijos. Dois outros deles permaneceram intocados. Conforme combinado, esperaram em suas casas até meia-noite. Um pouco depois, surgiu uma batida de leve na porta da cabana de Finn, e ele saiu. Juntamente com Conall, foram a sete outras cabanas, recolhendo homens em cada uma delas.

Dois dos homens carregavam lampiões, cobertos, para não fornecer qualquer luz até ser necessário.

Silenciosamente, seguiram para a casa-grande. Não haveria qualquer tentativa contra a pesada porta de carvalho, que o próprio Connall fabricara. Eles quebrariam uma das vidraças. Faria algum ruído, mas não importava. Os homens que a invadiriam conheciam cada polegada da casa e onde cada ocupante estaria dormindo.

Grandes faixas de nuvens atravessaram as estrelas, obscurecendo o prateado da lua. A noite estava escura. Não se ouvia qualquer som quando pararam diante da casa.

Então, de repente, havia tochas e lampiões atrás deles. Figuras assomaram das trevas. A porta e as janelas da frente se abriram repentinamente com um estrondo e um retinido, e, na súbita luz de lampião, viram canos de mosquetes apontados para eles.

— Parados. Um movimento, e atiramos. — A voz de Jonah Budge, ríspida e peremptória.

Então a voz de seu irmão Arthur, vinda do vão da porta.

— Estão todos presos. Conall Smith, venha para a frente.

Foram todos mantidos no interior da casa até o amanhecer. Logo depois disso, algemados e acorrentados, eles marcharam pela longa trilha abaixo em direção a Wicklow.

Ao deixarem Rathconan, Finn O'Byrne viu a figura de Deirdre parada à margem do caminho. Ela estivera olhando miseravelmente para Conall, mas agora Finn se deu conta de que seus olhos estavam sobre ele. Ela o olhava fixamente.

Deirdre adivinhara. Ele viu isso em seus olhos. Um olhar terrível. Finn virou o rosto. Como ela soubera, ele não fazia ideia. Ela podia não ter visto. Devia ser instinto. Mas ela sabia.

Apesar de alegre por causa de suas façanhas, Patrick parecia cansado, um dia após seu retorno. Brigid não estava preocupada.

— De qualquer maneira, não há nada para você fazer — ressaltou ela. — Fez tudo que pôde.

Revelou-se bastante fácil ocupar o jovem William. Um dia, foi mandado para ver Kelly, na propriedade vizinha. Também podia ser mandado à cidade de Wexford para obter as notícias mais recentes, sem muito perigo. E Brigid tinha

Patrick para si. O tempo estava seco e quente. A primavera tornava-se um início de verão. Por vários dias, desfrutaram a enorme mansão e seu entorno como um casal de jovens namorados.

Foi no fim da primeira semana de junho que William retornou da cidade de Wexford com a má notícia.

Talvez não fosse surpreendente que, após o fácil sucesso inicial, os rebeldes tivessem ficado um pouco confiantes demais. Na cidade de New Ross, guardada por uma modesta mas bem treinada guarnição de soldados do governo, eles foram fragorosamente derrotados e postos em fuga. Na confusão, haviam perdido 2 mil homens. De certo modo, ainda pior, na opinião de Patrick, fora o que se seguira. Durante a retirada, uma companhia de rebeldes fizera justiça com as próprias mãos, arrebanhando duzentas pessoas, a quem tomaram por protestantes legalistas, queimando-as vivas numa igreja de uma aldeia chamada Scullabogue.

— Católicos queimando protestantes! É como se tivéssemos voltado à época de Cromwell — clamou Patrick, angustiado. — Isso é tudo a que somos contrários.

Havia, porém, mais notícias, desta vez do norte. Ele ficou angustiado ao saber que, em Dublin, lorde Edward morrera na cadeia. Mas, ao saber que a rebelião em Rathconan havia sido traída e que Conall seria julgado por traição, ele enterrou o rosto nas mãos.

— A culpa é minha — gemeu. Ergueu a vista miseravelmente para Brigid. — Eu destruí o seu pai. — Embora estivesse cheia de pesar, ela tentou confortá-lo e frisar que o próprio Conall escolhera aquele caminho para si; ele a ouviu, mas a dor em seu rosto permaneceu.

Ela não ficou surpresa, quando, no dia seguinte, ele contraiu uma febre.

Para Brigid, parte da dificuldade era que não havia nada que eles pudessem fazer. Ela sabia que ele teria gostado de subirem juntos para Rathconan, mas, com a Guarda Montada percorrendo aquela área, e a probabilidade de seu envolvimento com os Irlandeses Unidos já ser conhecida agora, isso estava fora de questão. Nem havia nada que ele pudesse fazer em relação aos desastres que haviam ocorrido no sul. Essa sensação de frustração e impotência, Brigid tinha certeza, contribuiu para piorar seu estado, tanto que, no terceiro dia de febre, ela ficou apavorada com ele. O jovem William foi maravilhoso. Não fez exigências e deu a ela todo o apoio possível. Após alguns dias, Patrick parecia melhor mas ainda muito fraco. Ela deixou que William saísse novamente atrás de notícias, e soube que outro setor das forças dos Irlandeses Unidos tentava seguir caminho em direção ao norte, costa acima, comandada pelo padre Murphy, um sacerdote que, a despeito da desaprovação da Igreja, tomava parte na rebelião.

O tempo continuava seco. Estranhamente para aquela época do ano, parte da grama parecia bem ressecada.

Uma semana se passou. Ela incentivava Patrick a passar algum tempo ao sol, e agora ele estava mais forte, quase de volta ao que era antes. As notícias, porém, continuavam ruins. O padre Murphy fora morto. Os Irlandeses Unidos estavam sob pressão na fronteira de Wicklow. Uma grande força militar, diziam, vinha de Dublin.

Era um dia de chuva, o primeiro em semanas, quando Kelly chegou cavalgando até a porta. Tentava parecer animado, mas ela podia ver que ele estava perturbado.

— Ele está melhor? — perguntou a Brigid. — Pode viajar?

— Por quê?

— O exército do governo está avançando do norte. Todo mundo está recuando. É melhor ele ir embora. Eles sabem quem ele é. Se o encontrarem aqui...

— Para onde ele poderia ir?

— Ele pode vir comigo. Ainda há uma força enorme em Wexford. Lá, ele estaria bem seguro. — Sorriu. — Não se preocupe, Brigid, eu o colocarei em um barco, em Wexford, e o mandarei para a França.

— Não me preocuparei — disse ela —, porque eu irei também.

Mas com isso, assim que apareceu, Patrick recusou-se a concordar.

— Você agora tem filhos em quem pensar — disse-lhe. — Não está envolvida na rebelião. É a mim que eles vão querer. E certamente você estará mais segura aqui do que em qualquer outro lugar. — Virou-se para o jovem William. — Conto com você para protegê-la. Vai me prometer isso?

Nessa estratégia, ele tinha o forte apoio de Kelly.

— Desde que não encontrem Patrick aqui — disse ele —, ficarão satisfeitos. — Dirigiu-se a William: — A briga com seu pai pode ou não ser conhecida, mas bastará você dizer que é filho de lorde Mountwalsh e que aqui não há rebeldes, que eles não ousarão causar problemas a este lugar.

Ela sabia que ele estava certo. Era a única maneira. Fitou Patrick por um longo momento e disse:

— Vou ajudá-lo a se preparar.

Dez minutos depois, ele estava pronto.

Pararam na porta. Seu cavalo estava sendo trazido do estábulo. A chuva caía, obscurecendo tudo mais além da larga extensão de capim diante da casa, caindo silenciosamente como um véu. Ela mal conseguia acreditar como tudo acontecera tão de repente.

— Eu estarei bastante seguro — disse ele e, virando-se novamente para William: — Você prometeu.

— Esperarei uma notícia sua. — Ela ficou na ponta dos pés, beijou-o na face, sentindo a chuva em seu rosto, e cochichou em seu ouvido: — Obrigada pela minha vida.

Ele fingiu não entender.

— Você verá as crianças antes de mim, talvez. Transmita-lhes toda a minha ternura.

Então William deu-lhe uma perna de apoio para ajudá-lo a montar, e, girando o cavalo, ele cavalgou ao lado de Kelly sem olhar para trás.

Brigid não se mexeu durante algum tempo, mas ficou encarando a pálida, inexpressiva mortalha de chuva, caindo quase silenciosamente — como uma cortina, parecia a ela, ao final de uma peça.

✣

Noite. Era quase o solstício de verão. Abaixo ficava a pequena cidade de Enniscorthy, com as janelas fechadas, mas vigilante, onde os Irlandeses Unidos estavam acampados às centenas. Certamente o suficiente para defender o local. O exército principal, porém, subira para as agradáveis encostas de Vinegar Hill.

Tinha sido ideia de Kelly.

— Vamos subir a colina, Patrick — dissera. — Segurança estatística.

E Patrick ficou contente. A noite de verão era quente e clara. Acima de sua cabeça, cintilava uma coroa de estrelas: brilhantes, eternas por algumas horas, até chegar a alvorada e varrer todas elas.

Era um bom lugar para resistir. À medida que o general Lake e seu exército pressionaram a partir do sul, os destacamentos avançados dos Unidos haviam cedido terreno; mas, em Enniscorthy, os ingleses enfrentariam uma força bem maior, com quase 20 mil homens decididos, com carabinas e artilharia. "Nós os superaremos em número, de dois para um", destacara Kelly. "O terreno também está a nosso favor." Pois Vinegar Hill era uma excelente posição defensiva. De cada lado, os ingleses seriam forçados a escalar encostas íngremes para alcançar as forças dos Irlandeses Unidos entrincheiradas acima. Tinha sido num outeiro semelhante, um mês atrás, e mesmo antes de terem tido as armas de fogo, que os homens dos Irlandeses Unidos haviam expulsado a bem treinada Milícia de North Cork. Com alguma confiança, portanto, eles esperaram durante a noite.

Patrick estava feliz. Fora para ali por escolha própria. Poderia ter viajado para Wexford e conseguido um navio, ou mesmo subido as montanhas, vários quilômetros distante para se esconder. Mas, tendo estado ausente de todos os reveses das últimas três semanas, ter-se-ia sentido culpado se tivesse desertado agora seus companheiros. E que bons sujeitos eles eram, a maioria deles. Sentiu uma onda de afeição por Kelly e por todos os milhares de rostos invisíveis que havia na colina. Sentiu até mesmo afeição pelo inimigo. Afinal, eles eram companheiros seres humanos. Lamentou que tantos provavelmente fossem perder a vida durante o dia que viria. Era uma triste necessidade que sangue fosse derramado e sacrifícios fossem feitos para a criação de uma nova ordem na Irlanda.

Ele não tinha dúvidas de que uma nova Irlanda estava surgindo. Não por causa da atual rebelião, cujo resultado ainda era duvidoso, mas porque, havia muito tempo, a coisa era inevitável. Por todo o mundo, as velhas tiranias estavam sendo colocadas de lado: os tiranos de obsoleta autoridade sobre o corpo e a mente. Na América, na França, os homens eram livres para escolher seus governos, fazer suas próprias leis, e cultuar ou não cultuar, como preferissem. O reino de oprimido e opressor, de católicos e protestantes, passaria finalmente. A era da razão havia chegado, e agora, certamente, seriam necessários apenas um ou dois chutes, e as velhas e podres estruturas do passado desabariam por iniciativa própria. Ele sentia-se agradecido por ter tido a chance de fazer parte do nascimento desse mundo novo e melhor.

Um mundo melhor para seus filhos. Pensou neles com afeição. Fazia quase um mês que os vira pela última vez. Como desejou que lhe fosse possível ter asas para voar através da noite e passar uma ou duas horas com eles, para confortá-los. Também pensou em Brigid. Quando tudo isso acabasse, o mundo estaria mudado. E novamente, porém com mais insistência, ele a pediria em casamento, e talvez agora ela concordasse.

Como tudo parecia estranho, pensou ele, lá em cima. Era como se, depois que a noite jogasse sobre a colina seu manto de luz laranja, este magicamente a afastasse para algum lugar além do tempo; e aquela enorme multidão de milhares se transformaria em alguma antiga reunião irlandesa, esperando para saudar a leste o nascer do sol do solstício de verão.

O general Lake não esperou até o amanhecer. Ele era um homem brutal. Na primavera, havia enforcado e açoitado pelo seu caminho através do Ulster para quebrar o espírito dos rebeldes de lá. Mas era um general competente. E, diante de um exército que superava o seu em número, defendendo uma colina redonda, ele fez o que qualquer bom general faria. Tirou vantagem de seu poderio militar.

Colando cuidadosamente seus canhões o mais próximo possível da colina, não esperou a alvorada, nem mesmo pela primeira insinuação de luz no céu oriental. O número de defensores na colina, na verdade, agiu contra si mesmo, pois eles estavam tão densamente espalhados pelo chão, que não foi necessária uma pontaria particularmente precisa. Ele encheu seus canhões com projéteis e com metralha, e então, com um estrondo e um clarão, deixou que rasgassem a noite.

— Eu os farei em pedaços no escuro — declarou.

A seu lado, Kelly ficou tão alarmado quanto Patrick com o bombardeio. Enquanto aos projéteis de canhão assobiavam acima de suas cabeças, e negros chuviscos de detritos irrompiam do solo para o céu escuro, eles ouviam gritos por todos os lados.

Será que ele pretende mesmo avançar colina acima na escuridão?, ficou imaginando.

O general Lake, porém, não tinha essa intenção. Não se moveu uma polegada, mas deixou que suas feras, os canhões, fizessem o trabalho por ele. Martelaram a colina na escuridão; martelaram durante a primeira luz do dia; rugiram diante do sol nascente; e sua rude lógica, que nada sabia de liberdade, de eras antigas ou do porvir, retalhou e trinchou e dissecou Vinegar Hill até suas verdes laterais ficarem salpicadas e escorrendo sangue.

A artilharia inglesa também tinha outro truque. Patrick o presenciou, quando um projétil caiu a cerca de 5 metros de distância, quicou e foi parar perto de um grupo de lanceiros, que o olharam com desgosto. Então, de repente, eles não estavam mais ali, transformados em um clarão e um irromper de corpos, quando o projétil, com seu novo estopim de retardo, explodiu. Os irlandeses nunca tinham visto antes projéteis com estopim de retardo. Em pouco tempo, havia turbilhões de pânico nos declives, enquanto homens tentavam se arremessar confusamente para longe dos projéteis quando estes pousavam

Havia uma única coisa a fazer. Uma imensa investida começou, para varrer os ingleses de suas posições. O próprio peso de seu número conseguiria isso. Patrick e Kelly foram na direção da retaguarda do ataque, ambos com pistolas e espadas sacadas, atrás de uma linha de lanceiros. Mas não chegaram à base da colina. O fogo inimigo era tão devastador que forçou a submissão da investida, que recuou para as encostas acima. Ao recuarem, Patrick viu, para seu horror, que os ingleses se utilizavam da confusão para mover os canhões para diante. Descarregou a pistola na direção deles, mas não viu ninguém tombar.

Pouco depois, tentaram uma outra investida, mas o resultado foi o mesmo.

Embaixo, em Enniscorthy, soldados ingleses tentavam tomar a ponte que levava para a cidade, pela qual supunham que os irlandeses poderiam tentar escapar. Mas, pelo menos na cidade, os homens dos Irlandeses Unidos estavam tendo mais sorte, e parecia que os britânicos recuavam, derrotados.

O tempo passou. E os bombardeios ainda continuavam. O calor era terrível. Somente então Patrick se deu conta de que, enquanto os canhões continuavam a rugir, ele não mais os ouvia. Uma estranha espécie de silêncio e irrealidade parecia ter baixado sobre o dia. Olhando em volta, imaginou quantos mais do exército na colina haviam sobrado. Metade deles? Supôs que sim. Todos, porém, pareciam se movimentar mais lentamente, como se tivessem todo o tempo do mundo. Por falar nisso, que horas eram? Ele também não sabia. O sol estava alto.

Algo novo acontecia agora. Kelly gritava algo para ele. Ele escorvava sua pistola. Os ingleses estavam vindo. Vinham pelo outro lado da colina. Estaria pronto para eles. Assentiu e segurou firmemente a pistola, mirando colina acima. Com certeza, estaria pronto para eles.

Ouviu um silvo e um grito. Sentiu a mão de Kelly agarrá-lo sem cerimônia pela gola, tentando puxá-lo dali para afastá-lo. Ele cambaleou, então viu um clarão, e se descobriu deitado no solo. Pestanejou. À sua esquerda, um grupo de homens estrebuchava no chão. Kelly estava do outro lado à sua direita. Sentado numa posição estranha, como se tentasse ler um livro bem ao lado de seu peito. Mas havia um vazio onde deveria estar a lateral de sua cabeça. Ele olhava fixo. Kelly estava morto. Ele mesmo não se sentia tão mal. Mas, quando começou a se levantar, a perna esquerda não parecia se movimentar de modo apropriado. Era estranho. Baixou a mão, franziu a testa. Sentiu algo molhado. Olhou para baixo e viu que havia uma grande e profunda ferida em um lado de sua perna, com sangue escorrendo dela e um pedaço de metal espetado. Não sentia muita dor. Teria de cuidar logo daquilo, supôs, mas havia outras coisas para fazer antes.

Olhou colina acima, e ali, em silhueta contra o horizonte, estava a linha dos soldados ingleses, avançando. Diante deles, alguns bravos sujeitos mantinham suas posições, e outros fugiam. Colocou a pistola à frente e tentou mantê-la firme. Agora ele ia atirar neles. Desta vez, abateria alguém.

✣

Jonah Budge não queria perder aquela batalha. Ele e uma dúzia da sua Guarda Montada tinham se juntado às forças de Lake quando estas vieram para o sul. O resto de seus homens ele deixara sob as ordens do seu segundo em comando, um bem-sucedido comerciante de Wicklow em quem podia confiar.

Naquele dia, ele aprendera uma valiosa lição, e fora o primeiro a admitir. Ao percorrer as aldeias das montanhas de Wicklow, após a ocorrência em Rathconan, ele obtivera a fama de rapidez da qual muito se orgulhava. Se visse um grupo de homens se preparando para lhe dar combate, ou incendiar um celeiro — e houvera um pequeno número desses casos —, invariavelmente arremetia para o objetivo em questão. Sua velocidade e agressão sempre venciam uma batalha, e por duas vezes ele salvara alguns infelizes protestantes de serem assassinados ou queimados vivos.

— Esses papistas normalmente debandam, se caímos rapidamente sobre eles — disse a seus homens. Pois, o que quer que pudessem dizer outras pessoas, era suficientemente claro para ele o que significava aquele negócio. Os papistas tentavam se rebelar e usar seus velhos truques.

— É só lhes dar alguma chance, e eles repetirão novamente todos os massacres de 1641 — dizia. Cabia aos protestantes decentes iguais a eles mesmos esmagá-los. — Esmaguem os *croppies* — bradava. E, embora usasse o termo abusivo em relação aos revolucionários modernos, o que ele queria dizer na verdade, e que seus homens claramente entendiam, era: "Esmaguem os papistas." Rapidez era o negócio. Tratem-nos como animais.

Mas Lake, embora fosse o que era, agia com mais prudência. Jonah Budge teria subido a colina e os atacado ao alvorecer, mas Lake havia se refreado, e se refreado novamente, esgotando-os, exaurindo-os com sua artilharia, como se eles fossem uma fortificação murada a ser reduzida a entulho.

— Eles são um exército e debandarão como um exército — prevenira. — Se atacarmos cedo demais, eu perderei metade dos meus homens. — E, era preciso ser dito, os *croppies* na cidade tinham se saído bem e causado um certo dano ao contingente de soldados treinados. Lake sabia o que fazia e, portanto, tinha de ser respeitado por isso. Se, por um lado, os pobres-diabos na colina tinham sido feitos em pedaços, Lake praticamente não havia perdido homem nenhum.

Mas agora, finalmente, Budge pensou, posso fazer as coisas a meu modo. Ao marcharem colina acima, os exaustos *croppies* ofereceram um duro combate. Alguns dos soldados descansados do governo estavam caindo. Mas os *croppies* não conseguiam contê-los. Estavam recuando.

Ao chegar ao topo da colina, ele viu, irritado, que existia uma falha no plano de batalha de Lake. Havia na base um espaço vazio nas linhas inglesas, onde um dos comandantes fracassara em instruir sua posição. Os *croppies* também sabiam disso. Houve um duro combate no cume, mas, assim que os soldados ingleses conseguiram se reunir para descer a encosta em formação, os *croppies* começaram a debandar e a fugir. Eles seguiam para o espaço vazio. Alguns esquadrões de cavalaria tencionavam cortar seu caminho, mas para Budge parecia que alguns poderiam escapar. Seu trabalho, porém, era simples. Lidar com os que estavam na colina. Liquidá-los.

Ele descia a encosta com seus homens, quando avistou o sujeito caído no chão 20 metros adiante à sua esquerda. Este tinha uma pistola. Apontava-a, com dolorosa lentidão, na direção dele. Evidentemente, o *croppy* estava ferido. Iria dar um disparo final. Budge não hesitou. Continuou andando continuamente em sua direção. Certa vez, anos atrás, ele se batera em duelo, e aquilo o fez se lembrar disso. Ao se aproximar, não sentia medo — não por causa de bravura, mas porque, tendo um olho muito bom, podia ver que o sujeito ia errar. A pistola disparou com uma baforada de fumaça. A bala passou sibilando, acima e à direita. Ele continuou caminhando. O homem olhava-o, ligeiramente surpreso. Um rosto de fidalgo, dir-se-ia. Quando Budge estava a poucos passos de distância, tirou sua própria pistola, parou e mirou cuidadosamente. O homem não se esquivou.

— Deite-se, *croppy* — disse Budge baixinho, e disparou, e Patrick Walsh deixou de existir. Então, ele foi em frente.

Brigid soube o que significava, assim que viu a mulher. Era a irmã de Kelly. Seu marido lhe enviara uma carta de Wexford.

As duas mulheres se cumprimentaram silenciosamente. Havia muitos anos desde que se encontraram. A carta de Wexford fizera um breve relato do que acontecera em Vinegar Hill, e como Patrick e Kelly tinham sido perdidos.

— Sinto muito pela sua perda — disse Brigid. — Foi bom você ter vindo. Eu gostaria de enterrar o corpo dele — continuou, mas a irmã de Kelly sacudiu a cabeça.

— Isso já foi feito — disse ela. — Não chegue perto do local. Você deve ficar aqui, fora de vista.

A vitória inglesa tinha sido completa. O general Lake não perdera nem cem homens. Um bom número dos Irlandeses Unidos, porém, conseguira escapar e se reagrupara em Wexford. Alguns agora marchavam na direção oeste, para Kilkenny, na esperança de reacender ali a rebelião; outros planejavam passar desapercebidos por Lake e seguir para o norte, para Wicklow.

— Não pense em ir por enquanto para o norte — alertou a visitante a Brigid. — Haverá confusão por toda a Wicklow e além.

Depois disso, Mount Walsh ficou em silêncio. Os dias passaram, e ninguém foi lá. Brigid se resignava a esperar. Somente o jovem William estava inquieto, querendo se juntar ao restante dos homens dos Irlandeses Unidos. Mas Brigid agia com firmeza. Não havia nada de útil que ele pudesse fazer lá, disse-lhe de modo cabal, e ele prometera a Patrick que tomaria conta dela. "Você me deixaria para voltar sozinho para Dublin?", perguntou ela. E assim, com relutância, ele ficara onde estava.

Uma semana se passou, depois outra. Chegavam notícias de incidentes em várias partes da região. Uma casa protestante queimada por católicos; membros de uma loja Orange atacando algumas famílias católicas. Quando a rede central dos Irlandeses Unidos foi despedaçada, a rebelião mergulhou numa horrenda disputa sectária. Eles souberam que o setor norte dos Irlandeses Unidos tinha ido pelas montanhas, passado por Rathconan e, finalmente caído na planície de Kildare. Só então, cerca de três semanas após a notícia de Vinegar Hill, Brigid disse a William: "Vamos para casa."

Finn O'Byrne observou com atenção a chegada de Brigid e William. Ele próprio só voltara a Rathconan havia poucos dias.

O negócio de Rathconan fora resolvido com rapidez. Atuando como magistrado sob lei marcial, Arthur Budge não hesitara. Após levar todos para Wicklow, havia julgado, sentenciado e enforcado Conall no mesmo dia. O resto ficara trancado numa prisão por quase cinco semanas, enquanto Jonah Budge e a Guarda Montada limpavam as montanhas. Os prisioneiros não sabiam o que lhes aconteceria, até que, pela autoridade de Arthur Budge, foram libertados. Qualquer deslize deles no futuro, foram sumariamente informados, e poderiam esperar a morte.

Ao deixarem Wicklow, viram Conall. Ele fora enforcado em uma ponte, e os negros restos de seu corpo ainda estavam pendurados lá. Pararam para prestar suas homenagens.

— Podia ter sido qualquer um de nós. Especialmente você, Finn — disse um dos Brennan.

— Eu sei — disse Finn solenemente.

— É uma coisa terrível de se ver.

— É — concordou, com um prazer secreto no coração em ver Conall Smith tão completamente destruído. — Uma coisa terrível.

Voltaram vencidos, mas como heróis.

Apenas duas pessoas em Rathconan não tratavam Finn como ele teria gostado. Surpreendentemente, uma delas era o velho Budge. Ele sabia que Finn salvara sua propriedade, talvez até mesmo sua vida; e parecia a Finn que ele devia ser grato por isso. Contudo, apesar do fato de que ele não teria hesitado em enforcar Conall Smith pelo que fizera, havia algo em seu olhar de que Finn não gostava, quando o velho senhorio protestante o olhava agora. Era disfarçado, é claro. Nenhuma palavra jamais era dita. Mas o olhar estava ali: a antiga, instintiva aversão que os homens sentiam por um traidor. E isso vindo de um inglês. Era intolerável.

Por outro lado, nada havia de não dito em Deirdre. Assim que ele voltou, ela foi procurá-lo.

— Acha que eu não sei o que você é? — sussurrou. — Eu sei o que você fez.

Ele olhou-a de cima para baixo.

— Você não sabe de nada. — Não havia como. Era absolutamente impossível que ela pudesse saber. Mas ela sabia.

— Judas — disse ela. Não importava. Ninguém acreditaria nela. Todos pensavam que ficara confusa pelo seu infortúnio. Mas isso não a detinha, e, quando se via perto dele, e ela sibilava: — Serpente.

Ele não se sentia culpado. Fizera o que pretendera fazer. Mas, pelo desprezo que ela tinha por ele, odiava-a.

Seus filho e filha mais novos, ainda na aldeia, também olhavam-no com raiva; mas outras pessoas ali, inclusive as que estiveram na prisão com ele, diziam-lhes que Deirdre estava enganada. Em pouco tempo, ela viu dúvida como também raiva nos olhos deles. A acusação, ele suspeitava, iria esmorecer. Mas, tendo em vista que ela obviamente estava disposta a envenenar as mentes de toda a família Smith contra ele, Finn sabia muito bem que, quando Brigid chegasse, ela faria o mesmo com a filha.

Ele não tinha certeza sobre o que sentia por Brigid. Ela tinha ido embora muitos anos atrás, e ele só a vira brevemente, uma vez ou pouco mais por ano, quando ia visitar os pais. Ela não era a esposa, mas apenas a amante de Patrick Walsh: isso não a tornava tão importante, supunha ele. Ela era uma figura bem conhecida no palco de Dublin, é claro. Isso devia valer alguma coisa. Após viver na casa de Walsh todos aqueles anos, ela também se comportava como uma dama — se bem que era o palco, sem dúvida, o responsável em parte pelos seus modos. Mas, fosse qual fosse o motivo, concluiu, ele não tinha gostado nem um pouco que Brigid tivesse voltado a Rathconan parecendo ser um tipo diferente das pessoas como ele, as quais, aos olhos de Deus e de todas as pessoas racionais, eram certamente melhores do que ela.

Quanto a William, ele ainda não sabia onde o rapaz se encaixava. Ele estivera em Mount Walsh, o lar de sua própria família. Sabe Deus quanto dinheiro ele devia ter. E agora ia voltar a Dublin. Ele nunca ouvira Conall fazer menção ao rapaz, ou mesmo Patrick, e notara que, quando falavam sobre a rebelião, Patrick cuidava para que o rapaz estivesse fora. Esse jovem aristocrata, concluiu, pertencia inteiramente a um outro mundo, fora de seu conhecimento, e, portanto, sem interesse para ele.

Era noite quando chegaram, e foram para a cabana. Após algum tempo, o jovem saiu. Finn observou-o. Imaginou que, por ser um aristocrata, iria para a casa-grande. Lá, atualmente, só estava o velho Budge, embora Jonah Budge, de volta de suas aventuras em Wexford, se encontrasse em algum lugar da área com os homens da Guarda Montada. O jovem, porém, apenas caminhou até a trilha que levava ao vale abaixo e ficou uns tempos por lá, olhando em direção à costa. Então Brigid saiu para buscá-lo. Ao retornarem, passaram não muito longe de onde Finn estava parado. Quando ela passou, virou-se para olhá-lo. E foi então que ele recebeu toda a força de seu olhar.

Finn quase ofegou. O clarão daqueles magníficos olhos verdes, quando se fixaram nele: tiravam o fôlego de qualquer homem. Ele havia esperado dor, ódio, raiva, até mesmo por ter matado o pai dela. Mas, embora tudo isso tivesse estado presente por um fugidio momento, eles se amalgamaram em uma outra coisa.

Nojo. Ela olhava-o como se ele fosse um criatura imunda, asquerosa, que emergira do chão. Ele, Finn O'Byrne, ser olhado daquele modo: como se ela não quisesse sujar os sapatos se pisasse nele. Então ela e o rapaz sumiram.

Naquela noite, Finn O'Byrne meditou sobre como fora tratado.

Brigid e William partiram pela manhã. A zona rural entre Rathconan e Dublin não se encontrava totalmente tranquila, mas Brigid estava agora tão ansiosa para voltar para seus filhos que se determinara a não demorar mais. Tendo em vista que estava deserta, eles decidiram pegar a trilha que levava ao terreno alto. Na possibilidade remota de encontrarem encrenqueiros, William tinha sua espada e uma pistola, e Brigid carregava uma adaga ornamental, pequena mas eficaz, oculta em seu casaco de cavalgar. Mais importante, porém, o solo era firme, e eles tinham bons cavalos.

✣

Foi uma hora após a partida deles que a providência sorriu para Finn O'Byrne. Jonah Budge e uma dúzia da Guarda Montada apareceram. Finn só levou dois minutos para se dar conta do que aquilo podia significar. E, imaginando uma desculpa para ir à casa-grande, conseguiu, sem muita dificuldade, encontrar uma oportunidade para trocar algumas palavras com o comandante, sem ser visto. Quando terminou, Budge fez algumas perguntas rápidas.

— O jovem protestante, o filho de lorde Mountwalsh, não está envolvido? Eu não me importaria de prender o filho de um homem tão poderoso.

— Não precisa. Ele não sabe de nada. Notei que não discutiam nada sobre a rebelião quando ele estava presente. Acho que o estão usando como desculpa para viajar até Wexford — acrescentou Finn.

— Então Brigid Smith é filha de Conall Smith e também mulher de Patrick Walsh?

— E foi ele quem deu a ordem para Conall iniciar a rebelião aqui em Rathconan.

— Pode testemunhar contra ela? Você tem provas do efetivo envolvimento dela?

Finn hesitou.

— Testemunhar? Não. Você prometeu me manter fora disso. Além do mais, não sei de nada que possa jurar, além de ela ter estado com ele. Mas tenho certeza de que estava envolvida. Só podia estar. Se você a prendesse para interrogatório — acrescentou com prazer —, quem sabe o que conseguiria arrancar dela?

— Vou pensar — disse Jonah Budge. Pouco depois, ele e seus homens partiram.

Atrás dele, Finn O'Byrne sorriu consigo mesmo. Ficou imaginando o que fariam com ela. Isso lhe serviria de lição por desprezá-lo.

✣

Brigid e William estavam quase no ponto onde o grande planalto da cadeia de montanhas de Wicklow desce abruptamente para a bacia do Liffey, quando avistaram os três cavaleiros se aproximarem.

Podiam ver que usavam fardas, e portanto não ficaram indevidamente preocupados. Não se apressaram em atravessar as montanhas. O dia estava agradavelmente quente. Quando os três homens se aproximaram, Brigid e William foram para o lado da trilha a fim de deixá-los passar. Mas eles não passaram.

Os três homens da Guarda Montada já viajavam havia algumas horas. Estavam com calor e cansados e de algum modo irritados. Havia vários caminhos para se atravessarem as montanhas, e, tendo fracassado em descobrir alguma coisa, os homens de Jonah haviam se dividido em grupos menores para tentar cada caminho. Sabiam muito pouco sobre sua presa, exceto que o jovem era protestante de uma família importante e não devia ser molestado, e que a mulher era uma papista filha de Conall Smith e era procurada para interrogatório.

Os membros da Guarda Montada variavam muito. Mesmo na pequena força de Jonah Budge, alguns eram cidadãos estabelecidos, outros meramente sujeitos à procura de uma desculpa para violência.

Ordenaram que William e Brigid desmontassem. Como os homens estavam armados, era melhor obedecer. Um dos guardas, um homem de cabelo amarelado, um pouco mais velho do que os outros, também desmontou. Virou-se para Brigid.

— Você é Brigid Smith?

— Eu sou o nobre William Walsh — atalhou William com firmeza. — Meu pai é o lorde Mountwalsh, e esta senhora está sob a minha proteção. Advirto-o de que deve nos deixar passar.

— Está livre para ir, jovem fidalgo — rebateu o sujeito asperamente —, mas é esta mulher que o capitão Budge quer interrogar. Essas são as minhas ordens. — Deu a Brigid um rude olhar de avaliação. Durante as últimas semanas, houvera várias ocasiões, quando, ao arrancar rebeldes papistas de suas cabanas, ele tinha se deparado com algumas mulheres bonitas. Houvera uma jovem esposa da qual ele se lembrava particularmente. Tinha sido numa investida noturna, e ele a encontrara sozinha num estábulo vazio. Ela gritara, mas os companheiros dele que ouviram apenas riram. Tinha sido uma iguaria saborosa. Aquela mulher de olhos verdes estava vestida como uma dama, mas não era apenas a filha do sujeito pendurado na ponte de Wicklow? E aquele era um lugar tranquilo. — Vamos esperar o capitão aqui — disse ele aos outros dois. — Você, acompanhe o jovem fidalgo até a estrada para Dublin.

— Eu me recuso a ir — disse William.

— O que vai fazer, Nobby? — perguntou um dos outros com um sorriso afetado.

Em qualquer mundo são, pensou Nobby, ele simplesmente mataria o rapaz e faria o que desejasse com a mulher. Mas, por causa das ordens de Budge, aquele filhote de aristocrata o estava fazendo de idiota.

Então, ele pensou por um momento. Se aquele jovem declarava que era responsável por uma rebelde papista, então alguma coisa também não estava muito certa com ele. Portanto, ele ensinaria àquelas pessoas que não podiam fazê-lo de idiota. Olhou para seus companheiros e lhes fez um significativo gesto com a cabeça.

— Ajudem o jovem fidalgo em seu caminho.

William começou a protestar, mas os dois homens montados sorriam. Um deles segurou as rédeas do cavalo de William. De repente, giraram e estavam um de cada lado dele. Colhendo-o tão depressa que ele não teve tempo de resistir, cada um agarrou um braço, carregando-o no meio. William se debatia violentamente, olhando para trás por cima do ombro. Muito mais do que qualquer outra coisa do que para mostrar quem mandava, Nobby então arremeteu à frente e agarrou Brigid pelo peito.

— Teremos de arranjar um meio de passar o tempo — disse ele.

Brigid gritou. William, com um repentino puxão, conseguiu se livrar. Os dois cavaleiros, rindo, avançaram alguns passos e fizeram a volta. Mas ele voltava em direção à Brigid o mais depressa possível. Ao chegar perto, sacou a espada.

Com uma imprecação, Nobby abriu rasgando o casaco de Brigid, então largou-o e se virou para encarar William. Brigid, os olhos ardentes, enfiou a mão no casaco e tirou sua faca. Mas isso Nobby não viu. William parou diante dele, ofegando, a espada sacada.

— Deixe-a em paz, seu animal imundo, ou se verá comigo — berrou.

O rosto de Nobby estava vermelho de raiva. Não iria ser insultado daquele modo, diante de seus companheiros, por aquele maldito garoto. Esquecendo-se de suas instruções, pronunciou outra imprecação, sacou a própria espada e avançou para William.

William estava branco de raiva. Nunca antes havia lutado pela sua vida; mas, diferentemente de Nobby, recebera lições de esgrima. Quando o montada avançou e investiu contra seu pescoço, instintivamente ele se pôs em guarda, desviou o golpe e estocou. E Nobby parou, a boca se abrindo, a espada atravessada em seu coração. Ele caiu de joelhos. William puxou sua espada. Nobby cravou o rosto no chão.

Atrás, os dois guardas se entreolharam espantados. Isso não era para acontecer. Deveriam matar o rapaz? Não tinham certeza. William já havia virado o rosto para eles. Estava muito pálido, mas muito sereno. Sua espada, vermelha de sangue, estava na mão, mas não propunha luta. Esperou. Brigid endireitava suas roupas. A adaga estava em sua mão. Por um momento, houve um completo silêncio.

Então, a menos de 1 quilômetro de distância, avistaram outro grupo de cavaleiros subindo a trilha por trás deles; um dos dois da Guarda Montada anunciou com alívio:

— É o capitão.

Quando Jonah Budge chegou, percebeu a cena de imediato. Nem precisou perguntar o que acontecera. Conhecia Nobby. Percebeu a confusão e o constrangimento nos rostos dos dois guardas, o ultraje de Brigid e a justa indignação do jovem William.

Jonah Budge era um sujeito alto, de aparência um tanto brutal. Mas era capaz de pensar muito rápido. Desmontou. Caminhando calmamente em direção a William, fez uma ligeira inclinação com a cabeça e pediu-lhe que lhe entregasse a espada, no que foi atendido. Então foi até Brigid e, educadamente, estendeu a mão para sua adaga, a qual, com relutância, lhe foi entregue.

— Obrigado — disse ele.

Foi até o corpo de Nobby e virou-o de costas. Inclinando-se à frente, examinou-o. Então, com cuidadosa deliberação, inseriu a adaga de Brigid na ferida aberta e a pressionou. Deixando-a ali, limpou a espada de William num torrão de grama e se pôs de pé. Encarou os dois companheiros de Nobby.

— Parece que a mulher o esfaqueou, quando ele tentou prendê-la.

Eles o olharam, e, então, a luz da compreensão raiou em seus rostos.

— Sim, senhor. Isso mesmo, senhor.

— Não! — gritou William. Olhou-os pasmado e horrorizado.

— Vão jurar isso, sem dúvida, não? — continuou Budge, ignorando William inteiramente.

— Ah, sim, senhor. Sem nenhum problema.

— Não foi nada disso que aconteceu — berrou William. — O sujeito tentou violentá-la, e, quando eu o desafiei, ele avançou para mim. Fui eu quem o matou.

Budge olhou bem para os dois homens, e também os outros guardas que estavam próximos.

— Não deve haver dúvida, entenderam? De agora em diante.

— Nenhuma dúvida, senhor — concordaram rapidamente. — Ela o esfaqueou, foi isso mesmo.

— Bem, aí está — disse Jonah Budge friamente. — Não consigo acreditar no seu testemunho, Sr. Walsh. Nem, posso lhe assegurar, nenhum tribunal. — Deu-lhe um leve aceno de cabeça. — Você pode ir, pois saberemos onde encontrá-lo. Sua espada será devolvida na ocasião oportuna. — Mandou os dois guardas recolherem o corpo de Nobby e amarrá-lo ao cavalo dele. — Soldados — chamou os outros —, coloquem a mulher em seu cavalo e mantenham o controle das rédeas. Ela irá conosco para Wicklow.

— Vocês não passam de criminosos — disse-lhe ela com asco.

— E a senhora, madame, é acusada de assassinato. — Montou e fez sinal para a Guarda Montada avançar. Ao fazerem isso, William continuava protestando furiosamente. Budge esperou até seus homens estarem a uma curta distância antes de se virar para ele.

— Seu cavalheirismo foi excelente, rapaz. Louvável, estou certo disso. Mas o fato é que acabo de lhe fazer um considerável favor.

Para Georgiana, o verão de 1798 foi uma época de desilusão.

Enquanto Patrick e seus amigos andaram ocupados em Wexford, ela vira tristemente chegarem notícias também de outra rebelião dos Irlandeses Unidos, no Ulster. Protestantes e presbiterianos na maioria, idealistas por um mundo novo, gente como a família de seu querido pai, tinham sido brevemente bem-sucedidos; mas as forças do governo foram demais para eles, e, mesmo antes de Vinegar Hill, haviam sido esmagados. Ela se compadecia por eles.

O fim do verão trouxe mais uma amarga ironia.

Os franceses chegaram. Vieram tarde demais e vieram em vão. Em agosto, uma pequena força liderada por um certo general Humbert desembarcou na costa ocidental da Irlanda, em Killala, County Mayo. Eram bons soldados. Até mesmo causaram um certo dano ao general Lake. Por um curto espaço de tempo. Mas ficaram isolados. Os Irlandeses Unidos tinham apenas uma escassa organização para oferecer no oeste, e, ainda que algumas almas corajosas tivessem se rebelado em apoio, a maioria da população, tendo visto o fracasso no leste, deixou a pequena força francesa realizar seu serviço sozinha. Quando chegou à região central, Humbert percebeu que não conseguiria ir mais adiante e, sabiamente, desistiu.

Dois meses depois, uma grande esquadra francesa apareceu mais distante ao norte, ao largo de Donegal. Seis de seus navios foram capturados, e, em um deles, as autoridades descobriram o próprio Wolfe Tone, vestido como general francês. Levado imediatamente à corte marcial, ele tirou a própria vida na cela da prisão. E esse foi o fim da rebelião de 1798.

Mas, se esses importantes acontecimentos foram deprimentes, foi um aspecto da rebelião mais perto de casa que deixou Georgiana realmente pouco à vontade.

Quando William chegou de volta, ela ficou aliviada por ele estar a salvo. Entretanto, as notícias que trouxera das mortes de Patrick e Conall, e da prisão de Brigid, encheram-na de pesar; e, quando lhe dissera que tinha sido ele, e não Brigid, quem matara o guarda, ela ficou horrorizada.

— Ela é inocente — declarou ele —, e pretendo falar a seu favor, no julgamento.

— Você quer ser acusado de assassinato?

— Não foi assassinato, eu a estava defendendo.

Georgiana podia perceber por que o tribunal estaria pronto para sentenciar Brigid, filha e amante de conhecidos revolucionários. Mas o jovem William devia ser de certo modo suspeito, pois fora expulso do Trinity. Se ele irritasse as autoridades, tentando intervir no julgamento dela, talvez não se virassem contra ele?

Ela tentou convencê-lo a mudar de ideia. Ele ficou chocado só por ela ter sugerido isso.

Georgiana não teve escolha. Foi ver Hércules.

Se ele chegara até a desprezar seu filho, achou ainda mais difícil de acreditar na reação dele. Hércules ficou furioso por seu filho ter se envolvido com esse assunto, e, quando ela destacou que ele apenas defendera Brigid, ele pareceu dar a impressão de que William deveria ter deixado a Guarda Montada prosseguir com seu trabalho.

— Se eu ajudá-lo hoje, ele só me desgraçará amanhã — disse.

— Não fará nada pelo seu filho?

— Nada.

Mas, se Hércules era um monstro, o que ela podia dizer de si mesma?

Georgiana sempre se vira como uma boa pessoa. Nunca soubera o que era sentir culpa moral. Mas sabia o que devia fazer agora. O jovem William teria de ser retirado de cena. Mandado novamente para longe. Sequestrado, se necessário. Não deveria testemunhar no tribunal. Brigid contaria sua história e esperaria que o tribunal a aceitasse. William, porém, não estaria presente. Georgiana era honesta demais para esconder a terrível verdade de si mesma. Brigid era sua protegida e sua amiga, mas William era seu neto. Brigid teria de ser sacrificada.

Mas como faria para ele se afastar?

A ajuda veio de um lado inesperado. Dois dias após seu encontro com Hércules, ele apareceu na sua casa.

— O julgamento de Brigid Smith só será daqui a muitos meses — informou ele. — Tantos milhares de rebeldes foram presos, que as cortes marciais se estenderão até o próximo ano. Nesse meio tempo, portanto, providenciarei para que William visite a Inglaterra. Ele não sabe, mas, assim que chegar lá, ficará retido. E não voltará a tempo para o julgamento.

— Por que essa mudança de opinião?

— Arthur Budge veio me ver. Foi o irmão dele quem prendeu Brigid. Eles ficarão felizes se William não levantar a questão da prisão. Seria... constrangedor.

— Quer dizer que ajudará seu filho para não constranger o governo e seus asseclas?

— Isso é para o bem dele. Mas precisarei de sua ajuda. Quero que convença William a visitar a Inglaterra com você. Depois disso, serão tomadas as providências.

Georgiana concordou, é claro. Já estava em Londres com ele, quando tiveram a notícia do segundo aparecimento dos franceses e da prisão de Wolfe Tone. Ela permaneceu em Londres até meados de novembro, e logo depois, William foi levado por um amável proprietário de terra para ficar com sua família nos confins do país, uma vez que seu pai garantira, em uma carta, que o julgamento de Brigid não ocorreria antes da primavera.

O julgamento ocorreu um dia depois que Georgiana chegou de volta a Dublin.

Ela teria gostado de ir. Teria gostado, pelo menos, de ver Brigid. Mas não conseguiu. Como seria capaz de encarar a mulher que acabara de trair?

— O que será dela? — perguntou a Hércules.

— Foi feita uma oferta — respondeu. — Ela insiste em sua inocência, e, embora os juízes não tenham aceitado sua defesa contra a palavra de um membro da Guarda Montada, a corte marcial ficaria constrangida. Como atriz, ela tem muitos admiradores em Dublin. Achou-se melhor manter as coisas o mais simples possível, com uma oferta de leniência. Se ela se declarar culpada, não será sentenciada à morte.

— Graças a Deus.

— Ela será enviada para a Austrália.

— Austrália? A colônia penal? Mesmo se sobreviver à viagem, jamais voltará: não é quase uma sentença de morte?

— Nem tanto. O clima lá é excelente. E não lhe faltará companhia. Vamos transportar um número considerável de rebeldes para lá.

Georgiana, mesmo assim, não foi ao julgamento. Este foi muito breve.

Uma preocupação que ela teve foi quanto ao destino dos filhos de Brigid. Afinal, eles eram de Patrick. Ela soube que seriam cuidados pelo irmão de Brigid; mas ela imaginava se conseguiria compensar Brigid e a memória de Patrick, fazendo algo por eles. Mas Georgiana soube que a mãe de Brigid, Deirdre, estivera no julgamento e ficaria encarregada das crianças, tendo em vista um pedido particular da filha. Aparentemente, Brigid queria que elas passassem o resto da infância longe de Dublin, lá em cima, na atmosfera mais pura das montanhas de Wicklow.

Passaram-se outras seis semanas antes que William descobrisse que fora tapeado. Escreveu uma carta, com certa amargura, embora, felizmente, atribuísse a culpa inteiramente a seu pai. Então, continuou:

> Decidi não retornar por enquanto à Irlanda, mas ir para Paris. Estou confiante, vovó, tendo em vista que possuo apenas uma ínfima quantidade de fundos, que possa me fornecer algum dinheiro, coisa que, estou certo, meu pai não fará.

Ela lhe enviou 100 libras, logo no dia seguinte. Mas o fez com apreensão. O que ele pretendia fazer em Paris?

Emmet

1799

Perto do início do novo ano, Georgiana se deu conta de que estava muito sozinha. Ela adorava Mount Walsh, mas não queria ir para lá agora. Queria ficar em Dublin; sentia falta da companhia animada que desfrutara quando seu marido estava vivo. Poderia ela, uma viúva, ter isso novamente?

Para sua surpresa, descobriu que poderia.

Após a rebelião, as pessoas com opiniões liberais estavam fora de moda. Simpatizantes da causa dos Irlandeses Unidos tentavam não atrair atenção para si mesmos. O velho Dr. Emmet fechara sua residência e deixara a cidade. Portanto, quando, em 1799, Georgiana abriu mais uma vez sua casa, aqueles que se lembravam da amável hospitalidade do velho Fortunatus ficaram felizes em encontrar ali um refúgio. Pessoas cordiais de todas as convicções políticas eram bem-vindas; ela até mesmo descobriu que gente do Castelo ia lá.

Pois, se Hércules e seus amigos ficaram ansiosos por vingança contra os revolucionários e seus amigos católicos, houve vozes mais calmas no governo britânico que adotaram um tom diferente. E a mais influente delas era a do próprio novo representante real.

Lorde Cornwallis podia ter se rendido aos americanos, mas era um excelente general e se tornara um sensato estadista. Com a revolta irlandesa sob controle, ele procurava soluções, não vingança; e Hércules e seus amigos da Ascendência não o impressionaram.

Que soluções estavam disponíveis? Primeiramente, ele queria reduzir a tensão. Um grande número de rebeldes havia sido capturado. Os líderes tinham de ser julgados, mas as execuções deviam ser limitadas, e a maioria da gente comum podia ser perdoada. Os principais Irlandeses Unidos, como Tom Emmet, que fora preso antes da revolta, deveriam permanecer sob custódia, mas começavam negociações para sua eventual soltura. Mais significativo, entretanto, era outra crescente percepção.

"O maior problema da Irlanda", concluíram Cornwallis e seus colegas, "é o Parlamento Irlandês."

O Parlamento de Grattan: 17 anos antes, ele parecera trazer esperança de um novo e liberal regime Patriota, mas a realidade tinha sido diferente. Foram Hércules e seus amigos, e a Troica, que haviam triunfado. E qual fora o resultado? Uma imensa revolta e três tentativas de invasão pela França. O argumento crescia em Westminster: "Esses irlandeses da Ascendência não são apropriados para governar. Eles sempre intimidarão os católicos. E a última coisa de que precisamos, quando estamos combatendo os franceses, é de problema em nosso flanco ocidental." De fato, alguns homens sensatos concluíram que, de qualquer maneira, o sistema de dois parlamentos era inerentemente falho. "O Parlamento de Londres sempre vai querer limitar o comércio irlandês, que eles veem como uma ameaça; e entre Dublin e Londres sempre haverá uma disputa sobre quem paga pelo quê." A solução?

União. Unir Inglaterra e Irlanda. Do mesmo modo como Inglaterra e Escócia foram unidas, as duas terras se tornariam um reino comum. Uma centena de membros irlandeses teria assento no Parlamento de Londres e voto na administração de ambas as terras; 32 pares do reino e bispos irlandeses teriam assento na Câmara dos Lordes britânica. O comércio seria irrestrito; a Irlanda ficaria em melhor situação quando irlandeses e ingleses se unissem para formar uma nação estável. Não seria essa a melhor maneira de se proceder?

Os irlandeses não pensavam assim. O que seria da antiga grandeza do Parlamento de Dublin e seu magnífico prédio clássico? Anátema. No início de 1799, eles votaram contra. O governo inglês, porém, não era de se deixar demover tão facilmente. A proposta foi apresentada outra vez, insistentemente.

E, na tranquila atmosfera da casa de Georgiana, esse logo passou a ser um tema de conversas.

Ela achava que seus amigos Patriotas estavam divididos. Os seguidores de Grattan defendiam eloquentemente o Parlamento que seus líderes haviam criado. Mas alguns membros Patriotas, chocados com Hércules e seus amigos, tinham perdido a fé em Dublin e confessaram: "Talvez nos saíssemos melhor em Londres."

Tampouco concordavam, no que dizia respeito a esse assunto, todos os inflexíveis homens da Ascendência. Alguns, abalados pela revolta, achavam que um reino unido poderia de fato levar mais segurança e ordem à ilha. No entanto, o próprio Hércules estava em dúvida.

— Estive falando com o pessoal das lojas Orange no Ulster — disse a ela —, e eles não querem em absoluto essa união. Acreditam que os homens de Londres até agora foram muito suaves com os católicos. E eles têm toda a razão. Precisamos manter o Parlamento de Dublin.

Mas mesmo os protestantes do Ulster não concordavam de modo algum.

— Muitos presbiterianos do Ulster são bastante a favor da união — informou Doyle a Georgiana.

— Mas eles se rebelaram contra os ingleses — frisou ela.

— É verdade, mas não deu certo. E eles acham que a união seria boa para o comércio de linho. — Sorriu. — Calvinistas gostam de lucro, como sabe.

— E você — perguntou ao comerciante de Dublin —, o que acha?

— Ah, sou totalmente contra — respondeu o velho. — Se o Parlamento sair daqui, será terrível para os negociantes de Dublin e para gente como eu, com casas para alugar.

Talvez a discussão mais interessante, porém, tivesse ocorrido em sua casa no início do verão. Era uma reunião de velhos amigos, na maioria Patriotas dos tempos do velho Fortunatus. John MacGowan estava presente. E um dos Patriotas trouxera consigo um jovem advogado. "Pois sei que gosta de conhecer jovens promissores."

O jovem advogado era um sujeito alto, bonito, com cabelo castanho ondulado. Descendia de uma antiga família da pequena nobreza católica de County Kerry. Se era normal, quando as pessoas ficavam velhas, Georgiana não sabia, mas costumava achar que pessoas jovens ficavam felizes em lhe segredar coisas que talvez hesitassem em falar para outros. Certamente, o jovem Sr. Daniel O'Connell não tentava esconder o fato de que era ambicioso.

— Tenho de abrir caminho no mundo, Lady Mountwalsh — disse ele. — Por isso, me juntei aos franco-maçons.

— Um feito engenhoso — concordou ela —; principalmente, se me permite dizer, para um católico.

Ele assentiu quando ela disse isso, mas, ao mesmo tempo, suspirou.

— Para lhe dizer a verdade — confessou —, embora a minha família seja católica, tenho pouco interesse pessoal no catolicismo. Suponho que possa me chamar de deísta.

Ele também era franco sobre suas posições políticas.

— Eu vi os excessos da Revolução Francesa — disse-lhe —, porque estava na França, na ocasião. Abomino a violência. — E era inteiramente pragmático. Quando um velho cavalheiro, um entusiasta da língua irlandesa, começou a falar com arrebatamento sobre o assunto, O'Connell não quis saber nada dele.

— Não nego a poesia de minha língua ancestral — disse ele. — Fui criado falando-a. Mas devo dizer que acho que ela tende a atrasar os meus conterrâneos, e eu não lamentaria se ela desaparecesse. — O velho cavalheiro ficou horrorizado, mas O'Connell comentou com Georgiana: — Sabe, eu disse apenas o que muitos irlandeses comuns pensam.

Ele não se sentou perto dela durante o jantar, portanto não tiveram outra conversa até que, durante a sobremesa, surgiu uma discussão geral sobre a união. Várias opiniões foram expressadas. A maioria dos Patriotas era contra, por princípio. Para sua surpresa, entretanto, John MacGowan, que todos sabiam pertencer aos Irlandeses Unidos, estava preparado para levá-la em conta.

— Nós sabemos que, como estão as coisas, nunca teremos qualquer satisfação da Troica e do Parlamento de Dublin — destacou. — Até mesmo um Parlamento em Londres pode ser melhor do que o que temos aqui.

Isso foi imediatamente contestado por um membro Patriota.

— Bem ou mal, nós temos há séculos um Parlamento na Irlanda. Se ele for tirado, nunca será devolvido — alertou.

— E o que — perguntou Georgiana, olhando ao longo da mesa — pensa disso o Sr. O'Connell?

Ela percebeu que ele não queria exatamente ser instigado a falar, mas, mesmo assim, manifestou-se.

— Não gosto da ideia da união, porque a Irlanda é uma nação. Mas de uma coisa estou certo: se a Irlanda fizer ou não uma união com a Inglaterra, isso não terá a menor importância, se os irlandeses, em sua vasta maioria, forem tratados como cidadãos inferiores por causa de sua religião ancestral. — Olhou em volta para o grupo. — Enquanto todas as inaptidões dos católicos não forem removidas, enquanto os católicos não puderem entrar para o Parlamento e ter um cargo público tão alto quanto o de um protestante, haverá um explosivo descontentamento na Irlanda, pouco importando o fato de o Parlamento estar em Dublin ou em Londres. Isso não fará a mínima diferença.

Foi então que um Patriota de cabelos brancos falou.

— Eu fui um dos que votaram com Grattan, portanto não fui facilmente convencido dos benefícios da União. Mas estive em Londres, recentemente, e devo lhe dizer isto. Cornwallis compartilha inteiramente sua opinião. O primeiro-ministro Pitt de Londres está chegando à mesma conclusão. Eles gostariam de assegurar aos católicos e a seus aliados Patriotas que, assim que a Irlanda se unir à Inglaterra, o novo Parlamento britânico concederá a Emancipação Católica que vocês querem. O único problema é que não podem dizer isso abertamente, porque, se o fizerem, jamais conseguirão que a maioria protestante do Parlamento de Dublin concorde com a União. Essa é a mensagem, em particular, que eles querem transmitir.

— Você quer dizer — disse Georgiana — que o governo inglês vai usar de trapaça com os protestantes irlandeses?

— Lady Mountwalsh — disse o velho com um sorriso —, de modo algum eu já usei essa palavra.

Ela não voltou a ver Daniel O'Connell por algum tempo, embora tivesse notícias de que sua carreira prosperava. Mas a conversa daquela noite estava sempre em sua mente.

As palavras do velho Patriota não demoraram a ser corroboradas. Nada de oficial foi dito, mas ela soube por amigos: insinuações foram feitas, e dadas garantias em particular. Próximo do outono, ficou claro que um projeto de lei seria apresentado ao Parlamento irlandês perto da virada do ano, convidando aquela corporação a votar o fim de sua existência, e que aos Patriotas e os defensores da Emancipação Católica fora assegurado que, subsequentemente, seus desejos seriam concedidos. Mas, ainda que esses homens liberais pudessem ser beneficiados, o que dizer dos obstinados da Ascendência que formavam a maioria? Como eles poderiam ser convencidos a desistir de seu poder local?

Ela, portanto, ficou muito surpresa, pouco antes do Natal, quando Hércules casualmente lhe informou:

— Mudei de ideia. A União é para o melhor. É o caminho do progresso, estou convencido disso.

Ela ficou imaginando por quê.

Os debates parlamentares começaram em janeiro de 1800 e duraram meses. Georgiana ouviu muitos deles da galeria pública. Houve muitos discursos excelentes defendendo o Parlamento irlandês, porém o mais memorável foi o do próprio Grattan, que, embora se encontrasse doente na ocasião, foi ao Parlamento para o debate tardio da noite, vestido com seu uniforme de Voluntário, pálido como um fantasma, e pronunciou um dos melhores discursos de sua vida. Ouvindo tal poder, lógica e eloquência, Georgiana julgou que a causa da União estivesse perdida. Mas, com o passar das semanas, um por um dos que tinham se oposto anteriormente, levantava-se para falar a favor.

Certo dia, ela encontrou o jovem Robert Emmet observando discretamente da galeria, e conversaram brevemente. Ela soube, pelas cartas de William, que Emmet também estivera em Paris, e pôde lhe dar notícias dele.

— Agora ele fala um francês perfeito — relatou. — Quando eu retornar, direi a ele que a encontrei.

Ela perguntou o que ele achava da perspectiva de os católicos conseguirem sua Emancipação, quando houvesse a União.

— Acho que os ingleses talvez sejam um pouco cínicos sobre isso — respondeu ele. — Devem imaginar que, num Parlamento inglês muito maior, o número de membros católicos irlandeses ainda seria uma pequena minoria para poderem ter qualquer influência. — Quando ela comentou sobre o número de membros que pareciam mudar de ideia sobre a União, ele sorriu. — Todos foram comprados, Lady Mountwalsh. E por um bom preço. Creio que podemos ter certeza disso.

O encontro com Emmet trouxe vividamente seu neto à sua mente. Ela sentia falta de William. Tentara se interessar pelo seu irmão mais novo, embora suas frias relações com Hércules não tornassem isso fácil. Ele era um garoto gracioso, afável, que vivia num mundo só seu. Possuía grande aptidão para a matemática e adorava astronomia. Seu pai até lhe comprara um telescópio, com o qual ele se entretinha durante horas, totalmente satisfeito. Ela se sentia feliz com a felicidade dele, mas era incapaz de acompanhá-lo nesses interesses.

As cartas de William chegavam regularmente uma vez por mês. Ela lhe enviava dinheiro e ficava feliz por isso. As cartas dele eram informativas. Não lhe faltavam companhias irlandesas em Paris. Havia mais de mil irlandeses na capital francesa, contou-lhe, muitos deles foragidos após a revolta. Havia Irlandeses Unidos que tinham ido embora ou sido exilados; a maioria dos estudantes que haviam sido expulsos do Trinity College tinha se formado também em Paris. Quanto aos franceses, Napoleão Bonaparte, o aventureiro-general, agora se fizera senhor da França, como cônsul; e ela soube, divertida, que o mundo elegante da república era tão amante do prazer quanto o fora durante o antigo regime. Ele, porém, não disse qualquer palavra sobre voltar para Dublin, e ela supôs que se sentia feliz o bastante só por estar longe de seu pai.

Por toda a primavera e o verão, os debates sobre a União continuaram. Mas quando chegou o momento da votação, a União venceu: o Parlamento da Irlanda aprovou a sua própria extinção. E os meios pelos quais se conseguiu isso? Emmet estava certo.

Pois, se a votação ocorreu no novo século, o processo em si pertenceu, sinceramente, ao velho. O Parlamento, em seu ato final, levou toda as artes políticas do século XVIII a um esplendoroso clímax. Cargos, títulos, dinheiro vivo — ninguém conseguia se lembrar de quando fora prometida tal cruel liberalidade. Convencidos, lisonjeados, homenageados, pagos, pares do reino e membros humildes igualmente venderam seus votos.

Não era de admirar que Hércules tivesse visto a sensatez da União. Não apenas seu pariato aumentou de grau, tanto que, em vez de ser um humilde barão, ele era agora nada menos do que conde de Mountwalsh; ele também foi escolhido como um do seleto grupo de pares irlandeses com direito a assento na Câmara dos Lordes em Londres. Também pôde distribuir títulos e favores a um certo número de amigos. Até mesmo conseguiu uma distinção de cavalheiro para Arthur Budge, o qual, ele garantira ao governo, era um sujeito leal que devia ser incentivado.

Foi dessa maneira que, no verão de 1880, a Irlanda e a Inglaterra se tornaram unidas.

✣

A estação do inverno que se seguiu foi estranha. Georgiana abriu sua casa, e as pessoas foram, mas Dublin estava meio vazia. As pessoas levavam suas filhas para conseguirem maridos ou para desfrutarem o teatro. Mas não apenas não havia Parlamento para frequentar, como algumas das maiores figuras políticas e sociais tinham ido para Londres. Hércules estava tão rico, que pretendia manter uma casa em cada capital, mas a maioria dos membros do novo Parlamento não era tão afortunada. Suas casas em Dublin viviam vazias.

O lado norte do Liffey foi especialmente atingido. Do outro lado da praça College, a larga artéria da Sackville Street levara a uma série de conjuntos e casas em praças preferidas por homens do Parlamento. Numa manhã de novembro, quando passava pela área em sua carruagem, Georgiana viu o velho Doyle parado diante de uma residência, orientando alguns operários. Ela nunca tinha certeza da idade dele, mas sabia que estava na casa dos 80 anos. "O espírito de sua mãe Barbara vive nele", costumava dizer Fortunatus. "A prima Barbara só largou seus negócios no dia em que morreu, e assim será ele." Mandando que seu cocheiro esperasse, apeou e foi perguntar ao velho o que ele estava fazendo.

— Umas alterações — resmungou. — O inquilino se foi. Não consigo outro. — Estava de pé, perto da porta aberta, e ela olhou lá dentro. A casa era típica de sua espécie. Um longo corredor e uma escada; belo reboco decorativo no teto. A meio caminho da escada, uma janela alta com o caixilho superior semicircular enfeitava a parede lateral.

— O que vai fazer? — perguntou ela.

— Colocar um zelador na sala. Alugar o resto da casa, quarto por quarto.

— Mas... — ela olhou para a bela escada exibida no interior — esta é uma casa de fidalgo.

— Consiga-me um fidalgo.

— Que espécie de gente alugará os quartos?

— Gente que paga. — Deu de ombros. — Tenho três outras casas sem inquilinos, e mais sete que ficarão vagas nos próximos três anos. Provavelmente, terei de fazer o mesmo com todas elas. Esse é o resultado da União.

— Hércules diz que a União trará progresso — comentou tristemente.

— Nem todo progresso — disse sabiamente o velho irlandês — é para melhor.

Ela ergueu a vista para a janela acima da escada. Uma luz cinzenta passava lentamente por ela, para a parede lateral vazia. Parecia pressagiar um novo e mais maltrapilho mundo.

Somente em fevereiro, porém, o verdadeiro amargor da União foi provado. Para Georgiana, ela só o experimentou quando, certa tarde, John MacGowan chegou inesperadamente em sua casa e, com o rosto mais agitado que ela jamais vira antes, berrou:

— Maldita seja a Inglaterra, Georgiana. Nós fomos traídos.

Você só é um traidor se for apanhado. Era assim, pelo menos, que Finn O'Byrne via as coisas. Tinha de haver prova. Para a acusação de Deirdre de que ele traíra os homens de Rathconan, ele simplesmente alegava: "Por que eu faria tal coisa? Não faz sentido." Quanto à sua afirmação de que ele mandara a Guarda Montada contra Brigid, ele sacudia a cabeça e dizia: "A dor dela afetou seu cérebro." A maioria das pessoas, inclusive até mesmo a própria família de Deirdre, estava inclinada a concordar com ele.

Ela, porém, não desistia. Tornou o ar de Rathconan envenenado para ele. Quando os debates sobre a União tinham começado, ele decidira deixar Rathconan e se mudar para a cidade. Ela ficou razoavelmente satisfeita por reconhecer que o tinha expulsado.

Entretanto, ele refletiu, o fato foi que ela lhe fizera um favor. Ele conseguiu vários tipos de serviços para manter juntos corpo e alma, enquanto vivia em alojamentos baratos nas Liberties; mas foi após um ano em Dublin que ele descobriu sua posição como zelador em uma das casas onde Doyle alugava quartos, no lado norte. Em poucos meses, ele se tornara de grande utilidade para o velho. Mantinha a casa em boa ordem, mas também tinha uma estranha habilidade para saber quando um inquilino provavelmente atrasaria o aluguel ou, tão importante quanto, quando eles tinham dinheiro para pagar. "Você parece conhecer os negócios de todo mundo", disse Doyle de modo louvável, e, em pouco tempo, passou a pagar comissões para Finn. Usava-o até mesmo para cobrar aluguel de algumas de outras propriedades suas. Através dessas atividades, Finn conseguia levar uma vida modesta; mas também tinha tempo de sobra, e imaginava de que modo usá-lo para lucrar.

A resposta foi dada pelo rei Jorge III da Inglaterra.

Ao chegar à casa de Georgiana com tal aflição, John MacGowan expressou o choque e o horror de católicos por toda a Irlanda. Eles tinham sido traídos.

Sucedeu que a traição não fora intencional. Quando William Pitt dera garantias de que algo seria feito pelos católicos da Irlanda, ele tinha acreditado honestamente que poderia fazê-lo. Entretanto, mesmo o sagaz primeiro-ministro subestimara as forças agrupadas contra ele.

Hércules fora especialmente ativo. Não tinha sido difícil convencer apáticos fidalgos ingleses do Parlamento de Londres de que a ameaça católica de 1641 ainda estava viva. "Sabe Deus", diriam, após escutá-lo, "ele nasceu e cresceu lá, e deve saber." O mais eficaz de todos, porém, foi FitzGibbon, que, mais uma vez, teve de persuadir o rei Jorge. "Não posso ter católicos no meu Parlamento", reiterou o velho, "não importa o que pense Pitt. Vai contra o juramento da minha coroação." E, embora estivesse tecnicamente incorreto, e Pitt carregasse todo o peso da argumentação e da influência para forçá-lo, nada foi capaz de romper a barreira da real, honesta obstinação do rei. Pitt, que era um homem de palavra, honradamente, renunciou.

Mas isso de nada adiantou para os católicos da Irlanda.

— Primeiro, Cromwell toma todas as terras dos católicos; o rei Guilherme promete direitos aos católicos, mas, em vez disso, conseguimos as Leis Penais; agora somos traídos novamente. Nunca se deve confiar nos ingleses. — Foi assim que John MacGowan viu isso. Foi assim que os Irlandeses Unidos por toda a Irlanda viram, e também os que estavam em Paris. E Finn O'Byrne. Mas, para este, a traição trouxe uma oportunidade.

Somente no outono de 1802 ele foi visitar Sir Arthur Budge em sua casa de Dublin. O recém-condecorado cavalheiro ouviu o que Finn teve a dizer, então redigiu uma carta e disse-lhe que a levasse a lorde Mountwalsh. Quando Finn, nervosamente, apresentou-se na casa da praça St. Stephen, foi conduzido, após esperar somente meia hora, ao escritório do novo conde de Mountwalsh em pessoa.

Ainda que Finn não pudesse ter sabido, seu senso de oportunidade fora imprevisto. Budge — que não gostava muito dele, mas admitia sua utilidade — estava para desistir de sua casa de Dublin e viver somente em Rathconan, onde seu velho pai ficava cada vez mais fraco para se cuidar sozinho. Portanto, enviara Finn a Hércules pelo que ele era — um informante de segunda categoria querendo ser pago — e, com isso, achava que provavelmente seria encaminhado a algum funcionário menor do Castelo. Mas até mesmo Finn foi capaz de discernir que, por trás da arrogância natural de um aristocrata confrontado com tal coisa como ele mesmo, o conde ficara realmente feliz em vê-lo.

A União não estava funcionando como Hércules havia esperado. É verdade que seu título agora era grandioso e nada fora concedido aos católicos. Ambos os resultados lhe trouxeram satisfação. Mas a vida em Londres fora uma decepção. Ele se dera conta, é claro, de que sua posição política seria menos significativa lá. Era um dos poucos pares do reino irlandeses numa grande assembleia. Mas não imaginara que fosse sofrer perda de status social. Era algo sutil: só se tornava aparente para membros de sua própria augusta classe — e para os criados superiores, que viviam por tabela em função de tais distinções. Mas o fato era que, no mundo elegante de Londres, um par irlandês, mesmo um conde com cadeira na Câmara dos Lordes britânica, não era exatamente a mesmo coisa que um lorde inglês. Suas antigas linhagem e nobreza eram aceitas, mas seu título não era exatamente, como diriam os ingleses, da gaveta de cima. Ainda mais importante, embora sua riqueza fosse vasta, esta era apequenada pelas fortunas dos grandes aristocratas ingleses. Sem influência, com um título de segunda qualidade e uma fortuna de segunda classe, Hércules viu-se pela primeira vez em sua vida numa posição na qual não podia intimidar as pessoas. Isso o afligia profundamente.

E, portanto, embora tivesse alugado uma casa em Londres, decidira passar uma boa parte de seu tempo em Dublin, onde tranquilamente reconhecia: “Sou odiado, mas sou importante.”

E esse informante que Budge lhe enviara poderia ser bastante útil.

A Irlanda podia ter a proteção da União, mas isso não queria dizer que a ilha era segura. Nenhum lugar da Europa era seguro. Opondo-se a todas as terras, a França permanecia o símbolo de Liberdade, Igualdade, Fraternidade, e seu governante, Napoleão Bonaparte, era um herói. Até mesmo grandes artistas e músicos, como Beethoven, acreditavam nisso. Na Irlanda, também. “O mais humilde camponês de Connacht acredita que Bonaparte o libertará”, comentava Hércules, com desprezo. Os Irlandeses Unidos talvez tivessem perdido ânimo após a rebelião, mas, se o heroico francês aparecesse nas praias irlandesas, isso poderia mudar novamente num instante. É verdade que havia a conversa sobre uma trégua com os franceses. Cornwallis iria à França para ver o que podia ser feito. Mas era improvável que qualquer paz entre a monarquia britânica e a república francesa pudesse durar muito. E era igualmente improvável, na opinião de Hércules, que os Irlandeses Unidos também se comportassem. Mais de um ano atrás, FitzGibbon lhe dissera: “Esse pequeno maldito Robert Emmet, que eu expulsei do Trinity, tem tentado estabelecer uma nova liderança dos Irlandeses Unidos aqui em Dublin. Ficamos sabendo disso e, se o pegarmos novamente aqui, vamos jogá-lo na cadeia." Um espião no continente informara recentemente que o jovem Emmet era um dos membros da delegação que fora procurar ajuda de Bonaparte.

Porém, não muito mais do que isso era sabido. Essas tramas chegariam a algum lugar? Que preparativos, se é que os havia, estavam agora em curso na Irlanda? Ninguém no Castelo sabia. Portanto, se esse sujeito O'Byrne conseguisse se infiltrar nos Irlandeses Unidos e me trouxesse qualquer informação, meditou Hércules, realizaria um serviço útil, e aumentaria minha reputação junto ao governo — ambas valiosas causas.

— Eu pagarei bem — disse a O'Byrne —, mas só o farei pelo que receber. Você também se reportará a mim, e somente a mim.

Finn partiu contentíssimo com sua boa sorte.

Depois que ele se foi, Hércules permaneceu olhando pensativamente para a frente. Pois a operação de Finn O'Byrne não era a única espionagem particular na qual ele estava atualmente envolvido.

Não fora difícil de adivinhar, após o jovem William ter fugido da Inglaterra, que ele devia receber dinheiro de alguém, e que a fonte mais provável de fornecimento dos fundos era a sua avó. Fora necessário ter paciência, mas, recentemente, ele conseguira convencer sua mãe a empregar um determinado criado em sua casa na Merrion. O sujeito sabia arrombar fechaduras e, portanto, conseguira abrir a gaveta da escrivaninha onde, ele sabia, ela guardava sua correspondência mais confidencial. O homem era alfabetizado, e suas instruções eram transcrever as cartas. Se, como ele acreditava, William estivesse enviando cartas, ele gostaria de saber o que estas continham.

Não sabia quem eram os colegas do filho, mas suspeitava que podiam ser sujeitos como Emmet. O jovem William se recusara a espionar para ele, quando estava no Trinity, o que teria sido horrivelmente desleal. Talvez agora, involuntariamente, ele se saísse melhor.

✣

Contudo, teria de se passar um ano até que surgisse algo realmente útil dessa fonte.

> Minha querida avó,
> A paz de lorde Cornwallis ainda perdura, e temos visto mais do que nunca visitantes ingleses e irlandeses em Paris. Continuo esperando que venha para cá algum dia.

Robert Emmet foi a Amsterdã para se encontrar com o irmão Tom e sua família, e todos pensam em ir para a América. Robert, bom sujeito que é, nunca se sente feliz em Paris, embora, com seu talento para química e matemática, tenha feito amizade com alguns dos mais importantes homens de ciência da França. Portanto, como de hábito, nossos melhores homens irão para o novo mundo, tendo em vista o velho mundo não ser digno deles.

Será que essa paz durará? Alguns dos irlandeses aqui ficariam felizes se ela acabasse. Pois, enquanto estávamos em guerra, o governo francês pagava para sustentar os Irlandeses Unidos na França; e, durante a paz, esses pagamentos terminaram. Alguns dos melhores deles, sem profissão a que recorrer, fazem um exagerado esforço para colocar comida em suas bocas. Pior ainda, acredita-se que Bonaparte está disposto a entregar qualquer irlandês, inclusive Emmet, aos ingleses, em troca de alguns *émigrés* franceses.

A cada mês que passa, torna-se mais claro que Napoleão não é um herói, mas um tirano. Até mesmo os irlandeses que ainda têm fortes esperanças de libertar a Irlanda, e incluo meu próprio amigo Emmet, não demorarão a ter o rei Jorge como senhor, em vez de Bonaparte.

Subscrevo-me, atenciosamente, seu afetuoso neto,

William

Antes de selar esta carta, acabo de receber a notícia de que Robert Emmet partiu para a Inglaterra, de onde pretende viajar para a Irlanda, não sei qual o motivo. Mas cuide para não contar a ninguém.

Hércules largou a transcrição da carta e sorriu. Os relatórios mensais de Finn, até então, tinham sido sobre coisas insignificantes, mas talvez agora ele conseguisse obter algo útil.

Dois dias depois, quando Finn O'Byrne apareceu, ele lhe deu uma ordem simples.

— Encontre Robert Emmet.

✣

Perto do abril seguinte, Finn começava a se desesperar. Seu último encontro com o conde fora assustador.

— Se não é capaz de encontrar nada melhor do que isso — observara Hércules, impassível —, devo concluir que se juntou aos conspiradores. — Finn começara a suar frio.

— Se Emmet está aqui, ele usa uma capa de invisibilidade, Excelência — protestara ele. — Não há qualquer sinal dele.

— Encontre-o ou sofra as consequências — rebatera friamente o aristocrata.

E, com os diabos, Mountwalsh estava certo. Várias pessoas já lhe haviam cochichado que Emmet estava em Dublin, mas ninguém sabia onde. E esse não era o único problema. Desde o próprio começo de sua tentativa de se infiltrar nos Irlandeses Unidos — e já haviam se passado 18 meses —, Finn se deparara com problemas inesperados.

A primeira pessoa que ele procurara fora John MacGowan. Lembrava-se de sua visita a Rathconan com Patrick. Se alguém pudesse incluí-lo novamente no movimento, seria o comerciante de Dublin. Mas ele não chegara a lugar nenhum. MacGowan fora direto.

— O movimento está adormecido até haver uma chance real de sucesso. Isso é tudo que eu sei. Ulster, Wicklow e as outras regiões só rebelarão se Dublin estiver garantida, e os homens de Dublin não querem se rebelar sem os franceses. Quem pode censurá-los? A cadeia de comando também mudou. Mas é tudo que eu sei, porque me recuso a participar mais. — Quando Finn expressou surpresa, ele explicou. — Nossa revolta de 1798 fracassou miseravelmente e custou muitas vidas. Não acredito mais em revoltas. Podemos conseguir mais com paciência e por meios pacíficos. Talvez meus filhos venham a ter justiça. Enquanto isso, as coisas poderiam ser piores. Cornwallis é sensato e humano. Há outros como ele. — Percebendo que não era tudo o que Finn queria ouvir, ele acrescentou: — Tente os irmãos Smith.

Quando contou ao conde a falta de interesse de MacGowan na causa, lorde Mountwalsh não pareceu contente.

— Uma pena — declarou com irritação. — MacGowan é um homem que precisa ser enforcado.

Finn tinha hesitado em se aproximar dos filhos de Deirdre, e primeiramente tentara outras possibilidades. Em pouco tempo, descobriu que a relutância de MacGowan era compartilhada por muitos dos negociantes de Dublin. Finalmente, após sondar várias pessoas, inclusive os Smith, e esperar duas semanas, foi visitado por um homem, que não conhecia, que o convidou para ingressar num pequeno grupo sob seu comando. Seu progresso, porém, parou aí. Quem poderiam ser os outros, a quem se reportava seu próprio comandante, nunca lhe foi dito, nem se havia algum modo de descobrir. Ele fazia parte de um exército invisível. E, logo descobriu, isso era intencional. Após o fracasso da última rebelião, os Irlandeses Unidos tinham aprendido o valor do sigilo.

— Se você ou eu formos presos e torturados — disse-lhe seu comandante —, não haverá quase nada que possamos lhes dizer. — Sorriu. — Da próxima vez que lutarmos, será como mortos se erguendo de suas sepulturas.

E não houve mudança. Falando com outros, viajando para Wicklow e Kildare, ele às vezes conseguia catar migalhas de informações; mas, geralmente, só conseguia contar ao desdenhoso conde que os Irlandeses Unidos estavam ganhando tempo.

Assim, ele ficou quase agradecido, a princípio, pela chance de ir atrás de Emmet. Pelo menos, era algo definido para fazer.

O velho Dr. Emmet morrera em dezembro. Um amigo da família ficou encarregado de seus negócios, e a casa no sul da cidade foi colocada à venda. O resto de sua família, enquanto isso, se mudara para residências temporárias. Será que o jovem Robert Emmet não poderia aparecer num desses lugares? Finn até mesmo empregara um garoto para vigiá-las, mas nem sinal de Emmet.

No final de março, porém, ele notara uma mudança. Seu comandante, subitamente, se tornara mais acessível. Até mesmo parecia mais animado. Algo estava acontecendo. Homens importantes, líderes do movimento, chegavam da França. Estaria agora um dos Emmet aqui?, arriscou. "É possível", admitiu seu comandante. Poucos dias depois, ele fora pessoalmente à ex-residência do Dr. Emmet.

A casa, que era chamada de Casino, era uma velha estrutura com adornos do século XVIII, assentada num pequeno parque ao sul de Donnybrook, a apenas meia hora de caminhada para o sul da praça St. Stephen. Estava trancada e silenciosa. Contornando a casa, ele encontrou uma pequena janela nos fundos, que conseguiu forçar e, momentos depois, estava lá dentro.

O lugar estava vazio. Tudo fora removido. Suas passadas ecoavam de modo enervante. Em cima, no chão do sótão onde os criados haviam dormido, ele encontrou uma velha armação de cama, algumas roupas de cama e dois cobertores antigos, presumivelmente deixados para trás porque não valiam a pena serem levados. Alguém os teria usado? Possivelmente. Voltou ao andar térreo. Na cozinha, encontrou dois pratos, uma jarra rachada, uma garrafa de vinho vazia. Havia algumas migalhas no chão. Não conseguiu se decidir o quanto eram velhas. Voltou ao saguão. Havia apenas uma coisa estranha em relação à casa vazia.

Ele sentia como se não estivesse sozinho. Não sabia dizer por quê; era apenas uma sensação. O tempo todo, porém, enquanto ia de um aposento vazio a outro, sentia como se houvesse outro coração batendo ali, uma outra pessoa, bem perto, mas que ele não conseguia ver. Fez outra ronda. Ninguém. Nada. Nenhum som, nenhuma sombra fugaz. Apenas o vazio. Deu de ombros. Sua mente devia estar lhe pregando peças. Saiu, fechando a janela atrás de si.

Uma semana depois, nervosamente, fez seu relatório a lorde Mountwalsh.

— Apenas um pouco de paciência — implorou. — Os Irlandeses Unidos estão para dar as caras. — Mas, para sua surpresa, o conde não parecia particularmente preocupado. Simplesmente, apanhou uma miniatura oval em sua escrivaninha e mandou que Finn a olhasse. — Lembra-se deste rosto? — perguntou. — O rosto pertencia a um homem jovem. Era largo, forte e agradável. — Isto foi feito cerca de quatro anos atrás — comentou o conde —, mas as feições não mudaram muito, penso. — Finn assentiu. — Creio que ele está em Dublin. Talvez com Emmet. Encontre-o.

— Tentarei, milorde. Mas quem é?

— Meu filho. Seu nome é William. Deve começar vigiando os movimentos da avó dele. Ela mora na praça Merrion.

Com essa missão, Finn partiu, enormemente surpreso.

Minha querida avó,

O boato aqui é que Bonaparte se prepara novamente para a guerra. E, diz-se, extraoficialmente, que certas pessoas próximas a Bonaparte se aproximaram de certas outras pessoas — não saberia dizer quem — para saber se uma revolta poderia ser realizada na Irlanda.

Como pode imaginar, isso tem causado muita agitação entre nossos amigos. Por um lado, pode ser a oportunidade pela qual esperam há tanto tempo; por outro, eles agora ficaram tão preocupados que a Irlanda não caia sob o poder do próprio ditador francês, que estão ansiosos para garantir que qualquer revolta fique sob seu próprio controle, antes que os franceses cheguem. Diz-se também que o embaixador americano ofereceu fundos de seu próprio bolso para a compra de armas.

Enquanto isso, eu penso em visitar a Itália, portanto não se assuste se ficar sem notícias do

Seu afetuoso neto,

William

Georgiana olhou para a carta. Quase dois meses tinham se passado desde sua chegada, e, desde então, não recebera outra correspondência. Era possível, é claro, que ele tivesse ido para a Itália, mas achava que não. Com certeza era um estratagema para explicar o fato de que ele não podia escrever para ela de Paris.

Então, provavelmente William estava em Dublin. Todos os dias, desde que recebera a carta, ela olhara pela janela, meio que esperando vê-lo caminhar em direção a ela através da praça Merrion. Mas, é claro, não o tinha visto. E, se estava ali secretamente, devia estar com os Irlandeses Unidos. Ela tremia só de pensar no perigo que ele corria.

Mas o incidente que mais a havia apavorado tinha sido algo que acontecera em sua própria casa. Uma semana depois de ter trancado a carta, ela a havia tirado novamente da gaveta com fechaduras de sua escrivaninha, e notara, para seu espanto, que a carta fora recolocada na gaveta virada de modo errado para cima. Ela tinha certeza: colocara a carta ali com a parte escrita virada para ela; depois, ela aparecera ao contrário. Ela havia testado a gaveta, após tê-la trancado. Alguém, portanto, havia arrombado a fechadura, lido a carta e a colocado de volta. Mas quem teria feito isso e o que significava? E que perigo seu neto corria?

Era estranho ser invisível. De início, parecia emocionante, mas agora William achava isso solitário.

Robert Emmet vivia sob nome fictício, em Rathfarnham, 3 quilômetros mais ao sul. Fora ideia de Emmet que William usasse Casino. "Está vazia", explicou, "e quando estive lá, anteriormente, fiz alguns painéis e alçapões falsos. Portanto, se aparecer alguém lá, posso lhe mostrar como se esconder." Fora exatamente o que William fizera no dia em que aparecera um sujeito bisbilhotando a casa. O esconderijo tinha sido eficaz, mas ele lamentou que não lhe tivesse permitido ver o rosto do intruso.

Nesse meio tempo, ele deixara crescer o bigode e cerradas suíças das quais muito se orgulhava. Por orientação de Emmet, ele dizia se chamar William Casey. "E, como ninguém fora do nosso grupo de Paris sabe coisa alguma a seu respeito," frisara Emmet, "você poderá ser muito útil." Os líderes dos Irlandeses Unidos, Hamilton, Russell, McCabe, Swiney, eram um grupo heterogêneo, alguns fidalgos e intelectuais, outros artesãos, mas todos idealistas. Ele era o mais jovem presente às reuniões, geralmente feitas em Rathfarnham. "Mas não ligamos para idade", sorriu Emmet. Anne Devlin, a garota que atuava como governanta do lugar, tinha apenas 16 anos, mas todos pareciam dispostos a lhe confiar suas vidas. Vieram homens de toda a ilha para vê-los. Os homens de Wicklow e do Ulster prometeram, "Tomem Dublin e nos rebelaremos". Os homens de Kildare disseram: "Nós os ajudaremos a tomá-la."

Entretanto, as reuniões que mais impressionaram William foram as com os comandantes locais menos importantes. Pois era nelas que Emmet realmente se sentia à vontade. Era extraordinário como ele conseguia ser persuasivo, pintando um quadro luminoso de como seriam as coisas assim que a Irlanda se libertasse. "Napoleão está observando a nós, irlandeses", dizia a alguns humildes artesãos, "para ver se temos vontade de lutar. Se quisermos a ajuda dele, temos de provar quem somos. E, então, o que vão fazer?" Não parecia falhar nunca.

Durante o mês de maio, veio a notícia de que Napoleão estava, de novo, oficialmente em guerra com a Inglaterra. Isso acrescentou urgência aos preparativos. Em junho, foi enviada uma mensagem a Paris para dizer a Bonaparte que estavam quase prontos para ele.

Certa noite, eles foram a Dublin para se reunir com alguns cidadãos do local. Emmet se mostrara estimulante, mas um sujeito, que ficara especialmente impressionado, também tinha olhado com interesse para William, e, depois, foi procurá-lo. Teria ele também vindo de Paris?, perguntou respeitosamente. E quando William confirmou com a cabeça, o sujeito comentou:

— Vejo que é um homem de berço e educação, senhor. Sou Finn O'Byrne, à sua disposição.

— Eu sou William Casey.

Finn assentiu.

— E, posso perguntar, mora na cidade, senhor?

— Fora.

— Sou zelador de uma casa na cidade, senhor, e tenho acesso a outras. Se necessitar de alojamentos, ou de um lugar para guardar qualquer coisa, posso providenciá-los, e ninguém jamais saberá que está aqui. Poderia informar isso também ao Sr. Emmet?

William disse que o faria, e Finn O'Byrne forneceu-lhe o endereço onde poderia ser encontrado.

— Há algum lugar onde eu poderia encontrá-lo, senhor? — perguntou ele.

— Por intermédio do Sr. Emmet — respondeu William alegremente —, que poderá ser contatado através dos canais habituais.

— Sabe onde me encontrar, senhor — repetiu Finn —, se algum dia eu puder lhe ser útil.

Ele me pareceu um bom sujeito, pensou William.

Com Emmet agindo como intendente, os preparativos avançaram velozmente. Havia três esconderijos de armas nas Liberties de Dublin. Apenas um punhado de homens, que incluíam os irmãos Smith, sabia onde ficavam. Ferreiros haviam feito centenas de lanças. Eles tinham espingardas de pederneira, pistolas, uma formidável quantidade de pólvora. William se fazia útil agindo como secretário e braço direito de Emmet. Só faltava uma coisa.

— Precisamos de dinheiro, William — comentou Emmet certo dia de junho. — Você consegue algum?

William tinha 100 libras. Deu 50 a Emmet. Até mesmo pensou por um momento em recorrer à avó para obter fundos; mas, se o fizesse, seu segredo seria revelado; e, além do mais, mesmo se ela lhe desse dinheiro, ele não poderia arrastá-la desse modo para a conspiração. Mas, ao pensar nisso, ele percebeu, com uma pontada de dor, o quanto sentia falta de sua família.

Não que realmente sentisse falta dos pais. Sentia-se sinceramente feliz por evitar o pai, e sua mãe, que embora o amasse, estava tão completamente identifi cada com os desejos do marido que William nunca sentia que podia falar de fato com ela. Georgiana, porém, era outro assunto. Uma ou duas vezes, ao anoitecer, ele passara pela sua casa, na esperança de avistá-la em uma janela iluminada. Como ele ansiara subir os degraus para a porta com sua larga claraboia, e se deixar ver. Na segunda vez que fizera isso, ficara encantado ao ver a porta se abrir e seu irmão sair de lá. Ficara olhando-o caminhar pela rua, entregue a devaneios, sem dúvida envolvido alegremente em algum enigma matemático, e desejando muito poder se aproximar dele.

William achava Emmet mais extraordinário a cada dia. Não contente em juntar armas, ele inventava novas. Projetara uma lança dobrável capaz de ser escondida debaixo do sobretudo de um homem. Os ferreiros haviam reclamado e feito apenas algumas, mas funcionaram. Como químico, projetou granadas e uns foguetes sinalizadores. Estes eram monstros enormes, com varas de 2,5 metros que se erguiam centenas de metros no céu antes de descarregar fogos de artifício de diferentes cores que funcionavam como sinais pré-combinados para os soldados. No início de junho, testaram um, com bastante eficácia, em algum campo próximo a Rathfarnham.

William também sabia que, juntamente com todas essas outras atividades, seu amigo desenvolvia um caso amoroso com a filha de um fidalgo cuja casa da família ficava próxima. William conhecera Sarah Curran, uma beldade morena com uma linda voz para o canto, e considerava Emmet um sujeito de sorte. Seu amigo fazia tanta coisa, que parecia a William que um dia de sua vida devia valer um mês de vida da maioria das outras pessoas.

Quando julho começou, entretanto, ele percebeu que Emmet estava preocupado. Por volta da metade do mês, começara a ficar nervoso.

— Precisamos agir logo, William — confessou o jovem. — Estamos quase sem dinheiro, e não vai demorar muito para sermos descobertos.

— E os franceses? Não podemos ir adiante sem eles — frisou William.

— Nem uma notícia. — Emmet fez uma pausa. Parecia refletir sobre algo, então sacudiu a cabeça com irritação. — A hora está chegando — disse subitamente. — De agora em diante, preciso ficar na cidade, e você também. Tem algum lugar que possa usar?

Lembrando-se da proveitosa oferta de Finn O'Byrne, William foi procurá-lo no dia seguinte. O'Byrne ficou encantado. "Tem um quarto na própria casa onde eu moro", garantiu-lhe. "Não haverá nenhum problema."

Finn O'Byrne estava com sorte. Duas semanas antes, quando informara ter visto tanto Emmet quanto William, lorde Mountwalsh ficara contente. E agora, quando lhe contou sobre a nova combinação, o conde até mesmo sorriu.

— Você acha que a conspiração está chegando à sua fase final?

— Acho, Excelência.

Hércules refletiu. Quando O'Byrne informara ter visto pela primeira vez Emmett e William, ele se sentira no dever de informar ao Castelo, pelo menos, sobre Emmet. As autoridades de lá, contudo, não ficaram muito impressionadas.

— Sabemos que alguns dos Irlandeses Unidos vieram da França, apenas uns gatos pingados. Robert Emmet é muito jovem. Pode ser que esteja aqui para organizar os negócios da família. Tem algo mais específico?

— Não — respondera Hércules pesarosamente.

Mas se O'Byrne conseguisse vigiar William, este provavelmente o levaria a Emmet, e, sabe-se lá, a quem mais.

— Você vai seguir meu filho — disse a O'Byrne — e me informar.

A única coisa que intrigava Finn era o que aquele aristocrata pretendia fazer com seu filho, assim que descobrisse a conspiração. Levar o rapaz para um lugar seguro, supunha. Pessoalmente, não se importava, desde que fosse pago.

— Cuidarei para que o jovem cavalheiro não seja implicado — disse ele serviçalmente.

Mas ele não conhecia aquele homem.

Hércules fitou-o. Quando começou aquilo, ele queria apenas informações. Mas isso foi antes de ter percebido o quanto seu filho estava envolvido. Agora, porém, sua percepção mudara. Primeiro, o garoto tinha sido expulso do Trinity, depois fugido para Paris, e agora planejava uma insurreição. Por um momento, ele mesmo se permitiu revelar seus sentimentos em relação àquele desprezível espião.

— Ele foi meu filho. Mas traiu sua família, sua religião e seu país. E me traiu. Ele não é mais meu filho.

— Como queira Vossa Excelência.

— Quero que ele seja apanhado no ato, O'Byrne. Não pode haver incerteza. A prova tem de ser irrefutável. Quero que seja preso. E, depois, quero que seja enforcado.

O'Byrne o encarou.

— Você não dirá nada a ninguém — continuou Sua Excelência. — Você me manterá totalmente informado e eu alertarei as autoridades, quando for apropriado. Mas, se levar os soldados até meu filho no momento certo, eu lhe darei 50 libras. Pode fazer isso?

Cinquenta libras era um bocado de dinheiro.

— Ah, sim — disse O'Byrne. — Certamente.

✣

Na noite de 14 de julho, Dublin foi surpreendida por uma série de explosões e queima de fogos sobre o Liffey. No Castelo de Dublin, o oficial de guarda tratou do assunto calmamente.

— É o dia da Bastilha — disse com uma voz entediada. — Fogos de artifício republicanos.

Contudo, o chefe de polícia da cidade de Dublin levou um destacamento de soldados até o cais, onde encontrou uma enorme fogueira e um ajuntamento de pessoas, algumas das quais haviam descarregado tiros para o ar. Imediatamente, tentou acabar com as festividades à força. A multidão enfurecida apedrejou seus homens, e ele foi forçado a recuar.

— Precisamos tomar cuidado — comentou posteriormente uma autoridade do Castelo — e não levar muito a sério essas demonstrações republicanas. O chefe de polícia fez muito bem em não intervir.

Na tarde de 15 de julho, John MacGowan recebeu uma inesperada visita de Georgiana. Seu rosto estava pálido, e ela implorou pela sua ajuda.

— Eu o vi, John. Eu vi meu neto. Ele estava na Grafton Street. Virou uma esquina e corri atrás dele, mas conhece aquela área. É cheia de pequenas vielas e becos. Eu o perdi de vista. Mas era William. Eu sei que era. — Suspirou. — Fui para casa, então pensei em você. Isso não faz duas horas.

— Talvez tenha se confundido. A imaginação é capaz de pregar peças.

— John. Ajude-me.

Ele ficou em silêncio.

— O que acha que ele está fazendo? — perguntou ele finalmente.

— Ele veio de Paris. Provavelmente com Emmet e outros. Diga-me você o que eles estão fazendo.

— Eu não sei — respondeu com sinceridade. — Eles me procuraram, é claro, os Irlandeses Unidos, meses atrás. Mas me recusei. Não acredito mais em rebeliões.

— Então haverá uma rebelião?

— Foi dito isso. Mas não quer dizer que haverá.

— Eu perdi Patrick. Não vou aguentar perder também esse menino, John.

— Isso foi uma coisa terrível — disse ele baixinho. — O pai do rapaz não pode ajudar? — A expressão do rosto dela foi o suficiente. — Vou indagar — disse ele. — Mas não prometo nada.

Naquela noite, John foi à casa dela.

— Não dizem nada. — Para ser exato, Smith, o tabaqueiro, dissera-lhe: "Não há ninguém com esse nome envolvido." E, ao perceber a ambiguidade dessa afirmação e perguntar se ele poderia estar usando outro nome, Smith perguntara: "Quem quer saber?" A avó dele, respondera. "Ah, eu não posso falar", dissera ele.

O que, é claro, lhe revelou que William estava lá.

MacGowan sentou-se numa *bergère* da sala de esta de Georgiana. Meio que fechou um olhou e fitou-a pensativamente com o outro, o qual parecia incomumente grande e tudo ver à luz da tardinha. Sentiu a aflição dela. Isso tocou sua consciência.

— Sinto muito não poder ajudar — disse ele. — Mas, onde quer que esteja, ele tomou sua própria decisão e está claro que não quer ser encontrado.

E, não tendo levado qualquer consolo a Georgiana, ele partiu.

No sábado, 16 de julho, as Liberties de Dublin foram surpreendidas por uma pequena explosão num depósito perto da catedral de São Patrício. Três homens ficaram feridos e foram levados ao hospital, onde um deles, subsequentemente, veio a falecer. Felizmente, os danos não foram grandes, e os pequenos incêndios, rapidamente apagados pelos homens que estavam no interior, de modo que, quando chegaram os combatentes de incêndios municipais, disseram-lhes que não havia necessidade de seus serviços.

— Vocês só vão fazer mais bagunça além da que já existe — disse-lhes o capataz. A pequena multidão do lado de fora observava com interesse enquanto o capataz discutia com os homens do fogo, que finalmente foram embora descontentes. No dia seguinte, à noite, a polícia municipal foi examinar o local. Encontraram-no deserto, mas havia vestígios suspeitos de pólvora.

— Talvez estivessem fazendo fogos de artifício — aventou alguém.

Mas foi feito um relatório.

A reunião da manhã de domingo fora melancólica. O rosto de Emmet estava pálido e cansado.

Tinha sido por pouco, todos eles sabiam disso. Perto do amanhecer daquela manhã, armas e munição, tudo fora transferido para uma casa em Coal Quay, como agora era chamado o antigo Cais de Madeira Viking, Liffey abaixo.

— Dois vigias noturnos tentaram deter meus rapazes no caminho — informou Smith, o tabaqueiro. — Eles fingiram estar bêbados, mas foi por pouco. — Sacudiu a cabeça. — Mais cedo ou mais tarde, seremos descobertos.

Somente um tolo teria discordado. O tempo deles estava se esgotando, e eles sabiam disso.

Foi Russell quem falou agora. Ele era o mais experiente dos homens de 1798, e sua voz tinha peso.

— Temos duas opções. Podemos encerrar toda a operação e nos dispersar. Ou temos de começar imediatamente a rebelião. Se não fizermos isso, arriscamos perder o elemento surpresa, ou pior, seremos todos presos.

— E os franceses? — perguntou Emmet.

— Você recebeu alguma notícia? — Não houve resposta. — Se os esperarmos, seremos todos enforcados antes que cheguem.

Houve vários murmúrios de concordância.

— Não estamos prontos — disse Emmet.

— Temos um grande esconderijo de armas — destacou outro da velha guarda, Hamilton. — Talvez não tenhamos uma oportunidade tão boa novamente.

— Eu sublevarei o norte — prometeu Russell. — Em três dias, terei o Ulster marchando.

Não ficou claro para William o quanto Emmet fora convencido por esses argumentos, mas, após alguma discussão, concordou-se que a rebelião deveria ocorrer o mais rápido possível.

— Se quisermos trazer grandes números de pessoas do interior, sem levantar suspeitas — lembrou-lhes Hamilton —, sábado, o dia de feira, é o melhor. Nesse dia, de qualquer modo, temos gente de todo tipo vindo para a cidade.

Concordaram que seria no dia 23.

— Isso nos dará cinco dias inteiros para nos prepararmos — disse Emmet com uma risada.

✣

Se Emmet tinha pessoalmente alguma dúvida, nunca se soube. Seu quartel-general e principal depósito de armas ficava no depósito da Thomas Street, um pouco depois do antigo St. John's Hospital, situado na Liberty a oeste da antiga muralha da cidade. Era um lugar espaçoso, com um pátio. Uma rua estreita chamada Marshalsea Lane descia dali da Thomas Street em direção ao cais. Ali, Emmet trabalhava e dormia dia e noite.

William nunca estivera tão animado. Era divertido sentir que estava fazendo história. Emmet tinha senso de estilo. Um alfaiate fizera uniformes verdes com apliques de dourados e galões.

— São fardas de generais franceses — explicou Emmet. — Eu e os outros líderes vamos usá-las. Isso lembrará aos nossos homens que eles são um apropriado exército revolucionário.

Havia muita coisa a ser preparada: munição, suprimento, até mesmo pães para os homens. Não era mais possível manter o depósito em segredo, e um grande número de soldados das várias brigadas de Dublin eram enviados para algum serviço por ali. Na segunda-feira de manhã, logo após a chegada de William, O'Byrne chegou, e rapidamente se fez útil, verificando todas as armas e notando qualquer deficiência. "Precisamos de mais chumbo, Sr. Emmet", informou, e William foi enviado para comprá-lo. Ao final do dia, ele acompanhou William até em casa e, no caminho, pagou-lhe uma bebida.

Emmet também se ocupava em redigir manifestos. Eram longos, mas poderosos. Chegara a hora, escreveu, de a Irlanda mostrar ao mundo que era competente para assumir seu lugar entre as nações. Leinster e Ulster liderariam; a Irlanda toda os seguiria; não havia necessidade de ajuda estrangeira. Mas a rebelião devia ser conduzida com nobreza, sublinhavam os manifestos. Teria de haver estrita ordem militar, seguida de eleições livres e justiça para todos. "Mande imprimir isto imediatamente, William", ordenou.

Russell, Hamilton e alguns dos outros foram para o norte sublevar o Ulster. Kildare mandou avisar que eles chegariam sábado com quase 2 mil homens. Também foram enviados mensageiros para Wexford e Wicklow.

— Quem conhece as montanhas de Wicklow? — perguntou Emmet.

— Eu as conheço como a palma da minha mão — ofereceu-se O'Byrne.

— Então você é o homem — disse-lhe Emmet. E lhe forneceu instruções detalhadas sobre a mensagem que deveria transmitir aos comandantes de lá.

— Tome cuidado — disse William, afetuosamente, quando ele partiu.

✣

O conde de Mountwalsh ouviu atentamente.

— Tem certeza de tudo isso?

— Tenho, milorde. — Finn repetiu exatamente a mensagem que devia transmitir. O ataque começaria na noite de sábado, às 22 horas. Um foguete, estrelas cadentes, seria o sinal. Após apanhar armas no depósito da Thomas Street, os Irlandeses Unidos tomariam primeiramente o Castelo de Dublin.

— Você não deverá transmitir a mensagem a Wicklow, mas é melhor ficar fora de vista até sábado — ordenou Hércules.

— Há uma estalagem em Dalkey que posso usar.

— Ótimo. No sábado, você voltará, dirá a eles que a mensagem foi transmitida e observará os preparativos. À uma hora desse dia, você me encontrará no túmulo de Strongbow, na catedral da Igreja de Cristo, e eu lhe darei mais instruções.

— Vossa excelência me dará 50 libras quando isso acabar?

— Quando o meu filho for preso, eu lhe darei 100 libras, O'Byrne. Agora vá.

Era difícil para John MacGowan. Ele não era covarde, mas um homem mais velho e mais sensato do que fora cinco anos atrás. E, embora quisesse as mesmas coisas que Emmet, não acreditava em uma nova revolta. Achava que, atualmente, acreditava mais em homens do que em causas. E tinha paciência. Se não foi eu, pensava, então serão meus filhos e meus netos. Enquanto isso, desde que a Inglaterra enviasse homens humanos como Cornwallis e o representante real que agora o substituíra, a vida era suportável.

Sua consciência, porém, o perturbava.

Não por causa de revolta, mas por causa de amizade. Era o rosto de Georgiana que o assombrava. E ela tinha toda a razão para estar com medo. Se o jovem William tivesse se juntado a Emmet, então ele corria grande perigo. Quando a conspiração fosse descoberta ou a revolta fracassasse, o que certamente ocorreria, as autoridades não seriam mais lenientes com ele do que foram com lorde Edward.

Ele achava que podia prever o que aconteceria. Os rebeldes, primeiramente, precisariam tomar Dublin. Um sábado de feira era sempre o melhor momento para tal coisa. Mas quando? Não fazia ideia. Se, como desconfiava, as misteriosas explosões na Liberty tinham algo a ver com isso, os planos provavelmente deviam estar avançados. O tempo, portanto, não estava do lado do jovem William.

No entanto, o que era o rapaz para ele? O filho de um homem que ele odiava e que o odiava. É verdade, mas também o neto de uma velha amiga. E sobrinho de Patrick, um homem que ele havia amado.

O que poderia fazer, afinal? O único modo de ajudar o rapaz seria conversar com ele, convencê-lo a fugir. E como, diabos, conseguiria encontrá-lo? Só se ele mesmo se juntasse o tempo suficiente aos conspiradores para fazer isso — e, ainda assim, de qualquer modo, provavelmente não conseguiria convencer o rapaz. O que aconteceria então? Sua avó iria lá raptá-lo? Aliás, pensou com um sorriso, ela talvez fosse capaz disso.

E se ele fizesse tal coisa, por causa dela, claramente estaria arriscando sua própria vida. Ele tivera sorte em não ser preso em 1798. Desta vez, talvez não fosse tão afortunado. Um belo presente para seus netos — ver o avô deles pendurado numa ponte. Não, era o jovem William quem deveria ser pendurado. Suspirou e tentou afastar o assunto da mente.

Debateu desse modo consigo mesmo, todos os dias, durante quase uma semana.

Na noite de sexta-feira, 22 de julho, Smith, o tabaqueiro, surpreendeu-se ao encontrar um visitante à espera na porta de sua casa. Era John MacGowan. Ele disse que queria novamente entrar em ação. Smith fitou-o pensativamente.

— Por que mudou de ideia, John? Isso tem algo a ver com o jovem Walsh sobre quem andou perguntando?

MacGowan tinha se preparado para isso.

— De certo modo, sim. Pensei comigo mesmo, se ele está participando, por que eu não estou?

— E se ele não estiver?

— Se não estiver — sorriu MacGowan —, então eu também ficarei de fora.

— Vai se arriscar a morrer?

— Já me arrisquei antes. Meus filhos estão todos crescidos.

Smith assentiu pensativamente. Então olhou-o demoradamente.

MacGowan sabia o que ele estava pensando: seria possível, devia estar se perguntando o tabaqueiro, que aquele seu velho companheiro tivesse virado um agente duplo? Coisas assim aconteciam. O silêncio foi demorado. Enfim, MacGowan falou.

— Se não confia em mim, é melhor eu ir para casa. O medo de ter um traidor a seu lado causa mais dano do que algum benefício que eu possa lhe fazer. — Virou-se. Lamentava por ter fracassado, mas também se sentia aliviado. Pelo menos, havia tentado; sua consciência estava limpa. Tinha dado uma dúzia de passos, quando ouviu atrás de si a voz de Smith.

— Thomas Street. Logo depois da Marshalsea Lane. Amanhã de manhã.

No final da manhã de sábado, o local estava apinhado e caótico. Centenas de homens de Kildare tinham chegado. Havia constantes exigências. "Cadê os bacamartes? Precisamos de mais munição. Quem esvaziou o barril de pólvora?" William era encarregado constantemente de serviços. Várias centenas mais de homens vinham de Wexford. Eles foram convencidos a esperar no depósito de Coal Quay. Outro grupo de homens de Dublin ia se reunir em uma casa na Plunkett Street. Finn O'Byrne havia retornado para dizer que a mensagem fora transmitida, mas não sabia dizer a que horas chegariam os homens de Wicklow.

Em meio ao caos, houve outro acréscimo bem-vindo. John MacGowan havia aparecido de manhã cedo e fora recebido com agrado por vários dos homens. Ele era uma presença tranquila, trabalhando ao lado de William.

— Continua marcado para dez horas da noite — confirmou Emmet. — Vamos disparar um foguete, então partimos para o Coal Quay, pegamos o pessoal de Wexford e marchamos direto para o Castelo de Dublin.

Finn O'Byrne, que passara a noite viajando, disse que ia descansar em sua casa, mas prometeu voltar mais tarde.

Georgiana estava agitada. O fato de ter sonhado com William não era nenhuma surpresa. Mas a sensação que agora a afligia era de um tipo diferente. Não formava imagens mentais de William. Nem sentia um pânico súbito, como uma mãe que não consegue encontrar seu filho. A sensação que a dominava não era medo, mas a compreensão, silenciosa mas certa, de que ele corria perigo. Ela já ouvira falar de tal faculdade misteriosa que havia entre pessoas próximas. Mas não sabia o que fazer a respeito.

No final da manhã, ela pediu sua carruagem. Primeiro, foi à Grafton Street, pois fora ali que vira William. A seguir, à casa de John MacGowan, e lhe disseram que ele passara o dia fora. Depois disso, para aturdimento de seu cocheiro, que não tinha ideia do que ela fazia, seguiu sem rumo pela Dame Street e deu a volta no Castelo. Esperava captar alguma sensação de onde ele estava, mas nada aconteceu. Com relutância, foi para casa.

Lorde Mountwalsh esperava nas sombras, meio escondido por um pilar, quando Finn O'Byrne chegou ao túmulo de Strongbow. Usava um casaco indefinível com a gola virada para cima, e um fino lenço cobria a parte inferior de seu rosto. As botas estavam mal engraxadas. O disfarce era simples, mas eficiente. Ele poderia ser tomado por qualquer comerciante de Dublin.

— Conte-me tudo — ordenou.

Finn lhe fez um relato de tudo que vira.

— Será às 22 horas — disse ele. — Haverá um foguete. — E explicou a rota que Emmet pretendia seguir.

— Ótimo. Avisarei ao Castelo para estarem preparados às dez. Nada será feito para alertar os rebeldes. Queremos que eles revelem suas intenções. Ficarei em casa, mas, às nove e meia, irei numa carruagem simples ao velho St. John's Hospital. Encontre-me lá e caminharemos juntos pela Thomas Street. Creio que esse será um disfarce suficiente.

— Sim, milorde. Mas por que deseja ir à Thomas Street?

— Para que você eu possamos ver Emmet e meu filho saírem. Poderá ser difícil identificá-los depois, e não poderá haver qualquer dúvida sobre a culpa deles. Tem de haver um testemunho irrepreensível no julgamento deles. — Empertigou-se. — Eu mesmo pretendo testemunhar.

E agora não poderia haver qualquer equívoco em relação ao terrível conde de Mountwalsh.

✣

Foi durante a tarde que as coisas começaram a dar errado.

Às 14 horas, Emmet saiu para ir a uma taberna próxima com a liderança de Kildare. Ficaram um longo tempo fora. Quando voltaram, Emmet parecia pálido.

— Talvez tenhamos de nos arranjar sem os homens de Kildare — disse baixinho a William. — Eles não estão satisfeitos com os preparativos. — Suspirou. — Sabe, tivemos de fazer tudo numa pressa dos diabos. Mas talvez alguns deles fiquem.

No fim da tarde, embora ainda houvesse ali centenas de homens, o depósito estava mais silencioso. Contudo, as dúvidas dos homens de Kildare tinham afetado também alguns dos comandantes de Dublin, e mais grupos de homens estavam indo embora. Quando Finn O'Byrne reapareceu, por volta das 19 horas, William explicou o que acontecera. Poucos minutos depois, Emmet chamou-os.

— Com os homens que estão aqui e o rapazes de Wexford, e os outros grupos que certamente virão, quando o foguete for disparado, ainda teremos gente suficiente para surpreender o Castelo — anunciou.

Um pouco antes das oito horas, O'Byrne saiu.

— Vou ver se consigo trazer mais gente — alegou ele.

— Esteja de volta às dez — disse Emmet.

— Leve uma arma — sugeriu William, e lhe deu uma das lanças dobráveis de Emmet. — Pode escondê-la debaixo do casaco.

— Obrigado — disse O'Byrne.

Fazia duas horas que a carruagem com o representante real tinha passado pelos portões do Castelo de Dublin e seguido na direção da Liberty.

O representante real fora chamado ao Castelo aquela tarde por causa da informação de que uma grande insurreição estava planejada para aquela noite. Tanto ele quanto o comandante em chefe, general Fox, ficaram céticos.

— O conde de Mountwalsh pode afirmar o que quiser — dissera ele, com irritação —, mas há alguma confirmação? Ele disse onde se encontram esses rebeldes? Como vamos reconhecê-los? Devemos sair e atirar em todos os bêbados num sábado à noite?

— O sinal será um foguete, às 22 horas.

O general Fox falou.

— Na última ocasião, no dia da Bastilha, quando aquele idiota do chefe de polícia agitou uma multidão sem motivo, também houve foguetes.

Mesmo assim, os soldados do Castelo e os que ficavam nas casernas próximas foram colocados em alerta. Eles certamente estariam preparados. Mas, por volta das seis horas, o representante real se deu um basta.

— Mantenha o alerta — ordenou. — Na dúvida, prepare as tropas para combate e tranque os portões do Castelo. Isso é tudo. Avise-me se a revolução começar. Eu vou para casa.

Era uma das características agradáveis de seu cargo ocupar uma esplêndida residência assentada nos magníficos espaços do parque Phoenix. Quando sua carruagem e escolta retumbaram a Liberty abaixo e através do Liffey, ele se lembrou do que seu antecessor lhe dissera sobre a personalidade do conde de Mountwalsh.

Lorde Cornwallis não medira suas palavras.

— O sujeito é insuportavelmente maçante. — E, como de hábito, estava certo.

John MacGowan avaliou a situação. Faltavam menos de duas horas. Como, diabos, ele conseguiria afastar o rapaz?

Essa rebelião seria uma catástrofe: ele podia sentir isso nos ossos. Deu-se conta, subitamente chocado, de que os irmãos Smith não estavam mais ali. Emmet havia tirado o casaco, que agora estava no encosto de sua cadeira, e vestido seu uniforme verde. Parecia esplêndido com ele; mas MacGowan desconfiava que o uniforme também servia a outro propósito. Ajudava Emmet a entrar no seu papel, de modo a não haver volta. Era como se fosse uma armadura.

E o que pensava o jovem William? Teria se dado conta de que todos eles iam morrer? Às oito e meia, ele foi até William e sugeriu que fossem tomar ar no pátio. Emmet redigia despachos.

O ar lá fora era quente. Havia homens descansando em volta nos cantos do pátio. O foguete, com sua vara de 2,5 metros e longo pavio, descansava sobre seu pesado cavalete de lançamento, apontando para o céu. Parando perto dele, MacGowan falou.

— Os melhores homens se foram.

— Eu sei — disse calmamente o jovem William.

— Precisamos salvar Emmet dele mesmo. A rebelião fracassará, e nós perderemos tudo.

— A sorte está lançada. Ele não voltará atrás. Eu o conheço.

— E você?

— Não deserto meus amigos. — Isso foi dito com franqueza. Fora assim que ele escolhera viver; era assim que ele escolhia morrer; MacGowan olhou com admiração.

— Muito justo — disse ele, e voltou para dentro.

Que diabos ele ia fazer agora?

Mais dez minutos se passaram. Emmet estava ocupado em sua mesa, mas MacGowan observou que, de vez em quando, ele parecia nervoso.

MacGowan perambulou pelo depósito. Ninguém prestava muita atenção nele. Examinou várias armas, mas enfim escolheu uma pistola grande e pesada, a qual enfiou no cinturão. Pegou algumas buchas. Em um aposento, havia algumas escadas e enrolados de corda. Apanhou um pequeno e o pendurou no ombro. Avistou um rolo de bandagem e também o apanhou.

Ele havia imaginado um plano em linhas gerais. Depois disso, teria de improvisar. De volta ao aposento principal, Emmet e cerca de cem homens esperavam. Ele foi para fora. Faltavam quatro minutos para as nove.

Continuou pela rua. Havia poucas pessoas por ali. Perto, havia duas tabernas. Agora a noite caía. Um acendedor de lampiões fazia sua ronda. Um estranho e ambíguo momento do dia, aquela fronteira entre o dia e a noite. Ele inspirou fundo, virou e correu de volta para o depósito.

— Soldados! Vêm vindo soldados — gritou. — De todos os lados. Eles vão nos cercar. Saiam imediatamente.

Emmet saltou da mesa. Os homens, em toda a volta do depósito, se entreolhavam. William também se pôs de pé. Estava pálido.

— Eles nos pegaram — gritou MacGowan.

Aquele era o momento. Os homens vacilavam. Ele podia ver em seus olhos. Era tudo o que queria: a oportunidade de rendição. Se Emmet dissesse apenas, "Acabou-se, rapazes — fujam se puderem"; então ele levaria William para local seguro. Mas Emmet não fez tal coisa. Maldito aquele seu espírito nobre.

— Peguem suas armas, rapazes — berrava Emmet. — Está na hora de lutar.

Alguns dos homens pareciam indecisos, outros deram vivas. Eles o seguiriam?

— Acendam o foguete — gritou Emmet.

— Nós faremos isso — disse MacGowan, e, agarrando William pelo braço, arrastou-o consigo para o pátio. Levou somente um instante para golpear a pederneira e acender uma mecha. Acenderam o pavio do foguete e recuaram. Após alguns momentos, o foguete decolou com um jorro de fogo e um rugido, subindo alto no céu, centenas de metros, enquanto todos o olhavam, antes de explodir com uma grande chuva de estrelas brilhantes. Toda a Dublin devia ter visto.

— Venham, rapazes, vamos tomar o Castelo. — A voz de Emmet. Ele liderava os homens na rua. Que esplêndida sua aparência no uniforme verde. Ele agitava uma espada no ar e seguia ao longo da Thomas Street. Presumivelmente, se encontrasse soldados, esperava abrir caminho entre eles.

O jovem William ia segui-lo. MacGowan tinha de pensar depressa.

— Emmet — chamou. — Devo ir buscar os homens de Wexford?

— Faça isso — gritou Emmet.

— Posso levar William?

— Pode. William, vá com ele.

Ele estava ao lado de William.

— Venha, William. Depressa, agora — berrou MacGowan. E começaram a correr por Marshalsea Lane, na direção do cais.

Finn O'Byrne ocupava seu tempo. Decidira ficar fora do depósito até se encontrar com lorde Mountwalsh. Se começasse a sair perto da hora, poderia parecer suspeito.

O fato de muitos de Kildare e Dublin terem ido embora não o preocupava. Isso só tornaria mais fácil de se ver Emmet e William quando eles saíssem. Era possível, supôs, que Emmet cancelasse a coisa toda, mas não achava que isso fosse da personalidade de Emmet.

Ele caminhara até a Igreja de Cristo e virara na Winetavern Street para uma taberna. Talvez fosse melhor tomar uma Guinness enquanto esperava. A lança dobrável que William lhe dera era bastante pesada, não poderia tirá-la em público; portanto, manteve-a escondida sob o casaco. Ele tinha de confessar que a coisa era engenhosa. E, nunca se sabia, aquilo poderia ser útil, se houvesse confusão durante a noite. Sem querer chamar atenção para si, sentou-se em um banco na rua, do lado de fora da porta.

O sino da igreja acabara de assinalar nove horas, quando ele avistou o grande clarão de luz no céu sobre a Thomas Street e viu o irromper de estrelas, quando o enorme fogo de artifício explodiu no céu noturno.

Fitou aquilo horrorizado. Ele se equivocara com as horas? Não. Eram nove. O sinal tinha sido dado uma hora antes. Não havia equívoco. A rebelião havia começado. E lorde Mountwalsh só planejava deixar sua casa dentro de meia hora.

Correu pela rua. O que deveria fazer? Esperar por Mountwalsh? Será que o conde vira o foguete? Provavelmente não, se estava dentro de casa. O que, diabos, ele deveria fazer?

Ao sair perto da catedral, viu um cabriolé. Fez um sinal para ele.

— Chicoteie seu cavalo — bradou — e me leve à praça St. Stephen. O mais depressa que puder.

Atrás de grades de ferro, um imenso jardim retangular se estendia no centro da praça Merrion. Georgiana estava caminhando ali, preocupada, havia mais de uma hora, quando viu o foguete se erguer e rebentar numa grande explosão de estrelas em algum lugar a oeste, atrás do Castelo.

O que significava aquilo? Deixou o jardim. Nenhuma das pessoas na calçada parecia ter visto o foguete. Ela caminhou até a grade da Leinster House e deu a volta para a praça St. Stephen. Ali, viu várias pessoas olhando para cima, para o céu; mas ninguém fazia nada. Pensou se devia andar na direção do Castelo, para ver se estava acontecendo alguma coisa. Era uma caminhada de apenas dez minutos. Ou deveria voltar e chamar novamente sua carruagem? Hesitou. A sensação que estivera com ela o dia todo agora se tornara mais insistente. O foguete era o presságio de algo terrível. Ela tinha certeza.

Não estava ali cinco minutos, quando avistou o cabriolé vir disparado do lado oriental da praça e correr até a porta da casa de Hércules. Viu uma figura subir apressada os degraus e puxar furiosamente a campainha. Quando a porta se abriu, a figura disse algo, então correu de volta para o cabriolé à espera. Momentos depois, uma figura vestida com um comprido sobretudo ligeiramente surrado, e com um chapéu puxado para baixo do rosto, saiu saltando degraus abaixo e pulou para o cabriolé, que outra vez arremeteu estrepitosamente.

Embora estivesse estranhamente vestido, ela reconheceu imediatamente seu filho. Virou-se, correu de volta para a praça Merrion e chamou sem demora sua carruagem. Estava tão perturbada, que a esperou do lado de fora. Enquanto esperava, teve quase a certeza de ter ouvido, a distância, o som do tiro de uma pistola.

Lorde Mountwalsh olhou Finn fixamente.

— O que diabos aconteceu?

— Não sei, milorde.

— Vá para o Castelo. Eu falei para eles que era às 22 horas. Preciso me certificar se eles sabem que começou.

Em poucos minutos chegaram aos portões do Castelo. Era óbvio que, de imediato, a guarnição fora alertada pelo foguete. O portão principal já estava fechado, e um destacamento de soldados se formava. Uma breve conversa com o oficial de serviço foi o suficiente.

— Pronto. Vamos para a Thomas Street — bradou Hércules.

Finn meditou um momento.

— Tarde demais, milorde. Eles agora já devem ter descido para o Coal Quay — disse ele —, para se reunir com os homens de Wexford. Pode ser perigoso — acrescentou. Mas Hércules dirigiu-lhe apenas um olhar de desprezo.

— Para o cais, então, o mais depressa possível — gritou para o cocheiro. — Tudo de que precisamos — lembrou friamente a O'Byrne — é uma visão clara do meu filho. Nada mais interessa agora.

Havia talvez trezentos homens no depósito da Thomas Street. Um bom número seguira Emmet para a rua. Outros procuraram os soldados que estariam atacando, mas, quando não os viram, voltaram para dentro.

Pouco tempo depois, os companheiros da Plunkett Street, que tinham visto o sinal, chegaram apressados. Os homens no depósito lhes forneceram rapidamente lanças e armas, e o grupo da Plunkett Street partiu atrás de Emmet.

Entretanto, o progresso de Robert Emmet em direção ao Castelo não ia bem. Seus homens estavam nervosos e perdendo a coragem.

— Vamos, rapazes, agora é a sua hora para a Liberdade — bradou, e deu um disparo de pistola para o ar, a fim de encorajá-los. Mas, ao percorrerem a rua, iam hesitantes, dividindo-se em grupos, e se fundindo com os becos. Ao avistarem os arredores da catedral, Emmet olhou em volta e descobriu que não tinha nem vinte homens.

Nada havia a ser feito, e ele sabia disso. À sua direita estava a Francis Street, que levava em direção ao sul para fora da cidade.

— Por aqui, rapazes — disse tristemente, e começou a percorrer a rua em direção às distantes montanhas de Wicklow.

Quando o grupo da Plunkett Street seguiu em direção à catedral, apenas minutos depois, não conseguiu encontrá-los; então, eles também se dividiram em grupos e saíram perambulando pela noite. Ainda bem. O poder de fogo que os esperava agora no Castelo era formidável.

Com isso, restavam apenas o homens de Wexford, perto do cais.

O'Byrne e lorde Mountwalsh estavam à espera em um beco havia quase meia hora. O cabriolé aguardava logo após a esquina, não muito distante.

Assim que chegaram, tiveram a certeza de que os homens de Wexford ainda não haviam se movimentado; portanto, eles tinham se posicionado sensatamente para que pudessem ver o contingente da Thomas Street quando este se aproximasse. Havia até mesmo um poste com lampião ali perto, de modo que poderiam dar uma boa olhada em seus rostos.

Nada, porém, acontecera. Após algum tempo, Hércules começou a ficar impaciente. Agora ele mal conseguia ficar parado. Mas, se saíssem dali, sempre haveria a chance de perderem sua presa quando esta passasse. Finalmente, um dos homens de Wexford passou correndo por eles pela viela em direção ao depósito. Sem dúvida, eles agora também queriam saber o que estava acontecendo. Pouco depois, o homem voltou, e eles o ouviram gritar.

— Eles se foram. O depósito está vazio.

Ao lado dele, Finn ouviu o conde murmurar uma imprecação.

— Venha — ciciou, e virou-se na direção do cabriolé. Ao correrem para lá, Finn podia sentir na escuridão o conde tremer de raiva. — Leve-me para a Thomas Street — ordenou, assim que chegaram ao coche. — Mostre-me o local.

Quando chegaram ao depósito, estava exatamente como dissera o homem de Wexford. A bagunça era notável: lanças, espadas e até mesmo valiosas espingardas de pederneira estavam jogadas pelo chão. Havia cartucheiras com chumbo, barris de pólvora... e nenhuma alma viva. O resto dos homens de Emmet havia fugido.

Era assustadoramente claro que, agora, a raiva de Hércules chegava ao ponto de perigo. Ele recolheu alguns dos manifestos de Emmet, que estavam empilhados sobre uma mesa, e jogou-os furiosamente no chão. Por um apavorante momento, Finn pensou que ele fosse chutar um barril de pólvora. Então Hércules descarregou sua fúria em O'Byrne.

— Seu vilão! — esbravejou. — Você me levou propositadamente a buscar algo inexistente.

— Por que eu faria isso, Excelência? Juro por todos os santos...

— Que se danem seus santos — rugiu o conde. — Seu patife irlandês, seu cão papista! Seu mentiroso. Pensa que pode me trair? Onde está Emmet? Onde está meu filho?

— Eu não sei — berrou Finn, envergonhado.

— Então vou lhe dizer uma coisa. — A voz do conde ficou subitamente fria de fúria. — Se Emmet e meu filho forem presos e executados, ótimo. Você, é claro, não receberá nada. Nem 1 penny. Mas conservará sua vida. Mas se os dois escaparem, então saberei que você estava de conluio com eles. — Aproximou seu rosto do de Finn. — Lembre-se, O'Byrne, que eu o encontrei aqui. Eu sei que você era um dos rebeldes, e testemunharei isso. — Aproximou o rosto ainda mais, e cochichou com intensidade mortal: — Eu o verei ser enforcado.

Então girou nos calcanhares.

— Milorde — Finn seguiu atrás dele —, vamos pegar o cabriolé para o Castelo. Pode ser que estejam lá. O senhor os verá.

— Dane-se o cabriolé — berrou Hércules irracionalmente. — E dane-se você. Prefiro andar.

— Mas o dinheiro da corrida, milorde — lamentou-se Finn. Sabe Deus qual seria o custo da corrida, após todo aquele tempo. — A corrida.

— Pague você — gritou para trás Sua Excelência desdenhosamente.

E, com isso, ele cometeu o erro do rico, o de deixar o enorme preço de uma corrida para um pobre. Um erro fatal.

Pois agora, enquanto olhava, atônito, atrás de lorde Mountwalsh, algo produziu um estalido em Finn O'Byrne. Subitamente, ele se deu conta de que ainda estava com a lança dobrável debaixo do casaco. Tirando-a, abriu-a com um estalido. Hércules ouviu o som um pouco antes de alcançar o portão do pátio e se virou — só a tempo de ver O'Byrne correr para ele com a grande, reluzente lâmina da lança apontada diretamente para sua barriga. Tentou, sem sucesso, desviá-la, quando a lâmina atravessou, com o ruído de um rasgão, seu sobretudo, e ele sentiu uma imensa, abrasadora dor em suas entranhas. Caiu de joelhos. Finn estava com o pé sobre o peito dele. Puxou a lança para fora. Hércules sentiu outra dor enorme, e ouviu o som de sucção. Então viu a terrível lâmina ensanguentada da lança reluzir abaixo em direção a seu pescoço, e sentiu uma pancada como se fosse um trovão rebentando sobre ele.

Finn recuou. O corpo de lorde Mountwalsh jorrava sangue pelo chão. Finn observou-o estrebuchar. Ótimo. Torceu para que Emmet e seus homens tivessem sido bem-sucedidos em invadir o Castelo e feito a mesma coisa com todos os malditos ingleses que estavam lá.

Afinal, ele podia ter traído Emmet, mas, pelo menos, gostava dele.

Olhou em volta. Seria melhor não deixar o corpo ali. Por outro lado, não poderia arrastá-lo para a rua. Num determinado ponto, o muro do pátio não chegava a dois metros de altura. Ele trepou num caixote e olhou por cima dele.

Havia um pequeno monte de adubo do outro lado, na extremidade de um pedaço maltratado de terra inculta. Ele entrou, apanhou uma escada e rolou o corpo do conde para cima dela. Arrastou a escada, ergueu a parte livre para cima do muro, e pôde, então, sem muita dificuldade, empurrar o cadáver alguns metros acima, até conseguir com que Mountwalsh pousasse sobre o muro. Suspendendo-o e manobrando-o com a escada, conseguiu incliná-lo, de modo a fazê-lo cair com um leve ruído surdo do outro lado. Despiu seu casaco sujo de sangue e também o jogou ali, juntamente com a lança. Então, limpou o sangue da escada e colocou-a de volta no depósito. Encontrou uma bacia e uma jarra com água, na qual lavou as mãos. Jogou água em suas botas. No encosto de uma cadeira do aposento principal, avistou o casaco do jovem Emmet. Não achava que Emmet fosse precisar mais dele.

Ao voltar para o pátio, encontrou o cocheiro ali, à espera.

— Os cavalheiros já terminaram? — indagou o sujeito.

— Os cavalheiros já se foram — respondeu ele. — Você sabe quem eu sou?

— Não, senhor.

— Eu sou Robert Emmet, mas você não me viu aqui. Caso contrário, é um homem morto.

— Está bem, senhor. Mas quem vai pagar a corrida?

— Corrida? Você fez isso pela causa. — Aliás, ele fazia uma boa imitação da entonação de Emmet. — Agora vá.

— Não sem o meu pagamento.

— É mesmo? — Havia uma espada caída a seus pés. Ele se curvou, apanhou-a e avançou contra o cocheiro, que correu para a rua. O sujeito ficou tão amedrontado que saiu correndo para leste, em direção à cidade.

Estava na hora de ir. Jogando a espada de volta para o pátio, Finn O'Byrne atravessou a rua. Momentos depois, havia sumido.

✣

O rosto de Georgiana estava cinzento. Seu cocheiro começava a ficar nervoso. Ele ainda não tinha ideia por que sua patroa tinha saído daquele jeito, mas as coisas estavam ficando assustadoras.

Um pouco antes, nas ruas mais abaixo da Igreja de Cristo, eles haviam deparado com um grande grupo de homens que pararam a carruagem e perguntaram, educadamente, se tinham visto um jovem liderando um grupo.

— Eu também procuro alguém — dissera-lhes ela, descrevendo William. Mas eles não o conheciam. — De onde vocês são? — perguntara ela. De Wexford, responderam, e seguiram seu caminho. Mas agora as ruas pareciam estar repletas de multidões com diferentes tipos de humor.

— Dirija por ali — ordenou ela.

— Mas isso nos levará à Liberty, milady — alertou o cocheiro, em vão. Ela o forçou a ir.

A notícia da revolta havia se espalhado como fogo grego. Alguns dos homens que bebiam nas tabernas ainda estavam com suas armas. Multidões, geralmente meio embriagadas, formavam-se nas ruas, gritando pela rebelião.

Georgiana não se importava. Ela estivera na área do Castelo, onde havia patrulhas militares do lado de fora, e também estivera no cais. Agora pretendia tentar as Liberties. Se houvesse alguma chance de avistar seu neto, não iria desistir. Atravessaram a Francis Street. Várias vezes, aglomerações de homens e mulheres retardavam seu avanço e até mesmo batiam nas laterais da carruagem. Mas, depois que um sujeito dera uma cuidadosa cutucada com uma lança nas costelas de seu cocheiro, ela percebeu que não podia pedir que ele continuasse.

— Vá para a Thomas Street — disse ela. — É maior do que estas vielas, e, de lá, voltaremos para a Igreja de Cristo.

Agora, porém, ao chegarem à Thomas Street, encontraram seu caminho bloqueado. Uma multidão de várias centenas se juntara. E, pelos seus gritos e imprecações, era óbvio que tinham um ânimo maldoso. Haviam acabado de parar uma carruagem no meio da rua. Alguns dos homens carregavam lanternas. Sob a luz delas, Georgiana viu um clarão de lanças. O cocheiro tentava fazer com que os cavalos avançassem, chicoteando-os, mas alguns dos homens os tinham segurado pelas rédeas. Eles forçaram a abertura de uma das portas da carruagem e arrastaram um cavalheiro idoso para fora. Então, um outro homem, pela aparência um clérigo. Ela ouviu gritos. Eles tinham começado a pisotear o velho. Então, como se por vontade própria, acima das cabeças da multidão, ela avistou várias lâminas de lanças seguirem para o local. Viu uma das lâminas mergulhar. Então outra. A multidão rugiu. Eles tinham acabado de espetar o clérigo.

O cocheiro de Georgiana tentava fazer os cavalos recuarem para fazer a volta com a carruagem, mas, como uma maré, a multidão correu para trás e inundou à sua volta. Houve um martelar na porta.

Nada mais havia a fazer. Ela abriu a cortina e mostrou o rosto.

— É isto que você quer? — exclamou.

— Uma mulher. É uma mulher — gritou alguém. Um homem deu um salto e enfiou a cabeça lá dentro. — É apenas uma mulher — berrou. E a multidão lentamente se abriu, enquanto a carruagem dela a atravessava. Georgiana tentou não olhar para onde estavam os dois homens massacrados. A carruagem seguiu lentamente em direção à Igreja de Cristo.

O ataque, quando acontecera, fora tão repentino que ela nem mesmo tivera tempo de sentir medo. O homem veio correndo, saltou para a porta dela e agilmente impulsionou o corpo para dentro antes mesmo que ela conseguisse gritar. O cocheiro nem o viu. Ela arfou e se preparou para se defender. Mas o intruso jogou-se para trás no assento.

— Desça a Winetavern Street, depressa — disse uma voz que lhe era familiar. E, com uma onda de alívio, ela percebeu que era John MacGowan.

Ele nada explicou, apenas deu-lhe calmamente instruções para serem transmitidas ao cocheiro. Em momentos, seguiam novamente em direção oeste, pela área perto do cais, depois viraram numa viela estreita até ele lhe pedir que parassem num beco escuro.

— Mande o cocheiro esperar, e o que quer que você veja, não diga uma só palavra — disse ele.

Enfiou-se no beco e sumiu um pouco depois. Finalmente reapareceu, quase carregando uma figura com uma bandagem em volta da cabeça. Empurrou a figura para dentro da carruagem e gritou para o cocheiro:

— Meu sobrinho. Os rebeldes caíram em cima dele. Será mais seguro se você voltar ao longo do cais em direção à College.

Uma vez de volta à carruagem, ele se inclinou para a figura no chão, a qual acabara de soltar um gemido, e sussurrou:

— Quieto, pelo amor de Deus. Você está agora na carruagem de sua avó, e tudo está acabado. — Então, trocou alguns cochichos urgentes com Georgiana, a qual, quando chegaram à College, falou bem alto, para que o cocheiro pudesse ouvir:

— Você não fará nada disso. Levará o rapaz para a minha casa, para ele passar a noite. — E ordenou ao cocheiro: — Siga direto para casa.

Em sua casa, foi fácil o bastante levar o jovem enfaixado escada acima, iluminada a velas, até um quarto, sem que ninguém fizesse a menor ideia de quem ele era. Ali, MacGowan ficou com ele, enquanto Georgiana e o cocheiro relatavam aos criados o quanto estiveram perto de serem mortos pelos rebeldes, que tinham também atacado o sobrinho do amigo dela. Quando a cozinheira preparou uma tigela de ensopado e uma jarra com clarete, Georgiana insistiu em levá-las ela mesma para o inválido.

✣

— Eu tive de lhe dar uma pancada e tanto na cabeça com a minha pistola — explicou MacGowan, quando os três estavam sozinhos. — Então amordacei-o e o amarrei no beco, e rezei para que ninguém o encontrasse antes de eu pegá-lo de volta. Pensava em ir buscar uma carroça em casa, quando, pela providência de Deus, reconheci a sua carruagem.

— Mas a rebelião... — começou William debilmente.

— Acabou-se, William. Dava para vê-la fracassando antes de Emmet sair. Não há nada além de uns bêbados nas ruas, que devem ter assassinado uma porção de gente inocente. Você agora precisa descansar. Ninguém sabe quem você é, e isso é bom. Decidiremos o que fazer quando soubermos mais pela manhã.

✣

Foi Georgiana quem arquitetou o plano. Na manhã seguinte, ela foi pessoalmente ao Castelo pedir informações. Declarou então, em voz alta, para os funcionários presentes, e para seus criados, quando chegou em casa, que não ficaria mais um dia em Dublin se o governo não conseguisse manter a ordem melhor do que faziam; e praticamente ordenou a MacGowan que a acompanhasse a Mount Walsh e levasse com ele seu sobrinho. No fim da manhã, estavam a caminho.

Passaram a noite em Wicklow, onde MacGowan fez algumas indagações. Pela manhã, caprichosamente, Lady Mountwalsh decidiu embarcar em um navio que partia naquele dia para Bristol. O sobrinho de MacGowan foi com ela como criado. Quando desembarcaram em Bristol, o jovem mudou novamente de identidade, entre o cais e a estalagem, de modo que agora se tornara seu neto William. Uma semana depois disso, com cartas pessoais para conhecidos seus na Filadélfia e cartas de crédito para várias casas de comércio, o ilustre William Walsh, que até então, como todos sabiam, havia anos não estivera na Irlanda, embarcou em um navio para a América.

— Assim que tiver certeza de que ninguém vai denunciá-lo, você poderá voltar — disse-lhe ela.

A rebelião de Robert Emmet foi muito breve. Como rebelião, foi um completo fracasso. Os homens de Wexford, após procurá-lo durante metade da noite, dispersaram-se como o resto. Russell, Hamilton e seus amigos acharam os homens do Ulster céticos — com razão —, e o Ulster não se rebelou. As turbas nas ruas de Dublin, no fim, foram dissolvidas por soldados, com algumas perdas de vidas, mas não antes de terem matado várias pessoas inocentes, inclusive o juiz e o clérigo, cujos assassinatos Georgiana presenciara. Cerca de dez ou 12 homens com lanças foram presos, a maioria executada posteriormente. Alguns outros foram deportados. Mas foi tudo. Durante semanas, o governo esperou uma insurreição maior.

Contudo, não houve nenhuma, a liderança sumiu, e Napoleão desviou sua atenção. Com apenas duas exceções, os líderes da revolta sumiram no exterior.

Emmet ficou. Embora atormentado por um sentimento de culpa, por causa das mortes inúteis que causara, o motivo principal para ele continuar residindo perto de Rathfarnham era a presença de Sarah Curran, a garota que namorava lá. Ele implorou para que fugissem a fim de se casarem na América, e, se ela tivesse concordado, Emmet teria emigrado e se tornado apenas mais uma nota de pé de página da história. Sucedeu que, mais de um mês após a revolta, ele foi encontrado e preso.

A garota de 16 anos que agia como sua governanta também foi jogada na cadeia. Tendo em vista ser apenas filha de um lavrador, foi interrogada e ligeiramente torturada. As autoridades deixaram clara sua delicadeza de sentimentos, porém, quando a coisa chegou a Sarah Curran: como filha de um fidalgo, ela foi, é claro, apenas interrogada muito educadamente. Não foi castigada, portanto, por amar Robert Emmet. Seu pai, um advogado com ideias liberais, agora desejoso de mostrar sua lealdade ao governo, expulsou-a de casa e rompeu inteiramente suas relações com ela.

Houve mais uma baixa. Russell, que insistira para que a revolta fosse adiante e que fracassara em insurgir o Ulster, voltou a Dublin numa tentativa fútil de resgatar Emmet da cadeia, foi apanhado e executado. Alguns de seus amigos acharam que ele buscava o martírio.

Para Georgiana, porém, a verdade foi a grande baixa. Não demorou muito para o governo, voltando ao antigo preconceito, declarar que a rebelião fora estritamente um assunto católico. "Como podem dizer isso", ressaltou MacGowan para ela, "se Emmet é protestante — como, aliás, cada um dos líderes conspiradores — eu não entendo." Mesmo a conservadora Igreja católica romana foi acusada de conspiração, tendo em vista, foi argumentado, que os conspiradores, certamente, deviam ter contado tudo a respeito no confessionário. O espírito de Hércules continuava vivo na Ascendência.

Mas a pessoa do lorde Mountwalsh estava realmente bem morta.

Uma semana se passou antes que um certo cheiro levasse os vizinhos a procurarem o lugar onde ele estava. Na ocasião, seu desaparecimento de casa já era bem sabido. A própria Georgiana fora fazer a identificação. Que um dos rebeldes tivesse matado uma figura tão odiada da Ascendência não era de surpreender, mas como ele fora parar ali era um mistério. Seus criados sabiam que ele tinha saído às pressas. E uma patrulha militar, ao descobrir o depósito, tarde da noite da revolta, relatara ter encontrado um cabriolé vazio esperando no local. Mas o coche sumira posteriormente, e nunca se soube do cocheiro. Portanto, a coisa permanecia um enigma, e a própria Georgiana não estava disposta a prosseguir com a questão.

— E o fato — costumava comentar ela, com o passar dos anos — é que foi o jovem Emmet, afinal, quem triunfou.

Pois se Robert Emmet, em vida, fora desventurado, a história havia lhe preparado um lugar entre os heróis. Naquele setembro, em seu julgamento, ele repudiou fazer a própria defesa; mas então, quando o júri o declarou culpado, ele reivindicou o direito de dizer suas últimas palavras e proferiu um discurso que toda a Irlanda ouviu, e que até mesmo seus acusadores admiraram.

— Eu estava presente — Georgiana gostava de lembrar às pessoas. — O juiz tentou interrompê-lo, mas ele falou o que queria. E que dom ele tinha! Eu ouvi Grattan, e muitos outros, mas Emmet superou a todos.

Usando a essência do que já escrevera em seu manifesto, mas acrescentando a apaixonada inspiração do momento final, ele se juntou à sua rebelião e, com sua peroração, lançou-a nos anais da lenda nacional. Pedia apenas, declarou, para partir em silêncio; seus nobres motivos não precisavam ser explicados.

> Deixem que eles e eu repousemos na obscuridade e na paz, e que meu túmulo permaneça sem inscrição, até que outra era e outros homens possam fazer justi-

ça ao meu caráter; quando o meu país tomar seu lugar entre as nações da terra, só então, e não antes, o meu epitáfio deve ser escrito.

Suas palavras ecoaram, e jamais deixaram de ecoar, depois disso, nas mentes da Irlanda.

Em março do ano seguinte, o jovem William Walsh, residindo na Filadélfia, ficou muito surpreso ao receber uma carta de sua avó dizendo-lhe, primeiramente, que, tendo sido encerrados todos os inquéritos sobre a insurreição, sem que seu nome tivesse sido citado, ele poderia voltar em segurança. E, em segundo lugar, que deveria fazer isso imediatamente, tendo em vista que já era o conde de Mountwalsh.

A Grande Fome

1828

Não havia ninguém como o pai dela. Quando ele a colhia em seus grandes e fortes braços e a olhava com seus olhos risonhos, ela sabia que não havia ninguém tão corajoso e forte em todo o County Clare.

Por isso, quando sua mãe disse que tinha medo do que o Sr. Callan, o agente, pudesse fazer com ele, Maureen mal escutou. Papai poderia esmagar o pequeno Sr. Callan com um braço, pensou consigo mesma.

Não muita gente teria se importado em enfrentar Eamonn Madden. Embora fosse o mais novo de quatro irmãos, ele era o maior. Todos eram orgulhosos.

— Pelo lado de nosso pai, há Madden com excelentes propriedades em muitas partes da Irlanda. Do lado de nossa mãe, somos descendentes do próprio Brian Boru — dissera-lhe seu pai. — Junto com todos os outros O'Brien, é claro — admitia. Nas grandes áreas verdes em direção a Limerick, um senhoril O'Brien possuía o imenso castelo e a propriedade de Dromoland; e havia vários outros O'Brien entre os proeminentes proprietários de terras de Clare. A família de sua mãe talvez fosse apenas de lavradores arrendatários, mas eles se sentiam, embora distantes, pertencentes à mesma importante descendência.

Eamonn não era só grande e forte, ele podia correr como um cervo. *Hurling*, ele adorava: colhia a bola no ar e corria com ela num único movimento que era lindo de se ver. "Seu pai é um dançarino formidável", também lhe dissera a mãe.

Quando rapaz, antes de se casar com a mãe dela, Eamonn tinha uma grande fama de realizar todos os tipos de diabruras. Uma dúzia de anos atrás, quando um senhorio, alguns quilômetros distante, ameaçara despejar uma viúva da cabana de seu marido no mesmo mês da morte dele, um depósito foi queimado e algumas cabeças de gado mutiladas em suas terras, numa noite escura. Uma mensagem fora deixada para o senhorio, e a viúva permanecera na cabana, livre de aluguel. A maioria das pessoas acreditava que Eamonn Madden conduzira aquele ataque, e isso o tornara uma espécie de herói na localidade.

Tal justiça ilícita da força sempre fizera parte da vida da zona rural. Às vezes, podia estourar em revoltas locais, mas estas geralmente eram consideradas incidentes isolados. Em diferentes épocas e lugares, os homens que se organizavam em bandos recebiam nomes diferentes, embora, em geral, fossem conhecidos por Ribbonmen ou Whiteboys. Mas, qualquer que tivesse sido seu passado, Eamonn Madden não mais apoiava a violência.

— Há meios melhores de se obter justiça do que mutilando gado, Maureen — dizia ele. Apesar de ela ter apenas 9 anos, seus pais às vezes compartilhavam com ela suas ideias, porque ela era a mais velha. — Daniel O'Connell nos tem mostrado isso.

O'Connell, o Libertador, o maior homem da Irlanda. Se seu pai era um herói, O'Connell era um deus. Mas era por causa dele que sua mãe estava agora tão preocupada.

— Desta vez — disse ela — ele foi longe demais. E reze a Deus, menina — falou para Maureen —, para que ele não nos custe a nossa casa e moradia, e tudo o que temos.

Se Eamonn e seus irmãos procediam com orgulho, não era apenas porque, como muitos irlandeses, se consideravam descendentes de príncipes. Era acima de tudo porque, na memória dos que estavam vivos, a família ocupara uma propriedade de terra muito maior. Três gerações atrás, o bisavô deles fora o locatário de uma grande fazenda, embora ela pertencesse a um inglês que vivia na Inglaterra. Através das gerações, essa propriedade fora subdividida entre filhos, alguns dos quais haviam se ausentado. Na última geração, o pai de Eamonn ficara reduzido a cerca de 20 acres, e, agora, mesmo isso tinha sido dividido em quatro. No entanto, em sua mente, Eamonn sentia que representava, pelo menos, a propriedade de seu avô, do qual alguns de seus vizinhos mais antigos ainda se lembravam. Quanto à terra que arrendara, particularmente ele a considerava como sua.

Maureen adorava a região campestre de County Clare. Das caudalosas águas do estuário do Shannon, no sul, ao estranho deserto pedregoso do Burren, ao norte, Clare tinha uma magia própria. Se, no mais baixo Munster, as montanhas de Cork e Kerry causavam os ventos predominantes do sudoeste para liberar enormes quantidades de chuva, ali em Clare os ventos do Atlântico varriam incontidos as baixas colinas e áreas pantanosas, campos de pedra e prados inundados. Às vezes, em dias ventosos, parecia a Maureen que as pequenas árvores e arbustos espinhosos que pontilhavam a terra deles estavam tão curvados pelo vento que poderiam, eles próprios, a qualquer momento, arrancar-se pelas raízes e sair voando freneticamente, como tantas bruxas, em direção ao interior da ilha.

Perto do Shannon, o solo era rico. Ali, no centro do condado, em volta da cidade mercantil de Ennis, a paisagem variava, mas o solo era relativamente pobre. No entanto, trigo e aveia cresciam lá, e cevada e linho. E, é claro, a batata.

Eles podiam ter apenas poucos acres, mas a família dela vivia muito bem. Criavam uma vaca para dar leite, um certo número de porcos, alguma galinhas e um cachorro. Havia também um burro que puxava a carroça do pai dela. Cultivavam repolho, principalmente, e batata.

A robusta casa de fazenda de dois andares do bisavô dela ainda estava lá para ser vista; a residência de Eamonn era mais modesta — uma comprida cabana de um andar, com grossas paredes com estrutura em pedra seca e telhado colmado. Como todos os demais da região, eles tinham um fogo feito de turfa seca, tendo em vista que turfa era abundante, e lenha para combustível era quase inexistente. E se o vento conseguisse se infiltrar pelas paredes de pedra seca, isso nada significaria, pois o clima de Clare era moderado. Havia três crianças na família, até agora: ela, sua irmã mais nova, Norah, e o irmãozinho William; mas havia outro bebê a caminho. Eles possuíam boas camisas de linho que sua mãe tinha feito, vestidos e meias de lã, e botas resistentes para o inverno. Portanto, viviam com bastante comodidade.

E comiam bem — normalmente, três vezes ao dia. Se tivesse passado no mercado, seu pai então poderia trazer um pouco de carne ou peixe; frequentemente, havia repolho ou algum outro vegetal verde; e a dieta principal deles, que deixava a todos bem alimentados e saudáveis, era a nutritiva batata.

A batata: que bênção ela era.

— É o maná do céu — costumava dizer seu pai. — A dádiva da América para a Irlanda.

Seu pai era um homem inteligente. Sabia ler e escrever, e cuidara para que ela também soubesse. Ele gostava de conhecer coisas; era sempre curioso. E, tendo em vista que Maureen era a mais velha dos filhos, e o filho homem ainda um bebê, gostava de conversar com ela. Maureen sabia, portanto, que a batata fora trazida do Novo Mundo muitas gerações atrás; e quando ela era uma menininha, ele lhe explicara suas propriedades.

— Está vendo, Maureen? — Ele havia tirado uma batata brotando, da qual pequeninos tubérculos brancos germinavam como minúsculos chifres encaracolados. — Muito poucas raízes formam seus próprios botões, mas a batata forma. Esses tubérculos contêm o nutriente para os novos brotos que crescerão deles. Os brotos formarão hastes com suas próprias raízes e folhas, das quais virá a nova safra de batatas. Portanto, isso é tudo que você precisa fazer: desencavar as batatas, reservar algumas para a semeadura, replantá-las na primavera, e terá uma nova safra no outono. E, por coincidência, a Irlanda tem o clima perfeito para elas. As batatas gostam de nosso clima ameno, úmido.

— E os índios na América comem batatas sempre que as encontram crescendo no agreste? — perguntou-lhe ela certa vez.

— Seria de se pensar que sim. Mas eles não fazem isso. Se deixados por eles mesmos, os tubérculos das batatas remanescentes projetam-se acima, em direção à superfície, e pegam luz. Então as novas batatas crescem perto da superfície, e ficam verdes e amargas. Você não gostaria de comê-las. É por isso que mantemos as batatas para a semeadura em lugar escuro, e empilhamos terra sobre elas quando são plantadas.

A terra deles ficava em terreno pedregoso. Mas os campos tinham sido limpos e as pedras usadas em paredes de pedra seca, com alguns metros de grossura em alguns lugares. Como seus vizinhos, Eamonn Madden plantou batatas para uma safra antecipada em agosto, seguida por uma tardia em outubro ou novembro. O valor nutritivo delas era incomparável. Com um pouco de manteiga e leite, alguns legumes ou um pouco de peixe, a batata podia produzir uma raça de saudáveis gigantes, desde que se comesse o suficiente. E os irlandeses comiam. Quando Eamonn Madden trabalhava arduamente na terra, consumia cerca de sete quilos de batatas num dia.

Poderia alguma coisa se opor a uma safra de batatas?

— Ela é sujeita a pragas — admitia Eamonn. Em anos recentes, houvera várias pragas da batatas, algumas bastante sérias. — Mas, contra isso, é preciso considerar três coisas — acrescentava. — A primeira é que a batata produz muito mais alimento por acre do que qualquer outra coisa. A segunda, que as pragas são normalmente locais, e logo passam. A terceira coisa, porém, às vezes esquecida, é que as quebras de safras de batatas são menos frequentes e menos graves do que as de cereais. Existe verdadeiramente menos risco, Maureen, em se plantar um campo de batatas do que em semear um campo de trigo ou aveia.

Seu pai trabalhava o campo de batatas com sua pá, e toda a família ajudava com a colheita. Os porcos que criavam eram em parte alimentados com cascas de batata, e, por sua vez, forneciam esterco para as plantações. Uma vez por ano, a família abatia um porco para seu próprio consumo, mas o resto era engordado e vendido no mercado. "Isso paga o aluguel", dizia seu pai. Esse regime permitia que muitos meses por ano ele pudesse trabalhar para os outros. Ele também ganhava dinheiro fazendo transporte em sua carroça, viajando bastante por longas distâncias.

Algumas vezes, ele levava Maureen junto. Certa vez, foram até o imenso deserto pedregoso do Burren. Ela ficara impressionada com seu encantador despojamento, e muito surpresa em ver ovelhas pastando ali.

— Seria de pensar que elas não conseguiriam nutrição suficiente aqui, não é mesmo? — comentou seu pai. — Mas conseguem, e as ervas que encontram entre as pedras dão à sua carne um sabor particularmente delicado.

Eles também visitaram os impressionantes despenhadeiros Moher, e ela engoliu em seco diante da imensa queda perpendicular, com quase 300 metros, para as águas ondulantes do Atlântico lá embaixo. Então, enquanto a segurava, ele disse:

— Incline-se para a frente. Ela se inclinou sobre o despenhadeiro e sentiu a forte torrente quando o Atlântico bateu nos rochedos e correu para cima, empurrando-a para trás, de um modo emocionante. — Daqui, não há nada entre nós e a América — gritou ele — exceto esse mar agitado. — Ela não sabia por que achava essa ideia tão emocionante.

— Algum dia iremos para lá? — gritou ela de volta. Era uma pergunta natural. A maior parte das famílias que ela conhecia parecia ter um parente na América. Um dos irmãos de Eamonn e dois de seus tios tinham ido para lá com suas famílias. Era gente em melhor situação que ia para a América. Os pobres não podiam pagar pela viagem.

— Ora, você deixaria Clare? — berrou ele.

— Nunca — exclamou ela.

Em outra ocasião, desceram até as praias do Shannon e observaram os pescadores saírem em seus pequenos *curraghs* feitos com peles de animais.

— Aqui, as terras ao longo do Shannon são conhecidas como os *corcasses,** — disse Eamon. — Os *corcasses* azuis, como os chamamos, são um solo magnífico; mas o *corcass* preto é tão rico que se consegue tirar vinte safras dele antes de ter de estercar. — Ele disse isso com tanto orgulho quanto se o possuísse.

Na maioria das vezes, porém, ele ia à cidade local de Ennis, saindo com a carroça de manhã cedo e retornando ao anoitecer. Mas sempre que ele a convidava para acompanhá-lo até lá, ela tentava arranjar uma desculpa. Maureen tinha medo de ir a Ennis.

Não era grande, mas era um lugar de certa importância. Barcaças traziam mercadorias da barra setentrional do grande estuário do Shannon, rio Fergus acima para Ennis. A cidade tinha um mercado de gado e um palácio da justiça, e lá se podia comprar todo tipo de coisas. Certa vez, ela se lembrava, porque estava barato, ele comprara um carregamento de algas marinhas, que fora embarcado do estuário do Shannon. Quando chegaram em casa, ele pedira que ela o ajudasse a espalhar as algas sobre a plantação de batatas. "Isso alimenta o solo", dissera-lhe ele. "Na costa, usam isso em vez de estrume."

Mas era a estrada para Ennis que ela odiava.

Durante séculos houvera sem-terras na Irlanda. De certo modo, faziam parte de um processo natural. Quando as terras de um chefe eram subdivididas entre seus filhos, estes logo tomavam posse das terras dos arrendatários maiores, empurrando-os para arrendamentos menores. Os arrendatários, por sua vez, subdividiam suas terras, e assim por diante, reduzindo a escala até o trabalhador rural, com seus 1 ou 2 acres, e, abaixo dele, o trabalhador sem-terra. Até mesmo Cromwell, ao chutar para fora uma fiada de proprietários de terras irlandeses em favor dos ingleses, conseguira apenas acrescentar mais uma às intermináveis ondas de desalojados através das gerações.

Fora por causa desse processo, durante o século anterior, que o cultivo da nutritiva batata havia se acelerado tão rapidamente. Como não tinham recursos para permanecer na terra e subsistir de arrendamentos menores, tanto o pai de Eamonn como seu avô antes deste tinham se casado jovens e formado grandes famílias. O próprio Eamonn se casara com apenas 20 anos, e quem sabe quantos filhos ele poderia ter? Até mesmo os pobres trabalhadores rurais com um pequeno pedaço de terra conseguiam sobreviver. Como resultado, a população da Irlanda crescera

* Charcos salinos. *(N. do T.)*

enormemente. Já ultrapassava sete milhões, e continuava aumentando. A Irlanda era um dos países mais densamente habitados da Europa. Inevitavelmente, por conseguinte, com tantos para alimentar, o preço da comida e da terra subia.

— O senhorio pode conseguir um preço maior pela sua terra, os fazendeiros mais ricos podem pagá-lo. Somos afortunados — dizia Eamonn para Maureen —, mas alguns dos pobres trabalhadores rurais mal conseguem pagar seus aluguéis.

Os que não conseguiam eram forçados a deixar a terra, para subsistir, da melhor maneira possível, como operários. Nas favelas de Londres, ou nas Liberties de Dublin, era bastante comum a visão do pobre urbano. Mas agora, na zona rural da Irlanda, um enorme novo problema podia ser visto: as habitações rústicas dos pobres rurais.

Elas começavam a cerca de 1 quilometro, nos arredores de Ennis. Algumas eram cabanas com telhado, outras nada mais do que barracos construídos sobre aterros. Algumas famílias ali conseguiam alugar pedaços de terra com plantações de batata apenas por uma safra de cada vez; outras, nem mesmo isso. Obtinham o que conseguiam com o serviço que arranjavam; às vezes, não havia nenhum. Era a mesma coisa em cada uma das estradas que levavam a Ennis. Ao passar e ver os rostos infelizes dos homens, e das mulheres e das crianças em farrapos, Maureen tremia.

— Isso poderia acontecer com a gente? — perguntara certa vez ao pai, quando tinha 5 anos.

— Nunca — respondera ele com confiança.

— Não podemos ajudá-los?

— São muitos. — Sorrira tristemente. — Mas fico feliz por você desejar ajudá-los.

Para ela, fora um choque ouvir o tom de silenciosa derrota na voz do pai. Até então, ela achara que ele podia fazer qualquer coisa. Ele sabia que, se fossem seguir juntos por aquele caminho, Maureen não descansaria enquanto não lhe desse algum dinheiro para ela dar às crianças, ao passarem. Mas, embora nunca dissesse, era a visão da cidade de barracos que normalmente fazia a menina sacudir a cabeça, se o pai lhe perguntava se ela queria ir com ele à cidade. No ano anterior, porém, ela fizera uma pergunta diferente.

— Daniel O'Connell pode fazer alguma coisa por eles? — E, diante disso, seu pai se animara um pouco.

— Talvez — assentira ele. — Se alguém é capaz, esse alguém é Daniel.

Por isso, entristecia-a que agora, pela primeira vez em sua vida, segundo ela conseguia se lembrar, seus pais estivessem em desacordo um com o outro, e que a causa fosse Daniel O'Connell.

Ela o ouvira falar certa vez. Seu pai a levara junto; sua mãe se recusara a ir. O grande homem viera de sua casa nas montanhas de Kerry para se dirigir a uma enorme plateia reunida em um campo perto de Limerick. Ele estava de pé numa carroça. Ela e seu pai estavam bem atrás da multidão, mas conseguiam vê-lo claramente, pois era um homem maior ainda do que Eamonn, com um rosto largo, alegre, e uma juba de ondulado cabelo castanho.

Ele lhes falou em irlandês e inglês — aliás, como muita gente daquela região, ele passava facilmente de um para o outro, às vezes misturando os dois. Ela não entendeu tudo o que ele dissera, mas a multidão entendeu, e as pessoas urraram em aprovação. Do que ela se lembrava principalmente, contudo, não era do que ele dissera, mas do maravilhoso som musical de sua voz — às vezes tranquila, às vezes elevando-se num grande crescendo. E, quando baixava a voz, a multidão inteira ficava tão quieta quanto um camundongo, para poder ouvir cada palavra.

— Ele tem a voz de uma anjo — comentara seu pai. — E a astúcia de um demônio — acrescentara de forma enaltecedora.

Havia trinta anos que O'Connell era um brilhante advogado que se especializara em defender clientes católicos da Ascendência protestante. Mas se esse fora o alicerce necessário de sua carreira, seu talento era mesmo para a política. E havia cinco anos que ele começara sua grande experiência política, quando, com um grupo de seguidores da mesma opinião, fundara a Associação Católica.

Nunca houvera nada como isso antes. Tinha havido comissões de fidalgos católicos; tinha havido Patriotas que favoreciam a causa católica; tinha havido Voluntários e revolucionários e insurreições locais. A Associação Católica de O'Connell, porém, não era nada disso. Era um movimento político pacífico. Mas era um movimento de massa, aberto a cada católico da Irlanda que pudesse dispor da pequena contribuição de 1 penny por mês. Nunca se vira antes nada parecido em política. Eamonn Madden ingressara de imediato.

A engenhosidade da coisa residia no modo pelo qual estava organizada. Pois, quando seus amigos lhe perguntavam: "Como você vai administrar uma organização como essa, e quem vai recolher todos os centavos", O'Connell inteligentemente respondia: "Pedirei aos padres locais."

E funcionara. Em todas as paróquias, o padre recolhia o dinheiro, anotava os contribuintes e enviava o dinheiro. Por que não faria isso, se todo o propósito da organização, de um modo estritamente correto e legal, era obter justiça para seu rebanho e representar a sua fé?

E O'Connell sempre tinha o cuidado de mostrar que seus seguidores eram obedientes à lei. No encontro de que Maureen participara com seu pai, quando chegara um destacamento de soldados, para o caso de tumultos, imediatamente O'Connell pedira à multidão para lhes dar vivas.

É claro que, também, era um grande afastamento da Igreja.

— Não tenho certeza — comentara com Eamonn o padre Casey, seu bondoso sacerdote de cabelos grisalhos — se meu predecessor teria feito isso. Ele foi educado em Roma, sabe, e acreditava na antiga regra: "Obedeça a seus governadores e saiba qual é o seu lugar".

Mas trinta anos antes, o governo permitira que a Igreja católica estabelecesse um colégio para treinamento de padres em Maynooth, logo a oeste de Dublin; e esses padres treinados à moda irlandesa tinham uma visão mais moderna e nacionalista. "Nós recolheremos o dinheiro", disseram. Os fundos que fluíam para a Associação eram imensos. O número de associados superava a força de um milhão, e a organização recebia impressionantes 100 mil libras por ano.

Quando ouvia seus pais discutirem por causa de O'Connell, Maureen podia entender os dois. Sua mãe era pequena, morena e prática. Fazia as coisas rapidamente. Seu grande pai de olhos azuis também era prático, mas gostava de refletir sobre as coisas, e gastava seu tempo, quando achava necessário.

— Todo esse dinheiro que ele recolhe — objetava sua mãe —, para que serve? Para que um católico possa se sentar no Parlamento Britânico?

— Esse é o primeiro objetivo — respondia Eamonn. — Não acha estranho que eu, um católico com uma propriedade livre e alodial de 40 *xelins*, tenha direito a voto... mas que só possa votar num protestante para me representar?

Os burgos da cidade continuavam sob o controle de fidalgos ricos e poderosos e seus amigos; mas, nas eleições para as cadeiras da zona rural, os requisitos exigidos das antigas propriedades de 40 *xelins* tinham sido facilitados, de modo que até mesmo um arrendatário católico que pagasse 40 *xelins* anuais em aluguel tinha o direito de votar. Num protestante, é claro. O rei Jorge III já tinha ido encontrar o Criador, e seu artístico filho Jorge IV estava no trono, mas ele era tão firme quanto seu pai com relação a ter católicos no Parlamento. Era contra o juramento da coroação, também declarava.

— Que bem possível, Eamonn, pode tal coisa nos fazer, afinal? — indagava sua esposa. — Alguns católicos no Parlamento não mudam nada nem para você nem para mim.

— Não de imediato, admito. Mas não vê o princípio da coisa? É a admissão de que um católico é tão bom quanto um protestante.

Maureen sabia o que ele queria dizer, tinha certeza; mas sua mãe apenas deu de ombros.

— E quem vai sentar no Parlamento, com toda a sua excelente ajuda, se não o próprio Daniel O'Connell? É por si mesmo que ele está fazendo isso.

— Que homem melhor poderia estar lá? — perguntou Eamonn com um sorriso.

Maureen sabia, pelos sermões de padre Casey, que humilhações continuavam a se amontoar sobre a própria Igreja católica. O governo britânico, por exemplo, considerava-se no direito de vetar a indicação de qualquer bispo católico de que não gostasse. "Imagine só", dizia o padre, "o primeiro-ministro dizer ao próprio papa que a Igreja não pode ter o homem que Sua Santidade escolheu. Mandar Sua Santidade escolher novamente, como um colegial desobediente." Para não falar da eterna injustiça em relação aos dízimos. Pois ainda agora, os católicos de cada paróquia tinham de pagar para sustentar não seu próprio padre, mas o clérigo protestante; e, após pagar pelo herético protestante, ela, a parte mais pobre da comunidade, tinha de pagar uma segunda vez, se não quisesse que seu padre morresse de fome. Além dessas coisas específicas, havia a incólume panóplia da intimidação da Ascendência, que permanecia inalterada, quaisquer que fossem as concessões que o governo pudesse fazer. Pois a maioria dos senhorios, magistrados e oficiais do Exército não continuava sendo protestante? Recentemente, um proprietário de terra local, chamado Synge, tinha até mesmo forçado seus arrendatários a se tornarem protestantes ou enfrentarem o despejo. Para onde se voltariam simples católicos diante de tal poder? Para a Associação Católica, é claro.

— Nós agora temos advogado — dizia Eamonn. Em vez de queimar o celeiro de um senhorio desumano, o lesado pode falar com O'Connell, e o grande Libertador se entender com o senhorio. O'Connell podia não endireitar tudo que estava errado, mas podia ser o ponto de partida.

Nada disso parecia interessar à mãe dela, porém, à luz dos mais recentes acontecimentos. Pois, agora, uma eleição levara O'Connell à sua porta.

Era um negócio estranho. O representante com cadeira de County Clare, um protestante defensor da causa católica, fora escolhido para um cargo no governo e, pela regra, submetera-se novamente aos seus eleitores, antes de aceitá-lo. Teve uma surpresa, pois a Associação Católica subitamente decidiu se opor e apresentar um outro candidato — e ficou pasmado quando o candidato se revelou ser o próprio Daniel O'Connell.

O desafio agora estava lançado. Pela primeira vez, um católico concorria a uma eleição.

— A beleza disso — explicou Eamonn à sua família com uma risada — é que a lei britânica não proíbe um católico de concorrer à eleição. Mas ele só pode assumir sua cadeira na Câmara dos Comuns britânica se fizer o juramento protestante... o qual, é claro, ele jurou não fazer. Ele usa as próprias regras dos ingleses para constrangê-los. Se eleito, ele deixa todos numa posição incômoda. — Era uma inteligente ironia que encantava a mente irlandesa do mesmo modo que assustava os ingleses.

— E, então, o que você dirá ao Sr. Callan, que já esteve três vezes à nossa porta procurando você? — indagou ela, com um olhar de irritação e censura. — O que dirá, Eamonn... que sua mulher e filhos serão postos para fora e irão mendigar por um pão em Ennis?

Maureen não podia deixar de ficar apavorada quando sua mãe dizia essas coisas.

— Não chegará a isso — rebateu seu pai.

— E por que não? Chegou em Waterford.

O fato era que, a despeito de os homens de 40 *xelins* terem direito a voto, isso não significava que podiam votar como desejassem. De modo algum. A não ser que quisessem ser despejados. Pois os senhorios esperavam que seus inquilinos votassem do modo como fossem mandados. Também não podia haver dúvida sobre como votaram, tendo em vista que os votos eram dados em público. Qualquer arrendatário tão imprudente, tão insensato, tão desleal, para votar contra os desejos de seu senhorio, estava, na verdade, declarando-se inimigo do homem cuja terra ele alugava. Naturalmente, portanto, o senhorio ou seu agente poderia colocá-lo para fora e procurar outro tipo de pessoa mais decente em seu lugar. A mensagem era clara e simples: obedeça ou morra de fome.

Não havia muito tempo, O'Connell e a Associação tinham apresentado um candidato — um fidalgo protestante, é claro, mas ativo na causa católica — contra o descendente de uma das maiores famílias da Ascendência da área, o qual supunha sensatamente que a cadeira era sua por direito. Para horror dos proprietários de terra locais, O'Connell e seu pessoal tinham convencido os arrendatários, e até mesmo seus partidários mais íntimos, a abandonarem sua tradicional lealdade de votar no intruso. Houvera raiva, estupefação — e despejos. O perigo, portanto, era real.

— Aqui não é Waterford. Aqui é Clare — disse Eamonn.

Era verdade que, na região, embora talvez um terço dos proprietários de terra fosse absentista, a maioria da pequena nobreza era de antigas famílias irlandesas, como os O'Brien, ou de Velhos Ingleses, como os Fitzgerald, que já estavam na Irlanda havia seiscentos anos — embora todos eles, Velhos Ingleses e irlandeses, tivessem virado protestantes para conservar suas propriedades.

— E você acha que o Sr. Callan está ligando se isto aqui é Clare ou Waterford, ou um deserto na Ásia? — bradou sua mulher. — Ou que um O'Brien hesitaria em expulsar um arrendatário mais do que o faria um inglês? — acrescentou, por via das dúvidas. Pois devia ser dito que não havia provas de que os proprietários irlandeses fossem mais bondosos do que seus semelhantes ingleses.

— E o padre Casey, o que disse? — perguntou o pai dela.

Na missa de domingo, o padre deixara clara sua opinião, quando, encarando-os, diante do altar, dissera-lhes: "Um voto para O'Connell é um voto pela nossa religião. Portanto, não tenham dúvidas sobre o que Deus exige."

— Quer dizer, padre — perguntou-lhe, posteriormente, um de seu rebanho —, que, se meu marido votar como manda o Sr. Callan, isso seria um pecado mortal? Ele correria o risco do fogo do inferno?

O bondoso padre hesitou, mas, mesmo assim, declarou:

— É possível.

Sua mãe, porém, não era tão facilmente influenciada. Maureen já notara que, enquanto ia regularmente à missa e se confessasse, e insistisse para que seus filhos aprendessem o catecismo, sua mãe parecia manter parte da mente separada e sob seu próprio controle.

— O padre Casey — disse ela friamente — não tem mulher e filhos para sustentar.

Com o dia da eleição se aproximando, Maureen perguntou ao pai:

— O que você vai fazer? — E, pela primeira vez desde que conseguia se lembrar, seu grande e forte pai pareceu preocupado e indeciso.

— Na verdade, minha menina — respondeu —, eu não sei.

Stephen Smith usava uma faixa verde com uma grande medalha, e estava feliz. Era um dia espantoso. Eles faziam história.

A Irlanda toda assistia. A Grã-Bretanha toda também. Fora por isso que o lorde de Mountwalsh aparecera, e Stephen estava contente por ele ter vindo; embora se perguntasse quem era o sujeitinho sisudo que Sua Excelência trouxera consigo.

Não tinha como não gostar de William Mountwalsh. Sua esposa podia ser tola — boazinha, mas tola. E talvez houvesse algo engraçado na maneira como aquele imponente aristocrata de meia-idade estava tão determinado a nunca perder nada ou ninguém que fosse notícia. "Tento conhecer todas as pessoas interessantes da Irlanda", confessara alegremente a Stephen, quando ficaram amigos. Mas, pensando bem, imaginou Stephen, com todos os numerosos conhecidos do conde e dos amigos instruídos do seu irmão, era provável que conhecesse. Bastava ele ouvir falar em uma pessoa para ela ser convidada à sua casa na praça St. Stephen; e, se gostasse dela, convidava-a novamente para passar alguns dias na magnificência de Mount Walsh, a fim de que pudesse realmente arrancar-lhe tudo que fosse possível. Não que um convite para Mount Walsh fosse algo que se desprezasse. A pessoa passaria muito bem, e o próprio anfitrião tinha muito a oferecer. Com sua enorme fortuna e sua cadeira na Câmara dos Lordes, ele se metia em tudo. Se quisesse, não havia nada que não pudesse fazer por alguém. E sua conversa era excelente. Afinal de contas, não era apenas o filho de Hércules, mas o amigo de Emmet, um homem que vivera em Paris e na América e que publicamente insultara o terrível FitzGibbon quando ainda era apenas um jovem no Trinity.

Mas, para Stephen Smith, que aos 20 anos já era um jovem cínico e mundano, a única coisa que redimia Sua Excelência, ao contrário da maioria dos aristocratas desse tipo, era que ele não deixava a pessoa simplesmente de lado assim que satisfazia sua curiosidade. Era seu amigo por toda a vida e se apegava a ela. Realmente muito raro.

Por isso, quando viu William acenar-lhe dos degraus da melhor taberna da cidade, foi ao seu encontro com verdadeiro prazer.

— Achei que o encontraria aqui, Stephen — disse o conde amavelmente. — Que faixa é essa que está usando?

— Também ostenta uma medalha — disse Stephen com um sorriso. — A Ordem dos Libertadores. O grande homem a inventou. Quando a uso, me acho muito distinto.

Sua Excelência sacudiu a cabeça, divertido, então apresentou seu acompanhante, um homem calado, sério, com cerca de 25 anos, que passava uma temporada em Mount Walsh. Samuel Tidy, explicou, era quacre. Stephen ficou surpreso por Sua Excelência ter oferecido a Tidy uma estada em Wexford. Ele parecia um tanto enfadonho.

— Saímos de Limerick antes do amanhecer, Stephen — explicou o conde. — Conte-nos o que está havendo.

A transformação de Ennis fora notável. Talvez, séculos atrás, quando havia ali uma confraria franciscana, ou mesmo quando os principescos descendentes de Brian Boru possuíam o lugar, Ennis tivesse sido mais bonita. Atualmente, porém, seus cidadãos raramente se importavam em limpar suas ruas sujas e atravancadas — exceto duas vezes por ano, quando os juízes chegavam para os julgamentos no tribunal. Hoje, contudo, bandeiras reluzentes pendiam das janelas; o lixo fora varrido; até mesmo alguns dos mais disformes mendigos e prostitutas haviam sido recolhidos e colocados na espaçosa cadeia pelo período de duração do evento.

A chegada de O'Connell fora como o avanço pelo país de um monarca medieval. Embora fosse início de julho, andara chovendo; mas milhares tinham vindo saudá-lo em sua chegada a Ennis atrás da grande bandeira azul e dourada do país.

— Notem — explicou Stephen — que já preparamos o terreno. O'Connell escreveu cartas para todos os principais cidadãos. Ele também tem um primo aqui, sabem — acrescentou, indicando uma grande casa com sacada um pouco mais abaixo da rua. — Ele vai ficar lá. Voltarei dentro em breve à companhia dele.

— Notamos uma porção de padres ao virmos para cá — comentou Mountwalsh, e Stephen deu uma risada.

— Cento e cinquenta pela última contagem. Eles tomaram conta da cidade. Alguns deles estão até mesmo posicionados nas cabines de votação para se certificar de que ninguém hesite. É uma cruzada. E a disciplina é terrível. Cerveja é permitida, mas não pode ser tomada nem mesmo uma gota de uísque, e Deus ajude qualquer bom católico que for apanhado com *poteen*.* Há 27 tabernas neste lugar miserável, milorde, e os padres estão vigiando todas elas. É uma coisa terrível tantos homens sóbrios.

Ele notou que Tidy retraiu-se ligeiramente quando ele disse isso.

— Minha avó conheceu O'Connell, quando ele era jovem, sabem. Naquela época, contou-me ela, ele nem mesmo era católico. Ela disse que ele era deísta.

— Bem, ele agora é certamente um bom filho da Igreja — disse Stephen. — Toda a sua carreira política se baseia nisso. E olhem só os resultados.

— Um homem pode mudar de ideia — interpôs amavelmente o quacre. — Sem dúvida, o Sr. O'Connell é sincero em sua crença.

— Não tenho certeza — disse Stephen honestamente — se qualquer político de verdade jamais saiba no que acredita.

Diante disso, lorde Mountwalsh deu um silenciosa risadinha, mas Tidy pareceu intrigado.

— Você deve entender — disse o conde ao quacre — que, apesar de jovem, Stephen é quem vem me educando sobre política há anos.

Stephen tinha apenas 16 anos quando se juntara a O'Connell, sem nada além de uma mente ágil que o recomendasse. Progredindo desde contínuo a agente eleitoral, ele demonstrara uma verdadeira propensão para o mundo político. No ano anterior, recrutara muita gente em nome de William Mountwalsh para ouvi-lo e aceitá-lo. Parecera que o conde ficara impressionado; e talvez tivesse prestado mais atenção em Stephen do que o jovem realmente merecia, ao descobrir que os dois tinham uma relação de família.

— Se veio de Rathconan, deve ter conhecido a velha Deirdre, a esposa de Conall Smith, não? — perguntou-lhe o conde.

— Minha bisavó — disse-lhe Stephen. — Eu me lembro dela, embora devesse ser bem velha quando eu era bem pequeno.

— Então deve conhecer os filhos de meu parente Patrick Walsh, o que foi morto em Vinegar Hill.

— Deveras, milorde, conheço todos eles.

— Minha avó Georgiana foi para Rathconan no ano anterior à sua morte — lembrou-se. — Ela era muito chegada a Patrick, e queria saber o que tinha acontecido com os filhos dele. Ela disse que estavam todos lá em cima, mas nenhum queria descer. Se eles quisessem, sabe, acho que ela lhes daria dinheiro.

---

* Bebida alcoólica de cereais duplamente destilada. *(N. do T.)*

— Eles não queriam nada com Dublin — confirmou Stephen. — A velha Deirdre cuidou disso. Eles se casaram com O'Toole, O'Byrne, Brennan e gente como eles. Atualmente, não se saberia distingui-los.

— E Brigid — quis saber o conde —, você ouviu falar dela?

— Certamente. Ela escreveu para Deirdre da Austrália. Casou-se novamente. Creio que teve mais filhos. Uma dúzia de anos atrás, ela possuía um pequeno hotel em Nova Gales do Sul. É tudo que sei.

Considerações familiares à parte, William Mountwalsh quis saber tudo sobre a vida de Stephen e o que esperava um jovem homem de sua geração.

— A longo prazo, a Revogação da União e uma Irlanda independente — disse-lhe Stephen. — Mas, até lá, o partido liberal Whig na Inglaterra é a nossa melhor aposta. Era, afinal de contas, o partido de Sheridan. Os Whigs são solidários com os católicos irlandeses. Quanto a O'Connell, acredito que ele pode fazer mais por nós do que qualquer homem vivo.

Stephen também se dera conta de que Sua Excelência gostava muito de ouvir as mais recentes bisbilhotices políticas fornecidas por um jovem companheiro que trabalhava no centro da campanha sempre conseguia. E, quanto mais suculenta a história, mais ele gostava.

Mas e aquele quacre? Stephen não sabia muito sobre os quacres, mas desconfiava que aquele sujeito era solene demais para seus próprios gostos mundanos.

— Sempre foi um quacre, Sr. Tidy? — perguntou educadamente.

— Meu pai pertencia à Igreja estabelecida, mas minha mãe era quacre — respondeu Tidy. — Meu pai morreu quando eu tinha 10 anos, e, com o passar do tempo, fui me aproximando mais dos Amigos, a Sociedade Religiosa dos Amigos, os quacres. — Stephen notou que a ligeira inclinação para a frente da cabeça e dos ombros do homenzinho era um traço permanente. Com seu ralo cabelo amarelo, isso lhe dava uma aparência perene.

— Um homem de sua família foi mordomo do grande deão Swift e, depois, não menos do que do duque de Devonshire. Não é verdade? — observou lorde Mountwalsh.

— O tio-avô de meu pai — concordou Tidy, e Stephen sorriu consigo mesmo. Embora o duque fosse notável pela sua falta de esnobismo, mesmo no caso daquele quacre, gostava de saber a origem das pessoas.

— E o que acha de nossa eleição? — perguntou Stephen.

— Não tinha me dado conta — disse o quacre — do efeito que O'Connell tinha sobre as multidões.

— Ele é como um príncipe irlandês.

— Os O'Connell eram príncipes?

— Não. — Stephen sorriu. — Mas fizeram uma pequena fortuna.

— Em que negócio?

— Contrabando — disse Stephen alegremente.

— Ah. — O quacre pareceu um pouco chocado.

— Os católicos confiam em O'Connell — prosseguiu Stephen — porque sabem que ele não se deterá diante de qualquer obstáculo por causa deles. Provou isso como advogado. Já ouviu a história de como ele defendeu um homem acusado de assassinato?

— Creio que não.

O conde sinalizou que já conhecia a história, mas ficaria contente em ouvi-la novamente.

— Ninguém mais ajudaria o pobre-diabo. Então O'Connell ergue-se diante do juiz e o faz ouvir. "Não posso defender esse pobre católico", exclama, "porque sei muito bem que está condenado à morte antes mesmo de seu julgamento começar. Então para que perder tempo? Tendo em vista que o meritíssimo pretende enforcá-lo de qualquer maneira, é melhor condená-lo agora. Eu não participarei disso. Mas lhe digo uma coisa", e dá um olhar terrível para o juiz, "o sangue dele ficará em suas mãos!" E, dito isso, abandonou enfurecidamente o tribunal.

— O que aconteceu? — perguntou Tidy.

— O juiz ficou tão amedrontado que soltou o homem.

— Então a justiça foi feita, afinal de contas?

— De modo algum. Eu mesmo perguntei isso ao grande homem. "Eu não tinha escolha", disse ele, "pois, se houvesse o julgamento, eu não teria nenhuma esperança. O homem era tão culpado quanto o pecado."

William Mountwalsh deu uma risadinha de apreço. Tidy parecia sério e nada disse.

— E ele fez um bom discurso aqui? — perguntou o conde, após um momento de silêncio.

— Vergonhoso — disse Stephen com um sorriso. — Seu oponente Fitzgerald, além de representar a pequena nobreza mais importante daqui, é um homem de grandes princípios liberais. Sua decência é universalmente admirada igualmente por protestantes e católicos. Então nosso homem se levanta e faz um discurso que eu gostaria de esquecer, de jamais ter ouvido. Ele o insulta abertamente. Seria de se pensar que Fitzgerald era um cromweliano em conluio com todo intolerante da Ascendência. A multidão rugia. A própria deslealdade da coisa foi uma obra de arte. — Sacudiu a cabeça, em admiração. — Posteriormente, ele pedirá desculpas a Fitzgerald, é claro. Pois ele é bom em fazer isso.

Foi demais para Samuel Tidy.

— E a tua consciência não te atormentou? — exclamou em repreensão. Stephen ouvira falar no costume dos quacres usarem as antigas formas "teu-tua" e "ti". Era interessante ouvi-las agora. E tinha de admitir que, embora cada palavra que dissera fosse verdadeira, ele meio que esperava que elas provocassem uma reação no solene dissidente.

— Não — disse ele com firmeza —, até depois da eleição.

Nesse momento, contudo, um forte grito veio da rua mais abaixo, quando a primeira turma de eleitores surgiu à vista, marchando.

Uma eleição no interior como aquela era algo demorado. Pessoas vinham de mais de 60 quilômetros de distância, e as urnas ficavam abertas por cinco dias. Com frequência, o próprio senhorio aparecia à frente de seus arrendatários, em sua carruagem, enquanto estes andavam a pé. Comandava-os como um general comanda seus soldados: esperando uma obediência semelhante e mantendo aberto um olho aguçado para ver se conseguia isso. Chegando às cabines de votação no palácio da justiça, cada homem declarava publicamente seu voto — se ele fosse sensato — de acordo com a orientação do senhorio.

Mas a visão que agora saudava os olhos dele era sem precedentes. Pois, marchando pela rua, com bandeiras desfraldadas, vinha um grupo de homens liderados não por um senhorio, mas por uma fileira de padres. Atrás dos padres vinham pífanos e um flautista. Quando o desfile passou, as pessoas ao longo das ruas deram vivas. Stephen virou-se para Mountwalsh.

— Impressionado? — perguntou, e então pediu licença, alegando que precisava voltar a O'Connell, mas prometeu que regressaria.

Dentro da casa, encontrou uma cena de animação. O primo de O'Connell, Charles, estava na janela do grande aposento do andar de cima, acenando para os homens que passavam. O próprio O'Connell estava cercado por gente que o congratulava e auxiliares.

— Lá vão eles. Mais cinquenta. Bravos rapazes — bradou Charles, encantado.

Mas, se todos os demais pareciam alegres, o próprio grande homem estava surpreendentemente sombrio.

— Sim, bravos rapazes, Charles — disse ele. — Pois cada um deles está se arriscando a um despejo, não vamos esquecer isso. — Virou-se para seu agente. — De agora em diante, Shiel, sua missão principal é com os senhorios. Os orangistas acreditam que a Irlanda católica toda está pronta para a revolta, e que sou o único capaz de controlá-los e deter a maré. Estão enganados, é claro, mas podemos nos utilizar do temor deles. Você precisa convencê-los de que, se retaliarem com despejos, eu não responderei pelas consequências.

— Eu lhes direi que qualquer despejo será contra seus próprios interesses.

— Certifique-se de que eles entendam.

Charles O'Connell olhava para a rua.

— Ah — disse ele —, aí vem uma turma triste.

Stephen juntou-se a ele na janela. Cerca de quarenta homens caminhavam lentamente pela rua. Estavam acompanhados por um padre idoso, mas, à frente, marchava um pequeno homem de cabelos negros com a aparência severa mas determinada.

— É Callan, o agente — disse Charles. — Senhorio absentista. O velho padre chama-se Casey. Um bom homem, mas não sei se consegue mantê-los unidos.

— O que é aquilo? — Daniel O'Connell surgiu de repente do outro lado do aposento. — Abram a janela grande — ordenou, e saiu para a sacada. Os homens embaixo o viram. As pessoas nas laterais das ruas deram vivas. O'Connell ergueu a mão, e os que marchavam pararam, enquanto a multidão fazia silêncio.

— Os proprietários livres de 40 *xelins* são escravos? — Sua voz ressoou da sacada e encheu a rua. Os homens olharam para ele, que olhou de volta, sua enorme figura magicamente transmitindo força e confiança. — São como negros, para serem açoitados no mercado? — Seus olhos vasculharam cada homem. — Creio que não.

Callan fechou a cara. A multidão vibrou. Os homens também vibraram, mas podia-se perceber que estavam todos com medo. Era óbvio que Callan os ameaçara. Vozes da multidão bradaram: "Vamos, rapazes. Votem pela velha religião."

Olhando para baixo, Stephen notou um sujeito em particular. Um sujeito grande, bonito, de olhos azuis. Ele havia tirado o gorro em sinal de respeito por O'Connell, mas o torcia nas mãos, obviamente por causa da mente agoniada.

O'Connell recuou.

— Pobres-diabos — comentou. — Aquele pequeno agente fez seu trabalho, como pode ver.

— Ameaçou-os com despejo? — perguntou Stephen.

— Não. Foi mais eficaz do que isso. Ameaçou suas esposas.

Mas agora, à medida que os homens avançavam, Stephen viu-os parar novamente, desta vez por um padre que, obviamente não satisfeito com sua conduta, decidira colocar mais fogo neles.

— Aquele é o padre Murphy — disse Charles O'Connell. — Isso será bom de se ouvir. — E abriu novamente a janela.

O padre Murphy era certamente uma figura impressionante. Alto, magro, o longo cabelo branco escorrido sobre os ombros, os olhos como carvão em brasa, fitou os homens como um profeta da antiguidade e começou sua arenga em irlandês.

✣

William Mountwalsh estava contente por ter ido a Ennis. Não achava que ficaria todos os cinco dias da eleição, mas era uma ocasião histórica, e ele poderia dizer a todo mundo que estava lá.

Ele foi entretido pelo jovem Stephen Smith. É claro, o rapaz era duro e cínico e pensava que a vida era toda um jogo. Mas, pela experiência de William, o rapaz de 20 anos era muito idealista ou muito cínico; o tempo melhoraria isso. Quanto a Tidy, seu novo amigo quacre, William gostava dele.

Dois meses antes, ele tivera um dos evangélicos em Mount Walsh. Um seguidor de Wesley. Eles se propagavam surpreendentemente na Irlanda, se bem que não tão rapidamente quanto na Inglaterra, graças a Deus. Sua intenção era boa, sem dúvida: queriam purificar o mundo. Ele não tinha certeza, com a sua idade, se queria que o mundo fosse tão puro. E o deprimia ouvir o evangélico falar em "subjugar o irlandês papista à Fé de Cristo". Fora isso que as pessoas fizeram no século de Cromwell, e fora algo terrível.

Tidy era inteiramente diferente. Os quacres se tornavam uma comunidade bastante ativa em Dublin e Cork, por isso ele achou que estava na hora de conhecê-los melhor. Tinha de admitir que eles o intrigavam. Em vez de um serviço religioso, eles se sentavam, em suas casas de reunião, num silêncio reverencioso, e se levantavam para falar, se a alma os induzisse. Uma estranha maneira de se comportar. Um bispo católico com quem ele discutira certa vez sobre os quacres definira muito bem. "Nem por um momento eu negaria que eles são bem-intencionados. O que não consigo perceber é onde está o Deus deles."

Mas alguns dias com Tidy haviam impressionado enormemente o conde. O quacre não criticou as outras igrejas, e garantiu a William que seus colegas nunca tentaram afastar outros de sua fé. Ele não santificava; ele não praguejava. Simplesmente tentava tratar seu vizinho de modo devoto, e sua própria bondade e sinceridade eram óbvias. Ações, e não palavras, parecia ser seu credo diário. "Você lembra o Bom Samaritano", dissera-lhe William, e intentou com isso um sincero cumprimento.

Ali em Ennis, ele pôde perceber que Tidy estava muito chocado, e não o censurava por isso. Aliás, pelo que presenciara até agora, ele também estava muito chocado. Virou-se para o quacre.

— Não gosto do que vejo, Samuel Tidy. E você?

— Isso não é no que os quacres acreditam.

William anuiu e franziu os lábios. O problema era, pensou, que já vira tudo aquilo antes. Vira a Revolução Francesa transformar-se em terror de ditadura. Com que rapidez o sujeito podia se tornar um tirano. Ele apoiava a causa da emancipação católica desde que era jovem; e, sabe Deus, seria compreensível se aquele exército pacífico de O'Connell fosse militante. Mas, ao observar a legião de padres marchando diante de seus homens, com pífanos tocando e bandeiras ondulando, sentia um triunfalismo que o perturbava.

Talvez fosse porque ele era de meia-idade; no entanto, quanto mais velho ficava, mais William tinha apreço por conciliação; e, de sua perspectiva, aqueles padres locais estavam indo além do necessário. Reformas eram indispensáveis, é claro, mas não havia necessidade dessa sensação ruim. Pois, atualmente, as relações entre o governo britânico e o Vaticano eram bastante cordiais. Durante os anos em que Napoleão dominava a Europa e ameaçara seus monarcas católicos, Roma ficara feliz pela Inglaterra se manter como o baluarte contra ele; e, após a derrota final de Napoleão, quando os territórios da Europa foram reordenados no grande Congresso de Viena, 12 anos antes, foram os britânicos que insistiram para que os ricos Estados Papais fossem devolvidos ao papa, o qual, desde então, ficara grato à Grã-Bretanha. O'Connell e os padres paroquianos tiveram um bom caso, por exemplo, quando reclamavam dos dízimos; mas seu ultraje por causa do veto do primeiro-ministro aos bispos era desnecessário. O próprio William estava em posição de saber que, nos bastidores, o governo britânico e o Vaticano, discretamente, combinavam as nomeações mais importantes da Igreja, para satisfação de todos.

— Estou com O'Connell pela Emancipação Católica. E, tendo em vista que nunca fui a favor da União, eu apoiaria sua revogação — comentou com Tidy. — Mas os tempos mudam, e é preciso procurar o que é prático. Essa militância é perigosa.

William costumava passar três meses por ano em Londres. Gostava de frequentar a Câmara dos Lordes britânica e se manter a par dos acontecimentos de Londres. E muita coisa podia ser realizada lá. Até mesmo Grattan achava isso, pois passara os últimos 15 anos de sua vida no Parlamento de Londres. E, apesar do medo do catolicismo que, William agora entendia, estava enraizado nos ingleses geneticamente no subconsciente, havia muita gente no Parlamento britânico, principalmente no partido liberal Whig, que estava ansiosa para conceder aos católicos irlandeses o que eles queriam. Naquela mesma primavera, as últimas inabilidades jurídicas tinham sido removidas dos Dissidentes. Era inevitável que, com o tempo, os católicos passassem a ser tratados de modo semelhante. Impunha-se paciência.

Entretanto, o que ele via ali era guerra. Guerra de arrendatário contra senhorio. Guerra de católico contra protestante.

— Eu também receio — continuou Tidy — que isso desperte os piores temores dos presbiterianos e dos orangistas.

— Está absolutamente certo — concordou William.

Desde quando ele era menino, os presbiterianos tinham mudado completamente de tom. Naqueles dias, a maioria dos presbiterianos do Ulster queria se libertar da Inglaterra e da sua Igreja, para quem eles eram cidadãos de segunda classe. Mas, hoje em dia, com seus próprios direitos assegurados, eram os maiores partidários da União. "Unidos à Inglaterra e à Escócia, somos parte de uma maioria protestante", concluíram. "Sem a Inglaterra, nos tornamos uma minoria num mar de papistas irlandeses." E, propulsionados por esse temor, seus pregadores começavam a soar tão estridentemente quanto na época de Cromwell. Quando lessem sobre aqueles padres marchadores e arrendatários de Clare, isso despertaria todos os seus piores temores.

E, subitamente, William sentiu uma pontada de nostalgia pelos dias de sua juventude. Almejava pelos antigos Patriotas, ou pelos homens de 1798, como Patrick Walsh ou o nobre jovem Emmet. Todos haviam compartilhado uma visão comum — de uma Irlanda livre, onde católicos e protestantes, presbiterianos e deístas pudessem viver juntos em igualdade perante a lei. Podia ser idealismo, mas era um nobre ideal, e ele sentia falta disso.

E nem era algo impraticável. Pois, se a nova república da América, com sua separação entre Igreja e Estado, podia concretizar esse ideal, então por que não ali no Velho Mundo também?

Contudo, ao levar em consideração aqueles homens, marchando em Ennis — não importava o quanto eram justificadas suas queixas —, lorde Mountwalsh achou que não ouvira a marcha contínua do esclarecimento, mas um som mais pesado, mais sombrio: o lento e sectário golpe surdo de bota sobre sangue, como se, numa profecia retroativa, as trevas seculares baixassem novamente.

Os pensamentos de Tidy naquele instante seguiam um rumo completamente diferente. Sentia-se feliz por estar com o conde. Nunca havia ficado antes numa grande casa de campo. Gostara especialmente da biblioteca. Gostara até mesmo da esposa do conde, que era uma pessoa boa e gentil, embora ele a tivesse achado um pouco tola. E sentia-se feliz por Mountwalsh tê-lo levado para ver a eleição. Pois isso também era instrutivo.

Seus pensamentos, porém, estavam menos na eleição do que no que ele já vira em County Clare.

Ele nunca estivera antes no oeste. Dublin e Leinster ele conhecia, com suas ricas glebas de terras cultivadas; o movimentado porto de Cork, também. O Ulster ele conhecia, com suas fazendas, suas indústrias de tecido e linho. Mas o oeste rural da Irlanda ele não conhecia.

Como era possível, perguntou a si mesmo, no meio de um cenário tão magnífico, as pessoas serem tão negligenciadas e tão pobres? Como os cidadãos de Ennis podiam permitir a terrível esqualidez dos amontoados de barracos ao longo das vias que se aproximavam da cidade? Não se sentiam envergonhados?

Como podiam os senhorios — não apenas os absentistas, mas aqueles que estavam ali para ver, irlandeses do mesmo sangue, se eram cristãos — deixar seus vizinhos viverem em tais condições e não fazer nada a respeito? Como podiam os próprios pobres, em primeiro lugar, ligar tão pouco para o fato de terem famílias para levá-las a tal privação? Por que não havia indústrias, nenhum empreendimento para trazer empregos? Sua alma prática, autocontrolada de quacre protestou contra essa enorme, cruel indiferença.

Mas agora aquele desagradável jovem político estava voltando. Ele tomara conhecimento o tanto que lhe interessava de Stephen Smith. Mas inspirou fundo e tentou lembrar que não lhe cabia julgar outro homem.

Stephen adorava a loucura da eleição. O'Connell o enviara numa missão, mas ele prometera voltar para lorde Mountwalsh, e, como só podia permanecer com ele um ou dois minutos, estava feliz por ter algo divertido para lhe contar. A cena que acabara de presenciar tinha sido notável. Pois a arenga proferida pelo padre Murphy fora hipnótica por sua intensidade.

— Foi toda em irlandês — explicou. — Os O'Connell tiveram de traduzir, pois a maioria de nós, do Leinster, não entende bem o irlandês. Primeiro, lembrou-lhes o seu dever, e todos pareceram convenientemente solenes, mas ele não tinha certeza se os atingira. Depois, lembrou-lhes todos os outros, que votavam como desejavam, e como seriam amaldiçoados por todos os seus amigos, se os decepcionassem. Isso, pelo olhar dele, afetou-os consideravelmente. Então veio o argumento decisivo. Eles sabiam, gritou, sacudindo seu longo dedo ossudo para eles, que um dos católicos votara num protestante... e fora abatido por uma apoplexia assim que deixara a cabine? "O castigo divino será imediato", bradou. "Vocês podem contar com isso. Os santos estão observando, lembrem-se disso!" Ele foi atemorizante. Eu mesmo fiquei com medo.

O conde deu um sorriso sarcástico. Stephen dava risadinhas. Mas Tidy não achou engraçado.

— Quer dizer que houve um infeliz que foi abatido por uma apoplexia, ou não existiu tal homem? — perguntou seriamente.

— Céus, homem — exclamou Stephen. — Não faço a menor ideia. Que importa isso?

— Não importa para ti, se algo é verdade ou mentira? — perguntou o quacre.

— Você não tem malícia — disse Stephen —, ou teria entendido.

— Espero — respondeu Tidy calmamente — não ter mesmo.

Foi um pouco depois, caminhando pela rua onde o jornal local, o *Clare Journal*, tinha sua sede, que Stephen avistou o sujeito grandão de olhos azuis que notara no grupo de arrendatários que tinham sido arengados pelo padre Murphy. Todos haviam votado em O'Connell. Ele verificara. Agora restava ver se Callan, o agente, iria despejá-los ou se conseguiria ser convencido a não fazê-lo.

O sujeito grandão estava parado junto a uma carroça e parecia sério. A seu lado estava uma menina, com mais ou menos 10 anos, o rosto pálido e solene. O homenzarrão tinha o braço em volta de seu ombro. Pai e filha, obviamente. Ele a estava consolando, ou ela a ele? A menina devia saber o que ele tinha feito.

Uma pena, pensou, que a garota fosse tão feia.

1843

Começou silenciosamente, na América. Um lavrador da região de Nova York, certo dia, ao olhar para uma plantação de batatas, notou que alguma coisa estava errada.

Algumas das folhas das plantas tinham manchas. Ele esperou alguns dias. Agora, havia mais folhas com manchas, e as que notara em primeiro lugar haviam murchado. Os talos nos quais elas cresceram também pareciam ter sido afetados. À noite, discutiu com a esposa se devia arrancá-los ou desenterrar toda a safra de batatas mais cedo.

Na manhã seguinte, quando foi à plantação, havia um cheiro de matéria putrefata erguendo-se do solo.

Pôs-se imediatamente a trabalhar. Arrancou tudo que parecia infectado. Muitas das batatas já estavam podres; em outras, o apodrecimento claramente já começara. Quando completou seu trabalho, fez uma enorme fogueira e queimou tudo. Cerca de meia safra ainda estava no solo.

Por ser um homem decente, ele procurou todos os seus vizinhos e depois foi à cidade local para alertar sobre a praga e saber se outros vivenciavam problemas semelhantes. Um certo número de lavradores relatou a mesma coisa.

Alguns dias depois, ele viu novamente as manchas e disse à esposa: "É melhor desenterrar a safra toda. Salvar o que pudermos." Uma grande parte das batatas estava obviamente infectada, e estas ele destruiu, como fizera com as outras. Cerca da metade da safra, felizmente, parecia estar boa, e esta ele armazenou numa cova.

Dez dias depois, foi verificar a safra que havia salvado. Apanhou uma batata e a cortou com uma faca. Estava podre. Experimentou outra. A mesma coisa. Metade das batatas que ele havia pensado estar boa agora se mostrava inaproveitável.

✣

Phytophthora infestans: era uma infestação fúngica. Mas de onde viera?

Ninguém sabia, mas a probabilidade era que tinha chegado aos Estados Unidos como uma importação. Pois, desejosos de evitar qualquer degeneração no estoque de batatas, os agricultores americanos tinham o hábito de importar sementes frescas de batatas do Peru. Alguns dos navios também transportavam guano, o esterco de aves marinhas usado como adubo. Era provável que, no navio, o fungo tivesse se espalhado do guano para a semente.

Após se fixar em Nova York, o fungo já começava a se espalhar com espantosa rapidez. E atravessaria Nova Jersey e Pensilvânia. Em 1845, chegaria ao Meio-Oeste americano.

O comércio de semente de batatas era triangular. Da região costeira oriental dos Estados Unidos, a semente era exportada para o leste da Europa. Após se fixar no meio-oeste, a praga também surgiu nos Países Baixos da Holanda e Bélgica, e na costa sul da Inglaterra.

✣

— Você nunca leu *The Wild Irish Girl*? — Lady Mountwalsh olhou pasma para Dudley Doyle. Ela achava que todo mundo tinha lido.

Não havia quem não gostasse de Henrietta. Ela devia ter 50 anos, achava Doyle; mas ainda havia algo de menina na inglesa que William escolhera para esposa. E a tez de pêssegos com creme que virava cabeças em cada sala de visitas de Londres e Dublin ainda era a mesma. Isso, além dos olhos de porcelana azul, que agora estavam dirigidos a ele, e os detectáveis pequenos seios roliços. Ele invejava o leito nupcial de Mountwalsh. O casal fora feliz e criara uma família saudável. Henrietta podia ser um pouco tola, mas certamente não havia malícia nela. E era, como ele supunha, uma entusiasta por todas as coisas irlandesas.

— E você — disse ela —, com essa bela aparência celta morena. — Ele sorriu. Não tinha como não gostar dela.

— Sabe, Henrietta, meu nome, em irlandês significa na verdade "estrangeiro moreno". Portanto, devo supor que meus ancestrais eram piratas vikings — explicou-lhe —, em vez de heróis irlandeses.

Os vikings que certamente tinham se casado com irlandesas locais, eles mesmos uma mistura de tribos do norte da França e, segundo as lendas, gente da Península Ibérica. Desde aquela época antiga, que outras composições teriam entrado no sangue? Normandos, flamengos, galeses, ingleses, com certeza. Mais alguns espanhóis, provavelmente. Sua mente inteligente, por vezes cruel, gostava dessas análises.

— É difícil saber o que celta significa realmente — comentou.

Mas Henrietta sabia. Significava a heroína romântica do famoso romance de Lady Morgan, a filha inculta do "príncipe de Connaught", que conquista o coração do preconceituoso inglês e o ensina a amar as glórias da inteligência e saber, bravura e generosidade irlandesas. Significava a pureza de alma que vinha das intemporais nascentes celtas. Significava Hibérnia — uma terra de heróis e místicos, uma duplicata mágica das austeras belezas da Escócia dos romances de Walter Scott. Isso tornara a Irlanda muito elegante. De fato, Doyle lera o livro, mas preferira caçoar de Henrietta, ao fingir que não o tinha lido. E se, para ele, era tudo disparate, o romântico celta fictício pelo menos era um progresso sobre a visão tradicional do irlandês como um assassino habitante dos pântanos e desonesto papista — uma calúnia que ainda se encontrava nos cartuns da revista *Punch* ou nas páginas de qualquer jornal inglês.

Sempre que Henrietta voltava a Londres com o marido, falava sobre a Irlanda que conhecia. Em verdade, pensava ele cautelosamente, era uma Irlanda que consistia da grande casa da St. Stephen e a grande propriedade em Wexford, com seus pastos ondulantes e jardins ornamentais. Era uma terra onde se visitavam vizinhos com os mesmos interesses, desfrutavam-se seus jantares, onde se era servido por seus leais criados irlandeses, se jogavam cartas, se frequentava o clube. Tendo em vista ser um homem decente e um dos melhores senhorios da Irlanda, sem marido contava com a amizade genuína dos arrendatários e trabalhadores irlandeses locais. E tudo isso era lustrado com um mágico romantismo celta que coloria a paisagem com um encantador anoitecer e um pôr do sol entre as colinas. Contudo, se ela induzisse alguns membros da classe governante inglesa a ter uma visão mais agradável da ilha ocidental, então tanto melhor, supunha ele.

— Que refeição mais excelente — acrescentou Doyle com um sorriso.

Gaston, o chef dos Mountwalsh, sempre realizava milagres com os produtos da propriedade todas as vezes que os acompanhava a Wexford. Lá fora, a noite caía. A mágica estação do Halloween, o antigo festival celta de Samhain, estava a poucos dias de distância.

Por mais que gostasse de Henrietta, entretanto, ele não tinha ido lá para vê-la. Olhou para Stephen Smith, do outro lado da mesa. Eles ainda não haviam conversado muito, pois o sujeito só chegara naquela tarde, parecendo cansado. Mas quando William Mountwalsh convidara Doyle para ficar, ele lhe dissera: "Stephen Smith é um homem que penso que você deveria conhecer melhor." E William, ele sempre reconhecera, era um bom julgador de homens. "Embora, é claro", completara o par do reino, "eu saiba o quanto você é difícil de agradar."

Se seus ancestrais sempre preferiram permanecer na classe mercantil, Dudley Doyle preferira um estilo ligeiramente diferente. Externamente, se vestia, falava e, em grande parte, pensava como um fidalgo do campo. Pertencia ao Kildare Street Club, cujos membros eram na maioria proprietários de terra. Mas, embora possuísse duas fazendas em Meath, sempre vivera na cidade, exceto nos meses de verão, quando residia numa casa de campo à beira-mar que construíra em Sandymount, na região sul da baía de Dublin. Tinha muito dinheiro. O conjunto de propriedades de Dublin que a velha Barbara Doyle passara para o avô dele ainda estava em suas mãos. Ele possuía a metade de um próspero negócio de vinho e recebia aluguel pelos terrenos de três grandes pubs. E, embora se encontrasse com a pequena nobreza rural em seu clube, nas corridas, ou como convidados em suas casas, geralmente preferia a companhia de acadêmicos. No Trinity College, fora um aluno meticuloso, clássico. Agora, porém, havia anos que decidira ocupar seu tempo livre com o estudo particular de política econômica. Como ficara viúvo fazia dois anos, passara a se dedicar ainda mais a esses estudos. De vez em quando, se lhe pedissem educadamente, ele até mesmo fazia uma palestra sobre o assunto.

Quando seu olhar observou Stephen Smith, ele viu muita coisa de que não gostava. Um indício de descuido no trajar. Ele mesmo era sempre meticuloso.

Um rosto inteligente, certamente, mas não era um acadêmico. Uma pena. O conde dissera que ele era pobre, e pobreza, Dudley Doyle julgava, era sempre um engano. E que também era divertido. Mas quais seriam suas armas verbais? Estávamos falando de um mero dom de expressão vocal, a grosseira lâmina do humor, as extravagâncias da fantasia vulgar, jogadas sobre um grupo como a rede de um gladiador? Ou estávamos falando de algo com mais refinamento, o florete de réplica, com o qual ele próprio era perito, rápido e mortal? Era de se verificar.

— Soube que é companheiro do Sr. O'Connell — disse ele a Smith. — Presumo, portanto, que seja um Whig?

Desde sua espantosa eleição por Clare, 15 anos antes, era difícil imaginar como Daniel O'Connell poderia ter jogado melhor as suas cartas. O governo inglês ficara tão chocado com o resultado, que, prontamente, acabara com o direito de voto dos proprietários de 40 *xelins*, católicos ou protestantes, e aumentara de tal modo a qualificação, que somente as melhores espécies de fazendeiros — os elementos mais responsáveis — poderiam votar no futuro. Mas tinha cedido e deixado católicos terem assento no Parlamento. O'Connell, saudado como o Libertador, obtivera seu principal objetivo. E logo depois, quando o partido liberal Whig chegara ao poder, O'Connell vira sua chance. Construindo uma grande comitiva de sessenta membros irlandeses, conseguira habilmente uma aliança com os Whigs, que se tornou frutífera. Encantou os ilustres em pessoa; e, liderando seus sessenta seguidores para ajudá-los em votações apertadas, deixou todos muito agradecidos. Os irlandeses católicos ganharam. "Faremos tudo que pudermos por vocês", prometeu o governo. Um ano após a jovem rainha Vitória subir ao trono, até mesmo a contestada questão dos dízimos foi finalmente resolvida. Acima de tudo, a longa década de governo Whig viu homens esclarecidos serem enviados para governar a Irlanda: homens excelentes, como o subsecretário Thomas Drummond, que passou a amar o país e nunca deixou de lembrar aos proprietários de terra da Ascendência: "A propriedade tem direitos, cavalheiros, mas também tem responsabilidades." Uma dúzia de anos após sua eleição, O'Connell podia dizer que seu compromisso com os Whigs produzira benefícios reais.

Poderia ele ter feito melhor? A causa da Revogação — a dissolução da União com a Inglaterra — fora indefinidamente adiada. Não se podia negar isso. E alguns de seus seguidores mais jovens sentiram que o grande Libertador degenerara para um político construtor de acordos.

— Mas, já que o governo não ia mesmo nos dar a Revogação — comentou ele com Stephen —, creio que fiz a coisa certa.

— Eu sou a mais nobre das bestas, senhor — rebateu Stephen para Dudley Doyle com um sorriso sarcástico. — Sou um Whig católico.

— Pela reforma, mas através do Parlamento? Está preparado para ser paciente?

— Eu sou um animal político. Abomino a violência, do mesmo modo que O'Connell. É por isso — disse com um suspiro — que sou seu homem de confiança há vinte anos.

— Então, se posso perguntar, o que pretende fazer agora? — perguntou Doyle. — Após Clontarf?

Stephen sacudiu a cabeça.

— Minha vida — respondeu tristemente — atingiu um ponto de crise.

Tinha sido três anos atrás que a estratégia começara a sucumbir. Primeiro, Drummond morrera e os irlandeses o enterraram com tristeza. Então, o governo Whig caíra, e os Tories subiram. O que O'Connell devia fazer agora? Alguns de seus jovens seguidores estavam certos — Irlanda Jovem, eles se chamavam, e até mesmo tinham um jornal, *The Nation*. "Está na hora de lutar pela Revogação", declaravam, "por qualquer e por todos os meios, se necessário." O grande Libertador não estava disposto a perder o movimento que havia criado. Colocou-se à frente deles e, naquele mesmo ano, lançou uma campanha de grandes comícios por toda a Irlanda. Os monstruosos comícios com O'Connell estavam além de qualquer coisa já vista. Dezenas de milhares se reuniam para ouvir o grande Libertador falar. Por toda a Leinster, Munster e Connacht, ele andou: Dublin e Wicklow, Waterford e Wexford, Cork, Sligo e Mayo; Ennis, onde havia triunfado; até mesmo o antigo sítio real de Tara. "Vamos forçar o governo britânico", bradava, "a nos dar justiça ou nossa liberdade." Mas o governo Tory britânico não se comoveu. Os monstruosos comícios chegariam ao clímax com o maior comício de todos. Deveria ser realizado nos arredores de Dublin, na margem esquerda do estuário do Liffey, em Clontarf, onde, oito séculos antes, o heroico rei irlandês Brian Boru lutara sua batalha final. As grandes fileiras de padres, os homens da Revogação com seus estandartes, estavam todos preparados — a maior parte da população da capital provavelmente apareceria. Mas o governo Tory já estava farto.

"Cancele seu comício, ou irá para a prisão", disseram a O'Connell.

Tinha sido uma terrível decisão. Stephen estivera no encontro com O'Connell e um grande número de outros quando o assunto foi discutido. "Precisamos agir dentro da lei", declarara o Libertador, "ou desistir de tudo que defendemos." O próprio Stephen concordara. "Em política", lembrou a todos, "deve-se viver para lutar o outro dia." Mas nem todos os seguidores do grande homem concordaram, especialmente os homens da Irlanda Jovem.

Duas semanas atrás, O'Connell havia cancelado o comício. Ninguém sabia o que fazer a seguir. Alguns dos mais jovens falaram em revolução, o que Stephen sabia ser inútil e equivocado. O movimento estava em choque. Ele mesmo vivenciara uma enorme sensação de frustração. E ficara bastante grato quando, pouco depois, recebera um convite de Mountwalsh para passar alguns dias em Wexford.

— Isso — sugerira amavelmente Sua Excelência — talvez o anime.

— Uma encruzilhada, em vez de uma crise, talvez — sugeriu Dudley Doyle, não rudemente.

— A encruzilhada, creio — disse Stephen —, é para a Irlanda, e não para mim. Pois, seja lá qual for o bem que conseguimos fazer nestes últimos 12 anos, ainda é muito pouco, se levarmos em conta os problemas que afetam o nosso país. A pobreza é terrível.

— Tenha algum consolo, Stephen — disse William Mountwalsh. — As coisas aqui em Leinster não são tão ruins. E, lembre-se — acrescentou —, a guerra com Napoleão foi muito boa para a Irlanda, pois vendemos muitas provisões para os ingleses. Quando acabou, ficamos preocupados. A indústria da carne levou um golpe terrível. Mas veja o que aconteceu — continuou alegremente. — Graças às novas estradas de ferro na Inglaterra, podemos enviar gado vivo para qualquer parte do mercado de lá, coisa que nunca pudemos antes. Há mais gente, portanto o preço dos cereais tem se mantido. Nossos lavradores estão bem. Falando por mim mesmo, nunca estive melhor.

— Aceito o que diz sobre Wexford — retrucou Stephen. — Embora possa lhe dizer que lá em cima, nas montanhas de Wicklow, minha família e seus vizinhos vivem próximos à subsistência. A última vez que estive em Rathconan, encontrei duas vezes o número de pessoas, de que eu me lembro de quando era criança, com miseráveis pequenas plantações de batatas nas encostas nuas, onde nada, a não ser ovelhas, havia sido criados antes. Algumas pessoas são miseravelmente pobres.

— Pode ser — contrapôs Dudley Doyle —, mas leve em conta o caso do Ulster. As pessoas lá têm pequenas fazendas, mas são prósperas. Têm a indústria do linho, e muito mais do que isso.

— Eu mal conheço o Ulster — confessou Stephen. — O'Connell nunca vai lá. Os presbiterianos se tornaram tão estridentes ultimamente que ele não seria nada bem-vindo. — Fez uma pausa. — Mas, acima de tudo, eu pensava no oeste. Em Clare, Galway, Mayo. A situação lá é terrível e está piorando.

— Ah, o oeste. Essa é outra questão — reconheceu Mountwalsh.

— Não seria um caso de péssimos senhorios? — perguntou Henrietta. — Isto é, se os senhorios fossem como William...

— Seria melhor — disse educadamente Stephen —, mas os problemas são grandes demais até para os melhores senhorios. Eu realmente não sei o que pode ser feito.

William olhou em volta da mesa. Havia uma quinta pessoa ali, que ainda não havia falado durante a conversa. Ele então virou-se para ela.

— E a Sra. Doyle, o que acha?

Era estranho que a filha mais velha de Dudley Doyle não tivesse se casado. Ambas as irmãs mais novas o tinham feito. Ela era bonita, e todos sabiam que seu pai colocara 3 mil libras à sua disposição. Ela tinha 25 anos, com modos calmos e agradáveis. Ela deu um sorriso.

— Eu deixo essas coisas para os homens.

— Ah, eu também — disse Henrietta.

Dudley olhou curiosamente para a filha. Ora, pensou, por que ela diria aquilo? Stephen também lhe deu um olhar — educado, mas um pouquinho enfadado.

— Receio decepcioná-lo, Sr. Smith — disse ela.

— Ah, não, de maneira nenhuma — respondeu ele, embora, é claro, aquilo não fosse verdade.

— O verdadeiro problema — disse William Mountwalsh — é que há gente demais para esta ilha sustentar. O governo estima que já passamos de 8 milhões. Métodos de cultivo, especialmente no oeste, precisam de muitas melhorias. Mas parece que a Irlanda é a prova viva das teorias de Malthus; a procriação humana anda mais depressa do que o aumento da produção de alimentos. É por isso que sempre temos tido guerras ao longo do tempo. — Tendo reanimado a conversa, como deve fazer um bom anfitrião, ele se dirigiu a Doyle. — Você estuda essas coisas, Doyle. Diga-nos qual é a resposta.

Doyle olhou para todos. Não se importava em ter uma plateia. Fez um momento de pausa.

— A resposta — disse, com um leve sorriso de satisfação — é que não há nada de errado com a Irlanda.

— Nada de errado? — Stephen olhou-o com um ar de incredulidade.

— Nada — disse o economista. — E estou surpreso, Sr. Smith, que, como um Whig... o que diz que é... possa pensar que haja.

— Explique, Dudley — pediu William, com um largo sorriso, ao se recostar em sua cadeira.

— Como Whig — Dudley dirigiu-se a Stephen como um advogado, num tribunal, se dirige a uma testemunha diante de um júri —, você acredita em livre comércio, não?

— Acredito.

— Você não acha que o governo deva intervir, como o governo britânico outrora adorava fazer, para proteger fazendeiros ineficientes com tarifas ou restrições para o comércio? Você acredita na operação de livre mercado... a qual com o tempo, é sempre a melhor?

— Certamente.

— Então é isso que temos. Existe agora um excesso de pessoas na Irlanda. Muito bem. O resultado é que seu trabalho é barato. Há, portanto, um incentivo para industriais empreendedores empregá-los.

— Isso pode acontecer no Ulster, mas não acontece em Clare. E as pessoas passam fome.

— Acredito que, eventualmente, passarão, mas não importa. A fome das pessoas não é uma coisa ruim. Isso as impele a procurar trabalho no campo. Não vemos isso ocorrer?

— Trabalhadores de Clare pegam suas pás e migram para um trabalho sazonal na distante Leinster, ou muitas vezes para a Inglaterra — concordou Stephen.

— Excelente. Benefícios para os britânicos, portanto, pois o custo de seu trabalho é reduzido, e os irlandeses são alimentados.

— Muitos, porém, têm de partir de vez — disse Stephen com tristeza —, forçados a emigrar, para a Inglaterra ou a América.

— Vocês sabiam — interpôs Mountwalsh — que mais de 1 milhão de pessoas deixaram esta ilha durante a minha existência? Cerca de 400 mil na última década.

— Esplêndido — disse Doyle, sorrindo para ambos. — O mundo todo, portanto, se beneficia. Há gente demais na Irlanda? Que bom. A América precisa deles. Um vasto, rico continente necessitado de mãos dispostas. Eles poderão se sair muito bem por lá. Aliás, sem a Irlanda, o que seria da América? Precisamos ter uma visão mais abrangente, cavalheiros. A temporária miséria do camponês irlandês é uma bênção disfarçada. Não interfere, portanto, com o mercado. Graças ao mercado, o mundo todo funciona.

— Mas o processo é muito cruel.

— A natureza também.

Houve uma pausa reflexiva.

— Não é fascinante ouvi-los? — perguntou Henrietta a Caroline Doyle. — Creio que está na hora da sobremesa.

William ficou encantado quando Caroline Doyle pediu que ele mostrasse a biblioteca, após o jantar. Fora ele, afinal, quem havia sugerido a Doyle que a levasse. Ela admirou a coleção e encontrou alguns de seus livros favoritos. Então virou-se para ele e sorriu.

— Bem, lorde Mountwalsh, sei que me pediu para vir, pois queria que eu o conhecesse. Que tipo de homem é Stephen Smith?

— Suponho — respondeu sinceramente — que não a teria chamado se isso fosse fácil.

O pai dela só concordara com aquilo porque, como confessara livremente ao conde, não sabia o que fazer com ela. Ele próprio podia ter uma mente incisiva, mas, embora admirasse a inteligência de sua filha, não conseguia ver realmente a necessidade disso em uma mulher. Certamente não ajudava num casamento. "Preciso alertá-la", aconselhara-a, "que os homens não gostam de muita inteligência numa mulher. Um homem gosta de uma mulher com inteligência apenas suficiente para apreciar a dele. Se você deseja ser mais do que isso, o mais sensato seria ocultá-la." Mas, embora tivesse concordado em fazer isso — habitualmente —, ela fizera uma outra exigência que era igualmente impraticável.

— Ela quer encontrar um homem — contou ele a William — que ache interessante. Eu disse a ela: "Homens interessantes normalmente dão às suas esposas muito trabalho." Mas não tenho certeza se ela acredita em mim.

— Stephen Smith é certamente interessante — continuou agora o conde.

E também estava na hora de ele se casar. Já tinha 35 anos. Mais alguns anos, meditou William, e o sujeito se tornaria tão rígido em seus modos que jamais toleraria mais ninguém. E estava na hora de Stephen ter um lar. Havia anos vivia em alojamentos.

William Mountwalsh conhecera outros homens como Stephen Smith. Homens tão fascinados pelo dia a dia da política, com sua empolgação, incertezas e confabulações noturnas, sem falar da emoção de se sentirem perto da influência e do poder, que podiam passar décadas em salas de fundo e corredores movimentados sem nunca se dar conta de que a vida passara por eles. A política, ele sabia, era uma droga, e Stephen era um viciado. Ele precisava ser salvo.

William também tinha observado que aqueles políticos cínicos geralmente eram idealistas secretos. Stephen Smith não idolatrava O'Connell; era por demais inteligente. Na verdade, acreditava piamente que O'Connell guiava os irlandeses para um destino melhor. Como um profeta do passado, o Libertador podia não guiar seu povo para a saída do deserto, mas já o levara até a metade do caminho. Às vezes, homens como Stephen também sonhavam em se tornar líderes. Isso era difícil para um homem pobre, mas não impossível. Teria Stephen esses sonhos? Talvez. William o ouvira discursar uma ou duas vezes, e ele era talentoso. Havia aura à sua volta. Mas se o jovem homem tinha sonhos de chegar ao Parlamento, esses sonhos eram provavelmente idealistas. Ele gostaria de ser uma figura importante numa causa importante, imaginou o conde astutamente, em vez de apenas vencer pelo prazer de vencer, como um verdadeiro político gostaria. O sujeito também tinha uma outra fraqueza, habitual do pobre: era orgulhoso.

— Stephen Smith preferiria fazer qualquer coisa a ficar parecendo ter sido comprado ou vendido — comentou ele para a jovem mulher, imaginando se ela entenderia.

— Ele gosta de mulheres?

— Gosta. Quando tem tempo. — Fez uma pausa. — As mulheres gostam dele.

— Eu acho que sim. Ele tem olhos verdes maravilhosos.

— Tem? Sim, acho que tem.

Um bom número de mulheres se sentira arrebatada por Stephen. Pelo que William sabia, ele tivera casos com pelo menos duas damas casadas da sociedade, um dos quais durara alguns anos. Se o coração de Stephen já estivera realmente comprometido, William duvidava. Talvez Smith fosse um pouco egoísta. Mas se um homem sem dinheiro gosta de frequentar esses círculos, o que mais pode fazer a não ser ter casos com esposas de outros?

Eram seus olhos que as atraíam? Em parte, sem dúvida. Havia, porém, algo mágico envolvendo aquela sua bela aparência morena; uma fascinante intensidade em seus modos, quando ficava entusiasmado e eloquente com um assunto. Isso, e suas ocasionais depressões, e o conhecimento que elas tinham de sua vulnerabilidade eram certamente o que levava aquelas damas aristocratas a querer possuí-lo e ser possuídas.

— Tenho certeza de que você chegará às suas próprias conclusões — disse ele. — Devia falar com ele.

— Não tema. — Ela sorriu. — Eu falarei.

Maureen estava num ânimo radiante quando o Sr. Callan apareceu. Ela não tinha certeza, mas achava que ele provavelmente gostava dela. Certamente, nos últimos dois anos, ele sempre fora educado com ela e lhe perguntara pelas crianças. Certa vez, ao passar cavalgando, notara duas das crianças olhando uma grande e brilhante maçã que ele estava para comer, e ele a entregara a ela, com um meio sorriso, para que a desse às crianças.

Hoje, ele acabara de lhe perguntar se seu pai estava, e, quando ela respondera que ele tinha saído, Callan reagira apenas com um "Está bem" e dissera que passaria depois.

O céu estava claro naquele dia, e o sol de outono brilhava. Após tanto tempo úmido durante todo o verão, o céu ensolarado a fazia sentir-se alegre.

Ao refletir sobre sua vida, Maureen se sentia muito satisfeita consigo mesma. Sabia o quanto sua família precisava dela. Fazia dois anos desde que sua mãe morrera ao dar à luz o pequeno Daniel. "Cuide dele por mim", sua mãe lhe dissera. Como filha mais velha, ela teria, de qualquer modo, de ajudar a mãe com as crianças; e, graças a Deus, não tinha se casado.

Desde então, assumira o papel de mãe. Havia quatro crianças para serem cuidadas. Os dois mais velhos saíram de casa após a morte da mãe deles. Norah tinha se casado e se mudado com o marido para a Inglaterra. E William aproveitara a chance de ir com seu tio, quando o último irmão que restava de Eamonn partira para a América. Ainda havia, porém, os mais novos: Nuala, agora com 15 anos; Mary e Caitlin, 8 e 10; e o pequeno Daniel, que, por causa das circunstâncias de seu nascimento, ela o tinha quase como seu. E Maureen achava que, se seu pai não se casara novamente, ela teria de cuidar dele por uns 12 anos ou mais. A não ser, é claro, que ela se casasse, mas isso era improvável. Já estava com 24 anos. E, como sua mãe a alertara anos atrás: "Receio, Maureen, que você seja muito feia. Mas talvez", acrescentara, "alguém se case com você pela sua bondade."

Ela não achava que fosse boa, mas tentava se manter animada. Não importava como se sentia, ela tentava ficar calma o tempo todo e exibir um rosto sorridente para os pequeninos. Parecia a coisa certa a fazer.

E, graças a Deus, seu pai era sempre muito forte. Ela sabia que não devia ser fácil para ele, sem uma esposa. Mas ele vivia sempre tranquilo, e era afetuoso com as crianças, e, até mesmo para o mais novos, ficava claro que ele vivia sua vida de acordo com fortes crenças e princípios. Sempre levava a família à missa. Bebia um pouco de cerveja, mas raramente alguma bebida destilada, e jamais *poteen*. Ela não conseguia imaginá-lo embriagado. Tanto o velho padre Casey quanto seu sucessor sempre lhe disseram: "Seu pai é tudo o que um bom católico deve ser."

Após seu irmão e William partirem, ele passou a ser o único Madden que restava na terra de seu pai. Callan não adotara qualquer ação contra os arrendatários que haviam votado em O'Connell em 1828, e, desde então, seu relacionamento com o pai dela fora de uma cautelosa cortesia. Teria Callan um pouco de medo deles? No ano anterior, houvera algum problema mais embaixo, em Ennis, uma pequena rebelião e saques, após uma falta de alimentos no local, embora isso não tivesse subido até ali. A pequena nobreza protestante e seus agentes, entretanto, tinham andado um pouco apreensivos, enquanto prosseguia a campanha de comícios monstruosos de O'Connell. Mas ele devia saber com certeza, pensou ela, que seu pai era o homem mais pacífico da área, tivesse feito o que fosse em sua juventude. Callan, de qualquer modo, não ficara totalmente inativo. Quando surgira a oportunidade, ele tranquilamente racionalizara os arrendamentos. Poucos anos atrás, o resto das antigas terras dos Madden havia sido unido novamente, convertido de volta a plantações de cereais e arrendado a um fazendeiro da paróquia seguinte.

Eamonn Madden, porém, sempre se lembrava de quem era. Conseguira dinheiro para Norah, quando ela se casara, para que seu marido ficasse satisfeito.

Tivera de pegar emprestado com um vendedor de tecidos de Ennis para pagar a passagem de William para a América, mas já havia pago mais da metade. Assim que a dívida fosse saldada, ele pouparia para o casamento de Nuala; podia-se estar certo disso. Ele não desgraçaria a família.

Ele continuava reverenciando Daniel O'Connell — o pequeno Daniel recebera esse nome em homenagem ao grande homem. Também tornou-se admirador do subsecretário Drummond. "É um bom homem", declarava. E, com frequência, citava aquele ditado do estadista: "A propriedade tem direitos, mas também tem responsabilidades." Se alguma vez soubesse de uma má ação de um senhorio, ele suspirava e o repetia.

Seu pai voltou cedo, naquela tarde. Callan apareceu cerca de uma hora depois.

A notícia que ele trazia era muito simples.

— Eu recebi uma oferta por esta terra. Um aluguel mais alto. Vim ver se você pode cobri-la.

— Mais alto? Quanto mais alto?

— Quase o dobro do que você paga agora. Na verdade, eu deveria ter aumentado seu aluguel antes, mas...

— O dobro? — Eamonn estava aturdido. — Impossível. Como alguém pode pagar isso?

— É o fazendeiro que está com o resto destas terras. Ele não vai morar aqui. Pretende derrubar todas as cabanas e plantar a área toda com cereais. Vai ter um pequeno lucro, ou não teria feito a oferta.

— Mas esta é a nossa terra. Os Madden sempre viveram aqui.

— Faça-me uma oferta. — Callan parecia muito calmo. — Mas terá de chegar perto. — Seria essa a sua vingança longamente protelada por causa da eleição de Clare? Possivelmente. Muito provavelmente, porém, eram apenas negócios.

— A propriedade tem direitos, Sr. Callan — disse Eamonn. — Indicou sua família. — Mas também tem responsabilidades.

— Drummond morreu.

— Vou precisar de um pouco de tempo para pensar.

— Terá uma semana — disse Callan calmamente, e cavalgou para longe.

Durante três dias, viram a questão por todos os ângulos, ela e seu pai. Conseguiriam outro arrendamento? Não havia nenhum, pois logo descobriram que o aluguel que ofereceram a Callan era o que estava sendo pedido por senhorios de todas as partes. E se ela fosse trabalhar, se houvesse emprego? Ou se ela cuidasse da propriedade e ele fosse para a Inglaterra e mandasse dinheiro para casa? A isto ela era muito contrária. "As crianças precisam do pai delas", disse a ele. Nada parecia fazer sentido. Mas Eamonn não conseguia se convencer a aceitar isso. A ideia de perder sua terra era mais do que conseguia suportar. No quarto dia, ela tomou o assunto para si e desceu com a pequena carroça deles até Ennis.

Eles iam ser muito felizes ali. Foi o que ela disse às crianças. E, de fato, ela se saíra bem.

A comprida cabana de três aposentos era uma das melhores de cerca de seiscentas habitações semelhantes que havia em Ennis e em volta da cidade, e, quando as crianças chegaram lá, ela já a tinha deixado impecavelmente limpa. As paredes de barro eram grossas e secas, o telhado de colmo estava bom. E ela convencera o senhorio a aceitar o aluguel de apenas 40 *xelins* por ano pela cabana. Com os animais todos vendidos por bons preços, a dívida de Eamonn foi paga, e até mesmo havia algum dinheiro em mãos. Este também veio a calhar, pois, quando quiseram alugar um terreno de *conacre*, e um sistema de aluguel de pequenas porções de terra — "arremedo de terreno", como chamavam localmente — para plantar batatas para se alimentarem, descobriram que tinham de pagar adiantado.

"Eu nunca tinha ouvido falar antes em pagamento adiantado", queixara-se Eamonn; mas era isso que o agente podia conseguir naquele ano.

E, agora, tudo o que ele tinha a fazer era arrumar um emprego.

Nos meses seguintes, eles passaram a conhecer muito bem a cidade de Ennis. As crianças gostavam muito de lá. A cidade podia ser suja e descuidada, mas estava sempre movimentada. A pequena praça junto do palácio da justiça central ficava normalmente repleta de barracas ou de vendedores ambulantes oferecendo todo tipo de coisas. E, embora parecesse que ninguém nunca quisesse limpar o local, mesmo assim as melhorias eram visíveis. Na última década, tinha sido acrescentado um bom número de prédios públicos. Alguns deles eram um pouco melancólicos, como o novo hospital para febre. Mais excluído, logo ao norte da cidade, ficava o sombrio asilo para os indigentes, que alguém poderia confundir com um quartel militar ou uma cadeia. Uma nova e elegante ponte de pedra, porém, para homenagear a ascensão da jovem rainha Vitória, tinha melhorado a rota de um lado da saída da cidade; e no ano em que eles haviam chegado à cidade, a comunidade inteira, católicos e protestantes, fora ver a consagração do que, um dia, seria a bela catedral católica para servir a área toda, em um largo local perto da sede do jornal.

Outras partes da cidade eram para ser evitadas. Do outro lado da rua já começava a série de becos interligados que levavam abaixo ao rio Fergus. Ela tivera de ser firme com Mary e Caitlin para que não fossem para lá, pois, embora nunca tivesse ouvido falar de que crianças que tivessem sofrido algum dano, a variada coleção de prostitutas da cidade fazia ponto nos vãos das portas, e havia mendigos que, se bêbados ou zangados, costumavam ameaçar as pessoas com porretes. E, é claro, havia os miseráveis cubículos ao longo da rua onde eles próprios moravam, e onde as crianças eram maltrapilhas. "Vocês devem deixá-las em paz", dizia ela às crianças. O que mais poderia dizer? Havia muitas ruas, imundas mas respeitáveis, onde elas podiam perambular. Ou os campos abertos fora da cidade, onde podiam brincar.

E era importante que fossem conhecidas como gente respeitável. Havia cerca de quarenta famílias com casas na zona rural em volta que podiam ser consideradas a pequena nobreza local. A maioria era protestante, claro, embora algumas poucas fossem católicas. Perto delas ficavam os comerciantes mais importantes com excelentes casas na cidade, o punhado de profissionais e alguns outros, como o Sr. Knox, o proprietário do *Clare Journal*, que mereciam respeito. Quando Maureen e seu pai acompanharam Nuala a algumas dessas casas, quando esta procurava trabalho como criada, ela ouviu um dos cavalheiros dizer à esposa: "Os Madden? Uma respeitável família de lavradores. Pode aceitá-la, sem qualquer dúvida." Nuala conseguiu emprego com um comerciante, numa casa muito decente perto da sede do *Clare Journal*, de modo que não ficava nem 2 quilômetros distante de sua família.

A mesma reputação ajudou seu pai. Em alguns dias, ele ia trabalhar em uma das fazendas da pequena nobreza local. Ou caminhava alguns quilômetros ao sul, até o porto do pequeno rio, onde cereais eram embarcados para o estuário do Shannon. Eles ainda tinham algumas economias, que Maureen guardava cuidadosamente. Às vezes, se uma ou duas semanas passassem sem que Eamonn trabalhasse, eles tinham de esvaziar esse pequeno mealheiro. Em outras ocasiões, conseguiam enchê-lo.

E, desse modo, ficou estabelecido o novo padrão de suas vidas. Ela cuidava da casa, levava o pequeno Daniel para passear e brincava com ele. Tomava lições de Mary e Caitlin, para que as duas pelo menos soubessem ler e escrever. Uma vez por semana, Nuala ia em casa e dividia seu salário com eles. Ela se tornava uma jovem mulher muito bonita, com o corpo esbelto e belos olhos azuis. Era óbvio que seu pai tinha orgulho dela. Nuala também tinha um vivo senso de humor e os fazia rir com histórias que ouvira sobre os acontecimentos da cidade. Certa vez, após reservar secretamente seus salários por algumas semanas, ela levou a família para ver um mágico que se apresentou no palácio da justiça, que também fazia as vezes de teatro e sala de concertos. Mary e Caitlin ficaram encantadas. Maureen queria saber a respeito de Norah na Inglaterra e William na América. Escreveu para Norah, no único endereço que tinha, mas não recebeu resposta. Jamais chegou qualquer carta de William. "Ele escreverá, quando tiver boas notícias para dar", assegurou-lhe seu pai. Se os filhos mais novos perguntavam por eles, ela lhes garantia: "Os dois estão bem."

A primavera e o verão seguintes trouxeram mais tempo úmido. Quem não havia armazenado suas batatas com muito cuidado descobriu que algumas tinham apodrecido com a umidade. Também houve uma série de despejos no campo, quando agentes como Callan procuravam arrendatários mais lucrativos. Muitas pessoas reclamavam que já não conseguiam mais "arremedos de terrenos" para plantar batatas. Um proprietário de terras, um absentista chamado Wyndham, doou 150 acres à comunidade para canteiros gratuitos. "Também, pudera", comentou seu pai, "ele tem 37 mil acres em Clare, ao mesmo tempo que vive confortavelmente em Londres; portanto, pode se dar ao luxo. Por outro lado", acrescentou, "deve-se reconhecer que ele ajudou. Ninguém de nossa pequena nobreza local fez coisíssima alguma."

Naquele outono, ocorreu um desagradável incidente. O Sr. Callan apareceu. Não se preocupou em desmontar do cavalo enquanto falava com Eamonn diante de sua cabana. Maureen estava ao lado dele.

— Vocês andaram visitando seu antigo lugar? — indagou o agente. E quando Eamonn disse que não: — Podem provar? — O fazendeiro que demolira a antiga casa deles e tomara conta dos campos dos Madden recebera uma visita. Mãos desconhecidas haviam tocado fogo numa pilha de turfa e cavado uma sepultura no meio de sua terra, como um aviso. Tais gestos não eram incomuns em casos de desapropriação, embora raramente resultassem em alguma coisa. — Por isso, pensei em você — disse Callan.

— Pode deixar de pensar — retrucou Eamonn, sem se alterar. — Mas me diga uma coisa: existem outras pessoas cujas terras agora estão com ele?

— Sim. Várias. Ele é um bom fazendeiro — acrescentou o agente, com crueldade.

— Você deveria também pensar nelas. Não estive nem perto daquele lugar. — Não acrescentou que preferia não ir até lá porque a lembrança lhe era muito dolorosa.

— Eu pensarei. Mas você está na minha lista — rebateu Callan.

— O que me preocupa — confessou seu pai a Maureen, após o agente ter ido embora — é que ele arruinará a minha reputação.

Aparentemente, Callan não fez isso, mas foi tal o constante escoar de homens em situação semelhante para Ennis, nos meses seguintes, lavradores bons, capazes, que não conseguiam pagar os sempre crescentes arrendamentos, que se tornou cada vez mais e mais difícil conseguir trabalho. Na maior parte do tempo, Eamonn conseguia, mas, durante a primavera seguinte e o início do verão de 1845, Maureen notou com certa preocupação que o pequeno fundo que ela mantinha encolhia gradualmente, e raramente, ou quase nunca, era reabastecido.

Ela, porém, mantinha um rosto alegre. Mary e Caitlin pareciam ter formado uma dupla. Sempre estavam envolvidas em alguma travessura. Ela fingia ficar zangada, mas, secretamente, exultava porque as duas viviam animadas. "São duas molequinhas magrelas levadas, e estou envergonhada de vocês" dizia-lhes, enquanto fugiam, rindo, para pegar um peixe no rio ou pregar uma peça em algum desafortunado vizinho. Quanto ao pequeno Daniel, era um companheiro meigo, com os olhos azuis do pai e um punhado de cabelo castanho-claro. Com todo o cuidado, Maureen conseguira três ou quatro coleguinhas para ele brincar ali por perto, e, sempre que saía, adorava levá-lo junto. A maioria das pessoas achava que ela era sua mãe.

O verão passou sem novidades. Em agosto, desenterraram as batatas de seu terreno e conseguiram armazenar um bom estoque que os alimentaria até dezembro. A safra principal seria em outubro, e, perto do início de setembro, as pessoas falavam em uma colheita abundante. Na metade do mês, o *Clare Journal* informou sobre alguns casos de deterioração de batatas. Mas isso talvez fosse por causa da armazenagem ao ar livre. Somente no último dia do mês, o pai voltou para casa, parecendo preocupado. "Alguns dos lavradores de Ennis estão falando em uma praga", disse a Maureen, e foi direto ao terreno deles, para verificar. "Parece tudo bem", ao voltar.

Era metade de outubro quando Caroline Doyle disse a Stephen que ia se casar com outro. A princípio, ele não conseguiu acreditar.

— Quem é ele?

— Um professor. Um homem da ciência.

— Um cientista? É um grande erro. Cientistas são terrivelmente maçantes.

— Eu não o achei assim.

— Seria melhor você se casar comigo.

— Não creio, Stephen. Sinto muito.

Ele e Caroline tinham se dado excelentemente. Ele não a pedira em casamento — era cedo demais para isso —, mas havia um entendimento entre eles. Stephen tinha certeza disso. O problema, pensou, fora O'Connell.

Ainda que o Libertador tivesse cancelado o monstruoso comício, o governo Tory ainda não ficara satisfeito. "Ele foi longe demais", disseram. "Isso levará a uma insurreição." E o colocaram na cadeia. Ele ficou ali durante seis meses, até os British Law Lords, os juízes de apelação britânicos, derrubarem a acusação. Durante esse período, O'Connell quis que Stephen cuidasse de todos os tipos de assuntos em Londres, e, portanto, ele passou a ver muito pouco Caroline. Após sua volta, continuou a cortejá-la. Não conseguia, porém, vê-la com a frequência que teria gostado, pois sempre havia um assunto político de um tipo ou de outro a exigir seus cuidados.

— Eu poderia tê-lo amado — explicou ela a William Mountwalsh —, e ouso dizer que ele teria me amado, mas somente quando tivesse tempo.

— Acha que ele carece de afeto? — perguntou ele.

— Não — respondeu ela —, mas ele pensa principalmente nele. — Sorriu. — É pueril, às vezes, o que é adorável. Mas... não basta.

O cientista era amigo do irmão de William; era um fidalgo de 35 anos, com um interesse particular em astronomia. Ela o conhecera numa visita a Parsontown, a propriedade de uma talentosa família que fora enobrecida com o título de Rosse. Lorde Rosse, ele mesmo, era um notável astrônomo.

Somente quando a perdeu, Stephen se deu conta do quanto queria Caroline. Uma semana após a separação, ele escreveu uma série de poemas sobre ela, com mais paixão do que talento. Depois disso, ficou bastante deprimido. Foi no início de dezembro, acreditando que Stephen precisava de uma mudança de cenário, que o Libertador o enviou — sob o pretexto de que queria que ele ajudasse seu sobrinho a editar alguns ensaios políticos — para ficar com Charles O'Connell em Ennis.

Stephen soubera que havia algum problema com a colheita de batatas. Charles O'Connell, uma versão reduzida, morena, do grande homem, e sempre cheio de informações, explicou a situação quando ele chegou.

— O oeste da Irlanda é mais afetado do que as outras partes. Quase a metade da safra foi perdida em Clare, e Ennis tem sido a mais atingida. Mas o problema afeta desigualmente. Mesmo aqui, em County Clare, alguns lugares escaparam inteiramente.

— É uma praga?

— Provavelmente. Ou umidade demais. Algumas batatas parecem boas quando saem do solo, mas depois disso apodrecem. Aqui em Ennis, achamos que podemos precisar de alguma ajuda de Dublin na primavera. — Deu de ombros. — Essas coisas acontecem em Clare, de vez em quando.

Dois dias depois, Stephen ouviu uma versão um tanto diferente do proprietário do *Clare Journal* em um jantar. O Sr. Knox era um protestante Tory e parecia um rígido ministro presbiteriano. Mas sua família possuía o jornal havia várias gerações e era bem estimada na área.

— A pequena nobreza local é inútil, e o representante real em Dublin é um burro complacente — anunciou firmemente Knox. — Ontem, vi seis carroças com cereais a caminho das docas. Para exportar. Isso não devia ser permitido. Em março, no máximo, necessitaremos de todo alimento em que pudermos colocar as mãos.

— Mas e os lavradores? — perguntou Charles. — Eles têm de vender seus cereais.

— Claro que têm. Então pague-se a eles o preço que recebem dos negociantes nas docas. E faça-se isso agora. Caso contrário, na primavera estaremos pagando para importar cereais, e, por essa ocasião, a escassez fará subir ainda mais os preços de todos os cereais.

— Algumas pessoas dizem que não haverá falta.

— São uns idiotas.

— Qual a natureza dessa praga? — perguntou Stephen.

— Há um homem chamado Dr. Evens, que tem escrito que se trata de um fungo — respondeu Knox. — Mas, para falar a verdade, Sr. Smith, ninguém sabe.

Contudo, como Stephen viera de Dublin e tinha contatos políticos, o dono do jornal parecia ansioso em transmitir-lhe suas opiniões. No dia seguinte ao jantar, Stephen e seu anfitrião trabalharam juntos nos ensaios. Mas, um dia depois disso, Knox foi visitar Stephen com uma carruagem de duas rodas puxada por um pônei e saiu com ele para dar uma volta pela área.

— Essa escassez é também uma oportunidade, sabe — disse a Stephen, ao saírem de Ennis. — Olhe só essas pessoas. — Gesticulou para as cabanas e barracos ao lado da estrada. — Homens fisicamente capazes à procura de trabalho. O que eles vão fazer quando acabarem seus pequenos estoques de batatas? Não terão dinheiro para comprar comida.

— O que deve ser feito?

— Empregá-los. Pagar-lhes salários. É isso que eles querem. Temos que torná-los produtivos.

— Há alguma coisa para eles fazerem?

— Meu caro senhor. Já está aqui há vários dias e ainda pergunta isso? Há tudo para se fazer. Eu lhe mostro. — Tinha de se admirar a mente vigorosa do Sr. Knox. — Alguns trechos aqui da pista foram melhorados, como pode ver. A nova ponte de pedra que acabamos de atravessar é excelente. Mas necessitamos demais de uma nova estrada de Ennis para Quin. Que seja construída. E há o rio Fergus. Atualmente, todo cereal, manteiga e animais vendidos no mercado de Ennis são transportados por barcaça, com desnecessária despesa extra, até as docas poucos quilômetros ao sul. O rio poderia se tornar perfeitamente navegável até Ennis, e novas docas construídas ali, com grande benefício para a cidade.

— Você é cheio de ideias.

— De maneira alguma, Sr. Smith. Todas essas propostas já existem há anos. Mas não são concretizadas. Sabia que já foram desenhadas plantas para a construção de um novo palácio da justiça? O velho precisa de tantos reparos, que seria melhor começar tudo de novo. Esse é outro projeto útil só à espera de ser realizado. A nova catedral católica... o terreno foi doado por um protestante, sabe... precisa ser terminada. Não se trata de uma obra pública, admito, mas subscrições particulares poderão levantar dinheiro. Meu projeto favorito, entretanto, fica por aqui. — E, após seguirem por alguma distância em direção ao norte, ele parou a carruagem numa curva da estrada e gesticulou para a paisagem à sua frente. — Ali, senhor — disse triunfantemente —, o que acha daquilo?

Quando Stephen olhou na direção norte, nada enxergou, a não ser uma desolada área de pântano e um brejo. Parecia se estender por quilômetros. À luz de dezembro, parecia ermo e infinitamente triste.

— Aquilo?

— Um lamaçal desanimador, você poderia pensar — disse Knox. — Contudo, debaixo dele fica o Paraíso.

— Quer dizer que pretende drená-lo?

— Exatamente. A terra debaixo desse pântano, Sr. Smith, é muito rica. Quase um charco salino. Uma enorme riqueza. Pode-se plantar cereal aí o suficiente para alimentar toda a Ennis. — Suspirou. — O que eu vejo ali, Sr. Smith, é um emblema da própria Irlanda: um país de vastos recursos.

— Nossa terra é rica — concordou Stephen.

— E o nosso povo, o irlandês, senhor, é rápido, inteligente e trabalhador. O preconceito inglês o tem como lento e preguiçoso, mas essa é uma calúnia basilar. A verdade é o oposto. Mas o que temos aqui em Clare? Recursos humanos, tão sem uso como esse pântano, e desnecessariamente miserável.

— Suponho que usará o seu jornal, Sr. Knox, para implementar essas coisas — comentou Stephen, mais tarde, quando seguiam de volta para Ennis.

— Já escrevi para as autoridades de Dublin em pessoa, além de divulgar essas opiniões impressas, Sr. Smith — respondeu Knox —, e jamais desistirei.

Nos dias que se seguiram não houve o menor sinal de que as autoridades de Dublin tomariam alguma medida. Mas, a despeito da preocupação de Knox com a colheita, com a aproximação do Natal, a estação do inverno em Ennis não passou sem seus divertimentos. Na metade do mês, a alta classe da cidade ficou intrigada com uma visita do Sr. Wilson, o famoso frenologista. Instalando-se na Church Street, ele propunha, através de cuidadoso exame do crânio de uma pessoa, dar-lhe um retrato exato e científico de seu caráter e habilidades, inclusive, talvez, talentos do quais ela nem mesmo se apercebia. "Tendo em vista que cobra 5 *xelins*, que são cinco ou seis dias de salário de um trabalhador comum", comentou Charles O'Connell, "jamais saberemos o caráter do pobre. Mas creio que você e eu devíamos experimentar, Stephen."

Um tanto quanto contra sua vontade, Stephen foi convencido a se sentar na geringonça do Sr. Wilson, enquanto esse cavalheiro, utilizando fitas de medição, compassos de calibre, parafusos e sondagens a dedo, examinava e, finalmente, anunciava:

— Sabia, senhor, que possui na cabeça um notável galo de benevolência?

— Ele deve ter crescido — disse Stephen sarcasticamente — desde que eu era mais jovem.

Foi uma hora depois, caminhando sozinho pela cidade, que ele encontrou a jovem mulher. Ela esperava do lado de fora do palácio da justiça. Lá dentro, outro visitante que se encontrava em Ennis, a estrela infantil Srta. Heron, fazia uma apresentação. Ele não quisera ir, mas sabia que a casa estava lotada, inclusive o setor na galeria com lugares baratos para os pobres.

Ela era uma mulher pálida e um pouco feia; segurava a mão de um garotinho. À toa, sem ter nada melhor para fazer, ele parou para perguntar o que ela estava fazendo.

— Minha irmã comprou ingressos para a apresentação, senhor — respondeu ela. — Meu pai e minhas irmãs estão lá dentro com ela. É um deleite de Natal.

— Você não quis entrar?

— Ela tinha quatro ingressos, senhor. Eu me contentei em esperar com o meu irmãozinho.

Ele lhe perguntou de onde era, e ela, resumidamente, contou-lhe sua história.

— Sinto muito por ter perdido sua terra — disse ele.

— Há muitos como a gente — retrucou. — E nos arranjamos bem, não é, Daniel? — disse ela com um doce sorriso para o garotinho.

Embora fosse feia, Stephen achou que tinha gostado da moça. Havia simplicidade e bondade nela.

— Eu lhe desejo uma sorte melhor no Ano Novo — disse ele, e foi embora.

Algum tempo depois, da janela da casa de Charles O'Connell, ele viu a garota e sua família andando pela rua. O homem grandalhão, que devia ser o pai dela, não lhe parecia vagamente familiar? Talvez. Era difícil ter certeza, mas ele possuía uma memória excelente para fisionomias. Tinha ideia de que se lembrava dele marchando para a urna, naquele famoso dia, anos atrás, quando o padre Murphy fizera sua arenga para a multidão. As irmãs dela pareciam bastante animadas. Uma, porém, ele notou em especial. Uma jovem coisinha linda impressionante. Olhou-a fixamente. Era realmente notável que aquela garota linda pudesse ser irmã de uma outra tão feia.

No dia de Natal, à tarde, Charles O'Connell anunciou:

— Antes de comermos o nosso jantar, Stephen, preciso fazer uma aparição no asilo. Por que não me acompanha e conhece o local?

O asilo. Até mesmo o nome era suficiente para amedrontar. Tratava-se de uma instituição inglesa, o lugar para onde uma pessoa, se fosse necessitada e desempregada, ia como abrigo em último recurso. Era dirigido por uma Junta de Guardiães, que consistia, em sua maioria, de fidalgos locais. Era um lugar de aparência brutal, logo ao norte da cidade antiga, mas O'Connell parecia quase orgulhoso daquilo.

— É novo — explicou —, e, ao contrário de muitos lugares, limpo.

Percorreram uma enorme passagem de tijolos até um grande pátio. Aquilo podia ser um quartel ou uma prisão. De cada lado, havia as várias alas da instituição.

Talvez fosse apenas o dia cinzento, mas, para Stephen, o local todo parecia medonho; portas medonhas e janelas medonhas; tijolos medonhos, argamassa medonha; e, acima, um telhado de ardósia escura inclinava-se medonhamente debaixo do céu inexpressivo.

— Funciona de acordo com o estrito modelo inglês — disse-lhe Charles. — Segregação total. Homens, mulheres e crianças, todos mantidos separados. Separam maridos de esposas, e mães de filhos, assim que eles chegam, e os enviam para blocos diferentes. E lhes dão alimentos apenas suficientes para mantê-los vivos, nada mais.

— Isso é cruel. Fico me perguntando por que alguém ficaria aqui.

— A ideia é essa. Os Guardiães ordenaram que tudo deve ser mantido o mais desagradável possível. Caso contrário, tendo em vista que fornecem comida e alojamento de graça, teriam metade da população de Ennis tentando viver aqui. Ou assim eles acreditam.

Ele suspirou.

— Talvez não estejam totalmente errados.

Contudo, uma vez por ano, no dia de Natal, as regras do asilo eram relaxadas, e todos os internos se reuniam para um jantar natalino.

O salão era grande. A maioria dos internos era de homens, com muito menos mulheres e poucas crianças, mas totalizavam várias centenas. Pareciam um tanto esfarrapados, mas limpos. Sentavam diante de longas mesas vazias sobre cavaletes. Enquanto Stephen observava, apareceram vários membros da Junta de

Guardiães, um clérigo e um pastor. O diretor disse algumas palavras de consolo natalino e ordenou um viva para a rainha, no que foi obedientemente atendido. Então foi servida uma refeição com carne, batata e repolho, uma prova consoladora de que ali em Ennis a comida ainda era fornecida com abundância, oportunamente, até mesmo aos mais pobres dos pobres.

No começo do novo ano, com seu trabalho literário terminado, Stephen retornou a Dublin. Sua permanência em Ennis fora instrutiva — uma mudança, que pelo menos o ajudara a não pensar na perda de Caroline. Mas não lhe trouxera paz de espírito. No mínimo, o contrário. Sua vida não mais parecia ter o sentido que achava ter, e ele não sabia o que fazer.

Ficou bastante surpreso em março, ao receber uma carta do Sr. Knox. Parecia que, assim que o infatigável cavalheiro colocava alguém em sua lista, não o largava mais. Mas, para falar a verdade, embora os assuntos de Stephen em Dublin o mantivessem muito ocupado, a lembrança do que vira em Ennis estivera sempre em sua mente. Após ler cuidadosamente a carta, entendeu exatamente por que o dono do jornal lhe escrevera. E, como estaria com lorde Mountwalsh naquele dia, resolveu levar a carta consigo.

A grande casa da praça St. Stephen era sempre um refúgio amigável; ali havia apenas um pequeno grupo de pessoas, inclusive ele mesmo e Dudley Doyle, que fizera questão de ser amistoso com Stephen agora que sua filha estava a salvo, casada com outro.

William Mountwalsh pareceu divertido quando ele disse que recebera uma carta do Sr. Knox.

— Então você o conhece? — perguntou Stephen.

— Todos nós conhecemos o Sr. Knox — retrucou o conde com um sorriso. — Mas conte-nos o que ele tem a dizer.

Então Stephen leu.

> A situação em Ennis é como previa, e, no mínimo, pior. A falta de alimentos começou em fevereiro, e, com a escassez, veio o aumento dos preços. O custo habitual de um saco de batatas com 14 libras no mercado de Ennis é de 2 pence; mas agora custa 5. Esse é um fardo terrível para o pobre. Às vezes, não é possível conseguir batatas a qualquer preço. No asilo, já acabou,

e eles tentam comprar cereais baratos importados da Índia. Outros tentaram comer batata estragada. No hospital para febre, os pacientes são alimentados com batatas estragadas, e, como resultado, tem havido mais doenças dos intestinos.

O governo ordenou que os representantes reais de cada comarca formem comitês de ajuda, mas até agora seu progresso é muito lento.

Tendo perdido a paciência, nossos magistrados locais assumiram a questão por conta própria. De acordo com as leis existentes, eles têm o poder de fornecer trabalho, cujo custo será metade pago pelo governo, e a outra metade financiada por um empréstimo governamental — como uma comunidade, teremos eventualmente de pagar esse custo. O trabalho até agora compreende algumas estradas e outros projetos triviais; embora eu tenha a esperança de, posteriormente, dar início a alguns dos projetos sobre os quais lhe falei quando esteve aqui. Mas, no presente, calculo que apenas uma de quatro dessas obras necessárias gere empregos.

Fora isso, nós aqui em Ennis formamos um comitê de ajuda. A maioria dos cidadãos que dele participam são nossos próprios companheiros — com isso, quero dizer que são homens de O'Connell; por isso, a maior parte da pequena nobreza local não se importou em se juntar a nós. Sou certamente o único protestante Tory no comitê. Fora de Ennis, porém, nossa pequena nobreza tenta providenciar trabalho e sustento, e solicita contribuições para fornecer ajuda. Mas esses esforços formam uma colcha de retalhos e carecem de uma direção apropriada. Aqueles que estão nas propriedades de absentistas geralmente passam por uma situação pior. Em uma paróquia, há 2 mil almas sem qualquer suprimento de comida.

É notável que tenha havido tão poucos distúrbios. Isso, provavelmente, se deve em parte ao efeito de entorpecimento do tempo, pois tem estado frio e úmido; ainda recentemente, tivemos neve.

É difícil entender como o nosso governo pode ser tão indiferente ao sofrimento de seu povo.

Quando parou de ler, Stephen olhou para William Mountwalsh.

— Por que o governo é tão indiferente? Estaria Knox exagerando?

— Ah, não. Tenho certeza de que ele diz a verdade — rebateu o conde. — Mas nosso amigo Knox confunde com indiferença o que é, na verdade, uma política deliberada. Ontem, falei com alguém do Castelo. O governo está protelando o máximo possível uma ajuda, por uma simples razão: é o único modo de fazer as pessoas do local assumirem alguma responsabilidade por seus próprios assuntos. O próprio Knox é uma grande exceção, mas, por vezes seguidas, o restante dos cidadãos e da pequena nobreza local tem provado nunca fazer qualquer coisa pelo lugar até que esse se torne absolutamente imperioso. — Sorriu. — Arrisco dizer que é da natureza humana. Tenho certeza de que eu não faço nem perto do que deveria porque não preciso fazer.

— Ele trabalha arduamente — protestou Lady Mountwalsh.

— Por toda a Irlanda, os proprietários de terras querem que o governo lhes dê uma garantia. E o governo não vai fazer isso.

— Mas eles não podem deixar o povo passar fome.

— Não. E, aliás, Knox está para obter seu desejo. O governo vai intervir. Mas os homens dos locais ainda terão de colocar o fardo sobre os ombros e assumir a responsabilidade.

— Que forma isso terá?

— Mais ou menos a que Knox deseja. Um grande programa de obras públicas. O argumento é que é errado dar dinheiro àqueles fisicamente capazes. Isso os corrompe e lhes tira a autoestima. Devem trabalhar para conseguir algo. Mas ele tem razão quanto ao preço da comida estar tão alto. Provavelmente haverá subsídios para manter os preços baixos.

Veio um som sibilante de Dudley Doyle. O economista sacudia a cabeça.

— Cuidado, cavalheiros — exclamou. — Cuidado. Vocês podem trazer comida barata, como o fubá; ou podem aumentar suficientemente o fornecimento para baixar os preços. Mas não subsidiem alimentos. É tentador, mas não devem fazer isso. Estão subvertendo o mercado. Isso é errado. — Dirigiu-se a Stephen. — Você é um Whig. Conto com seu apoio.

— Não sei não — disse Stephen.

O pior momento, pensou Maureen, foi no dia de St. Patrick. Eles tinham ouvido falar sobre o homem morto ao meio-dia.

Acontecera nos arredores da cidade. Ninguém parecia saber quem fizera aquilo, mas ninguém ficou muito surpreso. O homem era um agente, e tinha a fama de despejar arrendatários.

Era espantoso para Maureen que as pessoas pudessem ser tão cruéis. Numa época em que todos sofriam, ainda havia gente sendo expulsa da terra; mas seu pai parecia aceitar aquilo.

— Com a escassez, os agentes podem conseguir aluguéis ainda mais altos pela terra; e os homens que se fiaram em batata talvez não consigam pagar aluguel nenhum. — Suspirou. — É assim mesmo. Se o senhorio insiste em obter o melhor retorno, suponho que não se possa culpar mesmo o agente.

— Eu posso — disse Maureen.

E, possivelmente, podiam alguns dos arrendatários despejados, pois o homem tinha sido deixado morto à beira da estrada.

Maureen e seu pai estavam parados no mercado junto ao palácio da justiça, quando ela avistou Callan. Estava a cavalo, e parecia ter acabado de chegar. Ela notou que ele estava muito pálido. Olhava para as pedras do pavimento, e seu rosto se movimentava. Ela não tinha certeza, mas ele parecia falar sozinho. Então ergueu a vista, e seu olhar viajou pela praça do mercado; avistou os dois e os encarou. Ela o encarou de volta e viu, com surpresa, que seus olhos estavam repletos de apreensão.

Ele não conseguia disfarçar. Estava com medo. Ela percebeu o que ele devia estar pensando. Seu pai, ou alguém igual a ele, iria deixá-lo à morte na beira da estrada naquela primavera? Ela sabia muito bem que seu pai nunca faria tal coisa, mas se o baixote Callan agora sentia medo, tanto melhor. Que sofra também. Ela não desviou o olhar, mas continuou encarando-o descaradamente. E, lentamente, ao ver o ar de desafio de Maureen, o medo nos olhos de Callan mudou para uma expressão de repugnância.

Algum tempo depois, ao caminharem de volta para casa, o agente surgiu cavalgando atrás deles e os ultrapassou. Ao fazer isso, virou-se e lançou um terrível olhar para o pai dela, que parecia dizer: “Você quer me matar. Eu o matarei primeiro.”

O momento, porém, de que ela mais se lembrava foi pouco antes do anoitecer, quando já estava de volta em casa. Fazia um vento frio lá fora, e as crianças estavam acotoveladas junto ao fogo feito com turfa, mas o pai delas tinha entrado no depósito na outra extremidade da cabana. Ele carregava um lampião e inspecionava as batatas restantes que tinham, empilhadas contra a parede. Quando a luz colheu seu rosto largo, ela se deu conta do quanto eram fundas suas rugas de preocupação. Normalmente, assim como ela, ele mantinha o semblante alegre diante das crianças; mas, colhido naquele momento pela luz pálida, pareceu infinitamente triste. Ela colocou a mão sobre seu braço. Ele assentiu, mas não falou. Então olhou para ela.

— Eu esperava usar estas — falou baixinho. — Não lhe contei, mas conheço um homem que tem um campo. Não estou falando de arremedo de terreno, onde se paga para colher um campo já plantado. Ele me deixa plantar e colher como se a terra fosse minha. — Gesticulou para as batatas diante dele.

— Estas eram para ser batatas-sementes. Mas não tenho coragem de fazer isso, Maureen, pois não tenho certeza de manter o trabalho, e os preços no mercado... para lhe dizer a verdade, isso me apavora. Portanto, vamos comer estas, em vez de plantá-las. Você precisa fazê-las durar o máximo possível. — Ele balançou a cabeça, e então, numa voz na qual tristeza e amargura estavam igualmente misturadas: — E esta é a Irlanda, no dia de São Patrício.

No dia seguinte, uma companhia do 66º Regimento chegou às pressas a Ennis para tranquilizar a nervosa pequena nobreza local, após o assassinato.

Poucos dias depois disso, começou a nevar.

Comparado a muitos de seus vizinhos, Eamonn Madden era um dos sortudos. Ele fora escolhido como um dos trezentos homens que iam trabalhar nas estradas locais. Da Inglaterra, o coronel Wyndham enviara 600 libras para consertar as ruas de Ennis. "Isso dá para pagar os trezentos homens durante dois meses", ressaltou seu pai. Enquanto isso, quando a neve acabou e o tempo começou a ficar um pouco mais moderado, as autoridades em Dublin começaram a fornecer alguma ajuda. Cerca de mais quinhentos trabalhadores foram empregados em obras públicas, mas o progresso nos ambiciosos projetos do Sr. Knox era continuamente protelado. E agora outra classe de homens também começava a sofrer.

— Com todo esse problema — disse o pai a Maureen —, e as pessoas tendo de economizar para ajudar, não há dinheiro sendo gasto em Ennis, e os artesãos locais, em pouco tempo, também estarão numa situação tão ruim quanto a nossa.

No mercado, o preço dos cereais continuava subindo. Chegou a notícia de que, no estuário do Shannon, um cargueiro com grãos fora saqueado por homens famintos da localidade.

Certo dia, seu pai saiu pela manhã, para trabalhar, e voltou antes do meio-dia, parecendo abalado.

— Os salários foram reduzidos. Os rapazes se recusam a trabalhar.

— Mas o pagamento é de 10 pence por dia. É apenas uma esmola.

— Eu sei. Agora são 8 pence. Mas os rapazes terão de ceder. Eu encontrei o próprio Sr. Knox, e ele me disse: "Não temos dinheiro para lhes pagar."

Seu pai mostrou estar certo. Os homens voltaram a trabalhar, por 8 pence diários. No primeiro dia da volta, ela lhe perguntou se tinha havido algum problema. "Nenhum", disse ele, "exceto por uma senhora elegante que passou e nos disse que não entendia por que estávamos emporcalhando a rua."

O pagamento não era suficiente para alimentar a família, principalmente com os preços de tudo mais altos; mas, alguns dias depois, Maureen encontrou um fubá que o Comitê de Ajuda conseguira comprar para vender a baixo custo. Era um produto inferior, pensou ela, mas ia-se vivendo.

E, assim, a cidade de Ennis cambaleou da primavera para o verão. Os comerciantes da cidade faziam o que podiam para ajudar; a pequena nobreza local, na sua maioria, não fazia nada. Todo mundo estava numa situação ruim. Para muitos em Ennis, porém, a ajuda parecia estar à vista, por dois motivos.

A colheita antecipada da batata estava à vista. Muitas pessoas tinham consumido suas batatas-sementes durante a escassez, mas fora plantado o suficiente para assegurar uma razoável safra antecipada. Eamonn conseguira garantir novamente um pedaço de arremedo de terreno para poder plantar. "Faltam apenas poucas semanas", incentivava ele sua família, "e o pior terá passado."

A segunda causa de esperança era política. Desde seu recuo em Clontarf e sua breve passagem pela prisão, pouco se ouvira falar de Daniel O'Connell. Corria um boato de que ele estava doente. Mas os homens da Irlanda Jovem mantinham viva a causa da Revogação, e, mesmo não havendo, no presente, chance de ela acontecer, o sonho de uma Irlanda livre ainda estava suficientemente vivo para agitar o coração. Agora, entretanto, uma esperança mais imediata havia surgido, a de uma mudança de governo na Inglaterra; e, no fim de junho, ela foi aprovada. Os Tories estavam fora; os Whigs estavam de volta. Os Whigs não eram aliados do Libertador? Não tinham sido sempre simpáticos à Irlanda católica? Os partidários da Revogação ficaram encantados. Toda a Irlanda católica buscava coisas melhores. No início de julho, embora os fundos de ajuda estivessem quase no fim e todos passassem fome, o sol do verão parecia trazer uma promessa de esperança.

Foi num dia quente, na terceira semana de julho, que Maureen e seu pai foram até o campo onde suas batatas cresciam. No dia anterior, tinham saído para inspecioná-las, após a notícia ter começado a se espalhar. Agora, olhavam em silêncio.

Pois o campo era uma extensão a céu aberto de folhas enegrecidas. E delas erguia-se um terrível fedor que fazia qualquer um querer virar a cabeça. Por toda a volta, os outros campos eram exatamente a mesma coisa.

Ele chegou a Ennis num claro dia de novembro. Era inteiramente graças a Mountwalsh que ele estava ali.

— Não há de quê — assegurara-lhe o bondoso conde, quando ele declarara seu agradecimento.

— Eles estão muito felizes em tê-lo, Stephen. Sua reputação o precede, e eu lhes lembrei que você foi um dos verdadeiros Whigs católicos, o que eu diria que é. O novo governo gostou disso, e muito. Um homem correto, disse-lhes, que não gosta das perigosas tendências de alguns da Irlanda Jovem. E um excelente organizador. Não tenho dúvidas de que se sairá muito bem.

Pelo menos, seria uma mudança. Pois, perto do fim daquele verão, Stephen Smith sentira-se farto. Queria mais do mundo da política. De qualquer modo, não por um curto espaço de tempo. Até mesmo a volta dos Whigs ao poder havia falhado em reacender seu interesse. Ele fizera algo de útil em todos aqueles anos?, perguntou-se. Esperava que sim. Estava fazendo algo de útil agora? Não, não estava. Seu velho amo O'Connell estava doente. Não havia nada que pudesse realmente fazer por ele. Não gostava dos homens da Irlanda Jovem — William Mountwalsh estava perfeitamente certo a esse respeito. Eram bem-intencionados, alguns deles, mas lhes faltava disciplina. Alguns até mesmo queriam iniciar uma insurreição como Emmet. Fútil. E perigoso. Eles cairiam e levariam outros consigo, exatamente como Emmet fizera antes.

Fora, porém, outra carta do Sr. Knox do *Clare Journal* que lhe dera a ideia. Ele ficara chocado com seu conteúdo, e, quando Knox descrevera a organização que, por lá, estava sendo formada, subitamente lhe ocorrera que aquela poderia ser uma chance para ele fazer algo realmente útil.

Portanto, ali estava ele, como um supervisor do novo programa de obras públicas planejadas para evitar que Ennis morresse de fome. Ele trabalharia para o Sr. Hennessy, o chefe dos supervisores para a região, e ambos se reportariam a um ativo oficial naval, conhecido como Capitão, que estava encarregado da comarca. Ele não quisera se aproveitar da bondade de Charles O'Connell, que gentilmente lhe oferecera um quarto em sua própria casa; mas Charles lhe conseguira alojamentos ali perto.

Hennessy, que foi vê-lo em sua primeira manhã, revelou-se um homem alto, gentil e agradável, que rapidamente resumiu a escala de operações. "Pelos meus próprios cálculos", disse ele, "por volta do fim do ano, teremos empregado 50 mil homens nesta comarca." O novo governo queria um controle estrito das questões. Havia um novo comitê que assumiria a direção da comarca inteira. Fora indicado pelo representante real, e, embora alguns católicos participassem dele, o presidente e a maioria dos membros eram fidalgos protestantes. Hennessy disse a Stephen que lhe daria vários projetos para administrar em Ennis, e também deixou claro quais eram as regras de operação. "Não deve haver divergência", alertou. "O novo governo pretende ser cuidadoso, mas firme." Havia algum problema em particular de que ele deveria tomar conhecimento?, perguntou Stephen. "Bem", Hennessy hesitou. "Creio que é justo dizer que ainda há algumas coisinhas a serem superadas. Até começarmos, haverá...", ele procurou a palavra apropriada, "um hiato."

Naquela tarde, na visita que fez ao Sr. Knox no *Journal*, foi que Stephen descobriu o que aquilo significava. Knox, seguindo sua prática habitual, pediu sua carruagem com o pônei e deu uma ligeira volta com ele. A diferença de sua visita anterior era impressionante. Onde, antes, ele vira crianças maltrapilhas e rostos preocupados, agora via criaturinhas parecendo esqueletos e mulheres com olhar fixo.

— Essas pessoas não são pobres; estão morrendo de fome.

— Algumas estão, outras não. Algumas já morreram.

— Mas como?

— Muito simples. Em julho e agosto, a safra de batatas fracassou. Quando digo fracassou, refiro-me ao fato de que todas as batatas no mercado apodreceram. Refiro-me ao fato de que nem uma única plantação, nem uma única horta em toda a Ennis produziram uma única batata que pudesse ser comida. O fedor dos campos apodrecidos foi carregado pelo vento até a cidade como se eles fossem um buraco aberto cheio de pestilência. Ou seja, Smith, após meses de trabalho árduo, o povo de Ennis não conseguiu produzir para si qualquer comida que fosse. Infelizmente, também foi uma época de mudança de governo. E você sabe como é, quando o governo muda. Nada do que foi feito antes está certo.

— E aí?

— Ora, eles fecharam os comitês de ajuda, é claro. Nada foi feito. Permaneceu assim até outubro. As pessoas ajudaram umas às outras para não morrerem de fome, mas, especialmente nos lugares mais remotos, os velhos e os enfermos morreram. Informamos o que pudemos, mas não se sabe de tudo o tempo todo. Certamente, houve muitas mortes.

— Isso vai mudar agora.

— Vai? Como? Vocês providenciarão obras públicas?

— Em grande escala.

— E vão subsidiar comida?

— Entendo que não.

— Claro que não vão. Pois isso seria distorcer o mercado, o que, aos olhos de um Whig, é crime hediondo.

Stephen lembrou-se de Dudley Doyle.

— Não nego isso — confessou.

— Então, visto que o preço dos alimentos, por serem tão escassos, subiu agora às alturas, o salário que você paga a esses milhares de homens não é o suficiente para que eles comprem comida para suas famílias. Eles não ficarão ociosos e morrerão de fome, Sr. Smith; eles trabalharão e morrerão de fome. — Olhou severamente para Stephen. — Eu sou apenas um Tory, senhor. Você é um Whig, o amigo católico dos irlandeses. Este é o seu governo. Por que o seu governo é tão insensato?

— Não sei responder.

— Mas eu sei. Os Whigs, senhor, se casaram com sua devoção à doutrina, à sua total ignorância de condições locais. O filho resultante será a penúria, em escala ainda não vista.

— Não é esse o objetivo deles. Os Whigs são extremamente bem-intencionados.

— Claro que são — exclamou o dono de jornal. — E esse é o problema. Os atuais líderes Whigs são reformadores, ampliaram a concessão, têm procurado ajudar os católicos. Eles são mais do que bem-intencionados: acreditam que são idôneos. E, portanto, não darão ouvidos. É nisso que se encontra a tragédia. — Fez uma pausa apenas para tomar fôlego. — Qual é o maior crime contra a humanidade, Smith?

— Crueldade deliberada, acredito.

— E acredita errado. Não é crueldade, nem intenção maldosa. É a estupidez.

— E por que me diz isso? — perguntou Stephen.

— A fim de que você aprenda — disse Knox. Então levou-o de volta.

Nos dias subsequentes, Stephen mergulhou no trabalho. Quase todos os dias parecia haver um novo projeto para empregar pessoas. Alguns, como fornecer um sistema de esgoto decente para Ennis, valiam a pena. A maioria, porém, era de apenas desnecessários trabalhos rodoviários, cujo efeito principal era bloquear a estrada que levava à cidade. Em uma ocasião, ele sugeriu a Hennessy que um trecho de solo devastado fosse limpo, e a terra, revolvida. O terreno pertencia a um lavrador idoso a quem faltara energia para fazer isso.

— Pelo menos ele pode plantar cereais ali e aumentar a oferta de alimentos — sugeriu Stephen. Mas Hennessy sacudiu a cabeça e lembrou-lhe: — Você devia saber melhor do que qualquer um, Stephen, que se trata de terra particular. Melhorá-la seria um trabalho multiplicador, pois o cereal plantado ali pertence ao lavrador e vai para o mercado. Estaríamos criando um lucro pessoal e interferindo no comércio. Não se pode fazer isso. Apenas obras públicas, meu rapaz, por mais que sejam inúteis.

Fazia dez dias que ele presenciara um pequeno incidente. Observava uma turma de cerca de cinquenta homens que limpavam beiradas ao longo da estrada que levava às docas. O trabalho avançava a ritmo de lesma, mas alguns homens pareciam tão fracos pela carência de nutrição, que seria cruel pressioná-los ainda mais; e, visto que o serviço era meio sem sentido, de qualquer modo, não havia motivo para se fazer isso.

Uma carroça carregada com cereal descia ruidosamente a estrada em direção às docas. Os homens observaram-na tristemente. Mas então três deles, sem dar uma palavra, destacaram-se do grupo e foram até ela. Um dos três era o sujeito grandalhão que Stephen vira com a moça feia e suas irmãs em dezembro passado. O homem, soubera desde então, chamava-se Madden. Quando alcançaram a carroça, Madden falou com o carroceiro. Stephen não conseguiu ouvir o que fora dito, mas o sujeito grandão parecia argumentar tranquilamente, em vez de ameaçar. Após alguns momentos, o carroceiro anuiu, os homens fizeram a volta com os cavalos, e a carroça voltou na direção de onde tinha vindo. Os três homens, enquanto isso, voltaram silenciosamente para seu serviço.

Stephen hesitou. Era óbvio que o que ele acabara de presenciar era ilegal. Deveria intervir? Decidiu esperar e perguntar depois a Hennessy.

— Acontece muitas vezes — disse-lhe Hennessy. — Eles não deixam os cereais saírem da região. Por falar nisso, não tem havido qualquer violência, mas um ou dois cavalos foram mutilados como um alerta. E não se consegue alguém em toda a comarca que ouse dar aos agricultores uma avaliação pelos cavalos, e, portanto, eles não conseguem receber o seguro. Tecnicamente, é uma intimidação, é claro. Mas, em geral, apenas ignoramos o fato. Não se pode censurá-los. Aquele cereal indo para o porto talvez seja a última migalha de nutrição que seus filhos jamais verão.

Certamente, o homem não lhe causou outro problema. Madden era uma figura digna: um corpo esplêndido, agora ficando grisalho e tornado magro pela falta de alimento. Mas, embora estivesse claro que, entre os homens que trabalhavam a seu lado, tivesse uma certa ascendência moral, Madden sempre agia com delicadeza. Contudo, parecia que o destino decidira que eles devessem entrar em conflito.

Outra semana passou antes que Stephen se visse frente a frente com o Capitão.

O baixo e exaltado homem da marinha, cujo trabalho era organizar cerca de 50 mil homens em grupos de trabalho por toda a comarca, provavelmente não era popular.

— O meu serviço, Sr. Smith — disse ele —, é cuidar para que os mais necessitados consigam trabalho. Não tolero desordeiros, e não tolero abusos. Ontem, descobri que dois dos homens de um grupo de trabalho são lavradores com terra própria. Um deles tem 50 acres. Mas era amigo de um fidalgo do comitê local que pensava que poderia ganhar um dinheiro extra em seu tempo livre. Monstruoso. Eu o expulsei, e também disse ao homem do comitê o que pensava dele. Não haverá temor ou favor enquanto eu estiver por aqui, está claro?

— Sim — disse Stephen.

— Ótimo. — O Capitão folheou rapidamente um feixe de papéis. — Você tem um homem chamado Madden em uma de suas turmas?

— Tenho.

— Outra fraude. Ele possui uma pequena propriedade. O suficiente para sustentá-lo. Quero que ele saia.

— Creio que ele perdeu sua propriedade já faz algum tempo.

— Pode ser. Os idiotas que compilaram estas páginas não são de muita utilidade. Algumas das informações estão desatualizadas. De qualquer modo, há um relatório recente de um homem chamado Callan. Um agente. Diz que ele é um desordeiro. Possivelmente violento. Já viu algo parecido com isso?

— Não exatamente.

— Hum. Você hesitou. Mande-o embora. Há muitos outros que precisam do trabalho. Bem, agora. — E passou para outros assuntos. Mas, quando terminou e Stephen estava de saída, ele o chamou de volta. — Não esqueça de Madden, porque eu não esquecerei. — Deu um olhar agudo para ele. — Com relação a isso, antes de você ir, há uma coisa que é melhor eu explicar.

Ele dispensou Madden na manhã seguinte.

— Você receberá pelo dia de hoje, e lhe darei mais dois dias de salário — informou-lhe —, mas terá de ir embora agora. Sinto muito.

— Tenho minha família para alimentar — disse o homenzarrão. — Peço que reconsidere.

— Receio não poder.

— Está sentenciando os meus filhos à morte.

Isso foi, pareceu a Stephen, um pouco exagerado, mas ele nada disse. A verdade era que aquilo lhe desagradava muito. Madden virou-se lentamente para ir embora. Precisa ser dito que ele foi digno em sua dor.

Como Stephen previra, o Capitão em pessoa passou por ali de manhã bem cedo.

— Madden se foi? — indagou. Stephen fez que sim com a cabeça.

— Ótimo — disse o Capitão com um leve assentir, e seguiu seu caminho.

Ao fim do dia, Stephen não teve pressa em voltar para Ennis. Caminhava lenta e pensativamente. A sequência de acontecimentos, embora inevitável, o perturbara. A noite tinha caído quando ele passou por alguns barracos miseráveis, depois por um curto trecho de estrada sem pavimento, antes de dar com um muro. Ao chegar ao muro, uma figura avançou.

Ele se sobressaltou. Era certamente uma notável aparição. A figura era grande, muito maior do que ele. Usava um vestido branco. O rosto estava enegrecido. Parou diante dele, bloqueando seu caminho.

— Sabe o que isto significa? — perguntou a figura.

Claro que ele sabia. Todo irlandês conhecia o alerta tradicional dos Whiteboys: um homem vestido de mulher, com o rosto pintado de preto, surgia diante da pessoa; se você ignorasse o alerta, deveria esperar as consequências.

— Cuidado — disse a figura. Então deu meia-volta e seguiu pela rua a passos largos, virou ao lado de uma cabana e desapareceu na escuridão.

Stephen continuou seu caminho para casa.

O dia seguinte passou sem incidentes. Por um breve instante, pensou em notificar o assunto, mas, depois do que lhe dissera o Capitão, decidiu contra. Se os homens da turma de trabalho sabiam que ele fora ameaçado, não demonstraram nenhum sinal. O dia seguinte foi igualmente rotineiro. No outro dia, ele não foi trabalhar. Nesse meio tempo, decidira o que fazer. A ele parecia que tinha duas tarefas importantes.

Logo cedo, pela manhã, saiu a pé, caminhando rapidamente em direção ao norte até os arredores da cidade. Descobriu, sem dificuldade, qual era a cabana que procurava. Ao chegar a ela, foi até a porta e olhou lá dentro.

— Deus salve todos aqui. — Fez a tradicional saudação, ao entrar.

Eamonn Madden pareceu extremamente surpreso ao vê-lo. Estava sentado em um banquinho, de cabeça baixa, diante de uma pequena incandescência de turfa. De pé ao lado dele, estava a jovem mulher feia, sua filha.

— Posso me sentar? — Também havia um banco perto do fogo. Descansou sobre ele.

— Não temos nada para lhe oferecer, senhor — disse a mulher.

— Eu sei.

A porta estava aberta. Uma luz adicional, mais fraca, vinha pela única janela. Esta não tinha vidraça, mas, atravessada nela, à maneira tradicional, estava estendida uma fina pele de carneiro, que deixava entrar um pouco de luz e mantinha o vento do lado de fora. Sob essa luz mortiça, porém, ele pôde ver que o aposento, com seu chão de terra, estava imaculadamente limpo. Na parede, havia uma estampa barata da Virgem Santíssima; na outra, uma estampa de Daniel O'Connell. Ele olhou para a mulher. Quantos anos teria ela? Estava na metade dos 20 anos, supôs, mas a tensão e a fome tinham tornado seu rosto fatigado. Como o pai dela, entretanto, possuía uma tranquila dignidade.

— Sabe quem eu sou? — perguntou ele, e ela fez que sim. — Posso perguntar seu nome?

— Eu sou Maureen Madden — respondeu ela.

— Posso saber quantos mais há na família? Você tem um irmãozinho, eu me lembro, de quando a encontrei, certa vez, na praça do mercado.

— Esse é Daniel, senhor. E tem também minhas irmãs Mary e Caitlin. Minha outra irmã, Nuala, trabalha para uma família na cidade.

— Posso ver as outras crianças?

Ela olhou para o pai, que nada disse.

— Estão descansando, senhor, no outro cômodo. Dormem todos juntos, para se manterem aquecidos.

— Estão dormindo a esta hora do dia?

— Está frio lá fora. E eles não têm muita energia. — Ela foi para o aposento ao lado. Madden olhou-o de relance, mas nada disse, nem Stephen disse nada ao homenzarrão.

Quando Maureen voltou, veio com as três crianças. Eram pálidas e franzinas; porém, o que mais o impressionou de imediato foi que se movimentavam com uma estranha lentidão. Seus olhos pareciam ligeiramente desfocados. Talvez fosse porque tinham estado dormindo, mas ele achava que não. As meninas olharam obtusamente para ele, e o garotinho, com olhos que eram grandes e acusadores.

— Quantas refeições por dia eles têm feito?

— Uma, senhor. Até agora, enquanto papai trabalhava.

— Com você os alimenta?

— Com o que eu consigo encontrar. Não há mais batatas. Às vezes, fubá ou outro cereal. Às vezes, há nabos e um pouco de agrião.

— E como passa o tempo com eles?

— Eu leio para eles. E também lhes ensino.

— Então sabe ler e escrever.

— Sei, senhor. O pequeno Daniel já sabe todas as letras, não é, Daniel? — O menino fez que sim. — Ele as desenha na mesa com o dedo. Eu observo e vejo se estão corretas.

— Obrigado. Se as crianças quiserem descansar, eu agora vou falar com seu pai.

Quando ficaram sozinhos, ele se dirigiu a Eamonn.

— Essa é toda a comida que conseguia com o salário que lhe pagavam?

— Era.

— Entendo. Suas crianças estão debilitadas.

— Suponho que um fidalgo como você faça ideia de como são pessoas em nossa condição.

— Nada disso. Minha família é mais parecida com a sua do que você imagina. — E Stephen lhe contou sobre sua família e seus parentes em Rathconan.

— *An labhraionn tu gaeilge*? — perguntou Madden. Você fala irlandês?

— Falava, quando criança. Um pouco. Mas já esqueci. Nós falamos muito menos em Leinster.

— E sua família, também passa fome?

— Não.

Havia uma considerável privação nas montanhas de Wicklow, porém era mais localizada. Embora ele gostasse muito pouco da família Budge, ela providenciara para que o povo de Rathconan tivesse condições de sobrevivência. Em Wexford, onde a agricultura era mista, houvera pouca privação. Na imensa propriedade de Mount Walsh, podia-se ter certeza de que nenhum dos arrendatários do conde precisaria se preocupar. Em outras partes do país, as situações variavam, com as piores condições no oeste.

— Agora preciso lhe fazer uma pergunta. Alguém sabe que você colocou um vestido ontem à noite? — Eamonn olhou inexpressivamente por baixo de suas grossas sobrancelhas, mas nada disse. — Eu sei que foi você — prosseguiu Stephen. — Maureen sabe? — Eamonn indicou que não. — Os outros homens?

— Eles não sabem.

— Não vou dar parte de você. Não por medo. Mas vou lhe dizer uma coisa que precisa saber. Eu meio que esperava algo desse tipo. Tenho ordens para, recebendo qualquer espécie de ameaça, comunicar o fato ao Capitão, e ele encerrará o serviço da turma inteira de onde partiu a ameaça. Isso significará cinquenta homens sem trabalho. E não tenho dúvidas de que ele fará isso.

— O homem é um demônio.

— Não, você está enganado. Ele está totalmente determinado a ser justo. E lutará do mesmo modo feroz contra a pequena nobreza local.

— Ele tirou o trabalho de outro homem porque o pobre coitado tinha uma vaca. Disse que, se ele tinha uma vaca, tinha meios de alimentar sua família. Os sete filhos do homem deveriam escolher entre leite e inanição?

— Essa é a minha questão. De fato, sua intenção é boa. Mas ele não tem a menor compreensão das condições sob as quais vive o povo irlandês. A propósito, ele disse que Callan, o agente, acredita que você é perigoso.

— Foi Callan quem me tirou da minha terra. Eu não fiz nada a ele, mas acho que teme que venha a fazer. Houve ameaças feitas contra outros lá em cima, mas não por mim.

Maureen agora estava de volta. Olhou para Stephen, obviamente imaginando quais seriam as intenções dele. Madden era feliz em ter essa filha, pensou Stephen. Não se podia deixar de admirar a suave tranquilidade de seus modos, enquanto mantinha junta a família. Havia uma beleza nisso.

— Não posso ser visto sendo ameaçado, Sr. Madden — disse ele firmemente. — Você entende o que quero dizer. Mas pode voltar a trabalhar comigo amanhã.

— E o Capitão?

— Teremos de fazer as coisas dia a dia.

Curvou a cabeça educadamente para Maureen e os deixou.

Naquela tarde, cuidou da segunda missão: redigir uma carta. Foi uma carta extremamente longa. Ela expunha exatamente o que ele vira, inclusive a conduta do Capitão, a quem ele elogiava por fazer o que ele achava melhor dentro de sua compreensão. A conclusão de sua carta foi vigorosa.

> Sempre acreditei no livre funcionamento do mercado, e ainda acredito. Mas também ficou claro para mim que o mercado não opera satisfatoriamente sob condições extremas. E as condições atuais em Clare são extremas, e se tornam mais graves. Por causa do alto preço da comida, quando existe, e a nossa recusa em subsidiá-la, até mesmo quem está empregado sofre de desnutrição, e os sem trabalho em breve morrerão de fome.
>
> A não ser que alimentemos as pessoas, elas morrerão.

Quando terminou, ele a enviou não para o representante real, não para o Castelo de Dublin. Enviou-a para o único homem que ele achava que poderia fazer algo acontecer. Enviou-a para o bondoso William Mountwalsh.

Com a proximidade do Natal, a família Madden tinha um bom motivo para ser agradecida a Stephen. Por todo o oeste, o sistema de ajuda sucumbiu. Em partes remotas de Clare e Galway, todas as paróquias estavam sem comida. Vinham relatos de aldeias passando fome. Na mesma rua, perto da cabana deles, Maureen soube que três mulheres idosas e um homem idoso tinham morrido de fome e frio. Certo dia, andando pela cidade, ela viu um corpo congelado caído do lado de fora de uma das cabanas. Em meados de dezembro, havia uma dúzia de pobres almas mendigando no mercado. Na semana anterior ao Natal, já havia o dobro disso. Se não fosse pelo pequeno salário que seu pai conseguia levar, ela achava que também teria de acabar mendigando. Na maioria dos dias, portanto, ela se lembrava do Sr. Smith com gratidão. Também descobriu algo novo sobre ele.

Certo dia, seu pai chegou em casa parecendo pensativo.

— Conheci hoje o Sr. Charles O'Connell. Você sabia que, antes de vir para cá, o Sr. Smith foi, por mais de vinte anos, um companheiro próximo do próprio Daniel O'Connell? Eu não fazia ideia. Ele nunca disse nada. — Deu um sorriso encabulado. — Quando penso no que eu...

— O quê, papai?

— Não importa. Isso me deu uma ideia diferente do homem, só isso.

Maureen ficou em silêncio por um momento, parecendo pensativa.

— Ele é muito bom — afirmou, com alguma emoção.

Não viu o olhar de curiosidade que o pai lhe deu de relance.

Mas, mesmo com o pagamento que seu pai recebia, não era fácil colocar comida na mesa. No mercado agora não havia praticamente nada. Ela conseguia comprar algum fubá a um preço pecaminoso, alguns nabos e sal.

— Não é melhor no asilo — disse-lhe seu pai. — Lá não haverá jantar de Natal. Nem mesmo a Junta de Guardiães consegue comida.

Na véspera de Natal, Nuala chegou. Ela, pelo menos, continuava sendo bem alimentada, embora contasse a Maureen que, agora, a família do comerciante passava a ensopado quase todos os dias. Maureen notou que Nuala tinha um pequeno sorriso no rosto.

— Eu trouxe uma coisa — disse ela. E, das dobras de suas roupas, retirou um pequeno frasco de bebida. — Peguei emprestado — disse. — Eles não vão notar.

— O que tem dentro?

— Conhaque — Nuala arreganhou os dentes. — Para o homem da casa. — Deu um sorriso malicioso. — Eu tenho mais. — Enfiando novamente a mão nas roupas, apalpou por um momento e então retirou uma, depois outra, e então, com um floreio, uma terceira batata.

— Ah, Deus, Nuala, como você...

— É apenas batata *lumper*. Engraçado, não é? A pior variedade de batata, Maureen, para a qual a gente não teria olhado duas vezes; e, agora, não poderia ser eu a própria rainha de Sabá trazendo presentes para Salomão?

— Sim, mas...

— Eu as roubei, é claro. Encontrei-as no porão. Tenho certeza de que ninguém sabia que estavam lá. Creio que não devem ter notado. São velhas, mas não estão estragadas. Bem, não inteiramente.

— Mas, Nuala, se eles descobrirem...

— Não descobrirão.

— Você perderá seu emprego.

— E daí? — Deu uma gargalhada. — Então venderei meu corpo ao lado do palácio da justiça.

— Não diga tal coisa nem brincando.

— E, então, vai cozinhá-las?

— Ah, meu Deus, Nuala. Vou. — Ela beijou a irmã. — Não conte para o papai como as conseguiu. Diga que as comprou.

Embora a noite estivesse caindo, seu pai, por algum motivo, não chegava. E várias horas se passaram sem sinal dele. Maureen e Nuala começaram a ficar muito preocupadas.

— Você acha que ele foi beber? — perguntou Nuala. — Todos os dias, vejo homens voltando do trabalho e gastando seu salário com bebida na cidade.

— Papai? Nunca. — Maureen sacudiu a cabeça. — Por favor, Deus, que nada tenha acontecido com ele — sussurrou ela, para que os mais novos não ouvissem.

Finalmente, ele chegou. Carregava algo debaixo do casaco. Uma vez em segurança lá dentro, tirou a coisa e a colocou sobre a mesa. Era um naco grande de carne.

Eles olharam maravilhados para aquilo.

— Papai, como foi que você...? — Maureen estava pálida de medo.

— Vai cozinhar isso para o nosso Natal, Maureen? — perguntou ele com um tom de satisfação.

— Mas de onde veio isso?

— Era uma vaca, quando eu a vi pela primeira vez. Isso deve ter sido duas horas atrás.

— Você matou uma vaca?

— Mais de uma dúzia de nós. Agora, não resta mais nada do animal. O que não podia ser comido foi enterrado.

Houve numerosos incidentes desse tipo. Quadrilhas de homens saíam para o campo, após escurecer, abatiam uma vaca e a retalhavam, pelando-a no ato, dividiam a carne e sumiam na noite. Mas Maureen levou um momento para se dar conta de que o pai praticara um ato criminoso.

— Você poderia ser deportado — repreendeu-o.

— Se fosse apanhado. — Ele tirou o casaco. — Acho que vou descansar um pouco. — Suspirou. — Eu gostaria — confessou — de poder tomar uma bebida.

Nuala sorriu.

— E pode.

Mas, se a família comeu bem naquele Natal, a experiência não se repetiu. Fazendeiros locais protegiam seu rebanho com vigilância; cada vez mais, havia menos comida no mercado. Na metade de janeiro, Maureen notou que caíam tufos de cabelo de Caitlin. Então, mais estranhamente, como se fosse para compensar, grossos pelos nasceram na parte superior de seu rosto, de modo que ela começou a parecer um triste macaquinho. Maureen descobriu que várias outras crianças na rua tinham a mesma aparência; claramente, isso tinha algo a ver com a falta de nutrição delas. Um dia, após ter discutido o problema calmamente com seu pai — e fora do alcance do ouvido, como pensava, das outras crianças —, ela descobriu o pequeno Daniel tentando dar seu bocadinho de comida à irmã. "Para o cabelo do rosto dela voltar para a cabeça", disse ele. E, dominada pela emoção, ela o abraçou e exclamou, "meu menininho querido".

Depois disso, ela precisava se certificar de que ele comesse sua comida.

Um alívio, mais ou menos, estava próximo. Porém, mais uma vez, o governo se dispunha a mostrar seu talento para acrescentar ultraje e prejuízo a toda boa ação.

— Eles vão montar cozinhas para preparar sopas — anunciou seu pai certo dia.

— Então teremos comida?

— Talvez. — A perspectiva não parecia lhe agradar. — Vão montá-las com base na Leis dos Pobres. Os indigentes serão alimentados. — Respirou pesadamente. — Nenhum Madden jamais foi chamado de indigente.

— Você não é indigente, papai. Tem trabalho.

— Mas vão acabar com as obras públicas. O Sr. Smith prometeu que vai continuar nos ajudando o máximo que puder. Vão abrir duas cozinhas em Ennis, quase que de imediato; as cozinhas oficiais abrirão somente em fevereiro.

— Precisamos alimentar as crianças, seja lá como chamem as cozinhas, papai — disse ela.

— Eu sei.

Mas a abertura das cozinhas acarretaria uma consequência adicional. Pois, tendo em vista que as Leis dos Pobres jogavam o custo de fornecimento de ajuda para a comunidade local, os cidadãos de Ennis teriam de pagar por elas. E, como seria uma distorção do mercado subsidiar a comida, a população local teria de comprar os produtos para as sopas dos pobres pelos atuais preços altos.

No início de fevereiro, Nuala apareceu certa manhã na cabana.

— Perdi meu emprego — disse simplesmente.

— Ah, Nuala, eles descobriram o que você trouxe no Natal?

— Que nada. Não foi isso. Mas terão de pagar tanto a mais em impostos, por causa das novas cozinhas para os pobres, que me disseram: "Podemos pagar a você ou as cozinhas, mas não aos dois."

— Bem, esta é sua casa, e teremos prazer em recebê-la de volta — disse seu pai firmemente. Mas, depois que ele se foi, Maureen virou-se para a irmã.

— O que vamos fazer, Nuala?

— Eu arranjo alguma coisa — prometeu.

Dois dias depois, Eamonn retornou, após falar com o homem de quem alugara o arremedo de terreno.

— Ele não pode me alugar nada, mesmo que eu possa pagar — disse-lhes —, porque não consegue mais batatas-sementes para plantar. Alugou todos os seus lotes a um fazendeiro, para cereais. — Fez um gesto de impotência.

— Perguntei pela cidade inteira, e é a mesma coisa por toda a parte. Com praga ou sem praga, haverá uma safra miserável de batatas este ano, porque muito poucas foram plantadas.

Durante aquele mês, houve um fluxo de notícias de outros locais. Se as pessoas em Ennis viviam no limite da fome, parecia que, em áreas mais isoladas, a situação era bem pior. A sopa dos pobres, se chegasse a esses lugares, chegaria tarde demais. Lá em cima, nas áreas silvestres de Galway, Sligo e Mayo, centenas, milhares de pessoas morriam de inanição. Bebês e idosos foram os primeiros a ir, mas as coisas pioraram. Os que haviam desistido e caminhado até as cidades tiveram uma chance; pessoas que diminuíram o consumo ou que decidiram permanecer em suas casas tinham gradualmente enfraquecido até não resistirem mais. Os padres e clérigos faziam o que podiam, mas não tinham comida para dar. Ninguém fazia ideia de quantos haviam sucumbido.

Da mesma maneira como as notícias, também havia um fluxo de pessoas indo para Ennis. Maureen achava difícil de acreditar, mas ainda havia gente, com regularidade, sendo colocada para fora de suas terras.

— Às vezes, nem mesmo se pode censurar os homens que os colocam para fora — disse seu pai.

— Alguns dos lavradores arrendatários alugaram partes de suas terras, e, se não lhes pagam, eles não conseguem pagar seu próprio aluguel. Somente os proprietários de terra podem dar alguma ajuda, mas não se sabe o quanto eles mesmos têm de dívidas. — Suspirou. — É como uma grande roda, Maureen, girando sobre a terra e esmagando as vidas de todos nós.

Duas coisas tornaram suas vidas um pouco mais fáceis. Nuala conseguiu algum trabalho. “É apenas para ajudar uma mulher que lava roupa para fora, mas, na maior parte dos dias, ela me deixa ficar com algum dinheiro”, disse ela. “É melhor do que nada.” E a sopa dos pobres começou a funcionar em Ennis. Quando a primeira abriu, apareceram setecentas pessoas naquela manhã. Logo havia mais centenas; metade da cidade parecia estar na fila, e as pessoas que trabalhavam nas cozinhas não conseguiam dar conta dos que tinham de alimentar. Isso favoreceu Maureen. Ela não deveria ir à sopa dos pobres porque seu pai ainda tinha emprego, mas levou as crianças consigo e foi para a fila, e as atormentadas pessoas que faziam a distribuição simplesmente colocaram as pequenas quantidades em suas mãos, sem se importar em fazer perguntas.

— Eu me sinto mal — falou para Nuala —, porque não devia ter ganho, pois tenho certeza de que tiro comida da boca de quem não tem nada. Mas então olho para Caitlin, com seu cabelo ainda em pedaços, e sei o que devo fazer.

— Apenas alimente as crianças, Maureen — disse Nuala. — Você precisa.

Seu pai sabia o que ela fazia, mas não tocaram no assunto.

Foi no fim do mês que os homens foram ver seu pai. Havia meia dúzia deles. Ela não conhecia bem nenhum deles, mas os reconhecia — pequenos lavradores arrendatários das proximidades da antiga terra dele. Rodearam avidamente seu pai.

— Precisamos de você, Eamonn.

— Por quê?

— É Callan.

Não era surpresa. Todas as fazendas deles estavam sob a administração do agente, e haviam sido desapropriadas. Obviamente, Callan tinha decidido ou sido instruído a fazer uma limpeza geral. E os homens não iam se submeter a isso.

— Algo precisa ser feito, Eamonn. Foi preparado um aviso. E, se não for atendido... — Eles pareciam em total concordância. — Justiça será feita.

— Por que vieram a mim? Já saí de lá.

— Achamos que você gostaria de desferir um golpe. Você não foi o único em Ennis a ser expulso de sua terra por Callan. Há outros que se juntarão a nós. Mas eles o veem com respeito, Eamonn. Sempre foi o único.

Maureen pôde perceber que seu pai ficou de certa forma encantado pelos elogios e pela atenção. Mas, ao olhar para os rostos deles, viu algo mais. Era uma armadilha. Ela pôde enxergá-la tão clara quanto o dia. Queriam usar o pai dela porque era mais corajoso e mais bravo do que eles, e tinha uma antiga reputação na área. Vão colocá-lo na frente e executar a ação, ela quis gritar, e, quando você se virar, eles terão sumido. Ela sabia que não devia dizer aquilo em voz alta. Não naquele momento. Isso irritaria os homens e humilharia seu pai e o deixaria mais inclinado a aceitar. Ela prendeu a respiração.

— Mostrem-me o aviso — pediu ele calmamente.

Era uma coisa horrorosa. O nome de Callan estava no topo, e, abaixo, havia o desenho de um caixão. Então, não muito letrado, um aviso para ele abandonar seus métodos maldosos ou refletir sobre o destino de outros agentes. "Lembre-se deles", alertava. E estava assinado "Capitão Starlight", um modo popular de se encerrarem missivas na zona rural.

O pai dela refletiu em silêncio sobre o documento por um ou dois minutos.

— O Capitão Starlight tem um belo estilo — comentou secamente. — Mas vou melhorar sua mensagem, se vocês tiverem caneta e tinta. — O homem que redigira a mensagem retirou os objetos do bolso do casaco. — Muito bem — disse Eamonn, quando o homem estava pronto. — Há espaço para isso debaixo da assinatura. Você escreverá essas palavras do bom Sr. Drummond. — E, cuidadosamente, ditou-as:

PROPRIEDADE TEM DIREITOS
PROPRIEDADE TAMBÉM TEM RESPONSABILIDADES

Após isso ser devidamente redigido, ele ergueu a vista para Maureen e lhe deu um sorriso.

— Lamento não poder ir com vocês, rapazes. Não morro de amores por Callan, podem estar certos disso, mas tenho assuntos aqui que me dizem respeito. Desejo-lhes boa sorte. — E, para o enorme alívio dela, ele os mandou embora.

— Acha que vão matá-lo? — perguntou ela.

Ele sacudiu a cabeça.

— Eles não têm coragem. — Suspirou — Talvez eu também não tenha. Mas pelo menos dei à mensagem um pouco da dignidade de que ela carecia.

Numa noite no meio de março, Stephen Smith foi à cabana deles. Parecia cansado. Maureen achava notável que ele tivesse se dado aquele trabalho, fosse qual fosse o motivo, mas ele parecia sentir uma responsabilidade pessoal pelo seu pai.

— Sinto muito — falou para Eamonn —, mas o serviço está acabando. Queriam parar duas semanas atrás, e eu consegui convencê-los a continuar um pouco mais. O Capitão, entretanto, me disse uma hora atrás que não podem mais fazer uma exceção para nós. Há alguns outros grupos que continuam até terminar o que estão fazendo, mas acabou-se tudo. Pelo menos, graças a Deus, as sopas dos pobres evitarão que as pessoas passem fome.

— Nós sabemos que fez o melhor possível — disse-lhe seu pai, pois era óbvio que Smith estava aflito.

— E o que você vai fazer, Sr. Smith? — ousou ela perguntar. — Suponho que, agora, deixará Ennis. — Ele virou-se para Maureen. Seus olhos verdes, pensou ela, eram notáveis.

— Não sei. Eu gostaria de ficar... se houvesse algo útil para eu fazer. Não quero ir embora enquanto as coisas ainda continuarem tão incertas. — Após mais algumas palavras, e desejando-lhes melhores dias no futuro, ele foi embora.

Os dias que se seguiram foram difíceis para seu pai. Nos primeiros dias, saía para tentar arrumar trabalho, mas era uma busca inútil. Não havia nenhum para ninguém. No quarto dia, saiu para visitar o hospital para febre, para onde fora levado um dos homens com quem ele trabalhara, depois de cair doente. Foi ver o homem novamente no dia seguinte, e no outro. Mas Maureen percebeu por que ele se ausentava. Não era realmente para visitar o amigo doente.

No dia seguinte, ele não foi ao hospital. Quando estava de saída para Ennis, Maureen lhe disse:

— Ontem, pediram que você fosse à sopa dos pobres. Eles estão ficando rigorosos. Querem ver a família toda, porque não devem dar sopa para famílias que têm alguém trabalhando.

— Amanhã, Maureen — disse vagamente —, diga-lhes que estou procurando trabalho.

Mas ela sabia muito bem que ele não iria. Era a vergonha daquilo: ele, um Madden, ser visto numa fila mendigando comida — oficialmente um indigente, o mais degradado dos degradados. Ela sabia que ele jamais iria lá, se conseguisse evitar. Uma visita ao hospital, uma inútil procura por trabalho — qualquer coisa, menos sofrer a última humilhação. E o fato — que qualquer mulher podia ver — de que todo mundo estava no mesmo caso, de modo que isso não importava mais, de maneira alguma o satisfazia. Portanto, ela nada disse e foi para a cidade.

Aquele se mostrou um dia particularmente penoso. A sopa dos pobres estava na Mill Street, junto ao labirinto de vielas e becos pobres que levavam à margem do rio da cidade. Chamá-la de sopa dos pobres era realmente uma designação incorreta, pois ali em Ennis não se servia sopa. No presente, a única comida era o barato fubá, embarcado de Limerick. Atrás de uma enorme mesa de cavalete, protegida por barreiras, havia duas grandes tinas nas quais o fubá estava mergulhado. A quantidade que uma pessoa recebia dependia do que eles tinham cada dia. Normalmente, podia-se esperar meio quilo; mas, em alguns dias, havia tão pouco que a porção real chegava a cerca de 100 gramas por cabeça. Não se podia, portanto, dizer que as pessoas eram alimentadas, mas apenas mantidas um pouco acima do ponto de inanição.

Naquele dia, entretanto, os ânimos estavam esgarçados. Em primeiro lugar, o supervisor enviado de Dublin tinha uma forte opinião sobre o preparo da comida. Tudo o que Maureen queria era um pouco de fubá para poder cozinhar para as crianças. Mas lhe disseram que não podia levar.

— Nada de fubá cru — gritou o homem. Então acrescentou, para que todos pudessem ouvir: — Se dermos fubá cru para essas pessoas, a metade simplesmente vai vendê-lo, pegar o dinheiro e se embriagar com o lucro. — Maureen não conseguia pensar em ninguém que ela conhecesse capaz de fazer um bobagem dessas, mas o homem era inflexível. Isso significava que todos tinham de esperar até que cada partida de fubá fosse cozida. “E, assim que cozinha”, comentou uma mulher que estava na frente dela, “ele se esmigalha tanto que nunca se consegue chegar em casa sem que pedacinhos caiam pela rua. São os passarinhos que alimentamos antes de nossos próprios filhos.”

Havia todo tipo de gente esperando. Eram indigentes diante da lei, e Maureen viu vários dos pequenos comerciantes da cidade, os quais, com o declínio do comércio, sofriam agora quase tanta privação quanto eles.

O tal funcionário de Dublin estava igualmente ansioso para se certificar de que nada de sua dádiva fosse desperdiçado com quem não merecesse.

— Somente aqueles que têm o nome na minha lista — bradou. — Todos que estão na minha lista podem vir pegar um tíquete. Depois que apanhar o tíquete, deve esperar a vez na fila. Aqui somos imparciais — comentou com alguém. — É preciso vigiar essa gente como um falcão. — Começou a chamada. Quando chegou em Maureen, indagou: — Onde está seu pai? Diz aqui que você tem pai. Ele está trabalhando?

— Não, senhor.

— Amanhã, quero ver vocês todos. Pai, três irmãs, irmão. Todos vocês, obedeça, ou não receberá nada.

Graças a esse processo maçante, ela ficou ali por cinco horas até, finalmente, conseguir uma pequena porção de fubá cozido, que mal daria para alimentá-los. Começou a se afastar, quando avistou Nuala.

Ela estava em um dos becos, encostada numa porta. Maureen achou que era ali que a lavadeira morava e que Nuala devia estar descansando um pouco. Resolveu lhe perguntar a que horas voltaria para casa e começou a ir na direção dela. Ao fazer isso, ela viu um homem vir pelo beco, na outra direção. Apenas um lojista de aparência pobre. Parou perto de Nuala. Conversaram. Os dois desapareceram pela porta. Então ela entendeu, e, como uma idiota, ficou tão chocada que deixou cair o fubá cozido, o qual se espalhou todo pelo chão, de modo que ela teve de juntá-lo o melhor que pôde e levá-lo para casa todo sujo. E quando seu pai viu aquilo, deu-lhe um olhar de irritação e comentou:

— Esta noite, seu irmão e suas irmãs vão comer terra e pedregulhos com o fubá, Maureen. Não consigo imaginar o que a levou a fazer tal coisa. — E ela disse que sentia muito, e que também não conseguia imaginar.

Mais tarde, naquela noite, quando estava sozinha com Nuala, contou-lhe o que vira. Mas Nuala apenas deu de ombros.

— Não queria que você soubesse, Maureen, mas não há oferta de trabalho, e, como sou jovem, pelo menos posso conseguir algum.

— Meu Deus, seria melhor eu fazer isso do que você, Nuala.

— Não creio, Maureen. Eu sou muito procurada. Sabia que eu já economizei 5 *xelins*? — Deu um sorriso irônico. Se os tempos fossem melhores, eu poderia conseguir um homem rico...

— Nem pense numa coisa dessas. Você precisa parar, Nuala.

— Parar? — Ela olhou para a irmã mais velha quase zangada. — Não seja tola, Maureen. Com papai sem ganhar nada, como é que você acha que vamos pagar o próximo aluguel? — Ela amoleceu e deu um beijo em Maureen. — Nós todos fazemos o que podemos, mana. Você cuida da casa e eu vendo o meu corpo. Que importa isso?

— Nunca conte para o papai. Isso o mataria.

Na manhã seguinte, a família toda, incluindo tanto seu pai quanto Nuala, foram para a sopa dos pobres. Seu pai estava muito tranquilo. Mantinha o corpo ereto, como sempre fazia, mas ela percebeu que, em vez de fitar o mundo com sua habitual ousada dignidade, seus olhos miravam para baixo, para evitar o olhar dos outros. Ela sabia que, internamente, ele se retraía a cada passo que dava. Quando chegaram, seus nomes foram verificados, mas, cruelmente, o homem que fizera a chamada insistiu para que eles esperassem as quatro horas até conseguirem suas rações. Com cada minuto que passava, ela sabia que seu pai secretamente dava outro passo invisível para baixo da escala de humilhação em sua alma. E, a cada minuto que passava, Maureen rezava silenciosamente para que ninguém se aproximasse de sua irmã, nem dissesse qualquer palavra que pudesse revelar o comércio ao qual esta agora se dedicava.

Fossem quais fossem seus temores em relação à irmã, Maureen não pôde evitar de ficar contente, quando, pouco depois disso, Nuala começou a levar para casa artigos alimentícios: um pão, um pequeno presunto, um repolho. Para o pai, elas fingiam que conseguiam comprar aquelas coisas na cidade, mas Nuala lhe confessou: "Há um comerciante que gosta de mim. Ele sabe do que necessito, portanto me paga com comida para a minha família." Maureen concluiu que não havia nada que pudesse dizer, tendo em vista que a comida era uma bênção. As crianças precisavam dela. Até mesmo Caitlin parecia um pouco melhor.

Quem, porém, parecia se recuperar mais depressa era o pequeno Daniel. Crianças de 6 anos geralmente podiam ser frágeis, mas, graças a Deus, pensou ela, o único filho homem que restava a seu pai era um sujeitinho robusto. Ele parecia ter uma notável capacidade de recuperação. Pouco tempo atrás, seus olhos azuis no rosto cavado pareciam tão grandes e fitar tão fixamente, que ela secretamente temera por ele; mas agora, após alguns dias de uma dieta melhor, ele já adquirira um pouco de peso e ganhara energia. Quando caminhavam juntos para a cidade, em vez de segurar na mão dela e arrastar os pés, ele soltava sua mão e até mesmo andava na frente.

Um incentivo adicional surgiu, certa manhã, quando ela e Daniel chegaram à sopa dos pobres e descobriram que tinha havido uma mudança. Em vez de esperar por um tíquete diário, mandaram que ela apanhasse um tíquete para um mês. Ela observou que a fila andava mais depressa e lhe disseram que, agora, o fubá era entregue cru, para que não tivessem de esperar pelo cozimento. "Há um novo supervisor", contou-lhe uma das mulheres, mas, quem era, ela só soube quando o pequeno Daniel, subitamente, correu até onde Stephen Smith inspecionava um carregamento de fubá.

— É o Sr. Smith — gritou. — O Sr. Smith — falou para os demais — é nosso amigo.

Maureen foi apressadamente até lá e desculpou-se pela interrupção, mas Stephen Smith não pareceu se importar nem um pouco. Ao ser solicitado a supervisionar, provisoriamente, a sopa dos pobres de Ennis, ele aceitara. O outro homem fora transferido. Ele dirigiu o olhar para Daniel.

— Lembre-me de como você se chama — disse amavelmente.

— Daniel, senhor.

— Ah, sim. Um nome excelente.

— Tenho esse nome por causa de Daniel O'Connell.

— Eu conheço muito bem o Sr. O'Connell.

— Ele sabe que tenho esse nome por causa dele?

Stephen não hesitou mais do que uma fração de segundo, mas, sorrindo para Maureen, respondeu.

— Ora, claro que ele sabe. E fica muito contente.

O pequeno Daniel se encheu de orgulho. Maureen, silenciosamente abençoou e achou normal a bondade daquele homem; e, quando chegou a vez deles, as pessoas que distribuíam o fubá, tendo observado que aquela família parecia ser favorecida pelo novo supervisor, cuidaram para lhes dar um pouquinho mais do que, caso contrário, teriam dado.

✣

No segundo dia de abril, Eamonn começou a se sentir indisposto.

— Não tenho forças no dia de hoje — disse pela manhã. Ele parecia um pouco intrigado. Não era de seu feitio. Normalmente, ignorava qualquer doença, assim como um rei podia ignorar um súdito queixoso.

Maureen foi para Ennis, como de hábito, levando junto o pequeno Daniel.

Ao fim do dia, ela notou que seu pai tremia, e ele admitiu que estava com dor de cabeça. Sentindo sua testa, Maureen percebeu que ele estava com febre. Ela conseguiu fazer um pouco de caldo e deu a ele. Na manhã seguinte, estava a mesma coisa; à noite, sua testa queimava.

— É melhor manter as crianças longe de mim — disse-lhe, e insistiu para ir para o aposento mais distante, onde, outrora, havia estocado as batatas. Ela lhe preparou um leito com palha e um cobertor. — Aqui eu ficarei bem — disse ele.

Maureen falou com Nuala. Os médicos de Ennis estavam muito ocupados nos hospitais, mas a irmã encontrou um padre para se consultar, e ele lhe deu um prudente conselho.

— Faça o que fizer, mas não o leve para o hospital da febre. Foi lá, provavelmente, que ele pegou isso — disse-lhe ele. — Mantenha-o longe das crianças e reze. Atualmente, todos os dias eu vejo febre, e a situação está piorando. As pessoas estão tão enfraquecidas, por causa da falta de comida, que não têm forças para combatê-la. Há dois tipos de febre: a amarela e a negra, como as chamam. A negra é tifo, uma coisa terrível. Porém, a maioria se salva. Seu pai é um homem forte? Isso é bom. Então reze para ele. Com sorte, após uma semana, a febre cederá.

Mas não cedeu. No quinto dia, quando o alimentava, Maureen notou, à luz da vela, que a pele do peito de seu pai parecia estar mosqueada. Um lado de sua camisa estava aberto, e, quando ele se virou, ela viu que do lado havia profundas manchas vermelhas. Ela não tinha certeza se ele percebera, portanto nada disse. No dia seguinte, as manchas estavam mais escuras. Quando as crianças queriam ir vê-lo, ela não deixava. E continuou a alimentá-lo com caldo.

Na noite seguinte, Nuala levou um pouco de leite.

— É bom para febre — disse ela. — Falei para o meu comerciante que era para minhas irmãs, para o desenvolvimento delas.

— Ele sabe sobre papai?

— Está maluca? Ele não tocaria em mim, se soubesse. E então... — Fez um careta. — Nada mais de comida.

Dois dias depois, as manchas em seu pai estavam quase negras. À noite, ele começou a delirar, murmurando de modo incoerente. Os olhos estavam abertos, mas Maureen sabia que ele não a via. Por volta do meio-dia, no dia seguinte, ele voltou a ficar lúcido.

— Traga Daniel aqui.

Ela sacudiu a cabeça.

— Somente até a porta. Apenas por um momento.

Com relutância, ela concordou. Eamonn se escorou na parede.

— Daniel, seu pai está doente. Talvez eu não o veja novamente. Entende?

O menino, os olhos arregalados, encarou o aposento na penumbra, mas não soube o que dizer.

— Sua irmã vai cuidar de você, sempre tente ajudá-la — prosseguiu seu pai. — Fará isso por mim? — O menino fez que sim. — E, um dia, quando crescer, você será forte, nunca ficará doente, e aí poderá ser o homem da família e cuidar de Maureen e de suas outras irmãs. Você também me promete isso?

— Sim — sussurrou o garotinho.

— Ótimo. É um bom garoto, Daniel, e tenho muito orgulho de você. — Olhou para Maureen. — Pronto.

Nesse momento, Daniel tentou correr para seu pai, mas Maureen conseguiu agarrá-lo bem a tempo.

Quando voltaram para o outro cômodo, Daniel virou-se para ela.

— Eu vou cuidar de você, Maureen. Prometo. Vou mesmo. Para sempre e sempre.

— Eu sei que vai — disse ela, e o beijou. Então voltou para ajudar o pai. Ele parecia subitamente cansado.

— Eu conversarei com as meninas juntas esta noite, quando Nuala voltar.

À noite, porém, ele voltou a delirar.

Continuou dessa maneira por mais um dia. Então pareceu entrar numa espécie de estupor. Seus olhos estavam arregalados, e a respiração era fraca. Maureen não sabia o que fazer. Foi Nuala quem levou o padre, o qual, após lhe dar a extrema-unção, disse-lhes: "Não creio que agora ele dure muito."

Maureen descobriu que ele havia falecido quando foi vê-lo, na manhã seguinte.

✣

No mês de junho do ano de 1847, ocorreu uma coisa maravilhosa.

A Grande Fome Irlandesa chegou ao fim.

É verdade que a maior parte do povo irlandês estava próximo da inanição. O número de pessoas enfraquecidas que morriam de doenças aumentava. Tão poucas batatas haviam sido plantadas, que, mesmo se escapassem da praga, não seriam suficientes para alimentar os pobres que contavam com elas. Além disso, mais e mais dos pequenos arrendatários e trabalhadores rurais foram forçados a abandonar a terra num impotente estado de penúria. A Irlanda, se poderia dizer, era um país completamente prostrado.

Contudo, a Grande Fome chegou a fim. E como se conseguiu essa coisa maravilhosa? Ora, da maneira mais simples que se podia imaginar. A Grande Fome foi decretada inexistente. Tinha de ser. Os Whigs enfrentavam uma eleição geral.

E o público britânico estava farto da Grande Fome Irlandesa. Afinal de contas, todos tinham feito o melhor possível. Quando, naquela primavera, fora instituído um fundo de assistência aos irlandeses e escoceses miseráveis, a própria rainha Vitória contribuíra com 2 mil libras, e em pouco tempo as doações haviam chegado a quase meio milhão de libras esterlinas — uma soma imensa, que, de longe, superava até mesmo o valor do socorro em mercadorias enviadas através do Atlântico, em mais de mil navios, pelos irlandeses e seus simpatizantes na América. O próprio governo gastara milhões. No início do verão, além disso, as sopas dos pobres podiam frequentemente fornecer uma nutritiva mistura de milho, arroz e aveia, e eram mais do que suficientes para uma pessoa se sustentar. A escassez de comida fora estancada.

A um grande custo, porém. Esse gasto de dinheiro dos contribuintes não poderia continuar indefinidamente. Agora, certamente, raciocinavam os britânicos, os irlandeses já seriam capazes de colocar a própria casa em ordem. Foram feitos discursos denunciando o desperdício do governo. Jornais traziam artigos sobre o humanitarismo no lugar errado; não se devia, frisavam esses artigos, ser bondoso demais com os irlandeses, ou isso minaria sua autoconfiança.

Diante de tal sentimento, e com a perspectiva de uma eleição, o governo decidiu fazer o que os governos sempre fizeram: "Se você não consegue vencer a guerra, então é melhor declarar vitória."

Afinal de contas, as batatas daquele ano pareciam estar livre de praga, e a colheita irlandesa de cereais prometia uma grande safra. O fato de o irlandês pobre não ter dinheiro para comprar qualquer cereal era um detalhe que podia ser omitido. O mercado cuidaria disso.

E, assim, foi projetado um excelente plano. Em junho daquele ano, um projeto de lei foi aprovado no Parlamente britânico, o qual reorganizaria totalmente o socorro aos necessitados da Irlanda. A Ampliação da Lei dos Pobres foi um instrumento brilhante. Dali em diante, todos aqueles que necessitassem de ajuda poderiam recorrer ao asilo local, onde poderiam ser encarcerados ou alimentados. Os fisicamente capazes, naturalmente, não seriam alimentados. Havia algumas salvaguardas, de modo que essa generosidade estaria protegida contra eventuais abusos. Quem tivesse um pedaço de terra plantado para o próprio sustento seria rejeitado. E os homens, pelo menos, seriam obrigados a quebrar pedras por, digamos, dez horas por dia, a fim de desviar atenções triviais por comida. Mas, com esse método, os custos ficariam com as autoridades irlandesas locais, a quem eles pertenciam. E nisso residia o golpe de gênio legislativo, pois, assim que isso fosse cumprido — digamos, até o fim do verão —, as atuais custosas sopas dos pobres poderiam ser suspensas, e os sofredores contribuintes ingleses seriam aliviados.

A Grande Fome Irlandesa, portanto, fora encerrada por decreto. Tendo em vista que não era mais oficial, ela não existia. Ou, se existia, era um problema local irlandês. Tratava-se de um tributo à flexibilidade da União.

Desse modo, o governo britânico poderia enfrentar o eleitorado com um senso de confiança e de dever cumprido.

Stephen Smith ficou mais do que surpreso, certo dia de julho, ao ver o Sr. Samuel Tidy parado pensativamente na rua, olhando a sopa dos pobres. Foi até ele imediatamente. E o quacre, por sua vez, ficou bastante surpreso em vê-lo. Ouviu atentamente Stephen lhe fazer um rápido relato de como chegara até ali; então lhe informou que tinha ido pessoalmente a Ennis para saber o que os quacres poderiam fazer para ajudar. Tendo em vista que estaria na residência de Charles O'Connell naquela noite, Stephen sugeriu ao quacre que também fosse, pois o dono da casa certamente teria prazer em recebê-lo.

Ele e o primo de Daniel O'Connell tinham se visto bastante recentemente. Embora estivesse bem ciente de que o grande homem estava adoentado, Stephen ficara chocado, quando, em maio, o Libertador morrera na tentativa de fazer uma peregrinação a Roma. Naturalmente, ele procurara Charles O'Connell de imediato, e, desde então, jantavam juntos com frequência. Charles tentara convencê-lo a retomar sua carreira política, mas Stephen não tinha certeza se desejava isso.

Os três homens jantaram juntos tranquilamente. O'Connell se desculpou pela comida de certa maneira simples, mas, embora não fosse excessiva, a refeição fora perfeitamente adequada.

— É realmente notável — comentou Charles O'Connell — quão pouco a vida mudou para os comerciantes mais ricos e a pequena nobreza local. Esta continua recepcionando em suas casas... discretamente, eu lhe garanto... mas ainda se pode jantar e jogar uíste em qualquer uma das casas de campo aqui e ali. Aliás, é terrível dizer isso, mas essa fome foi uma bênção para muitas das propriedades do campo, porque deu aos senhorios e aos maiores fazendeiros uma desculpa para diminuírem o número de arrendatários indesejáveis. Um homem me disse: "Convenci parte do meu pessoal a emigrar para a América. Foi vantagem pagar as passagens deles e pegar as terras de volta." Pois aí está, Sr. Tidy. Inglês ou irlandês, isso faz pouca diferença: o mais rico tem diversos interesses nessa questão, e os pobres, que estão sofrendo, outros. Você poderia dizer que, em primeiro lugar, a situação nunca deveria ter chegado a tal ponto.

— Certamente que diria — concordou o quacre.

— Mas chegou, e há aqueles que dizem que não há saída de nossas dificuldades até termos passado antes por esse terrível período de reajuste.

— Ou — acrescentou Stephen com sentimento —, como eles querem dizer, inanição. Pois é isso que o governo britânico propõe agora.

— Você acha que os britânicos estão deixando propositadamente os irlandeses pobres passarem fome?

— Não exatamente. Mas acho que cada medida que eles propõem tem sido mal concebida. Antes disso, eu ajudava a administrar o plano de obras públicas. Os homens recebiam um salário de fome para executar serviços inúteis, a fim de que pudessem comprar comida inexistente. Isso também custou muito ao governo... muito mais do que teria gasto para alimentar o povo. O sistema todo sucumbiu, e então introduziram a sopa dos pobres. Em algumas das áreas mais remotas de Clare, a propósito, isso demorou tanto a funcionar, que, nesse meio tempo, aldeias inteiras morreram de fome. Neste momento, a fome foi evitada. Mas, em dois meses, as cozinhas que fazem as sopas serão fechadas, e os asilos tentarão assumir tudo.

— Isso me preocupa enormemente — disse Tidy.

— E não sem razão. Sabe quantas pessoas são alimentadas, atualmente, em County Clare? Cem mil. Sabe quantas vagas em asilos há na comarca? Três mil.

O que acontecerá com os restantes 97 por cento? Ninguém sabe me dizer. Aqui em Ennis — prosseguiu amargamente —, posso alimentar 35 mil... muitos deles fisicamente aptos, a propósito. O asilo está sendo ampliado. Sua nova capacidade será de pouco mais de mil vagas. — Fez um gesto de desespero com as mãos.

O quacre olhou-o com muda satisfação.

— Vejo que mudou desde que nos conhecemos, Sr. Smith — comentou. — Na ocasião, era muito mais um político.

— Os quacres podem ajudar? — perguntou Stephen. — Foram os quacres, se não me engano, os primeiros a apresentar a ideia da sopa dos pobres.

— Nós podemos ajudar — disse Tidy —, mas somos cautelosos. Sempre há o temor de que sejamos vistos como tentando fazer proselitismo... coisa que, posso lhe assegurar, nunca fazemos.

— Ah — disse Charles O'Connell —, refere-se a "conversões pela sopa".

Stephen ouvira falar nisso: clérigos ou ministros protestantes ofereciam comida aos famintos se estes abandonassem sua fé cristã.

— Posso dizer que, pessoalmente, nunca vi isso — afirmou. — Acontece realmente?

— É raro — rebateu o quacre. — Mas eu já vi.

— E, então, o que podem fazer? — quis saber Stephen.

— Provavelmente, poderíamos tentar trabalhar com as paróquias locais. Enviar suprimentos para elas... comida, roupas, assim por diante... e deixar que façam a distribuição como acharem melhor. Temos instalações em Limerick. Os carregamentos poderiam vir de lá.

— Rezo a Deus para que possam fazer isso — disse-lhe Stephen. — Por volta do outono, a escala do problema será imensa.

Discutiram mais um pouco sobre as várias maneiras pelas quais os quacres poderiam enviar ajuda e como seria possível estendê-las a outras partes distantes de Clare. O que quer que os quacres pudessem fazer, isso certamente não iria combater mais do que uma parte do problema adiante.

Após conversarem sobre isso mais algum tempo, e sabendo do interesse de seu anfitrião no assunto, Tidy perguntou a O'Connell sobre as eleições seguintes.

— Será um evento animado, com certeza — disse-lhes. — A eleição do berço vem primeiro, e já está costurada. O'Gorman Mahon, que trabalhou para o meu primo, em 1828, sugerindo-lhe candidaturas, é respeitado, e os lojistas locais o adoram. Na verdade, é completamente maluco. Sabe Deus o que ele fará em Londres. Mas seu oponente já anda tão oprimido, que deve estar prestes a se retirar. Então vem a eleição da comarca. Uma cadeira já está apalavrada, mas a segunda terá uma disputa interessante. Pois temos nada menos do que um personagem como Sir Lucius O'Brien competindo por ela. — Abriu um sorriso. — Eu estou trabalhando como seu agente.

Sir Lucius O'Brien certamente não era um candidato comum. O mais importante de todo aquele poderoso clã, descendente direto do próprio rei Brian Boru, e proprietário da imensa propriedade de Dromoland Castle no caminho de Limerick, Sir Lucius era um dos mais importantes dos antigos príncipes da Irlanda que restavam no oeste. Havia apenas um problema.

Ele era Tory. Ao contrário de seu irmão mais novo, que apoiava os homens da Irlanda Jovem, ele concluíra que a União com a Inglaterra era mais vantajosa para ele do que o contrário. Apoiava, portanto, a Inglaterra.

— Suas crenças, admito, representam um problema — disse Charles O'Connell —, indo, como o fazem, contra tudo que meu primo Daniel defendeu e que os eleitores locais querem... alguém que defenda a Revogação, podem estar certos, e não um homem favorável à União. Mesmo assim, estou confiante no seu sucesso.

— Como você conseguirá isso? — perguntou Stephen.

— Ele é um homem muito afável — disse O'Connell. — E nunca foi do tipo de revelar suas crenças em público... pelo menos não de um modo preciso. Existe nele, se poderia dizer, uma ambiguidade imponente. E exatamente essa ambiguidade é que pode nos ajudar. O Sr. Knox, vocês sabem, a despeito do fato de nunca deixar de fazer campanha contra o governo, em benefício do povo, desgosta da ideia da Revogação. Portanto, o *Clare Journal* apoiará meu candidato, porque Knox acredita, corretamente, que ele é um Tory. Também convenci a Sociedade da Temperança local de que Sir Lucius é a favor dela. Não me lembro por quê. O clero católico, na maior parte, é contra ele, e será difícil enganá-lo. Mas estamos preparando alguns discursos que darão a impressão de que ele pode ser mais a favor da Revogação do que se poderia imaginar. E, porque eles sabem que o irmão dele é um ávido defensor da Revogação, espero deixar impresso, na mente de nossos eleitores, que ele pode estar mais próximo do irmão do que se supõe. Com sorte, passarão a acreditar que não há motivo para não votarem nele. Ou, melhor ainda, podem acreditar, se quiserem, que ele é um pouco defensor da Revogação... o que, no dia da eleição, certamente vão querer.

— Mas por que — perguntou o quacre — eles vão querer acreditar nisso?

— Sir Lucius O'Brien é um homem muito rico. Haverá muito dinheiro investido. Ele sabe o que se espera dele.

— Ele vai pagar pelos votos?

— Não sei como é na sua paróquia, Sr. Tidy — disse Charles cordialmente —, mas, se quiser o voto de um homem em Ennis, ele espera ser pago por isso. É a mesma coisa na Inglaterra. E, pelo que sei, na América também — acrescentou.

— Lamento ouvir isso — disse o quacre.

— Também precisa levar em conta o efeito da Grande Fome — ressaltou O'Connell. — Nossos negociantes foram todos gravemente atingidos. Não se pode censurá-los por aproveitar a oportunidade de ganhar um pouco de dinheiro, se possível. Eu agora negocio com as corporações comerciais.

Tidy permaneceu mais dois dias na região. Ele e Stephen tiveram outra conversa e combinaram que se corresponderiam sobre o que poderia ser feito para os pobres de Ennis após as eleições.

A maior parte dos dias de Stephen era monótona, mas ele não se importava. Os rostos na sopa dos pobres se tornaram familiares; sem nem mesmo pensar nisso, ele notava quem tinha ficado doente ou desaparecido. Durante aqueles meses de verão, febre, diarreia, disenteria — o fluxo sanguíneo, como chamavam — cobravam seu constante preço, especialmente das crianças; ele sabia que mortes ocorriam nos hospitais e fazia alguma ideia das perdas na cidade, mas quem sabia quantos morriam nas regiões mais remotas? Seu único consolo, supunha, era que, se não fosse a sopa dos pobres, a mortalidade seria imensuravelmente maior.

Ele sentira muito ao saber, em abril, da morte de Eamonn Madden. Dois meses depois, viu que Maureen parecia muito abatida. Ele aprendera que era melhor não se envolver demais com aqueles que recorriam à sopa dos pobres. Tornava as coisas mais difíceis. Mas, na ocasião, foi até ela e perguntou o que havia de errado.

— Minhas irmãs Mary e Caitlin, as duas morreram semana passada, senhor — disse ela. — Foi o fluxo sanguíneo. — Suspirou. — Eu sabia que morreriam.

— Você ainda tem o seu irmãozinho.

— Tenho, graças a Deus, o pequeno Daniel. E minha irmã Nuala.

— Ela trabalha?

— Faz serviços ocasionais para uma lavadeira, apenas isso.

Ele passou a vê-la todos os dias, geralmente com o menininho segurando sua mão; e, embora não soubessem, os dois se tornaram para ele um pequeno símbolo de esperança, no meio de toda aquela miséria, — o bem ainda sobrevivia, e seu trabalho era valoroso.

A eleição, quando chegou, foi tudo o que Charles O'Connell prometera. Para ele, era impressionante, mas, no meio das filas da sopa e das mortes diárias por toda parte, a cidade adotou uma atmosfera quase de folia. Carroças repletas de homens turbulentos, clamando o apoio para seus candidatos, percorriam as ruas, ignorando inteiramente os pobres por quem passavam. Aliás, as pessoas nas filas pareciam gostar da diversão de ver e ouvir o curioso espetáculo. Os pubs estavam cheios de gente, pois Sir Lucius distribuíra vales de bebidas grátis a torto e a direito.

Sir Lucius era um candidato popular. Charles O'Connell fizera um excelente serviço, mas tivera um bom material com que trabalhar. Não apenas Sir Lucius mostrava ser afável com qualquer tipo de companhia, mas, para seu crédito genuíno, dera a seus próprios arrendatários toda a ajuda possível durante a Grande Fome. Ninguém, na vasta propriedade de Dromoland, passara fome, e todo mundo sabia disso. O povo de Ennis pendurou galhos verdes em sua casas para lhe dar as boas-vindas.

Seu discurso, diga-se de passagem, foi uma obra-prima.

— Eu não nasci na Irlanda? — bradou o aristocrata. — E não nasceram os meus ancestrais? Eles não lutaram para a Irlanda ser um único reino e ser livre?

Sim. Sim. Bastava olhá-lo para perceber. Pois não era ele o herdeiro do maior patriota de todos, que expulsara os vikings oitocentos anos atrás? Brian, filho de Kennedy, Brian Boru.

— Minhas raízes estão no solo da Irlanda. Meu sangue é sangue irlandês. Onde mais poderiam estar meus interesses, se não na Irlanda? Que terra eu poderia possivelmente amar, se não a Irlanda? Por qual país eu daria a minha vida, se não pela Irlanda? Mandem-me para o Parlamento e eu falarei pela Irlanda.

Stephen notou, com avaliação profissional, que ele não dissera realmente se era a favor da Revogação. Mas qualquer um podia facilmente pensar isso.

Quanto ao negócio da eleição, não era melhor nem pior, supôs, do que o foram outras eleições no passado ou o seriam no futuro. A corporação dos lojistas recebeu 250 libras pelos seus votos, embora tivesse pedido cem a mais. Outros eleitores individuais tinham negociado pagamentos diversos pelos seus votos: um sujeito descarado pedira 50 libras. Charles O'Connell, como agente, recebeu 118 libras. "Embora", disse ele, "devesse ter recebido mais."

Eu apenas desejaria, pensou Stephen, que os meus pobres das filas das sopas tivessem votos para vender. Mas alguns dos mais pobres cidadãos conseguiram ganhar alguma coisinha, quando foram contratados para sequestrar alguns dos eleitores da oposição e deixá-los trancados até as urnas serem fechadas. Um ou dois desses eleitores sofreram alguns danos físicos, mas apenas por engano.

E, quando tudo acabou, Sir Lucius O'Brien foi triunfalmente eleito como um dos dois membros de County Clare, e foi para o Parlamento de Londres — mas, se a boa gente que o elegera alguma vez o ouviria falar sobre a questão da Revogação, pensou Stephen, era algo altamente duvidoso.

— Isso não faz você querer voltar para a política, Stephen? — perguntou Charles O'Connell. — Não conseguimos convencê-lo?

— Não mesmo — disse Stephen.

Nem, nas semanas que se seguiram, ele pensou em alguma coisa muito mais além de sua tarefa imediata — que era manter a sopa dos pobres funcionando o máximo de tempo possível.

Durante a época da safra, houve algum trabalho eventual no campo, nas fazendas maiores; mas muitos dos pequenos arrendatários, que, em épocas normais, podiam empregar alguns homens para a colheita, estavam cheios de dívidas e tentaram realizar todo o serviço com membros da família. A safra foi boa. No entanto, de que isso adiantava para os pobres, que não podiam comprar comida? Para eles, Stephen tinha certeza, ver as carroças com cereais devia ser como estar parado na margem de um rio, morrendo de sede, e receber uma ordem de que não podia beber água. Não foi de admirar, portanto, que não demorasse para algumas dessas carroças serem assaltadas.

Ele conseguiu manter a sopa dos pobres funcionando até o início de setembro. Então ela foi fechada. Charles O'Connell lhe perguntou se ele estaria interessado em se tornar um dos novos funcionários de assistência social que seriam empregados pelo asilo sob nova direção. "Vem junto com um belo salário", disse-lhe O'Connell. Mas ele também recebera uma carta de Tidy perguntando se gostaria de ir para Limerick para ajudar a organizar a distribuição de comida de lá.

— Creio — disse a O'Connell — que, atualmente, posso fazer mais bem em Limerick do que em Clare. — Além disso, ele já estava tempo demais em Ennis. Sentia-se fatigado. Precisava ir embora.

Antes de partir, foi se despedir dos filhos de Madden. Nuala não estava em casa quando passou por lá, mas ele encontrou Maureen e o garotinho.

— É maravilhoso como você cuida do seu irmão — disse-lhe ele. Mas ela apenas sorriu.

— Ah, não, senhor, é Daniel quem cuida de mim. — E o sujeitinho inchou de orgulho, obviamente acreditando que aquilo era de verdade.

Stephen esperava, sem se preocupar em não deixá-los perceber, que eles sobrevivessem à implacável estação que ele temia estar a caminho.

✣

Ainda assim, refletiu Maureen, havia verdade no que dissera a Stephen. Já mais de uma vez, o pequeno Daniel roubara um repolho. As fazendas eram bem vigiadas. "Mas sou pequeno, e eles não me veem", dizia-lhe orgulhosamente. Um Madden tendo orgulho de roubar: o que teria acontecido para seu menininho aprender tal coisa? Porém, o que mais ele poderia fazer para ajudar a irmã?

E quem sabia que outras coisas podiam estar na mente da criança naquele novo e terrível mundo em que viviam?

Quando Mary e Caitlin caíram doentes, um dia de diferença entre uma e outra, ela soubera que não sobreviveriam. Não sabia dizer por quê. Talvez porque tivesse visto tantas outras crianças morrerem da mesma maneira, pois a disenteria estava muito disseminada, e os corpos das crianças se mostravam tão enfraquecidos que poucas conseguiam lutar contra o mal. Maureen fizera o melhor que pudera pelas duas, rezara por Daniel e endurecera seu coração. E, de fato, não ficara tão angustiada com as mortes como deveria, pois algo em seu interior se fechara, recusando-se a aceitar mais dor. Quanto a Daniel, ele permanecera bastante quieto, e certo dia lhe perguntara:

— Mary e Caitlin vão morrer?

Em resposta, ela só pudera lhe dizer:

— Está nas mãos de Deus.

Depois que elas faleceram, ele nada dissera por um ou dois dias; mas então, com ar preocupado, perguntou-lhe:

— Elas vão estar com Deus?

— Sim. Vão. E com nosso pai e nossa mãe. Estão juntos agora com Deus.

— Onde está Deus?

— Está no céu, Daniel.

Ele assentira lentamente, como se isso explicasse alguma coisa.

— Eu não acho que Ele esteja aqui.

E ela sabia que devia ter-lhe dito que estava, mas, na ocasião, não tivera forças.

Quando o Sr. Smith fora visitá-los para dizer que ia embora, ela se mantivera muito calma e educada. E, quando Stephen se fora, ficara olhando-o por um longo tempo pelas costas, imaginando o que seria deles, agora que a sopa dos pobres tinha acabado. E, enquanto sua figura desaparecia na rua, ela tivera uma terrível sensação de perda e um desejo de que voltasse, ou mesmo olhasse para trás, como se, junto com ele, suas próprias esperanças estivessem indo embora.

Portanto, ela se assustara, ao ouvir a voz de Daniel a seu lado.

— Eu queria que você se casasse com o Sr. Smith, Maureen.

— Ah. — Ela dera uma pequena risada. — Não seja tolo, Daniel — disse.

Ela não previra o que Nuala faria.

Nos dias após a sopa ter sido suspensa, eles haviam esperado ansiosamente para ver o que aconteceria. Conseguiram comprar um pouco de comida no mercado, porque Nuala fizera uma pequena economia. Ninguém tinha certeza de como funcionaria o novo regime. Mas, certo dia, ela notara que sua irmã parecia preocupada.

Desde que a irmã iniciara seu atual serviço, Maureen sempre tivera um temor. Era apenas natural. E se ela pegasse alguma coisa de um desses homens? Ela sabia que garotas nas cidade haviam sofrido esse destino, e o hospital normalmente tinha se recusado a ajudá-las. Algumas garotas cometiam pequenos crimes e se deixavam apanhar de propósito para serem mandadas para a cadeia.

Uma vez na prisão, se descobrissem que elas tinham algum tipo de doença venérea, mandavam-nas para o sanatório penitenciário até ficarem curadas. Era a melhor maneira, para quem era pobre, de conseguir um tratamento. Teria isso acontecido agora com Nuala? Estaria ela pensando em se deixar prender? E, se fosse o caso, fora a vergonha do fato, o que seria deles? Um dia se passou, e ela tomava coragem para lhe perguntar diretamente, quando, naquela noite, Nuala iniciou uma conversa. Não era, de maneira alguma, o que ela esperava.

— Temos de ir embora daqui, Maureen.

— Não sei como.

— Se não dermos o fora, todos nós vamos morrer. Tenho certeza.

— O que está dizendo?

— Posso tirar a nós todos daqui.

— Como?

— Tem um homem que me levará. Ele diz que não se importa se você e Daniel forem também.

— Mas o seu comerciante vive aqui.

— Não é ele. É outro sujeito. Ele vai voltar para Wexford. Diz que lá não é tão ruim. Pelo menos a gente se alimenta.

— Ele vai se casar com você?

— Ele não disse isso. Não importa, Maureen. Se ele cuidar de mim por algum tempo...

— Há quanto tempo você o conhece?

— Alguns dias.

— Ah, Nuala. No que a gente estaria se metendo? Não posso levar o pequeno Daniel baseada numa promessa dessas. Estaríamos melhor aqui mesmo.

— Não, não estariam. Vocês não seriam alimentados. Nem mesmo têm um telhado sobre a cabeça. É a chance que temos, Maureen. Temos de aproveitá-la.

— Deixe-me pensar, Nuala. Tenho certeza de que não consigo fazer isso. Mas deixe-me pensar pelo menos até amanhã de manhã.

— Eu parto pela manhã, Maureen. Sinto muito, mas tenho de ir. Não vou morrer aqui.

Pela manhã, conversaram novamente, a sós.

— Não posso, Nuala. Talvez eu não tenha coragem, mas isso não parece direito.

— Foi o que ele disse que você diria.

— Eu gostaria que você não fosse.

Mas um olhar inflexível dominou o rosto de Nuala.

— Eis 10 *xelins*, Maureen. Sustentarão vocês por algum tempo. É tudo de que posso dispor.

— Devo chamar Daniel, para você se despedir dele?

— Não. Pode dizer a ele o que quiser. Adeus, Maureen. — E ela foi embora.

Mais tarde, naquela manhã, Maureen disse a Daniel, com um sorriso:

— Nuala conseguiu um emprego. Vão mantê-la fora por algum tempo.

— Mas nós vamos voltar a vê-la?

— Claro que vamos.

— Ela está na cadeia?

— Não, não está — berrou ela, indignada.

— Ainda bem — disse o pequeno Daniel.

Nos dias que se seguiram, ela se perguntou se fizera a coisa certa. Sem Nuala, não haveria dinheiro entrando. Isso significava que, a não ser que tentasse seguir o mesmo caminho da irmã, não conseguiria pagar por muito tempo o aluguel da cabana. E, em todo caso, era melhor preservar o pouquíssimo dinheiro que tinham. O asilo a enchia de temor, mas ela foi até lá descobrir que tipo de ajuda poderia obter. Apesar das trezentas vagas novas, não havia espaço lá dentro para mais uma única pessoa que fosse. Ela poderia voltar no dia seguinte, e talvez houvesse um pouco de comida, disseram-lhe; mas não era garantido.

No dia seguinte, houve uma discussão entre dois funcionários da assistência social sobre a condição dela. "Não é viúva", frisou um deles. "E é fisicamente capaz." O outro tinha uma visão mais generosa. "Ela e o menino são claramente órfãos. Podem ser alimentados." Mas parecia haver pouca comida disponível, e havia mais centenas nos portões. Deram-lhe uma pequena refeição, mas não houve promessa de que aquilo se repetiria.

— Há um plano de assumirmos a antiga sopa dos pobres, se conseguirmos nos organizar — disse o mais bondoso dos dois. — Como vê, no momento está tudo uma desordem.

Durante a semana seguinte, eles não pareceram melhorar nada.

Na véspera do vencimento do aluguel, ela notou o barraco. Ficava apenas a 30 metros de sua própria porta. Uma família havia morado ali, mas fora embora. Era, na verdade, uma choupana, com telhado feito de galhos e talos, solidificados com barro. Mas protegia da chuva. Alguém havia construído aquilo ali, e, se o lote de terreno tinha um senhorio, ninguém nunca o tinha visto. Era um alojamento gratuito.

— Nós agora não precisamos realmente de muito espaço, você e eu — falou para Daniel. — Ficaríamos bem lá. — Então, no dia seguinte, quando o agente veio cobrar o aluguel e se recusou a deixá-los ficar ali mais algum tempo sem pagar, eles se mudaram facilmente para o outro lado, para suas novas acomodações.

Então ela esperou, juntamente com todos os demais em Ennis, para ver o que aconteceria a seguir. "Afinal de contas", comentou ela com um dos vizinhos, "eles não podem deixar simplesmente todo mundo morrer de fome."

Era curioso como se conseguia sobreviver, pensou ela, à medida que os dias de setembro passavam. Em parte, era uma questão de ouvir as notícias, e em parte, de ter sorte. O sistema do asilo se encontrava num estado de grande desordem. Num dia havia comida na antiga sopa dos pobres na Mill Street, no outro não havia. Em alguns dias, ajudavam as pessoas nos portões do asilo, e em outros, quando centenas iam para lá, eram mandadas embora. Ela soube de um carregamento de comida e roupas enviadas pelos quacres que chegara a uma paróquia próxima. Foi até lá, e o padre, embora quisesse realmente alimentar apenas seus próprios paroquianos, teve pena dela e lhe deu um pouco de arroz e ervilha. Em outro dia, no início de outubro, soube que alguns homens tinham tomado à força uma carroça carregada com cereais e estavam passado por ali pela ponte nova. Deixou Daniel na casa e correu para lá o mais depressa possível. Voltou com dois quilos e pouco de cereais. Isso os manteve vivos por mais de uma semana.

A recusa do asilo em alimentar qualquer homem fisicamente capaz teve dois resultados. Incentivou-os a assaltar os carregamento de cereais. Isso, pensou ela, era uma coisa boa. Mas, gradualmente, também era possível ver muitos deles, mesmo alguns dos mais aptos, cederem a uma espécie de apatia. Com outubro avançando e fazendo mais frio, parecia a ela que por toda a sua volta, a cada dia, seus vizinhos começavam a parecer mais magros e mais fracos. E, certo dia, olhando para os próprios braços, e percebendo o quanto estavam magros, ela concluiu que devia parecer a mesma coisa para eles.

Na metade de outubro, Daniel adoeceu. Não foi nada sério, felizmente. Algo que ele comera devia ter feito mal ao estômago, e por dois dias ele ficou prostrado com diarreia. Ela tentou lhe dar líquidos e colocar algo em seu estômago. Isso passou, e Maureen agradeceu a Deus por sua forte compleição. Ficou imaginando o que fazer para colocar de volta um pouco mais de cor em suas faces.

Uma bondosa vizinha lhe disse o que fazer. A primeira vez que ela o fez foi a mais difícil. Escolheu o lugar com cuidado — era preciso, com os fazendeiros vigiando seus campos como falcões. Saiu ao anoitecer, para que ainda houvesse luz suficiente para enxergar o que fazia. Havia três vacas junto a um muro de pedra. Rastejou pelo chão como uma cobra, sem se apressar. Quando alcançou as vacas, elas a olharam, mas Maureen deixou que os animais se acostumassem com sua presença, antes de agir, e fez tudo muito lentamente. Tinha sua faquinha afiada e uma tigela de madeira.

Tudo que a pessoa precisava fazer era achar um bom lugar na perna e fazer um pequeno corte. Se fosse bem-sucedida, a vaca mal sentiria. Mas o sangue escorreria, e ela podia recolhê-lo numa tigela, exatamente como um médico fazia ao sangrar um paciente.

Maureen prendeu a respiração, sentiu a perna, rezou para a vaca não se mexer de repente, e, com uma pressão, fez um corte. A vaca se mexeu, mas apenas ligeiramente. Ela encostou a tigela na perna. Não desejava mais do que umas gotas, pois não queria que a vaca sangrasse muito; com sorte, o fazendeiro não notaria o que fora feito. Quando tinha o suficiente, amarrou bem apertado um pano no topo da tigela, limpou a perna da vaca e saiu sorrateiramente.

De volta ao barraco, diluiu o sangue com água, misturou-o com mingau de aveia e, com alguma dificuldade, convenceu Daniel a enfiá-lo goela abaixo.

— É bom para você, goste ou não — disse ela.

Alguns dias depois, ela fez novamente a mesma coisa. Desta vez, porém, atrapalhou-se com o corte, e o animal sangrou demais. No último dia de outubro, na sinistra e mágica véspera de Samhain, o festival dos antigos celtas para festejar o início do inverno, ela foi ao campo pela terceira vez. Mas, ao seguir pelo caminho ao longo do muro, viu o fazendeiro à espera na beira do campo. Ele tinha um bacamarte. Olhou-a desconfiado, então Maureen lhe deu um educado boa-noite e seguiu seu caminho. Ela fizera um bem para Daniel, tinha certeza disso. Mas era suficiente?

O mês de novembro foi gelado. Uma umidade fria, crua, se instalou. E agora, por mais que tentasse, ela não conseguia comida suficiente. Guardara alguns *xelins* do dinheiro que Nuala lhe dera, e fazia o melhor possível para comprar comida no mercado. No asilo, não só havia multidões crescentes do lado de fora da porta, como ela pôde ouvir claramente um funcionário dizer a outro: "O que podemos fazer, quando não temos dinheiro?"

Ao fim da terceira semana, ficou claro para ela: Ennis estava desmoronando. O processo foi estranhamente silencioso. Nada foi dito. Nada foi feito. Não houve alarmes repentinos, nada de ataques, nada de gritos. Apenas um silêncio frio, úmido, enquanto o mundo lentamente mergulhava em letargia, como se a própria vida tivesse retrocedido, junto com as ruas enlameadas, para uma rigidez congelada. Maureen parou de levar Daniel consigo para a cidade, pois não queria que ele visse o que ela via. Havia famílias doentes e moribundas ao longo de todo o caminho. Mais de uma vez, ela fora obrigada a passar por cima de cadáveres caídos na rua. Não pôde esconder o fato quando a família vizinha a ela adoeceu. Só podia mesmo tentar manter Daniel longe deles.

Então veio a chuva, seguida por um dia de vento gelado. Então, no vigésimo segundo dia, Daniel pegou uma febre.

Ela não sabia o que era. Podia ser qualquer uma de uma dúzia de doenças, uma infecção aleatória. Não importava. O garoto queimava. Ela tentava refrescar sua testa e alimentá-lo com líquidos. Permanecia a seu lado. Podia senti-lo queimando, cada vez mais e mais quente, embora agora ela envolvesse seu corpo todo num cobertor umedecido para tentar baixar a febre. Ela sabia que ele era forte. Essa era a coisa mais importante. No 23º dia, ela pensou que talvez a febre pudesse baixar. Ele agora estava pálido, os olhos fixos de uma maneira que ela nunca vira antes.

— Você agora precisa lutar, Daniel — disse ela. — Precisa ser um menino corajoso, e precisa lutar.

— Sinto muito, Maureen — sussurrou ele. — Vou tentar.

Então, na manhã seguinte, a chuva retornou. Uma chuva miserável, cinzenta, caindo incessantemente, como uma mortalha suja, molhando igualmente os vivos e os mortos. E, enquanto a chuva caía, ela olhou nos olhos de Daniel e viu o que temia, o olhar que tinha visto antes em crianças, quando estas já haviam desistido.

O que ela podia fazer? Não havia nada que pudesse fazer. Mas não podia ficar parada ali, não podia simplesmente segurar sua mão enquanto ele ia embora — ele, a última coisa que ela tinha de seu no mundo todo. Então, envolveu-o num xale que tinha e carregou-o pela chuva; correu, o máximo que podia, o caminho todo até o hospital para febre, onde, na porta, mostrou-lhes o menino e implorou: deixem-nos entrar. Mas eles estavam lotados, e, além do mais, tinham muito o que fazer, e disseram a ela: "Vá ao asilo. Talvez lá eles possam ajudá-la." E, novamente, ela saiu pela chuva, tropeçando e quase cambaleando com o peso dele, através da lama, até, finalmente, surgir à vista aquele sombrio, cinzento baluarte. Mas ali também havia centenas de pessoas, pois as portas tinham sido firmemente fechadas, e ela nem mesmo conseguiu atravessar a multidão.

Contudo, descobriu, ao abrir o xale, que não precisava ter se importado, pois, em algum momento daquela jornada, Daniel tinha partido.

No dia 25 de novembro, Stephen Smith olhou as ruas frias e úmidas de Ennis e decidiu que não ficaria lá. Ele chegara na noite anterior e pernoitara na casa de Charles O'Connell. Seu anfitrião o deprimira profundamente.

— Agora, no asilo, os tutores estão na ridícula posição de implorar ao governo que lhes dê mais dinheiro para a assistência, pois estão completamente sem verba. Ao mesmo tempo, acabam de receber a exigência do governo para pagamento do empréstimo contraído no início do ano para os nossos grupos de trabalho e a sopa para os pobres. Não vão pagar, é claro. Mas, mesmo assim, numa ocasião como esta, pedirem...

Não, pensou Stephen, não se demoraria ali. Seu trabalho em Limerick valera a pena, mas o que ele podia fazer já tinha feito. Continuaria a ser feito, com muito eficiência, por outras mãos. Ele ia voltar para Dublin. Aliás, mal podia esperar para ir embora. Antes de ir, porém, havia algumas horas para matar. Poderia dar uma volta pelo lugar, por mais que fosse deprimente. Ao começar a caminhar, descobriu-se imaginando o que teria acontecido aos Madden.

Enquanto permanecia do lado de fora da porta do barraco, olhando adiante o vazio cinzento do céu, e ciente apenas do vazio de seu coração, ela nem mesmo notou que ele se aproximava. Somente quando ele estava à sua frente, Maureen se deu conta de que Stephen se dirigia a ela. Perguntava pela sua irmã e por Daniel.

— Ela partiu, senhor, mas não sei onde está. Não sei mesmo — respondeu estupidamente.

— E o pequeno Daniel?

— Morreu, senhor. Ontem.

— Sinto muito. Lamento o seu infortúnio. — A fórmula. Ela baixou a cabeça, num abatido agradecimento, olhou para seu rosto, que tantas vezes antes vira com os olhos de sua mente, e novamente encarou o céu. Inexpressivamente.
— O que você vai fazer? — perguntou ele.

— Eu? Fazer? — Isso não lhe ocorrera. O que haveria para fazer? Havia algum sentido? Não havia nenhum sentido.

— Vai ficar aqui? Tem algum lugar para ir?

— Eu não tenho nada — disse ela, como se num torpor. — Tudo que eu tinha se foi. Não me restou coisa alguma. Mas isso não importa.

Ela estava ciente apenas vagamente de que ele estava calado, pensando, hesitando.

— Não pode ficar aqui desse jeito — disse ele, finalmente. — É melhor vir comigo.

— Eu? — Ela franziu a testa, sem entender. — Para onde? — Ele a levaria para o asilo?

— Para Dublin — disse ele.

Vitória

1848

Poucas pessoas discordariam de que, ao se arrolarem as muitas características agradáveis de Dublin, os canais devessem ser incluídos. Iniciados no final do século anterior, eles circundavam o centro georgiano da cidade como dois braços envolventes. Ao norte, o Canal Real corria das docas do outro lado da Aduana, fazia a volta na propriedade Mountjoy e seguia para oeste acima do parque Phoenix; dali, continuava pela zona rural, quilômetro após quilômetro, para adiante das Midlands, até, finalmente, se juntar à imensa rede do rio Shannon. Por esses meios, era possível atualmente embarcar mercadorias em barcaças de um lado da Irlanda para o outro. No lado sul do Liffey, admitindo-se sua origem junto às docas de Ringsend, o Grande Canal, apesar do nome, era um caso mais íntimo, passando entre margens cobertas de grama onde cresciam salgueiros, numa lenta e quase imperceptível curva, até 3 quilômetros a oeste da praça St. Stephen, como um homem que havia desfrutado um aprazível tratamento repousante ao decidir que agora devia seguir arrojadamente seu rumo, numa linha reta, em direção oeste através da fértil planície do Liffey. Ao longo de suas margens, de eclusa de madeira a eclusa de madeira, corria um encantador suburbano caminho de sirga.

E era numa simples mas espaçosa casa de tijolos, que dava para suas margens ervosas, que vivia a família Tidy. Samuel Tidy e a esposa já estavam casados havia 15 anos. Tiveram cinco filhos, o mais novo deles um bebê. Eles eram trabalhadores, modestamente prósperos e satisfeitos. Em sua casa, como se poderia esperar de um lar quacre, havia uma atmosfera de reconfortante tranquilidade que era repousante e saudável.

Pelo menos, era o que Maureen Madden achava.

Por sorte, quando Stephen Smith os procurara em 1847 e lhes dissera que buscava uma colocação para uma mulher de Clare, eles ainda tinham um quarto a mais na casa.

— Eu pensava em pedir a lorde Mountwalsh — explicara —, tendo em vista que, entre suas casas de Dublin e Wexford, ele dispõe de muito espaço. Pois ela não pode ficar nos meus alojamentos comigo. Então pensei em mencionar isso também a vocês. Por enquanto, aluguei para ela uma casa nas proximidades. — Após uma longa discussão entre eles, Samuel Tidy e sua esposa decidiram que, por duas semanas, Maureen deveria permanecer onde estava. Houvera numerosos casos de pessoas indo de áreas afetadas para Dublin, levando doenças consigo. — Precisamos proteger nossas crianças primeiro — explicou sensatamente o quacre.

Mas, depois disso, concordaram em aceitá-la.

— Ela pode me ajudar com as crianças — dissera a Sra. Tidy. — Estou certa de que haverá muita coisa para ela fazer. — Além de casa e comida, ela recebia um modesto salário.

Para Maureen, essa mudança em sua situação fora tão inesperada, que, por várias semanas, ela levara sua vida como se estivesse num sonho. A família quacre vivia de maneira simples. Comiam com as crianças, e decidiram tratar Maureen como uma espécie de governanta. De fato, em pouco tempo ela deu mostras de que era capaz de ensinar as primeiras letras às crianças mais novas, e muito mais além disso.

— Ela tem um excelente autocontrole — disse a Sra. Tidy, de modo elogioso, ao seu marido. — É calma e limpa. Estou realmente muito contente por a termos aceitado. — E, ainda que o inverno não tivesse lhe dado a chance de perder a palidez que a acometera, na primavera Maureen havia engordado o suficiente para encher seu rosto e seu corpo, devolvendo-lhes seu estado normal; não mais parecia esquelética, embora ainda continuasse um pouco contida.

No início de junho, Tidy alugou uma casa à beira-mar por dez dias. Ela voltou dessas férias da família com um pouco de cor nas faces e também com uma aparência mais saudável.

— Alegro-me tanto por ela parecer melhor — disse a Sra. Tidy. — Começo a gostar muito dela.

Durante esses meses, a família não vira Stephen Smith. Pouco depois de seu retorno em dezembro, ele procurara o conselho do conde de Mountwalsh para saber o que fazer de sua vida, e o conde reagira dando-lhe uma série de encargos. Estes o levaram a Wexford, a oeste, e uma vez a Londres. Somente no final de junho ele enviou um bilhete a Tidy, avisando que estava em Dublin e perguntando se poderia visitá-lo.

Maureen estava ocupada com as crianças quando ele chegou. Enquanto isso, havia muita coisa para conversarem.

A Grande Fome causara efeitos notáveis em Dublin. O campo em volta da capital fora uma das áreas menos atingidas da ilha. Para além do campo, porém, um fluxo de pessoas de outras regiões tinha ido para Dublin, na esperança de emigrar, ou, pelo menos, conseguir abrigo. E, em grande escala, Dublin mostrara-se à altura do desafio. Igrejas e instituições de caridade, no mínimo os quacres, é claro, garantiram que os que chegavam fossem alimentados. Houve até mesmo uma grande sopa dos pobres alimentando multidões na elegante praça Merrion. Também não houve qualquer diminuição no número dos que chegavam. Tidy ficou feliz por Maureen não estar no quarto — pois poderia ser doloroso para ela ouvir —, mas contou a Stephen que a onda de despejos em Clare e Mayo havia, no mínimo, aumentado desde o ano anterior.

— A situação que você viu em Clare, quando partiu, continuou inalterável, exceto que o governo foi obrigado a alimentar também os fisicamente capazes. Nossos melhores números indicam que, neste momento, em toda a Irlanda, há 800 mil recebendo assistência sem internação em asilos, e quase a metade destes é de pessoas fisicamente capazes. Não sei lhe dizer quantos mais estão à beira da inanição, porque ninguém sabe e ninguém quer saber. Mas é normal que em qualquer asilo do lado ocidental ocorram, a cada semana, cinquenta, oitenta, até mesmo cem mortes, na maioria crianças.

— E a safra de batata?

— Este ano foi plantado o dobro do ano passado... mas isso ainda é menos da metade da área em acres da época anterior à praga. Teremos de torcer por uma boa colheita.

— O que me surpreende é que aqui não há mais pessoas dormindo nas ruas. Onde todas estão alojadas?

— Isso eu posso lhe responder facilmente. Nas grandes residências que foram a glória de Dublin nos velhos tempos, antes da Lei da União. Dia desses, Stephen, fui dar uma caminhada pelo lado norte — prosseguiu. — Subi a Sackville Street e fiz a volta pela praça Mountjoy. Rua após rua, via aqueles conjuntos de casas... que, antigamente, abrigavam uma única família cada e, posteriormente, foram transformadas em apartamentos... agora transformados em habitações coletivas. Em geral, encontra-se uma família inteira ocupando um único cômodo. Arrisco dizer que, se for o caso, temos tijolos e argamassa suficientes para abrigar a maior parte da população da Irlanda. Miseravelmente, é claro.

Tinham acabado essa conversa, quando as crianças mais jovens, acompanhadas por Maureen, entraram no aposento. O cabelo dela estava partido ao meio e penteado para trás, mas havia nele alguma ondulação e um leve brilho, de uma escovada regular, que Stephen não vira antes. Ele avançou na direção dela e sorriu.

— Ora, Srta. Madden, está parecendo extraordinariamente bem.

E, embora não pretendesse, ela enrubesceu.

Imediatamente, ele percebeu seu erro. Uma mulher como ela estava totalmente desacostumada a elogios. Ele teria de ter cuidado para não fazê-los, exceto de uma maneira bem genérica, no futuro.

Após algumas indagações corteses sobre sua saúde e a das crianças, ele lhes disse que tinha uma notícia para dar.

— Peço que se alegrem por mim. Após me confiar alguns encargos... sem dúvida para ver como eu me sairia... lorde Mountwalsh ofereceu-me o cargo de seu agente de negócios. Seu antigo agente está velho e ansioso para passar o fardo adiante. Devo dizer que é muita bondade da parte dele, e eu não conseguiria imaginar um patrão melhor.

Todos o parabenizaram calorosamente.

— Onde você vai residir? — perguntou Tidy.

— Há uma casa de agente em Mount Walsh. Mas ele vai querer que eu faça visitas frequentes a Dublin. Seus negócios, como sabem, são extensos.

— Espero que prometa que virá nos visitar quando estiver aqui — pediu Tidy.

— Claro que virei — disse Stephen, rindo para todos.

Foi somente naquela noite, quando se sentaram juntos na cama, que a Sra. Tidy comentou baixinho com seu marido.

— Você notou algo quando Stephen esteve aqui?

— Creio que sim. Refere-se a Maureen?

— Ela o ama.

Eles suspiraram, mas nada disseram.

Stephen viu o telescópio em agosto. Estava a caminho, voltando de County Clare.

Se algo lhe confirmou a correção de sua decisão em abandonar a política, foram os acontecimentos das últimas semanas. Sem o Libertador, a confusão entre os partidários da Revogação só havia piorado. Os homens da Irlanda Jovem, porém, tinham encontrado um grito de batalha. A Grande Fome fora culpa dos ingleses, declararam. E a revolta armada era a resposta. Era tudo o que seu antigo patrão tentara evitar. Isso também era inútil. E, é claro, eles não tinham a menor ideia do que estavam fazendo. Na verdade, não houvera uma revolta. Mas, no fim de julho, achando que deviam fazer alguma coisa, alguns líderes da Irlanda Jovem haviam tentado sublevar algumas aldeias em Tipperary. Os homens de Tipperary tinham pedido comida, mas se recusado a se rebelar, e alguns poucos políticos tinham travado um breve combate com a polícia local num pequeno campo. Ao saber disso, Stephen ficara triste.

Sua visita a Clare fora deprimente. Tendo praticamente desaparecido no verão anterior, a praga da batata havia retornado. Mais da metade da colheita fora arruinada. Portanto, não haveria descanso: o triste regime de fome e doenças crônicas continuaria ainda por mais um ano. Se ele já não tivesse sido endurecido pelo que vira antes, talvez fosse mais do que conseguiria aguentar. Ou talvez — admitiu francamente para si mesmo — o fato de ter salvo uma pessoa e a levado para Dublin fosse o suficiente para aliviar sua consciência, agora que via outras milhares que provavelmente iriam morrer.

Mas também havia a questão da terra. Agora não eram apenas os pobres que estavam sendo desalojados. O processo obtivera um terrível impulso próprio. Os trabalhadores rurais não conseguiam pagar aos pequenos proprietários. Os pequenos proprietários não conseguiam pagar aos fazendeiros de quem eles tinham subalugado suas terras; os fazendeiros não conseguiam pagar aos donos das terras. E muitos desses donos estavam tão afundados em dívidas, que eram forçados a vender suas terras.

— Se isso continuar — dissera-lhe lorde Mountwalsh —, uma grande parte do oeste vai ser colocada à venda.

A questão era; o que faria a propriedade rural de Mountwalsh a respeito disso?

— O governo em Londres não lamentaria ver os proprietários de terras do oeste irem embora — continuou o conde. — Acreditam que a maioria deles é imprestável e irresponsável, que jamais deveriam ter deixado a zona rural chegar ao ponto de ter dado origem a essa Grande Fome, e que foram vergonhosamente relutantes em ajudar seu próprio povo. Não posso dizer, pelo que me consta, que discordo.

— Os britânicos são igualmente culpados — frisou Stephen —, ao se recusarem a reconhecer que o problema era grande demais para uma solução local.

— De fato, e a história os julgará. Para mim, é realmente notável que, ainda agora, os ingleses consigam ser tão ignorantes sobre um país que está perto deles e com quem têm muitos vínculos. De qualquer modo, no que eles agora estão pensando é que, logo que os proprietários de terras do lado ocidental se arruínem e vendam tudo, poderão solucionar o problema entregando o local a pequenos fazendeiros honestos, que cuidarão muito melhor da terra.

— E onde vão encontrá-los?

O conde sorriu.

— Quando se pensa no assunto, eles agora estão dizendo a mesma coisa que seus ancestrais vêm dizendo desde quando se defrontaram pela primeira vez com a Irlanda, na época dos Plantagenetas, centenas de anos atrás. Os Tudor e os Stuart com suas colonizações tentaram fazer a mesma coisa. Tendo em vista que o pequeno fazendeiro proprietário rural é a espinha dorsal da Inglaterra... e é mesmo, Stephen... é apenas natural que o inglês suponha que isso é tudo de que se necessita aqui. E tais fazendeiros existem na Irlanda, é claro, muitos de descendência irlandesa. Nós os temos em Wexford. Mas eles não querem comprar terra em Clare, nem também qualquer fazendeiro rico da Inglaterra. Portanto, eu acredito que, quando terras se tornam disponíveis em Clare, na maior parte são compradas pelos homens mais ricos da localidade. E a pergunta é: nós devemos comprar algumas dessas terras?

Stephen havia examinado bem a questão, conversara com Charles O'Connell e o Sr. Knox, além de muitos homens da localidade. Após três semanas, tinha preparado um relatório. Suas conclusões foram em parte financeiras e em parte políticas. Mas, ao final do dia, ele tivera certeza de que diria: "A propriedade e a família Mountwalsh construíram uma reputação tão boa em Wexford, que seria mais sensato reforçá-la do que arriscar dissipá-la em Clare." Se era isso que o conde queria ou não ouvir, ele não sabia.

Estava prestes a partir, quando recebeu uma mensagem do conde, pedindo que o encontrasse em Offaly, na propriedade de um amigo onde estava hospedado, perto de Birr.

A grande propriedade de Parsonstown, o lar dos condes de Rosse, era tudo que ele havia esperado que fosse, um espaço nobre com um castelo de excelente aparência. Havia ali um considerável grupo de pessoas, e em pouco tempo ele conseguiu trocar algumas palavras com lorde Mountwalsh, que estava ansioso para conhecer suas conclusões. Ele entregou-lhe o relatório, mas disse-lhe de imediato que havia aconselhado contra investimento em Clare.

— Eu esperava mesmo que o fizesse — disse William, com um sorriso. — Sinto, porém, que devo olhar devidamente a coisa. Lerei o relatório com todo o cuidado, pode ter certeza.

O anfitrião, amavelmente, convidou-o a se juntar ao grupo para o jantar, mas Stephen estava muito cansado e pediu que o desculpasse — mas teve como resposta que, nesse caso, deveria passar o dia seguinte com eles e jantar à noite, antes de voltar a Dublin.

E ele se sentia mais descansado após o desjejum, quando o anfitrião anunciou para o grupo:

— Para quem quiser, está na hora de visitar o telescópio.

Se aristocratas se sentiam tentados a ser amadores, isso não podia ser dito da família Parsons. Cada geração parecera produzir pelo menos um sério especialista em seu ramo. A diferença era que eles podiam se dar ao luxo de financiar sua própria pesquisa. No caso do anfitrião, os resultados tinham sido bem impressionantes.

O grande telescópio na residência dos condes de Rosse era um monstro. Apoiado majestosamente em seu suporte, como um imenso canhão apontado para o céu, ele pesava 4 toneladas. Tecnicamente, um refletor newtoniano, seu polido espelho em forma de disco, no qual a luz dos céus mais distantes podia ser captada, tinha 1,80 metro de comprimento, o que fazia dele o maior telescópio do mundo.

— Chamam-no — cochichou-lhe William — o Leviatã.

— O disco é de metal... “speculum”, liga de cobre e estanho. Atualmente, nós o montamos aqui na propriedade. Mas, em particular, quero chamar sua atenção para o ferro forjado do suporte do telescópio, pois ele foi todo feito por Mary.

— Entenda-se — murmurou William com um sorriso — que ele se refere à própria esposa.

— Sua esposa fez o ferro forjado?

— Fez. É uma ferreira de mão cheia. Ela também fez os portões da propriedade.

Isso deu a Stephen uma interessante nova visão sobre a aristocracia.

— Temos apenas este grandão, que já funciona há alguns anos — continuou o anfitrião —, mas ele provou seu valor. Meu argumento sempre foi que muitas das estrelas que vemos não são entidades avulsas, mas agrupamentos de estrelas, possivelmente de extensa vastidão. — Fez um desenho num papel. — Olhem isto. É um meticuloso desenho a caneta de uma estrela, que, de fato, é uma nebulosa. Isso é o que revela o nosso grande espelho. Como podem ver, há centenas de estrelas aqui, e estão ordenadas em uma grande espiral. — Ele passou o papel adiante.

Quando Stephen o examinou com Mountwalsh, teve uma estranha sensação de admiração e emoção, e este também falou por ele, ao exclamar:

— Meu Deus, não conhecemos nada do universo. Nada! Isto é realmente maravilhoso.

E, assim que todos se viraram, William Mountwalsh chamou a atenção de vários membros do grupo para ele. O irmão dele estava lá, com um colega universitário; havia um proprietário de terras erudito, um pintor da moda.

— E aquele — indicou William um homem de rosto forte, ficando calvo, que caminhava com passadas resolutas — é o grande professor William Rowan Hamilton, de Dublin. Vocês já ouviram falar em quaterniões?

— Eu não.

— Bem, nem eu. Mas é o homem que descobriu a fórmula para eles, o que, para os matemáticos, é uma questão de grande importância. Dizem que ele é quase igual a Newton. E nasceu na Irlanda. — Sorriu. — Que estranha mistura é a Irlanda, Stephen. Por um lado, temos a tragédia e a vergonha da Grande Fome, e, por outro, conduzimos o mundo.

— Eu gostaria — Stephen suspirou — de ter tido mais instrução.

— Você tem se saído bem — afirmou o conde —, mas entendo o que quer dizer. — Então, murmurou algo que pareceu "Tenha um filho".

Talvez devesse pensar nisso, mas ele se viu um tanto despreparado quando voltaram novamente para a casa, e Stephen se descobriu frente a frente com Caroline Doyle, ou Caroline Barry, como agora era chamada. Ela acabara de chegar com o marido, que se encontrava em outra parte da casa.

Caroline cumprimentou-o agradavelmente, e eles conversaram, com muita tranquilidade, por vários minutos.

✣

— E o extraordinário — disse-lhes — é que não senti nada.

Uma semana se passara, e ele estava sentado, juntamente com os dois, na sala de visitas do casal Tidy. Maureen estava sentada calmamente a um canto. Havia poucas pessoas com quem Stephen achava que podia discutir assuntos pessoais, mas, por algum motivo, com a família Tidy, sentia-se seguro para fazer isso. Quanto ao fato de Maureen estar na sala, ele achava que não importava.

— Afinal de contas, meus sentimentos por ela, anteriormente, tinham sido afetuosos; e, quando ela escolheu outro, confesso que, após a dor, devo ter sentido um pouco de raiva. — Sorriu. — Foi uma bobagem de minha parte. Talvez imperdoável. Mas acho que senti.

O encontro com Caroline fora de fato muito agradável. Diante de si, ele vira uma mulher agradável, um pouco mais cheia de corpo do que antes, feliz com seu marido e mãe de uma criança. Ele ficara completamente à vontade em sua presença, e o fato de que ela não se interessava mais por ele como homem provavelmente evitara que vivenciasse qualquer recaída de seu antigo desejo. No dia seguinte, tinham se despedido como amigos.

— É agradável — comentou — que o amor possa se transformar em amizade.

A Sra. Tidy olhou-o com uma expressão meiga. Ela era uma mulher pequenina, asseada, com cabelo louro que crescia naturalmente em pequenos cachos.

— Existe algo ainda melhor, Stephen — disse ela. — É quando a amizade se transforma em amor.

— Ah, sim — concordou Stephen. — Tenho certeza que deve ser sim.

— Você não é muito versado nas coisas do coração — disse bondosamente a Sra. Tidy.

— Não sou?

— Não.

Foi pouco antes de ele ir embora que Tidy o levou para um canto.

— Quero lhe pedir um favor — disse ele. Naturalmente, Stephen faria por ele tudo o que pudesse. — Refere-se a Maureen Madden — explicou o quacre. — Quando você a salvou, ela estava totalmente sozinha no mundo. Mas tinha parentes... um irmão e duas irmãs... mas onde estão agora, e se ao menos estão vivos, ela não sabe. Estive pensando se você não poderia conversar com ela, e depois fazer alguma investigação, para ver se descobre alguma coisa.

— Claro — disse Stephen. E concordou em voltar no dia seguinte, para conversar com ela.

O ano que se seguiu não foi fácil para a família Tidy. Como uma das pessoas envolvidas na assistência social, Samuel Tidy desceu duas vezes para Cork e atravessou até Limerick. Cada vez, voltara mais deprimido do que antes. Parte do aborrecimento era o novo flagelo que chegara à ilha em novembro.

A chegada da cólera não foi surpresa. A doença fora pandêmica durante muito tempo em grande parte da Europa; era quase inevitável que também chegasse à Irlanda, e, quando chegou, encontrou facilmente seu caminho para o interior de fossos, e os estoques de água dos portos e das cidades mercantis onde quantidades imensas de pessoas enfraquecidas procuravam abrigo. Ela assolou o país de ponta a ponta por mais de seis terríveis meses, somando-se às causas de mortalidade já bem estabelecidas.

— Nós agora temos um quarto de milhão a mais de vagas nos asilos do que antes — comentou Tidy para sua esposa, na primavera. — Atualmente, um interno em oitenta morre a cada semana. São 2.500 almas, ou 125 mil por ano. E isso apenas nos asilos. Em partes de Clare, me disseram, o índice de morte é quatro vezes maior.

— Não estariam os próprios asilos apressando a propagação da doença? — perguntou sua esposa.

— Possivelmente. Mas muitas das pessoas que entram nos asilos já estão mesmo morrendo. Não se pode culpar os guardiães dos asilos. O sistema está completamente falido; e o governo continua se recusando a fornecer verbas.

Uma pequena concessão fora feita em fevereiro. O governo enviara 50 mil libras extras para a assistência. Na Inglaterra, isso causara um escândalo. O *Times* de Londres esbravejara que esse gesto extravagante havia "quase quebrado as costas da benevolência britânica".

— Conheci um agente da Lei dos Pobres — disse ele, posteriormente — que insiste em se demitir. Ele mostrou a carta que escrevera. Diz que se recusa a continuar sendo um agente do extermínio.

O pior momento para ambos, porém, foi quando, certo dia, encontraram Maureen sentada à mesa da cozinha. Sobre a mesa estava um jornal inglês que ela comprara naquela tarde. Na página que se encontrava aberta, havia uma charge. Mostrava uma batata enorme, enegrecida e apodrecendo. Mas a batata era também a caricatura de um rosto irlandês, que parecia corrompido e cheio de ganância. Com suas pútridas raízes, a batata segurava um saco de ouro. E, debaixo do desenho, havia uma única palavra, PODRE.

Maureen caíra em prantos.

As condições da metade oriental da ilha eram muito melhores do que no prostrado oeste. Aliás, havia sinais de uma lenta recuperação. Mas o rio de gente miserável continuava a fluir para a capital. E Tidy não conseguia ver um final para aquilo.

Enquanto isso, havia a frustrante ocupação de Stephen.

Não se mostrou fácil conseguir qualquer informação. Stephen teve um trabalho considerável, mas o deslocamento de pessoas era tanto que as chances de rastrear alguém, principalmente uma mulher, não eram boas. Ele começara com a irmã mais velha de Maureen, que partira para a Inglaterra. Desde o início do reinado da rainha Vitória, em 1837, eram mantidos registros de nascimentos, casamentos e mortes de ingleses. Ele contratara um escriturário para procurar nesses registros. Não parecia que o nome da irmã de Maureen tivesse sido assentado. Claro que ela poderia ter morrido em alguma parte sem ter sido feita a anotação. Era mais provável que estivesse vivendo, sem ter se casado, em algum lugar da Irlanda. Ele tentou anúncios nas cidades mais óbvias: Londres, Liverpool, Manchester. Até então não houvera resposta. Quanto ao seu irmão, se William e seu tio haviam desembarcado em segurança na América, talvez fossem mais fáceis de se encontrar. Mas, com as distâncias envolvidas, isso poderia levar algum tempo. Nuala também desaparecera sem pistas. Tantas pessoas sem nome já tinham sucumbido na Grande Fome que ela poderia facilmente ter morrido sem deixar vestígios. Investigações em Wexford e Dublin terminaram sem resposta. Mas ele continuou tentando.

E tinha prazer em ajudar Maureen. Ele a admirava pela sua resistência e sua benevolência diante das circunstâncias. Todas as vezes que ia a Dublin, visitava os Tidy e, a seu pedido, passava algum tempo conversando com ela e informando-a sobre o que fazia. Às vezes, ela lhe perguntava educadamente sobre os assuntos dele — onde estivera e o que vira. Ela parecia ter um inteligente interesse, embora se desculpasse pela sua ignorância.

— Você já viu mais da vida, ouso dizer, do que eu — garantiu-lhe ele certa vez.

— Vida, nas condições que enfrentamos, não é realmente vida, é o penso — disse ela.

Os Tidy pareciam muito orgulhosos dos talentos que incentivavam nela. Numa ocasião, quando ofereceram a ele uma fatia de um delicioso bolo, a Sra. Tidy anunciou:

— Este, devo lhe dizer, Stephen, foi feito por Maureen. Ela tem um talento e tanto na cozinha. Aliás — acrescentou —, Maureen realmente administra a casa melhor do que eu.

Naturalmente, ele a elogiou pelo bolo, que estava de fato excelente. Mas tomou cuidado para não falar muito, que era para ela não enrubescer novamente.

Durante os meses de meio de inverno, ele não passou muito tempo em Dublin; porém, no início de março, os Tidy fizeram uma pequena reunião em sua casa da qual ele participou, e, durante essa ocasião, a Sra. Tidy e Maureen cantaram juntas ao piano. A Sra. Tidy tinha uma suave voz de soprano, mas Maureen, descobriram, tinha a de uma adorável contralto, e, diga-se de passagem, usando um vestido longo que a Sra. Tidy lhe dera, a vantagem foi toda dela. Quando ele aplaudiu calorosamente e disse a Maureen que ignorava seu talento para o canto, ela respondeu simplesmente:

— Eu não cantava, Sr. Smith, havia muito tempo. Mas lhe asseguro que andamos ensaiando desde o Natal.

Mais tarde, ele teve outra conversa com ela, e comentou que devia ser uma alegria alguém poder usar seu talento.

— Concordo. Você tem muitos talentos, Sr. Smith, e se acha capaz de usar todos eles?

— Não são tantos, eu lhe asseguro. — Ele pensou por um momento. Era verdade que o serviço de agente de lorde Mountwalsh exigia o uso dos muitos talentos que ele possuía. Isso era igualmente um teste e uma satisfação. Sorriu para ela. — Creio que uso a maioria. — Ela era, pensou ele, uma mulher sensível.

— Creio que Maureen tem um tipo especial de beleza, tanto de espírito como de pessoa — comentou Tidy baixinho para ele, posteriormente.

— De fato — concordou Stephen educadamente.

Após ele ter ido embora, o Sr. Tidy comentou com a esposa:

— Creio que fizemos algum progresso.

— Talvez. Com ele, é difícil de se perceber.

— Maureen, eu acho, deixou-o perceber que gostava dele.

— Eu a mandei fazer isso.

— Mas não sei se ele percebeu. Talvez ela devesse fazer mais.

— Não, Samuel, ela não pode. Agora cabe a ele. Ele precisa mostrar seu interesse, ou então ela não faz nada.

Em abril, ele foi novamente. Fazia um dia lindo. Havia flores primaveris ao longo do caminho de sirga, e a Sra. Tidy sugeriu que ele levasse Maureen para passear por lá. Tendo em vista que estava decidindo se e como lhe dar uma notícia que recebera, Stephen concordou prontamente. Caminharam e conversaram um pouco por cerca de 1 quilômetro em direção oeste, então voltaram e, lentamente, refizeram seus passos. O sol estava agradavelmente quente.

— Está um pouco silencioso hoje, Sr. Smith.

— Estou preocupado. Você tem razão.

— Há alguma coisa que queira me dizer?

Havia? O relatório que recebera era ambíguo. Uma jovem mulher, embora se chamasse Nuala, e fosse semelhante na descrição, fora encontrada morta por febre numa paróquia em County Cork, não muito distante da fronteira de Wexford. Mas ele deveria lhe contar? A coisa era tão inconclusiva. Ajudaria alguma coisa ela saber, ou a afligiria indevidamente? Por todo o caminho, Stephen tentara se decidir. Olhou para um salgueiro.

— É possível que Nuala tenha morrido — disse ele, finalmente. — Mas não tenho certeza.

— Ah. — Ela pareceu um pouco atordoada. — Sei. — Como parecia pálida. Amargamente decepcionada. Ele não devia ter falado. — Quero lhe agradecer por todo o trabalho que está tendo por minha causa — disse ela com tranquila dignidade. — Há mais alguma informação que queira me dar?

Ele lhe disse tudo que sabia.

Após caminharem mais um pouco em silêncio, ela começou a chorar; então, sem saber o que fazer, ele colocou o braço em volta dela.

— Eu sinto muito — disse ela —, muito.

Contudo, dois dias depois, quando ele a visitou novamente, antes de retornar a Wexford, ela o surpreendeu com seus poderes de recuperação. Não só estava calma, como ele percebeu que ela andara lendo o jornal, e, após fazer algumas perguntas sobre sua opinião sobre a política, Stephen descobriu que Maureen era surpreendentemente bem informada. Não apenas isso, mas ela fez algumas observações perspicazes e bem cínicas sobre acontecimentos políticos, o que, verdade seja dita, o interessaram muito mais do que o bolo que ela fizera ou a sua cantoria. Seu rosto, refletiu ele, podia ser um tanto singelo, mas ela possuía uma inteligência bastante agradável.

Ele não a viu por mais um mês. Em maio, porém, retornou, e desta vez, tinha notícias.

— Encontramos seu irmão William — informou. — Não há dúvidas em relação a isso. Ele vive em Boston. Parece que tentou entrar em contato com você, mas não a localizou e, portanto, achou que tivesse morrido ou se mudado. Tenho seu endereço e também o do seu tio. A situação deles não é lá muito próspera, mas estão empregados e gozam de boa saúde. — Sorriu. — Portanto, você não está sozinha no mundo.

Ela agradeceu profundamente, e, naquela noite, ele se juntou à família toda para jantar e se encheu de júbilo pelo feliz desfecho do caso.

✣

Para Samuel Tidy, o mês de junho foi muito difícil. Pois foi então que a comunidade quacre, tendo angariado a admiração de todos os partidos pela sua dedicação ao bem-estar da Irlanda atacada pela Grande Fome, anunciou finalmente que já estava farta daquilo. O trabalho de assistência dos quacres tinha acabado. Seria a coisa certa a fazer? O próprio Samuel não tinha certeza.

— Uma coisa é bem certa — disse ele à sua família. — Nem os quacres nem ninguém mais têm recursos para alimentar os famintos e ajudar os doentes. Somente o governo pode fazer isso. O problema é grande demais para qualquer um. — E havia outro fator a considerar. — Enquanto o governo estiver convencido de que o problema pode ser solucionado por outros receio que continuará a não fazer nada. Os quacres não podem continuar eternamente sendo uma desculpa para a negligência do governo. — Se, por um lado, o argumento era perfeitamente correto, por outro ele se sentia constrangido com isso, e, por vários dias, sua família achou-o um tanto rude no tratamento.

No final do mês, sua mulher lhe deu mais uma notícia.

— Maureen que ir para a América. Quer ficar com o irmão.

— Você acha que há algo que possa fazê-la mudar de ideia?

— Quem sabe? Não se pode censurá-la. É a única família que ela tem. E não há outro motivo para ela permanecer aqui.

— Ela escreveu para o irmão?

— Ela pretende procurá-lo.

— Quando ela irá?

— Quando juntar o dinheiro. Economizou cada *penny* que lhe demos. Ainda não tem o suficiente, mas em pouco tempo...

— Talvez o fato de ela estar indo leve Stephen... — Deixou a frase incompleta.

— Talvez.

Ele se encontrou com Stephen, duas semanas depois, em Dublin, e o informou da situação.

— Devo dizer que sentiremos sua falta quando ela se for — disse Tidy.

Stephen pareceu pensativo.

— Sim — respondeu. — Eu também sentirei falta dela.

— Você vai querer vê-la, sem dúvida, antes de ela partir.

— Ah, vou sim. — Stephen franziu a testa. — Com certeza.

Uma semana se passou.

Então veio um tipo muito diferente de notícia.

✣

Quando chegara ao trono, 12 anos antes, a rainha Vitória da Inglaterra era apenas uma garota de 18 anos. Agora era uma jovem mulher de 30, casada com seu primo alemão, o príncipe Alberto, e com uma jovem família.

Eles formavam um encantador casal jovem. Algumas pessoas, era verdade, achavam Alberto sério demais. Ele bebia um pouco, não gostava de linguagem ofensiva e tinha uma crença apaixonada na capacidade do homem de melhorar a si mesmo e o mundo. Ele e a esposa, porém, pareciam totalmente dedicados um ao outro, e ansiosos para, de todos os modos, agir certo. Ninguém duvidava de suas boas intenções. Em tudo e por tudo, portanto, eles eram bem estimados.

Portanto, no verão de 1849, parecera uma boa ideia ao Gabinete Britânico que o casal real fizesse uma visita à Irlanda.

"Servirá para espalhar bons sentimentos. Melhorar as relações", decidiram. "Mostrará que a infeliz Grande Fome — na realidade — acabou."

Baseada nessa notável afirmação, a visita foi marcada para agosto.

Stephen dedicara bastante tempo para pensar no assunto. Ficou muito surpreso consigo mesmo pelo quanto o havia afetado a ideia de que Maureen iria embora. Supunha, porque fora a pessoa que conseguira salvá-la daqueles dias terríveis em Ennis, quando sua própria vida também estava num estado de instabilidade, que ela passara a significar em sua imaginação, e para o seu coração, mais do que deveria. Numa época em que a contínua crise na Irlanda e o grande volume de trabalho que executava para o conde o mantinham mais ocupado do que já estivera em sua carreira política, a presença dela com a família Tidy passara a parecer um fato, uma constante em sua vida. Ele gostaria que Maureen não fosse embora. E sentiu necessidade de fazer algo por ela.

Numa manhã ensolarada do início de julho, portanto, ele se apresentou na casa dos Tidy e perguntou se podia ter uma conversa particular com ela. Maureen sentou-se na sala de visitas.

— Não pude deixar que contemplasse a ideia de ir para a América, Srta. Maureen — suas palavras, por algum motivo, soaram estranhamente tensas —, sem o penhor de meu respeito e sentimentos fervorosos em relação a você. — Ela o olhava com uma expressão de incerteza. — De fato, sinto — continuou ele —, após tudo o que vimos juntos, e o tempo que se seguiu em Dublin, que nos tornamos verdadeiros amigos. Espero que possa dizê-lo.

— Eu também sinto, Sr. Smith — disse ela baixinho.

— Portanto, espero que aceite isto de minha parte, como um querido amigo que lhe deseja bem e que sempre a manterá em seus pensamentos. — E lhe entregou um envelope. — Encontrará aí todo o necessário para sua viagem à América. Para uma cabine num bom navio. E algo mais, para garantir alojamentos por lá. Imploro que aceite isto de alguém que desejaria, mais do que tudo, ser seu amigo. — Sorriu. — Até mesmo um irmão.

Ela estava pálida como um fantasma. Ele supôs que aquilo seria o esperado. Maureen baixou a cabeça.

— Você sempre foi o meu benfeitor — disse ela suavemente.

— É minha honra, Srta. Madden, poder ajudá-la.

Ela continuava sem conseguir olhar para cima.

— O senhor salvou a minha vida, Sr. Smith. Lembrarei disso enquanto viver. Perdoe-me, expressarei meus sentimentos do modo apropriado, após ter me refeito. — Levantou-se.

— Claro.

Ela deixou a sala.

Antes de ir embora, ele falou com a Sra. Tidy.

— Creio que ela ficou comovida — disse ele.

— O senhor lhe deu o valor da passagem para a América? Para que ela possa ir embora?

— Dei. — Ele irradiava emoção pelo que fizera, pois a soma de dinheiro não era pequena e, para isso, abrira mão de dois meses de salário.

A Sra. Tidy suspirou, mas nada disse.

✣

Fazia um esplêndido dia de agosto quando o iate real surgiu à vista. Não era um barco grande, mas decididamente bonito, as laterais pintadas de preto e dourado, com uma alta chaminé, e a bandeira real galantemente desfraldada à brisa no topo do mastro. Todos se emocionaram quando o viram surgir numa ponta da curva sul da baía de Dublin.

A rainha Vitória e seu consorte deviam estar felizes por desfrutar aquele dia ensolarado. Sensatamente, seu governo não achara conveniente que eles vissem a parte ocidental da ilha, onde, diga-se de passagem, seus súditos não estavam num estado muito saudável para recebê-los, como, sem dúvida, estes teriam gostado. Iniciaram, portanto, a visita por Cork, onde a comunidade mercantil providenciara para que recebessem esplêndidas boas-vindas. "Que povo gentil, tão leal", comentara inocentemente a rainha. Naquele dia, eles visitariam Dublin, e dali iriam para Belfast.

E que encantador panorama o casal real deve ter desfrutado, ao se aproximar. Vindo do sul, passaram pelas adoráveis montanhas vulcânicas que enfeitavam a costa de Wicklow, e, navegando pelo cabo mais ao sul e pela ilha de Dalkey, toda a extensão da baía se abriu subitamente diante deles. Na praia, começando a poucas milhas na costa junto a Bray, notaram outra característica produzida pelo homem. Pois, a cada poucos quilômetros, havia agora uma pequena torre redonda de pedra cinzenta com plataformas de tiro e balaústres, erguendo-se rechonchudas e imponentes na praia. Torres Martello eram chamadas, e tinham sido construídas ali, uma geração antes, como defesa contra a invasão de Napoleão. Continuaram a contornar a baía, passando por Howth, subindo para Malahide e além. Havia uma em Dalkey, e outra, apenas cerca de 1 quilômetro adiante, numa encantadora pequena angra arenosa.

O ancoradouro em direção do qual o iate real seguia não era o grande porto de Dublin, no centro da baía, porém um lugar menor e também mais elegante, meio terminal de barco postal, meio local de veraneio, que ficava a uma curta distância de Dalkey, dentro da baía. Dun Laoghaire era como se chamara outrora essa aldeia — mas, embora os ingleses tivessem aprendido que aquele nome irlandês de aparência bárbara era simplesmente pronunciado Dunleery, decidiram simplificar a questão e o rebatizaram de Kingstown.

Além do paquete postal, não houvera muita atividade ali até que a construção de uma agradável linha de trem a vapor para Dalkey, 15 anos antes, tornara o local facilmente acessível. E agora, além do largo cais, uma grande igreja, algumas casas de recreio de fidalgos e agradáveis casas de estuque dando vista para o mar começavam a dar ao lugar um novo ar de requinte.

Atualmente, ao longo do cais, um comprido pavilhão temporário, com um topo de lona com listras brancas e azuis, erguia-se como amáveis boas-vindas. Acima dele e em todos os mastros disponíveis, bandeiras de São Jorge agitavam no céu reluzentes cruzes vermelhas. Havia uma guarda de honra de casaco vermelho, toda elegantemente empertigada, e uma banda de metais executava uma melodia patriótica para a multidão à espera.

Logo atrás da comissão oficial de recepção, havia um grupo de aristocratas e fidalgos. E, entre estes, estavam lorde e Lady Mountwalsh, os quais, com típica generosidade, tinham chamado Stephen para acompanhá-los, a fim de que ele pudesse ter uma boa visão do evento.

Os Mountwalsh ficaram enormemente surpresos, portanto, justo no momento em que o iate real contornara o cabo, ao verem a respeitável mas alvoroçada figura de Samuel Tidy abrir caminho na direção deles.

— Stephen. Stephen Smith — chamou. — Precisa vir imediatamente.

Enquanto conduzia rapidamente adiante a carruagem com o pônei, Tidy explicava. Escrevera para Stephen em Mount Walsh, mas a carta não o havia alcançado, pois ele viajara para Kildare, onde tinha passado uma semana antes de voltar a Dublin dois dias antes.

— Se você não tivesse me enviado ontem um bilhete, dizendo que estava em Dublin e que vinha aqui com lorde Mountwalsh, eu não teria sabido onde encontrá-lo — explicou o quacre. — Espero que lorde Mountwalsh perdoe a minha intromissão.

Os dois Mountwalsh tinham se comportado com a habitual benevolência.

— Ah, Stephen, vai perder o encontro com a rainha — exclamara Lady Mountwalsh, com um olhar compadecido.

— Se ele tem de ir, terá de ir — dissera William. — Mas é melhor ir depressa, Stephen, pois, como sabe, não pode se retirar na presença de um monarca. Não é permitido.

Portanto, eles agora chocalhavam de Kingstown para Ballsbridge, sobre o Grande Canal e Liffey acima, em direção às docas onde o vapor para Liverpool estava prestes a partir.

Havia vários modos de se alcançar a América, porém o preferido era atravessar para a Inglaterra e, de lá, tomar um navio para Nova York ou Boston.

— Providenciei para que Maureen tivesse um excelente leito — explicou Tidy — em um navio de primeira classe de Liverpool. Ela viajará com conforto, como é possível a qualquer um. E leva dinheiro de sobra para quando chegar. — O fato de que ele e sua esposa tivessem aumentado as economias de Maureen não era algo que ele precisasse dizer. — Mas eu sabia que você não desejaria deixá-la partir sem uma palavra de despedida.

— Não. Claro que não — disse Stephen.

Só depois que se encontravam próximo ao Liffey, foi que Samuel Tidy falou o que realmente tinha em mente. Saiu um tanto repentinamente.

— Preciso falar francamente com você, Stephen Smith — disse ele, ao passarem pelo Trinity College. — Este dia decidirá se você é um sábio ou um grande idiota.

— Como assim?

— Não entendeu que Maureen o ama?

— Ela me ama? Ela gosta de mim, creio. É grata, eu sei.

— Não percebe então que é amado? Não enxergou o que seria óbvio para um homem com metade de um olho, que, durante o último ano pelo menos, e talvez por muito mais tempo, ela tem sofrido a dor de uma paixão não correspondida?

— Não. O que o faz pensar assim?

— Ficou bastante evidente para mim e para a Sra. Tidy, desde a primavera do ano passado. E duas semanas atrás, para a minha esposa, através de um amável interrogatório, ela confessou isso. Portanto, eis a questão que coloco claramente à sua frente. Você tem sentimentos afetuosos em relação a ela?

— Sim. Acho que tenho.

— Levaria em consideração torná-la sua esposa?

— Minha esposa?

— Você agora tem um bom emprego. Não ambiciona uma fortuna. Sabe o que é sofrer e ser grato pela vida. Por que nunca a levou em conta? Não conseguimos entender isso. Pois não há coisa melhor em todo o mundo... falo por experiência própria... do que ter ao lado uma mulher amorosa e carinhosa.

— Isso surge um pouco repentinamente, Tidy. Ela nunca disse nada.

— Claro que não. Como poderia? E você nada fez para encorajá-la. Muito pelo contrário. Por isso, eu lhe pergunto claramente... você deseja realmente que a mulher que o ama secretamente parta agora para a América e nunca mais o veja?

— Eu precisaria pensar no assunto.

— O navio parte em menos de uma hora — observou Tidy bruscamente, e, então, nada mais disse. Ele não costumava falar muito e nunca se envolvia em assuntos dos outros; mas sua consciência lhe dissera que devia tomar a questão em suas próprias mãos, mesmo naquele momento tardio, e alegrou-se por tê-lo feito.

Eles haviam atravessado o Liffey. Iam na direção do local onde os vapores que faziam a travessia do canal partiam para Liverpool.

Ao se aproximarem, seus olhos depararam com um terrível quadro. Havia a habitual desordem de barris e caixotes, a agitação de carregadores e de carroças, passageiros e marujos vagando pelo cais onde os navios estavam atracados. Mas também havia uma outra visão mais triste.

O tráfego de seres humanos entre Irlanda e Inglaterra não era simples. A maioria dos que se encontravam nas docas era dos que partiam. Os mais afortunados pegariam um navio para a América, ou no relativo conforto adquirido por Maureen Madden, ou nas miseráveis acomodações de alojamentos baratos, que podiam, ou não, ser saudáveis ou seguros o bastante durante a longa viagem. Os menos afortunados, sem terem os recursos para ir para a América, viajariam até Liverpool e ficariam vagando pelas áreas mais pobres daquela imensa cidade portuária ou por uma outra cidade industrial da Inglaterra, onde pudesse haver a esperança de conseguirem algum trabalho braçal.

Atualmente, porém, havia uma outra classe, e ela era imensa. Pois a Grande Fome produzira um enorme exército de famintos e doentes. E essas pessoas desditosas, tendo conseguido fazer a travessia para Liverpool, não permaneceram lá. Aconteceu que, quando as autoridades inglesas olharam para elas e perceberam quem eram — homens e mulheres fracos demais para trabalhar, e portadores de doenças —, disseram aos capitães dos navios: "Levem-nas de volta. Não podemos aceitá-las aqui." E, assim, elas voltaram para sua terra natal, e permaneceram nas docas, desamparadas, sem um lugar para descansar, nem uma chance de fuga. Acontecia todos os dias.

Havia agora cerca de duzentas dessas pessoas na zona portuária.

Ignorando-as, Tidy encostou perto do vapor, mas atrás de uma pilha de caixotes, de modo a não serem vistos. Olhou para Stephen.

Ele permaneceu sentado onde estava. Não falou. Não se mexeu. Ficou assim por vários minutos.

Então começou a se movimentar. Tidy olhou para ele.

— O que vai fazer?

— Vou buscá-la.

Tidy estendeu a mão e segurou Stephen pelo braço.

— Tem certeza? Pelo bem dela, você não pode mudar de ideia. Ela já sofreu o bastante.

— Tenho certeza. — Stephen sorriu. — Sinceramente, tenho certeza

— Eu irei com você — disse o quacre.

Então subiram a prancha para o pequeno vapor, e, no convés, encontraram Maureen, que estava olhando para além do Liffey e não os vira se aproximar. Como não tinha muito tempo, Stephen foi até lá e, após algumas palavras expressando seus sentimentos por ela e por ter se dado conta de que não poderia deixá-la partir para sempre sem avisá-la desses sentimentos, perguntou-lhe amavelmente se queria ser sua esposa. Ela olhou-o quase inexpressivamente a princípio, sem saber se tinha entendido direito. Portanto, ele repetiu. Ainda assim, ela o encarou, muito pálida, quase entorpecida. E Tidy sorriu e disse: "Está tudo bem." Mas ela continuou sem dizer nada.

O que ela poderia dizer? Durante um tempo, na confortável casa de Tidy, ela vivenciara uma sensação saudável e cordial. Sentira-se pronta para viver novamente, e até mesmo ousara ter esperança. Mas isso tinha sido semanas atrás. Desde então, outra vez algo morrera silenciosamente dentro dela.

Então Stephen disse que sentia muito por ter feito o pedido num momento como aquele, quando ela gostaria de ter tido tempo para refletir. E talvez ela quisesse pensar no assunto a caminho de Liverpool, e, se possível, lhe dar a resposta antes de o navio partir para a América; e que ele, com prazer, aguardaria a decisão dela em Liverpool.

Maureen falou muito calmamente, "Eu não sei", como se num torpor. Mas não quis dizer que não sabia se o amava, ou se desejava se casar com ele. Maureen quis dizer que não sabia se Stephen desejava isso de verdade, ou, se desejava, se ela — após tanto tempo e muita dor —, agora uma mulher de 30 anos, que nunca havia sido beijada e perdera todos os que amava, poderia ser uma esposa para ele.

Em algum lugar do navio, soou um sino, e uma voz gritou que todos que não fossem viajar deviam desembarcar logo.

Então Tidy colocou o braço em volta dela e disse-lhe:

— Venha. Você não tem nada a perder.

Não tinha? Ela não sabia dizer.

— Venha, Maureen, vai ficar tudo bem.

Então, com o coração começando a se agitar de repente, de um modo que não conseguia evitar, ela passou a tremer e, apoiada entre os dois, deixou que Stephen e Tidy a conduzissem prancha abaixo e para fora do navio.

Revolta

1891

Começou, embora ele, Fintan, não pudesse ter previsto as consequências, nos altos, secretos locais das montanhas de Wicklow, onde os pequenos riachos se juntam e correm abaixo, como o próprio rio Liffey, para o mundo mais vasto.

Ele não sabia — como pais nunca sabem — que influência tivera sobre o garoto. Mas, por outro lado, com seus sentimentos pelo lugar e as lembranças que tinha, como poderia não tê-las passado adiante?

Ele era um homem de pernas longas, com um bigode preto pendente e cabelo rareando que se elevava de sua cabeça em bravos caracóis espiralados. Adorava colocar o garoto sobre os ombros e caminhar montanha acima. E sempre ia lhe contando coisas. Não conseguia evitar. Uma ano atrás, levara Willy a Glendalough. Sabe Deus o que o menino havia entendido. Tinha apenas seis anos.

— Na época do meu avô — contara-lhe Fintan —, este era um lugar um tanto estranho, todo coberto de capim, com fama de pagão. "Havia festins em Glendalough nas noites de solstício de verão dos quais não se pode falar", ele costumava dizer. Até os padres colocarem um fim naquilo. — Willy notara um certo tom desejoso na voz de seu pai, ainda que seu significado fosse desconhecido para ele. Fintam mostrara a Willy os dois lagos, o eremitério de São Kevin e as edificações do mosteiro com sua torre redonda.

— Quando eu era jovem — explicou —, Sir William Wilde, o eminente cirurgião de Dublin, costumava trazer grupos de pessoas aqui em cima. Mas ele não tinha nada de pagão. Era a favor de escavar as ruínas e restaurar o local. Um velho fidalgo ilustre. Tinha uma comprida barba branca. E é seu filho, Oscar, o escritor, que agora, com suas peças, obtém uma grande fama para si mesmo em Londres. — Pois, se não era um homem instruído, Fintan O'Byrne era um grande leitor de jornais, e muitas vezes era surpreendente o que ele sabia.

Sua avó era uma das numerosas descendentes de Patrick Walsh e Brigid, portanto ele sabia que o sangue dos Walsh e dos Smith, além dos O'Byrne, corria em suas veias. Ele, porém, orgulhava-se especialmente de ser um O'Byrne por dois motivos. O primeiro era que, por tradição, ele dava como certo que a propriedade de Rathconan, por direito, pertencia à sua família.

O segundo dizia respeito a seu bisavô Finn O'Byrne. Cerca de 12 anos após a rebelião de Emmet, Finn voltara a Rathconan com sua família. Era do conhecimento de todos que ele havia participado de algum modo do nobre empreendimento de Emmet, mas, na segurança de sua velhice, quando revelou às pessoas que tinha sido ele quem matara o infame lorde Mountwalsh, Finn naturalmente se tornara uma espécie de celebridade local. O próprio Fintan fora sempre um homem obediente à lei, mas certamente sentia-se orgulhoso por seus ancestrais incluírem um nobre e heroico revolucionário como Finn O'Byrne.

Mas, se ele criara sua família para se orgulhar da área à qual pertenciam, e do local deles nessa área, havia uma figura que ele insistia que fosse venerada.

— E eu não fiquei ao lado dele, num riacho da montanha, somente nós dois, como os antigos irlandeses, bateando ouro, para fazer um anel para Katherine O'Shea? — exclamava com aflita emoção.

Parnell. Parnell, o patriota. Parnell, o líder, seu amado lar de Avondale a apenas poucos quilômetros depois de Glendalough.

E qual era a palavra que o menino ouviria repetidas vezes — e por um bom motivo — sempre que esse nome sagrado era pronunciado? "Traído, menino. Traído pelos seus. Traído também pelos padres, diga-se de passagem. Traído."

— O que mais os padres poderiam fazer — protestava sua mãe —, sendo ele um conhecido adúltero? Eles não podiam perdoar isso. — O papel de sua mãe era assegurar que a religião fosse respeitada na casa. Willy compreendia. — Foram os britânicos que o traíram. Assassinos que eles são.

Sua própria mãe perdera toda a sua família na Grande Fome, antes de ir para County Wicklow. E ela criara sua filha para saber que fora a política inglesa de assassinato deliberado que causara aquilo.

Mas era de um único dia de outubro que Willy se recordaria mais.

✣

— Venha, Willy — disse seu pai —, vamos lá na casa-grande, ver a Sra. Budge. — Sorriu. — Ela não morde.

Willy não tinha tanta certeza assim.

O retorno de Rose Budge a Rathconan naquele verão fora objeto de muita curiosidade. Embora seu pai tivesse deixado a propriedade alguns anos atrás, ela não era vista por ali havia quase vinte anos. Seu marido, o coronel Browne, mal era lembrado, embora Willy, certa vez, tivesse ouvido seu pai descrevê-lo. "Um grande fidalgo ele era. E um caçador. Não havia obstáculo que ele não saltasse. Um estudioso também, creio eu."

Essa última afirmação era verdadeira. E se tratava realmente de uma tragédia o coronel e Rose não terem filhos, pois ele não era apenas um razoável matemático, mas um excelente linguista que estudara as culturas da Índia, aonde seu serviço militar o havia levado. Rose não fora criada para ser outra coisa se não a esposa de um proprietário de terras irlandês ou um militar; mas, sem filhos, forçosamente ela se juntara aos interesses do marido e acabara se descobrindo um tanto solitária. E o coronel Browne, por ser um homem amável, compartilhava o máximo que podia com ela, sem sobrecarregar sua inteligência. Como resultado, sua imaginação se tornara uma espécie de um enorme depósito de um bazar oriental, contendo uma aleatória coleção de objetos exóticos. E fora com todas essas lembranças de costumes orientais e imensos céus indianos que ela havia retornado — uma mulher de meia-idade, mas ainda a mesma figura forte, alta e magra que fora na juventude — para residir, como o último dos Budge, em seu lar ancestral.

Willy e seu pai foram conduzidos à biblioteca.

Embora tivesse duas janelas e uma lareira, não era um aposento grande, e nunca havia contido mais do que uma módica quantidade de livros; mas deve ser dito que entrar nela era agora impressionante.

Para começar, o aposento era abafadiço de quente. Embora lá fora fizesse um quente dia de outubro, as janelas se encontravam firmemente trancadas, e a lareira estava bem alimentada. As cortinas tinham sido quase totalmente fechadas, de modo que cada janela agora parecia um fenda brilhante, através da qual a luz do sol penetrava como uma faca. Ela devia ter feito ali sua refeição, pois os sentidos de Willy foram afrontados pelo picante, doce, desconhecido cheiro de curry, que permeava o ar e o fazia sentir-se ligeiramente tonto. Numa parede ali agora estava pendurada a gravura de um templo indiano debaixo de um céu laranja, o qual, aparentemente, devia também ter cheirado a curry. E, na frente de algumas prateleiras vazias, numa moldura preta, havia a fotografia amarelada de um muro oriental, entalhado com um tal surpreendente erotismo, que, se houvesse qualquer chance de o menino entender aquilo, seu pai teria sido obrigado a tapar seus olhos. Não era, porém, para a fotografia, mas para a figura da Sra. Budge, que Willy, assustado, olhava fixamente.

Ela estava sentada, aprumada, numa cadeira com encosto de madeira, usando um comprido vestido vermelho-escuro e um turbante.

O motivo pelo qual começara a usar aquela estranha cobertura de cabeça só era conhecido por ela mesma. Ela o tinha feito numa certa tarde de setembro, colocara-o na cabeça, olhara-se no espelho e, presumivelmente, gostara do que vira: pois, desde então, passara a usá-lo.

— Boa-tarde, Sra. Budge — disse Fintan.

Tinha havido alguma incerteza quando de sua volta, de que modo ela devia ser chamada. Como viúva do coronel, que era, é claro, Sra. Browne. Mas quando o membro mais antigo da residência, a Sra. Brennan, que fora cozinheira do pai dela, tentara chamá-la por esse nome, a dona da casa a olhara atentamente e comentara, "Eu sempre fui Rose Budge, quando estava aqui antes". E quando, na vez seguinte, para experimentar, a cozinheira chamou-a de "Sra. Budge", recebeu um gesto de cabeça que pareceu indicar aprovação. Portanto, agora era sempre "Sra. Budge", o que servia como lembrete de que a família ainda era a dona de Rathconan.

E ela pretendia manter o local? Aparentemente, sim. Pois quando a Sra. Brennan perguntara: "A senhora pretende ficar algum tempo aqui, Sra. Budge?", recebera a mais firme das respostas.

— E onde eu ficaria, a não ser em Rathconan, onde vive minha família há 250 anos?

Ela agora olhou para seu arrendatário e lhe perguntou educadamente o que ele desejava.

— É a respeito de minha terra, Sra. Budge — disse ele. — Somos arrendatários desde que a família Budge veio para cá.

— E são mais agora, creio, do que jamais o tinham sido antes — comentou com um assentir.

Se a Grande Fome tinha levado vidas — e mais de 1 milhão de pessoas morreram —, o processo mais amplo colocado em ação pela praga havia de fato mudado a face da Irlanda: os despejos. Nos anos da Grande Fome e nos que se seguiram, os despejos tinham continuado num ritmo vertiginoso. No oeste, é claro, mas também em muitas partes da Irlanda, não foram dezenas, mas centenas de milhares de famílias expulsas de suas pequenas, subdivididas e não lucrativas terras arrendadas. Grandes quantidades de cabanas, com porções de terrenos com um ou dois acres, foram colocadas abaixo, e a terra, lavrada ou tornada pasto novamente. Em algumas áreas, populações inteiras, como uma vazante, haviam ido embora da terra. Por vezes, enormes propriedades foram abandonadas ou deixadas para criadores de gados astutos. Em geral, os arrendatários mais bem-sucedidos obtiveram fazendas maiores. Atualmente, era mais provável que um único arrendatário estivesse cultivando quinze, trinta ou mais acres. E a nova geração aprendera uma terrível lição: a fazenda agora não devia ser subdividida; devia passar intacta para um filho que, provavelmente, se casara mais tarde do que seu pai, e cujos irmãos tiveram de dar o fora e abrir seu próprio caminho no mundo.

De certo modo, era quase como dizer que os ingleses, que sempre haviam sonhado em povoar a Irlanda com robustos pequenos proprietários rurais, tinham conseguido o que desejavam — exceto por duas diferenças: essas famílias arrendatárias de terras não eram de ingleses protestantes, mas de lavradores irlandeses católicos; e, com a lembrança da Grande Fome sempre pairando como uma nuvem de agonia sobre a terra, os fazendeiros queriam apenas garantir a posse de suas fazendas e, assim que Deus permitisse, ver os senhorios ingleses usurpadores se afastarem deles e irem embora para nunca mais voltar.

O caso de Fintan O'Byrne era desse tipo. A desocupação havida em Rathconan não fora por atacado, como no oeste, mas o pai da Sra. Budge havia desocupado as terras arrendadas subdivididas, e o pai de Fintan fora um dos beneficiados. Os campos de batatas, que haviam se estendido encosta da colina acima, voltaram a ser pasto — embora se pudesse ver claramente seus contornos — e Fintan era arrendatário de uma dúzia de acres, onde seus parentes, antes da Grande Fome, tinham sobrevivido em pequenos pedaços de terra. Em suma, Rathconan havia retornado a algo mais parecido com o seu estado tradicional, quando os ancestrais de Fintan pastoreavam seu gado pelas encostas das montanhas. E, pela vontade de Fintan, a propriedade da terra muito em breve também retornaria para ele.

— É na minha segurança que penso — disse ele.

— Eu sei que você é um bom arrendatário — respondeu ela. — E, aqui, não há um capitão Boycott.

Havia quarenta anos que a Liga dos Arrendatários começara a se mobilizar pelos direitos dos arrendatários na Irlanda. Homens importantes tinham tomado o partido deles. Na Inglaterra, Gladstone, o poderoso líder do partido Liberal, sucessor dos Whigs, havia planejado novas leias para lhes dar proteção. Mais importante de tudo, Parnell tinha sido o paladino deles. O progresso, porém, fora lento. Quando, 15 anos antes, uma nova praga da batata dera início a uma nova onda de despejos — não sem alguma violência —, Parnell tinha dado sua famosa ordem. Não falem, dissera aos irlandeses, com qualquer homem que despeje seus arrendatários; não negociem com eles, deixem-nos isolados. "Evitem-nos", ordenou, "como um leproso de antigamente." O capitão Boycott, um agente responsável por numerosos despejos, fora especialmente escolhido. A partir de então, arrendatários ganharam mais alguma proteção, mas ainda não era suficiente.

— Eu queria comprar a terra que alugo da senhora.

— Comprar?

— A Lei permite...

Ela lhe deu um olhar duro.

— Eu conheço a Lei.

Era um tributo à eficácia de Parnell no Parlamento de Londres que não apenas os Liberais, mas até mesmo o partido Tory, acolhessem o caso dos arrendatários irlandeses. O governo agora queria incentivar os arrendatários a comprarem sua própria terra; e a legislação mais recente oferecia inclusive empréstimo governamental para ajudá-los nisso. Se, em seu coração, Fintan se ressentia por ter de pagar alguma coisa para recuperar a terra que, antes de mais nada, na sua concepção, fora tomada dele, não iria negar que os termos oferecidos eram bem atraentes. "Quatro por cento durante 49 anos. Com o tempo, passaria a ser menos do que o aluguel que estou pagando", calculara. A Sra. Budge também não poderia ter ficado surpresa por ele ter feito a solicitação. Por toda a Irlanda, durante os anos recentes, a terra mudava de mãos, a uma notável velocidade, de senhorio protestante para arrendatário católico. Mais de 25 mil arrendatários já haviam tomado empréstimo com o governo.

— Suponho — continuou ela calmamente — que, a seguir, você vai querer a Home Rule.*

Ele ficou calado. Não negaria isso.

Willy olhou para a estranha senhora de turbante e tentou entender como as áreas a céu aberto nas montanhas, que ele conhecia e amava tanto, podiam

* Autonomia de governo local *(N. do T.)*

depender da vontade daquele ser de outro mundo com seu amedrontador casulo carregado de condimento. A cor de seus olhos era azul. Apenas aquilo lhe parecia familiar. Seus cabelos, e o próprio rosto, pareciam a ele, eram puxados para trás e presos no recesso daquele turbante. Suas feições não tinham qualquer expressão que ele conseguisse reconhecer.

— Vou pensar no assunto, Fintan, e falo com você dentro de alguns dias — disse ela finalmente.

Uma vez do lado de fora, aliviado por estar ao ar livre, Willy virou-se para seu pai.

— Nós seremos novamente proprietários da terra? — perguntou.

— Talvez. — O pai suspirou. — Mas sabe Deus o que se passa na cabeça daquela mulher.

✣

Após eles terem ido embora, Rose Budge permaneceu sentada totalmente imóvel em sua cadeira, pensando. Ela não sabia por que Fintan trouxera junto o menino, para deixá-lo parado ali, encarando-a com olhos como pires. Ora, e daí? Ela precisava se concentrar no assunto em pauta. Olhou para a brilhante, inoportuna brecha de luz solar — os raios, como muitos ladrões, de uma maneira suave entravam furtivamente no cálido conforto de seu lar.

Então a situação chegara àquilo. Não censurava Fintan O'Byrne. Não era ele, mas o homem a quem, sem dúvida, ele venerava, a causa de tudo aquilo. Maldito Parnell.

Embora fossem vizinhos e pertencessem à mesma classe de proprietários de terras protestantes, os Budge nunca tinham ligado para Parnell. "A mãe dele é americana", seu pai sempre dissera. "Esse, provavelmente, é o problema dele." Ela mesma vivera no estrangeiro durante a carreira parlamentar dele, mas sempre se mantivera bem informada.

E escandalizada. Como poderia ser possível que Parnell, um proprietário de terra protestante como ela, tivesse vestido totalmente a camisa de Daniel O'Connell? Pois tinha sido isso que Parnell fizera, quando, uma dúzia de anos atrás, irrompera, como um meteoro, sobre o céu parlamentar. É verdade que ele não podia ser o paladino da Igreja católica. Mas o era dos arrendatários católicos e possuía uma formidável organização. Além disso, elevara as táticas de O'Connell a novas alturas, por várias vezes mantendo o equilíbrio na Câmara dos Comuns britânica e impiedosamente forçando ambos os partidos a legislarem para o bem da Irlanda.

E se, por um lado, Daniel O'Connell tivera esperança de uma eventual Revogação da União com a Inglaterra, por outro, Parnell fora mais objetivo. Exigia Autonomia de Governo, em voz alta e firmemente; e até mesmo forçara Gladstone a apresentar ao Parlamento uma Lei de Autonomia de Governo. Pessoalmente, ela pensara que a coisa toda fosse uma insensatez. Mesmo se as famílias da Ascendência, como a dela, pudessem ser intimidadas ou iludidas para se submeterem, havia outras na Irlanda feitas de material mais inflexível. Se os homens de Londres supunham que os presbiterianos no Ulster suportariam ser governados pelos católicos, teriam um rude despertar. Lorde Randolph Churchill tivera razão, quando os alertara: "O Ulster lutará. E o Ulster estará certo." Graças a Deus, a medida insensata de Gladstone tinha sido esmagada pela oposição conservadora. Isso, porém, não aquietara Parnell. Em pouco tempo, ele levara o governo Tory a fazer tudo que fosse possível, menos conceder independência, para manter os irlandeses contentes. Inclusive aquela coisa infeliz que agora dava dinheiro a Fintan O'Byrne para comprá-la.

"Traidor." Ela pronunciou bem alto a palavra para o aposento ouvir. Um homem que traíra sua classe. Pior: por causa dele, o Parlamento britânico inteiro se voltava contra seus amigos e parentes, a Ascendência irlandesa. Pagar aos católicos para comprarem os nossos lares, onde já estamos há séculos, e deixar que nos retiremos como criados aposentados — para quê? Um apartamento em Dublin ou uma casa de campo na Inglaterra — nós, que fomos senhores das vastas terras da Irlanda? "Traidor." Repetiu, para a lareira.

Pelo menos, as pessoas diziam, ele era um parlamentar. Havia outros na Irlanda que usavam amplamente outros métodos, até mesmo assassinato, para atingir seus fins. Mas não eram alguns desses demônios seguidores também de Parnell? Alguns anos antes, no parque Phoenix, o secretário-chefe, o pobre lorde Frederick Cavendish, fora assassinado por extremistas. Na ocasião, ela lera que Parnell estava por trás daquilo. Atualmente, todos lhe diziam que não, que fora tudo forjado, que ele nada tivera a ver com aquilo. Talvez fosse o caso. Ela não podia afirmar. Mas, ainda assim, ele era um vilão.

De qualquer modo, ele fora castigado. Ela não sentia pena. Ouvira dizer que ele vivia com uma mulher que não era sua esposa, mas a mulher separada de outro. A Sra. O'Shea, diziam, era uma boa mulher, mas seu marido não tinha interesse nela. E certamente, diante dessas circunstâncias e após todos esses anos, divorciar-se dela e indicar Parnell como adúltero fora algo muito impróprio. Não era, de modo algum, o que um cavalheiro faria. E isso destruíra o homem. Os ingleses não suportaram. Nem a Igreja católica na Irlanda, a qual, em primeiro lugar, nunca ficara tão contente por ele ser protestante. Expulsaram-no da política. Ele foi destruído.

Era de fato um fim terrível. Mas ela não sentia pena.

A questão agora era o que fazer com a confusão que Parnell criara em sua própria porta. O que deveria fazer a respeito de Fintan O'Byrne?

Na manhã seguinte, ela foi a Wicklow. Para essa expedição, não usou o turbante, mas um gorro de feltro. Em Wicklow, foi direto ao escritório de seu advogado, o Sr. Quinlan Smith. Após ouvi-la atentamente, ele anuiu e lhe fez uma única pergunta.

— A senhora deseja vender essa fazenda a Fintan O'Byrne?

— Certamente que não.

— Posso perguntar por quê?

— Porque — respondeu honestamente — é minha e de minha família, e não vim do outro lado do mundo apenas para dar tudo aquilo de presente.

— A senhora sente que pertence a esse lugar?

— Claro que pertenço. A que outro lugar eu pertenceria?

— Entendo. — Assentiu pensativamente. — Creio que ficaria surpresa como muita gente, também com famílias muito antigas, está vendendo. — Fez uma pausa. — Não preciso lhe dizer que não há motivo para vender, se não quiser fazê-lo.

— Ótimo.

A entrevista poderia ter terminado ali, mas ela não se mexeu. Ele lhe deu um ou dois momentos e, então, sondou.

— Ainda deve estar preocupada.

— Talvez.

— Está preocupada com o fato de que sua recusa possa causar ressentimento.

— Eu não tenho medo dele, se é o que quer dizer.

— Esse pensamento jamais me ocorreu — respondeu amavelmente.

— Passei muitos anos fora daqui — disse ela um pouco tristemente. — Metade das pessoas que eu conhecia já morreu. Vivo entre estranhos, no meu próprio lar. Mas tenho de conviver com eles, deve entender.

— Claro.

— Se meu marido estivesse aqui, seria diferente. É uma sensação esquisita: eu mal conheço Fintan O'Byrne. Lembro-me dele de menino, mas não sei que tipo de homem ele é.

— Não tem uma má reputação. Se tivesse, eu certamente saberia. — Refletiu. — As coisas mudaram, é claro, durante os anos de sua ausência. E penso que mudarão mais. Porém, tenho toda a certeza de que, com um pouco de tempo, a senhora voltará a se sentir em casa, como antigamente, com as pessoas de Rathconan. Elas continuam sendo os mesmos tipos de pessoas. Quer que eu fale com O'Byrne?

— Acho melhor eu mesma fazer isso.

— Concordo. Semana que vem, aliás, estarei nas proximidades de Rathconan. Talvez eu possa visitá-la então.

Ela indicou, com um gesto da cabeça, que teria grande prazer em recebê-lo.

— Eu gostaria de recomendar, se me permite, que faça uma visita a Wicklow, de tempos em tempos, e também a Dublin. Sempre há muito o que fazer, e é um modo admirável de manter contato com a opinião pública nesses tempos de mudanças. — Ele sorriu. — Por falar nisso, já soube da última notícia? Acabei de recebê-la esta manhã.

Ela sacudiu a cabeça.

— Parnell morreu. Estava doente havia algum tempo, como deve saber. Morreu na Inglaterra, em Brighton, à beira-mar. Disseram-me que sua esposa, a Sra. O'Shea, estava a seu lado. — Suspirou. — Ele tinha apenas 45 anos.

Ainda estava claro quando ela voltou a Rathconan. Mandou chamar Fintan imediatamente. Ele foi, acompanhado do menino. Ela não conseguia imaginar por que o menino estava ali novamente.

— Sinto muito, Fintan — disse-lhe —, mas não posso deixar que fique com aquela terra. Pelo menos, não no presente.

— Lamento ouvir isso, Sra. Budge.

— Bem, é isso. — Gesticulou com a cabeça para indicar que nada mais tinha a dizer. Então, quando ele se virou para ir embora, ela se lembrou de uma coisa. — A propósito, eu soube hoje em Wicklow: Parnell morreu.

— Morreu? — Ele se contraiu, como se tivesse sido golpeado, então baixou a cabeça e foi embora, sem dar mais nenhuma palavra

Ela o observou. Não pensou em olhar para o menino.

Willy observara tudo cuidadosamente. Ele vira a terra de seu pai lhe ser negada. Também não lhe escapara o modo fortuito com que a Sra. Budge mencionara a morte de Parnell, um deliberado insulto para magoá-lo e humilhá-lo. A caminho de casa, percebeu que seu pai estava tão próximo das lágrimas que não ousou falar com ele.

No dia seguinte, ouviu o pai dizer melancolicamente à sua mãe:

— Nunca teremos a nossa terra de volta enquanto essa mulher não morrer.

Duas semanas depois, disse ao filho:

— Você irá para a casa de sua tia em Dublin, Willy. Vai frequentar a escola de lá.

— Mas eu quero ficar em casa — exclamou.

— É para o seu bem. Quero que tenha uma boa educação, Willy. Você se sairá muito bem, eu sei. E, nas férias, virá para cá.

Ele não sabia dizer por que, mas tinha certeza de que a conversa de seu pai com a Sra. Budge e seu próprio exílio de casa estavam, de alguma forma, relacionados.

1903

Sheridan Smith olhou pela sua espaçosa janela para a neblina e ficou imaginando se todos encontrariam o caminho para a casa. Supôs que sim. Era fácil demais: da St. Stephen, seguir direto pela Baggot Street, por cima do canal, continuar por uns 200 metros e virar à direita. Um idiota conseguia fazer isso. E, além do mais, a neblina estava se dissipando. Uma hora atrás, não se enxergava nem mesmo a casa do outro lado da rua.

Ele não queria admitir, mas era suficientemente esnobe para ficar um pouquinho ansioso. Pois o conde estava vindo. E o conde nunca estivera antes em sua casa.

A Wellington Road era um lugar muito agradável. Larga, margeada de pequenas árvores, com seus belos conjuntos de casa atrás de longos gramados e caminhos de cascalho, tinha quase a atmosfera de um arborizado bulevar parisiense. Fazia parte das bem administradas propriedades da família Penbroke, que incluía as antigas aldeias de Ballsbridge e Donnybrook. Juntamente com Ranelagh e Rathmines a oeste, elas formavam uma conjunto de distintos subúrbios ao sul do Grande Canal, mas tudo mais ou menos a 1 quilômetro da St. Stephen, onde advogados, servidores públicos, financistas e homens de carreira, com talvez mais protestantes do que católicos, podiam escapar tanto dos antigos impostos municipais da cidade velha, quanto dos pobres que infestavam suas habitações coletivas e suas ruas.

Sheridan Smith e sua família gostavam de companhia no almoço de domingo, e a companhia normalmente era boa. O cargo de Sheridan como editor de um jornal, seja como for, lhe permitia um amplo círculo de conhecidos, mas ele fazia questão de cultivar amizades em todos os cantos. Era algo que a família Smith aprendera com os Mountwalsh.

Não havia dúvida, a família de Stephen Smith e Maureen Madden tinha se saído notavelmente bem. Tiveram três filhos: Mary, seguida em intervalos por dois homens, Sheridan e Quinlan. Stephen continuara como agente da família pelo resto de sua vida profissional, e, sem dúvida, o contato frequente com a família aristocrática fora uma útil influência em seus filhos. Sheridan era um homem de certa posição em Dublin. Seu irmão Quinlan Smith, em Wicklow, era a mesma coisa em menor escala. E, como seu temperamento se inclinava em direção ao teatro e às artes, além da política, o raio de ação de Sheridan Smith era realmente amplo. “Eu consigo abrir qualquer porta em Dublin”, gostava de dizer a si mesmo — não em voz alta, é claro; mas ficava feliz se as pessoas soubessem disso.

Sheridan se casara muito bem — sua esposa pertencia ao ramo dos MacGowan com mais dinheiro — e eles viviam, se não em uma das maiores casas, pelo menos em uma das mais confortáveis do lado norte da rua; pois todas as casas na Wellington Road eram boas.

Rapidamente, Sheridan repassou a lista das pessoas que esperava. Primeiro sua mãe: viúva já fazia quase vinte anos, Maureen Smith ainda era uma mulher empertigada, ativa, com a mente aguçada. Em seguida, o padre Brendan MacGowan, primo de sua mulher, que levaria um rapaz para quem queria que fizessem alguma coisa. Sheridan também convidara o jovem Gogarty. Era um sujeito ativo que iria longe. Além do mais, um fidalgo. Ele causava um bom efeito. E então o conde e a condessa. “O lado aristocrático da minha família”, como disse à sua esposa com um sorriso.

Devia ter sido um choque para a família Mountwalsh, quando o neto mais novo do velho conde se apaixonara pela filha de Stephen Smith, Mary. Mas eles foram muito benevolentes com relação a isso; e houvera o casamento. Na ocasião, Sheridan ainda era um garoto. A filha de Mary, Louisa, e ele sempre foram muito amigos. E Louisa tornara as coisas ainda mais interessantes, no entender dele, quando se casara com um elegantíssimo homem mais velho, o conde Birne. Louisa e o conde agora dividiam seu tempo entre County Meath, onde haviam comprado uma propriedade, e Paris. Eles já estavam desde alguns dias em Dublin, e tinham prometido comparecer à refeição do domingo, quando levariam sua filhinha.

Poderia ele ter se esforçado por obter companhia mais distinta? Claro que não, disse a si mesmo. Aquela era uma ocasião familiar. Aquela era a sólida classe média de Dublin, e nada lhe causava danos. Ele também tina consciência de que, embora a antiga aristocracia fundiária tivesse um imenso prestígio, na verdade era a sua própria classe — e cada vez mais com o passar dos anos — quem determinava o rumo dos negócios na Irlanda. Se alguma vez o conde tivesse qualquer desejo de tomar parte nos negócios públicos da Irlanda — se bem que, diga-se de passagem, nunca fora aparente qualquer sugestão a respeito —, provavelmente ficaria muito feliz, disse Sheridan a si mesmo, por ser meu parente.

E agora, levemente em meio à neblina, ele ouviu o soar de uma campainha e um pequeno toque de buzina, e, num estilo animado, seu primeiro convidado, meia hora mais cedo, surgiu rapidamente na rua em uma bicicleta.

✣

Willy O'Byrne caminhava rapidamente. Estivera encarregado de um pequeno serviço. Mas não perderia o encontro com o padre Brendan MacGowan e, talvez, com seu destino. "Não se atrase", pedira o padre, que o conhecia bem, "pois não vou esperar por você."

Montgomery Street. Estendia-se como uma ladeira suja com apenas cem metros atrás do lustroso estilo palladiano da Aduana na margem norte do Liffey. A sublime Dublin georgiana encarava amavelmente a água em direção ao Trinity, enquanto às suas costas, como um suntuoso esgoto, escorria a outra vida da cidade. Monto — rua de prostitutas, rua de seu pecado e de sua vergonha. Rua necessária. Tranquila, quase vazia pelo menos uma vez, num domingo de manhã. Ele passou por ela, esquivou-se pela Abbey Street, e saiu no esplendor da Sackville Street, que marchava imponente na direção norte, a partir do rio, como uma parada militar. Novamente respeitável. Seguiu para o sul. Atravessou o Liffey. Podia fazer isso com os olhos vendados.

A cidade debaixo de uma névoa branca. Era como se todas as águas da montanha e dos rios tivessem se juntado com as evaporações da noite anterior da humanidade — sua embriaguez e seus sonhos, seus sussurros e sua respiração — e os dois tivessem se aglutinado, *e pluribus unum*, de muitos, um, dissolvendo-se nessa névoa úmida sobre o Liffey que pairava perto das pontes, como se relutasse em deixar Dublin e ir embora, para o mar aberto.

Ela se grudava nele em gotículas esquálidas, envolvia-o. Não havia como escapar dela.

Ele passou correndo pela entrada do Trinity College. Não havia sentido em olhar através de seus portais, visto que não iria entrar ali. Então, mantendo a parede à esquerda, caminhou na direção leste, com as lojas à direita, passou pela Dawson Street, até, logo depois, avistar a livraria com venezianas onde se daria o encontro.

Willy bateu nas venezianas, como lhe fora instruído. Um ou dois momentos depois, uma porta perto dele se abriu, e o padre saiu. Cabelos grisalhos ondulados, um pouco corpulento, amigável, resoluto: o padre Brendan MacGowan fechou a porta atrás de si com uma forte batida, tirou do bolso um pequeno relógio de prata, consultou-o e sorriu.

— Chegou na hora — disse ele, surpreso. Gesticulou com a cabeça para as venezianas verdes bem fechadas atrás dele. — A livraria do meu irmão — falou. — Conhece meu irmão?

Ele sabia tudo a seu respeito. A livraria de MacGowan era um mundo próprio, que o irmão mais jovem do padre presidia de uma maneira silenciosa. Se alguém tocava em algum dos livros, diziam, ele tinha um jeito infame de meio que fechar um olho e encarar com o outro, e era por isso que as pessoas o chamavam de Ciclope. Willy soubera que, se ele gostava da pessoa, era bastante amável.

— Não — disse ele.

O padre já se movimentava com muita rapidez.

— Nós somos três, você sabe — comentou. — Meu irmão mais velho tem a fazenda. Meu pai a comprou. Em County Meath. — Gesticulou vagamente na direção de Tara. — Eu me tornei padre, e meu irmão mais novo tem a livraria. Sua tia e seu tio estão bem, espero.

Seu tio, que se casara com a irmã de seu pai, trabalhava na cervejaria Guinness. Não havia nada melhor do que isso. A pessoa estava bem na vida, uma vez que fosse para lá. Bom salário. Era sempre bem cuidada. Os grandes prédios da cervejaria e suas associadas com seus cheiros se erguiam como os de um imenso templo carregado de incenso, como se a cidade tivesse uma terceira catedral não sectária a oeste do Castelo em direção à caserna de Kilmainham. Gerações de uma família trabalhariam ali, confiantes em saber que o sagrado líquido negro que produziam era o saudável sangue vital do povo. Teria seu pai esperado que seu tio, com apenas filhas e nenhum filho vivo, lhe conseguisse um lugar ali, a partir do qual por mais modesto, ele poderia desenvolver-se? Teria seu pai insinuado algo do tipo para seu tio, naquele dia, quando ele fora à cidade e o levara a um pub, como faria um pai para a iniciação formal na masculinidade — a ingestão de uma caneca do mesmo líquido? Willy não sabia, mas nenhuma sugestão fora feita, e ele ficara secretamente feliz com aquilo, pois, embora não fizesse a menor objeção à cervejaria, teria sido deselegante recusar tal presente.

— Sim, padre.

Eles estavam bem. Estavam muito bem. Confortavelmente bem. Respiravam a espessa névoa de Dublin e eram sustentados por ela.

— E seus primos? Eles têm três filhas, creio.

— Sim, padre. — Prosperando. Se a melhor expectativa de um homem fosse a cervejaria Guinness, a de uma mulher ficava apenas a menos de 1 quilômetro ao sul do Castelo, perto da catedral de São Patrício. Pois ali se erguia um templo semelhante: a Fábrica de Biscoitos Jacobs.

Se os quacres havia muito tempo vinham dando uma silenciosa contribuição ao comércio e ao bem-estar da Irlanda, alguns deles tinham agora criado, pela sua diligência, um verdadeiro patriarcado: os Jacobs, os Newson, os Bewley controlavam uma enorme fortuna. Os Cream Cracker Jacobs e as intensamente coloridas latas de biscoitos Jacobs eram conhecidos por quase o mundo todo. E, no habitual costume dos quacres, os Jacobs eram bons empregadores, com cerca de 1.400 homens e mulheres trabalhando em Dublin, e muitos mais arrebanhados para a sobrecarga do Natal. As mulheres recebiam menos que os homens, é claro. Caso contrário, os homens se sentiriam insultados. Mas duas das três filhas de sua tia ganhavam muito bem, com trabalho por empreitada, na padaria.

— Aqui vamos nós — disse o padre MacGowan ao virarem na Kildare Street. Na esquina, com seus portais de tijolos vermelho-escuros e cavernosos saguões de mármore, erguendo-se como um exuberante palácio oriental, ficava o Kildare Street Club, o bastião do poder social. Poderia o padre MacGowan penetrar esses portais?, ponderou Willy. Provavelmente não. Ele, com certeza, jamais poria o pé no local, a não ser em condição servil. Pois, pelo que ele sabia, devia haver um labirinto ali embaixo, e um minotauro.

Então vieram a Biblioteca Nacional, a Leinster House e o Museu Nacional. Pelo menos ali ele podia entrar. Saíram na parte de cima da rua e para a praça St. Stephen.

— Ah — disse o padre MacGowan —, o hotel Shelbourne. É o lugar onde você encontra as melhores pessoas. — Então, através de uma associação de ideias que não ficou muito aparente para Willy: — Você nunca pensou em entrar para o sacerdócio, suponho.

Ele não frequentara as melhores escolas, as escolas jesuítas; mas, se bem que na ponta da correia, os Irmãos Cristãos o tinham educado completamente. Ele era considerado inteligente. Possível material para o sacerdócio, portanto. Outro tipo de segurança era oferecido, talvez melhor do que a da cervejaria. Ser padre também dava prestígio. A família se orgulhava dele. Sem falar no aperfeiçoamento da alma.

— Suponho que, algum dia, vou querer me casar — respondeu ele.

— Bem — disse o padre MacGowan —, teremos uma excelente refeição, tenho certeza, com Sheridan Smith.

Oliver St. John Gogarty era uma espécie de jovem herói. Erudito, poeta, atleta: Mahaffy, do Trinity College, afirmava que ele fora o melhor aluno que já tivera. E ele também fora professor de Oscar Wilde — se bem que, em Dublin, desde o julgamento e a desonra, o nome de Wilde não era para ser mencionado sob quaisquer circunstâncias. Gogarty vencera três vezes o prêmio de poesia, um feito notável, preferindo a métrica grega aos previsíveis pentâmetros ingleses, e também era um rematado pregador de peças. Com seus olhos azuis enfumaçados e o basto cabelo castanho realçado por mechas claras, ele lembrava, se não um deus grego, pelo menos um herói hibérnico.

— Tentei trazer meu amigo Joyce — comentou agradavelmente para seu anfitrião, ao estacionar sua bicicleta —, mas ele não virá.

Sheridan Smith não ficou inteiramente penalizado. Ele não conhecia Joyce, mas estava bem ciente de que Gogarty, um sujeito generoso, afiançava a genialidade do amigo e promovia seu renome em cada oportunidade. Não, ele tinha certeza, o jovem Joyce possivelmente não poderia figurar ao lado do próprio Gogarty. Além do mais, este era um cavalheiro, o que, pelo que soubera, o pobre Joyce não era. Ele pensou em Joyce e no conde e agradeceu pela ausência do jovem.

— O padre MacGowan vai trazer com ele um estudante pobre — disse a Gogarty. — Se eu estiver ocupado, poderia dar atenção a ele?

Quando Willy Byrne se aproximou da casa, sentiu uma tremedeira. Fora bondade do padre MacGowan, que só viera a conhecê-lo porque ocasionalmente dava aulas na escola, passar a se interessar por ele. Fora o padre e os próprios limitados recursos de sua família, ele não tinha nenhum padrinho no mundo. Ao entrar na Wellington Road e ver as grandes casas agradáveis assomando nebulosamente acima dele, Willy deu-se conta subitamente de que nunca estivera no interior de uma casa como aquela. Embora o padre não tivesse dito diretamente, era óbvio que ele esperava que o anfitrião pudesse fazer algo por Willy. Mas e se ele desse uma má impressão? Isso faria o padre perder o interesse nele? O que ele diria?

— Apenas observe — disse o padre MacGowan, como se lesse seus pensamentos. — Responda educadamente, quando lhe dirigirem a palavra. Você se sairá muito bem. Se eu pensasse diferente, não o teria trazido aqui. Bem, chegamos.

Três minutos depois, muito pálido, ele estava silenciosamente atento à própria vida. Nunca estivera diante de um conde.

Podia-se notar que o conde Birne não estava inteiramente bem. Ele era alto e estava magro; vestia um daqueles novos paletós trespassados e calças com bainha italiana — uma elegância segundo a moda que ainda era raramente vista, mesmo no Kildare Street Club, do qual ele era associado. Seu cabelo negro, com mechas cinzentas, era repartido perto do alto de sua nobre cabeça. Tinha bigode, partido esmeradamente no meio e escovado ao longo do lábio. O nariz era um tanto maior do que se poderia esperar de tal figura primorosamente manicurada. Na mão direita, entre o segundo e o terceiro dedos, ele languidamente segurava um cigarro turco. Os olhos, castanhos e melancólicos, fitavam abaixo, com suaves boas maneiras, quem quer que estivesse falando — que, nesse caso, era o jovem Gogarty, o qual parecia lidar com facilidade com tal personagem. Em resposta à pergunta de Gogarty, sobre a procedência de seu título, ele respondeu calmamente:

— Eu sou conde do Sacro Império Romano.

Percebia-se que ele não estava bem, pelo modo, muito discreto, com que se apoiava na bengala de ébano que mantinha, num ligeiro ângulo com a parte de trás da coxa, na mão esquerda. De sua resposta, porém, Willy obteve um pouco de consolo. Pelo menos aquela pessoa atemorizadora era católica.

Sua companhia era a velha Sra. Maureen Smith, que lhe perguntara a seu respeito, e com quem era fácil se conversar. Depois, enquanto o padre MacGowan falava com o conde, Gogarty aproximou-se e conversou com ele de maneira amigável. Willy soube que ele pretendia ser médico. Gogarty era apenas um pouco mais velho do que ele, mas Willy pôde perceber de imediato o quanto eram maiores as vantagens do rapaz em comparação às suas. Ele nunca conhecera alguém daquela idade que tivesse tal desembaraço e favores sociais. Várias crianças apareceram. A condessa tinha desaparecido no andar de cima com sua própria filha, a qual, aparentemente, escolhera sua chegada à casa como um momento para adoecer. A condessa desceu, na hora devida, sem a filha. Ela era elegante, mas totalmente amigável. Então todos se sentaram para comer.

A refeição familiar de domingo na casa de Sheridan Smith era algo bem descontraído. As crianças comiam com os adultos, mas, em determinado momento, eram dispensadas. Somente então a conversa se tornava mais interessante.

Para sua surpresa, Willy rapidamente descobriu que, em vez de querer ser interrogado sobre sua sublime vida, o conde estava ansioso para saber a opinião do grupo a respeito de uma série de assuntos.

— Não passei tempo suficiente na Irlanda, durante os últimos anos — explicou —, e, cada vez que volto, fico mais confuso. — Sorriu. — Alguns anos atrás, ouvíamos muito sobre a Autonomia de Governo. Nesses últimos dez anos, temos ouvido muito menos. Mas agora vejo que o Sr. Redmond, que ocupa o lugar que era de Parnell, lidera não menos do que oitenta membros do Parlamento britânico, e, novamente, tem esperanças na Autonomia de Governo.

"Também costumávamos ouvir falar de extremistas, que estavam prontos para usar de violência para expulsar os britânicos. O que houve com eles? Desapareceram? Enquanto isso, o governo britânico parece fazer todo o possível para destruir o antigo interesse protestante. O que significa isso? Que o fantasma de Parnell vai se erguer da sepultura? Devemos ser britânicos ou irlandeses, protestantes ou católicos? — Olhou em volta da mesa. — Padre MacGowan, diga-me, onde fica a Igreja... a minha Igreja?

— Eu lhe direi exatamente — falou o padre com um sorriso.

— O que significa, visto que ele tem um traço jesuíta — declarou Sheridan Smith com um sorriso —, que não dirá mesmo.

O padre, imperturbável, ignorou-o.

— Muitos dos padres, e mesmo alguns bispos, lembrando-se da época irrefletida de Daniel O'Connell, têm sido levados, de algum modo, a apoiar movimentos pela Autonomia de Governo.

— Embora tenham destruído Parnell — lembrou-lhe o anfitrião.

— Eles não podiam ignorar seu adultério — disse sensatamente o padre. — Não assim que se tornou público. — Deu um gole no vinho. — Mas essa não é a questão. O que realmente importava, e continua importando, é que a opinião... devo dizer, indomável personalidade... do cardeal Cullen prevaleceu. Ele condenou os extremistas, é claro. Isso não precisa ser discutido. Mas ele se recusou a permitir que a Igreja Irlandesa se envolvesse em política, fosse qual fosse, de ambos os lados. Lembrem-se de que, quando o governo britânico ofereceu-se para subsidiar a Igreja católica, juntamente com a Igreja da Irlanda e os presbiterianos, ele não quis aceitar o dinheiro. E, quando se observa, nas últimas três décadas, o grande número de prédios da Igreja católica, parece que nos saímos muito bem sem ele. A Igreja, portanto, não se curvará. Se quisermos manter a nossa autoridade, temos de ficar acima dessas coisas. O fato de que ele tenha passado tanto tempo em Roma, sem dúvida, ajudou-o a ter uma visão mais ampla do que a da maioria dos padres locais. E, a longo prazo, ele mostrará que tem razão. Então a Igreja assumirá seu lugar certo, como a autoridade maior, quando a Irlanda se tornar independente, o que ela será.

— Acredita mesmo nisso?

— Sem dúvida. Redmond e seu Partido Parlamentar Irlandês têm oito cadeiras. Eles vão pressionar o governo até os britânicos ficarem fartos deles. E, mais cedo ou mais tarde, exatamente como aconteceu antes com Parnell, alguma eleição futura os deixará com o equilíbrio de forças. A Autonomia de Governo será o preço. Pode levar tempo. Precisamos ser pacientes. Mas virá.

— Vejo — comentou o conde, com um sorriso meigo — que você não abandonou inteiramente a política. Mas, diga-me, Sheridan, essa é também sua opinião?

— Não, não é. E farei uma previsão diferente. — O anfitrião refletiu. — Primeiramente, há uma fragilidade em sua conjectura política, padre. Redmond pode conseguir o equilíbrio de forças na Câmara dos Comuns e fazer aprovar uma lei. Isso já aconteceu antes com a lei de Autonomia de Governo de Gladstone. Mas é a Câmara dos Lordes britânica quem vai impedir a medida, e desconfio que fará isso até o Dia do Juízo. — Olhou em volta para todos. —

Mas, de qualquer maneira, isso não importa. Porque a atual política britânica em relação à Irlanda vai funcionar.

"Alguns anos atrás, quando os britânicos tomaram o governo das mãos da pequena nobreza protestante e efetivamente o entregaram à gente do local, na maioria homens católicos: comerciantes, lojistas, advogados, os proprietários de terras perderam realmente seu poder — lembrou-lhes. — Naquele mês de agosto, uma nova e aperfeiçoada Lei da Terra acabara de ser aprovada.

"E vocês observaram com cuidado seus termos? São extraordinários. Efetivamente, o governo britânico está comprando parte da Ascendência. Daqui a dez anos, cessará a Ascendência protestante. Completamente. A Irlanda será uma terra de agricultores católicos.

"Suponho que esse Redmond e seus homens ainda tentarão uma Autonomia de Governo. Mas, se não a conseguirem, duvido muito que muita gente na Irlanda se importe o bastante para fazer barulho."

Sheridan Smith tinha acabado. Ele parecia muito satisfeito consigo mesmo. O conde assentiu pensativamente. Seus olhos viajaram em volta da mesa. Pararam em Willy.

— E o que, imagino, esse jovem pensa? — perguntou amavelmente.

Willy sentiu-se empalidecer.

Todos olharam para ele. O que deveria dizer? Ofenderia alguém e estragaria suas chances ali? Olhou em volta. Gogarty olhava-o, curioso. Maldição. Sem dúvida, ele teria algo inteligente para dizer. Olhou para o padre MacGowan, e este sorriu para ele, encorajadoramente. Encorajando-o a fazer o quê, pelo amor de Deus? Inspirou fundo.

— Meu pai é arrendatário. Tudo o que ele quer é comprar sua terra. — Fez uma pausa. Todos assentiam. Então estava tudo bem. Ele podia se calar. Mas, mesmo enquanto se descontraía, a imagem de seu pai e da Sra. Budge surgiu em sua mente. Então pensou em sua mãe, e também na raiva dela. Ele lhes dissera a verdade; mas não toda a verdade. O padre MacGowan sabia daquilo? Estaria ele, como se fosse num confessionário, esperando por algo mais, querendo a parte boa? Como se sentissem sua hesitação, ninguém ainda havia falado. Ele olhou para a mesa, e então... um idiota, sem dúvida que ele era... deixou que a sua consciência o conduzisse. — Mas a verdade é que ele e a minha mãe só ficarão realmente felizes quando cada protestante inglês sair da Irlanda e a Irlanda for livre.

Ah. Fora dito. Uma ligeira aspiração de ar pareceu percorrer toda a mesa. Ele acabara de se destruir? Certamente contradissera e, provavelmente, irritara o jornalista, o qual, talvez, até pudesse lhe dar um emprego. Ele fracassara antes mesmo de ter começado. Estava perdido.

O conde, que nada sabia desses assuntos mundanos, parecia contente. Gogarty, que tinha uma melhor compreensão, saltitou alegremente.

— Ele está absolutamente certo, é claro — exclamou. — Eu teria dito a mesma coisa. Mas sabem o que mais eu temo, quando tivermos a nossa independência?

— Eu não — disse Sheridan Smith com um sorriso, apreciando o que fora feito —, mas sei que vai nos dizer.

— Essa terrível Lady Gregory — afirmou Gogarty, com sentimento.

As pessoas riram.

— Injusto — disse Sheridan Smith. — Cruel, Gogarty. — Willy, porém, não riu. Sabia que Gogarty falava meio na brincadeira, mas, mesmo assim, o chiste o ofendera.

Lady Gregory, a viúva proprietária de terra que, sozinha, aprendera a língua irlandesa.

Ela não estava sozinha. Havia um grande movimento, atualmente, para celebrar a rica herança celta da Irlanda. A imagem — a magnificência dos antigos livros com iluminuras, as cruzes celtas e artefatos com seus desenhos imitativos da natureza — era fácil de admirar. Mas a palavra: isso era mais difícil. A língua irlandesa não era uma coisa fácil de se aprender, a não ser que se fosse instruído desde o nascimento. Ela prevalecera no oeste, mas, o grande êxodo e os deslocamentos causados pela Grande Fome haviam reduzido a língua gaélica a recantos de Connacht e a locais mais ermos. Muitos pensaram que a língua podia se perder.

Homens dedicados, porém, a resgataram. Yeats, o poeta, captara sua inspiração e extraíra seu saber. Hyde, o filho protestante de um pároco com mãe alemã, fundara a Liga Gaélica — Conradh na Gaeilge, para salvar a antiga língua da extinção, e agora ela era amplamente promovida. Ele até mesmo escandalizara o Trinity College, quando anunciara sua missão "para a desanglicização da Nação Irlandesa".

Contudo, tinha sido Lady Gregory, apenas uma mulher, e fora do círculo cativante, quem realizara, no entender de Willy, a tarefa mais importante de todas. Pesquisando não apenas a língua falada, mas as formas geralmente complexas e obscuras encontradas nos manuscritos medievais, ela juntara todos os estilos de textos antigos e, a partir deles, selecionara os primeiros contos irlandeses que haviam sido escritos, bem provavelmente, não muito tempo após a época de St. Patrick. Então os traduzira para o inglês. A primeira coleção, referente ao grande guerreiro Cuchulainn, tinha sido publicada um ano antes. Um amigo lhe emprestara, e ele a lera avidamente. Outra coleção estava prestes a sair.

— Ela nos devolveu os nossos antigos heróis — disse ele baixinho.

— Não nego isso — disse Gogarty. — Ele sorriu maliciosamente. — A propósito, já notaram que os maiores entusiastas da língua irlandesa parecem ter nomes ingleses: Yeats, Gregory, Hyde? Mas eu lhes direi quais as minhas objeções a Lady Gregory, pois faço duas.

"A primeira objeção é ao seu idioma. Ela diz que é o idioma do povo local de Kiltartan. Pode ser. Mas, quando se pega a sintaxe do irlandês, traduzindo-a direto para o inglês, o efeito é anormal. Eu não digo: "Haveria grande dor em mim de fato, se aconteceu algum desastre. Nem posso sentir muita coisa por um herói que declara: 'Não é confiável para a proteção de uma mulher que eu esteja nesse serviço que tenho em minhas mãos.' É empolado. Página após página, torna-se nauseante. Eu tenho o direito de fazer essa reclamação, pois o meu próprio nome, Gogarty, é certamente celta. E não quero que meus ancestrais sejam kiltartanizados. Agora, Yeats, que é tão bem versado em irlandês antigo quanto Lady Gregory, nunca joga esses jogos. Ele escreve em inglês moderno. E é um grande poeta."

Willy ficou calado. Ele não sabia o que dizer diante daquilo. Mas o padre MacGowan tinha a autoridade.

— Justo até certo ponto — disse ele. — Mas observo nos seus próprios excelentes versos, Gogarty, que abomina os usuais, monótonos pentâmetros do inglês como este é falado pelo inglês. O inglês falado pelo povo irlandês tem uma riqueza especial e uma beleza rítmica que ainda está para encontrar um paladino. Não obstante, Lady Gregory, sejam quais forem suas limitações, tem prestado um notável serviço à Irlanda, e deve ser motivo de aplausos, e não de zombarias.

— Aceito o que diz. Ouça, então, a minha segunda objeção. Temo esse renascimento gaélico, do qual ela faz parte, porque não é a Irlanda. — Esperou um momento, para sentir o efeito.

Willy franziu a testa. O renascimento gaélico ia além das coisas literárias. Para a maioria das pessoas, aliás, significava a promoção dos esportes gaélicos, como o antigo e nobre jogo de *hurling*. A Gaelic Athletic Association, a Associação Atlética Gaélica, nos últimos vinte anos, atraíra muitos seguidores.

— Você desgosta da GAA? — perguntou ele.

— Nem tanto. Mas por que, se um membro da GAA for visto, ao menos uma vez, praticando um jogo como críquete, é expulso da associação?

— Deve-se permitir alguma reação natural contra a dominação da Inglaterra — alegou o padre MacGowan.

— Eu sou irlandês — rebateu Gogarty. — Não poderia ser mais irlandês. Mas não me importo de ser tão confinado. O que é ser irlandês, afinal? É ser celta, seja lá o que for isso? Devo lembrar que, em todo caso, metade do sangue irlandês era viking antes de os ingleses chegarem. Vocês sabiam que um em cada seis nomes irlandeses é normando? Mas o que me preocupa realmente é o desejo, ao se rejeitar o inglês, de se olhar para dentro desta pequena ilha, em vez de para fora. Por toda a nossa história, estivemos envolvidos com os litorais mais amplos, a grande cultura, a religião e o comércio da Europa católica. Temo que essa fixação gaélica exija que eu, como irlandês, me torne menos do que é um irlandês.

E então aconteceu a coisa mais notável. O conde bateu a mão na mesa.

— Ah — exclamou. — Aha! — Até mesmo Sheridan sobressaltou-se, surpreso. Ninguém sabia que o personagem nobre de nascimento podia ser tão animado. — Isso mesmo, meu jovem. Não esqueça de nós, os Gansos Selvagens, a grande comunidade irlandesa da Europa.

Willy fitou-o. Ele sempre ouvira falar dos Gansos Selvagens, aqueles homens distintos que haviam debandado da Irlanda dois séculos antes, para não viverem sob o domínio inglês. Mas nunca imaginara ver um. Então aquela figura estranha, aristocrática era um Ganso Selvagem. De alguma forma, não foi o que ele esperava.

Agora, porém, o conde já se tornara eloquente.

— Não há um país católico nem uma cidade onde não se encontre um de nós. Militares e consultores, padres e advogados, comerciantes e empresários também, sem dúvida, mas sempre homens honrados, respeitados. E nós nunca esquecemos. Ainda somos irlandeses. Somos encontrados nas universidade irlandesas das capitais. Como sabem, foram imigrantes que fundaram a Faculdade Franciscana Irlandesa de Praga. E, se me permitem dizer, nenhuma nação juntou tantas honrarias. Numerosos irlandeses usam a Ordem do Tosão de Ouro... em relação à qual não existe nenhuma mais importante. Duzentos cavaleiros da Ordem de Santiago espanhola. Com relação a títulos... — Seus olhos adotaram quase que uma expressão sonhadora, mística: — Os Burke e os Butler, os Leslie e os Taafe, Kavanagh, Walsh... os condes von Wallis, como sabem, são os Walsh de Carrickmines. Há tantos. Quanto à minha própria família, há numerosos barões Byrne. Nós, os condes Birne, como se escreve agora, fomos originalmente O'Byrne, antes de partirmos.

— E qual dos muitos O'Byrne seria? — perguntou o padre MacGowan.

— Nós possuíamos terras muito modestas — respondeu o conde. — Vocês provavelmente não devem conhecer o lugar. Chama-se Rathconan, lá em cima, nas montanhas de Wicklow. Uma família chamada Budge é a proprietária atual — comentou com um encolher de ombros aristocrático. — Não sei nada sobre eles.

O'Byrne de Rathconan? Willy olhou fixo, espantado. Nunca pensara em ligar aquele nobre tedioso com seu lar. Então outra compreensão lhe ocorreu. Maldição. E pensávamos que aquele lugar era nosso.

Tão impressionante e exótica foi aquela listagem aristocrática que, mesmo ali, naquele ambiente nada desprezível da Wellington Road, a mesa foi reduzida ao silêncio.

Até, Willy poderia jurar, emanar da velha Sra. Smith, que até então não emitira uma só palavra, um inconfundível fungado. Mas quando ela falou, o fez calmamente.

— É estranho para mim — disse ela — que ninguém tenha mencionado o lugar mais importante de todos. Pois existem duas Irlandas, e não uma. — Ela era uma velha senhora, em uma condição confortável; no entanto parecia a Willy que, debaixo daquele velho rosto pálido, havia algo tranquilo, mas estranhamente frio, e absoluto. — Se meu marido, que Deus tenha sua alma, não tivesse me salvado, a maioria de vocês não estaria aqui. Eu teria morrido na Grande Fome de Clare, juntamente com o resto de minha família. — Olhou para Willy. — Você sabe quantos partiram da Irlanda para a América, na década da Grande Fome? — Não esperou a resposta. — Três quartos de um milhão. E nos dez anos posteriores? Outro milhão. E, desde então, ano após ano, houve um fluxo constante. Há duas Irlandas: a Irlanda na Irlanda e a Irlanda na América. E a América lembra-se da Grande Fome. — Olhou para Sheridan. — Seu primo Martin Madden, em Boston, arrecada dinheiro para a Irlanda. Você sabia disso?

— Verdadeiramente, não.

— O filho do meu irmão William. Ele é atualmente muito próspero, creio eu. Ele arrecada dinheiro. E será arrecadado e doado, enquanto houver pessoas na Irlanda que queiram se livrar da Inglaterra. Os ingleses podem até tentar matar os irlandeses na Irlanda com gentileza, mas nunca apaziguarão os irlandeses na América.

— Ou aqueles na Austrália — acrescentou o padre MacGowan baixinho —, mas estão muito longe.

— Posso perguntar para quem Martin Madden doa dinheiro? — indagou Sheridan Smith.

— Para os necessitados — respondeu sua mãe, com rígida determinação.

— Ah. — Ele pareceu constrangido.

O conde olhou com curiosidade para a velha senhora.

— É melhor eu ir dar uma olhada na minha filha — informou a condessa.

— Já terminamos todos, creio — anunciou a esposa de Sheridan.

— Talvez — disse o padre MacGowan. — Vou esticar as pernas. Gogarty, você tem um momento? — Deu um olhar significativo para Sheridan Smith, enquanto ele saía com Gogarty, e indicou Willy.

— Ah, sim — disse o jornalista, contente por mudar de assunto. E, um momento depois, levou Willy para um lado.

Não precisava saber muito sobre ele, disse para o rapaz, para deixá-lo à vontade. Uma recomendação do padre MacGowan era o suficiente. Ele sabia o que queria fazer na vida? Bem, naquela idade, ele também não sabia. "Como se poderia saber", disse ele, amavelmente, "antes de tentar uma ou duas coisas?" Havia alguns pequenos serviços no jornal nos quais um jovem poderia ter uma noção das coisas, por assim dizer. O salário não era grande coisa, claro. Ele poderia continuar morando com seus tios? Ótimo. Hum. Ele nunca tinha vendido coisa alguma, é claro. "Mas pode ser que descubra seu talento para isso. Tenho um excelente homem que vende espaço publicitário para o jornal. Na maioria para comerciantes, e esse tipo de coisas. Publicidade é muito importante para um jornal, sabe. Você poderia sair com ele por uns tempos. Entender do assunto." Haveria também outras coisas para se fazer lá. Aquilo o satisfazia?

Claro que sim.

— Esplêndido então. Vá à redação amanhã de manhã. Ah. — A atenção do jornalista foi subitamente fixada na porta. Olhou firme. Willy também.

A menininha que acabara de entrar com a condessa devia ter 5 ou 6 anos. Era pálida e magra; tinha uma cascata de cabelos negros. E dois olhos verdes, verde-esmeralda, que pareciam gerar uma luz própria. Willy nunca vira olhos como aqueles.

— Ela está melhor — anunciou a condessa.

— Estou com fome — disse a criança. — Olá, bisavó. — Ela correu e beijou a velha senhora.

— Eu sou seu tio-avô Sheridan — disse este. — Você era pequenininha, a última vez que a vi. Lembra-se de mim?

— Não — disse a menina. Então deu-lhe um sorriso reluzente. — Mas agora vou lembrar. — Virou-se para Willy. — Quem é você?

— Sou apenas Willy — disse ele.

— Muito prazer, Apenas Willy. Meu nome é Caitlin. Isso é porque sou irlandesa.

— Apenas Caitlin?

— Ah. — Ela riu. — Entendi. Sou a condessa Caitlin Birne.

— Eu sou Willy O'Byrne.

— É mesmo? — Olhou de relance para o pai, à procura de orientação. — Nós somos parentes?

Sheridan Smith interveio serenamente.

— O padre MacGowan está lá fora, acabou de mandar avisar que você deve acompanhá-lo. Venha, vou levá-lo até a porta. — Na porta, contudo, ele deteve Willy por um minuto. — Andando por Dublin, é claro, você encontrará todos os tipos de pessoas. Algumas são melhores de se conhecer do que outras. Se desejar, sempre poderá recorrer a mim.

— Obrigado — disse Willy.

Sheridan Smith assentiu.

— Um pequeno conselho, talvez. Não é para ser compartilhado, entendeu? Nem mesmo com o padre MacGowan. — Ele fez uma pausa, enquanto Willy ouvia respeitosamente. — Você conhece o irmão do padre? Ele tem uma livraria.

— Apenas de vista.

— Ótimo. Bem, siga o meu conselho. Evite-o.

Enquanto caminhava de volta através da névoa que, com a insinuação de frio desenvolvida na tarde de outono, parecia pronta a se fechar novamente sobre eles, Willy estava perdido em pensamentos. Tantas sensações, tantas descobertas em um curto espaço de tempo: sua mente ainda tentava absorvê-las. Então o estranho impacto de conhecer a criança mais linda que ele já vira; e o inesperado aviso: ele não sabia o que fazer com tudo aquilo.

E que curioso a velha senhora ser uma Madden de Clare. Sua avó, ele sabia, tinha sido uma Nuala Madden daquela região. Mas ele vira uma fotografia dela, e sua avó não se parecia em nada com a velha senhora que acabara de conhecer. Bem, Madden era um nome comum em Connacht. Ele não tinha mais chances de ser aparentado da velha senhora do que do conde.

Ainda assim, na tarde enevoada, ele não pôde fugir da sensação de que o mundo todo era coberto por uma meada de parentescos, talvez debaixo do solo, ou acima da neblina, como revoadas de pássaros, eternamente migrando de um lado para o outro.

— No que está pensando? — perguntou o padre.

— Eu estava pensando, padre — respondeu honestamente —, no estranho correlacionamento das coisas.

— Ah. De fato. É uma das maneiras, sabe, pelas quais podemos discernir a Providência de Deus.

— Sim — disse Willy. — Creio que sim.

— E a melhor prova disso — acrescentou o padre alegremente — é que você conseguiu um emprego.

✣

Os meses que se seguiram foram empolgantes para Willy. Fazia o que lhe mandavam, percorria a cidade atrás de anunciantes, e se fez útil para Sheridan Smith, o qual, após alguns meses, declarou-se satisfeito. Ele até mesmo ganhou um pequeno aumento de salário. Seus tios ficaram felizes em receber o que ele lhes pagava como aluguel.

Sheridan Smith também mantinha um olho nele de outras maneiras. "Eis um livro que resenhei. Não quero ficar com ele. Se não o quiser ler, passe-o adiante", dizia casualmente. Mas notava que seu empregado sempre escolhia o melhor para si. E ele obteve, desse modo, o volume seguinte da obra de Lady Gregory e, inglês kiltartaniano ou não, mergulhou com prazer nas histórias dos Filhos de Lir, Diarmait e Grania, os Fianna, e muitos outros. E quando a boa senhora e o poeta Yeats abriram seu novo teatro Abbey, ele entregava um ingresso a Willy comentando: "Eles às vezes nos enviam ingressos de cortesia. Vá lá, se quiser."

Várias vezes, durante o verão, Willy subira para ver sua família; e, durante essas visitas, tinha longas conversas com seu pai. A Sra. Budge estava em Rathconan, no verão, mas agora, geralmente nos meses de inverno, ela ia para Dublin, onde adquirira uma pequena casa em Rathmines. De lá, dava escapulidas até o centro da cidade. "Ela tem mais chances de enlouquecer em Dublin do que aqui", comentou amargamente seu pai. Agora ele a evitava o máximo que podia. Ainda assim, havia algo que queria dela; e, após muita discussão, foi ele quem, finalmente, sugeriu: "Então vá, Willy, falar com ela em Dublin, se quiser. Pode até ser que se saia melhor do que eu."

Foi somente no final do ano seguinte, entretanto, que Willy finalmente se aventurou a procurar a Sra. Budge em Rathmines. Sua casa era modesta — dois andares acima do porão, com um pequeno jardim na frente, escurecido por alguns enormes arbustos de sempre-viva. Ele subiu até a porta da frente e foi conduzido ao interior por uma criada que não conhecia. Devia ter sido contratada em Dublin. Ela pediu que ele se sentasse em uma cadeira no estreito corredor.

Ele ficou imaginando se a Sra. Budge seria a mesma em Dublin que era em Rathconan. Lá em cima, ela criara fama de crescente excentricidade. "Não se preocupe, ela sabe o que está acontecendo", dissera-lhe seu pai. "Se uma vaca não estiver dando leite suficiente, ela saberá antes de você, e que Deus o ajude, se houver algo fora do lugar." Mas agora o turbante parecia ter ficado permanentemente preso em sua cabeça, e ela dera para ler livros estranhos que supostamente lidavam com ocultismo.

Em uma ocasião, cerca de um ano após sua chegada, ela fora ao templo mais próximo da Igreja da Irlanda. Normalmente, os clérigos protestantes ficavam muito agradecidos por qualquer fiel a mais que pudessem obter. Já havia algum tempo que Gladstone separara a Igreja do Estado, portanto elas careciam do auxílio oficial de que dispunham antes. O número de proprietários de terras protestantes diminuía, e ninguém, pelo menos em Rathconan, jamais soubera de alguém que fora convencido por um clérigo a ingressar na Igreja. Ele, portanto, devia ter encarado com esperança a visão da Sra. Budge, mesmo com seu turbante, sentada certa manhã em sua igreja. Sua conduta, porém, não era encorajadora. Ela se sentara e continuava sentada. Seu rosto não era de aprovação nem de reprovação. Poderia ser considerada uma observadora imparcial de uma terra distante. De um certo modo para seu alívio, ele não a vira desde então. A residência de Dublin da Sra. Budge tinha uma sala de visitas na parte da frente, que se ligava a uma sala de jantar que dava para o jardim dos fundos. Quando foi conduzido ao aposento da frente, Willy notou de imediato que as cortinas estavam meio fechadas, de modo que o lugar se encontrava na penumbra. Havia um fogo queimando na lareira, e um abajur, ao lado de sua *bergère*, fornecia a luz com a qual, evidentemente, ela estivera lendo o jornal. Em uma parede, havia uma gravura, do início do século XIX, exibindo uma vista de Rathconan. Em outra, uma estampa esportiva e, não muito distante dela, a fotografia amarelada de uma parede erótica indiana entalhada que ele se lembrava de ter visto na casa grande. Será que a levara junto consigo, pensou ele, como um talismã? Numa mesinha baixa, havia alguns programas de teatro. Parecia que ela assistia a musicais, como o fazia a maior parte das pessoas em Dublin. Perto de um dos programas, porém, ele viu um panfleto, no qual, tinha quase certeza, pôde distinguir as palavras, "Sociedade Teosófica". Se ela recebia as pessoas ali, obviamente era o seu recanto. Talvez seus visitantes fizessem parte de alguma espécie de círculo social. Seu pai jurou que ela fazia sessões espíritas. Podia ser mesmo.

Ela usava turbante, este feito de um tecido com um estampado de curvas acastanhadas. Usava um xale indiano sobre os ombros. Não mudara muito nesses anos, exceto que seu rosto macilento estava agora um pouco mais flácido.

— Você ficou um rapaz e tanto, Willy — disse ela.

Ele olhou de relance para uma cadeira, e ela indicou que poderia se sentar ali. Não se sentiu intimidado. O período que passara no mundo comercial de Dublin lhe dera certa confiança, e, como lembrara a si mesmo, aquilo, afinal de contas, era um negócio. Ele também desenvolvera modos muito agradáveis. Muito educada, mas claramente, ele explicou o assunto.

— Sra. Budge — disse ele —, eu vim em nome de meu pai.

Os termos oferecidos pela nova legislação fundiária Wyndham eram realmente extraordinários. O preço a ser pago pela terra era 28 vezes o aluguel anual. Um proprietário de terra que aceitasse esse dinheiro, em um único e imediato pagamento, poderia com quase toda a certeza investir o lucro com um alto retorno. Do arrendatário não era exigido que fizesse qualquer pagamento inicial. E o governo pedia apenas uma hipoteca a uma taxa de juros de três por cento, provavelmente com um prazo de 68 anos. Fora o fato de que, mesmo uma modesta taxa de inflação reduziria esses pagamentos a somas triviais, o efeito seria quase que certamente um drástica redução nas saídas dos arrendatários. Na realidade, o governo usava parte da riqueza que obtivera em seu império para extinguir a Ascendência e devolver suas terras às mãos irlandesas. Não era, porém, de surpreender que os números de aceitação da oferta excedessem qualquer coisa vista antes por um fator de cerca de vinte vezes. A previsão de Sheridan Smith parecia provável de se concretizar: algumas pessoas supunham que um terço ou mais da ilha inteira mudaria de mãos.

Cuidadosa e muito educadamente, Willy resumiu a legislação. Explicou que os termos eram tão notáveis, que tanto seu pai quanto ela mesma, sem dúvida, não podiam deixar de aproveitá-los. Ele ressaltou, se bem que não muito sinceramente, o afeto que seu pai sentia pela propriedade dos Budge e como desejava viver em harmonia com eles. Nada mudaria, exceto que todo mundo ficaria melhor. Fez isso respeitosamente e com muita delicadeza. Ela o ouviu atentamente. Quando ele acabou, ela ficou calada por algum tempo. Então deu um meio sorriso.

— Você acredita, Willy — perguntou ela —, na transmigração das almas?

Ele olhou-a fixamente, sem entender, a princípio.

— Eu teria de perguntar ao padre MacGowan — conseguiu dizer, finalmente. — Mas creio que não.

— Você devia estudar isso — exclamou ela. — É um assunto muito interessante. Eu estive pensando no que você poderia ter sido antes desta vida. Eu mesma... — Ela não revelou o que tinha sido. Provavelmente algo exótico demais para ouvidos humildes ouvirem. — Todos nós — olhou de relance para a foto amarelada na parede — somos mais do que imaginamos. Aqui em Dublin, muitas pessoas estão se interessando por teosofia, sabe. O próprio Sr. Yeats tem estudado o assunto. Nós todos somos ligados uns aos outros, sabe. Essas coisas só se tornam claras quando atingimos o esclarecimento espiritual. Budismo, hinduísmo, até mesmo o cristianismo: são todos relacionados. Esse é o caminho para o futuro, acredito. Nós pensamos demais em coisas materiais.

Onde estariam ligados os pensamentos dela? Era difícil dizer. Mas ele a conhecia muito bem, em linhas gerais. Claramente, ela decidira se tornar uma excêntrica de Dublin. Havia um grande número deles. Willy supunha que tais pessoas existissem também em outros lugares, mas Dublin, com seu especial ritmo ocioso, parecia incentivar seu crescimento.

Se alguém não tivesse nada mais para fazer, se estivesse com pouco dinheiro — e quem não estava? —, então se tornar um excêntrico era um fácil passaporte para o resto de sua vida. A pessoa podia fazer impunemente o que quisesse.

Então, de repente, ele percebeu sua intenção. Ela não tinha mais nada em que se apoiar, é claro. Ele entendeu aquilo. Sua terra em Rathconan era o que ela era. Nunca desistiria dela. Aquela conversa sobre coisas espirituais não passava de uma velha cortina esfarrapada para esconder suas verdadeiras intenções.

— E a terra do meu pai? — perguntou.

— Preciso pensar a respeito, Willy. Mas estamos todos bem como estamos. Diga isso a seu pai. As coisas são muito temporais — exclamou, como se isso significasse alguma coisa.

Ele inclinou a cabeça. A criada o conduziu para fora.

A velha pensa que me enganou, pensou consigo mesmo. Mas não. Por enquanto, é guerra.

✣

No dia seguinte, ele passava pelo Trinity em direção à praça Merrion, imaginando como escrever para o pai, e que relato poderia lhe fazer sobre o encontro, quando notou que a porta verde da livraria de MacGowan estava aberta. Ele não se lembrava de jamais tê-la visto aberta antes. Por sua própria natureza, parecia-lhe, devia ficar fechada. E simplesmente por causa dessa inusitada circunstância, ele decidiu entrar. Por que não, afinal de contas? Sheridan Smith podia lhe ter dito que evitasse o proprietário, mas, certamente, não fora uma proibição contra ao menos olhar os livros da livraria. Além do mais, estava curioso para ver se ainda acharia MacGowan tão atemorizante quanto o era quando mais jovem. Entrou.

MacGowan estava sentado a uma mesa nos fundos. Examinava um volume, evidentemente tentando decidir que preço cobrar por ele. Fumava um cigarro que era um pouco mais de uma bagana. Willy notou o quanto os dedos do livreiro eram manchados de nicotina. Ele foi até uma prateleira. À sua frente estava um livro de sermões de algum clérigo do século XVIII. Pegou-o e fingiu olhar para ele.

Com toda a certeza, o olhar de Ciclope estava em cima dele. Manteve o livro na mão. O olho único permaneceu fixo. Mas ele não teve medo. Sentiu-se muito orgulhoso de si mesmo.

— Está interessado nesse livro? — perguntou MacGowan.

— Não.

Willy andou ao longo da prateleira. Um livro sobre plantas sul-americanas, com ilustrações a traço. Olhou as figuras. Excelentes, em seu estilo.

— Estou surpreso — disse MacGowan —, visto que não se interessa por livros, que não esteja praticando um esporte. Você entrou para a GAA?

— Não.

— Você fala a língua? — Irlandês. Gaélico. A língua de honra.

— Um pouco. Minha mãe fala.

— Você devia entrar para a GAA. Embora eu suponha que deva fazer muito exercício — comentou —, fazendo serviços para Sheridan Smith. — Ele percebeu Willy fazer um movimento brusco de surpresa. — Eu sei quem você é. Meu irmão me falou sobre você.

— O padre MacGowan é muito bom para mim.

— Sem dúvida. Ele é um homem bondoso. — Deu uma tragada no restante de seu cigarro. — Mas equivocado. — Prosseguiu, quase que miraculosamente, pareceu a Willy, a encontrar fumo combustível nos resíduos de papel esfarrapado entre seus dedos, tragou duas vezes mais a bagana; então, indiferentemente, deixou-a cair num pequeno cinzeiro de pedra, pressionando, de certo modo cruelmente, com o polegar, o que restava de vida na pequena incandescência. Ergueu a vista, para verificar se Willy continuava ali. — Um bom homem, certamente. É uma pena — acrescentou pesarosamente — que seja padre.

Willy olhou-o totalmente surpreso.

— Eu achava que sua família tivesse orgulho...

— Minha mãe tinha. Meu pai também. — Olhou abaixo para o livro sobre a mesa, escreveu "10 *xelins*" a lápis do lado de dentro da capa, e o fechou. — Pessoalmente, não vejo grande utilidade para padres. Foram os padres que destruíram Parnell.

— Um caso especial.

— Os homens de 1798 sabiam como manter os padres em seu lugar. Emmet também.

Willy anuiu. Havia muitos homens em Dublin com opiniões semelhantes. Ele mesmo não se sentira estimulado a se juntar a uma causa política, mas bastava ir a qualquer pub de Dublin para ouvir fortes opiniões expressadas. Algumas eram extremistas — completamente socialistas. E havia a Irish Republican Brotherhood, a Irmandade Republicana Irlandesa, os Fenianos — podia-se dizer, os derradeiros herdeiros da Revolução Francesa e da Irlanda Jovem —, mas era uma irmandade sigilosa, obscura. A maioria deles tinha pouca paciência com a interferência da Igreja. E havia também o Partido Parlamentar de Redmond, é claro, dedicado à Autonomia de Governo, por meios mais pacientes, parlamentares. Mas raramente se podia determinar de que lado as pessoas estavam realmente. O GAA era oficialmente dedicado ao esporte, mas, na realidade, era quase político. Sim, havia Fenianos na GAA. Evidentemente, o irmão do padre pertencia a alguma parte ao longo desse espectro — tendendo para sua extremidade radical, talvez, para colocá-lo em tal discrepância com o padre MacGowan.

Decidindo que se impunha uma reação, mas que deixasse o padre MacGowan e a Igreja fora daquilo, ele comentou:

— Eu ficaria feliz em ver a Inglaterra fora da Irlanda. — Ele pensou na Sra. Budge. — Mas, às vezes, duvido que isso vá acontecer.

O livreiro levantou-se. Ele era um tanto corpulento. Mas a surpreendente destreza de seu modo de andar sugeriu que, se quisesse, poderia se movimentar com muita rapidez.

— Aqui eu vendo jornais, além de livros — falou. — Exemplares antigos. — Puxou uma folha grande de papel de uma prateleira. — Este é o primeiro número do *United Irishman*. Arthur Griffith o preparou para o centenário de 1798. — Assentiu. — Um feito notável. — Mostrou-o a Willy. — Você devia lê-lo — disse ele. Virou-se e foi em direção à porta aberta. Fora os dois, a livraria estava vazia.

"O problema de Sheridan Smith — comentou — é que ele e gente como ele... sem falar nos fazendeiros católicos que não querem ser incomodados com qualquer outra coisa que não seja sua terra... abririam mão de nosso patrimônio hereditário. Nossa nacionalidade. Em mais vinte anos, estaremos todos vivendo como britânicos ocidentais, o que é exatamente o que os ingleses querem. O único modo de deter isso é expulsá-los daqui: quando chegar o momento apropriado, estaremos prontos para isso. Talvez ele venha através do Parlamento. Ou por meios mais radicais. Fenianos, talvez. Com a ajuda do Clan na Gael na América, é claro. — Sorriu. — É de onde vem o dinheiro. Eu já vivi lá, sabe. Muitos anos atrás."

— Quando eu era criança — disse Willy —, o Clan na Gael mandou homens plantarem bombas na Inglaterra. Mas não adiantou nada, e a maioria foi presa.

— Eu sei. — MacGowan suspirou. — Vinte anos de prisão, alguns deles pegaram. Um amigo meu em particular... — Deteve-se. — Desde então, eles aprenderam. — Parou por uns momentos. — Bem. — Devolveu o jornal à sua prateleira. — Você sabe o que a Igreja disse sobre os Fenianos. O bispo Moriarty, aliás. Ele e Cullen foram cúmplices. "A eternidade não é longa o suficiente", disse ele, "nem o inferno quente o bastante para castigá-los pelos seus pecados." Pronto, pode pensar sobre isso — concluiu. — Mas não conte ao meu irmão.

— Não — disse Willy. — Não contarei.

— Volte novamente — disse MacGowan. — Você precisa ler aquele jornal. Também tenho cartões-postais, da França.

Enquanto Willy continuava seu caminho, pensou na proibição de Sheridan Smith. Ele deliberadamente a desobedecera. Não podia prever o que o homem lhe falaria. Em todo caso, o encontro acontecera, e não houvera qualquer dano.

1909

Ela estivera esperando sua visita naquele dia com grande ansiedade. Ele ficou encantado por vê-la tão feliz.

A breve tarde de dezembro já se retraía quando Sheridan Smith e Caitlin atravessaram o Liffey a pé. Ela ainda tinha 11 anos, mas, naquele dia, penteara para cima o longo cabelo escuro, como uma adulta, e enganchara seu braço no dele. Sheridan se sentia imensamente orgulhoso. E sorria para si mesmo, divertido. Em vez de padrasto e enteada, os dois caminhavam como um casal de namorados.

As longas pernas dela tinham um maravilhoso movimento oscilante. Parte condessa, três partes menina das montanhas: sua mente também, ele sabia, se movimentava com a mesma sublime liberdade.

Fazia dois anos que seu pai morrera. Tanto ela quanto sua mãe desejaram permanecer na Irlanda; desse modo, ao mesmo tempo que mantiveram a propriedade no campo, haviam comprado uma casa em frente à praça Fitzwilliam. E, visto que Sheridan era apenas dez anos mais velho do que a mãe de Caitlin, naturalmente coube a ele assumir o papel de padrasto extra-oficial. Embora, tecnicamente, ele fosse tio-avô da menina, ela o chamava simplesmente de tio Sherry.

A perda do pai também causara um outro efeito sobre a menina. Isso a levara a ter mais contato com a velha Maureen.

Sheridan tinha de admirar sua velha mãe. Ela era afortunada, é claro, por ter mantido sua força e sua saúde naquela idade avançada. Talvez as privações de sua juventude, durante a Grande Fome, a tivessem endurecido, ou talvez ela já fosse antes disso incomumente resistente. Sua vista ainda era boa, a audição, quase tão aguçada, e ela insistia em subir escadas. Quando o conde morrera, fora natural, Sheridan supunha, que a menina tivesse um prazer especial na companhia da velha senhora que representava uma vida tão longa e a continuidade da família. Um comentário casual unira ainda mais as duas.

— É uma pena — dissera certo dia a velha senhora — que você não fale a língua dos seus ancestrais... do lado de seu pai assim, como do meu, é claro. Dizem-me que, hoje em dia, tornou-se elegante falar irlandês.

De fato, os esforços combinados de Yeats e seus amigos, o GAA e a Gaelic League tinham sido tão bem-sucedidos, que a Universidade da Irlanda estava inclusive tornando o irlandês matéria obrigatória para matrículas.

— Eu acho que gostaria de aprender — respondera Caitlin. — Você me ensina? — Desde então, em três tardes por semana, a velha senhora e a menina sentavam-se juntas por uma hora, durante o chá; e a velha Maureen ensinara Caitlin a falar gaélico. Ela se tornara bem proficiente.

A conversa deles também deixara a menina mais curiosa por história. Sua bisavó contaria a Caitlin tudo sobre o início de sua vida, a Grande Fome e a fuga para Dublin. Contou-lhe sobre os parentes na América e de seus sentimentos amargurados em relação à Inglaterra.

— Seus próprios ancestrais O'Byrne foram expulsos da Irlanda, Caitlin, não se esqueça — ela frisava. — Eles eram os Gansos Selvagens. E olhe o que fizeram de suas vidas. Lutaram por isso e mereceram títulos e propriedades, e boa sorte para eles. Os Madden na América também prosperaram, graças a Deus. Apenas os ingleses decidiram desprezar os irlandeses. Aonde quer que tenham ido, no resto do mundo, eles chegaram ao topo.

Recentemente, Sheridan ficara muito contente quando Caitlin lhe fizera algumas perguntas inteligentes sobre a situação política. Havia mesmo chance, ela quis saber, de a Irlanda obter, finalmente, sua liberdade da Inglaterra?

— De fato — disse-lhe —, as coisas tomaram um rumo interessante. — E explicou por quê.

A precipitação dos acontecimentos se originara numa disputa que nada tinha a ver, diretamente, com a Irlanda. Neste ano de 1909, uma mudança de grande significado ocorrera no Parlamento de Londres. Até então, a Câmara dos Lordes, tradicionalmente composta de pares hereditários de mente conservadora, sempre conseguira vetar leis. Vendo seu orçamento ser vetado desse modo, o atual governo Liberal, com a ajuda dos membros irlandeses do Parlamento partidários a Redmond, forçara sua aprovação através de uma mudança constitucional. Dali em diante, os Lordes não conseguiriam mais vetar as leis, apenas retardá-las. Como preço pela sua ajuda, o partido irlandês arrancara a promessa de que seria preparada e apresentada uma nova Lei de Autonomia.

— No passado — explicou Sheridan a Caitlin —, Leis de Autonomia, dando liberdade à Irlanda, tinham sido aprovadas pela Câmara dos Comuns britânica. O motivo pelo qual a Irlanda ainda não se tornava livre é que essas leis sempre foram vetadas pelos Lordes. Mas quando a próxima Lei de Autonomia passar pelos Comuns, os Lordes não conseguirão mais detê-la. Os que querem a Irlanda separada terão o que querem, sem derramamento de sangue. Agora é apenas uma questão de tempo. Dentro dos próximos anos, eu diria.

— Isso é bom, não é, tio Sherry?

— O que você acha?

— Acho que sim — disse ela.

A visita daquele dia foi o resultado de uma promessa que ele fizera duas semanas atrás. Ele ia levá-la a um ensaio no teatro Abbey.

Era uma novidade, esse fascínio de Caitlin pelo teatro. Ela e sua mãe gostavam de percorrer o habitual circuito de pantomima e teatro de variedades de Dublin. Esse de certo modo precoce interesse pelo drama, contudo, podia ser atribuído à influência da velha Maureen.

O interesse da velha senhora pelo teatro Abbey surgira quase que inesperadamente.

Fora em janeiro de 1907 que Yeats e Lady Gregory encenaram a produção de uma peça de J.M. Synge, que causara um grande rebuliço. *The Playboy of the Western World* O Playboy do Mundo Ocidental, com sua linguagem perturbadora e temas anárquicos, era diferente de qualquer coisa a que as plateias de Dublin já haviam assistido. E não gostaram. "Isso não é a Irlanda", protestaram. "As pessoas não falam desse jeito", disseram a respeito da linguagem. Quanto à estranha ação da peça: "Trata-se do desvario de uma imaginação doentia." Ao final da apresentação, quase houvera um motim. "Eu ouvi essa fala na costa oeste", respondera o dramaturgo, "e até mesmo, também, entre pessoas de Dublin." Tão grande fora a agitação do público, que Maureen insistira para que Sheridan a levasse para ver a peça. "Eu vim do oeste", declarou ela, "portanto, julgarei por mim mesma." Havia tanto barulho na plateia, que agora ia para vaiar a peça, que não fora fácil para Maureen escutar tudo, mas ela anunciou que havia gostado. Mais importante, parecia que ela aprovava os esforços do teatro em promover a dramaturgia irlandesa, e, para surpresa de Sheridan, em seu nonagésimo ano, ela começara subitamente a frequentar o teatro. Ia quase todo mês. No início daquele ano, decidira que Caitlin deveria acompanhá-la. A mãe da menina receava que ela fosse se entediar. Mas que nada. Aliás, foi exatamente o contrário. Recentemente, ela anunciara que queria atuar nos palcos.

— Meu querido Sherry — queixara-se sua mãe —, minha filha tornou-se completamente fanática pelo palco. O que devo fazer?

— Nada — disse-lhe, com um sorriso. Era de fato incomum uma menina de 11 anos se entusiasmar pela arte teatral. Por isso, quando ele usara seus contatos no Abbey para conseguir uma visita particular aos bastidores, durante um ensaio, tinha sido realmente grande a animação de Caitlin.

Eles tinham atravessado o Liffey. Adiante, estendia-se a larga extensão da Sackville Street. À esquerda, o volume quadrado da Agência Postal, com seu enorme pórtico de seis colunas, parecia um quartel; diante dela, no centro da via, a alta coluna de Nelson dava ao local um ar imperial. Mais antigo do que sua alta irmã na Trafalgar Square de Londres, a coluna em homenagem ao grande comandante naval da Inglaterra sempre agradara muito a Sheridan. Se era para ter tal objeto no meio da rua, parecia-lhe, ele deveria ter algum objetivo útil. Era possível subir pela escada interna da coluna e sair na plataforma perto do topo, da qual se tinha uma esplêndida vista da cidade. Estavam quase se aproximando da coluna, quando avistaram o padre Brendan MacGowan.

Ele os cumprimentou calorosamente. Sim, estavam bem. Tinham notado o forte vento do leste? Iam senti-lo no rosto, quando entrassem na Abbey Street. Ele ia continuar suas visitas. Separou-se deles alegremente e, com o vento pelas costas, foi na direção oeste, a todo pano. Eles, enquanto isso, entraram na Abbey Street e se aproximaram do teatro.

"Perderam por pouco o Sr. Yeats", disse-lhes o porteiro. Yeats, porém, podia ser visto quase qualquer dia em Dublin. Bastava ir à St. Stephen para captar sua alta figura, seu cacho de cabelo escuro caindo sobre a testa, enquanto ele flutuava em volta das grades, em estado de abstração, como um anjo numa nuvem.

Uma vez lá dentro, a missão de Sheridan foi fácil. Tendo deixado Caitlin aos cuidados de um dos integrantes da companhia, ele pôde andar pelo teatro ou se sentar em um dos assentos vazios, enquanto mostravam a ela os bastidores. Os camarins, a maquiagem, os cenários com roldanas, o depósito onde eram guardados os objetos de cena — o dia a dia do teatro, sem dúvida, parecia mágico para ela. Apareceu o diretor de cena. Havia uma cena a ser ensaiada. Sheridan não conseguia ver Caitlin, mas sabia que ela estaria na coxia, observando cada movimento, prestando atenção a cada palavra. E para ele, também, havia muito tempo acostumado com tais coisas, ainda havia a sensação especial de um espaço teatral, o qual, para aqueles que amam o teatro, representava muito mais do que um espaço religioso fazendo-os compartilhar o eterno. Sentou-se numa frisa vazia e fechou os olhos.

Uma hora e meia depois, ela apareceu. Seus olhos brilhavam. Sheridan sorriu. Obviamente, a visita fora um sucesso. Um contra-regra a acompanhava. Ele sorria. "Ela se divertiu", disse ele a Sheridan. "Adoramos tê-la com a gente", acrescentou, de uma certa maneira sugerindo que Caitlin pertencia àquilo ali. Nesse instante, de algum lugar acima, uma porta se abriu com um leve rangido e então se fechou com uma batida. O contra-regra ergueu a vista, e, afastando-se com um sorriso para ambos, voltou para os bastidores. Sheridan e Caitlin começaram a seguir em direção à saída. Tinham acabado de chegar ao corredor que levava em direção à porta para o palco, quando uma mulher imperiosa, com um casaco de peles e um grande chapéu de feltro com aba larga, atirou-se sobre eles.

— Pare — exclamou. — Quero olhar para você. — Confirmou com a cabeça. — Sheridan.

— Eu pensei — disse ele — que você estava em Paris.

— Vim passar dois dias em Dublin. Ninguém sabe que estou aqui. — Olhou para Caitlin. — E quem — indagou — é essa menina simplesmente maravilhosa?

— É a condessa Caitlin Birne — respondeu ele calmamente. — Esta — falou para a garota — é a Srta. Gonne. — Então ele recuou ligeiramente, pois sabia muito bem que, até que a dama tivesse terminado, nada poderia ser feito agora.

— Minha cara criança — disse a mulher. — Você tem os olhos mais notáveis. Acredito que será de teatro.

Como teria sido, imaginou Sheridan, não pela primeira vez, que Maud Gonne obtivera sua curiosa posição? Nascida na Inglaterra, filha de um oficial do Exército britânico, ela se reinventara totalmente. Tendo em vista que seu pai a deixara com meios para que fosse independente, ela vivia a maior parte do tempo em Paris. Durante anos, fora amante de um jornalista francês que lhe dera dois filhos. Nada disso, porém, impedia Yeats de querer se casar com ela ou escalá-la em uma peça como uma heroína irlandesa. Em vez de Yeats, ela se casara com um patriota irlandês; mas o casamento não durara muito. Atualmente, ela dirigia um jornal francês e fazia visitas ocasionais a Dublin. Mas, aonde quer que Gonne chegasse, parecia a Sheridan, chegava como se fosse um ataque da cavalaria.

O fato de Caitlin ser condessa, ele sabia muito bem, intrigou-a de imediato. Com seus grandes olhos fixos e o forte queixo, Maud Gonne era a própria imagem de uma voluntariosa dama da sociedade. Esse parecia o tipo que atraía Yeats, refletiu. Ao questionar Caitlin, não demorou muito para ela descobrir tudo o que queria. E ficou encantada.

— Isso é maravilhoso — declarou. — Maravilhoso demais. Uma verdadeira nobre irlandesa de volta ao seu país. E ela também fala a língua de seus ancestrais. Minha cara menina, precisa de juntar a nós. *Inghinidhe na hEireann* foi feita para você. É o seu lar.

Inghinidhe na hEireann: as Filhas de Erin. Havia sido a própria Maud Gonne quem fundara o movimento, quando os grupos nacionalistas não a tinham aceitado porque ela era mulher. Esse movimento se dedicava a combater a influência maligna da Inglaterra sobre a cultura irlandesa, e ia muito além disso. As Filhas de Erin não apenas davam aulas de língua irlandesa para as crianças pobres, mas diziam a moças irlandesas que não saíssem com soldados ingleses, e distribuíam panfletos alertando-as para os perigos de terem bebês ilegítimos. Para ingressar no movimento, era preciso ser irlandesa de nascimento. "É curioso", observara certa vez Sheridan, "que Maud Gonne dedique sua vida a combater tantas coisas que ela mesma representa." Algumas das líderes tinham até mesmo novos nomes irlandeses pelos quais eram conhecidas na organização. A própria Maud Gonne era Maeve.

— Tome. — Ela enfiou a mão no casaco de peles e tirou algo. Era um pequeno broche circular na forma de um antigo archote irlandês. — Este é o distintivo que as Filhas de Erin usam. É seu. Um presente. Deverá usá-lo quando for mais velha. — Sorriu, mas seus olhos fitavam profundamente os de Caitlin. — Você não tem apenas um grande papel a desempenhar no palco, minha pequena. E, com o seu cabelo e seus olhos, vai causar sensação. Mas tem um grande papel à sua frente na vida de seu país. — Fez uma pausa e então deu-lhe outro olhar penetrante. — Nunca esqueça disso, Caitlin. Foi para isso que você nasceu. É o seu destino.

Com isso, foi-se embora, num movimento impetuoso, com Caitlin olhando, fascinada, atrás dela. E Sheridan ficou imaginando se, talvez, a visita ao teatro Abbey tivesse rendido mais do que ele pretendera.

Ao se tornar mais velho, o padre Brendan MacGowan não reduziu suas muitas visitas amáveis por toda a cidade. Tornou-se, porém, um navegador melhor. Ao seguir em direção a oeste ao longo da Mary Street, portanto, ele mantinha as costas roliças viradas num ligeiro ângulo para o vento leste, de modo que este o pudesse gentilmente impelir adiante sem forçar o seu desequilíbrio. Ele avançava suavemente a uns dois ou mais nós de velocidade, quando avistou Willy O'Byrne vindo em sua direção. Willy estava acompanhado de uma jovem mulher. Ao ver o rapaz, o padre franziu a testa.

Ele não tinha certeza sobre o que sentia por Willy. Ficara alegre, é claro, por tê-lo colocado em seu caminho. E Sheridan Smith parecia estar perfeitamente contente com ele. O jovem Willy tinha agora seu próprio território; era bem-sucedido em conseguir anúncios. As pessoas pareciam gostar dele. Padre Brendan soubera que ele agora tinha sua própria residência, perto da praça Mountjoy. Não havia nenhum mal em tudo isso. Nem o padre se importava se Willy passava tempo demais na livraria de seu irmão anticlerical. Willy provavelmente não sabia que ele estava a par de tudo sobre essas atividades. Esperava que isso não tivesse feito o rapaz se virar contra sua fé, mas, por experiência própria, mesmo quando uma pessoa se afastava da Igreja, bastava uma pequena crise em sua vida para, na maioria dos casos, levá-la de volta.

Não, sua objeção a Willy era de um modo geral mais prática e realista. Parecia ao bondoso padre que detectara sinais de que Willy se tornava insensível.

Fora um único acontecimento que o deixara precavido: uma história que ouvira de outra fonte. Pouco depois de Willy ter se mudado para sua própria residência, seu tio falecera. Aparentemente, tinha havido alguns atritos entre os dois, enquanto ele ainda morava com o tio. Willy dissera algumas coisas, de natureza política, das quais o tio não gostara. Devia ter sido essa desavença que o encorajara a se mudar. Não houvera, porém, pelo que padre MacGowan sabia, qualquer rompimento mais grave. Mas, quando seu tio morrera, Willy não se dera ao trabalho de ir ao velório ou ao funeral. Nem sequer fora visitar a família. E, pelo que constava, sua tia ficara muito magoada.

Algumas semanas depois, ao encontrar Willy, certo dia, ele atacara essa questão. Certamente, afirmara, não tinha sido uma coisa muito amável. Willy não ficara aborrecido, mas parecera intrigado.

— Eu nunca gostei dele de verdade — disse.

— Pode ser. Mas não devia ter levado em conta os sentimentos de sua tia e de suas primas?

— As garotas não ligaram. Suponho que não tenha percebido o fato de ter sido desleal. — Deu de ombros. — Ele não era um homem bom.

— Não cabe a você julgar isso. Não percebe que seu ato foi cruel?

Parecera ao padre Brendan que, se ele percebera, e era inconcebível que não o tivesse feito, Willy não ligara nem um pouco.

Mas ficou contente ao observar que a jovem mulher que agora acompanhava Willy era uma das três filhas de sua tia. Talvez o rapaz estivesse fazendo uma reparação. Em resposta ao seu cumprimento e à indagação genérica sobre o que faziam ali naquela tarde, Willy informou que acabara de levar sua prima para assistir a um filme no pequeno cinema que abrira recentemente.

— Chama-se Volta, padre, e fica logo aqui atrás. Já esteve lá?

— Não, não estive — disse o padre. — É muito frequentado?

— Só havia algumas pessoas, além de nós. Tentei vender alguns anúncios para Joyce, mas ele não tinha como pagar. Receio que o negócio dele não esteja prosperando.

O padre Brendan ouvira falar sobre o empreendimento. Joyce: o protegido de Gogarty. Por mais que Oliver St. John Gogarty gostasse de proclamar, por tudo que o padre tinha ouvido, o jovem Joyce não se saíra tão bem assim. Para começar, pelo que soubera, ele fugira com uma criada e não se casara com ela. Isso era uma coisa igualmente imoral e insensata. Ele devia ter tentado uma profissão qualquer, ou, pelo menos, procurado um emprego regular; mas não tivera a dedicação de Gogarty, que já estava bem encaminhado para se tornar um cirurgião famoso. Joyce, porém, não era suficientemente consistente. Nunca deixaria sua marca. O padre Brendan se corrigiu. Não se deve julgar, é claro. A graça de Deus pode ser concedida através de meios invisíveis. De qualquer modo, o sujeito tinha ido para o continente; vivera em Trieste, por motivos desconhecidos. E agora tinha voltado para Dublin e aberto um cinema na Mary Street. Aparentemente, patrocinado por alguns investidores de Trieste. Mas o que os homens de Triste sabiam sobre o apetite dos dublinenses por filmes, o padre não conseguia imaginar. Ele notara a figura alta e magra do jovem, andando à toa na entrada do lugar, a aparência desconsolada, mas resolvera não falar com ele.

— Dizem que é sucesso em toda a parte — observou Willy. — Mas não em Dublin. Pelo menos, ainda não. Eu acho que Joyce foi muito prematuro com isso.

— Sem dúvida — disse o padre MacGowan. — Bem, devo visitar uma senhora no hospital Rotunda e preciso ir andando.

✣

— Ele me acha cruel — disse Willy, após o padre ter ido embora.

— Você nem sempre é gentil — retrucou sua prima Rita.

Willy deu de ombros.

— Além do mais — disse Rita —, você não respondeu à pergunta que fiz antes de o padre MacGowan aparecer. Não acredito — acrescentou — que você se importe.

Willy meditou. Ele, de fato, não se importava. Mas não diria isso a Rita. Ela era o único membro de sua família com quem ele sempre se dera razoavelmente bem. E entendia o que ela queria dizer.

Por que, perguntara Rita, ao trabalharem na Fábrica de Biscoitos Jacobs, os homens mais velhos podiam ganhar mais de 1 libra por semana, ao passo que ela recebia menos de um terço disso? Eles têm famílias para sustentar, fora a resposta dele. Sempre fora assim. Ninguém nunca tinha reclamado antes. "Nós estamos reclamando agora", dissera ela. Alguns dos homens jovens — que ganhavam mais do que as mulheres, é claro, mas continuavam a receber muito menos do que os homens mais velhos pelo mesmo serviço — também tinham reclamado. "Pelo menos agora há um sindicato", frisara Rita.

Recentemente, fora criado um sindicato trabalhista irlandês por James Larkin. O número de associados crescia rapidamente. Mas, se fariam alguma coisa pelas mulheres, ainda estava para ser visto.

— Dizem que o sindicato é a favor da igualdade para as mulheres. Mas acredito — disse-lhe Willy francamente — que a maioria dos homens do sindicato não estão ansiosos, tanto quanto os empregadores, para verem as mulheres receberem a mesma coisa. Para isso, será necessário um sindicato de mulheres.

— Mas não existe nenhum.

— Eu sei. — Refletiu. — Você está apenas reclamando, ou quer fazer alguma coisa a respeito?

— Eu gostaria.

— É perigoso. — Os empregadores normalmente demitiam os desordeiros. Willy esperou a resposta dela, mas, como não houve, ele prosseguiu: — Sabe, há mulheres na executiva do Sinn Fein.

Fora Arthur Griffith, após fundar o jornal *The United Irishman*, que iniciara o movimento Sinn Fein. "Nós Sozinhos" significava o nome, e sua ideia era boicotar produtos ingleses, sempre que fosse possível sua produção na Irlanda. "Precisamos de autossuficiência econômica", declaravam seus partidários, "para mostrar à Irlanda como se manter sozinha como uma nação livre e independente." Desde então, o Sinn Fein crescera e se tornara um amálgama de grupos dedicados a uma generalizada, mas não violenta, resistência ao regime inglês.

— Você é do Sinn Fein, não é?

Ele confirmou com a cabeça.

— Por que ingressou nele?

— Por muitos motivos. Creio que foi MacGowan, o livreiro... irmão do padre MacGowan, sabe... quem me incentivou nessa direção. Na verdade, foi uma coisa natural. Eu queria os ingleses fora da Irlanda.

— Bem, talvez reflita a respeito. — Ela assentiu. — Eles também querem voto para as mulheres?

— Você também virou uma sufragista? Não sabia que era tão radical.

— Nunca fui. Mas quando começo a pensar sobre os salários, também passo a imaginar por que as mulheres não podem votar. O movimento já está bem avançado na Inglaterra.

— Deixe isso de lado, Rita. Por enquanto.

— Por quê?

— Por dois motivos. Primeiro, é melhor fazer uma coisa de cada vez. Segundo, nós ainda não queremos o voto das mulheres na Irlanda.

— Por que não?

— Porque não queremos que isso venha da parte dos britânicos. É uma coisa que deve vir da Irlanda.

Ela meditou a respeito.

— Não tenho certeza de que você se importa com o voto das mulheres, Willy — disse ela, após algum tempo.

— Você é quem diz.

— Mas, mesmo assim, vou pensar a respeito do Sinn Fein. Obrigada por ter me levado ao cinema.

— Você gostou?

— Não muito. Mas foi interessante.

— Bem, pelo menos você conseguiu assistir enquanto não fecha. Não creio que Joyce consiga manter o Volta por muito mais tempo. Vou acompanhá-la até sua casa.

— Vai entrar, quando chegarmos lá?

— Não.

Estava ficando tarde quando o padre MacGowan deixou o hospital Rotunda. Sua visita fora um sucesso. Mas, ao pensar no caminho que faria, sua testa se franziu. A melhor rota seria ao longo da Parnell Street. Era uma rua movimentada. Seguia por aquela parte da cidade, cortando num ângulo, de nordeste para sudoeste através da parte de cima da Sackville Street, onde se encontrava o Rotunda. Era, para o padre MacGowan, uma rua bem conveniente. No entanto, nos últimos dois anos, a Parnell Street não mais gozava da preferência do padre, e ele tendia a tentar evitá-la. Fizera isso desde que Tom Clarke abrira ali uma tabacaria.

O padre MacGowan não gostava de Tom Clarke.

Seu irmão, o livreiro, conhecera Clarke, e até mesmo ficara seu amigo, anos atrás, na América. Isso fora antes de Tom Clarke instalar bombas na Inglaterra e ser colocado na cadeia. Ele agora estava de volta à Irlanda.

Os longos anos numa cadeia inglesa o transformaram fisicamente. Esquelético, com cabelo rareando, ele parecia vinte anos mais velho do que era. Ilusório. Isso o tornava ainda mais perigoso. Por trás de seus óculos com armação metálica, havia uma emoção e uma intensidade frias de que o padre não gostava nem um pouco. O livreiro também não ligava para Clarke. A amizade deles terminara. E sua tabacaria se tornara um local de encontro dos Fenianos. A IRB: a Irish Republican Brotherhood. Sabia Deus o que aqueles sujeitos tramavam. Nunca se sabia, pois eram tão sigilosos que nem mesmo se sabia quem eram. Era possível identificar alguns deles, se alguém se desse ao trabalho de vigiar quem frequentava a tabacaria de Tom Clarke. Mas o padre MacGowan não queria saber; e preferia nem mesmo passar pela tabacaria. Normalmente, fazia um caminho diferente.

Mas, naquela tardinha, o vento mudara de direção, e a viagem mais rápida o levaria a passar por aquele perigoso e infernal estabelecimento. E, assim, como um marinheiro amarrado ao mastro para se proteger das sereias, ele se preparou para passar por lá o mais depressa possível. Aproximou-se e olhou de relance para o interior, apenas um momento. A loja era pequena, mas claramente iluminada. Na vitrine, também claramente iluminada, havia a figura em papelão de uma Torre Redonda, anunciando Banba Irish Tobacco. Através do vidro da porta, pôde ver várias figuras de pé no estreito espaço diante do balcão, atrás do qual Clarke presidia. Ao olhar, o padre MacGowan emitiu um gemido.

Um dos homens ali de pé era uma figura que ele vira cerca de duas horas antes. Era Willy O'Byrne.

1916

Foi somente quando o jovem Ian Law o confrontou em seu escritório, em um dia de janeiro de 1912, que Sheridan Smith começou a se dar conta de que tanto ele como muitos outros tinham cometido um terrível engano.

Quando o jovem aparecera na redação, o porteiro quisera expulsá-lo.

— Você não pode simplesmente vir aqui e falar com o Sr. Smith — disse-lhe o homem. — Ele o conhece? Você tem hora marcada? — Se Sheridan, naquele momento, não tivesse passado por acaso pelo saguão e presenciado a cena e se impressionado com o ar de ultraje moral no rosto do rapaz, sem dúvida o Sr. Ian Law teria sido sumariamente dispensado. Sucedeu que ele o levou ao seu escritório e lhe perguntou educadamente qual era o assunto.

O jovem parecia pertencer à classe superior dos artesãos. Era um operário de estaleiro em Belfast. Visitava Dublin, onde nunca estivera antes, e tinha lido a última edição do jornal. Nele, lera um editorial, uma peça medida e moderada, na opinião de Sheridan, sobre as perspectivas da autonomia do governo. E ele estava indignado. Não pretendia, evidentemente, ser descortês com Sheridan. Mas parecia pasmado que Sheridan e seu jornal pudessem ao menos considerar a autonomia do governo uma possibilidade.

— Como pode o seu jornal sugerir — reclamou — que devemos abrir mão de cada lealdade que temos? Devo virar o rosto para o meu rei e para o meu Deus? — Ele pronunciou as palavras com tal certeza e com tal orgulho, que Sheridan ficou perplexo. — Nós nos lembramos da Batalha do Boyne — continuou o rapaz. — Nós nos lembramos de Derry. Nossos ancestrais lutaram e morreram por liberdade. E o seu jornal me diz para eu me submeter ao papismo? Nunca. Jamais farei tal coisa. Não conheço ninguém que o faria.

Ele era um jovem honesto. Sheridan pôde perceber de imediato. Sem dúvida, viera de uma trabalhadora família presbiteriana. Sua indignação era certamente verdadeira.

— Não acredito que a autonomia do governo afete a prática de sua religião — disse Sheridan. Mas o jovem Sr. Law apenas olhou-o desgostoso.

— Autonomia do governo é autonomia do Governo — disse bruscamente. — Nós lutaremos, posso lhe assegurar. — Sem esperar qualquer satisfação, foi embora logo depois.

Posteriormente, ao pensar na conversa, ocorreu a Sheridan que, embora, é claro, não pudesse concordar com a visão que o Law tinha do mundo, o rapaz, fizera uma correção na visão de uma questão que era mantida havia muito tempo em Dublin.

A verdade, parecia a Sheridan, era que nenhum daqueles que haviam desejado a independência da Irlanda pensara muito a respeito do Ulster. Daniel O'Connell sempre admitira alegremente que mal conhecia a província. Até mesmo Parnell, apesar de protestante, nunca tivera muito interesse na província do norte. Depois disso, ficara bem fixado nas mentes de todos que os protestantes eram os opressores na Irlanda, e que, assim que os ingleses fossem embora, a ilha ficaria livre, e ninguém se preocupara muito com o fato de que lá em cima, no Ulster, a situação era inteiramente diferente.

Afinal de contas, pensou, o que era a Igreja protestante na maior parte da Irlanda? A Igreja da Irlanda da Ascendência. Insuficientemente frequentadas, com pouco entusiasmo, suas igrejas lentamente se desintegrando por falta de fundos e de interesse, a Igreja da Irlanda era uma instituição social, na maior parte, servindo a uma pequena e lentamente declinante minoria de colonizadores cromwellianos e antigos proprietários de terras. Tirem a Ascendência, e os protestantes se tornam uma minúscula minoria desdentada que seguramente pode ser deixada em paz.

Mas lá em cima, no Ulster, há todo um país onde, embora os católicos sejam numerosos, os protestantes são a maioria. E não é apenas a pequena nobreza. Pequenos fazendeiros, lojistas e a enorme e experiente força de trabalho eram na maioria protestantes. Não apenas isso; os presbiterianos, que constituíam o maior elemento, eram veementes em sua fé. Se, atualmente, nas outras três províncias da Irlanda, a classe dominante protestante tinha alguns medos secretos ou apreensões morais sobre sua legitimidade, os presbiterianos do Ulster não tinham, de modo algum, tais dúvidas. Deus os colocara ali para construírem Seu reino. Eles tinham certeza disso.

Ainda assim, Sheridan ficara impressionado com a força da reação. Pois, quando perceberam que agora a legislação da independência poderia de fato passar pelo sistema parlamentar, não foram apenas os protestantes do Ulster que pegaram em armas. Assim como seus ancestrais escoceses, eles se uniram num compromisso no Solemn League and Covenant, a Aliança e Liga Solenes. Liderados por Carson, um eloquente advogado unionista, e Craig, um milionário de Belfast, por todo o ano seguinte eles formaram uma enorme força de voluntários. A Ulster Volunteer Force, Força Voluntária do Ulster, tinha apenas fuzis de madeira, mas eles realizavam desfiles impressionantes. Igualmente alarmante, o líder do partido Tory britânico, ele próprio oriundo do Ulster protestante, não apenas os apoiava, mas até mesmo insinuava a necessidade de resistência armada. No grande acampamento militar do Curragh, nos arredores de County Kildare, os oficiais do Exército britânico diziam abertamente que, se convocados a apoiar a independência irlandesa contra os homens do Ulster não o fariam.

— Para ser franco com você — disse-lhe um jornalista inglês que visitava o jornal —, o povo britânico sente uma forte simpatia pelos protestantes do Ulster por dois motivos. Primeiro, nós, na Inglaterra, nunca perdemos o nosso medo profundamente arraigado do catolicismo. Poucos ingleses tolerariam a ideia de serem dominados pelos católicos, e não vemos por que os protestantes do Ulster também devam tolerar. Mas também achamos que os escoceses do Ulster são pessoas como nós. Têm indústrias e comércio, agora possuem estaleiros e manufatura de linho. São trabalhadores e diligentes. Ao passo que os irlandeses são vistos inteiramente como uma outra espécie de gente, rústicos, preguiçosos, desorganizados. Nós acreditamos realmente que são uma raça diferente da dos homens do norte.

"Você sabia que, originalmente, foram homens da Irlanda que atravessaram para lá e colonizaram a Escócia? O próprio nome, 'Scot', em tempos antigos, significava uma pessoa da Irlanda. Poder-se-ia dizer que, na verdade, os escoceses são irlandeses.

"Os ingleses, posso lhe garantir, não sabem disso. E você não pode negar que os protestantes do Ulster são muito diferentes."

Aquilo ele não podia negar. Perto da primavera de 1914, os Voluntários do Ulster desembarcavam enormes quantidades de armas.

Enquanto isso, parecia que os protestantes do norte se juntavam em uma reação semelhante. Uma Irish Volunteer Force, uma Força Voluntária Irlandesa, foi formada em resposta. Em pouco tempo, surgiram notícias de que também importavam armas. Estaria o país a caminho de uma espécie de guerra civil? Sheridan não sabia o que poderia ter acontecido se, naquele momento, não tivesse havido a intervenção de um conflito de maior extensão que eclipsou tudo o mais.

Em Sarajevo, um arquiduque austríaco fora assassinado, e, de repente, toda a Europa se descobriu em guerra.

Um aspecto curioso da Grande Guerra é que, para muitos daqueles que amavam a Irlanda, ela surgiu como um alívio. O governo britânico, preocupado em que nada interferisse com o esforço de guerra, prometeu que a questão da independência da ilha seria adiada para depois que a guerra acabasse.

— Visto que ninguém acha que a guerra pode durar mais de alguns meses, ninguém se importa em esperar — destacou Sheridan. Quanto ao Ulster, reconheceu-se que teria de ser feito algum acordo especial. Que forma este teria, ainda faltava ver. Mas pelo menos a ameaça de um conflito interno fora colocada de lado. Aliás, Redmond incentivou todos os que haviam se congregado a ingressar nos Voluntários Irlandeses:

— Os britânicos nos prometeram a nossa liberdade. Vamos ajudá-los em seu esforço de guerra, para que a nossa liberdade possa vir mais cedo. — Dezenas de milhares de irlandeses, protestantes e católicos igualmente, ingressaram como voluntários no Exército britânico.

— Acho animador ver tamanha amizade — declarou Sheridan Smith. O grande conflito, portanto, lhe havia tirado um certo peso do coração.

E em sua própria vida, também, ele entrou num período de inesperada felicidade. O motivo era Caitlin.

Seu interesse pelo palco, felizmente, não evoluíra para uma obsessão. No mínimo, isso ajudara em seus trabalhos escolares. Certamente as freiras dominicanas da Eccles Street, onde Caitlin estudava, estavam encantadas com ela. Ao fazer 16 anos, anunciou que, quando terminasse a escola, queria ir para a St. Mary's University a fim de estudar línguas modernas. Ao mesmo tempo, tornava-se não apenas uma linda jovem mulher, mas também atenciosa. No fim de 1914, após um curto período de doença, a velha Maureen Smith morrera serenamente, e Caitlin ajudara a cuidar dela até o fim. Ao completar 17 anos, quando sua mãe foi passar um mês na Inglaterra, teve toda a confiança em deixar Caitlin cuidando da casa na praça Fitzwilliam. Os criados estavam lá para cuidar dela, é claro, e Stephen ia dar uma olhada todos os dias. "Mas a verdade", dissera sua mãe, "é que ela conseguiria se sair perfeitamente bem sem nós."

Caitlin também ingressara nas Filhas de Erin. Sheridan não tinha certeza como se sentia sobre isso. Quando, porém, questionou-a a respeito do assunto, ela apenas deu uma risada. "Eu ensino irlandês para crianças analfabetas — o que quer dizer, realmente, que lhes conto histórias", dissera-lhe ela. Sem dúvida, era verdade. Mas Sheridan ouvira dizer que algumas das mulheres da organização estavam envolvidas em outras atividades muito mais perturbadoras.

O movimento trabalhista crescera rapidamente nos últimos anos. O sindicato possuía um enorme quartel-general chamado Liberty Hall, no cais; fora também iniciado um sindicato de mulheres. E o movimento também tinha um novo líder — um ativista político socialista chamado James Connolly. Em 1913, ele havia liderado uma imensa greve por melhoria de condições que manteve paralisados por semanas todos os tipos de negócios. Até mesmo a velha e sossegada Fábrica de Biscoitos Jacobs fora atingida. Algumas das Filhas de Erin haviam participado das greves. Elas começavam a se envolver com o Sinn Fein e algumas outras organizações duvidosas. "Tome cuidado com quem você faz amizade", aconselhara-a Sheridan. Mas Caitlin era uma moça sensata; portanto, ele não ficou seriamente preocupado. Enquanto isso, tivera a alegria de ver uma criança maravilhosa desabrochar, diante de seus olhos, em uma talentosa jovem mulher. Mesmo quando sua mãe estava na cidade, ele a visitava todas as semanas. Encantava-se com a sua companhia.

Tinha sido no verão de 1915 que Sheridan levara Caitlin e sua mãe para as montanhas de Wicklow. O motivo era duplo: visitar o adorável antigo sítio de Glendalough e ver Rathconan. Era surpreendente o fato de o conde, quando estava vivo, nunca ter se importado em subir até lá para dar uma olhada em sua propriedade ancestral, e, como resultado, nem Caitlin nem sua mãe jamais tinham estado lá. Caitlin, principalmente, ficara ansiosa para ir. A visita ao antigo mosteiro e seus dois lagos fora um enorme sucesso. Mas, ao chegarem a Rathconan, Caitlin ficara extasiada. Sua excêntrica proprietária, na ocasião, estava na residência, com turbante e tudo. Sheridan não tinha muita certeza do tipo de recepção que teriam; mas, ao saber quem eram, a velha Sra. Budge ficara muito contente em lhes mostrar o lugar, sem sequer lhes fazer uma preleção sobre transmigração de almas. Mas quando, ao final, Caitlin exclamara: "Ah, como eu gostaria de morar aqui", a velha senhora reagira um pouco asperamente: "Os Budge permanecerão em Rathconan muito tempo depois de eu ter ido embora; portanto, não haverá lugar para você. Nenhum mesmo." E então, um tanto desconcertante: "Eu também permanecerei aqui", acrescentou. "Serei um falcão, sabe. Sobrevoarei as colinas e comerei camundongos."

Sheridan sempre soubera que Rose Budge era a última da família. Mas, semanas depois, ao se encontrar com seu irmão, ele indagara a respeito, e Quinlan lhe informara:

— Eu também achava isso. Mas sucede que o avô tinha um irmão mais novo, que foi para a Inglaterra muitos anos atrás. A velha tem um primo em segundo grau, um Budge, que tem um filho. Eles nunca se encontraram, e o filho nem mesmo sabe disso, mas ela deixará Rathconan para ele. — Sacudiu a cabeça. — Ela é cheia de surpresas.

— Você sabia que ela voltará, na próxima vida, como um falcão?

— Ah — fez o irmão —, isso não me surpreende nem um pouco.

O resto daquele ano passara tranquilamente. A guerra se arrastava —, no entender de Sheridan, para o que parecia um terrível, sangrento impasse. Na Irlanda, entretanto, as coisas pareciam bem calmas. De vez em quando, havia boatos de problemas. Pessoalmente, ele tendia a não levá-los em conta. A mãe de Caitlin pegou uma doença bronquial no Ano Novo. Seu médico a aconselhou a passar algumas semanas em um clima mais quente. Foi sugerido o sul da França. Em março, portanto, ela partiu, deixando Caitlin, mais uma vez, na casa da praça Fitzwilliam, sob a supervisão de Sheridan.

Na terceira semana de abril, ele descobriu que ela o andara enganando.

Sheridan estivera com Caitlin na casa, na hora do chá. Ela terminara seu curso pouco antes do Natal e pretendia começar a universidade no outono seguinte. Fora-lhe sugerido que, nesse meio tempo, deveria viajar, mas ela insistira que desejava permanecer em Dublin, e, tendo em vista que estava envolvida com teatro, aquilo era compreensível. Às 18 horas Sheridan a deixara, para seguir a pé até sua casa na Wellington Road. Já tinha atravessado o canal e seguido um pouco mais adiante, quando percebeu que deixara seu guarda-chuva na casa, e refez seu caminho para a praça Fitzwilliam. Ele a avistara de uma distância de cem metros, no momento em que Caitlin subia numa bicicleta diante da casa. Ela parecia estar com pressa. Sheridan poderia supor que ela estava indo ao teatro; mas, mesmo na penumbra, ele pôde perceber que não estava vestida para ir ao teatro. Caitlin usava um uniforme verde de tweed.

O uniforme de Cumann na mBan.

O Conselho das Mulheres Irlandesas era o que essas palavras queriam dizer. Mas o que elas significavam? Havia dois anos, a coisa ainda não existia. Era outra das criações de Maud Gonne e suas amigas; mas o que quer que se pensasse de Maud Gonne, não se podia negar seu talento para organização. Cumann na mBan era certamente nacionalista. Mas o que elas faziam realmente? Algumas pessoas diziam que praticavam enfermagem. Outras, que estavam ligadas a grupos muito mais sinistros. Caitlin certamente deveria ter-lhe contado sobre qualquer dessas atividades. Sheridan sabia muito bem que sua mãe não aprovaria. Ele teria de tomar medidas. Quase gritou por ela ali mesmo, mas resolveu não fazê-lo. O que quer que ela estivesse planejando, não seria nada de grave naquele momento. Por que arriscar um confronto agora com ela? Pensou rapidamente. Era semana da Páscoa. Haveria uma reunião familiar em sua casa na segunda-feira de Páscoa. Nessa ocasião, ou logo após, ele se sentaria com ela e teriam uma conversa tranquila. Momentos depois, ele refazia seus passos para casa.

A semana da Páscoa passou calmamente. Sheridan viu Caitlin brevemente no sábado. O domingo, ele passou tranquilamente em casa. Na segunda-feira, eles se prepararam para receber seus convidados à tarde. Era um pouco antes de uma da tarde, quando um vizinho foi até a sua casa com a notícia.

— Está acontecendo algo na cidade. Dizem que é uma rebelião. Um soldado foi morto.

— Uma rebelião? Por que razão alguém iria querer iniciar uma rebelião agora? — Não fazia sentido. Logo depois, vieram mais notícias. — Eles ocuparam a Agência Postal na Sackville Street. Proclamaram a república.

— Isso é loucura.

Em pouco tempo, contudo, a notícia estava em toda a parte. Era uma rebelião. Algo grande.

— É melhor eu ir apanhar Caitlin — disse ele. — Cuidar para que ela fique segura. A praça Fitzwilliam não fica longe.

Mas, ao chegar lá, não havia sinal dela. Nem ela apareceu naquele dia, nem no seguinte.

Ela, a princípio, nem mesmo tivera certeza se gostava de Willy O'Byrne. Fora sua prima Rita quem os apresentara.

Ela conhecera Rita numa reunião das Filhas de Erin e alguns outros grupos. Maud Gonne podia ser uma dama da sociedade, mas Caitlin gostava do fato de que sua organização continha todos os tipos de pessoas, e que, uma vez que se ingressava nela, todas as questões relativas à classe pareciam desaparecer. Rita tinha trabalhado na Fábrica de Biscoitos Jacobs até a grande greve de 1913. Depois disso, recusaram-se a aceitá-la de volta. Na ocasião em que Caitlin a conhecera, ela era uma das organizadoras do sindicato das mulheres e membro do Irish Citizens Army, o Exército de Cidadãos Irlandeses. Quase sempre ela estava no grande quartel-general do sindicato de Liberty Hall, no cais do norte, perto da Aduana. "Você pode facilmente dar uma olhada lá dentro, a caminho do teatro Abbey", dissera ela com uma risada.

A despeito de seu nome, ICA era um grupo sindical. Connolly o iniciara na época da greve, para defender trabalhadores grevistas de seguranças contratados pelos empregadores; mas, atualmente, era uma força treinada, aberta igualmente para homens e mulheres. Rita deixara Caitlin curiosa; era uma mulher pequena, com cabelos avermelhados, e tendência à obesidade. Instintivamente, Caitlin gostara dela, e combinaram se encontrar uma semana depois. E, naquela ocasião, Rita aparecera com seu primo Willy O'Byrne.

Relembrando, Caitlin concluiu que não fora a boa aparência morena de Willy, nem mesmo sua ocasional veemência que a impressionara, mas sua serenidade e a tranquila lógica de seus pensamentos. Eles conversaram sobre o movimento feminino, e o sindicato, mas, quando passaram a discutir a guerra que começara recentemente, Willy se mantivera silenciosamente inflexível.

— A Irlanda, com a melhor das intenções, cometeu um enorme engano — disse ele. — Por Irlanda, quero dizer Redmond e a maioria dos Voluntários.

Quando, em resposta à ameaça dos protestantes do Ulster em 1914, tivera início o movimento dos Voluntários Irlandeses, a resposta fora um tanto surpreendente. Quase de imediato, havia mais de 150 mil homens. Poucos tinham armas, é claro, mas estavam prontos para instruções e treinamentos, e mostravam estar dispostos, exatamente como os seus homônimos Patriotas de um século e meio atrás. Aliás, o número era tão grande, que a organização quase parecia ofuscar os homens do Parlamento. Pelo menos nominalmente, como líder do partido parlamentar, Redmond era o chefe deles. Quando os britânicos prometeram a liberdade à Irlanda e, nesse ínterim, pediram ajuda contra os alemães, e Redmond disse aos Voluntários que deveriam obsequiá-lo, cerca de 170 mil homens o acompanharam. Um grupo menor, porém, com cerca de 10 mil decididos, recusou-se. Chamaram-se de Irish Volunteers, os Voluntários Irlandeses, e claramente Willy O'Byrne estava do lado deles.

— Não é que eu não entenda Redmond — dissera calmamente a ela. — Nem mesmo censuro os milhares de pobres rapazes católicos que foram combater no Exército britânico. Para eles, é apenas um emprego, e Redmond lhes prometeu que, se fizessem isso, a Irlanda seria livre. Mas a coisa toda é uma imensa fraude, só isso.

— Você não acredita que os britânicos cumprirão o prometido acordo?

— Não. Os protestantes do Ulster não deixarão; e, de qualquer modo, os britânicos gostam dos protestantes do Ulster e desprezam os católicos irlandeses. O melhor que podemos esperar é uma Irlanda dividida, o que, de qualquer modo, não é uma solução. Redmond não quer enxergar isso, é claro. Porque, se não conseguir nada de útil, o que lhe restará? — Deu de ombros. — Em algum momento, é preciso encarar a realidade. Haverá luta. Não pode ser evitada.

Havia nele algo quase frio, pensou ela. Frio, mas instigante.

— O pior disso — prosseguiu — é que, apoiando os britânicos em sua guerra, fazemos o jogo deles. Nossos Voluntários são obrigados a se deixarem matar numa guerra britânica, combatendo os alemães. No momento exato em que, por causa da guerra, essa seria a ocasião mais fácil para conseguir a expulsão dos britânicos.

— Talvez os britânicos nos vejam de modo diferente, quando a guerra terminar.

— Humm. Você considerou a outra possibilidade? E se os alemães vencerem? Teria sido melhor se fôssemos amigos deles.

Ela olhou-o pensativamente. Sim, concluiu, a mente dele é muito dura. Ele leu os pensamentos dela.

— É melhor enfrentar a dura realidade do que se iludir — comentou ele. — Além do mais, vocês, mulheres, é que são práticas. Foram vocês que formaram a Cumann na mBan para ajudar a causa nacionalista. E, quando o fizeram, nenhuma das ramificações votou para ir com Redmond. Vocês todas apoiaram os Voluntários Irlandeses. Portanto, coloco-me nas mãos das mulheres.

Rita sorriu.

— Ele é bom, não é mesmo?

Ele está na IRB, pensou Caitlin.

A Irmandade Republicana Irlandesa continuava mais discreta do que nunca. Não havia dúvida de que faziam parte dos Voluntários Irlandeses, por exemplo; mas não se saberia ao certo quem eles eram. Ela decidiu desafiá-lo.

— Você está no IRB?

Ele a encarou, inexpressivo.

— Por que pergunta?

— Está?

— Eu soube que eles nunca dizem. Portanto, é inútil perguntar.

— Uma coisa eu sei — disse Rita com uma risada. — Eles não têm nenhuma mulher na IRB, têm, Willy? Ele nunca me diz nada, sabe.

Willy deu de ombros.

— Não posso lhe dizer o que não sei — afirmou. Então sorriu para Caitlin. Seu sorriso era encantador. — A propósito, nós já nos encontramos antes. Na ocasião, você era uma condessa.

Rita olhou surpresa para ela. Caitlin sacudiu a cabeça. Quando entrara para as Filhas de Erin, ela deixara de usar seu título. Já havia condessas demais ali, decidira. Uma delas era a líder de Cumann ne mBan, a condessa Markievicz, uma extravagante aristocrata anglo-irlandesa que se casara com um conde polonês sem dinheiro, e que gostava de usar uniforme e carregar um revólver. A outra era a condessa Plunkett, cujo marido, herdeiro de um rico construtor dublinense, fora tornado conde papal por causa de suas generosas doações à Igreja. Os Plunkett e seus filhos eram proeminentes patrocinadores dos vários movimentos nacionalistas. Duas condessas eram o bastante, pensara Caitlin. E usava o nome Caitlin Byrne.

Willy lembrou-a de quando a conhecera na casa de seu tio Sheridan Smith.

— Você tinha seis anos, creio. Estava doente.

— Receio não me lembrar de você — confessou.

— Mas eu me lembro de você. A propósito — acrescentou —, eu trabalho para Sheridan Smith. Mas nunca discuto política com ele.

— Então eu também não discutirei — prometeu-lhe.

Ela não o viu por algumas semanas, depois disso.

Caitlin vestiu pela primeira vez o uniforme de Cumann na mBan em maio de 1915. Tinha 17 anos. O uniforme não era distribuído. Muitas das mulheres faziam o seu. Tweed verde era estabelecido: uma comprida jaqueta militar com grandes bolsos com abas, uma saia comprida, camisa branca, gravata verde de tecido. E o importantíssimo broche de alfinete — as iniciais “C na mB” em dourado, com um fuzil atravessando-as de ponta a ponta.

Ela mantinha o uniforme escondido da mãe numa mala de viagem, e vestia uma comprida capa de chuva por cima dele quando saía para uma reunião.

O objetivo de Cumann na mBan era auxiliar. Treinavam primeiros socorros e sinalização. Muitas das mulheres também aprendiam a atirar com um fuzil; e foi certo dia, numa prática de tiro, que ela se encontrou novamente com Willy O'Byrne. Ele tinha ido observar. Sucedia que, quando se tratava de atirar com um fuzil, ela descobrira que era uma perita atiradora nata. As outras garotas a chamavam de "Annie Oakley". Quando terminou, Caitlin encontrou-o atrás dela.

— Impressionante.

— Obrigada.

Ele deu-lhe um olhar apreciativo.

— O uniforme fica bem em você. — Pensou por um momento. — Já usou uma pistola?

— Não.

— Experimente esta. — Sacou uma pistola e entregou-a a ela. Parecia surpreendentemente pesada em sua mão. — Assim. — Segurou seu braço e o colocou na posição. — Vou lhe mostrar.

Ela levou algum tempo para dominar a técnica, mas, após alguns dias de prática, tornou-se perita.

Depois disso, nas semanas que se seguiram, ele a encontrara várias vezes. Dava apenas uma passada na casa onde tinham se conhecido; ou, se ela ia ver Rita no Liberty Hall, perto do cais, às vezes o encontrava lá. Conversava com ela de modo amistoso, normalmente por apenas alguns minutos; então ia embora. Certo dia, no fim de agosto, ao encontrá-la no Liberty Hall, apanhou uma folha de papel e a colocou em sua mão. "Eu mandei imprimir", disse ele. Era um discurso fúnebre em homenagem a um velho feniano. Fora pronunciado por Patrick Pearse, um dos mais inspirados dos entusiastas da língua irlandesa, que muito fizera para avançar a causa da educação irlandesa. Ela pôde ver por que Willy tivera tanto trabalho para copiar e imprimir o discurso: ele era magnífico. Muitas de suas frases a comoveram. Ele invocou a memória de Wolfe Tone. Suas palavras tinham a inspiração de um outro Emmet. "A vida salta da morte", frisou, "e das sepulturas de homens e mulheres Patriotas saltam nações vivas." Foi, porém, a conclusão a parte mais memorável de todas. Os britânicos pensavam que tinham pacificado ou intimidado os irlandeses. Como estavam enganados. "Tolos! Tolos! Tolos! Eles nos deixaram o nosso feniano morto, e, enquanto a Irlanda conservar essas sepulturas, a Irlanda sem liberdade jamais estará em paz."

Ao insistir que ela lesse aquilo, Caitlin notou uma expressão em seu olhar que nunca vira antes, e percebeu que, afinal de contas, ele era capaz de se comover.

Várias vezes depois disso, durante os meses de outono, ela conseguiu ter muitas longas conversas com Willy. Certa vez, ele até mesmo contou-lhe sobre sua infância em Rathconan, e como seu pai tentara, sem sucesso, comprar seu arrendamento da velha Sra. Budge. Ela lhe falou sobre seu encontro com a dama. Ele ficou curioso para saber se ela voltaria na próxima vida como uma ave de rapina. Talvez fosse esse elo com sua infância que frequentemente o fizesse ir falar com ela, se a visse numa sala apinhada.

Pouco depois do Natal, ele apareceu numa reunião e, ao final, acenou para ela se aproximar.

— Tenho uma coisa para você. — Ele sorriu. — Um presente de Natal. — Tirou um pacote cuidadosamente embrulhado e o entregou a ela. — É melhor abrir quando chegar em casa. Não deixe ninguém vê-lo. — Então foi embora.

Em seu quarto, em casa, após ter trancado a porta, ela abriu a caixa. Já tinha adivinhado. Era uma pistola: uma Webley, cano longo, mortal. E munição. Ela ficou imaginando o que poderia lhe dar em retribuição.

No dia seguinte, para sua surpresa, sua mãe a encontrou tricotando.

— Pensei que você detestasse tricô — comentou ela.

— É apenas uma coisa que prometi fazer para um amigo — respondeu. — Dois dias depois, estava pronto. Talvez não fosse uma produção excepcionalmente boa, mas era satisfatória. Ela o encontrou no Liberty Hall, na véspera do Natal.

— Eis o seu presente —, disse-lhe, com um sorriso. — Mas é melhor não desembrulhá-lo aqui.

No início do Ano Novo, entretanto, ela ficou feliz em vê-lo usando o cachecol que havia tricotado. Era verde. Ficava muito bem nele, pensou ela.

Agora parecia a Caitlin que os Voluntários Irlandeses estavam altamente organizados e bem treinados. Tinham ramificações por todo o país. Seu líder, um homem chamado Mac Neill, mantinha-os em excelente ordem. Havia sempre o risco de autoridades britânicas quererem exercer um controle sobre eles; mas, até então, obviamente tinham achado mais sensato não fazer nada. O povo de Dublin estava acostumado a ver seus pacíficos desfiles. Quanto às mulheres em Cumann na mBan, algumas eram bastante liberais, outras preferiam não alardear sua ligação com o movimento. A própria Caitlin nunca mencionara isso à sua mãe ou a Sheridan. Sob o pretexto de ir a uma conferência, ela sempre dava uma escapulida vestida com o uniforme. Mas normalmente usava algo sobre ele. As criadas sabiam, mas nada diziam.

Uma coisa, porém, lhe ocorreu. Certa vez, ao deixar uma reunião, empurrando sua bicicleta, enquanto Willy caminhava a seu lado, eles comentaram sobre as forças consideráveis à disposição do governo. Os britânicos ainda tinham 20 mil soldados de linha em barracas. Além disso, havia a Royal Irish Constabulary, a Força Policial Real Irlandesa. E, ironicamente, havia também um número considerável de Voluntários de Redmond, os quais, supostamente, ajudariam os britânicos enquanto a guerra durasse. Quando se pensava em todos esses números que os britânicos podiam armar, a pergunta dela parecia óbvia.

— Se chegar a haver realmente uma rebelião — disse —, os Voluntários Irlandeses precisarão de mais armas do que têm agora. De que modo elas serão fornecidas? Eu não gostaria de pensar em outra operação como a do *Asgard*.

Em 1914, quando, em reação aos embarques de armas para o Ulster, os Voluntários também precisaram se armar, o rico escritor Erskine Childers deixara que seu brigue, o *Asgard*, fosse usado para transportar armas para o Ben de Howth. O incidente ficara famoso; mas, para uma rebelião adequada, seria necessário algo numa escala muito maior. Ela pensou no que Maureen lhe dissera sobre os Madden da América.

— Os americanos financiariam tal coisa? — indagou.

— Talvez. Ou mesmo os alemães, eu suponho — disse ele, dando de ombros. Ela olhou-o, mas não fez mais perguntas. Teve, porém, a exata impressão de que ele sabia mais do que dissera.

Em abril, ela notou uma mudança nele. Certa noite, encontrou-o com Rita, e, embora falasse como de hábito, ele parecia distraído. A semana da Páscoa se aproximava. No Domingo de Ramos, ela se encontrou com Rita, e novamente na quarta-feira. Na segunda ocasião, Rita lhe confidenciou:

— Vai acontecer alguma coisa. Eu não sei o que é, mas, no ICA, nos disseram que haverá manobras na semana da Páscoa. — E lançou um olhar significativo para Caitlin. — Manobras importantes. — Na manhã da quinta-feira, Caitlin encontrou Willy por acaso na rua. Os dois apenas trocaram algumas palavras, mas ela achou que havia nele um ar de animação contida.

Naquela noite, ficou surpresa ao vê-lo vir do cais defronte à praça College. Caminhava lentamente, de cabeça baixa, e parecia murmurar consigo mesmo. Ela já havia frequentado uma aula de arte e, ao começar a seguir em direção leste, ao longo do muro do Trinity, passou por ele de bicicleta. Willy não a percebeu, e, olhando para trás, Caitlin hesitou em interrompê-lo. Mas ele parecia tão perturbado, que, 50 metros mais adiante, ela freou e apoiou o pé do lado da calçada, à espera que ele passasse.

— Você está bem?

Ele a olhou, ainda com a testa franzida. Ela temia que tivesse invadido seus pensamentos privados.

— Não. — Fez um gesto com a cabeça, indicando que ela deveria permanecer em sua companhia. Ela notou que ele não usava o cachecol naquele dia. Desmontou da bicicleta e passou a caminhar a seu lado. A rua estava quase vazia. Seguiram em silêncio por uns cem metros. — Eu sei que você não fala — disse ele, finalmente.

— Você tem razão.

— Todos saberão mesmo, não vai demorar muito. — Ele sacudiu a cabeça. — Lembra-se de que perguntou sobre armas?

— Lembro.

— Elas vieram hoje. Aliás, esse homem, Sir Roger Casement, há mais de um ano que negocia em nosso nome, na Alemanha. Estranho, não, um diplomata inglês, nomeado cavaleiro, mas também simpático à Irlanda? Pedimos soldados. Eles não queriam dar. Mas 20 mil fuzis e 1 milhão de munição deveriam ser desembarcados hoje com Casement em Kerry. Eles também vieram. Mas algo deu errado. O navio foi interceptado. Casement foi preso.

— Eu soube que algo aconteceria esta semana.

— Talvez aconteça. Não conte nada do que lhe falei. Mas continue indo ao Liberty Hall. Se houver algo mais para saber, você saberá lá. Não seja vista agora comigo. Boa-noite.

Os três dias seguintes foram realmente estranhos. Na metade do tempo, ninguém sabia o que estava acontecendo. Mas, aos poucos, ela começou a entender. A rebelião fora planejada. A IRB estava por trás dela. Eles tinham enviado ordens, por todo o país, aos Voluntários Irlandeses, para se rebelarem no Domingo de Páscoa. Nem mesmo tinham avisado a Mac Neill, que supostamente era o encarregado. Com as armas de Casemet perdidas, Mac Neill deu uma contraordem. Mas Tom Clarke, o mortal vendedor de fumo, e Pearse e outros homens da IRB queriam ir adiante de qualquer maneira. Começaram enviando moças da Cumann na mBan com novas ordens para um levante na segunda-feira, em vez de domingo. Cada vez que Caitlin chegava ao Liberty Hall, encontrava mais confusão do que antes. Mas, no domingo, Willy estava lá.

— Será amanhã de manhã — disse-lhe firmemente. — Haverá muita coisa para você fazer.

✣

Aquilo se mostrou uma atenuação da verdade. A Rebelião da Páscoa foi algo estranho, mas certamente uma semana a ser lembrada. Para começar, havia a questão de números.

Ficou claro para ela, desde o momento que chegara ao Liberty Hall, que a ordem e a contraordem do fim de semana tinham custado um alto preço. A maioria dos Voluntários, principalmente fora de Dublin, achou que a rebelião fora cancelada. Apenas 1.400 dos Voluntários Irlandeses apareceram no cais, juntamente com cerca de mais duzentos do sindicato trabalhista ICA. Ela avistou Rita entre eles. Mas, aparentemente, os líderes tinham um plano. Era interessante ver como vários dos homens que agora davam as orientações eram obviamente membros da sigilosa IRB. O poético Pearse e o esquelético tabaqueiro Tom Clarke estavam entre eles. James Connolly, do sindicato, também tinha um papel destacado. Embora Willy não fosse nenhum dos líderes, ela podia ver, pelo modo como se agitava por ali, que ele gozava da confiança deles.

A despeito do seu modesto número, o plano era assumir o controle de certos pontos estratégicos da cidade. A Agência Postal na Sackville Street, defronte à coluna de Nelson, seria o quartel-general. Haveria guarnições nas Four Courts, um pouco mais rio acima, no Castelo e na Prefeitura, na Fábrica de Biscoitos Jacobs, mais ao sul; outro prédio industrial, Boland's Mills, no sudeste, perto das docas do Grande Canal; e vários outros locais. Foram escolhidas pessoas para cada local.

Apenas por um momento, ela se perguntou o que fazia ali. A iniciativa parecia precipitada e quase fadada ao fracasso. Já naquela ocasião, as forças britânicas em Dublin provavelmente superavam as deles na proporção de três para um. Mas, ao ver o rosto animado de Rita e os das outras jovens que conhecia, ela repreendeu a si mesma. Se elas estão prontas para lutar pela Irlanda, eu também tenho de estar, pensou. Ficou imaginando onde seria posicionada. Alguém apontou para ela e disse que, como era uma excelente atiradora, deveria ser uma franco-atiradora. Houve alguma hesitação. Então Willy apareceu. Caitlin viu-o conversar brevemente com alguns dos líderes e apontar para ela. Depois aproximou-se.

— Você veio na sua bicicleta?

— Vim. Por quê?

— Vá para casa, depressa. — Seu rosto deve ter registrado consternação, porque ele riu. — Não se preocupe, eu lhe darei todas as chances de ser morta. Mas quero que volte para cá vestida como se estivesse indo a uma palestra ou ao teatro Abbey. Deve estar acostumada a isso. Preciso que se pareça com — arreganhou os dentes — uma jovem condessa.

— Eu não vou abrir mão da minha Webley.

— Esconda-a em qualquer lugar, só isso.

Meia hora depois, ela estava de volta. Quando a viu, Willy anuiu em aprovação. Ao lhe perguntar o que queria que ela fizesse, ele apenas disse:

— Você verá.

Os destacamentos saíram marchando às 11 horas. Ela observou-os descer a rua. Era feriado de Páscoa, e havia pouca gente andando por ali. As pessoas já tinham visto uma marcha dos Voluntários, por isso, evidentemente, acreditaram que aquilo era uma espécie de desfile de Páscoa. Ninguém teve mais do que uma curiosidade superficial.

Uma hora depois, para grande espanto das pessoas, Pearse, o orador, foi para a frente da Agência Postal e proclamou a República da Irlanda.

Uma semana para ser lembrada. Não demorou muito para Caitlin entender por que Willy lhe pedira que mudasse de roupa. No espaço de um dia, havia cordões de isolamento e barricadas por todo o centro da cidade. A Agência Postal e as Four Courts, em particular, estavam sob fogo pesado. Havia franco-atiradores nos telhados. Mais e mais soldados ingleses chegavam à cidade para cercar todo o centro. Posteriormente, na semana, uma canhoneira subiu o Liffey e começou a martelar as posições rebeldes. E a missão mais útil que ela podia executar era transportar mensagens, sem levantar suspeitas.

Se Caitlin tivesse qualquer talento para a interpretação, ela se deu conta, agora era a hora de usá-lo. Para sua surpresa, descobriu que podia entrar e sair da Agência Postal. As mulheres cuidavam da cozinha e de um hospital de campanha que tinham sido montados lá. Utilizando uma rota cuidadosa, ela podia ir até as Four Courts. Embora se tornasse mais difícil com o passar dos dias, ela conseguiu atravessar o Liffey e ir à praça St. Stephen, onde as mulheres tinham montado outro hospital de campanha, à prefeitura e a outros pontos mais além. Ficou orgulhosa em saber que, na maioria das guarnições, as mulheres em pouco tempo substituíam os homens como franco-atiradoras. Ao ser enviada à fábrica Jacobs, encontrou Rita de muito bom humor.

— Eles me expulsaram, portanto eu ocupei a fábrica deles — anunciou. — E, antes de irmos embora, comerei todos os biscoitos deles! — Somente na Boland's Mills Catlin descobriu que não havia mulheres. O comandante de lá era um irlandês-americano de rosto ossudo, no início da casa dos 30 anos de idade, com um estranho nome espanhol: de Valera. Ele lhe disse francamente:

— Não quero mulheres sob meu comando.

— Acha que nós fugiríamos? — reclamou Caitlin.

— Nada disso. — Ele riu. — As mulheres são corajosas demais. Correm muitos riscos, e eu não consigo controlá-las. — Escreveu uma mensagem num pedaço de papel e pediu-lhe que a levasse à Agência Postal. — O que você fará com a mensagem, se os soldados a pegarem? — perguntou.

— Só me restará comê-la. — respondeu ela simplesmente.

Os soldados, porém, nunca a pegaram. Os franco-atiradores quase atiraram nela uma porção de vezes. Aliás, como os dublinenses nunca resistiram ao impulso de dar uma olhadinha no que estava acontecendo, Caitlin viu muitos deles serem atingidos por franco-atiradores ou por balas perdidas. Mas ela se tornou perita em saber quais eram as esquinas e os cruzamentos perigosos. Seu talento residia na habilidade em ir de bicicleta até um grupo de soldados ingleses e pedir a ajuda deles para poder passar. Sempre tinha uma desculpa. Precisava ver seu professor de arte, ir ao teatro para pegar o texto de uma peça, visitar a tia-avó. Certa vez, afrouxou um pouco a corrente da bicicleta e implorou aos soldados que a ajudassem a colocá-la de volta. Às vezes, é claro, eles se recusavam a deixá-la passar, e ela tinha de descobrir um desvio para chegar ao seu objetivo por um outro caminho. Mas, geralmente, eles tomavam a garota bem-falante, com roupas claras e luminosos olhos verdes, por uma inofensiva jovem aristocrata e a deixavam passar com o aviso de que tomasse cuidado.

Os soldados também não eram tão idiotas. Afinal de contas, os Voluntários estavam barricados nos prédios que haviam ocupado. Algumas das mulheres deles insistiam que eram enfermeiras, quando não estavam em janelas bancando as franco-atiradoras; mas quase todas usavam um ou outro tipo de uniforme. E, acima de tudo, a maioria da população de Dublin não só tinha sido tomada de surpresa pela rebelião, como não queria ter nada a ver com ela.

Caitlin ouvia frequentemente seus comentários. Qual era o sentido de todo aquele rebuliço, perguntavam, se a liberdade já fora prometida? Lojistas e homens de negócios não estavam contentes com os danos causados à cidade, principalmente depois que a canhoneira passara a martelar as posições rebeldes.

— A Sackville Street — queixou-se a ela um merceeiro — está virando uma ruína. E quem vai pagar por tudo isso? Nós. Pode ter certeza disso. — Mais de uma vez, atravessando as Liberties na última parte da semana, ela ouviu reclamações enfurecidas por parte de mães católicas, porque o levante atrasara os envelopes com pagamentos que elas recebiam de seus filhos no exército britânico.

Contudo, de alguma forma, essa falta de solidariedade fez Caitlin admirar ainda mais a rebelião. O gesto, a coragem — e quem sabe, se Willy estivesse certo, a necessidade disso — deviam ser admirados. As pessoas nos prédios, cercadas cada vez mais por soldados britânicos, eram compatriotas, seus amigos. Ela gostaria de poder falar com Willy O'Byrne sobre isso. Mas não o via desde segunda-feira. Acreditava que ele devia ter ido para as Four Courts.

Na segunda-feira à noite, ela dormira na Agência Postal. Na terça-feira à noite, tinha voltado para dormir em casa, e encontrara um bilhete urgente de Sheridan Smith exigindo saber onde ela estava. Ao amanhecer do dia seguinte, ela deixou uma resposta em sua caixa postal, dizendo-lhe que estava bem e ocupada com seus estudos, e que iria visitá-lo dentro de alguns dias. Sheridan não acreditaria, mas pelo menos ela tinha respondido, e ele saberia que estava viva. A noite seguinte ela passou na fábrica de biscoitos com Rita. Na quinta-feira, tornou-se claro que a Agência Postal não conseguiria resistir por muito tempo. Algumas das mulheres que estavam lá foram mandadas para suas casas. Na sexta-feira de manhã, grande parte da área estava em chamas, e irrompeu um incêndio no prédio.

Para Caitlin, a rebelião terminou ao meio-dia de sexta-feira. Ela passara toda a noite anterior acordada e tinha ido para casa descansar. Ao entrar na residência da praça Fitzwilliam, teve a sensação de que faltava algo. A criada lhe deu um olhar estranho. Então, ao se virar, percebeu que Sheridan Smith estava parado entre ela e a porta. Sua aparência era bastante grave.

— Você não sairá novamente — disse ele baixinho. — Se necessário, Caitlin, eu a impedirei.

Ela nada disse, mas seguiu para a escada que levava ao seu quarto no andar superior. No chão, viu a mala de viagem na qual enfiara seu uniforme verde na segunda-feira. A mala agora estava vazia.

— Eu o queimei — disse Sheridan. — Sua mãe, a propósito, está a caminho de casa.

Ela continuava sem responder. Não havia muito sentido nisso. De qualquer modo, precisava dormir. Ia fechar a porta, mas Sheridan sacudiu a cabeça. — Vou mantê-la sob minha vista — disse ele, não grosseiramente. Ela se sentou na cama, e então sorriu consigo mesma.

— Precisa me dar um momento de privacidade, tio Sherry — observou. Ela precisava esconder sua arma.

Quando acordou, ficou claro que não lhe restava nada para fazer. Não dava mais para manter a Agência Postal. Seus valentes defensores, incluindo Pearse, tiveram de abandoná-la. No domingo, a última das guarnições dos Voluntários se rendeu.

Na manhã de domingo, os soldados chegaram à praça Fitzwilliam. Foram de porta em porta. Anunciaram que verificavam cada casa à procura de "Sinn Feiners". Caitlin já notara essa confusão por parte dos soldados britânicos, e até mesmo dos jornais ingleses. Talvez, ao saberem que os homens da IRB se denominavam fenianos — por causa do lendário grupo de guerreiros irlandeses —, eles presumissem tratar-se do mesmo movimento nacionalista não violento de Griffith, o Sinn Fein, que de modo algum participara da rebelião. Era típico, pensou ela, que as autoridades britânicas até mesmo se equivocassem em relação a quem seria de fato seu inimigo.

Sheridan Smith, antecipando uma visita dessa espécie, decidira que era melhor ambos permanecerem na casa; e ela teve de admitir que ele lidara muito bem com a situação. Sua própria notória respeitabilidade, sem dúvida, fora de grande ajuda. Não havia "Sinn Feiners" na casa, garantira-lhes, mas apenas sua sobrinha-neta, uma estudante, e ele próprio, que passava uns tempos na casa até a mãe dela voltar do exterior. Mesmo assim, encorajara-os a fazerem uma busca minuciosa. Os soldados deram apenas uma olhada superficial e, educadamente, foram embora. Não encontraram a Webley dela.

Enquanto isso, o severo general britânico Maxwell, que fora enviado para pôr ordem no local, agia rapidamente para submeter à corte marcial os líderes da revolta. No meio da semana, Sheridan disse a ela:

— Creio que foram selecionados cerca de 180 homens, e uma mulher, a condessa Markievicz.

— Os julgamentos foram rápidos. No dia seguinte, ele chegou em casa com a cara fechada.

— Tenho uma notícia triste. Conhece um empregado meu, Willy O'Byrne? Eu achava que ele andava metido com essa coisa, quando ele não apareceu, mas parece que estava mais envolvido do que eu pensava. De qualquer modo, ele foi um dos julgados hoje pela corte marcial. — Sacudiu a cabeça tristemente. — Receio que será fuzilado.

Idiotas! Idiotas! Ela devia ter gritado naquela ocasião. Mas apenas nos meses seguintes foi que realmente passou a pensar nisso.

Alguém poderia dizer que, pelos padrões da época, os britânicos tinham sido severos. Entretanto, provavelmente, eles foram mais complacentes do que teriam sido quaisquer outros. Contudo, não haviam sido espertos.

Antes de as guarnições se renderem, várias delas dispensaram suas mulheres. Muitas delas, após serem interrogadas pelos oficiais britânicos que encontraram, foram mandadas para casa. A verdade era que os britânicos não sabiam o que fazer com elas. Setenta e nove mulheres foram presas. Setenta e três deles também foram logo soltas. Caitlin ficou feliz em saber que Rita fora uma das libertadas. Algumas foram mantidas em Kilmainham, depois enviadas para a prisão de Mountjoy, e em seguida deportadas para cumprir pena na Inglaterra. Apenas a condessa Markievicz, que fizera a maior encenação com seu revólver e incentivara outras a fazerem o mesmo, foi condenada ao fuzilamento.

Perto de 3.500 homens foram presos. Quase 1.500 foram libertados. Os restantes foram internados na Inglaterra, exceto os 186 escolhidos para julgamento pela corte marcial. Destes, 88, inclusive de Valera, foram sentenciados ao pelotão de fuzilamento.

E a maioria das sentenças não foi cumprida. A condessa foi internada, por ser mulher. De Valera ficou livre, talvez por ter sido considerado cidadão americano. Todas as sentenças, com exceção de 15, também foram comutadas para prisão perpétua — inclusive, Caitlin ficou feliz em saber, a de Willy O'Byrne. Em virtude de uma anistia, a maioria também acabou libertada em mais ou menos um ano.

Os 15 homens fuzilados, porém, serviram à sua causa melhor do que poderiam ter imaginado. Pearse, a alma poética, muito amado. Ele havia liderado os homens até a Agência Postal e proclamado uma república. Soubera que seria fuzilado. Mas e seu irmão mais novo? Selecionado, pelo que se sabia, apenas por ser seu irmão. Joseph Plunkett, de qualquer modo sofrendo de uma doença que o levaria à morte, casara-se com sua namorada horas antes do pelotão de fuzilamento, e tornara-se uma figura de história de amor. James Connolly, o homem do sindicato: ele já tinha sido tão gravemente ferido, que o amarraram a uma cadeira para ser fuzilado. Essas execuções continuaram por dez dias, e, ao final, apesar de terem sido poucas, ninguém viu qualquer justiça nisso.

E o sentimento público começou a mudar de direção. Quando um dos heróis da rebelião, no ano seguinte, entrou em greve de fome, os homens da prisão conseguiram matá-lo durante uma sessão de alimentação forçada. Não era para ter acontecido. Mas aconteceu.

No final de 1917, os moderados da organização Sinn Fein, a quem os britânicos tomaram erroneamente por fenianos, e os nacionalistas mais militantes se juntaram para formar um partido político, e escolheram de Valera como seu líder. "Queremos uma República Irlandesa", declararam abertamente, "e vamos disputar cadeira em eleições locais e parlamentares." No ano seguinte, o governo britânico prendeu todos os seus líderes.

Então, envolvido em sua peleja desesperada com a Alemanha, e faminto por soldados, em vez de agradecer à Irlanda pelos seus muitos voluntários, o governo britânico subitamente ameaçou os irlandeses com recrutamento para serviço militar obrigatório: "Vejam só", Willy O'Byrne e outros iguais a ele podiam afirmar, "os britânicos fazem acordos, mas não se pode confiar neles."

Idiotas: até mesmo Sheridan Smith dizia isso agora.

— Se os britânicos queriam provar que o pessoal da rebelião estava certo — comentou —, não poderiam ter tomado uma providência melhor.

Quando a Grande Guerra chegou ao fim, em 1918, foi convocada uma Eleição Geral. O velho partido de Redmond obteve apenas seis cadeiras. Os unionistas, na verdade, os protestantes do Ulster, obtiveram 26. A nova composição do Sinn Fein obteve 73.

— O mundo mudou — concluiu Sheridan Smith. — Mudou completamente.

Entretanto, mudara muito mais do que as pessoas haviam esperado. Após serem eleitos, todos os membros irlandeses do Parlamento, com exceção dos unionistas e do punhado de homens de Redmond, fizeram o que acharam ser a única coisa lógica a fazer para homens com sua crença. Não apenas se recusaram a assumir suas cadeiras no Parlamento britânico em Westminster, como fizeram melhor do que isso. Instalaram sua própria Assembleia da Irlanda, a Dail Eireann, em Dublin. "Nós agora somos o verdadeiro governo da Irlanda", disseram. Na primavera, já haviam nomeado ministérios, liderados por Griffith, a condessa Markievicz, o conde Plunkett, Mac Neill, dos ex-Voluntários, Collins, um vigoroso jovem da IRB, e outros. De Valera era o presidente. "Somos uma república", declararam. "Nós nos recusamos a continuar reconhecendo o regime inglês." E, assim, na primavera de 1919, a Irlanda se encontrava na estranha situação de ter um governo britânico, com normas, regulamentos e administração do Castelo de Dublin, e um segundo Estado, paralelo, muito mais popular, alegando legitimidade, mesmo carecendo de poder para se impor. As vitórias moral e política, no que dizia respeito aos membros do Sinn Fein, já era deles. Restava à Inglaterra reconhecer o fato. Ninguém sabia exatamente o que fazer.

✣

A situação mudara, também, para Caitlin, de uma maneira inesperada. Quando sua mãe voltara a Dublin, após a rebelião de 1916, parecera muito contente em estar ali. Se, em todo caso, ela teria preferido passar os invernos na França, nunca se saberia ao certo. Mas quando uma enorme epidemia de gripe se espalhou pela Europa, logo após o final da Grande Guerra, ela sucumbiu à doença. Na primavera de 1919, a condessa Caitlin Birne subitamente se descobriu com 20 anos, prestes a fazer 21, e uma jovem mulher rica. Resolveu, muito sensatamente, não fazer nada e completar seus estudos.

Já fazia muito tempo que não via Willy O'Byrne. Ficou muito surpresa, no verão, ao receber um recado de que ele gostaria de buscá-la num sábado e levá-la para passar o dia fora.

Ela sabia muito pouco sobre suas atividades. Após ele ter saído da cadeia, Caitlin não o vira, mas Sheridan Smith lhe dissera:

— Ele não trabalha mais para mim. Fez uma sociedade com o irmão do padre MacGowan, que dirige a livraria. — Fizera uma pausa. — Parte de seu trabalho, acredito, é ir à América angariar fundos com finalidades políticas. —

E dera um sorriso irônico. — Consegue parte desses fundos, creio eu, com os meus próprios parentes Madden.

Willy apareceu num carro. Não tinha mudado nada, e parecia bem, pensou ela, e feliz.

— Eu pensei — anunciou — em levá-la a Rathconan, se quiser.

Fazia um lindo dia. A estrada acima para as montanhas de Wicklow era estreita. Algumas vezes, muros de pedra impediam a vista. Em outras, ela podia ver enormes extensões em direção ao mar. Ele parecia encantado por subir até o lar de sua infância.

— A velha não está lá. Já verifiquei — disse ele com um sorriso. — Mas há uma outra pessoa que eu gostaria que você conhecesse.

— Sua mãe?

— Não, ela morreu, infelizmente. Mas meu pai ainda vive. — Por algum motivo, ele pareceu achar esse pensamento divertido.

Caitlin ficou contente em descobrir, quando chegaram à comprida cabana de muro branco onde o ancião vivia, que o velho Fintan O'Byrne era um homem alto e bonito, com ralo cabelo grisalho e um longo bigode branco. Ele a recebeu cortesmente em sua cabana e lhe disse que seu filho havia falado nela, e ofereceu a ambos uma refeição simples. Bacon, morcela, batata.

— Vivo de maneira simples — disse ele com um sorriso —, mas espero viver ainda um bom tempo. Eu acho — acrescentou — que o ar daqui de cima deve ser bom. As pessoas vivem muito. E, talvez, se a gente pertence a um lugar, isso também ajuda. Ou assim eu acredito.

— Meu pai acredita que Rathconan deveria ser dele — disse Willy com um sorriso. — Não descansará em sua sepultura até que aquela velha maluca, afinal, lhe ceda sua própria terra. Mas, sabe, papai — disse quase divertido —, a propriedade jamais será nossa mesmo. A herdeira de direito é esta jovem que está sentada à sua frente. — Virou-se para Caitlin com um sorriso. — Eu ansiava pelo dia em que os dois pretendentes pudessem ficar cara a cara, Caitlin. Agora, vocês terão de brigar!

Mas seu pai apenas sorriu gentilmente para ela.

— Posso ver que é uma O'Byrne — disse ele. — Não há dúvida. Quanto a saber se este lugar deve ser do ramo de sua família ou do meu, é uma questão muito demorada para pensarmos nela. Certamente, foram os seus ancestrais os mandachuvas daqui, quando os meus não eram. Mas sabe — dirigiu-se a Willy —, tenho uma notícia para lhe dar, e também para essa jovem, a respeito da propriedade. Há um herdeiro. Um Budge. — Pronunciou o nome com uma leve repugnância. — Um sobrinho esquecido por todos nós, mas, ao que parece, lembrado pela velha senhora. Depois dela, a propriedade será dele, se ele quiser. E me arrisco a dizer que ele vai querer.

— Eu não sabia — disse Willy. — Como ele se chama?

— Seu nome é Victor Budge. Vive na Inglaterra. Tem trocado correspondência com ela. Prestou algum serviço militar, mas, pelo que eu soube, agora trabalha para uma cervejaria. Não sei em que ocupação. Minha impressão — acrescentou Fintan O'Byrne com um ligeira ironia — é que ele não está sempre empregado.

Levou-os para dar uma olhada no local e caminhou com eles uma pouca distância colina acima, de onde havia uma vista magnífica. Apontando ao longo da encosta, indicou a Caitlin a área onde ainda se podia ver o contorno dos campos que, antes da Grande Fome, haviam sido plantados com batatas. Quanto mais tempo ela passava com o velho, mais gostava dele. Quando chegou a hora de irem embora, ela se despediu com verdadeira tristeza.

Seria possível que Willy tivesse algum outro motivo para lhe apresentar a seu pai?, ela ficou imaginando. Se tinha, não mostrou sinais disso.

Durante a viagem de volta, ele pareceu querer conversar sobre um assunto bem diferente.

— Sabe — disse ele —, haverá outra luta. — De fato, pequenas escaramuças entre as forças do governo britânico e o Irish Republican Army, o Exército Republicano Irlandês, como agora se denominavam os Voluntários Irlandeses, haviam se iniciado meses antes. — A não ser que os britânicos e os protestantes do Ulster estejam prontos a conceder alguma coisa que de Valera e o pessoal do Sinn Fein no Dail possam aceitar, não haverá outra alternativa. E, quando houver a luta... — olhou para ela. — As mulheres foram muito importantes na rebelião, sabe. Serão muito mais importantes no futuro. Você poderá ter um papel importante.

— Eu fui apenas uma mensageira.

— E brilhante. Você tem notáveis talentos. E, é claro — sorriu —, pode abater qualquer homem a uma distância de cem metros.

— Não sei se quero — disse ela. — Eu apoio a causa, mas... — Ela não sabia o motivo, não era covardia, tinha certeza, mas não queria mais participar da luta armada. — Vou pensar — prometeu-lhe. — Se estiver disposta a fazer alguma coisa, eu lhe direi.

— Como quiser. — Fez-lhe um sinal com a cabeça que parecia indicar que respeitava sua decisão. — Você sabe o que é bom para você mesma. Isso é certo.

Levou-a de volta para a praça Fitzwilliam e deixou-a em casa. Quando ela lhe agradeceu pelo dia que passaram, ele pareceu muito contente. Contudo, talvez ela tivesse ficado um pouco decepcionada por não ter sabido mais dele. Não por mais de um ano.

Ele estava certo, é claro. A luta não pôde ser evitada, pois nenhum dos dois lados cedera ao que o outro queria. Foi uma coisa horrível, a princípio, principalmente porque as escaramuças tendiam a ser entre o IRA e seus colegas irlandeses na força policial do governo. O ritmo foi aumentado pelo jovem da IRB, Michael Collins, o qual, com seus audaciosos ataques e greves-relâmpago, começava a criar fama. Ainda assim, porém, era uma guerra muito parcial. O governo britânico finalmente fez um acordo com os protestantes do Ulster, e deu-lhes um Parlamento próprio, separado, nas comarcas do norte. Isso, porém, significava que os católicos do Ulster se encontravam novamente sob o domínio de uma casta protestante, assim como tinham estado nos séculos XVII e XVIII. Não demorou a haver distúrbios no Ulster.

Mas, para o resto da Irlanda, haveria mais uma odiosa invasão. Esta começou em janeiro de 1920.

— Se eles tinham de enviar ajuda — reclamou Sheridan Smith —, não poderiam ter arranjado homens melhores do que esses?

Os Black and Tans. Ex-soldados e ex-marinheiros, na maioria, recrutados rapidamente. Na verdade, mercenários para combater as táticas de guerrilha do IRA de Collins. Quando entravam para a tropa ou chegavam à Irlanda, recebiam a calça padrão do Exército, que era da cor cáqui, e jaqueta verde da farda da policia. Essa horrível mistura de cáqui e verde em pouco tempo levou ao apelido que os descrevia: Black and Tans. No fim do ano, havia 10 mil deles na Irlanda. E sua estratégia era bem simples: atacar e retaliar. Atirar primeiro e perguntar depois. Suspeita é prova, principalmente se o suspeito estiver morto. De muitas maneiras, eles ignoraram inteiramente a lei e a justiça. Quando Collins e um pelotão de ataque cercou e matou um grupo de oficiais da inteligência britânica, em uma manhã de domingo de novembro, os Black and Tans não se preocuparam em ir atrás de Collins. Simplesmente foram ao repleto jogo de futebol no Croke Park de Dublin e abriram fogo contra a multidão. Doze espectadores inocentes foram mortos nesse incidente.

Se pretendiam amedrontar, conseguiram. Se pretendiam impressionar, não conseguiram, pois foram desdenhados. Mas, se identificassem uma pessoa como um "Sinn Feiner", iam atrás dela como uma matilha de cães selvagens.

✣

Cinco dias após o incidente de Croke Park, num início de tarde, Caitlin ouviu uma batida na porta da frente de sua casa. Visto que se encontrava no vestíbulo, ela mesma foi abrir a porta, e ficou bastante surpresa quando Willy O'Byrne entrou no vestíbulo, fechou a porta atrás de si e disse:

— Você gostaria de salvar a minha vida?

— Se me disser por quê.

— Não tenho muito tempo. Abati um dos Black and Tans do Croke Park. O melhor amigo dele está atrás de mim. Eu também tentava matá-lo, mas ele recebeu reforços. Eu os despistei um momento atrás, na viela. Mas tenho certeza de que irão de casa em casa. Infelizmente, eles me conhecem.

— De nome?

— E de rosto. — Olhou pela janela. — É melhor eu sair de vista. A não ser que você queira que eu saia e vá enfrentá-los.

— Por aqui. — Ela indicou a sala de estar, que ficava nos fundos da casa e dava para o jardim.

— A ironia é que você não vai adivinhar o nome do sujeito que está atrás de mim. Meu Deus, eu devia tê-lo matado primeiro, antes do outro.

— Diga-me qual é.

— Victor Budge. O herdeiro da velha. Soldado desempregado. Ele é um demônio. Eu ainda o verei morto.

A batida na porta da frente ressoou. Caitlin teve de pensar rápido.

— Se atravessar o jardim, há uma viela nos fundos. Mas...

— Exatamente. Eles devem ter alguém esperando por lá.

Ela olhou pela janela que dava para os fundos. Esta tinha longas cortinas pesadas que iam até o chão e, no melhor estilo, varriam o carpete como um vestido longo com cauda. Era tão óbvio. Daria certo.

— Vá para ali atrás e não se mexa — disse ela. Teria mesmo de pensar depressa.

Um momento depois, a criada anunciou que alguns soldados queriam entrar. Caitlin sentou-se numa poltrona de espaldar aprumado perto do centro da sala.

— Mande-os entrar.

Havia meia dúzia deles. O oficial era um homenzarrão com o rosto brutal. Ela sorriu para ele.

— Estamos procurando um fugitivo. Alguém entrou nesta casa?

— Apenas vocês mesmos. Mas que tipo de fugitivo é esse? Eu corro perigo?

A ideia de que ela poderia estar em perigo não lhes pareceu interessar.

— Um homem de cabelo preto. — O oficial olhava em volta do aposento.

— Eu sou a condessa Caitlin Birne. E o senhor é?

— Desculpe-me. Capitão Budge.

— Budge? — O rosto dela se iluminou, como se tivesse estado a vida inteira esperando encontrá-lo. — Não é parente da Sra. Budge de Rathconan? Só pode ser.

— Ela é uma parenta. — Seus modos se alteraram. Ficaram um pouco mais suaves.

— Não posso ajudá-lo com nenhum fugitivo, capitão Budge, mas espero que descanse um pouco e tome um chá comigo. — Olhou para os comandados dele. — Eu conheço a família do capitão — explicou, desnecessariamente, com um sorriso radiante. — Sente-se. Vou pedir o chá.

— Realmente não posso.

— Sua tia é uma de nossas maiores personalidades. Você sabe, é claro, que ela diz que voltará a Rathconan, na próxima vida, como uma ave. Não acha que é maravilhoso? — Budge parecia sem jeito. — Dizem que, há trinta anos, ela usa o mesmo turbante e nunca o tirou — continuou matraqueando alegremente. — Deve ter visto, é claro, os desenhos das dançarinas hindus nuas.

Agora Budge já estava vermelho. Seus homens pareciam dispostos a ouvir mais.

— Você também, capitão, acredita em transmigração de almas? — arriscou ela.

— Certamente que não. Igreja da Inglaterra. Velha excêntrica. Preciso ir.

— Eu gostaria — disse desejosa — que ficasse mais.

O pequeno grupo de Black and Tans, porém, já estava sendo conduzido para fora do aposento. Após a porta da frente se fechar atrás deles, houve uma longa pausa. Então a voz de Willy veio de trás da cortina.

— Se tivesse caído na gargalhada, teria sido o meu fim.

— Suponho — disse ela — que seja melhor você ficar mais um pouco aí.

Foi naquela noite, depois que jantaram juntos, e estavam sentados sozinhos na sala de estar, com as cortinas cuidadosamente fechadas, que ela se descobriu olhando-o atentamente. Ele era um homem bonito. Era capaz de ser cordial, mas nunca, tinha certeza, tanto quanto o velho pai dele. Bem, pensou ela, mesmo assim, ele provara que estava certo sobre a maioria das coisas. Se isso o tornava frio, era seu destino.

Ele olhava para ela.

— Você já teve um amante? — perguntou ele.

— Não. — Ela fez uma pausa. — Suponho que já houve muitas mulheres em sua vida.

— Algumas. Claro. — Assentiu, depois riu.— Você acha que está na hora?

— Sim — disse ela. — Acho que está.

Estava certamente na hora. Para ele, sabia Deus, pensou ela, quanto para qualquer um outro. Ele ficou escondido em sua casa por dez dias.

Se o caso não foi adiante, ela não ficara muito magoada. Soubera, supôs, que não ficaria. Ele fizera outra viagem à América, e, depois disso, voltara a se afastar.

E Caitlin ficou feliz por não ter tomado mais parte na luta, pois as dolorosas escolhas que se seguiram teriam sido impossíveis para ela. Quando, um ano depois, os negociadores do Sinn Fein, incluindo o próprio implacável Collins, assinaram um tratado com os britânicos para encerrar o conflito, a coisa tinha saído imperfeita. A Irlanda estava para se tornar um Estado Livre, um domínio do Império Britânico como o Canadá. Seis dos condados do norte seriam agrupados em um refúgio seguro para protestantes e uma opressão para os católicos que ainda vivessem lá. Até mesmo a fronteira não estava clara. Ela pôde ver por que de Valera não quis prosseguir com aquilo.

Ela mesma, porém, como a maioria do povo irlandês, poderia viver com um tratado imperfeito, talvez não para sempre, mas por uma geração. E quando de Valera e seus seguidores iniciaram um segundo conflito, agora uma guerra com seus próprios companheiros, ela se descobriu perguntando não por que, mas quando — quando, se algum dia, aquilo iria terminar? A Guerra Civil era cheia de anomalias. Collins, o agitador da IRB, agora defendia o tratado acordado, um tanto cruelmente, contra um novo exército republicano conhecido como os Irregulares. Velhos companheiros de armas matavam-se uns aos outros. O próprio Collins foi assassinado antes que tudo acabasse. Estranhamente, a maioria das mulheres que ele treinara em Cumann na mBan optara por ficar com de Valera. Até mesmo a bondosa, engraçada Rita fizera o mesmo. Caitlin não poderia ter feito o mesmo. E quando, em 1923, o conflito finalmente arrefeceu, ela ficou aliviada somente porque o Estado Livre da Irlanda, embora imperfeito, podia agora viver em paz.

✣

Somente uma vez ela foi chamada para a ação. No fim de julho, em 1922, recebeu uma carta inesperada. Entregue em mãos, por um menino numa bicicleta, que logo foi embora.

Após ler a carta, ela não hesitou. Foi ao banco e fez um saque. Embalou cuidadosamente uma série de itens, inclusive um ou dois de que poderia necessitar em especial. Atualmente, ela tinha um carro, que ela mesma gostava de dirigir. Cuidadosamente, colocou tudo nele, avisou à governanta que deveria se ausentar por alguns dias e dirigiu para o sul, em direção ao lado ocidental das montanhas de Wicklow.

Encontrou facilmente a casa de fazenda. Ficava perto da aldeia de Blessington.

Ele havia mudado notavelmente pouco. Era óbvio que tinha sofrido muito, e, após examinar sua perna, ela lhe disse:

— Não está quebrada, mas o deslocamento é muito grave. Você terá de descansar, se quiser andar.

— Que bom que você veio — disse Willy. — Eu sabia que viria.

— O que aconteceu? — indagou.

A história não era longa. Ela não ficara inteiramente surpresa, ao saber que, na Guerra Civil, Willy O'Byrne ingressara nas forças republicanas antitratado. E as coisas iam péssimas para o grupo. Ele fora a um encontro com as forças republicanas de várias partes da ilha reunidas em Blessington. Eles tinham sido gravemente batidos pelos homens do governo Provisório e foram forçados a recuar. De Blessington, tiveram de se dispersar. Mas Willy não conseguia andar, e, após discutir com o líder do grupo que resolvera subir as colinas, achara melhor esperar sozinho lá embaixo.

— Para mim, acho que acabou — disse a ela. — A luta não vale mais a pena. — Mas ele não podia simplesmente esperar que os homens do governo Provisório o encontrassem. A Guerra Civil se revelava algo mais sangrento do que o fora o velho conflito com os britânicos. — Se eles me encontrarem, sou um homem morto — disse-lhe calmamente.

— Posso esconder você em Dublin, se quiser — sugeriu ela.

— Não. É para Rathconan que eu gostaria de ir — retrucou. — Creio que meu pai pode cuidar de mim. Se não...

— Eu lhe trouxe 200 libras — disse ela. — Isso poderá levá-lo à França, se for preciso.

— Minha única preocupação — disse ele — são aqueles sujeitos que subiram para as montanhas antes de mim. É uma canalha indisciplinada, e não gostam nem um pouco de mim.

— Eu o levarei de carro até lá — garantiu —, e trouxe a Webbley.

Era uma estrada pequena e sinuosa. De vez em quando, olhando para trás, podia-se ver o imenso panorama da planície do Liffey espalhando-se por todo o caminho para Kildare. Willy ia sentado na frente com ela. Ele parecia mais interessado em olhar adiante. Numa ocasião, ao passar por um vaqueiro, ele perguntou se um grupo de soldados vindos de Blessington havia subido por ali, no dia anterior. Sim, dissera o homem, mas eles tinham pegado a estrada em direção ao sul. Eles não tinham atravessado a montanha em direção a Rathconan. Isso pareceu agradar consideravelmente a Willy.

— Dentro em pouco, estaremos lá — comentou. — Você verá novamente o meu pai. — Indo até o topo do desfiladeiro da montanha e passando a descer novamente, a estradinha era um pouco mais do que uma trilha. E, quando, finalmente, foram em direção a Rathconan, um pequeno grupo de crianças à beira da estrada parou para olhar e correu para espalhar a notícia; pois um automóvel era realmente uma raridade lá em cima. Ao se aproximarem, ela sorriu ao captar a longa, adorável vista abaixo em direção ao mar da Irlanda. O cano de descarga do carro liberou uma ruidosa explosão quando passaram pelos portões da casa grande. Caitlin riu. Se a velha Rose Budge estivesse lá, provavelmente pensaria que se tratava de uma mensagem do mundo espiritual.

A cabana de Fintan O'Byrne parecia estar deserta. Ela olhou lá dentro. Nenhum sinal dele.

— Quer que eu o ajude a entrar? — gritou ela.

— Não. Ficarei aqui, sentado ao sol — respondeu Willy. — Permanecerei onde estou. Se você descer a travessa até a casa dos Brennan, é provável que eles saibam onde papai está.

— Você ficará bem?

— Por que não ficaria, estando na casa de meu pai em Rathconan?

— Eu voltarei — disse ela.

A sensação do sol da tarde em seu rosto era realmente muito agradável. Parecia a Willy que, quando esse negócio de guerra acabasse, não faria mal em voltar para lá. Talvez arrumasse uma esposa. Estava na hora de se casar. Como seria ela? Parecida com Caitlin, talvez, mas não igual a Caitlin. Pensando bem, dinheiro era uma coisa terrível. Os dez dias que ele passara na excelente casa dela na praça Fitzwilliam lhe tinham ensinado isso. Confortável, até mesmo esplêndida. Mas sufocante. Ao final daquele período, ele mal conseguia respirar. Mas não dissera a ela. Não havia sentido. Fora isso, ele a amava. Algum dia lhe contaria isso?, pensou. Fechou os olhos.

Se não se encontrasse na segurança de Rathconan, ele teria ouvido os passos, quando estes ainda estivessem distantes. Desse modo, os passos estavam a apenas uns três metros, quando ouviu o pisar macio no gramado. Ainda assim, não abriu os olhos. Tentou adivinhar a quem pertenciam. Não eram de Caitlin. Um pouco pesados demais. Seu pai? Possivelmente. Um dos Brennan? Podia ser. Sorriu e esperou.

— Dormindo?

Ele abriu os olhos. O rosto espesso sorria. Os olhos inflexíveis. Os canos gêmeos de uma espingarda a um pé de seu nariz.

— Ouvi a descarga de um carro. Resolvi dar uma olhada. Hoje em dia, nunca se sabe quem pode estar nos fazendo uma visita.

Victor Budge. Willy se esquecera dele. Supunha que ele tivesse voltado para a Inglaterra. Tinha quase certeza de que teria sabido caso a velha Rose Budge tivesse morrido e Victor se apossado do que era seu. Mas, também, com tanto combate e tantas viagens dos últimos meses, ele, tristemente, perdera o contato com seu pai.

— A velha Sra. Budge...

— Está viva e passa bem. Ainda espera para virar um falcão. — Ele parecia achar isso engraçado. Mas a arma não se mexia. — Nós fizemos um acordo. Eu agora cuido da propriedade. Já estou aqui há dois meses. Fiquei imaginando se não o veria qualquer dia desses.

— Não tem medo? Eu diria que um homem como você poderia muito bem ser assassinado aqui em cima.

— Eu correrei esse risco. Nós dois temos uma dívida a acertar. Você matou um amigo meu, lembra-se?

— Talvez. Já faz muito tempo.

— Eu não acho.

Caitlin tinha lhe dito que trouxera a pistola. Ficou imaginando onde estaria. Não achava que a estivesse carregando. Debaixo do assento, talvez? Ele poderia tentar mergulhar atrás dela, mas teria de acertar. De primeira. E se sua perna o deixasse fazer um movimento como aquele. Ele não conseguia pensar onde mais tentar. Por outro lado, abaixar-se daquele modo: posteriormente, pareceria que ele fora covarde demais para encarar a própria morte.

Talvez conseguisse agarrar o cano da arma de Budge. Ideia insensata. Budge sabia o que fazia. Ele simplesmente morreria parecendo um idiota. Então se recostou.

— Você atiraria em um homem a sangue-frio?

— Eu o mataria como a um cachorro.

— Como explicaria isso?

— Duvido que precisasse fazer isso. Numa época como esta.

— Então que a maldição da Irlanda caia sobre você.

Caitlin ouviu o tiro quando estava parada do lado de fora da cabana dos Brennan. Correu. Foi às pressas trilha acima em direção ao carro, a tempo de ver que Willy fora puxado para o chão. Um homem se afastava. Carregava uma espingarda. Ela olhou para baixo, para o rosto de Willy. Não havia rosto, apenas uma grande mixórdia vermelha de carne e descarga de arma de fogo.

Ela enfiou a mão debaixo do assento e o chamou. O homem se virou. Ela o reconheceu. Victor Budge. O Black and Tan que fora atrás de Willy. Ele também a reconheceu. A garota que conhecia a velha Rose. Franziu a testa ao perceber tudo.

— Você o matou — gritou ela.

— E daí?

O único tiro o acertou entre os olhos. Ela não perdera sua habilidade. Olhou um momento para Budge, assentiu para si mesma e colocou sua Webbley na mão direita de Willy, fechando seus dedos em volta da arma.

Ouviu vozes. Recuou. Várias pessoas chegavam. Uma delas, notou de imediato, era o velho Fintan O'Byrne.

A princípio, ao ver a sangrenta bagunça no rosto caído ao chão, ele não entendeu. Então, quando ela foi na direção dele e segurou seu braço, o velho entendeu. Baixou a cabeça e caiu de joelhos.

Ele ficara ajoelhado ao lado de Willy por um ou dois minutos, quando ergueu a vista para ela.

— Um atirou no outro?

— Deve ter sido — disse ela.

— Eu achava que tinha se passado algum tempo entre os dois tiros.

— É improvável.

Ele fez uma pausa e a olhou demoradamente.

— Não. Devo ter me enganado.

Ele se pôs de pé com dificuldade, foi até Victor Budge, notou o buraco perfeito entre os olhos e assentiu. Ao passar novamente por ela, tocou seu braço e murmurou baixinho:

— Obrigado.

✣

Alguns anos depois, quando a Sra. Rose Budge passou para a vida seguinte, a propriedade de Rathconan foi vendida. Por vezes, os novos proprietários de tais terras achavam os habitantes locais retraídos. Eles tinham aprendido, afinal de contas, a se proteger contra estranhos que vinham habitar suas terras. É uma lição aprendida através de muitos séculos. Mas a nova proprietária de Rathconan, com seus reluzentes olhos verdes e seu marido e seus filhos, sempre foi bem-vinda, desde o início. Afinal, Caitlin pertencia àquele lugar.

Este livro foi composto na tipologia Adobe Garamond Pro,
em corpo 11/15, e impresso em papel off-white 80g/m²,
no Sistema Cameron da Divisão Gráfica
da Distribuidora Record.